主角

陈彦 著

作家出版社

小说纯属虚构，请勿对号入座。

——作者

上

部

一

她叫忆秦娥。开始叫易招弟。是出名后，才被剧作家秦八娃改成忆秦娥的。

易招弟为了进县剧团，她舅给改了第一次名字，叫易青娥。

很多年后，忆秦娥还记得，改变她命运的时刻，是在一个太阳特别暴烈的下午。她正在家对面山坡上放羊，头上戴了一个用柳条编的帽圈子，柳叶都被太阳晒蔫干了。她娘突然扯破喉咙地喊叫，让她麻利回来，说她舅回来了。

她舅叫胡三元，在县剧团敲鼓。她娘老骂她舅，说是不成器的东西，到剧团学瞎了，作风有了问题。她也不知道啥叫个作风问题，反正娘老叨叨。

她随娘赶场子，到几十里地外，看过几回县剧团的戏，见她舅可神气了。他把几个大小不一样的鼓，摆在戏台子一侧。他的整个身子，刚好露出来，能跟演员一样，让观众看得清清楚楚。戏要开演前，他先端一大缸子茶出来。那缸子足能装一瓢水。他是不紧不慢地端着摇晃出来的。他朝靠背椅子上一坐，二郎腿一跷，还给腿面子上垫一块白白的布。他噗噗地吹开水上的浮沫，呷几口茶后，才从一个长布套里，掏出一对鼓槌来。说鼓槌，其实就像两根筷子：细细的，

3

长长的。"筷子"头朝鼓皮上一压，眼看"筷子"都要折断了，可手一松，又立即反弹得溜直。几个敲锣、打铙的，看着"筷子"的飞舞，还有她舅嘴角的来回努动，下巴的上下含翘，眼神的左右点拨，就时急时缓、时轻时重地敲打起来。整个山沟，立马就热闹非凡了。四处八下的人，循着热闹，急急呼呼就凑到了台前。招弟是后来才知道，这叫"打闹台"。其实就是给观众打招呼：戏要开始了，都麻利来看！看的人越多，她舅手上的小鼓槌就抢得越欢实，敲得那个快呀，像是突然一阵暴雨，击打到了房瓦上。那鼓槌，看似是在一下下朝鼓皮上落，落着落着，就变成了两个喇叭筒子，好像纹丝不动了。可那鼓，却发出了皮将爆裂的一迭声脆响。以至戏开始了，还有好多人都只看她舅，而不操心场面上出来的演员。好几次，她都听舅吹牛说，附近这七八个县，还找不下他这敲鼓的好手艺。省城大剧院的戏，舅说也看过几出的，就敲鼓那几下，还没有值得他"朝眼窝里眨的"。不管舅吹啥牛，反正娘见了就是骂，说他一辈子就知道在女人窝里鬼混。三十岁的人了，还娶不下个正经媳妇。臊气倒是惹得几个县的人都能闻见。后来招弟去了县剧团，才知道她舅有多糟糕，把人丢得，让她几次都想跑了算了。这是后话。

她从坡上回来，她舅已经在吃她娘擀的鸡蛋臊子面了。她爹在一旁劝酒，舅说不喝了，再喝把大事就误了。

舅对娘说："麻利把招弟收拾打扮一下，我赶晚上把娃领到公社住下，明天一早好坐班车上县城。看你们把女子养成啥了，当牛使唤哩，才十一岁个娃娃么。这哪像个女儿家，简直就是个小花子，头蓬乱得跟鬼一样。"

要是放在过去，娘肯定要唠叨她舅大半天。可今天，任舅怎么说，娘连一句话都没回，就赶紧张罗着要给她洗澡、梳头。她舅还补了一句说："一定要把头上的虮子、虱子篦尽，要不然进城人笑话呢。"她娘说："知道知道。"娘就死劲地在她头上梳着篦着，眼看把好些头发都硬是从头皮上薅掉了，痛得她眼泪都快出来了。娘还在不停地梳，不停地篦，她就把头躲来躲去的。娘照她后脑勺美美磕了几

4

下说："还磨蹭。你舅给你把天大的好事都寻下了，县剧团招演员，让你去哩。头上这白花花的虮子乱翻着，人家还让你上台唱戏？做梦吧你。"说着，又磕了她一下。

招弟也不知是高兴，还是茫然，头嗡地一下就木了。她可是连做梦都没想过，要到县剧团去唱戏的。这事，她舅过去喝酒时也提说过，说啥时候要是剧团招人了，干脆让姊妹俩去一个，也好让家里减轻一些负担。她想，那咋都是她姐来弟的事。来弟比她漂亮，能干，她就是一个笨手笨脚的主儿。娘老说，招弟一辈子恐怕也就是放羊的命了。可没想到，这事竟然是要让她去了。

洗完头，娘给她扎辫子的时候，她问："这好的事，为啥不让姐去？"

娘说："你姐毕竟大些，屋里好多事离不开。我跟你爹商量来商量去，你舅也同意，还是让你去。"

"我去，要是人家不要咋办？"她问。

娘说："你舅在县剧团里，能得一根指头都能剥葱。谁敢不要。"

娘把她姐的两个花卡子从抽屉里翻出来，别在了她头上。这是姐去年挖火藤根，卖钱后买下的，平常都舍不得戴。

"姐不让戴，你就敢给我戴？"她说。

"看你说得皮薄的，你出这远的门，戴她两个花卡子，你姐还能不愿意。"

娘说完，咋看，又觉得她身上穿的衣裳不合适。不仅大，像浪浪圈一样，挂搭在身上，而且肩上、袖子上、屁股上，还都是补丁摞补丁的。就这，还是拿娘的旧衣裳改的。娘想了想，突然用斧子，把她姐来弟的箱子锁砸了。娘从那里翻出一件绿褂子来。那是来弟姐前年过年在供销社买的，只穿了两个新年，加上六月六晒霉，拿出来晒过两回，再没面过世的。不过两年过年，来弟姐都让她试穿过，也仅仅是试一下，就赶紧让她脱了。那褂子平常就一直锁在箱子里，钥匙连娘都是找不到的。

她咋都不敢穿，还是娘硬把绿褂子套在了她身上。褂子明显大了些，但她已经感到很有派、很美观、很满足了。

姐那天得亏不在，要是在，这衣服不定还穿不成呢。

出门时，舅看了看她说："你看你们把娃打扮的，像个懒散婆娘一样。再没件合身衣服了？"

娘说："真没有了。就身上这件，还是她姐的。"

舅无奈地叹了口气说："唉，看看你们这日子。不说了，到城里我给娃买一件。走！"

刚走了几步，娘就放声大哭起来。

娘突然跑上去一把抱住她，咋都不让走。娘说娃太小，送去唱戏，太苦了。就是在家放羊，也总有个照应，这大老远的，去了县上，孤孤单单的，娃还没满十一岁呢，娘越想越舍不得。

舅就说："放你一百二十个心，娃去了，比你们的日子受活。一踏进剧团门槛，就算是吃上公家饭了。你掰指头算算，咱九岩沟，出了几个吃公家饭的？"

算来算去，这么些年，沟里还真就出了舅一个吃公家饭的。

爹就劝娘，说还是放娃走，不定还有个好前程呢。

招弟就眼泪汪汪地跟着舅走了。

刚出村子，她舅说："得把名字改一下，以后不要叫招弟了。来弟、招弟、引弟这些封建迷信思想，城里人笑话呢。就叫易青娥吧。省城有个名演员叫李青娥，你叫易青娥，不定哪天就成大名演了呢。"舅说完，还很是得意地笑了笑。

突然变成易青娥的易招弟没有笑，她觉得舅是在说天书呢。

易青娥舍不得娘，也舍不得那几只羊，它们还在坡上朝她咩咩叫着。

十几年后，易青娥又变成了忆秦娥。

在她的记忆深处，那天从山里走出来参加工作，除了姐的两个花卡子和一件绿褂子外，娘还硬着头皮，觍着脸，从邻居家借了一双白回力鞋，两只鞋的大拇指处都有点烂。不过人家很细心，竟然用白线补出了两朵菊花瓣。鞋才洗过，上过大白粉，特别白。虽然大了几码，娘还给鞋里塞了苞谷叶子，但穿上好看极了。她一路走，还一路不停地朝脚上看着。惹得舅骂了她好几回，说眼睛老盯在脚背上，跟她娘一样，都是些山里没出息的货。

多少年后，剧作家秦八娃给秦腔名伶忆秦娥写文章时，是这样记述的：

> 那是1976年6月5日的黄昏时分，一代秦腔名伶忆秦娥，跟着她舅——一个著名的秦腔鼓师，从秦岭深处的九岩沟走了出来。
>
> 那天，离她十一岁生日，还差十九天。
>
> 忆秦娥是穿着乡亲们送的一双白回力鞋上路的……

二

易青娥跟着舅，在公社客房歇了一晚上。

公社好几个人跟她舅都熟，晚上来房里谝，还弄了半坛子甘蔗酒，就着一碗腌萝卜，七七八八地干喝了半夜。易青娥睡在里间房，盖着被子，装睡着了，就听他们谝了些特别没名堂的话。有的易青娥能听懂，有的一点都听不懂。他们问她舅：剧团人，是不是都花得很？几年后，易青娥才知道"花"是啥意思。她舅说，都是胡说哩。有人说："哎，都说剧团里的男女，干那事，可随便了。"舅说："照你们这样说，好像剧团人的东西，都长在手心了，手一挨，麻达就来了。那是单位，跟你们这公社一样，要求严着哩。你胡朝女的身上挨，一胡挨，搞不好就开除了。你们这公社好几任书记，不都招这祸了？"后来，喝着喝着，就开始审问她舅："听说你胡三元，就是个花和尚啊！"都问他在剧团到底有几个相好的。舅死不承认，几个人就要扒舅的裤子。舅说："有娃在呢，有娃在呢。"有人就把中间的格子门拉上了。她听见，几个人好像到底还是把舅的裤子扒了。舅好像也

7

给人家承认，是有一个的。再后来的事，她就不知道了。

第二天一早，她跟舅就坐班车去了县城。车在路上还坏了几次，到县城已是杀黑时分。易青娥东张西望着，就被她舅领进了一个窄得只能骑自行车的土巷子。高一脚低一脚地走了好久，终于有一个门洞，大得有两人高，五六个人横排起来那么宽，歪歪斜斜地敞开着。

舅说："到了。"

里面有个院子，院子中间有根木杆，上面挑着一个灯泡。灯泡上沾满了细小的蚊虫。还有一蓬一蓬的虫子，在跃跃欲试着，一次次朝灯泡上飞撞。

有人跟舅搭腔说："三元回来了。"

舅只哼了一声，就领着她进了前边院子。

所谓前后院子，其实就是用一排平房隔开的。

整个院子很大很大，是由几长溜儿房子合围起来的。

易青娥还从来没见过这么大的院子。

前院也是中间竖了根木杆，杆子上吊个灯泡。灯泡被一个烂洋瓷盘样的罩子扣着。无数的蚊虫也在拼命朝光亮处飞扑着，有的粘到灯泡上，有的就跌落在地下了。

地上是厚厚一层飞虫尸体。

前后院的灯杆下，都有一个水池子，有人在那里冲洗得哗啦啦一片响。

她舅刚走进前院，就有人招呼："三元，你跑尿呢，今天咱们在院子里逮了一条菜花蛇，刚吃完，你就回来了。"

"吃死你。"她舅说着，就领她走进一个拐角房里去了。

舅的房不大，摆了一张床，还有一张桌，一把老木椅，一个洗脸盆架子。房的正中间支着他的鼓。一个灯泡，把用报纸糊的墙和顶棚，照得昏黄昏黄的。

舅的床干干净净的。被子和枕头，都用白布苫着。易青娥累得刚想把屁股端上床，就被舅一下拉了下来，说："屁股那么脏，也不打一下灰，就朝床上赖。"说着，舅把枕头旁边一个很讲究的刷子拿过来，在她身上、屁股上，细细扫了一遍。舅说："剧团可都是讲究人，千万别把放羊娃那一套给人家带来了。脏得跟猪一样，咋跟人在一起排戏、唱戏呢？"

易青娥刚在床拐角坐下，就见一个女的闪了进来。易青娥一下认出来了，这不就是上次在公社看戏，那个演女赤脚医生的吗？她吓得急忙从床边溜了下来。

那女的倒是和善，先开口了："这就是你姐的娃？"

舅噢了一声。

那女的突然扑哧笑了："不会吧，这娃咋……"

不知她想说啥，舅急忙给她挤眼睛，她就把话咽回去了。

舅说："这就是剧团的大名演，胡彩香。叫胡老师。你看过胡老师戏的。"

易青娥怯生生地点点头。

舅对胡彩香说："这回就靠你了噢。下个礼拜就考试，你无论如何得把娃带一带。先把唱腔音阶教一下，再给娃把胳膊腿顺一顺，能看过去就行。"

胡彩香说："哎，这回报名的可不少，据说是五选一呢。"

舅说："哪怕十选一呢，剧团人的亲戚还能不照顾？"

胡彩香说："你看你才回去两天，就啥都不知道了。今早才开的会，黄主任说了，这回要坚决杜绝走后门的风气，团内团外一个样。"

舅把牙一咬："嚼他娘的牙帮骨。不收我姐的娃，你叫他试试。"

胡彩香急忙掩嘴说："你悄声点。小心人家听见，又开你的会哩。"

"开他妈的个瘪葫芦子！"舅骂开了。

胡彩香急得直摇头："你就是个挨了打，不记棍子的货！"

"记他妈的瘪葫芦子，记！"

"好了好了，我都不敢跟你多说话了，一搭腔，躁脾气就来了。明晚又演《向阳红》呢，你知道不？"

"给谁演？"

"说是上边来了领导，专门检查啥子赤脚医生工作的。"

"重要演出，那肯定是你上么。"

胡彩香把嘴一撇："哼，看把你能的。我上，我给人家黄主任的老婆，还没织下背心呢。"

"啥事嘛？把人说得稀里糊涂的。"舅问。

"你不知道了吧。那骚货前一阵，在县水泥厂弄了十几双线手套，拆呀缠呀的，不是老在用钩针，钩一件菊花背心吗？你猜最近穿在谁身上了？"

"黄主任的老婆？"

"算你娃聪明！昨天晚上下了场雨，那女人就穿着出来纳凉了。你说这么热的天气，好不容易下点雨，都不怕捂出痱子来。嘿，人家就穿出来了，你有啥办法。哼，穿么，哪一天把那个米妖精，勾引到她老汉的床上，她就不穿了。"胡彩香说得既眉飞色舞，又有些酸不溜溜的。

舅说："都定了，让米兰上？"

"人家今天把戏都练上了。"

"让她上么。明明不行，领导还要硬朝上促呢。看我明晚不把这戏，敲得烂包在舞台上才怪呢。"

胡彩香又撇撇嘴说："吹，吹，可吹。小心明晚上给人家献媚，把糖都喂到人家嘴里了。"

"我给她献媚？呸！"

胡彩香说："我就看你明晚能拉出一橛啥硬货来。"

"放心，那些给哈尻领导献媚的，我都有办法收拾。"舅把话题一转，说，"你可得把这娃的事当事。"

胡彩香说："放心。你这窄的床，又是个女娃，睡着多不方便，就到我那儿睡几天吧。刚好，我也能给娃说说戏。"

舅说："那就太麻烦你了。"

"看你那死样子，还说这客气话。"胡彩香说着，就把懵懵懂懂的易青娥拉到她房里去了。

胡彩香的宿舍跟她舅中间只隔了一个厨房。房子一样大，里面摆设也几乎差不多。不过胡彩香毕竟是女的，房里就多了许多梳子、发卡、雪花膏之类的东西。走进去，先是一股香味扑鼻而来，甚至有些刺人眼睛。胡彩香到院子里端了一盆凉水回来，又把暖瓶里的热水兑了兑，让易青娥洗了麻利睡。她就出去到院子里，跟水池子附近坐着的人谝闲传去了。易青娥听见，那些话里，有一句没一句的，都与那件菊花背心有关。

易青娥洗完后，就上床缩成一团，胆怯地睡在胡彩香的床拐角了。

外面有水声，有说话声，还有笛子声、胡琴声、唱戏声，再有夜蚊子的嗡嗡轰炸声。

易青娥突然有些害怕，把身子再往紧里缩了缩，几乎缩成了蚕蛹状。

在山里放羊，即使走得再远，她都没害怕过，但在这里，她害怕了。她觉得唱戏好像没有放羊那么简单。她想回去，却又不敢对舅讲。她用毛巾被把头捂起来，偷着唤了一声"娘"，眼泪就唰地下来了。

三

易青娥也不知昨晚是啥时睡着的，反正早上是被唱戏声吵醒的。在山里，一大早，几乎都是被鸟和家禽的叫声吵起来的。除了放牛娃的吆牛声，偶尔也会有人喊几声山歌，哪里还能听到这么好的唱戏声呢？并且不是一个人唱，而是好几十个人在唱。有的在院子里唱，有的就在自己房里唱。还有乐器声，也都是单打独吹。一切就像山里的大蜂巢，突然被人戳了一棍，或是被谁拿石头砸了个大窟窿，狂奔出来的蜂，能噪咏得一条沟里，几天都听不见人声水响。

易青娥看到的剧团清晨，竟然是这样一个蜂巢遭劫的所在，感到好新鲜的。她就急忙穿了起来。她看见胡彩香把房门大开着。胡老师的一条腿，蹬着门框的右下角，一条腿，却高高跷在门框的左上方。

11

两条腿像是撕开了翅膀的鹰一样，绷成一字状，裆那一块儿，甚至让平行的"一"字，随着闪动的节奏，还一次次变成了反弓形。易青娥知道，这叫压腿。剧团人腿都很软，她随娘赶场子看戏时，就见他们随时随地、有事没事的，都能高高地端起一条腿来。脚尖随便就能够着鼻尖，并且一边够着，嘴里还一边在"咦咦啊啊"地喊嗓子。胡彩香也在喊，但声音好像压着。见她起来，才大声"咪咪咪嘛嘛嘛"了几下。

"来，洗把脸，我教你练练音阶、音准。"胡彩香指了指脸盆说。

易青娥见脸盆里的水早打好了，就轻手轻脚地洗了两把。她想上厕所，哼哼唧唧地问胡老师："茅厕……在哪儿？"

"茅厕？"胡彩香一愣，"噢，我知道了，厕所，是吧？你舅原来也叫过茅厕来着。以后别这样叫了，好土气的。"

胡彩香把厕所位置一指，易青娥就顺着墙角，朝那儿溜去。

出了门，她才看见，院子里到处都是人。有高高端着腿的，有靠着墙"倒竖阳桩"的。很快她就知道，那不叫"倒竖阳桩"，叫"拿大顶"。还有在院子里翻跟头的，玩棍的。她不敢看，只把眼睛杵在自己的脚背上。走到舅的门口，她听到里面的板鼓声，敲得就跟铁锅炒豆一样啪啪乱响。舅嘴里还念念有词的："嘟儿——八、达、仓！仓才，仓才，仓儿令仓，一打打，才！"她朝舅看了一眼，见舅精力正集中着，把鼓敲得，自己两个腮帮子都胀多大。她就急忙低头走过去了。

叫厕所的茅厕，大得吓人，光女的这边就七八个坑。蹲在里面的两个女人，嘴里还在哼着戏。她有些不好意思蹲，就溜出来在门口等了等。有出来的，却又有进去的。实在等不及，她只好硬着头皮又溜进去，在墙拐角低头蹲下了。

"哎，米兰，听说今晚《向阳红》，是你唱赤脚医生？"一个女的问。

米兰这名字，昨晚胡彩香老师和她舅好像提起过。她就扯长耳朵听了起来。

"唉，人家演得不要了，让咱掠掠西瓜皮哩。"

"胡说呢，你现在是黄主任的大红人了，还掠谁的西瓜皮呢。"

那个叫米兰的好像很生气，说："谁嚼牙帮骨哩，我还是人家的大红人了，谁嚼的?"

另一个急忙说："看你这热脸子，大红人还不好? 我想当，可这黑板头，当不上么。"

那个叫米兰的，一下提起裤子说："谁再嚼舌头，小心烂舌根子。"说着一冲就出去了。

另一个也不蹲了，一边提裤子一边说："哟哟，想朝台中间站，还怕挨砖头哩。看把你个碎货能的些。"也出去了。

易青娥只感到阵阵害怕。村里人也相互斗，相互戳黑窝子哩，不是为葱蒜、鸡蛋，就是为地畔子，可不像这剧团里，好像都是为唱戏争哩。她正纠结着，就听隔壁男厕所里，传来几个说话的声音：

"你狗贼拿了半天大顶，还把裤裆顶得跟帐篷一样。"

"娶个媳妇，帐篷一下就塌了。"

"娶鬼哩。你没看咱这女同胞，都叫社会上的人号完了。咱们也只好干敲破炕板了。"

"不用敲，有办法。"

"啥办法?"

"用铁丝把那家伙捆起来。"

一阵哈哈大笑声，就听一群人又从男厕所那边哄哄闹闹出去了。

易青娥觉得剧团人太怪了，都怪得让人接受不了。

回到胡彩香房里，胡老师就给她教起拔音阶来：

"1——，2——，3——，4——，5——，6——，7——。"

"哆——，来——，米——，发——，索——，拉——，西——。"

胡老师要求她一个音一个音地朝上唱。

她嫌丑，不敢出声。

胡老师就说："唱戏还怕丑，那就只好跑龙套了。唱戏先得胆子大，敢做动作敢发声。这叫自信心，懂不懂?"

她就试着把声音往大里唱。好在外面是一笼蜂的乱咏，大声唱也就唱了。

没想到，胡老师还有些惊讶：

"哎呀，哎呀，娃嗓子好着哩呀！有人教过吗？"

易青娥直摇头说："没有。"

是真的没有。要说唱，那就是放羊时，在坡上乱喊过。跟前没人，着急，不喊能憋疯。就喊，就唱。有时甚至把嗓子都能唱哑了。可那不是唱戏，那就是山里人胡喊叫的歌子。放牛的、砍柴的、挖地的，谁都能喊几句。易青娥还生怕把人丢了，没想到，胡老师还大为吃惊，端直去把她舅叫来说："娃嗓子好着哩！没想到，音域宽，还甜得很。就是音准有点问题，是没训练过。不像是天生的左左嗓子。要好好教，不定还能教出个台柱子来呢。"

舅就吹上了："你以为呢，没这点条件，我还能把自家的外甥女胡乱朝剧团塞？你知道不，她爹过去就唱过皮影戏，还是远近闻名的好唱家呢。"

"是不是？"

"还能哄你。现在是不让唱了，要让唱，到县里来唱，把剧团有些烂唱家都能吓死。"

"吹，吹，可吹。"

易青娥过去倒是隐隐约约听村里人说过，她爹是能唱皮影戏的。她还问过，爹一口让她把嘴闭了。爹说："胡说啥呢，那是'四旧'，爹啥时唱过了？再胡说，小心抽烂你的嘴。"她也不知"四旧"是个啥，就再没敢问。要不是舅今天提起，她把这事都快忘记了。

胡老师的肯定，倒是让她有了信心，这声音也就越唱越大了。

胡老师又给她教了些简单的动作，要她考试时大大方方的，说："别蹴头缩脑的，就保准能过。还有你舅哩么。谅他谁也不敢得罪了你那个'刺儿头'舅。"

易青娥就照胡老师教的，先当着胡老师练，下午舅去排练了，她又到舅房里练。排练厅在舅房的斜对面，易青娥听到那里整整响动了一下午。

晚上，舅说让她去看戏，并要她就坐在乐队的后边。舅说底下有大领导，不让闲人进观众池子乱窜的。

快开演前，她就随着舅到舞台一侧坐下了。

易青娥坐的地方特别靠后，加上个子矮，基本让乐队人挡完了。她只能看到演员的头部，再就是演员的上下场。这反倒让她觉得稀奇、新鲜。

啥叫演员，在这里看得最清楚：上场前还在拿棍相互戳着玩呢，一旦出场，立马就是干部、群众、医生、支书了。尤其是下场，在场上还立眉火眼、提气收腹的，刚一走进幕帘，立马猴下身子，就骂将起来："贼他妈，台上热得两个蛋都快焐熟了。"

易青娥特别担心的是，今晚演出会出事。因为她听舅给胡老师保证过，一定要把戏敲烂在舞台上的。怎么敲烂，她不懂，但不是啥好事，是一定的。

她舅在正规舞台上敲戏，显得比在山村更威风。乐队二十几个人，都平摆着。只有他，是坐在一个高高在上的架子上。架子方方正正，比农村老八仙桌还大些，但矮些。舅把大小四个鼓围着身子摆着。他一手操牙板，一手操鼓尺。他手上、嘴上、眼睛上的所有动作，都跟乐队、演员有关。后来易青娥才知道，敲鼓的，在西洋大乐队里，那就是指挥，是卡拉扬，是小泽征尔。难怪她舅说啥话都那样冲，那样有底气。

戏刚开始一会儿，胡彩香老师就拿着一个喝水杯子来了。她不坐，是一直站在远远的地方，朝台上睄着的。尤其是米兰上场后，她会不停地寻找角度，从几个侧幕条处，朝台上张望。更多的时候，她把眼睛盯着舅。易青娥发现，舅自开戏后，就很少朝别的地方睄了。他只盯着演员的动作，盯着拉板胡的，盯着敲锣打镲的，几乎没朝胡老师那里看过。但他肯定知道，胡老师就站在离他不远的地方。那眼光，是一直带刺盯着他的。

易青娥一直担着心，可偏偏直到戏结束，什么也没发生。在大幕

15

合上的时候，拉板胡的还长叹了一口气说："今晚这戏，是演得最浑全的。米兰进步了！"

只听身后"嗵"的一声响，一片像石头的布景，被胡老师踢了个底朝天。然后，她看都没看谁一眼，就气冲冲地走了。

奇怪的是，大家也都不看胡老师的背影，只看她舅。有的还相互撇着嘴，意思好像是叫看她舅的反应。

她也在看她舅。她舅已经累得没了一丝气力，完全瘫软在了椅子上。

大家就各自收拾乐器，三三两两地起身走了。

易青娥帮舅把擦脸毛巾扭了一把，毛巾就跟刚从洗脸盆里捞起来的一样，扭出好多水来。她递给舅，她舅连接毛巾的气力都没有了。她就帮着舅，把脸和脖子擦了一下。她看见，舅穿的背心和裤子都湿完了。舅把屁股一抬，椅子上的水，正顺着椅子腿朝下滴答着。演一晚上戏，她舅的屁股，连一下都没离开过椅子，神情一直是高度集中着。难怪她听舅抱怨说：敲鼓就不是人干的。

舞台上，领导一直在接见演员。说些啥，旁边也听不清。舅好像也不太关心那些事。他慢慢缓过劲来，就开始用小布袋装着鼓槌、牙板。甚至连那个大老碗一样的板鼓，也被他仔细地包了起来。易青娥要帮忙，舅还不让。

就在舅快收拾完东西的时候，几个人朝他走了过来。其中走在最中间的，是一个瘦瘦的、高高的人。他在冲舅笑。易青娥一眼看见，这人嘴里，是镶着一颗黄亮亮的金牙的。

那时候，谁嘴里能镶一颗金牙，可是太了不得的事了。他们老家，鹰嘴公社的书记娘子，嘴里就是有这样一颗金牙的。她见人老笑，一笑金牙就露出来了。金牙一露出来，就都知道她是书记娘子了。

走在镶了金牙人旁边的一个人，先开口说："胡三元，黄主任专门来看你了！"

易青娥就算把黄主任对上号了。

黄主任说："胡三元，领导都表扬了，说今晚戏好。大家都说你敲得好，节奏把握得准。我和朱副主任代表团上，要口头表扬你一次！"黄主任把朱副主任的"副"字咬得很重。

舅却啥反应都没有，还在用布套蒙着他的大鼓。

那个叫朱副主任的又说："累坏了吧，赶快回去冲个澡，好好休息一下。"

舅也没反应，蒙完大鼓，他就提起东西走了。

易青娥远远地跟着。

只听黄主任有些不高兴地嘟哝："看这尿毛病。"

那个叫朱副主任的急忙说："累了，是太累了。唱戏这行，有时敲鼓的，是能活活累死在侧台的。"

后来易青娥才搞明白，那时剧团团长不叫团长，叫主任，说是革委会主任。

朱副主任自然就是副团长了。有人也把朱副主任叫"朱副"的。

易青娥跟舅刚回到房里，胡彩香老师就跟了进来。胡老师二话没说，照她舅脸上就是一耳光。

她舅竟然也没还手，就那样木呆呆地杵在那里，还像是犯了好大过错似的，有点不敢看胡老师。

胡老师恶狠狠地说："你不是说要把那狐狸精的戏，敲烂在舞台上吗？怎么不见敲烂，反倒还朝浑全地箍哩。你是吃了人家什么药了？黄主任骚情呢，你是不是也想沾点荤腥？看那狐狸精的一对骚眼，还一个劲地给你放电哩。你那死鱼眼睛，也一个劲地给人家乱翻白呢，都不怕把眼珠子翻掉出来。哼，还哄我呢。你狗日胡三元，就是个最没良心的东西，团上批你白专道路，活该！咋不把你给枪毙了呢。"

任胡彩香怎么说，怎么骂，舅都不开口。骂得急了，舅才回了一句："人家米兰的确下功夫了，戏也进步了。人家戏好，我咋下手？"

"呸！不是骚狐狸的戏好了，而是你的心肠变坏了。把我的便宜占了，又想吃新鲜豆腐了。胡三元，你狗日等着吧，等着再批判你这个黑板头的时候，我还偷偷给你做好吃的，让你钻到我怀里淌猫尿

17

哩？我这回要不第一个站出来，揭露你这个大哈屎，我就不是我妈生下的。你就等着瞧吧！呸！"

胡彩香把门甩得嗵地一下，走了。

易青娥感觉，那顶棚都差点被震得塌了下来。

舅闷了好一阵，才对她说："你睡，我出去走走。"

她舅刚要出门，那个叫米兰的主演掀门帘进来了。她手里还拿着一个冰棍，硬要塞给她舅。舅就把冰棍转手给了她。她那时还不知道冰棍是个什么东西。

米兰除冰棍外，还给舅拿了一条新毛巾，说："三元，太感谢你了，给我敲得这么好，让我都不知说啥好了。这还是我在省艺校学习时买的一条好毛巾，送给你，擦擦汗。算是感谢你了！"

"不要不要。你戏进步了，我好好敲是应该的。"舅说着，就把毛巾朝米兰手上塞。

米兰已退出门外，把门拉上了。

舅拿着毛巾看了看，正要朝里边抽屉塞呢，却见胡彩香又一冲进来了。

那毛巾只塞进去一半，另一半还露着。

胡彩香："咋，还真骚情上了。当着一院子的人，就敢送货上门了。"

舅还是没话。

倒是把易青娥吓得，急忙把冰棍压在了枕头下。

胡彩香一把抓过易青娥的手说："走，到我那儿睡去。你舅是个大哈屎，可不关你的事。我既然昨晚让你睡了，今晚还过去睡。"说着，就拉着她的手朝门口走。都快出门了，胡老师却一眼扫见了那条毛巾，就立即站住了。

舅是想拿身子挡一挡的，谁知胡彩香冲上前，一把拉出毛巾，端直戳到了舅的脸上："这是啥？这是啥？看你还能背着牛头不认赃？这赃物可是我和那狐狸精一起在省城学习时，在解放路买的。我给了你一条，把你的脏脸还擦不净是吧？还要再收一条，留着擦脏尻子，

18

是吧？我叫你擦，我叫你擦……"说着，胡老师操起桌上的剪刀，克利麻嚓，就把一条新毛巾剪成了拖把条。

剪完，胡彩香又狠狠抓起易青娥的手说："走！"就把她踉踉跄跄地拽出了门。

院子里的人，都用古怪的眼神朝这边矇摸着。

四

易青娥被胡彩香拉进房里，胡彩香还在骂她舅，说她舅是个没良心的东西，帮米兰那个狐狸精，就是往她伤口上撒盐，就是给她心尖上攮刀。那时的易青娥是搞不懂这种仇恨的。后来她成了主角才知道，演员争角色，那是一件何等了得的事，有人为这个，恨不能剥了人的皮，喝了人的血。

胡彩香再骂，她都装作听不懂。她睡在那里，也不作声，只听胡彩香唉声叹气的，在床上翻滚了一晚上。

第二天一早，胡彩香还是在教她拔音阶，做动作。只是夹枪带棒的，可没少骂她舅胡三元。

练完唱，回到她舅房里，舅还在练着敲鼓那一套。舅问她："咋样，胡彩香没欺负你吧？"她说没有。舅就说："天底下都难找到这样的疯婆子。"舅说完，还练他的鼓板，好像世上什么事都没发生过一样。她看了一下床，突然蒙了，舅把被子、枕头全换洗了。舅边敲鼓边说："你昨晚把冰棍塞在枕头下了，害得舅洗了半晚上。"

胡彩香这一天都没来。晚上，她又冲进房，把易青娥抓过去睡，但跟舅却没招嘴。

就这样，胡老师又气呼呼地把她训练了几天，就开始考试了。

那天人特别多，舅说有三百多人参加考试，加上家长，院子里里外外到处都拥满了人。

易青娥从窗户上偷偷朝外看，发现人家都比她长得好，穿得好。

用胡彩香老师的话说，都长得"展脱"得很。演员要的就是"展脱"。好几个女孩子，都穿的是花格子的确良衬衣。还有几个干脆穿着花裙子。易青娥只是在电影上见过这种穿法，真是好看极了。听舅说，今年光县城就有好几十个人考试呢。说这是以往少见的现象，演戏还成红火事了。不过舅说不要怕，让她只管好好考就是了，剩下的事有他呢。

就在考生要集合的时候，胡彩香突然过来，一把把易青娥拽到她宿舍去了。进房二话没说，就让她把裙子换上。裙子是新的，好像刚买回来，胡老师还跑得满头大汗的。其实她身上穿的也是新衣裳，是她舅昨天才给她买的。舅故意买得大了些，说以后缩水、长个子了还能穿，却被胡彩香臭骂了一通："看你那死烂舅，有眼无珠的货，给你买下这号怀娃婆娘的衣服，不是让你上台丢人现眼去吗？快脱了，让他拿去给那个骚狐狸精穿去。"说着，胡彩香就三下五除二地把她身上衣服全剥下来，换上了裙子。一下弄得她连手脚都不知朝哪儿放了。胡老师说："你看看，你看看，人凭衣裳马靠鞍。这一打扮，不也像个样子了吗？靠你那个死舅，啊呸！吃屎去吧！"骂着骂着，把她自己都骂笑了。就这还不过瘾，她又补了一句："你舅绝对不是个好子儿，你知道不。就是那个稻田里的稗子，你知道不。"

易青娥也被胡老师骂笑了。

胡彩香说："把鞋也换了。看你那大'摇婆子'鞋。也真是的，你舅个死啬皮，连鞋都舍不得给外甥女买一双。"

易青娥说："舅要买的，我不要。"

易青娥穿的还是她娘给她借的那双回力鞋。这几天，她早早就把鞋洗白晒干了。她觉得那双鞋是最美的。可胡老师还是让她脱了，给她换上了新凉鞋，也是刚买回来的。胡老师说："穿上这个才跟裙子般配哩。"

院子里有电声喇叭在不停地喊叫，要所有家长都退出去，说考试不许在现场打扰。接着，就喊考生抽号了。易青娥抽了个十三号。胡彩香就说："你这娃咋抽得这背的，号太靠前不说，还不吉利。臭手爪子！"胡老师还打了一下她的手心。想让她重新抽，可管考试的都是上边来的，不让。也就只好听天由命了。

考场分两摊：一摊在舞台上，考形体。一摊在后院子，考声乐。

开考前，先都在剧场池子里集合。由黄主任主持，上边来人讲话。那人讲了好半天，嘴角都讲起两堆白唾沫了，还在讲。底下的娃娃们就嗡嗡开了。只见黄主任把话筒一拍，像炸雷一样"嗵嗵嗵"响了几声，池子才安静下来。那人继续讲着"不能走白专道路""不能养成资产阶级生活作风"啥的。反正易青娥一句也听不懂，就一直把心思放在了新衣服、新凉鞋上。那人终于讲完了，考试才宣布开始。易青娥的心，突然跳得比她舅的鼓点还要急起来。

前边考过的，和后边的还不能交流。考完形体，就直接从池子出去了。易青娥就那样懵懵懂懂在后台等着。那阵儿，舅也不见了，胡彩香也不见了，只有一个个她不认识的考生。县城的娃，明显比乡下来的张狂。等着考试呢，就能在后台打起来。而乡下来的，都吓得溜墙摸壁的，大气也不敢出。当她被"十三号"的喊叫声叫到侧台候场时，两条瘦腿抖得是咋都撑不住本来就削薄的身子骨了。她在想着舅的话，还有胡彩香老师的交代，都是要她大大方方、自自然然的。说上场就跟底下没人一样才好。她想，无非是考不上，考不上还回去放羊了事。从这几天看来，唱戏好像也不是一件啥好事，为啥非要唱戏呢？这样一想，反倒轻松了许多。也不知咋的，她的腿也不抖了，心也不乱跳了，就瓜不唧唧地戳上了舞台。

到了前台，她才发现，她舅就坐在池子的后边。

前边坐了一长排人，每人面前都放着一沓纸，自是考官了。

她一眼看见，考官里还坐着米兰。她的心，不知咋的，就又嗡地一下乱了。

她定了定神，就听米兰说话了："十三号，先放开在舞台上左走三圈，再右走三圈。开始。"

这阵儿，易青娥也分不清哪是左、哪是右了。有人用一根藤条指了指，她就走起来。她知道，这是看考生腿脚有没有毛病的。走完后，又让一个教练在舞台上指挥着，做了好多动作。都是伸胳膊伸腿的，看胳膊是不是直溜，腿是不是罗圈，或者 X 形。好在，这些胡老师都验过的。说她除了有点撅尻子，还没啥大的毛病。要她走路时，把屁股朝回吸一吸就行了。再后来，就是念一段话。有人把一张纸拿过来，上边印着满篇的字，要求大声念出来。这也是她最害怕的环节。因为她只念完小学就没念书了。不过舅说过，不会念了也别怕，到这儿考试的，大多都是小学生，念不下来，也会让你随便说一段话的。主要是看你口齿清不清，有没有口吃，害怕把那些"半语子"或者傻瓜招进来了。只要你能好好说话，就不怕。果然，那片纸上的字，她咋看都有好多不认得。考官就让她随便说了。

下面这段话，是胡老师提前让她背好的。刚好是《向阳红》里赤脚医生说的。她就放大声地背了出来，虽然她一点都不明白里边的意思：

> 梁支书，您批评得很对，我最近是犯了不少错误，尤其是白专道路的错误。我以为，到县医院进修三个月，跟大夫学了看病的技术，回来就能翘尾巴了。这是典型的白专道路思想在作祟。还有就是资产阶级生活作风在作怪。我竟然学起了城里的洋小姐，用烙铁把头发烫成了卷卷毛，还穿起了布拉吉，蹬上了白网鞋。走在乡村的路上，嫌泥土多了，牛粪臭了。进了贫下中农的家里，坐在炕头上，也害怕把衣服弄脏了。没有想到，我会在白专道路和资产阶级的道路上，滑得这么远。要不是梁支书您苦口婆心地教育，我可能要犯更大的错误了……（抽泣）梁支书，我今天向您保证：立即脱了这身资产阶级生活作风的外衣，继续穿上赤脚医生的草鞋。我要永远走在无产阶级的康庄大道上……

当易青娥拿腔拿调地背完这段戏词时，好几个老师竟然大笑起来。也不知笑啥，是不是哪里没有背对？反正她是一字一句记的。昨晚都后半夜了，她还拿脑子过了好几遍。也给胡老师和舅都背过，他们都说没问题的。她看看舅，只见舅在远远的地方，悄悄给她竖了个大拇指。她的心才算安下来。

没想到，形体考得这么快，一人七八分钟就算完了。有人把她领下舞台，绕了一大圈，又进后院子，开始声乐考试了。

她走进后院时，舅已经在院子里站着了。

考场是在团部办公室里。剧团的好多人，都在办公室的几扇窗户前猴猴着。听说这次考生里，有不少剧团人的亲戚朋友呢。凡心里搁着事的，自然就都有些坐立不安。院子里已经燥热得连狗都伸长了舌头，可这些人却还在考场四周，身子贴身子地来回攒动着。

终于临到易青娥了。

她舅朝她看了看，她就进去了。

进到考场，她反回身，看见她舅的鼻子紧紧压在窗玻璃上，都变成塌鼻子了，难看得很。

场子里坐了一圈人。有人见她进来，就在她和窗外她舅之间，指指点点着。她明白，那是在说她和她舅的关系呢。

考试开始了。先让唱一首歌。她会唱电影《闪闪的红星》里的"夜半三更盼天明"，这是小学老师教的，胡彩香老师又给她点拨过。胡老师说她好多音都唱不准，顺了几十遍，才让她舅听。舅说好多了，关键是要大胆唱出声来。她就在考场里扬起脖项、放开喉咙唱起来。当唱到最高音"岭上开遍映山红"时，甚至都"炸音"了。她嗓子痒得直想咳，可还是忍住，继续扯长了脖子，把歌挣完了。多少年后，易青娥成了大名，还有老师在笑话她说：谁能想到，当时那么个山沟沟里的瓜女子，日后在唱戏上，还能浪得那么大的名声呢。都说那天考试，娃可瓜了。要不是看她舅在窗外监视着，老师都差点笑得溜到桌子底下去了。她舅是恶狠狠地朝这些嘲笑他外甥女的评委，美美挖了几眼，吓得大家才都严肃起来的。

再下来是拔音阶。

有人敲扬琴，她跟着，一个音一个音地朝上走。这个提前也练过。胡老师说，她的好几个音都不准。舅说，准不准都不怕，大声唱出来最要紧，千万不敢跟蚊子一样嗡嗡嗡、哼哼哼的就行。她就拼着命地唱，唱到最高音，又是惹得有人扭过头，捂住嘴，扑哧扑哧地笑个不住。反正她是豁出去了。

高音拔完，也就考结束了。她一出来，舅就把她领回房了。舅说："发挥得很好。就要这样，唱戏么，不把劲努圆还能行。"

她舅正给她打糖水，说让她润润嗓子呢，胡老师就冲进来了。只见胡老师一脚把舅的椅子踢翻在地说：

"胡三元，你个臭流氓！原来你是知道那个狐狸精今天要当评委，才胡骚情，给人家把戏敲出花来的呀！你等着，你个臭流氓等着，我要再不把你耍的流氓告到公安局，我都不是人生父母养的。你就等着进局子去吧，臭流氓！"

说着，胡彩香又把洗脸盆架子也踢翻了。

一盆水哗啦啦泼了一地。

胡老师走了。易青娥还吓得浑身直哆嗦。

她舅胡三元却定定地说：

"疯子，女疯子！你舅手背，碰上了这号疯子。莫怕！"

五

易青娥终于考上剧团了。不过，她知道，这是她舅的功劳。据说为这事，她舅还骂了乐队敲扬琴的。那个敲扬琴的大概说了一句："胡三元那个外甥女，音准有些麻达呢。"他就捎话给人家说："让这孙子少皮干。敲个烂扬琴，张得嘴就没了收管。再乱皮干，小心舌头。"吓得那人就把嘴夹紧了。

据说最后开会研究定人时，黄主任宣布了几不准：首先是不准任何人，在办公室外的窗户下来回走动、偷听；其次是坚决反对走后门。可她舅偏要去来回晃荡。时不时地，他还要把里面的评委挨个盯上几眼，弄得每个人都很不自在。气得黄主任也毫无办法，直叹气说："胡三元这货，还得开会修理呢。"

一接到录取通知，易青娥说要回去一趟，她想娘了，也想那三只羊。她舅却不让。说一应手续，他捎信让公社的人就办了，要她麻利开始练功、练唱。舅说："你得笨鸟先飞，懂不懂？你没看这次参加考试的，有多少干部子弟呢。干部子弟平常都吃得好些，饭里油水大，身体就有劲道。人又聪明，容易开窍，随便练一下，就跑到人前去了。你要乘人家没开班，加紧先打点基础。等人家都来了，你就跟不上趟了。唱戏这行，没啥窍道，一要嗓子好，二要功夫硬。别听那些吃饱了撑得没事干的人瞎掰扯，一会儿批业务挂帅，一会儿批白专道路的。没本事，混在这行球不顶。"舅说话跟九岩沟人一样，就爱带个球呀球的，对谁也不婉转。那天舅给她说了很多很多，最要害的，其实就一条：

"一辈子要靠业务吃饭。别跟着那些没本事的人瞎起哄，胡架秧子。其实他们心里，对有本事的人毛着呢。就像黄正大，他就毛着舅哩。"

黄正大就是黄主任。

舅说："他见了我胡三元，有时也还得绕着走呢。没办法，谁让咱这技术太硬邦了呢。离了咱，地球就真的不转了么。反正说上天，说下地，这就是个唱戏单位。戏唱不好，鼓敲不好，胡琴拉不好，球不顶！"

易青娥开始练功了。练功服还是胡老师给找的，说是她过去练功时穿的。

那天，易青娥见胡老师发那么大脾气，开口闭口骂她舅臭流氓，还赌咒发誓地说，要把她舅弄到公安局去，吓得她还不知要出什么事呢。结果，啥事也没出。舅还是整天在练他的鼓。胡老师每天晚上，还是照样来拉她过去睡觉。有时还给她买冰棍吃呢。睡在床上，胡老师还是一个劲地骂她舅臭流氓，骂米兰骚狐狸。可第二天打开门，还是照样练功，练唱。见了米兰，也一样打招呼。并且时不时地，俩人

25

还勾肩搭背地走几步。这就让易青娥咋都有些看不懂了。舅倒是永远看得那么明白，说："疯子，就是个女疯子。你该吃吃，该喝喝，该睡睡。少招惹疯子就是了。"

练功也是胡彩香在教她。第一天，胡老师就把她的腿一下扳得走不动路了。

易青娥才满十一岁，可在乡下，放羊、打猪草、砍柴、背粪，什么样的苦没吃过。到剧团来，听说很苦，但没想到会这样苦。为了把腿筋拔开，胡老师让她面对一堵黑乎乎的墙坐着。然后把她两条腿顺着墙壁往开硬掰，说这叫"劈双叉"。本来把腿分得太开就痛，谁知胡老师还要给她屁股后边放一把椅子。胡老师就坐在椅子上，手里拿一根棍，这儿戳一下，那儿敲一下，像看犯人一样，监视着她劈。坐一会儿，胡老师还要把椅子朝前推一推。易青娥的腿就越掰越开了。胡老师要求，要尽量把腿撕成一字形，尤其是裆部，能贴住墙，那才算是把腿筋拔开了呢。胡彩香和另外一位老师试着给她扳了几回，企图让裆部撕得再些。直到把她扳得痛晕过去，她们才松开手。只听胡老师说："这娃骨头又贼又硬的，还得下重手呢。"吓得她当下浑身直打冷噤。第一天只劈了半小时。胡老师说："以后还得加码，每天至少得一小时，腿筋才能慢慢拔开。"易青娥想哭，想喊，但爹不在跟前，娘不在跟前，只有舅在。可舅在练功上，却没有丝毫疼惜她的意思。她就只好在半夜时用毛巾捂着脸，让眼泪一滴一滴朝肚子里流。

这期间，又发生了一件大事。

有一天，易青娥在排练厅里边的黑拐角练劈叉。胡老师帮她把腿掰开，又在她屁股后边放了几块砖顶着，让她别动，自己就去排戏了。前边排练厅里，正排着一个小戏，叫《大寨路上一家人》。易青娥先听见她舅的敲鼓声，后又听到铜器声，再又听到笛子、胡琴、演唱声，后来就骂起来了。是她舅的骂声："排辣子呢排，都牛拽马不拽的，哪像个排戏的样子。这热的天，把人弄到蒸笼一样的排练场，是捂痱子来了？领导都死完了，戏排成这样，眼瞎了，看不见。我一天真正是提着夜壶伺候尿哩。"只听"当嘟嘟嘟嘟……"一阵大锣抢地声。一个男人就撮上了火:"哎,胡三元,你把嘴放干净些,谁是夜壶谁是尿了?"只听她舅说:"没跟你说。"那男人问:"你跟谁说了?今天得把话说清楚:谁是夜壶,谁是尿?"她舅又大声嚷嚷了一句:"都是夜壶!都是尿!一群烂竹根。爷还不伺候了!"这一下,排练厅就炸了锅。好像有一群人都在质问她舅:"你是谁的爷?""你胡三元给谁当爷呢?"很快,易青娥听到,有人把她舅那一溜鼓给掀翻了。锣、镲、钹,霍嘟嘟在地上响成一片。紧接着,就听到黄主任来了,直喊:"开会,开会,马上开会解决问题!"

排练厅就变成会场了。

易青娥蹴在拐角,吓得大气都不敢出一声。

她虽然年龄不大,但已知道开会是啥意思了。这样的会,她在老家,见大队也开过。但被开的,不是她家里人,而是队上的保管。半夜时,保管偷着把生产队的洋芋背了半背笼回家了。开会时,还让他把背笼里的赃物一直背着。先是批斗,后来就有人动手打。他一颗门牙,都让愤怒的群众几鞋掌给抽掉了。她站在小学操场边上远远地看着,倒也不怕。因为被打的不是自家人。可今天这会,搞不好要开到她舅的头上,她的心就抽起来了。尤其怕开着开着,也有人上去,拿鞋掌抽了舅的门牙。舅的两颗门牙,本来就比别人长得长些。平常他是得使劲抿着,才能用嘴唇把牙包住的。

会一开始,黄主任先了解情况。一些人你一句我一句的,就把枪口对准了她舅。事情大概是这样的:下午太热,排练场仅有的一个吊扇也不转了,有人排戏就摇着蒲扇上场了。该做的动作不做,该唱的也不好好唱,完全是走过场,行话叫"过趟趟"。她舅胡三元气得几次扔鼓槌,嘴里也不干不净地乱骂起来。开始大家还都忍着。后来,她舅又是夜壶又是尿的,尤其是把大家都比成"烂竹根",一下犯了众怒,有人就要上去捆他的嘴掌。混乱中,鼓也被掀翻了,吊镲撑子也被打倒了。她舅还拿起牙板,磕了谁一下,好像还见了血。这会自然就开得热气腾腾,甚至有点火冒三丈了。

27

开始易青娥还听她舅在反驳，说排练场纪律太不像话，简直像是过去逛庙会的。可终因寡不敌众，最后问题全都集中在他身上了。有人揭发说，胡三元今天一进排练场，气就不顺，对排《大寨路上一家人》有意见呢。他发牢骚，说不该成天就排这号破戏。开排了，他又故意刁难演员，嫌没看他。你个敲鼓的，好好敲你的破鼓，凭啥要演员开唱时，先看你的手势？你算老几？你以为你个敲鼓佬，就成"顶梁柱""白菜心"了？这是旧艺人、旧戏霸作风，早该扫进历史垃圾堆了。还有人批判他说："胡三元业务挂帅思想很严重，动不动就说大家是'烂竹根'，好像就他这一根竹子长成器了似的。我们必须狠狠批判。要不然，大家就都被他塞到烟筒里抹黑了。"

易青娥也不知劈着叉的双腿，是啥时收起来的。开始她还蜷缩在墙拐角。后来，听外面阵势不对，就干脆钻到一片烂布景里躲起来了。外面的会，在这里是能听得一清二楚的。她熟悉的声音里，胡彩香、米兰都没说话。她还生怕胡彩香说话了。胡老师不是口口声声，要把她舅这个臭流氓送进公安局里去吗？这可是个大好机会呀！可胡老师一直没开口。会中间，黄主任好像还点了她的名，叫她说几句，她说她牙痛，到底没说。米兰也没动静。

会开到最后，是黄主任讲话。他声音很大，有好多意思她听不懂，但不是啥好话，她明显能感觉到。黄主任说："你个胡三元，是屡教屡犯，屡教不改（易青娥那时把这话听成了'驴叫驴犯，驴叫不改'，她还犯嘀咕：领导怎么骂她舅是驴呢）。你看你一年，要犯多少次错误？你以为你都对？可群众的眼睛是雪亮的啊！大家一声吼，都群起反对你，总该不是我黄正大又把你冤枉了吧？动不动骂群众是'烂竹根'，你是什么东西？你是千年的何首乌，万年的长白参？天底下就你能行，就你最金贵，是吧？这就是典型的白专道路、天王老子第一的思想在作怪嘛！你以为你那几下鼓，就敲得没人能比上了？听说省上戏曲剧院敲鼓的，都不在你眼里放了？胡三元哪胡三元，该是悬崖勒马的时候了！再这样放任自流下去，搞不好，你的问题，可就不是人民内部矛盾问题了。我黄正大就是想挽救，也无能为力啦！痛

28

心哪！大家得给他猛击一掌，该是让他好好清醒的时候了……"

黄主任的话，讲得很长很长。易青娥藏在烂布景里，差点没憋死过去。直到会散，胡彩香来找她，才把她从里面弄出来。回到舅房里一看，她满脸抹得跟花脸猫似的。布景上的五颜六色，全都染在她身上脸上了。

她舅倒像没事人一样，坐在椅子上，用砂纸细细打磨着一对小鼓槌。舅有好几副这样的鼓槌，都是在山里挖出来的。舅过去很少回九岩沟，一回去，就钻到竹林里挖竹根去了。有时挖好几天，才能发现一对他满意的。所谓鼓槌，就是最好的竹根。要通，要直，要细，要长。最好有两三年的竹龄，既有韧劲，又有弹性。舅常常能把手上的鼓槌，弯成九十度，一松开，又啪地直得跟筷子一样。说起筷子，有一次舅回老家，把一对新磨的鼓槌，晾在了箱盖上。她觉得好玩，就搭板凳从箱盖上够下来，把鼓槌当筷子，吃了一顿热乎乎的洋芋糊汤。结果让舅大为恼火，说饭把鼓槌烫坏了，不仅颜色难看，敲起来，也会由清脆、透亮、炸堂，变成出溜子屁一样的"咽声子"。舅为这事，当着娘的面，还磕了她几"毛栗壳"。在山里，大人打娃，都爱顺手把食指和中指抽起来，形成两颗硬咣咣的"板栗"状，磕在人头上，痛得眼泪当下就能飙出来。

舅爱他的鼓槌，是出了名的。可再爱，今天被开了会，还能这样一门心思地侍弄鼓槌，真是像胡彩香老师说的那样："狗改不了吃屎。你舅就是个臭敲鼓佬的命，其余百事不成。"

舅不说话，她也不敢说。她看舅的两根筋背心泡在洗脸盆里，就拿起来不停地搓。舅说："你不管。下午出的汗多，得多泡泡。"她还是搓，不搓她也不知道能干啥。

天黄昏时，米兰闪了进来。她手里还拿着一个油乎乎的牛皮纸包。打开来，里面包的是两个卤猪蹄。

米兰说："别生气了，这事还不都怪你自己。人家都能过得去，你偏要站出来，乱喊乱骂的，何苦呢。"

"我不提夜壶了，不伺候这些了，还不行！"她舅的气又上来了。

29

"你看你。好了好了，啥也别说了，赶快给人家把检讨一交，就没事了。"米兰把声音压得很低。

"检他妈的瘪葫芦子，我给他检讨？让他把豆腐打好，等着。"

米兰把话题一转，说："你不检讨？你外甥女的事，人家可是放过你一马的。"

"他咋放我一马了？"

"这娃音准的确有些问题。要不收，也没错。还是我跟黄主任的老婆说，人家才松了口的。娃还在实习期，将来还要转正，人家拿捏你的事多着呢。"

谁知舅把鼓槌朝桌上一板说："去他娘的蛋。唱不成戏了，我外甥女也不缺胳膊少腿，还种不了地了？放不了羊了？娃就是来，也是要凭本事吃饭。不看他谁的脸，不当他谁的下饭菜！"

"好了好了，你胡三元这一辈子，就吃亏在铁壳嘴上了。我劝你，还是识相些好。"

"识相些？像你一样，给他老婆钩菊花背心？给那死婆娘在太阳地里揉肩捶腿？呸！看我不照那猪腿敲几棍。你现在开窍了，把戏演好了。可米兰，你另一个窍门，也开得太大了点，让人瞧不起，你知道吗？"舅的话，说得米兰的脸红一阵白一阵的。

米兰说："管你咋说，我得演戏。我心里做事是有分寸的。感谢你给我敲戏没使坏。人家都说，你会把我的戏敲烂在台上的，可你没有。我知道，有人为这事，没少臭骂你。做人得有良心，我会记住你这个好的。啥也不说了，我就劝你赶快把检讨写了，都有个台阶下，啥事也就都没有了。"说完，米兰就走了。

舅又拿起鼓槌在那里磨啊磨的，好像啥事都没发生过一样。

易青娥憋了好久，终于开口说："舅，我干脆回去放羊算了。"

"放羊？羊恁好放的？这里边没你的事。你该做啥还做啥。这都是大人的事，你就装作啥都不知道。"

她也不知该说啥好了。

房里就剩下了砂纸打磨鼓槌声，还有搓衣服声。

也不知过了多久，胡彩香端了半盆饭，用脚把门帘一翘，兴冲冲地进来了。

胡彩香说："我专门熬的苞谷子南瓜绿豆汤。里边还炖了一点腊猪排。"她突然看见桌上放的卤猪蹄，气一下又不打一处来，把半盆饭嗵地蹾在条桌上说："哦，有人都先把殷勤献上了？好嘛，你狗日胡三元，都快绑缚刑场，执行枪决了，还有骚货黏糊着。青娥，快把这脏猪蹄拿去喂狗了。"说着，胡彩香"呼啦"把牛皮纸里的猪蹄一下都推翻在地上了。

舅连头也没抬一下，还打磨着他的鼓槌。

易青娥也不敢抬头看谁一眼，就听胡彩香又乱倔乱骂起来："你胡三元是活该！我还同情你呢。像你这号货，就该狠狠地批斗才对。应该拉到体育场，给头上把大流氓的高帽子戴起来，然后满街游着批，游着斗。"

她舅终于忍不住了："少皮干。滚！"

"啥？你个没良心的东西，让谁滚呢？你让谁滚呢？"胡彩香说着，就抢起桌上的一摞剧本，照着她舅的头接二连三地痛打起来。她舅只来回闪躲着，也不抵挡，也不反抗。砸了一会儿，胡彩香自己又停下来，继续骂："你活该遭批判。戏排得好，排得坏，与你腿事。你是主任？是副主任？业务股长？还是乐队队长？油里没你，盐里没你，也不知你逞的啥能，要得罪那么多人。你信不，你这臭毛病要是不改，总有一日，还要挨黑砖哩。你以为你能，你就是个挨了棍子不记打的蠢王八！"

任胡彩香咋骂，她舅还就那一句话："少皮干。快滚你的！"

越让滚，胡彩香越骂得厉害。最后，硬是没啥骂了，她才一甩门帘，气冲冲走了。

自来剧团这些日子，易青娥倒是看出了点门道：胡彩香再发脾气，再骂舅，都是不怕的。反正恼了，骂了，打了，该干啥还干啥。

胡彩香一走，舅就让盛饭。

她给舅盛了一大洋瓷碗。舅吃完了，又加了半碗，嘴里还嘟哝说："这个死疯婆娘，苞谷子南瓜汤还熬得这香的。"

这天晚上，易青娥还是自己就去胡彩香家里睡了。不过半夜醒来后，咋都睡不着。觉得这剧团的确不是好待的。她想走，舅又不让。翻来覆去的，她才突然发现，胡彩香不在床上。大概到快天亮的时候，人还没回来。房里蚊子咬，加上昨晚的汤又喝得多，她就想起夜。

易青娥摸摸索索地出门来，朝厕所走。可刚摸到她舅门口，就听里边有动静，好像是床板发出来的吱吱呀呀声。她静静听了听，还有个女的在悄悄说话呢。仔细听，是胡彩香的声音："这会儿，你知道流猫尿了。没良心的货，你哪一次受整，不是我来安慰你。我都快成日本慰安妇了。狼心狗肺的东西，活该挨整！咋不整死你，整死你，整死你，整死你，整死你……"

好多年后，易青娥才慢慢理解，当时那些让她感到十分羞耻的生活。

那阵儿，她只想回去放羊。

她觉得回去放羊，都比在这里好一百倍。

可她舅在，她是回去不了的。

六

宁州县剧团，1976级演员训练班，正式开班了。

由于一次招了八十名学员，剧团院子没地方安顿，就先放在县中学培训了。县中刚好放暑假。八十个人，分了男女两班，男五十，女三十。两个大教室，就全部装下了。剧团那边，正在加紧建房，准备学校开学时把人撤回去。

易青娥她舅来看过外甥女两次。床上所有的东西，包括吃饭的碗筷，都是她舅置办的。舅没有多余交代，就一句话："娃，唱戏是苦差事，吃不了人下苦，就成不了人上人的。"易青娥不怕吃苦，可她做梦都没想到，学戏会这样苦。

每天早上五点，准时有人吹哨子喊起床。洗脸只准十五分钟，然后就排队、报数。报完数，由声乐老师领着，到河边去喊嗓子。学校里不能喊，因为好多老师都住在里面，一喊，就提意见。易青娥在女生里年龄最小，早上起床的节奏，她总是跟不上。因此，有好几回洗了脸，却没来得及上厕所，还不敢说。最后憋着憋着，就尿到裤子里了。多少年后，还有人拿名旦忆秦娥开玩笑呢，忆秦娥也毫不避讳地说："夏天还罢了，冬天尿裤子，那才叫活遭罪呢。"

喊完嗓子，就回到学校操场练功。好在易青娥先练了一个多月，腿功、腰功，都还有点基础。在练劈叉、下腰这些特别难受的动作时，大家都哭成一窝蜂了，她反倒还能忍着。尽管也是痛得钻心，痛得要命的。

听舅说，这班学生里有好多干部子弟，一上功场，就大显形了。才练了四五天，县城就有三个学生跑回去，再找不来了。主教练骂："逃兵。一开始就出了逃兵。希望大家不要向这些人学习。唱戏这行，先苦后甜。世上哪有一锄头挖个金娃娃的事。"教练们最喜欢一人提着一根藤条，耀武扬威地说："痛，痛也得忍着。由痛练到不痛，功夫才上身了。我们这些当老师的，也都是老师的老师，用棍打出来的。"他们好像有一种报复心理似的，还真打呢。尤其是对那些调皮捣蛋的男生，几个年轻教练，用棍抽得杀猪一样地号叫。

女生是女教练。但劈双叉、下腰这些动作，男教练也会帮忙。易青娥年龄最小，因此每次劈双叉，都是第一个下叉，直接面对着墙壁。第二个，屁股对着她。第三个，与第二个面对面劈。第四个又把屁股对着第三个。以此类推。当三十个女生全部下完叉时，易青娥已经下十几分钟了。并且每下一个人，力量都会朝前涌动一下。因为每个人都想别人把腿撕得更开些，自己就能轻松一点。人人都在拱动，拱来拱去，人人都会扎心窝地疼痛。因此，最早下叉的那个人，一定是最吃亏的。后边的人，是后下先起。而前边的人，是先下后起。每每到双叉劈结束时，易青娥半天都站不起来。有时是教练拖几米远，才把腿收拢到一起的。但易青娥能忍。就是掉眼泪，她也不想让人看见。舅说了，学戏这行，是"莫斯科不相信眼泪"的。

每天，早上一趟功，晚上一趟功。下午是政治、语文、音乐课。最轻松的，就是下午上课了。可易青娥听不懂，就觉得还不如练功。练功不瞌睡，一上课，她眼皮就老打架。老师用教鞭都把她抽几回了，而且还罚站。她觉得可丢人了。

在这里，她才知道啥叫干部子弟，啥叫城里人。干部子弟，就是晚上腰里有钱，可以出去买冰棍，有时还能买烧鸡腿、烧鸡翅的人。县城人，就是随时可以回家，从家回来了，还能带来水果糖、汽水、包子、炸面叶的人。而易青娥没有这些，只能吃大灶上的饭。大灶一天两顿，一般早上是糊汤，下午也是糊汤。隔一天的下午，可以吃一顿蒸馍，或者面条。这已经让她感到很幸福了。在老家九岩沟，吃馍、吃面都是要过节的。

在她们女生里面，有一个条件最好的，叫楚嘉禾。她爸是银行的啥子头儿，她妈是县文化馆的文艺辅导员。听说她妈经常搞群众业余调演活动，不仅自己导，而且还主演。关键是还到地区、省上拿过奖，是连县上领导都要经常接见谈话的人物。她每次来剧团，对一般人都是待理不理的。但她每次来，黄主任即使不在跟前，也是要闻风赶到，陪着说话的。楚嘉禾也住大通铺，但被子、洗漱用品，甚至包括吃饭的碗，明显都跟别人不一样。她妈让她回家睡，怕在这里有蚊子咬，睡不好。可楚嘉禾咋都不。她喜欢这里几十个人挤在一起热闹，好疯，好玩。她妈就硬是给她的床上绷了一个蚊帐。她的一切，就越发显得跟别人不一样了。

楚嘉禾比易青娥大两岁，十三了。她是干部子弟，又是城里人，但也能吃苦。老师给她劈叉扳腿，她会大声喊叫，可还是让老师扳。几乎所有人都在说，这是一个好苗子：眼睛大，脸蛋漂亮，个头高，条儿顺，一看就是当主角的料。并且人家嗓子也好。易青娥最多会唱三四首歌。而楚嘉禾一晚上在宿舍就唱出三十多首来，还说再唱十晚上都唱不完，惊得一宿舍人都直咋舌头。不过楚嘉禾也有个毛病，就是爱指挥人，尤其是爱指挥比她小的，动不动就让去给她打洗脸水，有时，还让去学校门口买冰棍呢。买就只给她买一根。易青娥都让她指挥过好多次了，反正指挥了她就去。娘说过：小娃勤，爱死人。有腿也跑不折的。

这里不能不介绍一个重要人物了，因为几年后，他就成了易青娥的初恋。

他叫封潇潇。

他爸是县广播站的，听说也是一个啥子头儿。说他爸平常爱写点啥，后来还出过一本书呢，县城人都叫他封作者。他妈是小学老师。封潇潇考剧团，是因为他在学校就能讲故事。故事是他爸写的，他爸还带他到省上参加过故事会呢。封潇潇这年十五岁，但个子特别大，鼻梁也特别高。他迟早修个小分头，梳得油亮油亮的，动不动还把一缕耷拉下来的头发朝上一甩，挺有范儿的。当然，那时不叫范儿，私下里都叫臭美。除练功外，封潇潇爱穿一条军用的确良裤子，上身扎着海魂衫，脚上蹬着底子很厚、洗得很白的白回力鞋。易青娥因为喜欢白鞋，所以有时会特别把封潇潇的鞋多看几眼。仅此而已。

好几年，易青娥都没敢跟封潇潇说过话。因为，自打进剧团起，教练们就说：封潇潇是这班男娃里的"人梢子"。一切培养都是按主演进行的。比如练功，他就可以不翻跟头，而把重心全放在了架子功与唱功上。易青娥觉得，她是不配跟封潇潇这样的男孩子说话的。只有人家楚嘉禾，才能跟封潇潇一起吃饭、说话、逛街道。她仅有的一回跟封潇潇的独处，是封潇潇把足球踢远了，让她跑快些去捡回来。她捡回来了，封潇潇却连正眼都没瞅她一下，就又飞起一脚，把球踢出去了。

在学校的两个多月里，胡彩香老师倒是来看过她几次，给她买了吃的，还买过一把蒲扇、一盒风油精。说宿舍太热，会热出病来的。每次来，胡老师总要嘟哝舅，说跟米兰那个狐狸精扯不清。还说黄主任也不待见舅，怕他迟早会出事的。

易青娥也没办法。她也不知她舅到底会出啥事，反正总是让人提心吊胆的。她走时，娘就叮咛过，说："跟着你舅，也好，也不好。

舅是个二杆子，一根筋。小小的在家性子就硬。你姥爷打他，棍子打断好几根，他连动都不动一下。是个遇事不拐弯的怪人。"

易青娥又能拿她舅怎么样呢，她只能心中老默念着"舅可不敢出事"罢了。

他们在县中住了两个多月，就搬回剧团院子了。

刚搬回去不久，舅果然就出事了。

七

他们是学校开学时搬回去的。专门为他们临建的宿舍，仍分男女两大间，比学校教室拥挤了许多。尤其是男生，两人合一铺，一头一个，都躺下，就跟村里下红苕种一样，是密密麻麻的，一脚难插。女生虽然人少些，可东西多，箱子又大，收拾打扮的一应物件，都得有地方摆放。洗的内衣、内裤，也不好意思朝外挂。几根绳子，在房中绷来拉去的，就好像布了天罗地网。人进人出的，不是踢翻了谁的脸盆，就是碰掉了谁的镜子。楚嘉禾说："咱既像演《地道战》，又像演《地雷战》的。要都像易青娥这样的瘦鬼就好了，脸是二指宽一溜，用一根指头沾点唾沫，就把脸洗了。还连屁股都没长，两根麻秆腿是端直插在腰眼上的。我看再住上三十个易青娥，也还宽展得能踢鸡毛毽子呢。"惹得大家一阵好笑。

易青娥的确活得简单，也不占地方。自训练班开始后，她穿上公家发的练功服，就没脱下过。除了出现汗霜，晚上洗一把，早上干没干好，都又穿上了。上身是蓝半截袖，下身是蓝灯笼裤，脚上是蓝网鞋。腰上再扎一条宽宽的蓝练功带，既紧固，又利落。在她看来，是好看极了，也舒服极了。其他女生，只要不练功，就尽量换成自己的衣服。尤其是楚嘉禾，好衣裳可多了，一星期，即使天天换，都是换不完的。易青娥没啥换，就迟早是"老虎下山一张皮"。人家都讲究发式，易青娥也不讲究。她把头发梳光，给后边绑个羊尾巴刷子就是了。有一次，她也买了个绿发卡，没人时，试着戴了几回，可美观了！但到底没敢戴，怕舅骂她呢。舅老说："唱戏，是看你功夫咋样，嗓子咋样，可不是看你穿得咋样。即使打扮得再流丽皮张，抬脚动手一'凉皮'，张口'一包烟'，顶啥用？""凉皮"和"一包烟"，都是行话："凉皮"是身架不好，动作不规范，表演逮不住铜器节奏的意思；"一包烟"，是嗓子不好，张口发不出声，这是唱戏这行最要命的事了。唱戏唱戏，不能唱，哪来的戏呢？

回到剧团院子里，易青娥一边跟着训练班学习，胡老师也在一边给她吃着"偏碗饭"：吊嗓子，练发声。舅说："你必须把唱功这个短板补上来。你嗓子有点左。唱戏这行，左左音，害怕得很。""左左音"就是荒腔走板的意思。舅还担心说："这娃要是左左音，就完了。将来也只有改行，给人家角儿'拾鞋带'了。"舅说的"拾鞋带"，就是给主角管穿衣服、管鞋帽的人。胡老师说："娃是缺乏训练，练一练就会好的。"她保证，一定能把娃教出来的。

易青娥开始学戏那一年，发生的大事特别多。

先是闹地震。县城到处都搭了防震棚，剧团院子也搭了好几个。

剧团的防震棚，都是用红红绿绿的幕布围起来的，跟舞台一样高，但比舞台宽大。中间用一道帘子把男女隔开，大家就都把家安在这儿了。天天都有人说要地震。狗一叫，大家紧张一阵；猫一乱跑，大家紧张一阵。有一天，院子里突然钻出一窝老鼠来，猫也是追、狗也是扑的，吓得一百多号人，全都把包袱挎上肩，准备弃城而逃了。院子里有一口老井，是全城的地震观测点之一。上边每天都会有专人来监测水位的。因而，井边总是围着一堆人，争论着昨天、前天，甚至大前天的水位，哪怕是些小变化，都会引起一院子的波动。大家生活、工作在防震棚中，但每个人的主要东西，还都放在房里。剧团年轻人多，好咋呼。有时有人回房取东西，刚胆战心惊地摸进门，就有人在后面大喊："地震了——！"吓得那人连爬带滚出来，才见一棚的人，都在以他的三魂丢了七魄为乐事。玩笑开得多了，黄主任就开会，说谁要再谎报军情，就以破坏革命生产罪论处。无论怎么闹，对于孩子们来讲，住大棚，都是一种特别好玩的生活方式。

可有一天，收音机里突然说：毛主席去世了。

易青娥是上过几天学的人，知道毛主席去世，事情有多大。九岩沟老家的堂屋里，也是挂着毛主席像的。可没想到，她舅在这样的大事上，又出事了。

毛主席一去世，黄主任就宣布停止一切娱乐活动了。并说排戏、练功都算。前后院子的灯杆上，新架的高音喇叭里，从早到晚播放着哀乐。一团人都集中在防震棚里扎花圈。易青娥的任务，是用一根筷子，把已经剪成花瓣状的白纸卷起来，一挤压，然后再从筷子上拆下来。白纸一卷，一挤，不仅有了花纹，而且还自然翻卷了起来。老师们就把这些翻卷起来的花瓣，拿去粘贴成一朵朵白花，然后绑到篾片绷的架子上，花圈就成了。整个防震棚内外，都在流水作业着。

她看见，她舅一直跟舞美队人一起，在棚外破竹、削篾、绑花圈架子。

可就在第五天的下午，高音喇叭里突然传来了"集合开会"声。通知得很急促，很严肃，说是都到后院防震棚里集合，还一个都不能少。刚好学生就在后院防震棚里住着。易青娥他们不过是朝拐角挤了挤，全团人就都进来了。紧接着，黄主任也来了。他身旁还站着一个警察，像是出了大事。老师们都坐着，学生们都挤站在防震棚边上。易青娥听说开会，就有些心慌。好在她挤在角落里，个头又矮，踮起脚，才能看见会场中间黄主任的大背头。缩下来，也就没人能看得见她的存在了。不过，她还是操心着舅。她几次踮起脚来看，都不见她舅进来，她心就越发慌得厉害了。果不其然，是她舅出事了。黄主任只说了几句开场白，就让把胡三元带进来。

她舅胡三元是被两个警察带进来的。在她看见这一幕的一刹那，一下吓得尿湿了裤子。她急忙用两条瘦腿夹着，但尿还是顺着腿流了下来。好在没人注意，她是站在防震棚边上泼剩茶剩水的地方。她再也不敢朝中间看了，就那样把小脑袋勾得下下地听着。她终于听明白了：

在全国人民沉痛悼念毛主席的时候，胡三元却偷偷在房里搞娱乐活动。为了逃避监督，胡三元压低声音，是用一本书当板鼓，在练着鼓艺的。他以为他做得很聪明，可再狡猾的狐狸也逃不过猎人的眼睛，早有群众把他盯上了。黄主任说，胡三元跳出来不稀奇。这种人迟早是要跳出来的。他早跳出来比晚跳出来好。

最后，一个警察宣布：把反革命分子胡三元捆起来。

然后，那两个警察把手中的绳子哗啦一抖，就把她舅五花大绑起来，推出了防震棚。

易青娥再也支撑不住瘦身子了，扑通瘫软在地上。胡彩香一见，急忙跑过来，一把抱住了她。

胡彩香把易青娥抱到了自己房里。易青娥号啕大哭起来。胡彩香见娃可怜，也忍不住哭了起来。不过她还是紧紧地关上了门窗。

易青娥要回九岩沟。她要胡老师无论如何把她送回去，她不学戏了。

胡彩香把她抱着，她挣脱下来，拼命朝门口扑。胡彩香又把她抱住，她还是别跳了下来。胡彩香只好挡在门口，蹲在地上劝她："娃，娃，还有胡老师呢，你怕啥？考上剧团不容易，这就算是参加工作了。咋都比你在乡下活着强吧。你在乡下，隔一天能吃一顿白馍？隔一天能吃一顿面条吗？不行吧。可这里行。这就是那么多娃要来考剧团的原因。你能顺利考上，不容易。可不敢把名额糟蹋了。你舅不在了，还有我么。我就是你舅，就是你姨，就是你娘。平常有人了，你叫我老师。没人了，叫姨、叫娘都行。一定要撑住，可不敢回去了。回九岩沟，你一辈子就完了，知道不？啥事都是一阵子，撑过去了，一切就都会好的。娃乖，听姨的话，还好好学戏。有你姨在，怕啥呢。"

易青娥被胡彩香慢慢劝得平复了下来。胡彩香硬给她脱了裤子，帮她洗了屁股后，安顿到床上，让她好好睡一觉。自己把易青娥尿湿了的裤子拿去洗了。

易青娥都不知咋出去见同学了。她想，这阵儿宿舍里，准炸锅了。

真是把人丢尽了。她都不敢想，一想就浑身抽搐，连死的心思都有。

这天晚上，胡老师是搂着她睡的。胡老师一直在说，在劝。胡老师说人这一辈子，可怜得很着呢。啥事都得经着点。她还打了好多比方，说了剧团和社会上的一些例子。她说："家遭不幸，可怜娃有的是。人家都撑过来了，你有啥撑不过来的呢？何况胡三元是你舅，又不是你亲爹亲娘。"说起胡三元，她又气不打一处来地大骂了一通："你舅真的是活该！啥话都听不进，就是要逞能。也不知把谁得罪了，让人家点了炮，摊上这大的罪名。"

易青娥战战兢兢地问："舅犯罪了，人家会不会开我的会呀？"

"不会的。他谁敢，敢开我就找他去。"

"舅不在了，人家会让我回去的。"

胡老师说："你是正式考进来的，他能随便不要了？放心，有姨呢！"

好久后易青娥才知道，她舅惹的这场乱子，要不是胡彩香从中帮忙转腾，她还真被辞退回家了呢。

八

易青娥自她舅被公安局带走后，就像霜打了的茄子，明显比过去蔫儿了许多。有一阵，她几乎感觉浑身天天都在发烫。手抖，腿战，心也战。饭吃不下去，晚上也睡不着。本来就削薄，这下更是黑瘦成一把风干的柴火了。她好多次听到，有人在她身边说："这号鸡骨头马撒，咋还没清理了。"易青娥开始不知道"撒"是啥意思。后来听人说，"撒"是脑壳的关中方言。"鸡骨头马撒"，就是人长得头大身子小、比例失调、不成材料的意思。胡彩香老师说，这些说她坏话的，都是她舅过去得罪过的人。要她左边耳朵听，从右边耳朵出去就是了。反正她也不跟这些人打交道。但面对同学，她还是要天天经历好几次麦芒扎背的灼痛。

在防震棚里，她被挤在了最边上的铺位，一进棚，第一个就住着她。有一天晚上，院子里的狗甚至跑进来，还舔过她的脸呢。她也不敢喊，因为她心里觉得，自己是不配喊叫的。一喊叫，也只能招来更多的白眼。当夜深人静时，她从幕布的缝隙里，能看见天上的星星和月亮。看着星星月亮，想着自己的爹娘和羊，还有让人用绳子捆走的舅，就整夜整夜睡不着。白天练功也没精神，迟早都活得恍恍惚惚的。她能感觉到，整天都有同学在她背后指指戳戳。她舅被公安局抓了，就好像她也被抓了一样。睡觉没人跟她搭铺了，吃饭没人跟她围圈圈了，练功更是没人愿意跟她组合了。就连劈双叉，她腿软，是老替人背亏的，也都没人跟她挨着屁股了。就好像她浑身都很脏似的。连吃饭的碗、喝水的罐头瓶子，不仅没人动了，而且放在一起都不情愿了。而别的同学，是经常要互相在一个碗里吃东西，捧着一个瓶子抢水喝的。

她也想一个人住回房里，哪怕让地震塌死算了，可老师不让。她也曾偷偷回去住过一晚上，半夜被老师发现，还揪着耳朵拎出来，罚站在地震棚外，直到天大亮。

这中间，还发生了一件事。

有一天早上，他们刚开始练功，突然接到通知，说要准备上街大游行，庆祝打倒"四人帮"呢。"四人帮"是啥，易青娥一点都不知道。但老师们都能说出这四个人的名字来。大游行是啥，易青娥也不知道。但老师们好像也都很熟悉。

不一会儿，院子里就集中了几十个敲锣打鼓的。可惜她舅不在里面了。磨盘大的鼓，是一个在批判会上指着她舅的鼻子、骂过她舅的人在敲。还有人在写大字。大字上是那四个人的名字，都打了红叉。然后把字别在一个横幕条上。而所有演员，都集中在防震棚里排练。排的是扭秧歌，嘴里一齐喊着：

"举——国——大欢庆，打倒'四人帮'！"

学员们基本都上了。楚嘉禾和封潇潇甚至还在领舞的队列里呢。有些没安排上跳舞的，也安排打了彩旗。打旗的人也在练抬头挺胸正步走，一个个可神气了，但没让易青娥上。有人说，这"鸡骨头马撒"就算了，出去打个旗旗，都丢剧团人的脸哩。让她在家看门好了。她就一个人，缩在别人瞅不见的地方，朝热闹处偷看着。

十点时，游行队伍集合起来了。敲锣打鼓的，都穿着一身解放军服装。扭秧歌的，穿着红上衣、绿裤子，腰上还绑了一片一丈多长的红绸子。脸上都化了跟演出时一样的浓妆。有人把哨子使劲吹了几吹，队伍才安静下来。黄主任拿着一个喇叭，后来易青娥才知道，那玩意儿叫半导体。黄主任清清嗓子，几乎是一字一顿地喊着说：

"今天，县城，万人，大游行。连，附近，几个，公社的，革命群众，都来啦！县委、县革委会，对这次，游行，高度，重视。尤其，是，对剧团，十分重视！让，我们，走在，整个，记好了，是整个，游行队伍的，最前面！同志们，考验我们的时候，到了！今天，一定要，把锣，鼓，家伙，都敲得，最响亮最响亮。把秧歌，扭得，最红火最红火。大家做得到做不到？"

只听一片排山倒海的声音：

"做得到！"

黄主任就十分威风地发出了命令：

"出发！"

只听锣鼓响器，在院子里发出了震耳欲聋的声音。

剧团的队伍扭动了。在队伍走出大门的时候，街上的锣鼓鞭炮声，已响成一片。

这样热闹的阵仗，在易青娥是连听说都没听说过的事。顷刻间，院子里的人就走空了。连所有小孩儿都被人抱出去看热闹了。剩下两个家属老太太，是因脚小，从不出门的。再有，就是看门的老头儿和她。防震棚里，开始还有几条游狗，在到处乱窜乱闻着。后来，连狗都出门撵热闹去了。易青娥也就慌慌着想出去看看。

毕竟是剧团人，出去也得有个样子的。她就找出了好久都没舍得穿的那双白网鞋穿上了。她趁着看门老头打瞌睡，腰一猴，溜了出去。

街上是真的被围得水泄不通了。连剧团的窄巷口，都挤满了人。易青娥个子矮，在人群里钻了半天，才钻到一个单位的高台阶上，勉强挤上去半条腿站着。只见长长的一条街道，人满了，彩旗满了，绷着字的横幅满了，又唱又喊又跳的人满了。好多人是站在汽车上敲锣打鼓喊口号的。还有玩龙、舞狮子的。易青娥听旁边人说，这是哪个哪个公社玩的。易青娥也看过九岩沟玩龙、玩狮子，但哪有这大的阵仗呢。九岩沟的龙和狮子，都是拿黑皮纸糊的，枸树皮绑的，黑不溜秋的。玩一玩，没人管饭，没人给苞谷、洋芋，就骂骂咧咧收摊子了。而这里的龙和狮子，不仅漂亮，龙头还能忽地涌上房顶，故意钻到人家二楼窗户里，乱摇乱晃，一嘴能抓个篮球出来。狮子不仅能钻桌子、钻板凳，而且也不知哪来的浑劲，一下就能跳到六七尺高的台阶上，把挤在上面看热闹的人，呼地赶下去一大片。有那放鞭炮的，提了嗤嗤啪啪乱响的炮仗，专朝人窝里跑。好多游行的道路，都是用炮仗炸开的。易青娥只觉得脚底下在震动，耳朵也快吵聋了，她突然想，这阵儿要发生了地震，只怕是连谁也感觉不到了。

她要看剧团在哪里。她急着在人群里钻来钻去，就是想找到剧团的队伍。

终于，她钻到了最前面。在街道旁边的两溜树上，趴着一群一群的男孩子。她是会上树的，她看还有树杈空着，就猴子一样爬了上去。树冠很大，看底下很清楚。底下人看上边，倒是有些费劲。好在这阵儿，也没人顾得朝上看了。她就刚好能在树上看剧团人游行了。她是不想让剧团人看见她的。何况有人说了，是要叫她在家看门的。

"来了，剧团的来了！"有人喊着。

紧接着，就听到一种最整齐的锣鼓，最响亮的喊声，还有最好看的秧歌队伍，从十字路口的拐弯处，威风八面地过来了。一街两行的人，都鼓起掌来。连孩子们也在树上拍起了手，直嚷嚷："剧团来了，唱戏的来了！"易青娥心头突然涌起一阵自豪感："这是我们的！我们的队伍来了！"她用双脚钩住树杈，腾出手来，也拼命鼓起了掌。她看见，整个队伍还是由黄主任指挥着。黄主任手操电声喇叭，向前边的指挥车看一看，又向剧团的队伍喊一喊。当旁边的掌声一阵阵响起时，他甚至也跟着秧歌节奏，不由自主地扭了起来。不过他的腰是硬的，扭得可难看了。在人群中，她一眼看见了胡彩香老师、米兰，还有楚嘉禾、封潇潇，还有许多许多的同学。他们都穿得可好看了，妆也化得可漂亮了，简直跟剧照上的人一样好看。她在上边拼命地鼓着掌。她真想对旁边树上的孩子们说："我就是剧团的。"可她又不敢，她觉得她还不配。说了他们大概也是不会相信的。她只遗憾，这样大的场面，可惜爹娘看不到，姐看不到，九岩沟的人看不到。沟里人，尤其是娘和姐，可是太爱赶热闹了。她也一样，沟里来个耍猴的，她都是要一跟半天的。

易青娥那时大概连做梦都想不到，十几年后，秦腔名伶忆秦娥的出场，让一个物资交流大会的演出，观众人数竟超过了十万。是这次大游行的十倍之多了。那天很多人，都是为一睹她的风采，才蜂拥而至的。当然，那场演出，也酿成了一桩让她一辈子内心都不能安宁的重大踩踏事故。这是后话了。

那天，易青娥在树上看完剧团后，又看了其他一些单位的游行队伍，就急着朝回跑了。她必须先回院子，要不然，有人问起了咋说。可就在她拼命朝回挤的时候，把一只白网鞋挤掉了。鞋是娘借邻居家的，本来就大，不知谁把后跟一踩，有人再把她朝前一拥，鞋就没了。她想回头去捡，可旋涡一样的队伍，很快就把她旋出了老远。她听见有好多孩子和女人的哭喊声，有人不仅把鞋挤掉了，而且还在喊救命。她就再也不敢回去找鞋了。顺着人流，她终于旋转到了街道边上，再从一个小巷子钻回了剧团。

只可惜了那只小白鞋。

剧团人很快就回来了，一个个累得咽肠气断的。都正议论着，说今天是剧团人出了大风头，却有人喊叫，说东西丢了。紧接着，好多人都咋呼，说自己的东西也丢了。大家就问，安排谁看门了。说来说去，就是一个易青娥，还有看门老头儿。看门老头儿说，没看见人进来。两个小脚老太太也说没见生人进来，她俩一直就在防震棚外晒太阳，拉闲话来着。易青娥就被一些人叫到了防震棚中间。先是问，后是有人吼叫。甚至还有人推来搡去的。有人干脆问，是不是她偷了。易青娥就吓得大哭起来。她如实招供，说自己也出去看游行了。这时，有人来说，贼是从后院墙翻进来的，好几片盖瓦都摔烂在地上了。虽说证明了不是她偷的，可走时有安排，是叫她看守棚子的。有人说是丢了特别贵重的东西，很愤怒，抬手就要打易青娥。胡彩香就站出来了。胡老师还没卸妆，两个眼窝的黑油彩，让汗水洇得就跟黑熊瞎子一样难看。她一把护着易青娥说："你们真是黑了路了，能指望一个十一岁的娃看棚子？她连自己都看不住，还能看住贼？得亏她出去了，要没出去，不定还让贼把她脖子扭断了呢。"围攻着易青娥的人，才慢慢散了。

易青娥这天晚上独自一人哭了好久，她是偷偷钻到练功场里边的烂布景堆里哭的。她想出去哭，可剧团有规定，任何学员，不经允许，都是不能走出这个院子半步的。也不知哭了多久，胡老师就拿着手电找她来了。胡老师说："我就想着你会在这里。你这个娃呀，胆子还大得很，都说随时会发生地震，你还敢钻在这里不出来。快出来，看地震要是把你塌死在里面，连知都没人知道。"胡老师把她领出去走了一会儿。胡老师说："你好多事，都是跟着你舅带灾了。你舅不为人，人家就连你都恨上了。咋看都不顺眼。别怕，慢慢长大了，就没人敢欺负你了。"可啥时才能长大呀？易青娥觉得，这个不受欺负的日子，离自己是太遥远了。胡老师突然问她，想不想看她舅一眼。她一愣，问舅在哪里。她是既恨舅，又想舅。有舅在，毕竟受的欺负会少一些。胡老师说："你舅在县中队关着呢。听说这几天，每天让出来劳动改造了，在砌河堤呢。你要愿意看了，我明天带你去看一下。中队我有熟人。"易青娥高兴地点了点头。

第二天中午，胡彩香带着易青娥出门了。学生只有老师带着，才能出大门的。

胡老师说，县中队就是看管犯人的地方。她们走了好久，才在县城拐弯的地方，找到了县中队。好些穿着军装、端着枪的人，看管着一些犯人，在河里找石头。犯人把找好的石头，又朝河堤上背的背、抬的抬、砌的砌。夏天发大水，好长一段河堤都被冲垮了。立了秋，正让犯人修护呢。

易青娥一眼就看见她舅了。她舅正猫着腰，在河边挑选石头，可两个指头，是一个劲地在石头上做着敲鼓状。看似是在挑石头，实际上，他是在石头上敲着鼓呢。嘴里好像还在咕叽着打击乐谱。易青娥给胡老师一指，胡彩香就哭笑不得地直摇头："你舅真是个狗改不了吃屎的货哟！"

也只能远远望上一眼。既不能到跟前说话，也不能看得太久，这已经是熟人给了很大的面子了。

她舅太专注着貌似挑拣石头的敲鼓，到底没抬头，也没看见她们。

胡老师把自己买的一条羊群烟，交给中队的熟人，就领着她走了。

她泪流满面的，一边走，一边回头看，嘴里不停地唤着："舅，舅……"

胡老师拉着她的手，摸着她的头说："不哭。我听说，你舅也关不了多久了。有领导说，这事也可以当人民内部矛盾处理。"

易青娥也不知人民内部矛盾是个啥，反正冬天刚打霜的时候，她舅就回来了。

九

易青娥她舅是在一个晚上回来的。

回来时，他头上捂了一顶烂草帽。门卫老头都没看清是谁，他就进来了。老头追上去问，她舅很生气，硬戳戳地甩了三个字："胡三元。"把门卫吓了一跳，就急忙去报告了黄主任。

很快，前后院子防震棚里的人，都知道她舅胡三元回来了。是逃出来的，还是放回来的？大家议论纷纷。

反正她舅房里的灯，已经大亮了。

据说门卫紧急报告黄主任后，黄主任只哼了一声，就再没下话。说明胡三元回来的事，黄主任提前是知道的。

易青娥到她舅房里时，她舅正在用抹布一点点擦洗着桌椅板凳，还有他的鼓架子。易青娥进房，先抱住舅哭了。她舅眼睛也红了，但眼泪没流下来。易青娥能感觉到，舅是故意忍着的。

"不哭，娃！舅这不回来了。"

"舅，你还走吗？"易青娥问。

舅停了半晌，说："舅走不走，都不关你的事。你是正式招考上的，只要不犯错误，谁就把你咋不了。"

"舅，你千万别走，你一走，我就在这儿待不成了。"易青娥说着，又哭了。

舅摸着她的头说："舅不走。舅离了剧团，也走投无路了。"

易青娥要帮舅擦洗屋里的灰尘，舅不让，说她擦不干净。舅是一个特别讲究的人。易青娥记得，胡彩香老师还骂过他，是啥子洁癖。

她把胡老师对她的好，全都说给舅听了。还说了那天胡老师带她去县中队看他的事。舅一愣，抬头把她看了好半天。

舅这回没骂胡老师是疯子。舅就埋头擦着他的板鼓、牙子、鼓槌。

舅被抓走一个多月，房里的灰尘，已经落得很厚很厚了。

舅不让她动手，她还是拿上扫帚，钻到床底下扫蜘蛛网，掏拐角的灰尘了。

她听见胡老师进来了。

胡彩香一进门，话就说得好难听："把你个狗贼还放出来了。"

她舅说："咋，莫非还想关我一辈子。"

"活该！关一辈子都不冤枉你。"

只听舅又是那话："少皮干。见不得我了，别来。"

"哟哟，好像谁想来见你似的。我就是来看看，在河里石头上练敲鼓，把两个肉鼓槌敲断了没。"

"贼，贼，贼！"

易青娥知道，"贼"是男人用中指骂人的话。

只听胡彩香说："看来你还没关够，还得再弄进去，吆到河里背石头去。"

"臭嘴！"

易青娥在床底下，哭笑不得地窝蜷着。她喜欢听舅和胡老师斗嘴。她感觉，他们斗得越凶，胡老师把她的手就攥得越紧。

"给，在里边饿坏了吧，快趁热吃了。晚上不敢在家里睡。这几天又说有地震呢。"

"有他娘的屁震。"

"你死了倒是好事。可你外甥女谁管呢？"

"看把我能塌死了。你信不，他黄正大死一百回，我都活得好好的。"

"那你就是祸害一千年的王八么。"

"狗日黄正大才是个王八蛋呢。"舅骂的声音很大。她在床底下，都吓得两腿直发抖。

"快把你的臭嘴闭上。改造了这长时间，还没把臭嘴改造好。小心人家再摆一只小鞋，把你又穿进去了。"

"呸！你让他穿。这回不是给我穿嘛，还以为能把我枪毙了呢。公安局预审股的人，都觉得他是整人呢。人家还问我，你是把单位的谁得罪了？说这是你单位硬报上来的。本来内部检讨一下就可以了，这算不上是故意搞娱乐活动。刚好，又打倒'四人帮'了，也有大赦天下的意思，就把我放出来了。人家给他黄正大也打了电话，说还让我回原单位上班呢。我看他狗日的，再放啥屁呀。"

"那不还在人家手心捏着哩。"

舅说："捏得好了，咱让他捏着。捏不好了，看我不拿大锣槌，去敲他的谢顶撒（头）。"

"你就能得很。你能，再让人家把脖子一捏，就只能咽气翻白眼了。"

"啥东西，说我反对毛主席呢，我咋就反对毛主席了？你还是半地主出身，我正宗贫农。你黄正大戴的黑纱，我也戴的黑纱。你黄正

48

大胸前戴的白花，我也戴的白花。我扎花圈架子，不比谁扎的少。你还背着个懒汉二流子手，到处胡转呢。都休息了，你能回家朝躺椅上一躺，让老婆捏脚捏腿哩。是有人看见的，说他腿转肿了。可你毕竟是在躺着享受啊！还是异性在捏哩。那不算搞娱乐活动？我回家轻轻敲几下鼓，舒舒筋骨，又没敲'欢音'，还敲的是'苦音'慢板哩。那哀乐都能放，'苦音'咋就不能敲呢？更何况我是在书上敲，又不是在鼓上敲的。人家公安局人都说，我说的不无道理呢。俗话说：一日练，一日功。一日不练，十日空。我关了门窗，悄悄在书上敲几下，把你黄正大哪根神经给闯了？你要把我朝局子里送呢？哈尻东西，我跟你狗日的就没完。"

"好了好了，你是马蜂窝捅不得，老虎的屁股摸不得。我走了，你愿骂谁都行，反正跟我没关系。"

"滚，快滚！"

胡彩香老师就走了。

一直憋在床底下的易青娥，慢慢钻了出来。

只听她舅又在嘟哝："这个死疯婆娘！"

胡老师给舅买了半边烧鸡，放在桌子上。舅把唯一的鸡腿掰给了她。她说不饿，舅说陪舅吃。

易青娥就陪着舅，吃了一个烧鸡腿。

舅说："你早点睡去。"

她就又回防震棚了。

她刚躺下，就听院子里有了鼓板声。那是从舅房里传来的。尽管门窗都紧闭着，但整个院子还是在一种急促的鼓点声中，显得躁乱不安起来。

易青娥听有人在帐篷外边骂："狗日胡三元疯了。"

舅的确有点疯了。这天晚上，他整整敲了一夜。敲得防震棚里没有一个人不翻来覆去、唉声叹气的。有人甚至说："这尻就应该关在大牢里，永世别出来。"

易青娥一夜也没睡着，倒不是被鼓声吵的，而是担心舅又会出啥事。

第二天早上，黄主任又为舅开了会。

会是在后院防震棚里开的，连学生都参加了。

黄主任说："胡三元的事，组织上抱着惩前毖后、治病救人的态度，给了出路，没有判刑。但没有判刑，不等于说没有犯罪。更不等于说他胡三元错误不严重。经组织研究决定：对胡三元给予开除留用一年处分。上级批复是：同意。胡三元鼓是不能敲了。开除留用期间，团上决定，让他下厨帮灶，打扫卫生；演出时拉景、搬景，以观后效。"

开会没让她舅胡三元参加。

对组织的决定，全场报以热烈的掌声。

易青娥虽然没听懂有些话的意思，但她知道：舅是可以留在剧团了。只要舅在，她就觉得腰杆硬了许多。

舅真的到伙房帮灶去了。

伙房在前院，跟练功场连着。伙房有两个做饭的。过去剧团只四五十个人，两人能忙得过来，后来几十个学生回来，伙房就忙得拉不开栓了。几乎每天都要安排帮灶的。但那都是临时的，一个月几乎轮不到一回。舅却是长久的。不仅要帮灶，做两顿饭，而且早上还得起早打扫卫生。晚上只要有演出，他还得上台搬布景，活活能忙死。但谁让他是开除留用人员呢。黄主任说，开除留用期间，就看表现好坏了。要是表现不好，一年满了，就彻底开除。

舅无所谓表现好不好，反正过去就起得早，要练手艺呢，现在起得更早。先敲一阵鼓再说。说鼓，其实是书，敲书的声音比鼓声小得多。敲完书，他就拿把大扫帚，把前后院子都一划拉。前后院子被防震棚占去不少，因此，只半小时，就把两个院子都划拉完了。扫完院子，他再进伙房帮忙做饭。

灶房大厨叫宋光祖，二厨叫廖耀辉。

他们的名字都响亮得很。

大厨是部队下来的，说肩膀摔断过，一变天，半边身子都痛。

50

二厨来历比较复杂，说是曾经给一家大地主做过裁缝。后来跟地主的小老婆勾搭上了，有天正跟那女人"胡捏揣"呢，被东家发现，差点打了个半死。逃出来后，就改行做伙夫了。

听说1955年剧团成立时，廖耀辉就来做饭了。宋光祖还是后来转业回来的。但因宋光祖出身鲜亮，就做了大厨，其实也就是在伙房管点事而已。

她舅去，主要是烧火、刷锅、洗菜、择葱、剥蒜，打啰唆。不过不久，舅就开始切菜，剁各种馅儿了。舅手上特别有功夫，切菜、剁馅儿，还是跟敲鼓一样快。大家老远听到切、剁声，就知道是胡三元上手了。

除了帮灶，只要有演出，舅还得上台搬景。舅那张嘴依然不饶人。他在舞台边上搬景，眼睛盯着台上，见人唱不好，演不好，乐队敲不好，弹不好，拉不好，还是忍不住要骂一声："一群烂竹根！"为这事，有人又告到了黄主任那里。黄主任又给他敲了警钟，拧了螺丝。舅再上台搬景，就故意给嘴上贴了白胶布。反正永远都弄得让人哭笑不得。

不过，不管怎样，只要舅在，易青娥的底气就壮了起来。最近练功，精神头也来了。无论别人咋看、咋说她舅，她都装作不知道。她就一门心思地练着功、练着唱。连不待见她的老师，都不得不表扬她说："易青娥最近进步很明显。双叉完全拉开了，腰也自己下下去了，'虎跳'能连起来打五六个了。"并且还让她给同学们做示范呢。不过，大多数同学都很是不屑地看着她。她做完动作，竟是一哇声地提起了意见。有的说她腰猴着；有的说她屁股撅着；有的说她脚尖都绷不直。楚嘉禾干脆学一些老师的话说："鸡骨头马撒的，动作太难看了。"带功老师还批评了楚嘉禾，说她不谦虚。

不管同学们怎么鄙薄，易青娥也不计较，她也不敢计较。不过就是少跟大家在一起罢了。她一天到晚都穿着那身练功服，回防震棚待着不舒服，就一个人钻到功场里闷练。开始还有人阻止，后来，也就慢慢没人管了。

尤其是入冬后，防震棚冷得撑不住，一到半夜，就跟住在野地里一样，风一刮，人就想朝地缝里钻。有些胆大的，就回家去住了。必须吃在防震棚、住在防震棚、工作在防震棚的要求，越来越成耳旁风了。特别是她舅回来以后，一个人住在房里，不受风寒不受冻的，启发了好多人。都说，咱还弄得没有胡三元会享受了。很多人就明目张胆地搬回去了。黄主任还要求过几次，可不顶事。只有学生还不敢朝回撤。直到有一天，一半以上的人都冻感冒了，黄主任才同意大家搬回去了。不过要求晚上得派巡逻的，一有情况，听到哨子声，都要立马朝防震棚里跑。再后来，风把防震棚的布全撕烂了，栽的桩也不见了，闹了好长时间的地震，才算烟消云散。

易青娥在这个冬天，不仅功夫大长进，而且，唱腔也不荒腔走板了。胡老师的确给她下了很大的功夫。前前后后，给她教了三大板完整唱段：有秦腔的，还有京剧的。胡老师是一字字、一句句，甚至一个音符一个音符地帮她细抠着。

有一天，她舅把这几板唱腔听完后，怔了许久说：

"娃，你这一辈子，舅不记挂都行。可就是不敢忘记了你胡老师。"

就在胡老师正给她教《杜鹃山》里柯湘的唱段"无产者等闲看惊涛骇浪"时，胡老师的爱人回来了。

易青娥知道胡老师是有爱人的，家里还有照片。听说是在一个国防厂里当钳工。单位都是信箱号，没有具体名称的。一年就一次探亲假，这次是回来过年的。

没想到，这趟年过的，竟然能闹出那么大的事情来。差点没让人家把她舅的腰打断了。

十

胡老师的爱人叫张光荣。是腊月二十三回来的。

那几天，剧团正在赶排过年要演的戏，叫《一声春雷》。是揭批"四人帮"的。胡老师和米兰又演的是一个角色，AB组。这回是米兰A组，胡老师B组。不过私下里都在煽惑着，让胡老师朝前冲。说米兰一身"凉皮"，白长了一张漂亮脸蛋，脑子瓜得跟实心葫芦一样，连演B组都不配，还A组呢。也有人说，实在要演了，得等人家B组把角色创造好了，再上去照葫芦画个瓢还行。硬要生掐，生扑，就只能是光屁股翻跟斗——寻着露丑了。都说米兰就不是朝台中间站的料。胡老师自然被煽惑得有些上劲。排戏轮不上B组，她就在旁边死盯、死磕着。连唱腔、台词，她都背得滚瓜烂熟的。米兰咋都不开窍，导演整天连喊带骂带挖苦的，实在没办法，甚至还让胡彩香上去示范。胡老师一走戏，大家就鼓掌。羞得米兰的脸红一阵白一阵地没地方放。不过，黄主任的老婆动不动就坐到排练场看戏，是给米兰撑腰来了。导演私下里说：导演也是人，也要在团上混哩。他还得做戏给黄主任的老婆看，有时，免不了还得表扬米兰几句。大家看着不舒服，胡老师心里就更不舒服了。这哪里是搞艺术，明明就是搞交易么。

胡老师气得把这些话，学给她舅听。舅说："这能叫搞艺术？写得那么乱糟的本子，'平'得跟'常'一样，配角没戏，主角更没戏，你们还一个个争得屁乎乎的，值当吗？"

"谁争得屁乎乎的了。看你这臭嘴。"

"还没争得屁乎乎的，连黄主任的老婆都赤膊上阵了，还要咋争？我劝你早点退出来，别没事找事。要是好戏了，争一下还值得。这样的活报剧，演三天两后晌，就刀枪入库，马放南山了，你倒是赶那热闹遍哪！"舅很是不屑地对胡老师说。

胡老师开始还有点听，后来，突然把眼睛一瞪，很是警惕地说："胡三元，你该不是又在暗中帮米兰那个狐狸精，日弄我放弃，好让人家一人吃独食吧？"

"你爱信不信。要争尽管争去，甭给我说。我嫌争得屁臭。"

胡老师当着她的面，狠狠弹了她舅一个脑瓜嘣，就走了。

胡老师的爱人张光荣，就是那天晚上回来的。

张光荣一回来，满院子人都知道了。连排戏都暂时停了下来。张光荣买了一大包水果糖，腰里还别了几盒烟，见人就发。据说他每年回来都这样。今年，水果糖和烟的档次还提高了不少。都说张光荣在国防厂里工资高，比剧团相同工龄的人，要高出三四倍呢。并且还有劳保：手套、球鞋、毛巾、肥皂、劳动布工作服，都是公家管全套的。一月工资，除了吃饭，基本没处花去。他攒下来，给爹娘贴补一点，然后都拿回来，交给胡彩香了。剧团人都很羡慕胡老师，觉得她是找了个有钱、有地位的主。唯一不足，就是一年见面的机会太少了。不过，也有人偷着说："放心，没闲下过。"那时，易青娥还不知是啥意思。

胡老师还专门把水果糖拿到学员班，给一人发了两颗。并且还偷偷给易青娥多塞了一把，让她悄悄吃，别声张。

这一晚上，整个剧团甚至都有点兴奋。有人还在院子里喊叫："各村民小组注意了：今晚，将要发生大地震。恐怕少说也得在八级以上。请各小组做好安全防范工作，随时准备逃跑。"

大家就笑得扑哧扑哧的。

还有人说："放心，平常恐怕都偷着震过了。今晚充其量也就是余震。三四级撑死了。"

有人就笑得窝下去了。

易青娥弄不懂这些人都说的是啥意思，就去告诉她舅，说要地震呢。

她舅用眼睛把她一瞪说："别听这伙哈尿乱说。没事好好练你的功，少朝闲人窝子里钻。"

她舅说完，又给她发了七八颗水果糖。她一看，也是胡老师爱人带回来的。桌上还放着两整包烟，就是胡老师爱人给别人发的那种烟。说明胡老师，或者她爱人张光荣是来过的。

第二天，胡老师起得晚了些，有人端直说，昨晚上好多家里的暖瓶、水杯、酱油醋瓶子，都被摇到地上，摔了个粉碎。震级不小哇！胡老师说："嗯，是不是把你也摇到床下了，尻子摔炸没？"一院子人，又是哄堂大笑起来。

不一会儿，张光荣出来刷牙，又有人笑话张光荣说："还用嘴了？"没等张光荣开口，胡老师先把话堵了上去："连这都不懂？不用嘴，莫非还用尻子呀！"惹得张光荣憋了一嘴的牙膏沫，扑哧喷了出来。他叼着牙刷对胡彩香说："看你个二蛋货！"

舅在厨房，把饺馅儿剁得一片响，那是两把刀同时用力的声音。像剁，更像是敲，是捶，是砸。有人就说："你听听胡三元这节奏。"

"嗯，像剁人肉哩。"

有人看看张光荣，做个鬼脸，就进排练场去了。有的故意把声音唱得很大，反正里边总是要透出点啥意思来。

胡彩香老师自张光荣回来，就再没进过排练场。这样，她和米兰的关系，还反倒不那么别扭了。有时，易青娥看见，米兰在院子里见了胡老师，还专门停下来向她请教呢。

眼看就要过年了，原来说会给学生放十几天假的。可后来，《一声春雷》要用几十个群众角色，一下把学员班抽去了四十多个人。易青娥自然不在抽用之列。但为了好管理，也都不放假了。凡不上戏的，原地留下练功。因为教练老师基本都有角色，他们也就自顾自了。不过她舅还是把她盯得很紧，叮嘱她别人越是不练的时候，自己越是要加劲，说这样才能走到人前去。舅还说："别眼红其他同学上戏。那也能叫个戏？没一场好戏，没一段好唱，没一个能立起来的人物，整个是乱编乱喊。上这样的戏，纯粹是浪费时间哩。你好好练功要紧。练好了，将来有的是戏演。不信你等着瞧我说的话。总有一天，戏让你演得要给人告饶哩。关键是看你有没有这个金刚钻，能不能揽得了瓷器活儿。"

易青娥不管排戏咋热闹，外边小孩儿放鞭炮、放地老鼠咋好玩，她就一直窝在功场的拐角劈叉、下腰、打虎跳，做各种表演动作组合。用一根细小的蜡烛，练眼神转动。清早，她还一个人打着手电筒，下到河边，练胡老师教过的那几板唱。脚快冻掉了，脸快冻破了，可她还是去。就在一切都正正常常的时候，舅就出事了。

事情发生在年三十晚上。

那天晚上，团上过的是一个"革命化的春节"。

《一声春雷》由于排练不成熟，一直拖到年三十早上，才正式彩排审查。上边没有来领导，说都要过年，就让黄主任把关。黄主任和他老婆、副主任朱继儒，还有业务股长、总务股长，正儿八经坐在台下，把戏审看了一遍。朱继儒和业务股长都觉得戏不成熟。建议是不是开年后，把戏再抠一抠，正月十五左右推出去。他们担心，这样急急火火上演，搞不好会砸了剧团的牌子。黄主任的老婆看戏中就不停地鼓掌，叫好。戏一毕，一个劲地说："本子好。导演好。音乐好。舞美好。演员好。尤其是米兰演得好。戏成了！"黄主任的老婆，是幼儿园的音乐老师。人家会吹箫，会拉手风琴，还能给娃娃排舞蹈，自是行家了。黄主任就决定说："正月初一必须演出！"他说，"自我到剧团当主任以来，每年大年初一上新戏，都坚持好几年了。县上领导也是大会说小会表扬的。现在又粉碎了'四人帮'，形势一片大好。怎么能突然没戏了呢？这个戏，按你们的说法，艺术上是差了点，可我们也不能只唱戏，不看路吧？没有条件，创造条件都得上。"既然黄主任都定了，其他人也就把头勾下，再不说话了。黄主任讲，今年咱们团，要过一个革命化的春节，晚上都到一起吃"团年饭"。所有家属全来。说厨房已经准备好几天了。

易青娥知道，这几天为准备"团年饭"，舅已经累得有些直不起腰了。大厨宋光祖，脖子上贴了五六块膏药。二厨廖耀辉，到医院给脖子上套了个项圈，谁一喊，都是连身子转，说颈椎痛得快断了。就这，还派了好几个没上戏的学生，来帮忙烧火、择菜、洗碗、刷锅。易青娥就是安排来烧火的。她倒是很高兴，因为舅在这里。要说过年，她感觉只有进了这热气腾腾的灶房，才算是有了年气呢。

晚上，在练功场摆了十好几桌。一桌坐十三四个人，娃娃们还站在一旁"钓鱼"。所谓"钓鱼"，就是上一个菜，他们跑到大人旁边，让大人们喂一口后，就到处去乱跑，乱喊叫。等上了新菜，再回来"钓"一口。整个功场，吵闹得谁说话都听不见。只有黄主任讲话时，才安静了十几分钟。黄主任说，今晚可以放开喝，但不能喝醉，谁醉他处分谁。结果，团上谁都没醉，就把胡彩香老师的爱人张光荣给生生灌醉了。

事后，易青娥才听说，这都是团上几个跟她舅关系不好的人干的。他们一边喝，一边还有一句没一句、阴一句阳一句的，把她舅和胡老师的关系，说得神神秘秘、乱七八糟的。一直跟着她舅学敲鼓，但她舅一百个眼瞧不上的鼓师郝大锤，甚至还挑逗说："你张光荣多省事的，常年出门干革命，家里老婆还有人经管。你回来人还是你的嘛，多诌活的事啊！你也不知前世积啥德了，啥好事都让你给摊上了！弟兄们羡慕啊！张光荣啊张光荣，你真是活得又光又荣啊！"

就在大家煽惑张光荣时，易青娥她舅还在打着托盘上菜。她舅今晚好像也是高兴，肩上还故意搭了条店小二的白毛巾呢。每个托盘上，要放七八个菜，托起来挺重的。但她舅把每个托盘都举得很高，远远地就喊叫："闲人闪开，油——来——了——！"下菜时，还是改不了爱开脏玩笑的毛病："球，你吃！""尿，都放开喝！"惹得满功场都是笑声。有人还说："狗日胡三元，就是弄啥像啥！"

胡彩香老师一直跟一帮女的坐在一桌，大家也是一直都在开她和张光荣的玩笑。她是问啥答啥，有的说上，没有的还捏上，就图大家高兴哩。加上听说戏不行，米兰晚上一直蔫儿着，她心里就特别得劲。谁知张光荣就在这节骨眼上，被人把"药"装上了。

席还没散，张光荣就踉踉跄跄回房了。

易青娥她舅是在席都散了，一些女同胞一齐下手，帮忙收拾桌子碗筷时，才拉着两条困乏的腿，慢慢回家的。她看舅有点走路两边倒的样子，就上去把舅扶到了房里。谁知刚进房，张光荣就来了。

张光荣进房二话没说，从身背后拿出一个大铁钳子——后来易青娥才听说，这叫管钳，足有两三尺长。这是张光荣从厂里拿回家向人炫耀的。好在张光荣是醉了，自己都有些立身不稳，拿管钳打她舅，自然也就力道不够。打着打着，自己先栽倒在床沿上了。他勉强爬起来，还是撑着要打。她舅也不知咋的，既不夺凶器，也不朝外跑，就

57

那样随便拿手挡着，抓着。张光荣却是越打越清醒。打着打着，舅的肚子上、腰上、背上、肩上，就挨了张光荣好几管钳。

吓得她急忙去把胡老师叫了来。

是胡彩香一把死抱住张光荣，管钳才跌落在地上的。

张光荣老牛一样号啕大哭起来，说："你……你们这一对狗男女，当……当我不知道，我啥不知道？我……我还着先人，给你送糖……送烟哩。让一院子人……拿尻子笑我哇……"

胡彩香啥也不说，就捂起他的嘴，把人朝回拖。张光荣还别跳着，骂着，但人毕竟是醉了，就像稀泥一样，被胡彩香拖出去了。

在窗户外，易青娥还听郝大锤在问："咱光荣哥咋了？"只听胡彩香说："咋了，让你们把尿灌多了，咋了。"这时，只听张光荣还在骂："狗日胡三元，有种的你出来！"郝大锤又问："光荣哥骂胡三元咋了？"胡彩香说："喝醉了，还要缠着跟胡三元朝死地喝哩，咋了。"

然后，胡彩香就把张光荣拖回家里，嘭地把门关上了。

易青娥看见，院子里还有几个人在暗处游荡着。他们都是刚才围着张光荣，坐在一个桌上劝酒的。

十一

易青娥她舅开始还能动，等胡彩香把人拖走后，他就趴在床上，再也动弹不得了。她舅要她揭起棉袄，看一看他的腰。易青娥揭起来一看，腰上，背上，已经起了几道紫乌的肉棱。易青娥就哭了。

她舅说："别哭，把灯先关了。等一会儿，要是不行，你就扶舅上医院去。舅的腰，怕是被打断了。"易青娥还哭。舅又说："还生怕别人听不见是吧？"易青娥就低声抽咽。

大概过了一两个小时，院子里放炮声停了，连院子外，也没动静了。舅说："走，扶舅上医院。"

易青娥扶舅出院子时，老门卫问咋了，舅说，把腰扭了。门口有一辆架子车，是厨房买菜用的。老门卫和易青娥两个人帮他躺上去，由易青娥拉着去了医院。好在都是平路，易青娥咬咬牙，还能拉得动。

到了医院，有好多小孩，都是被炮炸伤的。舅需要拍片子。可拍片子的人不在，要等到明早上才能拍。医生问是住下，还是明早再来。舅想了想说，先住下。舅住下后，还给易青娥交代说："谁都别让知道，就说我腰扭了，去找乡下土大夫治疗去了。"第二天早上，片子拍出来，脊椎骨倒是问题不大，肋子骨却被打断了两根。舅就彻底住院了。

易青娥把舅的情况，悄悄告诉了胡彩香。胡老师也不敢去看，不过让易青娥捎话说："这边没事了。张光荣昨天是喝醉了，要不喝醉，他不敢朝明的闹。他还怕我跟他离婚呢。加上把人还打残了，再闹，真格是不想要饭碗了。"

她舅给黄主任写了张请假条，说昨晚打托盘出菜，把腰扭了，连夜出门，到乡下找土医生看病去了。说他这几天帮不了厨，也搬不了景、打扫不了卫生了，等病好些，再回来接着干。易青娥没敢把请假条直接送给黄主任，而是让胡老师找人转交的。反正这事，黄主任也没开会，张光荣也再没闹，就悄没声息地过去了。倒是郝大锤那几个一直在询问：胡三元三十晚上好好的，咋突然把腰能扭了呢？是不是又给组织造怪呢？

有一天，郝大锤还堵住易青娥问："哎，你舅呢？三十晚上是不是挨黑打了？"吓得易青娥啥也不敢说，就从墙角溜走了。

她舅在县医院只住了三天，就找一个朋友，悄悄用手扶拖拉机把他转走了。说是去了乡下，具体是哪儿，连易青娥也没告诉。走时，舅只让她好好练功，说其余啥事都别管，只装聋作哑就是了。

《一声春雷》果然像她舅预测的那样，只演了三场，就停下了。第一场还是满场。第二场，就只坐了小半池子。第三场，总共来了二十几个人，没演完，又走了七八个，都说：还嫌开会少，大过年的还开会，还喊口号。到底是演戏，还是开会、喊口号呢？剧团人有病了吧。

摊子悄悄一收，大家也都不说话，是害怕黄主任和他老婆穿小鞋哩。

剧团这行，迟早只要紧张起来，闲事就少，一旦停摆，啥事就都出来了。本来张光荣打胡三元的事都过去了，可私下里传着传着，就传到黄主任和他老婆耳朵里了。黄主任老婆听说，胡彩香一直对她有意见，尤其是《一声春雷》的塌火，说胡彩香可没少到处说她的坏话。胡彩香自己作风败坏，乱搞男女关系，过去没抓住，现在连她老汉张光荣，都气得跳出来打人了，这盖子还能捂住吗？黄主任就说要查一查。院子的风声，立马又变得紧张起来。

先是通知让胡三元立即回来。可胡三元到底到哪儿去了，谁都不知道。有人就来问易青娥，易青娥也不知道。黄主任就派人到处去找。反正宁州县就那么几个有点名气的土医生，不信还找不回来。易青娥听说，团上先后派了好几拨人去找，到底没找见。有人就说，还是先在张光荣身上下手，容易突破些。但张光荣毕竟不是本单位人，找人家谈话也不方便。郝大锤就自告奋勇地说，由他出面试试。还是老办法，请张光荣喝酒。别看张光荣是个钳工，人也长得粗胳膊粗腿、粗脖子大脑袋的，可脑瓜子精明着呢。自打年三十晚上，被灌醉一回后，他就再没喝醉过。张光荣大概八两的酒量，喝过一斤的时候，就容易犯浑。可每次，他都能准确地喝到八两左右，就不喝了。谁再劝，他都只是傻笑，不端杯子。有人硬灌，他会把大嘴闭得紧紧的。谁要动手，他能哇的一口，一下把人手掌咬进去半截。郝大锤他们从正月初六，一直喝到正月十五，张光荣再没醉过一次。他们自己倒是几次喝得不省人事。郝大锤甚至还一头栽进厕所，把过年才新买的一顶火车头帽子兜满粪，沉了底，到底没打捞起来。有几次，胡彩香看张光荣半天没回来，也亲自来参与喝。郝大锤和几个逞能的，最后实在把烟酒菜贴赔得背不住了，才给黄主任交旗了。

好多年后，胡彩香才给易青娥彻底交底说：那个年，可是过得窝囊透顶了。她跟张光荣几乎天天都关了门窗，在家里打闹。张光荣甚至还威胁，要拿针线缝了她的私处。但关起门闹归闹，出了门，张光荣还是很给她面子的。因为张光荣绝对不愿意跟她离婚。张光荣是喜欢她的，她很漂亮，也很"绵软"。连张光荣自己都说，只要一搂住她，他浑身立马就酥了化了。有一年，胡彩香去他的单位探亲，几乎所有人都傻眼了，不相信这是他张光荣的媳妇。都问他："你是咋把这样漂亮女人勾引到手的？"再加上胡彩香还照看他老娘着的。张光荣的老娘，住在离县城三十里的地方，胡彩香几乎每个月都要骑自行车去看望。老娘对这个儿媳也是满意的。张光荣不能不掂量轻重。即使心里再痛苦，再窝火，他还是忍了。直到正月十七离开，他都没对外公开老婆和胡三元有麻达的事。只是在临走那天晚上，他一再逼着胡彩香赌咒发誓：不要跟胡三元来往，再来往，就被车撞死，雷劈死，水淹死，火烧死，尤其是那个地方，烂成一包蛆死。

张光荣走了没几天，她舅胡三元自己就回来了。他胸腔上了夹板，衣服一穿，也看不见。但走路明显是直戳戳的。易青娥把他走后，团上到处找他的事，跟他说了，舅只是哼了一声，就开始收拾他的鼓板了。后来，胡彩香老师来，舅就把易青娥支出去了。再后来，黄主任找她舅谈话，说舅还硬得爆爆的，坚决不承认自己跟胡彩香有什么关系。说要有关系，那就是革命同志关系，阶级姐妹关系，乐队和演员的关系，除此而外，再没有别的关系。由于没有捉奸在床，也拿不出其他任何证据，她舅又是有名的铁壳嘴，得理不饶人，这事还反倒弄得黄主任有些磨盘压手取不离。但黄主任岂是能让别人轻易制服的人。刚好最近也没演出，也不排戏，他就安排跟县上干部春训会一道，开始了宁州剧团为期三个月的生活作风整顿。

易青娥并不懂什么叫"春训会"，那天在剧场的楼座里，挤着旁听了一回，才知道这会的厉害。听说旁听这会，还是黄主任争取来的。黄主任说，这叫近水楼台先得月。也说明了县上对剧团的重视。正式参加会的，都是县、区、公社三级干部，他们在底下池子里坐着，楼上是空的。那天，黄主任把全团一百多号人，全都吆到了楼座里。先强调纪律，说谁私下叽叽喳喳，或大声喧哗，就让谁滚出去。

吓得大家连大气都不敢出。会议开始，先给一些人发奖状。后来领导又讲话。讲了半天，易青娥一点都没听懂。再后来，就有人点着一些名字，足有十几个人。把名字点完，那人又大声宣布，让这些人站起来。易青娥突然明白，这些人是犯了错误。有人是男女生活作风问题，有人是贪污问题，有人是违反纪律问题，反正到最后，用绳子捆了三个。就跟那次捆她舅一样，有一个人还当场被捆翻在地上了。不过很快，就让穿着军装、挎着枪的人使劲拎了起来。剩下没捆的，在那三个人被押走后，也让一溜溜跟着"滚出会场"了。易青娥又吓得尿了一回裤子。她看看舅，舅的头已经勾得贴到大腿面子上了。

听完县上的"春训会"，团上就开始进行生活作风整顿了。先是动员，然后揭摆问题。不几天，就传出了好多吓死人的事情。平常看着都好好的人，怎么全那么肮脏：有在人家女生窗户外，偷看人家洗澡的；有在厕所下水道，偷看女演员上茅房的；有在舞台演出暗场时，偷摸女演员屁股和胸脯的；有晚上专门到女演奏员房里，闲遛着不走的；有给人家女生死乞白赖写情书的；有给人家有夫之妇献殷勤，送烧鸡腿的；还有人，老当着女生说流氓话。反正问题多得很。尤其让易青娥没想到的是，他们学员班竟然也出了大问题，说有人偷偷给女生递条子，上面写着："我喜欢你！"这还了得，在剧团，抓得最紧的就是这号事。为偷着谈恋爱，胡彩香和米兰那一班，有两对都被处理回家了。剧团要求，演员必须晚婚晚育，这是事业的需要。因此，对谈恋爱的事，也就抓得特别紧。黄主任说："不揭不知道，一揭吓一跳啊！看着单位风平浪静，其实已经波浪滔天了。还有比这更严重的问题，没有揭摆出来呢。得继续揭，直到把最严重问题的盖子揭开为止。"他要求，把所有问题都"梳成串子""编成辫子"，通过这次整顿，给剧团来一次生活作风大扫除。

易青娥看看她舅，她舅脸定得平平的，好像这事跟他完全没关系一样。可大家却都在朝他看哩，那眼神里，分明是已经把过街老鼠抓住了。

十二

易青娥天天担心着，生怕她舅又出事。可整顿都进行半个多月了，她舅还"逍遥"着。逍遥这词，是郝大锤说的。

连学员班，也都是早上练功练唱，下午和晚上开会学习。有时分成好多小组，有时又开大会。易青娥迟早都是稀里糊涂的。她想，只要舅没事，她就没事。舅还特别给她叮咛："开会朝拐角坐，尽量找领导看不见的地方圪蹴着。人家说啥，你都别言传。问死，逼死，都别吱声。会开得长，嫌急人了，你就想你胡老师给你教的唱，那些弯弯都是咋拐的，气口是咋换的。心里默着戏，时间也好混得很。再大的事，闹一阵都会过去的。"她就照舅说的那样做着。有几回，人都发言完了，也有让她发言的，她就捂着嘴，光傻笑。大家扭过头也笑，那是笑她傻的笑。还有一回，都找自己的生活作风问题呢，轮她最后一个发言了，都回头看她，她还是傻笑着。楚嘉禾嘴长，就冒了一句："别看易青娥这'碎卒儿'，每次走到水井台子上，都要朝井里照半天，还把一头荒荒毛，抿了又抿的，拿水当镜子，臭美呢。"她心里咯噔一下，因为这是真的，不知犯事不犯事。谁知又是哄地一下，大家就跟笑傻子一样，有的竟然还笑岔气了。

舅这次回来，明显比过去蔫儿了许多。人前话也少了，虽然胸腔有伤，但还是到厨房帮灶去了。切不了菜，洗不了锅，就一直在灶门洞烧火。早上还打扫院子，不过隔一天一次，是一只手操着扫帚在扫，扫得很认真。易青娥有时想帮忙，但舅不让，说他有的是时间磨。有时，她感觉舅也是故意磨给满院子人看的。舅的半边腔子老痛，那只手也抬不起来，鼓是练不成了，但一回到房里，嘴里总还是"才，才，才个令才，一令才，一打打，才"地念着打击乐谱。那只好手，还老在腿面子上敲个不停，好像一切都不由他似的。用胡彩香老师的话说："你舅要不敲鼓，真的能死了。"

舅天天也开会，也发言，但始终是谈认识，谈觉悟，不接触实际问题。前边挖出来的事，已经"梳成串子""编成辫子"放在那儿了，他也表示吃惊，表示愤怒，表示后怕。他甚至还说："有些人也太不要脸了，怎么能去偷看革命女同志洗澡、上厕所呢？你家里都没有姐妹老小了？咋不回家去偷看呢？"他说得还挺实际，挺痛心，挺难过，挺振振有词的。但帽子底下始终没有人。只要是坐实了的、帽子底下扣着人的问题，他都始终不接触，不联系。

这中间，还出了这样一档事。按黄主任的要求，别人都只谈生活作风方面的问题，但胡三元还要结合被公安劳教，以及开除留用一年的问题，综合起来汇报思想，汇报认识。并且还要求他写成书面材料，在大会上念给全团同志听。

易青娥一直没见她舅写，也没见她舅想，每天一回房里，他还是在那里念叨他的乐谱，收拾他的鼓板、鼓槌。到了开大会那天，易青娥心里乱得跟打鼓一样，结果她舅倒是不慌不忙地拿出笔记本，一页一页地念，一页一页地汇报起来。他足足念了有十好几页，不仅念得摇头晃脑，而且还眼泪汪汪的。最后，是一连声地用了好几个"我深刻认识到"啥啥啥的。他一边念着，还一边用手指头蘸着唾沫，把笔记本一页页地朝过翻，好像准备得很认真似的。好多人都露出了惊讶的表情。郝大锤尤其不相信，胡三元肚子里突然还能有墨水了。他就假装上厕所，顺便朝胡三元笔记本上扫了一眼，然后，给黄主任递条子，要求让胡三元把笔记本交上去。这一交，问题出来了。她舅那笔记本上，全记的是打击乐谱。而满嘴念念有词的，都是历次运动用过的大话套话。事后有人说，胡三元是老运动员了，啥事没经过，啥话不会说，还需要拿本本写上。黄主任立马就让她舅站起来了。

黄主任那天发了大火，把桌子狠狠一拍，说她舅是死猪不怕开水烫。这么严肃的会议，本人又有这么严重的问题，还敢在这儿给组织耍儿戏。问他是不是想"二进宫"，是不是想彻底放弃一年开除留用期了。黄主任一通火发得，把易青娥浑身的骨头都吓酥了。后来，会议又安排让大家发言，大家就上纲上线地，把他臭批了一通。会一直开到晚上十一点才结束。要她舅连夜补检讨，明天接着开。

她舅回到房里，拿起钢笔，整整闷了一晚上，总算在笔记本上写出了好几页。虽然第二天会上，黄主任又批评他说，检讨是错别字连篇，但这件事，总算没有再纠缠下去。黄主任要深究的，是他跟胡彩香的男女关系问题。但她舅在这个问题上，始终守口如瓶。多年后，胡彩香还说："你舅那个死鬼，黄点清着呢。啥事该说，啥事不该说，可会避实就虚、避重就轻了。"胡彩香说她在剧团，也不是个随便能让人捏软柿子的人。她明白，那次生活作风整顿，有人就是想揭她和胡三元的老底呢。她和胡三元为这事，有一天晚上还专门跑了好几里地，到一个乱葬坟窝子里，细细商量了大半晚上。胡老师说是舅说的："这号事只要没捉奸在床，就四个字'死不认账'，谅他谁也没办法。"并教她，要她每天把脸吊得长长的，见谁想拿这事说事了，就撅，就骂，就喊叫要去挖他的祖坟。人只会欺负软的、瘫的，没有谁不怕硬的、尖的。她舅那晚还说，其实他啥都不怕，只要胡彩香说声跟他，他立马就承认两人好过，睡过。可惜胡彩香死不放手张光荣，他还得顾胡彩香的脸哩。

　　"揭摆"活动开展了一个多月。前边揭出的问题，看起来很多、很大，但到后边落实时，几乎没有一个承认的。有的还破口大骂，说是污蔑陷害，还说"四人帮"都打倒快一年了，有人还搞江青那一套。反正死都不认卯。梳好的辫子，也就只能搁在那儿了。黄主任起因是想收拾胡三元的，结果她舅啥都检讨，就是不检讨自己有男女关系问题。即使承认自己有资产阶级生活作风，也是爱干净，好洁癖，到农村演出，不愿意朝贫下中农炕头上坐，不愿意端贫下中农没用开水烫过的碗筷问题。有一次，她舅边检讨，还一边哭得呜呜呜的，说他从农村来，现在反倒嫌弃了贫下中农，真是灵魂深处该闹一场革命了。反正他就是死不朝胡彩香身上引。黄主任一个劲地强调，要把整顿引向深入。她舅一上会，却偏把下乡演出时，偷农民柿子、核桃的事，全端了出来，并且还说得有板有眼、活灵活现的。事情说大不大，说小不小，弄来弄去，柿子就三五个，核桃就两三捧，他还痛苦万分地检讨来检讨去，把一些人就逗得扑哧扑哧乱笑。搞得黄主任一点脾气都没有。

尤其是最后，有人还引了一把火，端直烧到黄主任头上了。

有一天，排练场门口，突然贴出一张小字报来，说黄正大跟米兰有一腿呢。气得黄主任鼻歪嘴斜、暴跳如雷了好几天。连黄主任的老婆，也在院子来回骂人了，说这是有人在故意把水朝浑的搅，是给他老汉泼脏水哩。她还信誓旦旦地说，必须把坏人挖出来。黄主任让美美查了一阵，却咋都查不出结果来。有人怀疑是胡三元干的。可她舅说，他才不干那下三烂的事呢。要干，就端直拿到大会上干去。查到最后，也是不了了之了。

可事情并没完。几个月后，她舅倒是没被生活作风问题搞倒，却因一次重大演出事故，"二进宫"了。

十三

话还得从排歌剧《洪湖赤卫队》说起。

剧团搞生活作风整顿，哩哩啦啦前后进行了不到三个月。听黄主任自己说，有一天县上一把手见了他，问他看《人民日报》没有，他说他天天没落过。一把手又说，看见《洪湖赤卫队》的消息没有？黄主任不好意思地搔着头。领导就说："1 月 23 号的。《洪湖赤卫队》解放了。被'四人帮'打入冷宫十年，终于解放出来了。武汉都演出了。这台戏好得很，写我家乡的。我两个伯，都当过赤卫队员。过去我看过好多遍的。"黄正大这才想起，一把手是湖北人。立即，剧团就投入《洪湖赤卫队》的紧张排练了。

主角韩英，还是实行的 AB 制。米兰 A 组，胡彩香 B 组。为这事，据说导演还找过黄主任，说要戏好，就得胡彩香上 A 组。黄主任批评他糊涂。说这是英雄人物，胡彩香能给个 B 组就不错。黄主任还特别强调了一句："整顿生活作风的事，并没有结束嘛。"话里的话，导演自是听明白了。可导演又是个特别不开窍的人，还磨磨叽叽地提出，看能不能让胡三元敲这个戏。说只有胡三元上手，才能把戏敲"筋骨"了。其他人手上没功夫，来不了，搞不好就把一本好戏，给敲"泄湖"了。黄主任把他看了半天，摇摇头说："我看你一辈子，也就只能排个戏。"导演扶扶深度近视眼镜说："谢谢领导夸奖！"黄主任又补了一句："你只管排你的戏，演职人员都不用你考虑。"

为这事，胡彩香老师还找过她舅，说："欺负人呢，凭啥又让米兰上A组？米兰是唱韩英的料吗？"她舅说："叫唱B组你就唱B组。戏拿不下来，他就得换你上。《洪湖赤卫队》可是个硬扎戏，人家叫歌剧，咱当戏唱哩。韩英有几板大唱，音调高，米兰根本上不去，你就等着朝A组换吧。到那时，他黄正大还得来跪着求你哩。"胡老师半信半疑地说："你胡三元该不是米兰的卧底吧，每次都日弄我让让让的。这几年都快把我让到沟底了，还让。"舅说："那你朝上冲啊，看能冲上去不？"胡老师也就骂骂咧咧地先认卯了。

戏一开始，就有人说，这回可能还得用胡三元敲鼓了。因为这个戏，半文半武，可难敲了。她舅听了这些私下传的闲话，也有点飘飘然。本来都猜着，黄正大这次搞生活作风整顿，一定会把胡三元这条大鱼网进去的。谁知直到"收网"，准备全面转入排戏时，她舅还是啥事没有。断了的两根肋骨，也快满百天了。只见他每天快乐地当伙夫，扫院子，练鼓艺。到后来，甚至还不停地有人来送鸡汤、鱼汤、排骨汤、绿豆汤啥的。说让他败火祛湿、生筋长骨呢。这里边有胡彩香老师，也有米兰，还有过去唱过主角的一些人。她舅给他们都敲过戏。再有，就是新近要上戏的那些有名有姓的角色。虽然他们都是躲躲闪闪地来看他，可只要有人送来，她舅就会让外甥女也来尝尝鲜的。吃着肉，喝着汤，她舅就老爱哼哼京剧《平原作战》里的一段唱：

枪声响激起我满怀惦念，
想必是那日寇又逞凶残。
勇刚他三天来英勇转战，

粮食尽路途险日多艰难。

你几番送干粮亲人难寻联系断，

军民是十指和心紧相连。

枪林弹雨军民隔不断，

妇救会员拥军要争先。

虽说是几番送粮人未见，

为支前我不怕走遍平原。

今夜里定捎去张庄群众丹心一片，

把干粮和热汤送到亲人身边。

请他们到我家遮风避雨，

到明天上前线杀鬼子除汉奸，

精神抖擞，胆气冲天。

当她舅唱到"精神抖擞，胆气冲天"时，常常是要换一个"八度"音的，简直有直冲云霄的感觉。连房里用报纸糊的芦席顶棚，都被他号叫得呼呼呼地直打闪。

舅等了好长时间，却不见有人来请他出山。戏还是决定由郝大锤敲。舅还是舅，还是帮灶，扫院子。只是多了一件事，参与剧组的舞美制作，继续着开除留用一年期间的一切临时性工作。

《洪湖赤卫队》舞美制作量很大。好几年了，剧团就只演一些配合形势的戏。有腰鼓、红绸子、奖状、大红花、笔记本、铁锹、扁担、箩筐、扫帚、桌椅板凳就行了，布景道具都很简单。有时几乎不需要制作，街上到处都能买下。除了一个画幻灯片的、一个管电的，还有一个木匠外，再没有其他专职舞美人员。《洪湖赤卫队》里又是刀、又是枪、又是梭镖、又是鱼叉的。彭霸天的府上，几面高墙得做；老式桌椅板凳得做；牢房得做；牢房里的磨凳、磨扇得做；铁锁链得做；芦苇得做；让赤卫队员翻越的院墙得做。还有大大小小的土墩、树桩、石头，哪一样不做，导演都说没有支点，演员没法表演。七七八八算下来，得十几个人，忙一个月才能做完。易青娥她舅自是第一个被叫去了。

分给她舅的有四十个梭镖、二十把大刀、一门土炮，还有一串锁牢门的铁链子。梭镖得拿木头削。大刀是用木板锯，锯了再削。有八把刀还要能"开打"，得用宽篾片子做，不然，硬木大刀，一打就断。铁链子是用棉花搓成条，一环一环套住后，再用熬的角质胶一泡，硬化后，染上墨汁就成。最难做的是土炮，她舅把它放到最后了。梭镖、大刀、铁链子，舅都是拿到家里做的。舅说，这样自由些，加之易青娥也能回来帮忙。

易青娥他们学员班，也有好多都参加排练去了，有的当了赤卫队员，有的当了洪湖群众，都很神气。人家楚嘉禾这回还扮了个有名有姓的角色，叫"小红"。只见她天天都在院子里、宿舍里，用一个碟子敲个不停地唱："手拿碟儿敲起来，小曲好唱口难开，声声唱不尽人间苦，先生老总尽开怀……"有年龄大些的同学，气得私下说，看楚嘉禾像是长虫把撒（头）剁了——把人恶心的，以为她是演了韩英呢。不过易青娥可羡慕了，楚嘉禾嗓子唱哑了，她还给人家倒水喝呢。

易青娥还是天天练功，练嗓子，练唱。有空还到她舅那里帮忙。她舅再忙，还是少不了要抽空练敲鼓。舅说，一天不练，手心发痒哩。舅能干得很，四十个梭镖、二十把大刀，半个多月就完成了。枪和刀的红缨子，都是易青娥晚上来帮忙，用红钢笔水把葛麻一染绑的、梳的。舅还没误了打扫卫生，也没误了帮灶。舅说帮灶有帮灶的好处，肉能吃上肥的，糊汤能吃上干的，还能铲上锅巴。尤其是包子，都喊叫"咬了几里地"还咬不出"内容"来，舅却能吃上馅儿多的。他自己包，知道哪个里面实在。

舅最大的任务，就是那门土炮了。导演连着几个晚上来跟他商量，说土炮将来要能真打。说最后消灭白极会、彭霸天的时候，把土炮推出来，一炮要把彭霸天的府宅彻底轰垮。导演一再强调，说别的地方演出的《洪》剧里，没有这个情节，这是他的创造发明。他觉得最后必须有这一炮，才能让洪湖人民解气。戏到最后，得让观众过一把瘾不是？导演还几番叮咛道："如果你胡三元完成不了，我就找别

69

人干。千万不敢把大事误了，这是《洪》剧这次重排的重大突破点。"

她舅生来就是个好表现的主儿，不让敲戏，总得有地方露露脸吧。他就把制造土炮当成大事了。那几天，连易青娥和胡彩香都找不见他，说是出去造炮去了。几天后，只见他用一辆架子车，满头大汗地把土炮拉回来了。说是在机械厂找熟人做的。还真像那么回事呢。所谓炮能真打，就是土炮筒子里砰地一闪，彭霸天家的照壁墙就得开花。这是需要两个爆破点相互配合的。舅那几天，就天天在院子里做实验。直实验到导演十分满意了还停不下手，还在研究，还在攻关。就连黄主任和他老婆也来看了，都觉得好。只是黄主任没忘了提醒一声："炮要放好，还得注意安全。"舅说："放心，安全得很。"

为了打炮不出岔子，舅不放心别人操作，还"请战"扮成炮手，穿着赤卫队的衣服，亲自把炮推了上去。只见火捻子一点，砰的一声，炮口闪爆一下，那边彭霸天的老宅墙，就啪地开花了。连着三晚上内部彩排，土炮这一环节都很成功。第三晚上彩排完，胡彩香老师甚至还跑到她舅房里，破口大骂道："你是骚情过头了，寻着舔人家的红尻子哩。咋不把这好的炮，弄到你娘的坟头上去放呢。"连着几晚上彩排，除了郝大锤把戏敲乱成一锅粥外，其余的，的确是一晚上比一晚上好。凡看过戏的，都说剧团这些年还真没排出过这好的戏呢。关键是米兰扮的韩英，不仅唱下来了，而且表演、武打、扮相，都让人赞不绝口。连一些老演员都说，米兰把戏唱出来了，是一个台柱子，是一个角儿了。胡彩香站在侧台乐队旁边，给人伴唱，越唱越窝火，越唱越气炸了肺，就想一头扎进院子的水井里淹死算了。她现在坚定地认为，胡三元跟米兰是有一腿的。要不然，他不会老哄她逆来顺受，垫碗子垫背，上当受骗的。她舅想解释点什么，谁知胡老师已没耐心听了，气得就是一个二踢脚，端直踢在了舅的交裆处。舅当下就窝下去，痛得眼泪长流了。胡彩香摔门而去。舅还是那句话："疯子，胡疯子，乱踢乱咬的疯狗！"

她舅并没有因为胡彩香老师的谩骂、踢打，而改变自制土炮对《洪》剧将要发挥的作用与贡献。相反，正式演出那天，见观众爆棚，不仅楼上楼下全满，而且过道都站满了人，他就更是有点人来疯的感觉了。演员是卖力地唱、翻、打。乐队也是尽情地敲、吹、弹。他就自作主张，加大了火药的装载量。多装了药不说，为了效果强烈，他还用擀面杖把药杵了几杵。他早早地就化了妆，穿了赤卫队员的服装，扶着土炮，在侧幕条口候场了。有人还问："三元，你该不会在关键时刻掉链子，最后给人家放个'出溜子'屁吧？"舅说："放你一百二十个心，胡三元弄事，啥时还放了'出溜子'屁了。你信不，就是让我胡三元去讨饭，都讨的是狮子头、油馅饼、肉包子。""吹，可吹，你个挨球的货就能吹！"

戏终于到最后了。她舅整了整衣服，和另一个赤卫队员一道，把土炮严正地推了出去。赤卫队长刘闯一声命令："放！"他把引信一点，嗤嗤啦啦一阵响，只听"嗵""嗵"两声爆炸，整个舞台就天摇地动起来。她舅恍惚看见，对面彭霸天的老宅墙头，有人一个倒栽葱扎了下来，那人像是彭霸天。但不对呀，按导演要求，彭霸天是墙体炸开后，从里面逃出来，最后是要由韩英亲自击毙的，怎么一炮就轰死了呢……再以后，舅就人事不省了。

几天后，她舅从医院醒来，看见身边坐着正哭的易青娥、胡彩香，还有其他几个人，舅才知道，演出出大事故了。

演彭霸天的演员，在医院抢救了好几天，最后还是因伤势过重，一命呜呼了。

舅知道自己把天大的娄子捅下了。

十四

那天晚上演出，易青娥也有任务，是安排搬景。由于她个子小，大布景搬不动，就提着十几斤重的水泥墩子，前后跑着，帮忙压布景的下角。布景都是木框上绷着布，布上画着房舍、村庄、山石、花鸟的平面体，立起来，后边必须搭上三角撑子帮衬。易青娥提的水泥墩子，就是压这些三角撑子的。有一场，还是跟她舅搭伙搬。她舅和一个演白极会土匪的，抬着彭霸天家的大堂主墙走前边，她提着水泥墩子紧跟着。但这面大墙，需要三块墩子才能压住，可易青娥一次勉强只能提两块。换景时间又紧急，舞台灯光也全暗着，让她再跑下去搬一次墩子，很危险，搞不好就撞在哪里了。过去就有人在抢场时，让黑暗中戳着的竹尖，把眼睛水放了。因此，她舅就双手搬景，把另一块水泥墩子，是用挂钩挎在腰带上，硬是帮外甥女省去了一次抢景的危险。有人还说："舅就是舅。别看胡三元，舅还当得蛮像个舅的。"

可易青娥咋都没想到，舅又出了这么大的事。她感觉，那几天舅是很兴奋的样子，见人就问："你没看哥制造的土炮咋样？给戏提神了没？哥这人，没办法，是金子撂到哪里都放光哩。放到厨房，咱就是个好厨师；放到门房，咱就是个好收发；放到道具组，咱就是个中国不出外国不产的大道具师。不一定非要敲鼓嘛！那玩意儿咱玩得要都不要了，让别人也摸一摸、玩一玩嘛！是人都得给条活路嘛！咱不敲鼓，路还多得很嘛！"出事那天下午，他还在院子里吹牛说："你信不，下次排戏要飞机了，哥都能给它弄到舞台上飞起来。这就是哥，你胡哥，你敲鼓的胡三元哥哥！没办法，这儿太好使了！""这儿"指的是他脑袋。晚上演出进行到一半的时候，她舅还不停地让人一会儿注意他的炮，说："看你哥哥咋打哩。今晚绝对有一冷彩哩！"

事后，易青娥反复回忆，觉得她舅那几天真的是有些怪。九岩沟里人常说：人狂无好事，狗狂挨砖头。那几天，她舅真的是有点发狂了。不过，看舅高兴，易青娥也自然兴奋着。自她来剧团，见舅基本都是"黑板撒（头）"的样子。动不动就给他开起会来了。像这样得意的时候，实在不多。何况前三场彩排，舅的土炮的确让全团人开了眼界，给足了掌声。作为外甥女，又何尝不想着自己的舅能露脸，能出彩，能风光无限呢。

这天晚上，到了土炮要放响的时候，因为她舅不停地给人打招呼，就都朝舞台两边凑，看胡三元咋"放冷彩"哩。易青娥就怕别人个子高，挡了自己的眼睛，还专门提前号了个地方，钻到侧幕旁的舞台立柱前蹾着。这里把台上一切，都能看得一清二楚的。终于，她舅头上包了赤卫队的紫头巾，背上还斜背了一把自己做的大刀，胳膊上套了赤卫队员的红袖标，腰上扎了红腰带，跟另一个赤卫队员，推着土炮上场了。她舅由于常年敲鼓，还养成了一个习惯，就是每次把鼓敲到得意处，总要用上下嘴唇，反复抿着本来有点突出的龅牙，眼睛会不停地四处扫看，看看别人都有些什么样的欣赏表情。这是演出，本来是不允许演员上台随便乱盯乱看的，更何况是打仗，已炮弹上膛，箭在弦上了。可她舅还是用那双有点眯缝的小眼睛，把凑在舞台两边看炮的人都扫了一眼。只听刘队长下命令"放"，她舅嗤地点燃极短的导火索，她就急忙捂住了耳朵。可那"嗵""嗵"两声震耳欲聋的爆响，还是把她的身子猛烈向后推去，要不是舞台立柱挡着，也许都能把她推得飞起来。她的背死死被顶到了墙上，眼前立即漆黑一片。当她强制着睁开眼睛看她舅时，只见她舅站着的地方，是立着一个黑桩，除了眼仁和牙是白的，其余全像锅底灰染过一般。晃晃悠悠，晃晃悠悠地，那黑桩到底还是支撑不住，砰地倒下去了。就在那个黑桩倒下去的同时，舞台这边的高墙上，一个一模一样的黑桩，也一头栽了下去。紧接着，烟雾弥漫得就啥也看不见了。

这都是前三场彩排没有过的戏呀！易青娥预感到，好像是出事了。但她做梦都没想到，事情会出得这样大。

戏还是坚持演完了。韩英、刘闯这些主演都在。只是刘闯离土炮近，脸上也喷了半边锅底灰，脖子上甚至还在流血，但他依然坚持到了最后。那个演彭霸天的演员，本来是要做逃跑状，挨韩英的枪子儿死的，可自一头从高墙上栽下去后，就再也没有爬起来。

大幕终于关上了。

只听满台人都在惊慌失措地乱喊叫：

"出事了，炮出事了！"

接着，有人就在喊："胡留根，胡留根！"胡留根是演彭霸天的。也有人在喊："胡三元，胡三元！"还有人在喊："刘跃进，刘跃进！"刘跃进就是跟她舅一起推土炮上场的那个赤卫队员。再有人喊："倒了四五个，快送医院！"整个剧团，一下就乱成了一窝蜂。

易青娥急忙钻到她舅跟前，见几个人抬起她舅时，舅的四肢都是耷拉着的，就跟死了一样，吓得她哇哇地大哭起来。胡彩香急忙跑过来，一把抱住她，要她别哭，说她舅没死，还有救呢。她和胡彩香就跟着抬她舅的人一道，朝医院跑。

看戏的人还没散，都知道剧团出事了，说炮把好几个人炸死了。剧团抬人的人在前边跑，看戏的人跟着在后边追。

这一晚上，整个县城都议论起了这事。剧团人把几个重伤者送到医院时，医院也拥塞满了看热闹的人。因为县城小，人都熟，尤其是剧团人，大家更熟，就都在打听，看把谁炸死了？演戏咋能把这么多人炸死了？

很快，公安局的人就来了。

黄主任说是当晚正陪县上一把手看戏，台上炮一响，那领导还说，咋弄这大的声音，该不会出事吧。他还给领导保证说，绝对没问题，一切都是他"亲自""反复""认真"检查过的，彩排过三场，万无一失。结果，戏刚一完，他还没把领导送走，舞台上就有人急急呼呼跑下来说，把人炸死了。他急忙捏住来人的手，意思是让别声张。然后，他出门把领导送上吉普车，才撤身上了舞台。他到台上，重伤者都已被朱继儒副主任指挥着抬走了。他就急忙赶到医院去了。医院楼道一下摆了四五个，还有受了伤，自己捂着脸、款着胳膊、瘸着腿来的。急诊室进不去，值班大夫也慌了神，急忙打电话要人。整个过路道，是一片伤者的呻吟惨叫声，还有家属乱了方寸阵脚的哭喊声。朱副主任来得早，正在跟医生护士交涉着抢救的事。黄主任一来，先是气势汹汹地问："胡三元在哪里？胡三元在哪里？一定得严肃追查这起重大恶性事故的元凶。"有人把胡三元一指，黄主任见他浑身焦黑，口鼻歪斜，已经奄奄一息了，只好狠狠瞪他一眼，转身进急救室了。

易青娥眼看着舅好像不行了，嘴角在抽，膀子在抽，脚板也在抽。她既恐惧，又舍不得地用抖得哗哗的手，摸着舅的脸。舅的白眼

74

仁，还有上下嘴唇都包不住的龅牙，在像是烧了一层黑锅灰的脸上，显得尤其白，白得瘆人。她不停地呼唤着："舅舅舅，你醒醒，你醒醒哪！你可千万别死了，我害怕……"她真的很害怕，是几重的害怕：一是害怕死人；二是舅要真的死了，她可咋办啊？舅被抬来，放在过道的水泥地板上，她也就跪卧在地板上哭，胡彩香拉都拉不起来。也不知过了多久，有医生让把她舅抬进急救室，然后，家属就都被隔在外边，不让进去了。她跳起来向急救室的玻璃门里看了几次，什么也看不见，就听里边有人喊叫，叫得很惨，但不是她舅的声音。如果她舅能这样叫一声，反倒好了。可她舅，始终没有声音。

这时，公安局的人越来越多了，有好几十个。他们到处问咋回事，有的手上还拿着本子在记。有人还问了易青娥，她头摇得跟拨浪鼓一样，吓得直哭，啥都说不清。黄主任这阵儿也蔫儿了许多，再不像在单位开会时的神气了，前后左右地唉声叹气着。公安局人问谁是剧团领导，他甚至双脚一并拢，啪地一个立正："到！"就戳到人家面前了。他一再给公安局的人解释说："我是反复开会，反复强调，反复检查，反复叮咛，要注意安全，要注意安全，有人就是不听。这里面有阶级斗争新动向呢。"他几乎见了公安就说这话。弄得医院满过道的人，都高度紧张起来。易青娥也不知"阶级斗争新动向"是啥，只听有人低声议论说：这事看咋定性呢，要胡三元是故意的，那搞不好可就成"敲头案"了。

易青娥当时还不知啥叫"敲头案"，就问身边的胡彩香，胡老师说："别听他们瞎说。"易青娥也不知裤子是啥时尿湿的，反正连膝盖以下都湿完了。两条干树棍一样支着身子的瘦腿，一个劲地打着闪。胡老师坐在院里一个长石条上，把她揽在怀里，不停地给她摩挲着小手、胳膊、胸口。她浑身没有一处不颤、不抖的。

这一晚，剧团人全来了，都在医院过道里、院子里，三三两两地站着、坐着、卧着，急切等待着急救室里的消息。

直到后半夜，才有人说，三个人都很危险，最危险的是演彭霸天的胡留根。第二危险的是胡三元，再就是跟胡三元一起推土炮的刘跃进。还有两个，虽然重些，但都是外伤，似乎没有生命危险。至于像演刘闯的演员那样，只伤了些皮肉的，还有十好几个。包扎包扎，医院没让住，就都回去了。直到这时，有些情况才清楚了些：的确是她舅把火药装多了，不仅上场口的土炮钢管爆炸了，而且炮弹的落点处也因装药过多，把一个铁皮桶都炸得粉碎了。有铁碎屑甚至从观众头上，端直飞到了楼座的窗玻璃上。

公安上当晚就封锁了现场。并要求剧团腾出好几间办公室来，破案组在医院做了初步调查后，就连夜住进单位，挨个开始刑侦谈话了。

很快，剧团就分成了两种说法：一种是黄主任说的那样，属于阶级斗争新动向，胡三元可能是故意的。尤其是开除留用一年，让胡三元有可能伺机报复社会。幸好炸死的是坏蛋彭霸天，而不是韩英、刘闯，要是炸死了韩英、刘闯，那背后的用意就更是"昭然若揭"了。也有一种说法，说胡三元就是那么个神神狂狂的人，好出风头，弄啥都想弄出个大动静来。多装了药，也就是图出"冷彩""放大炮"，落表扬哩。公安上甚至反复提醒大家，让不要做具体分析，那是侦查员的事，大家就只提供事实、证据，包括胡三元近期的一切言语和表现。易青娥到底还是让公安叫去了好几次，让她说，她舅最近都跟她说了些啥，做了些啥？她觉得她舅真的没说啥，也没做啥，就是吹他自己能行得很，不让敲鼓了，做个道具也照样赢人，没办法！尤其是土炮，说这回要给戏增大光添大彩了。还说他脑瓜子就这么灵，"随便一转，冷彩无限"，没办法！

有人分析说，这事还看死人不死人呢。不死人了，是一讲。要是死人了，那就又是另一讲了。因此，大家把眼睛又都盯到医院那边了。演彭霸天的胡留根，几天几夜都没醒来，说不仅有外伤，而且还有内伤。尤其是头从一丈多高的院墙上栽下来，脑瓜里有了大量瘀血，医生说随时都有生命危险。刘跃进是被土炮后坐力，一下弹出去一丈多远，并且有钢管碎片扎进了大腿根，一只睾丸被划伤，说肿得跟青皮核桃一样大。易青娥她舅胡三元，面部被火药严重烧伤，一块钢管片扎进了胸腔，一块扎进了腹部，一节肠子都流了出来。易青娥连着三天三夜没睡觉，就一直守在舅的身边。直到第四天早上，突然说，伤势最重的胡留根死了，案情就一下变得严重起来。公安上甚至当下就接管了对她舅的看护，把一只手铐在了床架子上，任何人都不能再走进他的病房了。易青娥只好在门外卧着，一天又一天，就那样眼泪一直不干地卧着，看着，听着，担惊受怕着。有人甚至当着她面说："胡三元还不如死了算了。搞不好，活过来还得吃花生米呢。"后来她才知道，"吃花生米"，就是挨枪子儿的意思。

她舅终于还是没死了，在胡留根死的那天晚上，她舅就醒来了。说他一醒来，就要拔管子，一直喊叫让他去死。但公安寸步不离地看守着，他死也没死了。直到半个月后，才在医院里给他戴上脚镣，把人拉走了。

易青娥听人说，只有死刑犯，才戴脚镣的。可她舅就戴上了，响得哗啦哗啦的，把她的魂都吓掉了。

她紧追着公安，眼看着，人家把她舅塞进车里拉走了。

她又追了好长一截路，突然，脚下被一块半截砖绊得摔出了老远。然后，她就人事不知了。

十五

易青娥再醒来的时候，听胡彩香老师说，已经是第二天的半夜了。她在发烧。嘴上起了白泡，喉咙咯出来的全是血。

胡老师说："娃，你再别折腾自己了。你舅就是那号货，一辈子活该不得安生。别去想他了，把你小小的年纪，搭进去了不划算。"

易青娥开口的第一句话是："舅会……枪毙吗?"这是易青娥最近听到最多的议论，说她舅搞不好就要挨枪子儿呢。

"挨枪子儿活该，谁叫他不长记性。神神狂狂的，就那命，谁拿他有啥办法。"胡彩香到这阵了，对她舅还是那些硬邦邦的话。

易青娥就哭，哭得抽成一个罗圈，面向墙弓着。胡彩香扳都扳不过来。胡彩香抚摸着她的脊背说："你看看，看看你这脊背，就一排算盘珠子包着一张薄皮了，还哭。再哭，小命就哭没了。"

易青娥仍哭。她脑子里始终转不走的，就是她舅最后的那张脸。这张脸过去干干净净的，寸头也修剪得利利落落，除了两颗龅牙外，舅还算是长得像模像样的男人呢。要搁在九岩沟，那简直就是人梢子了。可在这次事故后，她舅完全变了模样。脸不再干净了。从额头到下巴，全成了黑的。连脖子都黑了大半圈。尤其右半边，简直黑得跟锅底一样了。听医生说，那是烧伤，直到公安局押走那天，伤是结痂了，可皮，还是深黑色没变。他眼睛一睁，嘴一张，黑是黑白是白的，看着怪吓人。舅啥时候都爱跟人开玩笑，就连挨了张光荣的管钳后，还对胡彩香老师笑着说："你男人张光荣，是把我当下水管道修理了一下。没事，管道还能用，不信现在你就试。"胡老师说："滚！"她舅还笑着让胡老师把管钳拿走，并说："作案工具你可以拿走。给你张光荣留着。告诉他，我这管道安分不了，除非他不去上班，天天把人看着。要不然，有他修理的时候。"易青娥虽然听不懂里面的意思，但她舅痛得头上直冒汗，还能跟人开玩笑的这种性格，她是喜欢的。舅是一个把啥痛苦事，都能变成笑话说的人。可这回土炮事件后，半个月时间里，舅再没跟人开过一句玩笑。只要张口说话，就是让他去死。

舅在被抓走的那天下午，医院过道站了好几个剧团人，他们都是照看刘跃进和另外两个重伤号的。每个病人，都是安排两个人看护。一天三班倒。晚上是男的，白天大多是女的。那天下午，几个值班的里边还有米兰。米兰还跟易青娥打了招呼的。不过，平常胡彩香老师老骂米兰，易青娥就跟米兰走得远些。易青娥甚至有点怕米兰。因为人家米兰是台柱子，这次演韩英，形象可高大了。易青娥觉得自己跟人家，是一个在天上飞着，一个在地下趴着的。因此见了面，就越来越连正眼瞅一下都不敢了。尤其是土炮事故后，她一见米兰，就吓得直朝拐角溜。还是米兰主动跟她笑了笑，她才缩着脖子，给人家僵硬地点了点头。她想米兰是最恨她舅的，因为这么好的戏，只演一场，就彻底塌火了。米兰费了九牛二虎之力，让她舅一炮炸得烟消云散，肯定是把她舅快要恨死了。何况都说米兰跟黄主任的老婆好，黄主任都把她舅恨成这样了，米兰还有不恨她舅的道理？

可就在她舅被警察押出来时，米兰还是第一个走到了舅的跟前。当易青娥一把抱住舅的腿，哭着咋都不放舅走的时候，米兰还弯下腰，把她的双手，从她舅腿上慢慢扒拉下来，并一把揽在了自己怀里。就在米兰搂住她的一刹那间，她甚至还看见米兰眼里闪着泪花。这时，她舅终于说话了，是对米兰说的："我外甥女……这下可怜了！娃太小……还请帮忙照看一下。"说着，舅扑通一声，脚镣哗啦啦一阵响，给米兰和另外几个剧团人跪下了。所有人都被她舅这个动作惊呆了。胡三元一辈子给谁服过软呢？紧接着，警察就把她舅搀起来了。易青娥挣扎着要去抱她舅。在那一瞬间，她试着，米兰把她搂得更紧了。但她还是挣脱出来，要抱住她舅了。警察动作很快，还不等她再把舅的腿抱住，几个人就拎起她舅，一路小跑着，把人塞进了铁壳子车里。只听后车门哐哐啷啷一阵响，她舅就被锁到车里了。易青娥再追，便栽倒不省人事了。

米兰把易青娥领回剧团后，胡彩香就把她抱回去了。胡彩香在易青娥醒来时，一再说，她舅这是命，命里有一劫，咋都躲不过的。她说："你都没看看你舅，这回为弄那个死土炮兴奋的，就像谁给打了鸡血一样。这就叫让鬼给捏住了。谁让鬼捏住了，那就一步步得跟着鬼走了，人是唤不回来的。我把你那个死舅还骂少了？多少次让他别逞能别逞能，他偏能不够，要玩那个死土炮，要放冷彩哩。你就是放了冷彩，还成韩英了？成米兰那个骚狐狸精了？成刘闯了？你不还是开除留用的胡三元吗？你不还得去做饭、扫院子、抬布景吗？他听吗？你那个死舅听吗？那个时候，鬼就已经拿着铁索，把他的脖子套牢了，你知道不？该死的东西！"

任胡彩香再骂她舅，说她舅一千一万个不是，说他活该、命硬、找死，可易青娥还是要想舅。想得吃不下，睡不着。并且一再闹着，要回去见她娘。她不想在剧团待了，死也不唱戏了。但胡彩香老师还是坚决不让她回。胡老师说："练功马上满一年了，满一年要大考一回呢。这回考试很关键，特别不适合唱戏的，还会退回去的。"胡老师一再说，她的条件很好，将来能学出息的。还说这半个月荒废太多，要她抓紧复习，力争考个好成绩，也算是没辜负了舅的希望。

易青娥压根儿就不想学戏了。她觉得这一行一点都不好玩，还不如在九岩沟放羊。加上她舅把这里的一切，都弄得乱七八糟的，让她也没脸在这儿混下去了。她知道，好多同学都在看她的笑话呢。她几天不在，宿舍的洗脸盆都让人拿去接夜尿了。尤其听说她舅是戴了脚镣走的，几乎所有人都傻眼了。都说，脚镣是要枪毙的犯人才戴的，说明公安上已经定性了。就好像她也是死刑犯，马上要挨枪子儿了一样。她去上厕所，几个同学竟然呼地提起裤子，尿没尿完，就逃命一般地挤了出去。她也快成瘟神了。

无论如何都得走了，坚决不学戏了。

并且得晚上偷着走。白天走，太丢人了。

可易青娥几次都没逃了，胡彩香硬是要留下她参加考试。并且一再说："你是你，你舅是你舅。你是正式考上的，算是有了工作的人，丢了多可惜！你小，还不懂，找一个正式工作有多难哪！"

她还是哭，反正不去练功场了。她没脸见人了。胡老师就继续劝说："你个十一二岁的娃，跟你舅完全是两码事，没有人把你当你舅那样看的。何况你舅，也不一定就能枪毙了。他顶多就是过失杀人犯，或许死不了的。死不了，就还有出来的希望。啥事都是吵吵一阵子，很快就都会过去的。只要你把戏学好，将来站在台中间了，别人照样刮目相看。不定那时，你舅又出来给你敲戏了呢。咬咬牙，挺一挺，一切都会过去的。"

反正不管胡老师咋说，她还是不出门。

但这天晚上发生的一件事，又让她同意留下来，并且答应参加考试了。

那天晚上，她本来是准备再跑一次的。可刚装作睡着一会儿，就有好几个人，偷偷溜进胡老师的房里，商量啥事情来了。房里很热，但他们还是把门窗关了个严实。一个人念，几个人听。开始念的啥，她没注意，可后来她听见，好像是念她舅的事：

  ……胡三元固然有问题，但我们敢保证他不是故意的。单位有人说，这是阶级斗争新动向，是故意搞破坏，故意杀人，我们觉得太严重了。我们是这个单位的革命群众，知道这个事情的全过程。胡三元就是资产阶级思想在作怪，想出风头，放一声大炮，落一通表扬，从而减轻他过去的罪责。但他确实被虚荣思想冲昏了头脑，把药装过量了。何况他自己也差点被炸死。要是成心搞破坏，他不会把自己命也搭进去的。我们认为胡三元有罪，但罪不当死。请求组织再到剧团调查一回。当时事情才发生，人都很激动，可能有说过头话的。现在冷静下来后，相信大多数群众，还是会尊重事实的。还有一个情况，请组织考虑一下：胡三元是全省敲鼓里面数一数二的人物。虽然也有白专道路的问题，可这手艺，毕竟也是党和国家培养的，杀了可惜！总之，我们希望对胡三元能够刀下留人……

为"刀下留人"这个词，他们还商量了半天。说"刀下留人"是戏里常用的，现在是拿枪打，应该写"枪下留人"才对。可好像又觉得没有这么个词。最后商量着，还是用"刀下留人"好些。有人说，这能让办案人员，想起一些戏里的公正场面，激起他们的同情感、正义感。说这个话的，正是《洪》剧戴眼镜的那个瘦导演。看来状子也是他写的。最后，为到底是写每个人的真实姓名，还是写"革命群众"，又商量了好半天。签真名，害怕最后翻不了这个案，搞不好，还要追查出同情包庇坏人的责任来。就是公安局不追查，把信转到黄主任手上，大家也会很麻烦的。因为黄主任一直口气很硬，他一口咬定，这是阶级斗争新动向。那就是等于说，胡三元是故意的。我们跟黄主任对着干，岂不得吃不了兜着走？但胡彩香老师坚决要求写真名，她说："写革命群众是虚的。搞不好，人家还以为是胡三元的哪个亲戚写的，作用不大。要写真的，并且名字缀得越多越好。"瘦导演也说："这两天其实大家都在说，人再瞎，都不能再给胡三元落井下石了。把胡三元弄死，谁能得到啥好处？这个院子恐怕还会闹出鬼来呢。胡三元可是不会轻易把谁饶了的。到那时，只怕谁也安生不了。"胡老师坚持要把她的名字写在第一个，她说："割了头，碗大个疤。"

再后来，一个人说，得把一个人的名字署上，对这个状子好，对大家也是一个保护。有人就问谁。那人说："米兰。"胡老师端直说："不要她，不要这个骚货。我的名字不跟她写在一起。"冷场了好久，瘦导演突然说："说得有道理，把米兰写上去很重要。"他还要胡彩香好好掂量掂量，说这是一步高棋。胡老师就不再说话了。可谁去让米兰签名呢？米兰会签吗？搞不好，就成了一件老鼠舔猫鼻子——寻死的事。有人说，也不一定，胡三元被带走时，听说还给米兰跪下了，求她帮忙照看外甥女呢。不说这话胡老师还不来气，一说这话，胡老师一下别跳了起来："狗日胡三元，就这一点夙囊包劲儿，让我把他看扁了。给个骚旦狐狸精下的什么跪？骨头软得比脓包还软，真是把他胡家的先人，羞得快从坟里别出来了。"瘦导演说："这说明，他对这个外甥女心很重啊！那么要脸的人，都啥也不管不顾地给人跪下了，男儿膝下有黄金哪！"

易青娥感觉他们说到这时，都在朝她瞅，她就装着睡得更死了。

又安静了一会儿，胡老师突然说话了："我找这个骚货签名去。"

大家都有些惊讶地："你？"

"对，我找她签。非让她签不可。胡三元过去也没少给她敲戏。"

一个大疙瘩解开了，大家好像都有点兴奋。一个人提议说："房里太闷，咱们出去喝碗凉醪糟去。"

大家就都塞塞窣窣地出去了。

易青娥听见，胡老师还专门反锁了门。

她终于把忍了半天的眼泪，尽情释放了出来。原来剧团不是人人都恨她舅不死的。还有这么多人在替舅说话，想把她舅的命保下来呢。她觉得这个时候，自己是咋都不能走的。她得看到舅的结果。

舅太可怜了！脸炸成那样，肠子都炸出来了，还戴了脚镣……

就在胡老师他们出去喝凉醪糟的时候，有人来敲了几回门。敲最后一回时，易青娥答了话，说胡老师不在。真是太巧了，敲门的竟然是米兰。易青娥像抓住了救命稻草似的，一骨碌爬起来，才想起，胡老师出去是把门反锁了的，害怕她再跑。她就说："米老师，胡老师出去把门反锁了，一会儿就会回来的。"只听米兰在外边说："这个胡彩香，搞什么名堂。好的，一会儿我再来看你。"

过了一会儿，胡老师就回来了。胡老师给她也买了碗凉醪糟端回来。胡老师让她吃，她就吃了，好像胃口也有点开。她正吃着，米兰就来了。米兰手里端着一碗鱼汤，说是下午有人在烂泥糊里抓的鲫鱼，炖汤可鲜了。她说看娃几天没吃饭，都瘦干了，就把汤给娃端来了。

易青娥的眼泪啪嗒啪嗒地，都滴到了醪糟碗里。

米兰平常是很少到胡老师家来的。有事，也是站在门口一说就走了。年前排《洪湖赤卫队》来过一回，是请教胡老师的。说有几句唱，换气口总是找不准，有点唱不下来。胡老师连坐都没让坐，一顿风凉话，就把人家打发滚蛋了。米兰出去后，胡老师还在说："亏先人哩，连气都不会换，还朝舞台中间挤哩。小心把你那两个大骚奶头子，还有那两扇翘翘尻子，都挤成瘪冬瓜了！"骂完，把她自己都惹笑了。可今天来，胡老师突然来了个一百八十度的大转弯，又是搬凳子，又是打糖水，又是翻落花生出来，剥了皮地请人家吃。弄得米兰半天都转不过向。

终于，胡老师把话题扯到她舅身上了。先是试了试水的深浅。当发现米兰对她舅也很同情，并且相信，那事故她舅不会是故意的时，胡老师就把签名的事端出来了，问她签不签，不过话里也有话："不签也不要紧，无非就是将来胡三元的冤魂回来，多有几个晚上睡不着觉而已。"并且她还拉长了音韵，像唱戏念白一样道："人啊人，反正这世上的事情，都是人在做，天在看哩……"还没等胡老师把话说完，米兰就问：

"你什么意思呀？以为我不签，是吧？把我签在你前边。还按 AB 角儿那样排。"

说完，只听米兰在纸上刺刺啦啦划了几下，把钢笔一扔，就起身走了。

米兰刚一走，瘦导演和那几个人就又来了。问咋样。胡老师叹了口气说：

"咳！把她假的，在这事情上，还争 AB 角儿呢。非要签在我前边。好像她还真成韩英了。哼，看这玩意儿些！"

这一晚上，易青娥睡得很踏实。她觉得在这个院子里，也不是完全不敢睡着的。

易青娥又开始练功、练唱了，尽管有同学在她背后指指戳戳的。好多女同学，不仅不愿跟她一起练"身架组合"，而且也没人愿意跟她一起"打把子"了。"打把子"，就是枪对枪、刀对刀、棍对棍的"打斗组合"。最后，教练只好安排她跟男生一起打。男生下手重，而且快。挨枪、挨刀、挨棍就是常事了。尽管这样，她还是能忍受，能坚持。因为她舅有希望了。只要舅能活着，她就啥都能忍受了。

为了应对满一年的考试，大家都突然十分紧张地复习起来。易青娥由于她舅的事，弄得本来就瘦小的身体，更加单薄虚飘。加上天气又热，又劳累，实在有点吃不消，好多功明显退步了。头朝下、脚朝上的"拿大顶"，她本来是可以坚持二十分钟的，现在只能"拿"十分钟了。甩腰，过去一次能甩三十个，现在甩十几个就感到恶心，内脏甚至有一种快爆裂的感觉。总之，她的练功优势，在快速减退着。

就在这个时候，公安局又一次来剧团，为她舅的事，找所有人又谈了一次话。他们来时，黄主任还主持召开了大会。会上，黄主任讲："胡三元的事，是剧团的阶级斗争新动向，问题性质很严重。大家都要擦亮眼睛，协助公安上，做好一切革命工作。"可公安局来的人，跟黄主任讲的口气不太一样。公安局一个戴眼镜的瘦高个子领导说："这个案子大家都知道，我们已经侦破很长时间了。为了真正把案子办好，我们决定再走一次群众路线。大家一切都要本着实事求是的原则讲，不要凭空想象捏造，不要添盐加醋，扩大事实。当然，也不要藏着掖着，把大事化小、小事化了。反正是有啥说啥。这是人命关天的大事，每个人，都要为自己提供的一切证言证据负责。"

公安局十几个人，在剧团又弄了四五天。几乎全团每个人，又都像过筛子一样过了一遍。连易青娥也被叫去问了一上午。易青娥说完，人家还让按了手印。大概有十几张纸，不仅每张都按，而且每张上写错的地方，也都让她按了。

那几天，易青娥整天是扯长了耳朵在听，听院子里的一切风吹草动。她听说郝大锤那几个也在频繁碰头商量事，并且还到黄主任家开过会。开完会，郝大锤出来气势汹汹地说："能让胡三元把这铁案翻了，哼，还没王法了！"在公安局来的第三天晚上，瘦导演他们那几个人，又到胡老师家里坐了很长时间，叽叽咕咕地说了大半夜。易青娥听出来，是要让米兰出面，做黄主任的工作，让他改变态度呢。后来，胡老师说还是她去。这天晚上，胡老师是后半夜才回来的。第二天一早，她就听瘦导演在门口问，说得咋样？胡老师说："好着呢，反正我要她米兰给黄正大捎话，问他把胡三元整死了，看他能落下啥好处。"再后来，公安局人就走了。据胡老师说，黄主任直到送公安局人走，还是那些鬼话："剧团绝大多数革命群众觉悟是高的，他们是能看清胡三元的本质的。不过，也有一些群众需要教育，毕竟文化底子薄，糊涂蛋还是不少啊！"

再后来，易青娥就参加考试了。考得很不理想。连胡老师都急了，问她是咋发挥的，平常练得好好的唱段，一上场，咋就荒腔走板成了那样。说把她的人都丢完了。

就在考完试的第三天，团里突然通知，明天全体参加县上的公捕公判大会，要求学员也都去接受教育。还有人私下传出风声来，说明天公判的就有胡三元哩。

十六

公捕公判大会在县体育场召开。说是体育场，其实就一个野场子。有一圈跑道，中间还有一个篮球场。篮球场旁边还有一个排球场。再就是一个小看台。县上好多大会都在这里开。有各种庆祝大会，纪念大会，包括公捕公判大会。一般要在体育场开公捕公判大会，就是有特别重要的犯人，尤其是有要枪毙的犯人。这事本来就吸引人，有看点，加上说罪犯里还有剧团敲鼓的胡三元，就是在舞台上放炮炸死人的那个家伙，看热闹的就更多了。一大早，几辆宣传车，就在县城的几条街道和附近的公路上，缓缓移动起来。绑在宣传车顶上的高音喇叭里，一个女声正在口气特别强硬地广播着：

全县广大工农兵同胞们、广大革命干部、师生，以及战斗在各条战线的革命群众、街道居民，现在发布通告：今天上午十点，我们在县体育场，召开公捕公判大会。将对一批强奸妇女幼女、抢劫盗窃、投毒杀人、放火爆炸、破坏公共设施、破坏国家财产、破坏革命生产的思想极其反动的犯罪分子，进行依法公开逮捕宣判。对那些罪大恶极、影响极坏、死不悔改、民愤极大的首恶分子，还将处以极刑。借此机会，我们要奉劝那些执迷不悟者，该是猛醒的时候了！已经犯罪的，立即投案自首，争取从宽处理。还没有犯罪，但已经滑到犯罪危险边缘的，立即悬崖勒马，回头是岸。群众的眼睛永远是雪亮的。任何抱侥幸心理的人，最终都将逃不脱法律的严惩。今天即将公捕公判的四十六名罪犯，就是生动的例证，就是社会的反面教材……

女声说完，一个男声又开始了：

现在宣布公捕公判大会纪律：

一、县级机关所有单位，要按指定划分区域，准时排队入场。不许插队拥挤，不许占用其他单位的划分区域。

二、幼儿园师生、城关小学师生、城关中学师生、县中师生，都要在老师的带领下，于九点半前，提前整队入场，并在指定位置就座。

三、所有没有单位的街道居民、郊区菜农，以及其他进城的各类闲散人员，在单位以西的指定范围内就座。没有坐凳的，一律在有坐凳的群众以外的地方，自觉排成队列，站立参会。

四、会场不许迟到早退，不许交头接耳，不许高声喧哗，不许来回走动，不许干一切与会议无关的事情。

五、所有参会人员，要听公安执勤人员，以及民兵的统一调配指挥。有不听指挥、不听劝阻，甚至故意对抗者，将执行劝其退场、勒令退场，直至绳之以法的严肃处理。

六、刑车游街示众时，只许在指定范围以外观看，不许跟踪。任何人都绝不允许与车上的解放军战士、公安、法警，尤其是罪犯，进行任何形式的打招呼与接触，违者将依法严厉处置。

七、刑场设在县城以东的河滩地里，大会公判结束后，刑车将缓缓行驶至刑场，所有到刑场接受教育的革命干部、师生、群众，都要按指定路线，指定区域，有秩序地进入刑场，见证极刑执行。凡不听指挥者，公安执勤人员，有权依法带离现场。有故意破坏，甚至以身试法者，公安执勤人员，有临时紧急处理一切特别事态的权力……

昨天，当易青娥听说今天公捕公判的有她舅时，心里就慌乱得不行，几乎一整夜都没合眼。她一直想着道听途说的各种可能：枪毙、死缓、无期、二十年、十年。有人说，最少也少不了七年，那还得定性成过失杀人。昨晚上，班上就通知说，明早九点集合，都自带凳子，整队进入体育场。她问胡老师，舅该枪毙不了吧？胡老师说："谁说得清。明天从县中队一拉出来，就知道是咋回事了。要枪毙的，都在前边车上押着。一个犯人一辆大卡车。犯人由三个县中队解放军战士紧紧抓着，旁边还站着两排荷枪实弹的战士。要枪毙的犯人，比不枪毙的要捆得紧些。头一般都押在驾驶室上边的木板上，几乎看不清脸。背上还插着写有自己名字的法标。只等一宣判，立即有人拿红钢笔水，就把那名字打上叉了。不枪毙的，要是判死缓或无期的，也是一人一辆车。判十年以上的，一般是三个人一辆车，前边一个，一边再押一个。十年以下的，基本都是六个人一辆车，前头押两个，两边一排再押两个。一个犯人后边，也就两个看守。犯人明显捆得松些，而且他们一般都还有心思抬头到处乱看呢。"易青娥把胡老师的话记下后，第二天一早，不顾团上、班上一再强调的参会纪律，就端直跑到县中队旁边，看她舅去了。

她去的时候，这里还空无一人。到了七点多，才有十几辆卡车慢慢开进中队院子。八点多，附近就来了好多戴袖标的执勤人。再后来，人就慢慢多了起来。执勤的就开始撵人了。易青娥发现，来的人里，有看热闹的，也有好些是犯人的亲戚，有人还抱头在哭。有一个老婆子，七十多岁的样子，是几个人搀着，手里拿了个皱皱巴巴的手帕，几把眼泪就擦湿完了。易青娥他们被赶来赶去的，最后她是爬到一个土坡后边卧下了。这里不在人家警戒线以内，又能把一切都看得清清楚楚的。等啊等，宣传车不知都过来过去几回了，高音喇叭里喊的话，有些她都快背过了。终于，县中队的绿铁门才打开了。

先是出来一辆写着"指挥"字样的白铁壳子车。然后，又出来一辆黑铁壳子车。再然后，又出来一辆帆布篷小车。再然后，一辆大卡车的头就露出来了。易青娥的心，呼地就揪成了一疙瘩。可离得太远，人有些看不清。但车上只押着一个犯人，并且都是按胡老师说的，犯人后边有三个人押着，两边还有两排拿枪的人。她正紧张着，就听前边那个老婆子"儿啊"一声，哭得栽倒在地上了。易青娥的心，突然轻松了一些，说明这个不是她舅。紧接着，第二辆卡车又出来了。上边还是只押着一个五花大绑、插着法标的人，头被紧紧按在了卡车头上。那人好像想动，被三个人又狠狠朝下摁了一下。易青娥明显感到，这个也不是她舅。因为这个人年龄比她舅大了许多，头发是花白的。紧接着，第三辆车又出来了。还是一个犯人，背上还是插了标，好像有些站立不住。三个押着的县中队解放军战士，还把他朝起拎了拎。拎起来，又见他扑塌了下去，几个人就干脆把他提溜着，双脚都离地了。这个人更不像她舅，个子比她舅大概能矮一头。再出来的，就是三个犯人一辆的车了。易青娥先是涌出一股眼泪来，最起码舅是不枪毙的人了。她仔细看着，面向她的那个犯人肯定不是的。面朝前的犯人，也不像。可惜面朝河水方向的那个犯人，脸看不见。但从背影看，咋都不像她舅。她舅是一个长得高高大大的人，背影子是挺得很直的。可这个人，腰明显弯着，远看是个 S 形。又出来了一辆装三个犯人的车。她仔细看了，里面依然没有她舅。再又出来三个犯人一辆的车，她在里面还是没有找着舅。她想，是不是把舅看漏了？也许把人关了几个月，变形了，没看出来呢？接着，又出来了一辆押三个人的车，仍然不见舅，她就慌神了。难道舅就在前边那三辆押一个犯人的车上？她脑子嗡地一下，又开始回忆刚才那三辆死刑犯车，可的确没有像舅的呀！正想着，一辆押六个犯人的车就出来了。她急忙睁大眼睛，一个一个朝过看，前边两个看清了，不是她舅。靠她这边的两个也看清了，绝对不是她舅。那两个朝河水方向的，背影子也不像。卡车出得越来越快了。

终于，她在第四辆拉六个犯人的车上，一眼瞧见了舅。

她舅是面向前方的，并且是在靠着她的一方站着。绳子把舅的两个胳膊捆得很松。他站得很直。也果然像胡老师说的那样，舅是一身轻松地，朝四周乱扫乱盯着的。她的眼前，立即模糊成了一片，她真想放声大哭起来。

舅的脸上，还是那样黑乎乎的，嘴唇包不住上牙。尤其是嘴一张，牙白脸黑，十分突出。但舅头昂得很高，就像敲戏时一样，把前后左右都想关照到。她多想大喊一声"舅——"哇，可高音喇叭声、汽车声、半导体声、哨子声响成一片。易青娥感觉，舅好像是朝她卧着的土坡看了一眼的，可没看见她，汽车很快就开过去了。她不顾一切地朝公路上跑去，她要追上舅。她想今天无论如何，都得让舅看上她一眼。

易青娥是在车队快进东关正街时撵上去的。

车的速度明显慢了下来。满街都是拿着板凳的队伍，本来是向体育场进发的，发现押犯人的车来了，就都乱慌了阵脚，朝囚车拥去。警察和民兵手挽手，拉起两道横线来，才把人流挡在了街道两边。今天犯人多，阵仗很是吸引人。一街两行的人，本来有些是要排队直接进体育场参会的，见这般热闹，也就夹了板凳，掉头跟着囚车跑起来。尤其是前边三辆囚车，跟跑的人特别多。因为这三辆车上的犯人最好看，大家想看看，这三个人到底长的啥模样，竟然就活到头了，要"吃花生米"了。还有一辆大家喜欢看的车，就是拉她舅胡三元的。大家一看见胡三元的样子，全都笑了。没想到胡三元让火药烧成这个球德行了。要不是有人不停地指，简直都认不出来了。有些跟着跑的娃娃，还在远处喊：

"胡三元，剧团的！"

"胡三元，敲鼓的！"

易青娥倒是追上了押她舅的那辆车，可她个子太矮，挤在人窝就没了。她只能从人缝里朝上看她舅。她看见，舅的头一直是高高抬着的，不仅脸让土炮打黑了，而且下巴底下半圈都是黑的。在卡车底下朝上看，下巴底下的黑，还特别明显。舅成一个黑人了。尽管那时易青娥还没见过黑人，对黑人的印象，还是在看电影前加演新闻纪录片里见过的。

大概是觉得她舅把头抬得太高了，一个站在他旁边的解放军战士，还把他的头朝下压了压。可舅很快又把头昂起来了。撵着看他的人，就都觉得特别好玩，还有人说："狗日胡三元，头还撑得硬朗。"她舅在看，四处看，好像是在找熟人。她就拼命朝她舅的眼皮子底下挤。可挤着挤着，舅的车又前进了一截，她就又得找新的位置了。

终于，在车队走到县城中心的十字路口时，再也走不动了，就彻底停了下来。但旁边执勤的人，也管得更凶了。易青娥几次想挤到舅的车前，都被推了出去。可她毕竟是个头小，在警察和民兵挽起人墙阻挡拥挤时，易青娥还是从一个警察的腋下，钻进了车前的一片空处。她对着车上大喊了两声："舅！舅！"她舅终于把外甥女看见了，还咧嘴笑了一下，但笑得很僵硬，是给她点了一下头。这时，一个高个子民兵，像掐鸡娃一样把她拦腰一抃，塞到人缝里去了。很快，她就被人流卷走了。

车队也朝前移动了。她舅想朝回看，头还被解放军战士朝正前方扳了扳。她就再也看不见舅了。

但易青娥已经很满足了。不仅知道舅不会挨枪子儿了，而且还让舅看见她了。并且她还发现，舅的心情好像也不错。这让她彻底放心了。她再没有朝前挤，就一直很自然地跟着车队，游街示众过几条街后，又随车队进了体育场。

体育场已经黑压压坐了一片，有人说快上万人了。虽然是早上，可九月的太阳，还是特别焦火，一些人就给头上盖了报纸。还有的是脱了外衣把头脸苫着。当大会开始时，要求把头上苫的一律揭掉，只听哗哗啦啦一阵响，上万人的头上，就光溜得只剩下太阳了。易青娥从体育场边的公路上看过去，一排排的人，坐得整齐的，前后左右都能拉直线。就连边上站的人，也是有队形的。有那歪歪斜斜、横七竖八立着的闲人，很快被执勤民兵规整顺了。

易青娥没有到场子里去。她要一直跟着舅的车，不定一会儿还有能见面的机会呢。十几辆装犯人的卡车，都整整齐齐停在体育场旁边。犯人被弄下车来，就都押进一个临时搭起的帐篷里了。易青娥无法靠近帐篷，因为在离帐篷很远的地方，就插着粗细长短一般的竹竿，竹竿上拉着染红的绳子，说是警戒线，旁边都是民兵和解放军战士在持枪把守。

突然，会场上响起了排山倒海的呼口号声。紧接着，那溜帐篷跟演戏拉幕一样，一齐朝起一掀，一个十分威严的队伍，已经在幕里排得整齐划一了。每个犯人，都由两名挎枪的解放军战士押解着。犯人和犯人之间的距离，也分毫不差。他们在朝会场主席台前走着。易青娥看见她舅，是在中间的位置，走得还是有点东张西望的。那三个坐单车的犯人，是走在最后边的，都戴着脚镣，一走，那哗哗啦啦的响声，公路上都能听见。易青娥数了，的确是四十六个犯人，排了好长好长的队伍。光解放军战士就有一两百人，听说好多都是从邻县抽调来的。

会场里边在一个个地宣判，高音喇叭有些瓮声瓮气的，好多话听不真。易青娥也听不大懂，她只操心着她舅。终于，开始说她舅了。两个解放军战士，把她舅朝前押了一步。她舅抬起头来，底下就有了笑声，好像还笑得很厉害。解放军战士连忙把他的头朝下压了压，但舅很快又抬起来了。底下好像就笑得有些止不住了。只听喇叭里喊："严肃些，请保持会场纪律。"后来，隐隐听见喇叭里说，她舅破坏革命生产，一手制造了舞台爆炸事件，性质恶劣，影响极坏。说了一长串狠话，却又说，虽然爆炸事件造成了人员重大伤亡，但经过反复侦破，认为胡三元没有杀人的故意，属于过失犯罪。后来宣判说：依法判处过失杀人犯胡三元，有期徒刑五年。一切都比她想象的要好出许多倍来。舅的命，算是彻底保住了。她觉得她也有了活下去的脸面和勇气。在宣判完她舅以后，她找块石头，在公路边上坐了下来。她要等着把她舅送回去，并且最好再能看上一眼。

跟演戏一样，主角总是最后出场。三个戴脚镣的，也是最后才宣判。她舅在这场事情里，充其量也就是个跑龙套的。她又扯长耳朵听了听，听他们都犯的是啥事，竟然能"吃花生米"了。第一个戴脚镣的，是抢了谁的东西，并且还杀了人，可没杀死，判处死刑，缓期两年执行。第二个戴脚镣的，是杀了自己的亲娘。易青娥一听到这里，忽地爬起来，急忙朝会场跟前凑了凑，想听听这是怎样一个畜生，能杀了自己的娘。后来她才搞明白，说这个犯人跟他娘住在一个山头上，山脚下人招了他做上门女婿。但新家里缺一口做饭的锅，媳妇就要他回去，把他娘的那口大锅背下来。谁知娘死活不给，说家里一口小锅是煮饭的，一口大锅是煮猪食的，背走了日子就没法过了。可儿子咋都不行，非要背走不可。后来母子就厮打起来。在厮打的过程中，儿子拿起灶上的辣子锤，照老娘的头上就是几锤。老娘当下毙了命，他还背着那口铁锅当上门女婿去了。直到半个月后，有人发现老太婆咋不见出门，才知道是被儿子打死了。易青娥听得浑身直打战。这个犯人被判了死刑，并且宣布立即执行。第三个犯人，也是最后一个压阵的，是一个管了上百号老师的区上教干。说他道德极其败坏，手段极其恶劣，跟几十名女老师发生了性关系，其中多名属于强奸。最后依法判处死刑，立即执行。果然像胡彩香老师说的那样，易青娥看见，当下就给两个死刑犯的法标上打了红叉。接着，会场就开始骚动起来。再接着，好多人就朝公路上跑。是去看刑场枪毙人了。

易青娥倒不想看枪毙人，但她得再看一眼她舅。

她就紧跟着押她舅的那辆车，也朝前跑。所有卡车都开到刑场去了，除了要枪毙的，其余都是去陪法场的。当她勉强挤到现场时，只听"砰""砰"两声枪响，两个死刑犯就远远地倒在沙窝里了。那一瞬间，她先是不敢看，捂着眼睛，但最后又给眼前留了几个指缝，到底还是看见了。在两声枪响后，那两个人的头顶，忽地冒出两个血柱来，然后就都头脸抢地了。

那一阵，她看见她舅站在远远的地方，头反倒低得很下，直到一群人拥上去看，他都没抬头睄一眼。

再然后，她舅他们就被又弄上车，警车在前边叫着，一路快速拉走了。

她到底没跟舅再对上一眼。但她几次看到，舅是在人群中不停找着人的。

十七

易青娥今天回到剧团，突然把细脖子上的脑袋朝起扬了扬，好像是遇到了什么好事一般。也的确该把"马撒（头）"扬一扬了，因为在这以前，几乎都猜测，她舅是把"花生米"吃定了。连胡彩香老师也没把握，她还托熟人打听了，说胡三元的案子有争议，如果重判，直接就是死刑。如果轻判，那也会按过失杀人定性。昨晚上，郝大锤他们几个在院子里喝酒，还大声霸气地议论说："胡三元性子烈，搞不好，一颗'花生米'还要不了命，得补几枪呢。要是炸子儿，那脑袋可就只剩下一个红桩了，脖子以上能全揭了。"可舅半颗"花生米"都没吃，并且把头还昂得那么高。就像平常要上场敲戏一样，除了脸黑牙白，逗人发笑外，还真是给她长了很大的脸面呢。

胡彩香老师说，按平常，开了这样重要的大会，一回来，黄主任肯定要立马组织讨论的。再拖也不会过夜，并且还得写心得体会呢。可这次开会回来，就再没了下文。黄主任提溜着帆布马扎，走在人群里，连一句话都没说。一回来就关门午休了，说太阳晒得脑壳痛。

胡老师房里，倒是聚集起了好多人。七嘴八舌的，都说胡三元命大，比所有人想象的都要判得轻些。有知道点内情的说："胡三元的案子，这回把地区、省上、北京都惊动了。最后，是上边定的性。不过，与我们联名写信也有关。公安局和法院人都说，剧团绝大多数群众认为，胡三元不是故意的。说他平常就是个神神狂狂的人，好出风头惹的祸。"瘦导演说："这也算是把我救了。你们都说，要是把胡三元毙了，我这一辈子不是把良心债给背下了吗？是我为了搞艺术，才叫胡三元造的炮。并且还老要求他，得尽量打得真一些，要有特殊效果，要能震撼观众……"胡老师就说："都是你这些要求，把胡三元害的来。"另一个人说："导演就是不要求，咱胡哥也是要整出点冷彩的。不整就不是咱胡哥的性格了。"

这一天，剧团前后院子都在议论这事。都在研究啥叫故意杀人，啊叫"没有杀人的故意";啥叫通奸,啥叫强奸;啥叫民愤极大,不杀不足以平民愤……说起那两个被枪毙的家伙,对乱搞男女关系的区教干,还觉得死得硬朗,腿一直都没软瘫,"说明身体好"。而那个杀了娘的,自一押进会场,裤子就尿湿完了。最后枪毙时,感觉像是早都吓死了,几个人提着朝前跑,两条腿一直都是棉花条一样顺地拖着。还有人说,把人枪毙完后,哨子一吹,宣布解除警戒时,他们跑到前边去看呢,结果后边人一拥,一个狗吃屎,让他们还扑到了死人身上,当下就恶心得吐了。说人血不是腥的,是臭的,并且是恶臭。而当议论到易青娥她舅胡三元时,好多人又笑了。说胡三元今天真正像在演戏,不知道的,还以为是故意化妆成非洲黑人了。他头昂着,白牙龇着,用法律术语讲,"有逗人发笑的故意"。大家就又把她舅在游街示众的路上,还有在会场里的各种表现议论了很久。最后有人说,胡三元今天回去,搞不好要挨剋,说他破坏大会纪律呢。又有人说,脸是让土炮炸成那样的,人家胡三元又没故意做鬼脸,挨啥剋哩。

这天晚上,易青娥是回宿舍睡的。她想故意看看,她舅没枪毙,看她们都咋说哩。一宿舍的人,的确都正在议论她舅的事。说把人都炸死了,为啥不偿命呢?见她回来,也就都不说了,改说里边的那个女犯人了。易青娥始终没发现,里边还有一个女犯人的。无论从衣裳还是头发,她都没看出来。但她们说,那个女犯人穿了男犯人一样的灰衣裳,头发也剃了,几乎分不清是男是女了。当现场宣判说,这人"性别,女"时,底下还哄哄了一阵,都表示很惊讶。女犯人犯的是盗窃罪,偷了邻居家的化猪油五斤;鸡两只,鸡蛋说若干。偷了生产队苞谷种二十五斤;洋芋种四十斤;红苕种四十七斤。还偷了公社厨房的腊肉一块;大米六斤;盐六斤;菜籽油一斤八两。偷了公社干部的粮票四十斤;布证一丈四尺;棉花证七两。还偷了派出所门口晒的两床被子;一条单子;一个枕套。反正是个惯偷,判了七年,都说活该。有的说:"小偷就应该枪毙,害死人了。"议论着议论着,楚嘉禾就说:"我看这四十六个人都应该毙了。就不应该把坏蛋留在世上。

留下任何一个，都会成祸害瘟的。"易青娥感到，楚嘉禾这话是故意说给她听的。

大家都睡了，易青娥眼睛还大睁着。不管咋议论，她心里觉得，这一天是她活得最好的一天。舅没有死，这是大事，是天大的事。并且她跟舅还照了面。她听了广播，说犯人家属是不许跟犯人接触的，接触也是犯法的事。可她硬是跟舅接触了，舅还把她看了半天。她感到可满足了。不管别人怎么说、怎么看，她对今天这四十六个人，心里都觉得是可怜的。也许这是反动思想，是坏人的想法，但她心里就是觉得这些人很可怜。

多年后，当她成了省城明星忆秦娥时，好多次慰问演出，她都主动要求去监狱，给犯人唱戏。尤其是死刑犯。她几次去唱，都唱得死刑犯泪流满面的。

这天晚上，都后半夜了，院子里突然有人耍酒疯。水池子上的灯泡，被扔了一块砖头上去砸了。办公室的窗户玻璃也砸了。有人劝说，越劝还砸得越凶，后来连办公室的门都砸烂了。易青娥听见，发酒疯的是郝大锤。

听说郝大锤一直跟她舅关系不卯。她舅压根儿就瞧不起郝大锤敲鼓那几下。说充其量就是个业余水平，连烂竹根都算不上，就是个茅草根、杂刺根。后来她才慢慢知道，郝大锤是跟胡彩香、米兰她们一班招进团的学生。他年龄最小，个子也小，先学演员，后来没了嗓子，就改行学敲鼓了。易青娥她舅胡三元，比他们都早来几年，自然就是郝大锤的师父了。据说郝大锤演员考试总是最后一名。跟她舅胡三元学敲鼓，也是三天打鱼两天晒网。他早上懒得起来，晚上整夜在外边当"街皮"，胡逛荡，喝烂酒。还动不动就把谁家的狗，用麻袋套了头，然后几棍子闷死，下锅炖着吃了。有时把谁家的猫，他也能剥皮抽筋，烤了下酒的。还有几次，他在院子里，逮住了活老鼠，就浇上煤油，点着尾巴，让一团火球尖叫着到处乱跑。直到烧成烟疙瘩。胡三元就骂他说："你狗日的丧德呢！老鼠好歹也是一条命么，打死不就完了，还能那样整。"她舅从骨子里，就没瞧上过郝大锤。说起敲鼓，更是直摇头。有人说郝大锤再不好，还不是你徒弟。她舅就急忙说："得得得，少说这话，现在不兴说谁是谁的徒弟。即便兴，我也没这个徒弟，丢不起人。"因为关系不卯，加上她舅又是那么个瞎瞎脾气，两人之间，就自然不免有了各种碰磕。据说她舅也使暗招，治过郝大锤的。郝大锤也治过她舅。作为下手，郝大锤几次在高台上给司鼓摆凳子，就故意把一条椅子腿不朝稳当地支。她舅一敲起戏来，啥都不管不顾了，激动时，屁股是要跟着戏的节奏，不停地起伏蹾打的。椅子腿脚稳不住，常常就连人带椅子翻下台子了。她舅心里明白得跟镜子一样，肯定是郝大锤使的坏。因而，也就变本加厉地收拾起他来。说有一次，郝大锤给他打下手，几声小锣都"喂"不上，气得他用鼓尺子，在郝大锤微张着的嘴上美美敲了一下，郝大锤的一颗门牙，当下就断了半截。闹得那场戏都差点没演完。反正院子里，关于她舅和郝大锤的故事，几乎每个人都能讲一箩筐。易青娥想，郝大锤今天心里不舒服，是肯定的了。只听郝大锤一边砸东西，还一边在喊叫："法律是个球，硬得来了，硬得跟牛角一样。软得来了，软得跟老母猪奶一样。"

管他咋闹，凭他郝大锤，是改变不了她舅的命运了。她突然想，舅今天一直昂着头，也许就是做给郝大锤这些人看的。他们盼他死，可他偏没死，并且还活得这样昂首挺胸的，看不气死你。

可命运就是这样离奇古怪，易青娥刚找到一点精神上的安慰，紧接着，祸事就来了。黄主任开大会动员说，又开始"反对走后门"了。易青娥做梦都没想到，一夜之间，她竟然成了"反对走后门"的清理对象。

那时，易青娥才刚过十二岁。

十八

事情还都要从满一学年考试结果说起。

易青娥因为她舅出事的原因，学习明显退步。在胡彩香老师的一再劝说下，虽然参加完了全部考试，但名次总分，一下落到了靠后的位置。连过去老是拿前三名的腿功、腰功、把子功、软毯子、硬毯子功，都落在了十名以后。加上表演、形体、架子功组合本来就在中游。还有唱腔、道白考试也发挥得不好。因此，总成绩出来，是在女生的第二十七位排着。差点进了倒数前三名。易青娥连自己也没想到，会考得这么差。胡彩香认为，娃最近的确退步了，但也没退到这个地步。是有人在考试打分中，把对胡三元的气，撒在了他外甥女身上，把娃给黑了。因为考试老师里，就有郝大锤和他的两个酒友。但不管咋说，成绩已贴到墙上，谁也改变不了了。不过，就是按黄主任事前说的，搞末位淘汰法，易青娥也是淘汰不了的。因为她离末位还有三名的间隔。除非一次把女生淘汰四个。

可就在这时，黄主任偏偏开始组织开会，天天学习"反对送礼、反对走后门"的报纸文件。学着学着，不知怎么就把胡三元外甥女考剧团的事，弄成是这股歪风邪气在宁州剧团的具体表现了。于大量事实面前，很快，团上就有了一个结论：

  政府在押刑事犯胡三元，为了把条件很差的外甥女，通过后门塞进剧团，在考试前后，背着组织，背着团领导，搞了许多舞弊行为。不仅拉拢团上一些立场不坚定的干部职工，故意在考核环节打高分，把一个本来完全没有演员条件的人，一步步从后门拽了进来。而且在最后的组织审定环节，胡三元还通过各种卑劣手段，以偷听会议、给评审人员用恶毒的眼色施加压力，以及放狠话，说谁要给外甥女使绊子，就让谁小心着等手段，终于把一个不该进剧团的人，从后门弄了进来。经过一年考核反复证明，从后门弄进来的易青娥，完全不具备做演员的一切条件。按照新的形势要求，必须予以清退。

很快，易青娥的事就传开了。

胡彩香老师气得当下就把一碗醪糟鸡蛋，啪地摔在地上了，说："欺负人呢！他妈的都什么东西！阎王不嫌鬼瘦，还嫌这娃不可怜是吧？这些害人的家伙，到底是人还是畜生？"瘦导演把她的火给压住了。说现在发火没用，得想招，得抓住蛇的七寸呢。

他们又共同想到了米兰。

胡老师跟米兰又谈了一次话。

后来，易青娥听胡老师说："米兰这个人在你的事情上，还是有良心的。我把要清退你的事跟她一说，她的第一反应就是：怎么能这样，怎么能这样呢？她说，这娃条件不算最差的呀，并且在武功上是最能吃苦的。搞不好，还能培养一个好武旦出来呢。怎么能让她回去呢。不行，我找黄主任去。"

后来，事情就有了转机。但这转机，又几乎让所有人都哭笑不得。说让易青娥不学演员了，改行到厨房帮灶去。

有人说，这不是用童工吗？违法呀！可黄主任的解释是："演员比炊事员苦多了，这是特殊行业嘛！能留下胡三元走后门弄进来的亲戚，本身就是组织宽大为怀了。按要求，那是要彻底清退，让娃背铺盖卷回家的。考虑到农村来的孩子不容易，保留下公职，让她学个做饭的手艺，那也是打着灯笼寻不见的好事。一个乡下农民，随便能进县剧团做饭了？这已经是组织上仁至义尽的安排了。"

被设计、被捉弄、被安排的人，永远是最后一个才知道的。当你知道自己命运已被设计、被捉弄、被安排时，一切都已无法挽回了。

剧团院子都已传好几天了，连学生都知道，易青娥被安排到伙房做饭去了。可她自己还蒙在鼓里。那天，她就听楚嘉禾几个议论说："其实做饭好着哩，还能多吃些好的。"她不知道这些同学在说啥，也就没有多听。可就在领导找她谈话以前，胡老师还是先给她透了点风，说可能要安排她去伙房帮灶。她就问，是临时的吗？过去她舅帮过，她也帮过，但那都是临时的。她觉得帮灶还挺好的。可胡老师说，不是临时的，是改行。就是让你永远学做饭了。她脑子嗡地一下就炸了。她说她不做饭。她知道，在九岩沟，做饭都是没出息人才干的。连女的都不喜欢在家做饭了，要上坡去跟男人同工同酬呢。胡老师说："恐怕暂时改变不了了。很快会有人跟你谈的。你先去，来日方长么。到伙房帮灶，不要丢了练功，将来有机会了，我们再帮你转回来。世上没有啥事是死哇哇的，一切都是可以转腾的。不定哪天，你的命里来了运气，一切就都转腾过来了呢。"

任胡老师咋说，她都不愿意去做饭。太丢人了。跟娘咋说？跟爹咋说？跟姐咋说？跟一沟的人咋说？都知道她是出来学唱戏的，结果弄成做饭的了，那还不如回去放羊喂猪。放羊喂猪还不受气。尤其是咋面对这一班同学？考完试，人家学习不好的，都转行去学乐器了，有学吹笛子、吹唢呐的，有学拉胡胡的，有学打扬琴、弹琵琶、弹三弦、弹中阮的，还有学敲鼓、敲锣的。不仅比练功轻松，而且操着乐器也很神气，手一动，就是一串响声。舅不在，她想改行学乐器，肯定是不行了。她以为，她还当定了不喜欢再学的演员呢。没想到，给安排到灶房做饭去了。

紧接着，组织就找她谈话了。

谈话的是他们训练班的万主任。说是从哪个公社调上来的，为了解决两地分居问题。万主任平常爱吹笛子，能吹《东方红》，还能吹《一条大河波浪宽》。说是属于懂专业的干部，就安排到剧团里了。他平常都很少跟学员说话，一天到晚就在房里吹笛子。但团上人说，这家伙的笛子，吹得音调能从印度跑到外蒙去。据说她舅胡三元才说得难听呢，说让这号人当演员训练班主任，那纯粹是拿着裤腰上领子——胡整哩。可人家就当了，并且还老挨黄主任的表扬哩。万主任跟易青娥谈话很严肃。一杯酽茶，是用缸子盖来回撇着滗着喝的。烫得满嘴吸吸溜溜，头还直摇摆。易青娥进去，连坐都没让坐，就那样直戳戳地站着，脚手都不知朝哪儿放。她就一直拿指头扣着鼻子窟窿。万主任咳嗽了两声，问她：

"你叫易青娥？"

易青娥很是有些恐惧地点了点头。

"你舅是胡三元？"

易青娥又点了点头。

"这个人哪，唉，让人咋说呢。是你亲舅？"

易青娥还是点了点头。

"啥舅嘛，唉！你知不知道你的事情？"

易青娥摇了摇头。

万主任说："很麻烦哪，撞到枪口上了。最近'反对送礼，反对走后门'你知道吗？"

易青娥摇了摇头，又点了点头。说不知道，是不合适的。因为，她听黄主任念过报纸文件了。

"你的情况，就属于'反对走后门'这个类型的。你舅当初瞎胡闹，通过种种不正当手段，硬把你从后门弄了进来。现在形势要求严，要清理，谁也没办法。"

易青娥一句话都不敢说。她一只脚在另一只脚背上轻轻蹭着，等着万主任朝下说。

万主任接着说："不过，组织上对你是很仁慈的。黄主任和我经过反复商量，还是给你留了个商品粮户口，叫你到厨房学做饭去。这也是个好差事，农村好多人想谋都谋不到手的职业。明天就去，灶房那边我们都安顿过了。先去烧个火、刮个洋芋、剥个葱蒜、择个菜、洗个碗筷啥的，慢慢再学炒菜、做饭。这也是重要岗位嘛！革命工作不分贵贱嘛！相信你能成为剧团一名好炊事员的。"

万主任话还没说完，易青娥终于忍不住，哇的一声大哭起来。并且哭得软瘫了下去。她说："我不会做饭……"

"不会做可以学嘛，什么是天生的？比如吹笛子，开始我也不会，学一学，不就会了吗？并且还能吹得这么好，连县上领导吃饭，都让我去吹了，吹了还让我上桌子喝酒。说我懂专业，现在不是都能吹戏了嘛！世上从来就没有什么天才，天才都是靠刻苦勤奋吹出来的。"

"我……我不想做饭……"易青娥哭着说。

万主任突然把桌子一拍，提高了嗓门地批评起来："不想做饭？

不满意这个安排是吧？不满意了就背起铺盖卷走人。碎碎个人，资产阶级思想还严重得很。都是跟你那个死不改悔的烂杆舅学下的吧？我老实告诉你，本来是要把你彻彻底底清理了的，可黄主任突然又发了善心，说要把你留下来。看大门，不合适。打扫卫生，院子不大，没多少活儿可干。考虑来考虑去，还是让你学一门长远的手艺，不好吗？把你还挑肥拣瘦的，全学的你舅那一套，专门跟组织打别扭、说怪话、对着干，是不是？想打别扭了，立即回你山里去。这是组织决定，没啥好商量的。你以为组织是橡皮图章，想咋扯拉就咋扯拉？告诉你，没门儿！就这样了，下去自己考虑去。我还是那句话，干了干，不干了就回去。"说完，万主任还用手朝外扇了扇。易青娥见再搭不上腔，就勉强撑起身子，从房里出来了。

她又去了一趟胡彩香老师的家。胡老师把她紧紧抱住，也是泪水长流地说："娃，听胡老师的话，留得青山在，不怕没柴烧。眼下一切都是改变不了的。可你才多大，嫩芽芽刚从土里拱出来，路还长得很着呢。听话，先去。还有胡老师在这哩嘛，你怕啥？"

这天晚上，易青娥做了人生最重大的一个决定：

回家，不干了。

跟谁也不商量了。

十九

易青娥是后半夜走的。她觉得，在这里再也待不下去了。

这个决心，是在从胡彩香家里出来以后下的。其实过去也有好几回，她都是想走的，可每次又都有这事那事攀扯着，走不利索。这回是彻底想通了，必须走，不走已经待不下去了。

她没有声张，还是按宿舍的纪律，准时上床睡了。灯都拉灭了，她听到她们还在说和她有关的事。说走后门，说做饭，说伙夫。有人还说，当"火头军"也挺好的。还有人说，要让她去，保证一蹦就去了，想吃啥做啥，可惜人家灶房还不要咱这好吃懒做的人呢。易青娥听着，心里辣乎乎地痛。她知道，这都是自己把演员做稳当了，站着说话不腰疼的。反正不管她们说啥，她也不在乎了，她一走，她们想说啥让说去好了。

该拿走的东西，她都在别人不注意的时候，弄到一个蛇皮口袋里装好了。单等半夜，人都睡着了，爬起来，一提溜就跑了。箱子看来是背不走了，先空放着，等以后让爹来背。反正她舅还有那么多东西，也没处理呢。

大门是不能走的，看门老头儿一天到晚眼睛都眯着，以为是醒着，却在打鼾，以为睡着了，却是醒着的。有人半夜偷了一块做布景的木板出去，听着他鼾声如雷，地都震得在动弹，结果第二天早上，黄主任就把那人叫去，问把木板扛到哪里去了。那人死不承认，黄主任就说出了具体出门的时间，还有木板的长宽薄厚。大家就都知道看门老汉的厉害了。

易青娥先圪蹴在女厕所里。她早已发现，那儿院墙有个豁口，使把劲，就能翻出去。她先装作蹲厕所，看四周没动静，就一纵身翻出院墙了。只听扑通一声，跌在了一个村民的猪圈里。猪哼哼了几声，也没起来，她就赶紧爬出猪圈，带着一身猪粪臭，朝城外跑去。她大概知道自己是从哪个方向来的，就朝那个方向跑。尽管天黑着，也一点都不怕。她觉得自己已经没有啥好怕的了。跑着跑着，天就大亮了。她身上有钱，能买回去的车票。她一直跑到一个很远的地方，想着别人是撵不上了，就在公路边上等班车。也不知等了多久，班车来了。车旧得几个窗玻璃都打了，是用纸壳子挡着风的。她上去，售票员还捂着鼻子，让她把外衣和鞋袜都脱了，说臭。并让她一个人坐到最后一排去。等车哼哼唧唧顺着盘山路，走到九岩沟山脚下的公社时，她连肠子都快吐出来了。天也快黑了。下了车，她没处去。身上虽然还有点钱，也舍不得住店。她就去已经点上了煤油灯的商店里，给娘称了一斤红糖，给爹拿了两包羊群烟，给姐买了一个蝴蝶发卡，就又把蛇皮口袋勒到背上，朝九岩沟山垴上爬去。

已经有一年多没回来了，家里也没电话，也没来信。舅领她走时，跟娘和爹都交代过的，说：家里只要没死人，就少绊扯娃回来。说进城学戏，就一门心思学戏，别有事没事分娃的心，进了县城有他呢。舅还说了，写信他也懒得回。实在有大得不得了的事，就到公社打电话。说是要县剧团的胡三元，公社人会给这个面子的。但轻易不要打，要打，除非就是过不去的大事。因而，这一年多，家里既没来信，也没打过电话。易青娥心里还怪着娘，怪着爹，怪着姐：难道真的把招弟忘得这彻底，这干净的？问都不问一声了。要是招弟死在外头了呢？想着想着，她心里还特别难过，一路走，一路眼泪汪汪的，连路都看不清楚了。

易青娥是走惯了山路的人，那时晚上生产队分苞谷、分洋芋、分红苕，也都是从这架山跑到那架山上去分的。爹去，娘去，姐去，她也没少去背过。一回能背半挎箩。最多一回，还背过四十多斤黄豆秆子，回去垫猪圈的。走山路也不怕，一是唱歌子，给自己壮胆。二是要利索，大路小路来回穿。要是晚上，一定要点火把。耳朵还得特别灵醒，一听到身边有动静，是人，就麻利喊爹喊娘，让他们走快些，来人还以为附近有大人跟着呢。要是野兽，就拿火把朝上逼，啥厉害的家伙，见火都能吓跑了。因此，易青娥又点着了火把，一路向山顶上走。这一晚上，什么也没遇见。

她到家时，已是后半夜了。

易青娥走到门口，先是听到几声小娃的哭闹，她还有点不相信，这会是自己家里传出来的声音。仔细一听，娘还正在哄这个娃呢，爹也在咳嗽。她就敲起了门。爹问是谁，她说："我，招弟。"爹把门打开了。

煤油灯下，她看见娘头上扎着一个帕子，怀里抱着一个月毛子，是才生了娃的样子。

娘问："你咋这黑更半夜回来了？是……遇啥事了吗？"

易青娥再也忍不住，就一下扑到娘的膀子上，号啕大哭起来。爹给她递了热毛巾，她也没擦，就那样放声哭着。她什么也说不出来，什么也不想说，就想哭，放大声音了哭。哭了好半天，把娘怀里的娃，都惹得哇一声地大哭起来，娘才说："别哭了，你弟弟还没满月，你这一哭，看把他吓得。夜半三更的，哭着也招鬼呢。"

易青娥这才明白，娘和爹，把她姐叫来弟，把她叫招弟，就是为了再生一个儿子，好给易家传宗接代的。没想到，她走才一年多天气，还真招来弟弟了。也难怪没人操心她了。她慢慢抽搐着，想不大声哭了，但情绪还是激动得一时半会儿平复不下来。

爹就问："是不是你舅出事了？"

易青娥哭得两眼像红桃子一样地点点头。

爹说："我跟你娘在广播上都听到了，说判了五年？"

还没等她答话，娘就骂开了："你舅那个不成器的东西，真是该砍脑壳死的。放他娘的瘟神呢放炮，惹这大的乱子，还坐法院了。看把胡家先人没丢尽。还说把你带到县剧团，一切有他呢。这下好，一头栽到牢狱里，连自己都顾不住了，还能顾住外甥女呢。这个砍脑壳死的害人精，我早就看着不成器，没想到这样不成器。真是个发瘟死的东西。"

易青娥听娘这样骂舅，心里就不舒服起来，说："舅也是犯的过失罪，不是故意的。"

娘说："手上连人命都捅下了，还啥子故意不故意的。狗日一辈子就没个正形。小小的，在村里上树逮鸟，就把一只膀子摔断了。拿竹竿子捅马蜂窝，一回蜇了村上好几十个人。还给人家队长家里的腌菜坛子尿尿。还从楼枕上吊到老师房里，给自己烂考试本子上的零蛋前，加了个一，再加了个零。你说成器不成器？只说是考了剧团，参加了工作，有人管束了能变好呢。没想到，马变骡子，骡子变成驴了。才是一节混得不如一节了。咋不让人家法院一枪打死算了呢，这个得倒头瘟病的货哟。"

娘不知咋的，能气成那样。易青娥也不好再为舅说什么了。娘又问，这半夜回来，是不是遇啥事了？易青娥开始不想说。问着问着，就把不让她唱戏，让她改行做饭的事，给爹娘说了。爹和娘当下就没话了。过了好久，爹说："先困觉，有啥事明天再说，都快天亮了。"她也实在困乏得不行了，就去姐房里睡了。姐没回来，是住校着的。

这天晚上，爹和娘整整商量了一夜，最后觉得，在城里做饭也是打着灯笼找不到的好事。不管咋说，是吃上商品粮了。是出门工作了。做饭容易吗？她爹为去给公社做饭，托她舅胡三元给人家说了几个来回，最后还是公社书记的二母舅去做了。并且是临时的。虽说招弟年龄小了点，做饭差事苦，可十二岁多一点，就把工作定死了，九岩沟还有哪一家撞上过这样的好事呢？无论如何，还得让娃去，这就是他们商量了一夜的结果。

易青娥一早醒来，就去羊圈看她的羊。爹说，羊早没了。易青娥问咋没的。爹说让"割尾巴"了。易青娥不懂，问割了尾巴的羊呢。爹说："不是羊的尾巴，是资本主义尾巴。这回割得彻底，公社拉网式大检查，咱家就只留了一头猪，是年底要交任务的。"易青娥看着空落落的羊圈，草都长多深了，就有一种说不出的难过。

这天下午，姐回来了。姐在上初中。姐说娘说了，等初中念完，就让她回来看弟弟、喂猪，不念书了。娘说女娃子念也没用，念完还是嫁人了，不划算。姐说她还想念。她给姐买的发卡，姐很喜欢。她还感谢姐，说去年走时，把姐最好的衣裳都穿走了。姐说："不瞒你说，我回来都气哭了。可再想想，是自己妹子穿去了，又不是别人穿了。想着妹妹出这远的门，也怪难过的。"她问姐，她走都一年多了，好像也没人想她。姐说："你再别没良心了。你一走，娘整整哭了一个多月，一想起来就哭，一想起来就哭，每天白天都得晒枕头，因为晚上把枕头都哭湿完了。娘还几次跑到公社给你打电话，有几回没接通，有几回挂通了，是舅接的，还把娘臭骂了一顿。舅要娘别有事没事到公社打电话，说好像就你养了金疙瘩、银蛋蛋，舍不得的舍不得。把娃魂勾走了，她还能学成艺不？舅说，他给公社人都打了招呼，除非家里死了人，其余的，一律再不许胡打搅。打这以后，娘就再没去过公社了。前一阵舅出事，娘又急得跟啥一样，几夜把头发都快抓掉完了。说要进县城去看你。本来都说好了，月子一满，就跟爹去的，没想到你先回来了。"姐也问她，回来是不是有啥事。她就把叫她去做饭的事给姐说了。姐也是闷了半天才说："你太小了，做饭太苦。要是姐，兴许还能撑得住。"

这天吃完早饭，爹和娘就要叫她去拉话。拉着拉着，就说到了工作的事。她听出来了，爹和娘都还是想让她回去。说把这好的饭碗丢了可惜。她一听就哭，说无论如何都不回去了。她愿意回来看弟弟、喂猪。可爹和娘咋都觉得，还是到城里工作好。她说，那不是工作，是做饭。娘说，咋不是工作？吃商品粮，那就是工作了。说不到一块儿，她起身就走。她一溜烟爬到坡垴垴上，一下扑在一窝茅草里，又伤心地大哭起来。她觉得爹娘都不心疼她了。有了儿子，女儿就贱成这样了，都要寻着把她朝火坑里推呢。哭一阵，她又翻过身来，看天上的白云，想过去放羊的好日子。她是铁了心了。不管爹娘咋说，她是绝对不回去了。爹娘实在不要她了，哪怕出门讨米呢，反正是死都不回剧团去做饭的。

快天黑的时候，她姐突然满山地喊叫她，让她回去，说剧团人找她来了。还说是一个姓胡的老师，还有一个姓米的，让她麻利些。后来，她听见，果然是胡老师和米兰也在喊她。她想躲，又觉得不合适，就从茅草窝里钻出来了。

二十

易青娥咋都没想到，胡老师和米兰老师会来，并且是一起来的。还来了个男教练。带队的是团部的朱干事。当浑身沾满了茅草的她，傻乎乎站到四个人面前时，胡老师一把上前抱住她，狠狠在她屁股上拍了几巴掌说："你这个娃，差点没把人吓死，差点没把人吓死！"打着打着，还带着哭腔了。

来人都坐在堂屋里。娘见贵客来，就从床上撑起来，蒸了一锅香喷喷的苞谷米饭。还煮了腊肉，炖了老母鸡，炒了韭菜鸡蛋。反正是仅家底往出腾，弄了七八个菜。几个人坐着一边吃，一边才把她昨晚走后的事，一一摆上桌。

说昨晚她走后不久，睡在她旁边的那个女生起夜，就发现易青娥不见了。到快天亮时，这个女生又起夜，发现易青娥还是不在，并且连脚头放的烂蛇皮口袋都不见了。她就叫醒了旁边人，旁边人又叫醒了旁边的人。不一会儿，一宿舍人就都醒来了。那个女生回忆说，好像临睡前，易青娥是给蛇皮口袋里神神秘秘地装了些啥东西。班长楚嘉禾立即就去给值班老师报告了。很快，事情就汇报到了黄主任那里。黄主任也有些害怕，毕竟是个十二岁大一点的孩子，而且还是个女孩子。半夜出走，要是弄出啥事来，那可就给剧团把大麻达惹下了。剧团再不敢出事了。这一年多，光胡三元都给团上惹了多少烂事。县上一开会，领导就点名，点得黄主任开会时，头老蹴在人背后，生怕跟领导的眼睛对上了。易青娥虽然是个毫不起眼的小不点儿，可一旦出事，立马就能被放大成九头怪。县城太小，连一个叫花子打了人，也是几条街都要风传开的，更何况是剧团人出了事？剧团在县城，那就是一个风暴眼。大小事，不出半晌，县上的头头脑脑就都知道了。麻麻亮时，黄主任就召开了紧急会议，部署了寻找易青娥的工作。先是安排学员班的全体同学，把城区三条半街道，齐齐篦梳一遍。再是安排所有大同志，也就是学员班以外的人，全部到车站、附近公路上，还有一些三岔路口找人。黄主任亲自端了一缸大脚叶子酽茶，蹲在院子中间坐镇指挥。九点多，各路人马纷纷来报：没有任何人发现易青娥的任何踪影。有人就说，会不会是回老家九岩沟了？这一点，黄主任倒是早已考虑到了，并且派谁去九岩沟，他都思考成熟了。很快，他就制定了由团部朱干事带队，一个男教练，还有米兰、胡彩香组成的工作组，急急呼呼直奔九岩沟而来了。

好多年后，黄主任都调走了，易青娥也当了台柱子，朱干事才跟易青娥讲了实情。朱干事说："那天黄正大之所以派我们四个来，都是有用意的。派胡彩香来，是因为胡跟你舅好，跟你关系也好，容易接近你和你家里人。他怕我们到了九岩沟，都遇上一些胡三元一样的

'野百姓'，操起锄头、棍棒，劈头盖脸，一顿打起来不好办。他认为胡彩香是能从中化解矛盾的。米兰是自己要求来的。黄主任觉得她去了也好，毕竟从心里，黄正大觉得米兰是向着他的。做起工作来，也会有分寸，有原则，有底线一些。回来的舆论，也会对他黄正大更有利。他觉得米兰绝对不会像胡彩香一样，一屁股塌在胡三元一边，好像永远都是团上领导亏欠了他们多少似的。那个男教练，身上有点武功，学过擒拿格斗那一套，是来做安全保卫工作的。不过这个人，平常对你舅也不太感冒，反正把你咋处理了都行。而派我去，任务交代得很明确：一是找到人。生要见人，死要见尸。二是分清责任。要求我给家长反复讲清楚，剧团没有任何错，组织是做到仁至义尽了。三是要提明叫响，说你的确不是学戏的材料，改行帮厨，也是组织的照顾。四是最好让你不要再回团了。说你要愿意回家，就让你彻底回去，可以考虑适当给家里一点补助，一劳永逸地解决这个问题。黄主任当时给我交代，解决补助的额度，最高不能超过一百八十块。相当于学员的十个月生活费。应该说，这个额度在当时也是不低的。"

可他们四个人到了易青娥家，一切都不是想象的那么复杂。不仅没有人出来叫骂、开打，而且一家人，都热情得又是杀鸡、又是炖肉的。易青娥她娘从见到他们起，就在数落胡三元和易青娥的不是，说："我那个发瘟死的老弟，还有娥儿，都给组织添麻烦了。组织对他们是太好太好了，叫娃去做饭，那也是关心娃、爱护娃么。唱不了戏，还能硬去唱不成？做饭也是很光荣的革命工作嘛！俺大队会计的儿子，想到区上学校食堂去做饭，托了一坡的人情，还没做上呢。咱易家是前世辈子烧了啥子香，就能让娃到县城去给单位做饭了呢。娃小，不懂事，还靠你们多批评、多帮助。你们说啥时叫娃走，我们就让她跟着啥时走。革命工作嘛，虽说我们是山沟垴垴上的人，这个轻重，还是掂得来的。绝不拖后腿。"

易青娥她爹，虽然一句话没说，但又是上楼取腊肉，又是杀鸡，又是到邻居家借甘蔗酒的，也能看出一脸的热情来。

四个人在接近易青娥家的时候，那个教练连手表都卸了，是准备着迎接一场恶战的。没想到，竟一头撞进了柔柔和和的棉花包里。吃了好的，还喝了一顿醉眼迷离的甘蔗酒，自是把一切工作，都按人家家长的意思，集中在了劝易青娥回团上。

朱干事后来说，他看家长都这态度，就没把黄主任的意思朝出端。男教练早已喝得晕晕乎乎。劝易青娥的工作，就成胡彩香和米兰的事了。

胡彩香老师和米兰，是把易青娥叫到她家门口的道场边上，去细细劝说的。

易青娥家离山顶不远，晚上，星星和月亮看着很低很低，好像再朝山顶上走几步，就能摘着一样。胡老师和米兰都觉得这里很美很美。易青娥知道她们两人，平常在团里都是很少说话的。背地里，不知米兰骂不骂胡老师，反正胡老师，几乎见天都是要骂米兰这个狐狸精的。可今晚，她们却在县城以外，一百多公里远的九岩沟里，坐在一棵砍倒了好多年的老树上，没有抬杠，没有抱怨，没有指责，没有谩骂。都在用最上心的话，劝易青娥回去。并且两人意见还高度一致：这是暂时的，一切都会改变的。她们都坚信：易青娥是一块唱戏的好料当。说金子迟早是要发光的。她们要她回去，一边帮灶，一边练功、练唱。说不定哪天，她就有重新回到舞台上的机会呢。

易青娥知道这两个人在剧团的分量。她们是两个真正的台柱子，为争主角，有时几乎水火不容。但这天晚上，月光下的她们，都很安静，很柔顺。她们一人拉着她的一只小手，先在道场边的老树上坐了半天。后来又说，一起到山顶上去看一看。她就牵着她们的手，登上了山顶。这里也是她放羊最畅快、最舒心的地方。胡老师就突然激动地唱了起来。米兰也唱了起来。胡老师还给米兰纠正了几个换气口，弄得米兰老师很快就唱得气息通畅、字正腔圆起来。

两个老师最后还在山头上紧紧拥抱了。

很多年后，易青娥都记得那个美丽的夜晚，月亮那么圆，星星那么亮，亮得跟水晶一样，让整个山梁好像都成了荡漾的湖泊。她们三人，是在透明的水中坐着，躺着，走着。

当天晚上，九岩沟人并不知道，县剧团两大台柱子，是同时光顾了这个小山村。第二天，当她们走了以后，所有人都在说，昨晚还以为是九岩沟来了狐仙呢，唱得那么妖媚天仙的，人哪能发出这样的声音呢？没想到，还真是来了县上的大名演。一沟的人都埋怨易家说，不该把事情捂得这严实，应该让大伙儿都广见广见。那可是喇叭匣子里才能听到的声音。

易青娥她娘就吹说："人家是来看我，看月毛子的。来随月毛子礼的。不让随便张罗呢。也是为了名演的安全，一人还带了一个警卫呢。"

大家就都直咋舌头。

易青娥能扭过谁？自然是跟着剧团人又回去了。

二十一

易青娥一回去，就被管伙的裘存义领到厨房去了。

在领去厨房的路上，裘伙管说："看你这娃，给谁当外甥女不好，偏要给胡三元当。受牵连了吧，发配来当火头军了。认命吧，谁让你有那么个舅呢。不过你舅这人，还是有点真本事的，在这个'烂柴火倒一湾'的剧团里，不挨戳，也不由他。"

易青娥不由自主地哀叹了一声。这已经是她下意识的动作了。

裘伙管说："心里憋屈，是不？没有啥，就现在这戏，不唱也罢。到灶房学一门手艺，兴许还能管得长远些。"

易青娥没有接话。

易青娥过去虽然也给厨房帮过灶，但都是直接去剥葱剥蒜、洗碗择菜的，从没跟伙管打过交道。都知道伙管叫裘存义，也有叫他"球咬蛋""球咬腿"的。易青娥也不知道是啥意思，反正和他连一句话都没说过。不过从裘伙管刚才那番话里，易青娥还是听出了一点暖洋洋的意思。

裘伙管看上去有五十多岁的样子，迟早给头上戴一顶洗得发了白的蓝布帽子。两只套袖，也洗得跟帽子是一个色。一副深度近视眼镜，一只镜腿的后半截，还是用麻绳拉着的。裘伙管身上经常带着一个弹簧秤。秤是放在一年四季不下身的一件蓝袍子口袋里。那袍子有两个口袋，都很大，有时他出去采买回来，除手上提着的两只篮子装满外，口袋里也塞满了大蒜、生姜、胡椒粉、辣子面什么的。易青娥记得，她过去帮灶时，裘伙管就爱在灶房里转悠，这儿看看、那儿闻闻的。他一走，师傅们就长叹一口气地说：哎呀，"球咬腿"终于走了。

裘伙管把她领进灶房时，大厨宋光祖，二厨廖耀辉，都已经在烧火做早饭了。裘伙管把她介绍给了他们俩，说："这是胡三元的外甥女，叫易青娥。工作变动，组织上安排到咱伙房来了。今天就算正式上班了。这是宋师。这是廖师。以后就是你的师傅了。他们比你舅年龄都大，要尊重两个老师傅哟。"易青娥点了点头。其实他们都是认得的。宋师先说："这娃过去帮过灶，眼里有活儿，手上也勤快，是个好娃娃。就是来做饭，年龄小了点，怕娃吃不消。"裘伙管说："我也没办法，是领导决定的。"廖师说："咱们这儿也的确需要帮手，上百号人吃饭，就我跟宋师两个人，没明没黑地干，把人当驴使唤哩。就是驴，恐怕也得卧下歇个晌吧。一直说加人、加人，盼了一整，弄个青皮子核桃来。剥，剥不离，吃，吃不成。这都是拿滑石粉捏馍上坟——哄鬼哩。"裘伙管就批评廖师说："别一天只图嘴受活，人家组织决定了，莫非你廖耀辉还能改变了不成？你们灶房就一个字：服从。"廖师又干声没气地嘟哝说："明明两个字么。"宋师就接话了："不说了，让娃来。重活干不了，烧个火，洗个锅，择个菜，总还是用得着的。欢迎娃！"他先带头拍了几下巴掌。接着，廖师也把手从肚子前的围裙里扯出来，干拍了两下。廖师平常是最爱把手塞在围裙下站着的。

易青娥就算上班了。

易青娥正不知该干啥，廖师先指挥起来说："把那一捆葱先剥了。"

易青娥就蹴下剥葱了。

那边，裘伙管就检查开了早上的饭菜。裘伙管说："最近，大家对伙食意见很大，都反映到黄主任那儿去了。今早上，黄主任的老婆还说，听说你们大灶炒的菜，难吃得很，是这样吗？"

廖师就骂开了："放他娘的猪屁，谁说菜难吃了？难吃，一顿几大盆子，还吃得尻干油尽的？"

"你骂谁呢？"裘伙管扶扶眼镜，很严肃地问，"你骂黄主任的老婆？"

廖师急忙改口说："不不不是不是的，我还敢骂领导的老婆，真格是不想混了。我是骂那些到领导跟前嚼舌头、挫牙帮骨的人。菜啥时候难吃了？嫌难吃，还怨我们打菜时瓢瓢乱抖哩。说把瓢边上的肉片子，眼看就给抖下去了。还骂我是'鸡贼'哩，到底谁是'鸡贼'了？"

"咋，厨房人也老虎屁股摸不得了？别人还不敢提意见了？谦虚些嘛，有则改之，无则加勉嘛。你以为我没意见？把戏都唱成啥了，还给伙房提意见哩。伙房咋了，一天两顿饭还照开着呢。你的戏在哪里？这都快半年了，给人家演的啥戏，板的啥屁吗？好不容易排一出，嗵的一炮，还把人给炸死了。连戏都没得演，还好意思盯着我伙房乱咬哩。伙房好着呢，伙房才真正是革命生产两没误的地方。"裘伙管一边用弹簧秤支着大半碗绿豆，一边也在发怨气。

廖师就把话接上了："哎哎哎，这才像我们的领导，这才跟我们穿到一个裤腿里了。你说的对对对着哩，看把戏演成啥了？把革命生产搞成啥了？还贪嘴哩。黄主任应该再开展一次打击贪嘴运动，把这股歪风邪气狠狠杀一杀。"

"对了对了，你别再学猴精，顺着杆杆往上爬了。咱们厨房也的确有问题，还得从自身多检查，得从自身做起。饭菜质量，还是有进一步改进提高的必要。"

还没等裘伙管说完，廖师就问："咋改？咋提高？伙食费一月一人交八块，还骂娘哩。巧媳妇难做无米之炊么。我们倒想天天给这伙鸡贼吃肉、包饺子哩，可要有东西吃、有东西包哩么。没东西，你让我跟光祖把尻蛋子削一块，清炖、爆炒、做馅儿？人家吃了还会给你提意见，嫌肉老么咔嚓的，不油润，不细嫩，吃着崩牙哩。"

裘伙管扑哧给惹笑了。易青娥也笑了。

宋师说："廖师总是能皮干得很。"

裘伙管说："说归说，谝归谝，饭菜还得讲点质量。他们混社会主义，咱还不能混哩。"

宋师说："放心，咱做事还得凭良心呢。这是吃的东西，要进嘴哩，没人敢乱耍娃娃的。"

裘伙管又说："这绿豆，一顿放一斤半，是不是多了。这东西可贵了。"

"你看你看，裘伙管刚说要注意饭菜质量，早上糊汤面里加点绿豆，又嫌多了。你这不是自己扇自己的嘴掌吗？"廖师把手抄在胸前的围裙里说。

"绿豆就是个提味的东西，我看一斤二两就够了。不敢弄到月底，又是个大窟窿，没处补去。"说完，裘伙管把大半碗绿豆，又给口袋里捧回去一捧。再一称，说刚好。收了秤，拍拍手上的灰，他就走了。

裘伙管刚一出门，廖师就长叹一口气："哎呀，'球咬蛋'总算走了。真是个'球咬腿''球咬蛋'哪，又咬腿又咬蛋的。"

宋师说："火不行了，麻利催去。"

廖师立马吩咐易青娥说："麻利催火去。"

易青娥就到灶门口催火去了。

灶门口她也是熟悉的，过去帮灶，就帮忙烧过火。烧火的灶门洞，跟做饭炒菜的地方，是用一堵墙隔开着的。听说过去大灶烧的是柴火，因此，灶门洞这边，就设计得特别宽展，足有一间房那么大，可以码很多柴火的。后来，柴灶改煤灶了。煤在另一个地方堆着，这儿就空出来一大片来。易青娥过去来帮灶烧火，高兴了，还在里边练过功呢。起大跳、打飞脚、跑圆场，啥动作都能转置开的。

易青娥特别喜欢这个地方，不仅宽大，而且门还能关上。关了门，后墙还有一个窗户，既能抽风，又能把黑乎乎的房子照亮。

她想，一辈子就在这里烧火也挺好的，只要不出去见人就行。可不见人能成吗？尽管好多人都说做饭也挺好的，她知道，那就是在哄她听话呢。在她心里，是咋都迈不过这个坎的。她觉得实在太丢人了，尤其是不能面对自己的同学。

剧团那时是一天两顿饭。上午饭，十点开。下午饭，四点半开。要是晚上有演出，会在演出完，再加一顿夜宵的。

灶房就在练功场旁边。她在这边烧火，择菜。她的同学，就在那边踢腿、下腰、练身段。他们练得累了，中间会休息几次。一休息，大家就拥到院子里，看厨房做的啥饭、炒的啥菜。尤其是楚嘉禾，在她进灶房第一天，就故意跑到打饭打菜的窗口，把个脑袋伸进来问她："娥儿，早上给姐做啥好吃的呀？"气得她一头钻进灶门口，就不想再出来了。

可她是厨房新添的一个人手，都说大灶炊事员成三个人了，人家就不能把她只当烧火的用。她得案前灶后、房里屋外来回跑。宋师关心她，还专门把自己攒下的一副套袖、一个劳动布围裙，拿到裁缝铺朝小的改了改，拿来让她戴上。可她咋都不戴，还穿着那身练功服。廖师就说："又不练功了，还穿着练功服干啥？戴上套袖，系上围裙，就算是入行了。干啥不得有个干啥的样子嘛。"

不管咋说，易青娥就是不戴套袖，不系做饭的围裙。

宋师也没勉强，就把套袖和围裙收起来了。

易青娥干啥都行，就是见不得两个师傅大喊大叫的。宋师安排她催火。廖师喊叫她择菜。刚择完菜，火又喊叫熄了。因此，厨房里好像老是喊她的声音。宋师把她叫"娃"。廖师把她叫"娥儿"。厨房杂音大，他们的嗓门更大，一喊叫，满院子都能听见。她快讨厌死了。

当她慢慢开始适应这一切，也不太觉得没法见人的时候，才发现，学做饭也并不比学戏简单。伙房就两个厨师，复杂得甚至比她们女生宿舍更难相处。

很快，宋师和廖师，就为到底谁是大厨、谁是二厨，闹得牛头不对马嘴了。

二十二

易青娥是个任何闲事都不管的人，可自打进厨房，她就发现，两个师傅都爱在自己面前说对方的不是。尤其是廖师，嘴特别碎，几乎没有哪一件事是不埋怨别人的。她尽量回避着，不朝他们跟前凑，也不多听他们说，吩咐干啥她干啥。下了班，她要么关起灶门口那扇门，在里边闷坐半天。要么就走出院子，到县河边上去转悠。有时，她还能到县中队旁边去转一转，看能不能遇见舅。后来才听说，判了刑的犯人，都弄到地区劳改场烧石灰窑去了。她开始出大门的时候，看门老汉还死拦着不让去。后来，那老汉经常到灶门口来烧煤球，易青娥给行了不少方便，老汉才让她随便进出的。这比别的学生，自由度是大了许多。胡彩香和米兰老师，都让她不要丢了功，说别真弄成"烧火丫头"了。可她那阵儿想，烧火丫头就烧火丫头，还轻省，不惹是非。唱戏又能咋，一个个朝死里争，朝死里斗，到头来，还不就是唱戏。还不就是为了吃饭、穿衣。她觉得，她现在就能吃饱，在厨房，毕竟比其他人还能吃得好些。衣服也有穿的。一月生活费十八块，还用不完呢。别人冷，她还不冷，灶门口暖暖和和的，边烧火，就把暖取了。她也不想啥了。就是累得很，可比起练功来，这累，也就是半斤对八两的事。唯一让她感到不安生的，是宋师和廖师的矛盾，避都避不过，并且越来越厉害。没有她时，都不知他们是怎么忍着的。有了她，好像都不想忍了，都把事朝开地摊，朝匀乎地搅。把她吓得老想闪躲得远远的。

那还是她进灶房时间不长的时候，有一个星期天，宋师请假回家去了。炊事员请假，都只能在星期天，因为这一天，人出去的多，吃饭的少。宋师家在农村，每个月会请假回去一次。他一般都是星期六晚上收拾完锅灶离开，星期天晚上赶回来。那天，只剩下廖师和她两个人做饭。廖师就嘟哝说："见月请假，见月回家。舍不得婆娘了，有本事也弄进城来，吃商品粮么。不是立过啥功，膀子都摔断了么。

进单位比我还迟好几年，一进来，就把自己摆到大厨的位置。哼，谁给你封的？你给谁当大厨呢？你能，咋能得连老婆都弄不进城呢，还是不行么。炒菜连盐都拿捏不住，还当的啥子大厨？要是我，羞得早跳井了。还在人前瞎晃悠个啥么。"

易青娥始终没有接话，一直在草帽子边沿上搓着麻什。人少，好变花样，加上廖师这人总爱在宋师不在的时候，美美表现一下，好让人都说他能行，说他比宋师人好，手艺高明。

见易青娥没接话，廖师就问："咋，宋光祖把你嘴还糊抹住了？"

"没有，我看麻什，咋搓得有点不匀称。"易青娥就把话朝一边引。

"要那匀称干啥？黄主任原来说上灶吃呢，下午我看又出去钓鱼了。管咱的'球咬腿'也不在。就剩一些没去处的学生娃子，能吃上麻什，都该捧起后脑勺笑了。"

易青娥就没话了。

廖师把半锅煮洋芋搅了搅说："你是不是也以为，宋光祖就是这儿的主角，这儿正经八百的大厨呢？"

易青娥说："我不懂。反正你们两个都是师傅，都是大厨。"

"娥儿，你娃错了，我们这个灶上，还没有大厨呢。宋光祖自以为是手提红灯，唱了李玉和了。其实这大厨谁也没明确过。过去，他没来的时候，我就是大厨，团上雇了一个哑巴帮灶。后来他来了，让哑巴走了。说是他在部队立过啥子功，就稀里糊涂地安插到我前头了。时间一长，我才发现，他根本就不会做饭。在部队就是个喂猪的。就他现在这几下，还是我手把手教的。徒弟成了不是大厨的大厨了，师傅还反倒成了不是二厨的二厨，你说怄人不怄人。"

易青娥还是没话。廖师就有些生气了，说："你咋是个三棍子闷不出屁来的娃。这事我已经给裘存义反映过好多回了。裘存义这个人，就是在零碎账上抠得细，'球咬腿'，大事上也就是个糊涂蛋。反正你看，要跟宋光祖学了，你就跟着宋光祖好了。要是想跟我学了，你就得按我的来。大厨咋，没人听指挥了，那也就是庙门前的旗杆——光杆一根，一根光杆。"

这就让易青娥为了大难了。说实话，易青娥对宋师印象更好些。宋师这个人，话不多，但能背亏。每天早上，他都是第一个来，晚上，也是最后一个走。尤其到了冬天，一早来，是冰锅凉灶的，宋师总是帮着她把火先弄着。有时，晚上埋的火种熄了，火特别难生，宋师就把头埋进锅洞里，用吹火筒吹呀吹，直到把火吹着，才让她添煤，自己到灶房去烧水做饭。晚上，他也是最后一个捡拾完锅灶碗筷，才锁门离开的。廖师刀工好，切菜很拿手，土豆片、土豆丝，刀能切得飞扬起来。眼睛还不用看，最后一刀下去，保准那一片、那一丝，还是跟前边的一般薄厚、粗细。馍也蒸得好，不含浆、不塌气、不炸背、不烂底。说一声"拔笼"，两个人站在高凳子上，朝下抬一笼，气是圆的，馍是圆的，抬一笼，气是圆的，馍是圆的。七八笼拔下来，任谁都得把今天的好馍夸上几句。除了这些事以外，廖师平常，总是把双手抄在肚子前的围裙里，说说东，说说西，喊喊催火，叫叫退火，手是很少伸出来洗锅、洗菜的。尤其是冬天，到院子水池子里洗菜，有时连水龙头都能冻实了。这时，宋师总是先找几张废报纸，把水龙头烧开，然后，又帮着易青娥在冰冷的水里洗菜。廖师总是要喊叫："洗菜的活儿，还用占着两个人。叫娥儿洗就是了，你麻利回来炒菜，锅都要烧炸了。"宋师也很配合，只要廖师喊，他就立马回去。有几次，宋师也跟易青娥说："廖师就这号人，溜奸，多余的活儿，半点都不搭手。没办法，你知道就行了。多干一点，也累不死人。"

自廖师给她公开说，要她别跟宋光祖混，就让他宋光祖做个光杆司令后，她发现，廖师撮治宋师的手段，是越来越多了。

先是炒菜，廖师切好，宋师"掌做"。用廖师的话说："一个在部队喂猪的人，回来都'掌做'了，你想剧团的伙食，大家能没意见？"廖师对宋师"掌做"，一直是心怀不满的。但宋师还是"掌做"着。自打把菜切好，葱蒜准备齐，廖师就抄起手，站在一边看。看他宋光祖咋炒哩。人多锅大，炒菜不是用的锅铲，而是铁锨。宋师每每炒一锅菜下来，都是满头大汗的。即使是冬天，也得用别在腰上的毛巾，把汗珠擦好几次。廖师一直当着易青娥的面，笑话宋师说："宋光祖连洋芋丝、洋芋片都炒不脆、炒不香，你猜为啥？醋激得不是时候么。硬要等炒熟了才倒醋，已经晚到爪哇国了。这窍门你可不要给宋光祖说，让他挨骂好了。师傅给你教一手，洋芋丝、洋芋片的激醋时间，一定要在炒到三四成熟的时候，过了五成都晚了。三四成熟激醋，出锅才是脆的。老宋把洋芋片炒得跟蒸南瓜一样，迟早都是面咚咚的，给八十岁没牙的老太婆吃还凑合。大家老有意见，宋光祖还说：'锅大，只能炒成这样。'其实就是个手艺问题。喂猪出身么。"易青娥想给宋师说，又不敢。但有一天，她到底还是悄悄给宋师说了，宋师就把倒醋的时间提前了。洋芋片炒出来，果然是脆的。吃饭人都夸。裘伙管也夸。廖师就不高兴了，有一天，当着她的面，撇凉腔说："人碎碎的，心眼子比莲菜眼子都要多出几个来。"

到了寒冬腊月，其他菜少了，几乎每顿都要醋熘白菜、煮白菜、包白菜豆腐包子。还是廖师把白菜切好、剁好，豆腐丁丁铡好，等着宋师"掌做"。好多回，菜炒出来，大家吃着，说把卖盐的打死了。白菜豆腐包子出来，喊叫得更凶，说把卖盐的爹都打死了。有人把烂包子，端直撇到了灶房的窗台、案板上。裘伙管就来开会了，批评说："你们最近是咋弄的，怎么连续犯盐重错误？好厨师一把盐么。你们连盐的轻重咸淡，都拿捏不住，还开的什么灶，办的什么伙？立马整改，三天以内，要是再改变不了盐重错误，不换脑子就换人。"宋师一点都没推脱责任，一直检讨说，是自己手上出了问题，一定改正。廖师还替宋师说了话，说："也不全怪光祖，白菜本来就不吃盐，多少放一点，就都落在汤里了，咋吃，都是咸的。"裘伙管就说："胡说呢，冬天各个单位都是以吃大白菜为主，人家就都拿不住盐的稀稠了？也没见哪个单位吵吵，说他们的厨师把卖盐的爹、卖盐的爷打死了。还是要在自身找原因呢。立马改，争取群众的宽大谅解。"

为了这把盐，宋师甚至用秤把白菜一棵一棵地称，盐也是一两一两地过，结果，炒出来，又说淡了。再一顿，把盐稍加了一点，谁知又都喊叫，把卖盐的奶也打死了。他自己一尝，也果然是进不得嘴的。易青娥就多了个心眼，在宋师炒完菜后，她虽然侧身对着放菜盆子的锅台，但却一直拿眼睛余光扫着。就在宋师提着炒菜铁锨和锅刷子，到水池子清洗时，廖师侧身抓一把盐，刺啦一声撒进了菜盆里。还见他连着搅了几下，再用铁勺舀点汤汁，朝舌头上一舔，自己先苦得做了一个得意的鬼脸。他以为蹲在地上刮洋芋皮的易青娥没看见，就嘟哝说："这个挨枪的宋光祖，今天把卖盐的他太爷又打死了。"

易青娥真想当面揭露廖师，但又害怕廖师给她也要手段，就忍着没说。过了两天，宋师已经让大家骂得每次炒菜放盐时，手都抖得快拿不住瓢了。易青娥就换了一个方式，让宋师炒完菜，别去洗铁锨和锅刷子了，由她去洗。宋师就在灶房盯着，直盯到开饭。这期间，能好一点，但也时不时地，还是出现一些问题。宋师的大厨地位，无论在群众当中，还是在裘伙管那里，都发生了明显的动摇。

过年时，由宋师"掌做"的炸红薯丸子，出现了开花八裂的问题；炸面叶子，又出现了干硬、焦煳的问题；蒸扣碗子肉、粉蒸肉，酱油太重，肉皮咬不动；包的肉饺子，下锅就烂；滚的元宵，见水就化……反正是百做百不成了。整得宋师一天出几身汗，还一连声地给裘伙管检讨，说自己好像是撞着鬼了，突然做不了饭了。廖师还一个劲地替宋师打圆场说："光祖也想朝好的做呢。光祖绝对不是故意的。这么多年了，我还不了解光祖嘛！为这个灶房，真正是把劲努圆了，把神淘尽了，把心思费扎了。你只说那猪，光祖还喂得有啥麻达了不成？那是在行了，人家在部队就养大肥猪了。人一在行，鬼都能使唤来推磨打墙哩。"

再后来，灶房出了一次大事故，宋师就从大厨的位置上被抹下来了。廖耀辉自然就上了正位，做大厨了。

二十三

那是开春以后的事。新豆角下来了，伙管裘存义那天买了一篮

120

子回来，说贵得很。但再贵，也得让大家吃个新鲜。一冬天的大白菜，把人脸都吃成了茄子色。裘伙管让厨房调剂一下伙食，看豆角怎么做。他大概是先看了一眼廖师，廖师就说："那要看人家大厨准备做啥哩么。咱是指到哪儿打到哪儿，还能坏了规矩，拿了人家大厨的事。"裘伙管就问宋师，看咋做。宋师想了想说："烙锅盔馍。再煮些豆角、南瓜、洋芋、绿豆汤，咥起来谄活！最好能弄点排骨回来，就更嫽了。不一定要多少肉，有几根骨头棒棒，熬出点鲜味儿就行了。"裘伙管就答应了。他还真去弄了几根肉削得光溜溜的骨头棒棒回来，让下锅炖了。那天，易青娥刮洋芋皮，掐豆角蒂把，催火。廖师切洋芋片、南瓜疙瘩，准备葱姜。宋师"掌做"。他一边烙锅盔，一边经管熬汤。汤里先下了绿豆，等煮炸腰时，又把豆角、南瓜、洋芋放到另一口锅里一炒，然后一锅烩了。也怪那天骨头煮得太香。练功、排戏的，就都垂涎三尺地结束得早了点。抢着排了队，用筷子把洋瓷碗敲得一片乱响。实在熬不住，宋师就决定提前开饭了。结果，吃完饭不一会儿，就有人喊叫肚子痛，并且上吐下泻。接着，又有好几个学生也发作了。到一两个小时后，就有五十多个人摆在了医院的过道里，给县城又制造了一次"剧团住院"风波。戴大盖帽的又拥来了半院子。气得黄主任一个劲地喊："这单位是中了邪了，出了鬼了。要彻查到底，决不能姑息养奸！"

　　第二天一早，问题就查清楚了，是豆角没煮熟惹的祸。黄主任亲自给厨房开了会。宋师做了深刻检查。裘伙管也给自己揽了责任，说自己监管不力。廖师在会上发了言，说自己也不能说完全没有责任，起码没有及时提醒光祖同志，应该按时间表开饭的。他说："开饭时间是团领导定的，我们厨房应该有这个觉悟，始终维护领导的正确决定。一旦不按领导说的办，一定就会把错误犯。你看，这不犯严重错误了不是？"最后，廖师还尤其强调说，"为这个厨房，黄主任和裘伙管，可以说把心都操烂、操碎了！我们不注意，还给领导惹下这大的乱子。太痛心了，真是太令人痛心了！"廖师说着，甚至还撩起围裙，把吸吸溜溜的鼻子擦了一把。后来又让易青娥发言，易青娥吓得把头摇得跟拨浪鼓一样。摇着摇着，她还把头勾到两条瘦腿中间夹着了。再让表态，她都没挤出一个字来。黄主任就做了总结，最后决定：

廖耀辉出任大厨。

考虑到宋光祖过去在部队立过功，先留下来做帮手，等思想问题彻底解决以后，再考虑还能不能继续担任二厨的问题。

事后，廖耀辉悄悄对易青娥说的那句话，让她一辈子想起来，都觉得有些哭笑不得。廖耀辉是这样对她说的：

"娥儿，你懂不，这厨房啊，就算是改朝换代了！"

廖耀辉一上任大厨，就先把跟宋师住房的位置，彻底调换了过来。

宋师跟廖耀辉是住在一间房的。离厨房不远。那间房窄长窄长的，中间用竹笆墙隔着。里间大些，外间小些。里间有个窗户，是对着后院子的。外间也有个窗户，对着前院子。但前院子离水池子近，就吵闹些。里间咋看，都是要比外间房好出许多的。过去，宋师就住在里间，大厨更需要休息好一些么。自豆角事件发生后，当了大厨的廖师，就老说最近休息不好。他嫌前院子吵闹得很，水池子的水，一天到晚流得"噼呀噼呀"地响，弄得他白天"掌做"都没精神。有时，他还故意给脑袋上勒一条湿毛巾，说脑壳痛得快要炸了，掌不成做了，炒菜也拿捏不住火候了。宋师就听出了话音，主动提出，两人换一下，他住出来，让廖师住进去。廖师开始也客气了一下，宋师一再坚持，说还是按下数来，他就答应换进去了。

换房那天，廖师还喊叫易青娥来帮了忙。看起来没啥东西，可一拉扯开，零末细碎的还真不少。三个人是整整忙了大半夜。

在宋师住里间、廖师住外间的时候，易青娥是来过两次这间房的。两次都是廖师叫她。一次是廖师叫她去拿糖，她不去，廖师还在门口努着嘴，直使眼色，意思是必须来。一来师傅叫你，你还能不来？二来是不许再扭扯，让别人看见了不好。拗不过，她就去了。只听宋师在里边吼天震地地打着鼾。廖师给她准备了一手帕乡下人熬的红苕糖。糖里缠了核桃、芝麻，用刀切成片，再用炒熟的苞谷面一裹，相互也不粘，又香又好吃。娘过去也是给他们熬过糖的，后来红苫不够吃，也就再没熬了。她不要，但廖师坚持要她拿上，她就半推半就地拿上了。拿上也没让她走，让她再坐一会儿。她就把半个屁股端在板凳边上，又坐了一会儿。廖师就说："听见没有，像不像猪？你老家养的猪，是不是这鼾声？"易青娥就低头笑。廖师也笑笑说："整天跟猪在一起打交道，你说这叫啥日子？这个光祖啊，倒头就能睡着，睡着雷都打不起来。我见过睡得死的，但还没见过睡得比死人还死的。这就是我一辈子的灾星，一辈子的噩梦了。你说我这跟坐监狱有啥两样？上百人要吃要喝的，他负责这大一摊子，啥都不过脑子么。不过啊，过了也是白过，过的是猪脑子，还不如不过哩。你说咱伙房碰上这样的头儿，就能办好了？群众能没意见了？没意见才是出了怪事呢。"易青娥反正不管你说啥，她就是咧着大嘴笑。她瘦，因此笑起来显得嘴尤其大。廖师看跟碎娃也说不拢啥成器话，她要走，也就让她走了。还有一次，是在宋师连着犯盐重错误后，怎么突然炒完了菜，再不离开灶房，并且眼睛要一个劲地盯着菜盆子了。他就怀疑起易青娥这个碎鬼了。在一次宋师回家的时候，他还把她叫来审问了半天。易青娥永远就是那副傻头巴脑的样子，没表情，不说话。问得急了，还是把那张瘦脸朝两条麻秆腿中间一夹，就再也不朝出拔了。弄得他也毫无办法。不过他还是给她捏了一撮冰糖，硬叫她拿走了。并且叮咛说："以后灵醒点，师傅看你可怜，小小的就没人待见，你就把师傅当个靠山吧，师傅会心疼你一辈子的。"

　　房换了以后，她又被廖师叫去过一次。宋师住到外间，还是放声地打鼾。易青娥见宋师的嘴，张得能塞进去半个拳头。她想笑，没敢出声，还用手背挡了挡嘴。她进到里间房，廖师斜靠在床头上，手上还拿着水烟袋，吸得呼呼噜噜直响。见她来，噗地吹一口，那红红的烟球，就飞出去老远。他还是先说宋师："你听，你听听，让人抬出去扔了喂狗都不知道。好在我习惯了，有时没这鼾声，我还睡不着呢。娥儿，叫你来，啥意思，你知道吗？"易青娥摇摇头。廖师又点燃一袋烟说："我想教你学切菜哩。宋光祖切菜那几下，我咋都看不上。"易青娥用一只脚尖，踢着另一只脚后跟说："我还是烧火，择菜，剥葱，剥大蒜……"还没等她说完，廖耀辉就把话接过去了："没出息的东西，难道在灶房一辈子，就当了使唤丫头、烧火佬？催火、笼火的事，他宋光祖也可以干嘛。过去在部队，他就是个喂猪的嘛。那不就是烧个火、煮个猪食的事。日今眼目下，他是犯了错误的人了。现在跟你一样，都是我的手下。你干的事，他也可以干嘛。不要还按过去一样，让他扎个大厨的势，这样对你就不公平了，知道不？"易青娥还是用后脚踢着前脚的后跟说："我……我还是烧火，我……喜欢……"廖师就摆了摆手说："真是一把抹不上墙的稀泥哟。好吧，你就烧火。不过，大锅你以后就不洗了，搭着凳子洗锅，也很危险。搞不好，一脑壳栽进去，我这个大厨还负不起责任呢。"说完，听见外边宋师翻了个身，好像快醒了。他就又给她捏了一撮冰糖，摆摆手，让她走了。

好在，廖师再咋给宋师下套、穿小鞋，宋师都不在乎。叫他打下手就打下手。过去咋出力，他现在还咋出。不过，自廖师明确了大厨位置后，饭菜质量确实有了很大改变。首先，再没出现过盐重问题。再就是，馍也蒸得多了。菜的花样也增加了。比如过去，早上一般吃糊汤，或者吃汤面。廖师改成：吃糊汤，但加两片油炸馍片。吃面，但改成了油泼面，或者臊子捞面。中午，过去一般是蒸馍、稀饭，外加一个炒菜。或者是吃锅盔夹辣子。现在改成：蒸馍、稀饭，外加一个炒菜，还带一疙瘩豆腐乳。锅盔夹辣子，也是要外带咸菜丝的。稀饭更是花样多变，不时是红枣小米粥，不时是百合白米粥，有时还熬大瓣子苞谷米汤。反正厨房的起色，是谁都看在眼里的。有人就夸廖师，说他干得好。宋师在的时候，廖师会说，人家宋师也干得好着呢。宋师不在的时候，他就会说："这跟你们唱戏一样，还不是看谁唱主角，看谁说了算，看谁掌做哩么。"有人故意撩拨说："人还是原来那几号人，枪还是过去那几杆枪，怎么做出的饭菜，就有了天壤之别呢？"廖师说："过去咱说了等于放屁，不算么。现在咱能说话，能拿事，能定秤了。"很快，黄主任都在全团大会上表扬了，说自他亲自整顿后，伙房的革命工作，已经改头换面，蒸蒸日上了。

易青娥那时虽然小，但对廖师那一套，就已经有自己的看法了，只是不说而已。宋师明显是受着廖师欺负的，可宋师好像很不在乎。有好多次，她起得早，火半天烧不着，宋师就来帮忙。廖师看见了，说："以后烧火就让宋师烧，到底是老师傅，有几下。你烧半天了，一锅水还是屁温子。人家宋师就几下，锅里的水都咕嘟上了。"有一回蒸馍，宋师揭笼时，让蒸汽把半条胳膊都烫起了大水泡。廖师还是喊叫他洗锅。易青娥就主动拿过扫帚一样的大锅刷子，搭着板凳，上灶去洗了。廖师说："娥儿，你有你的事，甭相互叉行。"但她没有听，硬是坚持把锅洗完了。廖师为这事还很不高兴，说碎碎个娃，还不听指挥了。隔了两天，宋师从家里来，把她叫到灶门口说："你师娘专门给你纳了一双布鞋，做饭穿上舒服。做饭是苦活儿，一天忙到黑。厨师的腿，到了晚上大半都是肿的，鞋都脱不下来。只有穿布鞋，才能强一点。布鞋养脚哩。"她不要，宋师硬是塞给她了。她平常话很少，但那天，硬是忍不住多了几句嘴，说："师傅……有些活儿，我能干的，你就尽量让我去干，你不要太累着了。再累……也落不下啥好的。"宋师就说："我知道娃想说啥。人哪，多背些亏，没有啥。活得太奸蛋，心眼太歪了，迟早是要遭报应的。"她就再没话了。

这以后，剧团发生了一件很大的事情，说老戏突然解放了。

老戏是啥，那时易青娥根本不知道。只听伙管裘存义说，能把老戏解放出来，可能真是要天翻地覆了。

二十四

1978年农历六月初六那天，剧团院子里，突然晒出了几十箱稀奇古怪的衣裳。伙管裘存义说：那就是老戏服装。

那天，裘存义格外活跃。一早起来，就喊叫易青娥、宋师、廖师帮忙给前后院子拉绳子，绷铁丝。说是六月六，要晒霉呢。奇怪的是，连门房老汉也积极地到处扶梯子、递板凳地忙活起来。并且还一个劲地让把绳子、铁丝都绷高些，说要不然，服装就拖到地上了。绳子、铁丝绷好后，裘伙管又叫了好几个年龄大些的男学生，到伙房保管室的楼上，用绳子放下十几口灰土色的箱子来。然后，都抬到了院子里。门卫老汉就用抹布，一一抹起了箱子上的灰尘。裘伙管说："六四年底封的箱。十三年了。"门卫老汉说："可不是咋的。"然后，他们就开箱了。

箱子一打开，当一件件易青娥从来没见过的戏服，被裘伙管和门房老汉抖开，搭在绳子、铁丝上时，她惊呆了。那些抬箱子的学生也惊呆了。廖师老喜欢抄在围裙里的手，也抽出来，拉着一件件衣服，细翻细看着说："这老戏服，还就是做工精到。你看看这金绣，看看这蟠绣，今天人，只怕打死也是绣不出来了。"易青娥知道廖师是裁缝出身，所以对针线活儿特别上眼。宋师问："老戏又让演了？不是说是牛鬼蛇神吗？"廖师急忙接话说："你看过几出老戏，还牛鬼蛇神呢，相公小姐也是牛鬼蛇神？包公、寇准也是牛鬼蛇神？岳武穆、杨家将也是牛鬼蛇神？宋师，你还是麻利烧火去，让娥儿在这儿，给裘伙管帮一会儿忙。早上吃酸豆角臊子面，还得弄点油泼辣子。没辣子，这一伙挨球的，吃了还是嘟嘟囔囔地嫌不受活。油泼辣子一会儿我来掌做，你把辣面子弄好，放在老碗里就对了。"宋师就去了。

这天早上，剧团满院子都挂得花枝招展、琳琅满目的。不一会儿，一院子人就都出来了。大家把这件戏服摸摸，把那件戏服撩开看一看，忙得裘伙管和老门卫前后院子喊叫：只许看，不许摸。千万不敢乱摸。说这些戏服，十几年本来就放荒脱了，再用汗手摸摸、拽拽，立马就朽啮了。他们一边赶着人，一边用手动喷雾器，给每件戏服都翻边喷着酒精。

大家无法知道，这些戏服都是什么人穿的。不仅盘龙绣凤、金鸟银雀，而且几乎每件都是彩带飘飘的。官服肚子上要弄个圈圈，说是叫"玉带"。那上面果然是缀着方圆不等的玉片的。尤其是有一种叫"大靠"的戏服，说是古代将军打仗穿的，背上还要背出四杆彩旗来。有人就问裘伙管，这样穿着多麻烦，打仗不是自己给自己找抽吗？

裘伙管说："这你们就不懂了，穿上这个，才叫唱大戏，才叫艺术呢。戏服是几百年演变下来的好东西，每件都是有大门道的。"

有人抬杠说："那现代戏服装，就不是艺术了？"

裘伙管说："现代戏才多长时间，撑死，也就是四十几年的事情。不定将来演一演，也会演变出跟生活不一样的戏服呢。但现在，穿上起码没有这些真正的戏服好看。"

"扯淡吧你，让现代人，穿上这大红大绿的袍子演戏，还不把人笑死了。"有人说。

这时，老门卫插话了："娃呀，你是没见过，穿上这些衣服，演戏才像演戏，演的戏才叫耐看呢。"

黄主任这时也到院子里来了，问是谁让晒这些东西的。裘伙管说，他自己要晒的。黄主任问："为啥要晒这些东西？"裘伙管说，他从广播里听见，有些地方已经在演老戏了。黄主任又追问："哪些地方？"裘伙管说："川剧年初都演折子戏了，我在四川有个师兄来信说的。还说中央大领导让演的。并且领导就是在四川看的。"黄主任就不说话了。

在这以后的日子里，剧团慢慢变得让所有人几乎都不敢相认起来。尤其是进入当年秋季后，大家都明显感到，黄主任说话渐渐不灵了。他喊叫开会，总是有人迟到早退。他在会上批评人，有人竟敢当面顶驳说："都啥时代了，还舍不得'四人帮'那一套。"黄主任开会就慢慢少了。

这期间，剧团最大的变化是，有几个人突然跟变戏法一样，从旮旯拐角里钻了出来。并且还逐渐演变成院子的大红人了。

第一个就是裘伙管。

谁都知道，裘存义就是个管伙的。并且抠斤索两，一院子人也都乱给他起着外号。后来易青娥懂事了，才知道"球咬蛋""球咬腿"，都是骂人的狠话。反正剧团的伙食一直办得不好，群众就老有意见。据说有几年，内部贴大字报，"炮击"得最多的就是裘伙管。有时，还有人给他名字上打着红叉。说他是世界上头号贪污犯，把灶上的好东西，都贪污了自己吃，让群众恓惶得只能舔碗沿子。说归说，骂归骂，反正也没搜出啥贪污的证据。并且裴存义这个人，吃饭每次都是最后去。打的饭菜，一定要拿到人多的地方吃。菜里肉片子金贵，他就让不要给他打。糊汤、米饭锅巴稀罕，他也从来都不去吃一口的。因此，就一直还能把管伙的权掌着。中间，据说也让他靠边站过。结果弄上来个人，才管了三个月，大家反映还不如"球咬腿"，就又让他"官复原职"了。直到六月六晒霉以后，易青娥才知道，十三年前的裴存义，其实不在伙房，而是剧团管"大衣箱"的。易青娥也是后来才弄懂，"大衣箱"，是装蟒袍、官衣、道袍，还有女褶子之类服装的。因用途广，工作量大，且伺候主演多，在服装管理行就显得地位特别突出。而武将穿的靠、箭衣、短打，包括跑龙套的服装，都归"二衣箱"管。还有"三衣箱"，是管彩裤（演员都要穿的彩色裤子）、胖袄（有身份的人物穿在里面撑衣服架子的棉背心），再有靴子、袜子啥的。还有专管头帽、胡子的，就叫"头帽箱"。再就是管化妆的了。管"大衣箱"的裴存义，据说早先也是演员，唱"红生"的。后来"倒仓"，嗓子塌火了，就管了"大衣箱"。"文革"那几年，"二衣箱""三衣箱"和头帽、胡子，都让烧得差不多了。而他把"大衣箱"弄得东藏一下，西藏一下的，倒是基本保留了下来。直到六月六晒霉，大家才知道，宁州团的老底子还厚着呢。

第二个变戏法一样的人，就是门房老汉了。

他叫苟存忠。多数人平常就招呼他"嗨，老头儿"，也有人叫他苟师的。易青娥没听清，还以为叫"狗屎"，是骂人呢。因为大家都不太喜欢这个老头，说他死精死精的，眼睛见天睁不睁、闭不闭的，看门就跟看守监狱一样。有时还爱给领导打小报告。背地里也有称他"死老汉""死老头儿"的。就在六月六晒霉后，大家才慢慢传开，说苟存忠在老戏红火的时候，可是个了不得的人物，还是当年"存字派"的大名角儿呢。他能唱小旦、小花旦、闺阁旦，还能演武旦、刀马旦，是"文武不挡的大男旦"呢。在附近二十几个区县，他十几岁唱戏就"摇铃了"。当了十三年门卫，他一直弄一件已经说不清是啥

128

颜色的棉大衣裹着。有人开玩笑说，"死老头儿"的大衣，都有"包浆"了，灰不灰、黑不黑的，算是个"老鼠皮色"吧。大衣的边边角角，棉花都掉出来了，他也懒得缝，就那样龇龇牙一样掉拉着。自六月六晒霉后，"死老头儿"突然慢慢讲究起来。夏天也不拿蒲扇，拉开大裤衩子朝里乱扇风了。秋天，竟然还穿起了跟领导一样的"四个兜"灰色中山装。并且风纪扣严整，领口、袖口，还能看见干干净净的白衬衣。脚上也是蹬了擦得亮晃晃的皮鞋。尤其是头发梳得那个光啊，有人糟蹋说，蝇子拄拐棍都是爬不上去的。一早，就见苟存忠端一杯酽茶，一只手搭在耳朵上，是"咦咦咦，呀呀呀"地吊起了嗓子。还真是女声，细溜得有点朝出挤的感觉。

第三个突然复活的怪人，是前边剧场看大门的周师。

后来大家才知道，他叫周存仁。跟苟存忠、裘存义都是一个戏班子里长大的。平常不演出，剧场铁门老是紧闭着。也不知周存仁在里边都弄些啥，反正神神秘秘的。据说老汉爱练武，时不时会听到里边有棍棒声，是被挥舞得"呼呼"乱响的。可你一旦爬到剧场的院墙上朝里窥探，又见他端坐在木凳上，双目如炬地朝你盯着。你再不下去，他就操起棍，在手中一将，一个旋转，嗖的一声，就端直扎在你脑袋旁边的瓦棱上了。棍是绝对伤不了你的，但棍的落点，一定离你不会超过三两寸远。偷看的人吓得扑通一下，就跌落在院墙外的土路上了。周存仁也是六月六晒霉后，开始到院子来走动的。往来的没别人，就是苟存忠和裘存义。他们在一起，一咕叨就是半夜。说是在"斗戏"，就是把没本子的老戏，一点点朝起拼对着。戏词都在他们肚子里，是存放了好些年的老陈货。

再后来，又来了第四个怪人，叫古存孝。

同样是"存字派"的。据说当年他们"存字派"，有三十好几个师兄师弟呢。师父给"存"字后边，都叫的是"仁、义、礼、智、信"，"温、良、恭、俭、让"，还有"孝、悌、节、恕、勇"，"忠、厚、尚、勤、敬"这些字。好多都已不在人世了，但"忠孝仁义"四个字，倒是还能拼凑出一个意思来。他们就把古存孝给鼓捣来了。这个古存孝，来时是穿了一件黄军大衣的。大衣颜色黄得很正，很新，里边还有羊毛。照说他来时，才刚打霜，天气也不是很冷，可古存孝偏就是穿了这件大衣来的。说穿，也不确切，他基本是披着的。并且还动不动就爱把双肩朝后一筛，让大衣跌落到他的跟班手上。古存孝来时，身后是带着一个跟班的。说是他侄子，一个叫"四团儿"的小伙子，平常就管着古存孝的衣食住行。都说古存孝是"存字派"的顶门武生，也能唱文戏，关键是还能"说戏"。"说戏"在今天就是导演的意思。据裘存义说，古存孝肚子里，大概存有三百多本戏。现在是到处被人挖、被人请，难请得很着呢。他之所以来这个团，就是因为这里有他的兄弟苟存忠、周存仁、裘存义。

裘存义夏天就放话说，古存孝可能来宁州。易青娥那时也不知古存孝是谁。但老一辈的都知道：古存孝十几年前，就是关中有名得不得了的大牌角儿了。西安易俗社都借去演过戏的。但社里规矩大，他受不了管束，就跑出来满世界地"跑场子"了。裘存义只说古存孝要来，就是不见来。到了秋天，裘存义又放话说，古存孝可能要被一个大剧团挖走了。还是没人搭理。据说，裘存义在黄主任耳朵里，都吹过无数次风了，可黄主任就是不接他的话茬。黄主任那段时间，每天都在翻报纸，听广播，研究《参考消息》。用后来终于扶正做了团长的朱继儒的话说，黄正大那阵儿是真正的迷茫了，活得彻底没有方向感了。再后来，古存孝憋不住，就自己跑来了。他一进裘存义的门，说了不到三句话，就把黄大衣朝"四团儿"怀里一筛，精神抖擞地要见黄正大同志。裘存义说不急不急，自己又去央求黄主任把人接见一下。可黄主任就是不见。说古存孝气得呼呼地又要走，怨自己是背着儿媳妇朝华山——出力不讨好。他说像他这样的人才，现在都是要"三顾茅庐"才能出山的。谁知自己犯贱、发轻狂，屁颠了地跑来，还热脸煨了人家的冷屁股。把老脸算是丢到爪哇国了。苟存忠、周存仁、裘存义几个劝来劝去，才算是把人勉强留下。裘存义一再说，你不信都走着瞧，老戏立马就会火起来的。一旦火起来，你古存孝就会成领导座上宾的。

那一段时间，剧团里真是乱纷纷的，连灶房里一天都说的是老戏。廖师过去在大地主家做裁缝，是看过不少戏的。好多戏词，他都能背过。加上裘伙管又是里里外外地张罗着这事，连古存孝吃饭，都是他亲自端到房里去的。廖师聊起老戏来，就更是劲头十足了，他说他最爱看相公小姐戏，有意思得很。他还老爱谝那些"钻绣楼""闹花园""站花墙"的段子。不知哪一天，突然听说黄主任不咋待见老戏，也不咋待见那几个"存字派"的老艺人，他就说得少些了。要说，也就是说给易青娥听。他说，宋光祖那个喂猪的脑袋，也不配懂戏，叫他喂猪去好了。廖师掌握大厨后，最大的新招，就是给厕所旁边拦了个猪圈，喂了两头猪。他说剧团单位大，泔水多，让别人担去喂猪可惜了。他就让裘存义逮了两个猪娃子回来，交给宋师喂。他倒落了个想干事、会干事、能干事的名分。

反正那一段时间，剧团里啥都在翻新。不仅易青娥感觉廖师和宋师的换位，让她急忙不能适应。就连练功、排戏这些日常事情，好像也受到了老戏解放的影响。裘存义听着功场里学员们的响动，甚至说："娃们恐怕都不能再这样往下练了。现在这些'花架子'，想演老戏，是龙套都跑不了的。恐怕一切都得从头来呢。"易青娥也不知老戏的"功底"到底是个啥，反正听他们说得挺邪乎。每个人好像都有了一种恐慌感。郝大锤几次在院子里喊叫：

"牛鬼蛇神出洞了，你们都等着看好戏吧！"

果然照裘存义的话来了，半年后，古存孝就大火了起来。听裘存义说，虽然黄主任到底没请他，也没亲自接见他，但安排让副主任朱继儒去请古存孝了。并且还让炒了菜，喝了酒。全国都开始排老戏了，宁州剧团是一推再推。黄主任老是靠在他那把帆布躺椅上说："不急，不急。等一等再看，等一等再看。"终于，再也等不下去了，报纸上、广播里，都在说啥啥剧种，又恢复排练啥老戏了。关键是县上领导也在过问这事了。黄主任才让朱副主任出面，去看望了一下"老艺人"，他吩咐说：

"能弄啥戏了，先弄一折出来，看看究竟再说。"

他还要求：尽量要弄人家弄过的戏，千万别整出啥乱子来。

宁州剧团，从此才把老戏解放了。

二十五

剧团再变，别人再红火，易青娥还是个烧火做饭的。现在还添了一件事，就是喂猪。两头猪都不大，可特别能吃，一天得喂好几顿。虽然廖师明确了，喂猪主要是宋师的任务，可宋师有时真的忙得抽不开身，易青娥就不得不去帮忙。喂猪用的是两只铁皮桶，宋师一手能拎一只，里面还把猪食装得满满的。她拎半桶都很吃力。宋师经常不让她拎，就是要去喂，宋师也会先把猪食拎去，才让她慢慢去喂的。

自易青娥进厨房做饭开始，她和宿舍的同学，就有了一种很奇怪的关系。先是都劝她说，做饭好着哩，比唱戏强，再唱还不是为了吃饭？现在连饭都做上了，不就一步到共产主义了么。她也懒得理。她懂得人家话里的意思。这是人家活得占了优势，活踏实了，活滋润了，才能轻松说出不牙痛的话。要是让她们谁去做饭了，你试试看，不把剧团闹个底朝天才怪呢。可她闹不成，她舅蹲大狱着的。有的同学还指望着易青娥执掌了厨房，学生就有了代言人，打菜、打饭就不会故意给学生打得少、打得差些了呢。大家老议论说，廖师这个家伙，每次打菜都眉高眼低地看人呢。有时眼看打菜勺子的边沿上，搭着一片好肥肉，就看你是谁了，长得漂亮的、顺眼的，嗵地一下，就扣到你碗里了，那片肥肉一准掉不了。可到了不顺眼人跟前，勺子沿儿上只要有肥肉，就总见他的手在抖、在筛。他三抖两筛的，那片肥肉就跌到盆里了。有时，那勺子好像长了眼睛一样，在菜盆子里还乱拱哩。肉菜、好菜，能一伙拱到勺子里，扑通，就给他特别待见的人扣上了。有时，那勺子也在拱，但拱进去的都是菜帮子、萝卜皮、腌菜秆，嗵地扣进你碗里，气得你还毫无办法。你给他白眼，你骂他，下次那勺子，就会在菜盆里拱得更凶了。尤其是一些长得不咋待见人的女生，对易青娥进灶房，先是寄托了希望的。后来发现，易青娥也就只能烧火、刷锅、洗菜，打饭、打菜的勺子，她几乎连挨都挨不上。每到吃饭时分，灶房就用砍刀别了门。要是上肉菜，包饺子，还会撑根顶门杠。易青娥虽然能在里面待着，也就是给廖师、宋师递递擦汗的毛巾，抹抹案板、砧板，做点细末零碎活儿而已。连收饭票，都是宋师的事。大家也就对她不做任何指望了。

易青娥一直住在宿舍靠门口的地方。她起得早，睡得晚，加上上班时间也完全不一样，因此，跟大家见面的时候不多。可晚上，毕竟是要在一起睡觉的。开始，有人嫌宿舍一股葱花味儿，有的说是蒜味儿，有的说是蒜薹味儿，有的说是腌菜味儿。反正说这些，肯定都是指向她的。她就尽量洗了再进房。即使是大冬天，她也要烧一盆水，在灶门口那里，拴上门，搭上香皂，把身上反反复复搓几遍的。可再搓，还是有人说。尤其是有了那两头猪，大家的反应，就不是葱蒜、腌菜味儿了，而是说的泔水味儿、馊味儿。楚嘉禾每晚睡觉，甚至还戴上口罩了。她看在宿舍实在住不成了，就想搬出去。

胡彩香老师几次说，让她搬到她那儿去住。可她咋能去呢？她倒是看上了一个地方，又怕裘伙管和廖师不同意。

这个地方，就是灶门口。

那是一间很大的房，除烧火外，还能支个乒乓球案子。据说过去上班时，就有人偷偷在里面打过乒乓球。后来让领导知道了，才把案子抬走的。一个过去能堆几十捆柴火的地方，又有窗户，还没人来，自然对她是有很大吸引力的。她曾经跟宋师提说过。宋师说，恐怕不好，咋能让娃住灶门口呢。在农村，讨米娃才住人家灶门口的。怕说出去不好听。再说也危险，着火了咋办？可易青娥坚持要去住。她就又给廖师说，廖师也不同意。廖师说："你是单位职工，单位职工就应该有住房，怎么能住灶门口呢。这对我们伙房的革命职工也是很不公的。我才管这摊事，别弄得我这个大厨脸上无光。"过了一段时间，易青娥见裘伙管有天特别高兴，说是邻县剧团全都上演老戏了，还说："捂不住了，谁都捂不住了。"易青娥就跟他说，她想到灶门口去住，这样烧火做饭也方便些。裘伙管还到灶门口看了看，说不行。主要是不安全，失了火，他这个伙管负不起责任。易青娥还真有点犟，看谁都不同意，宿舍也实在将就不下去了，就自作主张，搬进灶门口了。

她是晚上快十二点搬进去的。大冬天，院子里早没人了。她把宿舍里属于自己的那块床板一拆，拖进了灶门口。她把床支好后，还到后台的烂布景堆里，找出一块硬片子景来，遮挡了遮挡。一个完全属于自己的小世界就形成了。她还生怕弄得太好，让人看见，又给她开会，说她搞资产阶级特殊化呢。

已是隆冬了，外面风刮得呜呜地响。她把窗户也用一块布景挡了挡，风就刮不进来了。关键是三口大锅的三个灶门洞里，有两个都还埋着明火。整个房子，都是暖烘烘的，比宿舍强多了。在宿舍里，大家都用的是电热毯、暖水袋。她没有电热毯，只有一个暖水袋，还是胡老师给的。集体宿舍开间大，加上她又住在门口，门迟早开个缝，暖水袋把脚煨热了，腿却是冰凉的。在这里，把暖水袋朝脚底一放，浑身热得能冒汗。

这天晚上，她做了一个好梦，好久都没有做到这样的好梦了。易青娥梦见，她回九岩沟了。她放了一群羊，有几百只，不，是几千只。一沟两岸都是羊，全都是她家的羊。她数啊数，越数越多，咋都数不清。羊把她包围着。开始，她的脚是站在地上的，后来，羊就把她抬起来了。她在羊身上躺着，滚着，好柔软、好暖和的。后来，不知咋的，她也变成了一只羊。所有的羊，都围着她这只羊转。她说到东山上吃草，就都朝东山上走。她说到西山上吃草，就都朝西山上跑。山上有吃不完的草，可绿可嫩了。吃完草，它们就都卧在坡上晒太阳。太阳太暖和了，晒得每只羊的毛，都是金灿灿的。后来她娘来了，她爹也来了，她姐也来了，问她咋变成羊了，她只笑，不说话，并且笑得很灿烂。娘让她快变回来，姐也说让她快变回来。爹却说，娃只要高兴着，就让她当羊去。她就一直当着快乐的羊了……

易青娥从快乐羊的世界醒来，是宋师来烧火，把她叫醒的。宋师说："娃咋到底搬来了？不过也挺好的，暖和，就是要防火。这毕竟是灶门口。"后来廖师也问她："你到底还是搬了？咋能不听话呢？"她反正就那脾气，你再说，她只勾着头，用指头戳着鼻窟窿，用后脚尖踢着前脚跟，死活不回话。廖师只好说了声："还没见过你这号一根筋的娃娃。"紧接着，裘伙管也知道了。他说这样恐怕不行，还是得搬回去。易青娥仍是勾着头，用指头戳着两个鼻子眼，拿后脚尖不住地踢着前脚跟，反正咋都不吱声。大家好像也就是说一说，倒都没当真。易青娥就算在灶门口安居下来了。

有了自己的空间，不跟同学们过多接触，她心里还反倒安生下来了。忙过一天，晚上闩了灶门口的那两扇木门，她甚至还偷偷乐了起来。在这么大的县城里，自己竟然也有可以闩上门的安乐窝了。

胡老师和米兰，都没有忘记她们到九岩沟找她时的承诺，说要帮她学戏、学唱。她进厨房后，她们还几次催促，说要开始练功、练唱了。可她一天饭做下来，就想躺下，咋都懒得动了。她们见她累得可怜，也就没再催促。

这下有了自己的空间，她反倒想练一练了。本来她是死了心，当厨师算了的。可自廖师"掌做"后，她的心事，就又慢慢转腾起来，不想做饭了。灶门口可以劈叉，可以下腰，可以练不少动作，并且还可以练表情。没人能看得见，是可以放心大胆去做的。她也不知老戏到底是怎么回事，听裘伙管讲，唱老戏，那才叫过瘾，那才叫唱戏呢。不过，裘伙管也说，要唱老戏，现在演员们这点功夫都不行，上台恐怕连站都站不住呢。那天，苟存忠好像也说："演员靠的就是两条腿，可现在这些演员，腿都跟棉花条一样，软得立不住，这戏都咋唱哩嘛。"她就偷偷练起腿功了。

她最喜欢扳"朝天蹬"。这是腿功里难度比较大的动作。女生都不喜欢，好多都扳不上去。有的即使扳上去了，也是勾头缩胸，才勉强把一只脚扳到肩膀的。而另一只三吊弯的腿，是咋都立不住的，不是在原地打转圈，就是来回蹦着寻找平衡点。老师要求把一只脚扳过头顶，最少能控制一分钟。可直到现在，女生里也还没有能达到这个要求的。但易青娥行。她把一只脚扳过头顶，能控制五分钟。另一只腿，还跟钉死的木桩一样，始终保持端正、溜直、不晃的姿势。

有一天，她正在灶门口烧火，见三个灶洞的火都旺得呼呼地笑，就兴奋得把一条腿，自己控上了头顶。结果苟存忠来换火种生炉子，一眼看见这条腿，竟然激动得"呀"了一声，说："娃，腿是自己上去的？"易青娥急忙把腿放下来了。他说："踢几下让老师看看。"她还有些不好意思踢。苟存忠执拗，非让踢不可。她就踢了几下。苟存忠甚至都惊呆了，说："娃呀，你的腿这么好，苟老师咋不知道呢。你愿不愿学武旦，要愿意了，苟老师给你教。保准能教个好武旦出来。"

易青娥知道，苟存忠原来是看大门的。不过最近突然变得爱收拾、爱打扮、爱照镜子起来。时不时地，他还爱翘个兰花指，把剧团人都快笑疯了。他说他想带几个徒弟，团上却没一个情愿的。都把他当笑话说呢。没想到，他把徒弟还收到她这儿来了。易青娥也不说愿意，也不说不愿意。她想着自己就是个烧火做饭的，说愿意，说不愿意，也都无所谓。从礼貌起见，她还是随便点了点头。可没想到，苟存忠还把这事当真了。

二十六

"看门老汉""苟老汉""老苟""嗨，老头儿"，突然把烧火娃易青娥收成徒弟了。这可是把一院子人都快笑掉大牙了。连胡老师都问她："你答应了？"她不知道该说答应了，还是该说没答应，反正自己就是个"火头军"，也没啥人再好丢的了。她就捂住嘴，刺啦笑了一下。胡老师就当她是答应了。胡老师说："你看你这娃，自己把自己朝黑锅洞里塞呢。那么个脏兮兮的老汉，一天翘个兰花指，故意把嗓门撮得跟鬼捏住了一样。你不嫌丢人，还给他当徒弟呢。让一院子人，都把你当下饭的笑话了。"易青娥还是笑，笑着拿牙啃着自己的手背。她想去找苟存忠，让他别再到处乱说她是他的徒弟了，可又不敢。好不容易麻着胆子进了门房，苟存忠把兰花指一点，说："娃还没给老师行拜师磕头礼呢。"她就羞得又拿手挡住了刺啦一笑的脸。她见裘伙管也在里面坐着，古存孝也在里面坐着，连剧场看大门的周存仁也来了。周存仁还说："现在都不兴这一套了，你还让娃磕啥头呢。"她就吓得退出来了。她退到门口，还听裘伙管问："你真的觉得这娃是学武旦的料？"只听苟存忠说："腿好，能下苦，就能学武旦。你们不知都发现没，这娃现在脸是没长开，一撮撮，甚至长得还有点挤眉弄眼的。可一旦长开，盘盘子还是不错的。鼻梁高，咋长都难看不了。不信了，娃到十五六你们再看，搞不好，还是个碎美人坯子哩。"易青娥就再也不敢听了。回到灶门口，她拿起镜子，还把自己的脸反复照了照，也没看出什么美人的坯子来。鼻梁倒的确是高，她娘还说过，鼻梁太高了不好，看上去蠢得很，说电影里的外国人，看上去就蠢得要命。

　　苟存忠收她做徒弟的事，廖师知道了，还有些不痛快。那天，宋师又在外边屋打鼾。他就把易青娥叫到里边屋问："你答应做老苟的徒弟了？"易青娥还是老一套，用手背挡着嘴，也不说答应了，也不说没答应。一只脚还是那样有一下没一下地，踢着另一只脚的脚后跟。廖师就说："他能做饭？能炒菜？能'掌做'？他就能瞪个牛蛋一样的眼睛，'鳖瞅蛋'一样地瞅着那扇烂门。结果啥还都看不见，就是个睁眼瞎么。贼把门背跑了，他还不知是拿肩扛、拿背驮走的。都十几年没上过台了，他还能演男旦？我看能演个麻雀蛋，演个蚂蚁搬蛋。可不敢跟他乱晃荡，学一身的瞎瞎毛病。迟早舞弄个兰花指，你还想学切菜炒菜呢，只怕是把指头炒到锅里了，还不知道是咋切掉的呢。咱厨师可都是正经手艺人，还丢不起他那不男不女的阴阳人呢。"易青娥也没说啥，一直就那样站着，自己把自己的脚后跟踢着。到后来，廖师还是给她捏了一撮冰糖，才让她走的。她有些不喜欢廖师的冰糖了。廖师捏冰糖的手，是在捏冰糖前，狠狠抓了几把背颈窝的，还抓得白皮飞飞的。出了门，她就把冰糖扔到猪食桶里，提到猪圈喂给猪吃了。

宁州剧团的老戏终于开排了，首排的是《逼上梁山》。"说戏"的，就是那四个老艺人。古存孝挑头，拉大的场面。因为大多数人都不知道老戏是啥，路不会走，手不会动，都跟傻子差不多。因此，古存孝把大场面拉完后，其他几个人都得分头包干细"说戏"。苟存忠说旦角戏。周存仁说武戏。裘存义说文戏和龙套戏。戏里用的人很多，把全团人都调动起来了还不够。最后连宋师、廖师和易青娥，都说要"跑龙套"呢。几个老艺人才两三天，就都把嗓子喊哑了。可戏还都不会走，一走，排练场就笑成了一窝蜂。

　　易青娥那一阵，烧火做饭都没心思，一有空，就到排练场外的窗户下，踮起脚尖看。看里边排老戏是咋回事。那阵儿，那个叫古存孝的人，一下就红火得有了势了。都三月天气了，还是要把黄大衣披着。披一会儿，要上场"说戏"时，他就把双肩一筛，让大衣闪在助手的怀里。那时还不兴叫助手，他就叫他"四团儿""四团儿"的。"四团儿"姓刘，眼睛从来不敢盯戏，是一直盯着古存孝后脊背的。无论黄大衣何时抖下，他的迎接动作都没失误过。古存孝说完戏，比画完动作，刘四团就会立即把大衣给他披上。刚过一会儿，古存孝又要说戏了，就会又一次把大衣筛下来。刘四团也会再次把大衣稳稳接住。说完戏，刘四团再"押辙""合卯"地给他披上肩头。易青娥要忙着烧火做饭，一天仅看那么几次，就能见古存孝把大衣披上、筛下十好几回。因此，私下里，有人编派古存孝说：古存孝穿大衣——不图暖和图神气哩。

　　为排这戏，胡彩香老师跟米兰又闹翻了。戏里女角儿很少，分量最重的，就是一个林冲娘子。说古存孝为讨好黄主任，在定角色时，就一句话："咋有利于排戏咋安角儿。"他还说，"看起来是排戏，其实也是政治呢。过去戏班子就是这一弄，你得看人家领班长待见谁哩。"气得胡彩香一个劲地骂古存孝，说这条老狗，就是个老没德行的东西。林冲娘子的戏，自是要靠苟存忠说了。谁知苟存忠把米兰咋都说不灵醒，关键是身上动弹不了。用苟存忠的话说，米兰光跑圆场，都得再下三年功夫才能用。他说："米兰不是跑圆场，是蹦圆场哩。旦角跑圆场，要像水上漂一样，上身一点都不能动，只看到脚底下在漂移。并且两只脚还不能出裙子边。要不然，观众看啥哩嘛。那就是看点绝活儿，看点味道么。都看到两个大脚片子，'噼呀嗤噼呀嗤'地乱扑塌，那不又成学大寨的铁姑娘队长了。还演的啥子老戏嘛。"苟存忠说着，还真示范了几下：那步子碎的，那胳膊柔的，那兰花指翘的，那腰眼闪的软的，软的闪的，只一声："我把你个贼呀——！"就把站在旁边看戏的人，逗得前仰后合，笑翻一片了。

也有公开骂四个"存字派"老艺人为"四人帮"的。那是郝大锤。这次定的让郝大锤敲戏，结果，跟古存孝只合作了几天，古存孝就要求换人。说不换人，戏就要砸在敲鼓的手上了。自易青娥她舅胡三元走后，剧团还就只剩下一个郝大锤能敲了。再底下的，还连郝大锤都不如。古存孝排戏，开始还给人留点情面，排到后来，就有些六亲不认了。加之他不大知道郝大锤的底细和脾性，见手艺差得实在是马尾穿豆腐——提不上串，就不免把话越说越难听了。谁知郝大锤岂是受那等窝囊气的人，就端直跟他干了起来。闹到最厉害时，甚至直接扑上去，要掴古存孝的嘴哩，吓得古存孝直朝刘四团怀里钻，说："你来掴，你来掴，有本事，你来把老汉掴一下试试。"郝大锤还真上去掴了。不是掴一下，而且啪啪啪啪啪啪地掴了六下。一边老脸三下。并且还照他肉墩子一样的大屁股，狠狠踹了一脚。嫌他话比屎多。古存孝当下就瘫在地上，几个人都拉不起来了。郝大锤一边朝排练场外面走，还一边骂："你个老皮，见你把个烂大衣一天披来筛去的，我就头晕。你还嫌我呢，排不成了滚你娘的蛋。"戏停排了整整三天。朱继儒出面做工作，让郝大锤做做样子，去给古存孝道个歉。谁知郝大锤撑得硬的，誓死不给谁低头。最后，是朱继儒自己再三再四地出面道歉，并说除了郝大锤，还真没人能敲得了这戏，要他无论如何都得将就着点。最后，团上还给他称了两斤白糖，两斤点心，还有两瓶高脖子西凤酒，古存孝才又进了排练场的。不过从那以后，他的黄大衣的披、筛次数，倒是减了不少。有时下意识地想筛、想抖，可看看郝大锤的脸，动作就停顿在半空里了。

易青娥一直听说，连他们炊事班，都要穿角儿上台呢。她还有些激动，不知穿的啥角儿，用不用腰、腿功。她最近关起门来，可是加紧在练着的。果然，在戏都快要上舞台跟乐队结合的时候，把他们叫去了。宋师和廖师，是穿的打旗旗过场的龙套。廖师自嘲说："就是'吆老鸹的'。"他们连脸都不用画，旗旗刚好有一尺多宽，把脸能遮得严严实实的。在人家主角快上场时，他们在侧台，就"噢噢噢噢"地喊叫起来。上场后，一直围着主角在台上转来转去，"噢噢噢"声要不断。直到走进下场门，才能"噢噢"结束。难怪叫"吆老鸹的"，倒是蛮形象。

易青娥个子太矮，人太碎，但也给分了个角儿，叫"逃难过场群众若干人"。她是扮的一个小孙女，由一个老婆子拉着，既不要腿功，也不要腰功，就是跟着一堆人，朝前跑就是了。戏太长，要演将近四个小时。她的戏，是在靠后边的位置。为了演好这点戏，易青娥在灶门口，还反复练过很多次跑圆场的。结果，第一天晚上对外演出，她在后台等着，发了会儿迷瞪，就失场了。等那老婆子演完下场后，在一个拐角摇醒她说："看你这娃，昏头昏脑的，连哪儿上场都不知道，还当演员呢。"当天晚上处理事故，易青娥就榜上有名了。并且"失场"还算是一个重大演出事故，不仅扣了当晚的一角钱演出费，而且还给古存孝老师交了一份检讨。那检讨一共就十几个字，很多年后，易青娥还记得：

古老师，我错了，睡着了，以后再不赶（敢）了，我检讨。

易青娥

这就是一代秦腔名伶的第一次登台演出。别人给她把妆化好了，衣裳也穿好了，但没有上场。她是在后台打瞌睡，把"群众若干人扶老携幼"中的那个叫"幼"的角色的过场戏彻底失误了。罚款一角，并有书面检讨为证。

二十七

易青娥本以为，苟存忠收她做徒弟，也就是图到灶房换火种方便，随便说说而已。可没想到，老汉还认真得不行。见天早上，他都要到灶门口检查她的练功情况。她把火一烧着，就先压腿。压完腿，狠劲踢那么八十到一百下后，又练拿大顶。每到拿大顶时，苟存忠就推门进来了。他一边换火种，一边要把她的腰、腿、脚尖、双臂，到处拍打拍打。让她把屁股吸紧，腰上提劲，腿面子、脚面子朝直里绷。过去，她拿大顶也就十到十五分钟。自苟存忠给她当老师后，就要求必须拿半小时以上了。

有一天，她又在拿大顶。腰部酸困，正晃荡着，苟存忠就进来了。这次他没换火种，是给她拿了一条宽板带进来，要她系上。板带边沿，已经洗得发毛了，明显是有了年代的东西，但还十分紧结、精致。苟存忠说，这是他师父传给他的，是一条真正的丝质板带。板带有小拇指厚，扎在腰上，有一种被夹板箍起来的感觉，但边缘部分又是柔和、贴身的。

苟存忠让她再把大顶拿上去，她就拿上去了。

苟存忠问她感觉怎么样。

她说："感觉腰上挺带劲的。"

苟存忠连忙说："这就对了。这就对了。练功只要懂得腰上的力道，就算摸着窍门，逮着要领了。"

这天早上，苟存忠给她讲了好多好多，一切都是从拿大顶开始的。

苟存忠说："人拿大顶时，是呈倒立状的，不仅练双臂的支撑力，更重要的，是练腰上的控制力。只有腰上给劲了，才能支撑得长久。要是腰上稀松着，连上台演戏都是水蛇腰，到处乱晃着，你就是扮个铁姑娘队长，挑个扁担出去，也像是妖婆子赶集——一路风摆柳，不难看死人才怪呢。不是我要说咱们团里这几个演旦的，那也叫旦？旦是啥？旦就是一个戏班子的眼窝哩。画龙点睛你懂不懂？旦就是那个睛。戏班子就靠旦角这盏灯照亮哩。就说胡彩香，还有米兰，都算台柱子了？看看有一个演戏的好腰没有？看看有一条演戏的好腿没有？还别说正经演旦了，就说她们平常上台敲个欢庆锣鼓、扭个秧歌；学大寨修个梯田；演女赤脚医生采个草药；扮女民兵，抓个投机倒把犯啥的，一上场，身子就朝上塌，屁股就朝下坐，两腿就朝下沉。是白长了两张好看的脸蛋了。人家是看戏，看做工哩，又不是光看脸蛋来的。要看脸蛋，国营商店那些售货员，邮电所那些打电报的，银行那些存钱的，长得也不比她们差多少。人家何必要掏一两毛钱，跑到戏园子里来，折腾几个小时，看她们的脸蛋子呢？你看这次米兰演林冲娘子，是不是露怯了？穿上褶子，跑个圆场，撵个林冲，就跟吆牛上山一样，把人看得累的。自己也难受不是？问题都出在腰上，腿上，就没练下功么。听说她和胡彩香为林冲娘子这个角色，还争得牛头不对马嘴的。胡彩香唱得好些，但腰腿比米兰也好不到哪儿去。别看我平常看大门着的，就随便到排练场、舞台边上扫一眼，就知道她们的半斤八两了。要争，得拿真功夫争，拿真本事争呢。光靠背地里放炮、相互砸刮，顶屁用。你知道我们那时是咋练圆场的？师父让给腿中间夹把扫帚跑，你步子一大，扫帚就掉了。一跑就是大半早上。师父拿根藤条，你扫帚一掉，一藤条。你一慢，一藤条。你腰一拧，一藤条。你屁股一坐，一藤条。你胳膊一摇，一藤条。你脑袋一晃，一藤条。有时一早上跑下来，能挨几十藤条呢。你说为啥我们'存字派'的，能出那么多吃遍大西北的名角儿？就是师父太厉害了！现在不行了，我们几个都说，就是咱师父在，也教不下成器娃了。都吃不下苦了么。一个个能的，比老师还能，你还能教成啥？搞不好，还要挨学生的黑砖哩。老师为啥看上你了，一来觉得娃乖，小小的就活得没别人顺当。娃可怜，但可爱。有些娃看起可怜，也可憎得很，一身的瞎瞎毛病，老师不喜欢。二来觉得你有潜力。就在你们这班学员里，你都是最好的。在女娃娃里面，你是能真正挑起梢子的人。别人没这个眼力，看不来的！眼力那玩意儿是教不会的！那是道行，你还不懂。三是老师看你能吃苦。这是唱戏这行的本钱。不吃苦中苦，哪能人上人哪！娃呀，你把老师这三条记下，要都按老师的要求来了，再把戏唱不出名堂，老师就拿一根绳，吊死在这灶门口了，你信不信？"

苟存忠的这番话，让易青娥很感动，甚至眼里都转起了泪花。那时，易青娥虽然也在练功，也在学戏，但也是很茫然的。不学吧，烧火做饭，不是她喜欢的事。好像也不是长久之计。有时觉得认命算了，有时，又觉得特别不甘心。尤其是廖师做了大厨后，她是越来越不想在伙房待了。可学戏，到底能学成学不成，心里又没有一点底。连胡老师、米老师唱戏都这么难，她哪里就能把戏学成了呢？没想到，苟存忠，自己找上门来的苟老师，对她竟是这样的认识，这样的高看。这对她是多大的鼓励啊！进剧团快三年了，谁这样肯定过易青娥是学戏的好材料呢？她想哭，她想喊，但没有喊出来。她知道，这是灶房，她只是个烧火丫头，再激动，都得悄声着。别人都看不起苟存忠：过去那就是个"烂看门的"，现在，又是个女里女气的怪老汉，"咋看都不像个正经人"。但他待见易青娥，在一院子人里，就他死死认定：易青娥是块唱戏的好料当！并且敢打赌说："这娃要是唱不出名堂了，我就寻绳在灶门口上吊了。"易青娥不能不拜倒在这个如此看重自己的人的脚下了。尽管那天早上，苟存忠还穿一条翠绿的灯笼彩裤，脚上是跷着一双粉红的绣花鞋，鞋头上还飘散着一把红缨子。但她还是慢慢从拿顶状溜下来，扑通一声，跪在苟老师脚下了。她泪流满面地说：

"老师，我想跟你好好学戏。"

"好，娃想好好学就好。"

"我真的能学成吗？"

"你要学不成，老师我真就寻绳上吊了，并且一定就吊死在这灶门口。说到做到！"

苟存忠老师还是那样信誓旦旦地说着。易青娥就哭得一下趴地上起不来了。多年后，她还记得苟老师说那句话时，脖子上的青筋，是暴得一道一道的。他说过："唱旦的，不管平常生活还是唱戏，都要

143

讲求个雅观。不敢一说话，脖子上青筋暴多高。"可那天早上，他说那话时，脸上、脖子上凸起来的，都是只有黑头唱戏时，才能暴出的一根根青筋。

易青娥开始进入学戏的"娃疯啦"时期。

"娃疯啦"是廖师说的。

廖师对苟存忠插手伙房的人事，意见很大。他先是把易青娥叫来谈话，没管用。易青娥起得越来越早，并且插着灶门口的门闩。廖师在门口侧耳一听，里边火烧得呼呼响，人也累得吭吭哧哧的。可一敲门，里边就只剩下火舌舔锅洞的声音了。门一开，易青娥的汗还没擦干。他就问："一早咋能出这多的汗？"易青娥不说话，还是爱用手背挡着嘴，说笑不像笑，说哭不像哭的。廖师就很生气。他几次去找苟存忠交涉，毫无作用。并且苟存忠还指教他，要他别鼠目寸光，耽误了娃唱戏的前程。终于，有一天早上，在苟存忠又来指导易青娥练跑圆场时，被廖师堵在了灶门口。两人钉子是钉子、铁是铁地大干了一仗。

"哎哎哎，我说老苟，你的门房，是不是谁都能随便来回窜的？这是伙房，何况还是灶门口，与火打交道的地方，是革命生产的安全重地。你一大早，穿条绿哇哇的裤子，脚上还跷一双莲花鞋，就朝我们伙房重地乱跑啥呢？要是这里失了火，是你这个老骚旦负责呀，还是我廖耀辉负责呀？"廖师说着，双手朝胸前一抄，把背斜靠在了门上。

苟存忠知道老廖是故意找碴儿的，也毫不示弱，就搭腔说："失了火，我负责！"

"你负责？你个老骚旦，要是真失了火，你能负起这'坐法院'的责任？牙还大得很。也不知谁的裤子没扣严，露出这号不公不母、不阴不阳的怪货色来。要是再不识相，可就别怪我廖耀辉不给脸了。"廖师的话越上越硬。

易青娥吓得夹在腿中间跑圆场的扫帚，已经跌在地上了。

苟存忠倒是不慌不忙、不恼不躁地捡起扫帚说："你廖耀辉也是跟我一样，在这个剧团，当了多年的'黑板撒（头）'么。好不容易我要回归本行了，你也当大厨管事了，就这样翻脸不认人？我是好心，看这娃有唱戏条件，不促红可惜了。你偏要一把把娃捂到手上，让娃烧一辈子火，做一辈子饭。这不埋没人才吗？"

还没等苟存忠说完，廖师就接上话茬了："老苟，烧火咋了？唱戏咋了？在三教九流里，你们唱戏的，还排在我们做饭的后边哩。你还瞧不起做饭的，在我廖耀辉眼里，你苟存忠就是个丢人现眼的活妖怪。就是个死了没埋的扫帚星。"

苟存忠一下把扫帚摔在廖师的脚前，气得拿指头直指廖师说："你骂谁是扫帚星？你骂谁是扫帚星？"易青娥看见，苟老师的指头在指出去的一瞬间，是变成林冲娘子怒指高衙内的那个兰花指了。

廖耀辉立即叼着苟存忠的兰花指说："你看你看，你快看，都来看，这不是活妖怪是啥？快看，指甲上还抹口红了，快看。易青娥，你就把这样的人当师父？都不嫌丢咱灶房人的脸嘛！"

易青娥本来想着，苟老师是要大发作一场的。可没想到，他突然把兰花指一收，腰还扭捏了一下，真的很是有点女里女气地说："不跟你一般见识，不跟你一般见识。廖耀辉，咱们心平气和地说说，让娃学戏有啥不好？又没耽误你的事，你就为啥不让一个好娃，多学一门吃饭的手艺呢？啊，老廖，你说，你说？"

廖耀辉看苟存忠软了，他也就把话放得软和了些："话既然说到这儿了，我也不瞒你说，这伙房好不容易添个人手，一个连半劳力都算不上的黄毛丫头，你还勾魂鬼样地勾扯着。让娃完全分心走神了。你老了老了，不安生，不要脸，不好好看大门了，咋要勾扯一个好娃，也去干一行不爱一行呢？我才把这个烂摊子接过来，刚刚将码顺，你就搅得军心不稳、离心离德的。娃把火烧得好好的，菜择得好好的，猪喂得好好的，看你这一阵乱锣敲的，哎，你都让我咋说你这个老妖婆子吗？"

"我咋叫敲乱锣了？我都是为娃好，为这个单位好哩么。"

"老苟，你想为娃好，剧团还有几十个娃哩，你去好好收徒就是了么，为啥偏偏要盯上我的手下、我的徒弟呢？我再老实告诉你一次，易青娥是组织分配来做饭的，不是唱戏的。你苟存忠要死要活，要兴风作浪，要成龙变凤，装母扮旦，那是你的事，我管不着。可在伙房这一亩二分地畔子上，那就是我廖耀辉说了算。易青娥不能学戏，更不能做你的徒弟。今天咱们打开窗子，把话彻底说亮堂了，以后这灶门口，你不能进。要换火种，得经我批准。"说完，廖师还用脚把一扇门，美美钩了一下。只听砰的一声，那扇门合上又反弹了回去，差点没碰了苟存忠的鼻子。

苟存忠摇摇头说："把他假的，这剧团风脉真格怪，把个做饭的老廖，过去跟地主小老婆胡整的人么，还都活成精了。娃，你不管他，你照学你的戏。灶门口不让老师教了，我就在院子里教。不信离了张屠夫，还就吃了浑毛猪了。哼！"

苟老师出门时，也照着廖师的样子，用脚把走扇门狠狠钩了一下，门也碰上又弹回去了。不过，人家廖师，穿的是灯草绒棉窝窝鞋。苟老师的彩鞋，薄得跟一张纸一样，一钩，不仅钩痛了脚背，而且还把一窝丝的彩鞋缨子，钩连到粗糙的门钉上，一扯，连水红缨子都给扯掉了。

易青娥学戏遇到了很大阻力。尽管苟老师让学，可廖师咋都不让，并且还处处使绊子。易青娥就把这话给胡彩香老师说了。胡老师为这事还去找了廖师，要他高抬贵手，把娃可怜可怜。廖师却咋都不松口，说："人手紧，一个萝卜一个坑。自娃跟老苟学戏后，一心二用，已经耽误很多事了，我都为娃担待了不少。这松紧带的尺寸再放不得了。我也叹息这娃可怜哩，想抬手，可惜不敢抬了。何况我这双做饭的手，也不是个啥'贵手'。"他还说，"不是我不让娃学戏。我也是单位上的人，总不能把领导的安排当耳旁风吧？不管咋说，伙房也是个单位么。是单位，就得服从领导分配不是？领导分配易青娥来当炊事员，我咋能放她去跟妖婆子学戏呢？"任廖师再说，胡彩香依然不死心，还是缠着，想让廖师给娃留一点学戏的"门缝缝"。廖师就把话说得深些，透了些："你胡彩香都是明白人么，咋在这个事情上死不开窍呢？娥儿到灶房来，是人家黄主任安排的。黄主任对胡三元看不惯，才不让他外甥女继续学戏了。我要是答应娃学戏，那不是跟人家黄主任对着干吗？我廖耀辉有几个脑壳，敢跟人家硬碰硬呢？你就是把一团人的胆子借给我，只怕我也不敢得罪了大掌柜的吧？"接着，廖师把话一转，"我还说呢。你是对娥儿最好、最亲的人了，你也得劝一劝，好好个娃么，何苦要跟老苟学戏呢？男不男女不女的，跟着这号货，能学出个啥好样子来？再说了，学戏，又比学做饭能强了多少呢？"胡彩香看廖师说得这么实在，就不好再说啥了。其实胡彩香心里，也是不咋待见老苟的。

这事最后还是苟存忠找了米兰，才把廖师摆平的。米兰毕竟跟苟存忠是学过林冲娘子戏路的。苟存忠找她说话，她几乎连咯噔都没打，就去找廖师说了。廖师是尻子上都长着眼睛的人。他知道米兰的后台，是黄主任的老婆，米兰的意思，搞不好，就可能是黄主任的意思呢。最起码，黄主任也是应该知道这个意思的吧。廖师就放话，让易青娥在烧火、做饭、喂猪以外，也可以适当学学戏，但主业，还应该是炊事员。

不过，廖师对易青娥给老苟当徒弟，心里还是纠结着一个不小的疙瘩。从此后，苟存忠再没敢到灶门口换过火种。就连吃饭，也是尽量回避着廖师的。宁愿自己在炉子上熬点粥，烤点馍，煨个土豆、红苕啥的，也是决不去灶房，看廖耀辉那张嘴上能挂个夜壶的驴脸的。

二十八

苟存忠给易青娥教的第一折戏，叫《打焦赞》。

这是一折杨家将戏。之所以要教《打焦赞》，苟老师是有一套说辞的。苟老师说："娃，我想来想去，还是想先给你教《打焦赞》。一来这是个武戏。演员'破蒙戏'，最好都是武戏，能用上功。不管将来唱文、唱武的，拿武功打底子，都没坏处。武戏特别讲究精气神。

演员把武戏的架子撑起来了，即便将来改唱文戏，都是有一身好'披挂子'的文功演员。'披挂子'懂不懂？就是好身架、好衣服架子的意思。身架重要得很，有的演员，在底下看起长得排排场场、大大样样的，上台一动弹，就显出一身贼骨头来。不偷都像贼，那就是'披挂子'不行了。好演员，必须从武戏'破蒙'。二来《打焦赞》的杨排风，是个烧火丫头出身。你了解烧火丫头的禀性，容易把握角色……"

还没等苟老师说完，易青娥就说："我……我不演烧火丫头。"

"为啥？"

"反正……我不演。"

"咋了，还嫌烧火丫头不好听？杨排风可是杨家将戏里顶有名的人物，开始是烧火丫头，后来都上边关，带兵打仗当将军了。关肃霜你知道不？"

易青娥摇摇头。

苟老师说："看你们还学戏哩，连关肃霜都不知道。关肃霜可是京剧行当的大牌武生，就是演杨排风这个烧火丫头出名的。那个本戏就叫《杨排风》。《打焦赞》只是其中的一折。我先给你教上，等学会了，再把本戏排出来。你只要把这一本戏拿下来，在宁州剧团，一辈子就能吃香的喝辣的了，懂不懂？"

易青娥还是摇着头。

"咋，不学？"

"我要学白娘子。"

易青娥终于把想说的话，一口说出来了。她听人都在议论说，老戏里，女角儿就数白娘子的戏最好。要学，她就要学白娘子，她不想学烧火丫头。自己本来就是个烧火做饭的，学戏，还学个烧火做饭的，那还不如不学呢。

苟老师扑哧笑了："说你是个瓜娃，你还灵得跟精猴子一样。说你是个灵醒娃，你又瓜得跟毛冬瓜一样。一开始还要学白娘子呢。白娘子是文武兼备的戏，你是能唱，还是能打、能翻、能做功？娃呀，饭得一口口吃，水得一口一口地喝。你唱戏还没'破蒙'呢，一下哪里就能担起白娘子的角色了。听老师话，从一慢慢来。只要把《打焦赞》排好了，把《杨排风》本戏拿下了，那白娘子迟早都是手到擒来的事。去，先跟你周存仁老师学几套'棍花'，然后我就给你拉场子。"

易青娥也不敢犟，就跟周存仁老师学棍花去了。

周存仁是剧场的门卫。剧场跟剧团院子是连着的，中间有一个便门，迟早锁着。周老师跟她约好，每天固定时间把门打开，放她进去后，又把门锁上了。因此，剧场院子很安静，也很宽展。周老师就在那儿给她教棍花。

易青娥过去不知道，一根棍，还能耍出这么多的花子来。不过，棍也不是平常的棍，而是一种用藤条炮制出来的演出道具。这种藤条，九岩沟里有的是。其实就是一种老刺藤，裁成一米多长，然后拿火煨直，再把几根藤条绑在一个柱子上，时间一长，那藤条也就跟柱子一样直溜了。这种棍拿在手上，既柔软，又有弹性。周老师用手一捋，棍头就嗖嗖地开成了喇叭花。整条棍，一会儿贴在周老师身上，一会儿又抛到空里，等他在地上翻个跟头后，还能接回来。棍带着他身子转，他身子绕着棍飞旋。多少年后，易青娥都还记得，那真是让她眼花缭乱、目不暇接的一身好棍艺。周老师示范完几套棍花后，已是气喘吁吁了。周老师说："娃呀，周老师老了，快六十岁的人了，不行了。练了一身好功夫，都叫这十几年耽搁完了。老师也不想把这身武艺带到土里去。可谁要扎实学下来，也不是一件容易的事。你苟老师、裘老师，都说你娃乖，能吃苦，适合学武戏，让我教呢。我也相信他们的感觉。不过，我把丑话说在前头，要学，就好好学，学不出个样样行行，也别在外边说，你是跟周存仁学下的。老汉还丢不起这人。比如这棍花，都在耍哩，连那些'街皮''街溜子'也能耍。可要耍好，耍得'刀枪不入''水泼不进''莲花朵朵''风车呼呼'，那就有门道在里面了。这得你慢慢悟去。不管咋，关键是要把第一板墙打好、打扎实了。一切都得按规矩、按老师的套路来。学武戏，说有窍道，也有窍道，说没窍道，也没啥窍道。总之一句话，熟能生巧，一通百通。只要你把要领掌握了，那你就是雨后剜荠菜——擎着篮篮拾了。"

易青娥用三个月的业余时间，学了一套上场、下场棍花。当一天清早，苟老师让练给他看时，她在功场呼呼呼地把棍旋动起来，又是滚骨碌毛，又是起大跳，又是飞脚带旋子的。整个藤条，紧缠着身体，不仅一下没掉，而且还真耍出了"水泼不进"的花子。几乎把苟老师都看傻眼了。一套棍花刚走完，苟老师就一连声地喊："好好好！好好好！娃呀，老师给你教定了。今天就开始拉场子。就你这几下，团里还没人能配得上戏呢。先把套路拉完，滚熟，然后我出面，请周存仁来给你配焦赞。你周老师演过武生、武丑，也演过二花脸的。《打焦赞》这戏，他闭起眼睛，都能给你'喂'上戏的。"

在易青娥排《打焦赞》的时候，团上也在排戏。学员班也在排。不过再没有排大戏，而是都在排折子戏。用古存孝的话说："这个团所有人，都需要重新'破蒙'。都需要从折子戏开始排起。要不然，排出大戏来，也是硬吆着猴子上杆杆——没露脸，尽露猴屁股了。"

易青娥始终在悄悄排着，悄悄练着。廖师还一个劲地给她加码，不仅上班抽不出空，而且下班把灶房门都关了，还要安排跟他一起去街上，学人家打芝麻饼、糖酥饼，看人家其他机关都咋喂猪哩。宋师说，喂猪有啥好学的，还看一家又一家的。他还批评宋师不谦虚，说："咱就把猪喂好了？看看人家的猪，一个个喂得肥囊囊的，背上的膘，足有五六寸宽。看看我们的猪，喂得跟孙猴子一样，都快能翻跟斗了。还不虚心，还不出去取经。老关起门来充大，能行吗？"那段时间，廖师带他们足足看了好几十家单位的猪。直到有一天，在县上气象站的猪圈里，见到一头三百多斤重的大肥猪，廖师激动得跳进猪圈去用手量猪膘呢，结果让猪把他的指头美美咬了一口，还崴了脚脖子。是宋师把一路哼哼唧唧的他背回来，才结束了为期两个多月、对县城各机关食堂饭菜，尤其是养猪经验的全面考察学习。

廖师的脚脖子很快就肿得跟发面馍一样了。宋师和易青娥先把他弄到医院拍片子。片子出来后，医生说骨头没问题，但软组织伤得比较厉害。那两根被猪咬了的手指头，只是让护士清洗了清洗，用纱布包了包，又开了些药，就让回家休息了。廖师还是被宋师背着，屁股吊拉得老长，易青娥在后边托着。刚弄回家，廖师就痛得喊爹叫娘地哭起来。宋师还安慰说："廖师，廖师，不哭噢，不哭，痛一会儿就会好些的。我那儿刚称了一斤红糖，是给儿媳妇坐月子准备的，先给你打些糖水抿一抿，岔个心慌。要不要？"

廖师摇了摇头。他给易青娥指了指床头跟前一个锁着的抽屉，易青娥就知道是咋回事了。那里面是放冰糖的地方。廖师一只手在腰里摸了半天，窸窸窣窣地掏出一串钥匙来，从中挑出一把，让易青娥开锁。易青娥就把抽屉打开了。抽屉里面放着几个形状不同的铁盒子。廖师哎哎哟哟地说，就外边那个。易青娥打开外面那个方形盒子，里面果然是冰糖。廖师让易青娥给他嘴里撂一点，易青娥就拣了一块小的，放到了廖师嘴里。廖师咯嘣咬了一下，一股很幸福的感觉，好像就把手指头和脚脖子上的伤痛驱除干净了。廖师礼貌地用嘴角示意，让易青娥给宋师和她自己也捏一点。宋师和易青娥都表示不要。廖师才让易青娥把抽屉锁上，并把钥匙又揣回了腰间。

作为大厨，廖师过去是坐镇指挥。重要环节，都要亲自"掌做"。现在脚手都突然不便利起来，就只能"卧阵指挥"了。不过，他每天都会开个会，把当天的工作总结一下，再把明天的工作安排布置一番。早饭吃啥，下午饭吃啥，菜谱、饭食都由他定好，再由宋师去执行。但他对每一顿饭都不放心，要求易青娥每炒好一个菜，都要立即弄一点送去，等他品尝后，才决定是不是可以出锅、出菜。那些技术含量高的饭菜，比如蒸包子、包饺子，还有炒肉片、肉末焖茄子之类的，暂时都一律不安排。易青娥知道，这是廖师故意让宋师在职工面前难堪呢。大家最近老说，自廖师当大厨后，伙食就彻底变了样，说明宋光祖本来就不行。这下廖师脚才崴了一个礼拜，伙食就"又回到万恶的旧社会"了。看来老宋也就只配喂猪。不管大家咋反映，宋师还是按廖师的安排，尽量朝好地去做。不过裴伙管倒是看得清楚，偏让宋师炒了一次回锅肉，还蒸了一回包子。气得廖师在房里都想跳起脚来骂，说："看把回锅肉糟蹋成啥了，回锅肉还能炒得巴了锅了，真是亏了他宋光祖八辈子先人。看看这豆腐包子，馅子炒得没一点味道不说，酵面还没发到位，一个个蒸得青干干的，跟鬼捏了一样。这也能叫包子？上边炸口子，底下漏口子，那不是包子，是漏勺、是笊篱、是烂屁股猴。"其实，易青娥觉得，无论炒肉片，还是豆腐包子，宋师"掌做"，都掌得挺好的。可廖师就要骂，谁也没办法。

在宋师"掌做"的十几天里，裘伙管不仅安排人来帮灶，而且有时他自己也来搭把手。易青娥就觉得特别轻松，心情好像也特别舒畅。宋师知道她在学戏，就鼓励她说："娃呀，要学就好好学。这单位做饭，不像人家大饭店的厨师，有前程，能学下好多东西。人家那才是个正经手艺人。像咱们这样的，就是谋生糊口哩。我们年龄大了，吃这碗饭，稳稳当当就挺好。可你还小，还是一张白纸哩，就得想点其他门路。唱戏这碗饭，说好也好，说不好也不好。小时苦，大了争名争利累。不过把戏唱名了，也是不得了的事。你个女娃娃，又没念下书，吃唱戏这碗饭，倒是个路径。你抓紧学你的戏，有些事，我能替你担的，都替你担了。廖师再说，你不管他。他就是那张碎糟糟嘴，一辈子不把嘴架在别人身上说，不唠叨人，就不是廖耀辉了。"

虽然宋师管事的那十几天，给易青娥留了不少学戏的时间，可廖师却有一下没一下地叫她。廖师跟宋师的宿舍，就在厨房隔壁，随便一喊，都能听见。何况廖师每次故意把声音喊得很大，生怕谁不知道，他廖耀辉虽然重伤在床，可还坚持"卧阵指挥"着的。易青娥也有好几次，故意装作没听见喊，到了廖师房里，廖师就不高兴。有几回，他还夹枪带棒地说："咋，我才受了点伤，几天没拿事，就失势了？连你个使唤丫头都叫不答应了？"易青娥没话，爱说啥让他说去。廖师说完易青娥，又要捏一撮冰糖，朝她嘴里塞。她把嘴闪开了。廖师还说："哟哟哟，还生气了？嘴还噘得跟大炮辣子一样。碎碎个娃么，怕师傅说咋的？师傅也是心疼娥儿么。"易青娥就走了。

后来，廖师又叫，她不得不去。廖师先说宋光祖的菜、饭。说老宋都快活大半辈子的人了，还没半点长进，做饭、炒菜永远都跟猪食一样难吃、难闻。他恨自己的手指头、脚脖子，半月动弹不得，让全团职工都跟着遭罪了。有一天，晚上都十点多了，他突然通知开会。开完会，他还咋都不让她走，又大讲起厨师的刀工来。是宋师在外边拉起了"风箱（打鼾）"，他才从刀工扯到了他的腿，说一条腿好像有些麻木，让易青娥给捏一捏。

易青娥不想捏，但还是捏了。捏着捏着，就出了事，并且是出了很大的事。

这事，甚至成了易青娥一辈子的伤痛。

二十九

那一天，苟存忠刚好把《打焦赞》的大场子给易青娥拉完。

戏的故事其实很简单，就是杨宗保被大辽国的主帅韩延寿掳走，他父亲杨延昭，派三关大将孟良回天波府搬救兵，谁知搬来了个烧火丫头杨排风。同为三关大将的焦赞，很是瞧不起"小丫头子"，就跟孟良打赌，要教训一下这黑丫头片子。结果，被杨排风打得落花流水，满地找牙。焦赞也由此心服口服，甘愿当了烧火丫头的先行官。

烧火丫头的兵器，就是一根烧火棍。在这以前，易青娥已练了好几个月了。苟老师一直强调要有"活儿"。对于烧火丫头杨排风来讲，那"活儿"，就是对那根棍的自如把握。手上越有"活儿"，戏就越好排。苟老师对易青娥的吃苦精神，始终是满意的。他说："娃的棍技，已经够排戏用了，只是个继续熟练和提高的问题。当练到手上看似有棍，眼中、心中已没棍的时候，棍就算被你彻底拿住了。戏也才能演得有点戏味儿了。你知道啥叫角儿？角儿就是能把戏完全拿捏住的人。要拿捏住戏，你先得分析角色。杨排风，就是个天波府的烧火丫头，跟你一样，懂不懂？连天波府的烧火丫头，武艺都这么高强，那杨家将还了得？意思听明白了没有？"

易青娥似懂非懂地点了点头。

苟老师又说："杨排风年龄不大。"

"有多大？"易青娥问。

这一问，还把苟老师给问住了。苟老师说："这是演戏，没必要问得针针到眼眼圆的，你就想着，就你这么大吧。"

"老师，我还没满十五呢，能出征打仗吗？"易青娥偏要打破砂锅问到底。

苟老师就说："人家甘罗十二岁就拜相哩。古代人，你以为是今天这些没出息的货，快三十岁了，演戏还连圆场都跑不了。杨排风就你这么大，老师就这样定了。你就按这样演，关键是要演活。你就是个碎娃娃，跟他焦赞比武，就要多耍碎娃娃的脾气，越调皮捣蛋越好。打他几棍，等他满地找牙的时候，你就放开了手脚，玩你的棍花。玩得咋好看、咋自在，咋玩。关键是人物，你懂不懂人物？烧火的，碎碎的，顽皮的，把一切都不当一回事的。知道不？可武艺最高，随便给他一烧火棍，他就得眼冒金星，丢盔卸甲，懂不懂？当然，焦赞是边关大将，论年龄，给你当叔、当伯，可能当爷都行了。打是打，还得有礼数。一边打，一边赔礼。他不服，再打，打完还赔。娃娃始终要尊重老师，尊重长辈，懂不懂？要学会分析角色呢，懂不懂？"

苟老师一边讲剧情，一边说角色，一边还不停地示范着。易青娥没想到，苟老师尽管快六十岁的人了，腿脚还那么灵便，手还那么活泛，腰还那么柔软的。尤其是学女孩儿家，耍起赖来，又是飞眉眼，又是撮嘴，又是使鬼脸的。把她笑得先软瘫了下去。她还有一个不小的发现，发现苟老师的眉毛，最近突然剃掉了不少。过去苟老师看大门时，眉毛是像两个死蚕一样，横卧在眉骨上的。最近却一点点在变化。直到今天，完全变成两条窄窄的柳叶了。尤其是把焦赞打到得意处，他眼睛滴溜溜一转，眉毛好像要飘起来一样。可刚飘起来，又耷拉下去了。她知道，那是苟老师脸上的皮肤，已经太松弛的缘故。她没忍住，扑哧一下，笑得一屁股蹾在地上了。这次苟老师没客气，拿

154

棍照她的瘦屁股，美美抽了两棍，问她笑啥。她捂着嘴不敢说，还笑。苟老师就发脾气了："笑老师老了，走得不好看，是吧？就老师这几下，你还得二三十年混哩。并且还得好好混。"吓得她再不敢朝老师脸上细看了。

苟老师对易青娥学戏的感觉，给了九个字：能吃苦，理解差，进戏慢。但他又补了九个字：记得牢，练习勤，戏扎实。总体感觉，还给了三个字：乖、笨、实。他还专门解释了一次，说："乖，娃的确乖，乖得人心疼。笨，娃也的确笨，啥窍道都不会，就剩下闷练了。实，娃特别的实诚，没任何渠渠道道的事。啥瞎瞎毛病都没有，就一根筋的实诚。"

苟老师不仅给易青娥排着戏，也给大演员和训练班的学生，同时排着几个折子戏。

大演员的几个旦角，是排的《游龟山》里《藏舟》一折。因为胡彩香和米兰身上都没多少功，没办法排武戏。苟老师说，好在她们悟性好一些，又会唱，就只能排胡凤莲这折戏了。学员班也开了两个旦角折子戏，一个是《游西湖》里的《鬼怨》《杀生》，六个旦角同时学习李慧娘。还有一个是《杨门女将》里的《探谷》，也是六个武旦一起学穆桂英。苟老师见学生基础普遍比较差，还不好好学，就老拿易青娥做例子。弄得好多同学一见她，风凉话还说得一坡一地的。楚嘉禾这次学的是李慧娘。用苟老师的话说，《鬼怨》《杀生》，就是培养角儿的"硬扎戏"。可楚嘉禾练"吹火"，嫌烤脸、烧眉毛；练在小生腿上、背上站桩，又嫌害怕；还嫌累死人。反正角色分下去都一个多月了，这些基本功，还练得没半点眉眼。苟老师就给楚嘉禾也送了三个字：靓、灵、懒。靓，自是漂亮的意思；灵，就是灵醒，聪明，机巧；懒，不消解释，谁都明白是啥意思了。苟老师老在楚嘉禾她们跟前说："学戏，得下易青娥那样的笨功夫哩。易青娥看着笨笨的，但学东西，一旦练下，就长在身上了。而你们呢，是今天教给你，明天又统统都给老师还回来了。要再不好好学，我就懒得教了。"在楚嘉禾她们心里，苟存忠本来就是一个十分滑稽可笑的"门神老爷"。现在，他突然穿了彩裤、彩鞋，扯细了嗓子，还剃出两道柳叶眉来，大家几乎都是公开瞧不起的。那些砸刮他的话，每天都能把功场笑爆几回。他的要求，自然也多成耳旁风了。他要再多提易青娥，也就尤其多了大伙的笑料，"看大门的"给"烧火丫头"排戏——真是瘪锅配瘪锅盖的般配。

苟存忠为这事也不高兴，但又毫无办法。他就只能把更多心思，都用在易青娥身上了。他要拿事实，狠狠教训教训这些狗眼看人低的东西。

那天，易青娥实在累得不行了，但苟老师还是不放手，又给她说了几个眼神和细部动作，让她回去关起门来继续练。易青娥刚提着棍回到宿舍，就听宋师来喊叫，说廖师要开会。她洗了一把脸就去了。

廖师那天是给头上捆着条毛巾的，说是脑壳有些不舒服。他的脚已经消肿了，但还涂抹着老中医给弄的黑膏子。两根手指头上结的黑痂，也快蜕完了。猪咬的印子，是红赤赤地露在那里。廖师一边说话，还一边在咧着嘴，把没蜕完的黑痂，一点点地揭着、撕着。

廖师说："最近伙房的工作，总体情况不错，但问题还是很多。首先是饭菜质量问题，职工反应很大。不仅反映到我这里了，而且还反映到黄主任老婆那儿去了。我们得引起注意呢。我大概还有三五天，才能下地走路，但我等不住了。明天早上，光祖，你就把我背到灶房去。给我弄把椅子，椅子前边弄个独凳，让我把这只脚端上去，血脉能回流就行。明儿个一天，咱们都改善伙食。早上吃肉臊子捞面。肉臊子里加茄子丁，再加点韭黄。肉和茄子丁丁，都要切匀净，不要大一疙瘩的小一疙瘩。要上新鲜油泼辣子，要上百货公司买的正经酱油醋，还要给一人发两瓣生蒜。最后，得让每人都能喝上一碗酽酽的面汤。面汤里面要放碱，喝起来香。下午吃大米饭，炒两个菜，烧一个汤。炒一个洋葱胡萝卜片回锅肉，多放点新鲜生姜。再炒一个葱花木耳鸡蛋。鸡蛋少兑点水，炒得干干的，要能团成块，不要稀化得筷子都挑不起来。汤，我想了几个来回，还是烧个西红柿汤，上面淋点蛋花，下点虾皮，再漂上'过江龙'。娥儿还不知道'过江龙'

是啥吧？就是一寸长的葱段。勤学着点，把这些学好了，还不比你跟着老苟学翘那兰花指强。记着，别把西红柿切得太大，刀工要讲究一点。吃菜、喝汤，旧社会在大户人家那里，就是看个刀工哩。看还有啥，你们还可以抖抖情况，发发言。"

谁也没说啥，他就像唱独角戏一样，又接着开。

会开完，大概都快晚上十一点了。宋师已经是哈欠连天了，说保证明早把椅子、凳子摆好，背他过去就是了。

易青娥要走，廖师说："还得帮我到灶房弄点热水，想把脚擦一下。"宋师说："让娃休息，我去弄。"可廖师不让，说这活儿只能让娃娃干，咋能劳宋师的大驾呢。易青娥也抢着要去弄，宋师就到外间房躺下了。

易青娥打水回来的时候，宋师已是呼哧大鼾了。

廖师说："你听听，猪又吆上坡了。"

易青娥这回没有笑，伺候廖师把脚擦完，就想起身走。可廖师一把拉住她，说让把他的腿也擦一下。她又帮着把腿擦了擦。擦完腿，廖师突然说，一条腿有些发麻，想让她帮忙捏一捏。她真不想捏，可还是捏了。捏着捏着，廖师浑身就有些不对了。说话声音也有些发颤。易青娥捏着他的膝盖处，他却硬拉着她的瘦手，朝自己两条肥腿的交叉处塞。并且裤子都已脱了，两条腿是用毯子包着的。易青娥狠命把手扯了出来，他又一把将易青娥的手死死捏住，拼命朝那个地方塞去。一边塞，他嘴里还一边嗫嚅着："娥儿娥儿娥儿，我把一盒冰糖都给你，把一盒都给你……"说着，还跟一匹独狼一样，忽地扑起来，把易青娥扳倒在床上了。易青娥就像一条突然被扔在岸上的鲤鱼一样，一个挺身打起来，就要朝出跑。谁知廖耀辉这时脚也不痛了，手也不痛了，头也不痛了，光着屁股就追下了床。易青娥大喊一声：

"宋师宋师！"

宋师的鼾声就像电线突然短路了一样，嗤地卡住壳，一骨碌爬起来，问咋了咋了。他进房一看，廖耀辉正精着屁股朝被窝里钻哩。宋师就知道是咋回事了。他顺手操起一把椅子，端直就朝廖耀辉的光脊背砸了过去。只听廖耀辉大喊一声：

"不敢哪，光祖！"

第二声闷响，就已炸裂在廖耀辉的光屁股上了。

三十

这件事情，很多年后还在发酵。最终传出来的话是：大名演忆秦娥（那时还叫易青娥），其实在十四岁时，就被一个做饭的糟蹋了。那做饭的，还是一个鼻流鼾水的老汉。

那天晚上的事，易青娥一生都没有忘记，直到很多年后，她还清楚地记得所有细节。

宋师被她叫醒后，操起的那把椅子，是一只仅剩了三条腿管事的道具椅子。缺的那条腿，宋师是用砖头支着的，上面放着洗脸盆。宋师连脸盆都没来得及拿开，就那样把椅子操了起来。一盆水，是霍啷啷旋转在了地上。那椅子，端直举过他头顶，还被中间的竹笆门绊了一下，但没有影响力量，只听"嘭"的一声，就砸在了廖师肉嘟嘟的脊背上。廖师闪躲得快，但光屁股急忙苫不住。宋师又抢起椅子，砸在了他的白屁股上。那屁股白得很是恶心，简直有些瘆人，像是在水里泡了好多天的动物腐尸，也大得的确像个柳条笸篮。椅子哗的一下，就在屁股上散架了。这是前几年演《椅子风波》的那把道具椅子。一个"投机倒把犯"，把挣来的钱，全藏在椅子腿和坐板的夹层里了。最后是让心明眼亮的女队长，通过巧妙的"审椅子"，才把坏人人赃俱获，绳之以法的。这个戏那几年演得太多，好几把椅子都演得缺胳膊少腿了。这把椅子还是宋师在垃圾堆里捡回来的。没想到，最后在这里派上了用场。当散架的木片，飞到易青娥身上时，只听廖耀辉"哎哟娘啊"一声，好像就咽气了。

易青娥直到这时才从恐惧中反应过来。她捂住脸，哭着就要朝出跑。宋师把她叫住了："娃，你先别走。说，廖耀辉都对你做啥了？

你不怕，有我给你做主呢。"

易青娥浑身颤抖着，一句话都说不出来。

"说，不要怕，廖耀辉这下是犯了罪了，你知道不？他是要坐监的。搞不好还要挨枪子儿呢，你怕啥？"

还没等宋师说完，廖耀辉就在被窝里答话了："哎呀宋师啊，光祖呀，你可不敢这样乱说哇！我可是把娃的指甲壳都没动一下呀！不信你问娥儿，我可是冤枉啊……"廖耀辉在被窝里筛起糠来，整个床都哗哗地颤抖着。

"你还冤枉？旧社会跟地主小老婆就没干下好事。新社会了，你还这样作恶。都不怕雷把你劈了。这娃才多大？"

廖耀辉连忙说："宋师，宋师，光祖，光祖，我真的冤枉啊，我真的没作恶啊！"

"没作恶？没作恶你光着个烂屁股干啥？看你那恶心屁股，比烫了毛的猪还难看。还害娃呢。"

"习惯，习惯哪。我一辈子都是光着屁股睡觉的，你还能不知道。过去……在大地主家……也就是光屁股……惹的祸呀……"

易青娥捂起脸又要走。宋师就吼了廖耀辉一声："别说你那些恶心事了。老实交代，你对人家娃都干啥了？娃，你等等，这事他得给你一个交代。"宋师把易青娥又挡住了。

"你问娥儿，你问她我做啥了？"

"以后不许你叫娥儿，你不配，老没德行的东西！说，都对娃干啥了？"

"我真的没干啥呀，你问娃，你问娃么。娥儿，呸呸呸。娃，青娥，你说，你说么。总不能……让我心疼你一场……还给我踏渣哩吧。"廖耀辉慢慢把头从被窝里伸了出来，可怜巴巴地看着易青娥。

易青娥只是低头哭着，不说话。

廖耀辉急着说："你看你这娃，你说话呀！你不说话，光哭，宋师还以为我干啥了，你说呀……"

易青娥终于说话了："你……你还没干啥！"

"我干啥了，我干啥了？娃呀，你可不敢血口喷人哪！"

"说，别怕，我给你做主，别怕这个牲口。"宋师还朝易青娥跟前站了站。

易青娥就说："他……他先拉我的手，乱摸……"

易青娥又哭得说不出话了。

"说，娃，对这号畜生就别客气。"

廖耀辉终于软了些："摸，我是不该……拉着娃的手……乱摸了。可……可再没干别的啥呀！你都看着的，娃衣裳都是穿得好好的，我真的再没把娃咋呀！青娥，易青娥，师傅求你了，你得给师傅一个公道啊！"说着，廖耀辉在床上连连磕起头来。

易青娥终于跑出了房。

易青娥没有回宿舍，她端直跑出了剧团院子。她在空落落的街道上，走了很久很久。她不知道这算怎么回事，是不是就是人常说的，被人糟蹋了。在九岩沟，要是说哪个女人被人糟蹋了，那这个女人，可就一辈子都抬不起头来了。在公判她舅的大会上，排在第一辆车上被枪毙的，就是一个又通奸又强奸的犯人。廖耀辉今晚，是通奸还是强奸呢？难道廖耀辉也能判死刑了？她越想越害怕，不知道该回去，还是该彻底走掉。她觉得，自己是又一次面临两难了。

就在她游走到后半夜的时候，宋师出来找她了。宋师已经找了她大半夜了。

宋师说："娃呀，你老实给我说一句，除了他硬拉你手，到不该摸的地方……乱摸了以外，是不是还干别的啥了？你得给我实话实说，我才好帮你呀！"

"他……他还把我……压到床上……解……解我的练功带……"

"解开了没有？"

易青娥摇摇头说："没有。我练功带……绑得紧，他还没解开，我……我就喊你了。"

宋师好像突然把一口气顺畅了下去一样，还有些高兴地说："这就好了，这就好了。娃呀，你这叫不幸中的万幸哪，没让这个畜生糟践了，没让猪拱了。好，好，这就好了。跟那个畜生说的基本一样。"宋师说完，还像对待自己女儿一样，亲昵地摸了摸她的头。

宋师说："娃，你看这事，我也想了好几个来回，只要没糟践，我觉得还是不要声张的好。廖耀辉这个畜生，本来该去坐牢的，他这叫'强奸未遂'，也是一项罪名。判他好几年都是可能的。但我反复想，还得从娃你的角度考虑事情。要是把这事声张出去，公安局的人一来一大堆，这问那查的，把廖耀辉倒是抓走了，可你也就活不成人了。也学不成戏了。你懂不懂？我碎女子跟你一模一样大，在我心中，你就是我的闺女哩。我想着，咋都得给我娃留一张脸不是。廖耀辉平常也没少欺负我，我一般都不跟他计较。我的意思是，我们这回都放他一马。以后这个畜生再瞎了，就给他算总伙食账。你看行不？"

易青娥最关心的，还是她到底被廖耀辉糟践了没有。

宋师说："你还是个好娃，浑浑全全的好娃。放心，明天该干啥还干啥。一切都跟昨天、前天一样。"

易青娥相信宋师的话。她觉得，宋师是咋都不会骗自己的。她点了点头，就跟宋师回去了。

第二天早上，她还照样在灶门口烧火。但廖耀辉可大不一样了。本来昨晚开会，他是安排宋师一早要给他搬一把椅子、一个独凳到伙房，然后背他去"坐镇指挥"的。结果，今天一早，就见他拄了一根棍，一瘸一跛地，自己进灶房去了。在经过灶门口的时候，廖耀辉听到火舌响，还把头低了一下，但没敢朝里看。

灶门口与伙房的隔墙上，是有着一个四四方方的小孔的。灶房要火大火小，都是从这里传过话来的。坐在催火的地方，其实灶房里人说啥，都是能听得一清二楚。这天，易青娥始终没出灶门口。只听灶房里廖耀辉的话，能比平常多出十倍来。他这也要请示，那也要汇报的，连肉臊子里是不是要放点面酱，都要讨教宋师几个来回。下捞面时，为放碱，他也要请示宋师，看是中间放，还是下面时就放。宋师始终没回话，问啥都是拿鼻子哼一下。后来，裘伙管来了，问廖耀辉："你腿还没好，咋就上班了？"只听老廖说："宋师太累了，累得

161

太可怜了，晚上睡到半夜，还在喊叫腰痛哩。我再不来搭把手，把他累垮了咋办呀？"廖耀辉还给裘伙管建议说，"还是让宋师当大厨吧，我就做个二厨得了。一来，宋师技术比我过硬。我真不是客气，宋师锅盔比我烙得好些，包子、饺子、糖酥饼，样样都走在我前边。二来嘛，我的脚、手指头，都有了工伤，这腰上，也不咋好使唤了。看这屁股，坐都坐不得了。恐怕也不是一天两天就能好的。走不到人前去，咋能做大厨呢？还是让宋师当大厨，让宋师'掌做'，我给他打下手。是心服口服地打。保证把单位伙食搞得美美的，让职工吃得喜眉笑眼的。"裘伙管好像还愣了一会儿，问他："你是真心的？""看裘伙管问的，这还能有假吗？我跟光祖是什么关系？这些年在一起搅和，比亲兄弟还亲哩，谁大厨，谁'掌做'，还不都是一样的？从今往后，我绝对服从光祖的指挥。哪里发生矛盾，伙房都会扭成一股绳，团结一心干革命的。你说是不是，光祖？"宋师没有搭话。还是廖耀辉一个人在说："你就放一百二十个心吧，伙管大人。你们唱老戏不是讲究，一伙人出来，得举着一个人的旗子？伙房这一块，从今往后，我们就都举光祖的旗子了。"裘伙管好像是半信半疑的，又随口说了一句："也好，只要你们团结就好。灶房这事，说小也小，说大也大。伙食搞不好，有时房顶都能让群众掀翻了。"

没过几天，宋师又回家去了一趟。他回来时，廖耀辉就把自己的东西，从里间房挪了出来。并且把宋师的东西，是规规整整地都搬到里间房去了。

宋师还说："何苦呢，住在里间外间，不都是个睡觉。"

廖耀辉说："哎，那可不一样。大厨那就是伙房的'角儿'哩！是主角！要指挥，要'掌做'呢，本来就应该睡在里间的。不仅能休息好些，而且那也是个讲究么。我廖耀辉还能不识相，斑鸠占你的凤凰巢嘛。"

宋师还骂了一句："贱骨头！"

三十一

自打那件事出了以后，廖耀辉就再没敢跟易青娥说过话。为了避免尴尬，也为了让易青娥好好学戏，宋师决定：易青娥以后只管烧火。这事也是征得裘伙管同意了的。廖耀辉还鼓掌说，他完全赞成宋师的英明决定，让娃好好学戏去，争取咱伙房将来也出个大名角儿。

易青娥有了时间，戏就进步得更快了。

有一天，苟存忠老师把古存孝、裘存义，全都请到了剧场看门老汉周存仁那里。然后，他让易青娥把他教过的戏，走了一遍，请他们看。几个人一看，都吓了一大跳。

古存孝竟然说："哎呀，不咋了，宁州剧团有人了。没想到，一个烧火的娃娃，还是这好个戏坯子。老苟，你立功了！"古存孝还给苟存忠老师夽了大拇指。

周存仁老师说："这娃接受东西慢，但扎实。腰上、腿上、膀子上，都有力道。是个好武旦料。"

苟存忠老师摇摇头说："不信，你得都再朝后看，这娃只要嗓子能出来，就不仅仅是唱武旦了。表演也活泛着哩。你看看那'一对灯'，棍到哪儿，'灯'到哪儿，就是演几十年戏的人，还有不会'耍灯'的呢。关键是听老师的话，你说个啥，她就下去练个啥。就说这'灯'，娃是一边烧火一边练，你看看现在灵便的，是不是出'活儿'了。"

"灯"，就是眼睛。老艺人把眼睛都叫"灯"。苟存忠老师但凡排练就要强调：演员的表演，全靠"一对灯"哩。"灯"不亮，演员满脸都是黑的，在台上也毫无光彩。"灯"亮了，人的脸盘子就亮了。人物也亮了。戏也就跟着亮了。演员登台，手到哪儿，"灯"到哪儿。脚到哪儿，"灯"照哪儿。你拿的烧火棍，棍头指向哪儿，"灯"也射向哪儿。只有把"灯"、棍、身子糅为一体了，戏的劲道才是浑的。观众的"灯"，也才能聚焦到你这个目标上。所谓"角儿"上台，不动都是戏，就指的是"一对灯"放了光芒了。

既然"灯"这么重要，易青娥就按苟老师的指点，躲在灶门口偷偷练了一年多的"灯"。苟老师说，过去老艺人们，是拿着"纸媒子"练。就是用土火纸卷个细细的筒筒，在黑暗中点着，把那点光亮移向哪里，眼睛就转向哪里。说好多老艺人的眼睛，就是靠这个练出来的。易青娥心实诚，还真到街上门市部里偷偷买了火纸，关起门，猛练起来。开始不习惯，看着点亮的"纸媒子"，老流眼泪，甚至还害了红眼病。时间一长，练习惯了，镜子里的眼睛，也的确越来越活泛。《打焦赞》里，苟老师就专门安排了一节"耍灯"戏。那是在第二回合，把焦赞打得一败涂地时，杨排风就高兴得跟孩子一样，耍起了那对"灯"：先是"呼呼呼"地左转八圈；又"簌簌簌"地右转八圈；再"嘀嗒嘀嗒"地左右慢慢移动八下；又"嘀嘀嗒嗒"地右左移动八下；再然后，"扑扑棱棱"地上下快速翻飞八次。那天，四个老艺人看到这里，都情不自禁地鼓了掌。

就连裘伙管都说："成了，这娃成了。这娃可是我伙房的人才，将来还得给我伙房记头功哩。"

然后，忠、孝、仁、义四个老艺人就商量着，怎么把《打焦赞》先浑全地立起来。现在毕竟只是她一个人在走戏，连焦赞、孟良都还没有呢。听他们的口气，是想把这个戏立好后，先请朱继儒副主任看。再然后，让全团人都看，看看他们老艺人抓戏的本领。尤其是要让那些狗眼看人低的"二道毛"们，都睁开大眼瞧瞧，这些"牛鬼蛇神"，是不是"钻出洞来"，只能"兴妖风""作妖孽""跳大神""糊弄鬼"哩。

并且他们当场定下，焦赞由周存仁扮，孟良由裘存义扮，戏由古存孝、苟存忠两个同时排。还约定：排戏过程要低调再低调，把一张王牌死死压住，决不轻易往出亮。上一次排《逼上梁山》，就是出手急了点，让一些人看了笑话。其实是整个团里基础太差，还反倒说他们几个老家伙没能耐。这次戏，一定要排到咱四个老家伙自己都满意时，再朝出拿。但见出手，就要把一团人都吓个半死。古存孝很严肃地说:"吓就彻底吓死,连脚指头都让他动弹不得。吓个半死,留个半身不遂弄啥?"

几个老艺人的话,把易青娥都惹笑了。

苟存忠说:"娃呀,我们四个人,可是在你身上押着宝的。你可要给我们争气长脸哪!"

易青娥连连给他们点着头。

这以后,甚至连烧火,都让裘伙管安排了别人。易青娥那段时间,就一门心思圈在剧场里,跟几个老艺人琢磨戏了。老艺人们有时意见也不统一,常常争得脸红脖子粗的。有一回,闹得最厉害时,扮焦赞的周存仁和扮孟良的裘存义,差点没用各自手中的兵器打起来。最后都说不干了。焦赞把两根鞭一扔,孟良将两把板斧也一扔,都赌咒发誓地说:这辈子要再跟对方配戏,就不是娘生爹养的。周存仁还倔巴得很,让大家都滚出去,说不能在剧场排戏了,要排,都滚回你们剧团院子里排去。弄得古存孝和苟存忠来回撮合,最后是苟老师把大家拉到街上饭馆里,破费了一顿酒水,才把两个人捏合拢的。

大概在四个月后,他们把朱继儒副主任悄悄请到剧场看了一次,还真把朱副主任吓了一跳呢。戏走完,停了半天,他才想起鼓掌来。他起身挨个儿跟人握着手。一个人都握过两三遍了,他还像第一次见面一样,特别热情地握着、摇着、拍着,并且使的劲还很大。易青娥在被他握到第三次时,手背都有点痛的感觉了。

朱副主任说:"没想到,没想到,做梦都没想到哇,戏能被你们捏码成这样。细腻,有活儿,好看。十几年都没过过这样的戏瘾了。你们是咋把这个娃给发现了,并且调教、琢磨得这样好?我真是做梦都想不到哇!咱们差点就把这个娃埋没了呀!当初让娃去学做饭,我心里就有些别扭。但没办法,那时我都是泥菩萨过河——自身难保,还能保得了别人不成。要不是有你们这群伯乐,这娃一辈子不就完了?成了,戏成了!娃成了!你们都成了!但这事,我还是得先给黄主任汇报,人家毕竟是一把手啊!尽管让我管些事了,但大事还是人家拿捏、坐点子着的。比如这娃唱戏了,那就是大事。人家不坐点子，我硬要拿捏着朝台上推，那不是麻烦大了吗？不过你们放心，锥子装在布袋里，那尖尖，迟早都是要戳出来，谁也挡不了捂不住的。我尽量朝成的运作，让全团看，并且要尽快看。立个杆杆，树个榜样，也好把积极性都调动起来，让宁州剧团来一次脱胎换骨的业务大提升嘛。再不敢朝下混了，再混，连人家业余戏班子都不如了。我着急呀，急得头上的毛一抓掉一撮。你们看，你们看，这是不是一胡噜一大把。"说着，朱副主任还真将稀稀荒荒的头发，捋了一把，拿到大家面前看，果然是撸下了好几根来。

大家都等着朱副主任的消息，结果半个月过去了，也还是没动静。他们这边排戏，倒是没停。有一天，还反倒有了不好的消息。裘伙管传话说，黄主任说了，在啥岗位，就做啥岗位的事情。黄主任的原话是这样的：

"易青娥是炊事员，岗位在伙房，就不能到排练场去瞎搅和。就像我的岗位是剧团革委会主任，不能到隔壁五金交电公司，去插人家书记经理的行一样。啥事都得讲下数不是？林彪就是不讲下数，要当主席，最后不摔死在温都尔汗了吗？下数是不能乱破的，要破，也得组织点头了才行。组织没答应，你们几个临时雇来的老艺人，就让一个炊事员改行了，这不成旧戏班子作风了吗？还要让易青娥到炊事班好好上班，干一行爱一行嘛！在革命队伍里，没有工种的贵贱之分，只有思想觉悟的高低之差。你们伙房还得好好开展批评教育，真正让易青娥安心本职工作，放弃那些不切实际的幻想。"

这一棍子，不仅把易青娥打蒙了，而且把四个老艺人也打蒙了。

周存仁说："赶快散伙，咱整天红汗淌黑汗流着，还惹得猪嫌狗不爱的，图个啥么。我一天看剧场大门多轻松，几个月演不下一场戏，弄这事是何苦呢？黄土掩齐脖颈的人了，还陪着个娃娃'打焦赞'哩。不打了，彻底不打了。都回，你都回。我锁剧场门睡觉啊！"

古存孝说："你甭急么，一说就回回回的，你是猪八戒是不是？动不动就不取经了，要回高老庄哩。遇事咱得找解扣子的办法么。咱先问问朱继儒，看他咋说哩。"

古存孝就拉着苟存忠，去找朱继儒了。想问个究竟。

他们回来后说，老朱今天脑壳上勒了个手帕，直喊叫："娘娘爷，头咋痛成这了，就像谁给脑壳中间搋了个地雷进去，嗵地给炸了，整个头皮都在发木呢。"古存孝他们进去时，朱继儒也的确是用一个小木槌，正在细细地敲打着太阳穴。房里熬着中药，半院子都能闻见。古存孝他们说了几句如何治头痛的话，然后就转到了正题上。朱继儒绕了半天，最后总算才把事说清楚。他说黄主任不同意这样做，意思跟裘伙管说的差不多，就是要易青娥尽快回灶房去，好好烧火做饭哩。他说黄主任说了，唱戏的团上根本不缺，现在最缺的就是炊事员。不过朱继儒还是那句话：锥处囊中，脱颖而出。他说："娃现在已经是放在囊中的锥子了，尖尖迟早都是要露出来的。让娃听话，先回灶房去，一边做饭一边等机会。"他还要紧不慢地说，"地球是动弹的，不是死的，转一转，就把啥都转得不一样了。娃把火烧了，饭做了，再练练戏，谁也不能说啥吧。正大同志下班后，不是也会对着墙，要甩半个钟头的手，还要学鹤喝水点头，做做运动吗？他能甩手，能学鹤点头，娃就不能耍棍？性质是一样的嘛！"

他们就出来了。

周存仁说："朱继儒这个老滑头，树叶子掉下来，都怕把脑壳砸个洞。说这些倒是屁话。看让黄正大吓得，大半辈子了，都没拉过一橛硬的。"

裘伙管说："人在矮檐下，他能不低头吗？能低头，前些年他就不会跪砖、挨打、靠边站了。"

古存孝说："行了，不说了不说了。咱还得拿窍打呢。哎，存忠，你不是跟米兰熟吗？又给她排过林冲娘子。让她去跟黄正大的老婆说一下，黄正大还能不抬点手缝缝出来？"

苟存忠老师说："这药不灵了。人家米兰最近谈对象了，好像是省上物资局的。黄主任老婆出面阻止，都没起作用呢。米兰这阵儿早出晚归的，班都不好好上了。连黄正大的老婆都骂米兰，说经不起糖衣炮弹诱惑，可能要叛逃了。"

一切都没指望了。易青娥只好又回到灶房烧火去了。

很快,剧团下乡,易青娥就跟着炊事班先走了。

三十二

易青娥是跟剧团第一次下乡。两辆大卡车,每辆上面摆三排服装、道具箱子,然后坐四排人。因为要演《逼上梁山》,人就特别多,东西也多。演员和乐队是裁了又裁,东西也是减了再减,可还是摆不下、坐不下。最后总算摆下了,但伙房的东西,却咋都放不上去。

伙房的东西还真不少呢,一早他们几个就朝出搬,摆了一河滩。易青娥一直看着摊子。说要去的地方穷得要死,连口够十几个人吃饭的大锅都找不见,还别说一去就六七十号人了。因此,团上带了两口大锅。菜刀砧板,瓢盆筛箩,也是一应俱全。细末零碎,都用两个大柳条筐装着。最后,好不容易在一辆车的后边,腾挪出一个地方来,但人挤来挤去的,长擀面杖和两根小擀面棍,还有水瓢、舀菜勺,几次都被挤了出来。易青娥把一个柳条筐护着。廖耀辉护着另一个。宋师和裘伙管,护着两袋面,还有一些辣子、洋葱、白菜啥的。两口大锅,是用笼布包着。本来由宋师经管,结果廖耀辉硬要拉到他的面前,说宋师护着两袋面,已经够累了。有人看笼布包着的大锅能坐,就把屁股试着朝上挨。廖耀辉一擀面杖过去,那人朝前一折,就跪到人窝里了。惹得一车人哄堂大笑起来。

虽然都在一辆卡车上坐着,但人还是分成了三六九等的。两辆大卡车的驾驶室里,一辆坐着敲鼓的郝大锤。郝大锤旁边,坐的是演林冲的男主演。另一辆上,坐着朱继儒副主任,旁边挨着米兰。黄主任没有来,说是县上要开啥子会。平常下乡,一般也都是朱副主任带队的。黄主任要带队,除非是重大政治演出,或者到地区、省上会演,才会在大会上宣布,领队:黄正大。坐在驾驶室的人,自然是要被议论一番的。朱继儒坐,没啥说的,人家是团领导。郝大锤坐,勉强些。照说司鼓也该搞点特殊化，但郝大锤实在敲得不怎么样，并且年龄也不算大，车上还有比他年龄大的人哩。不过坐了也就坐了，谁让人家手中掌握着鼓槌呢。演林冲的坐，大家也没啥意见，年龄大些，且又算得上是硬邦邦的主角。米兰坐，意见就多了。都问业务股长，凭啥？就林冲娘子那点戏，还演得扯的、烂的、臭的，也配坐驾驶室？那充其量也就是个配角嘛。胡彩香老师先不服气。胡老师是被安排在卡车上边坐着的。在易青娥的印象中，胡老师坐的那个地方，就是那次枪毙人时站死刑犯的地方。照说也是个"显要"位置。胡老师自打上车，就是气呼呼的。说她虽然没有演林冲娘子，可也主演着好几个小戏的，论分量不比她谁差，凭啥别人坐了"司机楼"，要她坐上头？有人知道她是跟米兰"扯平子"呢，就说米兰再比不成了，人家找下有钱的主儿了，还在省城物资局呢。说米兰这回下乡都不想来了，还是朱副主任硬做工作才来的。大家就又议论了一番物资局，说天底下再没有比物资局更好的单位了，要啥有啥。连县物资局的人，一个个都把自己的婆娘收拾得跟省城的女人一样洋货、俏扮了。

车开了。

一眼望过去，演员们都戴着奇形怪状的帽子，围着五颜六色的围巾，是怕太阳把皮肤晒黑了，怕风把脸刮皱了。尤其是车一走一停的，公路上的灰尘，就跟刚放过炮的炮灰一样，一蓬一蓬的。有时能把整辆卡车都吞进去。一些人干脆脱下外衣，把整个头都包了起来。易青娥过去没有发现她的同学，竟然都有了这样好的行头。出了门，个个都换掉练功服，穿得、戴得跟大演员们也不差上下了。楚嘉禾甚至穿得比大演员们还好一些，尤其是那顶白帽子，周边还有一圈纱网，戴在头上，不仅好看，太阳晒不着，沙尘飞不进，而且还能看见外面的景色呢。而易青娥仍是那身练功服，头脸没啥遮挡，大灰一蓬，就用双手捂一会儿。尤其让她难堪的是，宋师和廖耀辉两个人，一人给脑壳上搭一条白毛巾，然后戴上帽子，车一动，两片毛巾在两边脸上呼扇着，就像电影《地道战》里那几个偷地雷的日本鬼子。惹得一车人笑了一路，都让快看伙房那几个偷地雷的。她就只好一直背对大家坐着，守着柳条筐，也看着车厢最后边的那道槽子。因为那里边，还放着一根《打焦赞》的"烧火棍"，她怕车厢缝子宽，把棍给溜下去了。

当卡车开到演出点的时候，她已成一个灰泥人了。只有嘴和眼睛，还湿润润地蠕动着。一路上，她一直都有些晕车，但死忍着。直到从车上跳下去，才哇地吐了一茅草窝。

演员、乐队下完车，就都到小学教室休息去了。而炊事班还得找地方支锅、支案板。下午四点，大家就要吃饭。五点化妆，晚上还有戏呢。

演出的地方，是一个回民镇，与两个县都交界着。这里有个集市，连前两年"割尾巴"，也没"割"断过。现在，有人成操着，要恢复集市，就想到了县剧团，要唱三天大戏，聚人气哩。

在他们来以前，已经有人帮着盘了两口大锅的灶。虽然灶洞湿些，火不好烧，但易青娥还是很快把火烧着了。柴都是长柴，还没剁短，易青娥就开始拿弯刀剁。廖耀辉看她剁得艰难，想帮忙，但易青娥故意用长柴一扫，就把他走近的双腿扫得退了回去。自那次事后，廖耀辉一直都躲着易青娥，连正眼看都没敢看一下。但这次下乡，他又想给易青娥献点殷勤，明显是有赔罪的意思在里边。可易青娥坚决不给他任何机会，就连在卡车上，廖耀辉见没人注意，偷偷给她递了一方遮头灰的手帕，她也是端直就扔到车底下去了。

不过廖耀辉对宋师的态度，的确是彻底改变了。就在快吃饭的时候，朱副主任来检查伙食准备情况，廖耀辉还在给宋师争取待遇，他说："朱主任哪，我有个意见，不知当提不当提？"

"意见还有啥不能提的。难道我朱继儒，也是让你们迟早都活得害怕的人？"

廖耀辉急忙说："我不是这个意思，不是这个意思。谁不知道朱主任是厚道人哩。我的意思是说，团上以后考虑坐车、休息的地方，也得把伙房考虑一下。就说宋师，在部队都是立过功的人。到了咱们这里，还担任着上百号人吃饭的大厨，要'掌做'哩。车坐不好，来再休息不好，咋当大厨，咋'掌做'哩吗？演戏固然是大事，那吃饭就不是大事了？饭不吃好，哪能把戏唱好？主角、敲鼓的，都跟主任平起平坐了，在'司机楼'里享福哩，那好歹把我们的宋大厨，也安排到车厢前边坐坐，总是可以的吧？每次都让我们押车尾，车尾巴都快让炊事班坐细、坐折了。你看我们一来，就上灶了，宋师忙得放屁都能砸了脚后跟。别人都住下了，连那些跑龙套的，脸洗了，身子抹了，床铺好了，都下河弄铁丝抽鱼去了。咱们炊事班几个人的铺盖卷子，还跟叫花子一样，扔在那堆烂柴火上。我无所谓，我绝对不是给我争啥哩。你就是让我坐'司机楼'，我也是不坐的，我知道我的半斤八两，那就是给人家宋师打下手的。可你们总不能让光祖做了饭，累一天，晚上找几根硬棒棒柴，把铺盖卷子一摊，就休息吧。大厨休息不好，明天咋工作？这几天可是一天要开三顿饭哩。你没见灶房的难场，这里是要啥没啥，搞不好，明后天还得煮我跟宋师的腿杆子吃哩。宋师是想方设法地在调剂呀，那不比唱林冲、唱林冲娘子的轻松啊！主角都照顾哩，这次演出，咱宋师还算不上个主角？恐怕比他哪个主角戏都重、都累吧？你主任无论如何，也得给他弄个像样的窝啊！让他好好休息一下，可怜可怜光祖同志吧！我是配角，心甘情愿睡柴火垛子，咱个跑龙套的么，也该睡。可光祖同志不能哪，他在我们这里也是主角啊！是我们的林冲啊！都怪我多嘴了，还请主任原谅！我是怕炊事班，保证不了这次艰巨的工作任务啊！"

朱主任认真听完廖耀辉的意见后说："你说的都对着哩。以后下乡，我坐上边，让光祖坐驾驶室。"

"哎哎哎主任大人，我可不是这个意思呀。你大主任不坐，谁还能朝驾驶楼里坐呀？你一个人坐两个驾驶楼都是应该的。我的意思是说，厨房大厨，也是一种主角哩，好歹安排个好一点的地方，让晚上好好睡一觉，也都是为了革命工作哩。"廖耀辉双手拢在围裙里，一直把朱主任从灶棚里追出来。

朱主任说："不说了，今晚让宋师跟我搭脚睡。"

"哎不敢不敢。主任，大概你还不知道哩，光祖晚上打鼾，能把房皮掀起来。"廖耀辉急忙说。

"不怕，房皮掀起来了，我明天给人家盖。"说完，朱主任就走了。

廖耀辉给宋师争取这些待遇的时候，宋师一直在烙锅盔。一个小鼓风机，把火鼓得呼呼呼地响，宋师大概啥也没听见。

晚上演完戏，吃完夜宵，宋师还是在舞台上打了地铺，朱主任咋都把他没叫去。他说他喜欢睡舞台，宽宽展展的。现在又是春夏之交，睡着舒坦。廖耀辉就说："光祖这个人，阶级觉悟和思想觉悟始终都高，没办法。"他也就在舞台一侧，打了个地铺，躺下算了。

宋师要裴伙管把易青娥安排到女生宿舍去住，易青娥咋都不去，说也要在舞台上住。宋师就让她在离自己很近的地方，打了地铺。并且还拉了几口箱子，给娃挡了挡。他看廖耀辉住在离娃很远的地方，才放心地躺下了。快睡着的时候，他还给易青娥交代说："娃，睡警醒些，有事你就泼住命地喊我。"易青娥点了点头。

第二天早上，一大早，易青娥就被一群鸟儿叫醒了。她发现舞台前后都还没有人，烧火又有些早，就拿出棍，到舞台前的平场子里练了起来。谁知不一会儿，就聚拢来好多人。易青娥一动作，旁边就有人鼓掌，喊好。易青娥平常都是在灶门口练，在别人没起床时练，在剧场关起门来练，而在这么多人面前练，还是头一次。人都吆喝个不住，她也没经见过这大的阵仗，就有些人来疯。越是人来疯，武艺就越发的好。练着练着，就聚起了小半场子人。

她没想到的是，剧团来的那六七十号人，就住在小学的两个教室里，而教室的门窗，正对着舞台前的平场子。场子里一吆喝起来，大家不知外面发生了什么事，就都伸出头来看。当发现易青娥竟然是这样的身手，这样的武艺，挥起棍来，简直是如风、如电时，就有人爬起来看了。宋师和廖耀辉先起来看。接着，胡彩香和米兰也来了。然后，又有好多学生爬了起来。再然后，好多大演员也走出了教室。看得大家都有些傻眼：一个不起眼的烧火娃，竟然能玩出这样"枪挑不入""水泼不进"的棍花，宁州县剧团算是出了奇事了。

关键的关键，是被当地拿事的人看见了，当下就要剧团安排娃的戏，并且就要娃耍棍的戏。

朱继儒后来才给人暴露说，他当时是眉头一皱，计上心来，暗自高兴说：锥子尖总算从布袋里戳出来了。

他当时就让裘存义悄悄把易青娥的《打焦赞》，给人家透了风。地方拿事的，立马就要这折戏了。可几个老艺人没来，戏还是演不成。拿事的当即拍板：进城接人，来回班车票他们全报销。

这样，易青娥的《打焦赞》，就在一个乡村土台子上，把相亮了。

三十三

苟存忠、古存孝和周存仁老师是下午六点到的。三个老汉也是挤在班车的屁股上，到地方一下车，被灰弥得，也只能看见一对"灯"和一张嘴了。三个人都不停地"呸呸"吐着满嘴的沙灰。古存孝还开了一句玩笑说："把他家的，一路的好招待呀！不过没把咱当唱戏的，是把咱都当成能咥泥土的蚯蚓了。"让易青娥觉得好笑的是，他们三个都跟宋师和廖耀辉一样，用一条手巾从头顶拉到下巴，捆扎出一张老婆脸来，也活像偷地雷的。周存仁老师背着焦赞的两根鞭。苟存忠老师捎着孟良的那两把板斧。他们都用包袱把"兵器"悉心包着。古存孝老师还是带着助手刘四团。四团儿年轻，是挤在前边站着的，身上倒没落下多少灰尘。一下车，他就拿毛巾给古存孝老师细细打着灰。

易青娥是跟裘存义老师一起，到村东头临时车站来接他们的。接上了人，裘存义老师说，安排先洗一把脸，然后吃饭，吃了饭早点休息，力争明早把《打焦赞》过一遍。古存孝和苟存忠老师几乎不约而同地说："不行不行。"苟老师说："这么大的事，娃从来没上过台，一上去就是主角，咱们还能把娃晾到舞台上？这就跟打扮闺女出嫁一样，咱要把娃打扮得排排场场的，才能朝出送呢。你不能把一个豁豁嘴、烂眼圈子，就当新娘塞出去么。"易青娥知道，这些老艺人说话，总是爱打一些稀奇古怪的比方。古存孝老师说:"这样吧,都先抹一把老脸,吃了饭,就找个地方,梳洗打扮咱闺女去。"

几个人看上去,都很兴奋。易青娥心里感到一股暖流,一下把浑身都暖遍了。

晚上,舞台上在演出几个小戏。他们找到一个场子,借了老乡一只马灯,就排起了《打焦赞》。把戏整个过了一遍,几个老师都很满意。但还有很大一个问题没解决,那就是戏还没跟乐队结合过呢。文乐都不怕,戏里一共就八句唱,易青娥是请胡老师一个字一个字、一个音符一个音符反复抠过的。另外就是一个"大开场",一个收尾的"小唢呐牌子曲"。中间还要吹几次大唢呐:有牌子曲《耍孩儿》,还有"三眼枪",再就是马叫声。排过了《逼上梁山》,这些问题都不大。关键是武场面太复杂。古存孝老师说:"这是遇见宁州剧团这些无能鼠辈了,要是放到过去的戏班子,只要把戏一排好,敲鼓的看一遍,晚上就请上台演出了。演员手势一到,敲鼓佬就知道要干啥。敲鼓佬明白了,手下也就把铙钹、铰子、小锣都喂上了。可郝大锤这帮吃干饭的,啥都不懂,手上也稀松,还不谦虚。商量都商量不到一块儿。"苟存忠老师说:"要是胡三元在就好了。那家伙手上有活儿,你一点就到。"古存孝老师说:"现在说这话顶球用,关键是眼下,咋把这个坎儿过了。"大家商量着,还是得请朱主任出面,由组织上给郝大锤做工作,晚上戏一毕,就请司鼓看戏,先有个印象。明天再带铜器好好排几遍。正式演出时,由古存孝盯在武场面旁边,随时给郝大锤提醒着,估计戏就能敲个八九不离十。

裘存义老师把朱主任从舞台上请来,古存孝把他们的意思说了。谁知,就连朱主任也是有些怵火郝大锤的,听完半天没反应。古存孝就急了,说:"老朱,团座,团总,朱大人,你总得给个硬话呀!如果跟武场面搅和不到一块儿,这戏就演不成么。看你给人家地方上都咋交代呀!"朱主任狠狠把后脑勺拍了一下说:"我咋就没想到这一层,还要让郝大锤敲鼓哩。"古存孝说:"那你的宁州大剧团,就只剩下这一个敲鼓的二货么,你主任不求他咋的。"朱主任无奈地说:

"试试，我试试吧。你们都知道，这个郝大锤，可是团上的一块白火石，只有黄主任才能压得住，别人谁碰烧谁的脸哩。"古存孝说："戏班子还能没个规矩了。你给他把话上硬些，看他敢不来。真格还没王法了！"

朱主任晚上果然没把郝大锤叫来。听说郝大锤后来还喝醉了，在教室里骂人呢："老子累成这样，敲完戏，还要提着夜壶去伺候球哩。几个老坟堆里钻出来的牛鬼蛇神，给个烧火做饭的丫头片子，捏码出个烂戏来，还要老子去伺候呢。你都等着，把豆腐打得老老的、把香火烧得旺旺地等着。都疯了，胡三元，一个在押刑事犯么，还值得你都这样去舔抹他的外甥女哩。亏你八辈子先人了不是？《打焦赞》，打他妈的个瘪葫芦子……"

实在闹得没办法，戏看来是演不成了。朱主任就让裴存义去给当地拿事的回话，也是希望那个拿事的能出面再将一军。一来，他也好再给郝大锤做工作，二来，让全团都形成一个阵势，不演《打焦赞》，人家就不给包场费了。事情闹大了，谅他郝大锤也不敢再朝过分地做。这钱，毕竟是大家的血汗钱。

事情最后果然按朱主任的思路走了。第二天吃过早饭，郝大锤就头不是头脸不是脸的，提着鼓槌，骂骂咧咧来了。勉强把戏看了一遍，又跟武场面搞磨了一通，就说"台上见"。临走临走了，他还给易青娥撂了几句话："火烧得美美的么，咋想起要唱戏了呢？真是跟你那个烂杆舅一样，一辈子瞎折腾哩。都是不见棺材不掉泪是吧？"

易青娥得忍着，她知道郝大锤是恨她舅的。苟存忠老师还专门给她说了一声："娃呀，唱戏就是这样，除非你红火得跟铁匠炉子里的铁水一样，流到哪里哪里着火，流到哪里哪里化汤，要不然，拉大幕的都给你找别扭哩。"

这天晚上，易青娥的妆，是胡彩香和米兰两个人给化的。苟存忠一直在旁边做着指导。第一次演《逼上梁山》里的"群众若干人"时，妆很简单，每晚都是大演员们流水线作业，一人给脸蛋上涂点红，再把眉眼一抹就成。一个妆大概用了不到十分钟。可这次演杨排

175

风，胡老师给她整整化了两个小时。近看看，远看看，左看看，右看看，还是不满意。米兰老师又拿起眉笔，修补来修补去的。两个人就像绣花一样，直绣到苟存忠老师说："哎呀，把娃都化成画儿了还化！"她们才喊叫其他人来看，问妆化得怎么样。她们同班女同学里，立即就有人尖叫起来："呀，这是易青娥吗？"胡彩香很是得意地说："这不是易青娥是谁。"大家就纷纷议论起来，说没想到，易青娥还这上妆的。平常看着干瘦干瘦的，就是个黑蛋子么，咋化出来还这漂亮的。易青娥照照镜子，几乎也认不得自己了，没想到演员能把妆化得这美丽的：柳叶眉，被拉得长长的；她的眼睛本来就大，再让老师一化，把眼神就更加突出出来了；尤其是嘴，米兰老师化完后，还给轻轻涂了点芝麻油，润泽、鲜亮得就跟早晨才开的太阳花一样红嫩。苟老师直喊："行了，化到这个份上就行了。包头，立马给娃包大头。"

包大头，是旦角化妆最重要的部分。旦角当把脸化好后，才仅仅是完成了化妆的一部分。而更重要的，是把整个头发都要包起来。观众看到的，是做了特别装饰的假头发。包头用的是黑纱网，有一两丈长，拿水闷湿后，在头上可以捆扎好多圈的。米兰早早就把她演林冲娘子的黑纱网子拿了来。纱网不仅要捆扎住演员自己的头发，而且还要扎住十几个提前做好的鬓片，让整个头发密集、整齐、紧结、有形地好看起来。这十几个鬓片，也都是米兰平常用的。通过贴鬓片，改变演员的脸型，让长脸变得短些，让宽脸变得窄些，让瘦脸变得丰满些，让胖脸变得轻盈些。易青娥的脸，稍有点偏瘦。胡老师跟米老师研究来研究去，最后终于找到了最合适的贴鬓位置。一贴出来，娃的脸，立马就变成了十分饱满的瓜子形。苟存忠直喊叫说："好好好，戏还要娃们扮哩。你看娃扮起来多心疼的。"然后，苟老师就要求胡老师她们，把娃头使劲朝紧地勒。先是用"提眉带"，把眉梢和眼角朝起提，提成"丹凤眼"。米兰说，还是松一点，要不然娃一会儿头就晕了。谁知苟存忠老师凶神恶煞一般冲上来，端直抢过"提眉带"说：

"胡说啥呢？你那林冲娘子演得扯的，就招了没把眉眼提起来的祸。我给你包的大头，你转过身，就偷偷把水纱和'提眉带'都松了。眉眼吊拉下来，哪像个八十万禁军教头的夫人，就像个拉娃过场的宋代妇女。你还给娃也讨这巧呢。我告诉你们，唱旦，第一就要过好包大头的关。头包不好，眉眼提不起来，演文戏一扑塌，演武戏，几个动作脑袋就'开花'了，你信不信？你们演惯了赤脚医生、铁姑娘队长啥的，绑两个羊尾巴刷刷就出去了，还不知旦角是咋唱哩。该好好学点东西了。你们学不学，我也管不了，可绝对不能让好好的娃，再跟着你们学偷懒，学讨巧。你看我咋提眉，你看我咋勒水纱……"

只听易青娥"哎哟"一声，苟存忠喊道："咋了？咋了？痛了？不痛还能学成戏。"胡彩香说："真的勒得太紧了。把娃勒晕了，一会儿咋演哩。"苟存忠还说："演不成甭演。"并且还在往紧地勒。易青娥就说了声："不要紧，苟老师，我能行。"但声音明显已经有些发飘了。当苟存忠觉得已经勒得万无一失时，才说："上泡泡。""泡泡"就是插在头上、鬓上的各种装饰品，行话叫"头面"，也有叫"头搭"的。有金钏、银珠子，有玛瑙、祖母绿，还有红花、绿叶的。听苟老师讲，过去大牌名演的一副"头面"，能值好几十万呢。现在都是用玻璃制成的，奇形怪状、五颜六色地闪闪发光。但戴在头上，立马就能使演员神采飞扬起来。虽然"烧火丫头"杨排风，头上那些金的、银的、玛瑙、翡翠戴得少些，可依然还是花枝烂漫，凤眼如炬的。易青娥直到很多年后上妆，感觉都再也打扮不出那次的俏丽模样了。

头是真的勒得太紧了，还没到上场的时候，易青娥就在后台吐了两次。胡彩香还给苟存忠求了一回情，看能不能把水纱放松点。苟存忠还是那句话："你要想让娃一上场，大头就开花在舞台上了，那你就松么。这是演武戏啊！我们过去都是从这儿过来的，肠肚都能吐出来。可你不能松，一松，上台就完蛋，知道不？"

易青娥撑着，忍着。她觉得有今天的机会太不容易了。她必须撑下来，为苟老师、古老师、周老师、裘老师、胡老师、米老师、宋师、朱主任，还有在很远的地方坐监的舅撑下来。当然，更是为自己撑下来。她已是满十五、进十六岁的人了，娘说她在这个年龄，都被抽去修公路了。她觉得，自己好像还没有啥苦是不能吃的、啥罪是不能受的，虽然头是炸裂着痛，但比起这几年所受过的屈辱，又算得了什么呢？易青娥必须坚持。易青娥今晚绝对不能丢人。

《打焦赞》的"大开场"唢呐吹响了。

苟存忠老师在她身后又嘱咐了一句："娃，稳稳地，就跟平常排练一样，不要觉得底下有人。也就你苟老师一个人在看戏哩。记住：稳扎稳打。你是我见到过的最好武旦！上！"

易青娥就手持"烧火棍"，一边出场，一边嗖地一下，将棍抛出老远。然后她一个高"吊毛儿"，再起一个"飞脚"，几乎是在空中，背身将"烧火棍"稳稳接住了。再然后，又是一个"大跳"接"卧鱼"；再起一个"五龙绞柱"加"三跌叉"；紧接"大绷子""刀翻身""棍缠头"；亮相。底下观众就一连声"好好好"地喊叫起来。

在出场以前，易青娥还觉得头痛欲裂。可一登场，尤其是唢呐一吹，铜器一响，观众一叫好，好像头颅都不存在了一样。剩下的，就是老师教的戏路，就是开打，就是亮相。除此以外，易青娥几乎啥都不知道了。与焦赞的第一个回合下来，苟存忠老师和胡彩香、米兰老师，早已等在下场口了。她一进幕条，苟老师一把将她抱住说：

"好！我娃绝了！好！比平常任何时候排练都好！稳住。尤其是脚下要稳住。武戏就看脚底哩。你脚底很稳当。再稳一些。心要放松，就跟耍一样，耍得越轻松越自在越好。我娃成了！绝对成了！"

胡老师给她喂了几口水。米兰老师给她擦着汗。她看见，古存孝老师正在武场面与郝大锤争着什么。苟老师就把她带向上场口了。苟老师说："今晚铜器敲得乱的，就跟一头猪扔在了一堆碎玻璃上。但你得按戏路走。他能跟上了跟，跟不上了，你不要等。谁也没办法，得了癌症，啥方子都救不了的。"

易青娥再一次上场了。由于苟老师不断地给她树立信心，她就越演越轻松，越演越顽皮了。在跟焦赞对戏时，连累得气喘吁吁的周存仁老师，也给她耳语了一句："好，娃没麻达！再朝轻松地走。"她就越演越自如，越演越来劲了。第一个回合，她特别紧张，还感觉不到武乐队乱搅戏。第二个回合轻松下来，就明显感到，郝大锤的鼓点是不停地在出错。如果照他的套路，戏几乎走不下去。她就按苟老师说的，完全照平常排练的路数朝下演。武场面乱，也就只好让他乱去了。事后有人说，得亏易青娥是新手，只死守着老师教的戏路。要是个老把式，今天反倒会把戏演烂包在舞台上。因为敲鼓佬敲得太离谱了。

戏终于演完了。当易青娥走完最后一定动作，被焦赞、孟良拉着到台前谢幕时，她感到浑身都在哗哗颤抖着。她听到了掌声，听到了叫好声，有些还是来自侧台的同学、老师。可她已经支撑不住了。她感觉头重脚轻，天旋地转得随时都要出溜下去了。刚进后台，果然就栽倒了。胡彩香和米兰一把将她抱住。苟存忠立即给她松了水纱、提眉带。宋师赶快把一碗水递到了她嘴边。她看见，廖耀辉也在一旁执着水壶。她听见，古存孝老师正在跟郝大锤吵架。

古老师说："领教了！我古存孝这一辈子算是领教了！还有你这好敲鼓的。高，高家庄的高！实在是高！领教了！"

只听郝大锤一脚把大鼓都踢飞了出去："领教个屁，领教了。你个老贼，再皮干，小心我把你的屁都给你打出来。滚！"

后来的事，易青娥就不知道了。因为她晕倒后，是几个老师把她抬到服装案子上去的。连她的服装，都是老师和同学一件件脱下来的。头饰，也是好多人帮着拆卸的。就连脸上的妆，也是胡老师用菜油，一点点擦下来的。她是被"包大头"给彻底包"死"过去了。在卸妆的时候，她还听苟老师讲：

"旦角最残酷的事，就是'包大头'了。尤其是武旦，那就是给脑袋上刑罚呢。勒得缺血缺氧，你还得猛翻猛打。过不了这一关，你就别想朝台中间站。"

这天晚上，易青娥感受到了一个主角非凡的苦累，甚至是生命的极端绞痛。但也体验到了一个主角，被人围绕与重视的快慰。这么多人关注着自己，心疼着自己，那种感觉，她还从来没有体味过。她觉得，脑壳即使勒得再痛些，也是值得的。

并且，她第一次听到了领导的表扬。是朱主任说的：

"这娃出来了！我说了吧，只要是好锥子，放到啥布袋里，那尖尖都是要戳出来的！"

三十四

大家都觉得，易青娥这一下，是可以彻底从伙房挣脱出来了。当天晚上演完后，这一话题就成了全团的议论中心。都说，没想到人才从伙房给冒出来了。晚上吃夜宵时，当地领导请朱主任和几个老艺人去吃酒，还特别邀请了易青娥。

易青娥卸完妆，仍吐得一塌糊涂。头上勒出的印痕，胡彩香和米兰两个人揉了半天都没揉下去。米兰还对苟存忠开玩笑说："你看你把娃的头，都勒成老苦瓜了。让娃将来咋找女婿呢。"苟存忠说："你放心，咱娃还愁找女婿？你信不信，将来咱娃是王宝钏抛绣球，由咱选，随咱挑哩。"说得易青娥哭笑不得地捂起了脸。易青娥不想去坐席，当地领导还不行，说看了戏，村上、乡上的领导，尤其是书记娘子，都想看杨排风长的啥模样呢。犟不过，就让人家把她接走了。

后来易青娥听说，这天晚上团上吃饭时，大家都给灶房祝贺哩。宋师还专门熬了两只鸡，弄的黄瓜鸡丝汤面。大家吃得高兴，就开起宋师和廖耀辉的玩笑来。有人故意说："伙房是咋抓新人培养的，团上一天抓到黑，咋就没培养出个易青娥来？易青娥竟然从灶门洞里冒出来了。给大家交流交流经验吧。"宋师只会咧着嘴笑，一句玩笑话都憋不出来。廖耀辉倒是能掰扯得很。他一边用饭盆挨个加着汤，一边说："这都是宋师一手培养的。光祖这个人，思想觉悟高，天天给娃上课，要求娃进步哩。我就是人家光祖的帮手，平常敲敲边鼓啥的。俗话说，有苗不愁长。娥儿是一棵好苗苗，眼看就长成器了不是。"有人说："你都咋培养的吗？得给团上领导过过方子哩。"廖耀

180

辉说:"咋培养?红苕长大了就是大红苕,长小了就是小红苕呗。"惹得饭堂笑倒一片。

从乡下演出回来后,大家都等着团上放话,让易青娥回到学员班当演员呢。谁知半个月过去了,还是没动静。易青娥还几次碰到黄主任,黄主任就像没看见她一样,过去是啥态度,现在还是啥态度,好像啥事都没发生过一样。易青娥心里就有些凉,烧火也没心思,练功也没心思,整天都是恍恍惚惚的。

苟存忠和古存孝他们有些不服气,就又去找朱继儒副主任。谁知他又在家里熬起了药罐子,头上还是勒着帕子,见人还是病得哼哼唧唧的,拉话也是吞吞吐吐、吊眉搭眼的样子。古存孝就有些生气,说:"老朱,你看我来团上都一年多了,干了些啥,你心里也是明明白白的。就说《逼上梁山》没排出水平,宁州剧团就这瞎瞎底板,你叫我能上出啥好颜色来?这都不说了。那《打焦赞》总该是把全团都震了吧?几千老百姓把手都拍烂了,台子都快被喊叫翻了,反应够强烈了吧?你也都是亲眼看见的事,该不是我古存孝王婆卖瓜吧?老苟,老周,老裘,还有我古存孝,都是黄土埋起脖子的人了,还图个啥前程、啥名分?就是给我弄一朵磨盘大的红花,戴着又能咋?是能再娶一房啊,还是能当了主任、当了副主任?可易青娥还小,才十五六岁个娃呀!你团上能不能给个话,放个响屁,让娃到演员队里,正正经经唱个戏,看能成不能成?大家都做你朱继儒的指望呢,没想到,你也是庙堂里拔蜡——漆黑一团的。我几个老皮算是求你了,给易青娥赏一碗唱戏的饭吃行不行?难道你还要我几个给你跪下不成?"朱副主任急忙说:"言重了,言重了,你们言重了。易青娥是咋回事,我朱继儒是看得出来的。我跟你们心情是一样的。我还是那句老话,娃的锥子尖尖,已经从布袋里戳出来了,谁也捂不住了。"古存孝更加生气地说:"你朱继儒都说的是屁话。既然捂不住了,那你团上领导还捂着?"朱继儒就不紧不慢地说:"老古,你相信我说的话,地球是圆的,圆球是动弹的,动弹是有下数的。你都看看报纸,听听广播,弄啥事都要有个气候呢。快了,这娃的出头之日快了。你们甭急着解布袋口。布袋口好解，有时一阵风就自己刮开了。关键还是要看锥子尖不尖呢。尖了谁也没办法。不尖谁也没办法。你们要继续帮娃把尖尖朝锋利地磨呢。磨得越尖溜越好，知道不？你都听我的，绝对没错。"

谁拿这号领导也没办法。出了门，古存孝还骂了朱继儒一句："这个老滑头，活该一辈子当副职，活该人家黄正大每次要把'副'字咬得那么重。我就想拿起他的中药罐子，照那颗尖脑袋，狠狠拍给一下，一回把滑头的毛病治断根了算球。"

说是说，骂是骂，从朱继儒副主任那里出来，他们四个人又开了一次会。会上，还拿了一沓报纸，相互翻了翻，也没翻出啥名堂来。裘存义就说："肯定是朱继儒的推托之词，这上边还能看出个啥气候来。天气预报倒是有，可从来就没准过。"最后他们决定：不管"地球咋动弹"，人家黄主任咋盘算，他们还是继续给易青娥打磨"锥子尖尖"。把《杨排风》整本戏排出来，不信把这些阎王小鬼震不翻。

易青娥还是那么听话。除了排戏、烧火，好像也没有别的事可干。她就又继续过起了排《打焦赞》时的那种生活。他们先给她排的是《打孟良》。这折戏，本来在《打焦赞》前边，因为没有《打焦赞》精彩，作为单独折子戏，也就很少有人抽出来排了。由于有了《打焦赞》的基础，《打孟良》排得十分顺利，几乎才一个多月时间，四个老师就觉得比较满意了。他们认为，该是给娃排大戏的时候了。接着，他们就开排《杨排风》了。因为易青娥在乡下舞台的精彩亮相，团上好多演员都看到了老艺人的教戏本事。尤其是那些还有点业务想法的人，就都想找机会，跟老艺人学点东西了。因此，《杨排风》想用人，抽调起来也就很方便。反正古存孝始终把握着一点：用其他人，都掌握在业余时间。不要给团上留把柄，说他们几个"牛鬼蛇神"想拉杆子呢。

杨排风不仅有好多武戏，而且还有好多唱腔。这些唱，先由苟存忠老师教套路。苟老师毕竟是年龄大了些，唱得有戏味儿，但缺气力。尤其是男声学女声，总显得有点假，也少了胡彩香老师唱戏的那些技巧。胡老师是在省城进修过声乐的，懂得发声位置，讲究共鸣腔，唱戏好听。好在苟老师很开通，要易青娥还是跟着胡彩香学。让胡彩香把杨排风的唱腔，再做些细腻的处理。他说："演员把戏唱得好听很关键。"但是，易青娥学得太像样板戏和唱歌的地方，苟老师又会朝回扳一扳，说："戏还是要唱得像戏。秦腔必须姓秦。要不然，你就不是你了。"

就在《杨排风》排得正得劲的时候，米兰老师走了。

米兰老师走得很急，说是国庆节就要在省城举行婚礼，并且连工作关系都一回转走了。用廖耀辉的话说："米兰是连根从宁州剜走了。团上又把一个主角子没了。"

米兰老师离开的头一天晚上，把易青娥叫到房里，除了自己随身要用的东西，几乎把剩下的，全都交给她了。好多年后，易青娥想起来，还觉得自己是发了一笔横财呢。不仅有被褥、澡盆、脸盆、脸盆架子，而且还有一个茶几，一个床头柜，一口木箱子。仅换洗衣服，就给她留了大半箱。还有一个坐在桌上的长城牌电风扇，虽然有时得狠狠拍一下才能转，但在那时，已经是太奢侈的家用电器了。易青娥吓得都不敢朝走搬，生怕是一种犯罪。米兰帮她把这些东西，都搬到灶门口后，抱着她说：

"娃，你太不容易了！你是跟着你舅带灾了。好在时间长了，一切都慢慢会过去的。你也乖，把苦吃了，我觉得是会熬出头的。不过，就是熬出头了，唱戏这行也是挺难的。有时啊，其实就是自己人跟自己人杠劲，自己跟自己过不去呢。你要有精神准备哩。现在看起来难，也许戏唱出名了，才更叫难呢。以后你也别把我叫老师了，就叫我米姐吧，我也就比你大十来岁。今后有用得着的地方，就给姐开口。姐找的女婿，除了年龄大点，其余一切都挺好的。我关照不上你了。你舅在县医院被公安局抓走的那天，扑通跪到我面前，当时差点把我都吓傻了，但我马上就懂得了你在你舅心中的分量。这几年，我也没照顾上你啥，以后，就更照顾不上了。你胡老师跟我一直为争角色，有些矛盾，但对你挺好的，你就跟着她吧！她是刀子嘴豆腐心，心肠真的不坏。她亏待不了你的。我想把房里的穿衣镜留给她。但我不想直接送去，还怕她不赏我的脸呢。你等我明早走后，给她搬过去吧。舞台姐妹一场，就算留个念想。"

说完，米老师还呜呜地哭了起来。

易青娥也哭了。

两人抱头痛哭了好久好久。

米兰老师最后送给她的东西，还有一本翻烂了的《新华字典》。米老师说：

"我们小小的进剧团，都没上多少学。可唱戏又是要有学问的。最起码，得认识剧本上的字，知道说的唱的都是啥意思吧。这本字典我本来是想带走的，已翻烂完了，好多页都是拿糨糊粘起来的。可想想，还是留给你吧，遇见生字就查，查了就记下，时间长了，也会学下不少东西的。"

她知道，米兰老师平常是爱学习、爱看书的。她常常坐在太阳地里，读着很厚很厚的书。有一本易青娥还记得名字，叫《安娜·卡列尼娜》。

胡老师还经常糟蹋米兰说："嘁，斗大的字，不识一升，还猪鼻子插葱——装象呢。"

就在米兰走后不久，她舅胡三元就回来了。

三十五

易青娥是按米兰的要求，在米兰走后，才把穿衣镜给胡老师送过去的。镜子有一人高，框子也特别好看，是乳白色的，还有雕花。易青娥说："米老师说了，她跟你在同一个宿舍，住了好些年。过去关系好得能割头换颈。后来，也不知咋的，就越来越生疏。她说都是唱戏害的来。她现在彻底不唱戏了，希望还能把关系恢复到当学生、住大宿舍时一样。这个穿衣镜，是她攒了好几个月工资钱，才在省城买下的。她说那一年，你们两人都在省艺校学习，都看上了这面穿衣镜，既能化妆，还能对着镜子练表演。你们当时一人买了一个。她说可惜得很，你的那个，在回来的班车上，给震打了。说你当时还号啕大哭了一场呢。她运气好，把这面镜子浑浑全全抱回来了。这些年，见你也再没买下这大的镜子，就想把它送你，做个纪念。米老师还……还说了，你要是不要……就……就别勉强……"

"别说了，她……她啥时走的？"

"一早，五点多一点。跟谁都没打招呼，就悄悄走了。是我……送到大门外的。有小车……接走的。"

胡老师就突然抱住穿衣镜哭了起来：

"米兰，我们都是何苦呢！为唱戏，为争主角，把十几年的姐妹情分，就争成了这样……头不是头，脸不是脸的……走时，还连送一下的脸面都不给了……"

胡老师不仅要了穿衣镜，而且还挂在了房子的正中间位置。易青娥还到那里练过好多戏呢。

米兰走后，大家都说，黄主任比过去更蔫儿些了。他老婆到处说："今后培养人，还是要注意思想表现呢。你看米兰，组织培养了一整，还不如个物资局的采购员灵，一勾扯，就叛逃了。辛辛苦苦给她排的几个戏，都摆下了。"有人就说，米兰是黄主任一手栽培的，思想还能有错？还有人转词说，黄主任和他老婆就是米兰的精神教父哩。连这样过硬的夫妻店，联手推起的大红人，精神都让资产阶级糖衣炮弹打垮了，看来黄主任那一套，也就不是万能的了。

据说米兰走后，黄主任的老婆也给胡彩香暗示过，嫌她老不到家里来，要她有空到家里坐坐。说黄主任最近正为选谁做新的培养对象头痛呢。胡老师对人说，他头爱痛只管痛去，我才不去踏他家的门槛呢。在胡老师看来，宁州剧团就是让他夫妻俩搅乱黄的。既不懂戏，还自以为是，就是武大郎开店。尤其是爱整人、害人，拉一帮的打一帮。自己就是不唱戏，也不去给这样的人磕头烧香。何况，走了米兰，还有谁能撑得起宁州的台柱子呢？

易青娥她舅胡三元，就是在这个当口回来的。

连易青娥也没想到，她舅会提前一年释放了。

前年，她就准备去劳改场看她舅的，结果她舅回信不让去。胡老师也一再阻挡，说几百里地呢，坐车得两天，你一个碎女娃娃咋去呢？可她一直打算着，是要去看她舅一次的。并且准备今年中秋节去。没想到，舅在中秋节的前三天就回来了。

她舅是被两个警察领回来的。警察端直把她舅领到了黄主任那里。说了些什么，都不知道。但胡三元让两个警察领回来的事，立即就在宁州剧团传开了。几乎所有人都从房子走了出来，看胡三元是不是又出啥事了。有人还问，戴铐子没有？看见的人说，没戴。说胡三元背了个背包，手里还拎着一个网兜，装着脸盆啥的。见了人，还挥手打招呼呢。就是那脸和脖子，还是茄子色没变。据说郝大锤一再问人看清楚了没有，胡三元没戴铐子，那扎没扎脚镣？先看见的人还是证实，胡三元是穿着一双黄胶鞋的，一身劳动布工作服，也洗得很干净，领子上还能看见扣得齐齐整整的白衬衣呢。

易青娥那天正在剧场里排《杨排风》，有人说她舅回来了，她当下扔了"烧火棍"，就从前院子跑到后院子了。她见站了一院子人，就尽量抑制住内心的冲动，远远站在一个高坎子上，看着黄主任的门口。那门是虚掩着的。她不知道她舅到底是怎么回来的，反正院子里说啥的都有。有的说，搞不好又要翻前边的爆炸案了。有的担心，胡三元是不是又犯下啥新的案子了。反正没人说她舅是提前释放的。易青娥看见，胡彩香老师也在人群中间站着，听这个说说，听那个讲讲，跟她一样，也是一脸的急切表情。

终于，她舅出来了，是一个人先从门里出来的。他出来后，黄主任的门就又关上了。易青娥一眼看见，她舅的双手和双脚上，啥都没戴，是自由自在的。并且他一手拎着个背包，另一只手，还拎着一个红绞丝的大网兜。她舅的脸，虽然还是特别难看，但比逮走时，已强了许多。那时是黑的，黑得跟锅底灰一样。但现在是乌的，乌青色。并且面积也小了些，只有半边仍黑得够呛。另半边，已经显现出一些自然肤色了。她舅出得门来，一院子人都在朝他张望，并且有人喊起了"胡三元"。他就给大家挥了挥手，点了点头，还勉强笑了一下。一笑，门牙就很白地龇了出来，他还急忙用嘴唇抿了抿。他在人群中寻找着什么。易青娥一下就能感到，是在找自己呢。很快，她舅就跟她的目光对上了。在对上目光的一刹那间，她舅停止了搜索。她能感到，舅是给她轻轻点了下头，就转过身，在门边蹲下了。

又过了好久，黄主任的门开了。她舅急忙站了起来。黄主任送那两个警察走出来了。那两个警察给她舅交代了几句什么，就自己走了。黄主任在前边送人，她舅是跟在后边的。再后来，那两个警察就出大门了。而她舅，就留在院子里，跟围上来的人说话了。易青娥急忙朝跟前凑着，但没有挤到人窝里去。只听有人问：

"你这是释放了？"

她舅说："提前一年释放了。"

"那还不错。那两个警察来是干啥的？送你？"

她舅说："弄不清。人家总得跟单位有个交接吧。"

再后来，有人就把易青娥拉到了前边，说让她舅好好看看外甥女。易青娥走到她舅面前，一声"舅"，喊得就快哭晕过去了。

她舅一把扶住易青娥说："娃，不哭，不哭。舅回来了。舅这不回来了！"

她舅没哪里去，易青娥就把他领到了灶门口。一看外甥女住得这般光景，她舅再也忍不住，就像老牛一样号啕大哭起来。

她舅狠狠砸着自己的脑袋说："都怪舅不成器，把亲亲的外甥女害成这样。十二岁就给人家烧火做饭了，还住在灶门口。你咋都不给舅写信说呢？"

"好着呢。舅，灶门口好着呢。又宽展，还一个人住，冬天也暖和。这里好着呢，舅！"

"可再好，毕竟是灶门口啊！在农村，只有讨米娃，才偎人家灶门口的……"她舅哭得更伤心了。

易青娥就不停地安慰着舅，说自己都开始排《杨排风》了。《打焦赞》的事，她都给舅写信说过的。

这天晚上，她舅跟她几乎说了一晚上的话。胡彩香中途还来送了一回吃的。胡彩香说，让易青娥去跟她搭脚，让胡三元一个人在这里睡。可胡三元说，四年没跟外甥女在一起了，他想跟她好好拉拉话。

他们几乎没眨眼皮地整整说了一夜。

这天晚上，剧团突然加强了巡逻。巡逻的位置，就在灶房的前前后后。并且有人的眼睛，是一直盯着灶门口那扇半开半掩的柴门的。

也就在这天晚上，郝大锤喝得酩酊大醉。并且用石头砸了灶房的窗玻璃，嘴里还一个劲地喊着：

"完了，完了，这个厐世界完了……"

三十六

易青娥最想知道的，就是她舅到底是咋出来的，并且还能提前一年出来。团上一直有人说，像胡三元这样的人，进到里边，只有加刑的份儿。他那性格，坐监也是要跟犯人干仗的，搞不好还能跟警察干起来呢。再说了，那爆破案，团上一直有人暗暗递状子，要求上边重审、重判呢。搞不好，哪一天还真能把案翻起来，补一颗"花生米"，也不是没有可能的。易青娥一直为这些说法，提心吊胆着。没想到，她舅还提前回来了。她不能不急着打问舅的究竟。

舅说："娃呀，舅这回的确是董了大乱子，但也背了亏了。到了劳改场，才慢慢知道，像舅这样的案子，要是团上能出面说话，也是可以不坐监的。因为舅不是故意的，连半点故意的意思都没有，况且舅自家也是差点被炸死了。要是故意的，还能把自己朝死里弄？可当时团上领导没给我说好话，一直说我是故意的。说舅平常表现就不好，出那样的事，绝不是偶然的。可公安局始终找不到舅故意制造爆炸案的证据。是团上追住不放，死说胡三元就是故意破坏，最后才把舅抓走了。进局子以后，舅还是遇见了好人。给舅办案的，是一个老公安，才从乡下回来的。他一口认定，这个案子不能定性为故意破坏，更不能定性成故意杀人。最后几上几下，才给舅判了个重大过失犯罪。舅认了，为啥认了？毕竟是把人炸死了。炸死的胡留根，还是舅的好朋友。我一直说，胡留根是宁州团最好的丑角。他十六岁，就把《红灯记》里的鸠山演活了；再演过《平原作战》里的龟田队长；后来又演《沙家浜》里的刁德一；还演过《智取威虎山》里的座山雕；扮过《杜鹃山》里的毒蛇胆；还有《红色娘子军》里的南霸天。那次把《洪湖赤卫队》里的彭霸天，也是演得没人不竖大拇指的，结果让舅给炸死了。把一个多好的丑角给报销了哇！炸死他，舅一年多晚上都在做噩梦，睡不着觉哩。胡留根还老来托梦说：'三元，你个挨枪的，咋装的药，把兄弟肠肚都炸出来了。你知道不，兄弟还没结过婚呢。人生的啥味道都没尝过，你就把兄弟日塌了……'你想想，舅心里是啥滋味？真是枪毙了都觉得活该呀！还有好几个受了重伤的，都跟着舅，带了一辈子灾……就是把舅再判个十年八年的，也毫不冤枉啊！"

易青娥问他："那天全县开公判大会时，舅你提前知道消息吗？"

舅说："当然知道了，提前好几天就知道了。所以那天游街示众，还有最后开公判大会，舅就要拼命抬头看哩。看他黄正大，再看看那几个想治舅死罪的人，看他们都是啥表情。那天舅看见你了，好大的胆子，竟然钻到人家的警戒线里了，那是可以抓起来的。还好，我看那几个人，只是把你从人缝里塞出去就算了，没把一个娃娃当回事。不过你胆子也太大了点，那是啥地方，就敢朝进闯。"

易青娥说："我……我就是想让舅你看上我一眼么。那天一大早，我就到县中队门口去等你了。你是第九辆车拉出来的。你的车在前边走，我在后边撵，可你一直没看见我。最后，不朝里边钻不行了，我才钻进去的。"

舅说："你呀，比小时走夜路的胆子都大了。你八九岁时，从阳坡垴到阴坡垴背红苕，打着火把，一个人就走过夜路的。舅都知道。鬼不怕，最怕的是人。尤其是被煽惑起来的人群。那天游街示众的阵势，比走夜路到队上去分红苕，害怕多了吧？"

易青娥直点头。她又问："那天判完刑，就拉走了吗？胡老师说不会留在县中队了。"

舅说："判完刑，舅就被拉到地区劳改场了。地区劳改场，其实就是砖瓦窑，烧砖烧瓦的地方。舅做过砖坯、瓦坯，还进窑里送砖送瓦，码砖码瓦。烧好后，也进里面去拉过砖瓦。窑里最高温度能有七八十度，人进去，都是用水把麻袋闷湿，披在头上身上朝进跑的。等拉一架子车砖瓦出来，麻袋干得都能点着了。一个夏天我们都没穿过衣裳，就跟野人一样，腰上围一片烂布过活着。实在受不了，舅还自杀过一回。也的确是觉得活着没啥意思了。可后来，地区剧团一个敲鼓的，跟我认识，知道我在劳改场烧窑后，来看了我一回。这人能耐大，过去给劳改场的文艺演出活动帮过忙，跟场里的领导也认识，就把我的情况给人家介绍了。说舅是一个最好的鼓师，不敢说全国，在全省起码都是顶呱呱的。说如果让砖瓦把我的手指头砸坏了，太可惜。就在那一年多天气，我们队就有两个因烧伤、砸伤而截了肢的。他要他们照顾我一下，看能不能安排点轻松活儿，起码不要伤了两只手。说敲鼓的，一辈子就凭一双手吃饭哩。并且还说，胡三元是过失犯罪，将来出去还能敲鼓的。他还说，想定期来跟我切磋鼓艺呢。劳改场的领导，就把我的活儿越调越轻省。到后来，干脆调到卖砖瓦的地方，当库房看门去了。那个好兄弟，也果然常来跟舅学点手艺啥的。每次来，还给我带好多好吃好喝的。再后来，劳改场要参加全省劳改系统文艺会演，舅就有了用武之地。一台戏抓下来，不仅在全省获了奖，而且还让劳改场的领导，到处去介绍经验呢。再后来，舅就基本成劳改场专职业余文艺宣传队的人手了。这个节目弄完，又让弄下一个。不仅场里的干警爱排戏，犯人也喜欢排节目。舅在里边就成大红人了。弄着弄着，减了半年刑。后来，有一个节目，还参加了全国劳改系统会演，刑又减了半年。这样，舅只坐了四年就出来了。出来时，劳改场的领导还有些舍不得呢。说劳改场的一个文艺人才走了，这方面，以后还塌豁出一大块了呢。"

易青娥高兴得直给舅打糖水。舅都喝过三缸子了，她还在给舅的缸子里放白糖。

舅说："娃呀，糖少放一点，给你留着。舅喝了也是白喝。你喝了好保护嗓子呢。"

易青娥说："舅，我有。你喝你的。"

她舅一边品着甜蜜蜜的白糖水，一边说："你都看见了，送我回来的那两个警察，一个是地区劳改场的，一个是咱这边派出所的。他们把我送回来，就是想给团上领导说一下，看能不能再给我一碗临时工的饭吃。他们说，好多刑满释放人员，因为回来受歧视，找不到工作，最后又犯法进去了。他们觉得我有技术，加上又是过失犯罪，还获得过两次减刑，看单位能不能给安排个事，说不要把人推向社会了。"

易青娥问："黄主任答应了吗？"

她舅摇摇头说："好像没有。但劳改场的人说，让我不要着急，再等一等，说单位安排个事，也不是那么容易的。兴许等等就有机会了。"

易青娥说："舅只要回来了就好。回来了，啥事都会好的。"

她舅就问她的情况。易青娥觉得，她心里的话，三天三夜给舅也说不完。她想拣紧要的说，可紧要的，也多得不知从哪儿开头。

易青娥就从那四个老艺人说起了。她说，四个人对她都好得很，都想把她教成器。她还给舅看了苟老师送给她的那条纯丝宽板带。她说："开头，大家都看不起四个老艺人，不好好跟着学。自打我把《打焦赞》学成后，大家就都开始待见老艺人了。现在，老有人给他们做好吃的。送糖的、送点心的、送酒的，还有给织毛背心的呢。都想跟他们好好学一折戏。可老师们，还是要先给我把《杨排风》排出来。说有本正经大戏立在那儿，一院子人才真正知道马王爷是三只眼了。舅，你知道不，苟老师、周老师、裘老师，都给新来的古存孝老师介绍说，要是胡三元在就好了。说让胡三元敲《打焦赞》《杨排风》，一准就把戏敲得张起来了。都说舅你技术好，敲戏可有感觉、可有激情了。"舅就有些兴奋地说:"别的不敢吹,就敲戏这几下,别看舅让人家关了几年,现在敲,照样找不下能眨进我眼窝的对手。"舅说他在里边练得就没停过。

易青娥说:"真的?"舅说:"那还能有假。舅在地区劳改场,都是有名的'胡敲打'。你知道'胡敲打'是啥意思吗?就是见啥都能敲打起来。舅连别的犯人的光脊背上都敲打呢。他们趴在地上晒太阳,舅在他们的屁股上也敲哩。他们还特别喜欢舅敲来打去的,说敲打着跟按摩一样,舒服得很。有些人还换着让舅敲呢。舅一边敲,一边唱,大家就把舅的活儿都抢着干了。晚上回到宿舍,舅拿碗筷、洋瓷盆敲。一围一堆人。舅连敲戏,带说戏,带唱戏,带比画戏,'狱霸'都高看舅一眼了。'狱霸'你懂不懂?就是监狱里的霸王爷。警察对这些人,有时也是睁一只眼闭一只眼的。因为他们也替警察在里边管事呢。但'狱霸'从来没欺负过舅。最多就是让舅在他们躺下后,去给他敲打敲打身子骨。舅刚好把鼓艺也顺便练了。"易青娥就笑了,说舅干啥都能得很。舅又吹上了,说:"干啥都有窍门呢。不能硬敲,得拿窍打哩。"

易青娥故意把胡彩香和米兰老师的情况,朝后放了放。舅就有些忍不住,急着问了起来。易青娥先说米兰,说米兰已经走了,跟省上物资局的一个人结婚。听说那人比米兰大了十二岁,但对米兰好得很。有人看见,一天晚上下大雨,那人送米兰回来,怕黑咕隆咚的稀泥巷子把米兰的鞋打湿、脚走崴了,硬是将她抱在怀里,呼哧呼哧送进来的。她还说,米兰对她一直很好,很照顾,走时,几乎把所有东西都给她了。她还让舅看了看电扇,她一直舍不得用,是拿一个塑料袋子包着的。她说:"舅,米兰老师一直感念着,你走时扑通给她下的那一跪。她觉得舅是太爱自己的外甥女了。那么一条硬汉子,竟然当众给一个女人跪下了,她说她就知道,该咋关照这个没人管的可怜娃了。走时,米兰老师还说,没关照好我,说等你舅回来了,替她说声对不起呢。其实米老师对我已经够好了。真的,她后来跟黄主任老婆关系不好,我老觉得跟我都有些关系呢。"舅就问:"米兰跟黄正大的老婆闹掰了？"易青娥说："我也不知道，只听他们都说，黄主任的老婆，最后到处说米兰老师的坏话呢。说她演了几个戏，就忘本了，不念记组织培养了，尾巴翘到天上去了。不仅不听话，而且还沾染了一身的资产阶级坏思想，叛逃了。"

她舅停了一会儿，又问："胡彩香跟米兰的关系后来咋样？"易青娥说："时好时坏的。只要不排戏，咋都好。一排戏，一上角色，就不说话了，见了面，也跟仇人一样，相互躲哩。"舅叹了口气说："唉，倒是何苦呢。这下米兰走了，你胡老师该称心如意了吧？"易青娥说："哪里呀。那天米老师走后，胡老师还哭了呢。说都是姐妹一场，倒是何苦来。米老师把她从省城抱回来的大穿衣镜，还送给胡老师了呢。"

她舅就不说话了，光喝水。过了一会儿，舅又问胡老师对她咋样。易青娥的眼睛就红了，鼻子也酸了。她说："要不是胡老师，我早就不在这儿待了。"有好多事，她都想给舅说，可说着说着，就说不下去了。舅就不让她说了。舅说："胡彩香是个好人，就是嘴不饶人。其余的，还真没啥谈嫌的。"

她舅看她一提胡彩香就哭，也不再提说胡彩香了。又问她在灶房的情况。问宋师和廖师对她咋样。舅说，他回来还带了点东西，赶明日，都要一一去感谢那些关心过她的人呢。易青娥把宋师对她的好，都一一说了，但在说到廖耀辉时，就又哭了起来。她舅问咋了。易青娥先死不说，就怕舅的大炮筒子脾气还没改，惹事呢。可她舅偏不依不饶的，要打破砂锅问到底。问得急了，她就把廖耀辉干的那些龌龊事，给舅说出来了。果不其然，她舅当下火冒三丈，连夜就要去"揭了廖耀辉的皮""卸了廖耀辉的腿"。她几次三番阻拦，才算把舅的火气压下来。

可第二天早晨，她舅到底没忍住，还是去打了廖耀辉。

本来这事根本没人知道的。宋师是为了她才把事情一把捂了的。没想到，她舅这个冲天炮，一下把事情炸烂包了，以致使她一生都饱受着这件事的腌臜、羞辱与煎熬。

三十七

易青娥和她舅几乎整整说了一夜。快天亮的时候，她让舅眯一会儿，她舅就把自己的被子摊开，在一个拐角卧下了。她也躺了一会儿，就起来烧火。那时都陆续有人起床了。昨晚临时加的巡逻哨，也撤回去睡了。易青娥把火烧着后，就去水池子刷牙洗脸。她舅就是在这个时候起身，从灶门口顺手操起那把一米多长的铁火钳，扭身进了灶房的。

廖耀辉当时正在准备早上吃臊子面的茄子丁、洋芋丁和豆腐丁。按双刀的节奏，嘴里正哼着"小寡妇上坟"呢，没防顾着，身后是进来了歹人。只听易青娥她舅大喝一声："狗日廖耀辉，你个臭流氓，今天死期就算到了！"说时迟，那时快，她舅扑上去，对着廖耀辉的脊背、大腿、交裆，狠命就是几火钳。廖耀辉当下就吓得钻进案板底下了。她舅还拿火钳朝里死劲戳着。廖耀辉在案板底下直喊告饶说："三元，三元，你误会了，你是误会了。我廖耀辉可真是啥事都没干哪！我敢对天发毒誓，我要干坏事了，天打五雷轰，死后喂王八。你误会了……"她舅哪由分说，继续拿火钳朝里捅着。只听廖耀辉死猪一般大喊大叫起来："光祖，光祖，杀人了，胡三元杀人了啊！"宋师就跑来了。易青娥听见喊叫，也从水池子那边跑了过来。宋师一把抢过她舅手上的火钳，见有人来，就把灶房门紧紧关上了。

宋师单刀直入地说："胡三元，你看你是要你外甥女的名誉，还是要廖耀辉的老命。要是要廖耀辉的老命了，今早上，你就把他戳死在这案板底下算了。老廖胡起翘，戳死也是活该。你要是想要外甥女的名誉了，就得把这泡臭粪吞了、咽了。你外甥女可是刚起步，都看好着呢。苟存忠还有裘伙管他们说，搞不好，这娃将来还能成大名呢。你这一闹，娃一辈子就说不清白了。这叫粪不臭挑起来臭。其实廖耀辉也没把娃咋，我都是知道的事。你要听我劝了，就赶快撒手。对你也好。你才出来，再这样折腾一下，真格是不想活了是吧？"紧

194

接着，易青娥就把她舅朝门外拉了。门一打开，易青娥才发现，灶房门外已经站着好几个人了。他们都把耳朵贴着门，是在细听着里边动静的。

宋师为这事，还演了半天戏。他把廖耀辉从案板底下拉出来，故意大声对外喊着："你跟胡三元就爱开玩笑。都这大一把年龄了，还跟人家说些有油没盐的话。你管人家四年近女色了没，你管人家憋死没憋死。人家才出来，还不习惯你这样说话，以为是笑话人家呢。不拿火钳把你戳几下咋的？这下玩得好吧，还学狗哩，钻了案板了，看你丢人不丢人。玩笑也开得太没边没沿了。出来，快出来，人都走了。麻利剁你的豆腐臊子。"廖耀辉才从案板底下钻出来。他看着门口几个瞧热闹的人，脸上青一块白一块地干笑着。由于火钳又打又戳的，下手太重，廖耀辉再剁臊子时，两条腿就撑不住了，是紧紧靠在案板上剁完的。等没人了，宋师才说："活该！去，躺一会儿去。剩下的活儿我来做。"廖耀辉才扶墙摸壁地回去，躺了好几天。

易青娥把她舅拉回灶门口后，就对她舅大发了一回脾气："你咋是这样的人呢，舅。我不说，你偏要问。我跟你都说明白了，没有啥事的，你还偏要去打人家。这下好吧，弄得那么多人都知道了，还反倒有了事了。你说你……刚一出来，咋就又惹下这大的祸嘛！"

她舅说："娃呀，这狗日的是欺负你呀！他多大年龄，你才多大呀？我杀了他的心思都有，何况只是戳了他几火钳。他应该去挨炮子儿，去吃'花生米儿'！舅不在，一个做饭的都敢欺负我娃了！昨晚一听，舅咋都睡不着，就想拿菜刀把老狗日的片了算了。舅也不想活这个人了，窝囊啊！"

"舅，你千万别这样，我好着哩，真的好着呢。你这一闹，反倒不好了。我求你了，舅，别闹了好不好？你这一回来，啥都好了。你安安生生的好不好？安安生生的，我们就都好了，好不好哇？"易青娥在央求她舅了。

她舅慢慢咽下一口气说："好好，我听娃的。咱安安生生的，都好！"

她舅拿长铁火钳打廖耀辉的事，到底还是传开了，说啥的都有。但宋师一直对外讲：胡三元和廖耀辉是开玩笑呢。他说廖耀辉平常就爱开骚乎乎的玩笑，爱讲脏不兮兮的段子，还爱骚手。无论进灶房打开水的，还是要一两根葱的、抓几瓣蒜的，他都爱乘机把人家屁股捏一把。或者把哪个小伙子的交裆，拿擀杖磕一下，说让把"棒槌"别紧些。遇见女的，眼睛也是爱在人家胸口上、屁股上乱扫。大了、小了的，高了、低了的，肉紧、肉松了的，反正没个正形，一辈子是玩惯了。胡三元昨天回来，今早到灶房看他，他就说人家怪话。两人说着说着就闹腾起来了。胡三元手里拿着火钳，是帮外甥女烧火的，顺手把廖师吓了一下，廖师就钻了案板了。真的是闹着玩呢，啥事都没有的。

　　为这事，黄主任还派人问过廖耀辉。廖耀辉也说闹着玩的。他说过去他跟胡三元玩惯了，一直都是没高没低、没轻没重的。黄主任听到的反映，却完全是另一回事。说胡三元是真动手了，把廖耀辉美美捶了几火钳。而且，在廖耀辉躲进案板底下后，还不依不饶地狠命戳了十几下。这哪像是闹着玩呢？无论怎样，一个前科犯，一回来就操起一米多长的铁器，也算是一件凶器吧，乱打乱戳，毕竟是一件大事情。为了单位的安全，也不能让他留宿在院子里了。很快，黄主任就让人给胡三元谈话，让他必须住到外边去。胡三元还问，公安上不是跟黄主任说了，要适当给他安排点工作吗？谈话人说，就是安排工作，也有个过程，但现在，必须住出去，这是单位的规定。她舅没办法，就住出去了。

　　她舅原来那间房，其实空了好几年，谁都不愿意进去住。虽然她舅没死，但她舅炸死了人，自己又坐了监，大家就把这房叫凶宅了，觉得住着不吉利。后来古存孝来，团上就安排他和刘四团住进去了。她舅的东西，属于公家的桌凳、床板，都过户在古存孝名下了。其余的，是由易青娥捆起来，码在灶门口的一个拐角了。她舅在外边找了半间房，临时住下来，她就帮她舅把东西一回都搬过去了。

　　她舅把房收拾好后，第一件事，就是把板鼓支在了屋中间，先是

196

噼里啪啦一阵好敲。把易青娥都惹笑了，说："舅，你啥时都忘不了敲鼓。"

她舅说："娃呀，舅还剩下啥了，不就是这双还没被人剁了的手吗？要是这双敲鼓的手再剁了，舅就不活了。"

她舅没有任何生活来源了。

易青娥把她的生活费，还给舅匀了一点。胡彩香老师也有接济。可毕竟工资都低，那点钱，是填不饱舅的肚子的。舅就在食品公司找了一份装卸车的工作。食品公司经理过去爱看戏，也见过她舅，那时老上街宣传时，是敲着一个威风八面的大鼓。加上爆炸案，在县城闹得沸沸扬扬，胡三元这个名字，就几乎家喻户晓了。他报上姓名，说自己有立功表现，两次减刑，已释放回家，眼下想先找口饭吃。经理就让他每天来装车卸车了。

食品公司装卸车，主要是生猪和鸡蛋。公司从乡下把生猪、鸡蛋收回来，卸了车，再按要求，把斤两基本接近的猪装在一辆车上，朝省城送。鸡蛋路上会摇打不少。卸下来，精心挑拣后，再装车，也是押运到省城交任务的。她舅与人合伙着，见天能装卸好几车。有时没车装了，就挑鸡蛋。鸡蛋是一个个拿起来，对着一个固定的手电筒来回照。烂了的，变质了的，都能被手电筒照得一清二楚。坏鸡蛋在公司大灶吃不完时，还会对外卖一点，并且很便宜。她舅就时常买一些拿回家，炒了让她来吃，有时也让把胡彩香叫上。反正小日子还过得蛮滋润的。

易青娥这边的《杨排风》，也排得越来越紧张。尤其是到了最后的"大开打"，周存仁老师安排的武打场面特别复杂，其中最高潮处，是杨排风跟西夏八个番将的打斗。杨排风扎着大靠，穿着靴子，操着战刀，面对八位勇士的长枪来袭，左拦右挡，前奔后突着。任何一支枪杀来，杨排风都能用战刀，或者背上的四面靠旗，以及双腿、双脚，把枪挑向一边，或是反向踢回敌阵。这种场面，周老师叫"打出手"。就是每杆枪都需从演员手中抛出去，有的扎向杨排风的头颅，有的刺向杨排风的前胸后背，有的戳向杨排风的双腿双脚。而扎向头颅的，杨排风就要拿四杆靠旗，改变飞枪方向，让铁矛杆杆落空；刺向前胸后背的，是要靠杨排风手中的战刀，把飞枪引向其他敌群，借刀杀人；戳向双腿双脚的，杨排风会用各种腿功技巧，玩着轻松的枪花，然后，再把它们准确无误地踢回到出枪人手中。这些动作，连贯性极强。整体打起来，就像杨排风被敌阵层层包围，大军压境，但她又会武艺超群得有惊无险。最后，她终于将"虎狼之师"全线击溃，从而完成一个烧火丫头的英雄神话。

周老师反复讲，"打出手"是武戏中的最大亮点，也是最难配合的舞台动作。不仅需要主角杨排风有高超的技巧，而且八个"喂枪"的，也都需要有跟杨排风一样的技术水平：功底扎实，手脚利索，反应敏锐，协调性强。任何一个环节的失误，任何一杆枪的出差，甚至干脆飞走、落地，都会造成整套动作的失败，从而让观众倒掌连连。一般"打出手"场面，就是安排主角和四个番兵或番将开打。但这次用的是八个番将，为的就是制造更多的惊险、难度，让观众真正过一把武戏瘾。

八个番将都是从学员班里挑选的。领头的，就是大家都特别看好、觉得将来能挑男主角大梁的封潇潇。封潇潇这年已经十八岁了，长得眉清目秀、脸方鼻挺的。个头一米七八，也是跟女角配戏的最好高度。他身材紧结挺拔得就像电视里的那些运动员。他早已是这班女生心目中的白马王子了，可易青娥，却觉得自己跟人家的距离是太遥远了。这次她排《杨排风》，封潇潇竟然主动要求来学"打出手"，让她都感到很意外。虽然他们开始是一班同学，可现在，自己毕竟还是一个烧火做饭的。封潇潇能主动要求来给她"打下手"，怎能不让她暗自激动、兴奋呢？

可就在他们练"打出手"不久，楚嘉禾就公开跟她叫起板来了。

易青娥其实啥都不知道。封潇潇来给她"喂出手"好几天了，她依然没敢正眼看过他，即使看，也是偷偷睃一下，就赶紧把目光移开了。封潇潇是学员班的班长。他的腿功、"架子功"和"把子功"，也是男生里练得最好的。并且在"倒仓"后，他的嗓子第一个出来，这也就命定了男主角的地位。连周存仁老师都说，潇潇是天生的生角坯子。还说这个团有指望了，旦角有易青娥，生角有封潇潇，台面就算撑起来了。别人练"出手"，时间长了，还有些不耐烦。可封潇潇走一遍又一遍，始终按周老师的要求来。易青娥老觉得自己笨，一个动作反复做好多遍，枪仍然掉，靠旗仍把枪头调转不过来。有时还让旗子把枪杆死死缠住，咋都挑不出去。每到这个时候，封潇潇都会主动上前，帮易青娥把枪从旗子里弄出来。易青娥能闻见，封潇潇身上是有一股很好闻的男子汉气息的。有一次，她还故意深呼吸了一下，当然，她是不希望封潇潇感觉到的。还有几次，易青娥用小腿和脚背踢"出手"，腿脚都肿得挨不得任何东西了，但她还在顽强地踢着。一天，周存仁老师还故意把她的练功裤拉起来，让八个"喂出手"的男同学看，看易青娥是咋吃苦的。周老师说，不要以为易青娥有一身好功夫，就是天生的能打会翻。不是的，她是吃了你们所有人都吃不了的苦，才硬拼出来的。几个男同学几乎同时"呀"了一声，弄得易青娥很难堪地急忙将裤子拽下来，把肿胀的瘀斑盖上了。自练"打出手"后，连易青娥自己也是不敢看自己浑身伤疤的，从头到脚，几乎是遍体鳞伤。其中好几个重点接触枪的部位，都瘀着一块块乌斑，有的都溃烂化脓了。晚上回到灶门口，关上门，她会慢慢脱下练功服，一点点用棉花沾着血水脓包。她偷偷买了碘酒和紫药水，把浑身都快抹成紫色了。但她却没有停歇过一天，也没有把伤痛告诉过任何人。她觉得，告诉任何人都是没有用处的。自从她进灶房烧火做饭以后，就养成了一种性格，无论哪儿的伤、哪儿的痛，都不会告诉人的。告诉了，无非是证明你比别人活得更窝囊、更失败而已。一切都是需要自己去慢慢忍耐消化的。痛苦告诉别人，只能延长痛苦，增添痛苦，而对痛苦的减少，是毫无益用的。这些年，易青娥把这一切看得太清楚了。就连她舅回来，她也是没有把身上的伤痛展示给他看的。所以，当别人问她的某些痛苦时，她总是笑，用手背挡着嘴笑。别人还以为她傻，是不懂得痛苦的。可当有一天，封潇潇突然给她拿了一些云南白药，还有包扎伤口的纱布时，她是想用笑的方式回绝，却没笑出来。她手背把嘴都羞涩地挡住了，眼睛里却旋转起了泪水。幸亏她控制及时，才没让泪水流淌出来。

那天，封潇潇比她来得还早，好像是故意提前来等她的。他把药和纱布用一张牛皮纸包着，说是刚从药店买的。他给她说："不能常用紫药水，紫药水对伤口愈合不好。最好是用碘酒把伤口擦一擦，然后，给伤口上倒点白药面，再用纱布包着，这样能好得快些。"易青娥就是在这时，表示不要，想很轻松地笑一笑，可没笑出来的。因而，用手背挡嘴的动作，也就显得多余了。封潇潇坚持说："别客气，都是同学。我也给别人拿过药的。我家在县城，很方便。"一句"都是同学"，让易青娥很多年后，都记着这四个令她十分感动的字。自她进灶房后，是没有人把她当同学的。她的同学，似乎也应该是个烧火做饭的。也就在那一刻，她差点泪崩了。但很快，别的同学都来了，话题就扯向了一边。后来，练完"出手"，封潇潇就跟几个男同学走了。她不得不把封潇潇买的药拿回去。这天晚上，她按封潇潇说的，先清洗了伤口，再倒上药粉，又包上了纱布。所有要害伤口，都有一种清凉的感觉。那滋味，真是好极了。

易青娥没想到的是，"班花"楚嘉禾，是喜欢着封潇潇的。封潇潇来帮易青娥"打出手"，本来楚嘉禾就不高兴。可不高兴归不高兴，因为她喜欢封潇潇，也是没有挑明的。训练班明确规定，不许谈恋爱，谁违反是可以开除的。因而，所有相互有点意思的人，就都在心里藏着、眼里搁着、眉毛里掖着了。别人能感觉到，说谁跟谁眼神不对了，眉飞色舞了，但又说不出来，因为没有人敢公开在一起。即使想跟谁在一起，也是要找一个"电灯泡"，戳在中间的。都知道楚嘉禾喜欢封潇潇。说别的女生要再喜欢潇潇，都是要背过她，才敢拿眼睛放一下电的。要不然，楚嘉禾吃起醋来，是会拿脚把好好的宿舍门踢走扇了的。

封潇潇到剧场前边练"出手"，楚嘉禾也是去看过几次的。她倒不是去看"出手"，看易青娥，而是去看封潇潇哩。那里"电灯泡"多，自是不怕人说。可楚嘉禾眼睛毒，几次看下来，发现封潇潇对易青娥的感觉不对，醋意就来了。她本来是瞧不起易青娥的。即使在乡下舞台上演了《打焦赞》，让她心里不舒服了一阵，可回头想想，易青娥还是个烧火做饭的。团上又不让她专门唱戏。可没想到，封潇潇看这个"碎货"，竟然还黏黏糊糊的，她就有些不高兴了。那天，她是生气走了。因为她看不下去了，封潇潇竟然还痛惜易青娥的脚背，说："既然青娥脚背肿着，今天就不要拿脚背踢枪了。已经有脓了，再踢破会很麻烦的。"她听完扭身就走了，走时还故意踢了一下易青娥放在地上的道具包袱。

在以后的几天里，这事果然还让易青娥遭受了一次当众羞辱。

那天灶房吃旗花面，的确做得有点稀。面里说是有肉丁丁，但好多人都说，他碗里拿放大镜也没找见一星半点。煮的绿豆也都炸了腰，沉了底，有的碗里有点，有的干脆连绿豆皮都没见。有人就吵吵说，该给伙房这些家伙，好好算算伙食账了。在廖耀辉"掌做"的那段时间，为了表现出自己比宋师厉害、能干，伙食的确得到了很大改善。但这种改善，是以提高成本为代价的。好多东西，都是他临时在街面上赊下的。他想着，等自己大厨地位巩固了，再慢慢提高伙食收费标准不迟。谁知没干多长时间，自己就被迫退位了。外面欠下一屁股烂账，都得宋师去了结。宋师算来算去，咋都补不齐窟窿，就只好跟裘伙管商量，要提高伙食收费标准了。过去好多年一成不变的一月八块钱，一下涨到十二块，马上就跟谁抓了一把盐，扔到了滚油锅里一般，噼里啪啦，整个院子先后有半个多月，都咋呼得没消停过。几乎哪一顿饭都有人要提意见，不是嫌油少了，就是嫌肉瘦了，看不见膘。都认为加收的钱，是让灶房这几个耗子贪污了。有那二货，能端直把一碗找不见肥肉片子的饭，嘭地扣到案板上。

那天吃旗花面，开始是廖耀辉打饭。打着打着，被人骂得不行，说他瓢上长了眼睛，有的有肉，有的没肉，掌勺有失公道。他就主动让位，换宋师上了。谁知宋师打了一会儿，也是有点慌乱，竟然把一瓢滚烫的旗花面，倒在了自己拿碗的虎口上，当下就红肿起来。裘伙管又不在，廖耀辉被人骂得回房去歇下了。灶房只有易青娥在收拾锅灶。宋师就让她来替一会儿。过去她也打过饭，那都是在没意见的时候。让她打的也都简单，不存在瘦了肥了、干了稀了的。有时就是纯粹的稀饭，或者是洋芋南瓜汤，都好打。可今天这旗花面，为肥肉丁丁、为绿豆，已经吵得不可开交了。易青娥也知道，大家不完全是冲着这一顿饭来的，还是嫌伙食费交多了。既然要在鸡蛋里面寻脆骨，那这顿饭也就很难打了。可宋师的确是烫得捏不住碗了，但凡能打，他也是不会让她上的。易青娥一拿起瓢，就感觉手在发抖。她尽量想着公道、公道、公道，可要让每一瓢上，都能一模一样地漂着相同的肥肉丁丁，的确是太难太难的事。打着打着，仍是有了意见，她是硬撑着朝下打的。可就在给楚嘉禾打饭时，到底还是出了事。

楚嘉禾倒是没刻意要肥肉丁丁，而是要绿豆。她要易青娥把瓢伸进锅底，给她舀些绿豆上来。易青娥也照她说的做了，可舀起来的绿豆并不多，她就要求易青娥把瓢再伸到锅底去撸一下。易青娥看排队人多，没有按她说的去做。本来就讨厌着易青娥的她，借着大家都反感"伙房耗子"的集体情绪，把一碗滚烫的面，就端直给易青娥泼了回去。好在她没敢直接朝易青娥脸上泼，是泼在了易青娥的胸口上。那天，易青娥还是穿的练功服，烫面从胸口上又溅到了她的脖子上、脸上和手上。痛得她当下就扔了瓢，急忙把浑身的烫面朝下抖着。那一瞬间，猴猴在窗口的所有人，几乎把愤怒的目光都射向了楚嘉禾。有一个大演员说："娃你咋能这样干呢？你不知道这面有多烫吗？"有人立即冲进灶房，帮着易青娥，扒拉起了黏糊在身上的烫面片。

也就在这时，封潇潇挺身而出地站到了前边。他说："楚嘉禾，你想干啥？还想走是吧？进去给人家道歉。"

楚嘉禾没想到，封潇潇会用这样一种神气给她说话。并且明显是向着易青娥的。她就很是不以为然地说："咋了，我就把面泼给她了，咋了？"

"你不对，咋了？你这是欺负人，咋了？"

没想到，又有几个男生站了出来。

楚嘉禾说："哟哟，还都把一个做饭的心疼上了。想心疼了快进去，不定那'碎货'，还能给你们碗里多打点肉丁丁呢。"

这时，易青娥清清楚楚地听到，封潇潇是突然把碗筷扔在了地上，大声喊道："楚嘉禾，你今天不给易青娥道歉，就别想走！"

"我就不道歉，咋了？谁跟谁道歉呢，哼！"

楚嘉禾好像是要走。易青娥听见，封潇潇和几个男生，硬是把楚嘉禾逼进了灶房。楚嘉禾双手紧紧抓着灶房门，死不朝里走，并号啕大哭起来。紧接着，郝大锤就进来了。他一边咋呼着咋了咋了，都想咋，一边就把楚嘉禾保护走了。

这件事，学生们并没有完，他们还找到训练班的万主任，要求必须让楚嘉禾给易青娥当面道歉。裘伙管和宋师也出面，要求万主任让楚嘉禾给易青娥道歉。结果楚嘉禾她妈为这事，还专门来找了一趟黄主任和他老婆。说楚嘉禾回家后，一直哭闹着不学戏了。要学也行，但坚决不给那个烧火做饭的叫个什么青娥的道歉。楚嘉禾她妈也希望团上能给她娃留点面子，说要不然，嘉禾死活都不来了，她还没办法。楚嘉禾已是团上的重点培养对象，黄主任不止一次地公开讲过，说这娃条件好，将来必定是要朝台中间站的。黄主任的老婆也在米兰走后，经常叫楚嘉禾去家里拉话，吃偏碗饭呢。万主任被夹在中间，不知如何是好，就讨黄主任的示下。最后，黄主任终于发话了，说："年轻人么，好激动，做点自己控制不住的事，也是正常的。当面道歉就不必了吧。让楚嘉禾给班上交份检讨，你们几个老师看看就行了。这娃将来是要做主角的，还得给娃留些面子。不是说，年轻人犯错误，上帝都是应该原谅的嘛！"

事情就这样不了了之了。

但也就在这事发生不久，宁州剧团又发生了一件大得不得了的事情：

黄主任，黄正大突然被调走了。

三十八

黄正大是被平调到县食品公司当经理去了，还是正股级。

县食品公司的主要任务，是长年给地区公司和省公司调生猪、调鸡蛋。那时，省城人吃猪肉、鸡蛋，都是从基层一条条、一颗颗调上去的。黄正大一到任，胡三元在那儿立马就没车可装卸，也没有鸡蛋可挑选、可倒腾了。尤其是价钱很便宜的破鸡蛋、臭鸡蛋，更是立马就吃不成了。

黄正大被调走的事，易青娥最先是听苟存忠老师说的。苟老师虽然教戏，可也还是看着大门的。大门越来越烂，谁出出进进的也管不住，可看门人毕竟是得有一个的。好多事，人们都爱坐在门房里说。黄正大的工作调动，也是从这里传开的。最早吐露信息的是朱继儒副主任。那天朱副主任突然提个菜篮篮要出门，苟存忠老师就缠住他，说看啥时能把《杨排风》的排练，纳入到团上的议事日程呢。朱继儒就神秘兮兮地说：

"快了！"

苟存忠不相信地说："你老说快了快了，可到头来，还是慢得跟老母牛拽犁一样，啥时是个头吗？"

朱继儒就说："这回真的快了。多则一礼拜，少则三两天。"

"这么快的。咋个快法吗？"苟存忠急着问。

朱继儒朝四下看了看，悄声对着他的耳朵说："黄主任调走了。你先不要对外声张，组织一宣布，你自然就知道了。可别说我说的。"说完，朱副主任就提着菜篮篮走了。朱继儒可是从来不买菜的。苟存忠发现，老朱这天起得特别早，是出去割了七八两猪尻子肉回来，准备包饺子的。

苟存忠立即就把这消息告诉了古存孝。古存孝直拍大腿说："咱中午也弄一顿饺子咥一下。"

苟存忠说："我去给老裴说，让大灶上包。"

古存孝说："这阵儿了，大灶上还能来得及包饺子？咱自己弄。放到周存仁那儿整。那儿没闲杂人。四团儿，给咱割肉去，拣肥瘦相间的，割个一斤。再买些韭菜回来。"

"割就割个一斤二三两，让易青娥也来吃。娃这回可能真是要熬穿头了。"

苟存忠从古存孝那里出来，又去敲开了通往剧场的小便门。他悄悄对着周存仁的耳朵说："中午到你这儿包饺子吃，四团儿都割肉去了。黄正大调走了。"

"你说啥？"周存仁好像没听清楚似的。

"黄正大调走了。"苟存忠又重复了一遍。

这下周存仁听明白了，他说："好，我这儿还有酒呢。"就把便门关上了。

苟存忠没闲下，又去给裘存义说。他一边走，一边还哼哼起了《三滴血》里小旦的戏：

> 未开言来珠泪落，
> 叫声相公小哥哥。
> ……
> 你不救我谁救我，
> 你若走脱我奈何？
> 常言说救人出水火，
> 胜似焚香念弥陀
> ……

苟存忠把消息给裘存义吐露完，又车身去了灶门口。他觉得最应该知道这个好消息的，就是易青娥了。

苟老师推门进到灶门口，只见易青娥正在用碘酒白药，涂抹着她踢"枪"的伤口。苟老师倒吸了一口冷气："啧啧啧，娃呀，你把腿都踢成这样了，咋也不给老师喊叫一声呢？"

205

易青娥咧开嘴，那表情是痛，也是想张开一副对老师到来的欢迎笑脸，一下弄得苟老师还特别难过起来。苟存忠平常对她说话，总是不留余地的硬邦，要么埋怨她，功夫还没下到位；要么就批评，说她甘吃人下苦的勇气和毅力还不足。可今天，苟老师突然吸吸溜溜地哭了起来，说："在这个世界上，能吃下我娃这般苦的人，已经没有了。不过，这苦也没白吃，我娃总算熬到头了。我娃这浑身的伤痛，就算伤得痛得都值了。"

易青娥还让苟老师哭得有些丈二和尚摸不着头脑。

苟老师就把黄正大调走的事，有点神秘地告诉她。

易青娥虽然那时还不满十七岁，但已经知道这个消息对她意味着什么了。她本来打算要立即去告诉她舅的，可烧火做饭的时间到了。加上苟老师说中午把饭做好后，要她不要在大灶上吃，说他们在前边周老师那里包肉饺子，都会等着她的。

这天中午，大灶上还是吃捞面。易青娥把火烧得特别旺，鸡蛋臊子炒得香，水烧得快，面也熟得快，宋师一个劲地从墙洞里发话过来表扬她。她的心情就跟火舌一样，呼呼呼地在满锅底大笑着。她也听到外面有人在议论这事了，但她没有走出灶门口。这些年了，她已习惯把所有喜怒哀乐，都藏在心底，是连一丝都不能让人从脸上看见的。

大灶吃完饭，她在收拾锅灶时，宋师也给她说了，说好像黄主任要调走了。她傻傻地听着，也没表示惊讶，也没表示高兴，不过把案板清洗得比过去任何一次都要干净许多。宋师说，这下你可能就要专门唱戏去了。廖耀辉也在一旁笑眯眯的，可易青娥始终没有正眼看他一下。

收拾完锅灶，她去了前边周存仁老师那里。几个老艺人正在大声划拳喝酒。一口不大的锅，已烧得热气腾腾了。见易青娥来，古存孝老师说："今天无论如何，要让娃也喝一盅庆功酒。来，大家把酒盅都端起来，跟娃一起喝。"易青娥硬是被几个老师强着喝了一盅。一喝下去，她立马就咳嗽起来。苟老师说："对了对了，让我娃喝一盅，意思一下就对了。娃这嗓子，都要帮忙保护哩。以后呀，可就要派上大用场了。"

这天中午,四个老艺人都喝醉了。最后是她帮着把一切收拾干净的。

收拾完东西,她就急着去找她舅。她要立即把这个特大的好消息告诉他。

她舅的房,是租在体育场旁边的一个烂仓库里。仓库很大,他是住在后边的。说是租住,其实也是帮人家看库哩。仓库里也没啥正经东西,都是些半截砖、旧木料、废铁丝、牛毛毡啥的。平常也没人到后边来。易青娥每次来看她舅,都还有点害怕。尤其是晚上,点个灯,远远地看着,就像是一点鬼火在晃动。

她舅也没啥东西,平常门也是懒得闩、懒得锁的。易青娥来,要是她舅不在,自己就推门进去了。今天由于兴奋,就更是一掌就把门推开了。

推开门她才发现,舅的床上今天是多了个人的。并且长发飘飘地跪在那里,光着身子,把她舅紧紧背着。她舅也是一丝不挂地趴在这个人背上,呼哧呼哧地,正来回运动着。背人的人,还抱着枕头,在下面大声喊叫着。易青娥开始有些傻眼,她还真的不明白这是在干啥。猛然间,她想起了廖耀辉拼命要朝她身上爬的动作。但又不像,这是从后边压着,从后面搂着的。可从他俩见人推门进来,吓得扑通一下,就塌下了两个弓背似的吃着力的身架看,她还是明白怎么回事了。也就在那一瞬间,她看清了屁股撅得老高,又突然倒塌下去的那张被长发遮掩得时隐时现的脸,是胡彩香的。她顿时乱了阵脚地从房里退了出来。

她听见舅在里边喊:"娃,你……你咋这时候来了,平常这时候……不是出不来吗?你等一下,舅就出来了。"

她没有回头地朝前跑着。当她舅撵出来时,她还是没有停下脚步。她觉得,舅这个人,真是丧眼透顶了。

可她舅还在后边追着。一边追,一边喊:"娃,你知不知道,黄正大调走了?你胡老师刚来给我说的消息。这消息可是太好了。就像是把舅跟你共同的'四人帮'给打倒了，你懂不懂？你别走，娃，你胡老师还买了一只烧鸡，买了卤猪蹄，买了葡萄酒，专门等着你晚上来呢。"

易青娥还是头也不回地走了。

三十九

易青娥自看见她舅与胡彩香这一幕后，心里就特别不舒服，她甚至想吐。回到灶门口，她就紧紧闩起门，谁也不想见了。这天晚上，她也没去排练。好几个人来叫她，她也没开门。直到快半夜的时候，她才被胡彩香三番五次地把门敲开。

她本来是不想见胡彩香的，可又觉得对不起胡彩香，人家毕竟对自己一直是有恩的。这几年她舅不在，一切都是靠人家帮着的，并且不是一般的帮。在好多关键时候，一院子人都不敢说话，有的甚至还在说反话、坏话，唯有胡彩香，是敢在任何时候，都公开站出来帮她的人。她不能不给胡彩香开门。

胡彩香进来，脸上竟然没有丝毫的羞耻感。她朝她床边一坐，把她也拉到一旁坐下说：

"青娥，今天我和你舅的事，你都看见了。也没啥好给你隐瞒的。我跟你舅，就是好，都好好多年了。团上没有不知道的。你光荣叔也清清楚楚，明明白白的。可没办法，他一年就只能回来那么一次。我说离婚，他又不愿意。你舅一直对我好，从我十几岁学戏起，就一直帮着我。但凡我演的戏，他都敲得特别卖力，特别好。那种默契，时间长了，不可能不产生感情。我无论嗓子、身架、扮相，在宁州团挑大梁，大家都是公认的。可就因为跟你舅有了这层关系，黄主任来后不久，就让我靠边站。你舅就仗着他技术过硬，在团上敲戏贡献大，眼中就常常没有领导。不仅没有，有时还要想方设法地去捉弄这些人。尤其是人多广众场合，他总是要给这些外行领导出尽洋相，摆

208

尽难看，所以，没有几个领导待见他的。不仅领导不待见，好多群众也不待见他。因为他眼中就是技术，就是本事，就是'活儿'，其他啥也不认。你舅的戏的确敲得好，没有人内心不服的，他只要诚心跟谁配合，就像拿长柄如意挠痒一样，哪里都能挠得到到的，挠得舒舒服服的。唱戏这行，有穿主角的，但绝大多数都是当配角、跑龙套的。人前叫得响，技术硬邦的，毕竟是少数。这样，他就把多数人都得罪下了。为啥他一出事，总是有那么多人要落井下石呢？包括对你的欺负，都是这个原因。其实你舅是个可怜人。一辈子尽吃了亏，并且是吃了大亏，可挨了棍子，从来也不记打。总是要搞出更多越格的事，让别人哭笑不得，也让自己路断桥塌。戏里常说，江山易改，禀性难移。你舅这禀性，就特别难移。我这个人，也是个爱认死理的人，喜欢你舅，就死跟着。你舅从崖上跳下去了，我也就跟着飞下去，快粉身碎骨了。黄正大看我把你舅贴得紧，你舅笑话他啥，我也跟着嘻嘻哈哈，大嘴乱编，就把人家彻底得罪了。他和他老婆，一手扶持起米兰来，就是为了打压我的。我承认，米兰平常比我长得漂亮、标致，但化了妆，却未必有我好看。她身架也有点凉，有时连铜器、音乐节奏都逮不住。尤其是嗓子，跟我就没法比。可有啥办法，人家黄主任有权有势，非要朝起促红，黑的不也能抹成乌红色嘛。我不后悔，真的，一点都不后悔。唱不唱主角无所谓。与其那样谨小慎微地去看他黄正大的脸，去揣摩黄正大老婆的心思，去给她织毛衣，我还不如自由自在地去跑龙套，唱合唱，想哭就哭，想笑就笑，想骂就骂呢。米兰不是也走了吗？黄正大到处说我生活作风有问题，思想觉悟低，不能成为尖子培养对象。硬树起个米兰来，这不，米兰也在一夜之间，跟一个有钱的二婚男人睡了，走了？那生活作风就比我好了？思想觉悟就比我高了？见他的鬼去吧！我跟胡三元就是好，咋了，坐了监回来，我还跟他好，跟他睡，咋了？我要跟张光荣离，他不离么，有啥办法？不过你舅也不是个啥好东西，这些年真的把我害苦了。狗日的就是个丧门星，简直把我弄得人不是人，鬼不是鬼的，可有啥办法？你看他被火药烧成那个鬼样子，从监狱放回来，我不待见，又有谁待见这号活鬼呢？今天的事，你都看见了。你还小，本来这事不该看的，可看了，也没啥。人么，只要东西都全乎着，一辈子总是要看、要干的，话丑理端。你舅怕你生气，让我来给你说说清楚，我想也没啥好说的。你舅，还有我胡彩香，就这么两个烂人，你看值得叫舅、叫胡老师了，就继续叫，要是不值得叫了，不叫拉倒完事。我们对你，该咋还咋，该干啥还干啥。你舅今天还跟我商量着，要我好好给你把唱腔再弄一弄，说唱戏唱戏，好角儿就凭的一口好唱呢。不仅要有好嗓子，更要有好味道呢。武戏固然重要，可从长远看，还是唱念做打全才、文武不挡的好。我都满口答应了，说要给你安排个课程表，长期朝下教呢。没想到，让你把这事撞见了，也不知你还瞧不瞧得起我这个老师。你是你舅的外甥女，我也一直是把你当亲外甥女看待的。认不认，反正就这回事了。我也不给你多说了，学唱的事，我把课程表都弄好了，你就自己看着办吧。"

胡彩香说完，从身上掏出了一张自己用圆珠笔打的课程表，放在了床上。

她都准备起身走了，又从另一个口袋里掏出一块红布来，说："给，这是你舅给你从庙上求的一块'老爷红'。说是你今天看了不该看的东西，怕你背时走霉运呢，让你别在裤腰上，辟邪哩。"

说完，胡彩香就走了。

这天晚上，易青娥一会儿看看课程表，一会儿看看"老爷红"，一夜都没睡着。

第二天早上，按胡彩香课程表上的要求，五点就有一节课。易青娥都爬起来几次了，却又躺下了。

但最后，她到底还是去了。

四十

黄主任调走的事，很快就在院子里完全传开了。

210

都在掐算着他啥时候走呢。

郝大锤那几个，一天朝他家里跑好几趟，一会儿拿些纸箱子，一会儿拿些绳子，说是在家里帮忙捆扎东西。

都传说，以后团上领导就不叫主任，改叫团长了。团长书记都由朱继儒一肩挑了。可朱继儒这几天反倒不见露面了。他把门窗迟早都关得严严实实的，别人叫都叫不开。

终于，黄主任是起身要走了。

那天一早，就有人朝出抬纸箱子。接着，又朝出抬木箱子、抬半截柜、抬大立柜。最贵重的东西，就是一台缝纫机。还有一辆半新旧的自行车，是他老婆上班骑的。易青娥想着，黄主任家里，咋都应该是有台黑白电视机的，可没有。他家的整个东西拉出去，也就装了半卡车。有人在装车时，还扒拉着纸箱子看了看，箱子里捆的，基本都是他平常学习的那些书。再就是锅碗瓢盆。还有一些生活日用品。他老婆细法，连几箱子旧报纸都让捆走了。

就在黄主任和老婆最后从房里出来，跟朱继儒几个一一告别时，易青娥她舅胡三元突然出现了。他是用一根长竹竿，卷了一挂很长很长的鞭炮出现的。黄正大在前边走，他就在后边点燃鞭炮放了起来。本来院子里人很少，好多人都故意回避着，不想跟黄正大两口子再照面的。可鞭炮一响，大家就都出来了。朱继儒还阻止了一下，但鞭炮引信特别快，响声很连贯，是钢帮硬正的。尤其是在院子里，每一响，都要再产生无尽的回声，那响动就大了。效果是特别强烈。有人看见，黄正大的脸立马就涨成了猪肝色。他老婆竟然忍不住，呜呜地哭着跑出了院子。当他们都出了大门后，她舅还举着竹竿，跑到门口又放了好半天。

他身后，就响起了比鞭炮更热烈的掌声。

有人竟然还欢呼了起来。

这一天，据说团里好多人都包了饺子，喝了酒。

当然，这晚郝大锤他们也喝了酒。喝完酒，整整骂了半夜。不是骂黄正大，而是骂胡三元。他们认为社会对刑满释放人员管教不严。

易青娥也说了她舅，嫌不该来院里给人家放"起身炮"。总觉得这事不好。

胡彩香也骂，说他就爱出风头。人家都想放，没敢放。就你能不够，花一堆钱，买炮放了，还让朱团长批评了，何苦呢？不过胡彩香又说，放了也就放了，送送瘟神也是应该的。

据说黄正大走时，跟团上几个送他的人，还特别感慨地说，不管怎样，他是经受住考验了。在他来上任时，有领导找他谈话说："老黄哇，你知道组织上为啥要派你去剧团当领导吗？"黄正大摇摇头说不知道。领导说："考虑到你平常生活作风过硬，在几个女同志多的单位，都没惹出过风言风语来。剧团这地方，不好搞，主要是生活作风问题大。你的三个前任，都被这事搞下去了。所以，在派谁去的问题上，一直很慎重。考虑来考虑去，还是觉得你合适。"

易青娥后来也听说，在黄正大以前，的确是来过三任领导的。两个是"文革""工宣队"进驻剧团的。一个是上级"革委会"派来的。第一个叫"工宣队长"。进来一个月，就因对一个女主演"图谋不轨"，被人家男人发现了。说那男人一铁锨朝他背上拍去，好在他跑得快，只拍上了脚后跟，愣是铲下一块皮来。不过他跑出去后，就再没敢回来。第二个"队长"待了半年多，又对一个漂亮女主演动了心思。人家嫌他常年不洗澡，脖子上的黑垢痂，一搓一卷的，坐在哪里，哪里就发出一股恶臭。自是咋都不情愿了。他就天天找人家谈心，谈思想，还帮忙分析角色。其实他对文艺狗屁不通，分析角色，也只留下一堆过了好多年大家一提起来还要喷饭的笑话。最后，还是因迫不及待，要"强人硬下手"，被"心明眼亮的革命群众"，在关键时刻，"一举擒获"了。第三任，完全是被剧团人黑了的。那一任来前，是咬破手指头，写了血书的。他保证一定会吸取前两任的沉痛教训，连跟女演员话都少说，甚或不说。即使说，声音也很大，要让站在很远的人，都能听见的。如果哪个女演员要到房里来了，他就立马把门窗大开着，哪怕大冬天，也不例外。团上几个好事的就说，还真格来了"李玉和"了。一个演"大丑"的，就设计了一出戏，让演

"摇旦"的去"诱敌深入"。"摇旦"这行，在老戏里，多是媒婆。在新戏里，就是演各种反面角色的女性。团上这个唱"摇旦"的，还颇有几分姿色，个头高高的，屁股翘翘的，腰是杨柳腰，脸上还有颗美人痣。她平常把戏里的做人风格，不免要带些到生活中来。女特务演得多，嘴里老叼根香烟，自是显得妖冶风骚了。她完全是主动出击，一有空，就拿着剧本，到领导那里汇报女特务的角色体验去了。领导一开口说话，她还用双手托着下巴，故意做无知少女状，等着领导醍醐灌顶呢。终于，领导再见她来，说话声音也小了，门窗也半掩住了。有一天，领导再也持守不住，说要到她房里去看看。她就像演女特务一样，嗲声嗲气地对上司扑闪着长睫毛说："晚上一点，月上柳梢后，窗户给你留着。"这领导，就如此这般地栽在了"女特务"手上：当他一只脚刚跨进后窗户时，另一只脚，就被人用老鼠夹子死死给夹住了。

黄正大的庆幸，不是没有道理的。据说，"大丑"与"女特务"们，也没少给他设计过类似的狗血剧情，但黄正大始终没有进入角色。因此，在他离开那天，要无限感慨地说，他是经受住了美色考验的。在这一点上，大家还真是无话可说。就在易青娥她舅胡三元放了"起身炮"，把他炸出大门后，据说黄正大还说："好着呢。我不跟他胡三元计较。他毕竟是一个刑满释放犯。接受改造，是他一生的任务嘛！老朱啊，你任重道远哪！我总算平安离开了！我接受任命时，生怕这一关是过不去的。都说英雄难过美人关，尤其是剧团的美人关更难过。这是美人窝子呀！当时还想不来这一关有多难哩，我就让你嫂子帮忙盯着，看着，监督着。今天总算是把坎儿迈过来了。三任都没逃过的关口，我黄正大总算逃过了。说明人的意志还是管用的。也只有在今天离开时，我才敢说这句硬邦话：我胜利了！即使是逃亡，我黄正大也是胜利大逃亡啊！"

黄正大在上车的一刹那间，还回过身，面对剧团大院，深深鞠了一躬。

送走黄正大，朱继儒长长地舒了一口气。然后，他对身边的办公室主任说：

"安排开班子会，下午就开。业务上的事，再拖不得了。再拖，这个团就拖垮完了。"

四十一

朱继儒团长一上任，先开会决定了五件大事。后来有人把这叫"朱五条"。大家认为，这是宁州剧团真正"拨乱反正"的开始。

易青娥是在第二天早上开全团大会时，才听朱团长亲自讲了后来很有名的"朱五条"。

"朱五条"大概是这样的：

一、宁州剧团要赶紧朝业务上拧。外边剧团把老戏都演疯了，我们还才排了个很不成熟的《逼上梁山》。穿着老戏衣服，迈的是现代戏步子，不行了，得奋起直追。得全面抓基本功训练。抓新剧目排练。

二、立即制定业务发展规划。三年拿出十本大戏、五台折子戏来。要不然，宁州剧团就出不了门了。过去的好多戏，已没人看了，有的一演，底下就发笑，也演不成了。

三、年终的时候，全团要进行业务大比赛。先进的要戴大红花，要奖实物，要奖钱。落后的要批评，要罚工资。

四、眼下已经在排练的《杨排风》，要立即纳入全团工作安排。力争正月初一，让这本大戏保质保量地与观众见面。

五、把易青娥从炊事班，临时调到演员训练班工作。

朱团长在宣布这一条时，还特别强调了"临时"二字，但还是引起了全团长时间的热烈鼓掌。会后，几个老艺人还抱怨朱团长说，怎么还用了个"临时"？朱团长带点神秘地说："策略，一种策略。你想想，人家黄主任才走，咱也不能端直给人家来个大反水吧？得讲点方式方法不是。"会后，朱团长找易青娥谈话，也是这样说的。说"临时"是个说辞，其实就是正式，就是永远。让她好好排戏就了。说没人再能把她弄回炊事班了。

易青娥就算又回到了演员训练班。

那天，把她舅高兴的，非要请她到县上最好的一家餐馆，吃一顿好的去。

他们点了四个菜一个汤。她舅还要了一瓶酒。两人足足坐了有三个多小时。她流泪，她舅也流泪。最后舅喝多了，还是她搀回去的。

她舅说："我娃总算熬穿头了，可舅……"

她舅那天哭得比老牛的嗥声还难听。

易青娥完全投入到《杨排风》的排练了。

过去排练地点，一直是在剧场旁边。现在就正正式式进入排练场了。所有配角、兵丁、龙套，也都是团上通过会议宣布的。谁再迟到早退，就要处罚，就要扣工资了。苟存忠老师说，过去排练，那叫"黑人黑户"。现在总算给"烧火丫头"混了个正式户口。排练进度是明显加快了。

当戏排到即将带乐队的时候，古存孝老师提出了一个很严峻的问题："谁来敲《杨排风》？郝大锤？要让郝大锤敲，我古存孝宁愿拔一根毛，把自己吊死算了。他能敲戏？看他能把灶房发霉的面疙瘩'敲细'不？他朱继儒，这回要不解决敲鼓问题，咱就给他把戏摆下。看他正月初一给鬼演去。"

苟存忠老师说："老朱这个人不错，是抓业务的一把好手。'朱五条'尤其英明正确。老朱重视咱，给咱搭下这么大的台子，咱们恐怕不能给老朱摆难看吧？"

"这叫摆难看？这叫为他好！他是团长，是宁州剧团的一把手，咱把啥戏排好了，还不都是给他脸上贴金哩。还不都是在贯彻落实'朱五条'？这次必须解决好敲鼓的问题。这个问题解决不好，戏最后还是一锅粥。我古存孝再也丢不起这张老脸了。"古老师说着，还把自己那张皮肤明显松弛着的脸，拍得啪啪直响。

苟存忠老师就同意跟古存孝一起，去找朱团长了。他们自是先要歌颂一番"朱五条"。朱团长听得高兴了，还感慨说："当时讲得还是有点急，其实五十条、六十条想法都有哇！"古存孝老师说："不急，馍还得一口口吃呢。关键看吃法对不对。你朱团现在是吃法对了，就有的是好白馍，等着咱张口哩。"朱团长被夸兴奋了，嗵地踅出一瓶十几年前攒下的西凤酒，还让老婆用芝麻油，滚了一盘烫嘴的花生米。几个吃着喝着谝着，甚至把剧团今后五年要排的戏，都齐齐捋了一遍。可当古老师提出郝大锤敲不了《杨排风》，必须换得力人手时，朱团长又是啪地一下，把宽宽的额头狠狠拍了一巴掌说："这可就麻烦了，麻烦了。团上现在就郝大锤一个敲戏的，你不让他敲，让谁敲？"

古存孝和苟存忠老师是心里有了人，才来找他的。但他们偏不先说出胡三元来。他们想，一来，重要人物使用，得领导亲自点。别人点出来，领导明明觉得好，有时也是会故意推三阻四的。二来，胡三元毕竟是刑满释放人员，能不能用，好不好使唤，他们也掂量不来。再说，胡三元毕竟不是一盏省油的灯，还不知中途又会生出啥幺蛾子来呢。他们不自己点人，只拿事说事，拿事赶事，拿事逼事，即使将来惹下啥乱子，跟他们关系也不大。古存孝是老江湖了，他一辈子跑过十几个戏班子，啥人没见过，啥事没经过。处理这号事，绝不能把自己的手夹住。

但朱团长始终没吐核儿。死坚持再没人了。他也承认，郝大锤的确不行。不行也得用，这就是宁州剧团的现实。人才断档，青黄不接，培养得有个过程。苟存忠老师急了，说等培养出一个好敲鼓的来，黄花菜都凉了。他端直点出了胡三元。古存孝老师还给他使了眼色，可已晚了，他已经把胡三元端上桌面子了。他说："我们都认为，胡三元就是敲《杨排风》的最好人选。首先，技术过硬。听说在劳改场还敲着练着，减刑就为鼓敲得好。二来是易青娥她舅。他会用心敲，拿感情敲。唱戏这活儿，就看你投入的感情有多大，投入得越多越大，戏就越燃火、越放彩。咱放着现成的能尿人，为啥不用呢？"

朱团长美美倒吸了一口冷气说："嗨，你看我，是不是老了，刚喝了点白酒，这牙就痛起来了。咝，咝，咝，咋还这痛的，里面都发火燎烧了。"

苟存忠老师说："老朱，管你牙痛不牙痛，事情已经摆到这儿了，你得坐点子了。"

朱团长起身，给嘴里含了一口凉水。然后坐下说："老古，老苟，你看咱都不是外人了，我也打开窗子给你们说说亮话。我知道胡三元是个能尿，鼓敲得没谈嫌的。可这家伙，你让我咋说呢。判了四年刑回来，劳改场和派出所都让他安排点事做。你就给人家黄主任低个头么，可他不。人家老黄调走，他还弄一长挂炮，放得满院子乌烟瘴气的。弄得人家老黄还找了上边领导，专门给我打了招呼，说这个刑满释放人员很危险，绝对不能用。你看看，你看看。老黄为他走当天，我就开会决定的那五件事，已经很不高兴了，还捎话给我亮耳朵说：'没看出，朱继儒这个人，平常老勾着个头，一副忠厚老实的样子。可实际上，完全不是这么回事嘛。我前脚离开，他后脚就踢我响尻子呢。什么'朱五条'，一言以蔽之，那就是全盘否定黄正大，公开跟我对着干么！胡三元的外甥女，当时就是走后门进来的么，不处理能行？他连这个也能朝起翻？看来朱继儒这个人，表面和内心完全是两张皮，埋藏得很深很深哪！他让我不停地想起那些老电影里的老狐狸，往往就是门口那个最不起眼的戴着烂草帽扫大街的货。'你看看，你看看，把我说得多阴险。你说我眼下还能再用胡三元？不管咋说，我跟老黄也同僚为官一场。我就是今辈子，再不吃人家食品公司供应的平价猪肉、鸡蛋了，可县城就这尻子大一坨地方，猛不丁一天，要是再跟老黄碰上了，你让我朱继儒咋面对人家吗？理解！理解！理解！还是用郝大锤。先将就着用，不定还能把大锤培养出来呢。"

朱团长刚说完，古存孝老师就说："谁要是能把郝大锤培养成一个好敲鼓的，我古存孝就敢吹牛：我能把团里养的那两头猪，一头培养着敲大锣，一头培养了吹喇叭。你信不信？"

这话把朱团长和苟存忠老师都惹笑了。

反正不管咋说，朱团长都没松口。

他们就出来了。

古存孝、苟存忠老师也都不是好说话的人。尤其是让郝大锤敲戏，他们的观点是：宁愿不再排破戏，也不受那窝囊气。他们几个在一起商量了一整，最后苟存忠老师出点子说：

"还是要用胡三元，但得让胡三元自己去给老朱下话。不信还缠不死他个朱继儒。"

她舅胡三元那一阵刚好没事。他想着黄正大走了，也该是让他回团敲鼓的时候了。他听易青娥说，古存孝他们几个，为这事都找过朱团长了。可等啊等，啥消息都没等来。装车、卸车、挑选鸡蛋挣的那几个零钱，一旦没了来路，立马就花得干干净净。后来，他又到药材公司门口，混着装卸过几车火藤根片。可那毕竟是有一下没一下的事，并且还有了"地头蛇"，挣两个小钱，还不够人家"抽头子"的。这几天，眼看连饭钱都成问题了。胡彩香要给他钱，他还嘴硬，说自己有。最后是拿了外甥女的钱，才一天一顿饭地朝下凑合。

苟存忠老师觉得裘存义跟她舅熟，就让裘存义去找他，煽惑他去死缠朱继儒，说："说不定就让你回团敲鼓了呢。"她舅开始还不愿意，觉得这是秃子头上的虱子，明摆着的事：宁州剧团要落实他的"朱五条"，想朝业务上拧，不请他胡三元回去把控"武场面"，能行？他心里还自我热煎了好长时间呢。后来听说，人家根本就没有请他回去的意思，他才咯噔一下，把心凉了下来。他觉得朱继儒也就是个爱好龙的叶公。龙真来了，还把他吓得声都不敢吱了。可在街上当临时搬运工的日子，实在不好混，加上他对朱继儒还是有些好感的，觉得去给老朱低个头，也没啥。他就空脚吊手地去了。

老朱倒是对他很热情，又是泡茶，又是点烟的。可一说起正事，就往一边胡扯：不是问劳改场有几个砖瓦窑，就是问那里边让不让抽烟喝酒，还问号子里上厕所咋办。房里蹲个粪桶，是不是臭得要命？胡三元一直把话朝业务上引，说他在里边享受特殊待遇，跟普通犯人不一样，负责组织监狱演出宣传队的事呢。他说他不光给犯人排戏，还给警察排呢，吃喝有时都是警嫂给特殊做的。连鼓板、鼓槌，一套响器，都是场领导亲自批准，他"带着"两个警察一起到省上乐器店购买的。连警察最后都混得跟自己的哥们儿兄弟一样，可以掰手腕、摔跤子了。可朱团长偏要问他"那砖瓦窑的砖，都卖给谁了？""一口窑一次能烧多少砖？""烧砖时，是不是犯人都光着屁股跑出跑进的？""不过都是男人也无所谓噢。"气得他嗵地起身走了。他回去跟裘存义说："朱继儒取了'副'字，一扶正，人就变了。变得高高在上、好打官腔了。原来那个朱继儒不见了。"苟存忠、古存孝、周存仁、裘存义几个老师，又集体给他做工作，让他继续去缠。说他们这边，会帮着唱"里应外合"这出戏的。

她舅就又去缠。

开始朱团长还沏茶、发烟。后来茶也懒得泡，烟也懒得散了。他一来，人家就起身说，县委通知他开会，立马得动身。这一理由说多了，她舅甚至还当面揭穿过："你前几次哪里是去县委、县政府开会了。我见你一出去，就朝河边溜。倒背个双手，顺着河沿，从东溜到西。估计我走了，就又车身回来了，当我不知道。你是怕见我胡三元哩。"整得朱团长嘴直张，还说不出话来。再后来，他来时，就见朱继儒又熬上了中药。宽阔的额头上，又搭上了他当副主任那些年特别爱搭的湿毛巾。嘴里还哼哼着，像是哪里很痛的样子。她舅知道，排练场那边，戏快要停摆下来了。说郝大锤只去跟了两三天排练，就把四个老艺人气得快上吊了。

眼看离春节不到一个月了，古存孝老师他们还真把排练给停下了。只私下让易青娥不要松劲。他们几个都说准备要回家过年了。朱团长被整得没办法，只好把几个老家伙叫到家里，脸上做着怪表情，一边喝着中药，一边说：

"你几个老东西，没一个好货，硬是把我朝死里坑呢。也不知胡三元都给你们吃了啥药，非要让他回来敲。离了张屠夫，还真要吃浑毛猪了，啊？让他回来也可以，但我也要给他立五条规矩：一、这是临时的。只让他回来敲《杨排风》，其余的戏，还是人家郝大锤敲。

二、要严格要求自己。虽然不算团上的正式职工，但一切都要按团上的纪律制度办事。并且对他还要越发管严些。三、不许把劳改场里的事说得天花乱坠的。好像他在里边比外边人还活得受活，比警察都活得能行些。团上年轻人多，不敢把娃们带坏了，都觉得到那里边是享福去了。四、不要跟郝大锤发生任何冲突。遇事让着点。他那不饶人的臭脾气、臭毛病，都得好好改一改了。五、让他把屁嘴夹紧些。别再满院子骂人家黄正大了。我们搭过班子，不敢让人家说人走茶凉。说我尽翻人家的烧饼，抽人家的吊桥，跟人家对着干呢。这是个官德问题，懂不懂？你们都别给我下巴底下乱支砖头了。他能做到这五条，就让他来。做不到了，看哪里娃娃好耍，就让他到哪里跟娃娃耍去。记住，最关键的就两点：第一，这是临时的。要反复给他强调这一点。二是让他把屁嘴绝对要夹得紧紧的。不说话，没人把他胡三元当哑巴。反正是再别给我惹事了。"

朱继儒家里是大地主出身。他爷是当过宁州县长的。朱县长是希望他的孙子好好上学，将来也弄一官半职，好续接香火，光耀门楣的。谁知他小小的就爱上了秦腔。能唱闺阁旦，能拉板胡，还能作曲。最后，是跟一个戏班子跑了。一九四九年后，这个戏班子作为宁州剧团的班底，被公私合营了。他也就跟着合了进来。几十年了，大家还从来没见他骂过人，今天突然把屁字都说了好几遍。四个老艺人听着虽然也想笑，但也感到很严肃，很严重，很严正，甚至很震惊。他们很快就把新的、只针对他胡三元的"朱五条"，郑重其事地传达给了他。

第二天一早，她舅胡三元就夹着板鼓、牙子、鼓槌，回团敲戏了。

四十二

连易青娥都没想到，她舅还真让那四个老艺人给撺掇回来了。

她舅回团的那天早晨，《杨排风》剧组人刚到齐，古存孝导演就宣布："经过朱团长批准，让胡三元回来，临时给《杨》剧敲鼓。只是临时的噢。大家欢迎！"

大家立马就用眼睛搜寻她舅在哪里。她舅就从排练场外，抿着龅牙进来了。

那天早上排练场的灯光特别亮。易青娥看见她舅那半边脸，更是显得乌黑乌黑的。她舅跟大家打了招呼，就坐到司鼓看戏的位置上了。没想到，戏刚开始一会儿，郝大锤就一脚踢开排练场门，端直朝胡三元坐的位置上冲去。所有人都停止了正进行的动作，静静看着这一出戏咋朝下唱呢。易青娥吓得，连手上的"烧火棍"都跌在地上了。

"哎，这是谁的裤带没扎紧，咋冒出这样个黑不溜秋的怪货色来。啊？是谁的？"

郝大锤话刚说完，就有人哈哈大笑起来。

易青娥生怕她舅那炸药脾气又爆了，跟郝大锤干仗呢。谁知她舅啥话都没说，只把正翻着的剧本合了合，脸上还掠过了一丝很平静的微笑。只是一笑，那两颗龅牙就越发突出了。

只见郝大锤有些急不可耐地吼叫开了："哎，说你呢。胡三元，你个杀人犯么，咋还有脸回宁州剧团来讨饭吃呢？这是你坐的地方啊？要脸不？起来！"说着，他抬手就把她舅敲戏的剧本，一下胡噜到了地上。然后，把自己夹来的剧本，狠劲朝桌上一撇。他还用手势示意她舅，立马走人。

她舅一动没动地坐在那里，脸上还是带着那点微笑，不过显得尴尬了许多。

郝大锤就动手把她舅朝出掀了。她舅身子依然没动。可那椅子，到底还是被郝大锤掀翻了。她舅就一屁股坐在了地上。

让易青娥特别不能理解的是，她舅今天竟然没有任何反抗的意思。即使坐在地上，爬起来，也是把屁股上的灰掸了掸，就又在旁边的长条椅上坐了下来。脸上还是带着那丝平和的笑意。所有人都有些惊奇，觉得这可不是胡三元的脾性啊。可胡三元今天就这样做了。全部过程，几乎找不到半点输理的地方。

古存孝导演终于发话了："哎，大锤，你原来放过话的，说你要敲《杨排风》了，都是石头缝里蹦出来的。我还以为你真不敲了呢。这就是个烧火娃主演的戏，也没啥名头。更算不上团里的重点戏。朱团安排，说让胡三元来临时敲一下，不影响你的事么。你就让胡三元先敲着吧，你想敲了，那将来你还敲么。"

没等古存孝导演说完，郝大锤就扑到他面前，用指头叨着他的鼻子喊道："都是你这几个妖魔鬼怪做的祸。自打把你们放出来，宁州剧团就不停地兴风作浪，连烧火做饭的都唱了主角，真是把唱戏的八辈子先人都亏尽了。"

古导演急忙说："你看你看，是不是你瞧不上敲这戏？这就是个烧火娃的戏么，你何必要抢着敲呢？何况这戏也不咋好敲。你就让三元在前边划个样样，以后敲起来也方便不是？"

"方便你个头啊。凭啥让他胡三元来划样样？他个杀人犯，能划出什么好样样来？啥破戏，还不好敲，老子倒要敲敲试试。"说完，郝大锤拎起椅子，一屁股就坐下了。

排练场僵持在了那里。

也就在这时，有人把朱团长叫来了。

大家都盯着朱团长，看这戏咋收场哩。

只见朱团长站在大门口，给郝大锤招了招手："大锤，大锤，你来一下！"

郝大锤端直问："啥事？就在这儿说。咱不搞阴谋诡计。"

朱团长说："你到我办公室来一下。"

"不去，有啥事这儿能说。"郝大锤还撑得很硬。

朱团长就慢慢走到他跟前，不知低声说了几句啥，郝大锤把剧本朝胳肢窝一夹，还把椅子踢得转了个向，就跟朱团长走了。

据说那天郝大锤再从朱团长房里出来，是拎着一个腊猪屁股的。都说这是朱团长好多年都没舍得吃的一个猪屁股。有太阳的时候，他老婆会拿出来晒一晒，看上去红彤彤的油亮。猪屁股足有十几斤重。郝大锤拎出来时，朱团长还撵出门说："大锤，大锤，煮时要文火。

火太大，就把一个好猪屁股煮糟蹋了。我和你师娘好多年都没舍得吃的。"大家分析，朱团长当时总不至于给郝大锤耳语说："我给你一个腊猪屁股，你就别跟胡三元争了，好不？"再说，郝大锤当时那种欲上房揭瓦的怒气，一个腊猪屁股，恐怕也是难以平息的。这事就成了一个谜。有人还问朱团长，当时到底给郝大锤说了啥，郝大锤能那么乖乖地就跟着他走了。朱团长光笑，死不吱声。直到郝大锤死了，朱团长才把那天说的话吐露出来，把好多人都惹得笑出了眼泪。都说老朱是个阴谋家。朱团长说，领戏班子，天天都是麻缠事。做这些人的工作，那就是一半哄人，一半哄鬼哩。不哄，好多事当下就折不过弯么。这是后话。

自朱团长把郝大锤叫走后，郝大锤就再没进过《杨》剧排练场。她舅胡三元就像别到干滩上的鱼，突然被扔回到水里一样，跟忠、孝、仁、义四个老艺人，没明没黑地，硬是把《杨排风》"盘"成了"一条浑龙"。眼看着这条"龙"，就有形、有气、有神，点睛地飞腾了起来。

大年初一晚上，一经推出，立马引起了不比当年剧场大爆炸一样的轰动效果。

宁州剧团一下给火起来了。

尤其是易青娥，连自己都没想到，一个戏能有如此大的魔力。她几乎在一夜之间，就成宁州县的大名人了。

宁州人看过好戏，但没看过这样好的戏。都说演杨排风的易青娥不仅武功好，而且扮相也好，唱得也好，是剧团好多年都没出过的"人梢子"了。不几天，满县城就风传开了易青娥的各种故事。有的说，这娃一开始就是招来做饭的。做着做着，发现有演戏天才，就开始学戏了。有的干脆说，她是剧团下乡遇见的讨米娃，假在灶门口死不走，就留下烧火。烧着烧着，娃又偷偷学开了戏。还有的传得更邪乎，说易青娥就是省城那个大名演李青娥的私生子。名人生下了黑娃娃，没法见人，就偷偷送到宁州来养着，后来就考了剧团。总之，传得五花八门，连剧团人都听傻眼了。不过这种谣言传播，对《杨排

223

风》这出戏倒是大有好处。从正月初二开始，戏票就紧张起来。售票口的队一排几十米长。那时甲票一毛五，乙票一毛，楼票五分钱。见天爆满。最后弄得到处领导打招呼，熟人追着撵着要票，把朱团长难为得，额头不时拍得啪啪响。常常见他把自己的衣服口袋，全都翻卷过来说："没有，没有，真的一张都没有了。"他开始是让办公室分票，结果分着分着，意见太大，连财政局领导要的都没分够，气得他就骂人说："你这些混眼子，连财政局的都保证不了，还等着拨款哩，看人家能给你拨个萝卜坐上。"办公室的冷回话说："光财政局一天就要五六十张呢。"朱团长说："五六百张也得满足。你是想把嘴吊起来不活了是吧？"没办法，他就亲自参与分票，结果确实难分得要命，他只好装病躲起来了。那几天，满院子都是找戏票的人。朱团长也是每晚都开戏半小时了，才从哪里冒出来，还病病快快地说："瞎了，瞎了，这回为戏票，让我朱继儒把一城的人都得罪完了。"

就在正月初六的时候，易青娥她娘胡秀英、她姐易来弟，还有五年前她回家时，她娘才给她生下的那个小弟弟，后来取名易存根的，一起都看她来了。

那天晚上，胡彩香老师在给她化妆了，宋师突然把一串串人领进了化妆室。管化妆的还喊叫，让不要把观众领进来。宋师说，是易青娥她娘来了。立即，化妆室的人就都把头扭过来，看易青娥她娘是个啥样子。

易青娥正在聚精会神地默词呢，只听有人喊："招弟，招弟！"已经好几年没人喊叫这个名字了，但声音又是那么熟悉。易青娥转身一看，竟然是自己的娘来了。娘身边跟着她姐。她姐脖子上，架着一个四五岁的小男娃。小男娃鼻涕吊多长，头上还戴着一顶火车头帽子，两个耳扇，胡乱朝起飘扬着。易青娥就知道，是小弟已经长大了。她急忙喊了一声："娘！姐！"就突然哭得发不出声了。

所有人都有些不理解地看着这母女相会的一幕。胡彩香老师急忙说："青娥，不敢哭，一哭妆就毁完了。毁了还得重化，已经来不及了。"可易青娥咋都忍不住，还是要哭。她抱着娘，拉着姐，哭得咋都丢不开手。

这时，她舅来了，说："姐，你们咋这个时候来了。快，别在这儿惹娃哭了。我领你们先看戏。娃戏重得很，都要开演了，不敢在这儿打搅了。"说完，就把易青娥她娘、她姐、她弟都领走了。

这天晚上，易青娥尽量控制着情绪，并且把戏演得特别卖力。她想，今晚演戏是给娘看、给姐看、给小弟看的。自己十一岁出门，转眼已是六年多了，也该让家里人看看自己的出息了。

池子和楼座都是满的。易青娥她娘、她姐和她弟，是被朱团长特许，在十排的过路道上加了两个凳子。有人还提意见，说不该占了安全通道。收票的人就悄声说，这是易青娥她娘。那人立即就高看一眼，甚至还给缠在她娘怀里的男娃，抓了一把瓜子塞过去。

易青娥她娘和她姐，也看过几回戏的，并且还看过县剧团的戏。但由他们家招弟主演，并且演得观众一个劲地拍巴掌，把手拍红拍痛了还要拍，嗓子喊哑了还要喊的场面，的确让她们先是目瞪口呆，继而要心花怒放、手舞足蹈了。开始她们还真不敢拍，不敢喊呢。后来发现招弟简直是神了，把一根烧火棍，玩得比《大闹天宫》里孙猴子手上的金箍棒还溜。她们喊好的胆子就大起来了。她娘咋都觉得像一场梦，这能是她亲生的闺女？这还是那个小学都没念完，就让她叫回去放羊的招弟吗？她姐更是不敢相信，自己那么个傻乎乎、话不多的妹妹，竟然出脱成这样漂亮的一个天仙了。并且浑身溜的，一次能转好几十个圆圈，还脚不乱、头不昏地迅速站定。就在稳住神、定住身的一刹那间，还要拉起头上两根一米多长的鸟尾巴毛，可里麻茶，做出一个让敌人心惊胆寒的动作来。尤其是到了最后，敌人蜂拥而上，把招弟团团围住时，招弟是神定气闲地把这群大胡子男人，引来逗去地玩于股掌之间。他们无论谁刺出枪来，招弟都能轻松应对：刺向头部的，招弟拿彩旗挑出去；刺向胸口的，招弟用转身搪开来；刺向背后的，妹妹用倒踢脚踢飞散；刺向双腿的，妹妹双腿双脚并用，让枪一把把又倒刺回出手方。真是把观众看呆了，把她和她娘也看傻了。连五岁的易存根都不停地问："这是二姐吗？这是我二姐吗？"

这天晚上，当她娘、她姐、她弟走进灶门口时，又是一场号啕大哭。娘没想到，自己的女子在城里是住着灶门口的。娘说："这些年，家里的确太穷，一个顾不住一个。想着你在城里参加工作了，总比家里人混得好些。可没想到，娃竟然是这样一个光景。就这，每年还要给家里寄五六十块钱回去，贴补家用呢。真是难为我招弟了。"她舅说："娃的确懂事。头半年还没有工资，后来有了工资，一月也才十八块，就是个吃饭钱。前两年，娃每年过年，还要给我寄两条烟呢。"她舅说着，眼泪也下来了。不过她舅也说："娃这下一切都好了，成了宁州团的台柱子了。谁都不敢再欺负了。以后还不知有啥好日子等着她呢。都不要哭了，难得见面一场，尽哭啥呢。"

大家就不哭了。她娘把给女儿拿来的吃喝，摆了一桌子。一家人吃了喝了，她舅让早些睡。可她舅走后，他们还是谝了大半夜。易青娥叹息说，要是爹这回也来了就好了。爹可是最爱看戏的。娘说："你爹在家里又养起羊来了。"

易青娥急忙问："又养羊了，几只？"

易存根抢着说："三只。"

易青娥问："咋还是养三只？"

娘说："你爹上次见你回来，听说三只羊没了，看你满眼都是泪花花在转哩，他就一直嘟囔说，赶以后日子好些了，还是要把招弟喜欢的羊再养起来。他说，他一想起你上次回去问羊的事，到现在心里还难过呢。"

这天晚上，易青娥做梦又回九岩沟了。

沟里到处都是羊。

她还是那个放羊娃。

四十三

易青娥她娘们仨，是待到正月十三回去的。易青娥想留他们多玩几天，再看几场戏，娘说："不敢玩了，家里还一大摊子事呢。再玩，回去你爹就要骂人了。"她姐在要走时，倒是留下后话说："招弟，好好混，混好了，将来把姐和娘都接到县城来，也过几天好日子。"

易青娥点点头说："放心，姐，我只要能过好，就一定接你们来。"

她弟玩得还不想回去，说要跟二姐在城里学"耍棍"、学"踢枪"、学唱戏哩。

姐说："你还是好好回去经管易家的香火吧。爹和娘，眼巴巴把你招来、引来，就是为续易家香火的。我和你二姐，都是爹娘不待见的'赔钱货'。"

她娘照她姐的屁股，美美拍了一巴掌说："看你姐，就嫌我不该生了你弟，有事没事的，总要跟我说这些鬼话呢。"

易青娥笑着说："姐也是跟你闹着玩的。"

娘他们走后，戏是越演越火了。尤其是县上开"三干会"的干部们看后，几乎在全县都炸了锅。都要求正月十五后，到他们那里演出。县上几个领导，也不停地大会小会表扬着剧团。关键是有一天，书记和县长还亲自到剧团调研来了，问剧团还有什么困难。朱团长就把书记、县长领到学员宿舍看了看。一个宿舍住几十号人。连书记、县长都没想到，剧团住宿这么困难。书记还主动问，演杨排风的那个女子住在哪里，我们看一看去。朱团长开始还不敢把领导朝灶门口引，害怕挨批评呢。可一想，觉得也许是好事，说不定还能解决一些大问题呢。他就把领导引到易青娥住的灶门口去了。书记看完，半天没说话。县长也不知说啥好。

书记问易青娥："你一直就住这里？"

易青娥点点头。不过她急忙又补了一句说："住这里挺好的，冬天还暖和。"

书记拍了拍易青娥的头说："孩子，你给宁州争光了呀！我们不能让你住这样的地方啊！"随后，书记就跟县长和陪同来调研的干部说，"必须立即解决剧团的住房问题。尤其是像演杨排风这样的娃娃，啊，易青娥，一定要安排住好。安居才能乐业嘛！给这样的娃安排不

227

好，那就是我和县长的失职啊！"随后，县上就做了一个重大决定：县医院整体搬迁新址后，留下的老房子，一次性给剧团划拨二十间，以解决剧团年轻职工的住宿问题。老县医院刚好紧挨着剧团院子。剧团只是把院墙向后移了移，就把又一个小院子包了进来。那几天，朱团长喜得嘴都合不拢了。本来他考虑，是要给易青娥单独分一间的，哪怕小一些。可最后想来想去，还是觉得不让娃搞这个特殊化。她毕竟年轻，才出道，啥都欠火一点好。尤其是不要惹人嫉妒。一遭嫉妒，娃反倒日子不好过了。再加上易青娥转眼也就十八岁了，舞台上一红火，盯的人就多。几个娃住在一起，也安全些。最后就跟其他学生一样，三人一间，不过把易青娥她们分在特别向阳的位置了。

这样，易青娥就算彻底搬出灶门口了。

在通盘考虑住房的时候，朱团长给胡三元在不起眼的地方，也考虑了一间不到八平方米的拐角房。过去是医院堆杂物的。为这事，郝大锤又美美在院子骂了几天。但骂归骂，朱团长到底还是让胡三元住进去了。只是没忘强调"临时"二字而已。

就在这个春节，胡彩香老师的爱人张光荣又回来探亲了。张光荣这次回来，没有再挨家发水果糖，而是改发酒心巧克力了。一家八颗。有那关系好的，也会再添两颗。胡彩香老师就给易青娥一回捧了二十几颗。张光荣还又添了一大把说："再给娃拿些。我把娃的戏看六遍了。娃将来在宁州恐怕搁不住哇！"易青娥觉得张光荣这个人挺好的，待人很实诚。她甚至觉得自己的舅不好，老在人家不在的时候，跟胡老师黏扯不清。她觉得就连自己，也是欠了人家光荣叔一份人情债的。不过她也感觉到，自光荣叔回来，她舅跟胡老师之间就离得远了。有时在院子碰见了也不说话，可郝大锤还是要一个劲地挑唆。有一天晚上演完戏，易青娥在水池子洗衣服，就见喝得醉醺醺的郝大锤，跟光荣叔勾肩搭背地从外面回来了。郝大锤说："你张光荣多好啊，走了，老婆有人经管。回来了，老婆又跟你钻进热被窝了。福分哪，前世修来的福分哪！哪像我郝大锤，到现在还是庙里的旗杆，光棍一杆。你也甭生气，老婆那是拔了萝卜窟窿在的事。只要你回来，这萝卜坑还是你的就成。他胡三元经管一整，还不是狗咬猪尿泡——空欢喜一场。你说是不是？啊大兄弟？哈哈哈……"这天晚上，光荣叔就又拿着那把一米多长的管钳，颠三倒四地去了她舅房里。她舅见人进来，端直推开后窗户跳了出去。光荣叔就把舅房里的东西，砸了个稀巴烂。砸完，连他自己也醉得爬不起来了。最后是胡老师来，把人硬背回去的。

她舅的事，本来就够让易青娥难堪的了。可就在她最红火的时候，不知谁，又把廖耀辉的事翻了出来，硬说廖耀辉糟践过她。虽然那时她还并不太懂得这件事的严重性。可她还是在心里骂着廖耀辉，也恨着舅了。

那是三月的时候，县上开"两会"，硬把她推选成了县政协常委。连朱继儒团长才当了个政协委员，还靠的是他父亲当国民党县长的老底子。大会开幕时，易青娥是坐在主席台上的。而朱团长却坐在台下。易青娥真的是稀里糊涂被提名的，说她符合好几个条件。尤其是年龄，能把常委的平均年龄拉下来不少。直到开会，她都不知道政协是干啥的。发的文件，好多字她也不认得。但这事，在团里团外都传得很凶，说她搞不好下一届还要当副主席呢。易青娥也不知副主席是干啥的，反正就是觉得麻烦。不仅开会得坐很长时间，几天练不成功，而且还要发言。一叫发言，易青娥就不由自主地拿手背挡住嘴，光傻笑。委员们也就都笑了。说易委员不发言也行，那就唱一段，唱一段也算发言。她就站起来唱一段。这事也传得到处都是，说最后领导还点名批评了。批评有些组，在讨论时让委员唱戏，很不严肃。后来她就再没在会上唱了。不过私下里，大家还是一个劲地要她唱。有的还要她把杨排风的"棍花"，也近距离玩着让大家看一看。她去开会，还不得不拿着"烧火棍"。总的来说，她是不喜欢开会的。为这事，她还找过朱团长，问能不能不让她当啥子委员、常委了。朱团长还笑她说："真是个瓜女子哟！这是政治待遇，不仅是给你个人的，也是给整个文艺界的。就因为你《杨排风》演得好，剧团十几年没出过这样扎实的好戏了，大家服气你，才把你推上来的。其他单位的人，为争一个委员，脑壳都快打破了。人家给了你常委，你还不当。我娃这脑壳呀，真正叫瓜实了心了。"朱团长说着，还溺爱地敲了她一个脑瓜嘣。

易青娥真的是不喜欢开会。她连剧团院子都不喜欢出去，更不爱跟人交流了。平常，除了演出，一有空，她就钻进练功场不出来。她觉得一个人独处，很自在，很舒服。跟她同分在一个宿舍的，一个是演闺阁旦行的周玉枝，一个是演小花旦行的惠芳龄。周玉枝比易青娥大两岁，惠芳龄跟易青娥同龄。过去易青娥在灶房时，跟她们接触都不多。即使后来调回学员班，易青娥还是不主动跟人说话的。自她红火起来后，除楚嘉禾明显表示出不屑外，其余同学还都是希望跟她接近的。可她也许是天生的自卑，总是见人笑笑，就再没多余话了。她们三人分到一个宿舍，有好几天，也都是周玉枝和惠芳龄在说话。她自把东西搬进宿舍后，还是把所有时间，都放在功场了。回房就是洗漱睡觉。有一天，周玉枝不在，易青娥练完功回房后，惠芳龄硬是没话找话地跟她聊了大半天。与其说聊，不如说是惠芳龄一个人在说。

惠芳龄嘴特别利索，也特别能说。她说："青娥，你现在是宁州的大红人了，有些话，不知当说不当说？"易青娥也没说当说，也没说不当说，惠芳龄就说，"我们过去都小，不懂得好多事，都以为你舅不好，你也就不好了。都不敢跟你说话。有人在宿舍欺负你，也没人出来帮你。那时真的都太小，瓜得很瓜得很。现在想起来，真是可笑极了。你是我们这班学生里，吃苦最大、最多的一个。今天这样红火，也是应该的。不过，有些人也太坏了，总是在背后说三道四的。不仅说你舅的坏话，而且也说你呢。那话恶心的，我都不知咋给你说好了。"易青娥本来是不想听的，见惠芳龄把话说成这样，又想听了。就让她说。让她说了，惠芳龄反倒又要遮遮掩掩的。易青娥就拉开被子，准备睡觉了。可惠芳龄到底还是把话说出来了，就是廖耀辉跟她的事。不过这事已经不是本来的样子了，而是说成廖耀辉把她压在灶门口，已经咋了咋了的。并且说都咋了好几年了。说她舅回来为这事，还拿火钳打过廖耀辉，要不是宋师挡着，都差点出人命了。许多事情还都说得有鼻子有眼的，真真假假，虚虚实实，一下就把易青娥打蒙了。

后来，她舅见了她，也是说："娃呀，人怕出名猪怕壮。你一红火，啥事就都来了。你要经当得起呢。"胡彩香老师也是这话，要她挺住，说谁爱说，就让说去。再后来，苟存忠老师也安慰她。古存孝老师也安慰她。连裘存义、周存仁老师也都安慰起她来。她就知道，这事已经被传得到处都是了。有一天，说郝大锤为打菜跟廖耀辉吵架，端直把最恶毒的话都说出来了："你个老强奸犯，还没抓走？还没被拉出去毙了？你狗日在灶门口弄下的那些龌龊事，看纸里的火炭，还能包藏到几时？老狗日的！"

为这事，朱继儒团长还专门把易青娥叫去谈了一回话。说事情的经过，他都找宋师了解了。有些人是别有用心，要她不要理睬。易青娥又能怎么理睬呢？有一阵，她一看见廖耀辉就来气。廖耀辉远远地见到她，也朝一边躲哩。这样越躲，闲话就越多。气得易青娥只能用棉花塞着耳朵，一个人迟早都在功场拼命地劈叉、下腰、踢腿、扳朝天蹬。她的确爱练功。除了练功，也的确没有任何其他事情可以做。只有在舞台上、在功场里，把一切时间都消磨完了，然后，非常困乏地躺下来，她才觉得一天的事是干完了。

紧接着，剧团又被县上安排下乡巡演了。

四十四

县上这次要剧团下乡巡演，其实，是为了配合商品观念教育活动。

易青娥要不是当了县政协常委，咋也弄不懂，商品观念教育活动是个啥。开了几天会，脑子里整个灌的都是这几个字。听其他委员说，宁州是紧挨着关中平原的一个小县，只沾了八百里秦川的一点边边。而绝大部分都在秦岭山区，相对封闭落后。人是自耕、自种、自吃。所有东西，都不知拿出去交换，所以日子越过越穷。据说宁州过去也有茶道、盐道的。南方的商人，要到北方做生意，是要经过这个县的一条古道。顺着这条古道边上，过去有集市，后来通了汽车，古道才慢慢废了。集市也被一茬茬"割资本主义尾巴"，"割"得连尾巴骨都不见了。这次全县商品观念教育活动，用一个领导的话说，就是要让这些集市重新活起来，让大家都要学会做生意。剧团演戏，就是为了把人都召集拢，然后好开会。开会先是领导讲话，然后是会做生意的人现身说法，再然后才演戏。

第一场演出，易青娥把大头包了两次，戏还是开不了。开戏前，她舅胡三元先是领着武乐场面的几个人，敲了半天铜器。一敲，四面八方的人才都围到舞台前边来。据说，乡政府提前用喇叭喊了好几天，说剧团要来演戏，演杨家将，还是大本戏呢。要大家来看戏时，把家里能拿出来卖的东西都拿来。可喊归喊，来的人大多还是空脚吊手的。有人手上拿了自编的竹笼、筢篱、草鞋、锅刷子，还有些不好意思朝人前摆，一直吊拉在身后，更没人敢吆喝了。大家都朝土台子上死盯着，看剧团人敲鼓打锣。有人议论说："人家剧团，那才叫敲鼓打锣呢，听那声响，都是有下数的。"还有人说："你看那敲鼓的，半边脸虽然黑些，可手上、嘴上、脸上，还有尻子上，劲可都是浑的。哪像咱们这儿'打闹台'，都是半夜听着鸡笼门响——胡（狐）敲哩。"

还有好多人都钻在后台，看演员化妆。乡上安排维护秩序的人，撵都撵不走。前边会议开始了，有人喊叫，都到前边去听会，就是没人去。最后，是几个人拿了长竹竿，见那不走的，就朝身上、头上乱磕，才慢慢把人赶到台前去了。

易青娥包的大头正难受呢，只听有人喊："快看，快看台上。"

易青娥就从后台朝前台看了一眼。只见舞台上，树林一样，吊出一台黑腊肉来。这些东西，她都认得，过去自己家里也有过。可最多也就是几十块。乡下人过年杀头猪，是要管一年的。没办法存放，就只能吊在灶头上，任由烟熏火燎着。这样也可以保存很长时间不坏。有那日子过得好些的人家，还有保存好多年舍不得吃的。这些吊在舞台上的腊肉，明显有很多都是陈年货，已经被烟火熏成黑炭状了。只见主持人把话筒"嗵嗵嗵"一敲，喊叫说："都不说话了。现在，开始开会。铜场乡商品观念教育活动现场会，现在开始。首先请阎乡长讲话。大家拍手欢迎！"

只见那个叫阎乡长的走上台，第一句话就是："大家认得这是啥？"

底下喊叫："腊肉。"

易青娥看了一下，底下大概有上千观众。

阎乡长又问："腊肉是干啥的？"

底下回答："吃的。"

回答完，全场又哄笑起来。

只见阎乡长摇摇头说："不是吃的。这个腊肉可不是吃的。它是给灶司老爷吃的。给烟火吃的。给虫吃的。不是给人吃的。大家能猜猜这是多少块腊肉？"

底下有人乱喊一百块的，有喊一百五的。也有喊二百块的。还有喊二百五的。

只见阎乡长把头又摇了摇说："都没猜准。这台上一共摆了三百一十七块腊肉。你们能猜猜，是从哪儿弄来的？"

有人喊叫："乡上没收下的。"

有人喊："割尾巴割的。"

阎乡长急忙纠正说："可不敢乱说噢。乡上这几年可没乱割谁的尾巴，也没乱没收谁的东西了。这是我们借来的。能知道是借谁的吗？"

有人乱喊道："地主老财的。"

还有喊叫黄世仁的。

又惹来一片笑声。

阎乡长就说："这既不是地主老财的，也不是黄世仁的。这是离咱们乡政府，有十五里地的姚家湾村，姚长贵家里的腊肉。"

"啊！"大家一片议论声：姚家有这么多腊肉啊！

阎乡长说："想不到吧。大家再猜猜，这腊肉最长有多少年的？"

底下又是一片乱猜声：三年，五年，八年，也有喊十年的。

阎乡长又摇摇头说："你们还没猜对。这三百多块腊肉中，还有十四年的陈货。已经让虫吃得只剩下骨头架子了，但人还没舍得吃，也没舍得扔。就那样一直吊着。"

底下又是一片惋惜声。

后台也引起一阵议论声。

阎乡长继续说："他们是肉多吃不完吗？不是的。是舍不得。姚长贵家六口人，平均两年杀一头猪。一头猪，能砍出五十几块肉来。你们能看见，肉块都砍得不大。加上猪头、猪蹄子，还有猪尻子、猪项圈，反正超不过六十吊。两年六十吊。十四年加起来，也就是四百二十多吊肉。这台上是三百一十七吊。他们大概吃掉了一百一十多吊。平均一月吃不下一吊肉……"

底下还有人喊叫："那是好日子呀！"

阎乡长说："是的，是好日子。可要是把这些肉，不这样朝坏地放，让它们像商品一样，流通起来，会是更好的日子……"

在台下一片议论声中，阎乡长又给大家算了算，那没有吃的三百一十七块腊肉的商品价值。易青娥的头，就被水纱勒得阵阵干呕起来。好多演员都喊叫坚持不住了。有人就问朱团长，会到底还得多久。朱团长问乡上拿事的，拿事的也不知道乡长会讲多长时间。这阵儿，账正算得细法，连底下观众都跟着算了起来。朱团长就说，让大家把头先抹了，等会快完了再包。

会整整开了一个多小时，要不是阎乡长会讲，观众早都闹腾起来了。他们在第二个点演出时，观众就把村上领导的场子给砸了。

那是一个很偏僻的村子。听说剧团演戏不要钱，村上一个年轻人，就煽惑商品观念教育活动带队的，还有朱团长，说无论如何，都要去他儿那儿演一场《杨排风》。他说，戏太好了。他们村子自古以来，就没正经唱过戏。要是县剧团能去他们那儿唱一回戏，让他给剧团一人磕个头都行。朱团长问他是干啥的，他说他是村上拿事的。大家想着，那不是支书就是村委会主任了。朱团长问有多远，他说翻过一个梁就到了。小伙子怕领导们不同意，还专门凑到易青娥跟前，说她是主演，在团里说话一定很响，要她帮帮忙。易青娥知道乡下人想看戏的心情，但又不敢给领导建议。最后，是朱团长问她，到下一个演出点中间，加一场戏，吃得消不？易青娥急忙点了点头。朱团长就同意去了。小伙子连夜发动村上人，大大小小来了三十多个，最小的，还有十一二岁的娃娃，把戏箱肩扛背驮着回去了。

第二天一早，剧团人就朝梁上走。村上来了两个领路的娃，一问，一个十一岁，一个才九岁。易青娥觉得特别亲切，就一直紧跟着。翻过一座梁，她问还有多远，他们说快了。翻过一座梁，又问有多远，他们还是说快了。六十几号人，从早上九点出发，直爬到过了中午十二点，问娃，还是说快了。可朝前看，除了山梁，还是山梁，连一点烟火气都寻不见。大家又渴又饿，就发起了牢骚。也有那好开玩笑的，还把两个领路的娃，押到路边审问起来："八格牙鲁，再哄人，死啦死啦的。"两个娃还是说不远了。大家直走到下午四点多，才见一个庄子在一片紫竹林后露出头来。娃才说，过了这个庄子就到了。

也的确是过了庄子就到了。可到了地方，几乎没有一个人再动弹得了。一打问，从乡政府爬到这架山垴上，整整三十里地。那位联系戏的年轻人，吓得连连赔着笑脸，说乡亲们的确是想看戏了，怪他把路途没说明白。演员队的几个人，端直冲他喊叫起来："小伙子，你这是诈骗行为，知道不？"有人甚至连揍他的心都有。是朱团长急忙阻挡了。大家被安排到各家各户住下后，才知道，这个年轻人不仅骗了剧团人，而且也骗了村上的领导。其实，他既不是支书，也不是村主任。支书到区上参加商品观念学习教育培训班去了。只有村主任在家，可村主任跟他，根本就是"两张皮"的不粘。据说，村委会马上要改选了，这小伙子跃跃欲试的，有要"替而代之"的意思。所以老主任就更是见不得这个"没高没低""没大没小""没脸没皮"的"怪货色"了。年轻人没跟他商量，就偷偷让村里人去把戏接回来了。戏箱都摆在小学门口了，才去给他打招呼，自是碰了一鼻子灰。老主任说他太胆大，这大的事，就敢做了主。虽说戏不要钱，可一下来了六十多张嘴，并且还要住一晚上，还要搭戏台子，算是把天都戳下了窟窿。你个嘴上没毛的货，能成操起这大的事故来吗？两人大吵一架，然后村主任当众宣布，这事跟他半毛钱关系都没有。说谁要捏着鸡巴充六指子，让谁充去，反正他管不了。随后，他就关了门，上了锁，说是去后山亲戚家了。年轻人既然把事惹下了，也就继续朝前推着走了。好在，村里人都想看戏，也都支持他。所以无论给谁家安排人，都很顺利。把人安到谁家，谁家就管饭。虽然山顶人家，日子穷些，但也是尽着家底往出腾。有的还煮上了腊肉呢。易青娥住的这家，从广播里听过《杨排风》，也知道易青娥，就越发高兴起来。最后甚至还杀了一只鸡，给她们几个炖了，吃得一个村子都飘起香味来。倒是朱团长他们几个老汉，住在一个家里，死气沉沉的，这家给他们煮了一锅红薯，一吃，就连忙吹了灯，让都麻利睡，说熬夜费油哩。

村里一共有七十多口人。外村还赶来了一些看戏的。第二天上午，就把《杨排风》演了。谁知在开演前，老村主任又突然折回来了。他是见全村人都服从了年轻人的安排，整整齐齐拿了板凳，坐在台下看起戏来，就又头不是头、脸不是脸地对那年轻人说："既然把事都弄到这份上了，我这个村主任不出面，恐怕也说不过去。开演前，我恐怕得代表村上讲几句话，把人家剧团谢忱一下。不能说我们村大小没个规矩，谁都能出来拿了事。"年轻人就跟朱团长说，村主任回来了，要讲话谢忱大家呢。管音响的，给土台子中间支了个话筒。主任掸了掸身上的灰土，就上去了。他刚朝话筒跟前一站，只听话筒"嗞儿"的一声尖叫，吓得他趔开了好几步远，嘴里直嘟哝："哎呀娘的个瘪葫芦子，吓我这一跳好的呀！"他没想到，这话都让扩音器给扩出去了，把底下人惹得大笑起来。他又朝话筒跟前凑了凑说：

> 剧团同志们好！（音响又嚣叫了一下）哎呀娘的瘪葫芦子，咋这爱叫唤的，吓老汉一跳。（底下笑，他也笑）昨天一早，我就知道剧团的同志要来，可我家老母猪病了，去

236

后沟找兽医，回来给打了一针，猪才稳当些。中午说等同志们来呢，挨刀的婆娘，到后山去背洋芋种，回来的路上，把个胯子（大腿）扭了。我又去后沟里接她。说晚上回来看同志们呢，亲家又捎话，说要商量一下娃春上订婚的事。去亲家家里一折腾，就是大半夜。（音响又大叫了一声）哎呀娘娘，这玩意儿咋比狼叫唤都难听。（底下笑，他也跟着笑）刚说到哪儿了？噢，说到亲家了。这个亲家呀，你们都有亲家，亲家是天底下最难缠的亲戚了。尤其是亲家母，是不是？（底下又有人笑）我说连夜回来看剧团的同志们呢，亲家母缠着走不利么。长了、毛短了的，就恨不得把我家的门扇都抬了去，才肯嫁女呢。不说这些了，还是说看同志们的事。我说好了，今日个一大早，回来看同志们呢，你猜咋着的？你猜猜，你都猜猜……（底下就有人撂上话来："猜死呢，都等着看戏呢。"）猜不出来吧？路上遇见了"一只手"。"一只手"你们都知道是谁吧？就是邻村梁篾匠的儿子。不成器，到河沟炸鱼，把一只手炸掉的那个。你猜怎么着？娃也学商品观念呢。把他爷的老尿壶拾翻出来，偷偷拿到县上一看，说是清代的，卖了三百块。伢回来买了个录音匣子提着，一路走一路放唱，都做的怪叫声。他还弄了条能扫地的裤子绷在身上，裤脚就跟咱们树上绑的那个喇叭叉子一样，能多费好几尺布。（底下哄地又笑了）还戴了一副癞蛤蟆一样的黑镜子……（音响又是一声锐叫）娘娘爷，你们剧团用的这是个啥玩意儿，把老汉魂都快要吓出来了。县上为啥让戏来，让戏来就是要搞商品观念教育呢。商品，广播里说得清楚，凡有用的东西，都是商品。观念是个啥呢？我也没大听清楚，广播里也讲得黏糊拉索的。大概就是这么个意思：要学会把东西变成钱，并且要一个劲地变。一个劲地变就是观念了。但再变，恐怕也不能把你爷的老夜壶，都拿去变现了吧。你爷晚上在炕上咋尿呢？（大家哄笑，音响也嗵

237

咚地炸响了几声）娘娘，还是离这个东西远些好，快把我心脏搅搅出来了。总之啊，剧团同志们来了，戏来了，《杨排风》来了，这对我们当前的春耕春播，点洋芋、栽红苕，都是很大的促进。尤其是对商品观念教育活动，是促进得不得了的大促进！平常开个会，难缠死了，牛拽马不拽、公到婆不到的，今天总算是竹筒倒豆子——一下都到齐了。我就顺便开个会，把村里当前的春耕生产布置一下。下个月，上边就要来检查那个那个……商品观念的事，我先说我们的腊肉问题……（底下就喊叫："不要说了！""我们要看戏！""把嘴闭紧！"……最后，有人还把砖头都扔上来了。易青娥他们知道，剧团管音响的，也在不住地给他使坏。声音把耳膜都能震破）哎呀娘娘，你们剧团这玩意儿，咋比我们村部的喇叭叉子还瞎些，聋子都能被你们吓出病来。长话短说，反正有东西不卖，看来是不行了。没腊肉卖了，打几双草鞋卖卖，我就不信，把你们的人还能丢到黄河里去不成。（底下又喊："我们要看戏，不看你！""老脸难看死了！""快滚下去，开戏！"）谁喊叫让我滚下去？谁来？谁来？让我滚，还轮不到你喊。真的是要变天了？还没变么。会还没开么。这戏，我要真的不让演，那"闹台"还就敲不起来呢。咋的，耐不住了？这豹子沟垴啊，还不定谁说了算呢。好了，不说了。现在我宣布——开戏！

戏演到一半的时候，突然下起雨来，有人就建议，是不是把戏"夭"一些。"夭戏"，在行当里，就是谁家要是招待不好了，或者遇见大风、雨雪天气了，拣不重要的地方，甩掉一些，把主骨架保留住，让观众基本能看懂就行。只要不是老戏迷，一般也是看不出来的。到豹子沟垴来，本来大家就累，一晚上又有没睡好、没吃好的。现在又下起雨来，自是有很多"夭戏"的理由了。可这一切，其实都掌握在司鼓与主角手中。易青娥她舅没有要"夭戏"的手势。易青娥

238

看大雨下着，没一个退场的，就想到自己小时跑十几里路看戏的事：哪怕下着雨，下着雪，双脚冻得跟发面馍一样，仍是生怕戏短了、戏完了。唱戏的一走，天地就冷清下来了。她就坚持着，硬是浑浑全全地把整本戏撑下来了。舞台顶上的篷布，兜不住雨水，一股一股地朝台上泼洒着，把土台子冲得溜光溜光的。好几个演员都滑倒了。有的就把难度稍大些的动作，自然减掉了。可易青娥虽然几次滑倒，但始终坚持着导演最初的要求。底下观众就不住地给她鼓掌、喊好，直到她完成最后一个动作。豹子沟垴村虽然只有七十几口人，加上邻村的，也就一两百观众。可那天在雨地中，他们始终不变的坐姿，还有那响彻山坳的呐喊声，几乎影响了易青娥一生。她领悟到，唱戏是不能偷懒的。人可能在偷懒中获得一点快活，但却会丢掉更重要的东西，也会丢掉一生最美好的记忆。

那天，易青娥第一次获得观众给她披的被面子。那被面子，是老村主任准备给儿子娶媳妇用的，他竟然心甘情愿地拿出来披给了她。老村主任说：

"我一生没看过这好的戏，也没见过这样卖力的演员。我们要都像易青娥这样演戏、做事、实诚，豹子沟垴的日子，早都过到人前去了。可惜我们一直都在摆花架子，把好日子折腾完了。"

接他们去演出的那个年轻人，带着村里几十号人，一直到把剧团送到下一个点。他们一路逢人便说顺口溜：

看了《杨排风》，
没酒没肉也精神。
看了易青娥，
不吃不喝能上坡。

那天在路上，她舅跟她说了这样一席话：

"娃呀，唱戏就要这样，不能亏了自己的良心。为啥好多人唱不好戏，就是好投机取巧，看客下面。看着眼下是得了些便宜，可长远，就攒不下戏缘、戏德。没了戏缘、戏德，你唱给鬼听去。'夭戏'是丧戏德的事。尤其是'夭'了可怜人的戏，就更是丧大德了。"

这一路巡演下来，一共进行了两个多月，演了五十多场。走遍了宁州县的山山水水。风里雨里，泥里水里，再苦再累，易青娥都没"夭"过戏。也没降低过任何演出标准。她的演技，她的风采，她的艺德，她的美貌，就被一传十、十传百地，传得到处都是。几乎每到一处，都有人把她围得水泄不通。有的地方，还得派出所出面维持秩序。每演一场，也都有人给她披大红被面子。有的地方，一披就是好几床。在她最后回团的时候，竟然收获了七十多床。她给去的人，每人都分了一床。县上也是表彰，说剧团为商品观念教育活动立了功。书记、县长高兴，还给团上每人发了一身演出服呢。

紧接着，全区要进行会演。团上又布置了另一本大戏《白蛇传》。主角白娘子，自然也是毫无悬念地分给易青娥了。

四十五

易青娥刚到剧团的时候，就听人说过白娘子的故事。后来，她舅也说过，唱秦腔，要是没唱过《白蛇传》《游西湖》，作为女角，就算不得唱过硬扎戏的人。因为这两出戏，都要求主角是文武全才。在排《打焦赞》时，苟存忠老师就说："等你把这个折子戏拿下了，我就给你排《杨排风》本戏。等《杨排风》拿下了，就可以考虑《白蛇传》了。白娘子的戏很重，不仅要翻、要打、要唱，而且还要有很好的'水袖'。表现白蛇的形体，'水袖'是再好不过的功夫了。"果然，团上开始排白娘子了，她心里也想着这个角儿，最后也的确落在了她头上。

这大一本戏的主角，落在自己头上，在宁州剧团又是摇了铃的事。

易青娥知道，楚嘉禾也想这个角儿。自打听说要排这个戏，楚嘉禾她妈就来找过朱团长好几趟了。朱团长说，谁演啥，他做不了主，拿事的是导演。这个戏的导演还是古存孝、苟存忠、周存仁、裘存义四个老艺人。他们排戏的路数，跟其他导演不一样。他们是由古存孝先把大场面拉出来，然后，由苟存忠说女角戏，周存仁说武戏，裘存义捯饬各类杂角儿，也就是规整群场。听说楚嘉禾她妈还请四位老艺人去县上最好的食堂吃了饭，喝了酒呢。可最终四个老艺人还是决定：由易青娥担任白云仙A角，楚嘉禾担任B角。他们觉得，这大的戏，不敢冒险。楚嘉禾长得是出色，可浑身有些软，功夫连易青娥的一半都不到。而易青娥，他们心里是有底的。

朱团长希望这次戏，完全以新学员为主。扮许仙的男主角，也就定成封潇潇了。而扮青蛇的三号人物，分给了易青娥同宿舍的周玉枝和惠芳龄。她们一个A组，一个B组。两人开始在一起，话还很多，后来相互就没话了。两个都长得很漂亮，几年后有人说起宁州剧团的"四大美人"，其中第一个自然是易青娥了，第二个是楚嘉禾，而第三、第四，就说的是周玉枝和惠芳龄。还有"五朵金花"之说的，那里面加进了胡彩香。也有说是米兰的。

让易青娥感到不舒服的是，楚嘉禾不仅因为分在白云仙B组，老跟她打别扭，而且楚嘉禾还暗恋着封潇潇，这就更是让她们之间的关系搞得十分难处了。无论对词、排戏、练戏，只要她跟封潇潇稍有亲近，楚嘉禾不是扔了手头的剧本，就是扔了道具。有一次，干脆连自己喝水的罐头瓶子都摔了。先是周玉枝给她说："青娥，你都没发现楚嘉禾对你的态度？""没有哇，咋了？"她还问周玉枝。周玉枝说："她是见不得你跟封潇潇演爱情戏，知道不？楚嘉禾一直爱着封潇潇，你不知道？""我不知道哇！"易青娥真的是一点都不知道。自打从灶房回到学员班后，她才不断地听说，这个同学跟那个同学好了，那个同学跟这个同学谈恋爱了。还有的干脆说，谁谁在外面把"活儿"都做了。她也不知道是做了啥"活儿"，就问啥叫"做活儿"了。有人就笑她是真傻。

易青娥跟封潇潇接触不多，但对封潇潇印象不错。封潇潇长得好，是县城人的那种"洋范儿"，潇洒得很。他对乡下人，还从不居高临下。就在她烧火做饭的那些年，好多同学都瞧不起她了，但封潇潇始终没有这种感觉，无论到灶门口找火种，还是到厨房打开水、吃饭、洗碗，每每遇见她，都还要微笑一下，打个招呼的。不像别的同学，有时还给她甩脸子呢。尤其是她排《杨排风》，周存仁老师要抽八个最好的"番将"跟她打"出手"，第一个自愿来的就是封潇潇。这是连她都没想到的事。因为封潇潇在这班同学里，那就是"白马王子"。据说好多女生，都是想着法子要与他亲近的。没想到，他能主动来给自己"供下手"，并且始终是供得最认真的一个。见她被"把子"踢伤，还给她买药。尤其让她感动的是，那次楚嘉禾把一碗滚烫的热面泼在她身上时，他竟然挺身而出，坚决要楚嘉禾给她道歉。她脑子里，越来越深刻地种下了这个人。很多次，她在心里都是默默叫着他潇潇哥的。但绝对没有其他意思，这是她想都不敢想的事。自打那年在刑场，经见了被枪毙的流氓教干后，她就觉得男女之间，一切似乎都是不洁的。包括看见胡彩香在床上"背"她舅，尤其是廖耀辉对她做出那些龌龊事后，让她甚至有了一种决心：一辈子都是不能跟男人在一起的。

在《白蛇传》开排以后，古存孝老师就说："青娥，你咋不开窍呢？跟许仙是演爱情戏，眼睛里得有东西。两对儿'灯'一碰上，就要见火花花呢。存忠，你得好好抠娃的感情戏了。娃一到感情戏，就冒傻气么。你看这个瓜娃哟！你看你看，是不是傻了？"

把易青娥羞得，一个劲拿手背挡住嘴傻笑。

苟存忠老师就把她和封潇潇叫到一边，一个眼神一个眼神地细抠。别看苟老师老了，可一旦用起爱情的"灯"来，还是春情似火，里面燃烧得连封潇潇都有些不敢正视。苟老师就批评他们说："你们封建思想都太严重，这是排戏，是工作。你白云仙就是到凡间找爱情来了，结果，看见了自己最满意的风流小生许仙，又不敢使出含情脉脉的眼神来，那还演什么戏？易青娥，老师老实给你说，别看演了个杨排风，你就觉得把戏演好了，那还差得远着呢。杨排风就是个烧火丫头，能打、能翻，可没有爱情戏，总是缺了好多戏味儿的。过去老戏里最好看的，还是'公子落难后花园，小姐搭救得团圆'这些东西，让人百看不厌的。为啥？爱情么。人这个东西，就这一点最撩拨人了不是。傻子看见漂亮姑娘都知道撵一阵儿哩。看戏看啥，除了技巧、唱功，多数人那就是看这些玩意儿哩。咋看咋有意思不是。一辈子不会演这些戏，那你还算个演员？还能当主角吗？你们都好好体验去，人多的地方嫌不好意思了，就找没人的地方练。反正得练出来，得把那点戏味儿琢磨透。要不然，给观众看啥呢。"

易青娥羞涩得一直低头捂嘴笑着。她也不知道咋练，该到哪儿去练。倒是封潇潇有一天，突然对着她耳朵悄声说："我家没人，到我家练，去不去？"她没说去，也没说不去，脸先羞红完了。封潇潇就说："我爸和我妈到省城逛去了。家里只有我爷在，他耳朵聋，啥都听不见。"她想了想，说她有事，去不了。她是不喜欢和任何男人单独待在一起的。后来苟老师又批评，说爱情戏还是太差。古存孝导演甚至埋怨说，这戏恐怕要塌火在两个娃不解风情上了。他还开苟老师玩笑说："你老苟演一辈子旦角，不是在后花园勾引公子，就是在绣楼上窝藏相公。为爱情翻墙跳窗，要死要活的。八百里秦川，谁不知道你苟存忠那一对'骚灯'的厉害。咋就把俩娃调教不出来呢。看娃把白娘子都演成烧火丫头了，萝卜青菜给一锅烩了。我的瓜娃哟，你真是瓜实心了！"苟老师就收拾他俩，嫌下来不好好练。其实易青娥一直练着，不过练的是"水袖""把子"这些技巧。即使练对手戏，也是一个人偷偷在没人的地方比画着。越比画，戏反倒越呆板。苟老师就喊叫说："不行不行，这样绝对不行，越排越不对劲了。你们不是在演爱情戏，而是在演路人戏。就像两个过路的陌生人，相互打问路径呢。绝对不行的。"他还对易青娥说，"你不要再练'水袖''把子'了。白娘子的做工比技巧重要，赶快练做工戏去。"

没办法，封潇潇又提说了一次，她就跟着去他家了。

封潇潇的家，在县城的西头，是一个独独的院子。院子里有七八间房，中间留出一个很大的天井来。所谓天井，就是院子正中的天空，是有一个四四方方的漏洞。从这个故意留出来的漏洞里，能看见

243

蓝天白云。一院子房，也是靠这个天井来采光的。井下还有一口井，那是水井。水井旁边有一棵石榴树，正结着密密麻麻的红石榴。易青娥从来没有见过这么好的院子，一进来，就有些喜欢。封潇潇家里果然只有他爷在，他爷的耳朵也果然背。潇潇领着易青娥回来，他爷问：

"谁？"

他大声对着他爷的耳朵说："同学。"

"吃过了。"他爷回答。

他爷又问："这谁？"

封潇潇懒得跟他爷正经说地："你不认识。"

"谁的媳妇？你的？"

易青娥的脸，一下就红到了脖根。

封潇潇急忙说："胡说呢，爷！"

他爷好像彻底听明白了似的："哦，爷不说，爷给娃关门去。"

易青娥很是难为情地看着封潇潇，有点想离开的意思。封潇潇就去把他爷关上的大门，又打开了。并且跟他爷指东说西地捣鼓了半天，他爷才去后院子收拾菜地去了。他家还有一个后院子，院子里种着好多绿菜。

他们就在前院子练起了戏。没有了外人，这戏果然是放开了许多，眼睛也敢看了，动作也大方起来。

他们先练的是《游湖》：

许　　仙：（点头施礼）哦，白小姐！

白云仙：（还礼）许相公，敢问你家住在哪里呀？

许　　仙：（唱）世代居住钱塘县，

　　　　　　　我的名字叫许仙。

白云仙：不知作何生理？

许　　仙：（唱）幼年也曾读书卷，

　　　　　　　改学生意因家寒。

　　　　　　　清波门外药材店，

244

　　　　　　帮人经营忙不堪。

白云仙：（唱）家中二老可康健？

许　仙：（唱）父母双亡十余年。

白云仙：（故作感触地）噢！

　　　　（唱）可怜我高堂二老也把命断——（看许仙的反应）

　　　［许仙极其同情地看着白娘子。

白云仙：（接唱）只落得黄花女儿孤身寒。

许　仙：小姐，你家住哪里？

白云仙：（唱）祖居处州路遥远，

　　　　　　举目无亲好惨然。

许　仙：到此何事呀？

白云仙：（唱）千里投亲未相见，

　　　　　　游湖又逢雨连天。

许　仙：（感动地）噢嗬嗬！

　　　　（唱）无亲的人儿无人念，

　　　　　　你我同病实可怜。

　　　［白云仙、许仙二人互相同情地恋看着。青儿留心
　　　地观察白云仙和许仙的言语、眼神。船夫也边摇船
　　　边注意。船身一晃，两人情不自禁地牵了一下手，
　　　又急忙散开。

　　　（合唱声起）

　　　　　　同船共渡非偶然，

　　　　　　千里姻缘一线牵。

　　　　　　西湖雨后风光鲜，

　　　　　　桃雨柳烟好春天。

　　　　　　游湖人儿细赏玩，

　　　　　　你看那月老祠堂在眼前。

　　　［合唱声中，二人以目传情，爱意连连。站在一旁
　　　的青儿、船夫见状，各自偷偷掩面而笑。

他们把这段戏，来了一遍又一遍，越走感觉越好。易青娥觉得，好像是把戏拿住了。苟老师一直讲，演员得把戏拿住，可千万别让戏把演员给拿住了。易青娥一直觉得，排戏、练戏、演戏，都是很累的事情，可今天，竟然一点也不觉得累。练着练着，都练到白娘子怀孕那折戏了：

〔许仙穿上一身新绸缎衣服，在药店内高高兴兴地
　忙碌着生意。

白云仙：（唱）见官人喜眉笑脸多欢畅，

　　　　　　　　勤劳苦累他不嫌忙。

　　　　（叫许仙）我说官人！

许　仙：（闻声起立）噢！（走出桌子）娘子！

白云仙：这丸药，我配制好了。

许　仙：娘子！我与你讲得明白，制好丸药，由我来取，怎
　　　　么老不听话呢？

白云仙：官人，我不累！

许　仙：（怜惜地）娘子，你怎能不累呀，整天熬药膏、制
　　　　　丸药，又要给我缝衣绣袍，歇息太少，小心病了。

白云仙：噢，官人，我还没有问你，我给你缝的这件绸衫，
　　　　　穿上可合适？

许　仙：哦，我的娘子啊！

　　　　（唱）穿上新衣我心高兴，

　　　　　　　遍体凉爽遍体轻。（高兴地抖着绸衫）

　　　　　　　长短合适针工整，（感激地看着白云仙）

　　　　　　　多谢你辛辛苦苦、一针一线、殷勤为我亲手缝，

　　　　　　　亲手缝！（围绕着白云仙转动起来）

白云仙：只要官人说好，为妻我就心满意足了。

许　仙：好是好，可我有点不满意。

白云仙：官人，什么地方不合适，待为妻改来。

许　仙：不是的，你看这件绸衫做得太细致了，我嫌它⋯⋯
　　　　累坏了我的娘子啊！（从后边一下搂住白云仙的肩
　　　　膀）

白云仙：我还以为⋯⋯官人是嫌弃为妻的针工了呢。

许　仙：娘子，我的好娘子，许仙心疼都还来不及，哪来的
　　　　嫌弃二字呀！
　　　　（转身又一把将娘子揽在怀里）

白云仙：（有些羞涩地）待为妻上楼去，炖好莲子羹，官人
　　　　喝了，保养身体要紧。

许　仙：娘子，怎么做饭之事，也要娘子动手？

白云仙：我的好官人哪！
　　　　（唱）你我夫妻心相印，
　　　　　　　多受劳累恩义深。

许　仙：（唱）但愿得你我夫妻天长地久，
　　　　　　　不羡他富贵人家卿相王侯。
　　　　［两人紧紧相拥，许仙久久痴望着怀抱里的白娘子。

　　这段戏，他们先后练了好几遍。开始，封潇潇双手搭在易青娥肩
上的时候，好像也没啥感觉，后来，越练这感觉就越不一样了。易青
娥觉得，首先是封潇潇眼里，放射出的是一种无限爱怜的光芒。这种
光芒，是她易青娥七年来最需要的东西。尤其是在她最可怜、最无助
的时候，多么需要这样一双眼睛哪！封潇潇给过，但不是今天这样热
辣辣的，热得她浑身已经很不自在。院子里其实是很凉快的，但她不
住地大汗淋漓。终于，在许仙将她紧紧抱入怀中的时候，她从戏里游
离出去了。她首先闻到了封潇潇身上的汗味儿，是那样美妙的一种味
道，从海魂衫的圆领口里飘出来，直接钻进她的咽喉，让她迅速窒息
起来。她明确感受到，封潇潇是把她紧紧贴在胸前的。她甚至有了一
种强有力的压迫感。从去年开始，她发现自己的乳房，突然一天比一

247

天膨胀起来，几件衣服穿在身上，胸前的纽扣，扣起来还是有点困难了。她还正为这种突然隆起的难堪，寻找紧裹的办法呢。今天，封潇潇的胸腔，就紧紧贴在这个敏感部位了。这并不是导演所要求的紧密程度。导演要求的是"意到"，没有说身子非贴住不可。可她突然又觉得是那么愉悦，甚至希望他贴得更紧些。就在他们胸腔贴得更加紧密的那一瞬间，一股电流，突然从她的心海深处哗地冲向四周，整个身心迅速被击瘫痪、击麻木了。也就在那一刻，她立即清醒过来，一下推开封潇潇说："今天就练到这里吧。"说完，就要逃离。也不知何时，封潇潇他爷突然冒了出来，慢腾腾地说：

"许仙和白娘子不能这样演，过去人跟现在人搂抱不一样。"

易青娥羞得立即抓起道具，就跑出封家院子了。

封潇潇追出来，说让她吃了饭再走。她连头也没回地朝前跑去。

以后封潇潇再叫，她都没有去过了。

不过，打那次练习后，易青娥像突然开窍了一样，她的表演，就得到古存孝和苟老师的认可。但跟楚嘉禾，却是越来越水火不相容了。

四十六

易青娥那天从封潇潇家跑出来，脸上烧得就跟红火炭一样，跑了好半天，摸着还是发烫。她突然觉得自己有一种罪恶感，真的不是在演戏、练戏了，而简直是在跟封潇潇一起耍流氓。她突然对封潇潇也有了一种不好的感觉。他明明是要故意抱住自己，她甚至都感到了他腹部即将贴近的力量。她一下就把他跟那个被枪毙的教干联系上了，还有她舅，还有廖耀辉……而自己，就是胡彩香，就是那些生活作风不好的女人。看来楚嘉禾对自己的那些恶毒眼神，都是对的，是合情合理的。因为自己确实出现了邪念，甚至觉得被封潇潇那样紧紧搂着、抱着，是很舒服、很愉快的一件事。她觉得自己不是个啥好人了。她不想做她舅，可好像她也快成她舅了。

那天回到宿舍，她就跟出门做贼了回来一样，半天说话都语无伦次。惠芳龄说，楚嘉禾今天都来找你好几次了，问你去了哪里，说封潇潇咋也不见人了。易青娥就更是觉得无地自容。

惠芳龄为跟周玉枝争青蛇一角儿，都有讨好巴结她的意思了。她们都希望她能多带着她们一起练练戏。那天，周玉枝刚好不在，惠芳龄就缠着易青娥把戏走了走。走着走着，惠芳龄就问易青娥："都说封潇潇爱上你了，是真的吗？青娥，要爱上了，你就同意，知道不？我们这一班，就数潇潇家庭条件最好了。并且潇潇也长得帅气、潇洒。将来肯定是台柱子。你俩最般配了。你就别让她楚嘉禾了，这事不能让。你背后的好多坏话，都是她说的，你知道不？"易青娥说："我跟封潇潇……没有的事。永远都不会有的。我永远也不会找对象。"惠芳龄一下给惹笑了，说："青娥，你是真傻呀还是假傻？你咋能永远不找对象呢？"易青娥说："我不爱找。真的，我不会找的。一辈子都不会的。"惠芳龄还把她傻看了半天。

自导演说易青娥的爱情戏开窍后，每每排到两人这些场面时，总有好多同学要来看。好像她跟封潇潇的戏里，是有无穷的秘密，能供大家观赏、消遣、破解似的，反倒弄得她不自在起来。要再下功夫练，这些戏明显还能进步，可易青娥不想再跟封潇潇单独练了。要练，每次也是叫"青蛇"一起练。或者叫周玉枝，或者叫惠芳龄。别人就传说，这两条"青蛇"，都是人家易青娥和封潇潇的"电灯泡"了。周玉枝不太想被别人说，就来得少些了。惠芳龄倒是大大咧咧的，"电灯泡"就"电灯泡"，只要能跟着两个主角走戏，别人咋说都行。这样反倒还让她的戏大大长进了。有一天，古存孝导演甚至宣布：把惠芳龄的"青蛇"，由B组晋升为A组。两个"青蛇"的矛盾，一下就完全白热化了。最难处的是易青娥。弄得她排练场待着不是，回宿舍待着也不是。有好多天，排练一结束，她就独自一人到县城外边的河沿上，寻找清静去了。

这里是易青娥过去常来的地方。那时做完饭，收拾完锅碗瓢盆，她能到这里呆坐几小时。看着河水流动。看着两排白杨树，哗哗地在风中翻抖着一边青翠、一边乳白的叶子。看着不同花色的鸟儿，在石头上、在树枝上跳来跳去。看着蝴蝶在草丛，在花叶间鼓动翅膀。看着长长的蜻蜓，在水上一个劲地试探起飞、降落。甚至看着成群结队的蚂蚁，在河堤上搬家、驮运。一切的一切，都让她觉得特别有意思。有时，一个细小毛虫的运动，也能让她看好半天。在毛虫攀越、翻身困难的时候，她甚至还能用小树枝，帮它们完成那些高难度动作。也只有在那时，她才能忘记自己所有的痛苦，变得跟这些花鸟虫草一样，无拘无束、无忧无虑起来。那时谁都会给她眼色看，而唯独这些鸟儿、蝴蝶、蜻蜓、蚂蚁、毛虫，无论见了谁，都是一样鸣叫，一样起舞，一样翻飞，一样运动的。她觉得，只有来到这里，她才是跟它们一样的生命。一旦离开这里，一切痛苦，就又扑面而来了。

可自打演了《杨排风》以后，这里她就来得少了。即使来，也再无法安静下来，用一双眼睛长时间跟踪一对蝴蝶的行动；看一只红蜻蜓一场几个小时永不疲倦的表演；也难面对一只细小虫子的慢慢蠕动。刚坐下，就会有人把自己认出来，这不是"杨排风"吗？这不是剧团的易青娥吗？她在这个县城的空间，突然变得比过去窄小了许多。那时，胡彩香老师即使把她领到这里，拔嗓子、练唱，过来过去的人，也是不太注意的。而现在，她刚发出一点声音，身边就会很快围上一堆人来。

她觉得，她是没有地方可去了。

突然有一天，她在剧团对面的一个巷子里，看见苟存忠老师拿着一个包袱，正急急火火朝一个破仓库里走，她就叫了一声苟老师。苟存忠怔了一下，问她今天咋没练戏。易青娥说，星期天想歇一下。苟老师就说，歇歇也好，消化消化，有时比一个劲地死练更管用。她想问苟老师到这里干啥，又没好问。苟老师也没有叫她进去的意思，她就准备离开。可苟老师把一只脚都踏进门槛了，又退出来喊叫她说："娃，来，既然今天没事，你就来看看老师吹火吧。"易青娥一愣。她早就听说，苟老师是有一身好吹火技巧的。他把《游西湖》里的李慧娘，演红了几十个县呢。可有人要学，苟老师始终不正面回答。就连

250

朱团长几次要他把吹火技巧传给几个武旦，说再不传，害怕失传了可惜呢。苟老师都没接他的话茬。没想到，苟老师是在偷偷练着。今天竟然让她进去看了。易青娥自是兴奋得得。

这是一个老棺材铺。县城人死了，都是要到这里买棺材的。易青娥一走进去，看见几口棺材摆在那里，就有些害怕。苟老师说："我娃不怕，就几口空棺材板板。"

这时，一个看门老头走了过来，说："老苟，你个棺材瓢子，今天咋还带了人来？"

苟老师说："你个死棺材瓢子，看我带谁来了？"

"杨排风！哎呀呀，易青娥！"老头有些高兴地惊叫起来。

原来，苟存忠老师在给剧团看大门的时候，就跟这个戏迷老头熟。过去剧团但凡演出，苟老师都是要给他送戏票的。尤其是《杨排风》，他几乎看得场场没落。所以，一见易青娥，就觉得特别亲切。

其实苟老师已经在这里练过大半年吹火了。地方特别宽展，棺材都摆在库房一角。过去做棺材的地方，现在都空着。看库老头说，县城现在很少有来买棺材的了。都嫌棺材铺的寿枋质量不好，尺寸也小。女的死了，倒是有来买的。男的，尤其个子大的，大都是自己买料、自己做了。现在人的手头都活泛了，有点闲钱，自是要讲究死后的睡法了。

就在苟老师收拾吹火那摊东西的时候，看库老汉突然问他："哎，老苟，你不是不让人看你吹火吗？咋可让这娃来看了？"

苟老师支支吾吾地说："哦，我没说不让这娃来看么。"

"我还不知道你们这行的，最要紧的那点'绝活'，就是传最好的徒弟，都要留一手的。你说我说得对不对？"看库老汉神秘兮兮地问苟存忠。

苟老师说："有是有这事，可也要看是啥徒弟哩。"说着，苟老师就将一个火把点着，然后，让看库老汉关了库房的灯。他把鸡蛋大一个纸包子，放进嘴里，对着火把一吹，那火舌，就从他嘴里喷了出来。火是一丈多长的火焰，能随着他的形体、口形而变化，时而绵长，时而短促，时而怒气冲天，时而繁星点点的。在这样一个摆着棺材的地方，这种鬼火的腾腾烈焰，以及时强时弱、时明时暗的变化莫测，很快就让易青娥感到毛骨悚然了。

在一片黑暗中，苟老师独自练了很久。直到十几个纸包子，都一个个塞进嘴里，全部吹完，他才让看库老汉把灯打开。

看库老汉一个劲说他今天吹得不错。苟老师就问易青娥："你看出啥门道了没有？"易青娥摇摇头说："没有。"苟老师说："你先把白娘子演好。这吹火，我迟早是要教你的。我跟存孝都商量了，给你排完白娘子，就排李慧娘。你只要拿下这两本戏，一辈子走州过县，那都是吃香喝辣的事了。"

看库老汉说："我说吧，师父要留一手吧。你看是不是？易青娥，你得追着这死老汉学呢。他跟我一样，都是棺材瓤子了，只看哪一天朝棺材里撇呢，你可不敢把机会错过了。这老棺材瓤子的吹火，的确好。我老汉也是看过一辈子戏的人了，要论吹火，那还要看老苟的。"

苟老师光笑，易青娥也用手背挡着嘴笑。

苟老师说："放心，我不传谁，都不会不传青娥的。"

"这可是你老苟说的话，我可都给你记着哩。你要不给易青娥传吹火，死了都睡不上棺材板，只能喂野狗。"

苟老师还骂了看库老汉一句："你个老挨球的货，死了给你睡六口棺材，四肢、脑壳、身子，全给你五马分尸了搁。"

四十七

北山地区的会演通知到了。

朱团长在全团会上还把通知念了一下。意思是，通过这次会演，要在全地区形成"尊重老艺人，发现新苗子"的好风气，从而把舞台艺术水平提高到一个新阶段。听说地区文化局的领导，是个内行。他认为，当前舞台艺术发展，必须重视两头：一是老艺人的传帮带作用；二是新苗子的破土发芽。因此，这次会演没有要求都搞原创剧目，而是突出了"传统继承、艺术传承"这八个字。通知要求，一个剧团演出两台剧目：一台由中老年演员示范演出，一台由新人传承演出。并且对新人还做了年龄限制，不能超过三十岁。学完文件，四个老艺人的眼泪，都汪汪地涌了出来。他们说，看来管事的是换成大内行了。你看看，抓得多准，多及时，多到位。这才叫抓住剧团活命的牛鼻子了。

上边有了文件，四个老艺人也气强了许多。为《白蛇传》让谁司鼓的事，朱团长一直主张，还是把郝大锤用一次，再试试。说郝大锤自己也在努力练鼓艺着呢。可古存孝他们几个一直不松口，坚持要用易青娥她舅胡三元。为这事，朱团长跟他们之间，都闹得有些不愉快了。这下有了文件，上边要求这么高，加上又特别器重老艺人，要老艺人发挥作用呢，古存孝他们就更是不依不饶地要用胡三元了。

其实，胡三元已经在偷偷设计着《白蛇传》的打击乐谱了。但朱团长始终没有明确表态。郝大锤也在跃跃欲试，并且放话说，朱继儒都给他说了，胡三元就敲一个《杨排风》，其余戏都是他敲。这话朱团长到底说没说，谁也无法考证。不过四个老艺人还是给朱团长下了最后通牒：如果不让胡三元敲《白蛇传》，不仅《白》剧不排了，文件上要求的那台中老年演员示范演出剧目，他们也"交旗"了。说看谁能行，就让谁搞去。最后，朱团长到底还是妥协了：胡三元不仅敲《白蛇传》，而且还要敲那台示范演出的折子戏。郝大锤一下又在院子闹了个天翻地覆。

郝大锤这次不是到排练场闹，而是专跟他朱继儒闹。他端直把被子扛到朱继儒家里，朝房中间一躺。朱继儒吃啥，他吃啥。朱继儒喝啥，他喝啥。半个月下来，把朱继儒都快搞疯了。郝大锤的意思是：你朱继儒既然要把我的饭碗剥夺了，那我这一辈子，也就只能躺在你家吃，躺在你家喝了。朱团长没办法，又去跟古存孝他们商量，看能不能让郝大锤敲两个折子戏。古存孝说："老朱，我看你当团长，就不如人家黄正大。黄正大当头儿时，谁敢这样闹？闹了就给他'下火'、开批斗会，拧螺丝。你现在快成清政府了，软得跟一摊稀泥一样。要放在我，端直给派出所打电话，把人弄走得了。"朱团长拍着脑袋说："唉唉唉，不是那个时候了。你让我硬给这些人下手，还下不去呢。唉唉唉！""下不去了，那你就只好干受着。我这儿排戏，反正得用最硬邦的人。"

朱团长也不知用的什么办法，最后还是把郝大锤哄走了。据说，郝大锤离开时，还把朱团长的一块老怀表拿去，时常挂在胸前，说是继儒老哥送的。从此后，郝大锤几乎天天喝酒，并且一喝就醉，动不动就在院子里发起酒疯来。有人刻薄地说：朱继儒已经把郝大锤养成郝大爷了。

那一段时间，宁州剧团里可以说处处都在练，都在排，都在唱。中老年示范演出的折子戏，本来是有胡彩香一折《藏舟》的。照说，她还不到中年，可团里除学员班为青年组外，其余的一律都划到中老年组去了。《藏舟》分配得早，以前还是米兰的 A 角，她的 B 角呢。自米兰走后，她也没了上进心，反倒把戏撂下了。这次一安排，易青娥本来想着，胡老师是该好好露一手了。可没想到，胡老师说，她怀孕了，都五个多月了。

胡彩香怀孕的事，在剧团自是又热闹了一阵。几乎每个人都在掐算，看她男人张光荣是啥时走的。算来算去，觉得张光荣只是"打了个擦边球"。张光荣是三月底返回单位的，而胡彩香在八月份说，她已怀孕五个月了。有人见了易青娥她舅，甚至直接开玩笑说："行啊，胡哥！"谁都知道这"行"字的意思。她舅也不制止。说他行，好像他还真就行了。有时还见他，要故意把一只眼睛眨一下，一锅水就越发地搅浑了。易青娥觉得可丢人了，就到胡老师那里套话，看肚子里的孩子，到底是咋回事。也怕将来光荣叔回来，惹出更大的麻烦。胡老师就破口大骂起她舅来："你舅真是个老不要脸的东西，我就想把那张黑脸皮揭下来，看他还脸厚不脸厚。张光荣是三月底才走的，我怀孕刚好五个月，时间严丝合缝的，他偏要一把揽着。他是作死呢。"易青娥听胡老师这样一说，心才放下来。她是真的太害怕舅又出事了。

在以后的排练中，苟存忠老师就经常把易青娥叫到棺材铺里，去吃"偏碗饭"。那里也安静，看库老汉有时还连饭都给他们备下了。苟老师之所以要叫她到这里来，是可以放开练"水袖"。"水袖"，就是缝在衣服袖口的长白绸，一般只一米左右长，演员挥出去，折回来，能收放自如最好。长袖不仅善舞，而且也能帮助角色外化喜怒哀乐。比如羞涩时，就可"以袖遮面"；恼恨时，也可"拂袖而去"。《白蛇传》里白蛇的水袖，就另是一讲了：它不仅用来辅助情感表演，更用来代替蛇姿、蛇形、蛇行。因此，这袖子就比其他人物的水袖，要长出许多来。有那功夫好的，还能舞起丈二、丈六、丈八的长袖来。苟老师的确也是留着几招的。过去老艺人都是如此，不到死，是不会把"绝活"传授完的。因为要参加全区比赛，加上苟老师也的确看上了易青娥这个徒弟，所以他就把水袖功，是要毫不保留地传给她了。苟老师说：

"啥叫'水袖'，顾名思义，就是像在水上漂的袖子。一些演员耍起水袖来，就跟染坊摔布、洗衣娘抖床单似的，哪有半点艺术气息？白娘子《合钵》一折，全靠水袖赢人呢。要领就是动作幅度要小，力量都使在暗处。看似是水袖飘飘，其实是人的关节在暗暗操持。看，你看，看劲都使在哪里，看见没？起来没？起来没……"

果然，苟老师是在水袖起舞中，要飘飘欲仙了。

看库老汉说："哎呀！哎呀！小心把骚旦的老腰闪了着。"

这次大会演，他们四个老艺人，还要完成《游西湖》里《鬼怨》《杀生》两折戏。戏也都是到棺材铺排的。他们好像都不愿意在团里排，心思让易青娥还有些捉摸不透。但有一点是清楚的，不成熟的东西，他们绝不朝出拿，都觉得老脸丢不起。尤其重要的是，苟存忠和古存孝老师，据说都是在北山地区出的名。出名戏，正是《游西湖》。那时还叫《李慧娘》。据说，第一次演出还失败了。吹火，把人家戏楼都烧了。最后，甚至把戏班子都撵了。几年后，他们重返北山，再演《李慧娘》时，就大火起来了。因此，这次会演，他们比谁都兴奋，比谁都认真，比谁都更加重视。

易青娥在一边练水袖、练宝剑。他们在一边排《鬼怨》、排《杀生》。这两折戏的意思是：

善良小姐李慧娘，被奸相贾似道霸占为妾。贾似道因不满李慧娘对"美哉少年"的向往同情，而一刀结果其性命，让她变作一缕冤魂，上天入地地四处飘荡。李慧娘终以鬼魂之身，将关押在贾府的"美哉少年"裴郎救出。贾似道带人拼命追杀。最后，被逼无奈的慧娘，吐出满腔愤怒的"鬼火"，将贾府上上下下、里里外外烧了个一干二净。

苟存忠老师演李慧娘，古存孝演裴郎，周存仁演"喂火把"的杀手廖寅，裘存义演贾似道。他们也都是在《白蛇传》排练间隙，见缝插针来棺材铺排戏的。他们排练，谁都不让看，但却是让易青娥看的。易青娥练一练水袖、宝剑，又过来看一阵他们排戏。在排到吹火时，苟老师甚至还让易青娥也吹了几下。易青娥第一口火吐出来，便把眉毛全烧掉了。惹得几个老艺人好一阵大笑。看库老汉说："娃，我说你老师不诚心教你吧，看咋样？第一把火，就故意把你眉毛烧了。那就是要你别学了。他要把这点瞎瞎手艺，带到棺材板里去呢。"苟老师说："你个死了没埋的活鬼，再别煽惑娃了。学吹火，还有不烧眉毛头发的。你看我脖子，十三岁学吹火，就把一大块皮都烧掉了。"说着，苟老师真把领子拉开，让易青娥和大家看呢。易青娥见苟老师的后脖根，还真是有一大块烧伤的疤痕。看库老汉又调侃说："你们都别信老苟的，他这疤子，搞不好是偷着钻谁家小姐绣楼，让人家拿烧红的烙铁，把鸡贼烙了的。你都想想，这吹火，就是烧，就是烫，也该烧着、烫着前脖子、前胸的。咋能烫到后面去呢？一看就是没干好事，人家朝出撵时，从后边下的狠手么。"惹得大家咯咯咯地笑个不住。

苟老师就骂看库老汉说："你个老色鬼，守个棺材铺还不省心。一天是坟地里卖绣鞋——只伺候女鬼哩。看你这些烂棺材板，哪一个倒够尺寸。真格是只寻着装你小姨子、装你碎表嫂哩。"

看库老汉说："你也是个女鬼哩，唱了一辈子的旦。你以为男鬼那边还要你？信不信，你老苟死了，保准还得朝我这儿走。我也保证，给你寻副能伸直腿脚的好棺板。"

"这老棺材瓤子咒我哩，这老棺材瓤子咒我死哩。"

没等苟老师把话说完，古存孝老师就问："哎，存忠，我真格没弄明白，你吹火哩，咋把后脖根给烧成这样了，咋吹的吗？"

苟老师说："唉，那时小，师父只说吹火是唱旦的'绝门独活'，说要给我教哩，可就是不教。师父演《游西湖》，我就在旁边看。也看出了一些窍道，就找地方偷着练呢，结果，不得要领，大夏天的，光着身子吹，脖子上、脊背上，到处都漏的松香粉。到吹第三个'包子'时，一下把身上的松香全引着了。我只顾拍打前边的火，后边就烧得嗞嗞地直冒烟。不光脖子，脊背上也有好几块疤呢。"

看库老汉说："那后来师父就给你教了？"

苟老师说："不教我能吹火？看你问的这屁话。"

两人一斗嘴，大家又乐了。

看库老汉说："唉，青娥，赶快跟这老狗学，再不学，阎王就把他叫走了。嫌他男不男、女不女的，留在这世上丢人现眼呢。"

易青娥就是在这里，跟苟老师学了几招吹火。她后来想，也许这就是天意，她要不在棺材铺里跟苟老师学这几招，兴许一辈子，就与这门绝活儿无缘了。

宁州剧团大概从来没有像那段时间一样，里里外外都在排戏、赶戏。易青娥在团里排完《白蛇传》，晚上，几个老艺人到棺材铺加工《鬼怨》《杀生》，她又赶到那边去看戏、练戏。并且抽空还得学吹火。封潇潇几次找她，希望能有时间在一起对对戏，她都回绝了，说有事。说实话，她心里是想跟潇潇在一起的，有时还特别想。但她得忍着。她宁愿到棺材铺里一个人练，也不想招闲话，惹是非。她觉得自己活着，已经是够累够麻烦了。

周玉枝自从被古存孝降到青蛇B组后，就不太到排练场去了。而惠芳龄却是跟打了鸡血一样，日夜闹着要跟易青娥练戏。易青娥不太愿意为这事，跟周玉枝闹别扭，就尽量把惠芳龄也回避着。可晚上她即使回宿舍再晚，惠芳龄都要缠着对戏、过戏。每到这时，周玉枝即使睡下了，也会一骨碌爬起来，一人到院子里一坐好半天。周玉枝说，她一看见惠芳龄那碎戏霸样儿，就犯恶心。弄得易青娥处人，越来越难了。

《白蛇传》终于如期彩排了。在县城引起的轰动，不比《杨排风》小。但只对外演了两场，就拆了台。一是要保证演员的精力，"好钢"得用到会演的"刀刃"上。二来，中老年组的五个折子戏也要彩排。彩排那天晚上，《鬼怨》《杀生》都没上。古存孝老师给朱团长解释说：大家都顾了《白蛇传》，没顾上排折子戏。只能到地区"台上见"了。其实，易青娥知道，他们在棺材铺里，是化妆彩排过好几次的。并且让她舅来看过，还让她舅带着鼓板来敲过戏呢。最后他们觉得，有好些地方不到位，提前亮相，害怕把"老哥儿几个的牌子砸了"。商量来商量去，决定还是先不在县上亮这个相的好。到地区演出还有几天时间，他们认为一切都来得及练，来得及弥补。

团上自是相信几个老艺人的水平了。

一切准备停当后，前站就出发了。

可就在大部队要出发的前三天，院子里又发生了两件事。其中一件，差点把去会演的事都搅黄了。

四十八

第一件事是，胡老师把娃生下了。

按照胡老师的说法，应该在十一月生，娃才是够十个足月的。可她生时，满打满算，才八个多月。这件事在院子里，又引起了一阵比《白蛇传》彩排更加热闹的轰动。几乎每个人都在扳着指头掐算，算来算去，这娃的"来历"都是很成问题的。尽管胡老师和医院都说，娃是小产的。但好多人都去医院看了，娃斤两并不轻，个头也不小。说小产娃应该像老鼠一样，是黑瘦黑瘦的。有人还故意问："娃那半边脸，是不是也黑着。"回答的人一笑说："胡说呢，火药炸黑的又不遗传，娃脸上咋能也黑着呢。"

张光荣很快就回来了。

张光荣一回来，大家都特别喜兴地上前恭贺着。就连平常不咋搭话的，也要凑上去恭喜一番。恭喜完，却是要睁大了眼睛，看张光荣反应的。易青娥知道，那里面是藏了许多许多意思的。张光荣这次回来，自然还是要挨家发糖。这次发，跟过去发不一样，这次发的是喜糖。在发喜糖的同时，张光荣还加发了罐装高橙。关系好的，一家两罐。关系一般的，一家一罐。说是都让品尝品尝，这是他们自己厂里生产的。有人就问，你们不是国防厂子吗，咋也生产这个？张光荣说："转产了，国防厂子都开始转产了。"在说这话时，张光荣是有些失落的。

张光荣发给易青娥的高橙是四罐。说感谢她，一直跟她彩香姐好着。易青娥说，胡老师是她的恩师，不敢称姐。她把张光荣是叫叔的。

胡老师一生下娃，易青娥就有些害怕。光荣叔再一回来，她就更害怕了，怕她舅又会出啥事。可她舅偏跟没事人一样，别人再议论，他仍是在他那不到八平方米的小房里，练着鼓艺。弄得整个院子，一天到晚都是噼里啪啦的暴雨射墙声。

光荣叔这次回来，没有给她舅发喜糖，也没有给他发罐装高橙。但也没有要跟他发生冲突的意思。因为易青娥看见，两人在院子里是照过面的。她舅黑着半边脸，还刺啦给光荣叔笑了一下。可光荣叔脸定得平平的，装作没看见他，就过去了。如果一直这样，那就万幸了。好在再过几天，她舅就跟大部队出发，到地区会演去了。可就在光荣叔回来的第二天晚上，他与郝大锤喝了半夜酒后，态度就来了个一百八十度的大转弯。后来有人说，光荣叔那晚的态度，都是郝大锤上激将法给激出来的。郝大锤在酒桌上说："张光荣多牛啊，你在外边干革命，不费一枪一弹，老婆在家里连牛牛娃都给你生下了。白拾个爹当着，天底下哪有这便宜的行事，啊？还不多喝几盅喜庆喜庆。来，尿啊，喝！"说张光荣当时就把半缸子酒，都浇到郝大锤的脸上了。然后，他踉踉跄跄从外面回来，就跟她舅干上了。

张光荣开始骂她舅，还是惠芳龄先听见的。然后，周玉枝就打开了门窗。只听光荣叔乱骂一气道："你胡三元也叫人？你狗日的也配叫人？你狗日的是欺负了老子，一个下苦的工人。要是欺负了军属，你狗贼这回又该挨枪子儿了。有种的出来！有种你把门打开！狗日胡三元，你给老子滚出来……"然后，就听见砰的一声响，像是用石头或砖头砸了窗玻璃。

易青娥觉得事情严重，就急忙穿起来，跑到院子去了。她本来是不想出去的，可这样闹腾下去，对她舅，对光荣叔，还有胡彩香老师都不好。并且这几个人，都跟自己有关系，也都对自己好。自己不出去，又等谁出去呢？

她出去时，院子已经有人出来了，也在劝光荣叔了，但劝不下。光荣叔还在满院子找更大的石头、砖头，想朝她舅的破窗户里砸。她听见舅房里，一点动静都没有。光荣叔酒明显是喝多了。石头、砖头没寻着，反倒被娃娃们玩耍过的满院子的半截砖所绊翻。易青娥见有人在阻拦，就想着，还是要去把胡老师找回来，只有胡老师才能对付得了光荣叔。她就急忙朝医院跑。新医院离剧团也不远，她跑到妇产科时，娃正哭闹得哄不下。她就把家里发生的事说了。胡老师一下抱起娃，连衣裳都没换，就跟她朝回跑。易青娥还说，坐月子是不能见风的。胡老师说："狗日的把我整得要脸没脸、要皮没皮的，活都活不成了，还怕风呢。"易青娥说："胡老师，你去劝劝，我在这儿招呼一下娃。"谁知胡彩香坚决地说："走，把这'黑耳朵'娃子，给他们两个拿回去。今晚谁认了，我跟这黑货就是谁的。"易青娥知道，在宁州这地方，"黑耳朵"说的就是私生子。看来胡老师是准备回去闹事的。她就急忙拦挡起来。但胡老师一把将头上勒着的帕子一抹，扔在地上，又狠狠从易青娥怀里抢过娃说："走，看他狗日的再闹。他俩今晚要再敢闹了，我就把这'黑耳朵'摔死在他俩面前，看谁怕闹腾谁。"易青娥把娃抢都没抢过来，胡彩香就抱着冲出了医院。

刚出院子，就有一股邪风吹来，易青娥见胡老师急忙转过身，要脱了外衣包娃。她就立即把自己的衣裳脱下来，帮着把娃包住了。从这个动作里，易青娥就能看出，胡老师是咋都不会把娃摔死的。她就放心大胆地跟着朝前走了。也怪，胡老师刚把娃抱出医院，娃就不哭了。她还嘟哝了一句："你哭哇，咋不哭了。今晚你要不把爹定下来，一辈子有你丢脸的时候。"易青娥真的搞不懂，他们之间到底是咋回事。

她们跑回院子时，她舅的门已经打开了。易青娥听旁边人说，是她舅背不住骂，也挡不住从破窗户里扔进去的砖头、瓦块，自己把门打开的。旁人说她舅把门一打开，张光荣就扑上去，跟她舅扭成了一股"肉绳"。拉架人拆都拆不开。朱团长都惊动了，但来了还是没办法。朱团长想把"绳子"解开，还让滚来滚去的"肉绳"，搓掉了一个指甲盖。正在闹得不可开交的时候，胡彩香抱着娃回来了。只听胡老师大喊一声：

"张光荣，胡三元，你两个砍脑壳死的都听好了：今晚要再闹，我立马就把这个没人认的'黑耳朵'娃子，摔死在你们面前，你们信不信？我数一二三，要是数到三，再不朝开滚，我就摔了。一、二……"

胡老师的"三"还没喊出来，那股"肉绳"，就自己散开了。

易青娥生怕胡老师做出啥极端事来，她一直是拿手护着娃的。

就在两根"肉绳"散开后，被胡老师举起的娃，突然"哇"的一声又大哭起来。胡老师大声问：

"张光荣，你不认这个娃是吧？娃小产了是事实，医院医生都这样说的，我有啥办法？我能不让这个黑货出来？你要不认了，今晚就给个痛快话，明天咱就把离婚证办了。我不能让你这样不明不白地，把我先人羞了，再把娃的先人也亏得没襻襻了。才出世三天，这一辈子就没法见人了。"

张光荣躺在地上，一动不动。

胡彩香又喊叫她舅："胡三元，你哑了，你死了是吧。你为啥不给个明话？院子里那些嚼牙帮骨的哈卵，想咋说坏话，就任由人家咋说。你平常听了连屁都不放一个。不放屁了也行，你还觍着副黑驴脸，刺啦着笑哩。笑你妈的×是不是？你笑是啥意思，这娃就是你的了？你那黑锅底脸，也能生出这样的白娃来？既然是你的，你今晚就认下来呀！认了我就跟张光荣离婚。离了婚，就跟你这个黑驴脸过……"

胡彩香喊着喊着，就一屁股坐在地上，号啕大哭起来。

易青娥早已把娃接在怀里了。娃也哭得像是听懂了什么似的，几个人都哄不下。

最后，是张光荣先起身，慢慢偎到胡老师跟前说："彩香，起来，咱回。你还在月子里，不能坐在这凉冰冰的地上。"

"回你妈的×回，我还朝哪里回？你狗日张光荣，把我的脸都丢尽了，你让我在这院子……还咋活人哪！"胡老师哭得更凶了。

张光荣磨磨叽叽地说："我……我也是听人煽惑哩。我该死……我该死……"说着，张光荣还扇起了自己的大嘴巴。"娃是我的，我张光荣的。我第一天回来，就听医生说了，是小产的。都怪我……人话不听，鬼话当真哩！狗日郝大锤，你就不是个好子儿，把我灌醉，乱煽惑我哩！"光荣叔是半醉半醒着，又把郝大锤拉出来乱骂了一通。

朱团长看院子里聚的人越来越多，连外面的人也有半夜被惊动起来，蹭进剧团来看热闹的。他就急忙让几个劳力好的小伙子，把胡彩香弄回医院，把张光荣也抬回房里躺下了。

易青娥看见她舅，从"肉绳"散开起，就躺在那里，没吱一声。等人都散了，她跑过去看，才发现舅的头上、手上，都流着血。她要舅上医院。舅说，不咋，他试着，还没伤到筋骨。易青娥问咋伤着的。舅说窗户砸破了，这条疯狗给房里乱扔东西砸的。他是没法躲了，才打开门的。她特别恨着她舅地说："不管咋，你也吱个声。是不是你的事，吱个声总行吧？"舅说："咋吱声，我咋吱声？"就再不吱声了。她舅就这人，在跟胡彩香的事情上，谁再说啥，他都不明确承认，也不明确否认。说到关键处了，还爱刺啦一笑，把龅牙露多长。好多事情，也就是这样才不明不白、没完没了的。

到第二天的时候，易青娥才发现，她舅的几根指头都血肿着。易青娥说："你这手，还能到地区敲戏？"舅说："不咋，没伤着骨头。"

要伤着骨头，到地区会演还真就麻烦了。她舅可是敲着一本大戏和五个折子戏的。

就在这件事的同时，团里还发生了另一件大事。不过对于易青娥来说，几乎是她毫不关心、也不大懂得的事情。

还是光荣叔跟她舅打架的那天中午，县上突然来了几个人，说要给剧团选一个副团长。让全团人都投了票。

她舅自然是没资格参加的。她也不知道该问谁，该投谁。惠芳龄坐在她旁边说，干脆把你写上。她还说了惠芳龄：再别开玩笑了。她就想写她老师苟存忠。可人家上边来人反复强调，说要选四十五岁以下的，苟老师已经五十多岁了。但她实在不知该写谁，最后到底还是写了苟老师。那天，在会场最活跃的算是郝大锤了。他不停地给人打招呼，让都写他，说上边就是来考查他的。还说黄正大主任跟上边领导熟，专门给打过招呼。说朱团长也推荐的是他。后来有人还问过朱继儒。朱团长光笑，就是不回答。据说这趟投票，给上边来的人还留下了长久的笑柄。说在剧团考查干部，出现了许多怪票，有写座山雕、彭霸天的；有写豹子头林冲的；还有写韩英、刘闯、焦赞、杨排风、白娘子、李慧娘的，反正是乱七八糟，让考查组人出去笑话了好多年。

大概是因为考查结果，让郝大锤当天知道了，他就喝起酒来。到地区会演，他没戏可敲，但也坚决不给胡三元打下手。他就被朱团长安排着，留下看家护院了。

大部队走的那天早上，郝大锤突然冒出来，用煤油点着七八只老鼠，烧得叽叽呱呱地乱跳乱窜着。一只老鼠，还差点钻到了易青娥的裤腿里。气得朱团长美美把郝大锤骂了一顿：

"郝大锤，你是找死吧！"

大家就这样，一个个惊慌失措地提着行李，吓得尖叫着从院子里跑出去的。

四十九

宁州剧团第一次出门坐轿车，车上自是一片欢呼声。大家一下就把郝大锤烧一群老鼠，送演出团出行的不快，忘到一边去了。有人还把朱团长抬起来，在车厢里运来运去地狂欢了一阵。

朱团长说："过去条件差，出门老坐大卡车，对演员的嗓子也不利。这次团上下了势，掏了血本，非让大家坐轿车不可。好几百里路呢，大家坐美，到地区把戏也给咱唱美。"

有人甚至还喊起了朱团万岁。

两辆轿车。乐队、舞美队坐一辆。演员坐一辆。演员这边，团部还专门做了安排：第一排坐着四个老艺人。第二排，安排了朱团长和几个中年主演。第三排，就是易青娥、封潇潇、惠芳龄，还有一个演法海的花脸。算是把《白蛇传》的四个主演都安排了。易青娥是希望跟惠芳龄坐一起的。谁知惠芳龄偏把封潇潇推了一把，让潇潇坐在她身边。惠芳龄跟"法海"坐在另一边了。自打封潇潇坐到她身边，她就浑身不自在起来，有种芒刺在背的感觉。她知道，身后几十双眼睛都会唰的一下，盯向她和潇潇的。从惠芳龄的嘴里，吐露出许多她所不知道的"花边"消息。全班大概有十三个女生，都对潇潇有意思。而这其中，公开表示爱封潇潇，并想阻止一切人再接近封潇潇的，就是楚嘉禾了。今天，楚嘉禾被安排坐在第五排。易青娥上车时，已经看见她很不友好的眼神了。这阵儿，封潇潇再朝她身边一坐，楚嘉禾的眼睛只怕是要放出血来了。她实在是不想跟封潇潇坐在一起。她不喜欢看人嫉恨的眼神。更不喜欢让人在背后，把她说来说去的。她觉得她已经够倒霉了，跟廖耀辉的破事，还有她舅与胡彩香的烂事，都把她纠结得快要发疯了。再卷进来一个封潇潇，干脆就别让她活了。

易青娥坐在靠窗户的位置，尽量把身子朝窗户上贴着。可路途上，车身一直颠簸着。颠着簸着，就会让她和封潇潇的身体碰撞到一起。尤其是盘山道，惯性会让一个人完全倒在另一个人身上的。易青娥即使把前边的靠背抓得再紧，还是几次倒在了封潇潇怀里。她能明显感觉到，每当她倒进他怀里时，他都是极力控制着惯性，几乎用一切手段，在保护着她不受任何硬物碰撞的。也有几次，封潇潇是随着惯性倒在了她怀里。封潇潇的脸，是端直撞在了她隆起的胸脯上。一股电流热遍全身，她羞涩得都快要窒息了。好在，封潇潇会很快控制住自己，又把身子平衡到原来的位置。路实在凹凸不平，山梁也是一座接着一座。这样相互碰撞的机会就很多。而在一次又一次的碰撞中，易青娥的内心，就又荡漾起对封潇潇抑制不住的好感。她想起了那天，封潇潇紧紧抱着她时的感觉，那是一种无法形容的美妙。虽然时间那么短暂，但已经够她一生回忆了。

在汽车行进到几个小时以后，大家都困乏地东倒西歪睡着了。易青娥是双手搭在前排靠背上，头埋在胳膊弯里休息的。很快，封潇潇也用这种方式，把头埋进了胳膊里。这样，反倒在他们中间，搭起了一个封闭的空间。易青娥没有想到，封潇潇会那么大胆，竟然在这样一个暗角里，向她示起好来。他低声问她：

"饿不，我拿的有核桃芝麻饼。我妈做的。可好吃了。"

易青娥低声说："不。"

封潇潇又沙哑着嗓子说："你喝水不，我拿着热水。"

易青娥说："不。"

"你……你要累了，就……就靠在我身上。"封潇潇说这话时，明显有些不好意思。但还是坚持说出来了。

"不。"

封潇潇停了好半天，然后战战兢兢地说："能……能让我……拉拉你手吗？"

"不。"

"我……我挺喜欢你的。"

"不。"

"为啥？"

"不为啥。"

"那咋不？"

"不就是不。"

"我拉了。"说着，封潇潇还真准备拉她的手了。

易青娥想把手拉开，但又没有拉开。很多年后，她还在想，为啥当时想拉开，又把手没有拉开呢？

封潇潇的手就窸窸窣窣地摸过来，把她的手紧紧地捏住了。在捏住她手的一刹那间，易青娥浑身几乎是一个激灵，又突然把自己的手扯开了。

封潇潇再找她手时，她的手就从前排靠背上拿下来，塞到裤兜里去了。她的心里，就跟敲着鼓一样，嗵嗵嗵地响。她感到，大概一车人都是能听见的。她回头把车上人扫了一眼，见大部分人都张着大嘴，睡得呼哧大鼾的。但也有人在朝前边看着。尤其是楚嘉禾，当她与楚嘉禾的眼睛遇上时，她感到那几乎是一把锋利的匕首，都快插入她的心脏了。

这时，封潇潇也拿下双手，还做了一个刚醒来的动作，伸了伸懒腰。

易青娥就把身子故意朝车窗外侧了侧。她在想，以前自己当烧火丫头的时候，哪怕多看封潇潇一眼，也觉得是很奢侈的事。那时她就觉得，全班跟封潇潇最般配的，自然是楚嘉禾了。没想到，几年后竟然有人觉得，易青娥是封潇潇最般配的人了。惠芳龄甚至还说："只有封潇潇配你易青娥才算'绝配'。"在她心里，却并不这样认为。人家潇潇是县城人，又是这班学生里最挑梢、最有前途的男生。而自己虽然唱了《打焦赞》，唱了《杨排风》，唱了《白蛇传》，但跟人家还是有距离的。只是在排了《白蛇传》以后，她觉得他们之间的感情，是猛烈地拉近了。虽然他们只单独在一起待过几小时，心贴心地拥抱了那么十几秒钟。其余时间，都是在人多广众场合下排练、工作，但他们内心的那种默契与理解，几乎是不用任何语言，就能从相互的气息与眼神中，沟通得很到位了。她能体味到，封潇潇对她，已经产生很难抗拒的感情了，并且一直想找机会表达。但她始终没有给他机会，并且还在尽量打消他的念头。她已经从别人说她被强奸的谣言，还有她舅的那一串滥故事中，看到了太多男女之事的丑陋与难堪。她不愿意再陷在里面，让自己本来已伤疤摞伤疤的生命，再经历不断被抓破、撕咬、剜刮的搅扰和疼痛。

易青娥没有想到，封潇潇今天用这样一种方式向自己表白了。她很激动，也很难过。她的内心此时翻腾起的波浪，并不比窗外排排秋树，遭狂风席卷时更加平静。她在极力克制着自己。她甚至还把随手拿着的一个小包，放在了他们中间，企图制造一些距离。但很快，汽车又遇到了更加糟糕的路面，一车人几乎都东颠西簸起来。有的喊叫碰破了鼻子。有的喊叫磕烂了膝盖。有人甚至从后排颠到了前排。只见坐在第一排的四个老艺人，全被从座位上甩了出去。苟存忠老师跌在车门的那个踏步上了。古存孝老师压在了苟老师身上。周存仁老师又压在古存孝的腰上。就听古老师喊叫："压，压，压，把老身这老胳膊老腿，压散伙了算。可老身底下还压着慧娘哩。"又听苟老师在下边，用旦腔开玩笑地喊："裴郎啊，慧娘虽然不在人世了，可你这磨盘大的屁股，压在奴的胸口上，让奴家做鬼也是难以起身了！"惹得大家又是一阵狂笑起来。封潇潇还对易青娥说："你师父还挺幽默的。"逗得她也是捂起嘴来笑。封潇潇还上前帮着朱团长一道，把几个师父拉了起来。看来四个老艺人，今天也是很兴奋的。有那特别爱制造热闹的，在汽车的又一阵跳跃中，干脆站起来，手舞足蹈地唱起了歌。那是跟汽车颠簸节奏非常吻合的民歌《簸荞麦》：

> 簸，簸，簸，
> 妹子在房前把荞麦簸，
> 大路上来了哈家伙（坏人）。
> 说十七八的妹子你慢点簸，
> 让我从你家门前过。
> 你大（父亲）在没，你簸？

你娘在没，你簸？

你哥在没，你簸？

都没在你还这样出力地簸？

喜欢了让我坐一坐，

有心了给我一口水喝。

有意了咱进屋说一说，

情愿了你就拉开热被窝。

碎妹子是一个愣头货，

打了我一簸箕踢了我一脚，

荞麦皮钻满了我颈脖，

拔腿跑她还在后边吐唾沫。

我连滚带爬把牙跌豁，

回头看妹子还在那儿簸麦壳。

不醒事的妹子你瓜娃一个，

再簸你就簸成了老太婆……

　　把一车人笑得前仰后翻起来。车轮胎的跳跃，随着《簸荞麦》的歌声，不断起伏跌宕着。易青娥尽量控制着自己，但她的头，她的肩膀，她的整个身体，还是要随着汽车摇摆的惯性，一次次朝封潇潇身上倒去。每倒向他时，她都感到一种刺激、一种安全、一种保护，甚至一种爱怜。某个时刻，她甚至希望这趟车，就一直这样开下去，一直这样颠簸下去，颠簸得越厉害越疯狂，每个人都无法控制住惯性才越好。可猛然间，当她感到背后的芒刺、匕首，是要将她剁成肉酱时，她又立即希望车快停下来，让她赶紧下去，离封潇潇越远越好了。

　　她就是这样百般矛盾着，跟封潇潇颠簸完了二百多公里路程的。那天，她记得她跟潇潇，几乎有数百次身体碰撞、接触。而一多半，都是她极其情愿的。她也感到，几乎有数十次，是封潇潇故意制造的。而她清清楚楚、明明白白，自己也是有所配合，才造成了不断碰撞、接触的。可当下车后，她立即就跟路人一样，把封潇潇甩得远远的了。她不希望给那些锐利的眼睛，还有锋利的嘴巴，制造更多伤害自己的话题。

五十

北山地区竟然是这么大的地方，难怪要管十几个县呢。他们坐的车，在城里绕了几个来回，才找到住处。有人说，这座城恐怕有宁州县城四五个那么大呢，光街道，都十好几条。街上人，也比宁州县城多了许多。他们进城是下午时分，在几条街上，车按喇叭，人不让，狗不让，牛也不让。有人就开玩笑说，人家地区的牛，到底比咱县上的牛，牛多了！

他们是住在北山地区剧场旁边的一个旅社里。八个人一间的大通铺。易青娥是主演，需要休息好，安排四个人住在一起。都是有名有姓的角色。刚住下，人就都跑完了。毕竟是来了大地方，加上剧场又在城市中心，周边到处都是商店，大家就叽叽喳喳着，出去逛去了。朱团长还一再交代，不要乱跑，说地方大，小心跑丢了。尤其要求学生出去，是必须要有老师带着的。可好像谁也没听，到天快黑的时候，就基本都溜光了。

易青娥从窗玻璃发现，封潇潇没有出去，一直拿眼睛朝她这边瞄着。她还发现，楚嘉禾也没有出去。这么爱热闹的人，没有出去，自是因为封潇潇还在这里窝着。易青娥害怕封潇潇会干出傻事，端直来房里给她送吃的。他在车上还说了，一定要给她送他妈做的核桃芝麻饼呢。她一再拒绝，可封潇潇也是一个很犟的人。她想，要是让楚嘉禾看见他来送饼，那还了得。她就急忙也出去了。她刚出门，就听见封潇潇的门响了。不过，楚嘉禾的门也响了。封潇潇的门，就那样停在了半掩状态。她乘机就跑出旅社了。

易青娥跑出旅社不远，就见苟老师他们几个老艺人，正朝舞台方

269

向走。苟老师还喊她："青娥，你一个人朝哪里跑？"

"我……我随便逛逛。"易青娥说。

"别逛了，咱到舞台上走。晚上咱们几个要过戏呢。这还是托了熟人，给把舞台让出了一晚上。明晚就要见观众了。你也到台上，把水袖练一练。舞台跟舞台不一样，要赶早适应呢。可不敢让新台子把你给拿住了。"

易青娥就跟他们去了。

不一会儿，她舅也来了。她还问舅，手上的伤好些没？舅把手举给她看，说没事。她看见，舅的那只手是比前两天都肿得厉害了。古存孝老师也过来说："三元，不行了今晚上再去医院看一下，看有啥好些的消炎药没有。这样肿着，恐怕敲不成吧。"她舅说："放心，手没断，就能敲。咱啥苦没吃过，还在乎这点伤。"说完，她舅还把那只肿着的手腕子，自己硬掰了掰。易青娥觉得，舅真是一个很坚强的人。

这天晚上，四个老艺人一直在走他们的《鬼怨》《杀生》。先后走了两遍。她舅说："保证是一个炸弹。我相信这次会演，《鬼怨》《杀生》一定是挑了全区老演员的梢子了。"可苟老师还说不行。说让他再练练吹火。他说当年他十七八岁的时候，在这儿演《李慧娘》，一口气吹的那三十六口火，才叫"瓦尔特"呢。苟老师他们特别爱说"瓦尔特"这三个字，那是南斯拉夫电影里的一个名字。他们把技巧好不好、高不高，都要说成算不算得上是"瓦尔特"。尤其是最后那三十六口连续喷火，古老师就把那个叫"瓦尔特"了。苟老师觉得，现在这"瓦尔特"的节奏还没把握好，开头几口还没慢下来。而最后那十几口，又没快上去。他想再练练。在吹的过程，他还给易青娥反复讲了吹"连珠火"的技法和要领。在一连又吹了好几次三十六口连珠火球后，苟老师对易青娥说："回去我就正式教你《鬼怨》《杀生》。看来呀，这次就是师父告别舞台的演出了。气力不够，真的是演不动了。"易青娥还说："老师身体好着呢，一定还能演好些年的，不急。"苟老师就说："急呢，咋不急。我这次出来，就突然有些着急了。怕给我娃教慢了，把好多戏都烂在肚子里，传不下去了。"

易青娥没有想到，苟老师能突然说出这样的话。在以后的十几个小时里，他几乎一开口，就都是这话。易青娥甚至已经感到了某种不祥，但她不相信，苟老师能走得这样快。这样让人不可思议。

第二天一大早，苟老师就来敲她的窗户，说让她到旅社饭堂去练戏。他跟人家都说好了，桌椅板凳他们都挪开了。易青娥拿着水袖、宝剑去时，苟老师和周存仁老师，果然已经在那里练开了。他们还是练的吹火。周老师是举着火把的杀手。他们需要更多更严密的配合。易青娥一来，苟老师就说：

"娃呀，你这两天把师父跟紧些，我一边自己走戏，一边会给你说些东西。比如这'连珠火'，关键还在气息。最长的拖腔咋唱，这火就咋吹。你越能稳定得跟一个打大仗的将军一样，你就越能把大唱腔唱好，把'连珠火'吹好，尤其才能把大戏中的主角拿捏住。要稳了再稳。只要有一点毛躁，一晚上的戏，就都会唱塌火了。"

中午吃饭的时候，苟老师又给她说：

"娃呀，师父今晚吹火，你要在侧台好好看哩。主要看师父的气息。不光看嘴，看脖项，还要看腹腔，看两条腿咋用力呢。气息是由人的全身力量形成的，光靠某一个部分使劲，是吹不好的。吹火，要说难，很难。要说简单，也很简单。其实就是气息的掌握。好多演员吹火，急着想表现技巧，想让火光冲天，乱吹一气，反倒没有鬼火森森的味道。吹火，看着是技巧，其实是《游西湖》的核心。把鬼的怨恨、情仇，都体现在鬼火里了。同样的，你演白娘子，耍水袖，不是为耍水袖而耍水袖。耍宝剑，不是为耍宝剑而耍宝剑。最高的技巧，都要藏在人物的感情里边。只要感情没到，或者感情不对，你耍得再好，都是杂技，不是戏。舞台上的所有'瓦尔特'，都必须在戏中，是戏才行。"

到晚上化妆的时候，易青娥看舞台空着，说在上边练一下水袖。结果，苟老师又让人来叫她去。她去了，苟老师又喋喋不休地说：

"娃呀，你化妆还有些问题呢，还是提眉、包头的问题，搞不精神。这么漂亮个脸蛋，眉毛、眼睛老是立不起来。你知道古装戏最好看的是啥？就是眉眼。你懂不懂？眉眼一立起，脸上的精气神就来了。"

苟老师说话的时候，古存孝老师还在一旁嘟哝说："老苟，我咋看你都快成话痨了。"可苟老师还要说，并且是不住地给她说。

苟老师的妆，今晚化得特别精细。正常是七点半开演，演员五点化妆。可苟老师今天四点多就来了。先化了一遍，不满意，又洗了重化。易青娥一直在旁边看着的。苟老师一边化一边说：

"师父老了，脸上就跟苦瓜一样，拿石灰泥子都搪不平了。想当年，师父在这北山演李慧娘时，一上妆，脸上还真是二八年纪的水汪呢。那眼睛滴溜溜一转，连俺师父都说，存忠身上有妖气呢。娃呀，你说小，也不小了，都满十八的人了，该是出道的时候了，再不出就晚了。唱戏这行，出名得赶早呢。越早越好，越早唱的年代越长。年过半百以后，虽然能唱，可这脸皮已没光彩了。戏再好，也是要逊色不少的。唱戏为啥讲究'色艺俱佳'，就是这个意思了。男角儿好些，女角儿尤其讲究。人老色衰的时候，能不唱就最好不要唱了。师父今天一上妆，才深刻地明白这个道理。我给你教戏，还是晚了些，晚了些呀！"

易青娥说："师父好看着呢！"

"好看啥呢，我还不知道。李慧娘这个鬼，是要越美丽越动人的。师父这脸，已真是一副死鬼相了。"

说完，苟老师又把妆卸了，化了第三遍。

古老师还开玩笑说："存忠，你今晚是要招女婿呀，还把老脸搪一遍又一遍的。我看刚才就化得美着呢么。"

"还美着呢，就这副老脸演李慧娘，以后的年轻人，恐怕就再没愿意看《游西湖》的了。"

苟老师把第三遍妆化完的时候，还是不满意，但时间已不允许再化了。他就提了眉，包了大头，穿了行头。不知道他性别的人，还真看不出这是男扮女装呢。

易青娥知道，苟老师为演这两折戏，几个月瘦下来几十斤，不仅天天演练，而且还节制了饮食。大家都说，苟存忠过去是爱吃炖猪蹄子的人。他看大门那阵儿，经常在夜深人静时，给火盆里煨一砂罐猪蹄子，不等单位人起床，就在早晨四五点钟把猪蹄子啃了。剩下的，是用塑料布把砂罐包扎紧，尽量不露出香气来。然后，等到第二天晚上都睡下时，再拿出来煨热了啃。等别人闻到肉香时，他早已把骨头都撂到大门外，让狗叼跑了。因此，苟老师的腰，在老戏初解放的时候，是裘伙管一个人抱不下的。他把裤子洗了，晾在院子，都笑话：不知哪是裤长，哪是裤腰呢。因为裤长才二尺九，而腰围是三尺三。后来才慢慢减到二尺七八的。直到要演《鬼怨》《杀生》，他才猛减到了二尺五以下。在棺材铺彩排的时候，他发现，穿上李慧娘的衣裳，小肚子有点不好看，就又坚持减。甚至他还用吃大黄拉肚子的方式，把腹部朝下拉呢，直减到现在二尺二的腰身。他脸上，过去是紧绷绷、油光水滑的。自打瘦起腰身来，皮肤就慢慢塌陷了。所以在化妆时，他要那么不满意自己了。他一直在叹息：这老脸，对不起李慧娘，对不起观众，尤其是对不起当年看过他戏的老观众了。

在正式演出开演前，不停地有一些老汉老婆，到后台化妆室来，要看苟存忠。说他当年的李慧娘，可是把好多观众弄得"三天不沾一粒粮，也要买票看慧娘"的。朱团长还让人把着后台口，生怕都拥进来，影响了苟老师准备戏呢。苟老师也有交代，说在他没演完以前，任何人都是不见的。化完妆，穿好行头，苟老师就一个人面对墙壁，安静下来，一句话不说了。

演出终于开始了。易青娥到门口看，观众特别多。连过道都站满了人。都在说，当年连住在五福戏楼，演了三个月《李慧娘》的苟存忠，今晚又披挂上阵，唱慧娘来了。易青娥也为她师父骄傲着。这么多年过去了，竟然还有这些老观众，是深深记着师父的。

在一声长长的鬼的叹息中，她师父出场了。

师父穿着一身白衣服，披着一件长长的白斗篷，飘飘荡荡地来到了人间。他在哀怨，在痛斥，在诉说，在寻找。突然间，易青娥甚至模糊了师父与李慧娘之间的界限，也不知他是他，还是她了。一个年近花甲的老人，硬是在飘飘欲仙的身段中，全然掩藏住了性别、年龄的隔膜，将一个充满了仇恨与爱怜的鬼魂，演得上天不得、入地不能地可悲、可怜了。就在慧娘面对凄凄寒风，无依无靠地瑟瑟发抖着，一点点蜷缩起身子时，苟老师是用了一个"卧鱼"动作。这个动作要求演员，必须有很好的控制力，是从腿部开始，一点点朝下卧的。在观众看来，那骨节是一寸寸软溜下去的。但对演员来说，却是一种高难度的生命下沉。易青娥练这个动作，是在灶门口。整整三年，她才能用三分钟完成这个动作。而一般没有功夫的，几十秒钟都坚持不下来。苟老师平常是能用两分钟朝下卧的。可今天，也许是太累，在易青娥心里数到一百一十下时，他终于撑不住，全卧下去了。并且在最后一刻，双腿是散了架的。好在灯光处理得及时，立即切暗了。尽管如此，剧场里还是爆发出了雷鸣般的掌声。《鬼怨》终于演完了。

《杀生》是比《鬼怨》难度更大的一折戏。老观众都知道的"秦腔吹火"，就是这一折戏的灵魂，也是秦腔这门艺术的"绝活"。古存孝老师扮演的小生裴瑞卿，终于被李慧娘从贾似道的私牢里救了出来。贾似道（裘存义扮）带着人，在满院追杀不止。第一杀手廖寅（周存仁扮），一手举火把，一手提钢刀，一路死缠着慧娘与裴生不放。满台便刀光闪闪、鬼火粼粼起来。苟老师为练这门"绝活"，十二三岁，就把眉毛、头发全烧光了。并且浑身至今都留着无法医好的累累疤痕。就在易青娥看他恢复练习这套"绝活"的过程，眉毛、头发，也是几次烧焦。浑身依然被点燃的松香，烫得红斑片片。苟老师老对她说：

"娃，唱戏就是个咽糠咬铁的苦活儿、硬活儿。吃不了苦，扛不得硬，你也就休想唱好戏。我为啥选你做徒弟，就是觉得你能吃苦，能扛硬。并且也该吃苦，也该扛硬。只有吃苦、扛硬，才能改变你的命运。师父这一辈子，就是苦出来的，就是硬出来的。要说日子滋润，还就是看大门的那十几年，活得消停，活得滋润。啥心不操，别让自己的嘴吃亏就行了。一旦把主角的鞍子架到你身上，那就是让你当牛作马来了，不是让你享福受活来了。"

苟老师还说过一句话：

"秦腔吹火，那个苦就不是人能干的事。那是鬼吹火，只有鬼才能拿动的活儿。不蜕几层皮，你休想吹好。"

的确，松香一旦点着，变成明火，立马就会产生浓烈的烟雾。吹几十口火下来，无论什么地方，都会变得相互看不清脸面。足见演员是在怎么难受的环境里演戏的。苟老师每次在棺材铺练一回吹火，看库的老汉都要骂他说："老狗，看你屁下的这一摊。你每次一走，我都要为你打整好半天。松香末，松香油烟，都快把我头发弄成油刷子，鼻窟窿弄成油灯盏了。你看看，你来练几个月吹火，把窗玻璃吹成黑板了；把白洋瓷缸吹成黑碗了；把棺材铺吹成油坊店了；把一袋面吹成黑炭了。你还吹不好，看来你这个死男旦，也就只配去吹牛了，还吹火呢。"

"少皮干，快给我泡茶。嗓子眼都快密实了。"一趟火吹下来，苟老师不仅嗓子密实了，眼睛睁不开了，而且呼吸也会极度困难起来。易青娥每练一次，都是要从房中跑出去，透好半天气，才能再回来吹的。

易青娥明显感到，师父今晚的气力是有些不够用了。但他一直控制得很好。她知道，他是要把最好的力道，用在最后那三十六口"连珠火"上的。她按师父的要求，在侧台仔仔细细地看着他的每一个动作。每一口火吹出来，她都要认真研究师父的气息、力量，以及浑身的起伏变化。那一晚，她觉得她比平常任何时候学的东西都要多。并且更具有茅塞顿开、点石成金的效用。也就在师父一步步将《杀生》推向高潮时，她似乎也完成了一次演戏的启蒙。她甚至突然觉得，自己是能成一个好演员，成一个大演员了。

终于，师父开始吐最后一道火了。也就是那个三十六口"连珠火"。师父依然控制着气力，一口，两口，三口，四口……由慢到快，由弱到强，直到"连珠火"将贾化、廖寅、贾似道、贾府，全部变成一片火海。

继而天地澄净，红梅绽开。

观众的掌声，已经将乐队的音乐声、铜器声全都淹没了。易青娥她舅几乎使出浑身解数，将大鼓、大锣、大铙、吊镲全用上了，可观众的掌声，还是如浪涛一般，滚滚涌上了舞台。

就在台上贾府人相互于火海中挣扎时，苟老师被人搀扶下来了。易青娥发现，苟老师已经使完了人生最后一点力气，是奄奄一息了。朱团长也急忙过来，帮忙把他平放在一排道具箱子上。苟老师浑身颤抖着在呼唤：

"青娥，青娥……"

"师父，师父，我在这里，我在这里。"易青娥紧紧抓着师父的手。

苟老师抖抖索索地摸着她的手说：

"娃，娃，师父……可能不行了。记住……吹火的松香，每次……要自己磨……自己拌。记住比例……"

在说比例的时候，苟老师向她示意了一下，易青娥明白，是要她把耳朵附上去。她就把耳朵贴上去了。苟老师轻声给她说：

"十斤松香粉……拌……拌二两半……锯末灰。锯末灰要……要柏木的。炒干……磨细……再拌……"

勉强说完这些话，苟老师就吐出一口血来。

舞台监督喊："咋办，底下观众喊叫要苟老师谢幕呢。"

朱团长说："谢不成了，快关幕！"

"都不走，在下边喊呢。"

只见苟老师身子动了动，意思是要起来，但又起不来了。

朱团长就紧急决定，用身边的道具——贾府的太师椅，把苟老师抬上去谢幕。

大家就帮着把苟老师弄到了太师椅上。

朱团长又紧急决定说："青娥，你跟舞台监督，一起把你师父抬上去！"

易青娥就跟舞台监督把"李慧娘"抬上去了。

易青娥看见，观众是热浪一般在朝舞台上狂喊着。

被他们抬上去的苟老师，静静靠在太师椅上，一动不动了。

舞台监督还跟她说："咱俩把苟老师搀起来！"

易青娥低头一看，苟老师的眼睛已经闭上了。

就在一刹那间，她反应过来：

苟老师，可能已经不在人世了。

五十一

易青娥泪眼模糊地看着大幕关上了。

她拼命呼唤着："苟老师！苟老师！"

苟老师已毫无反应。

易青娥终于忍不住，放声号叫起来："师父——！"

站在太师椅旁边的古存孝、周存仁、裘存义老师，也都一齐俯下身子喊："存忠！存忠！"

苟存忠再也没有任何反应了。

这时，朱团长也跑上台来喊叫："存忠！存忠！快，快送医院！"

直到这时，大家才反应过来，急忙把苟存忠朝医院送去。

苟老师是放在剧场跑电影片子的三轮车上，拉到医院去的。一边拉，大家一边喊。

易青娥拿了菜油，乘车子爬坡的时候，还在给苟老师卸妆。

到了医院，急救室的大夫用听诊器听了几下，又翻开苟老师眼皮看了看说："病人已经没有生命体征了。"

古存孝没听清，还大声问了一下："啥？"

医生说："已经没有抢救的必要了。"

但朱团长还是要求抢救。

急救室就开始抢救。

二十几分钟后，那医生还是说："病人是心脏猝死，已经无法唤醒了。"

在医生彻底宣布师父死亡的那一刻，易青娥一下软瘫在了急诊室门口的长条椅上。

她听医生问朱团长："这老人是演员？"

朱团长说："是的，是很有名的演员。"

"唱啥的？"

"旦角。男旦，你懂不？"

医生笑着摇了摇头说："老头儿演女的？"

朱团长说："对，男扮女装的角儿。"

医生又好奇地问："演女的，咋累成这样？"

"吹火。秦腔吹火，你知道不？"

医生还是摇了摇头。

朱团长就说："演员是很苦很累的职业，过去常有累死在舞台上的。"

医生说："不光是累，这病人鼻子、喉咙里还有好多异物。大概是这些异物，先导致病人窒息，然后才发生心脏猝死的。"

朱团长说："是吹火，用松香和锯末灰吹的。"

医生才点了点头说："难怪！"

宁州剧团首演的折子戏专场，在北山地区引起了很大轰动。尤其是主演李慧娘的男旦，猝死在舞台上后，面对那一身绝技，观众更是发出了一片悲悼、惋惜之声。第二天，不仅大街小巷在谈论这事，而且还有好多观众，自发到演出剧场前，献上了花圈、挽幛。一些过去看过《李慧娘》的老观众，几乎是在含泪回忆着昔日看戏的情景。都说，几十年后，再看苟存忠的《鬼怨》《杀生》，依然是"宝刀不老""风采不减当年"。

易青娥做梦都没想到，师父会死在这个地方。并且是死于吹火。直到师父死后，她才回忆起，这些天，其实师父所有的话，都是与死亡有关的。有些已完全是一种后事交代。难道他是感觉到，他的大限要到了？也许是最近连着排练，他已感到自己的气力是支撑不下这场要见多年前的老观众的演出了。他也许是明明知道，弓要折，弦要

278

断，还偏要把这场演出进行到底的。

朱团长也是做梦都没想到，第一场演出就死了人。虽然观众给了那么高的评价，还给剧场前送了上百个花圈、几十个挽幛。可存忠毕竟是死了。死得太早，死得太可惜了。团上还有人骂郝大锤，说都是这个瘟神，在大家出发时，故意"点天灯"，烧死了七八只老鼠，才弄得如此不吉利的。

朱团长征得会演领导小组同意，把《白蛇传》的演出向后调了位置。他一边带人回宁州办丧事，一边安排其余人原地休息，观摩学习其他团的演出。本来演出完，也是要留下来看戏的。地区搞这次会演，目的就是让大家相互学习促进来了。说十几年耽误得太厉害，好多演员上台连路都不会走了。

易青娥本来是最应该留下来观摩学习的，可她死都要跟朱团长一道，送苟老师回宁州安葬。朱团长就同意了。在回宁州的路上，易青娥一直在流泪。苟老师的好多事，她过去都是不知道的。只有在返回的路上，古存孝、周存仁、裘存义三个老师一点点说，一点点回忆，她才知道了苟老师可怜的身世。

苟老师八九岁就出门要饭。后来跟着一个戏班子，人家演到哪儿，他讨要到哪儿。箱主见娃长得心疼，人也乖巧，就收下学戏了。十八九岁的时候，他也讨下过一房老婆的，后来跟人跑了。20世纪50年代，他又红火过几年，也结过一次婚。"文革"开始，他被关了牛棚，老婆又跟人跑了。再后来，他就回到宁州剧团看大门了。曾在远房亲戚中，认过一个干儿子，说是老了好经管他。谁知干儿子长大后，听说干爸是唱男旦的，就再没跟他来往过。苟老师一辈子最后身边连一个亲人都没有。算是孤老而终了。

古老师还深深叹息了一声说："唉，这就是唱戏人的命哪！"

回到宁州，古老师他们就去找棺材铺的那个老汉。易青娥也去了。看库老汉听说苟存忠死了，竟然丝毫没有觉得不正常地说：

"我早预料到了。"

大家一惊，古存孝问："为啥？"

看库老汉说："这老家伙，把唱戏看得太重了。老了老了，是玩上命了。"

"你咋不劝劝呢？"周存仁说。

"唉，狗只要改不了吃屎的禀性，他苟存忠就改不了爱戏的毛病。你知道不，老戏没出来，整天唱样板戏那阵儿，老苟就常到我这里，偷偷扮上了。我给大门上了铁杠，给窗户靠了棺材板。他化了妆，扮了戏，就给我一人唱《上绣楼》《滚绣球》《背娃进府》呢。"

大家就都不说话了。

看库老汉又说：

"这死鬼，前天晚上就来了，要我给他准备棺材板呢。说尺寸不够不要；女棺不要；毛栗树的不要，嫌干了炸裂子呢。还有八块板的不要，嫌不浑全。一个孤老头子，讲究还大得很。看，我早都给他准备好了。就这口，尺寸够一米九的个子睡。他老苟才一米六六，脚头还够塞一个炖猪蹄的砂罐子。也不是毛栗树的，这是最好的柏木棺，浑浑全全的六块板。底子是浑板，盖面是浑板，两边墙子也是浑浑的两块板，再加上头、脚两块浑档子，算是最好的六块板寿枋了。县物资局长他爹，财政局长他爷，县长他亲家公，都来看过几回了，我说是有下家的。这不，就是给老苟这个挨炮的备下的。他给我一个人唱了几十年戏，我也没啥送，就送这口寿枋，也算是把他给我唱戏的情分填了。"

说着，看库老汉还滚下了几滴老泪。他一边滚着泪，一边还在骂：

"老苟，你这老祸害一走，我就再没戏听了。你个老祸害，把我戏瘾逗起来，你给死了，真是个老祸害瘟哪！"

埋苟老师那天，天上下着小雨。

因为苟老师在宁州影响不大。老戏迷的年岁，也都有些恓惶。所以，在一个特别喜欢赶红白喜事的小县城，那天送葬，反倒是冷冷凄凄的。

苟老师没有儿女，没有亲戚。唯一一个披麻戴孝的，就是易青娥。

易青娥手捧着苟老师的遗像，是一步一步走在棺材前边的。

棺材铺的老汉，一边撒着纸钱，一边还要喊叫那些抬棺材的人，要他们别毛手毛脚的。说他们抬的，可是宁州城几十年少见的一口上等棺木。

他说这世上，再不会有这好寿枋了。

埋完苟老师的这天晚上，喝得烂醉如泥的郝大锤，又抓住一只老鼠，在院子里再次点起了"天灯"。这只老鼠比较大，点着烧了好长时间。老鼠一会儿跑上电杆，一会儿又跑进垃圾桶，一会儿又跌进檐沟里，最后实在跑不动了，才趴在一块破砖上，任由煤油火朝死里烧。那种可怜的喊叫，甚至像一个婴孩在啼哭。

易青娥觉得，老鼠简直就跟钻进了自己心里一样，不知该怎样去搭救。

古存孝老师就嘟哝说："这小子，一定不得好死，你信不信？"

五十二

终于，由宁州剧团青年演员汇报演出的《白蛇传》，要在北山登台亮相了。

这次登台前，古存孝、周存仁、裘存义三个老师，偷偷叫上易青娥，还专门到舞台上祭拜了一回呢。他们买了香表，还弄了四样糕点，跪在一个老爷像前，磕头烧香地禀告了再三。易青娥问，祭拜的是啥老爷？他们说是梨园老祖唐明皇。古老师还特别给她解释了一下，说这是唐朝的一个皇帝，爱唱戏。他娶了个妃子叫杨玉环，也爱唱戏，还爱跳舞。易青娥说，平常咋不见人拜这个老爷呢。周老师说，只有唱戏人才拜的。连这个老爷像，都是他们这几天，才在另一个老艺人那里请来的。拜完，周存仁老师说，恐怕得让朱继儒也来拜一下。过去祭梨园老祖，都是领班长带头呢。古存孝就让裘存义去喊朱团长。朱团长来了。古存孝让祭拜，朱团长还拧次着，说你们咋还信这个。古存孝就说：你不拜，看存忠死得多可惜，兴许拜了有用呢。朱团长看古老师把话说到这儿了，就倒头拜了三拜。

正式演出那天，易青娥一天都是心慌意乱的。尤其是头一晚上，他们还看了另一个团的《白蛇传》，演白娘子的，技巧不过关，在《盗草》那折戏中，先是宝剑连连失手，后做"倒挂金钟"，用嘴衔取灵芝草时，立脚不稳，又一个趔趄，掉到了"岩下"。让观众拍了多次倒掌。尽管坐在易青娥身旁的惠芳龄一再说，看了他们的《白蛇传》，咱们就更有把握了。可易青娥心里还是七上八下的。尤其是苟老师不在了，她感到哪里都不踏实。

演出第一天晚上，只有半池子观众。朱团长还一再到后台解释说，会演时间长了，观众都看疲了。再加上这次来了三台《白蛇传》。折子戏里，也是见天晚上都有《游湖》《盗草》《水斗》《断桥》《合钵》，都快成"白娘子大会战"了。朱团长说："咱们不怕，稳扎稳打朝下演就是了，出水才看两腿泥哩。"朱团长平常是爱倒背着双手的。除非遇见麻缠事，一旦遇上麻缠事，他一只手就会抽出来捂胸口，一只抽出来拍额头，并且是要拍得啪啪作响的。今晚开演前，尽管观众不多，但他的双手还是倒背着，并且背得很高。看来他心里是有底的。古存孝老师也说："你都相信我的，咱宁州不拔会演的头筹，我古存孝就不再回去混饭吃了。"有人还故意问："那你到哪里混饭吃去？"古老师说："我讨米去。还保证不再路过你宁州县。"惹得大家哄堂大笑起来。"不过，咱说是说，也不敢轻敌，我送大家八个字：'既要胆大心细，又要淡然提气。'"有那好事的说："古导，这好像是十二个字。"古存孝骂道："你娘的脚哟，光会给老师挑刺。"关键是古存孝这天晚上，又披上了那件象征着某种"势"的黄大衣。并且还是让助手刘四团站在身后，不停地披，他不停地抖落着。有一次，刘四团只顾看了易青娥化妆，没接上，大衣噗地跌到地上，还被他美美训了一顿："打好你的旗旗，跑好你的龙套。别喝的灯台油，操的大象心。"从古导胸有成竹的"势"来看，有人说，今晚演出大概是有九成以上把握了。

这天晚上的演出，还真给成了。不是小成，而是大成；不是小火，而是大火。用朱团长的话说：

"今晚的演出，就跟最好的缎子被面一样，没掉一根纱，没脱一丝线，是真真正正的无瑕疵演出。我在宁州团干了这么多年，反正还没见过演得这样浑全的戏，也没见过这样火爆的场面。"

从第一场起，掌声几乎就没断。有人统计说，整场演出，观众一共给了一百三十二次掌声。

朱团长的手，就背得更高了。

古导的黄大衣，几乎是每说一句话，就要抖落一次，让人眼花缭乱。

刘四团不长相，又为死盯着看易青娥脱彩裤，没及时把大衣披上，竟然让古导抖了一次空肩，气得老汉差点没反身踹他一脚。

易青娥没有想到，她一出场，就迎来了碰头彩。这是最提振演员信心的鼓掌。惠芳龄赞美她说：你今晚妆是化得最漂亮的。就连周玉枝也来给她帮忙提眉、包头了。楚嘉禾虽然没有给她帮忙，但也给惠芳龄搭了手，给其他丫鬟梳了头。这就是剧团，看着平常为角色你争我斗的，可一旦到了重大演出，就到处都能看到"一股绳"的相向紧搓场面。让易青娥激动的是，所有武打戏都配合得十分默契。就连《盗草》中那些难度最大的高台技巧，她与十几个守护"神鸟"的搏斗、拼杀，都没有出现任何闪失与纰漏。她始终记着苟存忠师父的那些话：

"主角，演一大本戏，其实就是看你的控制力。哪儿轻缓、哪儿爆发，都要张弛有度，不可平均受力。稳扎稳打，是一个主角最重要的基本功。自打你出场开始，你就要有大将风范。这个大将，不是表面的'势'，而是内心的自信与淡定。虽然你易青娥只有十八岁，但必须有十分成熟的心力、心性，你才可能是最好的主角。"

因此，面对一次次高难度动作的挑战，易青娥都真正体现出了艺高人胆大的镇定、从容。几板大的唱腔，尤其是在打斗后的抒情唱段，她都处理得气韵贯通，收放自如。《断桥》里的那段核心唱，甚至引发了二十几次掌声，几乎是一句一个好，有时是一句几个好。可惜的是，观众太热情，鼓掌不当，把她觉得最低回、最能表现换气技巧的几个细腻处理，全然淹没了。

在送苟老师回宁州安葬时，易青娥还去看了胡彩香老师。胡老师正担心着她在地区的演出呢。把娃哄睡着后，胡老师就给她又指导了几处唱，说关键是要拿出情来唱，只要把情融进去，咋唱都是好听的。胡老师还说：

"有些人嗓子条件不好，唱不好，情有可原。有些人嗓子好，唱出来也不好听，为啥？就是只图唱高、唱厚、唱宽，把拖腔愣朝长地拖呢，而忘了情，忘了当时唱那板戏是为了啥。唱戏唱戏，关键是要入情，入戏。只有入了情，入了戏，唱出来那才叫戏呢。"

易青娥对武打场面，反倒是有把握的，因为平常练得多。而对唱腔部分，心里还总是有些胆怯。但这天晚上，她突然感到，几乎所有唱，都有点像苟老师和胡老师说的那样，是被她"拿捏住"了。

她在心里深深感激着她的搭档封潇潇。

潇潇真的是一个太好的人，把对她的那份感情，把握得让她感到十分得体自然。她不喜欢在人多场合，表现出一种亲近。他就在很远很远的地方，在大家不注意时，默默看她一眼。她不习惯他的照顾，尤其是不喜欢像其他同学那样，吃一块饼干、一个雪糕，都要当着众人面给。有的甚至还要咬一口，才塞到对方嘴里。她真的很不适应这一切。他就把所有关心做在背后，做在没人看见的地方。比如那天，他要给她核桃芝麻饼，她拒绝后，他是用一个手帕包了饼，悄悄塞在她装排练道具的包袱里了。饼子果然很精致、很酥脆、很美味。就在演出前一天走台排练，她整整一天都没吃饭。也是思念师父，更是心理压力过大，什么都吃不下。最后，是封潇潇悄悄给她买了一保温瓶鲫鱼汤，瞅机会，在没人时塞给她后，就急忙离开了。她是真的不希望他再这样做，但每一个细小的做法，又让她感到那样温暖，那样愉悦。因此，到了台上，当"白娘子"面对"许仙"时，那种朦朦胧胧的感情，就融合、爆发得淋漓尽致了。在第一场《游湖》见面后，封潇潇甚至找了个机会，跳出戏来，跟她说了一句："青娥，你好美呀！

我愿一辈子给你配戏！"这句话像火一样，甚至点燃了易青娥一晚上的自信与激情。在与"许仙"以后的搭戏中，无论眼神、心境、牵手、拥抱，她都觉得是有一种火一样的东西，在相互燃烧着。她在许仙被显了真身的白蛇吓死后，上峨眉山去"盗仙草"一折戏中，甚至有了一种幻觉，"许仙"就是封潇潇了。是封潇潇被她的原形吓死了。只有灵芝草才能挽救他性命。易青娥愿意舍生忘死，去最危险的地方，为封潇潇盗取这株仙草吗？她觉得自己是极其情愿的。易青娥就非常完美地完成了"盗草"全过程。在她获得灵芝草，从山上连着三个"倒扑虎"，翻下高台后，古存孝老师甚至站在侧台，激动得有些带哭腔地说：

"这个娃的《盗草》，恐怕是我今生看到最好的《盗草》了。任她哪个白娘子，只怕也是演不过咱娃这《盗草》的。"

演出终于结束了。

易青娥看见她舅坐在敲鼓的椅子上，正泪流满面着。他的一只手，还操着鼓板，另一只手，却腾出来，把脸捂住了。舅已经给她敲过好多次戏了，但像今天晚上敲得这样天衣无缝，这样出神入化，还是第一次。他就跟钻到她心里，看着她走戏一样，哪个动作，都会在锣鼓家伙的配合中，显得更有韵味、节奏、力量感。哪段道白、唱腔，也都会在他鼓板、牙子的掌控、点化下，进入一种好像是玩活了一条真龙的自如、兴奋状态。她看见舅在抹掉了满脸的泪水后，悄悄给她夸了一个大拇指。

紧接着，就有好多人都拥上台来了。大家拉着她的手，不仅赞不绝口，而且问长问短、问东问西的。让她又不由自主地举起手背，挡了嘴，是一个字都回答不上来。后来她才听说，那里边有领导，还有从省上请来的好几个大名角儿、大导演，他们都是来当评委的。她听里边有一个老师大声喊叫说：

"这个易青娥，在整个秦腔界的青年演员里，都属挑梢子的。没想到人才出在县剧团了，难得，难得呀！这可算是秦腔界的一件大幸事了！"

让易青娥没想到，也让整个宁州剧团没想到的是，这个戏，在全区会演拿了"头名状元"后，地区领导竟然不让走，又让扎住在北山演出了一个多月。

看戏，本来好像是上年岁人的事，结果，宁州剧团在那里创造了奇迹：竟然把大量年轻观众吸引进了剧场。都说，宁州出了个大美人易青娥，看一眼，一个月都不用吃饭了。

易青娥那时也的确留下不少照片，都是观众自发拍照的。很多年后，再看这些照片，连易青娥自己都感到很吃惊，那的确是自己人生最美丽的时候：

十八岁。

个头一米六八。

瓜子脸形。

鼻梁高挺。

眼睛明丽动人。

双眼皮。

长睫毛。

嘴唇棱角分明。

胸部隆起。

腰身紧束。

臀部微翘。

在电影院刚刚演完《罗马假日》后，地区报社记者竟然说，易青娥是奥黛丽·赫本的翻版了。她那时还不知说的是谁呢。还有人说她像年轻时的电影明星王晓棠，她也不知是哪个。反正自己觉得那阵儿，脸的确是长开了。过去瘦小时，是长成了一撮撮的，好像一个巴掌都能捂住。五官也有些像一堆没放好的石头，挤挤卡卡的。就这一两年，也许是几个月时间，当自己再面对镜子时，就一天一个样子地变化起来。一切都在朝开地长，朝舒展地长，朝丰盈地长，朝鲜花盛开的季节长了。有好多照片，都记录下了她当时的模样。真是有些出乎常人的意料，一个深山里的九岩沟，竟然生出这样一个大美女来。

就是嘴一笑，有一颗牙齿长得有点乱，她就老爱用手背挡着了。早先，是害羞，是怕人，不敢与人照面、搭腔。后来挡嘴，也是与这颗不协调的牙有些关系的。谁知所有人现在都说，易青娥美就美在这颗牙上了。地区报纸记者写了一大篇文章，其中有好长一段，都是在说这颗牙的美丽生动的。

需要特别交代的是，《白蛇传》演了一个多月后，很多人听说易青娥还有一本拿手戏《杨排风》，就都吵吵着要看了。北山地区从书记到专员，都看过《白蛇传》，有的为了陪人，还看过两三遍的。听说小易还有拿手好戏，就都给有关方面打招呼，说也演来看看。其实剧团已经累得不行了。尽管所有人都因戏红火，而成了北山城的贵宾，几乎见天都有人请去吃吃喝喝。但毕竟是出来时间长了，都闹着要回去。连朱团长把摊子都有些"挽笼不住"了。最后，是宁州县委书记、县长亲自来慰问、督阵，才把《杨排风》布景道具拉来，又扎住演了一个月的。

易青娥也在这短短的两个多月中，经历了人生最猛烈的爱情炮轰与进攻。

五十三

首先向易青娥发起进攻的，是地区几个青年诗人。他们诗社的名字叫"六匹狼"，也恰恰是六个人。主要是写诗，也有写小说、写散文的。他们是这个小城的另类，都修着很长的头发。据说，那时朦胧诗，在更大的城市，都已经衰落了，但这里刚刚兴起。六个人的诗集，一年出好几本，还都是自己印刷的。易青娥的《白蛇传》和《杨排风》，让"六匹狼"接连推出两本诗集来：一本叫《一个美艳古瓶的出土》，一本叫《欣赏完她，其实我们都是可以幸福死去的》。很多年后，易青娥还记得他们对她吟过的那些诗。其中有一首，是这样的：

古董并不都是锈迹斑斑的

有一种出土

带着强烈的闪电

带着西方奥黛丽·赫本的鼻子、眼睛和嘴

带着古巴女排"黑珍珠"路易斯的翘臀

带着东方我们没有见过的传说很酥的杨玉环的胸脯

还有西施、貂蝉、王昭君

沉鱼落雁、闭月羞花的脸庞

刺破了

很多不易抵达的坚硬的麻木的痛楚的绝望的心尖

明明是一条

已说不清是唐朝还是宋朝的蛇精

却在一千多年后

惊艳破土而出

又迷醉了千万个

正迷恋着《上海滩》里许文强的许仙

"浪奔，浪流，

万里滔滔江水永不休"地

拥挤在了去"断桥"看白娘子的路上

　　这首诗，他们是在邀请易青娥出席"六匹狼"诗歌朗诵会时，由"三狼"朗诵出来的。易青娥怎么都不愿意来，可他们找了报社给她写文章的记者。记者说，"六匹狼"都很喜欢你，但他们都很绅士，希望能用诗歌打动你。易青娥本来晚上演出很累，白天希望有更多的时间休息。可记者几次三番地来请，挨不过面子，她还是来了，是拉着惠芳龄来的。那时易青娥真的是不懂诗，念过好几首，连惠芳龄都听出一点意思了，可她还是把眼睛睁得很大，一头雾水的样子。这首《说不清是唐朝还是宋朝的蛇精》，她倒是听出了点名堂。人家让她提意见，她甚至还捂着嘴，不好意思地说："难道我很黑吗？没有那么黑吧？我还是个撅尻子吗？"说完，自己先羞得不敢看人了。"黑珍珠"，那不就是说黑得放光吗？在《杨排风》戏词里，焦赞本来就有一句说杨排风的台词是："丑陋丫头多作怪，黑面馍馍一包菜。"她是最不喜欢听这句台词了，好像不是说杨排风，而是在说她易青娥呢。尤其是郝大锤，几次故意在她旁边说起这句词，意思明明是糟践她：一个"黑面馍馍"一样的烧火丫头，还能登台唱戏。因此，任何时候有人说到"黑"，她心里都是会犯嘀咕的。"翘臀"，更不好听了，那不就是说屁股撅着吗？在九岩沟，女孩子老撅着屁股，当娘的是要天天骂、天天拿脚踢的。有的晚上睡觉，还要给屁股上捆布带子朝回扳呢。要是长大了还扳不回来，那可就是大毛病，要嫁不出去了。唱戏也是不能撅尻子的。苟老师就批评过她好多回，说她做动作，有时是撅着屁股的，像在灶门洞偏起头来吹火，可难看了。她的这两条意见，刚一提出来，"六匹狼"就全笑了。他们七嘴八舌地抢着说："黑珍珠"是一种很健康的表述。而"翘臀"，更是一种风靡世界的现代美。在她身上，他们就看到了这种象征着力量感的美妙体态。西施固然漂亮，却是病态的，这样的美人，我们宁愿少些好。无论怎样解释，她还是不喜欢诗里说她黑，说她撅屁股。后来，"六匹狼"就跟人说，易青娥美是美，但不解风情。他们六个人，先后把《白蛇传》《杨排风》看了四十多场，几乎每晚演完，都要到后台看望、献花，甚至当面吟诗。结果，易青娥还嫌几个长头发的"异类"，整天围着自己转，影响不好。她要朱团长帮忙拦挡拦挡。朱团长还真派人拦挡了。尤其是易青娥的那班男同学，在易青娥人生点点升腾的时候，几乎都有些暗恋她的意思。他们哪里容得这些"花里胡哨"的外人，把腿脚伸进自己的锅里、碗里，挑肉、夺食。他们不仅把前后台，看管得严严实实，而且还连业余保镖，都自告奋勇地兼上了。"六匹狼"再来"嗨骚"易青娥，不仅见不上面，而且还遭了"兜头泼水""迎面撞门""暗拉绊马索"的肢体、人格羞辱。这样一来，"六匹狼"追求易青娥的热情，就逐渐淡然了下来。"二狼"还转文说："这娃好是好，可只能远观，不能亵玩焉。""大狼"干脆说："娃还是少了点文化，一脑子的封建思想，完全不解风情。咱们六匹狼，大概谁也得不了手，我宣布退出。"随后，"六匹狼"的骚扰，就渐渐销声匿迹了。

与此同时，也有好多地区头面人物，托人出面，要娶易青娥做儿媳妇了。朱团长有一天还跟古存孝说："咱们恐怕得赶快'班师回朝'了，再不回，易青娥还得改行，去做那些'侯爷王爷'的儿媳妇了。关键是好几家都在说。我们就只一个易青娥，咋办？应付不好，只怕是得吃不了兜着走呢。"古存孝说："这得亏是新社会，要搁在旧社会，咱就得赶紧想辙了。不从陆路逃，就得从水路蹿。并且还得夜半三更，让青娥女扮男装了蹿。要再蹿不出去，就得把人塞进戏箱，给箱子拐角钻几个透气的窟窿，偷偷朝出运呢。搞不好，整个戏班子的命都搭上了。这号事，一般都是旦角太出彩、'盘盘'太靓招的祸。"

"盘盘"，在老艺人那里，就是脸蛋的意思。

可朱团他们躲着、推着、应付着，还是有人不依不饶地要娶易青娥。整得易青娥和领导都毫无办法。

这里面有一个叫刘红兵的，是行署一个副专员的公子。他刚从部队回来，正给哪个领导开小车着。那时，开大车也是很风光的职业，还别说开铁壳子小车了。全地区，就三四辆伏尔加，其他还都是"帆布篷"。据说，到他家提亲的，把门槛都能踢断了。但这个刘红兵，偏偏看上了易青娥的白娘子，又看了她的杨排风。那种美艳，那种娇嫩，那种飒爽英姿，那种一想起来就令人无法入眠的楚楚动人，让他是怎么都放她不下了。他就在一个公子哥儿们聚会的场合，一口喝干了一瓶高脖子西凤酒后，撂下狠话说：

"谁都甭再骚情了，易青娥是我的。不信，都走着瞧。"

刘红兵开始是缠着他妈，出面给地区文化局领导的老婆讲。文化局领导的老婆，又找宁州剧团的朱团长讲。说朱团长说了，易青娥还小，跟个虫一样，啥都不懂，等以后娃脑瓜子开窍了，再牵这个线不迟。也算是说说笑笑着，把这事打发了。刘红兵他妈见刘红兵太上心，就劝他说："唱戏的，那都是化妆化出来的好看，平常大概也跟行署里这些女娃子差不多。"刘红兵就说:"没化妆我也见了,比化了妆还好看呢。行署里哪有这好看的女娃子,咱这都是吊吊尻子,凹凹眼,还厉害得跟生葱一样。跟易青娥就没法比。"他妈又说:"唱戏这职业不行,娃看着亲蛋蛋一个,可没文化么。要是放在前些年,搞个宣传队、文工团的啥还行。现在抓经济建设,都不兴这个了。就像你,当兵红火,爸送你去当了兵。开车红火,你从部队回来,又安排你开了车。眼看着,这开车也不行了,你爸说,还得让你赶紧去混个文凭,好安排其他事情呢。"刘红兵气恼地说:"不去,看书我头痛。我就要娶易青娥。要是娶不到易青娥,我就走了。"他妈问:"你走到哪儿去?"刘红兵说:"你管我到哪儿去。"以后的事,就是刘红兵自己出手了。

其实最让易青娥纠结的,还是封潇潇。不能不说,她已经爱上这个同学了。尤其是一个多月的《白蛇传》演出,虽然白天她是尽量避着他,可每到晚上,他们就要眉目传情数十次,还要搂抱在一起。封潇潇的体温、呼吸、心跳,她都是深切感受到了的。许仙在很多时候,似乎已经不是许仙,而是封潇潇了。是封潇潇紧紧搂抱住易青娥了。虽然很苦,很累,但她每天晚上,都有一种强烈的演出期待。尽管是当着上千观众,在进行一场演戏的恋爱。可这种恋爱,已经让她心满意足。当然,她也在一再告诫自己:到此为止了。

易青娥知道,为"六匹狼"请她去参加诗歌朗诵会,封潇潇都快气成乌眼鸡了。他一直站在她离开的路口,苦苦守候了她四个多小时。无论哪匹"狼"来,如果封潇潇有猎枪,她觉得,随时都是会擦枪走火的。她也能感到,他是在极力克制自己,可有时,还是克制不住地要给一班同学,留下许多终生难忘的笑柄。尤其是刘红兵的出现,把封潇潇的肺都快气炸了。这个一切都不管不顾的"高干子弟"(当时人都这样叫他),动不动就开一辆铁壳子白车,停在剧场大门口,或者后台了。管你谁挡不挡,人家端直就进了化妆室。见了朱团长、古导才打声招呼。其余人,一概是眼中看不见的。他每次来,还都直接走到易青娥跟前,不是拿的整只葫芦鸡,就是拿的整条糖醋松鼠鱼。就连大家都想吃，却又舍不得买的面包、蛋糕、红白酥、沙琪玛，还有各种罐头，人家一拿也是一整箱地撂在那儿，让大家随便吃。易青娥让朱团长把人也赶过好几次，但刘红兵一开口说话，朱团长就吓得连声好好好的，没有下文了。刘红兵动不动就说："我都给文化局的老丁说了，让他给你们买些练功服。我看你们演员的练功服都太旧了，式样也有些老。"老丁是文化局长。过两天，他又给朱团长说："我给老吉说了，让弄些大米。给你们粗粮搭配得太多。这么辛苦的，一天还能不保证一顿大米饭？"老吉是粮食局长。并且他说过的话，还很快都能一一兑现。团上有些人，就觉得刘红兵厉害了。气得封潇潇有一天见刘红兵来，端直给他爱坐的椅子上，撂了一管开了口的大红油彩。刘红兵神神狂狂的，眼睛死盯着易青娥的脸，就没朝椅子上瞅。他一屁股塌下去，一逛荡，起身一看，白西服抹得不仅满屁股是红，而且油彩从管子里飙出来，溅得白皮鞋、白袜子上都是。他手一动，连花领带也抹得见血了一般可怕。气得刘红兵直嚷嚷："唉，这是哪个挨球的货，你把油彩撂到椅子上，得是准备把哥的尻子也化成孟良呢。"看来，刘红兵近来看戏，也是有大长进了，竟然知道孟良是要化红脸的。

就在北山的两个多月演出中，省上秦腔剧团突然发榜，要在西北五省招收成熟青年演员。年龄在三十岁以下，需有五年以上坐科经验。楚嘉禾和周玉枝竟然都偷偷报考了。据说，楚嘉禾在报考前，还问了封潇潇，说她想彻底离开宁州剧团，看潇潇是啥意思。结果封潇潇说："你走了也好，宁州剧团小，漂不起太多的'油花花'。也许你到了省上，会有更好的发展呢。"气得楚嘉禾端直骂了他一句："你就死盯着那个让做饭的强奸了的货，人家还未必能看上你呢。哼！"楚嘉禾愤然离开了。去省城考试本来是要请假的，但她没有请，就端直走了。并且还带走了周玉枝。听说，她妈在那边把关系都疏通好了。

在楚嘉禾走后不久，北山地区大街小巷，就传出一股风声来，说易青娥在十四五岁时，就被宁州剧团一个老做饭的，给糟蹋过了。

五十四

这事易青娥开始不知道，后来知道后，就哭得跟泪人一样，不想演戏了。可票都是提前预售出去好几天的，并且还有好多机关包场。有些票已经都订到半个月以后了。尤其是在有人传说，易青娥早已被一个老做饭的"破瓜"后，要看演出的就更多了。剧场池座、楼座总共一千二百张票，见天爆棚，但观众热情依然不减。要演，一直到春节都是有演的。剧场经理也死活不让走。但老江湖古存孝，已是多次规劝朱团：要见好就收。说再演下去，恐怕啥事都会出来的。

就在演出一个多月的时候，古存孝多年没联系过的老婆，就从省城找到北山来了。有人说她是古存孝的小老婆。有人说是正室。反正来了就不走，也没人敢问古导是正室么还是偏房，就那样稀里糊涂地住在一起了。不过，古导反复给朱团讲："人红火了，单位红火了，盯的人就多。都盼着你出事呢。平常不出的事，红火了都会出来的。老朱，三十六计，走为上策。"朱团长就决定：撤退！

不过，在撤退前，他专门带易青娥去拜访了一个人。

这个人叫秦八娃。住在离城区有二十几里地的地方。朱团长已经请他看过好几场戏了。那天，朱团长带着易青娥，还有古存孝老师来，一是为了让易青娥散散心，二是为易青娥量身定做剧本来了。

秦八娃过去是写过好几出名戏的，现在是一个镇上的文化站站长。

这是一个老镇子，其中一条街，还都是雕梁画栋的老房子。不过，这些雕刻，都已让泥巴或者黑漆涂抹过了。有些飞檐，也被锯了头、砍了爪子地残缺不全。好多凿成鼓形、狮子形的门墩石，也被砸得缺耳朵少角的。一个古戏楼，上边正绷着一块红布，布上别着几个大字："红星镇商品观念教育大会。"舞台下面，摆着腊肉、野猪肉、熊肉、兔子肉、狗肉。还有打了豁口的青花瓷碗、瓷罐。一张条桌上，摆着古铜镜、老硬腿眼镜和水烟袋。一排磨得发了光的太师椅，几张八仙桌、雕花床，也缺胳膊少腿地歪斜在场子中央。四周还摆了一些竹编用具和农副产品。但凡能搜罗来的，都展览在这儿了。前边还拉了一块横布，上面写着：

"这些都是商品，都能卖，都能赚钱！"

秦八娃住在这条老街的西丁头。所谓文化站，也就是把他家的堂屋，摆些书，摆些杂志，摆些连环画、报纸，再摆些桌椅板凳，让镇上人来，有个坐处而已。

他们到秦八娃家的时候，秦八娃正在帮老婆打豆腐。豆腐坊就在堂屋隔壁。从堂屋进去，就能看见打豆腐的磨凳。平常有人来看书了，这扇门会掩起来。一旦没人了，门就打开着。他们来时，文化站里只有一条狗和几只鸡，在那里悠闲地卧着。见人来，鸡就起身，快步从大门边溜了出去。狗抬起头来把他们盯了盯，连哼都没哼一声，又卧下去睡了。秦八娃见他们来，急忙走出豆腐坊，脸上、脖子上、手上，还都有豆渣、豆浆没擦尽。

朱团长急忙介绍着："这就是秦老师。这是古导，《白蛇传》《杨排风》都是他导的。"

古老师急忙搭躬："古存孝。"

秦八娃拉着他的手说："导得好，今天算是见了真神了。"

"不敢不敢！"古老师谦虚地摆摆手。

朱团长继续介绍说："这就是易青娥。卸了妆，只怕不好认了。"

秦老师说："能认出来，咋认不出来。我看这娃卸了妆，比上着妆还好看呢。"

秦老师这句话没说完，就听他老婆在里边喊："秦八娃，叫你给锅里点石膏点石膏，你点的石膏呢？把一锅豆浆，煮得这样腥汤寡水的，你在外面说死呢说。"

"来客人了，宁州剧团的朱团长来了！"秦八娃对着豆腐坊里喊完，又给他们三个悄声说，"贱内，豆腐西施。必须先给你们做些介绍：火气大，脾气旺，见不得家里来女客。尤其是那些漂亮的，眼睛活泛的，嘴头子甜的，还有开口闭口爱叫秦哥的，都会遭遇冷眼、冷板凳。还有，哪天豆腐打成了，你来看书、谝闲传、谈古论今都行。

要是豆腐打日塌了，你千万别来，来了只等招骂。"

朱团长问："今天豆腐打得咋样？"

秦八娃神秘地说："早上两个豆腐都出手了，回来眉开眼笑的，把鸡和狗都夸了半天呢。说鸡把地上的豆渣吃得干净。说狗乖的，回来还帮她叼着豆腐铲子。"说完，他还得意地眨巴眨巴了小眼睛。

秦老师的眼睛，明显长得有些不对称，一只似乎是看着天空，一只好像是看着大地的。

易青娥觉得秦老师这人可有意思了，就先笑得捂住了嘴。

古老师说："都一样，婆娘就两件事：一是死爱钱；二是死不爱对自己老汉好的婆娘。"

笑得朱团长眼泪都出来了。

他们聊了一会儿，秦八娃喊叫上豆腐脑待客。就听豆腐坊里，窸窸窣窣出来个人。秦老师还调皮地用韵白报了一声："豆腐西施来也——！"

就见一个胖乎乎、矮墩墩的女人，用一个木头盘子，打了一托盘豆腐脑出来。出门先把秦八娃骂了一顿："挨刀的货，把石膏忘了点，豆腐脑做过了。吃起来就跟啃槐树皮一样老。"

朱团长急忙打圆场说："哎呀，还这么客气的，我们是吃过饭才来的。一看这豆腐脑，就香得很。看看这油泼辣子，看看这黄豆颗颗，再看看这榨菜丁丁，一看就想咥哩。"

秦老师的老婆就又埋怨起老汉来，说石膏要再点得是时候，那豆腐脑才叫豆腐脑呢。秦老师也检讨了自己半天的不是，老婆才进豆腐坊，把门掩了。秦老师说："本来是想让老婆一块儿去看戏的，可她做豆腐，忙的就是晚上，咋都舍不得脱身。好不容易放我去看了几场，回来给她讲呢，结果还没开口，她已先窝在磨凳上睡着了。累呀！打豆腐苦哇！人生三大苦：写戏，打铁，磨豆腐。本人就占了两样啊，哈哈哈。所以你们来，她还不知道你们把戏演得有多好，也就不懂得稀罕了。莫见怪！"

这天，他们谈了好几个小时，从《白蛇传》，谈到《杨排风》，还谈到《游西湖》。又从古导的排戏，谈到易青娥的表演。秦老师对易青娥十分认可，认为她是秦腔的"真正希望"。秦老师说：

"这门艺术，被糟践了十几年，也该有一个转圜了。这娃极有可能，成为秦腔最闪亮的一颗新星。"

易青娥听得有些不好意思，把自己一根手指头，都快搓起皮了，还低头搓着。

秦老师仍表扬得搁不下："关键是功夫太扎实了。戏曲艺术，没有基本功，说啥都是空的。这娃的成功，就得力于基本功。再就是娃的扮相好。看戏看戏，演员是要让人看的。过去批判'色艺俱佳'，说情趣不高，只注重演员色相，是对演员的不尊重。那完全是胡说呢。让人欣赏生命最美好的东西，有什么不好？有什么不健康？演员很难有浑全的。有的有嗓子，却没功；有的有功，却没嗓子；有的有功有嗓子，扮相却不赢人。易青娥是真正把一切都占全环了。算是秦腔的一个异数，一颗福星！大西北人，应该为这颗福星的降临，而兴奋自豪啊！"

易青娥被秦老师说得更不敢抬头了。现在不是搓手指头，而是开始搓脸了。她觉得脸已经发烧得快能点着了。

不过，秦老师又说了一句话，让朱团长一下都变得有些失态了。

"朱团长，你别嫌我说话不客气，易青娥可能不是你宁州能搁下的人，你信不？咱今天把话撂到这儿，娃可能很快就会被挖走。陕西不挖，甘肃会挖；甘肃不挖，宁夏会挖；新疆会挖；西藏会挖。反正娃可能是留不住的。"

易青娥急忙说："我哪儿也不去，就在宁州县。"

朱团长也急忙说："宁州不会放娃的。她都是政协常委了。这几天，县上领导还打来电话说，要把娃弄成副团长呢。"

"不，我不当副团长。我不会当。我不想当。我不当。"易青娥还是第一次听朱团长这样说，她急忙反对着。

"你看这个娃瓜不瓜？是瓜得很的一个娃呀！是瓜实心了一个瓜娃娃呀！"

朱团长说得自己先咯咯咯笑个不停。

易青娥最见不得朱团长说她这些话了。朱团长见谁都说："我们青娥是一个瓜得不能再瓜的瓜娃了。就跟一条虫一样，瓜得除了唱戏，啥都不懂。啥啥都不懂。啥啥啥都不懂的。"并且还说得头手直摆。

她急忙说："我瓜吗？我咋瓜了？我咋瓜了吗，团长？"

易青娥这样真诚地追问着，就把秦老师、古老师、朱团长都惹笑了。

朱团长还补了一句："你看我娃瓜不瓜？"

易青娥也补了一句："以后别说我这话了，好像我真的就跟瓜子一样，我咋瓜了吗？"

大家就都不说瓜了。

朱团长终于扯到了正题。他是希望秦八娃先生能根据易青娥的情况，给娃好好写个戏。

秦老师停了半天，说："我想想。好些年没写过戏了，手也生了。我想想，该怎么写。不过，我还是想给娃写的。等我想好了写啥再说。"

当秦八娃老师把他们从家里送出来时，又对易青娥说了一句话：

"娃，我想送给你一个艺名，字音都可以不大动，叫'忆秦娥'怎么样？"

秦老师还专门把"忆秦娥"给易青娥讲了一遍：

"'忆秦娥'是个词牌名。据说最早是李白作的一首诗。当然，也有人说，这诗不是李白作的。我们都不去管它了。反正里面有一个句子非常好：'秦娥梦断秦楼月。'多有诗意的。有'秦'，合了'秦腔'的意思。'秦娥'，本来是指秦国一个会吹箫的女子，叫'弄玉'。'萧史弄玉'知道不？那可是一个千古流芳的佳话呀！'秦娥'前边加个'忆'字，好像什么意思都齐了。我也没多想，就觉得娃应该有个艺名的。几乎是字改音不改，就脱俗了，咱为啥不改呢。"

易青娥，后来改叫忆秦娥，就是从这儿来的。

五十五

就在宁州剧团撤离地区的时候，又连着发生了几件事。先是老艺人周存仁，被地区文化局留下，给新招的一批学员当教练了。据说周存仁老师的武功，在整个秦腔界都是屈指可数的。胳膊拗不过大腿，上级要留，谁也没办法。

朱团长正痛失着重要人才流失时，古存孝老师又给了他当头一棒，说要去省上秦腔剧团做导演了。

这是在宁州剧团要撤离北山的前一天，省上来人找古存孝谈的。他老婆是省城人，自是煽惑着要立马走。他就一副很是对不起朱团长的样子，把牌摊出来，让朱团看咋办。朱团能咋办？人家把东西都收拾好了，古存孝的老婆把车票都捏到手上了，他能咋办？他只恨在地区把戏唱得太红火，大大小小，已经让人淘走好几个了。

回到宁州，朱团长第一件事，就是让县上赶紧把易青娥任命了。说先弄个副团长的紧箍咒套上。他还特别给她解决了三级演员的职称。一切都是特事特办的。他想兴许还能把人拴住。另外，四个老艺人走了三个，只剩下一个裘存义了。朱团长害怕裘存义也被人挖走，就给上边死缠，让给裘存义也弄了顶副团长的帽子扣着。

就在易青娥和裘存义被任命为宁州剧团副团长那天，剧团又出了一件大事。

有人说，郝大锤好长时间不见了。胡彩香老师一直在家休产假着的，就问她。她说："大概有半个月，都没见过人了。半月前，他倒是天天喝得醉醺醺的，在满院子骂人呢。一骂骂半夜，有时有对象，有时又没对象，反正就是乱骂。好像还骂过你朱团长，说你是阴谋家啥的，只说考虑他进步，可就是不让他当那个烂副团长。并且把'副'字还咬得很重。后来，就突然不见人了。"朱团长觉得事情蹊跷，就给派出所报案了。谁知就在宣布易青娥当副团长的那天，有人突然喊叫说，院子的枯井里，好像卧着一架人骨头。

这井过去是有水的，自打那年闹地震后，就慢慢干枯了。平常有个水泥盖子盖着，但剧团外出后，一些娃娃就把井盖掀到了一边。朱团长急忙把派出所人叫来了。派出所围起警戒线，整整弄了大半天，才把骨架打捞上来。肉已经让老鼠啃得干干净净了。说下去打捞时，骨架上还爬着几十只老鼠呢。经过法医鉴定，郝大锤是醉后自己跌进枯井的。说手里的酒瓶子，直到打捞上来，还掰不掉，是死死抠着的。

据公安上了解，宁州剧团团长朱继儒，的确是"含糊其辞"地应承过郝大锤做副团长的事。因为"闹派人物"郝大锤，一直是黄正大的培养对象。包括黄正大走时，都是给朱继儒有所交代的。那天郝大锤在排练场跟胡三元闹事，朱继儒之所以跟他耳语几句，他就能收手，并迅速离开排练场，也是与这件事有关的。当时朱继儒是被逼得没路了，才对着他耳朵暗示了几句："大锤，黄主任不是说你还想进步嘛。最近上边有可能要来考查，你得注意群众影响呢。"郝大锤立马就退阵了。每每遇见郝大锤闹事，朱团长就拿"进步"的事说事。可真到了要配副团长的时候，他又说："我一个人说话哪里就能作了数，现如今讲民意不是？"因此，郝大锤就骂他是阴谋家了。有人为这事还问过朱团长。朱团长反问道：

"你同意郝大锤给你们当副团长吗？要是同意，上次民意测验，他咋总共才一票呢？这是大锤不在了，我才把底露出来。你都说给他投票了，可他总共才一票呀！那一票难道不是他自己投的？大锤骂我是阴谋家，这顶帽子太大了，我朱继儒的脑壳小，还撑不起呢。要说讲点工作方式，凡带戏班子的，谁能不用点偏方呢？"

刚过完春节，宁州剧团又遇见一件"抽梁断柱"的大事：

易青娥被省城剧团挖走了。

并且还没有商量余地。

省上振兴秦腔，有大领导专门指示，要把易青娥挖走的。

调动程序很简单：是省上领导直接把电话打到县委书记那里，通知易青娥一个礼拜内报到。说要赶排《游西湖》，参加全国调演呢。

299

书记立马就把电话内容告诉了朱继儒。

朱团长的脊梁就跟突然被抽了一样，一下病瘫在床上了。

他家里又熬起了一院子人都能闻见的中药。他的额头上，又捂起了热毛巾。大冬天的，浑身盗汗都直往外扑。他说："千不怪，万不怪，就怪不该在北山演得太久，太火，把麻达惹下了。宁州剧团这下算是要彻底砸锅倒灶了。"

易青娥表示坚决不去。

朱团长说："瓜娃哟，我说你瓜，你还说你不瓜。这胳膊能拗得过大腿吗？你是省上领导钦点的。县委书记都催着赶快放人呢。我朱继儒就是吃了豹子胆，还敢留你嘛！"

易青娥给她舅也说，她不去省城。

她舅说："娃，你这就算是把戏唱成了。依得舅现在的情况，留下你，当然对舅好。可这毕竟是去省城，能把戏唱得更大更红火，为啥不去呢？省上剧团门口拴头跛跛驴，都是比县剧团有名望的。何况这是调你去唱主角呢！"

易青娥没办法，就只好到省城去了。

中

部

一

易青娥走的那天早晨，突然想起了秦八娃老师给她改的那个艺名忆秦娥。改就改了吧，尤其是在她离开的一刹那间，看见的最后一个人，竟然是廖耀辉。她就决定，要把名字彻底改了。

从此，易青娥就叫忆秦娥了。

记住，主角名字换了。

忆秦娥那天走得很早，为了不惊动任何人，她在提前一两天，把该看的人都看了。尤其是胡彩香老师、大厨宋光祖，还有朱团长，都一一上门拜望过。除了她舅，说一定要把她送到省城以外，她没有告诉任何人今天要走。但就在她和她舅悄悄走出大门的时候，还是发现，封潇潇就站在大门外等候着。也不知他是怎么知道她今天要走的。

忆秦娥觉得有点难为情，毕竟她舅在身边。可封潇潇有点不管不顾，非要扛起她的行李朝前走去。她舅也没说啥，就跟着，都默默无语地朝前走。车站离剧团很近，几乎是拐过一条街就到了。到了车站，封潇潇把忆秦娥的行李扛到轿车顶上，用绳子结实地捆扎死，然后下来，站在车窗前送她。这期间，他们没说一句话。只是她舅礼貌地招呼说："潇潇你回。"可封潇潇站着没动。直到车离开，一直很冷

303

静的封潇潇，突然忍不住，两行眼泪哗哗地涌了出来。他努力用手把眼泪往干地擦，可还是越擦越多。忆秦娥突然把手帕给他扔了下去。车就开走了。忆秦娥的眼前也模糊一片。她回头想努力看看潇潇，可眼前像是拉上了一道水幕。幕帘外的那个影子，是在跟着车，越来越快地朝前晃动着。

忆秦娥心里特别难过。她觉得，自己好像是把魂魄丢在这个地方了。等车拐过县河湾，她还使劲扭头看了看，县城在晨雾中，苍茫得什么也看不见了。

她无法跟她舅说什么，但也不想让她舅看见她的泪水，就趴在椅背上，让眼泪尽情地朝袖子上溢。

轿车一出县城，就是无尽的盘山公路。几十个弯拐过去，忆秦娥便晕得不知所以了。她平常就晕车，加上这几天晚上又睡不好，今早再起得早，心里本来就打翻了五味瓶，车又是这样地蛇形颠簸行进，很快，她就吐得云天雾地了。她舅将她一把扶着。她直喊叫停车，说要自己走，再坐，就快死了。忆秦娥不是一个邪乎的人，可坐车，她还真是消受不了。过去剧团下乡，是敞篷卡车，还能对付。轿车捂得太严，加上她跟舅又坐得相对靠后，七弯八拐的，就浑身大汗淋漓，五脏六腑都快搬家移位了。前边好像也有人晕车，并且在大声喊叫司机："师傅师傅，快停一下，有人要吐车。"只听司机不紧不慢地说："快吐，再吐几辆出来，大家坐着也松泛些。"司机大概是见惯了这种境况，竟然把别人要死要活的难过，说得异常轻松幽默，还惹来了一车人的哄笑。气得忆秦娥直想立即从车窗跳下去。

正哄笑着，司机又猛地一个刹车把车停了下来。

这是一个大拐弯处，前面是更急的下坡盘道。一眼望去，就像一条巨蟒，缠绕在几座大山的脊梁、腰腹上。忆秦娥一看，几乎有些绝望。她怀疑，自己是否能坚持到走出大山的那一刻。要不是有近二百公里的车程，还有那么多行李，她真想立即下去，步行进省城。

让她万万没有想到的是，从车门走上来的，是刘红兵。

刘红兵用眼睛四处搜寻着。忆秦娥刚准备把头低下去，可来不及了，刘红兵已经发现了他们，并且朝他们走了过来。

刘红兵说："走，下车。这路，难坐得很，不晕车的都能吐死。"

忆秦娥急忙说："挺好的，我不晕。"

"还不晕，看看你的脸色。前边就是六十六道盘，也叫'攀天梯'。好多坐车的，到这里都下去，死不走了。"

忆秦娥还是坚持不下车。

司机就在前边喊："到底下不下？要下快下，不要耽误别人的时间。"

刘红兵说："下来吧，坐我的车，窗户开着，弯也拐得慢些小些。随时还能停下来。这几十公里盘山道，风景可好了，咱们走着看着，保准就不晕了。"

忆秦娥她舅也的确是看忆秦娥坐得难受，就悄声对她说："那咱们就下去吧，有舅在，怕啥。"

忆秦娥就跟着下去了。

一切都像刘红兵说的那样，六十六道盘，的确险要无比，也美丽无比。到处都是断崖、峭壁、小溪、瀑布。虽然春天还没到来，但山里大多是不落叶的常青木，郁郁葱葱的。即使老树枯藤，也不无景致。二十年后，这里果然开发成了秦岭山中最美的天然森林公园，见天游人如织。但那时，的确是山高坡陡，犹如攀天阶梯，上下盘旋起来，即使步行，也恐高、眩晕，还别说乘着沙丁鱼罐头一般来回摇晃的老轿车了。刘红兵几乎每走一个弯道，都要停下来，让忆秦娥下车，朝远处看看，舒缓舒缓浑身的不适。直到忆秦娥说走，他才又耐心把车慢慢向前滑动起来。

刘红兵本来是想在宁州县城，直接把忆秦娥拉走的。可他知道忆秦娥的脾气，是绝对不会给他这个面子的。想来想去，就想了这么个好地方。他知道忆秦娥晕车，并且不是一般地晕。到了"攀天梯"这个鬼地方，一定是会晕得死去活来的。这时穿插上去，只要她还准备活下去，就一定是要上他车的。让他不舒服的是，她身边跟了个黑脸舅。这人自打他认识忆秦娥，就不待见他。一路上，凡是他能伸手的地方，黑脸舅都先把手伸上去了，让他始终没能够挨上忆秦娥的身体。不过，他有信心。尤其是忆秦娥离开了宁州剧团，离开了那个像窝狼一样守护着她的群体，他就觉得好对付多了。他有耐心，把这个深深吸引住了他的女人搞到手。并且这次不是图新鲜玩玩，而是要动真格的了。只要她愿意，他就准备跟她结婚，朝一辈子到老地过呀！过去他也找过一些女孩儿，那就是在一起耍哩，即使睡了，也是没准备娶的。而忆秦娥，他是真要娶回去做老婆的。

忆秦娥她舅胡三元，知道刘红兵一直在追求他外甥女。可他，几乎一百个眼见不得这小子。他总觉得刘红兵哪里都不对劲。也不能说配不上他外甥女，人家还是高干子弟呢。他就感觉，外甥女的未来女婿，不应该是这么个样子。刘红兵身上的"溜光槌"劲儿太足，太"流丽皮张"，有些靠不住。封潇潇在追他外甥女，他也能看出一些苗头，可到啥程度了，他还是想不来。但从今早分手时的样子看，好像还不是一般的感情了。他外甥女心深，从来没有跟他吐露过这事。封潇潇这个娃，应该说人还不错，可要跟他外甥女，又好像欠了点啥。欠啥呢，他也没想来。好在这一分开，一切也就都会烟消云散的。他能看出来，外甥女对封潇潇有好感，早上还流了眼泪。可她对刘红兵，却从来都是一种生怕躲不掉的态度。他觉得外甥女是对的。娃进省城，他啥都不放心，就是能放心这一点，她把自己看得紧，啥苍蝇都是叮不上的。

到了省城，已是晚上。忆秦娥和她舅两眼一抹黑，就由着刘红兵去安排了。

刘红兵好像是个西京通一样，啥都知道。他端直把他们安排到了北山在省上的办事处。住下后，领他们到桥梓口吃了馄饨，又转了钟楼。还说要去解放路看夜景呢。忆秦娥喊叫累了，他才拉他们回去休息的。

这天晚上，忆秦娥被单独安排在一间房里住。她舅和刘红兵住一间。结果，刘红兵躺到半夜，翻来覆去的，咋都睡不着，死缠着要跟胡三元谝。并且话题一直离不开他外甥女。胡三元就有一句没一句地，在反复暗示他：甭胡想，额（我）外甥女是不可能跟你好的。后来刘红兵就爬起来，说难受，睡不着，要找人谝闲传去。他出去就再没回来。吓得胡三元还几次起来，去看忆秦娥的门窗呢。中间他还敲了一次她的门，当得知外甥女的确是一个人安然睡着时，又叮咛了一句"把门窗看紧些"，才回房躺下的。

二

忆秦娥第二天就去省秦腔团报到了。

胡三元没有去，说他的脸难看，不能给外甥女丢人。

刘红兵倒是要去，忆秦娥坚决不让。但刘红兵硬是把忆秦娥送到剧团大门口，说要在外边等。忆秦娥也撵不走，就只好任由他等了。

忆秦娥想着，自己是省上硬要调来的，并且那样催着，叫尽快报到，谁知真的来了，也是冰锅凉灶的。找到办公室，一个谢了顶的主任说团长不在，到兰州演出去了，后天才能回来。她说她叫忆秦娥，是省上通知叫她尽快来报到的。办公室主任说："娃呀，在山里待得美美地，都挤到这省城来弄啥么。你在县剧团还能唱个'窦娥''秦香莲'啥的，到这来，丫鬟龙套都跑不上，你信不？好多县剧团的团长调来，都放蔫儿干了。倒是何苦呢。你前边都好几拨了，寻情钻眼地挤进来，戏演不上戏，房分不上房。跟家里朋友、老公也都掰的掰、离的离了。活得就只剩下寻绳上吊了。"忆秦娥也不好说，通知她来是让她唱李慧娘的。她问，有个叫古存孝的老艺人，不知住在哪里？主任不停地用一把牛角梳，细细梳着他那能数得清几根发的头皮，哼哼一笑说："就那个那个……爱把黄大衣披上扔、扔了又披的家伙？在呢，在待业厂那边住着。灶房后边有个偏门，你从那儿能过去。"忆秦娥就去找古存孝老师了。

省秦的院子，有宁州剧团四五个那么大。忆秦娥问来问去，才找到那个偏门。钻过去一看，也是一个窄溜溜的长院子，门都上着锈锁，有好几间库房的窗户还破烂着。忆秦娥朝里瞄了瞄，胡乱堆放了些说不清是弄啥的机器，上面灰尘已经落多厚了。她好不容易遇见一个人，就急忙问古存孝老师住哪里，那人说，是不是爱披着一件黄大衣，迟早吭吭咳咳的那个人？她说是的。那人朝院子深处一指，说走到头就是。她走到尽头一看，原来这不是一间房，而是一间顺着院墙搭建起来的偏厦屋。盖顶是牛毛毡，牛毛毡上面压了些烂砖头。还没等她敲门，里面就传来了古老师的吭咳声。她高兴地喊了一声古老师，古存孝就兴奋地开门迎接她了。

"好娃呀，你到底来了。我还怕你牛犟，死不来呢。"古老师急忙把她让进了低矮的小房里。

古老师的老婆正偎在床上，手里还叼着一支烟。房里已经让烟雾熏得，几乎看不清她的瘦脸了。

古老师说："别抽了，娃要保护嗓子呢。"

他老婆就把烟掐灭了。

"你是昨天来的，还是今天？"

忆秦娥说："昨天晚上来的。今天过来报到。"

古存孝就高兴地说出了调她来的原委。古老师说：

"老师来省上后，剧团领导就催着我排戏，说全国要会演呢，省上想弄出一台好戏来，到北京露露脸。研究来研究去，还是觉得排《游西湖》最好。决定由我牵头，成立一个导演组，想弄个'瓦尔特'呢。可我把团上演员看了又看，老的太老，演不动李慧娘；年轻一拨，又都是'铁姑娘队长'出身，没基本功，唱个折子戏都别扭。算来算去，最好的，还是从咱宁州调来的楚嘉禾。可让她演李慧娘，明显是赶鸭子上架的事。刚好，这团上有两个老家伙，到北山地区当评委，看过你演的《白蛇传》，早都给团长吹过风了。我一推荐，两个家伙一齐都说好。关键是省上领导，好几个都是本地人，爱秦腔。他们听说要排《游西湖》，不仅答应给钱，团长说想在宁州县剧团挖一个演员，领导都二话没说，拿起电话，就把事情搞定了。我知道你的脾性，就怕你山里娃，没出息，叫不来呢。没想到你还来了。来了就好，你一来呀，老师这心里就有底了。《游西湖》，咱绝对给他弄成'瓦尔特'。"

"吹，可吹。人家把你当条老狗使唤，连正经房子都不给一间，你还熬油点蜡的，给人家鼓捣戏哩。有本事先弄一间不漏风的房子，让老娘别把脚冻了。"古老师的老婆在床上嘟哝。

只听古老师把手一挥："避避避斯，我说正事你少插嘴。不管咋，人家这不还给了一间偏厦房，没让你住在寥天地么。"

"你就听人哄吧。领导说腾出房就让咱搬，可我听说这院子，只要有空房，不等团上分，就有人把门撬了。你个老死鬼，还能抢得过人家那些碎鬼。"瘦老婆又嘟哝。

古老师就不耐烦了："你悄着，我们在说艺术呢，你懂你妈的个腿。"

"懂你妈的腿。"老婆就再不说话了。

忆秦娥见师娘有些不高兴，就起身出来了。古老师送出门来说："这是大剧团，门楼子高，有本事没本事的，都欺生哩。就连里边的狗，看你都是斜眼瞪、斜眼子货。不要怕，只要咱把《游西湖》拿出来，就啥都解决了，你信不？现在住牛毛毡棚，到时候给咱分套房，墙得刷得跟你师娘那牙一样，白白的，还看咱有空没空朝进搬哩。"

忆秦娥就笑了。师娘那牙，明明是黑黄色的四环素牙，与白哪里倒沾了边，古老师偏是乐观，说啥话都有趣。

她从待业厂出来，本来是要去看看楚嘉禾和周玉枝的。古老师说："还不知两个娃住哪里呢。团上没房，凡新调来的，都在外边租房住。团上一月给一人补贴十几块钱。老师这都算特例了，团长让总务科专门给我腾了个偏厦子，为了排戏方便。说好了，有房第一个就给老师调整哩。"

没有办法找见楚嘉禾和周玉枝，忆秦娥就准备回住的地方去了。刘红兵一直在门口等着，见她出来，高兴地要拉她去东大街逛商店。她坚持说要回去见她舅。刘红兵就又把她拉回了办事处。

她舅一直在房里等着。听她把事情说完，舅说，他再等两天，把事情安顿完了再回去。忆秦娥就跟舅商量着，不要再在办事处住了，欠刘红兵太多人情不好。她舅也同意。可跟刘红兵一说，刘红兵咋都不行，说不安顿好，就别瞎折腾。他还说了一通西京城最近出了个魏振海，有枪，到处杀人的厉害话。吓得忆秦娥和她舅，也就不敢贸然离开了。

终于，团长从兰州回来了。团长对她倒算客气，不仅让人事科热情接待，安排了一应手续接洽，而且还让总务科收拾出一间偏厦房来，说是照顾主演，方便排练的。房就正好在古存孝老师旁边，也是一个牛毛毡棚。这天晚上，忆秦娥跟她舅一起，就把东西搬了进去。古存孝老师还专门调了一盘黄瓜，炒了一盘花生米，提了酒，来给她暖房子呢。

忆秦娥本来是不想让刘红兵知道她住处的，他们偷偷离开办事处时，她舅给他留了一张感谢的字条，但没说他们要到哪里去。可就在他们刚把房子收拾好，她舅和古存孝坐下喝酒时，刘红兵就找来了。一进门，刘红兵就端直说这不行那不行的，说这里咋能住人，关条狗还差不多。古老师就有些不高兴了，说："这娃说话咋没高没低的。在西京，单位能给一个新来的人，安排一个能摆下床铺的窝，就算高看你一眼了。你以为你是八府巡按，人一来，连夜壶都给你伺候上了。"刘红兵说，他有一个朋友，就在这附近住，家里有闲房，租一间就是了，何必受这样的作难。但忆秦娥坚决不去，他也拿她没办法。

就在忆秦娥她舅走后，这个刘红兵死缠活缠的，几乎天天来，来了还赖着不走。他今天给偏厦房买几个塑料凳子，明天又买个电饭煲。有一天，他还端直买了一台海燕电视机回来。忆秦娥变脸失色地让他搬走，可他讪皮搭脸地硬把电视打开，还斜倚在床边看起了《上海滩》。忆秦娥把电视机搬出去，他又死皮赖脸地搬回来，弄得忆秦娥还毫无办法。

再后来，忆秦娥听说为了她，刘红兵甚至把工作都从北山行署车队，调到西京办事处了。她就觉得这事麻烦有点大了。

三

楚嘉禾做梦都没想到，易青娥也来省城了，并且还改名叫忆秦娥了。听这名字，就是想在秦腔界出风头来的。要不然，咋不叫忆江南呢？而且还来得这么突然，这么快。几个月前，省上几家剧团四处招人才时，易青娥的《白蛇传》演得正红火，那么多团要挖她走，她是一再表示，坚决不离开宁州的。朱继儒还在大会小会上表扬，说易青娥怎么怎么以团为家，怎么怎么知恩图报，这才几天，咋就叛逃了呢？关键是来得太不是时候了。团上正要排《游西湖》，李慧娘一角儿，都已内定是她做 A 组了。她妈这几天正做业务科的工作呢，忆秦娥就从天而降了。据说古存孝那个老不死的，死说她挑不起戏，力推忆秦娥上 A 组呢。气得她已经几夜都没睡着觉了。

她跟忆秦娥是在练功场见面的。忆秦娥被团长单仰平领进功场时，几乎所有人的眼睛，都唰地一下盯向了这个新来的女人。忆秦娥竟然是穿了一身练功服进功场的。她修着剪发头，一进门，有人竟然还倒吸了一口冷气说："妈呀，奥黛丽·赫本的翻版么。是混血儿？"楚嘉禾浑身一下就不舒服起来。这个烂货，的确是长得有点赢人了，并且还从来不收拾打扮，永远就是一身练功服。乍一亮相，竟然就把一团的轻薄男人们，都给撩拨得魂不守舍了。站在楚嘉禾身边的一个女人，见自己男人把忆秦娥盯得太是丧眼，端直岔起一条腿来，定定挡住了他的视线说："小心把你那淫眼珠子跌到灰里了。"

单仰平团长是个跛子，据说前几年演《杜鹃山》里的雷刚，为营救党代表柯湘，从高台上摔下来，一条腿断成三截后，接起来，就再没恢复正常走路功能。他在前边一跛一跛地走着，忆秦娥紧跟着。他直跛到一个桌子前，坐了下来。他招呼忆秦娥坐，忆秦娥见大部分人都在功场四周站着，就没敢往下坐。

忆秦娥头低得很下，眼睛只死死盯着自己的脚背，哪儿也不敢看。并且还是那个老动作，迟早爱把手背挡到嘴前，来回磨搓着。单仰平就宣布：

"忆秦娥同志，十九岁。汉族。是原宁州县剧团副团长。三级演员。县政协常委。曾在《杨排风》《白蛇传》中担任女一号。现正式调来我团工作，大家欢迎！"

掌声虽然有些稀落，但楚嘉禾和周玉枝明显感到，一些单身男人，把巴掌拍得还是十分卖力的。

说完忆秦娥的工作调动后，就由业务科宣布《游西湖》的角色分配了。

果然，李慧娘 A 组是忆秦娥。B 组是原来团上的一个主演。C 组才是楚嘉禾。还有 D 组，E 组。周玉枝排在了 F 组。

单团长最后讲话说："这次李慧娘分给了六个人，全团的闺阁旦都给了机会。不要看现在有个 ABCDEF 排名，将来主要还是看谁更适合这个角色。大家都努力，都竞争，谁演得好，谁就是第一个登台亮相的李慧娘。"

然后，剧组就宣布成立了。

导演组组长是古存孝。但团上还有两个导演共同参与排练。

团部会一完，忆秦娥就主动朝楚嘉禾和周玉枝跟前走了过来。尽管心里再不舒服，但表面上，楚嘉禾还是装出了极其愉快的样子。她先是主动迎上去，把忆秦娥搂抱了一下。这在过去，易青娥当"烧火丫头"时，都是绝对不可能给的待遇。此一时，彼一时，一个烧火做饭的，突然发达起来，她也不得不表示出一点接纳的姿态了。尤其是自己和周玉枝先到西京，对于后来的同学，自然是不能不有点热情表示的。她们约定，中午到她和周玉枝租住的宿舍去，做鸡蛋西红柿面吃。

导演组在第一次演员集中时，就发生了矛盾。古存孝坚持要按过去的老传统，一点一滴地"照模子刻"。而另外两个导演，一个坚持要"有所创新"，一个坚持要"全面创新"。第一次剧组会，就在吵闹声中不欢而散了。单团长还一跛一跛地跑到门口，把几个导演朝回喊，结果，一个都没喊回来。业务科就宣布，演员都回去看剧本，对词等通知。

会一散，楚嘉禾就叫忆秦娥跟她和周玉枝，去了她们租住的地方。

她们租住在剧团旁边一个叫信义巷的村子，里面好多都是西京的土著。早先这里全是菜农，现在地快被占完了，也就都靠房子出租过活了。一家一户的，几乎都盖起了几层楼。主东一般住一层，上面的全出租。楚嘉禾和周玉枝租住的这一家，就有十好几间出租房，大多被附近几个文艺团体的人住了。也有浙江来做布匹生意的。

楚嘉禾直到把忆秦娥领进房里，才问她："来了住哪里？"当忆秦娥说，团上在待业厂后边给分了一间小房时，楚嘉禾一下就显得不高兴起来，撇着凉话说："哟，你好牛哇，一来就分上房了。"

忆秦娥急忙解释说，就一间偏厦房，还是牛毛毡顶子的。

"那也比我们牛哇，毕竟是住到单位里边了。我们还在外边打游击，不知啥时才能搬回去呢。"

周玉枝也不阴不阳地撂了一句："到底是角儿，一来就吃上偏碗饭了，让我们好眼馋哪！"

忆秦娥也不知该说什么好。她看着墙上贴满了从《大众电影》杂志上剪下的一排排明星照，又从窗户看看天井院子，就说："这里多好的，不行了，我也搬过来住。"

"哟，还给我们上刀哩。妹子，你这两个傻姐姐，还没傻到听不来话的地步。"

"真的，我是真的想跟你们一起住。"

楚嘉禾说："我们可不敢乱攀扯。你可是人家团上调来的一号主角呢。"

忆秦娥说："你看，我是说真心话。"

"别真心不真心的了。来，妹子，你是做饭出身，今天这顿西红柿鸡蛋面，还是你亲自来'掌做'吧。"

楚嘉禾本来是想把忆秦娥刺痛一下，没想到，忆秦娥还真挽起袖子，做起臊子面来了。她就又补了一句说："哎，咱们在宁州剧团那阵，臊子面每顿还真是做得好吃呢。那臊子，都是廖耀辉那个老流氓

313

'掌做'的吧？"

忆秦娥的脸，唰地一下就红了。

楚嘉禾还故意看了看周玉枝，看她是啥反应。

周玉枝本来是在一旁看着忆秦娥和面的，听楚嘉禾把话题朝这儿一引，就故意转身下楼提水去了。楚嘉禾看着周玉枝的背影，偷着一笑：滑头。

忆秦娥什么也不说，就撅起屁股，使劲地和起面来。

楚嘉禾在周玉枝把水提回来后，到底又问了忆秦娥一句：

"哎，妹子，你在灶房待了那么多年，你觉得宋光祖和廖耀辉这两个家伙，到底谁手艺更好些呢？"

周玉枝还斜瞪了她一眼。

可她还是要追问。

忆秦娥就回答说："都好。"

周玉枝怕楚嘉禾再问一些难堪的事，就急忙把话题岔开了。

这顿饭，其实忆秦娥吃得很不愉快，虽然没有表现出来。

在送走忆秦娥后，周玉枝还埋怨了一句："哎，嘉禾，过分了噢。"

"啥过分了？"

"对忆秦娥过分了。"

"哟，你还欢迎她来抢咱饭碗，得是的？"

"我不欢迎，可也不该再提那些陈芝麻烂豆子的事。她毕竟才来，也不容易。"

"她不容易，咱容易？"楚嘉禾反问道。

周玉枝说："都不容易。"

四

那天从楚嘉禾和周玉枝那里回来，忆秦娥心里可难受了。她觉得，她从来没有得罪过任何人，可不知咋的，好像谁都不待见自己。

回到房里，她静静躺了一会儿，又躺不住，觉得浑身哪儿都不自在。连续四五天没有练过功了，她想找个地方活动一下。只要一练功、排练，就能把啥烦心事都忘得一干二净了。她想到团上排练场去，又觉得生疏，还是在房里活动活动算了。她把腿搭上桌子，刚压了一会儿，刘红兵就推门进来了，手里还提了一大网兜东西。

"我说地方太小，得找个大房子，你还跟我犟。你看这尻子大一坨地方，还能练了功？趁早听我话，换房吧。"

忆秦娥可不喜欢刘红兵这种说话口气了，如果有个外人在，还以为他们已经咋了呢。她就不高兴地说："刘红兵，谢谢你一直关心照顾我。我也明白你的意思，可我已经跟你说过好多次了，咱是不可能的。我还小，还不到谈婚论嫁的年龄。再说，单位也不允许。我才来，得先搞事业，得给自己打点基础。"

"这一切都不影响呀！我也没说现在要结婚哪。我支持你搞事业！换大房，也是为了让你住好，休息好，能搞好事业嘛。"刘红兵一边说，一边从网兜里朝出掏东西，都是些红红绿绿的塑料制品。

"你干吗呢？"

"给你安个简易梳妆盒。本来是要买个好的梳妆台，可这房里放不下，只好先凑合了。"说着，他就把一节一节的塑料管，拼接了起来。

"我不要，你快拿走。我真的不要，你就是安了，我也会给你扔出去的，你信不信？"忆秦娥态度很强硬。

可刘红兵就是有那么一股赖皮劲儿，你再说，他还干他的，不一会儿，还真把一个梳妆盒给支起来了。他刚朝桌上一放，忆秦娥就拿起来，放到门外去了。刚放到门外，刘红兵又捡了回来。就这样，相互扔出又捡回好几次，最后，还是以忆秦娥彻底退让告终。因为刘红兵啥都不管不顾，而忆秦娥还要面子里子的。她几回把东西拿出去，都让隔壁几个打麻将的老人看见了，那几双警觉的眼睛，让她不得不有所收敛。他们大概还以为是小两口闹仗呢。因为有一天，一个老太太就曾主动跟她说："小两口要相互忍让呢。我看那小伙子蛮不错

315

的，你再发脾气，扔东西，他都朝回捡。要是遇见一个倔巴佬，你朝出扔，他再用锤子砸，那这小日子就过不成了。"忆秦娥也没法解释，再要扔东西，她就趁晚上没人的时候，端直扔到远处的垃圾堆了。

可刘红兵就是这么一个死皮赖脸的货，你扔了，他明天又能找回来。找不回来的，就再买一件。反正非把你气死不可。并且他对生活细节还考虑得非常周到，就连墙上需要的吊杆，门背后需要的挂钩，都收拾得停停当当。他嫌土地起灰，又去买回一大块人造革来，朝地上一铺，整个地面就有了红木地板的感觉。顶棚朝半边斜着。他又去买回一些花布来，朝上一绷，再用一些彩色布条绷上拉成格子状，既美观，又大方。他说这都是从朋友那里学来的。三折腾四折腾的，偏厦房还真高档了许多。这期间，忆秦娥也几次给他发脾气，扔人造革地板，撕顶棚布，可扔了撕了，刘红兵还是会再买回来，再整治。忆秦娥锁了门，他会把门扭开自己进去。反正全然不把自己当外人了。有一天，刘红兵甚至还给她买了一个尿盆回来，说这儿离公厕有八百多米远，晚上起夜不方便，让她就在尿盆里尿。忆秦娥就骂他，说他耍流氓呢。刘红兵问他咋耍流氓了，她说："你怎么这么下流，说人家女生那事？"刘红兵急忙解释说："我是考虑到你晚上出去不方便，害怕遇见坏人。"忆秦娥说："你就是坏人，人家谁是坏人了。""好好好，我是坏人，不该考虑你尿尿的事，好了吧！""看看看，你还说流氓话。滚，立马给我滚。"说完，忆秦娥就把尿盆子扔出去了。只听那花扑棱登的瓷尿盆，在院里霍嘟嘟滚了老远。那天，刘红兵也有些急眼，气得起身说："好好，你真是一个生得没法下嘴的毛桃子。说尿尿咋了，谁不尿尿？只有鸡不尿，鸭不尿，谁还不尿了？""滚！"那天刘红兵还真的气得滚出去了。

刘红兵越来越得寸进尺的"关怀""照顾"，让她觉得，是必须采取果断措施的时候了。尤其是他还操心起了那些他不该操心的事，这不更是原形毕露了吗？她觉得自己毫无办法改变，恐怕得依靠组织了。在宁州，她还有舅，还有胡彩香老师能商量。大小事，给朱团长一说，也一定能解决好的。可在这里，她不仅没个商量人，而且组织也不熟悉。说了，还害怕人家传出去，落笑柄呢。不说又咋办呢？想来想去，她到底还是把这事跟古存孝老师说了，看他能有啥好办法，帮着把刘红兵撵走。可古老师说："娃呀，这事也不一定是坏事，就看你咋看了。是的，你还小，才十九岁，正是事业爬坡的时候，谈情说爱分心哩。可婚姻这事，有时候就没个准头。我们那时候的人，十八九，早都结婚有娃了。我第一个娃，就是十八岁时要的。那还是跟你大师娘生的。你现在这个师娘，那时还没出世呢。"

古存孝跟忆秦娥说这话时，那个抽烟的师娘不在。忆秦娥不知道，这还是二师娘呢。古存孝接着说："干咱们这行的，婚姻不幸的居多。看着追你的排长队哩，可真心跟你过日子的能有几个鬼？你红火了，他能给你拾鞋穿袜子。说个丑话，你屙下的，他都能一口热吞了。你黑了，人老珠黄了，他立马就脚板抹油了。遇见一个真心人不容易。这个刘红兵嘛，现在还说不清，因为你是正火红的时候。不过，从黏糊的程度看，好像也不能说他就没动真心。我的意思是，先看看，也不给他啥话，也不要撵。是你的，跑不了；不是你的，经上一两件事，你不撵，他自己都溜周了。"

忆秦娥说："我不是这个意思，我心里……压根儿就不喜欢他。他就是真心，我也不想。"

古老师说："娃呀，也许我能猜到你的心思。都是过来人，啥还看不明白。你心里……是不是还记挂着那个封潇潇？"

忆秦娥的脸一下就红了，说："不，不是的，我谁都不想。就是……就是不想谈这事。"

古存孝说："潇潇是个好娃，可来不了省城哪！我也推荐过，人家说团里不缺好小生。潇潇其他条件都好，就是嗓子不太赢人，仅仅够用而已。省上剧团在底下拔人，都是挑尖尖揪哩。加上他又没个得力人手帮忙，要来，恐怕是很难的。就凭这一点，你们就很难走到一起。"

"我不是这个意思，我是……"

"不说这个了。娃，古老师的意思，就是再看看，那个刘红兵要真有心了，跟他也算不错。一来家境好，让你少操心；二来，我看这小伙子还蛮细心的。你唱主角，啥都顾不上，家里还总得有个支应事情，伺候你的不是？说不定，还真是老天给你安排的董永呢。"

忆秦娥知道，董永是《天仙配》里的那个男主角，把七仙女爱得死去活来的。把那样一个男人，跟刘红兵放在一起比，她先扑哧笑了。刘红兵在她眼中，就是一个闲人。一个啥事不做，还能有好吃好喝的、还不缺钱花的"逛"男人。这种男人，最大的特点，用她舅的话说，就是三个字：靠不住。她舅在要走时，还多加了两个字：绝对靠不住。可不管咋，她又觉得没理由硬撑人家。古老师最后给她了一个方子，说："娃记住，就是好，手都别让他摸。直到结婚，都绝对不能摸的。这样我娃就值钱了。他真得了手，也觉得值钱，就会特别珍惜的。"

忆秦娥都出门了，古存孝又说了一句："平常也别跟他撂干话，尽量拿老成些。他要说流氓话了，你就两个字，把臭嘴闭紧。哦，'把臭嘴闭紧'是五个字。两个字是：你滚！嘿嘿嘿。"

忆秦娥笑了。在没有再好的办法时，也就只好按古老师说的做了。

其实，她心里是真的想潇潇了。从那天早晨离开起，她心里就很难过。好些天了，老觉得还是跟潇潇在一起。有几晚上做梦，还在跟潇潇一起演戏呢。潇潇对她是真的好，并且是那种一句多余话没有，但无处不在关心呵护着她的那种好。比如演出，要是嗓子有点不舒服，很快，她就会发现，身边的某个地方，是突然放着药了。她要是为排练、为演出，误了吃饭，即使再晚，一定在一个地方，放着最可口的吃喝的。她由开始的不愿接受，到被动接受，最后，甚至是有点欣然接受的意思了。现在回想起来，几乎每个细节，都是十分美妙的。难道这就是爱情？她也在时时追问自己。并且老觉得，潇潇是会来西京看她的。有好几次，她甚至觉得潇潇就在西京，是来看她了。可一回头，站在身后的，还是刘红兵，她就不免有了许多失落。

刘红兵那天生气走后，没过一天时间，就又赖进房来了。忆秦娥先是不理，后又想到古存孝老师教过的那些方子，也就没有再给他太难看的脸色。这家伙见有缝可钻，就又把尿盆端回来了，说："可惜了，多好的莲花瓣图案，都碰烂了。不行我去再买一个。"

"买了我还扔。"

"我就不信你不尿。"

"不许说流氓话。"

"尿尿不是流氓话。"

"就是流氓话，那就是流氓话。"

"好好，流氓话，流氓话，忆秦娥不尿。"

"你滚！"

"好，我再不说了，你爱尿不尿。"

"滚滚！"

也就在这时，忆秦娥突然感到背后有人，并且这个人自己很熟悉，气息都熟悉得有些让她透不过气来。她猛一回头，身后站的果然是他，封潇潇。

她有点傻了。

封潇潇也傻愣在了那里，有一种进不是、退也不是的感觉。

倒是刘红兵显得大方自如起来："哎，这不是封潇潇吗？啥时来西京的？也没打声招呼，让我跟秦娥去接一下。来，快进来坐！房小，转不过身，将就着坐。哎，秦娥，你愣着干啥，安排潇潇先坐下嘛！吃了没？没吃我给咱掺面。"

没等刘红兵说完，封潇潇就转身走了。

忆秦娥急忙追出去喊："潇潇，潇潇！"

封潇潇越走越快，最后几乎是跑出院子的。

忆秦娥直追到待业厂大门外，都再没找见封潇潇的人影。她又追到去宁州的汽车站。听说今天发往宁州的车，已全走了，剩下的就是明早再发的班车了。气得她回到房里，把刘红兵美美骂了一顿。这还是她第一次骂刘红兵："刘红兵，我日你妈了，你胡说啥呢。"

"我没胡说呀。你同学来了，难道我不该热情些吗？难道你不想让他吃一顿饭吗？"

"我日你妈，刘红兵！"

"好好，你日你日。你咋高兴咋来。"

忆秦娥拿起尿盆，照着刘红兵的头，咣当磕了一下说："滚，你滚！"

"我滚，我滚。"

刘红兵前脚出门，忆秦娥把花尿盆就摔了出去，刚好砸在刘红兵的背上。

几个打麻将的老人，正有人抠上一个"二饼"炸弹，手还在空中停着，那花尿盆就从刘红兵的背上，蹦到麻将桌上，把一锅牌砸了。

抠了炸弹的人，死死不丢手那张"二饼"。可其他人，已经趁乱呼呼啦啦把牌合了。抠炸弹的人，就骂开了。

刘红兵急忙打躬作揖的："对不起，对不起！"

有人还问了他一句："你没事吧？"

只听刘红兵俨然像家里人一样地应付着："没事，没事。家里嘛，就那些事。"

气得忆秦娥在房里就号啕大哭起来。

第二天一早，忆秦娥又去了一趟车站，希望见到封潇潇。可三班车全发了，还是不见潇潇的踪影。

忆秦娥眼前，就又一次为潇潇模糊了。

五

《游西湖》终于开排了。谁也没想到，这竟是一场战争，战斗是在省城与"地方势力"之间展开的。省城一方，是以两个导演为主，而"地方势力"，却是以第一导演古存孝为代表的。

省城剧团，历来把从外面调来的人，尤其是从地县一级调来的，都统称为"外县范儿"。"外县范儿"，与土气、小气、俗气、稼娃气相关联。无论生活还是演出，都是为西京本土成长起来的人所瞧不上眼的。西京人有一种天生的优越感，即使早先他们也是从外县招来的，只要打小是在西京学的戏，那也是要高出外县人一头搭一膀子的。尽管从外县调来的都是尖子，但进了这个门楼子，也就都矮人一等了。这些年，据说光从外县剧团调来的副团长，都十好几个。一般能在团里当副团长的，也就是业务尖子了。有人把这种副团长叫"弼马温"，也有叫"挽笼头""穿牛鼻绳"的，反正就是套个紧箍咒，图好管理、能留人才而已。忆秦娥就属于这种"弼马温"之一。从西京本土成长起来的人，嘴边常挂着一串话："别看你在外县是个什么'弼马温'团副，芝麻粒儿大的官儿都算不上，西京城的市民都是科级呢。你来，就一个'拾鞋带'的。即使跑龙套、穿丫鬟，还得把马朝后抖。前边领头跑的大龙套、大丫鬟，还有团里的老娘伺候着呢。"忆秦娥一来，先给安了个李慧娘 A 组，自是炸了锅了。只是忆秦娥听不到任何信息，不知道自己已经处在危险之中而已。

古存孝倒是看明白了。尤其是跟团上两个导演，较量过几回合后，他就知道在这里当导演，可不是他娘"闹着玩儿"的。但不好玩，也得玩下去，毕竟团长单仰平是支持自己的。尤其是忆秦娥还是自己要来的。不给娃打打气，撑撑腰，兴许一个戏倒下去，就再也扶不起来了。那就算是把一个好苗子，彻底毁了。其实他与那两个导演的矛盾，就在对戏的认识上。他坚持，要一五一十地照老传统排。过去艺人怎么演，今天还怎么演，连一个动作都不能变。而团上那两个导演，一个是移植样板戏出了名的，一个是从上海进修回来的。他们都觉得不能老戏老演，得适应今天的观众，必须加快舞台节奏，不能一招一式地慢慢比画了。甚至在音乐创作上，还要加电声乐队，加什么架子鼓。服装也要改良。舞美也是希望弄得"人间天上的美轮美奂"。"一桌二椅三搭帷"的老演法，他们统称为"外县范儿"，说是再也不能在省城舞台上复活了。他们坚持，这是到全国的舞台上去打擂台，不能丢了一个省的人。更不能跌了一个剧种的份儿。

古存孝也是一让再让。但一些根本性的东西，他还是在拼着老命地坚持。这种坚持，逐渐转化为一个又一个的笑料，在严肃的排练场，他渐次跌份成不断引起哄堂大笑的"跳梁小丑"了。他说演员上场，必须坚持老台步，先在幕帘内，喊一声"尔嘿"再出场。男的要亮靴底，女的要"轻移莲步水上漂"。而那两位导演，死坚持要去掉"尔嘿"的"怪叫声"。出场也不准一摇三晃地慢慢"拿捏""摆谱"，得把更多的戏，让给矛盾冲突和好看的舞蹈。唱腔也要加进流行因素，凡唱得太慢的拖腔，都一律要改良。这不仅让古存孝不能接受，而且也让忆秦娥无法适应。几乎她一唱，旁边就有人发笑。一开口道白，也有人做捧腹状。都在一边指指戳戳地喊叫：

"看看这'外县范儿'！"

"快看这'外县范儿'！"

忆秦娥也不知是怎么回事，就只能用手背挡着嘴，见人笑，自己也莫名其妙地跟着笑。有人就说，团里咋调来个傻子，还唱李慧娘A组呢。

古存孝最近也特别地不顺。1949年前娶的二老婆，也是唱小旦的，几十年都不联系了，结果他们在北山把戏唱红火时，闻风找来了。这个女人在1949年后，跟人是结过婚的，又离了。他导演的《白蛇传》《杨排风》，在北山演得最红火时，是吹口气都能把灯点着的。人的事业顺，精气神就足，也特别需要女人，他就稀里糊涂地跟找来的二老婆，又过在一起了。可没想到，最近大老婆也找到这偏厦房来了。他和大老婆是"文革"中离的婚。那阵儿批斗旧艺人，他在关中的一个地区剧团看大门，每天脸上被画得五马六道的，这个组织借去批几天，那个组织借去斗几天，都是为了吸引人，弄得他反倒比那些"当权派"的"台口"还多，还红火。大老婆也就是那个时候跟他离的。按她的说法，是因为她长得有些姿色，被一个工宣队的头头趄摸上了。她不跟古存孝离，那头头就想方设法地要把古存孝朝死里整呢。她才这边离了，那边结的。直到几年前，那人得癌症死了，她才一个人又单吊起来。虽说是大老婆，可年龄跟二老婆也差不多。大老婆过去是一个盐贩子家的小姐，亲娘死后，她爹又娶了一房，在家里不遭待见，有一次连着看了古存孝演的几本小生戏，半夜就跟着他跑了。古存孝那时小生唱得那叫一个红啊！二老婆是另一个戏班的当家花旦，他们在几个庙会上，唱过几次对台戏，也相互有点眉来眼去的倾慕意思，被班主发现后，为了挖人，就硬把他们撮合到一起了。那时一个名角儿，娶两房太太，也不是啥稀奇事。一九四九年以后，二房自己离开了。两个女人，过去就不睦。现在又搅和到一起，一顿饭没吃完，就把他的煤油炉子扔到院子里了。晚上，还都抢着朝窄床上睡。整得他，只能在地上窝蜷着。得亏还没大闹起来，要是大闹起来，不定还要招派出所人来抓流氓呢。

古存孝是真怀念在宁州剧团的那些日子，虽然开始也受些憋屈，可自打朱继儒管事后，他就一直活得很滋润。作为一个肚里装着好几百本戏的老艺人，他最向往的日子，一是被"三顾茅庐"；二是当"座上宾"；三是排戏一切由自己说了算。演员怎么上场下场；在场上来回怎么调度；做些什么动作；唱些什么板路；用些什么道具、布景；穿些什么服装；戴些什么盔头、首饰、簪花，都由自己说一不二。他太怀念在北山会演的那些日子了，《白蛇传》一炮打响后，他在团上，享受的简直是"王者师"待遇。朱继儒团长不仅啥事全跟他商量，而且吃的喝的，都会考虑周全。大灶伙食差了，朱继儒甚至亲自上街，给他买了冰糖点心，还有桃酥、油旋饼、烧鸡腿、卤猪蹄啥的，啥时想吃，随时都是有东西能朝嘴里撂的。怕他年龄大，饭菜油水不厚，还专门给他买了两斤化猪油。每顿吃饭时，他舀一勺，埋到碗底，别人吃完饭，碗里是汤水两张皮，而他的碗里，总是沁着一汪汪大油的。吃完了，他再用开水把碗浪一浪，吹着喝着，打着饱嗝，那油花花，是眼看着都哗哗流进自己肚子里了。尤其让他感动的是，他最心爱的黄大衣，有一晚抽烟烧了拳头大个窟窿，再也披不出去了。而那一阵，好多场面又是需要披着大衣，才有势的。朱团长就那么了解他的心思，竟然第二天就去给他买了一件新的。晚上全团集合，解决头一天晚上演出出现的问题时，朱继儒竟然当着全团人的面，亲自给他披挂在身了。他顿时感到，头面有斗大，威风甚至胜过三国戏里的诸葛亮。他发脾气讲问题时，双肩一抖，大衣精准离身。

发完脾气，他立马感到，大衣是已经有人给他披在肩上了。那是怎样一种权威权势啊！他古存孝一个眼神，一团人尻子上都长了眼睛。见天晚上，把戏演得浑浑全全的。要不是朱继儒给他立起这样的权威，两个多月的演出，恐怕早都演油汤了。可由于他能说一不二，还别说把黄大衣全抖掉，就是抖掉半边肩，也够一团人两条腿抽筋的了。那两个多月，就硬是把宁州剧团演成了威震一方的名团。忆秦娥、封潇潇等一批青年演员，也就一夜都成大名了。

羡慕省上大剧团的好，以为到了西京，他也能说一不二，呼风唤雨。结果，屁摔在地上，响都不响了。虽然团长单仰平对自己也不错，可这里毕竟是近二百人的大摊子。安排他住了偏厦房，他问总务科要一块板子，想把床加宽一下，都让年轻科长蹾打了几个来回。问他在山里待得美美地，为啥要朝城里挤？还说：这城里每一块板，都是有下数的，你多要一块，莫非是要我回去把自己家里的床板拆一块，给你扛来不成？气得他眼睛直翻白，还不知说啥好。这样的小事，又不好再去麻烦单团长，就只能用几根长短不齐的棍，把床朝宽扩了扩算了。到了排练场，他是第一导演，可又得不到尊重。但凡他一开口，就都是"不行不行"的兜头凉水。开始还没有形成反对的声浪，后来，几乎是只要他开口，就有人说："你别说话。"还有的端直说："把嘴闭住。"他也知道这是欺生，这是对"外县人"的集体制约。可为了忆秦娥，他还是坚持没有发火，没有愤然离开。

第二导演叫封子，是个非常强势的人。从来就没有把他当一回事。由对词开始，封子几乎天天都在批评"外县范儿"，好像是故意给他"亮耳朵"似的。在他们眼里，"外县人"即等于不懂艺术；"外县范儿"即等于"业余范儿"。忆秦娥一开口，也有一群人批评这个字咬得不对，那个字咬得不真的。古存孝压根儿就不同意他们把秦腔字音，都咬成西京腔。说西京腔里，好多字是普通话读音，就不是正宗秦腔味儿。可他一说出正宗秦腔味儿来，又引得全场一个劲地发笑，说土得快掉渣了。弄得他也毫无办法。开头几天，他还披过朱继儒团长给他买的那件黄大衣。他觉得这是一件十分幸运的衣服，披上它，不仅有势，而且也意味着戏能排成功。可披着披着，他还注意着尽量不把大衣朝掉抖。就这，已经引起好多人反感了。连小场记都敢挑战他说："哎，老古，你能不能不要披这件黄大衣，味道难闻不说，披着摇来晃去的，让人发晕呢。"业务科安排烧水倒茶的人，也跟着起哄架秧子："都快穿背心的日子了，你个死老汉还背着这身黄皮，都不怕捂起痱子。"侄子兼助手刘四团就提醒他说："伯伯，别披了，都糟蹋咱呢。"他才没披了的。

终于有一天，一切都总爆发了。先是封子导演提出，还是让李慧娘B组上。B组是团上自己培养的演员，过去演过李铁梅的。古存孝坚决不同意，说慧娘后边要吹火，还有各种高难度人身动作，没有老戏的基本功，根本不行。可胳膊拗不过大腿，团上几乎是一池塘的蛙蛙声，说忆秦娥道白、唱腔都太土气，"外县范儿"太浓，根本挑不起这大梁。最后，就让忆秦娥靠边站了。

古存孝去找了单仰平。

单仰平也有些为难，竟然同意了封子和第三导演的意见，说先让B组试试，不行了再换回来。

古存孝就觉得绝望了。

那个B组李慧娘，从开始就没把他当人。他有个咳嗽的毛病，有时一咳，气都喘不上来，喉咙里呼呼哧哧地发着痰音。小场记几次糟蹋他说："哎，老古，你这咳嗽功夫深啊，声音好像是从脚后跟朝上传的。"那个演慧娘B组的甚至大声喊叫："哎，古存孝，你个老汉能不能到厕所咳去，恶心得人咋排戏嘛！"

古存孝终于把桌子狠狠一拍，站起来，当着全剧组人的面美美发泄了一通：

"我还以为这是个艺术殿堂，原来才是个自由市场。啥狗皮膏药都是能拿到这里来卖的。不是我倚老卖老，唱戏得先做人哩，这人做不好，咋看咋是根弯弯椽子，那戏也就甭想唱成啥气候。伺候不起，伺候不起，敝人甘拜下风了。告退，敝人告退了！"

说完，他还作着揖，就从排练场出去了。

古存孝很胖，走起路来一摇一摆的，不免显得有些可笑。他刚走出排练厅门，就听身后发出了雷鸣般的掌声。

古存孝的老泪，一下就涌了出来。

他真悔恨，不该来省城。要是留在宁州，不还是吃香喝辣的好日子？他肚子里，有这一生都排不完的戏。一本一折的，连剧本带唱腔都刻在心底了，随便拉出来都是好戏。可在这里，他就是个"老古董"，就是个上不了台面的"大土鳖"。

他心里清清楚楚明明白白，那个 B 组李慧娘，根本就挑不动戏，最后还得出洋相。只有忆秦娥才是李慧娘的最佳人选。可眼睁睁地，就让人家把忆秦娥给拉下来了。他也有些恨忆秦娥，娃太瓜了，人家让她下，让 B 组上，她也就乖乖下来了，一点脾气都没有。下来她还用手背挡着嘴笑，跟个傻子也没啥区别。她不知这是进了虎口狼窝，不争，不斗，就没她的事了。在宁州，有他们几个老家伙扛着，让一个名不见经传的烧火丫头，竟然成了大名。可在这里，他古存孝算哪路角色？怎么都是扛不住的。他本来想再忍忍，看有机会，还把忆秦娥朝上促一把。可家里那两个婆娘闹得，也实在是待不下去了。那已是你死我活的斗争了。他还害怕出人命呢。加上单团长也是话里有话，说要他把个人事情处理好，别让人说闲话。看来，两个婆娘住在他偏厦房里的事，也是走漏风声了。虽然他每晚都住在地铺上。他也希望有一个，能去跟忆秦娥搭脚。他都给忆秦娥说好了，可两个婆娘，就是一个都不去，好像他古存孝还成了香饽饽。看来他不离开也是不行了。一旦弄个重婚罪，或流氓罪，或非法同居罪，罪罪都是能安上，没冤枉自己的。老了老了，事业搞砸了，再让人家一绳捆去，坐几年监，那岂不悖晦到家了。无论如何，他得走了，不走已由不得他了。

要走的那天晚上，他到忆秦娥房里，把真实情况给忆秦娥说了。他是觉得好好一个唱戏的苗子，搞不好，就彻底窝死在这大剧团里了。

"秦娥，古老师对不住你，把你从宁州弄来，老师又没本事让你好好上戏。"

谁知忆秦娥傻不唧唧地说："没事，古老师，让 B 组上还好，我

326

刚好能在边上看。一下到了大剧团，我还真的有些怯场呢。"

"瓜娃哟，这是一场斗争，你没看出来吗？"

忆秦娥摇摇头。

"我真担心，老师走以后，你就被这帮狼吃了。"

"你走？朝哪儿走？"

"老师混不下去了，要离开这西京了。"

"咋混不下去了？"

"我说你瓜吧，老师都让这伙人欺负成这样了，你还问咋混不下去了。老师是啥角色，岂能虎落平阳被犬欺，龙搁浅滩遭虾戏？古存孝是能咽下这口恶气的人吗？"

"你要去哪里呀，古老师？"

"哪里能容下老师，哪里能让老师好好排戏，老师就去哪里。"

"那你不如回宁州算了。我也想回去，咱都回。"

"娃呀，好马不吃回头草。我古存孝既然离开宁州了，就咋都不回去了。我不想让人说我混不下去，才夹着尾巴逃回来了。老师这回要朝远地走。也许是甘肃，也许是宁夏，也许是青海，也许是新疆。秦腔地盘大着呢，反正是不回宁州了。"

"你为啥要走得那么远呢？"

"你还没看出来吗？瓜娃呀，就你这两个要抽烟、要喝茶、要咥肉、要烫头、要品麻的姨，要是她们能找见的地方，老师还能待下去嘛？唉！"

"那你走了，两个姨咋办？"

"我这些年可怜的时候，混得没个人样儿的时候，可从来没见她们来找过、问过。你放心，鳖有鳖路，蛇有蛇路，都饿不死。"

忆秦娥就再没话了。

古存孝接着说："娃呀，既来之，则安之。你也别走回头路。戏能唱成了唱，并且还不能为唱戏，把人学瞎了。咱就是跟人斗法，也不能上邪的。得拿真本事上呢。曲里拐弯、下套、撂砖那些下三烂事，可万万使不得。戏要实在唱不成了，能调到省城，对于年轻人总

327

是好事。生儿育女，也是大事嘛！你年轻，来日方长，有起身的时候。老师是快死的人了，再也混不得、赔不起了。老师得找个地方，把身上憋着的这股戏劲儿赶快使出来，要不，阎王就浑浑收走了。唉！"

古存孝是这天晚上半夜走的。

大老婆和二老婆都说：他说他要起夜，出去就再没回来。

六

古存孝走了以后，排练场就越发欺负起"外县人"了。忆秦娥还是那样老实巴交地站在一边学着戏。可楚嘉禾再也坐不住了，她觉得，必须把"外县人"都团结起来，跟"土著"们对着干了。

楚嘉禾跟周玉枝算了一下，光从外边调来省秦腔团的，就有四五十个。这里边不仅有县剧团的、地区剧团的，而且还有外省剧团的。但在"省秦"人眼里，西京城以外来的，都是"外县范儿"。问题的关键是，外来人都在单打独斗。为了在团上求得一席之地，还都得有所投靠。因而，组织起来十分困难。楚嘉禾联络了好几天，见有些人，是树叶子掉下来都怕把头打烂的熊样子，就有些失望。看来看去，只有把忆秦娥先促红起来，才能证明"外县人"不是来吃素的。她心里清楚，忆秦娥有这个抗衡的实力。忆秦娥的功夫，忆秦娥的嗓子，忆秦娥演戏的感觉，忆秦娥的吃苦精神，只要给机会，是一定能显露出来的。当然，她在有这些想法的时候，也后怕着，忆秦娥真起来了，对自己又有什么好处呢？可眼下，的确是太受欺负了：不仅忆秦娥的李慧娘 A 组靠边站了；而且她的 C 组也自然泡汤；周玉枝的 F组，那就更成天方夜谭了。人家就是在促本团培养起来的演员。那个封子导演，已经明确讲，外县来的先学习，等融入大团风格后，再说排戏的事。又什么时候才能"融入风格"呢？有些人已经调来十几年了，大家开口闭口还说是"外县范儿"。"外县"演员的前途与出路，又在哪里呢？无论如何，得先让这个咸鱼翻过身来。她妈就有这种本事：宁州县文化馆，本来是以绘画、文学在地区、省上出名的。可她妈的专业是唱歌、跳舞，还能拉手风琴。最后，她硬是把画画、写小说的，全都从文化馆排挤出去，让唱歌、跳舞、吹笛子、拉手风琴的占了上风。好像也没有啥窍道，那就是"琢磨"二字。天天琢磨，事事琢磨。琢磨到最后，没有啥事是琢磨不成的。

先把忆秦娥"琢磨"出来再说。即使拿鸡蛋碰了石头，那鸡蛋也是忆秦娥的鸡蛋。这号傻大姐，碰烂了也就是个瓜蛋、傻蛋、臭蛋。

那天，她是跟周玉枝一起到忆秦娥家里去的。本来早都说要去看她，可忆秦娥一直说还没收拾好，等收拾好了再请她们去。这一收拾，就一个多月过去了。楚嘉禾就对周玉枝说："哎，你说忆秦娥到底是瓜呢，还是灵呢？咋让人看不出来？"

周玉枝说："你又瞎琢磨人家啥呢？"

"说好的，房一收拾好，就请咱们过去吃面、暖房子。咋这长时间，再没个音信了？是不是分了一间好房，怕咱眼红呢？"

"不会吧，待业厂那边，哪能有啥好房。"

"那可不一定。忆秦娥鬼大着呢。要不然，能从一个烂烧火做饭的，翻起身来做了主演？还又是政协常委又是副团长的。还破格评了三级职称呢。"

"那可能都是命吧。"

"再别命不命的，我就不相信这个。命都是人挣来的。"

说着，她们就进到待业厂里边了。

这里有好多破烂库房，大多门窗歪斜，盖顶塌陷。地上也是坑坑洼洼的。成群结队的老鼠，在阴沟、下水道里蹿上溜下。

周玉枝说："天哪，这是啥破地方。"

楚嘉禾心里倒是有了些安慰。住这里，还真不如在外面租房呢。

正走着，就见后院子冒起一股股烟雾来，并且十分呛人。

楚嘉禾说："失火了？"

"不可能吧，咱能碰得这巧的。"

说着，她们加快了脚步。

来到最后一个院子，她们才发现，是忆秦娥在练吹火呢。

几个搓麻将的老汉老婆，正停了手中的牌，在一旁观望着。

忆秦娥吹完一口长火，直对老汉老婆们说："对不起，对不起噢！烟子大，挺呛人的。"

一个老汉说："没事，你练你的。好多年都没见过人在舞台上吹火了。这可是秦腔的一门绝活儿。你个年纪轻轻的娃，能练到这份儿上不容易。"

"谢谢，谢谢你们！"

忆秦娥正要给嘴里塞进又一个松香包子，感觉身后有人，扭过头一看，就兴奋地喊叫起来："嘉禾、玉枝，你们咋找到这里来了。"

楚嘉禾说："不邀请，难道我们还不能讪皮搭脸，自己凑上门来嘛？"

"哪里呀，就这么个牛毛毡棚棚，哪好意思请你们呀。快请进吧！"

忆秦娥就把她们让到偏厦房里了。

从外面看，这房的确就不像个房子。可一进到里面，楚嘉禾和周玉枝立马就哇的一声，尖叫起来。

"收拾得这么漂亮，你还说不好意思。这都谁给你收拾的呀，简直快赶上大酒店了。"楚嘉禾说。

"哪里呀，就是给顶上绷了一块花布，地上铺了一块人造革。"

"这墙上也蒙的是花布啊，快成布匹市场了。"周玉枝说。

"你老土吧，这哪里是布，是像布一样的墙壁纸。"楚嘉禾说。

"墙上到处都是裂缝，不糊一下住不成。"忆秦娥急忙解释说。

"快成宫殿了，快成宫殿了！住这儿感觉太好了！没想到，一个牛毛毡棚子，能收拾成这样，真叫巧手夺天工了。谁帮你收拾的呀？去给我们也收拾收拾吧，这感觉太好了！"说着，楚嘉禾一个弹跳起来，就跌绊到床上了。

这时，刘红兵提着一台新录音机走了进来。

录音机里还放着《我家住在黄土高坡》的歌儿。四个喇叭上，有四圈彩灯，正转着红红绿绿的圈圈。

楚嘉禾和周玉枝一下傻眼了。

忆秦娥十分尴尬地僵在了那里。

倒是刘红兵大方有余地招呼起来："哎呀，这不都是秦娥宁州的同学吗？啥时来的？"

"人家比我还先来省城，去年冬天就考来了。"忆秦娥说。

"好好好，来，坐坐坐。在西京，有这几个伙伴多好！你看我想得周到不，我就想着会来客人的，把这塑料凳子一次就买了四把，平常套起来放着，也不占地方，来了人，一拉开就成。来，坐！秦娥，把我买的大白兔奶糖拿出来。好像专门是为你们准备的似的，昨天晚上刚买回来。"

刘红兵俨然已经是一家之主了。

气得忆秦娥也不好发火，就那样，一切按他的安排做着。

楚嘉禾有些吃惊，她只觉得忆秦娥这家伙，鬼太大了。年前刘红兵拼着命，到宁州剧团追她的时候，她是以什么态度在回绝刘红兵呀，几乎处处都不给人家面子。当时，好多人还不能理解，说刘红兵可是"高干"子弟呀，还是开小车的，多牛，多风光啊！说实话，楚嘉禾都看上了。可惜，那时刘红兵除了"白娘子"，哪里还正眼瞅过她这个跑龙套的。楚嘉禾感觉忆秦娥是爱着封潇潇的。可这才多长时间，两人已经把小日子都过上了，真是应了电视里天天说的那句话：不看不知道，世界真奇妙！

忆秦娥似乎想给她和周玉枝解释点什么，可刘红兵话多得她就插不进嘴。

刘红兵说："秦娥太犟了，我本来说在外面找房子的，她坚决不让。我在西京有的是亲戚朋友，随便张个口，还倒腾不出一两间空房子来？可咋说，她就要守这破窑。连破窑都算不上，就一杂物棚。我也就只好在这烂棚里瞎捣饬。现在还算有点样子了。这不，勉强能住人了不是……"

"好了，别说了。"忆秦娥终于忍不住，不高兴地把刘红兵阻挡了。

刘红兵还要说："她就不喜欢我说房不行。我认为啥都没有房重要，房不好，我连一分钟也睡不着。"

楚嘉禾立即跟周玉枝对了一下眼。怎么越听，越觉得两人好像都住在一起了。

楚嘉禾的脸上，就显出一些坏笑来。

忆秦娥好像是又想解释，刘红兵把话再次岔开了："哎，你们住哪里呀，也是单位分的房吗？"

楚嘉禾说："我们哪能跟秦娥比呀，单位好歹还给弄一窝。我们就是自己在外租的。"

"那还好了，租房再差，也比这儿强吧……"

这次没等刘红兵说完，忆秦娥就阻止了："别再乱说了好不好。我来给人家干啥了，还嫌人家房不好？"

"好了好了，不说了。我错了，我错了。"说着，刘红兵还把自己的嘴，啪地掌了一下。

这就更让楚嘉禾和周玉枝感到，两人不是一般关系了。

她们坐了一会儿，随便扯了扯，就把话引到正题上了。楚嘉禾先是为忆秦娥鸣不平。说她和周玉枝倒无所谓，本来就是 C 组、F 组的"碗底料"。可忆秦娥不一样了，省上下那么大气力把人挖来，就是为演李慧娘的，结果，还被人暗算了。说她是可以讨说法的。刘红兵问，能讨什么说法？楚嘉禾说，忆秦娥是省上领导亲自点兵点将的，他们不让秦娥上，不得给人家领导一句话吗？楚嘉禾甚至出点子说："秦娥，你就说你跟领导是亲戚，看他们咋办。"

忆秦娥捂着嘴，光笑。

楚嘉禾说："傻妹子，你笑啥呢，这刀都架到脖子上了，你还能没个态度？"

"说亲戚不怕，我家跟省上有领导能扯上。"刘红兵一拍大腿说。

"再别胡说了，和你什么相干。"忆秦娥终于不笑了，说："为啥非要去演李慧娘嘛。人家在前边演，咱在一边学习，不也挺好吗？"

楚嘉禾说："秦娥，你还骗我们呢，你不想演，咋还偷偷在这里练吹火呢？"

忆秦娥说："就是学习呀。苟老师教我吹火后，要我平常一直加强练习呢。这长时间没练，都不会控制了。"

"那还是想演么。不想演，练这干啥？又不能吃不能喝的。"

忆秦娥就没话了。

楚嘉禾接着说："想演，就得想窍道。你看人家团里那些人，多护帮的，硬是把'外县'来的，朝死里挤对呢。我们要再不抱成团，就让人家活活给挤扁了。"

刘红兵说："对着哩，尤其是你们三个都从宁州来，一定要结成宁州帮才行。结成帮了，就没人敢欺负你们了。"

"我和玉枝，也就是帮你。我们知道自己不行，可你行啊。就你这身功夫，这嗓子，这表演，那就是最好的李慧娘了。你不能任人朝圆的、扁的乱捏了。你得主动出手呢。"楚嘉禾的这些话，倒也是她的真实想法。她觉得，自己是咋都斗不过团上现在那个李慧娘的。无论功夫、嗓子，跟人家都不差上下，无非就是比人家年轻漂亮些而已。但人家是本团的科班学生，而自己是"外县"的"野八路"。即使自己当时真上了李慧娘A组，只怕现在也跟忆秦娥一样，是被踢出局了。看来症结不在楚嘉禾上还是忆秦娥上的问题。症结在要彻底打破"外县范儿"不能唱省城主角的神话。只有让忆秦娥先把这个神话打破了，才看她们能不能朝舞台中间站一站了。

刘红兵不停地问她，咋出手才能有效果。她就说："打蛇得打七寸呢。这个团，好像封子导演挺厉害的，单仰平团长都得看他的脸哩。不行了，就从封子身上先下手。"

刘红兵就问："封子抽烟不？"

"抽。"楚嘉禾说。

"抽啥烟？"

"反正是带过滤嘴的。"

刘红兵又问："喝酒不？"

"喝。我看有两次进排练场，都是面红耳赤的。"楚嘉禾说。

刘红兵啪地凌空打了个响指："那就好办。"

七

楚嘉禾和周玉枝走后，忆秦娥忍无可忍，到底还是大发了一次脾气。她是坚决想把刘红兵赶走了。她觉得，刘红兵这个家伙是故意要把她和他的关系，弄成既定事实。楚嘉禾和周玉枝的一脸坏笑，她是看得清清楚楚的。可她当时又不能发火，就任由这个家伙表演了。在她送楚嘉禾、周玉枝出门的时候，楚嘉禾竟然把什么时候结婚的话都问出来了。她一再解释，楚嘉禾还是那句话："妹子，这事甭解释，越描越黑。我和你玉枝姐，虽然没吃过猪肉，可谁还没见过猪走路了。你就好好过你的小日子吧。这拐角房也挺好的，我看床也蛮软和，你就好好享受吧。嘻嘻，我的碎妹子。"说完，两人咯咯咯地笑着跑了。气得她在待业厂门口，傻站了好半天。

一回房，她就闹着要刘红兵走。刘红兵前后要她讲出让他走的道理来。她就说："我们这算咋回事？算咋回事？"

"谈恋爱呀！"刘红兵讪皮搭脸地说。

"谈你个头哇谈恋爱。谁跟你谈恋爱了？你把我的名声都坏完了。你走，你走！"说着，忆秦娥就把刘红兵朝门外推。

推着推着，忆秦娥把自己闪出门了，刘红兵还反倒退回来，一屁股坐在床上了。忆秦娥再恼，他都死皮赖脸地笑着。气得忆秦娥只有一连声地骂他："死皮！没见过世上还有脸皮这样厚的人。"

"没见过吧，我这脸皮呀，能有城墙砖那么厚。不，比砖还厚一些，你见那城墙拐弯的地方没有？就有城墙拐角处那么厚。"说着，他还把脸皮朝起扯了扯。

忆秦娥只能无奈地再骂一声："死皮货！"

"死皮货，我是死皮货。"说着，刘红兵又开始掺面，要给她包饺子了。

吃完饭，刘红兵就出去了。再回来的时候，他手里又提了一网兜东西，里面有烟酒，还有高橙、罐头啥的。他把东西朝桌上一撂，说："去吧，晚上不容易碰见人。"

"去干啥？"

"不是去看啥子疯子导演吗？"

"我又不认识人家，看人家干啥。臊哇哇的。"

"你看你，说你灵光，欺负起我来，比谁都灵光。说你瓜，你瓜起来，比铁瓜都瓜。你同学说得对着哩，再不出手，就没你的戏了。谁又不欠你的，不'烟酒烟酒'，还能有你的米汤馍？快去吧！"

"我不去。不会。"

"不会学呀，谁天生就会？人是感情动物，常去跑一跑，即使这次不行，下次总会给你机会的，懂吗？这种事，我见得多了。"

"不去。我嫌丢人。"

"这有啥丢人的？人家要是喜欢这一套，你不去，不就把一身的武艺瞎完了？一辈子演不上戏，跑个龙套，吃了那么大的苦，练了一身好功夫，图个啥？去吧去吧，地方我都打问好了。"刘红兵又给忆秦娥做了半天工作，她才极不情愿地起身去了。

忆秦娥实在不想去，过去买东西看过苟存忠老师，看过她舅，还看过胡彩香老师，再没去看过别的啥子人。即使把戏唱得那么红火，朱继儒团长那么重视她，给她办了那么多好事，她舅让她买点东西去把朱团长看一下，她都没好意思去的。可今天，硬是被刘红兵赶上架了。

封子导演，在全团唯一的一座单元楼里住着。这座楼里，都住的是领导和一些有资历的老艺人，还有一些主演。忆秦娥战战兢兢到了封导门口，半天不敢敲门。突然听到楼下有人上来，她就急忙朝楼顶跑。等了好半天，听底下没动静了，她才又慢慢溜下来。刚溜下来，又听见楼上有人下来，她就又急忙朝楼下跑。这样来回跑了几次，觉得实在没有勇气敲门，刚好又听到楼上有人下来，她就一溜烟跑到楼下了。刘红兵见她依然提着东西，就问咋了。忆秦娥把东西朝他手上一扔，扭头朝前走去。

"到底咋了吗？"刘红兵一个劲地追问。

忆秦娥说："你说咋了。要送你送去。"

刘红兵说："这可是你说的噢，我代你送去了。"说着他转身就要上楼。

忆秦娥急忙喊："哎哎，你回来。你算做啥的，你送？"

"你说我算做啥的？你不送，就要在这里受欺负一辈子，你懂不懂？现在谁想办事，不上贡能行？你真是太瓜了，就知道演戏。去，门一敲，硬着头皮就进去了。别听人家说不要这样，不要这样嘛，越说不要这样，你越要把东西放在那里。如果人家说下不为例，那你下一次就更要去了，懂不懂？这都不懂，还在社会上混啥呢混，真是个瓜娃哟。"

还没等刘红兵说完，忆秦娥就接上话茬说："以后不许说我瓜。你算啥人吗？都说我坏话。"

"好好，不说了，你不瓜，你灵醒。快去！我跟着你。"说着，刘红兵就促着忆秦娥朝回走。

忆秦娥身子一趔，说："不许挨我。"

"好好，我不挨。我不挨。"

"也不许你跟着我。"

"不跟，我不跟。你快上去。"

忆秦娥就又磨磨蹭蹭地上去了。可到了封导门口，咋都不好敲门。正在左右为难的时候，却有一只手，已经把门敲响了，她回头一看，竟然是刘红兵。她正想埋怨呢，封导的门已经开了。她感觉身后有人美美推了一掌，她就被掀进去了。

来开门的，是一个肿眼皮的中年妇女，满脸不友好的样子，问："找谁？"

"封……封导。"忆秦娥结结巴巴地回答。

"找封子干啥？来寻情钻眼的吧。你叫个啥？"忆秦娥没有想到，这女人说话是这么直戳戳、硬邦邦的，并且语速极快。

"忆……忆秦娥。"

"啥幌子娥？"她大概没听清。

"忆秦娥。"

"咋起了这么个怪名字？哪来的？干啥的？"

"我就是这团里……才调来的。"

"我就知道是才调来的。外县的吧？"

忆秦娥点点头。

那女人不无鄙夷地看了看她，说："我说来寻情钻眼的吧。外县唱得美美地，都挤到这西京城来做啥？都有病呢。哎，封子，有人找你。"她没有好气地对里边喊了一声。

忆秦娥想不到，西京人说话咋这硬剐硬蹭的。常言说：伸手不打上门客。她感到，这女人简直是在拿大耳光抽自己哩。啥难听话都能说出口。几乎一下把人的面子都剥得干干净净了。她的脸唰地就红到脖根了。弄得她进也不是，退也不是，就那样神情慌乱地前后挪着脚。只听那女人又喊："哎哎哎，换鞋换鞋。东西甭朝里拿，就放在门后。那儿。那儿。那儿。"说着，她用脚尖朝门背后放垃圾的地方点了几点。忆秦娥就只好把东西放在那儿了。只听"砰"的一声响，关门声吓了她一大跳。

这时，封导从里边房出来了。封导看了看她，又看了看门背后放的东西，冷冷地说："进来吧。"忆秦娥就跟着封导进了里边房。她身后，那女人立即拿起拖把在她踩过的地方，细细拖了起来。

她进的是封导的书房，不大，但三面墙都是书。墙上、地上、桌子上，摆满了舞美设计图，还有舞台调度图。调度图是封导自己画的，有些是直接画在剧本边缘的。忆秦娥知道，这都是《游西湖》里要用的。封导是拿到排练场让大家看过的。

封导让她坐，她就在书柜前的一个小矮凳子上坐下了。

她刚坐下，那女人就把地拖到她脚下了。一边拖，还一边嘟哝："干这行，得吃有本事的饭，靠寻情钻眼不成。"

她听着这话，都想找个地缝钻进去。

忆秦娥不停地跷起脚让着，可那肿眼皮泡的女人，还是要用拖把不停地磕着她的鞋，让她来回避让不及。直到那女人一路拖出去，封

337

导才问："有事吗？"

一下把忆秦娥给问住了，她嘴里绊嗑着："没……没事。"

停顿了一会儿，封导又问："你是从宁州调来的？"

忆秦娥点点头。

"你的戏都是古存孝排的？"

忆秦娥又点点头。

"功底是不错，但毛病也不少。都是老'戏把式'那一套，拼命拿技巧向观众讨好呢。这在旧戏舞台上是可以的，但现在不行了。演戏得塑造人物。一举一动，要符合人物性格逻辑呢。不能为要技巧而技巧，得与内心活动有关联。"

忆秦娥感到，封导在说这些话时，是很真诚的。他还指出了她排练时，一些具体动作的不合理处。就在封导给她说戏的时候，那个女人又拿着拖把进来拖了好几回地。封导就不得不低声告诉她："你姨有病呢。好多年都没下楼了。"直到这时，忆秦娥才断定，这就是封导的夫人。

后来忆秦娥才听说，封导的夫人原来也是唱花小旦的。有一年，从外县调来一个女主演，一下把她的主角替代后，她就得了一种眩晕症，走路失去了平衡。再后来连上下楼都成问题了。治了好多年，也没效果，就病休了，再没上过班。时间长了，她还得了一种洁癖症，手中迟早不是拿着拖把，就是拿着抹布。但凡家里来了人，从人家进门起，她就开始拖、擦个不停，直到离开后，还要清洗半天。说她尤其见不得来女的，一有女的来找封导，走后她能用掉一包洗衣粉擦地。嘴里还不住地嘟哝着一些怪话。一般女的找封导，都是不到家里去的。

忆秦娥什么也不知道，就撞到枪口上了。

封导也再没说多余话，就是让她好好学，说尽量要朝团上的风格靠，无论唱腔、道白、表演，要她都得规范起来，不能再是"外县范儿"。封导在说"外县范儿"时，又把古存孝拉出来说了一通。他说这个人，身上的确有东西，能背下整本整本的戏。但都"太江湖"，

"太毛糙"，"路子太野"。不适合在省级以上舞台呈现。还说古存孝人也很任性，脾气还生大，谁的话都听不进。他还说，省上剧团排戏，跟县剧团不一样，你要让演员做个动作，演员就会提出为啥做这个动作，心理依据是什么？老古常常就被问住了。说到后来，封导把话题一转说："听说这家伙还有两个老婆，都睡在一个床上。老家伙，是不要命了。这事不光在咱团上炸锅了，在省上好多文艺团体都摇了铃了。他还做的是旧戏班子、旧艺人的梦哩。"说着，封导还笑了一下。

忆秦娥也不好说啥，就那样静静地听着。直到封导的夫人第五次进来拖地，她觉得再也不好坐下去了，就起身准备走。这时夫人又插进一句狠话来：

"唱戏得凭真本事哩。没真本事，靠寻情钻眼，投机取巧，就是给你一个主角，你也就是屁股里夹扫帚——生装大尾巴狼哩。"

这话把封导都惹笑了。

到了门口，忆秦娥就准备往出走，谁知封导的夫人直喊叫："哎哎哎，干啥干啥干啥？把这个快拿走。"她用拖把指着垃圾桶旁的礼物。

"我……我是来看封导和阿姨的。"

"不用看不用看不用看，你的心事我都知道。封子不抽烟，也不能喝酒。他看着人高马大的，也就是个空架子，一身的病。心脏不好，尤其是肾脏更不好，哪儿哪儿都不对劲。啥啥用都没有了。就能排个戏。你们，都把心眼儿长正了。尤其是你们这些外县来的，一身的'外县范儿'，还爱搞些没名堂的事。有本事，就朝舞台中间站，别在曲里拐弯的地方瞎趑摸，瞎挖抓。尿不顶。把东西快拿走，拿走拿走拿走！"

忆秦娥还傻站着，不知如何是好，那女人就用脚踢起那兜东西了："你拿不拿？你要不拿了，我就端直给你撒出去了。"

封导在一旁说："快拿走，不用这个。娃，你好好唱戏就行了。"

夫人突然又喊叫起来：

"啥娃不娃的，以后不要叫得这样乌阴、丧眼。叫同志。在革命队伍里，一律称同志。你都先把关系摆正了再排戏。"

说完，夫人提起东西，一下撂进忆秦娥怀里，就把她一掌推出了门。忆秦娥还没站稳，她又伸出手，把门外的把手擦了擦，就砰地把门关上了。

忆秦娥像是被人剥光了衣服一样，浑身颤抖着站在门口。这时，刘红兵又突然闪了出来，问："咋？没上道？"

"上你娘的个头！"

骂完，忆秦娥端直把那兜东西，狠狠砸在了刘红兵的脚上。

八

《游西湖》进入细排阶段了，虽然演员明显拿不动戏，可导演还是没有换人的意思。楚嘉禾看忆秦娥没戏了，自己和周玉枝更是无望，就懒得再到排练场给人家做"电灯泡"了。即使来，也是到排练场晃荡一下，再到院子里晃荡一下，就出去逛街了。可忆秦娥一直老老实实在排练场待着。一有空，就在旁边练起戏来。有那喜欢忆秦娥长得漂亮的小伙子，有事没事的，爱用眼睛扫她。扫着扫着，发现忆秦娥的戏，明显比站在台中间的李慧娘，不知要好多少倍呢。他们就暗中撺掇封导说："你看看忆秦娥的戏。恐怕把忆秦娥换下去，是个错误决定呢。"封导始终没说话，还是用着团上那个主演。当然，他的眼睛，也在不停地扫着忆秦娥的一举一动。这种议论声多了，站在台中间的李慧娘，就有些不待见忆秦娥了。开始是甩脸子，后来干脆让人捎话说："你个外县来的乡棒，少胡骚情，小心胳膊腿着。"忆秦娥吓得就再没敢在排练场旁边练了。有人问她为啥不练了，她就用手背挡着嘴笑，啥也不说。但她每天还是准时到排练场来。来了还帮着剧务烧水倒茶，并且还会给站在舞台中间的李慧娘茶杯里续水。有一次，那李慧娘还当着好多人的面，把她续的水，端直泼到痰盂里去了。

忆秦娥不在排练场练，但回到家里，还是一刻也没有停止练习。除了练戏，她也没有其他事。不练戏，浑身就不舒服。躺着不自在，睡着不自在，上街乱逛，也不自在。她迟早都喜欢有一个地方，能端起腿，压一压，再拔拔嗓子。好像她就是为戏而生的。她尤其见不得刘红兵，一天到晚，像一块橡皮糖一样粘在这个家里，让她弄啥都不方便。好在，自那次刘红兵推着她去给封导送礼，遭遇封导夫人羞辱后，她顺势跟刘红兵严厉谈判了一次，倒是管了一段时间。她要求刘红兵必须接受几个条件，否则，她就要报警。虽然刘红兵一身的赖皮劲儿，可面对忆秦娥的最后通牒，还是有选择地做了些退让。因为那天在封导家里，封导说古存孝家里睡着两个老婆时，也隐隐提到了她的事。问她年龄，问完又说，要想把戏唱好，就得把心事放在唱戏上，别一来省城，就把心事都放到"歪门邪道"上了。说得她脸红一阵白一阵的。关键是封导还说了这样一句话："咱们这个团，是不允许演员过早谈恋爱的。过去为这事，还除名过几个人呢。"忆秦娥浑身的汗，就被封导说下来了。回到家里，她就给刘红兵弄了个"八不准"：

　　一不准随便来这里。要来，必须经过我同意。更不许随便扭锁子。你要再敢在我不在时，把门锁扭了，我就敢扭你的头。

　　二不准再买任何东西。再要买，我就拿剪子剪，拿锤子砸。

　　三不准再买任何吃的。再买，我就扔到垃圾桶里去。

　　四不准在我这里乱扔钱。扔了我就撕。

　　五不准故意在人前乱说话，好像我们有啥关系样的。你要再敢乱说，我就敢掌你的嘴。

　　六不准到剧团院子里乱晃荡。尤其不准见人就乱说：我是忆秦娥的男朋友。

　　七不准跟剧团人拉关系。任何地方都不准提到我，我要听到你提到我，我就敢拿脚踢你肚子，你信不信。

　　八不准乱进人家排练场。你要敢进，我就拿菜刀砍你，你信不信。

那天忆秦娥的确是气蒙了，话也上得很硬。并且哭得很伤心。她说啥，刘红兵也就都答应了。最后达成的协议是：一个礼拜可以见一面，但必须是在星期天的白天，只允许待半个小时。可没过一个礼拜，刘红兵忍不住，就又死来了。忆秦娥还真把他买的吃喝的，扔进了垃圾坑。扔了他还不走。忆秦娥就又把他买的电视机、录音机，都一股脑儿扔了出去。她一边扔，还一边号啕大哭着，说他欺负人呢。吓得刘红兵还真有一段时间没敢再来了。

这段时间，忆秦娥就集中精力练起戏来。道白是一点点扬弃山里的土话，尽量向"泾、三、高"的话音靠。在秦腔界，大家公认的"道白"标准音，是泾阳、三原、高陵县的口音。认为这是"大秦正声"。唱腔也是尽量向"秦腔正宗"李正敏先生学习。李正敏是秦腔的男旦，也是十一岁开始学戏，不到二十岁，就红遍关中大地的。20世纪30年代，上海百代公司，还专门为他灌制过"秦腔正宗李正敏"的唱片呢。忆秦娥房里，几乎一天到晚，都放着从这些唱片上转制成录音带的唱段。听得多了，她是真的感觉到这些唱腔的好来了。跟着唱一唱，练一练，又包起松香，开始吹火。吹着吹着，火也吹得有了门道：一个松香包子，说吹三十六口火，还真吹出三十六口来了。不过，因为在院子里吹，老起风，尤其是旋风，动不动就把火旋回到自己脸上、身上来了。头发烧成羊尾巴了，眉毛也烧成硬胡子楂了，面对镜子，把自己都扑哧扑哧逗笑了。不过，她还是有那股狠劲，给自己又定了新目标：一个包子，要吹出四十八口火来。一口一口地加，一次一次地长进，还就真吹出四十八口火来了。一高兴，她又给自己定出了更高的目标。有一天，正练着呢，突然有人在背后鼓掌喊起好来。她回头一看，竟然是封导和单团长。

封导问她跟谁学的。

她说她师父。

封导问她师父现在在哪里。

她说师父年前演出吹火时，死在舞台上了。

封导跟单团长叹息了一阵，就跟她到偏厦房里了。

一进偏厦房，封导就说："仰平，你看看咱团这住房条件，恐怕是全西京最差的了。你得想办法给团里建房啊！"

"建，建，马上建。这次进京会演，要是打响了，就不愁建房的事了。不过，忆秦娥把这小的房子，收拾得还是蛮干净漂亮的嘛！"单团长说。

"女孩子嘛，都会收拾。"封导说着又问："秦娥，你知道我们来，为啥事吗？"

忆秦娥用手背挡着嘴，也挡着胡子楂一样的眉毛，害羞地摇摇头。

封导说："经过反复思考，我们还是决定让你上李慧娘A组。仰平，你是不是给娃说一下？"

"还是你说吧。"

封导看着忆秦娥，笑笑说："是这样的，让你从A组下来，是我的意思。今天让你再上A组，也是我提出来的。《游西湖》是秦腔最难啃的一块硬骨头，团上那个李慧娘的确不行。她演惯了样板戏，突然演李慧娘，还是李铁梅、小常宝那一套。至于吹火，更不行。她也吃不了苦，戏明显是拿不下来。我们还是想到了你。有人说你火吹得不错，刚才一看，不是不错，而是非常好。我都不敢相信，今天还能看到这样好的吹火技巧。我们本来是来看看的，结果一看，我就下决心了：还是由你来演李慧娘A组。仰平，当断不断，反受其乱。我看可以定下来了。"

单团长点了点头，说："你这是又要给我制造一次地震哪！本来团上竞争就激烈，好在开始决定让忆秦娥上，是上边领导有话。团上几个老艺术家，在北山看过你的戏，也都保证说你能拿动李慧娘。加上古存孝也极力推荐，我就同意了。没想到团上排外思想这么严重，硬是把你从A组拉下来了。"

单团长说到这里，封导插话说："也怪我，不喜欢古存孝的排戏风格，太陈旧，也太粗糙。他只走大戏路子，完全不注重塑造人物。也不讲究舞台艺术的综合美。人也不行，说还跟两个老婆睡在一张床上。大家都不接受，我也就推波助澜了一下。忆秦娥也算是老古的牺牲品吧。反正我有责任。"封导说完，还笑着把忆秦娥的肩膀拍了拍。

单团长说："你们都讲究个性呢，把角色换来换去的，把我算是整惨了。"

"谁要你当团长呢。我们就只管艺术。那时让这娃下，也是因为她的话音太土，道白我都听不懂，观众还能听懂了？唱腔也太'旧艺人范儿'，拼命拖腔、甩腔、胡乱拐弯弯。我让她好好学学李正敏的唱，前几天我一听，嗯，唱得有点意思了。关键是吹火，没想到，她能吹得这么好。这就算给《游西湖》点了'睛'了。吹火，那可是《游西湖》的画龙点睛之笔啊！"

封导说得很兴奋。

单团长却满脸忧愁地说："秦娥才调来，说让下，娃也就服服帖帖地下了。下了还能认真看，认真学。可咱本团的李慧娘，就没有那么简单了。"

"之所以要分 ABC 组，那就是要能上能下嘛！"封导坚持说。

单团长摇着头说："让一个演员这样下来，有时把人家一生都可能毁了。你信不信，搞不好还会闹出人命来呢。"

"有那么严重吗？别自己吓唬自己。"封导也摇着头说。

"不信你看么。你没当领导，不知道团长的难怅啊！"

忆秦娥就说："你们别为难了，我就当 B 组，挺好的。要实在不行了，我只演那折有吹火的《杀生》。其余戏，还让老师演吧。"

单团长突然眼前一亮："这倒不失一个好办法。"

封导停顿了一会儿，也说："那就先试试吧。不过你要做好上全本戏的准备。那个李慧娘不仅仅是吹火问题，其他戏，也都欠火。《鬼怨》一折，连'卧鱼'都下不去，问题多着呢。"

第二天一早，封导就在剧组宣布了让忆秦娥上《杀生》的决定。

就这个上一折戏的决定，都已然让省秦开锅了。

九

　　楚嘉禾初听到这个决定，几乎有些不相信自己的耳朵。那阵工棚里很嘈杂，当导演宣布让忆秦娥上《杀生》时，顿时就鸦雀无声了。楚嘉禾本来是要揎掇着一帮"外县人"，跟"土著"们长期战斗下去的。并且，杀手铜就是忆秦娥。可当忆秦娥真的有了转机，获得了其中一个重场戏的主角时，她的内心又泛起了无边的涟漪。不过她也觉得，是有好戏可看了。本来，她最近都很少待在排练场了。她是李慧娘 C 组，同时还兼着奸相贾似道"妾夫人若干"中的一个，其实也就是个大龙套而已。早上集合一毕，如果没有群场戏，她也就一条街一条街地去笓梳那些店铺去了。可自打忆秦娥上了《杀生》，她就一时也没离开地又耗在排练场了。她总觉得，是要发生点什么事的。一旦发生，她不能不在现场亲自见证。

　　那天一宣布忆秦娥重上《杀生》A 组，楚嘉禾的眼睛，一下就盯到了团上那个李慧娘 A 组的脸上。同时她看见，几乎所有人，也都把眼睛唰地盯了过去。

　　这个李慧娘扮演者叫龚丽丽。三十出头的样子，平常保养得很好。说是演李铁梅、小常宝那阵儿，追求者能踢断门槛。可最终她还是跟了本团一个音响师。音响师姓皮名亮，长得人高马大的。说原来也是个演员，却是一副公鸭嗓子，连演个《红灯记》里的"磨刀人"，几句台词都够不着调。每晚演出，但见他张口，后台就注定是笑成一笼蜂了。属于典型的"张口一包烟"。后来他就干脆转到舞美队去了。这家伙从小爱打群架，团上人都说，龚丽丽就是他打群架打出来的。自他爱上龚丽丽后，谁再敢靠近龚丽丽，他就设局揍谁。后来吓得谁也不敢"胡骚情"了，人就归他了。这家伙的确也长得帅气，一米八六的个子，走起路来一摇三晃的，人见人怕。团上是绝对没人敢欺负龚丽丽的。但见欺负，皮亮只一个眼神，就把问题解决了。有那好色的主儿，见龚丽丽长得漂亮，胸也大些，屁股也翘些，就爱去趸摸。要么说几句脏话挑逗一下，要么伸出咸猪手，把不该捏的地方捏一下，其中有两个逛鬼，就被皮亮一拳头揎过去，端直打出血尿来了。在这次排《游西湖》的时候，一开始只给龚丽丽安了个李慧娘B组，皮亮就准备去找他单仰平和封子的。可龚丽丽挡了，因为她还不知道那个叫忆秦娥的是啥来头。结果，在一块儿排了几天戏，龚丽丽才发现，忆秦娥才是山里头来的一个"瓜货"：长得倒是蛮赢人，可一开口，土得起皮掉渣，每说一句道白，每唱一句唱腔，几乎都让一排练场人笑得歪倒一片。她的胆子就正了起来。刚好，这几年说引进青年人才，调进来好多外县人，有不少也的确是靠寻情钻眼、削尖脑袋挤进来的。团上无形中有了一股很大的排外势力。这次也就借风扬场，几乎是一哇声地，把忆秦娥从A组赶下去了。可没想到，才一个多月天气，忆秦娥竟然又翻上来了。虽然只让演《杀生》一折，可把《游西湖》的"戏心子"都让人挖了，她演着还有什么意思呢？皮亮知道这事后，就要找单仰平和封子闹事，是龚丽丽挡了的。她说再看一看，如果只让那"碎瓜货"演这一折，也未必是坏事。吹火的确太难，并且还很危险，搞不好，能把她嗓子都让松香粉和明火彻底给呛打了，那可就是一辈子的事。虽然这样说，皮亮还是忍不住，一天要到排练场转几个来回。皮亮本来就不太会笑，心中一有事，脸就更是拉得长、绷得紧了。

楚嘉禾知道，一团人都在看皮亮的来头。一团人也都在看单团长的应对。平常排练，单仰平一般是不来的，自换了忆秦娥演《杀生》后，他就到排练场来得勤了。单仰平本来走路就有些跛，心中一搁事，就跛得加了码。有人甚至说，单团的腿，就是省秦的晴雨表：不太跛的时候，一定是团上平安无事的时候；一旦跛得凶了，那肯定是有大事了。这几天，单仰平的腿，就比平常明显是跛得厉害了许多。

也许，只让忆秦娥演一折《杀生》，就啥事都没有了。可有一天，封导又突然让忆秦娥也走一下《鬼怨》，麻烦就大了。

那天排到《鬼怨》的时候，龚丽丽先是披着白纱跑圆场，封导就不满意，嫌脚步太大，没有鬼魂的"无根浮萍"感。后来到"卧

346

鱼"一段，龚丽丽咋卧，又都坚持不到一分钟，就软瘫下去了。她卧下去的不是"鱼"，而是一捆"散了架的柴火"。封导要求，必须控制够三分钟。他说过去那些演《鬼怨》的"大把式"，一个"卧鱼"，是要卧出"一袋烟"工夫的。可龚丽丽实在没练下功，临时抱佛脚，咋都抱不住。谁知忆秦娥上来，一个"卧鱼"，就自控了五分钟才下去。她先是两腿慢慢朝开分，然后从小腿到大腿一点点着地，再到臀部，再到腰部，再到背部，再到颈部，再到头部，当整个身子扭转成三百六十度时，地上盘着的，就真像是一条美人鱼了。忆秦娥刚走完，整个排练场便响起了雷鸣般的掌声。每个人好像都是不由自主地，就把双手抽到胸前拍了起来。在情不自禁的鼓掌中，全然忘记了自己是"土著"还是"外县人"。直到封导宣布，忆秦娥明天也参加《鬼怨》的排练时，排练场的空气才突然凝固下来。

楚嘉禾看见，龚丽丽的脸面，是彻底灰暗了下来。周玉枝还在一旁碰了一下她的胳膊肘说："'外县范儿'今天终于要打败'西京范儿'了。"楚嘉禾一句没言传。她的心里，此时更加复杂了。不过，忆秦娥毕竟是为"外县人"出了一口恶气。尤其是龚丽丽，自打楚嘉禾去年来省团，就没见过她的好脸，开口闭口都是"外县范儿""土包子"。反正外县来的哪儿都不对。你走路，他们会说你一条腿长一条腿短，走起来一踮一踮的；你说话，他们会笑你像关中贩牛的；你唱戏，他们会说你在哭丧；你跑个龙套，他们也会说你哪儿都"趔着呢"。好像外县人，就是败坏省团的艺术水准来了。终于有一个能把"土著"打败的人了，这简直是"外县人"的集体胜利。这天晚上，也的确有受尽欺负的"外县人"，聚集到一起，喝了半夜啤酒，吃了半夜烤肉的。有人还想拉着忆秦娥去，结果忆秦娥说有点拉肚子，到底没去。

第二天，事情就爆发了。

楚嘉禾那天去得早。她一去，就看见皮亮拿着一个长条凳，坐在排练场的门口堵着。里面只有忆秦娥一个人。因为忆秦娥每天都来得很早，几乎要比别人早一个多小时。皮亮一早就带着酒劲，一边朝里骂，一边朝外骂。朝里骂的是忆秦娥。朝外骂的是封子，是单仰平。单团长一直把他朝外拉，可越拉，皮亮骂得越凶。人就越聚越多了。皮亮要单跛子给他解释清楚，他把单仰平不叫团长，端直叫"单跛子"了。问他为啥不让他老婆演《鬼怨》，是吃了忆秦娥的啥药，要让一个"外县范儿"，来败坏省秦的名声了？一个烂烂"卧鱼"，还没到演出的时候，就凭啥认定他老婆卧不下去？卧下去就控制不了三分钟、五分钟？最后，皮亮甚至给单仰平和封子扣起了大帽子，说一个好端端的团，眼看就让你们这些败家子给败葬完了。他今天是要"替天行道"了。说着，他就冲进排练场，要去教训忆秦娥。单仰平也突然发起怒来，吼叫道：

"皮亮，你今天要敢动忆秦娥一根指头，我就把你扭送到派出所去，你信不？"

"我就动了，看你能咋？"皮亮还在朝里冲。

单仰平连跛直跛地扑上去，到底没有抓住五大三粗的皮亮。这时，封导也赶来了，封导大喊："皮亮，你是疯了吧？这是国家剧团，不是旧戏班子。换不换角色，还能由了你不成？"

"不由我，也不能都由了你个烂疯子（封子）。路见不平众人踩。我今天就是要给这个厌团立立规矩哩。"说着，皮亮就朝忆秦娥扑去。

忆秦娥还瓜不唧唧地坐在地上，做"卧鱼"状呢。

单仰平直喊："忆秦娥，你瓜了是不是，还不快跑？"说着，他就跟封子一道，把皮亮死劲压住，让忆秦娥跑了出去。

忆秦娥也见过一些这样的阵仗。在宁州时，郝大锤就这神气，动不动要打人的样子，她也没吓跑过。今天为什么要跑呢？可连单团长好像都没辙了，让她跑，看来不跑是不行了，她就跑出去了。

没有想到，排练场外，已经聚起了那么多人。她尽量想跑得平稳些，可还是绊在了皮亮胡乱横在门口的凳子上。一只练功鞋挂掉了，以致她已冲出老远，又不得不跛回来，把那只跑掉的鞋钩上。她一边跑，听见身边还有人在拍手喊叫："快跑，狼来了！"还有人跟着起哄："抬头挺胸，气提起。别跟山里娃撵狼似的。"逗得身后一片乱笑声。有人甚至还吹起了口哨。

她感到受了莫大的羞辱，都想找个地缝钻进去。

她一口气跑回了待业厂，急促得心都快蹦出来了。她直想哭，后悔太不该来西京了。真不该听舅的话，说省上剧团门口拴头跛跛驴，都比宁州县的台柱子强。可这阵儿，她宁愿回宁州，当驴拴在门口，也不愿在省城做台柱子了。为争角色，竟然能大打出手，那谁还敢唱这个主角呢？

她刚回到房里躺下，楚嘉禾和周玉枝就来了。随着她俩来的，还有好几个外县调来的演员。大家都在床上、地上盘腿坐下来，你一嘴，我一句的，愤怒声讨起了团上对外县人的不公。都说，能来省城的，谁在外县不是台中间站的？可到了这里，好像跑龙套都缺了眼色，短了腿脚。不是"歪瓜"，就是"裂枣"；不是"稗草"，就是"竹根"。弄得人坐也不是，站也不是，走也不是，跑也不是的。他们到底想要我们咋？

楚嘉禾说："说实话，我们从外县调来的，哪一个都比她们漂亮，哪一个嗓子都比她们豁亮，哪一个功底都比她们好。不就仗着她们是本团培养的科班生，就以为比谁高一头、大一膀子了。就说这个龚丽丽，不也是从鱼化寨招来的吗？小小的在省城学了戏，好像'秃子光'就成钟楼顶上的倒挂金钟了。你们发现没有，龚丽丽一只眼睛大，一只眼睛小，并且很明显耶！还有身子，典型的上身长，下身短，两条腿还并不拢。你猜为啥'卧鱼'下不去，腿有毛病呢。"有人问啥毛病，一个唱彩旦的笑嘻嘻地说："啥毛病，你没见皮亮那身材，快一米九的个头，五大三粗的，那'家伙三'能小了，能饶了她龚丽丽的腿？"楚嘉禾、周玉枝和忆秦娥，毕竟是没结过婚的人，半天还没详出啥意思来。周玉枝还傻问："咋就饶不了龚丽丽的腿了？"那唱彩旦的，啪一巴掌拍在她的背上说："妹子，你还真格瓜着哩，你说咋饶不了，拿'大撬杠'把腿别裂吧了呗。"又过了好久，有人才悟出道道来，一屋人就哄地一下，笑得满床满地打起滚来。

楚嘉禾说："哎，说是说，笑是笑，咱们这回真的得扭成一股绳，给他们点颜色看看了。团上这回要是不给个说法，咱就都不上班了。四五十个外县人一罢工，连龙套都没人跑了，看他们还能成啥精。"大家纷纷议论着表示同意。

楚嘉禾又对惊魂未定的忆秦娥说："哎，碎妹子，你可不能给人家下软壳蛋，听人一糊弄，又回排练场了。那个皮亮明显是欺负咱外县人呢，要是换了他们本团演员，看他敢不敢到排练场来行凶打人。这次团上得给你一个说法呢。不治治他们的毛病，以后谁敢演戏？"

忆秦娥还一脸的惶恐，不知如何是好。周玉枝问："怎么治？"

"怎么治？他们怎么把秦娥撵出来的，就得怎么把她请回去。并且必须开全团大会，先让皮亮做检查，然后团长讲话，要求以后不许动不动说'外县范儿''外县人'啥的，谁说就扣谁的工资。"楚嘉禾说。

演彩旦的说："法不治众哩。一团人都在说，指望那个单团长，腿一跛一跛的，还能把那些人的嘴治住。"

"那不治，就让我们在这儿吃一辈子下眼食？"楚嘉禾说："绝对不行！这回咱们必须借汤下面。大家都看着的事，李慧娘所有高难度动作，只有秦娥能完成，不用秦娥，他们就没猴耍了。既然要用忆秦娥，咱就得给他摆这个难看脸。哼，欺负外县来的，看离了外县人，他那席面还成席不？"

大家又七嘴八舌地议论了半天。楚嘉禾怕忆秦娥没出息，领导一哄，又服软回去了，便说："秦娥，无论谁来哄你回去，你都先给姐妹们通报一声，让我们也都替你拿拿主意，好不好？就碎妹子这脑子啊，姐只怕是人家把你包起来烧着吃了，你还说闻着肉香呢。"

大家散去后，忆秦娥躺在床上，心灰意冷的，连衣服都没脱就睡了。她眼前又复活起了在宁州剧团的日子。她想起了师父苟存忠、裘存义、周存仁、古存孝、朱团长、宋光祖，还有胡彩香、米兰、她舅，哪一个都是那样无私地在呵护自己，帮助自己，让她最终登上舞台，成了宁州、北山的大红人。就在眼前一幕幕过着宁州、北山的电影时，一个人又突然闯入了她的心怀：封潇潇，一个永远在暗中守护

350

着自己的人。自打那次他来西京，撞见刘红兵，头也没回地离开后，就再也没有他的任何消息了。她也曾给她舅写过信，想打问潇潇，可又没好意思提起，只是问团上有啥新鲜事没有。舅回信说：你走后，宁州剧团折了台柱子，朱团长就没啥心劲了，说其他一切都好着呢。她想，大概潇潇也应该是好着的吧。这阵儿，她特别需要一个能保护自己的人，这个人不是喜好张扬的刘红兵，而是默默无语的封潇潇。她多么希望潇潇能从天而降啊，可门咯噔一下被推开，进来的还是刘红兵。

刘红兵手里提了一根警棍，朝桌上一敲，很是有些分量地发出了沉闷的声音。忆秦娥认得这是警棍，当年她舅被押出去公判游街时，好多警察手中，就拿的是这种棍。她可不喜欢看到这个东西了。

"你怎么又来了？"忆秦娥有些不高兴地问。

"我不来，再不来还能让地痞流氓把你生吞活剥了。"

"你咋知道的？"

"我咋知道的，我就租住在你们剧团对面的村子里，我啥不知道。"

"你为啥要租住在那里？"

"我为啥要租住在那里，为你，为你不被坏人灭了。"

"我的事你少管。"

"我不管，你让人暗算的可能性都有，你信不？"

"少拿大话吓人。"

"我不是吓你，就你这傻劲儿，只知道唱戏，不懂得社会，迟早是要招祸的。"

"不许说我傻，你有啥资格说我傻，我咋了？"忆秦娥最见不得的，就是谁说她傻。

"好好，我为你保密。你不傻，我傻，行了吧。"

"我就是不傻，咋了。"

"放心，我一定为你保守秘密。"

"滚！"

"别再让我滚了好不好，西京城可真不是宁州县，没个保护人，

351

你还想唱主角，门都没有。"

"我不想唱主角好不好。我以后就想跑龙套好不好。你赶快走你的，这里没你的事。"

刘红兵还是拧拧次次着不走。忆秦娥就喊叫："你走不走，再不走我可就报警了。我可是给你定了那些'不准'的，你也是同意的。"

"可世事已经发生了很大变化，我不出山不行了。你再排戏，我就拿着警棍跟着，看他谁敢动你一根毫毛。"刘红兵说着，还拿起警棍把桌子腿抽了几棍。

气得忆秦娥从床上跳起来，端直把他推出了房门。凑巧，单团长和封导来到了门口。刘红兵跟单团长还撞了个满怀。

单团长问："哟，还找上警察了？"

忆秦娥急忙说："不……不是的。是老乡，来……来玩呢。"

"警棍可不是好玩的呀。"单团说。

刘红兵见人来，又想反身，被忆秦娥用最严厉的眼色，硬是把他逼走了。

忆秦娥安排都坐下后，单团长问："是不是处的对象啊？"

忆秦娥急忙解释："不是的，是老乡。我……我不处对象。"

封导笑着说："再过几年，对象还是要处的。但现在最好不要处，影响事业不是。你这么好的唱戏势头，可不敢让其他事分心了。团上过去几个好戏坯子，都是因为个人事情没解决好，早早把娃一抱，完了。几年下来，就成拉娃婆娘了。"

忆秦娥笑。

单团长又问："你刚那个老乡，不是警察？"

"不是的。"

"那咋拿着警棍呢？"

"哦，他拿着玩呢。"

单团长说："告诉他，这东西可不能随便玩。尤其不能拿到剧团院子里玩。秦娥呀，早上的事，我们已经处理过了。皮亮也认错了，说他有点犯浑，不该一大早就喝些酒，到功场闹事。你也不要计较，剧团就这事，不争角色争啥？只是他们争的方式的确有问题。我们跟龚丽丽也谈过了，她同意让你参与《鬼怨》的排练。不过要给她一些时间，如果'卧鱼'再下不去，她就彻底让。"

封导说："她不仅是'卧鱼'问题，是整个基本功都不能适应古典戏的排练需要。越排，我越觉得，这帮演员实在是耽误完了。这几年，又把心事都用在了带孩子上，已经很难补起这块短板了。你要做好上全本戏的准备啊！"

忆秦娥吓得直朝后缩地说："不，不，不，千万别这样。如果实在没人吹火，我就演吹火一折。其余的，我绝对不上，让我跑龙套好了。真的，我一定把龙套跑好。"

封导说："咋的，怕了？"

"不，不是的。我就喜欢演龙套。"

"要跑龙套，我们就犯不着花那么大气力，把你从宁州特殊办来了。办来，就是要让你唱主角的。"单团长说。

"不，我真的唱不了主角。这是省城大剧团，我一身的毛病，道白、唱腔、表演都有问题，不适合在省上……朝台中间站。"

"不说这些了，能不能朝台中间站，那是要行家说了算、观众说了算的。出水才看两腿泥哩。你就好好跟着封导排戏就是了。其余的事，我们会安排好的。不管谁再找你的碴，你就给封导说，给我说。"

"不，我真的唱不了省上的主角……"

"不说了，团上定了的事，还能随便更改？你下午就过来排戏。"

说完，单团长和封导就起身准备走了。

忆秦娥又缠着说："团长，封导，我真的把火吹好就行了，哪怕当替身吹火都行……"

"你真是个没出息的娃哟，这算啥？唱戏这行，自古以来就是明争暗斗的事，怕事，就别学戏。"封导拍拍忆秦娥的肩膀说："有团上撑腰，你还怕啥？天塌不下来。上！"

他们说着就走了。

忆秦娥心里一下瞽乱得直想哭。

她刚转身进房，刘红兵就跟着钻进来了，吓了她一跳："你，你从哪儿冒出来的。"

刘红兵死皮赖脸地说："我就在房后圪蹴着的。放心，还有我这个保镖哩。"说着，他把警棍还挥舞了几下。

气得忆秦娥又骂起人来："刘红兵，我贼你妈！"

"我马上给我妈打电话，让她来。"

忆秦娥就气得一下扑在床上，用被子枕头把头捂起来哭了。

十

忆秦娥不经楚嘉禾她们同意，就私自答应又回了排练场，着实让楚嘉禾她们生了大气。楚嘉禾甚至端直骂忆秦娥说："你就是个傻帽儿。就是个软撒（头）。就是个窝囊废。"任楚嘉禾再骂，忆秦娥也不还嘴，就那样干受着。骂得急了，她还是用手捂着嘴，瓜不唧唧地傻笑。气得楚嘉禾就想踢她两脚。打从宁州起，楚嘉禾就没看上过这个贱骨头。那时烧火做饭，她就觉得，傻帽儿就是干这个的料。没想到，这么个不起眼的货色，竟然在两三年间，变戏法似的，变得连她也不敢相认了。眉眼长开了，个子也长开了，平得跟碾过的道场一样的直板胸脯，竟然也长得跟山峦一般，起伏陡峭起来。尤其是事业，简直就跟带刺的仙人掌一样，几天太阳暴晒过去，就疯长得一簇一朵地成了形状。但骨子里，她是真的瞧不起这个贱种。这就是个出暗力、使暗劲、不照路数出牌的怪货色。她要按路数出牌，就不会一边烧火做饭，一边还下那么大的气力练功。最后竟然超过了同班的所有人，一下戳到了台中间，挡住了所有人的出路。她楚嘉禾是避着避着都避不过，忆秦娥又在一夜之间，从天而降，来了省城。并且一来又有主角等着。她虽说不顺，却也是退一步进两步地在朝前走着。她本想驾驭着，让忆秦娥替"外县人"先踢开场子，再做道理。谁知这货色，根本就不听任何人指挥，但见有利，脑袋削得比锥子还尖，噌地就扎进去了。气得她直跟周玉枝骂："哎，你说这碎婊子是不是个人？说得好好的，让她别轻易答应。可人家连夜都没隔，端直就进了排练场，你说是不是个贱货？"周玉枝说："恐怕是犟不过领导。""犟不过你也给我们说一声啊。等着瞧吧，皮亮不揭了这'碎货'的皮才怪呢。"

无奈，大家又都得进排练场耗着了。人比过去还来得多了些，都觉得，排练场迟早是要发生一点什么事的。有人调皮地说，可能是第三次世界大战。就看什么时候爆发了。大家等啊等，都等得有些不耐烦了，可还是风平浪静的。这中间，皮亮倒是来过几次。他每次来，也不进去，就在门口站一站。有那好事的，但见他来，都要四处努努嘴，让大家注意观察动向。还有的，干脆上前给他递上一支烟，并砰地打着火，问："亮哥，没事吧？"皮亮也不说话，就那样吐着长长的烟圈，看他老婆龚丽丽还在没在台中间站。只要还在，他就又扭身走了。尤其让楚嘉禾感到不可思议的是，忆秦娥就有那么好的定力，无论皮亮什么时候来，她都心不慌、神不乱地做着自己的事，练着自己的戏。有一次，封导正让忆秦娥给龚丽丽示范"卧鱼"呢，皮亮就到了门口。有人还用嗓子干咳了一声，可忆秦娥这个瓜货，还是啥也不管不顾地继续朝下"卧"着。龚丽丽虽然不待见忆秦娥，可当忆秦娥给她示范动作时，还是在仔细看着里面的门道。示范完，龚丽丽继续留在台中间走戏。忆秦娥还退到一边观看。皮亮也就毫无表情地走开了。后来楚嘉禾还发现了一个秘密，但见皮亮来，单团长也注定会一跛一跛地来到现场。他四处看一看，坐一坐，见没事了，才顺着排练场的边沿，轻手轻脚地跛出去。原来团上是有安排的呀！难怪忆秦娥这个"碎货"能这样安生了。

龚丽丽站在台中间排练的时间不长，封导又让忆秦娥上《鬼怨》了。封导开始是用了一点技巧的。他还是先让忆秦娥示范。示范着示范着，就再没让忆秦娥下去。当忆秦娥通通地把《鬼怨》《杀生》走完后，另一位导演，还有作曲、场记，以及在旁边看戏的人，都情不自禁地鼓起了掌。封导就宣布说：

"时间不等人了。离全国调演还有一个月零三天，我们不能把时间再耗在培养演员上了。就这样：《鬼怨》《杀生》由忆秦娥先排。其余的戏，丽丽继续上。《鬼怨》《杀生》丽丽下去也好好练着，若练得能达到排练要求，随时可以换上来。若达不到，等调演回来，我保证把你的戏全补排出来，你还是李慧娘A组不变。将来字幕上，你还排在忆秦娥前边……"

还没等封导说完，龚丽丽就将茶杯一拿，噗地把水泼了一地，然后一脚踢开排练场门，气呼呼地出去了。

几乎所有人都惊呆了。

封导说："继续排戏!"

虽然排练在继续进行，可大家心里，都在等待着"第三次世界大战"的爆发。

楚嘉禾昨晚睡得晚，今天一直是呵欠连天地坐着。这阵儿，突然跟打了兴奋剂一样，眼睛睁得圆骨碌碌，一直盯着排练场那两扇早被踢得无法合严的烂门扇上。

终于，嗵的一脚，门扇被踢进来，又反弹了回去。在反弹回去的一刹那间，皮亮已经冲了进来。

所有人把眼睛都盯向了忆秦娥。周玉枝还吓得紧紧抓住了楚嘉禾的手。

忆秦娥还是那样无动于衷地走着她的李慧娘，嘴里正咿咿呀呀着："裴——郎——!"

楚嘉禾想着皮亮是要动手打忆秦娥的。谁知，这个"冲天炮"，端直走到了封导面前。他劈头盖脸地质问道："封子，你和单跛子，是说话么还是放屁? 你都咋说的? 一个礼拜没完，咋可变了? 你咋变脸比脱裤子还快呢?"

皮亮正质问着，单仰平就急急火火推门进来了。那腿，自然是越发颠簸得厉害了。有人在一旁还笑出声来。

没等单团长跛到跟前，封导已经接上话了："这事是我临时决定的。时间实在不等人了，丽丽好些动作都达不到要求。我的意思还是让忆秦娥先上，丽丽可以加紧练习。只要达到了，她还可以上全本戏。若达不到，我也保证了，等调演回来，一点点给她补嘛。保证让她有完整呈现《游西湖》的机会。演员想演戏是好事，我们谁还不盼着团上多出几个李慧娘。"

"屁放完了没？"

"你说啥？"单团长一下把话顶了上去，"封导都是给你当叔的年龄了，你咋能这没规矩的？"

"他给我当叔？呸，他也配。"

这时，封导气得把剧本一甩，忽地站了起来，怒斥道：

"皮亮，想撒野是吧？来，今天把你的手段都使出来。我看你有多大能耐，敢把单位的摊子都砸了。这是艺术殿堂，不是街市上的卖场，谁吆喝声大，谁就有理了是吧？"封导突然提高了嗓门地喊："出去！你给我立即出去！我要排戏。"

皮亮才不吃这一套呢，他死盯着封导，嘴里直哼哼地说："哟哟，还真猪鼻子插葱——生装起大象叔来了。我今天倒要看看，这个烂烂唱戏的殿堂，是咋把我赶出去的。"说着，他一起跳，肥囊囊的屁股，端直坐上了封导的排练桌。谁知这张桌子，是《红灯记》里李铁梅家中的那张道具柴桌，本来就简陋，加之腿脚已有残缺，场记临时用棍支着，怕不好看，还用一块废布景遮挡着。皮亮是二百三十多斤的体重，朝上一坐，桌子就变形垮塌了下去。随着一声闷响，皮亮也随着一堆崩散开的木板、木棍，一屁股塌在了地上。顿时，一排练场人都吓傻了。

皮亮挣扎了好一会儿，才被单团长拽起来。他恼羞成怒地一脚踢飞了滚到脚前的痰盂。而这痰盂，又刚好飞到了忆秦娥正"卧鱼"的屁股上。有人当即发出了尖厉的口哨声。

就在这时，那两扇烂门再次被踢开了。

进来的，是提着警棍的刘红兵。

这下更有好戏看了，楚嘉禾不免有些暗自高兴起来。

周玉枝悄声说："这家伙咋来了？他不是警察呀，咋还提着警棍？"

楚嘉禾说："提着枪进来才有意思呢。"她猛然看了一下忆秦娥，遇事那么淡然的一张脸，竟然一下也煞白了。

只见刘红兵一步一步朝前走着。

大家一愣，还以为真是把警察给招来了呢。

单团长急忙上前，挡住了刘红兵，说："你来凑啥热闹，快出去！"

"我看他撒啥泼来了。"刘红兵没被挡住，还在继续朝前走。

单团长就从身后把刘红兵抱住了，直叫："出去，不允许任何人到排练场来撒野。听见没有，出去！"

大家都没想到，单团长还敢这样对警察说话。

皮亮也有些发蒙，不知是怎么回事。只见来人端直朝他扑来。单跛子自是搂抱不住，眼看着，那警棍就一下要戳在自己要命处了。他一闪躲，警棍是戳到了肚子上，他被一股电流当下就击麻过去了。

所有人都被这一幕惊呆了。直到团上保卫科人来，才把刘红兵弄了出去。

就在刘红兵被弄出去的一刹那间，忆秦娥也低头跑了出去。

霎时，排练场就炸了锅。都问是咋回事，咋跟看香港武打片一样精彩？楚嘉禾才说，那拿警棍的，是忆秦娥的男朋友。

忆秦娥的事，这下是真正在省秦摇了铃了。

十一

忆秦娥都不知自己是怎样跑出排练场的。她觉得，名声这下是让刘红兵给败葬完了。她也想到过刘红兵是会给她惹乱子的，但没想到会以这种方式、这么快就把乱子惹下了。她也知道，只要她上《鬼怨》，迟早都是要招祸的。可不上又不行，单团长和封导在这件事上是不依不饶的。他们都保证过，说会确保她安全的，还说这是端公家饭碗的单位，还能没了王法。她也想，事情还能坏到什么程度呢，总不至于把她脖子生生扭下来吧？什么样的打击、羞辱，她又没有经历

358

过呢？说心里话，她是真的不想蹚这浑水，毕竟自己才来，还不知水的深浅呢。站不站台中，也是无所谓的事。可单团长和封导一再讲参加全国调演的重要性，甚至提到秦腔能不能振兴、团上能不能打翻身仗，包括大家能不能住上新房的高度了。她还能说啥呢？她也知道事情不会那么简单。那个皮亮，本来就长了一脸疙里疙瘩的肉，尤其是两个腮帮子，鼓囊囊的，里面像是迟早含着两颗糖似的肌肉凸出。他的脚踏在地上，感觉地板也是承受不住，要变形的。真要一拳砸过来，她的哪一块地方，都是要受不小损害的。就在他横冲直撞地进来后，她却并没有动，还在走她的戏。她想，也许让他砸一拳，事情就会有个了结。但愿别砸了她的鼻梁，这是她脸上最重要的部分，这一部分一旦砸塌火，毁了扮相，也许一辈子就唱不成戏了。她想尽量让他砸腿、砸背、砸屁股。她就努力把动作，向突出屁股的方位调整。让他讨厌着她高高翘起的臀部，也许那一拳，就有了不至于让她受到大损害的着力点。可皮亮一横一斜地进来，却没有冲向她，而是端直奔封导去了。有人已经在用眼色暗示她，让她快跑。但她没有动，她觉得她不能在这个时候离开，让封导替她去挨拳脚。都说皮亮这家伙，这几年卖音响挣了几个钱，把一团人都没在眼里放了。平常敢跟封导顶嘴对抗的人还不多，但皮亮是一个。据说几次演出，为音响不平衡，乱出嚣叫音，封导批评他，他都敢当着全团人的面，要封导"把嘴闭紧"呢。她正想着怎么为封导解围呢，却没料到，皮亮朝桌子上一跳，竟然把一个道具坐垮塌了。她在想，皮亮起来，一定是要弄出大动作来，替自己挽回失掉的面子了。可就在他将一痰盂脏物，踢到自己身上时，该死的刘红兵竟然急急火火扑了进来，并且手里还提着那根让她十分讨厌的警棍。

事情一下就被他彻底搅乱黄了。

刘红兵被团上保卫科人三下五除二地弄出排练场后，皮亮身边也站定了一群能制服他的小伙子。她也在这时冲出了排练场，她觉得自己再也没脸在里面待下去了。她真是恨死刘红兵了。他大概还以为，这是在他爸当副专员的地盘上，提了警棍，随便就能收拾人呢。没想到，他被团上保卫科人弄出来，朝一棵柿子树下一摁，让他把双手抬起来，抱住后脑勺。他还拧着不配合，就有人飞起一脚踢在他的腿弯处，把他生生踢跪下去了。他一反抗，那人还用他的警棍，美美戳了他几棍，才见他安宁下来。

这时，派出所的人就开着警车，闪着那道让忆秦娥十分不喜欢看到的灯光，一片哇哇声地乱叫着进了院子。他们几乎二话没说，就把刘红兵，还有皮亮，一回都铐走了。

忆秦娥看到这一幕，心都快要蹦出来了，可又毫无办法。

她本来不想去管刘红兵的事，可回到房里，又咋都安生不下来。刘红兵毕竟是为自己才使出这一招的。人家现在被派出所笼了，自己又怎能不管不顾呢？她脱掉被痰盂污秽了的练功服，用毛巾胡乱擦了擦身子，就急忙去了派出所。

到了派出所，她见单团长早已在里面跛来跛去了。

她一进去，单团长就说："你看你这个朋友，本来是内部的事，硬给扯到派出所来了。"

忆秦娥也不好说啥，就问："人呢？"

"在二楼。"

这时，团上保卫科的人从二楼下来说："单团，我给所长说了，说你来了，他们同意你上去。"

单团长说："让秦娥也上去吧。"

忆秦娥就跟着单团长一块儿上了二楼。单团长上楼不方便，到了楼梯拐角处，保卫科的人还把他的屁股朝上兜了一下说："唉，看这些货，把你老人家害的。"

单团长气呼呼地说："活该都关了！"

到了二楼，保卫科的人端直把单团长领到了派出所所长的房里。所长正在低头刷皮鞋。忆秦娥也跟了进去。

保卫科的人说："乔所长，我单团来了。"

乔所长头也没抬地继续刷着他的皮鞋说："你团上咋管的人，啊？连警棍都玩上了？这警棍是好玩的吗？啊？警棍是谁都能玩的吗？"

单团长急忙说："拿警棍的，不是我的人。"说完，他又有些抱歉地看了看忆秦娥。

"不是你的人，那是谁的人？啊？"所长终于抬了抬头，把单团长看了一眼，又把忆秦娥看了一眼，他的眼前就突然一亮地问："这是谁？"

保卫科人急忙说："我们团新调来的演员。"

单团长急忙又补充了一句："是主演，专门调来唱李慧娘的。"

"李慧娘？谁呀？是李铁梅她妹子吗？"也不知所长是幽默，还是真的不知道，弄得大家都不好开口了。

单团长只好说："李慧娘是一个古典戏里的主角。这戏名叫《游西湖》。"

乔所长好像终于明白了似的点点头："哦，西湖，我知道。哎，那西湖上不是演的白娘子吗？咋又叫个李慧娘？"

单团长无奈地解释说："故事都跟西湖有关。可这是两个故事里的两个人物。"

乔所长说："咱西京就没故事了，啊？就没人物了，啊？咋老要演人家西湖上的事呢？啊？我这派出所一个户籍警，也是女的，啊，几十年搞户籍工作，没出过一次差错，咋就不能编戏呢？啊？我不懂，是胡说哩，啊？"

单团长急忙说："能编，能编。将来我们找人编。"

乔所长说："我看让这个女子演就不错嘛，啊？长得心疼的，人见人爱，是不是？我们那个户籍警，就长得很心疼嘛，不过比这女子还是差了些，啊！哈哈哈。"

"好好好，戏编出来了，一定就让忆秦娥演。"单团长应付说。

"这女子叫什么来着？"乔所长问。

单团长说："忆秦娥。"

"几个字咋写的？"

"回忆的'忆'，秦腔的'秦'，女字旁一个'我'的那个'娥'。"单团长解释说。

"回忆的'忆'，有这个怪姓吗？啊？"乔所长问。

单团长说："艺名。我们这行，都讲究艺名。"

"那要犯罪了，可就给我们这行把麻达寻下了，啊？是不是？忆秦娥？"乔所长明显是想跟忆秦娥搭话的样子。

忆秦娥被说得害羞，用手背就把笑露齿了的嘴捂住了。

乔所长问："哪个是忆秦娥的男朋友？就那个非法持警棍的？啊？非法用警棍戳人的人，我看不配这女子嘛，啊？把狗日的好好关几天，下下火，啊！"

所长说得大家都不好接话了。

乔所长又问："那个胖子是干啥的？"

单团长说："我们团搞音响的。音响师。"

"什么师？音响是什么玩意儿？"

单团长解释说："就是演出时，把演员声音扩出去的那些机器。他是专管这个的。"

乔所长刺拉一笑说："你们唱戏的，名堂就是多。那不就是管喇叭叉子的么。啊？我派出所的大喇叭，门房老张就捎带着管了。一按，声音出去了；一按，声音又没了。最多调个音量大小，还需要谁专管呢。啊？还叫个什么音响师，咋不叫'萝卜丝'呢？啊？"说完，他又哈哈大笑起来。

单团长跟忆秦娥和保卫科的人，相互看了一下，再不知说啥好了。

乔所长就说："来，把你们那两个宝贝货色看一下，看审讯得怎么样。啊。"说完，所长就把他们几个，领到二楼最顶头的房间了。

这是个内外间，刘红兵和皮亮在里边坐着，面前端对着两个很大的灯泡，把脸照得煞白，眼睛也有些睁不开。他们对面的暗处，坐着两个审讯人员，正在问话、记录。

忆秦娥能感觉到，他们在隔着玻璃的外间房能看见里面，里面却是看不见外边的。

审讯还在继续：

警察：刘红兵，再把你非法持有警棍的来历复述一遍。

　　刘红兵：在我家里拿的。我爸工作得罪过人，有人扬言要扭断我爸的脖子，我爸就给家里拿了一根警棍回来。我听说有人要收拾我未婚妻，我就回去把警棍拿来了。就这。

　　警察：你保证你说的都是事实？

　　刘红兵：我保证，向毛主席保证。（说着，还举起了一只手。）

　　警察：严肃些。你爸是北山地区副专员？

　　刘红兵：是的，老副专员了。你不信，打电话一问刘天水，北山没有不知道的。问刘红兵，也没有不知道的。

　　警察：你长期流窜在西京？

　　刘红兵：不是流窜，是工作，是定居。我都说过两遍了，我未婚妻调到西京了，我是来陪我未婚妻的。我的关系已经转到北山地区驻西京办事处了。

　　警察：你用警棍非法戳了当事人一棍？

　　刘红兵：是的，他侮辱我未婚妻，把脏痰盂端直踢到了我未婚妻身上。并且还企图对我未婚妻大打出手。

　　皮亮：你胡说，谁要打你未婚妻了？她算个弄啥的？一个外县烂杆唱戏的，都不怕脏了我的手？痰盂也是自己滚到她身上的。

　　刘红兵：痰盂咋没滚到你头上呢？

　　警察：（把一个像唱戏用的惊堂木一样的东西，狠狠在桌上拍了一下）都闭嘴！问啥回答啥，不许乱开口。刘红兵，老实交代，那一棍戳在当事人什么地方？

　　刘红兵：肚子上。

　　皮亮：他胡说，明明是朝交裆里戳。我一闪，才戳到肚子上的。

　　警察：（又是一惊堂木）你悄着。刘红兵，老实交代。

　　刘红兵：是……是的，我是想戳他交裆来。可没戳住。

363

警察：为什么要戳人家的交裆？你不知道那里是生命的要害吗？

刘红兵：知……知道。可这厮……对我未婚妻……威胁太大了。

警察：什么威胁？

皮亮：这厮满嘴胡说呢。我老婆比他那烂杆未婚妻漂亮。

警察：皮亮，你再说，你再说我就把你铐起来。刘红兵，当事人对你未婚妻构成什么威胁了？

刘红兵：他老婆跟我未婚妻抢主角。演戏不如我未婚妻，他就行凶。

皮亮：亏你先人哩，一个外县的土包子演员，寻情钻眼地挤到省城剧团，还是我老婆的对手？知道不，我老婆过去可是演李铁梅、演小常宝的……

警察：（再次狠拍了惊堂木）皮亮，自把你抓进来，你就没消停过。你以为你是谁？把嘴里含的糖吐出来。

皮亮：我啥时含糖了？

警察：没含糖，你嘴角鼓的那两个包是咋回事？

皮亮：（嘟哝地）你真是二五零，我这腮帮子上是长了两疙瘩肉，啥时含糖了？

警察：你嘟哝啥？

皮亮：没说啥，反正没含糖。

…………

乔所长就把他们领出来了。

乔所长问："'二五零'是什么意思？啊？"

单团长不好回答，只说："估计皮亮是吓着了，满嘴胡交代呢。"

乔所长说："不是这个意思吧。二五零，是不是'二百五'的意思？啊？看见没，两个货都不是善茬。是不是？啊？恐怕还得好好捋码捋码。你的啥意思吧？说说我听听，啊？"

364

单团长说："乔所长，你看是这样的，反正事情就是那么个事情。你看我们能不能……弄回去批评教育？"

"你能教育得了？你能教育得了，团上能有人给派出所报警？啊？说要出人命了，我们不出警，是不是会出人命啊？你说说，啊？"

"感谢感谢，十分感谢乔所长！那你说……我们咋办？"单团长问。

"咋办，那个嘴里老含着糖，啊，管喇叭叉子的啥子师？啊？'萝卜丝'，哈哈，扰乱社会秩序，在单位胡行乱为，冲击工作场所，先关几天再说吧。啊！那个刘红兵，恐怕还不是关几天的事。啊！他非法持有警械，又非法伤害他人，数罪并罚，恐怕得判哩。啊？是不是？"

忆秦娥差点没吓得一屁股坐在地上。

忆秦娥都不说话的，可为了刘红兵，她还是开口了："乔所长，他……他不是故意的。都……都怪我……"

"你再别把自己也朝进粘了，好好回去唱你的戏，啊！我从来不看戏的，可你这回演啥子西湖，我还是要看的。啊！到时记得给我弄张票，啊？"

单团长急忙说："一定一定，到时我亲自给您送来。"

"不用不用，你腿脚不方便，让这女子送来就行了。啊！我还没见过这漂亮的娃，唱戏一定好看。我一辈子还没正经看过戏呢。是不是？啊？"

"那请所长……一定把这两个……关照一下。"单团长还在求情。

乔所长说："放心，这两个货，放到这里将码将码，对你们团上，还有这女子，都是有好处的，啊！两个可都不是什么好货呀！啊，走吧走吧！"

他们刚下到一楼，就见龚丽丽已经在院子哭得一把鼻涕一把泪的了。见了单团长，就更是哭得扑着扑着要单团为她做主。

单团长说："没啥大事，这不，乔所长都惊动了。所长，这就是皮亮的媳妇，咱省秦的台柱子。过去演过李铁梅、小常宝的。还求你要多多关照呢。"

乔所长说："真格漂亮女子都出在剧团了，来一个又一个的。啊，放心吧，三两天就让回去了。不过回去你也得好好管教管教，白长了个傻大个不是，啊？在单位就能随便胡来，啊？得亏没惹下大事，要是惹下大乱子了，这不彻底关到里边了，啊？回去回去吧，拿一床被子来，叫在这里睡两晚上，就放回去了。啊。"

忆秦娥急忙问："那刘红兵……需要被子吗？"

"也拿一床来吧。将来送走了，你再拿回去就是。啊。"

忆秦娥的两条腿，软得都快瘫卧在派出所院子了。

十二

忆秦娥咋都没想到会出这号事。她想着，大不了就是在团上丢些人，谁知还把人丢到派出所去了。她在宁州剧团就懂得，啥事弄到派出所、公安局，就算把人丢大了。那时她舅胡三元动不动就让公安局抓走了，她见了手铐、脚镣、警棍、枪，还有警察，有天然的不适反应。尤其让她生气的是，狗日刘红兵，还开口一个未婚妻，闭口一个未婚妻的。你咋不把你妈叫未婚妻呢？可她又没办法，还得应对。刘红兵毕竟是为自己，才被派出所抓去的。她心里乱慌得，高一脚低一脚地回到家后，给刘红兵准备了一床被子，就又朝派出所跑。路上，她还买了一条烟。听她舅说，关在那里边的人，就是想抽烟得要命。她舅还说，他在宁州没判以前，住在看守所，见天数床铺草。那时床草都是麦秸，数一遍又一遍的，从来没数对头过。不是多几根，就是少几根。有一回终于数到一起了，激动得他满屋跳了起来，还让看守的人叫从号子里伸出手，美美抽了他几篾片子。可见在里边，活着是多么无聊。还不知刘红兵在里面会关多久呢。想一想，她又给他买了个魔方带着。谁知到了派出所，值班的只让把被子留下，烟和魔方都叫拿走。她又去找了乔所长，才让把烟留下，说玩魔方实在不像话，哪有在里面反省的犯人玩魔方的。她见乔所长对她客气，就又提出，能不能让她见一下刘红兵。乔所长想了想说，那就见一下吧。她就见了刘红兵。

刘红兵被关在三楼的一个拐角房里。房子的窗户，都用粗钢筋焊死了。乔所长把忆秦娥领到窗前，让她朝里瞅。忆秦娥朝里一看，房里地上有一个大通铺，好几个人，在铺上东倒西歪着。有两个人，手还铐在床头的一根粗水管子上。她一眼看见了刘红兵，也看见了皮亮，他们的双手倒是自由着。几个人好像在拉话，是刘红兵在说，其余人在听。刘红兵还说得眉飞色舞的。他依然是平常那副吹牛不上税的溜光槌子劲儿。乔所长敲了敲窗户，大家就把眼睛都斜了过来。刘红兵见是她，眼前忽地一亮，就跟没事人一般，一边向她挥手致意，一边起身朝窗户走来。"哎，哎，秦娥，媳妇，你终于探监来了！哈哈，我就说你会来嘛，怎么样，来了吧！"说着，他还回头朝那帮东倒西歪的人，眨了眨很是神气的眼睛。忆秦娥当下就想离开，可到底还是忍住了。她也不知说啥好，就那样呆呆地把刘红兵盯着。乔所长说："你个货哟，看多好的未婚妻，还给人家惹祸哩，啊！好好交代。好好改造。出来了再好好跟人家过日子。啊！别以为你是个啥专员的儿子，就了不起。在这西京城，一个副专员可算不了什么大官，啊！一抓一大把，是不是？就你这货，能摊上这样一个漂亮媳妇，都算烧了高香了，啊！小子！"刘红兵在里面一连声地："那是那是。不为这漂亮未婚妻，我也犯不着偷老爷子的警棍执法哩。""你还执法哩，那是非法。啊！"乔所长指着他的鼻子说。"非法非法，我是非法持棍。请政府宽大处理。我坦白从宽，抗拒从严。"刘红兵嬉皮笑脸、故意点头哈腰的样子，差点没把忆秦娥逗得笑出声来。都这光景了，还是这副没皮没脸的相。不过，不是这皮相，他也就不是刘红兵了。

她正要走，刘红兵又在里边喊："哎，老婆，都不跟我说句悄悄话就走呀？"

忆秦娥真想骂他，谁是你老婆？可见他毕竟是限制了自由的人，就没发出火来。倒是乔所长通情达理，说："说吧，快点！"乔所长就走到一边去了。

刘红兵立马悄声说："给我妈打个电话，让她快来捞人。"说完，又报了两遍电话号码。然后，他故意大声地喊："哎，秦娥，你放心，这里面好着呢。几个弟兄谝着，也不着急。警察都文明执法哩，最多也就是踢咱两脚，也不太疼，还行。你放心走吧，我在里边住日烦了，就回来了。"

忆秦娥从三楼下来，乔所长跟着一路说："你这个未婚夫，一看就是个逛蛋、捣尿货。啊！在这里边住一住没坏处。啊！"

忆秦娥也不好解释这人不是她的未婚夫。她看乔所长对她蛮友好的，也就指望着他们能对刘红兵也好一些。

走出派出所，她一直在想，到底给刘红兵他妈打不打这个电话。要打了，那她又是什么身份呢？这女人，她在北山演出时是见过的。收拾打扮，都很体面。剪发头，迟早把脸扬得高高的，一副官太太相。想着凭自己副专员的老汉，把一个唱戏的女子，弄回去做儿媳妇，一定是两个巴掌一拍即响的事。可没想到，她死活没看上这个流里流气的刘红兵。那时，她把戏唱得红火成那样，也不想随便解决对象问题。加之，心里又装着封潇潇，也就别人咋追她咋回避了。可现在，也不知咋的，就这样陷进去了，并且越陷越深。反倒要主动给人家打电话了。她心里有许多的不情愿。可想来想去，也没有别的办法，总不能眼看着刘红兵为了自己，再判几年刑吧。那可是太缺德的事。她就去钟楼邮局，钻到一个电话间里，按刘红兵说的号码，把电话拨了过去。

"谁呀？"一个女人的声音。忆秦娥还记得那神气，就是刘红兵他妈。

"我……"忆秦娥到底还是不想说出自己来。

"你谁呀？"

"你别问我是谁，我……"

"打错了。"对方狠狠把电话挂了。

忆秦娥顿了一会儿，又把电话拨通了。

"我已告诉过你，打错了。怎么能随便乱拨电话呢？你知道这是谁的家吗？"

　　就在对方又要傲慢地挂掉电话时，忆秦娥急忙喊了一句："阿姨！"

　　"你谁呀？"

　　"我……我是刘红兵的一个朋友。刘红兵……他出事了……"

　　"出什么事了？你快说！"

　　"他……他让派出所抓了。"

　　"什么什么，让派出所抓了？哪个派出所？"

　　"西京市文化路派出所。"

　　"凭什么，他们凭什么抓人？"

　　"刘红兵拿警棍……戳人了。"

　　"这个该死的，难怪他爸这几天老问，他的警棍哪里去了。果然是他偷走了。哎，你是……"

　　"你就别问了……"

　　"你是不是……"

　　忆秦娥就把电话挂了。

　　当天晚上后半夜，一直处于失眠状态的忆秦娥，刚迷迷糊糊有点睡意，就被一阵急促的敲门声惊醒过来，立即就吓出一身冷汗来。

　　忆秦娥战战兢兢地问："谁？"

　　"我是刘红兵他妈，从北山刚赶来。开门，我想了解了解情况。"

　　忆秦娥就把门打开了。

　　这女人进门来，还是一副趾高气扬的样子，直唠叨："红兵还说你是当人才被挖进西京的，就住这破房子？这也叫房子？你们俩平常都怎么住的？就这窄的床？"

　　随着这女人进来的，还有另外两个人。弄得忆秦娥特别难堪地说："这是我一个人的房子。刘红兵从不住这儿。"

　　"他不住这儿？那他住哪儿？"他妈还有些惊讶地问。

　　"我不知道。"

　　"他不是说，你们早都住一块儿了，今年年底就要结婚吗？"

　　"谁跟他结婚了？没有的事。"忆秦娥回答得很干脆。

他妈停了一会儿，就问刘红兵被抓到底是怎么回事。忆秦娥一五一十地把过程全讲了。忆秦娥讲完，他妈很严肃地说："那还是为了你么。不为你，他能回去偷他爸的警棍？不为你，他是疯了？能进唱戏的排练场去戳什么人？真是一个太不成器的东西，都快把他爸气死了！好了，不说了。你不管了。你也管不了。我们找人去。"然后他们就走了。

刘红兵他妈走后，忆秦娥就再没睡着。直熬到一早起来，又去了排练场。

她是真不想再排这个破戏了。可单团长不行。封导更不行。说事情已经走到这一步了，还有退缩的余地吗？就是火坑，也得往进跳了。还说物极必反，兴许这一闹腾，一切都万事大吉了呢。她拗不过单团长，也不敢跟封导犟。既然人家都那样坚持，她也就只好硬着头皮，朝前推着磨着了。

她明显感到，再进排练场时，背后指指戳戳的人就多了起来。有人甚至公开撂杂话："今后咱团谁要想上主角，恐怕得在炮兵部队找人了。不行就端直把榴弹炮拉来，拿炮轰。"惹得有人都笑岔气了，直接从排椅背上溜了下去。忆秦娥装作什么也听不懂，把腿端上压腿杠，使劲拉起腿筋来。浑身活动开后，封导喊叫开始排戏。可场记说，龚丽丽还没来。单团长让剧务去叫。不一会儿，剧务回来说，龚丽丽门锁着，说是去医院看病了。封导说，看病也不请假？排练场静了一会儿，谁也回答不了封导的问题。单团长就跟他商量说，先排《鬼怨》《杀生》，他到医院看看去。封导就开始排戏了。

忆秦娥一进入戏，也就啥都不想了。大家无论怎么议论，一看忆秦娥排戏的那股认真劲头，闲话也就少了。扎扎实实排了一天，直到下午，也没见单团长把龚丽丽找回来。就在快下班的时候，单团长倒是来了，可龚丽丽依然没有露面。大家见单团长神情严肃地悄声跟封导商量着什么，也就都离开了。忆秦娥收拾完排戏的褶子、斗篷，还有吹火的松香，正准备走呢，单团长把她叫住了。

"秦娥，你恐怕得有更大的思想准备呢。"

忆秦娥不知单团长说的啥意思，她脑子里首先想到的，是不是刘红兵那边又出什么大事了。她张大嘴巴，傻乎乎地朝单团长看着。

封导先是一笑说："我就说坏事也能变成好事吧，你看怎么着。"

忆秦娥就更是被说得云里雾里了。

单团长接着说："我下午跟龚丽丽谈了，她也说得很真诚，如果不演《鬼怨》《杀生》，她就不再上这个戏了。她说'戏心子'让人抽了，觉得也没必要再演了。我刚跟封导商量了，那就全本戏都由你上。也只有你能挑得起来。"

"不，我不！"

忆秦娥急得立马就表态了。这是她的真心话。今天排练，她甚至都想过，要不要故意把脚美美扭一下，骨折了最好，也好顺势从矛盾旋涡中撤出来算了。何苦呢？没想到，现在又来了这一出。她是死活都不愿再给烈火上浇油了。

"这不是你个人的事。"单团长说。

"不，我不么。"忆秦娥态度很坚决。她是死都要把这件事顶回去了。

封导说："这是大好事呀，秦娥！好多演员，盼了一辈子，能演上一两折名戏，就算烧高香了。你才多大，一进省团，就让背上这么大的本戏，不仅是秦腔名剧，而且还要参加全国调演哩。一下就成名角了，还有啥克服不了的心理障碍呢？"

"不，反正我不。"忆秦娥还是那句话。

"为啥不？"单团长问。

"反正我就是不。"

封导说："是不是害怕皮亮又闹事？这下让派出所一笼，看他还闹啥？"

"我就不。"

单团长不理解地说："没看出，你这娃还这犟的。有我们撑腰，你怕啥？"

"我不怕，但我就是不。哪怕没人吹火，我当替身，你们把灯光压得暗暗的，让观众看不清是谁都行。"

忆秦娥的话把封导还给惹笑了，说："你还给我当起导演了。就这样定了，你上全本，没任何退路了。你的功底没问题，我们都看好你。"

还没等封导说完，忆秦娥突然哇的一声大哭起来。她一边哭，一边还是坚持着："我不，我就不。杀了我，我也不！"

单团长和封导都没想到，这娃性子是如此的刚烈。

单团长见工作做不通，只好说："好了好了，你先回去休息吧。晚上好好想想，明天再说。"

忆秦娥临出门了，又撂给单团长和封导一句硬话："你们赶快找人，反正我不上。要再让我上，我就回宁州。"说完，就跑出去了。

十三

忆秦娥这次是决意不上全本戏了。

哪个演员不想唱主角，不想上名戏，尤其是大本戏呢？可在这个剧团，好像争主角是一种很危险的事。忆秦娥是唱过主角的人，也是红得发过紫的人。她知道，主角，那就是比别人多出几十身臭汗，比别人多使出几十倍牛马力气的蠢差事。自打开始排练起，你就得把身心全部交给戏。一本戏，三四百句唱词，主角几乎要占到一半以上的量。你天天学，生怕有一句唱得不到位，生怕有一个拖腔，拖得没味道。念白，也是生怕一个字摆得不合适，生怕一句道白说得没意思。人家下班，都能逛街，打牌，做头，美容，洗衣服。你要是主角，下了班，还得学唱，记词，琢磨戏。并且晚上整夜整夜睡不着。白天从早到晚昏沉沉，还得经受住各种打击、嘲讽、撒凉腔。真是睡得比狗晚，起得比鸡早，还落不下好。到了演出时，别人白天该干啥干啥，开演前一二十分钟进化妆室，三下五除二，把妆搞定，就上场了。而当主角的，头几天听说要上戏，就开始记词，默唱，生怕上台吃了

"栗子"卡了壳。还啥都不敢乱吃，怕吃坏了肚子，演出内急要人命呢。穿衣、睡觉，更是小心了再小心，一旦冒风咧，头重脚轻的，念不灵干，唱不亮堂，观众才不管你是得了啥子歹症候呢。演出当天，比"坐月子"还难受，不出门，不说话，生怕话说多了伤嗓子。要是唱武戏，一早就得到排练场，把高难度技巧反复演练好几遍。过了中午，就得赶紧睡觉，睡不着，还得拿安眠药催。下午四点多，你就得进化妆室，从化妆到包头，再到穿服装，少说也需三个小时。人家化妆，都嘻嘻哈哈地聊家庭，聊老公，聊跳舞，聊小姐，聊偷情，聊打牌，聊衣服，聊生意，聊电影，聊港台剧，聊化妆品。你得找个僻静的地方，回忆词、回忆唱，一点点回忆戏。等戏一开，人家打着旗旗，满台嘀啰啰吆喝一圈，下场继续神聊海吹去了。你才活动开了腿，热了嗓子，上场一段一段地唱，一句一句地说，一点一点地做，一场一场地打。在场上累死累活不说，下了场还跟"狗撵兔""鬼抢斋饭"一般，从下场口跑到上场口，去抢换服装，抢换鞋帽，抢补被汗水污损了的粉妆。有时，时间紧张得四五个人帮着抢都抢不过来，还得把幕内的"导板"拉长抻展了地唱，才能在围上最后一道围裙，穿好最后一只鞋后，稀里糊涂着"威风凛凛""飒爽英姿"地冲出"马门"。戏演完了，人家都三五成群地吃夜宵去了，你才一点点收拾着"头杂"，一幕幕回放着演出的长进和失误。回到房里，也是除了喝水，累得啥都吃不下。躺下更是兴奋得半夜睡不着。出了事故，领导不高兴，群众乱议论；出了彩头，同行不愉快，是非满天飞。在北山演出的那两个多月，她来例假时，多么想给朱团长说说，让她休息几天，缓缓身子呀。可票是好多天前就卖出去了，谁也更改不了了的。她想着全团都促红自己呢，也就啥都不提说，硬往下撑，甚至从此落下了来例假就肚子痛的毛病。何苦呢？何必呢？就非要唱这主角吗？尤其是亲眼看见了师父苟存忠的死，那硬是活活累死在舞台上的呀！这几天，她每每想起那一幕，还都是一身冷汗。为啥就偏要唱这个李慧娘呢？师父要是不唱李慧娘，兴许心脏病就发作不了，到现在还活在人世呢。就为了唱戏，为了落那点好，听那点掌声，硬是生生把命都搭进去了。她是咋都不想唱这个李慧娘了。她甚至觉得有些不吉利。要争，让她们争去。就是死，她也不唱这本戏了。主意一定，还反倒觉得自己活得轻松了许多。下了班，她甚至还去最红火的骡马市转了半天，买了两个乳罩，一对耳环，还买了几个不同花色的漂亮内裤，一路哼哼着"白娘子"的歌回来了。

没想到，刘红兵的母亲早在门口等着了。见她还哼哼着电视剧的插曲，就说："你心真大，兵兵还关在里边呢。"

忆秦娥就用手背捂了嘴巴，羞得不知说啥好了。

进了房，刘红兵母亲朝床边一坐说："好了，一切都摆平了。当然，还得让派出所能下台。剧团这边，也得把人的眼睛都遮住。让他再在里边待上几天，你就去把他接回来。"

忆秦娥想给刘红兵他妈倒水，又急忙找不见茶。她记得，刘红兵是拿过茶叶来的。终于，在一个塑料袋里，她找到了那罐茶。

刘红兵他妈一见茶叶罐，扑哧笑了，说："看看兵兵，啥都朝你这儿偷。这罐茶叶，还是他爸的老朋友从杭州捎回来的清明雨前龙井，他爸平常都舍不得喝的。这不，刚打开喝了一次，连声说了三个好字，就连罐罐都找不见了。全长腿上你这儿来了。"

忆秦娥不好意思地说："我不喝茶，平常就喝胖大海。"

"说胖大海呢。你在北山演白娘子的时候，兵兵就满城给你寻过'螃大蟹'哩。我也不知'螃大蟹'是个啥，就打电话问卫生局的局长，局长问干啥用的，兵兵说是给演员治嗓子的。局长一笑说，那是胖大海，不是'螃大蟹'。后来兵兵一次买了十几斤，给你们剧团提去，你还记得不？"

忆秦娥笑了，的确有这事。据说，那次刘红兵把半个城的胖大海都买完了。给她提去，她死不要，后来就提到朱继儒团长那儿去了。

"兵兵哪，是真爱你呀！不过哪个男人不爱漂亮女人呢？阿姨不是吹呢，年轻那阵儿，也漂亮过。兵兵他爸那时还是地委领导的秘书，陪他领导到我们公社视察，一下把我看上，就死缠活缠的，愣是把我原来正谈着的一个对象都缠没了。一步一步地，阿姨就上他的贼

374

船了……"说着，她还很是得意地笑了笑，说："不说这些了。这个兵兵哪，我看就像他那个能缠死人的爸！"

忆秦娥本来对这个女人没什么好感，可她这一番话说得，她们倒是有些亲近了。她也客气地说："阿姨现在也很漂亮啊！"

"不行了，阿姨老了，漂亮是你们年轻人的事了。哎，兵兵真的没在你这儿住？"

"看阿姨说啥话，他怎么能在我这儿住呢？"

"你们……不是一直恋爱着吗？"

"我……没有跟他恋爱。"

"这就怪了，好好的车，他不开了，硬要调到北山驻西京办事处。听办事处的同志讲，他也不在办事处住，就住在你这里。可你又说，他不在你这儿住。那他到底住在哪儿呢？"

忆秦娥装不住话，就如实说了："听说，他就租住在附近村子里。"

"附近村子里？那说明他还是在守着你嘛！"

忆秦娥就不好意思再说了。

"孩子呀，阿姨也不瞒你说，我和他爸都是太娇惯着兵兵了。本来他看上你，我们是不同意的。倒不是别的，就是觉得……我们这样一个家庭，媳妇是不应该找在文艺界的不是。倒不是文艺界咋了，就是……就是觉得……隔着远了点不是。可兵兵看上你了。我和他爸看了你的戏，也觉得你是难得的人才，难得的大美女。你那阵儿在北山地区红火得，地委、行署机关一上班，都在说哩。谁不愿意把这样心疼的美女娶回家做儿媳妇呢？所以兵兵追你，我们心里也挺热乎，我还亲自出面过问过不是？他爸那阵儿比我还积极，见兵兵就问，追得怎么样了。兵兵就天天给他和我吹牛说：你们只加紧给我准备新房就是了，别的啥心都不用操，绝对是手到擒来的事。后来，你调到省城，兵兵又追到了省城。他要咋，我们都依着他。隔几天，他就向家里要钱，说要给你收拾房。一会儿又要买落地扇、录音机、电视机的，我们都给了。就这，他回家去，还把他爸一块好表偷走了。那表是朋友从国外带回来的。他说是卖了要交房租呢。我们还以为他是跟

375

你租住在一起的，没想到……兵兵追了这么长时间，你们……你们还都这样单吊着……"

听到这里，忆秦娥也觉得，自己有些特别对不起刘红兵的父母。虽然她啥都反对刘红兵朝这里拿，可好多东西毕竟是拿来了。但他们之间，又并没有建立起她心里认同的恋爱关系。这一切又算咋回事呢？她真是有些不好面对这个女人了。她急忙把话题朝一边引："阿姨，你说红兵的事，都跟派出所说好了？"

"说好了。本来今天就可以把人领出来的，可那个派出所的什么乔所长不同意，说这样做太过分，以后社会治安就没法管了。最后妥协成再关五天放人。好歹得给人家蹲一礼拜吧。我就不等了，今天在派出所把兵兵也见了，看他情绪挺好的，我也放心了。最不放心的，还是你们俩的事啊！怎么就拖成这样了呢？你们到底准备咋办，你得给我个准话呀孩子！"

这一军将得忆秦娥更是不知怎么回答好了。她还是只能把话题朝一边引："阿姨，既然来了，你就多住几天吧！"

"不住了，他爸在家还急得跟啥一样，好多事我在电话里也说不清楚。这宝贝儿子，搞不好还能把他爸气出病来呢。秦娥呀，好在你的事业，在省城又要红火起来啦，阿姨真替你高兴哪！"

忆秦娥说："阿姨，我都不想干了。"

"怎么能出现这种情绪呢？我还正想说你呢。今天下午，我到你们团长那儿了解情况，听团长好像也说了这样的意思，还让我帮忙做你的工作呢。"

一听这话，忆秦娥就有些不高兴，问她："你……你怎么还到我们团长那儿去了？"

"是啊，我既然来了，还能不到你单位去看看，去了解了解情况？何况这次事情就出在你们单位，我也总得去跟人家领导见见面，做做自我批评吧。我们是什么家庭，能让人家不明真相，乱说一气吗？就那警棍，可不是随便拿的。那是红兵他爸生命受到坏分子威胁，组织从安全角度考虑，才临时配的。我们家不会非法持有这种东西的。

好了，不说这个了，还是说说你的事业吧。人家给你创造了多好的条件哪，《游西湖》全本你必须上，懂不？唱戏，我看跟官场也差不多，就看谁唱主角，谁演配角哩。你想想，生活中，谁愿意永远给别人跑龙套呀！可为了唱主角，谁又不是被人咬得伤痕累累、杯弓蛇影了呢？你爸，哦，兵兵他爸，能唱到这个副专员的角儿上，也早都被人咬得没一块浑全的身子骨啦！你才经历了多少人生磨难哪，就不唱了？你想想，你要不是戏唱得好，能从宁州走到西京？兵兵一个堂堂专员的公子，能这样死乞白赖地把你从北山追到省会来？他已经为你进号子了，坐牢了，有前科了，这可是一辈子的污点啊！他爸都快要为此神经崩溃了。你要再不唱这个主角，能对得起红兵在你最危难时刻挺身而出吗？孩子，人有时是没有退路的，除非你准备离开这个地球。"

忆秦娥没想到，刘红兵他妈最后能唱这一出。激得她进也不是，退也不是，答应也不是，不答应也不是。可这个女人，还偏要步步紧逼地问：

"我的话你听明白了吗？"

忆秦娥不得不点点头。

"这就对了。必须唱。必须把《游西湖》全本拿下，懂不懂？这就是人生。这就是战场。等你演出的时候，我跟他爸，还有北山的亲戚朋友们，都来给你捧场。一定会比在北山演出时更轰动的，我坚信这一点。孩子，阿姨爱你，是很爱你！"说着，她还站起来，不无激动地一把将忆秦娥揽在怀里说："你就是不做我的儿媳妇，我也是要收你当亲闺女的。"

忆秦娥虽然觉得突兀，别扭，可也不好伤了人家的面子，就让她紧紧抱了一会儿。抱完，她又从钱包里抽出三百块钱来，硬要塞给忆秦娥。忆秦娥咋都不要，可她坚持非要给。在最后走出偏厦房的时候，忆秦娥到底还是把钱捏成一疙瘩，悄悄塞在她的口袋里了。

刘红兵他妈走后，忆秦娥就又恨起自己来了。自己的面情就是这样软，竟然让这个女人真跟婆婆一样，给"儿媳妇"上了半天课，并且她还一一点头认卯了。她是下死决心不唱《游西湖》全本的。可这女人，三弯四转的，一番话就把自己拐了进去，弄得自己还觉得人家说得不无道理。不仅弄得"婆婆"拥抱了"儿媳妇"，而且还整出一个"亲闺女"来。人家儿子为你唱戏，都进了局子，留下了终生不能抹掉的污痕，你还有啥理由，不按"婆婆"的意愿，把这个戏唱下去呢？

就在刘红兵他妈走后不久，单团长和封导也来做工作了。忆秦娥更是觉得自己一个山乡小县的演员，被人家调来，啥戏没唱，还惹了一摊事，可人家领导依然这样器重，自己又有啥德啥能，跟人家继续瞎掰扯呢？她就又点头答应了。

第二天，排练一切照常。

忆秦娥就正式上《游西湖》全本戏了。

十四

皮亮是第三天从派出所放出来的。放出来后，他也再没到排练场骚扰过。龚丽丽也不来了。听人说，连着受刺激，龚丽丽心情特别不好，在接出皮亮的当天晚上，两人就坐火车到广州散心去了。

借这次事件，单团长开了大会，既是对过去一段时间排练的总结，也是对未来排练工作的再动员。为了强调重要性，他讲到最后，甚至还站起来，来回走动着讲。这一走动，有人就偷偷地嗤笑。单团长把脸一黑，问笑什么笑，有人还就敢回应："团座，甭激动。坐下讲，显得严肃些。"会场就哧哧啦啦笑得炸了锅。这时封导再也忍不住了，把桌子一拍站起来说："完了，省秦完了。这个剧团快完蛋了。眼看就要打一场恶仗了，还是这样的一盘散沙，这样的精神状态。这么严肃的会议，也敢嬉皮士一样地嘻嘻哈哈。知道我们排的是啥戏吗？是大悲剧呀，《游西湖》是大悲剧呀，懂不懂？是做人不成，不得不去做鬼的人间悲剧呀！把这样经典的好戏交给我们，我们就这样糟蹋吗？真是把秦腔老祖宗的脸都快丢净了。看看这排练场，哪像是个省级剧团的排练场，简直就是乡村贩牛、贩驴、贩骡子、贩鸡蛋的乱市场。眼看有效时间只剩二十几天了，谁把团长当团长了？谁把导演当导演了？啊，谁把事业当事业了？谁把排练场当排练场了？尤其是那些演配角的，想来就来，想走就走。哎，单仰平，我可给你说，你要再拿不出一套管理办法，这戏我可是没法排了。今天我就在这里把话讲清楚，谁再迟到早退一次，我立马就把谁的戏停了。后果完全自负。"单团长接着又宣布了几项纪律，无非是扣工资、写检讨的那些东西。不过语气的确是硬了许多。忆秦娥知道，这是在排练进入关键时期，必不可少的"紧螺丝"。哪个团都一样，戏排到节骨眼上，管事的，脸都是要绷起来的。你不绷，有人就老是嬉皮笑脸的，再严肃的场面，也都"油汤"了。

团长和导演都发了飙，排练场纪律明显是好了许多。戏也进展得很快。忆秦娥由于平常就爱站在一旁学习、记戏，词和唱腔，早都烂熟在肚子里了。让她挑起全本戏，竟然没费啥力气，就在几天内通排下来了。连封导都悄悄对单团长说："这娃可能是我们这些年来，调进来的唯一一个奇才！看着瓜瓜的，傻傻的，可就是一个戏虫，天生为戏而来的怪虫虫。"场记把这话悄悄捎给了忆秦娥，忆秦娥也没觉得这话有啥让她感动的。一来她并不想排这个戏；二来，她最不喜欢别人说她瓜、说她傻了，何况还把自己说成是一个"怪虫虫"。朱团长过去就这样说过她，咋都再没啥好比喻了，好像非要说她瓜、说她傻、说她是啥都不懂的"虫虫"，把戏唱好了才不容易似的。

戏排到第五天，她早早就想着，晚上该去接刘红兵了。封导在下午的时候，还批评她："忆秦娥，咋回事，今天排戏，精力咋不集中？"她还一个劲地说："没有没有。"其实，她心里早就乱黄了。刘红兵这一礼拜被关在派出所里，让她安宁了许多。今晚一接出来，可又咋办啊？好像一切都在朝一个她咋都不想，但又咋都挣脱不了的索道上滑去。也不知怎么搞的，几乎所有人，都认为刘红兵就是她的女婿了。并且是事实女婿，就差一张结婚证了。可她心里，又怎么都不能接受，这就是要与自己相伴一生的女婿、丈夫、老公了？

　　下午下班后，她一个人在排练场过了一遍今天排过的戏。回到待业厂，又练了一阵吹火。然后她换了衣服，去了派出所。

　　忆秦娥还是先找的乔所长。

　　乔所长正对着几个头发留得很长的小伙子发火。他们都被铐在一辆三轮摩托车的几个轮子上。乔所长说："你们几个狗日的，看我用啥办法才能让你们不抽了，啊？你们城中村就那一点地，卖完了，不好好拿钱做点啥，你们这些乌龟王八蛋都抽了大烟了。啊！把你们娘老子可怜得，没坑死。啊！他们都想让我把你们这些没救的王八羔子，彻底日塌了算了。啊！我也想把你们狗日的都一枪崩了，可看着又是一条条命，一条条长得光鼻子华眼的命。你们说，我都拿你们这些死皮货咋办？啊？喂狗，我都害怕警犬染上毒瘾了。人家'二进宫''三进宫'就觉得亏了先人了，你们都'八进宫''九进宫'了，还是这尿皮臍臍货，啊！我就想把你们一伙都送进地狱，上蒸笼、下油锅，弄死算尿了！啊！"

　　乔所长见忆秦娥在一旁站了半天了，才没再骂那几个抽大烟的。他回过头，把忆秦娥领到他办公室说："有个专员爸到底不一样噢，硬是把手从北山地区伸到省城来了，够长的呀，啊！我给你说心里话，要不是看你长得心疼，像个乖娃，我才不给他专员老婆什么面子呢。记着，演戏了给我弄张票，让我去看一回戏就行了。啊。干你们这行的，都是眼里没生人，心里没熟人。可不敢我去了你又不认得了，啊！"忆秦娥急忙说："哪敢呢，乔所长。"乔所长接着说："人还得等到十二点了才能放，这是规矩。必须关够时间。专员的儿子也不能例外嘛！啊！都例外还不成了不例外。咱也就是牛都跌到井里了，拽个尾巴而已。啊？记住，把人领回去，别饶了他。不好好敲打，现在非法持警棍，以后还会非法持枪哩。啊？我在这里边见得多了，像他这号嬉皮笑脸、把犯法都不当事的货，搞不好就要'二进宫'哩。啊！"

　　乔所长的话，说得忆秦娥心里好一阵咯噔。

　　到了零点，乔所长让把刘红兵从三楼放下来了。只听刘红兵一路走，一路还在跟放他的警察开玩笑说："哎，哥，我知道你这派出所养的有警犬。可没想到，还养的有其他动物哩。"

"还养啥了？"

"蚊子呀。不是你们养的吗？要不是你们养的，咋能那么敬业、守时呢？天一撒黑，'轰炸机'准时起飞。我的冷丛啊，一礼拜，除了蛋那里钻不进去，其余地方都咬遍了。给你所长说，月底给蚊子一只发点补贴噢。"

"少皮干，快滚！"

刘红兵就被领到忆秦娥面前了。忆秦娥差点没笑出声来。原来，刘红兵的头被削成了光葫芦，看着更是怪模怪样了。

刘红兵用手摸着光头说："谢谢所长大人，没交钱，就给刮净了。白！光！亮！嫽扎咧！你这派出所都不用灯泡了。"

乔所长说："小伙子，少在我这儿流里流气的。啊！你别让我再逮着，再逮着，可就不是拿剃刀刮了。啊！"

忆秦娥就赶紧把刘红兵的手一拉，快速出了派出所大门。

刚一出大门，刘红兵就说："谢谢老婆大人！"

忆秦娥端直照他踹了几脚："谁是你老婆！谁是你老婆！谁是你老婆！我老实告诉你，你要再敢来找我，你就是猪！"说完，她扭头就向远处快步走去。

忆秦娥再次下了狠心，把刘红兵接出来，这事就算完了。再不许他来了。刚听了乔所长的话，说这种没皮没脸的货，最容易"二进宫"，她就更觉得必须与他一刀两断。可她回到宿舍，门还没关上，这个死皮货就一闪身先进来了。她知道咋推都是推不出去的，就跟他摊牌了："刘红兵，你咋这死皮的？"

"我身上皮是死的吗？没有哇。你看看，在里面这几天，我还锻炼着的，一起手就是二百个俯卧撑呢。还没有能超过我的。你知道皮亮能做几个？你猜不着吧。死胖子，一共做了三个，就差点把命都背毁了。他还准备替老婆争主角，打我老婆呢。啊呸，那纯粹就是一头只能供屠宰了吃肉的猪。"

"刘红兵，我知道你一张谝嘴子，能说会道。我嘴笨，也不想跟你多啰唆。我只想老实告诉你，以后不许再到我这儿来了。更不许到处乱说，我跟你是啥啥啥子关系。我跟你从来就没有啥子关系。你是你，我是我，我们不可能有啥关系。有关系，除非你不叫刘红兵。"

"那我就改叫忆红兵，咋样？"

"改叫忆你妈！"

"哎，这个名字还改得好。就叫忆你妈。好！"

"臭不要脸的货！"忆秦娥咋都说不过刘红兵。她想好的狠话，说出来，也都没了那股狠劲儿。有时还反倒给他喂了底料，让他把话越说越古怪、越说越俏皮。她只能骂，只能踢。可越骂越踢，他还越来劲儿。她简直无语了。

忆秦娥就那样怔怔地看着他。

他也看着忆秦娥。看着看着，谝话又来了："哎，我为你把局子都进了，你该总得犒劳我一下吧。"

"活该，谁让你去排练场的？还拿着警棍。把我的人都丢得尽尽的了。一想起来，我的黑血都快翻上来了，还犒劳你呢，呸！"

"好好好，不犒劳不犒劳。那就让我在这地上窝蜷一夜行不？保证井水不犯河水。"

"你个死皮货，还想得美。滚！你给我滚！你滚不滚？你要再不滚，我就拿开水烫了。"说着，忆秦娥还真拿起了桌上的暖瓶。她揭开暖瓶盖，只见里面的热气直往出冒。"你滚不滚？我真浇啊！"

"你浇！你浇！灌辣椒水，坐老虎凳，上美人计我都不怕！"

忆秦娥也的确是个有点二的人，气得还真把开水泼出去了。一股水哗地就浇在刘红兵的大腿上了，烫得刘红兵"妈呀"一声别跳起来。忆秦娥还不放手，还在把水朝出漾。刘红兵就痛得哇哇乱叫唤地逃出偏厦房了。忆秦娥砰地关上门，捂住嘴，蹲在门背后笑了半天。只听刘红兵在门外嘟哝说："老婆，真的想烫死我呀！我倒是死猪不怕开水烫哟，就怕烫成一身疤子，更不配你了，懂不懂？"

忆秦娥先是笑，笑着笑着，就哭起来了。

刘红兵大概是在外边听到哭声了，就再没敢扰害地说："好了好了，你快休息，我走了。"

忆秦娥又抽泣了一阵，见外面没动静了才睡下。

排练越来越紧张，也越来越累了。忆秦娥有一晚上，在下班后回待业厂练吹火时，一不小心，还把偏厦房给点着了。差点没酿出一场大事故来。

十五

团里一直有人担心，皮亮和龚丽丽到广州散心回来，兴许还要闹腾一场呢。这么大的事，竟然这样浮皮潦草地过去了，大家总是有些没大看懂。过去为争主角，有闹腾一辈子不说话、不来往的。更有那心眼小的，但见有机会，就会使点小伎俩、小招数，哪怕见没人，把对方泡得酽酽的茶，忽地泼到地上，也是要借机出点气的。绝没有一争完，就偃旗息鼓、握手言和的事。加之皮亮、龚丽丽是甚等人？他们打小就在这个团长大，一个管音响，一个唱主角。那都是能摆谱、能熬价、能在团里说起硬话、敢把任何人都不放在眼里的主儿。凭啥把她忆秦娥，一个傻不啦唧的山里娃当回事呢？可一切还就这么古怪，一个北山狼，提了根非法持有的警棍，还就把五大三粗的皮亮给制伏了。皮亮从派出所回来，连面都没在团里照一下，就跟老婆闪得远远的了。尽管戏排得很顺，但多数人心里还是在嘀咕：让忆秦娥这么顺畅地跃上省秦"当家花旦"的名位，可能吗？

楚嘉禾心里说不清是一种什么滋味。她觉得把龚丽丽赶下台是太好了。可让忆秦娥这么轻而易举地就演了全本李慧娘，又令她心里生出了更加百结的愁肠。这个夙人，真是瓜人有瓜福，啥都没见太成操，还啥都让她给逮着了。就他们宁州的那帮同学，几十号人，谁又想到一个像一捆黑柴火一样，呆头呆脑戳在灶门口的货色，有一天，竟然能一飞冲天了。连北山地区副专员的儿子，都神魂颠倒地放弃了荣华富贵，一路狂追得鼻青脸肿，还不离不弃呢。当忆秦娥把全本李慧娘拿到手的时候，楚嘉禾看了看她那无动于衷的表情，就知道这个碎货，是可不敢小看了。她瓜的是面相，那心里，比《十五贯》里的娄阿鼠、比《水浒》里的鼓上蚤时迁还贼呢。她就想，是不是她给出的点子起了作用。要不然，封子导演咋能那么卖力，非得要死要活地推着她上呢？

有一天，楚嘉禾还凑到忆秦娥跟前，旁敲侧击地打问了一下："哎，妹子，封导对你不错噢。是不是听了姐的话，去'喂'了一下，起作用了？"忆秦娥说："去了，但封导啥都没要。"楚嘉禾就想：这个碎货，还给姐演戏呢。小鸡还给大鸡踏蛋呢。以为姐是瓜子。后来，她就给周玉枝说："哎，看出来了么，忆秦娥可是把封导给拿住了。要不然，那老男人能这卖力气地给她争角色？你不记得才开始排戏的时候，封导连正眼都没瞅过她一下，就是一门心思地促红龚丽丽呢。这才几天，风向就转成这样了。说明碎妹子去看封导，抓的'药'重，是起作用了。"周玉枝说："是不是？可封导不用忆秦娥也不行哪。龚丽丽古典戏基本功差得太远，演了也是砸导演的摊子哩。"楚嘉禾说："看你说的，'卧'不下三分钟的慢'鱼'，动作可以简化嘛。""那吹不了火呢？"周玉枝又问。"吹不了三十口、五十口，吹个三五口也总是行的嘛。那就是个意思，还能真吹呀。小心把舞台给烧了。"

就在排练进行到与乐队"两结合"的时候，皮亮跟龚丽丽从广州回来了。那几天，团上的气氛也的确有点紧张。单跛子一天到晚盯着排练场。保卫科的人，也在排练场外边来回转动着，有点严阵以待的意思。可过了两天，龚丽丽并没有来排练场，不仅不来，而且还天天朝出跑。有人就拦住问："丽丽姐，你咋不来排练场了呢？你都忍心看着那么个外县土包子，杵到舞台正中间，瞎咱省秦的名声吗？"龚丽丽说："对了对了，姐这回是跟舞台彻底拜拜了。伤了心了。也害了怕了，怕人家拿电警棍戳呢。咱是要戏么还是要命？外县来的那些人，路子多野呀！不仅戏路子野，人也野得就差扛机关枪、大炮进排练场了。总不能为了唱主角，把命搭上吧？姐拜拜了！姐跟舞台彻底拜拜了！姐这次去了一趟广州才知道，咱们还在这儿争啥子李慧娘呢？人家都在争着挣大钱哩。你皮亮哥不是在骡马市开了个音响摊摊吗？姐去招呼摊摊，做老板娘了。跟戏拜拜了，跟秦腔拜拜了！让她们都争去吧，姐要挣钱过消停日子！"说完，龚丽丽坐上皮亮开的摩托车，忽地一下就射出剧团大门了。龚丽丽的这番话，很快就在全团传开了。有人还不相信，说龚丽丽一个把李铁梅、小常宝演得无人不知、无人不晓的名角，能抹下脸，去骡马市看摊摊？有人还真去侦查了一番。果然，见龚丽丽是在一个摊子上，正给顾客介绍着才从广州进回来的组合音箱呢。

楚嘉禾也偷偷去看过龚丽丽的摊子，看完她对周玉枝说："终于彻底斗败了一个。看看从咱宁州来的碎妹子，厉害吧，生生把一只省秦的'种鸡'，彻底给斗趴下了。咱们是不是也应该庆祝一下？"那天楚嘉禾还真请周玉枝到东胜街吃了一顿烤肉。叫忆秦娥，忆秦娥没去，倒是把刘红兵叫去了。

在楚嘉禾看来，天底下就再也找不到刘红兵这样的好男人了。可从刘红兵的话里能听出，忆秦娥对他还爱理不理的。她就不明白了，问忆秦娥凭啥。刘红兵也是把啤酒喝得有些多，就嘴不把门地乱说开了："凭啥？凭人家戏唱得好，人长得心疼么。一上妆，哪个男人的眼睛能不看直了？咱贱么，贱骨头，你懂不？贱骨头就指的是……你红兵哥我这样的人。在北山，咱要是把哪个女娃子打问一下，立马就会有人来说媒拉纤的。但见把谁多看一眼，再缭乱几句，无论树林、河堤、宾馆……打个传呼，约到哪里，她就能到哪里。哥想干啥，那……那也就把啥干了。可你这个碎妹子……忆秦娥，真不是一盏……省油的灯啊！"

楚嘉禾见他说出这么多秘密来，就故意又劝了些酒，想让他放开了说。周玉枝说："怕是醉话吧？别听他胡说了，小心秦娥知道，会骂我们的。"楚嘉禾说："酒后才吐真言。怕啥，他自己爱说，又不是我们严刑拷打出来的。莫非他还敢跟忆秦娥说了。"她就又煽惑，刘红兵就又说。刘红兵这个人，经不住煽惑，一煽惑，就有的说上，没有的也吹上了。吹着吹着，把跟好几个女人的事，都给绘声绘色地喷了出来。回去的路上，周玉枝还说："难怪秦娥要不待见刘红兵了，原来刘红兵才是个花花公子呀！"楚嘉禾说："你别言传，那碎妹子是绝对翻不出如来佛手掌心的。"周玉枝听了这话，还把楚嘉禾看了一眼，觉得这家伙跟她妈一样，心眼子稠着呢。

就在《游西湖》排到快上舞台"三结合"的时候，有一天晚上，剧团突然失了一次火，满街的消防车警报声，把楚嘉禾她们从出租房里惊了出来。一打问，才知是剧团待业厂失火了。她和周玉枝就赶紧朝待业厂跑。她们跑去的时候，火已经灭了。几辆消防车，也正从待业厂的深处朝外撤退。只见单团长前后左右跑着，腿跛得直蹦跳。办公室人跟在后边还说："团长慢点，团长慢点，急也没用了。"单团长不停地给消防队领导回着话，说一定严加管理，并且要全面整顿死角，力争不再出消防事故。楚嘉禾和周玉枝走到最里边一看，原来是忆秦娥的那间偏厦房给烧没了。楚嘉禾就预感到，是忆秦娥的房烧了，果然还就是她的房着了。并且还把旁边几间房，也烧得黑乎乎的。那几个整天打麻将的老人，正在议论说，那娃整天在这里练吹火呢，吹着吹着，就把房子给吹着了。

忆秦娥是瘫坐在一个拐角的一堆破烂水泥袋子上。她脸糊得跟小鬼一样，除了眼睛是白的，牙是白的，其余全都黑得跟锅底一般。这让楚嘉禾一下就想到了她舅胡三元。胡三元在舞台上放松树炮出事后，脸就整成这副怪德行了。

忆秦娥就跟傻了一样，眼睛一动不动地，盯着那堆烧垮塌了的偏厦房。没表情，也没眼泪，就那样怔着，像是一座雕像了。刘红兵几乎是跪在地上，安慰着她。可无论用手，还是递手帕，都被忆秦娥推到了一边。是楚嘉禾和周玉枝上前一把抱住她，她才哇的一声哭了出来。

单团长一跛一跛地来说："不要急，事已经出了，也就别当回事了。晚上我让办公室安排一下，你到对面旅馆里先住下来，回头团上再想办法解决。反正还得好好休息，你的任务重着呢。放心，有团上，有我呢，你别怕！"

楚嘉禾也急忙说："让秦娥晚上到我们那儿去住吧。我和玉枝的床都宽着呢。"

"秦娥，你就跟我住吧！"周玉枝也说。

刘红兵急忙接过话说："团长、嘉禾、玉枝，你们都放心，有我呢。不用团上，也不用麻烦你们了，我会把一切都安排得妥妥帖帖的。"

"你滚！"

忆秦娥当着众人面，第一次狠狠踢了刘红兵一脚。

刘红兵刺拉一笑说："看看，我的天，这脑子是不是受震了？没事，你们都走，有我呢。"

忆秦娥终于抓起刚才救火的塑料桶，狠劲向刘红兵砸去。刘红兵一把接住说："没事，你都走你的。"

楚嘉禾、周玉枝和单团长他们就只好走了。

十六

人都走了，忆秦娥越发气愤。人家单团长让办公室安排住处，你刘红兵凭什么不让，说有你呢。你算哪路神仙，要拿了我忆秦娥的事？可她当时把这话又说不出来，就任由着人都走了，才骂起刘红兵来。

刘红兵说这是咱们自己的事，麻烦那么多人干啥？

谁是"咱们"？谁是"自己"？你还真把你不当外人了？

两人吵了几句，忆秦娥就又朝刘红兵扔东西。

任她再扔，刘红兵就是笑吡吡地接着，心甘情愿地挨着，受着。

忆秦娥拿他还真没了主意。不过她心里，也是不情愿让团上安排住处的。火灾是自己引起的，团上没找麻烦，已是团长恩宽了，哪还敢指望用团上的钱，给自己开旅馆呢。团上穷得跟啥一样，《游西湖》请了个舞美设计来，都住的是单团长的办公室。人家为接待不好，还

387

来回发脾气着呢。

楚嘉禾和周玉枝那里，她也是不准备去的。不知咋的，她总觉得和人家之间，是隔着一层的。这一层，是从她当烧火丫头，人家正经科班学戏开始的。尽管这几年大反转，她已遭了她们嫉恨，可与她们有距离感，她心里还是当时的那种感觉。她总觉得人家都是比她厉害、金贵的角色，唱没唱主角，还是这种感觉。

她就只能听刘红兵安排了。

刘红兵自是要把她安排到他租住的地方了。忆秦娥不去，刘红兵说那就去北山办事处。忆秦娥也不去，刘红兵就说住旅馆。他们都到了旅馆，忆秦娥听说一晚上得十好几块，就又磨磨叽叽地，同意去他租住的地方了。

刘红兵租住在剧团对面的信义村里。村里人把自己的土地叫"刮金板"。原来在上面种菜"刮金"，现在几乎是一夜之间，都盖成房了。哪一栋都出奇得高。房子盖得有些像儿童搭建的积木，底部窄小，却敢头重脚轻地向半空延伸。楼和楼是越挨越紧了。挨不紧，甚至随时都有垮塌的危险。窗户自然多是被邻家的墙壁遮挡着，家里大白天都不得不开着灯。这些房，大都出租给附近单位的无房户，或是摆小摊子的生意人。刘红兵租住的，还是一间最好的房，有近二十平方米。关键是还有一个能透气的窗户。忆秦娥住进去后才知道，这栋楼里，还住着省秦好几个从外县调来的演员。好在楚嘉禾她们是住在另一个村子。

刘红兵把房子收拾得非常简单，那就是一个能睡觉的窝。连床都是地铺形状。他还美其名曰叫什么"榻榻米"，说是日本的睡法。

墙角摞了一堆啤酒瓶子。还有一地的烟屁股和纸烟盒。

忆秦娥进房的第一感受，就是快呛死了。

刘红兵急忙打开了窗户。

忆秦娥嘟哝了一句："猪窝。"

"就是猪窝。没想过你会来。我就是在这儿睡个觉而已。"刘红兵解释说。

"你走吧。"

"我……到哪里去？"

"我管你到哪里去。"

刘红兵就死皮赖脸地说："你看，都这么晚了，能不能……让我……搭个脚。"

忆秦娥起身就朝外走。

"好了好了，我走我走。你真是个怪人。"刘红兵无奈地说。

"我咋怪了？"

"太怪了。要是放在别人，恐怕……早都睡一块儿了。"

"你又说流氓话。"

"这咋叫流氓话了？"

"这还不是流氓话？"

"好好，流氓话流氓话。不说了，不说了。那咱们谝一会儿，我再走，行不？"

"谝啥呢？"

"谝啥都行啊！"

"跟你，没啥好谝的。"

"娥！"

"不许你这样叫。你又叫。"

"秦娥！"

"也不许。叫忆秦娥。"

"好好，忆秦娥，忆秦娥同志：不要悲观，火灾发生就发生了，好在也没酿成大的灾祸，就是把你的那点坛坛罐罐烧了而已。没有啥，旧的不去，新的不来嘛！有时坏事也能变成好事。比如失火这种事，过去我在北山也经见过，烧了旧房，盖了新楼，真正的火烧财门开啊！大凡失过火的地方，都会发旺起来，你信不信？也许这把火，就意味你的李慧娘要大火起来了呢。"

"对了对了，再别安慰我了。我的东西烧得连一个牙刷都没抢出来，还火还旺呢。"

"有我在哩，你怕啥？面包会有的，一切都会有的。"

"去去去。我累了，我要睡呀。明早还要联排呢。"

"忆秦娥同志，你看是不是这样，今天真的太晚了，就让我在这儿将就一下。你住床上，我住门口这一块。绝对保证纯洁无邪。"

"不行。要不我走。"

"你看你，看过《永不消逝的电波》没有？那电影里的两个人，就假扮夫妻着的。虽然睡在一起，可啥事都没有。这要靠思想觉悟哩。"

"那是电影。"

"可那故事是真的，你知道不？我绝对没事。如果你不愿意，就说明你心里有鬼，知道不？"

"对了吧，我心里有鬼。你就是个坏人。"

"我咋是坏人了？啥时在你跟前坏过了？"

"你还不坏？不坏老缠着我干啥？"

"这就叫坏了？这叫追求。这叫恋爱。"

"不许你说恋爱。你跟谁恋爱呢。"

"跟你呀！"

"呸，我才不跟你恋爱呢。"

"不恋爱，那你到我租住的房里来干啥？"

"我本来就不想来，是你硬要我来的。我走，我马上走！"

"哎哎哎，看你这娃，咋是这怪的脾性嘛！"

"嫌怪了你别理我，让我走。"

"好好好，不怪不怪。你看噢，你住里边，这儿有个布帘子，我给咱拉上，房就分开了。算是各住各的，你看行不行？"

"我说过了不行。你要再缠，我就走。"

"好好好，不缠了不缠了。看睡在一个房里又咋？就是睡在一个床上又咋？就是把事情办了又咋？人生在世，不就这一回事么。我就不信，你一辈子还不跟男人睡觉了。不信你今晚试试，让男人搂着睡，看不舒服死你……"

"日你妈，刘红兵。你又说流氓话……"

说着，忆秦娥拾起手边的一个啤酒瓶子，就要砸刘红兵。刘红兵吓得一溜烟跑了。

忆秦娥连忙把门锁碰上了。

只听刘红兵在外边悄声喊："哎，娥，晚上要尿了，在脸盆里就行。出来还得到一楼，不方便。我一直用的酒瓶子。"

"滚！"

就听刘红兵下楼去了。

忆秦娥撵走刘红兵，把房里四周看了看，又把窗户插销插上。她见门的反锁栓子坏了，就又给门背后放了一堆空酒瓶子。然后再把床上的单子掀过来，反铺上，她才在床边坐下来。

真是有些惊魂未定的感觉，她脑子里又在反复回忆着失火的过程。练了那么多次吹火，都没出问题，怎么今天就把牛毛毡棚给引着了呢？

也是该出事，她见今天太阳好，就把自己磨的松香、炒的锯末，还有包子纸，全都放在牛毛毡棚顶晒着，忘了收。明火一上去，忽地就着了。顶棚一着，很快就烧塌陷到房里床上了。等她提一桶水来救火时，连一只袜子都没抢出来。藏在抽屉夹缝里的一百多块钱，也是烧得只剩下手指头蛋大一点没焦的花纸了。真是背运透了。

当她慢慢躺到床上，又在想，怎么能睡到刘红兵的床上了呢？这可是她最不愿意干的事了。可又明明躺在这儿了。一股烟酒味，甚至让她感到有点恶心。但实在太累，也不想起来再折腾了。难道在西京城，今晚只有刘红兵这里，才是忆秦娥唯一能落脚的地方了？不是这里，又是哪里呢？她甚至在想，自己对刘红兵是不是有点过了？一步步往远推，一步步又在朝深处陷，直陷到今天这个份上，以后又怎么朝起拔呢？想着想着，她就睡着了。

第二天起来，她又照常去排戏了。中午，她买了一盒方便面，一个人在排练场正泡呢，刘红兵提着一个新买的四联套饭盒来了。管她愿意不愿意，他就那样打开几个盒子，硬是强迫她，把一盒饭菜吃了。她也真是太饿了，几乎饿得有些饥不择食。晚上她本来想好，再不去刘红兵那儿了。中午休息时，她已去打问好了一家旅馆，一晚上六块钱，是四人间。反正就睡个觉而已，先将就几天再说。谁知还没等她走出剧团大门，刘红兵就又在那里候着了。大门口出来进去的人太多，忆秦娥也不想在这里拉拉扯扯，就又跟着他去了租房。没想到，仅一天时间，刘红兵简直是把房子弄得焕然一新了。并且一切都是按一个女人的生活需要收拾的。甚至连梳妆台都置办下了。忆秦娥说坚决不住，可哪里又能犟得过刘红兵呢？这次，还没等她把话说完，刘红兵自己就先起身告退了。并且还一再交代，说门也收拾好了，现在可以反锁了。

忆秦娥就这样，彻底在刘红兵的房里住下了。

一切还真按刘红兵说的来了，《游西湖》一见观众，还真火得比失火了还火。

十七

《游西湖》是在市中心最好的剧场演出的。

在内部最后联排时，封导就悄悄给单团长说："戏成了！"

单团长也静静地坐下来看了好几遍，认为封导的判断没错，戏是成了。主要是忆秦娥把李慧娘立起来了。这娃要扮相有扮相，要嗓子有嗓子，要做工有做工，要技巧有技巧。这样的好演员，尤其是在"文革"停演了十几年老戏后的今天，已是凤毛麟角了。关键是忆秦娥功底太扎实。加上她很谦虚，也很投入，咋看就是一个为戏而生的虫子了。于戏以外，她还真是有点瓜不唧唧的感觉。房子烧了，也不见她再要房。单团长还让后勤科再找找，看有没有空处。后勤科说没有，他也忙，没顾上再问，竟然也就过去了。在内部彩排那天晚上，单团长还把几个离退休老艺人请来，专门给《游西湖》把脉呢。他们看后，对忆秦娥的表演是大加赞赏。说这个李慧娘，有省秦老几代李慧娘的风范：俊美、飘逸、稳健、大气。"是省秦扛大梁的料！"有人又用了"色艺俱佳"这个词。一个老艺人甚至还当场批评他："都啥年月了，还用这'骚乎乎'的词。"那人就翻了脸，说："色艺俱佳咋了，那是对演员的最好褒奖。不仅戏美，而且人也美，有啥不好呢？一个扮相很差的演员，即使演得不错，对你几个老皮，又有多大吸引力呢？演员的色相很重要，不承认演员色艺俱佳了好，那就是虚伪。你几个老皮，就是老伪君子：八十多岁的人了，在公园里见了漂亮女人，还要冒着不惜扭断脖子的危险，扭过身把人家瞅半天，却不承认演员色艺俱佳了好。你几个就是老曹操，老董卓，老高俅，老贾似道。"几个老汉互咬互掐着，把在场听意见的人，全都惹笑了。

正式演出后，省秦的《游西湖》就爆红了。

那时西京几乎没有更多的文艺生活。一场好戏，就能把整个城市搅动起来。很快，民间评价，就传到上边领导耳朵去了。单团长跟封导商量说，等多演几场，戏磨合得更好一些，再请领导看不迟。谁知好几个领导的秘书，已打电话来要票了。他们就赶紧把请柬发了出去。果然来了好多领导。并且西京方方面面的知名文艺家，还有新闻媒体，也都蜂拥而至了。掌声几乎从第一场结束就开始，直拍到谢幕。尤其是忆秦娥的《鬼怨》《杀生》两场戏，几乎是一句唱一个好；一口火焰，一次掌声。直拍到群鬼一齐出动，把残害忠良、杀死无辜、横行朝野的奸相贾似道，生生吹死在团团烈火中。谢幕的时候，忆秦娥三次出来深深鞠躬，观众仍然不走。其他一些文艺团体，甚至还抬着花篮上去献花了。省上主管文化的领导接见演员后，一再说："你们为振兴秦腔开了个好头！这样好看的古装戏，不愁没人进剧场了。应该好好总结一下，振兴秦腔，到底从什么地方入手。我看这个戏，就是一个最好的突破口嘛！"讲完话后，领导又一再问单仰平，演李慧娘这个演员，过去怎么没见过？单仰平说，这就是从宁州调来的那个娃。还说，这个娃要不是领导您亲自打电话，县上还不放呢。领导听说这还是自己亲自调来的人，自是兴奋得了得，就久久拉着忆秦娥的手说："人才难得，人才难得呀！大家都想想，今晚要是没有这个李慧娘，还有那么多的掌声吗？"说得高兴了，领导就问剧团还有什么困难没有。单仰平脑子嗡地一下，就涌上来了一大堆。可怎么都得拣紧要的说了，他就先把住房问题拎了出来。并且还把忆秦娥住的牛毛毡棚失火的事，也绘声绘色地讲了一遍。领导就对身边人说："这个事得考虑呀！像扮李慧娘这样的好演员，还住在牛毛毡棚里，并且一把火烧得连烂棚棚都没了，那怎么行呢？还能让这好的演员住在寥天地里不成？只有安居，才能乐业嘛！娃连个住处都没有，让她怎么唱戏？你们尽快打个报告上来。"领导在说这番话的时候，身边还围着团里一大群人。很快，这个消息就跟风一样刮遍了后台。等单团长把人送走，来到后台传达精神时，这里早已是一片欢腾了。

忆秦娥累得趴在化妆室的椅子背上，有一种要干呕的感觉。刘红兵正在轻轻给她捶着背。单团长和封导走过来，问怎么了。刘红兵说："累得来，昨晚累得回去吐了好多。"

忆秦娥急忙抬起头说："别听他胡说，就是有点难受。没事，一会儿就过去了。"说完，她还把刘红兵瞪了一眼。

单团长说："很成功啊，秦娥！刚才有些话，你也都听见了，领导对你的评价很高，都答应给咱团盖房了。这房要是能批下来，你可是立了头功啊！"

"唉，也是拿命换哩。团座，还有封导，不是说呢，秦娥的确是把苦吃了，给她啥房都不亏……"

还没等刘红兵说完，忆秦娥又把话挡了："谁让你说话了吗？你们可别听他乱说了。"

"好好好，不说，我不说。"

封导接着说："秦娥，今晚咱们省上文艺界的名流，几乎都来了。看完戏给我说：这个娃不得了，演戏的感觉太好了！还都问是从哪儿弄来的呢。连省戏曲剧院的好多人都很羡慕哇！戏曲剧院那可是人才济济的地方。人家四个团，角儿挤角儿的，还羡慕我们说，省秦是一锄头挖了个金娃娃回来呢。"

刘红兵急着又插嘴道："可不是。秦娥一走，连北山地委书记、专员都追究责任呢。问是谁把人放了的。"

"刘红兵，你滚！"忆秦娥又有些恼了。

"好，不说了，绝对不说了。"

单团长就说："你看，要是哪儿不舒服了，我们送你上医院看看？"

"不用不用。"说着，忆秦娥就慢慢站起来，到水池子卸妆去了。

单团长就对刘红兵说："把人给我招呼好。"

刘红兵啪地一个立正："放心团座，就是把我日塌咧，也不会让你的角儿吃亏。"

封导也拍了拍刘红兵的肩头说："你小子也算是抱住了个金娃娃呀！记着，把娃娃抱好，秦娥可是属于整个秦腔的！"

刘红兵又是啪地一个立正："放心封导，我一定给咱把娃抱好，让组织放心！让秦腔观众放心！"

单团长和封导就笑着走了。

忆秦娥卸完妆，后台已走得只剩下管化妆的了。可忆秦娥累得又一屁股在椅子上塌下来。她有些想呕吐，管化妆的要来帮忙，刘红兵说不用，让她先走，管化妆的就也走了。剧场后台管理人员催了几次要关灯，忆秦娥才在刘红兵搀扶下，慢慢站了起来。刚站起来，忆秦娥到底还是哇地一下吐了。一吐出来，反倒觉得轻松了许多。她要收拾地板，刘红兵硬是抢着打扫了。然后，他们才离开了后台。

出了后台门，一股清风吹来，忆秦娥觉得舒服了许多。

连续几场演出，忆秦娥谢完幕，首先就是一种反胃的感觉。她想起了师父苟存忠，每每排练《杀生》下来，也是要反胃。苟老师曾说，吹火最难受的，不在舞台上吹那阵儿，而在吹完以后的"闹腾"。这是真的，松香加锯末灰，吹着吹着，有些就吞到肚子里了，加上吸入的烟雾，一旦放松下来，整个胃里就开始翻江倒海起来。演出时高度紧张，什么感觉也没有。演出一完，都有一种五脏六腑要从喉咙里飙出去的难受。在领导接见的时候，她已抿紧了嘴唇，生怕胃里的东西，会自己冲决而出。她觉得那个闸门，是快要关不住了，一旦决口，喷射物就正在领导的脸上。那可就把大乱子惹下了，她想。她尽量朝后退着，想把距离拉远些。可领导讲着讲着，一激动，就不停地

395

朝前移着碎步。她的心，就慌乱得敲起战鼓来。她努力想着各种关得很紧的门的样子。可在她的记忆中，好多门扇又都是破烂不堪的。从自己小时放羊的羊圈门，到家里的几扇门，再到宁州剧团的大门，宁州剧团灶房的柴门，再到省秦的大门，还有失了火的那间偏厦门，以及刘红兵租房的碰锁门，都不是严丝合缝的好门。都能跑风漏气。都是狠命一脚，就能踢出一个出路的烂门扇。好在自己的嘴，包括声带，都闭合得很好。但愿能闭合得再好一些，再紧一些。终于，领导把话讲完了，还不算太长。至于领导讲些什么，她真的连一句都没听进去。那阵儿，为不给领导难堪，她只能把精力，全放在控制脾胃的暴乱上。

"你可真是给省秦立大功了！这回要是建了新房，给你分两套都应该。"刘红兵又开始说话了。

忆秦娥说："你的嘴咋那么多的？"

"我的嘴要是不多，盖了房，兴许还没你的呢，你信不信？"

"我的事不要你管。"

"看你这傻不楞登的，我不管能行？"

"你又说我傻。"

"打嘴，打嘴，我说错了。你不懂，现在盖房的理由和分房的结果，完全是两回事，你还没经见过呢。我爸整天就给人断这官司呢，我见得多了。在单位，你不能太傻。做了成绩，吃了苦，一定要在领导跟前喊叫呢。哭得多的孩子，奶就吃得多，你懂不懂。不喊叫，就没你的菜了，傻娃哟！"

"你还说我傻。"

"好好，不傻不傻。是我傻，得了吧。"

"哎，刘红兵，你为啥这死皮的？叫你别到后台来，你为啥偏要来？我说多少回了，你还来。"

"我不来，我不来你吐了，谁招呼呢？"

"你不来人家自然有人招呼。就是见你来了太丧眼，人家才都离开了的。我在宁州演出，每天晚上，都有好多同学招呼呢。"

"那是宁州，都是你的同学。在这里可不一样，这是省城，你懂不？你和任何人都没有关系。你的亲人就是我，是刘红兵，懂不懂？"

"你凭啥是我的亲人？"

"就凭我爱你，真心爱你，那就是你最亲的亲人了。"

"呸，别说爱我，我不喜欢听。"

"唉，这么漂亮一个娃，要是啥时能开窍就好了。"

"我咋不开窍了？"

"你啥窍都还堵着，就只开了唱戏一窍。"

"滚滚滚！"

演出剧场离他们住的地方，有两三站路。刘红兵要打出租车，忆秦娥死活不上，坚持要自己走回去。刘红兵就只好陪着她走。

一路走，刘红兵又死皮赖脸地商量着，看晚上能不能住在一起。忆秦娥淡淡地说："房是你的，你硬要住，那我就到旅馆登记去了。"气得刘红兵毫无办法，就一个劲地说："你是不是有啥病呢？"忆秦娥说："你妈才有病呢。""好好好，我妈有病，我妈有病。"刘红兵把人送到门口，又试了一次，他硬把一条腿朝门里别。他刚别进去，忆秦娥就闪出来了。刘红兵自觉没趣地又退了出来。他退出门了还在嘟哝："这娃真有病呢。"

刘红兵走后，忆秦娥躺在床上，也半天睡不着。戏一下撂得这么响，是她没有想到的。说实话，直到彩排以前，她心里还都咯噔着，怕自己是一个外县来的演员，在省城舞台站不住呢。排练时，这个说她这不行，那个说她那不行的，好像道白、唱腔都有很大问题。总之，她还不是省秦的"范儿"。尤其是没跟西京城的观众见过面，她心里还真没一点底呢。可自打首场演出后，她的自信心就建立起来了。那是在她第一次出场时，内唱"二导板"腔"天朗气清精神爽——"，李慧娘在丫鬟霞英的带领下，轻移莲步，上场一个亮相，底下的掌声就潮水一般涌了上来。在下面的唱段中，她就感觉到了观众的接纳与热情。她已是在舞台上见过不少观众的演员。观众喜欢不喜欢，接受不接受，一出场，就能感知十之七八。在后边的演出中，随着剧情推进，对她接纳的程度，也在步步加深。当《鬼怨》《杀生》这两折特别见演员功底，也特别讨观众喜欢的戏演出来后，听着观众的掌声和欢呼声，她就知道，自己在省城的舞台上，是站住了。在以后的几场演出中，她也越来越自信，演得也越来越放松。观众就更是到处在议论着忆秦娥这个似乎十分熟悉，又十分陌生的名字了。

戏的确是成功了。但她与刘红兵的关系，也实在是越来越让她感到头疼。

在排练的最后冲刺阶段，其实一直是刘红兵在关心着自己的生活。如果没有刘红兵，她排练完回到家里，几乎连一口热水都是喝不上的。可刘红兵就那么细心，每天变着花样，到处给她买吃买喝的。有时他还亲自做。用他的话说，在家里，他妈把饭做好，他有时连嘴都懒得张一下。可在这里，他就是她的奴隶。并且是甘愿为奴的。那段时间，她也真的是没办法，就那样任由他去关心呵护自己了。但有一点她始终坚守着，那就是女人的最后一道防线。她觉得那是绝对不能突破的，一旦突破，就只能做他的女人了。她始终觉得，这不是她要的那个男人。她想要的男人，似乎还是封潇潇那种默默相守的人。刘红兵太张扬了，大小事，都要做得满世界知道了才好。她不让他到排练场去，他偏去；她不让他跟剧团人过多说话，可他已经成满剧团人的朋友了；连单团长他也不叫团长，而叫单团、叫团座了。到剧场演出，他更是上蹿下跳，从观众池子到后台，没有他不钻、不蹿的地方。连看大门的都知道，这就是演李慧娘那个演员的男人了。气得她就想拿化妆室的椅子，照他的脊背美美砸几下。她再说，再骂，他还是一直围绕在跟前，几乎没有离开一个小时以上的时间。她真的是拿他没有任何办法了。

剧团终于要进京了。忆秦娥就怕刘红兵又死皮赖脸地跟了去。恰好那两天，他不知吃啥东西，坏了肚子，拉得人都爬不起来了。忆秦娥就让他在家好好休息，说千万别胡乱跑，尤其是不要到京城去。刘红兵拉得满脸蜡黄，两腿走路，脚就跟踩在棉花包上一样失重轻飘，自是满口答应，只在家里乖乖地等她凯旋了。

《游西湖》剧组就进京了。

十八

省秦有好多年都没进京演出了。20 世纪 50 年代倒是去过，那也是隔了二十好几年的事了。因此，坐上进京火车的演出团，自是兴奋得了得。单挂了一节车厢，坐了九十五个人，还有十几个，买了票，坐在其他车厢里。车一开，也都挤过来，闹腾得车顶都快要掀翻了。

主演忆秦娥，被安排坐在单团长和封导一排。虽然都是硬座，但却在车厢的中部，就算是一种待遇了。领导身边相对安静一些，也适合主演休息。

大家都疯癫着喝酒、打牌、讲笑话。大多数人，准备了充足的吃喝，有德懋功水晶饼，有回民坊上老铁家腊牛肉，还有变蛋、柿饼、蓼花糖，水果、坚果、方便面啥的。那些啥都没带的，就带着一张嘴，吃了东家吃西家，反倒是把啥都尝了个遍。单团长和封导这边，自是最丰富了，啥都有人朝这儿拿。忆秦娥其实也带了不少东西，都是刘红兵硬撑着身子骨去给她置办的，这阵儿反倒没地方放了。在一堆又一堆人窝中，不时会发出爆破一般的声浪。那是有人讲笑话，把扎堆人群的兴奋神经给引爆了。忆秦娥他们这一块儿，主要是听封导谝。封导知道得多，一路都在谝秦腔进京的事。他说秦腔最风光的进京，要算魏长生了：

"老魏是清朝乾隆年间，咱秦腔出的一个大人物。他生在四川，因在家里排行老三，也叫魏三。你们知道不，旦角演员化妆，脸上贴的那个云鬓片子，就是老魏发明的，可以把脸型捯饬得要咋好看，有咋好看。老魏小小的，家境贫寒，靠捡破烂为生，也学过川剧。十三岁时，他跟几个小伙伴一起流浪到西京，就入了秦腔班社。这人能吃得苦，暗暗发誓，要在戏行弄出点名堂来。果然，就练成了一个'声名顶破天'的秦腔男旦。唱戏这行，下要民间江湖、引车卖浆者认可、促红。上要厅堂、庙堂接纳供养。在当地唱得再红的演员，若一生不能到各路神仙汇聚的'大码头'，尤其是帝京，露得一两手绝活，获得一两句赞语，也就只能算是塑成了'半个金身'，终是一块难了的心病。老魏也不例外，既是在秦腔界唱得最火的演员，自是想到京城，为自己、也为秦腔赢得一点响动了。他一共到北京去过三次。那时去北京，可不像现在，坐火车二十几个小时就到了。那时是吆着马车，拉着戏箱，一路走，一路唱。过了黄河，从山西唱到河北，再从河北唱到京城的。去一趟，少说也得半年天气。他第一次去，就没撞响，那时京城大概还是李自成的军队。带着几个秦腔'文工团'进过一次北京的，还没咋唱开，就让人赶出京城了。老魏带人去，唱得粗腔大嗓、声震屋瓦的，与昆曲的优雅绵长，很是不搭调，自是被冷落、嘲弄出局了。不过，老魏这人很精明，他发现昆曲的路数，也是快撞到南墙了：戏词太文雅，普通人几乎听不懂，能看戏的，都得识文断字。那时又没字幕机，看戏还得拿着灯笼、蜡台，翻着剧本，才能看明白。书面语叫'秉烛而观'。老魏觉得，一门艺术弄到这个份上，恐怕离死也就不远了。他回来，就有针对性地，专门打理了几出'生活'戏，二次进京时，专跟昆曲打起了擂台。结果，一下就把昆曲给打败了。这就是戏曲史上有名的'花雅之争'。'花部'是以秦腔为代表的地方戏。'雅部'就是昆曲。'花部'组团与'雅部'对台起来，'雅'得咬文嚼字、典故叠加的昆曲，自是无法跟'花'得家长里短、俚语俗谚的地方戏相对抗了，一下败落得很惨很惨。当时好多文人墨客，都撰有笔记。清人的笔记可是很有名的。魏三的名声，多是靠他们的笔记传下来的。这些笔记里说：魏三一出《滚楼》，弄得'一时观者尽入秦班，京城六大班从此无人过问，甚或散去'。还有的甚至说：'一时不识魏三者，无以为人。'不认得魏三，连做人都成了问题，你想想，那是多大的声名哪！现在流行歌坛刮'西北风'，那时京城刮'魏旋风'哩。不过，人太红火了，就要遭嫉恨。何况老魏的秦腔班社，是远离京城的地方'草台班子'，昆曲早已是庙堂贡品了。'庙堂'里有权有势者打压它一下，几乎是不费吹灰之力的事。有高层人士，就给老魏扣上了'诲淫诲盗'的帽子，说他唱'粉戏'，有伤风化。所谓'粉戏'，就像今天的'黄碟'，色情戏么。自然，老魏就被以'扫黄'的名义，给逐出京城了。"

封导说到这里，突然拿起一个酱猪蹄啃起来，没了下文。大家就越发觉得这故事有味儿，都打问后来呢。封导说：

"后来老魏就到扬州唱戏去了。老魏这个人，是哪里热闹，就把秦腔朝哪儿打。既然扬州是天下财富、人脉聚会之地，他就把班社开到那儿去了。由于老魏扮相好，唱得好，做工好，戏也接地气，很快就在扬州把场子踢开了。甚至又出现了京城的阵仗。弄得地方戏班的主角，都纷纷钻进他的班社讨生活来了。扬州的文人们，在笔记里记载秦腔魏三，称他为'野狐教主'。说'花部泰斗魏长生，在苏州、扬州，演戏一出，赠以千金'。你想想，红火得了得。还说几乎全国各剧种演员，都纷纷拥到扬州，拜他为师了。就连昆曲发祥地苏州的戏班，也请他去传授技艺呢。他创新的'西秦腔'，'徽伶尽习之'。就是徽州的戏班子也都来学习了。再后来，徽班进京，大家都知道'徽班进京'，甚至对京剧的形成，都起到了十分重要的催生作用。现在京剧界，也得认咱老魏这个祖师爷呢。老魏被以'扫黄'的名义赶出京城后，自是憋着一口气。咋想，都是要再进去一次，把名声挽回来，让秦腔、让自己重新站住脚的。这就有了第三次进京。这一次，他进去演的是《背娃进府》。剧目与技艺都更加成熟、老到了。自是再一次轰动了京华。只可惜，老魏毕竟是快六十的人了，最后硬是累死在后台了……"

封导讲到这里，忆秦娥甚至情不自禁地"呀"了一声。封导问咋了，她说她师父苟存忠，就是在演《杀生》时，活活累死在舞台上的。有人说："快别说这不吉利的话了，咱们这次进京，你还要演《杀生》呢。"忆秦娥就对着车窗，呸呸呸地吐了几口晦气。

封导说："也没啥，将军马革裹尸，伶人戏装咽气，也算是一种生命悲壮了。不过咱秦娥年轻，气力好，再累的戏，都能背得动。

他们累死在舞台上，也都是年龄太大了。"

大家半天都没话说了。只听其他几窝人，还在划拳、打牌地哄闹着。最后是单团长说了一句："也不知咱们这次，算是秦腔第几次进京了，但愿《游西湖》能一炮打响。"

有人说："响不响，全靠忆秦娥了。"

忆秦娥一下就感到了从未有过的压力。

进京演出，对于忆秦娥来讲，本来是一件稀里糊涂的事。反正就是演出，把戏演好，不出差错就行了。其余的，都是单团长、封导他们的事了。可听封导讲了魏长生的故事后，她突然觉得，自己好像也有了一些其他责任。甚至是关系到秦腔在首都站得住脚站不住脚的事了。这事体，还真是有点大呢。她就怕嗓子犯浑。走前那几场演出，几乎每晚结束时，她都要呕吐好长时间。这几天，嗓子也的确不舒服，不仅有点咳嗽，而且还沙哑。她就尽量不说话，喝胖大海和麦冬泡的水。这还是刘红兵不知在哪儿弄的方子，喝了还的确管点用。大家都在嗑瓜子、说笑话、打牌，她就一直靠在座位上睡觉。其实也睡不着，但她必须保持这种姿态。一来可以不跟人说话，二来也的确能养精神。过去在北山演《白蛇传》《杨排风》的那两个多月，严格讲，除了晚上化妆演出，早上练一练"出手"，多数时间，她都是睡觉。别人说她在当"睡美人"呢，其实她就是困乏。并且只有持续睡觉，才能保证嗓子不出问题。睡觉真是对嗓子最好的护养了。她就那样清醒一阵、糊涂一阵地眯瞪到了北京。

忆秦娥一到，还是打定了主意睡觉，一睡就是一天一夜。年轻人是住的五人、六人间。而她是主演，特殊照顾，跟两个老师住了三人间。

那两个老师是特殊照顾来的。剧团进一回京城不容易，凡能沾点边的就都带来了。她们就搬了一片景，再是帮忙叠叠服装啥的。好在两个老师除了晚上睡觉，白天基本都在大街上溜达。也许是溜达得太累了，鼾声也就沉重些。有一个甚至做拉风箱状，拉着拉着，气还有些接不上来，像是风箱杆子突然被拉断了。她也只能静静地躺着，努

402

力在脑子里过戏。

第二天一早，她就被业务科人叫起来，到舞台上"走台"去了。所谓走台，就是要把戏在新的舞台上完整排练一遍，因为舞台与舞台的大小尺寸与结构是不一样的，不熟悉就会出问题。走完台，单团和封导一再强调：今晚是一场硬仗，我们花了省上这么多钱，来参加全国调演，也就看今晚的表现了。并宣布了几条纪律，第一条就是走完台，必须立马回旅馆休息，不许任何人出去逛街道。可大家回到旅馆不一会儿，就三三两两都溜出去玩了。忆秦娥自是又睡下了。睡不着，她就数羊，数着数着，也就睡着了。

下午四点，业务科的人又来敲门，说吃完饭就发车去剧场化妆。忆秦娥迷迷瞪瞪地爬起来，去食堂吃了一碗米饭，喝了一碗鸡蛋汤。正喝着，就听团上有人跟服务员吵了起来。是乐队敲大锣的，在用夹生普通话喊叫："你凭什么不上白馍了？我们是大西北人，不爱吃米饭，就爱吃白馍。咋啦？"只听一个大妈样的胖乎乎的服务员，带着嘲讽的口气说："不吃大米饭？那两大保温桶米饭都到哪儿去了？你们可没少吃哦。额外要馒头就是要馒头，可别说大西北人不爱吃米饭的话。都没少吃啊。馒头没了，要吃等明天。""你这什么话？不是谈好的，每顿尽饱咥嘛。吃个白馍馍，咋还要等明天？"敲大锣的说着，就朝服务员跟前冲去。几个小伙子也跟了上去。服务员就连忙操起鸡蛋汤桶里的铁勺，连舞带后退地说："怎么着怎么着，还要动武，是吧？这可是首都！你们大西北人莫非还敢在首都撒野不成？"单团长看情况不妙，就连忙跛着腿跑到人群里，把几个小伙子拦住了。安抚好胖服务员后，单团长把敲大锣的，还有另外几个人，都美美批评了几句道："你们到首都来是演出的，是给首都人民汇报来了，不是争吃争喝来了。戏还不知能打响不，先在食堂给人家留下这坏的印象，好像大西北人都是饿死鬼托生的。"敲大锣的就嘟哝说："里面明明有白馍，他们就是嫌我们吃得多。几个胖婆娘，还挤眉弄眼的，把几屉笼馍抬着到处乱藏呢。"单团长就说："君子谋道、小人谋食的话，你听说过没有？我们是谋道来了，不是谋食来了，你懂不懂？你晚上要

403

是把锣敲好了，回去我蒸两笼白馍送你。看不噎死你。"敲大锣的笑着说："那就给我蒸两笼肉包子。""滚！"单团长还照着他屁股踢了一脚。

一切都井然有序地进行着。忆秦娥化完妆，包好头，静静地坐在一个角落，默着戏。这时，不停地有人传来池子观众的消息：一会儿说，观众不少；一会儿又说只坐了半池子；一会儿说，都是陕西乡党；一会儿又说，北京口音的也来了不少。都说"京片子"嘴里跟含了一颗糖一样，说啥都呼噜不清楚。再后来，就说评委来了。还有领导。说有好几十个大人物呢，不过老汉老婆居多。终于，三道铃响了。

戏开了。

忆秦娥一再在心里跟自己说：没啥害怕的，不就是演戏嘛。可说归说，毕竟是首都，毕竟是参加全国比赛啊！这几个月，从排戏开始，"首都""比赛"这几个字都让人听怕了。

大幕终于拉开了，裴相公先上去唱了四句戏：

> 喜今朝天气晴乌云散尽，
> 出门来只觉得爽朗胸襟。
> 枝头上黄鹂叫两两相应，
> 真个是春光好处处宜人。

底下毫无反应，裴相公就下场了，有一种灰溜溜的感觉。在西京，"裴相公"也是名演，他一开口，那可是一句一叫好的热闹景致。可今晚，几乎"凉得要咳嗽"起来了。他失落地下了场，还真尴尬地自我咳嗽了两声。

终于，该忆秦娥亮相了。她一句"内导板"唱，丫鬟先出场，向内招呼道："小姐，快来呀！"忆秦娥就移着莲步，先背身、后亮相地，正式出现在首都舞台上了。

让她有些失望的是，这里没有碰头彩。她自信，今晚的妆，是化得最好的。几个小伙子还给她献殷勤说："妹子，就凭你这一副'盘子'，都把首都震翻了，还别说吹火绝技了。"她觉得嗓子也睡好了，可观众对她好像很是冷淡，还真让她有点紧张了。并且越演心越悬了起来。池子太安静太安静了。来北京前，在西京演出有掌声的地方，这里统统都鸦雀无声了。她演着演着，冷汗就冒上来了。莫非秦腔的名声，还真要瞎在忆秦娥手中了？《游西湖》可是20世纪50年代在首都唱红过的戏呀！

第一场下来，就听旁边人议论说："首都人看戏咋是这范儿，手脚好像是被上铐子了一样。""太安静了，安静得怕人。""今天这戏不好演。"她努力保持着镇定。一步步按照排练的要求，稳扎稳打地朝下演着。到第四场《思念》后，慢慢出现了转机，终于有人鼓掌了。虽然稀稀拉拉，可毕竟是有了掌声。这对演出，是最重要的认同与激励方式了。李慧娘由于同情被打入死牢的正义士子裴相公，而惨遭奸相贾似道杀害，剧场情势由此突转，引出《鬼怨》一折。掌声也从此逐渐多了起来。

怨气腾腾三千丈，
屈死的冤魂怒满腔。
可怜我青春把命丧，
咬牙切齿恨平章。
阴魂不散心惆怅，
口口声声念裴郎。
红梅花下永难忘，
西湖船边诉衷肠。
一身虽死心向往，
此情不泯坚如钢。
钢刀把我头手断，
断不了我一心一意爱裴郎。
仰面我把苍天望，
为何人间苦断肠？

飘飘荡荡到处闯，
但不知裴郎在哪方？
一缕幽魂无依傍，
星月惨淡风露凉。

当她唱到"但不知裴郎在哪方？"时，四处奔突的快步动作，骤然减慢下来。她一边唱"一缕幽魂无依傍，星月惨淡风露凉"，一边慢慢朝下"卧鱼"。这就是那个长达三分多钟的下蹲控制动作。身子几乎是一个关节一个关节软卧下去的，但又不能让观众看到关节的生硬折叠。她是一匹锦缎，这匹锦缎像是被魔力所控制而点点柔软下沉着。当身子旋扭到三百六十度，呈"犀牛望月"状时，恰似一尊盛着盈盈波光的"玉盘"，琥珀粼粼，却点滴未漾……

掌声，终于如雷鸣电闪后的暴雨狂风大作一般，把整座剧场的顶盖，都几乎要冲决掀翻了。

在紧接着的《杀生》一折，几乎一个动作一次掌声。一口吹火，一阵霹雳。有人在侧台计算，仅这场戏，忆秦娥就赢得了五十三次掌声。终于，秦腔经典《游西湖》，在全场观众站立起来的一片叫好声中，精彩落幕了。

后台几乎所有人，都在相互拥抱。大幕拉上后，满台演员，包括搬布景道具的，也都激动地拥到忆秦娥跟前，把忆秦娥一下抱了起来。可就在这时，忆秦娥哇地一下吐出来了，污秽物喷溅了几个人一脸一身。她感觉，她是快要死了。甚至在一刹那间，她猛然想到了师父苟存忠的死。有人喊叫说，领导上台接见演员了，让她坚持一下。可她咋都坚持不住了，还是要吐。她急忙朝厕所跑去。跑着跑着，又吐了出来。最后，是被几个人架进厕所吐去了。

忆秦娥一边吐，一边哭。也许别人以为，她是演出成功了，喜极而泣。可忆秦娥只觉得，演戏真的太苦太苦太苦了。做主角的压力，也是太大太大太大了。她今晚几乎都快被压垮了。下辈子要是允许她选择，她一定选择放羊。即使放不成羊，她宁愿去烧火做饭，也不愿再唱戏了。尤其是不唱这种拿体力、绝技拼命的戏了。

她在厕所里吐得累了，竟然一屁股坐在了湿漉漉的台阶上。搀扶她进来的周玉枝和管化妆、管服装的老师，让她别坐，说地上脏。但她还是撑不起身子骨地软瘫了下去。厕所外边有人敲门说："领导和专家还没走，都等着要见忆秦娥呢。"周玉枝问她，能不能行？忆秦娥摇了摇头。这阵儿，她只想坐在这里静一会儿。这里是唯一安静的地方。过一会儿，外边又有人敲门，说记者也等着要照相呢。管服装的老师，见忆秦娥脸上的妆，早已被泪水和脏物涂抹得不成人样了，就对外面没好气地喊叫："就说人都快累死了，送医院了。见不成，也照不成了。"

等身心慢慢平静下来，厕所外面也没有了更多嘈杂声后，忆秦娥才从厕所里走出来。

一出门，她看见的第一个人，竟然是刘红兵。

十九

忆秦娥就想着，刘红兵是咋都不会错过这热闹的。要是能错过这热闹，他就不是刘红兵了。临走那几天，刘红兵肚子实在拉得不行，几乎过几分钟就要朝厕所跑一趟。有时跑不及，从奇怪的表情看，好像都拉到裤子上了。但凡勉强能坚持，他都是会跟着大部队跑的。可仅仅只隔了两天，他到底还是死来了。人明显瘦了一圈，眼睛也眍下去两个深坑，眼白一下多了许多。嘴唇也是泛着乌青的。忆秦娥也懒得问。也没气力问。他要搀她，她胳膊一筛，他就只好像尾巴一样，硬粘在忆秦娥身后了。

从剧场到住地，团上租了公交车。第一车拉着乐队和一些卸妆快的龙套演员早走了。第二车，还等着她和那些管服装、管鞋帽、管化妆的。到了车前，她第一脚竟然没有登上去，是刘红兵在屁股上促了一把，才攀上车门的。就在她登上车门的一刹那间，车上突然响起了

407

热烈的掌声。她看见，是单团长和封导，在带头为她鼓掌。

这是她第一次感受省秦这个团队，对她的集体欣赏和褒扬。

单团长已经在第一排，给她安排好了位置。她还有些不敢坐。但封导硬让她坐下了。她的"尾巴"刘红兵，在她坐下后，还在十分亲切友好地跟远处人飞吻，跟近处人一一握手。并又是打躬，又是作揖的，就好像今晚是他在首都放了卫星，制造了原子弹。逗得满车人都发疯似的狂笑起来。连单团长和封导，他都是"接见"过好几次，握了好几遍手的。后边有人烧火，让把大家都"亲切接见"一下。他还真就挨个朝后边握起手来。在他握手的过程，满车人还拍起了固定的节奏，配合着他越握越来劲的行动。气得忆秦娥就想用手中的提兜，狠命朝他后脑勺上砸去。接见完了车上所有人，大家又把他起哄到车前边，他又跟单团长和封导亲切握了第N次手，车就开动了。前边明显是没有坐的地方了，有人就喊叫："红兵哥，端直朝你的人腿上坐呀！""坐！""坐！""坐！"后边一些年轻人，甚至站起来喊叫。刘红兵这个二蛋货，还真朝忆秦娥腿上坐了。忆秦娥一闪身，他一屁股塌在了地板上。惹得一车人，又是打口哨，又是拍椅子背，又是拿脚跺车厢的，一下把狂欢推向了高潮。气得忆秦娥到底还是照他屁股踹了一脚。车一摇晃，刘红兵就势歪到引擎盖上坐下了。

后边人还在欢乐着，只见单团长站了起来。他第一次没站住，是刘红兵急忙伸出手，把他那条残疾腿扶了一把才站住的。单团长拍了拍巴掌，让大家安静了下来。他说："今晚演出很成功，比预想的要成功得多。没有任何纰漏。用封导的话说，简直是一匹织得最浑全的锦缎。整个演出，我们有人数了一下，一共是九十七次掌声。我也在下边看了，有好几处，都是评委在带头鼓掌，带头喊好。几个老专家都拉着我的手说：秦腔有希望了。说这是一个大剧种，是梆子戏的鼻祖，也可以说是京戏的祖师爷。把秦腔振兴起来，戏曲才有大希望。今晚还来了不少部委的领导，也都很满意。尤其是咱们省在京的领导，有的过去看过《游西湖》，说这次演出，与'文革'前的演出比，毫不逊色。并且说，演李慧娘的这个演员，太难得了。秦娥，都夸你呢。说你扮相好，个头好，唱得好，戏做得好，火吹得好，一连说了五个好，还都想见你呢。可惜你当时累得出不来。我要特别告诉大家一个好消息：后天晚上，有可能让我们到中南海怀仁堂演出。当然，这事还没最后定。来看戏的领导，回去还得汇报商量。让我们静等消息呢。"单团长说到这里，大家又激动地敲起椅子背来。单团长接着说："我们明晚先得搞好最后一场演出。首都文艺界可能会来一些人看戏。今晚几个团都要票了，一要就是上百张。行内人看戏，可是不好演，大家得把劲铆足了。无论今晚还是明天，都不要出去逛了，就在家好好休息，养精蓄锐，以利再战。我们来是给首都汇报的，不是来胡逛荡的。办公室和业务科要好好检查，再有出去胡逛的，一律扣工资。"有人在后边制造了一声尖锐的口哨声，把一车人又惹得哄堂大笑起来。单团长气得问："谁来？是谁打口哨来？不满意团上决定，站起来讲。"有那好出洋相的，就站起来敬礼说："报告团座，好像是车外传来的。"一车人又笑得前仰后合起来。

晚上，尽管要求那么严，一团人还是偷偷溜出去了大半。说都到天安门看夜景去了。忆秦娥房里的两个老师，也跟人跑了。刘红兵就到忆秦娥房里干坐着。忆秦娥累得也没话了，即使有话，也不想搭理他。刘红兵就没话找话说，主要是说今晚演出的盛况。他说他坐飞机是八点过十分赶到剧场的。进剧场把他吓了一跳，所有观众，就跟死人尿一样，蔫儿着一动不动。忆秦娥白了他一眼，嫌他说话难听。他还补了一句："真的跟死人尿一样。"忆秦娥就让他出去。他说："好好好，跟活人尿一样。"忆秦娥说了声"滚"，他才注意用词了的。他说，没想到首都观众这样冷静，冷静得就像一潭死水。第二场戏完，他还带头鼓了几下掌，可没一个人跟，弄得好多观众还回头怪看他呢。他想，毕了，今次调演可能毕了。他说他都不敢想象，她那阵儿在台上的压力。弄得他身上都出了几身冷汗。戏是从第四场结尾开始慢慢热起来的。越朝后演，越热。有些地方，他带头领了掌，有些地方，完全是观众自发的。尤其是到了《杀生》一折，他担心得都不知道鼓掌了，可掌声却此起彼伏地炸起堂来。他说，看着自己人演得这么好，他的那个骄傲啊，就想对着满池子人喊：你们知道不，这个演李慧娘的，是我老婆！我刘红兵的老婆！

忆秦娥气得把桌上的镜子一下推倒了，说："刘红兵，你还嫌给我人丢不够，是吧？"

"我咋又给你丢人了？"

"你咋又丢人了？谁让你来的？你来算咋回事？"

"全团人都知道是咋回事。你不知道是咋回事？"

"你脸太厚了，刘红兵。"

"我脸咋厚了，忆秦娥同志！"

"你滚！"忆秦娥到了关键处，也就只能说出一个滚字的狠话来。

刘红兵每每听到这个字，就是笑，讪皮搭脸地笑。刚从剧场一回到住地，他就出去给忆秦娥买了各种吃喝的放在桌上。并且还买了止吐药，他把白开水浪了又浪，吹了又吹地让她喝。可忆秦娥死都不喝，还非让他把东西拿走。他自然是不会拿了。忆秦娥就说累了，想睡觉。他又给忆秦娥拉开被子，伺候她躺下，才走的。

他都出门了，忆秦娥又警告了他一句："不许跟团上人乱说乱谝。不许住在团上谁的房里。要住，你就住到一边去。你不是我的啥人，你要再乱说，我就踢你。"

"不说不说，保证不乱说。"刘红兵说着，还扇了自己一嘴掌。

忆秦娥知道说啥也不管用，就这号死皮，也不知是咋粘上的，反正再也抖不离手了。气得她一想起来心里就堵得慌。不过，在刘红兵走后，她也想：自己就是再不给他面子，他还是这样一如既往地追着自己，缠着自己，照顾着自己，也算难得了。封潇潇再好，毕竟是远离着自己的。甚至这么长时间，连片言只语的音信都没有，也就让她彻底失望了。她甚至感觉，自己一边在骂刘红兵，踢刘红兵，却又一边在慢慢接受着刘红兵了。这是一种无奈，似乎也是一种滴水穿石地水到渠成。每每想到这里，她又觉得于心不甘，咋是这样，就把一生交给这个从一开始就很是不喜欢的人了？她懒得去想了。想也无益。并且越想越头疼。她就干脆熄灯准备睡了。明天还有一场恶仗呢。她知道，给内行演出是最难的事了，何况是首都的内行，还有全国来观摩的内行。他们看戏，就跟医院的透视机一样，五脏六腑里有点毛病，隔着衣服都是能看出来的。她只能睡，用睡的办法养护嗓子，养护精神，以保证重要演出。

也不知啥时，她突然听到了窸窸窣窣的响声。睁眼一看，是那两个老师回来了。两人见她醒来，一个说："秦娥，你真能睡呀！从来北京到现在，除了走台、吃饭、演出，你就一直把背粘在床板上。小心睡瓜了。"另一个说："这娃哪来这么多的瞌睡，像是瞌睡虫托生的。起来新鲜新鲜再睡。要不然，半夜醒来才难受呢。"忆秦娥一看表，是凌晨快一点的时候。她们开着灯。灯是吊在房子正中间的位置，虽然有些昏黄，可半夜亮着，毕竟是很刺眼的。她就把身子翻到面向墙的位置了。只听她们两人，你一言我一语地，说起了北京见闻，收拾整理起了白天和晚上出去买的东西。她们把给老汉、儿媳妇、孙子、外甥女买的礼物，还有邻居让捎的东西，全都摊到了床上，有鞋帽，有袜子，有衬衣，有乳罩，有裤头，有西服，有裙子。一件件拿出来比试着。从样式，到花色，再到锁边、纽扣，没有不讨论的。讨论着讨论着，怎么又把目标全都对准了自己的儿媳妇，共同声讨了大半夜，才关灯躺下。躺下后，两人又商量了明天的逛街计划。一个说去王府井看看。另一个说，还是前门大栅栏有转头。说那里啥都有，并且还便宜。说王府井的货好是好，可有点杀人不眨眼。一个又问："明天啥时走？"一个说："吃了早饭吧。"另一个说："单仰平不是说了，明天坚决不让出去吗？"那一个说："人家主角在家养神哩，你个烂搬布景的，养了神，是去台上跟人家主角抢戏呀。逛你的，晚上七点赶到剧场，不误那一片假山景就是了。"一个很快就梦见周公了。另一个还在问："那啥时看天安门升国旗呢？"那一个的鼾声，就从腹腔，以共鸣音的浑厚，震得没钉稳当的窗玻璃，都在咔咔嚓嚓颤抖。另一个还抱怨了一句说："吆猪哇，你个老挨炮的。"

忆秦娥咋都睡不着了。她从她们的谈话中，在想象着首都的样子。她也不知王府井在哪里，也不知大栅栏在哪里，更不知六必居的酱菜有多好吃，也不知张一元茶叶，为啥要成几十斤地朝回买。好像都在买，都在说。稻香村又是个什么村子呢？从她们的议论看，好像是个糕点铺子。那里的糕点，又能比西京的好吃多少呢？她也是胡思乱想着，越想脑子越清醒。加上两个老师此起彼伏的呼吸道拉扯声，堵塞声，开通声，不停地刺激着自己，她就干脆又开始在脑子里过戏了。她从第一次上场开始过起，直过到把奸相贾似道用鬼火烧死。天还没亮，两个老师还在拉风箱。她就又过，过着过着，瞌睡才又来了。

早上吃完饭，人都溜走完了。单团长还让办公室查，看谁违反纪律跑了。查来查去，除了忆秦娥，其余基本都溜出去了。他也就睁一只眼，闭一只眼算了。

忆秦娥吃完早饭，刘红兵问她出去转不。她也睡得有点难受，就想在附近走一下，但又不希望跟刘红兵一道。就说不转。刘红兵又赖在房里不走，她只好起身，说要出去走走。可刚到旅馆门口，一阵风袭来，吓得她又立马用手捂住嘴，跑回大厅了。这种风最伤嗓子，一旦感冒，咳嗽起来，麻烦就大了。刘红兵说买个口罩戴上。她坚持还是在房里休息，就又窝回来了。房里没人，刘红兵就坐着不走。他不停地叨叨昨晚戏咋成功，一团人咋庆贺的事。说有人出去喝啤酒，回来时，醉得把牙都跌碎了半边，他还陪着去医院，帮着缝了豁嘴唇。忆秦娥就问他，昨晚睡在哪里？他说："弟兄们都爱跟我谝。我走了走了，又被几个人扯耳朵拽胳膊地拉回来，整整谝了一夜。一直都在说戏，说你呢。"气得忆秦娥还真给了他一脚。他急忙说，都说的是好话。忆秦娥就骂："谁让你说我了。好话也不许说。叫你睡到一边去，你偏要死到团上，烂嘴胡掰掰。你死去吧你。"刘红兵揉着被忆秦娥踢过的地方，光嘿嘿笑。忆秦娥是练武功的人，这一脚，还真踢得不轻呢。连忆秦娥自己都觉得脚尖有点痛了。

刘红兵又干声没趣地坐了一会儿，忆秦娥让滚，他就给她收拾好胖大海和麦冬水，听话地滚了。忆秦娥站起来，在房里压了压腿，踢了几下，又扳了一会儿朝天蹬。她觉得还有力气，就又拿了十几分钟大顶。然后，她喝着胖大海，看着窗外的院子，咿咿呀呀喊了几声嗓子。有其他旅客在抬头看声音是从哪个窗户传出来的。她就没敢再喊了。过了一会儿，单团长和封导领来一个记者，说是中央人民广播电台的，要采访她。刘红兵也跟了进来。人家问啥，她都不知咋回答，只是用手背挡着嘴干笑。好多话题，还是单团长和封导代她说的。最让她讨厌的是刘红兵，不停地插嘴，好像啥他都知道。记者就问他是干啥的。还没等他说出来，这次忆秦娥倒是抢得快，说他是团上舞美队扛箱子的。刘红兵还想张嘴，就被忆秦娥用眼睛瞪得闭上了。记者看她不会表达，就让她给听众唱几句秦腔，她就唱了几句。记者很满意，接着又聊了几句关于秦腔的话题，采访就结束了。刘红兵怕挨剋，在单团长和封导送记者走的时候，也跟着脚底抹油，溜了。

为保证晚上演出，忆秦娥不得不又睡下了。

这天晚上的演出，观众爆满。掌声也比昨晚多了十好几次。关键是演出刚一结束，就传来消息说：进中南海演出的事定了。

二十

事后忆秦娥才听说，中南海来的人晚上看戏了。刚看完，就上台找剧团拿事的说："明晚请你们进中南海演出。"但不演整本戏，只演中间那两折最精彩的。说另外还有晋剧一个折子戏，豫剧一个折子戏。属于拼台演出。但秦腔多一折戏。不过人数有限制，连乐队，只让进去三十人。并且还要团上出政审材料。好事的确是大好事，却只能进去一半人不到。那一大半人，自是有些失落。

忆秦娥今晚演出完，还是吐了半天。好多业内人士，在演完后拥上台来，想跟演员交流。他们不像领导，倒是都能等，直等到忆秦娥从厕所呕吐完，卸妆出来，还都没离开。一见真容，个个更是惊叹得了得，都说这个演员的确是太漂亮了。有的还说，以为是妆化得好呢，没想到，原来"底版"也这样赢人，是真正的美人坯子。有人还问她：是不是混血儿，鼻梁咋这高的。有的问她是不是新疆人，她只

413

捂着嘴笑，不知如何回答才好。倒是刘红兵激动得又是拉椅子，又是让座的，生怕传递不出他与女主演的关系。大家围坐一圈，还在七嘴八舌地说着，问着。有的问：吹火是咋练的；那火是什么东西形成的；说其他剧种，还真没有吹火这绝技呢。在大家反复夸赞她唱、念、做、打样样俱佳的同时，几个京剧界的老师，也给她讲了讲唱腔还需要注意的地方。说尤其是呼吸、换气的方法，还值得很好地研究推敲。说所谓戏味儿，很多就藏在那里边呢。有的老师说，她演出还是有点太用蛮力，要再轻巧、放松、自然些，戏会更加张弛有度。忆秦娥自是不住地点头感谢着。死刘红兵也在一旁，谦虚地点头哈腰地纳着言，接着招。大家都起身要走了，似乎兴致还未尽，又对单团长和封导说：这个演员的条件，在全国舞台上都少见，一定要保护好了。一个老戏剧家，又用了"色艺俱佳"四个字。忆秦娥虽然不喜欢听那个"色"字，可好像说的人还越来越多了，她也只能掩面赔笑。大家跟她照了相，并且和她一一相互留了联系方式，才一一散去。

回到旅馆，忆秦娥到大澡堂洗了个澡，出来发现，楼道已没人了。大概又都出去逛了。晚上在回来的车上，单团长宣布：除了明晚进中南海演出的人员以外，其余的明天放假一天。调演算是圆满完成了任务，进中南海演出，纯属锦上添花。大多数人，也就算是彻底解放了。可忆秦娥肩上的压力，反倒更大了。回到房里，刘红兵早把烤鸭、卷饼、葱酱，都停停当当摆在桌子上了。忆秦娥生气地说："不吃。"她只吃团上发的夜餐：一个面包，一个煮鸡蛋，一根火腿肠。她边吃边把刘红兵又数落了几句，嫌他不该在后台乱献殷勤。刘红兵说："那么多老师来给你捧场，封导年龄大，单团腿脚跛，我不拉凳子，不招呼人坐，莫非还要让客人都站着？"忆秦娥知道，她咋都说不过刘红兵，说了也是白说。她说自己要休息，就把刘红兵打发走了。

她也是怕那两个老师半夜回来闹腾，就早早关灯睡了。可刚迷糊不久，她们就回来了。她们比昨晚回来得还早一些。一进门，咯嘣拉开灯，一个就喊叫："秦娥，秦娥，咋这早就睡了？演出这么成功的，都到天安门、王府井逛去了，你个大主演，还能睡得着？真是瞌睡虫托生的娃哟！"忆秦娥勉强一笑，把脸朝里边拧了拧，准备再睡。只听两个人就摊开了几大人造革皮包的东西，开始一笔笔算起老婆账了。先说了一通六必居酱菜：一会儿甜酱萝卜，一会儿甜酱黄瓜，还有什么甜酱甘螺、白糖蒜啥的。哪个好吃，哪个不好吃，哪个能夹馍，哪个能调面，反正说得头头是道，香气四溢的。说完六必居酱菜，又说张一元茶叶：一个说，张一元的茶叶比过去贵多了，上次来，她回去给人捎了二十多斤，才十几块钱。这次还是二十多斤，就两百多块了。说价涨得快成抢钱了。另一个说，稻香村的食品价也翻了好几倍。过去买八大样是啥价，现在是啥价，两人为过去的价钱还争了起来。一个说一个记错了，另一个说，你真正是老糊涂了。后来又咔咔嚓嚓试起了剪子。一个说，王麻子剪刀就是耐用。一个说，其实张小泉剪刀也不赖。说王麻子好的，就说她上一次红卫兵大串联来北京，一次买了十把回去，送给人几把，剩下的，自己用了十好几年呢。还说那时卖剪刀，还偷偷摸摸的。说张小泉好的，说她娃的舅，在杭州买了几把张小泉剪子回去，可好用了，孙子拿着剪铁丝，口愣是没剪卷。两人你一言我一语的，说到最后，主张王麻子好的，说张小泉剪刀太秀气，卖不到黄河以北去；主张张小泉好的，说王麻子剪刀太蛮实，长江以南也没人稀罕。忆秦娥也不知这些人，哪来的那么多剪刀知识，说得她觉得自己还真跟傻子一样，除了唱戏，啥都不知道了。后来，两人为十几块钱终于说撑了。大概是在买啥子"京八件"的时候，一个说，是她垫的钱。另一个说，明明是自己从包里掏的。情况斗不到一起，就吵了起来。吵到最后，都不说话了。只听到塑料箱子盖，摔得一片乱响，灯就关了。好像关灯的绳子还被谁拉断了。再然后，就是翻身和唉声叹气声。直到过了好久，才又相互扯起了好像是在互动着的鼻鼾来。

忆秦娥再也睡不着了。过去睡不着，她就数羊，数一数还能睡着。现在，她又一只羊、两只羊、三只羊地数了起来。数着数着，竟然数回老家九岩沟了。

她爹第一次拉回羊来，是在一个大冬天。她和她姐放学回家，娘正在抱怨爹，说不该把别人家的羊牵回来。家里连人都养不活了，还养羊呢。爹说："都是亲戚，人家养了六只，上边不准，嫌养多了是搞资本主义，最多只让养三只。剩下三只让我牵回来，是代人家养的。亲戚答应，明年给一斗麦子、一升芝麻、两斗苞谷。还给两斤化猪油，再搭一副猪下水呢。这好的事情，能不接？"娘说："谁来养？我俩都捆在队上，要修大寨田，要挣工分。娃要上学。加上大冬天的，山上草都冻死完了，让羊喝西北风去。"爹说："熬过冬天，山上的草，哪里喂不活三只羊？"娘唠叨："我说的冬天，说的是现在，现在让羊吃啥喝啥？我们都饿得顿顿饭稀得能照见人影影，你还操心起亲戚的羊来了。"就在爹娘斗嘴的时候，忆秦娥（那时叫易招弟）蹲在地上，抚摸起了一大两小三只羊来。没想到，三只羊那么温顺，她只拿小手摸了摸它们的肚皮，就都听话地卧倒在她脚下了。她给小羊挠腿，小羊就把腿跷得高高地让她挠。她一下就喜欢上三只羊了。就在爹娘为谁来放羊争吵得搁不下时，她说："我放！"虽然当时娘没答应，可晚上，她听见爹娘商量说：姊妹俩不可能都上学，迟早总得回来一个。娘说："女娃子家，上得再好，将来都是人家的，何必呢。来弟喜欢上了，让她先上着。招弟本来就不喜欢到学堂去。加上沟里小学也没个正经老师，上学也是三天打鱼，两天晒网的。不如让她边放羊，边在学堂混着，混不下去了，村上也不找我们的麻烦。刚好回来给家里搭把手。"就这样，三只羊便留下了。她喜欢羊，连去学堂混，也是把羊牵着，拴在教室外。有几次羊在外面叫，并且还到处乱拉黑粪蛋蛋，气得老师硬是把她从课堂撵出去，一罚站就是好半天。刚好，她就能跟羊在一起了。大冬天罚站，脚冷，三只羊好像懂事似的，竟然都卧在她的腿脚旁，让她有了一种比在教室更温暖的感觉。再后来，她去学校也行，不去，老师也懒得家访，懒得问，她就真的成放羊娃了。她在梁上唱，在沟里喊，羊也跟着咩咩地叫。那时，她也知道一个叫"理想"的词，别人回答理想是：开火车、开飞机、参军、当科学家。她的理想，从没人问，但她心里是有的。那就是将来嫁一个好婆家，喂上一群羊。羊不是三只，而是三十只。在一个有草、有坡、有水、能随便唱山歌的地方，过一辈子。那时她也知道北京，知道天安门，还知道北京有个"金山"。歌里不是唱"北京的金山上光芒照四方"嘛。但她还不敢想，一个放羊的，能到北京去，能见天安门，还能上了"金山"。想着想着，她还哼哼起了那首小时唱得特别熟悉的歌儿。再后来，她就进入了梦境：

满山遍野的羊群。

她在放羊。

先是她姐在帮她放。

后来她娘也帮她放。

再后来，封潇潇也帮她放。

再后来，胡彩香也来帮她放。

再再后来，师父苟存忠也在帮她。

怎么古存孝也披着黄大衣来了。

封导也挥起了放羊鞭。

连单团长，也一跛一跛地跑来帮她拦羊了。

拦着拦着，她舅胡三元突然出现了。舅黑着脸，很是愤怒地操起一根拦羊棍，端直把羊都赶到断头崖下边去了。他一边赶，还一边骂她："没出息的东西，叫你好好唱戏，你偏要放羊。羊能放出花来，放出朵来，放出个红破天的大名演来？"羊跟飞天一样，被她舅全赶到崖下摔死了。

她就气得醒来了。

醒来一看，一个老师还正在说梦话："我要昧你那几个钱，我都是地上爬的。"另一个在打鼾，气息仍是不顺畅，给人一种处在危崖上的感觉。

早上吃了早饭，中南海里又来了联系人，说要看看吹火。是担心引起火患。忆秦娥就给示范吹了几口。还给看了松香与锯末的配料。封导一再介绍说，秦腔吹火，已有上百年历史了，也许更早些，但从没听说引起过火灾的。来人瞪了他一眼说："科学依据是什么？你能保证不引起火灾？你的保证管什么用？失了火，是拿你的人头是问，还是拿我的？"封导就再不敢说话了。单团长倒是又接了一句："不行了备几个灭火器。我们过去演出也备过。""这个还需要你安排吗？你们就说，还有没有替代吹火的办法？动作做到就行了，非要冒出明火来干什么？"封导急得又插话说："看《游西湖》，主要就看的这点绝活哩。""那你们再想想办法吧。我们也想想。这个我们拿走了。"来人说着，就把一包松香粉搅锯末拿走了。人走后，封导、单团和忆秦娥还商量了一下，觉得吹火绝对无法替代，除非不演这折戏了。

到下午三点的时候，通知在旅馆房里开始化妆。忆秦娥就化起妆来。

两个老师不进"海里"，一早起来，就又出去采买去了。不过再没结伴而行，而是牛头不对马面的，各自单独提着大人造革包，气呼呼地出去了。房里倒是安静。

忆秦娥一边化妆，一边又在脑子里过起戏来。刘红兵还几次进来，问需要啥不，她也懒得理。刘红兵就给她保温杯里加些水，再开窗户换换气，然后吹着口哨出去了。忆秦娥想，刘红兵再能，中南海他总是进不去吧。除了演员和乐队，是一个萝卜一个坑外，其余只让进去一个带队的。连单团都让了封导，说他进去，跛来跛去地不雅观不说，让封导进去，还能根据舞台状况，随时处理演出中的事情呢。

五点半的时候，"海里"来车接人了。

来的是一辆绿皮军车，窗户都遮挡得严丝合缝的。大家一上车，就给每人发了一个特殊演出证，要求必须戴在胸前醒目的地方。拿上车的东西，都一一做了检查。有些奇形怪状的乐器盒子，都拿一个吱儿吱儿叫唤的玩意儿做了检测。连忆秦娥手中拿的演出行头，也被打开看了又看。有人想把窗帘扒拉开，被来接的人拿指头严厉一指，意思是不许动，就再没人敢掀帘子朝外看了。也不知走了多远，弯来拐去半天，忆秦娥都觉得晕乎了，车才停下，说到了。在大家下车的时候，来接的人又做了特别强调，要求大家下车后，直接到后台休息。他交代说：剧场四周都拉了警戒线，不许任何人到后台以外的地方走动。还说后台门口有哨兵，任何人在离哨兵三米远的地方，都必须自动止步。他还交代了其他一些事项。忆秦娥头晕，也没记住，就下车朝里走了。车是横停在后台门口的。出了车门，只几步路，就进后台了。有些人，还大胆朝四周逛荡了几眼，说到处都是哨兵。忆秦娥当时头昏，连一眼都没朝旁边瞅，就进去了。所以后来有人问她，中南海是什么样子，她就瓜笑着，拿手背捂嘴，答不上来。她还真是一眼都没看见剧场以外的地方。

进到后台，见另外两个剧团也都来了。他们的两折戏在前边。秦腔是压轴的。

忆秦娥找了个僻静的角落，面朝墙坐着。她演出前特别喜欢找这样一个地方，入静，呆坐，发瓷。一是可以避免跟人说话；二是可以在脑子里过戏。这时也会喝点水，但已不能大口喝。只是用水润一润，让嗓子不干就行。喝多了，怕演出时内急。她刚坐下一会儿，就听有人喊：

"兵哥来了！"

"兵哥你咋进来的？"

忆秦娥扭头一看，果然是刘红兵。并且身边还陪着一个有头有脸的人。

只见刘红兵挨个跟大家握着手，好像长时间没见过一样的亲切。有那坐得远的，还故意把手伸得老长地喊："哥，哥，把兄弟也接见一下。"刘红兵接见完自己人，又把山西、河南团坐得近的，也都依次"亲切接见"了一番。搞得人家全都站起来，还以为是来了啥子大人物。看得忆秦娥笑也不是，恼也不是的。见他走到自己跟前，也神神狂狂地伸出手来，要接见她呢。她端直把半杯水泼在了他手上，扭身上厕所去了。惹得大家又是一阵笑闹，遭到了后台管理人员的批评。事后，忆秦娥才听刘红兵吹，原来中南海里一个啥子部门里，有北山地区的一个人呢。那人年前回去，还在办事处住过，是给他留过一张名片的。他试着一打电话，人家记起是刘副专员的公子，就端直开车来接了。别人不能随便出入后台，他却能出出进进、台上台下地上蹿下跳。因而，底下好多消息都是他传上来的：入场没入场；检票不检票；观众有多少；领导都是谁；尤其是来的领导，他一说，有人还直咂嘴，好像是一个比一个重要。

可惜忆秦娥一个都不知道，她就瓜瓜地在那里默戏。在她看来，给谁演都一样。别乱词，别错唱，别让"卧鱼"散架，别把火吹成一股青烟了就成。她演出最害怕的，不是来了哪个大观众，而是团上业务科那些人。他们动不动就给人记演出事故。一记事故，就扣演出费。有一晚上，她把词说错了一句，就把她一晚上两块钱演出费全扣了。那些人心狠，才不管你主演累死累活呢。他们就是要通过罚款，保证什么"演出零差错率"。让她高兴的是，今晚他们一个都没来成，全"撤掉了"，应该叫"杀掉了"。能弄掉的，自然也就是"省秦闲人"了。一想到这里，她在墙角还偷着扑哧笑了一下。

终于开演了。

先是河南豫剧《百岁挂帅》。再是山西晋剧《杀狗劝妻》。前边的戏，把场子演得很热。豫剧唱得劲道，晋剧剧情喜兴。忆秦娥还有点紧张呢。尤其是到了侧台，发现摆满了灭火器，还站了不少操作灭火器的人，有种如临大敌的感觉。她突然觉得，自己就是那个火灾的可能制造者，这还真让她鸡皮疙瘩都起了一身呢。可一登台，也就啥都不知晓了。

开始，她还有点跑毛，是底下观众有点嘈杂。她透过面光，朝下看了一下，前排坐的大多是白发老人。后排是坐得整整齐齐的军人。前排老人领的小孩儿多了一些，所以有点闹腾。不过，她很快就把场子给镇住了。她是见过不少观众的演员了，懂得怎么镇台。关键是要自己心稳，神稳，脚稳，身子稳。她对这两折戏，还是有把握的。传了上百年，能一代代唱下来，一定是有观众缘的。只要自己稳扎稳打，把一招一式、一字一句交代妥帖，就不会砸场塌台。果然，她把剧场从《杀狗劝妻》的喜剧气氛，逐渐带进了悲剧氛围。观众慢慢鸦雀无声了。好像连孩子们也受了感染，都紧贴在老人们身上一动不动了。到了吹火一场，那就更是掌声不绝，喊好声不断了。

忆秦娥感到这一晚的演出，她几乎连一根细纱的差错都没出。就是业务科的人在，他们都圆睁了铜铃大的牛眼，从左右侧台两边挑毛病，也是找不到扣她演出费的理由的。可惜中南海，没让这些"闲人"进来。

二十一

也许是戏短些，包大头的时间也短些，大家都担心的事，总算没有发生。忆秦娥演出完，很顺利地谢了幕，并且在领导接见环节也没有呕吐。刘红兵还拿照相机拍了照片。以致后来就有人质疑她，说忆秦娥只有进了中南海，见了特别大的领导，才跟人家照相。一般领导要见，她都装作要吐，是不见的。其实忆秦娥连一个跟她握手的领导，都不认识。她平常又不看报纸，又不看新闻。最多就看个女排比赛。团上人说这些，她都听不懂。人家介绍了一长串职务，她也不知哪个大，哪个小。都说她扮相好，演得好，尤其是火吹得好。还有领导说，有了这么好的李慧娘，秦腔就后继有人了。她是一个劲地点头表示感谢，就怕领导说得长了，坚持不住，把人丢到前台了。好在都说得短。每个人后边，都有几个人跟着。握着手，说着话，就都分头走了。忆秦娥勉强撑到后台，想进厕所，但那儿已经不能通行了，只留了一个通道，是端直朝门外走的。她只好强忍着，出了后台大门。刚上绿皮轿车，还是哇地吐了出来。就听司机在埋怨，说怎么能吐在车上。好在刘红兵眼疾手快，脱下外衣，几把就将秽物抓在了衣服里。抓完，擦完，他还用夹生普通话对司机说："净啦，净啦，你看净啦。连一丝丝都没有啦，干干净净的啦。"司机才把车发动了。不知是谁，大概又偷偷掀了一下窗帘，就听说普通话的制止道："不要动窗帘，不要朝外边看！"大家就一声不吭地端坐着，啥也看不见地，被从"海里"运出来了。

回到旅馆，大家就跟松了一口气似的，大声嚷嚷着下了车。单团长早在旅馆门口等着了。车还没停稳，他就迎了上来，直问："咋样？

演出咋样？"封导紧紧握着他的手说："仰平，咱给秦人争了光了！出大彩了！秦娥立功了！"单团长急忙接住从车上下来的忆秦娥，一路跛着，把她朝楼上送去。就听身边人吵吵：豫剧怎么样；晋剧怎么样；吹火掌声有多少次；哪个领导是怎么表扬的。说不到位的地方，刘红兵还会补几句。这家伙，比团里人都更懂哪个官职大，哪个官职小；哪个是今晚的"主角"，哪个是"配角"；哪个比哪个更厉害些。忆秦娥嫌他太能不够，还斜瞪了几眼，也没管住他的嘴。他还是要说，要"卖派"。进了房子，她本来是要说他几句的，可一想到刚才吐在车上，他不顾一切地脱下衣服，满地抓污秽物的样子，又觉得不好开口了。她甚至想，刘红兵要是不去，还真让她挺难堪呢。

她卸妆时，刘红兵就坐在床沿上，摇着吊拉在半空的两条腿说："你这下算是把戏唱成了，进了中南海了。并且还受了那么多大领导的表扬。肯定要大火了。你大火了，可别把我抛弃了噢。我可是从宁州县，一直把你追到海里来的。这是眼光在作怪，知道不？眼光，你懂眼光不？自打我第一次看见你演戏，我的眼睛里就扎进了你这根毒刺，妖刺，魔鬼刺。再也拔不出来了，你知道不？"任刘红兵说啥，她都懒得理，只顾卸她的妆。她也没感到进中南海演出，比在宁州演出、北山演出、西京演出有啥区别。都是让身边人吵吵得，一个地方比一个地方气氛更加紧张而已。这阵儿，她感到一切都松弛下来了，就想美美咥一顿。这几天为了演出，她总是控制着食量，生怕体重下不来，吹火时，上到"打鬼人"廖寅身上，动作不灵便。更害怕由于胃袋里装了过多的东西，而扎不住口子地倾倒在舞台上了。这阵儿，啥都不怕了，她就想找个地方，把胃袋塞得满满当当的，美美饱一下口福。她觉得是真饿了，可又不想给刘红兵说。她就想一个人出去吃，一个人享受一下如释重负的感觉。洗完脸，她就把刘红兵辞走了。她听楼道一些人正集中在几个房间里，大声呼着喊着，喝庆功酒呢。里边也有刘红兵。她就悄悄溜出去了。

到北京已经四天了，忆秦娥还没独自上过大街。她不知道该朝哪儿走。已经快零点了。他们住的这条街，又比较背，早已没有多少行人了。她就朝亮处走。走着走着，亮处又成了暗处，她就不敢走了。她问了一下行人："天安门在哪里？"行人说还远着呢。她又问了一句，"金山在哪里？"那个人就笑了，说北京有个香山，还没听说有个金山的。她把嘴一撇，不好意思地急忙走开了。她听见一个巷子里有嘈杂声，就朝里边拐去。果然，在巷子深处，有几个烤肉摊子。摊子上还坐着好多年轻人。她开始有点不敢去。后来她看见里面也有女的，她就选了个没人的摊子坐了下来。她要了三十串肉，还要了一个烤饼，就香喷喷地吃起来。吃完觉得不够，又要了二十串烤筋。这时，她发现旁边摊子上的人都在朝她看。有一个小伙子，还被一个女的，把脸狠狠朝回扳了扳，那女的好像还嘟哝了一句："小心眼珠子。"她也不知咋回事。烤肉的老板就说："都看你长得漂亮，几个女孩儿吃醋了。"她就羞得低下头，抓紧把肉吃完，起身走了。走了好远，还听身后有人在议论："大西北的。一听口音就是。"另一个说："西北还出这么漂亮的女人？不是都上身长、下身短，屁股大得赛笸箩吗？"只听一个女的说："去呀，去追呀，不是像奥黛丽·赫本吗？赫本有这么土气吗？瞧你们这些臭男人的眼神。"她就三步并作两步地钻进了另一个黑胡同。她也不敢走得再远了，怕找不见回去的路了。既然天安门很远，金山又好像没有这个地方，她就想回旅馆算了。可走着走着，肚子不舒服起来，她感觉是刚才吃的烤肉有问题。也许是四五天没有好好吃东西，突然吃下这么多肉，肠胃不服呢。她正感觉肚子有点坠痛，就上吐下泻起来。四周还找不见厕所。实在内急得不行，她就蹿到一个墙拐角，乘四周没人，把上下的问题都解决了。解决完，她就急忙逃离现场，快速朝回跑去。以致多少年后，忆秦娥一想起第一次去北京，还羞得一个人偷着笑呢。实在太对不起首都的卫生了，那境况可真是狼狈极了。

回到宿舍，她听见几个房里还在喝酒。刘红兵舌头都喝硬了，还在吹牛说："你信不，你老弟就是要原子弹，哥都能给你弄来。你只说要尖头的，还是圆头的。你说，你必须说，只要你能说出型号，哥就能给你弄来。你现在说，哥赶明早，就把东西搬来……蹾在你门口了……"气得忆秦娥就想进去踹他几脚，可肚子里又一阵闹腾起来，她就赶紧上厕所去了。

上完厕所出来，她也懒得理刘红兵了。这个死皮不要脸的货，有时你越理，他还越上劲，不吹牛好像就活不成了似的。

回到房里，两个老师正背对着背，在各自的床上清点东西。她们的关系明显还没缓和。见她回来，倒是都跟她搭了话。一个说："娥，听说今晚演出成功得很，你娃这下可要大红大紫了。"另一个说："娥儿，秦腔这下就靠你了。能拿下李慧娘的演员，其他啥戏就都不在话下了。"忆秦娥只是点头、微笑，也不知回答啥好。更何况，肚子几下拉得已没了多少力气，就想躺下。两个老师一人拿了个小计算器，在不停地摁。一人用纸笔在不停地记，不停地算。忆秦娥第一次起来上厕所时，她们还在算账。到第二次去时，她们已经在朝几个袋子里装东西了。有一个装不进去，还把上厕所回来的忆秦娥叫住，让她帮着撑开袋口，将东西硬朝里塞。一边塞还一边问她，是水喝多了，还是拉肚子。忆秦娥也没好回答，帮着撑完袋口，就魂不附体地倒下了。本来第二天一早，她是打算去天安门广场看升旗的，可早上咋都爬不起来了。刘红兵还来问过几次，她也没说肚子不舒服。到十一点时，她勉强爬起来，办公室就把房退了。一个老师的东西实在多得拿不下，还让她帮忙捎了一个蛇皮袋子。袋子里也不知装的啥，重得拿不动，她是勉强拖到门口的。火车是下午五点开。可团上因为要节省半天房费，不得不在十二点前就退房。退了房，一回都拉到车站，就都在火车站附近又转悠起来。忆秦娥实在转不动，只好偎在那里，给大家看行李。刘红兵见她拉肚子，就去给她弄些药来吃了。直到上车前，才见好些。可也不敢再吃任何东西，她就那样恓恓惶惶上了车。

返程还是加挂了一节硬座车厢，团上大部分人都能坐在一起。来时的兴奋有增无减。尤其是在上车前，听说《游西湖》获了演出一等奖时，大家更是激动得把行李都抛向了半空。单团长让封导留着晚上领奖。封导让他留。单团说："我的腿能上台领奖？不给省秦丢人、不给咱省上三千万父老丢人吗？"封导就留下了。车上，大家兴奋得玩啥都有些出格。尤其是一些小伙子，干脆把刘红兵当成了最大的玩物。关键是刘红兵也乐于让大家玩。也不知是因为啥，刘红兵甚至连裤子都让人扒光扒尽了。他也不恼，只捂着那个地方，光着屁股，笑得哈哈地满车厢追裤子。气得忆秦娥起身就跑到别的车厢去了。

　　她真的觉得已经对刘红兵毫无办法了。刘红兵恨不得向满世界宣告，他已经是忆秦娥的事实老公了。开始团上还有好多小伙子向她献殷勤，有的甚至在私下说：团上又来了"青春的希望"。大家都帮她这帮她那的。后来，刘红兵无处不在地"深度揳入"进来，小伙子们就都不敢再黏糊了。并且刘红兵还很大气，从喝酒到吃饭，都把钱包拍得暴暴响地抢着买单。那一阵，无论是买彩电、买冰箱、买电扇、买洗衣机，或是买永久、凤凰、飞鸽这些名牌自行车，还有买啥子阿诗玛、大重九、窄版金丝猴香烟，都是需要供应票的。可刘红兵都能弄来。因此，他在团上也就混得特别有人缘。就连跟忆秦娥已成死对头的龚丽丽和皮亮夫妻俩，也是他出面摆平的。本来为争演李慧娘，龚丽丽是咋都无法咽下那口恶气的。可他们夫妻开的音响、家电铺面，有些难进的货，刘红兵却能搞到供应票。那时实行双轨制，凡有内部供应票的，批条子的，弄来都特别赚钱。刘红兵随便几个动作，就让皮亮和龚丽丽狠赚了一把。他们不仅没有再闹，而且看了忆秦娥的演出，还都到处说好了。龚丽丽说她这年龄，也该给更年轻的人让路了。皮亮更是每场演出，都要把忆秦娥的话筒反复敲，反复试频率。尤其是见了刘红兵，他连绑在忆秦娥身上的话筒电池盒，也要挪来挪去地反复问几遍："紧不紧？""舒服不舒服？""影响不影响动作？"明明都绑好了，却偏要解开来再绑一次。都是做给刘红兵看呢。大家就觉得是撞着鬼了。直到皮亮喝醉酒，自己把话流露出来，大家才更是服气了"红兵哥"的雅量与能耐。

忆秦娥没处去，就在车厢接头处蹲着。刘红兵抢回了裤子一穿上，就来找她了。见她满头虚汗，脸也蜡黄着，就说要给她弄一张卧铺票，让她去躺着。忆秦娥咋都不愿意，还说他敢弄，她就跳车。这时，单团长也来了，见她已虚脱成这样，就让办公室去补卧铺票。她坚决不让。单团长又让人扶她回座位上休息，忆秦娥也不让扶。她不喜欢人都用眼睛盯着自己，她喜欢没人注意她的生活。她甚至突然想到了在宁州剧团烧火做饭时，一人待在灶门口的日子。那时一待一天，真是太安宁了。

她刚坐下，刘红兵就把列车长找来了。列车长还领来了一个医生，问这问那的。她就说拉肚子，没有别的啥。她还瞪了刘红兵一眼，嫌他多事。可医生摸了她的脉，看了她的舌苔，还是说，病人虚脱得太厉害，需要躺下休息。再然后，刘红兵就给她弄了软卧票，硬是把她拉到那里休息去了。这事一下在车厢里摇了铃，都说忆秦娥坐到软卧上了。并且单团还答应，票钱由团上出呢。

第二天早上回到西京车站时，站台上早已拉下横幅："热烈欢迎秦腔《游西湖》进京演出载誉归来"。旁边还有两个长条幅，无非是"大秦正声""誉满京华"之类的赞语。并且站台上还扭动着秧歌队和敲锣队呢。

忆秦娥是被办公室人叫醒的。并且刘红兵也喊叫她赶快收拾一下，说省上领导都亲自到车站接人来了。忆秦娥迷迷瞪瞪地回到加挂车厢里，单团长是第一个把她促下车去的。那些扛了太多包包蛋蛋行李的"购物狂"们，都让晚一些再下，嫌他们扛着、拖着、顶着东西的狼狈相，有碍观瞻。

先是领导接见。忆秦娥也不知谁是谁。反正有个胖胖的，修着个大背头的人，一把握住她的手说："你给秦腔立功了，立大功了！"想必这就是最大领导了。还有小朋友献花。忆秦娥的脖颈上，都套几个花环了，还有人在朝进套。她只觉得浑身稀瘫，两脚像踩在棉花包上一样软溜。可到处都有人在照相，她知道自己今天一定很难看，就故

426

意低着头，不想让照。躲着躲着，还是被电视摄像记者截住了。他们硬塞过一个话筒来，要她说几句。她脑子嗡地一下，就炸成一片空白了。本来就不会说话，这下更是一个字都别不出来。她只能抬起手，用手背挡着嘴傻笑。最后是单团长解了围，说她病了。这时刘红兵也戳到前边，像保护什么要人一样，把记者一个个朝开挡着。她才在一层又一层人群包围中，急呼呼地踏上了扎着彩旗、彩绸、彩花的轿车。

二十二

忆秦娥进京演出成功的好消息，是她从首都回来的当天晚上，传到九岩沟的。

那天晚上，忆秦娥她爹易茂财，从另一个乡赶羊回来，从裤衩口袋里，掏出十张"大团结"，抹了抹平地摊在了老婆胡秀英面前。胡秀英就烫了一壶甘蔗酒，炒了一盘鸡蛋，还在油锅里滚了几勺花生米，让老汉架起二郎腿，慢慢品咂起来。而她，就偎依在一旁数票子了。虽然十张钱，并不咋经数，但她还是蘸着唾沫，来回数了三四遍。数完，她还一张张地在油灯下又照了照，才说："也不知这样的好事还多不多？"

易茂财说："多，咋不多。上边要底下发家致富，都是有任务、有数字的。听说咱们这个县，全让发展布尔山羊呢。上边不停地来检查。底下喂的羊，跟他们上报的数字又对不上，他们就得到处雇羊充数哩。咱这一栏羊啊，都快名'羊'四海了。"

说得夫妻俩还哈哈地笑起来。胡秀英笑得撑不住，就拿拳头在老汉背上直播。

也就在这时，他们家的广播里，突然播起戏来。胡秀英说："快听，快听，说啥子忆秦娥获了大奖。快听！"

易茂财嘴里正大嚼着花生米，都停了下来。

只听广播里说："……省秦腔团进京演出载誉归来，《游西湖》一举夺得全国戏曲调演一等奖。主演忆秦娥获得表演一等奖……"

"忆秦娥……"易茂财将信将疑地嘟哝着这个名字。

胡秀英急忙说："就是咱招弟。三元早说过，招弟把名字改了。"

"我知道。可这个忆秦娥，是不是咱家的招弟……"

"你说死呢。快听！"

广播里继续在说：

"……《游西湖》是秦腔的传统经典剧目，一代代秦腔人，用自己的血汗、绝技，将这部优秀剧目传承了下来。这次全国大调演，我省更是以振兴秦腔的高度责任心，调集精兵强将，以全新的阵容，将这台剧目完整地呈现在了舞台上。并向首都人民进行了一次十分精彩的汇报演出。每场演出，掌声都达近百次。尤其是在中南海的汇报演出，得到了×××、××、×××、×××等党和国家领导人，以及众多老延安的高度肯定和赞誉。说秦腔真好！说秦腔真是大气磅礴，气吞山河！说秦腔的春天回来了！《游西湖》不仅获得全国调演一等奖，而且主演忆秦娥还获得表演一等奖。下面，我们就为观众播放一段由忆秦娥演唱的《游西湖》片段，请大家欣赏！"

听到这里，胡秀英和易茂财的眼泪都快下来了。但他们到底还是不敢断定，这个获得了全国表演一等奖的忆秦娥，就是他们家的易招弟，就是在宁州剧团改名为易青娥的易家二闺女。

终于，在一阵音乐声中，只听一个女声唱：

"苦哇——"

这声叫板的尾音还没拖完，胡秀英就"哇"地一声大哭起来。

"茂财，是招弟，是咱家招弟——！"

易茂财的眼泪，也让女儿的一声"苦哇——"给刺激下来了。他帮胡秀英擦着眼泪说："听，快听！"

怨气腾腾三千丈，

屈死的冤魂怒满腔。

　　…………

　　连他们也没想到，招弟出去这么多年，能唱出这样一嗓子好戏来。易茂财过去还是玩过皮影的人，听过无数戏。也就是从"文革"开始，他才把皮影摊子烧了，再跟戏无缘的。就墙上挂的这个老碗口大的广播，他都不知从里面听过多少戏了。过去招弟在县剧团时，演《杨排风》，唱《白蛇传》，他也是听过的。可今天，这是县广播站转播省人民广播电台的节目，招弟是在省上电台唱戏了。这可是上了收音机的戏呀！并且唱得这样好，这样精细，这样催人泪下。他就觉得这个娃，是养成了。说养，他还真的觉得有些亏欠娃。都养了啥了？真是只当一只羊放了。并且还是她在给家里放羊。六七岁就开始了，直放到十一岁离开九岩沟。那时他还操心，娃将来找不下个好婆家呢。放羊的娃儿，没文化，也没个手艺，能有了啥子出息？他那时是把宝押在大女子来弟头上的。不管咋，来弟都比招弟强，爱学习，不逃课，将来就是上个高中，回来混个代课老师，教个小学总是可以的吧。可没想到，她舅胡三元，给二女子指了一条唱戏的路。开始他还不同意，想着学戏太苦。但算来算去，总还是能给家里减一张嘴的，就又同意了。可咋都没想到，娃竟然把戏唱到北京城，唱到中南海去了。那就是过去的紫禁城么。听说过去老艺人，谁要是能进紫禁城，给老佛爷慈禧唱一折戏，回来都是能立庙的。

　　易茂财越想越觉得这事有点大。恐怕得到老坟山，给爹、给爷、给太爷们烧点纸钱了。害怕喜事大了，他福薄命浅，扛不住。他爹、他爷过去也都唱过皮影戏，是知道把戏唱到京城、唱进中南海的意义的。可没出息老婆就会哭，她把耳朵贴在广播上，一边听，一边哭。听着哭着，她就埋怨说：那时在家里，不该把娃没当人。六七岁就赶娃上山放羊。十一岁，就让娃出门学戏谋生。几乎没给过娃一分钱。娃在十二岁那年回来，还给家里买了东西。从十三岁起，就年年给家里寄钱，由寄五块到十块；由十块到二十块；三十块；四十块；五十块；直到上百块……我们真是亏娃的太多太多了。易茂财也被说得一阵阵难过起来。他暗暗擦了眼泪，然后拿了火纸，就跟胡秀英一起去了老坟山。他们跪在祖宗面前，把事情的来龙去脉，一五一十地汇报了。然后还放了冲子，是九响。

这天晚上，忆秦娥的事，就成了九岩沟的大事件。

那晚九岩沟的月亮特别圆，家家不点灯，都能坐在门口干零碎活儿。男的编竹篓、修犁耙、打草鞋。女的纳鞋底、做针线、洗衣裳。都看见了易茂财家的老坟山，不过时不过节的，突然有了祭拜的烟火，还放了冲子。并且是九响。能放九响冲子，那就是家里有大喜事了。大家都在扳着指头算，沟里这些年出的大人物：沟口张家的，出了个副乡长；沟垴熊家的，在县上出了个副局长，把老娘都接到县城享清福去了；象鼻梁上赛家的，还出了个在北山地委当通信员的；这下又出个忆秦娥，把戏都唱进中南海里了。说明九岩沟的风水，是呱呱叫的么。都议论说：易家小女子懂事，小小的就到坡上放羊，知道换手给忙不过来的爹娘抓背哩。这下易家人又该进省城享福去了。真是行行出状元哪！

第三天一早，乡上书记就到沟垴上来了。并且还拿来了省上的报纸。报纸上边有忆秦娥的照片：一张是化了妆的。一张是没化妆的。旁边还有一大篇文字，书记还特别给易家人念了几段。尤其是提到"忆秦娥是鹰嘴乡九岩沟村人"这段话时，不仅底下用红笔画了杠杠，而且书记还一连念了好几遍，说："说明这娃没忘本哪！就要这样，无论走得多远，飞得多高，都要记住，自己是鹰嘴乡九岩沟养育出来的。你家秦娥在省城出了大名，对我们乡发展商品经济可是大有好处啊！"

这天晚上，一家人就再也坐不住了。先是儿子易存根闹着要进省城看招弟姐。这也是个上学逃学、打架、祸害老师的主儿。才三年级，在沟里就已有了名声，谁家都不喜欢自己的娃儿跟他一起玩。这几天听说二姐唱戏出了大名，就闹着要去西京看二姐。其实是学校要期末考试了，他想借机躲避呢。大姐来弟倒是真的想妹子了。招弟刚调到省城那阵儿，她就说去看的，一直拖到现在了。她已结婚。女婿高五福想做生意，一直得不着窍，也商量着，说一起去省城摸摸门路呢。刚好有这机会，就撺掇着来弟赶紧出发。最想见招弟的，其实是胡秀英。好久了，她老做梦，梦见二女子在省城让流氓欺负了，活得生不如死的。这些噩梦，动不动就把她吓得哭醒转来，再不敢眨眼睛皮。她是咋都要去看看二闺女的。易茂财自然是留下看门了。加之最近，那群羊也赶上了挣钱的好时候，想闺女归想闺女，但羊钱还得挣不是。

第二天一早，一家四口先下到乡上，再坐班车去了县上。他们商量过，在县上是要见娃的舅胡三元的。看他去不去，要是他去，就有了照应。一家人，除了她舅，毕竟是都没去过省城的。

谁知一到宁州剧团，把她舅高兴得，说团上明天要去十好几个人呢。都是去看秦娥《游西湖》的，算是集体学习。

这天晚上，胡三元把一家人请到县城一家最好的饺子馆，让大家美美咥了一顿饺子。看得出来，胡三元特别兴奋。据他自己说，秦娥的事，这几天在县上都摇铃了。广播上成天播。县上还给省秦腔团发了贺信。

吃完饺子，胡三元还专门带着一家人，去了黑黢黢的剧场大门口，看宁州剧团拉出来的横幅：

"热烈祝贺我团演员忆秦娥调进省秦后一举夺得全国表演一等奖！"

胡三元还问："看出啥来没？是故意这样写的。秦娥调到省城，就获得那么大的奖，给他们争了那么大的光，可都是宁州一手培养出来的。他们是用了现成的，知道不？大家心里都不服气，说全国调演应该是我们去，而不应该是省秦去。"胡秀英笑着说："不管咋样，招弟能有今天，还都得亏了她这个好母舅哩。"这句话，让胡三元特别受用，他的两颗门牙笑得立马都露了出来，说："这话还用你讲。剧团人都说疯了。这几天都不把我叫胡三元了，叫胡伯乐呢。"胡秀英问："这难听的名字，咋叫个胡伯乐呢？"来弟就笑着说："伯乐是个历史名人，能认识千里马。是夸奖咱舅的意思。"她娘说："招弟是人，又不是马。"把大家都惹笑了。

胡秀英一家四口，第二天是跟胡三元他们剧团人一起去省城的。等赶到剧场时，离开演已不到半小时了。胡秀英就要去看女儿，被胡三元挡了，说让先看戏，等看完戏再见面。还说这阵儿去看，会影响秦娥演出情绪的。

　　戏票都是团上提前让人定好的。听说票紧张，本来就多定了几张，刚好有封潇潇他们几个没来，就让胡秀英一家几口都坐上了。胡秀英他们看见，剧场旁边还站了好多人，并且硬是站了一晚上。

　　这晚的演出，比任何时候都火爆。

　　自打忆秦娥一出场，掌声就响起来了。中间是唱一段，拍一阵。戏还没演到高潮，掌声就已快上百次了。到了《鬼怨》《杀生》时，一千多人的剧场，就像大牛头锅煮开了一样：柴烈、火啸、汤沸、气圆。有人硬是要站起来喊叫。还有人是直接冲到舞台前边去喊"忆秦娥！忆秦娥！忆秦娥"了。这阵仗，甚至把在山里"猴子称大王"惯了的易存根，都吓得尿裤子了。

二十三

　　忆秦娥咋都没想到，回来的第二场演出，底下观众里竟然有宁州剧团来的人。尤其是还有她娘、她姐、姐夫、她弟。她只感到，这场演出比任何一场都热烈，都劲爆。演出刚一完，她硬是撑持着谢了一下幕，就急忙朝厕所跑。以台下的呼喊声，大幕是应该再拉开、再谢幕，直到观众依依离去的。可惜她咋都撑不住了，还没等跑到厕所，就吐在刘红兵的背上了。刘红兵是在前边给她开路的。忆秦娥进了厕所，有几个戏迷甚至还跑上舞台，质问团上：观众都没走，演员为啥不再出去谢幕了？还有没有礼貌？有的甚至还说：进了中南海就不得了了，是吧？对普通观众就这么傲慢无礼，你们到底是为谁唱戏？单团长和封导只好反复给人家解释，说忆秦娥要吐，几个人架到厕所去了。还说不信你们可以去看。戏迷这才问怎么了。单团长说：可能跟吹火有关，松香粉吹燃后，味道很重，很呛人，有些还吸进了喉管里。一个戏迷才感叹说："演员这么辛苦的！只是太可惜了，戏真好，观众才等着谢幕呢。戏要难看了，早抽签跑了。听听，你们听听，观众到现在还没走呢。"底下的掌声的确还在继续。不过这阵儿，已经由暴烈变成一种跟部队战士看演出一样的掌声了，是齐齐整整的啪啪声。单团长就一瘸一拐地跑到厕所边，问忆秦娥怎么样了，说观众都不走，恐怕得坚持着再谢一次幕。忆秦娥就撑着出来，又上去谢幕了。不过在谢幕中，她看见了宁州剧团的人。看见了她舅。还看见了她娘、她姐、她弟。他们全都拥到舞台前边来喊好，来鼓掌了。她的娘甚至在给她大声打招呼："招弟！招弟！"娘还抱起小弟易存根，在鼎沸的人声中喊叫："叫姐，快叫姐，那就是你二姐！"她的眼前迅速被泪水模糊了。

大幕终于再次关上了。

忆秦娥卸妆时，宁州剧团的人和她家里人，都在剧场大门外等着。

楚嘉禾和周玉枝演的是李慧娘替身："鬼魂若干人"。她们只在《杀生》的最后出现一下，就几十秒钟的戏，是被鬼火烧得行将就木的贾似道的幻觉人物。那时灯光幽暗，磷火森森，且烟雾缭绕，也就谁都看不清"若干人"的脸面了。因此，妆都化得特别简单，卸起来也快。当忆秦娥卸完妆出来时，楚嘉禾和周玉枝都跟大家寒暄半天了。她一出来，人群呼地一下，就把她围住了。不仅挨个跟她拥抱，而且几个男同学还把她抬起来，噢噢地向空中抛了几抛。惠芳龄直拍她的脸蛋喊叫："真是太漂亮了！太漂亮了！太漂亮了！谁给你化的妆，天仙也没你好看。"最后紧紧拥抱住她的，是胡彩香老师。胡老师就是一个劲地哭，泪水热乎乎的，热得忆秦娥眼里也瞬间涌流出了十分滚烫的东西。可惜，人群里面没有封潇潇。刚才她在舞台上，就搜寻过他的。她还以为是当时泪水模糊了，没看清。这阵儿全都看清楚了，就是没有封潇潇的影子。她甚至有点失落。

刘红兵在前后忙碌着招呼大家，生怕宁州剧团人看不出他是啥角色。他还故意在人多的时候，把本来不需要的外衣，硬给忆秦娥披在了身上。忆秦娥端直给他抖了回去。他就给大家做了个鬼脸，不仅掩饰尴尬，而且还显现出了更深的意味。宁州团里有那过去跟他混得好的哥们儿弟兄，就煽惑说："红兵哥，丈母娘在此，贤婿岂有不叫之理乎？"有人就跟着撺掇："叫，开叫！叫妈，叫妈！"忆秦娥讨厌得直想拉着娘离开。可这个死不要脸的货，还真给叫上了，"妈——！"并且尾音拉得老长，像唱戏。把忆秦娥的娘，一下高兴得笑窝在了地上。忆秦娥就给了刘红兵一脚，这一脚踢得，似乎让刘红兵的角色更加合法化了。

刘红兵硬是热情地要请大家到老兰家吃烤肉，说是西京最有名的烤肉。刚好大家也都没吃下午饭，就分头上了出租车。忆秦娥自己也没个主见，来了这么多人，是应该招待一下，又不知怎么弄，也就只好任由刘红兵去了。只见刘红兵一连叫住六辆出租车，一个个都安排得停停当当的。车队就直奔老兰家而去了。

看来刘红兵是老兰家的常客。他一来，老远就有人招呼红兵哥。吃烤肉的人那么多，老板还是给他腾出一个大包间来。一下把二十几个人全都塞了进去。刘红兵是个人来疯，见人多，尤其还有忆秦娥的娘、姐、弟，还有老师、同学，就更是神狂得厉害了。他开口先让烤五百串筋、五百串肉、五百串腰子，还让提十捆啤酒。胡彩香说太多了，怕吃不完。刘红兵说："今晚是个太难得的日子，秦娥这么多亲人聚集在一起，还能不吃他个昏天黑地，喝他个人仰马翻。"逗得忆秦娥的那帮同学，又拼命地鼓掌喊好起来。

这一晚的确是有点"狂欢夜"的意思。大家轮番给忆秦娥敬着酒，祝贺她"名动京华，声震三秦"；也祝贺老娘胡秀英"生得伟大，养得光荣"；更祝贺"伯乐舅"胡三元"慧眼识才，马跃千里"；也祝贺胡彩香"心地良善，育人有功"。忆秦娥难得有这么一次高兴、放松的机会。尤其是团上这么多老师同学，能专程来看自己演出，向自己表示祝贺，她真的很感动，很开心。感动是感动，开心是开心，可有一个人没来，却也成了她的一桩心事。她太希望从他们的谈吐中，得到一点封潇潇蛛丝马迹的消息。可没有任何人提到他。都在说她的不容易。说她现在咋"红破天"了。虽然这些话,听着也很是滋润、受用,可她还是更想知道封潇潇现在在干什么。既然是全团组织进省城来学习,作为宁州团的台柱子,他怎么能不来呢?中途还是楚嘉禾为了刺激张扬得搁不下的刘红兵,故意问了一句:"哎,潇潇咋没来呢?潇潇最应该来给秦娥捧场么,他们可是演爱情戏的绝配呀!"胡彩香先接话说:"就是的。我觉得秦娥的戏,还要潇潇来配哩。今晚这个裴郎,跟咱们潇潇可是差一大截着哩。先是扮相不如潇潇潇洒,再是年龄也大了些。咱秦娥才多大,咋能配这么老个裴郎呢,眼袋都出来了。"有人还补了一句:"尻子也有些撅。还是盘盘腿。"刘红兵就插话说:"配老些好,配得太年轻,我还不同意哩。戏就是要突出咱慧娘么。"大家都笑了。周玉枝又问了一句:"哎,真格潇潇咋没来呢?他应该来呀!"有人就说:"潇潇可不是过去的潇潇了。这家伙不知咋搞的,现在天天喝酒,都快成酒疯子郝大锤了。就差满院子捉老鼠'点天灯'了。"忆秦娥心里一怔,怎么会这样呢?难道是因为自己吗?有人急忙说:"不说潇潇了,人真是变得太快了,有时一眨眼工夫就变得不敢认了。就说秦娥吧,这才调到省城多长时间,就坐上'秦腔小皇后'的交椅了。可不是我说的,是报纸的题目。这不就跟变戏法一样,把我们这些老同学都看糊涂了嘛!"大家就又掀起了一轮给"秦腔小皇后"敬酒的热潮,忆秦娥还真放开喝了起来。她觉得,这阵儿真是得有点酒了。

一切都按刘红兵的说法来了。果然有几个喝得钻到桌子底下去了。她舅胡三元和胡彩香,就让收场。在大家喝酒的时候,刘红兵把住处都安排好了。忆秦娥她娘、她姐、她弟,都说要跟忆秦娥住。其余的,就都由刘红兵领到北山办事处去了。

回到租住的房里,娘和姐还都兴奋着。弟弟第一次见真电视机,看得有些目瞪口呆。她娘们三个,就偎在床上拉起了家常。先拉她爹。娘说:"你爹现在可活成人精了!这几年养了一群羊,比村主任都人五人六了。动不动就这里上门请,那里上门求的。"忆秦娥问咋回事。娘说:"叫你姐说,我不会说。"姐就说:"这几年不是搞发家致富吗，一个地方一个招数，来一个领导一个弄法。咱宁州县，前两年主要是种烤烟。这下来了新领导，又开始发展布尔山羊了。这羊还是一个外国品种，好多老百姓不想养。可上边任务又硬，并且还要一个劲地检查。爹养的这二十几只羊，就派上了大用场。今天被拉到这个乡上，明天又被拉到那个村上，都是去凑羊数、哄上边检查的。一只羊一天三块钱，还给羊管好吃好喝的呢。"娘就接过话说："还给你爹管待酒席哩。"弟弟也插话说："爹把剩酒剩肉，还拿回来让我和娘吃呢。""你就嘴长。"娘还甩了弟弟一巴掌，又接着说："一群羊也给喂得肥的，见天吃净黄豆呢。你爹贼得很，不管走到哪里，都说羊只爱吃黄豆，说要不然，见了领导，四个蹄子跑不欢实。人家就拼命拿黄豆给喂哩。你爹还说，这羊要是让招弟看见了，可是爱死了，一只只都养得油光水滑的，背上的膘呀，都在三四指往上了。"娘先笑得快岔气了。她和姐就都跟着笑。

　　说了她爹，又说起刘红兵来。忆秦娥不想说，可娘和姐的兴趣都很大，说这女婿嫽着呢。在吃烤肉的时候，她们听说了刘红兵的一些来路，是大得不得了的大官的儿子啊！娘开始还问比乡长能大多少呢。姐说，比乡长他爷还大一轮。娘就直啧嘴说："也不知易家前世辈子是烧了啥硬扎香，后辈竟能攀上这样的高枝。不仅门户高，才貌出众，做事大方，而且还懂礼数得要命。当着众人面，都叫我三四次娘了。虽然是开玩笑，可人家那身世，能不嫌咱这号从山沟垴垴钻出来的土鳖虫，整天围着锅台、羊栏、猪圈转的老妈子，那就是给了天大的面子了。"可正是这一点，让忆秦娥更讨厌刘红兵了。晚上竟然当着那么多人的面，偏要一次次地叫妈、叫娘。那分明是觉得自己高人一等，才敢胡调乱侃呢。正经丈母娘，是你能随便开叫、随便乱喊的吗？还喊叫得跟唱戏一样，拿腔卖调的。她几次都想上去踢他。可娘反倒不计较这一切，还把刘红兵夸奖得不行，说这叫真正有钱有势的人家，啥大场面都能应对自如了。娘还让她别把一吊整钱，生生熬成八百了。姐也一连声地说："好着呢，好着呢。无论家庭、身材、长相，还是待人接物，都没得挑。妹子你要不是唱了戏，出了名，恐

436

怕这样的人物，一辈子是连见也见不上一面的，还谈婚论嫁呢。何况人家还这样'狐迷子'上心的。"忆秦娥说啥，她们都说她心性太高。还说错过这村，就没这店了。连弟弟易存根也说："二姐夫比大姐夫好，长得跟电视里的人一样。"忆秦娥怕伤了姐的心，急忙制止弟弟，说人碎碎的，就满嘴乱跑调。姐就说："存根说得对着呢，你姐夫哪能跟人家比呀。你姐夫就是个满山沟里胡钻乱窜的小药材贩子，乡里叫'倒鸡毛的'。人家是什么人物啊，你没听听，弄几台彩电、冰箱、立式摇头电扇，都不在话下呢。这哪能放到一杆秤上称呢？你姐夫今晚都高兴得跟啥一样，说这辈子总算是遇见高人了，正准备拜妹夫为师呢。"娘也说："不怕来弟不高兴，吃的就不是一样的饭么，咋能摆在一个锅台上比胖瘦呢。"任忆秦娥咋说，一家人都在反驳、"批斗"她。她也就懒得说了。她说："睡。"娘还是兴奋着，要女婿，还要抱孙子的。忆秦娥就气得把灯关了。娘在黑暗中笑着说："你把电灯拉黑了，娘还是要孙子。就要你跟这个小伙子生下的。一准是人中龙。"姐也哧哧地笑着说："抓紧噢，力争年底见喜。"弟弟易存根"咚"的一声"炮"响。娘照他屁股踹了一脚："把不住嘴的货，又吃多了。"

二十四

这天晚上，忆秦娥咋都睡不着。她在想封潇潇，翻来覆去地想。她觉得她还是爱着潇潇的。并且爱得那么深。当她听说，潇潇除了没给老鼠"点天灯"，都快成郝大锤一样的酒疯子了时，她心里可不是滋味了。潇潇对自己的爱，是那样不显山不露水，尽在一颦一笑间。大概也正是这种月朦胧，鸟朦胧，而让那点太过脆弱的爱，中断在了离开宁州的路上。那种躲躲闪闪、藏藏掖掖，又怎能抗衡得过刘红兵吹着冲锋号、端着冲锋枪、喊着"缴枪不杀"的正面强攻呢？她突然急切地想知道封潇潇的一切，可又不能问任何人。她在等着天亮。天亮以后，是可以问她舅的。这一生，唯有她舅胡三元，是没有什么不

437

可以打问的。这天晚上，大概是她这几年失眠最严重的一个晚上。潇潇让她难过了。她甚至在轻轻呼唤着他的名字。自己是不是把自己爱着的人害惨了？如果封潇潇真成郝大锤了，那她简直就是一个罪人了。

　　第二天她舅一早就来了，说其他人都逛街买东西去了。弟弟也闹着要出去。忆秦娥说她这几天有戏，昨晚又没休息好，不敢出去见风，就安排他们自己去了。人都走后，她就跟舅谝起来。舅把团里的情况详细跟她说了一遍：自她走后，这个团人心就散了，说跟山墙抽了龙骨一样散乱。尤其是团长朱继儒，一下泄了大劲。一开会他就埋怨说，以后再不培养人了。我们县剧团培养人，都是驴子拉磨狗跟脚——出闲力呢。一旦有点成色，不是调到地区，就是调到省上了。咱还做这赔本的买卖，是脑子让门缝夹了。也怪，老朱的身体也不行了，整天吭吭咳咳的，老了一大截。舅说有一回，朱团长还当着他的面埋怨说：你那个外甥女没良心，为促红她，我得罪了团上多少人哪！硬是把她促成台柱子，促成县政协常委，上了主席台，当了副团长，连职称也是破格评的，就这把人心也没留住啊！团上一些老同志还抱怨我，说你个朱继儒就是贱，不是爱小的吗？这下让小鸡给老鸡把蛋踏美了吧。你说我说啥？再不做这傻事了。我也打了报告，团长不想干了，受不了省上这挖心挖肝术。你好不容易弄个人出来，他们三下五除二就弄走了。他们是枉挂了一块省级剧团的牌子呀！自己不好好培养人，就爱搞这抽别人吊桥的事。说轻了，是不要脸；说重了，那就是厚颜无耻到了登峰造极的地步。这回你把戏演火了，也能看出他的兴奋。要不兴奋，他咋让办公室挂一个横幅"热烈祝贺我团演员忆秦娥调进省秦后一举夺得全国表演一等奖！"呢？这都是朱团长想了又想的词。大家要来学习，他也同意。想让他带队，他却咋都不来，说眼不见心不烦。他说你们去给秦娥鼓鼓掌、捧捧场，是必要的，人才毕竟是咱宁州出的嘛。忆秦娥听到这里，心里也特别难过。朱团长为她那可是费了心思了。她老感觉，朱团长就像她爷。虽然她爷在她七八岁时就去世了。她爷在她上山放羊时，一旦天气变化，就会拿着斗笠、蓑衣，上山来给她披上的。遇见霜雪天气，爷也会用草绳，给她脚底绑上"脚稳子"，怕她滑到沟里了。爷走了，爹和娘都忙，就再没人给她送斗笠、蓑衣，绑"脚稳子"了。她感到，她现在就是那个没爷的忆秦娥了。虽然单团长对自己也呵护着，可毕竟是比不上朱团长那般爷爷对孙女的好了。

说了半天，最后终于扯到了封潇潇。舅说："这个娃子可能毕了。原来那么乖的，我心里都想着，将来把你们撮合成算了。可现在完全变了人样了。我还劝过，也没用。他就跟中了魔一样，整天喝得昏头奋脑的，眼睛发直，还犯花痴。毕得毕毕的了。"

舅说这话时，半边脸显得比平时更黑，龇出来的龅牙，是用嘴唇抿了两抿，才包住的。

忆秦娥怔在了那里。她突然想起了李慧娘对贾似道说的一句台词："老贼真是罪孽深重了！"

自己又何尝不是罪孽深重呢？

团上人看完戏，又转了一天，大多都回去了。她舅和胡彩香老师他们几个还没走，说是要给团上买服装、道具、锣鼓响器啥的。刘红兵就问忆秦娥："那个叫胡彩香的，是不是你舅娘？"忆秦娥说不是的，问他咋了。他诡秘地一笑说："没咋，都是人嘛。理解，理解。"忆秦娥踢了他一脚，问他到底咋了。他才说："两个人在一起干那事，叫办事处的服务员撞见了。不过我都摆平了。"这话让坐在一边的胡秀英听见了，气得晚上她弟胡三元来，就把他劈头盖脸骂了一顿："不要脸。这么多年瞎瞎毛病还改不了。就跟人家的女人胡扯哩，看你还扯拉到哪一天。还不准备麻利找个人结婚是吧？哪怕找个寡妇呢，总得有个正经名分，才朝一个炕上躺吧？眼看都四十多岁的人了，还这样到处蹲了尻子又伤脸地瞎鬼混。真是把胡家先人都丢尽了。"胡三元也懒得理他姐，就把话头扯到一边去了。忆秦娥自是不敢打问她舅的事。只是觉得，他长期跟胡老师卷着，迟早会有麻烦的。她从胡老师嘴里听到，她男人张光荣单位彻底塌火了，现在到处在找活儿干呢。光荣叔可是个劳力极好的人，她舅是咋都打不过的。并且胡老师也并没有要离婚的意思，还一口一个额（我）老汉，一口一个张光荣的。那他们这样一年一年地在一起瞎混，又算咋回事呢？

她舅他们多住了两天，买了东西，又看了两场戏，也都回去了。临走的时候，舅还把她拉到一边说："封潇潇看来是个没多大出息的货了。刘红兵过去我也不喜欢，可这次来看了看，好像又还行。反正你自己看着办吧。这年月，好男人比女人走俏。能抓，早点挖抓一个也是必要的。要不然，好的都让十六七的女娃子下手抓完了。这些娃下手可快、可重了。能给你剩下的，也就没得挑了。"胡彩香老师也是这话，她说："不要听团上的。团上不让早恋爱、早结婚、早生娃，那就是想让你多出几年力气、多卖几年命呢。卖完命，你还是你的日子。团长又不能帮你过。你没看现在这社会，你能等得住？再等几年，剩给你的，那就是残羹剩汤了。不是尺寸不够，就是跟你舅一样长得三瘪四不圆的。（舅插话说：'去你个头，你长得好，尻子比磨盘还大些。''滚一边去，嫌老娘尻子大，甭看。'）再就是穷得家里有炕没席的。反正提起哪头，都是马尾穿豆腐。千万别上领导的当，领导都是日弄客。我看刘红兵，咋越看还越行，你就薅住算了吧。就是有点流气，可他像糯米一样，能粘你这久，那也是不容易的事。人么，只要他能真心待你，你就应该把心给他。"

忆秦娥她娘们几个，又住了一个多礼拜。也是每晚看戏，并且越看瘾越大，票却是越来越紧张，连忆秦娥每天也只能分到两张。有时遇到包场，还连一张都没有。但再紧张，刘红兵都能弄到票。并且他还爱在丈母娘跟前卖派说："剧场座位再紧张，还能少了'秦腔小皇后'她娘放屁股的凳子？都应该抬一个长沙发，放在中间位置，让老娘您躺着看呢。搞清楚没搞清楚，这是小皇后她娘耶！那您就是老皇后了。没老皇后，哪来的小皇后不是？没这小皇后，你都看'游东湖'去吧！"每每说到这里，都要乐得忆秦娥她娘笑得不是长流眼泪，就是岔气捶腰的。自然见天晚上，都要嘟嘟刘红兵的好，并且要忆秦娥赶紧把事办了。娘说："你舅说得对着哩，千万要小心那些更年轻的'狐媚子'。看着一个个毛桃子没熟，可下手都快得很，你还没眨眼皮哩，人家就隔席把蒸馍抓走了，给你连馍渣渣都留不下。"

娘终于带着她的探亲班底走了。是刘红兵开车亲自送回去的。忆秦娥不同意，可娘偏要坚持"让兵兵送"。说都是自家人了，怕啥？忆秦娥也不好再阻挡，刘红兵就送去了。

就在娘他们走的这天晚上，剧场又来了一个特殊观众，叫秦八娃。也就是年前忆秦娥在北山地区演出时，朱团长带她去看的那个人。说他能写剧本。当时去，就是准备给她量身定做剧本的。没想到，秦八娃在省城也是这样地有影响。他一来，竟然就成省秦领导的座上宾了。

二十五

说起来，忆秦娥的艺名，还是秦八娃起的。

秦八娃当时就觉得，这碎女子将来可能是要出大名的。

在他看来，这娃有几个奇异处。

首先是长得好。不是一般的好，而是长成人间尤物了。照说山里娃，哪能长出这么好的鼻梁，这么生动的眉眼，这么汁水饱足而又棱角分明的脸形。可这娃就偏偏长成了。有人说她像外国电影明星，他可是半点都没看出来。明明是自己的娃，生在山沟垴垴，长在山沟垴垴，父母一辈子恐怕都没见过外国人，却偏要说像外国人的坯子，难道咱们自己连个高鼻梁娃都生不出来了？他觉得忆秦娥就是秦人自己的娃。无论上了妆，还是卸了妆，都是绝色美人一个。但这种美，是内敛的美，羞涩的美，谦卑的美，传统的美。恰恰也是中国戏曲表演所需要的综合之美。尤其是她见人爱用手背捂嘴的动作，给他印象很深很深。就那么一种不经意，让他感到这孩子的天性，是与戏曲旦角的天赋神韵，连上了一根看不见的天线的。他是一个不好赶热闹的人，可忆秦娥在北山演出时，自朱继儒请他去看了第一场，他就一连又看了好多场。连老婆都有些吃醋，说他突然发了"羊角风"。秦八娃也的确是有些忍不住，他不能不面对这样的美。不，是审美。他一再强调，他是在审美。但他做豆腐的老婆却偏说，他是在"给眼睛过生日"，是在"做梦娶媳妇"，是在"叫花子拾黄金"呢。任老婆再贬糟，忆秦娥他还是要去看的。

忆秦娥的第二个奇异处就是功夫好。她身上的那个溜劲儿、飘劲儿、灵动劲儿，都是北山舞台上过去不曾有过的。他觉得他最早下的"色艺俱佳"判断，是没有错的。这次到京城，不是得到更多专家的认同了吗？演员么，没有"色"的惊艳，那总是有所欠缺的。关键是忆秦娥功夫好，嗓子也好，这就叫全才了。忆秦娥调到省城不久他就听说了。他为宁州感到惋惜，但也为忆秦娥感到庆幸。他早就预料到，这不是宁州、北山能放下的人物。他想着忆秦娥是一定会在省城唱红的，但没想到会这么快。几乎是一眨眼工夫，就声名大振了。秦八娃也是从报纸、电视、广播上铺天盖地的宣传中，看到了忆秦娥的头像，听到了忆秦娥的声音，才知道此忆秦娥，就是彼易青娥了。而这个艺名，恰恰出自秦某人的口占，并且还真是一炮走红了。这让他，甚至都有了一种巨大的成就感。无论如何，他是得到省城去看看这出《游西湖》了。看看忆秦娥的慧娘，是不是有报纸、广播、电视上吹的那么好。关键是值不值得他为看戏，弄出这么大的动静来。

他走时，老婆正在给豆腐点石膏，问他弄啥去，他说到省上开会。老婆说，你开个鸟会，是又发"羊角风"了吧。老婆知道，秦八娃这几天，是跟人好几次说起过忆秦娥的。乡里人都听说，忆秦娥在省城演《游西湖》"红破天"了。老婆嘟哝归嘟哝，他想出门，谁也挡不住。有时为收录民歌，他顺着秦岭山脉一走好几个县，一出门就是好几十天。有人问老秦哪里去了，老婆就气呼呼地说："死了。"因他整理民歌、民谚、民谣的成就，还有创作戏曲剧本、编写民间故事的能力、声名，北山地区文化馆和省上群艺馆，早都是要调他的。可他为了这点来来去去的自由自在，就愣是没去。这也反倒成就了他更大的名声。就连省上领导来了北山，一说起文化工作，也是要去看看民间艺术大师秦八娃的。老婆岂能管得住他。他要走，老婆也只能气得嘟哝一声："死去吧你！"

秦八娃进了省城，就直奔剧场而来。他没有惊动忆秦娥。票是从贩子手上钓的。本来一张甲票一块二，他是掏了三块钱才买到的。得有一张好票，必须坐到能看清演员细腻表演的位置，那才叫看戏。你连演员的一颦一笑都看不大清楚，就不叫看戏了，那叫晃戏，把戏晃了一下而已。他看了一场，没有给忆秦娥打招呼，就住在剧场附近的一个私人旅社里。他在反复整理观后感。他边整理，又接着弄票看了第二场。直到看完第三场，他才觉得，是可以见忆秦娥了。

那天演出完，他去了后台。土头土脑的秦八娃，穿的还是对襟褂子，圆口布鞋。他头上有点谢顶。走起路来有些像鸭子踩水，左一歪右一歪的。有人就挡住了去路，问他找谁。他说找忆秦娥。人家说，看戏明天来，后台一律不接待观众。他就报上了姓名。年轻人也不知道秦八娃是谁，只是觉得来人有点滑稽。可封导和单团长一下就兴奋起来了。封导说："秦八娃！这可是我省的大剧作家呀！写的戏，50年代就拍过电影呢。这些年，谁找他写戏，都是不轻易接活儿的，今天竟然自投罗网来了。"单团长几下就跛到了秦八娃面前，一把拉住他的手，有些像当年他演雷刚时，紧紧拉着党代表柯湘的手，说的那句久旱逢甘霖的台词：

"可把你盼来了！"

秦八娃微微笑了一下说："我想见见忆秦娥。"

单团长和封导就把他领到后台化妆室了。

忆秦娥经过多场演出锻炼，终于再不呕吐了。现在，她已经能应付每晚的好几次谢幕了。

忆秦娥正在卸妆。单团长喊："秦娥，你看谁来了！"

忆秦娥回头一看，是秦八娃老师。她急忙站起来招呼："秦老师！"

秦八娃说："你先忙你的。我都看你三场演出了。"

"啊，秦老师咋不早说呢。也没给您准备票。"单团长急忙说。

"哎，咱又不是领导，尽看便宜戏哩。看戏就要自己买票，那才叫看戏呢。要票看，送票看，混票看，那都叫蹭戏。"

秦八娃把大家都说笑了。

封导说："请您来看，那叫审查。"

"哎，审查是领导的事，可不敢给我这儿乱安，浮不起。"秦八娃直摆手。

单团长说："您是大剧作家，能来看我们的戏，那就是评审、审查么。我跟封导昨天还在说您，还说想到北山去请您，就怕您不来呢。我们都知道，您平常就不出秦家村的。省上啥活动也不来参加。有几次，都摆着桌签，也还是不见您大驾光临。"

秦八娃说："不敢大驾，更不敢光临。好多年都没写出啥东西了，还出来赶啥热闹呢。真是到省城来蹭会蹭饭吗？没东西，还在人前摇来晃去的，想着都丢人哩。"

封导说："就凭您的那几部作品，再三辈子不写，也有老本可吃的。"

"哎，不敢不敢，都是些速朽的玩意儿。见笑见笑。"

单团长说："秦老师，您把忆秦娥的戏也看了，我们还就想请您给这娃写个戏呢。您看这么好的演员，也该是上原创剧目的时候了。掐指头算来算去，就觉得请您写最合适、最保险、最上档次。"

"可不敢用'最'，我不喜欢这个词儿，一'最'，就离完蛋不远了。"

秦八娃把大家又惹笑了。

就在他们说话的时候，单团长已安排人去西大街回民坊准备夜宵了。秦八娃说他从来不吃夜宵，可还是让团上几个人硬把他拽上车了。在车上，单团长问他，《游西湖》演得怎么样？秦八娃半天没说话。忆秦娥心里就有点不安起来。其实她也不知道秦八娃到底有多厉害，可从宁州团的朱团长，还有古存孝老师的言谈中，再到单团长和封导，对这个不起眼的乡下人的尊敬程度看，恐怕不是个一般人物了。尤其是戏在一片叫好声中，问他怎么样，他却一言不发时，车上几个人，就委实觉得有些扫兴了。不过，秦八娃很快就把话题引开了，说："这都啥时候了，街上还明晃晃的。到底是省城，放在我秦家村，这阵儿，好多人一觉醒都困过来了。"大家就又笑了起来。

到了回民坊，几条街更是灯火辉煌的，人也多得跟在剧场门口一样，好像才是入场的感觉。团办公室选了最好的一家烤肉摊子，几个人忙前忙后的，又把附近有名的贾三包子、麻乃馄饨、刘家烧鸡、小房子粉蒸肉、金家麻酱凉皮，全端了过来。刘红兵也不知是啥时赶到的，端直从老远的地方，还端来了王家饺子。那也是坊上响当当的名吃。秦八娃就直喊叫："你们把我当饭桶了。吃不完的，吃不完的。再不敢端了，都糟蹋了。"大家就一边吃，一边议论着坊上的小吃来。再没人提说戏的事。最后倒是秦八娃自己提说起来了。他说："你们刚才不是问我戏的事吗？的确好看。比五六十年代演的《游西湖》好看多了。但不朴实了。台上太华丽了。尤其是灯光，把人眼睛扰得，看不成戏了。吹火也太多，完全成技巧了，像耍杂技。在廉价的掌声中，把一个大悲剧搞得有点闹腾了。对不起，我把话说得可能有些过，但这是我的真实看法。你们尽可以不在意，我这毕竟是乡村野老的姑妄之言。这样演也好着呢，但跟这坊上的百年小吃比起来，就差了一大截韵味了。"

大家都不说话了。这是自《游西湖》演出以来，无论是在北京，还是在西京，有人给大家兜头浇下来最凉最凉的一盆冷水。本来单团长和封导是想借吃夜宵，请他写新戏的。这下也不好说了，就都闷头吃着，喝着。要不是刘红兵不停地打岔，说混话，还都弄得有些下不来台呢。刘红兵对秦八娃很是有些不以为然，就有意给这家伙下下火，说："秦老兄，认识我不？"秦八娃摇摇头："不认识。"单团长说："这是你们北山地区刘副专员的儿子。他爸也是管文化的。"秦八娃还是摇摇头："没听说过。"刘红兵的脸，就有些挂不住。他说："你不是磨豆腐的么，咋还懂戏？"忆秦娥就用胳膊肘把刘红兵拐了一下。秦八娃说："戏就是演给引车卖浆者流看的。戏之所以越来越不耐看，就是让那些啥都不懂的给管坏了。北山这几年就没出过好戏，一出就是活报剧。几出好戏，都是人家宁州剧团出的，还多亏了那几个老艺人懂戏。"刘红兵还想战斗，硬是被忆秦娥暗中拿脚踩死了。

夜宵吃得不欢而散。

送走了秦八娃，刘红兵还在车上喊叫："一个乡村文化站的闲干人，你听听这名字，秦八娃。他能懂个尿，别听他胡掰掰了。在北山，那都是个上不了台面的人。你们省上大剧团，还在意这样的烂人满嘴跑火车呢。"忆秦娥又想踩他脚，没踩住，他给提前别跳了。

这一晚，忆秦娥翻来覆去地没睡着。她也没想到，这么红火的戏，竟然还有人是这样的看法。她就急于想再见到秦八娃了。

第二天一大早，她就到秦八娃住的旅社去找他了。

秦八娃住在城墙根下一个私人旅社里，门洞黑黢黢的。进去是个天井院子，有七八间客房。老板娘正在一边打扫院子一边骂人："真是些烂鸡巴的货，出门就能掏出来尿。你咋不尿到你妈的炕上呢。朝老娘白白的墙上浇哩。你都知道这是啥地方吗？这是省城，是西京。老娘这一块儿叫下马陵。过去连文武百官走到这儿，都是要下马的地方，你就敢掏出来随便尿哩。狗尿泡还大得很，把老娘浑浑的墙，活活冲出几道深渠来。我看你能当驴。"

忆秦娥等老板娘骂歇下了才问："阿姨，这里是不是住着一个叫秦八娃的人？"

"这里没住娃，都是住了些二愣子货。你看这，你看这，这都像娃尿的吗？娃能尿这多。真是能把老娘恶心死。又不是冬天，都不想出去上公厕。看多跑几步路，能把驴腿跑折了。"

"你这儿有登记没有，帮我查一下，看有没有姓秦的。"

还没等忆秦娥把话说完，秦八娃从二楼一间房里就探出头来，招呼她："秦娥，在这儿。"

忆秦娥就上去了。

秦八娃早起来了，连床上的被子都叠得整整齐齐。枕头上放着一本书，旁边还放着一个记得密密麻麻的本子。

忆秦娥说："秦老师咋住这儿？"

"这儿好着呢，你看多有生活气息的。这女人都骂一早上了。骂得可生动了，跟咱乡下婆娘骂人一模一样。除了特别爱强调这是省城、这是西京以外，几乎所有用词，跟乡下婆娘都没有两样。你信

446

不信，这婆娘有可能就是从乡下娶进城来的。要不然，她不会老用'炕'啊'驴'呀的，骂得可攒劲了。"

秦八娃的怪癖，把忆秦娥给逗笑了。

忆秦娥说："这多嘈杂的，窗外边还是个早市。"

"这是我专门挑的地方。要不然，进一趟省城，岂不白来了。要想知道西京是个啥样子，就要到这些地方来看、来听、来住呢。一早有两个卖肉的吵架，可没把我活笑死。"

"你这本本上，都是记的这个？"

"噢。我爱记民间语言，生动，有趣，抓地，结实。大面子上说的话，基本都是官话、套话。意思不大。"

这时，楼下的老板娘又跟一个旅客吵起来了："你敢说不是你尿的？"

"你凭啥赖我尿的？"

"有人看见。"

"谁看见，你让他站出来。"

"人家凭啥站出来？"

"那你凭啥说我尿的？"

"就凭你的鞋帮子到现在还是湿的。你看看，这墙是才刷过的，白灰都溅到鞋面上了，你还背着牛头不认赃。"

"你……你胡说呢。"

"胡说不胡说，你自己心里清楚。罚款，给老娘交罚款。不交不能走。这是西京，可不是你西府的蔡家坡。"

"哎，你再别糟蹋我蔡家坡了。一听口音，你也就是麻家台一带的人么，还糟蹋我蔡家坡人哩。"

"我是麻家台的人咋了，我是麻家台的人咋了？老娘十八岁就嫁到西京了，文明了。咋了？"

两人吵着、扯拉着，就出大门去了。

秦八娃笑着说："看，咋样，一准是外地嫁进来的。"

忆秦娥就说："秦老师，你真有趣。"

447

"生活，这就是生活。你咋还找到这儿来了？"

"就是想听听你的意见呢。"

"走，咱上到城墙上聊去。"

说着，他们就出门了。

西京南城墙，就在旅社的门口。出了旅社走不了几步，就有上城墙的豁口。

一早，城墙上人并不多。忆秦娥也是第一次上来，所以感到特别新鲜。她没想到，城墙上会这么宽阔，宽得能并排跑好几辆汽车。她甚至还激动得朝前奔跑了一阵。

秦八娃说："真厚实啊，咱戏曲就跟这老城墙、老城砖一样厚实。我为啥说你们把《游西湖》搞得太花哨了，就是缺了这古城墙的感觉。这么大的悲剧，怎么能轻飘得只剩下炫目的灯光、吹火了呢？我是历来主张戏曲表演，要有绝技、绝活的。但绝技、绝活一定要跟剧情密切相关。你的火，吹得太多、太溜，而忘记了'鬼怨'，忘记了杀身之仇。因此，吹火就显得多余了。还有最大的一个问题，就是对戏曲程式随意篡改。尤其是大量舞蹈的填充，让整个演出的美学追求，显得不完整、不统一了。我说这些，并不是否定这个戏。还是那句话，戏的确好看，节奏也快了，演员都很靓丽，服装都很华美，但戏味减少了。就像这古城墙一样，我们不能给它贴进口瓷砖吧。只有用最古朴的老砖，它才是古城墙啊！哎，那个古存孝老艺人不是调到省秦了吗？他怎么没发挥作用？"

"古老师，已经离开了。"

"为啥？"

"跟团上人说不到一起，就吵架走了。"

"到哪儿去了？"

"不知道。也可能是甘肃，也可能是宁夏、新疆。反正走了。"

"可惜了，可惜了，可惜了！"秦老师连着说了三声可惜了。他说："那是个搞戏的人。虽然文化水平不高，可他是真懂戏啊！"

"秦老师，那你说，我该咋演呢？"

秦八娃说:"你应该朝回扳一扳。就是朝传统扳一扳。吹火的戏,只要是为技巧而技巧的,都要减一减。绝不能让观众跳出来只看杂技,而忘了剧情的发展。好演员,你必须总控住观众观剧的情绪。现在是你把观众带出悲剧氛围的。你让一个大悲剧走向轻飘了。乐队也太大了,太洋气了,跟演员抢戏呢。戏曲不需要这样的声音铺张。我想,你之所以能获那么大的奖,是大家看到了一个功底很深厚的戏曲苗子,太难得了。虽然这个奖含金量很高,全国一等奖才几个,但你要有清醒的头脑。得在戏的本质上下功夫呢。"

这天他们在城墙上谈了很久。最后,忆秦娥还是提到了那个话题,说:"秦老师,团上想请你写个戏,也不知你答应不。单团长昨晚走时,还跟我咬耳朵说,要我再请你呢。"

秦八娃扶着城墙垛子,无限感慨地说:"写,怎么能不写呢?我要不写,很可能就错过历史机缘了。"

"什么历史机缘?"

"忆秦娥呀!不是哪个时代,都能出现忆秦娥的。这样好的演员,也许几十年,或者上百年,才出那么一半个。作为一个写剧本的,我要是错失了这个良机,也就是跟自己过不去了。"

忆秦娥突然鼻子一酸,整个城市,都模糊在奔涌的泪水中了。

二十六

楚嘉禾近一段时间,几乎整夜整夜睡不着觉。她想着,凭忆秦娥的实力,到省秦,唱一两个能翻能打的主角,卖卖苦力,也许不成问题。她的功夫,的确扛硬。贼女子,也舍得出贼力气。可没想到,一下能火成这样。尤其是去了一趟北京,进了一回中南海,回来,就跟炼钢炉里的铁流一样,红得淌到哪里哪里就是一片火海,把自己以外的一切东西,全都能熔化、烤煳、烧焦了。并且是那样地无孔不入。人竟然能神奇成这样,一个烧火做饭的丫头,眼看着就成了千人捧、万人迷了。连她那一脸的乡巴佬蠢相，在记者眼中，也成"清纯优雅""静若处子"了。弄得楚嘉禾老想笑，又笑不出来。就一烧火的，傻盯着灶洞惯了，竟然还"静若处子"了，真是让人快喷饭了。不管咋说，这碎婊子，是真红火起来了。西京城的大小报纸，能整版整版地登她的剧照、生活照。尤其是傻得老捂嘴笑的那张，传播得最多。有记者还骚情地给下边配了这样的文字："秦娥一笑百媚生"。真是活见鬼了，那就是傻，他们看不出来，还偏偏生造些怪句子。只有吃了屎了，才把黑面馍馍当香饽饽呢。电视台也播她的戏，拍她的专题片，上她的新闻。一些有头有脸的人物也站出来，给她捧场、说话。有个作家，竟然还说忆秦娥是上天奉送给人间的尤物，一百年才造一个的。还说能听她唱一口秦腔，吹几口鬼火，那就是我们这一代秦人的福分了。楚嘉禾就想骂，可又不知当谁骂去。她只能当着周玉枝的面骂，可周玉枝又不接话茬，有时还会说："秦娥也不容易。"她就感到有些孤独了。即使走在大街上，穿行在需要贴身收腹才能通过的滚滚人流中，她也觉得自己是那么孤苦伶仃。狗日唱戏这行，真是太折磨人了。

尤其是宁州剧团来看《游西湖》的那几天，但见那些见识浅的乡巴佬一开口，她的心上就跟刀扎着一样难受。都把忆秦娥稀罕得、吹捧得，亲热得，像是早八百年就是亲姊妹一样。而对她，开口就是："嘉禾，看来得加油了。你看人家秦娥，一来就背大戏，一唱就红破天。人家这就算是把唱戏这碗饭，吃到皇后娘娘的份上了。你好歹也得吃出个贵妃、格格来吧。"早先忆秦娥背运，弄去烧火做饭时，你谁又这样亲热过？除了胡彩香，是跟胡三元有一腿，才偷偷照顾过忆秦娥外，谁又把忆秦娥朝眼缝里夹过一下。这阵儿，都搂抱得跟是亲姑奶奶似的。她和周玉枝站在一旁，连手都没人拉一下。真是遇事就见君子小人了。

在北京演出的那几天，最让她窝火的是，进中南海演出时，偏把她和周玉枝扮的李慧娘替身给裁了。本来是八个"慧娘替身若干人"，只去了四个。从哪个角度讲，都是轮不上减她和周玉枝的。"慧娘替身甲"是吊吊尻子;"替身乙"腰比她粗;"替身丙"是凹凹眼睛;"替身丁"是五短身材;而她和周玉枝是公认的大美女。可团上在最关键时刻,就把她们这些外县来的"拿下"了。她们几个为这事还找过团长单仰平,可单跛子说,业务科都定了,他也不好更改。说以后还有机会。这种托词,谁不知道是骗人的。中南海不是你单跛子的办公室,说进,谁一冲都进去了。进去还敢拍你的桌子、抢你的烟。有的还端直一跳,把屁股担在你摇摇晃晃的办公桌上,跟你讨价还价呢。没能进中南海,以致回来后,谁见了都问,中南海是什么样儿?见到毛主席办公、游泳的地方了吗?尴尬得她,见问就岔开话题溜了。尤其是宁州剧团来的这帮货,个个见了都是这话:"人家忆秦娥都进中南海唱戏了,你还连人家的替身都没捞上当,真得加油了。哪天你和玉枝也进中南海唱一回戏,给咱宁州再制造一回轰动,多跶货。"

就在团上回来演出到十几场的时候,楚嘉禾她妈也专程来了一次省城,还专门看了《游西湖》。晚上,她妈把她叫到宾馆里,母女俩整整叨叨了一夜。她妈说:"戏的确是好看,不愧是省上的大剧团。手段多,舞台也洋气,演员是个顶个的棒!就是很小的角色,哪怕只有一两分钟戏的'土地公',都演得那么到位、精彩。阵容的确是县剧团没法比的。就忆秦娥的演出,要放在县剧团,那也就是县级水平。可放在省上大团,就是省级水平了。关键是整体气象太赢人了。听听那乐队,四五十号人,混合管弦,真是棒极了。放在宁州,就是把他朱继儒打死,也拿不出这样的阵仗。忆秦娥硬是被包装出来了。"母女俩也给忆秦娥挑了不少表演上的毛病。但挑来挑去,她妈还是说:"得朝前奔呢。省上这个平台太好了,唱不出大名,都可惜了。"然后,她们就开始分析,怎么才能上戏。在省秦,要上戏,谁说话算数?楚嘉禾说:"封子导演好像最管用,可封导家里没人敢去。说封导的老婆厉害得很,常年有病不下楼,谁去骂谁。尤其是女的,只要去,就说勾引她老汉。据说封导也不收礼。忆秦娥去,拿的东西都扔出来了。"她妈就说:"你看看,人家忆秦娥多会来事。东西就是扔出

451

来了，人情也在嘛。必须去。"她妈还分析说，"打蛇得打七寸呢。光给封导送没用，还得给一把手送。"楚嘉禾说："单跛子没用，不太拿事。"她妈说："再不拿事也是一把手。一把手不拿下，想唱主角，门都没有。"她妈问还有谁厉害。楚嘉禾说业务科长也厉害。她妈就说："拿下，统统拿下。不信我娃上不去。"然后，她们就合计怎么送、送什么，直商量到大天亮。

第二天，她们就去买东西。直到晚上，才一个个往家里送。自然，首先是去给一把手单仰平送了。

单仰平住在家属楼的最东边。楚嘉禾和她妈是从很远的一个排水沟里溜过来的。夏天到了，人都在院子里坐着，一窝一窝的。看着在说话、聊天，但眼睛都没闲下。不管谁走过来走过去的，都能引起一串话题。好在排水沟边上没路灯，她们直溜到单仰平楼下了，还没人看见。楚嘉禾就提着东西，上去敲门了。

开门的是单团长。开了门，楚嘉禾才发现，家里还有几个孩子，都在跟着单团长的老婆学二胡。单团长的老婆，是团上拉二胡的。单团长把学二胡的房门掩了掩，就招呼她坐。单团长一跛一跛的，要给她倒水，她挡了。她看见在家里穿着短裤的单团长，一条腿是彻底萎缩了，明显要比另一条腿细得多、短得多。并且中间还有两处变了形的大骨节。她想问，又不敢。但眼睛，一直在那条残疾腿上巡睃着。单团长就说："这条腿，你都想不来有这难看吧？"

"不难看，不难看。团长的腿，一点都不难看。"

"还不难看，有时连我都不敢看。越长越失形了。"

"团长的腿，那可是英雄腿呢。"

"啥子英雄，那就是一场演出事故。你们可能都知道，我演雷刚，救党代表柯湘时，要从高台上朝下跳。本来底下是要放海绵垫子的，结果放垫子的人嫌角色小，只演了个过场的'白狗子'，连分的景也不好好搬，就失场了。他不但没放垫子，而且本来应该撤走的一个墩子，也没撤。我扎了个雄鹰展翅式，从高空飞下来，就端端跌在菱形墩子上了。当下把大腿折成了三截。后来骨头没接好，又砸断一次，

452

就弄成这样了。"

楚嘉禾一边啧啧着，一边说："那也是英雄啊。团里人都说，京剧武生盖叫天腿摔断了，没接好，自己一拳头砸断，又重接了一次。说咱们单团长，也跟盖叫天一样，把腿砸断过。那要怎样的勇气呀！"

"唉，啥勇气，那就是不想难看，不想当跛子。可没想到，砸断了，重接了，却得了骨髓炎。还反倒跛得更厉害了。这都是命。所以呀，舞台演出没小事呀！主角配角，包括拉景的，搬道具的，都很重要。那可是一点都马虎不得的，一马虎，就要出大事。还是那句老生常谈：只有小演员，没有小角色呀！"单团长说着，还把一处变了形的大骨节，狠狠捶了捶。

楚嘉禾就没话了。好像这时提说要排戏，要演《游龟山》里的女主角胡凤莲，有些不合时宜。这是她跟她妈反复商量后，决定要排的戏。可单团长特别强调，只有小演员，没有小角色。连搬布景、上道具的，都同等重要。更何况自己已经有了李慧娘 C 组的名分，还上了李慧娘的替身。再要有非分之想，还真成"小演员"了。她不说话，就那样一个劲地用左手，狠劲搓着右手的一根指头。单团长问她有事吗，她只好连连说着"没有，没有"，不好意思地起身了。单团长就急忙把她拿来的东西，提起来放在了她的手中。她急忙说："没事，我就是来看看团长，感谢团长能把我调来。还希望团长再培养培养我呢。"果然，单团长就是那话："团上已经很重视你了，李慧娘都排进去了不是。虽然还没演出，可能进入 C 组，已是很大荣誉了。你好好努力，只要戏好，就一定有演出机会的。"楚嘉禾心里想：就是再有演出机会，谁还愿意馏人家吃过的"二馍"呢？且不说演不过忆秦娥，就是能演过，观众已先入为主，不再接受别的形象了。何况人家已经浪得那么大的名声，你还能在人家胳肢窝下，兴起狂风、作起大浪吗？她啥也不想说了，又一次放下东西，就准备朝出跑。单团长几扭几扭的，先扭到门口把她挡住了。

"嘉禾，我不是不收你的东西，我是谁来了都不收。工资都不高，都不容易，何必花这钱呢？你要理解我，我一个跛子，本来当团长，就不给大家带面子。你想想，剧团都是什么人，谁愿意自己领导是个跛子腿呢？人前丢人么。我要再贪一点，占一点，在大家身上再抠搜一点，就把自己做人的那点脸面，全都抠烂完了。你要还认这个团长了，就请帮我拾点面子，我就剩下这点在人前走动、说话的尊严了。你们都得帮我护着点。谢谢了！现在不是流行'理解万岁'吗？还请理解我这个跛子团长！"

说完，单仰平还弯了九十度的腰，给她鞠了一躬。

她就不好意思再说啥，提着东西下楼了。

事后，她也听团上人议论过单跛子，说他的确谁的东西都不收。也不给人许排戏的愿。他说，演员没有觉得自己不行的。都想排戏，都想唱主角，都想出大名。可一年，一个团就只能排那么两三本戏，要是谁都答应，省秦一百多号演员，五十年都轮不到一人唱一回主角。答应也明显是骗人的话。所以他从来不许任何空头愿。

楚嘉禾都有些后悔，不该去找单仰平。可提着东西出来后，她妈还是满意的。她妈说："礼数到了就对了。不收是他的事。"

楚嘉禾本来也不想去封导家的，都说他老婆难缠。加上在单仰平家又碰了软钉子，她就更是少了信心。但她妈硬逼着她去，她到底还是去了。

封导的老婆，据说特别见不得那些抹了口红、画了眉毛、涂了指甲油的人，说一见就犯病。因此，楚嘉禾故意把妆化得很淡，不仔细看，几乎看不出来。如果不化，又总觉得缺点啥，封导是不喜欢演员平常邋里邋遢的。尤其是那些上了年岁的女演员，"盈盆大脸""肉厚渠深""腆腹撅臀"，还不讲究穿戴的，是常常要遭到封导严厉批评的。封导说，你是演员，不是居委会的老大妈，你得努力保持身材体形，要给观众以美感，要对得起职业。演员必须懂得审美。楚嘉禾对自己的容貌，还是有充分自信的。从某种程度上讲，如果说忆秦娥是一种"骨感美"，带着一点黝黑的美，封导叫健康的美。那她的美，就是娇嫩的美，白皙的美，是阳春三月，春芽嫩笋破土而出的美。仅涂一点淡妆，就已经俏在枝头了。过去在宁州，忆秦娥还烧火做饭的时候，同学们说起美女，哪有过她的份儿呢，那都异口同声说的是楚嘉禾。到了省秦，大家依然惊叹说，深山出"妖狐"呀！那意思，就是说她美丽得近妖近狐了。她的美丽受到冲击，是在忆秦娥来了以后。尤其是忆秦娥上了李慧娘，成了省秦的顶梁柱后，好像就成"天字第一号大美人"了。她知道，这是眼下没办法挽回的事实。但她必须去努力，一切毕竟都才开始。她还有足够的本钱，去跟忆秦娥角力。

楚嘉禾敲响了封导的家门。

只听一个中年妇女生硬地问："谁！"

"我。"

"你谁？"

"我找封导。"

只听门锁一阵乱响，门被打开了一条缝。一张虚浮肿胀的盈盆大脸，露出一半来，上下打量了一下楚嘉禾，就单刀直入地逼问："干啥的？干啥的？你干啥的？"调门还很高。

"我是……封导的学生。"

"封子啥时候还招学生了，我咋不知道呢？封子，封子，你过来！"她就扭头直冲里边喊。

封导就出来了。封导朝门缝一看，也不敢说让老婆开门的话。只听他老婆一个劲地追问："咋回事？咋回事？咋回事？能说清楚不？你能说清楚不？你啥时招了这么个女学生？还烫个'招手停'的头。闻闻这香水味儿，这还是学生吗？你也想学那些电影导演了，是吧？你自己看看咋回事。"

"这娃是谦虚，哪里是我的学生。"

"又娃娃娃的。我给你说过多少次了，这儿哪来的娃？哪来的娃？哪来的娃？个子比你都高。看那胸，都发达成啥了，还娃呢。你是有病呢。革命阵营称同志，你偏娃娃娃的。团上过去叫娃叫出事的教训还不深刻，你还要重蹈覆辙、故伎重演，是吧？"

封导在他老婆身后一个劲地打手势，示意让楚嘉禾快走。结果手势还让老婆看见了。老婆一把扭住他的手，直问："咋回事？咋回事？

咋回事？还打上暗号了？嘴也是个抽，眼睛也是个斜的，咋回事？发羊角风了……"

楚嘉禾就吓得一溜烟跑了。

到了楼下，她还惊魂未定。她妈见她手里的东西还在，就问："没要？"

"岂止是没要，差点还弄出人命来。"

楚嘉禾就把过程气呼呼地说了一遍。她妈还安慰说："这下就行了，目的绝对达到了。让他觉得亏欠你一点的好，妈懂这个。"

楚嘉禾都觉得没脸进第三家了，可她妈坚持要走完。她妈说："东方不亮西方亮。你不是说业务科长权很大吗？兴许把这人一拿下，一河水就开了。"

楚嘉禾虽然是磨磨蹭蹭的，但到底还是把科长的门敲开了。

谁知她把东西提到科长家，竟然受到了科长老婆十分热情的接待。老婆让科长又是开冰峰汽水，又是洗西红柿，又是削苹果的。她抽着烟，斜卧在沙发上，作贵妃状：一尊很胖很短的贵妃。据说她也当过演员，唱过一折《孙二娘开店》的。嗓子是真正的开口"一包烟"。当群众甲乙丙丁，答一声"有""在"，都是够不着调的。她也就只能认"不是唱戏的料"的命了。说过去她老吃人"下眼食"，自男人当了业务科长，就再不用上台扮各种"若干人"的"杂碎角"了。晚上演出，她只到后台谝一谝，拉一两个无关紧要的布景、道具，演出补助也就拿到手了。她平常主要是打牌，据说能一连打三天三夜不下场子。最近派出所来团里端了几个赌博窝点，她们那一窝，得到风声早，都从二楼窗户跳下去了。她也跳，可人胖，裤子挂在了窗户插销上。等她撕烂了裤子跌下来，脚脖子又崴了。这几天，她就只能蜷在沙发上，"卧阵指挥"丁科长了。

科长老婆的说话风格，那是省秦有名的。楚嘉禾还没说几句话，她就一针见血了："想排戏，是吧？见忆秦娥红了，都坐不住了，是吧？何况你们都是从外县来的。还是一个县的吧？叫什么来着，宁州，噢，宁州。去过，驴蹄子大一点地方，山密得跟牛百叶一样，亏了还能长出你这样的大家闺秀来。真是怪了，那么个山圪垯，还能生出你跟忆秦娥这样的水灵人儿。忆秦娥出名了，你就急了吧？不怕不识货，单怕货比货嘛。这一比，放在谁，心里都得发毛不是？理解，理解。都是过来人，谁不想唱主角呢？这世上除了我，把名利看得比屁淡，谁还能见了名利，不上刀山下火海地奋不顾身呢？就凭你这条件，就凭你这诚意，我就给你做主了。老丁，必须给嘉禾安排戏噢。这好的条件，不给人家安排戏，那就是你们业务科瞎了狗眼。忆秦娥好是好，但还没有这娃长得细嫩，长得白净，长得心疼。这娃可是个好花旦的坯子。娃喜欢啥戏，就跟你丁老师说，他不安排，你就来找我。看他敢。"丁科长只是笑，不说话。

丁科长也没演过啥有名有姓的角色，倒是留下不少笑话。说当年演移植样板戏《红灯记》时，他扮了个小日本兵，先后上场给鸠山队长报了两回消息：一回是王连举招了；一回是李玉和不招。结果他在后台遍忘了，被人急急呼呼喊上台，给鸠山报告："李玉和招了。"鸠山一愣：日他妈，完了，戏演不下去了。李玉和都招了，后边戏还演屃呢？好在演鸠山的是个老演员，眼睛滴溜溜一转，一把揪住他的领口喊道："以我多年对付共产党的经验，李玉和这块硬骨头，是不可能真招的。再审！"一把将他推了出去。这时他也知道把乱子董大了。他下场后，工宣队领导一个耳光抽上去："你不想活了！"吓得他当时就尿到裤子上了。是封导急中生智："立即上去再报，说李玉和果然是假招。"他就上去抖抖索索地如实报了。鸠山队长手一挥："带李玉和！"戏才接了下来。不过从此以后，丁科长就再没演戏了。先是在舞美队装台。后来才慢慢进业务科，当干事，当副科长，当科长了的。

他老婆见他没话，就把那只好脚伸出去，美美踢了丁科长一下说："放个响屁，你倒是安排不安排？""安排，安排，咋不安排呢？你想排啥呢？"楚嘉禾就说："我想排《游龟山》。"科长老婆又踢了一下老汉："胡凤莲，好戏。最适合这娃排了。就这样定了。"丁科长就点头定了。

从丁科长家出来，楚嘉禾都快想喊起来了。她一下扑到她妈怀里，还像孩子一样，把她妈的奶，从衬衣外美美咬了一口。她妈"哎哟"一声："你疯了！"楚嘉禾说："定了。""科长答应排《游龟山》了？"楚嘉禾点点头。她妈也激动地在女儿脑门上，弹了个脑瓜嘣。

这天晚上，母女俩又合计了一夜。怎么排戏？跟导演如何搞好关系？让谁作曲？唱腔味道如何提升？怎么"一唱遮百丑"，掩盖功底的不足？包括最后怎么造成影响，怎么上报纸、上电视的事，都合计到了。不过商量来商量去，觉得挡路的，可能还是忆秦娥。这家伙名气突飞猛进，于自己成长很是不利。她妈就说："要学会扬长避短。不唱武戏，不唱功夫戏，不唱大悲剧。你只唱文戏，只唱花旦戏。要以柔媚、娇嫩、妖艳见长。尤其是爱情喜剧，要多唱多演。现在观众就好这一口。"

分析了自己的长短，又开始分析忆秦娥的短长。分析着分析着，她就说到了忆秦娥在宁州剧团，被老炊事员廖耀辉强奸的事。她妈腾地从床上坐了起来，说：

"我咋忘了这一出呢？这可是个硬伤啊！搞不好，名气越大，越臭气熏天呢。"

二十七

《游西湖》整整演了一个月。这在西京城，也算是奇迹了。连一些嘴上哼着邓丽君、手上提着录音机、身上绷着喇叭裤、在街上跳着霹雳舞的长发飘飘青年，也会挤进人群钓一张戏票，进剧场看看是啥玩意儿能火成这样。大幕一拉开，他们就惊呆了：小姐"盘盘"靓。真是他娘的神了奇了，古了怪了，见了鬼了。管他让不让，都得到后台瞧瞧了。卸了妆的妞，更是靓得了得。单凭那一对扑闪扑闪的"灯"，赫本一样的高鼻梁，瓜子一般饱满而又棱角分明的小脸，就能把人手中提的进口四喇叭录音机，电麻得跌在地上。那段时间，好多长头发、喇叭裤，都进剧场来了。他们只打口哨，不鼓掌。只要忆秦娥一出来，就都把手抬到嘴边，吱儿的一声声口哨，打得此起彼伏。弄得单团长还有些害怕，一见晚上长头发来得多了，就要给保卫科、办公室打招呼，说谨防流氓砸场子。从演出开始收票起，他就在剧场前前后后、上上下下，颠来跛去的。剧场没年轻人进来不得了；有了这样勾肩搭背的一群群"长毛贼"哄进嗡出，也了不得。并且这样的人还越来越多。据说他们中间还出了打油诗。

> 看了李慧娘，
> 才知啥叫靓。
> 见了忆秦娥，
> 直想换老婆。

还有顺口溜说：

> 录音机可以不叫，
> 霹雳舞可以不跳。
> 喇叭裤可以剪小，
> 长头发可以剃掉。
> 李慧娘不能不瞧，
> 忆秦娥不能不要。

这事让一贯天不怕地不怕的刘红兵，都感到威胁了。有人说："红兵哥，小心让这些街皮，把你夹到碗里的肉，给刨出去了。"刘红兵嘴上说："他敢！"但心里也是毛乎乎的，就觉得维护忆秦娥安全和"领土完整"的责任，是越来越大了。有时见一溜一串的"街皮"朝后台拥，他都能暗暗渗出一身冷汗来。那段时间，他也穿起了喇叭口更大的裤子，裤脚能放到一尺五。头发也留得披了肩，一走动，就像风中的旗子，也是一飘一扬的有范儿、有型、有势。他倒不是想赶时髦，他是得以毒攻毒哩。并且他腰上还别了刀子，随时准备为捍卫自己的"主权"，而牺牲一切，包括生命。

到演出快满一个月的时候，大家几乎都不想演了。再红火，也都演疲了。有的是嫌演出时间长了，见天晚上死困在剧场里，耽误事呢。加之天气也太热，一些人就喊叫说，即使是放在万恶的旧社会，进了伏天，也该封戏箱了，还能把人当腊肉腌哩。单团长和封导他们也担心，剧场里袒胸露背的年轻人越来越多，秩序不好维持。

其实，这轮演出，派出所的乔所长几乎天天都是要来一趟的。开始他还穿着警服。后来，觉着来得有点多，有些不好意思，才换了便服的。在这以前，乔所长可是从来没看过戏的。自几个月前，为处理刘红兵跟皮亮打架的事，跟剧团人认识后，他才第一次走进剧场。票是忆秦娥送的。乔所长开始还没在意，虽然报纸把《游西湖》和忆秦娥也吹得凶，可戏有多好看？他还想不来。加之也忙，他就把票撇到一边忘了。有一晚上，剧场门口突然发生斗殴事件，他带人出警，来铐了几个烈蹶的，正准备走呢，却被单团长和刘红兵拉到池子里，押住看了一会儿。没想到，一场戏没看完，就把他彻底给征服了。忆秦娥的长相，本来给他留的印象就很舒服。可没想到，化妆出来，更是画中人一般的天仙模样了。他本来是要回所里连夜提审那几个打架的"操蛋货"，可屁股却咋都从凳子上拔不利。他就安排副所长带人先回去了，自己一直坚持把戏看完。幕都谢三次了，他还激动得浑身在打战，嘴里不住地说："戏是这样的，啊！原来戏是这样的，啊！这比香港武打片好看得多么！啊！"单团长和刘红兵还把他请到后台，跟忆秦娥打了招呼。他见忆秦娥一时不知咋表现好，还给忆秦娥鞠了一躬说："我原来以为只有抓住犯人，才是最快乐的事呢。啊！没想到，这么多人，在剧场里，啊，找到了比抓犯人更快乐的事。啊！难怪为争一张戏票，要拿砖把人头朝破地拍了。啊！戏太神奇了！啊！"从此以后，乔所长就常常来看戏了。即使不看全，也要看一折《鬼怨》，或者《杀生》的。看完后，他还一定要到后台，把忆秦娥也看上一眼，才跟抓住了犯人一样地愉快离去。单团长和刘红兵，只要看见乔所长来，就觉得有了底气。最近观众秩序的确有点乱，尤其是看完戏后，一些"街皮"不停地朝后台跑。或者在路上堵。都要看忆秦娥卸了妆是什么模样呢。有的还端直朝上生扑，要跟忆秦娥握手。还有的胆子更正，竟然还拥抱上了。刘红兵就想把那些烂胳膊都剁了。他几次对单团长说："秦娥最近累得实在背不住了，歇一歇吧。"乔所长也说："歇一歇好。啊。一些屄娃不是成心来看戏的，就是来趸摸忆秦娥的。啊。你看看，人长得太漂亮了，就爱惹麻烦不是。啊。咱派出所，整天就遇这号怪事。啊。前天一个女娃，也是长得好。当然比忆秦娥差远了。啊。那娃晚上把嘴抹得血丝拉红的，裙子也穿得短了点，啊，就让一个看门老头把不住脉了。啊。楼道仅停了十几分钟电，老头就摸上去，把案做了。啊。抓住问他咋回事，你猜那老狗日的说了个啥？说娃嘴长得好，红红的，大大的，把他游丝一下给撬乱了。啊！你看看，你看看，还都说这老头平常好得很，没事了老看报纸呢。啊！这不，一时三刻就变成魔鬼了。啊！"

戏终于停演了。忆秦娥也的确快累死了。见天晚上演出，白天有时还要录音、录像、接受采访。她都有些厌倦这种生活了。可单团长和封导，还一个劲地让她不要忽视媒体宣传。说不乘着这股东风，再加几把火，很可能大好机遇就一闪而过了。封导说，他在剧团都干半辈子了，也没见过这么红火的事。既然遇上了，那就让它好好火一阵，别让火轻易熄灭了。刘红兵在政府大院待惯了，自是懂得宣传的重要。他不仅主动接待媒体，招待喝酒吃饭，而且在忆秦娥不愿意接受采访时，还越俎代庖，"单刀赴会"。反正就那点事儿，无非是翻来覆去地说么。他觉得他说，比忆秦娥说还要精彩生动百倍，也就全都自己上手上嘴了。有一天，《唐城故事会》的记者，用《"傻瓜"忆秦娥》为标题，发了一整版文章，就是刘红兵接受专访的。连他也没想到，记者会用这样刺眼的名字，赫然把"傻瓜"两个字，还特别放大了一倍，并且是到处颠来倒去地安放着。他拿到报纸，就没敢让忆秦娥看。结果那个记者轻狂，硬是拿着厚厚一摞报，到后台到处散发，最后竟然还跑到忆秦娥跟前评功摆好去了。忆秦娥当时就躁了，质问

461

记者：我咋不知道这事？记者说，是你爱人接受采访的。气得忆秦娥晚上演出完，刚走到没人的地方，就一个二踢脚，狠狠踢在了刘红兵的小腹上。刘红兵当下痛得眼泪汪汪地弓了下去。他知道是文章惹的祸，就连忙检讨说，他从来没说过她是"傻瓜"，都是狗日记者胡编呢。忆秦娥说："不是你嘴烂，人家咋能编出'傻瓜'来？都是你平常臭屁乱放，才让人家当枪使了，竟然发出这大一篇破文章来，把我败葬扎了。我是傻瓜，你妈才是大傻瓜呢，生出你这号傻货来。"刘红兵一点脾气都没有，只能狗腿子一样，捂着小腹，在后边猫腰跟着。忆秦娥又喊了一声滚，他才慢慢没敢跟了的。

忆秦娥把刘红兵臭骂一顿，回到房里后，也觉得自己有点过，尤其是还那样粗暴地踢了他。当时气得她是真下狠劲踢了。他也是真痛得快要就地打滚了。她突然想起，在秦八娃快走的时候，还专门给她说过这样一番话：

"秦娥，看来你的名声这回是起来了。并且起来得很猛，很爆。这对你是好事，也是不好的事。人都想出名呢。可出了名，就得想办法把名声浮住。浮不起这名声，最好还是不出的好。"

她当时还说："我也不知道是咋回事。我也不想出。太累人了。"

秦老师就说："人就是这样，有时你不想出名，都不由你了。既然出了，你就得想办法把名声托起来。"

"咋托呢？"她问。

"咋托？让它名副其实起来。你不要觉得现在的一切都是真的。很多都是虚的。是言不由衷的；是言过其实的；是夸大其词的；是文过饰非的，这是媒体卖报纸、卖杂志、做节目的需要。他们得炒起一个热闹来，然后让读者、观众去关注。而在这种过分关注的热闹中，你就会让熟悉的人感到可笑：谁不知道谁呀？掀起屁股帘儿看看，谁比谁干净呀？自然就会引起嫉妒、怨恨，甚至诽谤、陷害。目的就是要让你还原成普通人。甚至还要付出丑态百出的代价。"

忆秦娥听得有点毛骨悚然，就问："那我该咋办呀？"

秦老师说："你已经没有办法了。以你的功底和演员条件，很可能这种红火，还是初步的。"

"我真的不想再演戏了。太累了。我为演这个戏，已经瘦了十几斤了，吃啥都胖不起来了。"

"这可能已经由不得你了。一个剧团，推出一个名角不容易。只要你嗓子没坏，身体没残疾，不让你演戏是不可能的。"

"那我该咋办呢？"

"唯一的办法，就是让自己强大起来。强大得跟媒体宣传的一样，甚至比'吹捧'的做得更好。得用你的实力，把紧跟在身后的 B 角、C 角、D 角，从专业上，甩得更远些。让她们跟你没有任何可比性。只有这样，才可能让你遭受的嫉恨、构陷少一点。"

"我真的不想再朝前走了。从《杨排风》，到《白蛇传》，再到《游西湖》，已经快把我累死了。唱戏真不是人干的，还不如小时在山里放羊快活。"

秦老师笑着说："这就是生命的痛苦根源了。你要放羊放到这一阵，也许已经痛苦得早放下羊鞭子了。可唱戏唱到这个份上，又想去放羊。这世上，不可能有一个让你一劳永逸的日子。除非不活了。对于你来讲，唱戏，可能是生命最好的选择。是上天最合理的安排。唯有唱戏，才可能让你青春生命这样灿烂。你就别在唱不唱戏这个问题上，再胡思乱想了。必须唱，并且要唱得更好。唱到最好。"

忆秦娥被他说懵懂了，不知如何回答是好。她就那样怔怔地看着秦老师。

秦八娃接着说："要把戏真正唱好，你得改变自己。首先让自己成为一个真正有文化、有教养的人。不敢唱戏、做人两张皮：唱的是大家闺秀，精通琴棋书画，而自己却是升子大的字不识一斗。如果开口闭口，再是不文明的语言；抬脚动手，又都是不文明的动作，很自然，这些都会带到戏里的。包括李慧娘，其实你的表演，还像唱武旦的名演员忆秦娥；也有些像烧火丫头杨排风；还有些像云里来雾里去的白娘子；而不完全像对有报国情怀的书生裴瑞卿抱有深切同情心的李慧娘。你还需要在这方面下很大的功夫呢。"

秦八娃说完，从身上掏出了一个读书单子，上面列了十几本书的书名。说希望她能从这些古典文化的启蒙物读起。还说，若要演他写的戏，就必须把这些书先读完。他还要求她平常练练字，弹弹琴，也可以学点画。总之，是要她把自己的生命，完全都浸泡在文化当中。他说只有这样，你忆秦娥才可能跟 B 角、C 角、D 角拉开距离，也才可能真正成为一代秦腔大家。

秦八娃走后，忆秦娥还真去书店买了几本书回来。秦老师说，《诗经》《唐诗三百首》《古文观止》，都是可以背诵的。说要想打点文化基础，就得下笨功夫。可她，一页书打开，足有一半字不认得。她就翻字典，那是米兰老师走时给她专门留下的。可翻着翻着就头痛。倒是刘红兵每天从外面买回来的一些故事报，什么《唐都出了潘金莲》，什么《唐都惊天碎尸案》，什么《澡堂里的三声枪响》，还有什么《口红、大腿、舞厅》……让她看得心惊肉跳、欲罢不能的。可秦老师说了，看这些东西还不如不看。再看，你连杨排风也演不好了。她就干脆啥都不看了。不演出了就睡觉。先美美睡他半个月，把疲劳驱除干净了再说。

可她还没安宁睡几天，就有人来说："秦娥，咋回事，有人传你的坏话，可难听了。说你在县剧团的时候，让一个做饭的给咋了，并且还是个脏老汉。说那时你才十四五岁呢。后来为进省城，攀高枝，说你又把一个跟你睡了好几年的男同学给蹬了。还说那人都疯了呢。"

忆秦娥的头，嗡的一下都快爆炸了。

二十八

来给她传话的，是《游西湖》的小场记。他因为个子矮小，上不了台，才做了场记的。据说年龄都过三十了，看上去还像个娃娃。在开始排练，大家都有点瞧不起忆秦娥的时候，小场记就喜欢给她提供各种小道消息。因为小场记是奥黛丽·赫本迷，他见忆秦娥第一面，就倒吸一口冷气地哦了一声。从此，他就心甘情愿地做了她的"探马""快报"。尽管忆秦娥并不喜欢听太多的闲话，嫌太累，太烦人。可小场记专门跑来，神秘兮兮地鼓捣了半天。并且说可能知道的人还不少，连《唐城故事会》的人，都来打探消息了。她就有些紧张起来。小场记还说："那人手里拿着采访本，你说啥，他都朝上记呢。掏给我一张名片一看，就是写《唐都出了潘金莲》连载文章的那个人。你可得小心了。"小场记是个情痴，一望着她，就不知道把眼睛朝开移。她从来都不敢太招惹的。她就轻描淡写地对他说："都是胡说呢。谢谢你噢！"就把人辞走了。

小场记走后，她就再也躺不住了，甚至还出了一身冷汗。与廖耀辉的事，怎么又翻起来了？咋还扯出个"在一起睡了好几年的男同学"？那分明是说封潇潇么。谁干的呢？她脑子第一个想到的是楚嘉禾，然后是周玉枝。在省秦，只有她们两个知道这事。她当时就想去质问这两个人，可心里又没底。从十一二岁起，她就觉得一班同学，都是高过她一等的人。尤其是楚嘉禾，她都当了主角，心里还是觉得矮她一头的。她有点不满意自己了，甚至还严厉地批评起自己来。怕什么？你怕她楚嘉禾什么呢？她是嗓子好？还是功夫好？还是戏比你唱得好？怕她什么呢？有这么欺负人的吗？忆秦娥真是好欺负的吗？三想四想的，她到底还是找楚嘉禾去了。

楚嘉禾的门紧闭着。她听见里面有人说话，可就是不给她开，但她到底还是把门敲开了。她进去时，一个男的还在背着身，拉牛仔裤的拉链。楚嘉禾床上的被子，也是随便拉了一下，还没来得及叠。

忆秦娥就没好气地问她：

"嘉禾，我是哪儿把你得罪了，你要到处乱说我呢？我把你咋了？"忆秦娥气得情绪有点失控。问起话来，也就没头没脑的。

楚嘉禾的脸先是一红，但很快镇定了下来，装作十分无辜的样子问："你说啥呀，妹子？我咋听得稀里糊涂的？我啥时说你了？说你啥了？"

"你心里明白得很。"

"我不明白。哎，忆秦娥，别以为你演了个烂主角，就可以欺负到我楚嘉禾头上了，你有没有搞错耶？你个啥货吗？还跑到我家里撒野来了。"

　　"我啥货，你说我是啥货？"

　　"你啥货，你说你是啥货？"

　　这时，那个穿牛仔裤的插话了，"咋回事？咋回事？"说着，他还上前动手掀了忆秦娥一把。

　　楚嘉禾倒是挡了他一下说："这里没你的事，坐一边去。"

　　那牛仔裤男，就把手指关节，扳得咯咯嘣嘣直响地坐到一边去了。

　　楚嘉禾接着说："哎，忆秦娥，你今天得给我说清楚，我说你啥了？我到处乱说你啥了？"

　　"你还没说，你还没说。"忆秦娥就气得快哭出声来了。

　　"我到底乱说你啥了吗？"

　　"你……你乱编派我……在宁州剧团的事。"

　　"你在宁州剧团咋了吗？"

　　"我咋了，你不知道？"

　　"我知道你咋了？"

　　"和廖耀辉的事。还有……还有封潇潇。"

　　"你和廖耀辉的啥事吗？和封潇潇啥事吗？"

　　"你还装。廖耀辉糟蹋我的事。"

　　"咋糟蹋你的吗？"

　　"都是你说出去的，你还装。"

　　这时，那个牛仔裤男又站起来了，恶狠狠地说："糟蹋你，就是把你日了。还要打破砂锅问到底呢！"

　　"你……"忆秦娥气得飞起一脚，直接踢在那男人的下巴颏上了。那男人痛得"哎哟"一声，嘴里哇地就吐出一口血来。

　　"你们都什么东西？你们都什么东西！"忆秦娥直指楚嘉禾和那男人质问道。

　　"我们什么东西？我们就是要叫你付出卖身代价的那个东西。"说着，那男人恼羞成怒地操起桌上一个暖瓶，就要朝忆秦娥身上砸，被楚嘉禾一把拦住了，"忆秦娥，你还不快走！"

忆秦娥动也不动地站在那里，嘴里还叨叨："你砸！有种的你砸！"

那男人手中的暖瓶还真砸过来了。幸好，楚嘉禾挡了一下，暖瓶在离忆秦娥还有一点距离的地方，嘭地爆炸了。

这时，恰恰周玉枝回来了。是周玉枝一把将忆秦娥拉出房子，一场难以预料结果的当面质问，才暂时化险为夷了。

在周玉枝拉着忆秦娥走出城中村时，忆秦娥还是一根筋地又质问了周玉枝："你跟楚嘉禾，是不是说我坏话了？"

周玉枝没有回答。

忆秦娥又问："说呀，我哪里把你们得罪了，要说我坏话呢？"

周玉枝还是没有吭声。

"那个老家伙，明明是糟蹋我，没有成，你们为啥要说他把我糟蹋了？我跟封潇潇，连手都没正经拉过，你们为啥要说我跟他……睡了好几年？"

周玉枝终于开口了，说："秦娥，我本来这几天也想找你的。我也不知道是哪里来的这股风，把你说得这样腌臜。我知道你不容易，打从进宁州剧团，就受了别人没有受过的苦。现在刚好起来，谁又造出这样的风声，传得到处都是。我觉得你找谁论理都没用。谁也不会承认的。你相信姐，姐嫉妒是嫉妒你，可还没坏到这一步。你得回宁州一趟，让单位给你写个证明，回来交给单团长他们，让在团上念一下。要不然，越传越臭，对你活人、唱戏，可不利了。"

忆秦娥觉得周玉枝说得在理，也没多想，当天就气呼呼地回宁州去了。

忆秦娥连自己都没想到，自己回一趟宁州，竟然已是惊天动地的大事了。她刚从车站走出来，就有好多人把她围上了，都稀罕地喊着："忆秦娥回来了！"等她到剧团院子时，她舅和胡彩香老师，还有好多同学，已拥到院子看她来了。都想她到自己家里去坐一坐。她先是去了她舅的房子。她舅问她，咋也不打个招呼就回来了。她就哭着把事情说了一遍。她舅是个大炮筒子，气得又要操家伙，去"捶廖耀辉的皮"。是胡彩香老师来，才把她舅的情绪压下来的。胡彩香不是外人，她舅就让她把事情再说一遍。忆秦娥说完，胡老师说："这事还声张不得。都知道你在省城混得好，这一说，还反倒让一些人看了笑话呢。"她舅问咋办，说总不能让外甥女跌到酱缸里，不朝起捞、不朝清白地洗吧？胡老师就说："倒是可以给朱团长说一下。朱团长这人嘴严，也有德行，不会乱说的。"晚上，忆秦娥就到朱团长家去了。

朱团长自忆秦娥调走后，就把干事的那股劲气泄了。他觉得一切都没意思了。尤其是觉得县剧团干不成事，抽吊桥的人太多。他还是那句话，省上剧团不要脸，自己培养不出人才，就到处乱挖抓，把全省都挖得稀烂了。他说还别说他们得了金奖银奖，就是把金山银山背回来，也是应当的。最后，朱团长无限感慨地说："秦娥呀，'一将功成万骨枯'啊！你是成了，省秦是成了，可这宁州剧团，就算彻底抽垮架了呀！"忆秦娥就不好说话了。倒是朱团长的老婆，不停地嘟哝着朱团长说："你还不让人家娃们都奔前程了？省秦到底好么，不好，秦娥能浪得这大的名声，连中南海都进了。上报纸、上电视都成家常便饭了。你再别老糊涂了瞎说呢。"老婆说着，就给朱团长倒药。是用老砂罐熬的汤药。忆秦娥问咋了。老婆说："老毛病了，一遇事就心慌、掉气、脑壳痛。中间都好些了，可自你调走后，就又把药罐子背上了。"忆秦娥就觉得有些亏欠老团长。老团长咧起嘴，痛苦地喝完一大黑碗药后，长长地叹了一口气说："娥呀，其实你调到省上，尤其是出了这大的名，我也是替你高兴的。不过也替你担心哪！唱戏这行，就是个名利场。自古以来，只要有戏班子，就安宁不了。自己人搅，社会上爱戏的、捧角儿的、盯旦角、盯生角的，也都会跟着搅。反正不搅出一些事来，就不叫戏班子，就不叫名利场。我倒不担心你演不上戏，主角会一个接一个朝你头上安的。不想演都不由你。我是担心，你太老实，太傻了，不会处理事情，最后会把生活搞得一团糟啊!"虽然忆秦娥还是不喜欢听人说她傻,可朱团长一直就像老父亲、老爷爷一样待自己,他说她傻,好像也就有些温暖的意思了。她看是说话的时候了,就把在省城遇到的麻烦说了一遍。朱团长就说:"娃呀,天妒英才呀!你是太出色、太出众了!只怕以后不好混哪!我写,我会把一切都写得明明白白的。单怕是我写得再明白,把你也洗不清白呀!是人心脏了,不是这个事脏得说不清了。"

从朱团长家里出来,忆秦娥把朱团长的话想了好半天。那时她大概还不能完全明白其中的含意。只是觉得,只要朱团长写了,还盖了宁州剧团的大印,就会把胡言乱语堵住的。晚上,给她配演过青蛇的惠芳龄聚集了一帮同学,非要请她吃饭。她就高高兴兴地去了。她想着,也许封潇潇会来的。结果没来。这让她很失望。本来回宁州,除了要证明材料,她也有想见见封潇潇的意思。最近几个月,她还老梦见潇潇。刘红兵对她越好,她越想封潇潇。她总觉得,要结成夫妻,在一起过一辈子,似乎跟封潇潇更合适,更安全些。因此,在别人糟蹋她跟封潇潇的事时,虽然离谱,但没有像糟蹋她跟廖耀辉那么让她痛苦,那么让她感到不堪。刘红兵也不知哪儿不对,总是让她觉得不真实、不踏实、不靠谱。尤其是最近关于她的传闻出来后,刘红兵突然几天不见了。也可能与小腹被她踢一脚有关,但过去也踢过不少回的,他从来都没有不辞而别过。这次竟然悄无声息地蒸发了好几天。直到回宁州的路上,她才想到,刘红兵的突然消失,大概与最近的谣传也不无关系。只有封潇潇,从来不相信这些鬼话。在宁州《杨排风》演红火时,她与廖耀辉的谣言就疯传过一阵。在《白蛇传》演出轰动北山时,这个谣言又不胫而走。可潇潇从来没有为这些谣言摇摆过。总是在她最困难、最难过的时候,坚定地站在她身后,悄无声息地给她所需要的一切,包括充满了信任、眷顾、爱怜的眼神。那种默契,那种呵护,那种支撑,至今让她回想起来,依然感到暖意如春。一般一个戏的男女主角之间,总是充满了名利交锋的明争暗斗。而封潇潇连每晚演出完的谢幕,也都富含着推举她的谦让。按导演安排,最后一轮谢幕,是要白娘子和许仙同时向台前跨一步,以突出男女主演角色地位的。而封潇潇每晚至此，总是在跨前一步后，用手势把观众掌声引向白娘子，然后自己谦卑地退后一步，跟次主演们站在一排。忆秦娥还说过他几次。他说，这个戏就应该突出白娘子，许仙是配演，不是主演。他在一点一滴地关爱呵护着她。而那时，封潇潇已经是演过几本大戏的台柱子了。

她太想见到封潇潇了。可当同学们都坐齐后，并没有封潇潇的人影。惠芳龄大概是看出了她的左顾右盼，才说："今天就差了潇潇。都以为他艳福不浅，结果被人家专员的儿子淘汰出局了。他受了震了，连脑子都有麻达了。"

忆秦娥再也顾不得害羞地问道："潇潇到底咋了？"

惠芳龄说："你还不知道？"

忆秦娥摇摇头。

"潇潇自从进西京城看了你一次后，回来脑子就不对了。天天喝酒，越喝脑子越瓜。一醉，见了花草、猫狗，都叫忆秦娥呢。他家里人看着不对，最近给找了个对象，上个礼拜都订婚了。今天我们本来想叫的，又没敢。怕出事呢。"

忆秦娥的脸红一阵、白一阵的，不知该说什么好了。

有人就说："潇潇这家伙，看上去硬硬朗朗、明明白白的。可没想到，还真当了贾宝玉，成花痴了。"

惠芳龄就问："哎，秦娥，你咋没带那个专员儿子回来呢？"

忆秦娥怔了半天，说："他是我的什么人，我带他回来？"

这句话，一下把大家都给说愣住了。

虽然是同学聚会，大家放得很开，可毕竟所宴请的主人忆秦娥，心情有些不爽，神情甚至都有点恍惚，也就弄得大家不欢而散了。

这天晚上，忆秦娥在宁州的街道上，独自走了很久很久。并且是在封潇潇可能经过的地方走动着。她特别想见潇潇一面，印证一下，封潇潇到底成啥样子了？跟他订婚的女人又是谁？都说很一般，什么叫一般？一般到什么程度？总之，她什么都想知道。在她来回盘桓的过程中，先后见到了好几个剧团人，她都巧妙地闪躲开了。她就想见潇潇。

可就在快十一点的时候，她竟然见到了最不愿意看到的人：廖耀辉。

廖耀辉跟宋光祖师傅一块儿在街上小跑着。宋师拉着架子车，廖耀辉扶着车帮子紧跟着。车上捆着一头猪。猪是哼哼的。

廖耀辉说："非要拉到兽医站去看吗？兽医还牛得，请不来？"

宋师说："我给你说了，这几天县城发猪瘟，兽医忙不过来，都是送去一块儿看、一块儿打针的。你还屁嘟嘟屁嘟嘟的。"

"不是我爱屁嘟，咱单位的猪，比其他猪，都喂得肥些，病也轻些，跟重病猪混到一起，死了可惜不是。"

"就你喂的猪肥。你把人家县委县政府喂的看一下，比你喂的肥十倍。"

"人家的猪，就是病了，都有人上门看的。"

"那你还屁嘟啥，还不跑快些。"

两人就急急呼呼地跑过去了。

忆秦娥恨得，牙帮骨都咬得咯咯吱吱直响。要是只有廖耀辉一个人，她都能捡起石头打他一下。这头把她害惨了的脏猪！她本来是想去看看宋师的，但他们住在一间房里，并且她记得，廖耀辉是又搬出来住在外间了的。她也就无法再进那个门了。那是一个罪恶的门。

就在她左等右等，等不来封潇潇，准备离开的时候，喝得酩酊大醉的封潇潇，却突然从远处一摇三晃地过来了。他是被一个个头很矮、屁股很大的姑娘，架着朝回走的。一边走，那姑娘还一边唠叨："潇潇，以后再别这样喝了，好不好？你看人都笑话你呢。"虽然是唠叨，但唠叨着，也是用的昵称"潇潇"。

"谁笑话？忆秦娥吗？"

"别忆秦娥忆秦娥的，好不好？人家都要结婚了，你还惦记人家啥呢？"

"我惦记她了吗？我惦记你好不好？我惦记她？！人家是专员的儿媳妇了，咱他妈是谁呀……"

忆秦娥的眼泪刷地就下来了。

二十九

忆秦娥在老家九岩沟，美美睡了一天一夜，起来就要去放羊。她爹说，刚好能让她放一天，今晚连夜就要拉走。邻县几个乡镇已谈妥了，他们那边，明天中午就要开始检查羊的头数。并且一连要检查几十家，得跑十好几天呢。他爹高兴地说："现在有羊的人家可俏货了，想再买几只，都买不到手了。羊快比牛金贵了，见天吃精粮、坐汽车、绑绸子、戴红花。一只羊，一天能挣好几块哩。把一沟人眼馋得，都说易家是走了狗屎运：女子红火得'照天烧'；养一群羊，把钱挣得拿簸箕揽。那么个乱茅草里窝着的老坟山，突然还给冒出杠杠的青烟来了。"她爹说着，就笑得有些岔气。她娘出来，用喂猪的瓢美美把他的光脊背磕了几下说："你就沉不住气，刚过了几天舒心日子，就嘴痒痒，皮做烧了。咋不蹦到房顶上，架个大喇叭叉子喊呢。"她爹做了一个害怕她娘的鬼脸，把忆秦娥惹笑了。

这天，忆秦娥一人把一群羊赶到山上，坐在树荫下，美滋滋地过了一天放羊娃的生活。虽然羊跟她都有些生分，不像过去她放的那三只，冷了都敢朝她身上挤，朝她怀里钻；热了，还敢跟她抢水喝；有那癫狂的，还敢从她身上、头上朝过跳、朝起飞呢。现在的羊，好像跟她很生疏，一点都不亲热不说，对山上的草，似乎兴趣也不大了。赶上坡，只见一只只肥嘟嘟的羊，都在找树荫，抢着朝下卧呢。最多舔舔自己的毛，或者蹭蹭痒而已。几只兔子跑出来，从它们身边蹦跳而过，它们连看都懒得扭头看一眼。尽管如此，忆秦娥还是觉得幸福极了。她感觉它们是那么悠闲，那么自在，那么无忧无虑。而自己，真是活得不如羊快活了。

这一天，她享受着弟弟送上坡的两顿饭，尽量回味着昔日那美好的放羊生活。而不愿被西京城里那些挠心的事情所搅扰。

晚上也睡得很安宁了。九点多，一条沟里，除了狗，基本都躺下了。她跟娘说了一会儿话：她老要说放羊；娘老要说女婿。说不到一起，她就装作有了鼾声。装着装着，还真睡着了。大概是后半夜的时候，忆秦娥突然被院子里的汽车声吵醒了。还没等她明白是怎么回事，就听有人敲门："秦娥，秦娥，开门。是我，刘红兵。"

他咋找到这里来了？

刘红兵是在县剧团里，找了个过去喝过酒的哥们儿带路，才连夜摸到九岩沟垴上来了。他开的是帆布篷吉普车，没路的地方，只要横梁不被担住，他就敢朝过开。尤其是从乡政府上沟垴的路，只能勉强过手扶拖拉机。他说手扶拖拉机能过，他就能过。果然，他是几次把半边轮子旋在空中开上来的。直到开进忆秦娥家的屋场，那带路小子，才抹了一头的冷汗说："哥，你是不要命了？"

"命倒是个尿。"

刘红兵是真的有点急了。他已经有整整一礼拜没见到忆秦娥了。这是自忆秦娥调来省城，他们之间彼此见不上面的最长时间。倒不是因为那天忆秦娥又照他小腹踹了一脚。踢他、踹他，已不是什么新鲜事了。恰恰是一次又一次踢踹，才让他感受到了忆秦娥与他距离的拉近。只有那种踢、踹、瞪、挑，才是恋爱男女的惯用动作。并且往往是爱到深处的极致表现。虽然忆秦娥踢他，更多的是粗暴的践踏、体罚。尤其是对于一个副专员的公子来讲，有太多的不堪成分，但总体他还是能接受的。毕竟，他太爱这个女人。他常想，如果跟她见第一面，就能一见钟情，媒人一拉扯，她就能"带着妹妹，带着嫁妆，赶着马车来"，也许他早已失去这股黏糊劲了。可这个健康如下山小毛驴般的"碎蹄子"，是咋都对他不待见、不上眼、不上心、不入辙、不配合、不钻套、不上道，他就觉得有点意思了。刘红兵啥时有过这样的耐心？一天天等，一月月熬的。就像炖了一锅香喷喷的鸡汤，其实鸡早熟了，可偏不能揭锅。鬼知道是不是还能熬出更浓更香的汤来呢？反正他就只能围着锅台，转来转去，转出转进，干看着揭不了锅。要是锅烧干了，最后无汤可舀呢？还真是个没准头的等待呢。可

473

他还在等，并且等得有滋有味。让他突然发了脾气，生了决绝之念的，是那天忆秦娥踢过他小腹之后的事。他去找团里几个闲人喝闷酒，喝着喝着，几个狗日的，话里拖刀带剑的，就突然把他的心给扎伤了。

那天，几个人几乎都在说忆秦娥在宁州的丑闻，还说省城都快传遍了。有人就借着酒劲说："兵哥，何苦呢？像你这样的男人，还真就缺这一口吗？美是美，香是香，可毕竟是别人嚼过的馍呀！"刘红兵当时心里就有些不快。其实，早在北山时，他就听到过类似的谣传。他妈还问过地区文化局的领导，文化局的领导又问剧团领导，都说是无稽之谈，纯属恶意泼脏水。至于跟封潇潇的事，他倒并没太在意。说封潇潇疯了，正说明忆秦娥是拒绝了。一个让他觉得如此之美、之好、之圣洁的女子，被一个做饭的老头糟践了，听起来，总是一件让人感到十分恶心的事。加上那天忆秦娥又踢了他。他就到北山办事处，打了几天几夜牌，是想晾一晾这事。可越想晾，越晾不下来；越说不想她，她越朝他心里乱钻。钻着钻着，他牌也打不进去了，光输钱不说，还因反应迟钝，而屡遭牌友讥讽嘲弄。他就一气之下连牌桌都掀了。他又回到租赁房里找忆秦娥，竟然一天一夜都没找到人。他就跟疯了一样，觉得自己是快软瘫在地上了。直到这时，他才明白，自己对忆秦娥的感情，已经陷得深不可拔了。他去找团上人问，团上说放假了。他又去找楚嘉禾，找周玉枝。楚嘉禾只是不阴不阳地说："咋，妹子跟人跑了？你可得小心看着，妹子可是香饽饽，谁逮住都想啃两口的。"他也懒得理楚嘉禾。倒是周玉枝悄悄告诉他，忆秦娥可能回宁州了。他这才去办事处开了车，直奔宁州而来。到了宁州，又听说忆秦娥回了老家九岩沟，他就又连夜进了九岩沟。他已经在心里决定了：就是忆秦娥真的让那个老头糟践过，他也当胸砸一锤，认了算了。那毕竟是强奸，不是心甘情愿。他觉得他不能没有忆秦娥，没有了，真会死人的。

忆秦娥她妈起来，把门打开，见是女婿，高兴得就骂老汉起得慢了。易茂财没见过刘红兵，只听老婆上次回来，把未过门的女婿，端直喊了驸马爷。自己不是皇上，胡秀英也不是皇娘娘，叫个驸马爷，他只觉得像唱戏。这一见面，还果然印象不赖：小伙子个头高大，眉眼周正，说话处事，一看就是见过大世面的人。他进门先是从小车上搬下两箱西凤酒来；烟也是几整条窄版金丝猴；膘厚肉肥的猪肉，端直就从车上弄下来了半扇。易茂财就觉得礼行得有点重。女婿第一次拜门，的确是需要拿猪肉的。不过依当地风俗，是用一根竹竿，挑一块二三指宽的肋条肉就行。肉的中间，扎个红纸腰封，吊拉得老长，一走三摇晃，只是为了告知路人，某家的女婿正式拜门来了。一下给案板上，嗵地撂下半扇猪肉的手笔，易茂财还是头一次见到。虽然猪肉是他自己扛进家门的，女婿要扛，被胡秀英挡了，说："茂财你咋这死性的，兵兵岂是干这活的人，还不快接着。"他就把半扇猪肉闪到肩上，血水涠了一脸地扛到案板上了。胡秀英还笑他说："秦娥，快来看你爹，高兴得要扮红脸关公了。"

胡秀英今晚是格外地兴奋。她只恨夜有些深，隔壁邻舍都睡了，驸马爷"携珠宝、披黄袍、顶冠带、乘官轿，咿咿呀，咿子儿呀"地"拜丈人"场面，一沟人竟然没能看到。她不停地说："看娃，来了就来了，还拿这么多东西，生分了不是。"刘红兵说："我也不知道家里有多少门亲戚，反正这是二十四瓶酒、八条烟，还有这点肉，你们分去。"

忆秦娥虽然心里总那么不待见刘红兵，可这深更半夜的，能到九岩沟来找她，还是有些让她感动。尤其是在那么多人说她坏话以后。她坚信，刘红兵是听到过的。但他依然这样对她痴缠不休。不像封潇潇，竟然就那样快地烛灭线断、烟消云散了。她似乎突然对刘红兵生出许多好感来。

她娘不停地悄声叨咕："对人家热情些。你是前世烧了高香，懂不？你姐夫说，红兵他爸的官，比县太爷都大呢，你还拧次个啥？小心把肉熬成豆腐价了。"她也知道，娘更多的，是喜欢人家的家世。老觉得这么大个官的儿子，攀上，就是易家祖坟冒青烟儿了。当然，娘也喜欢刘红兵的外貌。老说是一表人才，百里、千里挑一的。加之刘红兵又会亲热，就把娘给彻底征服了。她始终觉得，这是一件飘在半空的事。她不喜欢这种类型的人。她喜欢的，还是封潇潇那种爱得不动声色的人。可封潇潇却给了她如此致命的打击，几乎也是不动声色地，就改弦更张了。这让她失望透顶了。她甚至都想过，如果封潇潇还爱着她，她都准备给单团长提请求，把潇潇也调进省秦来。她觉得他们配戏，是不言自明的默契。可惜一切都不存在了。刘红兵反倒成最后的选择了。

刘红兵的确有刘红兵的特点，到了九岩沟，丝毫也没有大少爷的作风。相反，还勤快得让她姐来弟，不停地数叨自己的女婿太懒。照说晚上来得晚，早上可以多睡一会儿。可他偏起了个老早，去帮忆秦娥她爹给羊擦澡去了。擦了澡，还给每只羊打记号。打了记号，又给羊绑大红花。羊们，几乎是争先恐后地朝前挤着要擦洗，要打记号。刘红兵就问给羊扎花干啥。她爹易茂财不敢说，还是忆秦娥一口说了出来。没想到刘红兵"哈哈哈"一阵大笑说："我就经常给我爸玩这种游戏呢，他是从来都识破不了的。"她娘急忙说："你回去可不敢给你爸说噢。一说，咱家的财路可就断了。"刘红兵说："放心，他们只要数字，没人管得这么细。即使知道，也是要睁一只眼闭一只眼的。"把羊刚收拾打扮好，山下就有拖拉机上来了。她爹给拖拉机后边斜搭了两块木板，羊们就高高兴兴地自己挤上去了。她娘眨眨眼睛，不无神秘地对刘红兵说："都灵醒着呢。又要去逛地方、吃好的了。狗日的，比人都混得美呢。"把刘红兵惹得扑哧扑哧地直笑。

忆秦娥还没有走的意思，光想睡觉。刘红兵就留下来陪着。刘红兵在车上，是放着一杆猎枪的。来弟她男人高五福，就领着刘红兵到后山打猎去了。他们整整忙活一天，回来才拎了一只死兔子。连忆秦娥的小弟易存根，都笑话他说：

"二姐夫还不如我。我拿柳条筐都扣过好几只兔子回来了。"

刘红兵就急忙问："存根，你刚把我叫啥？"

"二姐夫呀。"

"谁让你叫的？"

"娘。"

"你二姐知道不？"

"不知道。"

大姐夫高五福就教他说："一会儿当你二姐面，也叫他二姐夫。"

"我不敢，二姐抽我嘴巴呢。"

刘红兵和高五福都笑了。

高五福说："好好听你二姐夫的话，你二姐夫来头可大了，能把你将来安排到县城当干部呢。"

"我不到县城当干部。"

"那你要干啥？"刘红兵问。

"当二姐。唱主角。进省城。逛北京。"

高五福说："狗贼心还大得很，县里都看不上了。"

刘红兵说："对着呢，到省城给你二姐当保镖去。"

这天晚上，乡上、县上，有人听说刘专员的儿子来了，就都摸上沟垴来，跟刘红兵套近乎。第二天，她娘一天做了五顿饭，还有一拨没赶上。虽然她娘特别高兴，可忆秦娥不乐意了：一家人从早到晚围着锅台转，都累得咽肠气断的，就招呼了一群酒鬼。

忆秦娥就说要回省城去了。

刘红兵也害怕了这伙喝酒的，不是劝，而是捏着鼻子灌。再灌，他的胃就成酒窖了。他也就准备拉忆秦娥回省城了。

走时，她娘几乎是当着全村人的面，故意对忆秦娥大声说："麻利把婚结了，知道不？不小了，都不小了。我和你爹还等着抱孙子呢。亲家那边肯定也急着呢。"

气得忆秦娥美美瞪了她娘几眼。

刘红兵倒是答应得爽快："放心，阿姨……"

县上来的人立马就起哄说："还叫阿姨呢，叫娘。"

"叫！叫！叫！"

"叫娘！"

刘红兵这个讪皮搭脸的货，端直就叫了："娘，您老放心，我回去就给老爷子下达命令：咱结婚。给你抱外孙子。没麻达！"

忆秦娥就照刘红兵脊背，狠狠揌了一锤。

三十

忆秦娥回到省城，首先把从宁州弄回来的材料，拿去让单团长看了。单团长问她啥意思。她说："能不能拿到全团会上念一遍，让大家都知道，传说是假的。"

单团长停了一会儿说："有这个必要吗？本来就是子虚乌有，何必再弄个此地无银三百两呢？"

忆秦娥就有点生气了，说："团长，你不知道别人把我说成啥了吗？"

"早听说了。可我们从来就没相信过。"

"可……可那么多人，还要乱说。社会上也在说，并且说得很凶。"

"社会是谁？你能堵住社会的嘴吗？清者自清嘛。秦娥，唱戏这行，就这样。你一出名，啥事都来了。不要在乎，乱说一阵就过去了。过去好多名演员都经历过这事的。"

忆秦娥怔怔地看了单仰平许久，说："你们团上就这样用人的？有了事，就不管不顾了。"

单仰平说："不是不管不顾。这种事，以我过去的经验，就让它自生自灭。要不然，真的是粪不臭，挑起来臭。对你不是啥好事。秦娥，你相信我。"

单团长又给她举了些例子，就让她把材料留下，说让有关领导传看一下就行了。他说大会上一念，搞不好还反倒让别有用心的人，生出些新的古怪话题来呢。忆秦娥听单团长说得有道理，再加上，单团平常对她也不错，她也就再没坚持。可从单团长那儿一出来，她又有些难过，难道这么严重的事，就高高提起，轻轻放下了？这事咋能自生自灭呢？除非现在传谣的人都老死了，病死了，要不然，咋能灭了呢？她心里一阵纠结，无助得特别想哭。她感到，几乎身后每个人，

478

都在对着她的脊梁骨指指戳戳。她快步回到了租房里。

自九岩沟回来后，刘红兵跟她的关系，好像很自然地加深了一层。刘红兵甚至每顿饭，都从外面买回来，摆在桌上一起吃。有时，他也亲自下手做。他能扯一手好面。刚好，忆秦娥又爱吃面，两人就见天吃起扯面来。晚上，刘红兵也是越赖越晚地不走。忆秦娥不下三次以上逐客令，他几乎都赖着不动。有一晚上，刘红兵还弄了个录像带，说是啥子艺术片，高级得很，能帮助她提高演技呢。她就答应看。开始是几个男女说话，外语没有翻译，也听不清说啥。可说着说着，就都脱光了衣服，一对对的，端直干起了不堪入目的事。这事忆秦娥过去是看她舅跟胡彩香干过的。她就捂了眼睛，骂刘红兵是臭流氓。刘红兵还以为她是不好意思，就扑上床，硬把她捂眼睛的手朝开掰，说好看得很。还说这才是人生最有意思的事，比唱戏出名有意思多了。忆秦娥就踢他。他还不撒手，还要把她的手朝开掰，并大有如当初廖耀辉一样要强暴她的阵势。他是一下翻上她的身，要把她压在身子下了。忆秦娥当下气得火冒三丈，忽地翻起来，不仅端直把他压在身下，而且还操起床头柜上的台灯，照他后脑勺就是几下。刘红兵都快痛死在床上了。她打得重了，被单上还流下一摊血来。这下把刘红兵也给彻底激怒了，他一骨碌爬起来，大声嚷道：

"忆秦娥，你假正经啥？你假正经啥？出去听听，谁不知道你十四五岁，就让一个脏老头上了。后来又跟封潇潇搞到一起，把人家都捣鼓疯了，你还假正经呢？我对你咋了？你一而再、再而三地骂我、打我、羞辱我，我啥事做得对不起你了？我给你说，老子还不伺候你了！妈的，啥东西，不就是个烂唱戏的么，婊子！呸！"

刘红兵歇斯底里地把她臭骂一通后，甩门而去了。

放像机里，几个狗男女，还在搞着，拿嘴喁着，呻吟着。忆秦娥暴怒地跳起来，一脚把机子踢飞到门上，机子跌下来，碎成了几瓣。然后，她一下扑到床上，号啕大哭起来。

她没有想到，刘红兵会用这样恶毒的语言，把她浑身剥得一干二净。在刘红兵眼中、心中，她都是这样丑恶的形象，那在别人眼里呢？她不敢再往下想了。从宁州开来的证明，自己是清白的，可那仅仅就是一个材料，看来是没有什么实际用处的。她得用身体证明：她没有跟人睡过。她不是婊子。

第二天，忆秦娥就去了一家很小的医院，这也是她经过反复筛选才定下的地方。并且她进去溜达了两趟，确保没人认出她是演员忆秦娥来，才以检查妇科为名，找到了一个面色很和善的老太太。她磨叽了半天，才勉强说清，是想让人家看看她的处女膜还在不在。老太太一笑，就跟奶奶健在时给她微笑一样的温暖。老太太问她结婚没有，她直摇头。又问她处没有处男朋友，她也摇头。老太太就仔细检查了起来。她早就听说，一般运动剧烈的职业，处女膜是会破裂的。她还给老太太解释了一下，说她是练武功的。老太太问是不是运动员，她还点了点头。当然，她更希望，自己不是那个倒霉的运动破裂者。让她万分庆幸的是，就在她心脏快从嘴里蹦出来时，老太太检查完了。老太太亲昵地拍了一下她的屁股说：

"孩子，你的处女膜完好无损！"

她还反问了一句："真的？"

"这还能有假，非常完整！"老太太说。

她甚至激动得想跳起来。

在她下了检查仪器，穿好衣服后，当真把老太太美美拥抱了一下。老太太还轻轻弹了她一个脑瓜嘣呢。可走出医院大门后，她又在想，处女膜完好不完好这种事，又该对谁去讲呢？给单团长说，好像说不出口。给楚嘉禾、周玉枝她们说，会不会就像单团长说的，是此地无银三百两？那跟谁说去？想来想去，她觉得这事应该让刘红兵知道。是刘红兵骂她婊子的。从刘红兵那晚的神气看，他坚信她是被那个臭老汉糟蹋过了。还说她跟封潇潇也有问题呢。她必须证明给刘红兵看：她是清白的，她还是处女，是完好无损的处女。怎么证明给他看呢？把他叫回来，看诊断证明？老太太是给她开了证明，并且盖了章子的。原话是："处女膜完好，边缘齐整。"可刘红兵这次被她用台灯底座痛打后，恼羞成怒，一去三天不来了。会不会永远不来了呢？

如果永远不回来，也就没这个证明的必要了。

忆秦娥自有了关于处女膜的诊断证明后，腰杆突然直了起来，好像也不怕谁说三道四了。到单位，该集合集合，该练功练功。别人应付完集合，只要没有排练任务，就都开溜了。而她，还是保持着苦练的习惯，不练，浑身就不舒服。练功对于她，似乎跟吃饭睡觉一样，是一种需要，而不是工作。偌大一个排练场，常常就她一个人在那里拿顶、踢腿、走鞭、蹚马。有时她一个人，会把"杨排风"的戏过一遍。有时也会把"白娘子"过一遍。有时一个李慧娘的"卧鱼"，她就能卧上个把小时。她觉得这样很舒服，很自在。不过练着练着，心里还是不踏实，她能感觉到，有人还是在背后指指点点，并且说话也是夹枪带棒的。她就想还是要把诊断结果告知于人。到底先告知谁呢？想来想去，还是得依靠组织：让团领导开大会，把事朝明地讲。

第二天早上集合，她就把诊断报告，拿给单团长看了。单团长看完，问她："你的意思是？"忆秦娥说："能不能把这个结果，还有宁州剧团的证明，一起在大会上念一下？"单团长就笑了，说："你这个娃呀，咋是一根筋呢？我咋念？念了全团会不会起哄、发笑？有人再给你编出新的段子来，说处女膜是重新修复的，你咋回答？你知不知道，处女膜是可以重新修复的？那能说明什么？秦娥，组织是相信你的，你就别再背这个包袱了。尤其是别上当了。有些人那就是别有用心，看你业务好，就爱在暗处放黑枪。等组织抓住，要是团上人，我非开除他不可。你啥事都没有，干干净净的。你就一门心思搞好业务，天塌下来，有组织给你撑着。"单团长虽然没解决任何问题，可也说得她心里暖融融的。她也不懂，怎么处女膜还能修复、还能造假？越想，她就越觉得单团长说得有道理。看来公布于众，也不是个解决问题的好办法。

有一天，周玉枝去了一趟她家，问宁州剧团给她开证明没有。她说开了，但单团长认为，不拿到团上念的好。她把单团长的意思说了一遍，周玉枝也觉得有道理。她忍不住，把处女膜诊断结果，也拿出来让周玉枝看了。周玉枝就说："这东西，恐怕更不能随便让人瞧了。

481

一个大姑娘家，要是拿着这东西，到处找人看、找人说、找人念，还反倒把自己抹得一身臊了。这就不是能给人说、能给人看的东西么。"忆秦娥见周玉枝处处替她想着，就把刘红兵骂她婊子的事，也和盘端了出来。周玉枝又说了她一句，让她别把这些话再给人学了，说别人会顺风扬长、借话做醋的。不过，周玉枝在谈到刘红兵时，也没说什么好听话，她说："他刘红兵是个好的？自己都到处卖派，说他有多少多少女人哩，还好意思说你。秦娥，刘红兵滚蛋了，对你不是啥坏事。这家伙太灵光，你傻不唧唧的，能玩过他？""我咋傻了吗？""哦，你不傻，你不傻。你是脑子有点潮，只缺一锨烘干的炭。"忆秦娥就扑过去，把周玉枝压在床上，拍打她的脸蛋说："你脑子才缺一锨炭，你脑子才缺一锨炭呢。"

刘红兵离开五天后，自己又死回来了。

那天晚上，忆秦娥正在床上"卧鱼"着，有人敲门。忆秦娥问谁。刘红兵就在外面，捏着鼻子充女人声音地长叫：

"是我呀——！"

忆秦娥一下就听出是刘红兵装的。她还有些兴奋起来，但却故意装作听不出来地："你谁呀，我不认识。我睡了。"说着，还关了灯。

刘红兵就又变了声音地继续用戏腔韵白道："娘子——，官人回来了。难道你连我的声音都听不出来了吗？"

"听不出来。你快走吧！"

"秦娥，是我，刘红兵。"刘红兵恢复了他那干倔干倔的声音。

"你回来干啥？"

刘红兵在门外停顿了一会儿说："我回来拿东西。"

"拿啥东西？"

"拿录像机。"

"破成几块了。"

"生要见人，死要见尸。"

忆秦娥无法，只好起来把门打开了。

没想到，刘红兵是扛着一个大纸箱子回来的。忆秦娥还不知是啥，他就端直在窗户上下起了玻璃。下完玻璃，他又三下五除二地，从箱子里扯出一个空调窗机来，把它安上，并插电运转了起来。

忆秦娥就收拾起自己的东西，准备离开。

刘红兵一把挡住她说："哎，别别别，我走，我走。我就是为回来给你装空调的。我走。"说着，他还真的出门了。

忆秦娥就喊了一声："你回来！"

刘红兵一怔："咋？"

"我有话要跟你说。"

刘红兵就退回到房里，问她："有啥话，你说。"

在刘红兵安空调的时候，忆秦娥就一直在想：终于有机会，可以把憋在心里的话说出来了。怎么说，她还没想好。不过这次说完，她就一定要离开这个租房，再不回来了。

刘红兵呆呆地站在房中间，等待忆秦娥发话。他甚至都做好了再挨打的准备。这个一身好武艺的妞，嘴笨，手脚却灵活得要命，动不动就给他全武行呢。不过，他现在也有了些经验，遇到可能发生肢体冲突与械斗的事，最好站远些，也能有个躲避回旋的余地。他都走到房中间了，又后退了两步，觉得是相对安全的位置了，才慢慢站稳了问："啥事，你说。"

"你自己看。"说完，忆秦娥就把处女膜诊断书，还有宁州剧团写的证明材料，一回都扔给了刘红兵。

刘红兵一张一张从地上捡起来，看完，先哈哈大笑起来。

忆秦娥问他笑啥。

刘红兵说："你真傻，傻得可爱！"

"我日你妈了吧，我傻。"

"你还不傻吗？这号事，还能回去开证明？还能到医院做检查？你想证明给谁看呢？还有比你更傻的女人吗？……"

这一次，是真的把忆秦娥说暴怒了，她一下跳起来喊道："刘红兵，我日你妈！"

说时迟，那时快，只见忆秦娥一个老鹰扑食，从床上飞了下来。

哪容刘红兵转身逃离，她就将他扑倒在身子下，一连几拳砸在了他嘴上、鼻子上。顿时，刘红兵不仅眼冒金星，而且一颗牙好像也跌落在舌头上了。血已经从忆秦娥的拳头背上，飞溅在了他的额头上、眼睛里。他感觉，这次可能是要牺牲在一个瓜得能做面瓜饼的女人手中了。他挣扎了挣扎，似乎已无翻身回天之力了。她的一只手，好像还死死掐着他的脖子。他只能等死了。他觉得这次笑话可能闹大了。

北山地区行署副专员的儿子，在西京城的一个租房内，被演李慧娘声名大振的秦腔名伶忆秦娥，几拳开了果酱铺，砸死在胯下了。

那句台词叫什么来着，牡丹花下死，做鬼也风流。他这下，是真要做风流野鬼了。

他想：真不该再回来呀！真正叫送死来了！死就死吧，冤枉的是，到现在，他还连这个女人正经摸都没摸一下呢。真正是比窦娥还冤了……

刘红兵想着这次是彻底完蛋了呢。可怎么忆秦娥又突然站了起来，并且哗地一下脱掉外衣，露出了一丝不挂的胴体。她静静地对他说：

"刘红兵，我今晚就证明给你这个畜生看：我没有被人糟蹋过。我还是处女。我不是你他妈说的婊子！"

刘红兵吓傻了。

三十一

刘红兵的确见过几个女人的身子，从碟里，更是阅过无数女人的身体。说实话，像忆秦娥这样干净、匀称、美丽、健康、弹性十足的身子，还是第一次见到，他是真的傻了。

忆秦娥慢慢走到床上，静静地躺下来，还是一丝不挂，也没有想用任何东西掩盖的意思。她就那样闭起眼睛，均匀地呼吸着。台灯那带点金黄色的光线，把她的身体照射得跟裸体画一样，让刘红兵在一刹那间，几乎分不清这是现实，还是在看当时还很难搞到的那种外国油画集。他的眼睛已经肿了起来，透过那越来越窄的缝隙，他看见，忆秦娥脸上异常平静，但那种不可猥亵的平静，让他不寒而栗。他勉强撑着站起来，摇摇晃晃地说：

"秦娥，对不起，我……我是爱你的。"

说完，他头重脚轻地朝门口走去。在开门前，他还先把脑袋塞出门缝观察了一下，当确证没有人在门口，能于他开门的瞬间，看见床上一丝不挂的睡美人时，他才一闪身出去，把门紧紧拉上了。他不想让任何人看见这美丽的胴体。这个胴体是属于自己的。谁看见，都会瞎了狗眼的。太美了，他必须得到。

忆秦娥是刘红兵的。绝对！

刘红兵到北山办事处养了几天伤。有人问他咋回事，他说，酒喝多了，摔了一跤。一颗门牙没了，那一定是摔个狗吃屎了？他连连点头承认，是摔了个狗吃屎。乌起来的眼泡，还有紫薯一样垂挂在脸上的鼻子，都在一天天消退着挤眉弄眼的肿胀。唯有失去的门牙，短期实在补不上来。并且那颗牙还宽得要命，一旦失去，就是半扇城门洞的豁口。说话跑风漏气倒也罢了，这相，却委实残破得连粘都粘连不到一起地缺损无序了。见狐朋狗友倒是无妨，可要见忆秦娥，那就真是背着狗头敬菩萨——故意腌臜神了。但他真的是急切想再见到忆秦娥。他觉得一切都似乎成熟了。虽然忆秦娥是采取那么极端的方式。如果没有做好把一切都交给他的准备，相信她是不会脱成那样的。能脱成那样，就是把最后的防线都撤哨了。无奈也罢，情愿也罢，反正她是要交给他了。他觉得那天晚上，面对追求了快一年的目的地，在冲锋登顶的一刹那间，他突然撤离，肯定是对的。尽管也有眼冒金星、口含血牙的不适与无奈。但更重要的，还是忆秦娥那种刚烈如火、如剑、如刀的性格，让他震撼了。他觉得，她是神圣不可冒犯的。尽管出门以后，他也有些后悔，后悔没有把那千般万般的美好，再多看上几眼。不过再看也是看不成的了，他那眼睛，当下就渐进式眯缝得只剩一线游丝，若再不迅速撤退，只怕是连门的大致方位都摸不见了。他在想，这个间隔时间不能过长，一旦忆秦娥灵醒起来，不

485

要他证明什么清白与否，他也就错失良机，大概只能看水流舟、望洋兴叹了。

刘红兵觉得，他对忆秦娥的爱，已经深入骨髓了。尽管占有她美妙的胴体，仍是目的中的目的。但对她与对过去接触过的任何女人，都还是大有区别。对于那些女人，他目的很明确，方式那就是快刀斩乱麻。还不等对方由撒娇升级到撒泼、撒野，他就已胜利大逃亡地刀割水洗了。而对忆秦娥，在他极欲占有的同时，还伴随着珍视、爱怜、呵护、责任这些深沉的东西。他是真的准备跟这个女人过一辈子的。尽管他也怵火着她那动不动就爱拳打脚踢的毛病。但见她脚动手挥，他就有了毛发倒竖、欲拔腿逃跑的本能反应。可逃了跑了，还是想再回去，继续黏糊着、巴结着、讨好着，准备领受她新的拳脚相加。他已经反复试验过，每每赌气离开忆秦娥，都是绝对坚持不到一个礼拜的。基本是挨过三天，就有要发疯上吊的感觉。过去他那么爱打牌，现在在牌桌上是咋都坐不住了，赢钱输钱都没意思了。唯有跟忆秦娥赖在一起，即使无缘无故地挨上一脚，也是要心花怒放的。

他不能等着肿消牙补了再去见忆秦娥。兴许打弱势牌，就这样伤痕累累、残缺不全地去见，更能使她内疚愧悔、良心发现。他在镜子里，反复观察了观察自己的面容，用"歪瓜裂枣"四个字形容，堪称精准恰当。尤其是他故意张开嘴唇，露出那扇直通喉管的黑门洞来，更是显得山河破碎、满目疮痍了。曾经是一张多么英俊帅气的脸面哪！有那美人咬着他的高鼻梁说过："兵哥，就你这张脸，一辈子也就只能是贾宝玉的命了。"他还真不喜欢贾宝玉那厮，太好在女人跟前黏黏糊糊、胭脂粉饼了。可在忆秦娥面前，他还就真成贾宝玉了。任甩脸、辱骂、踢打，还是要死朝人家跟前凑，死去讨好卖乖，殷勤表现。他觉得自己是完全变了一个人。因为爱，已自我摧残得面目全非了。剩下的，也就只能是继续去爱了。再不爱，自己还就真的什么都没有了。他在镜子里扮了几个鬼脸，戴上一副蛤蟆镜，遮去了一部分残破疆域后，就又找忆秦娥去了。

他这次真的打的是乞求同情牌。他上身穿了一件办事处做活动的绿色套头衫，皱皱巴巴的，上面还印着"北山牛奶"字样。下身穿了一条大裆花短裤。脚上趿了一双烂凉鞋。这双凉鞋，还是前几天挨打逃跑时，裂了脚跟，把半边鞋耳子挣扯后，用剪刀改造的凉拖鞋。他相信这双烂鞋的遭遇，她一定记忆犹新。他把头还削成了光葫芦。肿鼻子烂眼窝，也是在蛤蟆镜的遮挡下，有了位置大概正常的分布。而嘴里跑风漏气的豁牙，他还故意咧出来，让忆秦娥在打开门时，先是倒吸了一口冷气地惊诧不已。他左手一只鸡，右手一只鸭，背上还背了一个胖娃娃。鸡是西京饭庄的葫芦鸡；鸭是北京人在西京开的肥烤鸭；背上背的是一个做工很精致的大布娃娃。还不等他进门，忆秦娥就已经笑得窝在门后了。这娃笑点也太低了。刘红兵却是半点笑意都没有地大咧着豁豁牙，昂首阔步地走了进去。

"你牙咋了？"

"你还好意思问我牙咋了。"

"真的咋了？"

"你双手沾满了人民的鲜血，还问我牙咋了。"

忆秦娥忍不住，又捂嘴笑了，问他："真的咋了吗？"

"你搞独裁，施淫威，玩暴政，下黑手，差点没让我牺牲了。牙算啥。"

"真是我打掉的？"

"莫非我有病，还故意把门牙拔了，来讹你。"

"对……对不起噢。"

在刘红兵的记忆中，这还是忆秦娥第一次给他道歉。他就顺着杆杆朝上爬了：

"一声对不起就打发了？"

"那你还要我怎么样？"

"给我当老婆。"

"滚！"虽然这声滚里，有着她那一如既往的脾气，可也已明显柔和了许多，里面是富含了从未有过的婉转和含蓄了。

刘红兵说："咋，还不愿意？"

"我不是你想的那样子。"

"我想的什么样子？"

"你说你想的什么样子。"

"你说我想的什么样子？"

"要我是婊子，你妈也是。都是。"

这话又把刘红兵说愣了，忆秦娥永远就是这样的一根筋。

"我是说的气话。"刘红兵急忙改口说。

"你不是说气话。"

"那我说的什么话？"

"你说的是你心里的真话。可惜我不是。"

"我就是说的气话，你肯定不是。就是是的，我也爱你，要你，娶你。"

"日你妈，你还说是的。"

"我说就是真的也娶你呀！"

"你凭啥说是真的？你凭啥侮辱我？"

"好好，不是真的，不是真的。好了吧。"

"听你这口气，你还是说是真的嘛。"

"我没有说呀！"

"刘红兵，你心里就是这样说的，你以为我猜不出来？你把我能冤枉死，日你妈！"

看着忆秦娥愤怒的样子，刘红兵终于再也控制不住自己地，把双手搭在了她的肩上。忆秦娥抬手一扫，他的两只手就被扒拉了下来。但这个动作，明显有羞涩的成分在里边。他就再次伸出双臂，去搂抱她了。她又挣扎了挣扎，但已完全没有了暴力成分。他就一股劲儿，另一只手从她的大腿弯部搂起来，人就三折弯地横陈在了他的怀里。她并没有停止反抗，还在用拳头砸他的胸部，不过砸着已不是痛，而是痒、是酥、是麻了。他把她抱向了榻榻米。他知道，忆秦娥要真的反抗，他是连小命都难保的。这个武旦，这个烧火丫头，是一拳可以给他脸上开酱醋铺，三拳也能打死"镇关西"的人。她要是不情愿，还别说把她抱到床上，就是亲近一下，也都是要付出惨痛代价的。可她这次是真的让他抱了。并且抱到床上后，也没有把他顺势俯下来的身子完全推开。她只是不让他胡乱动、胡乱摸而已。按照他的惯例，是要先从接吻开始的。可还不等他把烂嘴凑上去，她就一掌推开了。他想，可能是嫌他的嘴烂，难看，牙还缺着一豁呢。他自己看着都难受，还别说别人了。那他就不接吻了，先摸胸部吧。可他刚一搭手，那高耸紧致的两团活肉，就像带着电一样，把他的手弹出老远。原来这里也是不许动的。她仅把胸部一摆，就把他还算有经验的老手，撩到一边去了。只要是她明令禁止的地方，他就只能收手不干。他似乎已经明白了她的用意，就继续向下探索。在一块十分平坦、板结、滑溜的开阔地后，他的手停了下来。他想仔细摸索一下这个神秘的地方。但她扬手一打，把他的动作终止了。他再试着先脱她的鞋，是一双白色练功鞋。她竟然没有反抗。他又试着去脱她的衣服。她上身穿的也是一件白短袖衬衫，下身穿的是一条纯白色府绸练功灯笼裤。他想先脱去她的上身，可她反感着推开了他解扣子的手。他就又试着去脱她的下身。这次她没有动，任他一点点把练功裤从腰部翻卷下去，直到从脚上褪下来。然后，他又试着去剥她的白色小裤头。那裤头几乎只有一巴掌大，但干净得就跟一捧雪一样，看不到一丝杂质。她的下身全部裸露出来了。但上身，却是白衬衫严严实实地紧裹着。她把眼睛闭上了，却将下巴翘了起来。她用一只手，护着高高挺起的胸部，另一只手，用来遮住了做人的脸面。她似乎在等待，等待着一个无奈的证明。刘红兵突然意识到，这是那天那个动作的延续。没有因为间隔几天，而让她改变这个初衷。他实在不能往下进行了，可又不忍就此放弃。他先躺下来，慢慢剥去自己的衣裤，等待着她的反应。她竟然是纹丝未动地继续平躺着，等待着。他就轻轻翻了上去。他感到身子下面的身体，一阵紧张地抽搐，他又慢慢溜了下来。他想用豁了牙的嘴，吻吻最神圣的地方，可她是一种厌恶的表情。他就又窸窸窣窣地，开始了属于男女之间的那种勘探。忆秦娥双腿自然并拢着。他轻轻将两条十分完美的腿，微微朝开扳了扳。只见她浑身的肌肉，

489

很是紧张地朝拢并了并，但又没有完全拒绝的意思。他就开始了最后的、稍带些强制的进攻。在抵抗与不抵抗之间，他进行了反复的佯攻，强攻。终于，忆秦娥"哎哟"一声，几乎痛得昏厥过去了。他立即从阵地上退却了下来。紧接着，他就看见白色被单上，有了殷红的血迹。他是完全感觉到了破门的艰难，以及破门而入给她带来的钻心疼痛。然后，忆秦娥就拉起白色床单的另一半，慢慢从脚到头，把自己覆盖了起来。

刘红兵突然爬起来，面对忆秦娥，扑通一声跪了下来。他是跪在人造革地板上的。那声跪，他是要让忆秦娥听见的。他说：

"对不起，秦娥，你是洁白无瑕的。我要好好爱你，比爱亲生父母都更加爱你。你是值得我一生去好好珍爱的！你记住，就是再骂再打再踢，我都是打不散踢不走的。我是你的人。这一辈子，都心甘情愿……做你的奴隶……"

任刘红兵怎么说，忆秦娥都再未搭话。她一直就那样躺着，用洁白的床单，把自己整整覆盖了一天两夜。

三十二

忆秦娥的泪水，一直在白床单里静静流淌着。

今天的证明，她是经过反复思想斗争，才最终这样决定的。她觉得她已无法摆脱刘红兵了。跟廖耀辉没有啥，都被传成了那样。跟封潇潇戏外几乎都没拥抱过，也把她说成是"水性杨花""见异思迁""无情无义"的"害人精"了。而与刘红兵的关系，早已被他吵吵得宁州、北山、西京都无人不知了。她要再不跟他，污水倾盆而下，只怕是跳到黄河也洗不清了。这事打一开始，她不是不清醒、不反对、没抵抗。可反对着、抵抗着，最终还是一步步陷了进来。她都不知是怎么陷到今天这般光景的。跟他，好像已是唯一出路了。其实在一些人眼中，也许她还不配刘红兵呢。人家是专员的儿子，而自己

490

就是个唱戏的。连她娘、她姐都是这看法。可她心中，又总是把封潇潇涂抹不掉。她始终觉得，自己跟封潇潇的感情才是美妙的，才是她精神所向往的。妇唱夫随，戏中有戏，戏外有情，真是太妙不可言了。可一切都无从谈起了。无论从哪个角度讲，她都只能选择刘红兵了。

好在，刘红兵对自己的确是好。

她之所以要坚定地将处女之身，证明给刘红兵看，也是她已做出决定：要嫁给刘红兵了。反正看不到反悔余地了。迟证明，不如早证明。一证明，她心也就安然了。至于别人怎么看、怎么说，她也顾不了那么多了。她相信，只要她证明给刘红兵，刘红兵是会有办法去处理、去为她证明的。她的心，已经累得够够的了。她只希望早点把这事放下，也好安生去练功、演戏。除了练功、排练、演戏，她还真不知有啥事，是她能干的了。

那天，她突然脱光了衣服，没想到，还反倒把刘红兵吓跑了。就凭那一跑，她知道，刘红兵还算不得太流氓。她也知道，那天的确是把刘红兵打惨了。谁让他要骂出她婊子的话来？她当时就想把他嘴撕烂，牙掰掉。可没想到，那么健壮个男人，竟然就跟稻草人一样，只三两拳，就打得稀烂了。把她也吓得，就起身脱了衣服，要让他证明自己是处女，不是他妈的婊子。那天刘红兵吓跑后，她看着自己的身体，把自己也吓了一跳。忆秦娥啥时这样开放了，竟然自己剥光了衣服，一丝不挂地躺在这里，要让一个男人上来证明了。真是气糊涂了不是。不过，在刘红兵没来的这几天，她是真的坚定了信心：只要他还来，她就一定要证明给他看。一切都不能再拖了，她快拖不动了，得让刘红兵来帮她一起朝前拖了。

她坚信刘红兵是会回来的。把他打成那样，如果再能回来，那就一定是死磕着自己的人了。

果然，他回来了。伤痕遍体，却还是以那样轻松、滑稽、幽默的方式回来的。就让她有些感动，有些爱怜了。她本来就准备把身体给他了。这几天，她一直都穿着一身白净的衣服，在等他。她是想告诉刘红兵，作为女人，她是清白的。

终于，刘红兵开始证明了。让她没想到的是，那么多人那么津津乐道的事情，竟是这般的痛苦，是比被钢刀穿过身体还要钻心疼痛的事体。她几乎都快痛晕过去了。好在刘红兵还算体恤，在她最痛苦的时候，没有继续自己的欢乐。并且在发现了那片殷红后，他突然退到地板上，嘭地跪下，一连声地表白起了从他心底涌上来的感动话语。她用床单紧紧捂着头，蒙住身子，一声不吭。她想，她是完全证明给他了。这个证明，也已明显发挥了作用。不过，她也知道，属于自己的忆秦娥，已经彻底结束。她已经是另一个忆秦娥了。

整整一天两夜，刘红兵几次掀床单，她都没有松手，是把床单的边角，死死扎在身子下，不愿露出一丝肉体来。她的眼泪，从九岩沟的羊，哭到宁州剧团的人，再哭到西京城的戏，就那样任由它涕泗横流着。她能感到，一直跪在地上的刘红兵，最后是爱抚地贴着她的身子，静静躺在她身边的。那床白单子，一直将他们的肉体隔离着。

当忆秦娥最终从床单里钻出来时，只说了一句话："我们结婚吧！"

他们就要结婚了。

到团里开结婚证的时候，单团长是不同意的。嫌他们结得太早，影响事业。忆秦娥就坐着不走。她软缠硬磨地说："不结不行了。"单团长就急得呼地站起来，一瘸一跛地来回颠着问："咋叫个不行了？"忆秦娥说："不行就是不行了。反正必须结。"单团长过去还没发现，这个忆秦娥，还是个无法做通思想工作的人。说啥，她都只认死理。后来，刘红兵又来找他缠，他才把问题问得透彻了些。"老实说，是不是给人家娃把活儿做下了？"刘红兵嬉皮笑脸的，也不说做了，也不说没做，反正就两个字："得结。"单团长看没办法，就跟他商量说："要实在不结不行了，那我也对你们有个要求：五年之内不能要孩子。有了，也得采取措施。忆秦娥演戏正是如日中天的时候，只要现在生孩子，立马就完蛋。团上这样的例子太多了。几年拖下来，功夫功夫没了，嗓子嗓子倒了，身体再一发胖，大尻子大脸盘的，浑身都朝下泄着，就把一个好演员活活毁了。""这个你放心，单团，我们保证五年内不要孩子。结婚，也是为了让她更好地唱戏，更好地振兴秦腔事业呢。"单团长无奈地摇摇头，也就同意办公室把证明开了。

办完结婚证回来，刘红兵刚进门，就迫不及待地用脚反踹门，一把搂起她来，死朝床上摁。谁知忆秦娥就跟一条才别上干滩的鱼一样，劲大得咋摁都摁不住。摁住了腿，她的上身别起来了。摁住了上身，她的腿和小腹，又一个鲤鱼打挺地绷弹起来。刘红兵就喊叫："哎，妹子，这下可是合理合法了耶，你还不给。""去你的！"忆秦娥说着，又是一脚，踢在了他那张扬得搁不下的地方。刘红兵就痛得捂着那不安生的地方，跳将起来喊："你咋了？你该没病吧，老朝我这儿踢。"

忆秦娥就抿着嘴笑："谁让你不老实。"

"我咋不老实了？"

"大中午的你要干啥？"

"你说我要干啥？你已经是我老婆了，我要干啥？都受法律保护了，我想干啥就干啥，想啥时干就啥时干。"

"流氓。"

"哎，你懂不懂啥叫流氓。"

"你这种人就叫流氓。"

"好好好，我流氓我流氓。忆秦娥，我也老实告诉你，以后哪儿都能踢，就是这儿不能踢，懂不懂？这是命根子。它是我的命根子，也是你的命根子，知道不？我们的幸福生活，我们生儿育女，统统都靠它了，懂不懂？除了这儿，你爱踢哪儿踢哪儿。"

忆秦娥就用手背捂着嘴笑："脑瓜也能踢？"

"你踢，随便踢。踢灵醒踢傻瓜了，都是你的。"

"你写。"

"写啥？"

"纪律，制度。团上都有各种纪律制度，家里也该有。"

"那叫啥制度，家庭纪律制度？"

"行。"

"都定些啥制度？"

忆秦娥就拿来一个剧本，让他在后面空白纸上写。

忆秦娥说："第一，不准跟前跟后的。"

"啥子不准跟前跟后的？"

"我走到哪儿，不准你跟前跟后的。"

"那就让别的男人跟着？"

"去你的。写。第二，不准见人就说这是我老婆。"

"咱都结婚了我还不能说？"

"不准说，就不准。我不爱人多的时候你说。"

"好好好，人多的时候我不说。"

"第三，大白天不准耍流氓。"

刘红兵把笔一扔，说："这个不行噢，绝对不行。我们这不叫耍流氓，叫过夫妻生活。"

"去你的，按我说的写。你写不写？"

"咱能不能变通一下，不说大白天不能耍流氓。就说大白天，不能干影响工作、影响夫妻关系和睦的事？怎么样？"

"反正就是白天不能耍流氓。"

"好好好，不耍流氓。但必须让夫妻关系朝着更加友好和睦的方向发展，是不是？说，下一条。"

"第四，不准你跟团上人喝滥酒。尤其不许醉。"

"同意。下一条。"

"第五，我演出时，不准你在前后台乱跑。尤其是不准到观众池子去乱叫好，乱拍手。"

"照办。再下一条。"

"第六，不准看黄碟。不准在家说流氓话。"

"夫妻生活里边的性，是很重要的一环，懂不懂？性生活过不好，会直接影响到家庭安定团结哩。"

"不许你说流氓话，你还说。"

"好好好，这都是流氓话，不说了。再下一条。"

"先写这些，想起来再写。"

"你都说六条了，我加一条行不行？"

"不行，只能我定，不允许你定。"

"你咋独裁成这了，我咋就不能定了？"

"就是不行。"

"好歹让我定一条行不？"

"你说我看。"

"第七，不准施行家庭暴力。不准打人。不准敲牙。不准踢人。尤其是不准踢人的命根子。"

忆秦娥扑哧笑了，说："你不耍流氓，我就不踢。"

"问题是我们结婚了，我再在你跟前做啥，就都不是耍流氓了。那叫爱。就是跟你干那事，也叫性爱。"

"你又说流氓话。"

刘红兵哭笑不得地说："娃呀，我的好娃了，你咋就是个开不了窍的瓜蛋儿呢。"说着，他还在她光滑得跟绸缎一样的额头上，轻弹了一个脑瓜嘣。忆秦娥一下抓住那只手，塞到嘴里，狠狠咬了一口。刘红兵就喊："哎，你咋还咬人呢？""谁叫你说我瓜。"刘红兵看着眼前这个既美丽无比，又行为乖张的动人尤物，只剩下软硬都得屈服的苦笑了。"乖，我把你彻底服了！""不许叫乖，难听死了。""忆秦娥同志，制度贴在啥地方？""贴在你心里。""好好好，贴到我心里。"刘红兵说着，就掀起衣服，吐一口唾沫，啪地把那张纸贴在胸口上了。忆秦娥直喊："脏猪！"刘红兵到底还是顺手把忆秦娥搂住美美亲了一口。忆秦娥呸呸地说："你就是猪。"

刘红兵觉得大功告成了，虽然这尤物难调教一些，但他还是相信自己调教女人的能力的。毕竟是太美了。就他活这大，在见过的女人里，忆秦娥无疑是最美的那个了。都说西京城满街都是大美人儿，他坐在钟楼边，还仔细观察过几回，像忆秦娥这么美的，还真没发现第二个呢。而这个最美的人，是他的了，彻头彻尾是他的了。如此大的人生福分，他有时都害怕自己消受不了。可也不着急，慢慢来吧。馍在笼里蒸上了，还愁气圆不了？忆秦娥的妙处，甚至包括了那些乖张的脾性。比如突然咬他一下，猛然踢他一脚，他都感到，是痛并受活着的。只要不踢咬得太重，他都能幸福地忍受。谁叫自己要贪最好的呢。

对于婚礼，刘红兵是坚持要大办一场的，可忆秦娥坚决不同意。并且不让告诉双方父母。刘红兵犟不过，也就只好照她说的办了。这事，毕竟是纸里包不住火的。团上跟刘红兵爱混搭的那些主儿，包括北山办事处和北山地区来的那些人，都撺掇着他请客。他背过忆秦娥，就哩哩啦啦请了几桌，自是没少煽惑他的幸福美满生活。

婚就算结完了。

婚后的忆秦娥，依然把主要精力放在了练功场。她不喜欢待在家里，一待在家里，刘红兵就像一坨糖一样，爱朝她身上黏糊。黏糊黏糊着，就提些怪要求，把定的纪律制度，都当耳旁风了。有时她生气也不管用，好像他就为那点事活着，并且活得一心一意、乐此不疲、神情专注、不依不饶。忆秦娥却咋都喜欢不起那事来。刘红兵一翻拾，就让她本能地想到廖耀辉，想到强暴，想到不洁，想到丑恶，甚至还想到了她舅跟胡彩香的偷情。有时，她甚至希望，在刘红兵干得正欢时，宋光祖师傅能突然出现，就像那晚砸廖耀辉一样，操起房里的椅子，照着他屁股就是几下。可惜这间房里，没有那种腿脚粗笨的老椅子。刘红兵看她老不专注，就问她想啥。她一笑，也不说想啥，就直催，让他快些。他就索然无味地溜下去了。

忆秦娥是尽量减少在家的机会。到了功场，其实也是喜欢一个人独处。好在这年月，练功的也少了，只要不排练，功场就总是她一个人。她也有做不完的功课。从压腿，到踢腿，再到各种组合，一遍基本功套路下来，就是一个多小时。然后，再把过去学的戏路子，挨个走一遍：从杨排风到白娘子，再到李慧娘，三本大戏走下来，也就好几个小时过去了。她尤其爱走白娘子的戏，并且还老出现幻觉，是封潇潇在给她配许仙，演得天衣无缝、水乳交融的。走得累了，她就"劈双叉""卧鱼"，一个动作能静卧好几十分钟。秦八娃老师让她读书，让她背唐诗、宋词、元曲。书她是有些读不进的，生字太多。但背诵，跟记戏词一样，她倒还是越来越有兴趣。尤其是"劈叉""卧鱼"这些耗时长、肌肉又酸困胀麻的动作，一边背着，一边练，反倒能分散注意力。她已背过成百首诗词了，尤其是李白的词牌《忆秦娥·箫声咽》，她都能倒背如流了。秦老师说，你既然叫了"忆秦娥"这个艺名，就得先把这个词牌弄懂了。最好是多背一些这类词，将来自己也写一曲"忆秦娥"，那就算没白叫这个艺名了。忆秦娥就拿手背挡住嘴笑。

开始背《忆秦娥·箫声咽》的时候，她还没啥感觉。不过最近背，就觉得里面有了意思。并且背着背着，她还想哭。

箫声咽，
秦娥梦断秦楼月。
秦楼月，
年年柳色，
灞陵伤别。

乐游原上清秋节，
咸阳古道音尘绝。
音尘绝，
西风残照，
汉家陵阙。

她也不知道，为什么要流泪。反正"梦断""伤别""箫声咽""音尘绝""西风残照"这些词，她一吟出声，就特别想哭了。何况秦老师还给她讲过，词的大概意思是说，跟自己"伤别"的那个人，从此"梦断"，再无音信。自己只能看着西风残阳，照着老坟、残宫，吹着呜咽的箫声，以寄托无尽的思念了。你说惨也不惨。她想着，果然是惨，就泪流满面了。

497

有一天下午，正是夕阳晚照的时候，她背着《箫声咽》，泪就又落下来了。这时，刘红兵突然捧着一个金鱼缸样的东西走进来，直喊叫说："你看我弄的啥？"忆秦娥还没回过神来，他就说："这叫红茶菌，知道不？省上领导都在喝呢。北山办事处，最近都弄回去好几钵了。我爸我妈他们都有。说这玩意儿营养大得很，不仅健身、健脾、健胃，而且还能给你亮嗓子呢。"忆秦娥还在擦泪，他就问咋了。她支吾说记戏词呢。他就硬把她缠回去了。

回到家里，刘红兵把饭都做好了，还熬了骨头汤、炒了鱼香肉丝。他看忆秦娥最近吃饭少，一回来就瞌睡，说要炖汤给她补一补。可忆秦娥还是没吃多少，直喊累了。她擦完澡，就要蒙头睡觉。他连锅碗都没来得及收拾，就两脚踢飞了拖鞋，一下扑上去，要行那事。忆秦娥说："你能不能把我饶了，我太累了。""你咋天天说累吗？""我真的累。""昨晚你就睡得早，说累得很。今晚还这样。""你把这当饭吃呀？""要当饭，也是一天三顿，咱吃啥了？白天有制度，不让吃。那这晚上，总没违背纪律吧？"忆秦娥没忍住，在被单子里扑哧扑哧笑了。刘红兵就得寸进尺起来。

三十三

楚嘉禾觉得自己实在活得背运极了。来西京才刚一年，谈了两个男的，全都崩了。一个是她妈的同学介绍的，接触了一个多月，啬皮得跟钢夹子一样。他俩出去喝冰峰汽水，他还磨蹭着说，身上没零钱，等她掏呢。只说请她吃饭，快一个月过去了，还说没啥好吃的。有一天，他倒是勉强磨叽到了一个大饭店里，楚嘉禾想吃虾，他就是不点，嫌太贵。还说想吃虾了，啥时到大连他舅那儿吃去，那儿又便宜又新鲜。她想，你都才五年去见一回舅，还看人家舅娘高兴不，等我到你舅那去吃虾，该到猴年马月了。勉强点了三个菜，还点了一个锅贴，没吃到一半，他又说，今天锅贴特好吃，我得给我妈拿几个回去尝尝。随后，就把盘子里还没吃完的，让服务员全打了包。她从饭店一出来，就没好气地跟他拜拜了。另一个是自己撞上的。人倒是长得潇洒帅气，也有情趣，只三天两后晌，就把她哄上床了。可正热闹着，另一个女的竟找了来，哭着闹着，说的都是打胎不打胎的事。气得她拿刀剐了他的心思都有。都怪她妈，说这年月，能早恋爱就得早恋爱。说等你明白了，好男人就都让灵醒女子耗完了。能剩下的，不是歪瓜裂枣、缺点大脑，就是家境贫寒、出手困难的。要都按剧团对青年演员的要求办，你这一辈子就休想找到好男人了。尤其是忆秦娥的婚姻，给她的刺激太大了。就那么个做饭的贱货，忽然就红火得平地插根烧火棍，都抽出芽穗开出花来了。宁州剧团的白马王子封潇潇，是拿命上，差点没自我报销了。一个专员的儿子，竟然也是一副没羞没臊、脸皮比城墙转拐处还厚的贱相，倒贪恋起了给真奴才去做奴才的快活。可笑的是，真奴才还待理不理的，好像她还是省长的千金了。楚嘉禾老想着，也不仅仅是她想，还有好多人都想着，刘红兵这个花花公子，也就是"皇上选美，色重一点"，喜欢上忆秦娥那副不会笑、老爱哭丧着脸、其实就是傻、就是命苦的冷表情。还有什么奥黛丽·赫本的脸了。呸，那也叫赫本脸。在农村，那就是寡妇脸——有骨无肉，高鼻子窄下巴的，全然一副克夫相。刘红兵就是贪着这副骚脸，贪着她靠剧情、灯光映照出的那份无与伦比的主角光彩，才奋不顾身杀进这个圈子的。大家都议论，这种玩法长不了，一旦"得手"，便会扭头而去。更遑论谈婚论嫁、生儿育女。可没想到，人家还就把婚结了。并且黏糊得比婚前更紧结。真是他妈的出了奇事怪事鬼事了。

楚嘉禾真的感到自己不顺。在宁州就不顺。她一进剧团，几乎没有人不说，这娃将来肯定是朝台中间站的料。开头几年，团上也的确是把她当主角培养的。可后来，马槽里插进一张驴嘴，都去烧火做饭几年的忆秦娥，突然枝从斜出、鬼从地冒，由此就掰了她的主演馍，抢了她的主角碗。尽管如此，她和她妈还是觉得，忆秦娥只配出蛮力，唱武旦、刀马旦。而宁州团未来的当家花旦，还是非楚嘉禾莫属的。可没想到，团里几个死了没埋的唱戏老汉，竟然左右了局势，又把"白娘子"这种是个演员都喜欢要死要活的好角儿，硬搁在了忆秦娥头上。闹了好长时间的大地震都没震了，结果让忆秦娥的《白蛇传》，把宁州、北山全都震了个山崩地裂、人倒楼歪。让她突然意识到，自己的美好唱戏人生，是真的有了苍蝇飞舞、恶狗吠日、老鹰扑食、老虎挡道的感觉了。好在遇上省秦招人，她妈前后出击，总算让她拔离了宁州的窝子。可没想到，事隔几月，忆秦娥又杨家寡妇出征似的持棍杀将而来。几番搏击，竟然又上位出演了李慧娘这个秦腔主角里的"皇冠明珠"。一下红得吐口唾沫都能溅出血来。又是她妈分析来分析去，说省秦毕竟是两百多号人的大团，平常都能分两个演出队，是能飘起一群主角、一窝花旦的。说只要找对门路，进对庙门，拜对神鬼，是不愁分不上主角、唱不红西京的。好在，她还真从丁科长那里，分得了一杯《游龟山》的羹。戏里的胡凤莲，也的确是个"耍旦"的好角儿。她由此才看到了一点希望，算是又有了一点奔头吧。

可要在省秦撑起一个大戏来，谈何容易啊！丁科长虽然阴、狠、霸道，可他毕竟不是团长。一切都得靠"运作"。干啥都好像是"地下党"在接头，这不让明说，那不让明讲的。好多事都是用手势、嘴角、眼神在暗示，活像回到了"打地道"、"埋地雷"、传递"鸡毛信"时代。可人家忆秦娥排戏、唱戏，都是来路明，去路正。就这，人家好像还想排不排的。诸事团上都宠着、哄着、求着。一切自是安排得顺顺当当、妥妥帖帖。各路人马，也好像都屁股上长了戴着放大镜的眼睛，没有什么细活是看不见的。导演、作曲、舞美、灯光、道具、服装、音响、剧务，包括所有配演，好像也都是为人家生、为人家长的。都生怕自己出了丝毫的差错，而让"一棵菜"艺术，在自己这里烂了帮子、黄了叶。而那一棵菜的"白菜心儿"，就是做饭出身的忆秦娥。

楚嘉禾为搭建《游龟山》的班子，就忙了上个月。她私下请丁科长和他夫人，到南院门吃了葫芦头；到北门外吃了河南人做的正宗牛肉丸子胡辣汤；到回民坊上吃了米家泡馍、王家饺子、贾三包子；还买了几回刘家烧鸡、老铁家牛肉、黄桂稠酒，拿到丁科长家里，一边吃着喝着，一边商量角色分配和剧组搭档。这些吃喝都是科长夫人亲点的。她说海鲜就别吃了，得给娃省钱呢。可这些名小吃点的回数多了，钱也就没省下。倒是她妈大方，让娃放心花，说只要能唱上省秦的主角，就是把她爸和她的工资都搭上，也值。楚嘉禾她爸是银行管信贷的，好像手上也有钱。楚嘉禾就在这方面，花得有点不管不顾了。好不容易把班子搭起来，都开排了，可单跋子又安排，让团上把忆秦娥过去在宁州演的《杨排风》《白蛇传》，都捯饬起来。说今后省秦也好演出。还说这是群众来信要求的。鬼知道是哪个群众来的信。可气的是，封子导演也特别支持这事。在她请封子出山排《游龟山》时，他是左推右辞，硬是让一个过去只演过《游龟山》的老演员，上手做了导演。而一说到要给忆秦娥捯饬戏，他又骚情得亲自披挂上了阵。

　　忆秦娥这个碎婊子，结婚第二天，就到练功场来泡着了。前一阵楚嘉禾和她妈放出的那些风声，不仅没有影响到她和刘红兵的婚姻，竟然也没有影响她的任何情绪。见天她还是来闷练着，傻站着，呆卧着，一副让人看不透的瓜表情。在她准备排《游龟山》的时候，忆秦娥甚至还主动黄鼠狼给鸡拜年来了，说需要她做什么，开口就是。她还撇凉腔说："哟，我们还敢让'秦腔小皇后'做什么呀，不过是在给你跑龙套的空闲，拾几个麦穗，岔岔心慌而已。"忆秦娥好像也不生气。过几天，又来多嘴，说她听了他们的对词，觉得有几句道白这样说，是不是更好一些。然后，她还把这几句道白说了一遍，是一副讨好她的样子。她虽然觉得忆秦娥道白的感觉是对的，并且明显比她说得到位了许多，但她还是不屑地说："导演要求的。妹子现在比导演都能行了。"忆秦娥好像还是没有计较，也许是真傻，有一天，她又对她说："禾姐！"过去在宁州，同学都这样叫她。那时她忆秦娥还没这个资格叫呢。"咋了，妹子？""我觉得你在《藏舟》一场的道白，还可以再压低一点声，毕竟是在夜晚。何况外面还有官兵在追田公子呢。""妹子，你该不是又琢磨着，要偷梁换柱吧。这个角色可是我费了九牛二虎之力，自己讨来的，你就别打这主意了，好不好？"忆秦娥当时就傻愣在那儿了。那阵儿，她正在"卧鱼"。那"鱼"，是一下就"卧"死在那儿了。

就在这以后不久，团上就开始排《杨排风》和《白蛇传》了。楚嘉禾绝对坚信，是忆秦娥捣了鬼，要故意冲击她的《游龟山》呢。团长一旦发话，人家的排练就成"正出"了，而她的《游龟山》，自是"庶出"。加上丁科长平时也得罪了不少人，就有人夹枪带棒地说她是"寻情钻眼"才上的戏。还说她"嗓子、功夫都是霜杀了的柿子——不过硬"。《游龟山》的排练，也就慢慢转入"地下"了。

最为可笑的是，忆秦娥老要在她面前装出一副无辜的样子。好像她还很不喜欢再排戏似的，《杨排风》《白蛇传》都是团上硬要安排的，她忆秦娥绝对没有要挤对《游龟山》的意思。可她几次问丁科长，内幕到底是咋回事？丁科长每次都是喉咙里像卡了一疙瘩屎一样，把自己难受得，吞也不是，吐也不是，只说："认命吧！认命吧！等机会！会有机会的！"她的主演梦，就这样暂时搁浅了。

《杨排风》里面，给她分了个站在杨排风身边的"四女兵"。是拿着刀，让杨排风吆出喝进的活"木偶"。为这事，她还找过丁科长，问为啥让她上"四女兵"。团上那么多女闲人，怎么就偏偏盯上了她。丁科长还解释说："这戏全是男角儿，一共就几个女的。导演让挑几个水灵的上，说免得观众审美疲劳。人是导演选的，业务科还不好改变。一旦改变，人家又会说业务科的心眼，都长偏到肚脐上了。给你安排《游龟山》，已经有人在私底下乱嚼舌根了。"丁科长要她"沉住气"、学学勾践"卧薪尝胆"。还说"心"字头上"一把刀"，那叫"忍"，"事不忍则乱大谋"。她就忍了。可真正排练起来，整天跟在忆秦娥身后转来转去，除了"啊""有"，就是"在""是"，一站半天，站完就跟着转圈圈。一切都是为了衬托杨排风精明能干、武艺高强的。一个烧火丫头，不仅把大将孟良、焦赞打得满地找牙，而且把辽国元帅韩延寿，也打得丢盔卸甲，魂飞魄散了。反正一台人，就是为了让这个主角光彩照人，在"前赴后继""英勇献身"。也许别人不觉得这有什么，但在楚嘉禾看来，这就是在活活侮辱自己。一班同学，开始活得天差地别的，并且还是自己先来的省城，结果落了个给人家跑"铁腿龙套"的下场。她尤其想到，《杨排风》演出，宁州剧团那帮人，是一定又会来捧场的。他们见了她这个比《游西湖》李慧娘替身更惨的"四女兵"，会是什么眼神？会说出什么拿刀在人心上乱戳的话来？她都不敢细想。一细想，就不由得人从后颈到脚跟都发起凉来。

其实跟她一起跑"四女兵"的还有周玉枝。也都说她长得漂亮。还有人说她像电影明星陈冲。可这家伙，进了省秦，好像就有些满足了。让跑龙套就跑龙套。人家忆秦娥红火，就让人家红火去，好像不关她的事。为上"四女兵"，楚嘉禾还跟她撺掇过，说："省秦招咱来，是唱主角的。咱要嗓子有嗓子，要扮相有扮相，要个头有个头，结果天天只穿了龙套满台乱跑。我们要再不反抗，他们还以为咱是骨头贱，喜欢龙套的服装样式，觉得穿着美丽大方、舒适便当呢。"猜猜周玉枝咋说，她竟然说："穿龙套也挺好的，省了很多麻烦。你没见秦娥，每天晚上演出，就跟死了一回一样，又是喷又是吐的，何苦呢？她比咱的工资又不多一分。能安生在省秦跑一辈子龙套，也是福分呢。"面对这号不思进取的"小炉匠"，楚嘉禾也就没治了。不过她到底没把"四女兵"跑到头。在进入两结合排练时，有一天，她突然崴了一次脚，就乘势去医院开了假条：左脚踝骨裂，需休息一月。她长舒了一口气，总算是逃脱给忆秦娥当"白菜帮子"的厄运了。

《杨排风》演出几天后，她听广播也在说，电视也在播，报纸也在吹："《杨排风》是'秦腔小皇后'的又一巨献"。啥词都用上了，什么"大宋霹雳"，什么"戏曲舞台上的'霍元甲'"，什么"技压群芳"，什么"仪态万方"，什么"婉丽飘逸"，什么"美不胜收"，什么"大气磅礴"，还有更肉麻的，竟然说忆秦娥是什么"秦腔的武旦天后"。气得她端直把几份小报都撕了。就一伙夫，无非是能把杨排风这个烧火丫头的角色，体会得深一些，还就中国不出、外国不产了？

《游西湖》一演，有人就骚情给她安了个"秦腔小皇后"。《杨排风》又给她挣了个"武旦天后"，要再演了《白蛇传》，那还不得安个"王母娘娘她祖奶奶"的名号了？这帮吹鼓手，也真够恶心的了。她听说过梨园捧角儿的事，但没想到，能捧得这样酸、这样嗲、这样肉麻，这样刀把生芽、擀杖结籽、棒槌开花。她就到底忍不住，装作脚还是很痛的样子，一瘸一拐地进剧场把戏看了一眼。

不得不承认，省上剧团就是省上剧团，整个舞台呈现，一下就比宁州高了几个档次。也难怪，宁州团统共就二十几只回光灯，在那里切来换去；而省秦是二百多只灯在变幻莫测地闪着。布景也是高楼、大山的，立体层叠。而宁州团，就用几个幻灯片，制造着天波府的威严与边关烽火的恐怖。省秦乐队，更有铜管、民乐的混合交响。光小提琴就八把，大提琴四把，还又是定音鼓，又是管风琴的，乐人一坐一乐池。而宁州团，就十一二个人，在那里鼓捣板胡、二胡、扬琴、笛子、唢呐的大齐奏。那时，戏的气氛，全靠忆秦娥她那黑脸舅胡三元制造。敲一本戏，他能屁股蹾烂几把椅子地拿锣鼓家伙施威助阵。演员的阵容更有天壤之别：宁州团演《杨排风》，就二十几个演员。有些搞武打的，在宋营死了，又去穿辽兵的衣服。不"死"好几回，戏都接不上。而省秦端直就上了六十多人。最后大开打，两军对阵时，宁州团是四兵对四兵，四将对四将；而省秦是二十四兵将对二十四兵将，还各有军师、中军、旗手、马童陪列。但见连天号角一吹，定音鼓一擂，两方数十人全部站定，杨排风才稳健如三军统帅地挥刀出场。这样的氛围，谁演不是通堂好呢？那不是给她忆秦娥鼓的掌，那是给大宋救国军鼓的掌。楚嘉禾演，也是这掌声。周玉枝演，也是这掌声。瓜子演，傻子演，恐怕还是这掌声。再说宁州团的服装，那还是50年代制下的。好多都已脱线烂边。而省秦才从杭州弄了一批新的回来，唱一晚上，光忆秦娥就换了四身：又是短打，又是蟒靠，又是斗篷的。那"四女兵"，在最后上舞台时，让导演改成了"八女将"，服装头帽全新。八身女软靠，是八种花色品种。甫一亮相，顿时满台生辉，掌声四起。这就是省级剧团与县级剧团的差别，同样是演《杨排风》，忆秦娥就一下演成"秦腔武旦天后"了。

在谢幕的时候，忆秦娥五次被从大幕里请出来。那份荣光，那种"装"出来的谦卑，那种掩饰不住的激动，那种乡间野狗突然遇见一堆热屎的兴奋，让楚嘉禾看得心里阵阵恶心、反胃、抽搐。她看见，刘红兵这个傻瓜，也站在池子的最后一排，把双手举过头顶来鼓掌。那已不是鼓掌，简直是在扇打大铜铙钹了。他一边拼命地叫着"好！好！好！"还一边破着嗓门大喊："再谢一次幕！让忆秦娥再出来谢一次幕！"

楚嘉禾得走了，再不走，还真要恶心得吐在剧场里了。

三十四

忆秦娥要说自己不想排戏，不想演戏，可能别人还说她是装的。在剧团，谁不想排戏、演戏呢？即使削尖脑袋、跌打损伤，累得王朝马汉、咽肠气断，只要能上主角，谁又舍得不去领受这份苦累和煎熬呢？可忆秦娥还真是不喜欢。她觉得自己已经够风光了，不需要再把命搭上，去一而再、再而三地证明什么了。尤其是武戏，太耗体力，也太劳心。只要说演出，她几天精神都是高度紧张的。每演完一场，她在化妆室卸妆时，都会呆坐半天，动弹不得。有时直想哭，怎么就弄了这么个要死要活的职业呢？别人还不理解，说她是得了便宜还卖乖，捞了稠的还嫌干，撇了油花还嫌腻，咥了心肝还嫌苦，总之，里外都不是人。她也就懒得吭声了。她不说话，不吭声，别人又说她"心深似海"，是"碎狐狸精"一个。说"表面看着瓜瓜的，肚里丝绸花花的"。单团长虽然也关心照顾着她，总是让办公室偷偷给她买点麦乳精、莲子粉、苹果罐头、德懋功水晶饼之类的营养副食品。可她觉得，宁愿不要这些，不要表扬，只要能让她跟别人一样，晚上跑跑龙套，列列队，站站班，心里没负担，上台不出力，不用功，也就阿弥陀佛了。

《杨排风》一演又是一个月。她过去就听几个老艺人说过，角儿一旦被捧红了，屙下的，戏迷都说是香的。虽然这话有点难听，可她还真感觉有些道理。古存孝老师说，尤其是在大城市，角儿一捧红，就跟宣纸一样，洒一点墨，洇一大片。他还说，捧红一个角儿，一个剧团好些年都不愁吃饭了。这话好像在今天已经不灵了。剧团人都是拿国家工资，没有人认为，他们是靠你的名气吃饭的。相反，倒觉得是他们做了"垫背""底座""膨大剂""日本尿素"，把你给垫高了、撑大了、养肥了，自己却是"杨白劳的干活"了。关键是业务科对演出事故还查得严，动不动就扣人演出费。作为主角，尤其是武戏，自是少不了要出纰漏。一月演出下来，她有时演出费还没人家跑龙套的拿得多。要不是单团长老偷偷把扣掉的钱，又悄悄塞回她的口袋，她才真正是杨白劳呢。

忆秦娥是真的对唱主角、排大戏，兴趣不大了。在《杨排风》演到七八场的时候，她舅胡三元和胡彩香，还有惠芳龄他们几个同学，又一起来看了两场戏。都惊叹省上剧团的整体实力，说宁州剧团就是挣死，也达不到这样的水平。但他们也谈到，省上有省上的弱项，那就是太花哨，太虚张声势。不如宁州团的演出浑实，紧结，更像一台老戏。尤其是几个跟忆秦娥配合打"把子"的男同学，说省秦的"出手"，没有他们当时演出那么"默契""放心"。说两晚上看演出，都担心枪出手以后，扔到一边接不住。忆秦娥就说："省上剧团，只上班才排戏、练戏。一下班，就再找不见人了。不像咱县剧团，上下班都在一起混搭着。一个出手，都要练几百回、上千回呢。自是得心应手了。"一说到这里，忆秦娥又想起了当初封潇潇带头给她配戏的事。几个小伙子，也是天天陪着她练"出手"，最后硬是练得杆杆枪出手都万无一失，演出从未出过事故。朱继儒团长还在大会上表扬他们是"百炼成钢的'铁出手'"呢。她几次又想问问封潇潇在干啥，这个心结总是放不下。倒是惠芳龄了解她的心思，说："如今潇潇也不行了，当了新郎官，连班都懒得上了。还别说'出手'了，只怕扔个棉花包也是接不住了。"她舅胡三元看扯得远了，又扳回来说："你们那个敲鼓的也太肉，感觉不到他的心劲儿，根本拿不住戏的节奏。这是一个武打戏，全靠司鼓把戏朝上催呢。他就跟没吃饭一样，把我急得都出了几身汗。"他还问忆秦娥，看能不能见一见这个司鼓，把他的意见和建议说一下。忆秦娥说："舅，天下敲鼓的，都跟你一个脾性，一样骄傲。省秦敲鼓的，还能例外了？西北五省的敲鼓佬，都来跟人家学呢，你还准备给人家过招呢？人家一直坚持说，鼓不能敲得太火爆，太爆就是外县范儿。"她舅就气得半边脸越发地黑了下来。胡彩香老师也给她提了几条小意见，说她把戏演得有点太熟，细部的感觉就少了。胡老师说她第一次在宁州看她演出，有一段道白，一下就让她感觉到，这个娃是个唱戏的精灵了。那段道白是杨排风对焦赞说："我说二爷，有道是，人不可貌相，海水不可斗量。眼前无有元帅将令，若有元帅将令，我出得营去，取那韩昌首级，就好比囊中取物，手到——擒来——！"胡老师说，这段道白看似简单，其实分了好几个层次，并且是动作连着动作，语气也要有轻重缓急、起承转合的。不可声音一般高。尤其是开头说"人不可貌相，海水不可斗量"时，调门要稍低些。到了最后"手到擒来"四字时，要让动作和语气，同时把烧火丫头的志气与稚气，钢帮硬正地推向高潮。胡老师还特别强调说，这段戏，过去演得充满了"稚气"，现在全成了"志气"，反倒不好看了。胡老师说完，惠芳龄还带头鼓了掌，说胡老师也能当省秦的大导演了呢。胡老师就说："我是过去看秦娥这段戏，印象太深了，才班门弄斧呢。"忆秦娥觉得胡老师说得特别好，也觉得跟他们在一起很愉快。他们在省城住了三天，忆秦娥因戏太重，白天得休息，也没顾上陪，他们就回去了。不过，从惠芳龄嘴里听说，她舅跟胡彩香老师还染扯着呢。胡彩香的男人张光荣都动手把她舅捶了好几回了。最爱用的，还是那把足有一米长的大管钳，拿在手上是明晃晃的。

眼看演出到最后一场了，单团长还跟她开玩笑说，能不能再加几场。她当时就快生气得软溜下去了。单团急忙说不加了不加了，是开玩笑的。

她的生活，全靠刘红兵照顾着。三十场戏，中间只因这一片限电，歇了两场，其余全连着。她也的确觉得刘红兵这个人不错。就是不听劝，爱吹牛，爱到人前显摆，尤其是爱到处显摆她。见人就说他老婆咋、他老婆咋，她就最不爱他称她老婆了。她还骂过他几回，可他还是到处老婆老婆的，好像老婆就是他的一切，不说老婆，他的臭嘴就没哪儿架。好在她每天的确没时间跟他在一起。晚上演出完，回来好久睡不着，就那样坐着，或卧着发瓷。好不容易睡着了，到第二天早上九点，又得去团上集合，练功。吃了中午饭，就得赶紧睡。睡到下午三四点，再起来吃一顿。演武戏，吃多了，翻不动，打不利索；吃少了，又浑身没劲，饿得心慌。有时她就只好吃点麻黄素片。这还是苟存忠老师给她的方子。说过去好多老艺人，戏份要是重了，还得抽几口大烟呢。现在没大烟了，吃几片麻黄素也管用。她还真吃过几次，也的确管用，但一般只要身体能撑住，她就尽量不吃。说那东西上瘾呢。吃了下午饭，五点她就得赶到剧场化妆。两个多小时的化妆、包头、预热身子，穿服装，再加上两个半小时的演出，卸完妆，回去又是快半夜十二点了。再吃一点夜宵，再失眠，日子就这样打发完了。

刘红兵是新婚，好像又特别爱那事，老缠着要幸福一下。晚上看她演完戏太累，就提出，看能不能在中午破一下规矩，"加演"一场。气得她老骂。可再骂，他都要黏糊。他再黏糊，她还是那样沉静如水。烧红的铁棍，老被兜头一盆凉水激着，他也就懒得再兴风作浪了。作起浪来，也是自己给自己找难受呢。当然，他也的确是看到她的可怜、她的累了。过去没结婚，只知道点皮毛，一结婚他才发现，忆秦娥从排练《杨排风》开始，一直到演出，浑身几乎没有一块完整健康的皮肤。全都被"出手"，也就是舞台上那些刀枪棍棒，击打得乌一块、紫一块的。她从后脑勺，到脖子、到小腿、到脚背，几乎没有没受伤的地方。为了表现传统绝技，枪要从敌人手中扔出来，刺向她。而她要使出浑身解数，把这些刺向她的刀枪，用腿脚或背上的靠旗抵挡回去，扎向出手者。然后，再扔出，再踢回。观众要看的，就是这种准确无误的玄乎劲儿。一旦枪棍踢出正常范围，或落在地上，就算演出事故了。观众的倒好也就啪啪上来了。刘红兵看过忆秦娥在北山的演出，只觉得这女子是那样沉着稳健，机敏过人。她把枪棍耍得溜得，轻松得就跟玩儿一样。没想到，要达到"玩儿"的境界，竟然要经这样艰苦卓绝的磨炼过程。主角，自然是希望打下手的能跟自己多练多踢，以免上台出丑。戏台上的打"出手"，在刘红兵看来，就如同推大磨，忆秦娥是轴心，每个"出手"，都只跟她发生关系。但见失手，观众就以为是她的责任了。作为扔"出手"的配角，就是差错在自己，观众也不认得是谁。所以，忆秦娥为练"出手"，还老央求着这些下手呢。动不动还要把他们请出去撮一顿。刘红兵都跟着去买几回单了。而她自己的腿上、脖子上，到处都绑着厚厚的纱布垫子。防着护着，还是被撞击得伤痕累累了。因此，忆秦娥没心情做那事，他也理解，尤其是心疼。反正就演出一个月，刘红兵想着，还能把人憋死不成。

三十五

终于演到最后一场了。刘红兵看忆秦娥也高兴，演完后，他就说回去卸妆。忆秦娥说回去水不方便。他说一切都收拾停当了，热水烧了好几壶放着呢。她就跟刘红兵回去了。谁知刚一进门，刘红兵就说，扛了一个月了，今晚总得幸福一下吧。忆秦娥就没好气地说，你是为这个才活着的，是吧？他说，那也总不能刚结婚，就禁欲么。忆秦娥也懒得理他，就开始用卸妆油朝脸上搽。他一下挡住了，说："秦娥，咱今晚能不能先不卸妆。"

"不卸妆干啥？你有病吧。"

刘红兵磨磨叽叽地说："就算有病吧。你太好看了，化了妆，尤其美。上了舞台，都是给别人看呢。今晚，得专门给我看一看。"

"你脑子让门挤了，是吧？"

"不是让咱家门挤了，是让剧场的太平门给挤了。观众退场那阵儿，我就想，今晚不让你卸妆。"

"好吧，那你看。你看。"

"让我静静地看，美美地看。"说着，他就一把拦腰抱起忆秦娥，朝床边走去。

"你要干啥？你有病呢。"

"我就是有病呢。娥娥，哥太爱你了！我这几天看戏一直在想，咋就把这么漂亮个人儿，弄成自己老婆了呢。"

"不许叫老婆。"

"好好，不叫老婆不叫老婆。叫娘子，娘——子——！"说着，他还撇上了戏里的韵白。

他刚把她放到床上，就用手解她的衣扣。

"你干啥？你要干啥？"

"娘子，咱们就这样宽衣解带，云雨一番可好？"他还是学着戏白。

忆秦娥就一骨碌爬起来说："你真是有病了。"说完，她抓起卸妆油，啪啪给脸上拍了几下，再一混抹。立即，大美人就变成花脸猫了。

刘红兵就气得大喊起来："你……你咋是这样个人呢？"

"我是咋样的人了？"

"你说你是咋样的人？"

"你说我是咋样的人？"

"你就是个冷血动物。丝毫不解半点人的风情。"

"哦，我不卸妆跟你睡，就是热血动物了？就是解人的风情了？那你咋不到舞台上睡去？杨排风是戏里的人物，你要想跟她睡，快到舞台上去。"

"你……你能把我气死。"

"我咋把你气死了？"

"唉，说不成。你真是个怪物。"

"你才是个怪物呢。"

刘红兵就再也懒得搭腔了。又是一腔热血撞成了满腔怒火，他极力克制着。他知道这头犟驴，也惹不下，就任由她把妆卸了。

卸完妆，忆秦娥有些兴奋，说要到回民坊吃烤肉。反正她所有想法跟刘红兵都是背道而驰的。刘红兵说，能不能明晚去，他还是忍不住，想温存一下，毕竟设计一晚上了。可忆秦娥，哪是他能降伏得了的，绝对是说一不二。他就只好给她披上风衣，围上围脖，一块儿到坊上去了。在坊上吃了烤肉，又吃粉蒸肉，她还笑着说肚子有空间。刘红兵就又给她买了一份粉蒸肉拿着，说明天热了吃。他想着，这下吃饱了，该回家办事了。谁知忆秦娥又提出，要到歌厅去唱歌。这两年，西京城刚兴起歌舞厅，凌晨三四点才关门呢。忆秦娥没去过，但听好多人都说起过。她今晚是真的想彻底放松一下了。刘红兵劝不住，就又陪着她去了歌厅。谁知在歌厅，竟然惹出一桩事来。

他们刚一进去，就有人多嘴说："兵哥，咋好些天都不见来了。几个妹子疯了一样地寻你呢。"

尽管说这话时，那人把声音压得很低，可还是让忆秦娥听见了。忆秦娥当下就扭身向门外冲去。

刘红兵对那小子没好气地说："嘴真贱。再犯贱了，赶紧拿麻子石，狠狠把嘴砸几下。"

等他扭头出来时，忆秦娥早已穿过马路了。

忆秦娥一过马路，就打上出租车回家去了。等刘红兵赶到家时，忆秦娥都关灯睡了。他也不敢开灯，就坐在床边，死乞白赖地要去搂她，哄她。忆秦娥忽地坐起来，就让他的身子闪到了空里。他又去搂，她再抬胳膊猛一抖，刘红兵浑身像遭了电击一样，"哎哟"一声，从床边嗵地站了起来。

"哎，这可不是戏台子，你少上武旦那一套。"

"你滚！"

"我咋了吗？滚？"

忆秦娥啥也不说，就那样黑坐在床上发呆。

"这么说你还在意我了？你是生气那个烂嘴驴说几个妹子找我的事吧？人家开玩笑你也当真了？真是个傻妹子……呸呸呸，我说错了，是我傻。那些货嘴里能有正经词？就是有几个女的找我又咋了？唱歌么，跳舞么，还能咋？你跟一个又一个小生演员，成天搂搂抱抱的，挨得那么紧，又是哭又是笑的，爱得要死要活，做怨鬼成蛇精的，我又咋了？你没有男的找过？封潇潇没到西京来找过你吗？听一个烂人说有几个妹子找我，好像我就真的有了啥事了。除了一天讨好你，巴结你，驴跟着磨子瞎转，我还有脚的事，腿的事，驴头对着马嘴的事。你要天天爱我，还别说歌厅妹子找，就是玉皇大帝的妹子找，我也不接见了。"

刘红兵这张嘴，只来回倒了几下车轱辘话，就把笑点很低的忆秦娥，说得哧哧地捂嘴笑起来。他乘势又扑上去，硬找嘴要亲。忆秦娥只用膝盖顶了一下，就把他顶下了床。这个动作，忆秦娥在《游西湖》里，是给色鬼贾似道用过的。刘红兵当下就狗吃屎一般，身子跌在床下，嘴是生生啃着床沿了。"你别上戏行了，好不？我是你男人，合法男人，不是贾似道。"忆秦娥光笑，就卷起铺盖，滚到床的最里边睡下了。刘红兵又磨磨叽叽蹭上床，使了好大的劲，才扯开被子一角，慢慢钻了进去。他又是给人家挠痒，又是捶背的，许久，才勉强达成默契。虽然忆秦娥毫无配合的意思，但只要不抵抗，已是千好加万幸了，哪里还敢奢望什么如胶似漆，甚至超常发挥呢。

只歇了十几天，团上又宣布《白蛇传》立即上马。还要求春节前必须彩排，说节后就要到全省巡回演出呢。

为这事，忆秦娥还找了一回单团长，说能不能朝后放一放，让她再缓一下。单团长说："再缓，年前戏就排不出来了。"她没好气地问："非要年前就排出来吗？"单团说："人家隔壁邻舍的院团，都在紧锣密鼓地排戏，并且好像都有排《白蛇传》的意思，我们咋能落在人家后边呢？明明我们有现成的白蛇，再排晚了，还说我们是故意跟人家唱对台戏呢。"忆秦娥就说，要上也行，能不能别让她上 A 组。她说她可以在一旁帮着说戏，顺戏。要 A 组演员实在累了，她也可以顶上去演。单团还把她看了半天，说你还真格有点瓜瓜的。忆秦娥可不喜欢听这话了，当下就红了脸，问她咋瓜了。单团说，哪有演员把适合自己的主角，硬让给别人的？他说这种高风亮节是好的，但团上还要考虑演出市场，考虑观众买不买账。他说这个戏就别推了。现在培养新的白蛇，也来不及了。还是她上。忆秦娥看也说不过团长，就又老大不高兴地上套了。

她也听到有人在一旁撇凉腔，说单跛子也不知吃人家啥药了，锅里几块肥肉，全都挑到心肝肉尖尖一人碗里了。她也懒得理。这些话，在过去排戏时，也没少听。既然上套了，她也就把全部心思都用到排戏上了。天天排戏也有天天排戏的好处，免得刘红兵老在家里纠缠。这家伙，真的是把那些闲事，要当饭吃的人，她可不喜欢了。她总觉得那是见不得人的事，一做，就让她想到死老汉廖耀辉。想到她舅和胡彩香的偷偷摸摸。

没想到，这次排练，团上又增加了一个新的矛盾：单团突然从新疆调来一个演许仙的小生，一下闹得排练场里，又很是波澜起伏了一阵。

三十六

这个小生演员叫薛桂生，二十七八岁，长得还有点像封潇潇。可仔细一看，却有许多地方跟潇潇不同。先是有点女气，白净面皮，腰很软溜。路走得快了，还有点风摆柳的意思。成天把脸面抹得白里透红。衣服穿得四棱见线。即使围脖，也是围得"五四青年"一般地有范儿。还有点爱翘兰花指。在当地，据说有"活许仙"之称。之所以能调到省秦，也是因为要排《白蛇传》。这事在省秦，自然是要引起风波了。团上十几个小生演员，难道还没个"许仙"了，非得在新疆挖一个回来？单跛子咋不到苏联去，把演保尔·柯察金的瓦西里·兰诺沃依挖回来呢？还不知吃人家啥药了呢。有人就哧哧地笑，说这家伙该不会是同性恋吧。

忆秦娥也觉得跟这家伙配戏，有点怪怪的，想笑，又不敢笑。她开始都想建议单团长，既然要从外边调人来演许仙，何不就调宁州的封潇潇呢？把潇潇调来，《白蛇传》会排得更快、更好些。可这样想，又没这样做。潇潇已经结婚，她也结婚了，一旦来了，可能会有更多的不便。还不知要让人怎么埋汰她的不是呢。再说，她的建议，团上就能听了？更何况，新许仙都到了。

只对了三天词，她就发现，这家伙才是个真正的戏痴，比封潇潇排戏更加投入。封潇潇那时演许仙，说实话，是真正地在为她配戏，有点甘当人梯的意思。许仙在戏里，咋说也算是男一号。这个许仙，口口声声讲究人物，讲究心理活动，讲究性格逻辑。据说，他是在上海戏剧学院和中央戏剧学院进修过的，动不动就把世界三大表演体系抬了出来。说得封导好像都有点敬畏他三分。虽然每到薛桂生说话、做兰花指动作时，大家多是以捧腹大笑相待。可他似乎也毫不在意，永远都是那种一门心思攻戏的样子。到了痴迷处，常见他眉飞色舞。尤其是爱情戏，让他一处理，几乎每句话、每个动作，都有了不同于以往的意思。说肉麻，不是；说腻歪，也不是；说美好，似乎也不像。反正让人觉得，是有了一种新意。你还推翻不得。一推翻，大家还反倒觉得不是许仙这个人物了。薛桂生很快就在剧组站住脚了。他还有一个最大的特点，就是爱给别人说戏，分析角色。开始大家都很讨厌，可到了后来，就都在找他分析了。连忆秦娥也不例外，有时也得向他讨教一二了。

对这事最感到肉麻、腻歪的，是刘红兵。他心里过去是有点阴影的。在北山看《白蛇传》时，就在心里犯过嘀咕：男女演员，成天这样搂搂抱抱、哭哭啼啼，排练是反反复复、假戏真做，导演还一个劲地强调要感情"投入""深入"的，会不会产生戏中戏呢？那可是见天都要"夫呀妻呀""恩呀爱呀""死呀活呀""离呀别呀"好几回的。后来铁的事实证明，忆秦娥果然跟那个演许仙的封潇潇，是有些套扯不清的关系。这次排《白蛇传》，一开始，他也跟忆秦娥和全团人一样，对这个新疆来的许仙，嗤之以鼻。他还笑话人家说，哪里调来个娘儿们，演贾宝玉还凑合。有人说薛桂生演许仙，那是拿胡萝卜捣蒜——就不是个正经锤锤。谁知越排，问题还越来了。刘红兵发现，不仅剧组人对这个"娘儿们"逐渐转变了看法，有了好感。就连忆秦娥，也在向人家学习讨教了。回到家里，他还故意要说些"娘儿们"的可乐来。开始忆秦娥还跟着笑，后来突然反对起他再说人家了。有一次，竟然为这事还跟他翻了脸。他就不得不长了心眼，要开始加强这方面的巡逻、警戒与防范了。

薛桂生这"娘儿们"，别看女里女气的，对于爱情，可是有一套获取的办法了。刘红兵多次去排练场发现，这家伙动不动就钻在女人窝里，给人家说戏，还给人家纠正动作呢。一纠正，手就在人家胳膊腿上乱动。有几次，他都发现，这"娘儿们"给忆秦娥说戏时，也出手了。他就大声咳嗽。一排练场的人都听见"红兵哥警报拉响了"。并且都笑了。可薛桂生那翘起的兰花爪子，还是搭到了忆秦娥的肩膀上。就这，刘红兵都能忍了。让他忍无可忍的是，几处恩爱、别离戏，这"娘儿们"竟然把忆秦娥搂得那么紧。明显比过去在北山看封潇潇他们演出时，是搂得更紧些了。他还给封子导演提醒过：说古典戏，还是要讲究含蓄美呢。可封子好像并没有把他的话当回事。他就不得不在家里反复提醒忆秦娥了。但忆秦娥除了不许他到排练场"胡转""胡窜""胡溜达"外，根本就不正面回应这些事。有一次，他又硬着头皮去排练场巡逻，见许仙与白娘子正在过端午节，喝酒呢。那种眉来眼去的样子，就让他心里可不是滋味了。又恰好遇见楚嘉禾在一旁加了把火，说："兵哥，可不敢让妹子把假戏唱成真的了。你看咱碎妹子那股投入劲儿。再看看'贾宝玉'眼睛里的欲火，都快自燃了。可不敢把咱妹子也点着了。"刘红兵心里就跟刀戳着一样难受。晚上，他再次警示忆秦娥道："那'娘儿们'绝对不是个正经锤锤。这是演戏，得有分寸。戏一过，小心观众提意见呢。"忆秦娥就没好气地说："你懂个屁，还说戏呢。就你思想肮脏，才能想出这些花花肠子来。以后少进排练场，你再来，小心我踢你。"刘红兵哪能忍住，还是要去，但一肚子气，只能硬憋着了。

戏终于在年前彩排了。

彩排那天晚上，刘红兵从各个角度去看，都发现许仙跟白娘子分别的那场戏，胸部是贴得太紧了。忆秦娥平常高高耸起的乳房，都被那"娘儿们"的胸部挤得变了形。他不得不在前台"白娘子"正与"天兵天将"进行"水斗"时，把"许仙"叫到一旁，就有关表演的分寸、尺度、距离问题，进行先是较为友好克制、后是针锋相对、继而剑拔弩张的探讨了。最后，刘红兵发现，他是咋都说不过这个满嘴歪道理的臭"娘儿们"，就乘人不注意，照他的扁胸，狠狠砸了一拳。那"娘儿们"就跟尾巴被谁踩住了一样，吱哇一声，昂起头尖叫道："干啥？你干啥？要流氓是吧？你这是对艺术的亵渎！是对艺术家的辱没！"刘红兵就又补了一铁拳道："你是你妈的个×，还艺术家呢。你才是臭流氓呢。"

　　这件事在彩排结束后，就闹到单团长那儿去了。薛桂生要求刘红兵必须给他道歉。单团长急得连跛直跛地跑到刘红兵跟前，哄来哄去，他都是那句话："那'娘儿们'得是欠揍得厉害？要是欠得厉害，我还可以拿砖上。"单团见给刘红兵做不通工作，就又给忆秦娥说，让她协调协调红兵与桂生之间的关系，要不然，只怕节后都不好演出了。

　　其实忆秦娥刚一演完，薛桂生就来给她数叨过了。薛桂生的语速很快，她还没太听清到底发生了什么事，只知道，刘红兵把他打了。并且打得很重，很野蛮。他委屈得差点都哭出来了。兰花指也激动得直战抖，半天剥不下服装来。一剥下，他就风摆柳一般地扭身走了。边走，他还在边嘟嘟："这是艺术圣殿吗？这是古罗马野蛮的斗兽场；是威廉·莎士比亚笔下的血腥王宫；是法西斯集中营……"

　　刘红兵大概也知道惹了乱子，就想着要在忆秦娥跟前更殷勤了。对于这件事，他还不认为自己老婆有啥错。都是那"娘儿们"在勾引，在抽风，在作祸。自己的老婆，不过是被一个臭流氓所蛊惑、蒙蔽而已。他最见不得忆秦娥夸那"娘儿们"懂得多了。他说："就他……（到底用他还是'她'，他都还无法界定呢。反正就那'二一子'货吧）正应了阿拉伯谚语里的一句话：'朝过圣的驴，回来还是驴。'他不就是到上海、北京学习了几天嘛，回来就装腔作势，有了比其他演员更大的学问了？呸，就两个字：欠揍！"

刘红兵万万没想到，一回到家里，忆秦娥能给他发那么大的火，竟然端直又给了他一脚。这是近来很少发生的事。在他一再抗议下，忆秦娥的家暴倾向已经收敛了许多。可今天，又故技重演了。他很是愤怒。但忆秦娥比他还愤怒。她直接咆哮道："你凭啥打人？凭啥打薛桂生？"一下还把他给问住了。凭啥？凭他把你搂得太紧？又说不出口。但无论怎样，也不能让这头不阴不阳的驴，在明年正月初六晚上，当着更多观众面，把自己的妻子搂得胸部都变形了吧。这成何体统？是到了该捍卫自己做男人尊严的时候了。

"凭这小子不地道，凭啥？"他说。

"人家咋不地道了？"

"耍流氓，地道啥？"

"人家咋耍流氓了？"

"还不流氓，你还要他咋流氓？"

"刘红兵，这是演戏，你懂不懂？"

"没吃过猪肉，我还没看过猪走路了？我不知道这是演戏？正因为是演戏，才不能搂得太紧。"

"谁搂得太紧了？"

"还不紧？你们咋搂的你清楚。过去跟你好的封潇潇，也没搂得这样紧过。"

"你真无聊。"

"你有聊，你就让人家朝紧的搂。看别人咋说？看你还咋在社会上混？真是不要脸了。"

忆秦娥突然把一洗脸盆热水，呼地泼在了刘红兵脸上，喊道："刘红兵，你给我滚！"

刘红兵还真的气得甩门而去了。

这已经是腊月二十八的晚上了。刘红兵原来预计着，等彩排完，劝忆秦娥回一趟北山，跟他爸妈一起过年呢。他们结婚的事，到现在还没跟他爸妈讲，就那样稀里糊涂把结婚证领了。在这件事情上，他爸妈总是来回摇摆着：都承认忆秦娥长得漂亮，用他爸的话说，像画中人一样，都漂亮得有些不真实了。但他们又总觉得娃毕竟是个唱戏的，文化程度太低，有些门不当户不对。刘红兵一直在反驳着他们，说自己也才是高中生，给人"吆车"的。嫌人家唱戏咋了？美国总统里根，不也是演员出身吗？他们就没好再管他的事了。问题是忆秦娥还根本不把他这个家庭当回事。结婚时，连说都不让说，更别指望她到家里认公婆了。当然，她的确是忙，是累，是抽不出时间，可里面也分明透着一种毫不在乎的神情。这么大的事，他迟早是得让爸妈知道的。本来打算好，过年回一趟北山。他也在忆秦娥高兴的时候，给她隐隐打过招呼。她也没说不去，也没说去，只说累，想在过年时美美睡几天。这下让那"娘儿们"搅和得，是彻底回不成了。

忆秦娥泼给他的洗脸水，已经在胸前结成冰了，硬得一走咯吱咯吱直响。气得他就想从路边抽一根钢筋，回去把忆秦娥美美教训一顿。其实当时水泼到脸上，他就想打她，可咬咬牙，忍住了。他必须离开。要不离开，还不知会发生什么事情呢。不过他心里清楚，无论发生什么，最后都会是自己吃亏。倒不是他真的打不过忆秦娥，他是心疼，舍不得出重手。那样结果自然是自己吃亏了。嫌那骚"娘儿们"把她搂得太紧，也是因为爱。他怕搂着搂着，又搂出了封潇潇跟她的那种感情。他也搞不懂，唱夫妻戏、恋爱戏，到底能不能唱出戏中戏？反正听说剧团过去是发生过这样的事，他就为此十二分地担惊受怕了。

刘红兵在外面游魂鬼一样逛荡了半夜，冻得实在撑不住，又只好到北山办事处去歇着了。到了除夕下午，他再也憋不住了，就又买了各种熟食、蔬菜、水果，回租房去了。忆秦娥心真大，他走的这两天，她就没出过门地睡了个昏天黑地。吃饭都是方便面。进房就一股方便面味儿。听见他回来，她连看都没看一下，就把头蒙得更紧地睡了。他收拾了四个凉盘，还炒了四个热菜，炖了一个鲫鱼汤，让她起来吃。也是将就了半天，才勉强把她将就起来。衣服还是他帮着穿的。吃了饭，他说带她出去转转，街上的红灯笼都挂满了。她也没兴趣，说到处放炮，火药味儿一闻就呛嗓子，会感冒的。他就不好再强求了。就这样，忆秦娥在家里整整睡了好几天。即使下床，也就是到水池子洗洗衣服，洗完还是睡。他说她是瞌睡虫变的。她也懒得理他。刘红兵开始陪着睡了几天，总想着那事，结果睡得腰酸背痛的，忆秦娥还是紧裹着被子，连一个角都拉不开。他也就懒得陪睡了，干脆去办事处打了几天牌。

初六那天，《白蛇传》上演了。俗话说：运来黄土成金，运去称盐生蛆。忆秦娥的戏运，就到了"黄土成金"的地步了。《白蛇传》甫一出来，又是红火得票房窗户的玻璃都挤打了。刘红兵见天在池子里转来转去地看，挤来挤去地听。观众对老婆的赞美，把他心里都挠搅得有点奇痒难耐。他也不住地朝台上瞟，朝台上瞄，老婆果然是美艳得了得。有时瞄得他心里都不免要咯噔一下，甚至能泛起一丝邪念来。有观众说，忆秦娥这个演员，就属于天赐了，你几乎无法找到她的缺陷。如果满分是十分，这个演员可以打十二分。他也觉得老婆啥都好，就是那"娘儿们"搂得太紧，她不该没有采取措施。狗日的"薛娘娘"，真正是挨了打不记痛的货，抱他老婆的尺度依然很大，很猛烈，很狂放。也可以说是很流氓。他就气得以观众名义，给单跛子写了一封信，"强烈要求"剧团这种精神文明场所，"绝不能传播淫秽色情画面"。

三十七

单团长是初八一大早，收到这封署名"广大戏迷"来信的。开始他念得很严肃，很认真，念着念着就笑了。他能感觉到，这是刘红兵的口气。即使不是他写的，也是他撺掇人写的。他就把信撂在一边，没理睬。到了初八晚上，刘红兵就找上门来了，说："单团，你真格不管这事，任由那'娘儿们'胡来吗？你没听观众反映成啥了，都说剧团是文明场所不文明呢。别人我不管了，但我老婆我得管。你要再让薛桂生这样演下去，我就让老婆罢演了。"单团长也知道刘红兵是吓唬他的，他还能管住忆秦娥？只是他也不想让刘红兵再这样无端滋事。他就跟封导商量，看能不能改改舞台调度，让他们搂得松些、轻些，意到就行了。封导还坚决不同意，说："这样的尺度，在过去封建时代也是可以的。夫妻生活么，哪有不搂搂抱抱的。再说那种生离死别场面，两人身子趄多远，哪来的感情？让观众怎么进戏？"封导一再表示，舞台调度坚决不改。他还说："刘红兵没这个胸怀，就别找演员当老婆。那人家电影里，演员还要在床上脱光了折腾呢，要那样还不把他刘红兵气死了？"封导甚至斩钉截铁地说："不要惯他的瞎瞎毛病。还能让他牵着神圣的艺术鼻子走？看不惯别来看。你没听听观众的反映，剧场都炸锅了，说省秦好戏连台，是真正把秦腔振兴了呢。"单团也说不过封导，就又暗中给薛桂生商量，让他搂轻些。说做个"搂抱状"就行了。可这个薛桂生，哪是一盏省油的灯？他端直说，除非不让他演了，要不然，他是绝对不会自我亵渎艺术的。他还翘着兰花指，十分激动地说："为艺术，我可以牺牲一切，直至生命。"弄得单仰平还真没话了。刘红兵见写信、直接跟单跛子面谈，都不起作用，就又找那"娘儿们"谈话了。结果那"娘儿们"还硬得邦邦的，根本与他免谈。说要谈，让他跟导演、团长谈去，他只为艺术负责。刘红兵也不敢再为这事跟忆秦娥朝翻地闹了，就只好十分揪心地继续看着、忍着、受着。并观察事态是否在进一步恶化。他内心真是太挠搅了，怎么找了这么个老婆，见天要在台上跟别的男人恋一回爱，入一回洞房。关键是搂抱的尺度都大得很。这鬼职业，实在是让他太苦恼了。

想来想去，刘红兵觉得只有对忆秦娥好。唯有对忆秦娥好了，她才不可能在搂搂抱抱中，节外生枝，感情出岔。他越发地为忆秦娥献起了殷勤。每晚演出卸妆完，无论忆秦娥喜不喜欢，都是他亲自扣领扣，围围脖，披风衣，系腰带。越是人多的地方，他越是黏糊得紧些。尤其见了那"娘儿们"，他还故意吹起《喀秋莎》的口哨来。那

"娘儿们"下了戏，倒是挺规矩，不与任何人攀谈、打招呼。他（刘红兵心中是她）只端端坐在化妆台前，闭上眼睛，像死人一样，在那里奄拉很久后，才慢慢卸妆离开。有人说，"娘娘"是在扎大艺术家的势呢。刘红兵听说好多大演员，在演完戏后，都会有这种长时间的脑子"线圈短路"，静默。还有一坐几十分钟，不跟人搭理的。上戏前，那"娘儿们"也会把自己弄到一个僻静的拐角，端起腿，拔拔筋。再把一只手捂到耳朵上，咿咿咿、呀呀呀地打理一阵嗓子。然后见他（还是用她准确些）面对墙壁，闭目半天，才更衣上场的。封子导演还表扬说，演员，就要有薛桂生这种专一的精神，才能把角色塑造好，把戏演好呢。可在刘红兵看来，那就是做作。碎蜘蛛肚子没多少丝货，还要强撑着织大网，不做作能行吗？

刘红兵观察，忆秦娥除了在排练场和舞台上跟人搭戏外，生活中，也是不跟任何人多交流的。包括那"娘儿们"，下了戏，她也没跟他搭过什么腔。那"娘儿们"是做作，其实戏也不重，前后都靠他老婆演的白娘子保护着。而他老婆的确累，又是说、又是唱、又是翻、又是打的。不仅拼体力，拼表演，也拼嗓子。在刘红兵看来，她就是唱念做打的全能冠军。他是越看戏，越心疼老婆。越心疼老婆，就越发不能容忍那个"二一子"在表演尺度上的放纵、放宽、放大。他发现，那货的咸猪手，依然是多有冒犯之处。有几次，两人搂抱着，甚至真的哭得泪流满面了。刘红兵经常在后台溜达，知道演员脸上的泪痕，多是靠化妆油抹出来的。可他们的表演，却没有下场抹化妆油的时间。硬是眼看着一道道泪痕，在台上一点点洇润着反起光来。他的心情，每每就为此忽地沉重起来。腿也像灌了铅一样，好久都挪动不得。

都怪自己的老婆太美、太有名、太引人注目了，是个不折不扣的危险品了。而这个危险品，就端在自己手中，跟软壳鸡蛋一样，随时都有晃出盘子，摔得粉碎的可能。大概也正是这种无时不在"死盯"着"巨大风险"，让他对忆秦娥的爱，也上升到了越来越病态的地步。他不能不反复考验，反复试探，看忆秦娥心中，他到底有多大分量？

别人能不能钻进空子？自己是不是完全占有？这个在他眼中最完美的女人，既然能跟那"娘儿们"演得如此投入，难道就不能跟自己在家里，也如法炮制一出同样的"爱情大戏"？

在元宵节那天晚上，他又自编自导起了上一次没有演成的那出戏。

那天晚上演出结束后，他又没让忆秦娥卸妆，就严严实实地把她包裹了回去。他觉得忆秦娥自年前跟他闹过一仗后，最近表现特别好，温顺得就跟小绵羊一样，叫她弄啥，她就弄啥，一切都服服帖帖的。他把她包裹照看着回家后，让她先躺一躺，她也就躺下了。他今天特别有耐心，没有急着把戏的高潮直接推出来，而是先煮元宵。他一边煮，还一边讲了下午到坊上买元宵的过程。说最好的那一家，光排队一个半小时，冻得直想尿裤子，还不敢离开。最后元宵是买到了，也的确把裤子尿了。逗得忆秦娥直喊叫，说她不吃了，嫌味道难闻。刘红兵还说，放心，绝对没尿到元宵上。元宵煮熟了，他端到床边，又给忆秦娥喂。忆秦娥还故意说，就是有臊味儿。他说瞎说啥呢，哥逗你玩的，二十七八岁的人了，还能真尿了裤子。忆秦娥坚持要自己起来吃，他不让。他硬是把元宵吹凉，慢慢给她喂了下去。他问味道怎么样，忆秦娥直点头。他就一连给她喂了八个。她竟然都吃了。刘红兵就开玩笑说："夜半三更，一口气能吃下八个元宵的，恐怕也只有抡大锤的铁匠了。"忆秦娥说："演武戏可比铁匠活儿重多了。铁匠就是抡个锤黑打。我这既要打，还要用心，用脑子，还得费嗓子。铁匠吃八个，我就应该吃十六个。"刘红兵说："好好好，我再给你煮八个。"忆秦娥说，你煮我就吃。刘红兵还真煮了。忆秦娥也真吃了。吃完元宵，忆秦娥说肚子有点撑，要起来卸妆。他还是不让，说让她躺好，他给她卸。她就说："那你卸，我困了，想眯一会儿。"说着，忆秦娥还真眯上了眼睛。

忆秦娥化妆成白娘子后，他还没有这样近距离、长时间端详过。在后台化妆室，还有侧台，那也就是远远地扫一眼，不能这样去观察她的毛孔，去听她均匀的呼吸。这尤物真是好看极了，饱满的天庭，高挺的鼻梁，长长的睫毛，双眼皮包裹着的丹凤眼睛，还有珠圆玉润的嘴唇；再用贴上去的大鬓角，把整个脸面拉成椭圆的鸭蛋形，真正是美得能要了人的命呢。他最不敢相信的，就是这个千人稀罕、万人迷恋的李慧娘、杨排风、白娘子，竟然是自己的。是他刘红兵的。并且此时就躺在他的床上。把一切美，都献给他一人了。他知道，每次演出时，有多少观众要想方设法去后台，跟她照一张相，或者近距离去看她一下呀！还有要拐弯抹角跟她搭上几句话，出去好跟人讲，他是见着忆秦娥"真神"了，并且还拉了话、照了相的。而这个"真神"，此时此刻就躺在他的床上；刚吃过他煮的元宵；还是他亲自喂的；并且就要跟他宽衣解带、安枕就寝了。他不想太急着朝下走，还是以静静观察为主。因为平常，忆秦娥是不让他这样观察的。她嫌怪，说这样死鱼眼睛一样瞅着她，让她心里犯瘆硬。可今天，她是那样静谧、安详地让他看，让他瞅了，他就想瞅个够。他发现，仅她的耳朵就够他玩味半天了：这对耳朵的确是长得太完美了，真正像两个大元宝。因这里不涂油彩，而显得更加汁水饱足，活像是二三月份的抽芽柳条了。整个耳轮饱满、挺括、透亮。耳垂的汁液，有含露欲滴的晶莹感。越是到了生命末梢，越是充满了她那丰沛而健康的活力。他在惊叹；他在摇头；他在点头；他在浅呼吸；他在深呼吸；他在屏住呼吸；他在越来越控制不住的粗声呼吸中，把灯光慢慢朝暗里调了调。他觉得必须制造氛围。也许这种氛围，才能把忆秦娥自自然然地带进去。他在检讨自己，上一次是有些太猴急了。像猴子抢饼干；像老鹰抓小鸡；像饿虎扑下山；像土匪进村寨。就是没有柔情似水，恩爱似蜜，月影重合，水到渠成。终于，房里呈现出一抹深红色，床上的白娘子，也跟《缔婚》那场入洞房戏一样，身上、脸上全都红了。他窸窸窣窣拉开自己的拉链，也慢慢解开了忆秦娥的衣扣。当他就要爬到白娘子身上时，只见忆秦娥像戏里《盗仙草》时的身手一样，一个"五龙绞柱"腿，先是把他"绞"到了地上。然后自己盘腿打坐起来，问他想干什么。

"你……你说干什么？"刘红兵支支吾吾地反问道。

"怎么老是这毛病改不了？"

"你说这是啥毛病？"

忆秦娥喊道："变态。"

"我咋变态了？"

"你这还不变态么？"

"我老婆，我想咋睡就咋睡。"

"我化成这样，还是你老婆？"

"那你是谁？"

"白娘子。"

"我就要睡白娘子。"

"那你找白娘子睡去。"

"你就是白娘子。"

"我不是白娘子，我是演的白娘子。"

"那还不是白娘子。你都能跟别人在台上要死要活的，看那假戏做得真的，眼泪都快哭成河了。就不能跟我亲热一下？"

忆秦娥把他愣愣地看了半天，说："你真有病呢。"然后起身，又是抠了一把卸妆油，一下把自己抹成黑脸张飞了。气得刘红兵抓起卸妆油瓶子，嘭地摔在地上，顿时玻璃碴四溅。几片碎玻璃，甚至还蹦到了忆秦娥身上、脸上。忆秦娥哪是任人揉搓的瓜瓢，顺手就操起桌上的元宵汤碗，也嘭地砸在他脚前了。那汤，那碎碗片，是比卸妆油瓶子蹦得更高、溅得更远的，只听窗玻璃都跟着啪啪啪地乱响起来。立马，满屋的红色，就由温馨、柔和、性爱这些浪漫情调，转变成激战、格杀、打斗的血腥氛围了。

无论咋闹，最后自然还是刘红兵先蜷腿，先收手，先告饶了。他知道，闹下去对他半点好处没有。这碎娘儿们，这碎妖怪，这碎迷魂汤，就是个小钢炮、火箭筒。是一颗随时都可能擦枪走火的子弹。事实反复证明，自己就像毛主席说的那些反动派：捣乱，失败；再捣乱，再失败；直至灭亡。

他越来越觉得，自己面对的就是一个怪物。一个只会唱戏、练功、睡觉，其余啥都不懂，还不想听、不想懂的怪物。跟正常人的感情、想法、做事，完全不一样。他只能用"怪物"给她定位了。难怪说好多名演员，听传说很迷人，一旦接触就会犯神经了。自己是飞蛾扑火、引颈就戮、饮鸩止渴地摊上这么个让自己不神经都不行的怪人了。就是山鬼、水怪、树妖、虫魔，你离不开，舍不得，丢不下，又有啥办法呢？一丢下，就要要命地想她；一回来，又是要命地怕她。真他娘的，只怕是迟早都得要了他的小命了。

《白蛇传》在西京城演了十六场，红火得门票最后都炒到五六块钱一张了。而正常甲票定价才五毛钱。要演也能演一个月，可全省巡演时间已定，也就准备着下乡了。

这次下去有任务，剧团一边演出，相关部门要求一边做商品观念、科教卫生、农村普法宣传教育。去的人很多。并且还是省上领导带队。刘红兵开始也想跟着去，说是可以帮团里打字幕。可忆秦娥给他翻了脸，说他要去，她就不去了。这种玩笑哪里开得。他自然是去不成了。并且她要他保证，一个月巡演，哪个点他都不许去，必须好好到办事处上班。让他别像跟屁虫一样，一天到晚把她跟着，她嫌烦。他就给她准备了吃的、喝的，还拿了些治嗓子的药，把她送走了。

办事处平常也没啥事，来普通领导了，没人敢叫他陪；来重要领导了，他又指靠不住。因此，他也就是挂个名头，领份工资而已。有了啥好事，也没少他的。并且利用办事处的资源，他还可以为自己、为朋友，办很多社会上办不成的事。

忆秦娥走后，刘红兵到办事处昏天黑地打了几天几夜牌，然后又到歌舞厅，唱歌、跳舞、喝酒，一闹就是几个通宵。还是过去老陪自己唱歌、跳舞的那帮妞儿，现在搂着、喝着、跳着，就觉得没啥意思了。再说，这些人妆也化得太浓，仔细看，一个个脸上的粉，是搽得太厚，一笑老朝下掉渣呢。跟他老婆忆秦娥比起来，那简直就是凤凰与斑鸠的差距了。使劲忍了几天，他还是忍不住，不仅想老婆，也不放心"白娘子"，尤其是不放心那个狗日"许仙"的搂抱尺度。

他打听到剧团到了商山地区，就还是死皮赖脸地开车撵去了。

三十八

忆秦娥到省秦后，不是排戏、演出，就是进京调演。正经下乡，尤其是时间这样长的下乡，次数并不多。不比在县剧团，下乡是家常便饭。县上下乡，就是自己背着被子碗筷，走村过户，钻山穿沟。而在省上，所谓下乡，就是到地区或者县城演一演，到乡镇都很少。自己也不用打背包，睡地铺，滚草窝。住的是旅馆、饭店、招待所。不像在宁州当烧火丫头那阵儿，一下乡，人家演员、乐队都住的是大队部、小学教室。而他们炊事班，大多是在伙房就近安歇。好几次，安排不下住处，她就卧在灶门口了。村上巡夜的还以为她是讨饭的花子呢。

而这一路演出，从省城开拔始，记者就长枪短炮地跟着。每到一地，都是当地领导亲自来地盘交界处迎接。到了住地，更有锣鼓喧天的欢迎阵仗。当然，大家都知道，人家主要是在欢迎带队的省上领导呢。有人说，秃子跟着月亮跑，那光，也就都沾的是一样的银灰色了。住得好，吃得美。顿顿有酒，见天八凉八热的大盘子，是整鸡、整鱼、整蹄髈地上。连包子、饺子、锅贴，都尽饱咥了。忆秦娥还是老习惯，喜欢一个人静静地待着。可这次，已经明显没有那种环境了。当地领导不仅关心大领导，也操心她吃好没、睡好么。她吃饭总是被安排到主桌，坐在领导身边。人家把酒喝到啥时候，她得陪坐到啥时候。有时一顿饭能吃三四个小时。回了房，也是这个来看望、那个来慰问的，几乎不能睡一个囫囵觉。她就几次给单团提出，能不能不让她坐主桌吃饭了。可单团好像还面有难色，说这事他都做不了主了。反正不管同意不同意，答应不答应，高兴不高兴，再吃饭，她都不去了。她只让人从食堂给她带点东西回来，在房里胡乱一吃，就睡了。睡觉对于她来讲，是比什么都重要的事情。

大概这样连续走了几个演出点，就有领导传出话来，说没看出，这个忆秦娥人不大，架子还不小呢。才出名几天，就摆开角儿的谱了。单团知道这件事后，一跛一跛的，还前后到处给人解释说，这娃戏的确重，不休息好，晚上背不下来。有时单团也劝她，让她还得注意应付住场面。忆秦娥也懒得理，反正就是不去。她不仅嫌坐的时间长，也不喜欢他们的话题：不是说谁又上了，谁又下了；就是说谁又凉了，把谁又亏了。还有谁是谁的人啥的。有的因自己知道更多官场秘密，而在人前得意地摇头晃脑，抖胳膊闪腿。尤其是那些小官吹捧大官的话，比戏迷、记者捧角儿，能肉麻十倍不止。她不喜欢听，听了心里犯硌硬。包括他们说她长得好、演得好的那些话，她也不爱听。有一个肥头大耳的地方领导，腿短得坐在椅子上双脚老踮不住地。只见他踮一下脚溜了，踮一下脚溜了，可眼睛却像安了吸盘一样，死盯着她咋都移不开地说："都说狐狸精长得最美，咱们的大名演忆秦娥，大概就是山里狐狸精变的了。并且是狐中之狐，精中之精哪！"一个啥子主任，急忙起身给领导敬酒说："那就是狐中极品了。""说得好！说得好！"顿时劝酒就有了新一轮的话题与热烈。弄得她笑也不是，哭也不是，走也不是，坐也不是。反正她觉得比那时在宁州下乡，住灶门口烧火做饭都难受。唯一的办法，就是关起门来睡。一睡一整天。醒了，也不开门，连窗帘也是懒得拉开的。哪怕就在房里压压腿，劈劈叉，扳扳朝天蹬，坐坐"卧鱼"。就像那时住在宁州剧团的灶门口一样，关起柴门，自己就是一个独立世界了。连团里好多人，也觉得忆秦娥是有些怪癖，不爱跟人在一起的。

到了晚上演出化妆，后台又拥来很多戏迷，要照相，要签名。也有地方报社记者要采访。忆秦娥都不喜欢。尤其是开始化妆以后，但凡打扰，晚上都可能搅戏。她不仅不照、不签、不见，而且态度也不太和蔼。就有人说她名角儿的脾气来了。

连续跑了四五个点，每个点都是五场演出。三个晚场是她的《白蛇传》《杨排风》《游西湖》。而两个白场，都是折子戏、清唱、乐器独奏、合奏啥的。白场主要是为会议搭台，中间还有领导讲话。而忆秦娥在这个时候，只来亮一下相，聚一下人气，唱两段清唱就回去休息了。

用楚嘉禾的话说，省秦这口大锅里的油花花，都快让忆秦娥撇干撇净了。连中午出一下场，也是满场的欢呼。

"忆秦娥！"

"忆秦娥！"

"那就是忆秦娥！"

"真格长得心疼！"

"跟画儿一样！"

"长得美，唱得才叫美呢！"

"嗨，唱得美，功夫才叫绝呢！"

"唱戏的天分，让这鬼女子占尽了，快成戏妖了！"

…………

忆秦娥每次都是在警察的引导保护下，才能进场、退场的。

楚嘉禾有一天，看着这场面，酸酸地对周玉枝说："也不知是易家祖坟上哪根筋，给小鬼抽起来了。把个烂烂放羊、做饭的，还红火得比省上领导都红火了。领导进场，也才是几个小喽啰前呼后拥。忆秦娥来，竟然跟谁把搅屎棍舞起来了一样，苍蝇唬唬得，警察拿警棍都吆不开。"周玉枝把她的脊背一戳说："你这嘴真镪火。"

其实忆秦娥一直不喜欢中午也让她出去演出。那是露天舞台，风大，最易呛嗓子。她甚至觉得团领导缺乏人情味儿，不把她当人，只当了演戏的牲口。一个地方五场戏，场场都要她上。那三个大本戏，分量就已经够重了。放在别人，担任其中一个角儿，团上也该是要重点照顾的。可她，好像累死都活该。好多人还都觉得，省秦把最干最稠的，都舀到她碗里了，她就应该为省秦出力卖命呢。

人家薛桂生就演了个许仙，每天把自己武装得，又是戴口罩，又是围围脖的。平常跟人打招呼，都是用眼神、兰花指示意。意思是他不能多说话，说话费嗓子，影响演出质量呢。中午到外面给开会"拉场子"，薛桂生也是坚决不去的。他说那不是艺术家干的事，他是艺术家，只为演出而活着。

忆秦娥可绝对不敢这样说，也不敢这样做。有气她只能憋在肚子里。最让她生气的是，晚上演出，因为观众秩序混乱，池子里又是喊大舅娘，又是喊二大爷、三姨婆的，弄得她说错了几回台词，算是演出事故了，还让丁科长扣了她好几晚上的演出费呢。一晚上八毛，都快把四五块钱扣没了。她真想给团上摆一回难看，不演了。看他们来这一百多号人，拿谁耍猴去。可单团长硬是悄悄给她口袋里塞了五块钱，还买了些营养品。单团长来时，就跟《地道战》里偷地雷的一样，把东西悄悄提到房里，还说让她不要声张，人多嘴杂。

她突然特别想刘红兵了。看来看去，还是刘红兵靠得住。不在身边不觉得，一旦离开就大显形。这个男人，虽然人前神神狂狂的，让她有些不待见。关了门，又爱想出些怪招来胡督乱她。但对她的好，对她所用的心思，还是周到得不能再周到，细腻得不能再细腻了。尤其是这次下乡，她实在不想到人多的食堂去吃饭。要是刘红兵在，还不知要咋侍奉呢。哪像现在，她有时想喝一碗稀饭，人家愣是送来一碗干捞面，她还不好说啥。团上领导都是男的，也都忌讳着跟女主演频繁接触。她就委屈得老感觉当主演，是这个世界上最出力不讨好的事了。

刘红兵就是这时来看她的。

那天她正在房里哭。昨晚演《游西湖》，累得她不仅又吐了一次，而且还在最后的时候抹了"头杂"。也就是满头的装饰，全在最后一个动作中，被贾似道的家丁打散开来。贴的鬓角，插的玉簪、琼花，台上台下，飞得到处都是。要不是大幕拉得及时，戏都无法收场了。演出刚完，后台就有人撒凉话说："美，美，《鬼怨》演成'天女散花'了。美极了！"这天晚上她回到房里，不仅大哭一场，而且对主演这种职业，突然产生了十二分的厌倦与憎恶。演红火了，好像一团的人，腰都跟着粗了；而演砸了，自己就成了一团人的痰盂，连拉大幕的，也是可以随便往里唾几口的。

刘红兵是第二天中午到的。

他开始还有些试试火火，怕违反了"家规""家教"，惹得忆秦娥不高兴呢。谁知他探头探脑地在她窗户前一晃荡，那窗帘很薄，身影一下就被忆秦娥认了出来。她竟然未开门先喊起来："红兵！"并且喊得那么急切。随后，她是从床上跳下来开的门。刘红兵就呆头呆脑地进去了。他感到，忆秦娥不仅没有要发脾气的意思，相反，还表示出了平常从没有过的羞涩、亲热、稀罕样儿。

忆秦娥穿着一身粉红色线衣线裤，紧绷绷的，将浑身该突出的部分，全都强烈地突了出来。而将该收缩的部分，也都曲线优美地收缩了回去。刘红兵就有些沉不住气了。这种美，能让他生命的重要物质荷尔蒙，瞬间骤增到使他完全失去自制力的地步。但每每这时，他也会立即产生一种胆怯，害怕她那些迅雷不及掩耳的拳脚，会出其不意在不该出奇制胜的地方，让他那已有法律保障的事情，活生生地变成强奸未遂。他试探着去拥抱她。谁知在他腿脚还有些颤抖的时候，她已经迎了上来，并且是十分温柔地投向了他的怀抱。他顺手一搂，就把她搂到了床上。他还在进一步试探，是否可以在中午开展有关活动。这可是明令禁止过多次的严重事体呀！谁知一切，都是无禁区地全面自由开放。刘红兵觉得太阳从西边出来了一样，也不管这太阳是否适合出行，就毅然驰骋在了由玉石铺就的、冰清玉洁、一马平川的生命大道上了。

也不知顺着西边出来的太阳，纵横驰骋了多久，反正刘红兵是平生第一次感到了生命的幸福与满足。勒了缰绳，拴了马，他就呼呼地睡去了。

等醒来时，他才发现，他是被忆秦娥看醒的。忆秦娥正盯着他笑。笑得有些不怀好意。

"咋了，你笑？"他问。

"我笑猪。"

"啥子猪？"

"你就是头猪，睡得比猪还猪。嘻嘻嘻。"

"太解乏了。我刚都想马上死了算了。"

"你死呀！你中午还喝酒了？"

"喝了点。我其实十二点多就到了，怕你正休息，没敢来。就跟

530

商山的朋友吃了顿饭。哎，我都不理解了，你那么严厉地要求我，坚决不许来看你，咋又这稀罕我呢？还是久别胜新婚嘛！想我了不是？"

"看把你美的。"

刘红兵又一骨碌要朝上趴，她一胳膊肘就把他拐下去了，说："老实点。"

"那你说，你为啥要带头违犯规定呢？"

"啥规定？"

"中午，不是不许耍流氓吗？"

"去你的。"

"你看这中午加演一场，多美的。"

忆秦娥就羞得一把捂住他的嘴："不许说流氓话。"

"哦，我懂了，只能干流氓事。"

"滚你的吧！"

"好好，开玩笑，开玩笑的。我就说么，都成夫妻了，咋还这生疏的。今天这就对了么。"

说着，刘红兵还得寸进尺地，把头枕在了忆秦娥那美妙无比的胸脯上。忆秦娥又把他的头推了下去。他又枕，她还是朝下推。他就快快地说："三分钟的热度又过去了。"

这时，只听窗外有人敲着玻璃喊："哎，兵哥，中午还加演折子戏哩。"

刘红兵得意地对窗外喊叫："是整本戏。"

忆秦娥就啪地一巴掌扇在了刘红兵的光脊背上。

几个人嘻嘻哈哈地笑着跑了。

忆秦娥突然冒出一句话来："你说，我咋样才能休长假？"

"咋，累了？想休多久？"

"能休多久休多久。"

"除了产假、慢性病假，其余的假，最多也就休一两周。"

"产假能休多久？"

刘红兵又一骨碌爬起来问："你想要娃？"

"你说能休多久？"

"这有啥下数。有了娃，就有了由头，我看连着休几年的都有。"

忆秦娥也突然兴奋起来："那我就休产假。"

直到这时，刘红兵才隐隐忽忽明白，原来忆秦娥今天的一切态度，都是为这个而来的。平常要合作一次，那真是比吃粪还难的事。今天，似乎她都是在主动应战，甚至连啥措施也没让采取。他当时就觉得有些蹊跷，不知她哪根神经给撞了，竟能突然变得这样温顺起来。一旦搞明白，就把他吓了一跳。中午他是喝了酒的，并且还是当地有名的"闯王醉"，说后劲大得要命呢。那阵儿，他要不喝点酒垫底，还真不敢来见忆秦娥呢。谁知，她竟然是为休产假，才上演了这样一出恩爱床戏。这傻妹子，真是让他有些哭笑不得了。美得无与伦比，拗得无与伦比，怪得无与伦比，傻得无与伦比。他美美嘣了一下她光滑的额头说："你咋这傻的呢？"

"不许说我傻。"

"想要孩子，咋也不早说呢？"

"我昨晚才想的，咋给你说。"

"那你为啥突然要休产假呢？"

"累了。不想演了。想休息。就这。"

"咱结婚时，可是给单仰平保证了的，五年内，不要孩子。得给人家好好演戏哩。"

"不想演了么。"

"傻了吧，人家争都争不到手，你还不想演了。"

"不想演就是不想演了。必须休产假。"

刘红兵看着这个傻蛋，扑扑哧哧地笑个不住，又要亲昵地搂她，却被她一掌推出老远，说："休产假。回去就休。"

刘红兵又嘣了一下她的脑门说："回去就休，拿啥休？"

忆秦娥羞涩地勾了勾头说："你说拿啥休？"

"真要休，那你就要一切听我的，把步骤安排得扎扎实实的。"

"啥叫扎扎实实的？"

"就是除了晚上'正常演出'，每天中午都得'加演'。还得多加。"

"加演啥？"

"你说加演啥？"

"去你的。"

忆秦娥的孩子，到底是在哪儿怀上的，连她自己也说不清。反正那一阵儿，刘红兵是如鱼得水，真正过了一段人生最幸福惬意的生活。

三十九

忆秦娥是巡演回来后三个月，正式向单团长报告：她怀孕了。

她不能再排戏了。也不能再演出了。尤其是不能再演武旦了。更不能吹火了。她得休产假了。

这事把单仰平吓了一跳。甚至当下就跶得把半条腿都差点跶到半空里了。

单仰平郑重其事地问：

"忆秦娥同志，你是说真话么，还是开玩笑？"

"单团，我啥时跟你开过玩笑了？"

单仰平倒吸了一口冷气地说："娃呀，你咋能给我咥这冷货呢？"

"我咋了？"

"你说你咋了？"

"别人都能怀孕、生娃，我就不能？"

"你能，可你是主角，是团上重点培养对象啊！你这一生，团上岂不就……砸锅倒灶了？"

"我啥时有这重要的。"

"你不重要吗？你没感到你的重要吗？你不重要，我们能从深山老林里，把你当人参一样挖出来？你不重要，团上能把一个又一个大戏，都压在你一人身上？多少人寻情钻眼地要上戏，我们都哄人家，说以后会安排的。我顶着多大的压力，把上上下下都得罪完了，就想把你促起来，给省秦树一面大旗呢。你却把碌碡拽到半坡上，扭身溜了、逃了。你对得起谁？你对得起培养你的组织吗？"

单团在说这番话的时候，是在办公室里来回走动着的。与其说走，不如说在蹦。那条跛腿，已经需要伸出一只手去，把膝盖捂着，才能避免满屋乱弹乱撂。他一边蹦，还一边把桌沿也敲得嗵嗵直响。他是有些失态了。可忆秦娥就那样闷坐着。你再说，再苦口婆心，她都一言不发。并且意志坚定如钢，绝无半点退让的意思。本来她是准备把事情再捂一阵，等肚子大些，自然显形了，再让他们领导自己看去。她听说，肚子里的娃越大，越不好采取措施的。可这几天，团上又要排戏，并且是排《穆桂英大破洪州》。自然又是她的刀马旦穆桂英了。不亮底牌都不行了。

任单团咋说，她都死不给声。气得单团大喊起来：

"说你傻，你还不承认。我看你就是天底下的头号傻瓜蛋！不是世界第一傻，也是中国第一傻；不是中国第一傻，也是大西北第一傻；不是大西北第一傻，也是西京城第一傻；最起码是省秦第一傻……"

还没等他把更多的傻字说出来，忆秦娥一冲站起来，大喊道："你才是世界第一傻呢。说我傻，你比我傻一百倍、一千倍、一万倍……"她暴怒地嚷着喊着，就夺门而去了。

只听单团长在身后喊道："我不跟你这个傻子说，把你刘红兵给我叫来。他给我做了保证，发了毒誓的。你傻，说不清，他能说清。"

忆秦娥连头都没回地走了。

单仰平从这时开始，一连在院子里失常地跛了好几个月。最后跛得还真挂起了拐棍。一些人说，单仰平肯定是遇见大麻烦了，要不然，还能跛成这样？

就在忆秦娥走后，单仰平还真找刘红兵来谈了几次话。刘红兵开始是一直有意回避着。后来看单仰平找得太苦，就去见了几面。单仰平真是打他的心思都有。那天，单仰平把他约到一个小酒馆，两人美美喝了一场酒。单仰平甚至都哭了出来。单仰平说：

"你狗日刘红兵，这下算是把我彻底给算计了。我把一个团的宝，都押在你老婆身上了。给她排了这么多戏，也是想促红个角儿出来，让省秦振兴振兴。没想到，能遇见你这样个不讲信用的货。不让早婚，你死缠活缠的，说扛不住了，硬把婚结了。你结婚时，是咋样给我保证的？说要是五年内要娃了，就让团上把你剐了、骗了，你来团上演太监。说没说过？（刘红兵刺拉一笑）这下好，一年都没满，祸就做下了。忆秦娥来要休产假了。你说你……唉，我真想把你那一吊臭肉绳之以法了。"

"对不起，对不起。单团，我真不是故意的。你想剐，就把我剐了得了。"

"你个赖皮货。这阵儿，谁还有心思跟你开玩笑。"

"我真不是故意的，真不是。"刘红兵一脸无辜的表情。

"这事还有失错的。"

"还真有失错。真是失误造成的严重后果啊！我检讨，我给您深刻检讨！"

"谁不知道你的，死缠烂打个货。单位工作不好好搞，见天就赖在省秦。人家在商山演出得好好的，你倒是哪根筋抽得慌，一个月都忍不住了，非要心急火燎地跑去闯祸。你破坏我的纪律；扰乱我的军心；打乱我的全盘部署；把好端端一个团，眼看就要逼上绝路了，你懂不懂？"

"不至于吧，单团？"

"还不至于，你还要咋至于？她一生娃，立马三台大戏就演不成了。我好不容易攒点家底，都让你狗日的彻底给搞泡汤了。你知不知罪？"

"我知罪。小的知罪。"

"我是没枪，要有枪，真想一下崩了你。"

"你崩，单团，你崩。我有猎枪，野猪都能打死，还愁把我崩不了。我借给你崩。"

"你这张片儿嘴。我就是把你当野猪崩了，一个团这几年咋办哩？"

535

"不是还有 B 角儿、C 角儿吗？"

"你倒说了个轻巧。B 角儿、C 角儿随便就能上了？就是上，能演过忆秦娥？演不好，不是反倒砸了省秦的牌子？省秦正在爬坡阶段，一连三大本戏，一下把声望给打出来了。让你老婆这一折腾，人家隔壁邻舍，很快就会冒出好戏，冒出硬扎角儿来。观众都是吹红火炭的，哪儿红，腮帮子就对着哪儿使劲吹。等咱的炭灰凉了，只怕是想吹也吹不起来了。"

"我检讨，我给单团做深刻检讨。"

"检讨顶屁用！"单团把酒瓶子使劲一蹾，站起来说："你必须做工作，采取断然措施。"

"啥措施？"

"你说啥措施？"

"我知道你说的啥措施。我要有这个能力，咋能躲了这些天，不敢来朝见您老人家嘛！"

单团就在酒馆包间里，快速踱动起来。他一边踱一边说："忆秦娥傻，你不傻吧？"

"单团，你千万别说她傻。谁说她傻，她就跟谁急。你就说我傻得了。"

"忆秦娥还不傻？我看她是傻到家了。傻到骨髓里了。连头发梢都冒着傻气。还有组织这么培养，这么信任，这么促红，他还狗坐轿不服人抬的吗？"

这句话把刘红兵给惹得扑哧扑哧地大笑起来。

已经气得有些嘴脸乌青的单仰平问他笑啥。他说："我笑单团的比喻，那狗要是坐起轿来，不定还真有些趣味呢。"

"去你的。我说正事，你还有心思在这儿胡咧咧。你说咋办？"

"我真的没办法。我也已经做过工作了，说看能不能先不要这个娃。你猜她说啥？"

"说啥？"

"她说……她说你当初咋不给你妈说，也不要你呢？"

"这不傻子吗？这不傻子吗？这不傻子吗？还要咋傻？"

"千万别拿傻字说事。秦娥就是一根筋。她想好了的事，八匹马也拉不回来。"

单团就跋得更凶了，说："我不管。你给我保证了的，五年以内不要孩子，你得兑现承诺。"

"那你还是把我崩了算了，我给你取猎枪去。要剐要骗也行，我有吉利刮胡刀片，快得很。"

气得单团嘭地砸了剩下的半瓶红西凤。他指着刘红兵的鼻子骂：

"刘红兵，你个臭流氓！你欺骗组织，你……你只顾自己骄奢淫逸、贪图享乐……你……你永远别让我再看见你！"

四十

刘红兵被单团狗血喷头地骂了一顿回去，又开始给忆秦娥做起了工作。其实他也不想这早要孩子，只要忆秦娥同意，哪怕一辈子不要都行。人么，就短短的几十年，何必要把精力都缠到孩子身上呢。他是知道要孩子的督乱的。他的好几个同学，都是有孩子的人了，从有孩子那天起，他们就青春不再了。尤其是那几个女生，腰粗了，腿壮了，胸脯是无序地发散状膨大，脸也肿泡起来。连屁股，也是铁锅一样浑浑地扣在裤子里，没了一点形状。他可不希望忆秦娥变成这种样子。忆秦娥的美，他是希望永远留住，让他好多享受几年的。再说，他也真的不喜欢孩子。别人的孩子，他也不喜欢逗。有一次，为了让同学高兴，他把一个孩子接过来，朝头上架了一下，那孩子竟然将一泡稀便拉在了他的脖颈上。从此，他就再没抱过孩子了。他不敢想象，忆秦娥早早要下一个娃来，那该让他怎样青春耗损、凭空折寿啊。

他跟单团喝完酒回去，忆秦娥正躺在床上发呆，他就把见单团长的事，给她细说了一遍。忆秦娥用手背捂着嘴光笑。他就说："还笑呢，要是枪在单跛子手中，他还真能把我立马崩了。"

"崩了活该。"

"我咋活该了？"

"反正活该。咋都活该。"她还笑。

"你就盼着我死？"

她还越发笑得厉害了。

"你笑啥吗？笑？"

"我笑你说单团气得把酒瓶子都砸了。"

"你还笑呢，就差没把酒瓶子扔到我脸上了。"

"谁叫你要去见他的。你又不是单位的人。"

"人家找了我好多次，能不见吗？再说，单跛子这人不错，对你好着呢。"

"好着的，他天天逼我演出，当牛使唤哩。我是人，都快累死了。他就是安慰，哄。哄完，还得给他卖命。我迟早都会累死在舞台上的。"

"有人想累还轮不上呢。"

"让累去呀。都试试嘛，看主演是不是人干的？"

"你呀！"

"我咋了？"

"你是身在福中不知福啊！你看主演给你带来了多大的名声、荣誉……"

还没等他说完，忆秦娥就忽地坐起来骂："刘红兵，我日你妈了，你也跟着别人一个鼻孔出气。好像我咋了，你说我到底咋了。除了见天跟驴一样，蒙着双眼拽磨子，我还咋了？是比谁多拿了一分钱，还是比别人多坐了一个板凳，多睡了一张床？那些荣誉，是能吃么还是能喝？只是让我更使劲地拽磨，并且拽了还不能说话。一说，就说我变了，我骄傲了。除了这些，还给我带来了啥好处？他谁要喜欢荣誉了，就让赶紧拿回家去，供着养着。反正我就想跑龙套，轻省，好玩。演出中间还能在后台说哩谝哩，啥心不操。也出不了舞台事故。

538

主演一出事故，还都能跟着说风凉话，好像他们比谁都更爱团，更维护团上荣誉似的。我是因为把戏演多了，才成了祸水的。累吐了，累趴下了，有人还说我是装的。'头杂'散了，有人竟说我是故意给团上摆难看呢。我不装了、不摆了，还不行吗？"

刘红兵没想到，这家伙平常一句怨言都没有，再苦再累，回来就是倒头便睡，谁知她心里还憋着这么多的苦水。倒起来，还一壶一壶的。他就过去扶住她的腰，准备给她按摩按摩。谁知她膀子一筛，还不让。她问："单团是不是又说我傻了？"

"没……没有。"

"还能没有？他还能不说我傻？他才傻呢。他要不傻，能说我傻？我要真傻了，才会上他的当呢。把我当傻子用，我偏不当这个傻子，哼！"

"好好好，咱不傻，咱啥时候傻了？可不当主演，也不一定立马要孩子嘛。"

"你看你傻不，不要孩子，能不去演戏吗？那不成旷工了。"

"也可以跟单仰平做工作，跑跑龙套嘛。"

"只要团上没有排出新戏来，他能把我饶了？看来看去，我只有休产假一条路了。"

刘红兵知道，忆秦娥一旦认起死理来，那是九牛都拉不回的。做了几次工作，不仅白费力气，而且还把夫妻之间的感情，越做越生疏了。他也就不敢再做了。

有一天，单仰平又把他叫去，问到底做工作没有。他看单仰平到现在，手中拄的棍还没撂下，就吞吞吐吐地不敢说。单仰平把棍一撂，严厉地喝道："说，今天得给个准话了，我不能栽在你跟你老婆手里了。一团人还得靠戏吃饭哩。"

他就磨磨叽叽地说："效果不大。"

他以为单团会再求他呢，谁知这次单团来了个一百八十度的大转弯，说："好，好，好。那我也告诉你刘红兵，请你转告忆秦娥同志，团上正盖的新单元楼，一户五十五平方米，两居室，还带一个十四平方米的客厅哩。客厅里能放电视机，还能放转角沙发，还带厕所。厕所还能洗澡、化妆。也就都没她的事了。"

"哎，单团，你可不能这样做呀！省上领导能批下这楼，还不都是《游西湖》演得好，领导高兴才决定的吗？忆秦娥没有功劳也有苦劳么，你还能连房都不给她分了。她是休产假，又不是不干了。这有政策哩。"

"你少拿政策给我说话。团里也有政策：男职工二十六岁结婚；女职工二十四岁结婚。并且要求女演员二十六岁以前还不能要孩子。尤其是主要演员，因为培养成本太大，一要孩子，不仅毁了团上的事业，也会毁了演员个人的前程。这些道理还需要我给你多讲吗？"

"那是那是。不过，你这些政策，都是土政策。恐怕不能因为这个，就不给职工分房吧？"

"哎，还真让你说对了。这土政策里就有这么一条，凡违犯者，将在个人荣誉、住房、职称上加以处罚。"说着，单团还真翻出一个制度来，让刘红兵看。"你看好噢，二十六岁是条红线。每提前一年生孩子，都要按实际年限折算。忆秦娥至少在四年以内，不能评先进个人；不能评职称；不能参与分房。"

刘红兵仔仔细细把制度翻看了几遍，嘟哝说："这土政策也定得太苛刻了。"

"不苛刻，不苛刻剧团就得关大门了。这是职业特点决定的。要献身这事业，就得晚婚晚育。"

单团见刘红兵摸着制度，很是惋惜，就又乘势说："你再回去给那个傻女子讲一讲，看她是先要娃么，还是先要房。"

刘红兵也再没说啥，就把制度抄了一遍，拿回去给忆秦娥念。没想到忆秦娥还更加坚定了，说："不要房，我就要娃。你告诉他单仰平，我哪怕一辈子住在外边，也要把娃生下来。我不给他卖命了。我就要休产假。"

为这事，刘红兵还偷偷给她舅胡三元打了电话，想着她舅是最关心她事业的人，也是最有可能说动她的人。

胡三元接了电话，果然第二天就来西京了。他是好说歹说，说你一个放羊娃，混到如今容易吗？一本接一本的好戏，一个接一个的主角上着，哪里就把你搁不住了？又是进北京，又是走州过县，又是上广播上电视的，这要放在别人，都是打着灯笼也找不到的好事。你还挑肥拣瘦，是吧？何况这是省秦，多大的台面哪！你却是这样的狗肉促不上席面，要自己朝后溜呢。过了这村可就没这店了！她舅说："唱戏这行，好多人就是因为熬价钱，才把自己一千熬成八百了。你只能乘势而上，不敢自己朝溜溜坡上坐，一溜就溜得再也看不见了。能人多得很，紧赶慢赶，都有人会突然从你身边冒出来，你还敢停下，等着别人朝前拥哩。记住，娃，螳螂捕蝉，黄雀在后哩。生娃，说是大事，也是大事。说是小事，比起成名成家来，那就是小得不得了的事。村里像你这大的人，都有生两三个的，让计划生育撵得满世界跑，还是要生。你都没看看他们过的啥日子，真是活活让娃给拖垮了。你好不容易熬出来，活得有了点体面，却又为生娃，连角儿都不当了，划算吗？一生娃，体形脸形都会变。嗓子再有个三长两短，你想再红火都红火不起来了。"那天她舅整整说了大半天的话。本来就黑的脸，越说越黑得像舞台上的包公了。他还不爱喝水，说敲戏就不能喝，几个钟头得憋尿呢。刘红兵给他换了几次茶，他都连动也没动一下，就那样一边闪着腿，一边一溜一串地滔滔不绝着。刘红兵觉得她舅嘴里的词，可抓地、可生动、可丰富了。最后说得他口干舌燥的，两个嘴角都堆起了苞谷豆大的白沫，但还是没把忆秦娥说转。气得她舅起身要走，刘红兵拉都没拉住。出门时，她舅还撂下一句特别生分的话来。"你们忆秦娥把人活大了，心里也没这个烂舅了。烂舅是个啥吗？县剧团一个破敲鼓的，还配跟人家说话。人家都是进过中南海，跟中央领导握过手、说过话的人了。烂舅的话，就全当是放了屁了。"他也就再没把她舅拽回来。

她舅回去后，忆秦娥过去的老师胡彩香又来住了几天，也是说了个昏天黑地。胡彩香还说女人家在一起说话，不让他听，刘红兵就乐得去办事处打牌去了。他回来一看，还是没结果。胡彩香走时，倒是没有她舅那么激烈，只说："非要生，那就让她生吧。也许早生早解脱，还有利于唱戏呢。反正总是要生的。"

谁也犟不过忆秦娥，看着傻呆呆的、闷乎乎的，主意却正得很。她啥事也不跟人商量，说怀就怀上了，说生也就生了。

别人怀孩子，生孩子，就跟害了一场大病一样。可她生小孩儿的当天，还在床上拿大顶，在房子里练小跳，跑圆场，踢腿，就跟没事人一般。在预产期前半个月，刘红兵终于把她娘胡秀英接了来。前边说接她娘，忆秦娥咋都不让，说她能行。做饭、洗衣、上街买菜，自己忙得不亦乐乎。预产期到了，她也不去医院，嫌住院闷得慌。她娘，也是个没医学常识的人，一个劲地说："生娃还去啥医院，咱村子不都是在家里生的嘛。"刘红兵气得一点都没治。那天晚上，忆秦娥说肚子有点不舒服，她娘说，是发动了。他就要朝医院送，她娘还是跟忆秦娥一样不积极。但他坚决不同意，硬是到办事处开车去了。结果等他把车开回来时，娃已经生到床上了。她娘在用提前准备好的东西包着娃。忆秦娥用手背捂着嘴，已经在对他傻笑了。

他说："这快的。"

她娘说："还不就这快的。你刚走，娥说要上厕所呢，腿还没挪下床，娃就溜到床沿上了。要不是我接得快，都跌到地上了。"

忆秦娥还是在那儿傻笑。

他就去弹了她一个脑瓜嘣，说："真是瓜女子。"

"你才瓜呢。"

她娘说："你也不问问，是男娃么还是女娃。"

刘红兵到这阵儿了，才想起问："男娃么女娃？"

"你刘家福分大得很，是个牛牛娃。还像姑爷你。搞不好将来也能当专员呢。"

刘红兵笑得就凑上去看了一下，还把他吓了一跳，说："长得这丑的？咋不像秦娥呢？要长得像秦娥就好了。"

她娘说："秦娥生下来也丑，丑得我都担心，将来找不下婆家呢。结果三长四长的，还把眉眼给长开了。这娃呀，将来注定比娥儿还好看呢。"

忆秦娥脸上发出的，是胜利的笑容。

四十一

自从忆秦娥怀孕的消息出来后，省秦就波动了很长时间。先是班子波动，大家都埋怨单仰平"太护犊子"，把个"傻不叽叽的忆秦娥"捧上了天，直把全团都捧进了死胡同。单仰平也一个劲地检讨说，这事自己的确有责任，思想工作不细致，认人不清，看事不准。还说，事实反复证明，剧团不能"耍独旦"，这是很危险的事。以后配了 AB 角儿，就得把 AB 角儿全排出来。就是差些，也不能"一花独放"了。

忆秦娥怀孕的事在全团传开后，立即炸了锅。都说才调来几天，就又要坐月子，一坐月子，不定这个"旦"，就完完地完蛋了。尤其是武旦，一旦没了形体、气力、速度，那就是"软蛋"一枚了。都觉得团长严重失职，是拿上百号人的牺牲奉献开了玩笑。还说单跛子一天就像护他"碎奶"一样，有事没事，都把他"碎奶"像"龙蛋"一样含着、捧着，"碎奶"走到哪儿，他"跟屁虫"一样跛到哪儿，这下看他是朝天跛么还是朝地跛呢。对于忆秦娥，那就更是没有好话了。都议论说：没看出，这碎货还是人小鬼大，只怕急着结婚，也是把"弹药"提前装上了，不结不行才结的。很自然，大家就又把她在宁州跟那个老做饭的故事，串联了起来。越说，忆秦娥的形象，就越变异失形得不好辨认了。

这事自然是让楚嘉禾暗中高兴了。她最早的消息来源，是业务科的丁科长。丁科长说让她抓紧准备，不仅要很快排出《游龟山》来，而且有可能《游西湖》《白蛇传》的 B 组，她都得上。她还问是咋了，丁科长神神秘秘地说，很快你就知道了。果然，在丁科长说完的第二天，团上就传开了，说忆秦娥怀上了。并且表示坚决不采取任何措施，要给副专员的儿子生龙种呢。这个傻帽儿，终于开始犯傻了不是。谁不知道，女演员这个时候不能退坡，更不能生娃。一旦进入怀孕、生娃、哺育期，就像汽车的空挡一样，一挂就是好几年。等你重新挂挡起跑时，一切都已旧貌变新颜，换了人间。楚嘉禾不禁暗自兴奋，也暗自涌上一股劲来，该是朝上猛冲几年的时候了。冲上去，就冲上去了，等忆秦娥再灵醒过来，她的黄花菜都已凉过心了。那时，就是让她演，恐怕也是平分秋色的阵仗了。何况哪个女演员，尤其是武旦，在生娃以后，还能有当年的风采呢？

团上好像也都憋着一股劲。从领导到群众，也都有意愿，要尽快推出新的角儿来。不然，连门都出不去，是要把唱戏的嘴吊起来了。

《游龟山》最成熟，都下过几次排练场了，自然是要先推出来。不过，单团长在给楚嘉禾谈话时讲：

"排《游龟山》不是目的。重要的是，要尽快把《游西湖》《白蛇传》恢复起来。这是秦腔的两本名戏，观众都喜欢看，包戏的也多。团上排古装戏刚有些起色，就让忆秦娥当头给了一闷棍。我们不能让这一闷棍打趴下。经过班子认真研究，业务科拿了意见，要重点培养你楚嘉禾了。当然，我们同时还要启动 C 组、D 组。你们都肩负着很重要的责任，就是振兴省秦，振兴秦腔。必须拿出牺牲一切的精神和勇气，把这几本大戏，全部保质保量地拿出来。让全省观众看看，省秦的人才，是层出不穷的，是源源不断的。也要让她忆秦娥看看，离了张屠夫，省秦是不是就只能吃浑毛猪了。"

事后，楚嘉禾才知道，单团长谈话不只找了她一个，而且也找了周玉枝，还有其他几个旦角。谈话的内容也基本一致，都是要大家在很短的时间内，力争把几个主角补上。虽然有广撒种子，看哪棵苗好了，再给哪棵重点追肥的意思，但她是排在第一位的。她也有信心比其他人演得更好些。何况业务科她还有人哩。因此，她也就显得格外上心用功。

《游龟山》很快就与观众见面了，但没有达到预期效果。彩排后，只演了三场，就草草收场了。观众的评价是："演胡凤莲的演员很漂亮，但没有光彩，把人物的内心没演出来。光漂亮不顶啥。"为这事她还有些生气，忆秦娥不是也因为漂亮，才吸引眼球的吗？丁科长说："忆秦娥是'色艺俱佳'。你还得在'艺'字上狠下功夫呢。"并且鼓励她说："《游龟山》就是练练兵，关键要看《游西湖》和《白蛇传》哩。这才是你确立省秦台柱子的重头戏。"

楚嘉禾那一段时间，几乎白天晚上都泡在排练场了。她也有些刻意模仿忆秦娥的意思，一天到晚，都只穿一身练功服，对一些来黏糊她的朋友，也下了最后通牒：戏没排出来，不许再来找她。

那段时间，日本电视连续剧《排球女将》的余温还没消退，剧里的女主角叫小鹿纯子。她训练刻苦，拼搏顽强，像小鹿一样活泼可爱，又像白玉一样纯洁无瑕。小鹿纯子最拿手的球技就是"晴空霹雳"。后又练成了"旋影扣杀"。观众几乎家喻户晓。剧里有一句经典台词是：

"我的目标——奥林匹克！"

楚嘉禾不仅给她宿舍贴满了小鹿纯子扣球、杀球的剧照，并且把那句经典台词，也无处不在地贴在了穿衣镜、门背后、床头柜、写字台上。每次出门前，她都要学一下纯子的"扣杀"动作，还要模仿几声日本女子的尖叫声，然后才信心满满地去排戏、练戏。

"苦战一百天，拿下《白蛇传》。"

这是团上的战斗口号，也贴得满院子满工棚都是。

先排《白蛇传》，是楚嘉禾的要求。说实话，她并不喜欢《游西湖》，尤其是不喜欢《杀生》那折戏，又是吹火，又是跌打的，太苦，太累。吹火也练得她多次发恶心，几乎把胆汁都快吐出来了。可不仅没练出忆秦娥的那些高难度，而且还把眉毛、刘海烧得几个月都长不起来。她想着《白蛇传》虽然也有武打，但总比吹火强。丁科长就按她的意思，先安排了《白蛇传》。

一百天后，《白蛇传》如期上演了。谁知一见观众，从团内到团外，都是一哇声地议论道："不如忆秦娥。""还不是差一点，而是差七八上十点。"有的干脆说："连忆秦娥的脚指甲灰都不如。"尽管如此，团上还是硬着头皮在鼓励她、宣传她。每晚演出，都是单团长带头在池子里领掌、鼓掌。结束时，他也会装成观众，扯长了脖子，在人群里大喊几声"好"。有人在他跟前撇凉话说："这演的不是白娘子，还是她的胡凤莲呢。演啥都一个味儿，属于那种'肉瓤子瓜'。"单团就批评说："把你嘴夹紧，胡说啥？我看好着呢。某些地方，还有胜过她忆秦娥的东西。才出来么，演一演会更好的。看你那齁水嘴，少胡喷，少放炮，少给团上添乱。"不过说归说，单团却没有过去看忆秦娥的戏那么激动。台上台下、台前台后，他也来回颠跛得少了。过去散戏时，他总是要兴致勃勃地混在观众群里，扯长了耳朵，四处听反映呢。听得那个滋润、受用劲儿，有时连自己都没感觉到，腿是不跛了的。自楚嘉禾演出后，他只跟了两次，那些刺耳的语言，刺激得他，腿跛得不是影响了右边观众走路，就是影响了左边观众走路，他也就懒得再跟了。

《白蛇传》一连演了五场，楚嘉禾就喊叫撑不下去了。观众也一天比一天少，最后一场，甚至连半池子都没坐下。演许仙的薛桂生，就找单团提意见说：团上对艺术不负责任，对演员也不负责任。他说楚嘉禾离白娘子还有很大的距离，从某种程度上讲，还不算是这块料。排练当中，他也多次给封导提醒，说锻炼锻炼可以，但靠楚嘉禾撑持省秦"当家花旦"，恐怕是要贻笑大方的。谁都知道，领导和导演也都是有病乱投医：忆秦娥撂了挑子，总得有人把这担子接过来吧。没有扛硬的肩膀，溜溜肩也总得有一个吧！楚嘉禾虽然不完全是忆秦娥之后的唯一，但也算是筷子里边的旗杆了吧！何况业务科很是支持这个人，说她条件好，有上进心，服从分配。也许把担子压一压，还真就"德艺双馨"地出来了呢。

排完《白蛇传》，让大家七嘴八舌地，说得单团也有点拿不定主意了。《游西湖》到底还排不、给谁排，都是个事。但丁科长很坚定，说还是要给楚嘉禾排。封导就不干了，说楚嘉禾演白娘子，已经勉为其难了，功力根本不够。好多高难度动作，都是减了再减，才勉强推上舞台的。李慧娘的《鬼怨》《杀生》，难度更大，她根本胜任不了。有人也建议让周玉枝上。可周玉枝端直找到单团长，说她不适合演李慧娘。其实，周玉枝的病，不仅害在演不过忆秦娥，更害在不想跟楚嘉禾争戏上。她知道楚嘉禾的嘴特别厉害，不愿意为演戏，把自己弄得里外不是人。再加上，楚嘉禾已经跟她亮过好多次耳朵了，说《游西湖》也是给她准备的"菜"，领导都给她打过招呼了。她也在暗中练习道白、顺唱，并且都偷偷吹上火了呢。周玉枝觉得不上戏，还落了个清闲，剧团能上主角的，毕竟是少数。她见识过了楚嘉禾在背后给忆秦娥使的那些手段，很是有些惧怕这个同学，也很是惧怕这行了。

也就在这时，丁科长升为副团长的任命下来了。

封导自然是坚持不过丁副团长了。

楚嘉禾就又上了李慧娘。

楚嘉禾是真的不喜欢《游西湖》。但再不喜欢，也不能让别人上了。她妈自打她开始排《白蛇传》起，就从宁州出来给她当了全职保姆。《白蛇传》一出来，她妈自是大加赞赏了。她妈的信息，也有些影响楚嘉禾对自己的判断，以为自己是要超过忆秦娥了。即使对李慧娘再不喜欢，她也硬着头皮要上了。这一上，就是省秦不折不扣的"当家花旦"了。

真的上了这个戏，楚嘉禾也是做了脱几层皮的打算。她虽然嫉恨着忆秦娥，却又是处处在向忆秦娥学习着的。就连平常打坐，也是忆秦娥式的"卧鱼"状了。有事没事，她都在地上劈着双叉。直到这时，她才知道，忆秦娥有怎样一种深厚的功底啊！她"卧鱼"，最多也就是几分钟，腿就酸得抽起筋来。可忆秦娥能一"卧"几十分钟，甚至一两个小时不动。那都是在宁州剧团灶门洞前练下的死功夫。在排练过程中，也不断有人说她这不像忆秦娥，那不像忆秦娥的。动不动就是忆秦娥是这样走的，忆秦娥是那样唱的。别人越是这样说，她就越是不按忆秦娥的路数做了。她说："杀猪还有先杀屁股的，一人一个杀法么。何况搞艺术呢。"反正无论心里怎么偷着学，在表面，她都是从来不认忆秦娥的卯的。为了吹好火，她也买了些水果，去看过怀孕的忆秦娥，讨教为什么火的燃点老是不够。忆秦娥倒是不像那些老艺人，还藏着掖着那点技术，竟然和盘把松香配锯末的技术，都给她说了。她回去一试，果然灵验。当时她心里还在嘀咕：忆秦娥果然是个瓜子，要放在她，那是咋都不会透露的。何况她仅仅是花了几块钱，在快天黑时，去水果摊子上，给她买了点别人挑剩下的苹果、梨。

《游西湖》哩哩啦啦排了四个多月，人拽马不拽的。一来给主演补戏，大家没有了原创热情；二来也都看不上楚嘉禾身上的"活儿"。觉得那就是个演二三类角色的料，愣朝"当家花旦"上捧，是拿着菜包子上供——硬充数哩。勉强把戏拉了出来，让单团一看，单团也热情鼓励了几句，可鼓励完，却没一点掌声。并且还有人撇凉腔说："单团让忆秦娥把脑子游丝彻底撬乱了，连好瞎戏都认不得了，嘴里一满胡交代开了。"照说，封导认为戏连七成熟都不到，可年关已近，不挽个疙瘩都不行了。因为一开年，团上就得下乡演出。《游西湖》也是一个上了订单的戏。但无论怎样，封导都不同意楚嘉禾版的《游西湖》在省城首演，说下乡可以凑合。丁副团长为这事，还跟封导大吵一架。楚嘉禾她妈，也让女儿去质问单团：她的戏，为啥就不能安排春节在西京首演？难道她吃了这么多苦，好不容易把戏补出来，就是为别人"垫碗子"下乡吗？单团还解释说，团上也是为她好，到乡下先演一演，等成熟了，再登省城舞台，力争一炮打响。楚嘉禾也就不好再说啥了。

就在忆秦娥生下小孩儿的那几天，团上的单元房也交付使用了。一共是四十八套。为分房，单团让专门成立了分房委员会。先后拿了好几套方案，上了班子会，都被否决了。

要没有这四十八套房，省秦还安宁些，自开始建房起，矛盾就愈演愈烈了。

本来这栋楼，领导是为年轻人批的。如果要考虑中老年艺术家的因素，那就得建六七十平方米的大房。可在建设过程中，大家一看，房的设计特别合理。单团也上心，用的都是真材实料。并且把楼体染成了富贵红色。顶子上还扣了个"汉唐古风"的大帽子。好多中老年同志，就提出也要上"红楼"了。他们说年轻人大多是从外县调来的，也没啥贡献，住这样的好房，搞不好就贪图安逸，不想奋斗，反倒把事业耽误了。说他们奋斗了大半辈子，也才住了个三四十平方米的"鸽子楼"，还没暖气。突然让年轻人抢了"头彩"，咋说都是不合理的。年轻人也组织起来，开始捍卫自己的权利了。并且还联名给批房的省上领导写信，要求按建房初衷办。签名的风声，自是传到了中老年同志的耳朵里，他们也联名写起信来。上边领导看事情复杂，就把单团长叫去做了指示：向所有业务骨干倾斜。当然，首先要考虑到中青年骨干。但老艺术家也不可忽视。总之，房源少，要合理分配，兼顾到方方面面。以不出事为原则。

这下麻烦可就大了，分房委员会端直给单仰平撂了挑子。

面对"狼多肉少"的局面，单仰平在院子里跋了几天几夜，也拿不出能"兼顾到方方面面"的好意见。领导为了稳定，笼统说了个"要向业务骨干倾斜"。问题是，谁是业务骨干这个分寸太难把握。只要在这个团工作，就没有人认为自己不是业务骨干的。连一个老剃头匠，也给他拿来了七八个奖状，还有几个印有"奖"字的喝水缸子、洗脸盆，并且还有当初给演蒋介石的演员剃过头的剧照。他是以"造型师"的名义，获过一个什么艺术节单项奖的。据说那个艺术节谁想要奖，找人都能要来。看人都要，他也就夹了一条烟，去要了一个。没想到还真派上了用场。关键是直到现在，他还在给演花脸、演小丑的演员刮头呢。你能说他不是业务骨干？谁站出来说说试试，看那剃头刀，不照着你鼻子飞过去。单仰平没了主意，就还是硬把分房委员会箍弄到一起，又搞了一套新的"平衡"方案。谁知还没上班子会，就走漏了风声。七八个觉得自己没希望上新房的，端直夹了被子，"虎踞龙盘"到了他家门口，保卫科都请不走。他也就只好让分房的事暂停了。

尽管忆秦娥给他摆了难看，但在他单仰平心里，最想给分房的，其实还是忆秦娥。这房之所以能盖成，都是因为忆秦娥演李慧娘立了功，领导才批的。看现在这阵势，反倒是没她的事了。他也在分房委员会里暗示过，看能不能考虑一下忆秦娥。结果反对意见很激烈，说忆秦娥把团上害成这样，一整年地给她擦屁股、补角色，再考虑给她分房，岂不是领导自己打自己的脸哩。单仰平倒是不怕打自己的脸，他是考虑，这个团从长远发展看，没有忆秦娥恐怕是不行的。通过两本大戏的排练，他发现，楚嘉禾还就是担任二三流角色的料。不仅楚嘉禾不行，试着准备推出的那几个"当家花旦"，都比忆秦娥差了一大截。他就暗中，还是在打忆秦娥产假后，如何尽快恢复工作的主意了。这么大个团，没有真正扛硬的角儿是不行的。唱戏这行，就靠角儿吃饭哩。你说上天说下地，这个立不起来，一个团都是筋松骨软的。无论如何，都不能因为分房，把忆秦娥伤了。也刚好，有这么多人闹，他就干脆让分房的事停了下来。他得把团长的精力，好好朝忆秦娥这个瓜女子身上再用用了。这是省秦的根基，弄扯了，还就真没猴耍了。

不过一想到忆秦娥，他就头痛，这也真是个难缠的主儿。你说啥，她都是一副四季豆米油盐不进的样子。好几次谈话，他就想操起电话机，把那个榆木脑袋狠狠拍几下。有啥办法，能让这傻子灵醒起来，给省秦拼着命地朝山顶上再冲几起呢？

急得他在房里转圈圈的力度，是越来越大了。

四十二

忆秦娥生完娃，还真是一门心思在家里享受起产假来了。

刘红兵成天买鲫鱼、鸽子、猪蹄子。还买了太子参、当归、红枣、通草、黄花，让她娘给她炖了吃。可她咋都吃不下，连汤也不好好喝。兴许与那些年一直在灶房待着，她一见廖耀辉那肥头大耳的样子，就感到恶心有关。因此，肥胖在她，是绝不能容许的事情。她从怀孕到哺乳期，身体变化都不大。反倒是她娘，一天把她不吃不喝的好东西，都捡着吃干喝尽了。前后只一个来月天气，就壮实得蹲不下走不动，衣服也是没一件能扣上纽扣了。眼睛都快胖得眯住了缝。连她自己都不好意思地开玩笑说："就跟是娘坐月子了一样，好吃好喝的，都倒到娘肚子了。要放在九岩沟，只怕这些好东西，够一沟的婆娘发奶了。"

忆秦娥看着娘的样子，光笑。娘问她笑啥，她说："小心你回去，爹不要你了。""他敢。凭啥？"忆秦娥说："凭你太胖了。难看。"娘一哼说："借给他十个胆子，看他敢不。你爹呀，还就喜欢胖婆娘呢。村主任的老婆吃得好，屁股圆，胸大，你爹个老不正经的，还老偷看呢。我这下回去，他就不用看人家的了。自家的也圆了、大了、肥了。"把忆秦娥惹得捂住嘴哧哧地笑个不住。笑完，她就开始练起功来。她倒不是想演戏了，而是想起了村主任老婆的屁股，还有廖耀辉盐水腌过一般的大白肚腩。真是太难看了。她必须练功，她感觉，最近动得少些，浑身的肌肉都有些松弛，腿上也没了劲。刘红兵不听话，她伸了个"扫堂腿"去制伏，把刘红兵没扫倒，却差点把自己扫了个"仰板"。

刘红兵说："你就能欺负我。团上分房，把你都打入另册了，你也不找单跛子去。"

忆秦娥还是那句话："我就没想要。"

"你傻呀，不要？"

"你傻呀，要。要了就得给人家卖命呢。"

娘就插进话来，问是咋回事。

忆秦娥不让说，刘红兵还是说了。

娘双手叉腰，朝起一蹦，别跳着说："凭啥不要？我娃都是'秦腔小皇后'了，连皇后都没房，那把房都分给哪些贵人、妃子了？"

娘的嘴一旦插进来，就嘟嘟得停不下。本来是闹着要回去过年的。有了这事，她甚至自告奋勇，要找那个跛腿子团长论理去。

忆秦娥就急忙安顿她回去过年了。

娘一走，刘红兵说，团里的房，好像闹腾大，暂时分不成了。问她能不能跟他一起回北山过个年。说爷爷奶奶都想抱孙子了。

忆秦娥连自己的家都不回，哪里又想去他家呢？她是谁也不想见。见了人，都要问她，啥时再上台演戏呢？她嫌回答得烦。再加上，她的确不喜欢刘红兵他爸他妈。这次生孩子，他们也来过一趟，却老是一副居高临下的神气。他妈说三句话，有两句里边都带着刺。一会儿说："这娃的教育将来可是个大问题，再不敢跟你们一样，连大学都没念过。他爷爷要是有大学文凭，这阵儿把副省长都当上了。"她还逗着她孙子说："总不能让我孙子将来也唱戏吧，你说是不是？"他们来时，还带了一个很精致的录音机，录的都是世界经典名曲。他妈说："多给孩子听听贝多芬、莫扎特、柴可夫斯基。可千万别听秦腔，那么噪，会让娃养成生楞蹭偒坏脾气的。"谁想到这样的家里去过年，是有病呢。忆秦娥才不去呢。

有意思的是，大年初一那天，单团长竟然登门给她拜年了。把她还弄得不好意思起来。去年为休产假，她是跟单团干过一仗的。单团说她是世界第一傻。她说单团比她傻一千倍、一万倍。自那以后，几乎快一年了，两人再没照过面。今天竟然把这个平常只给离退休老干部、老艺术家拜年的大团长给惊动了。关键是单团行走还不方便，连老同志见他一瘸一拐地爬上楼去慰问拜年，也是要感动得泪眼婆婆的。今天，他却亲自提着一大网兜水果、糕点，过马路，进社区，爬楼梯地瘸到自己门上拜年来了。弄得她还真的很是有些难为情呢。

单团说，他是来看孩子的，年前单位忙，没顾上。刘红兵还给他开了一瓶酒，两人喝了一阵，但只字没提唱戏的事。他就是让她好好休息，把娃带好，把产假休好。然后，他就起身一跛一跛地走了。刘红兵说："见了鬼了，还有黄鼠狼给鸡拜年的事。一定是急着想让你回去演戏了。"忆秦娥说："角色都补了，还要我干啥？""补倒是补了，可戏连省城都不敢演，能补成啥样子？单跛子心里，只怕是明得跟镜子一样，哑巴吃黄连，有口说不出。"忆秦娥也懒得多想。反正不演戏挺好的，白天逗娃玩得开心，晚上睡得踏实。再不用一天二十四小时为戏熬煎了。也没人说她坏话了。简直是有点活神仙的味道了。

可这样美好的日子不长，忆秦娥就感到有点心慌意乱了。先是刘红兵老在家里待不住，要朝外跑，有时一跑半夜不回来。说是有接待任务，也没法验证。她给办事处打了几回电话，那边也的确说在接待人，谁知是真是假呢。她能感到，刘红兵对她不满意，自怀孕后，就再也没有过过性生活。在她怀到四五个月的时候，刘红兵还拿回一本书来，给她逐字逐句地念，说这几个月，是可以"活动活动"的。只要不使蛮力就行。可她对这些毫无兴趣，他也就没敢蛮干，只挖抓了几把，看挖抓不出啥效果来，就放弃了。这一放弃，好像对她也就少了往日的稀罕。加上孩子也闹腾，他就老找理由朝出跑。在一个人关起门来，把孩子哄睡着后，她的孤独感，就慢慢袭上了心头。过去老觉得睡不够，那是真的累了，是在排练、演出之余的真正休息。而现在，只剩下休息了，睡觉便成了一件十分痛苦的事。

有一天，她舅胡三元又来了。上一次舅是生气走的，他说想来想去，还是得再来一趟。劝听劝不听，还都得再劝。舅说："既然把你领到了唱戏的路上，我这个当舅的，就还得继续朝前拽。半途而废的，实是可惜了一块好料当。"舅来时，是把她娘胡秀英又叫了来。叫来也是想让她娘看娃，好让她腾出手来，加紧练功、恢复戏的。舅说再把月子坐下去，就真坐成家庭妇女了。

其实忆秦娥在春节后的那段日子，就已经过得心焦麻乱了。自己整天吊拉个孩子，刘红兵直说他单位忙，见天回来都在后半夜，有时还带着酒劲儿。气得她都上了几回拳脚了。她也看出来了，刘红兵对她的那些稀罕，在逐渐淡然。有时酒喝多了回来，也朝她身上生扑，想热闹呢。可越是这样，忆秦娥越反感。两人就干脆分开睡了。刘红兵是见天死猪一样歪在沙发上。也就在这段时间，忆秦娥突然开始怀恋起舞台生活了。

唱戏虽然苦，虽然累，有时甚至累得快要了小命，可那种累，总是在掌声的回报中，很快就悄然消散了。她甚至不断在回忆，一年前，自己是怎么就突然下了那么大的决心，坚决不当主演了呢？想来想去，当时还是因为累，因为不顺心。三本大戏，全都是文武兼备，见天演得死去活来的，还不落好。加上单团又要让她新排《穆桂英大破洪州》，就把她吓着了。那时她想，自己要是乖乖排了，单团不定能得寸进尺，又要让她排《穆柯寨》《十二寡妇征西》呢。其实他都当她面讲好多回了，让她趁年轻，多排几出"硬扎戏"。"硬扎戏"就是武戏。并且他当时就说出了《无底洞》《扈家庄》《战金山》《两狼关》《女杀四门》《三请樊梨花》等一串戏名来。好像她是铁打的金刚，不为省秦抛掉头颅、洒尽热血，他这个团长就不会收手一般。她也是连生气带恐惧，才从舞台中间逃离出来的。她那时真的没看出，唱主角到底有啥好。除了多出些力，多遭一些人嫉恨外，半毛钱的益处都没有。可就在她日思夜想着挣脱、逃离、休假后，才又慢慢品咂出唱主角的一些好处来。

什么叫主角？主角就是一本戏，一个围绕着这本戏生活、服务、工作的团队，都要共同体认、维护、托举、迁就、仰仗、照亮的那个人。你可以在内心不卯他的人格，以及艺术水准、地位，但你不能不拧紧你该拧紧的螺丝；不能不拉开你该按时拉开的大幕；不能不精准稳健地为他打好你该打的追光。

忆秦娥明白，一旦开始排戏演戏，其实全团近二百号人，都是在围着自己打转的。就连单团，说是团长，又何尝不是自己的"大跟班"呢？她说一声哪儿不舒服，单团就得跛着腿，来回忙着，把这些不舒服都"扑挲"舒服了。她说感冒咳嗽了，单团就会跟着"打喷嚏"。也只有到自己彻底冷清下来，她才能感到，被围绕、被注目、被热捧、被赞美、被高抬、被拥堵，甚至被警察架着走，是多么美好的一种滋味呀！就在她最后一次下乡巡演时，无论走到哪里，都是一堆又一堆的人，把自己死死纠缠着。吃饭，是一堆有头有脸的人围着。好多人看她的眼睛，都是发瓷、发烫、发腻、发嗲、发酸的；化妆，也是一窝窝人，里三圈外三圈地猴猴着；换服装时，围观者也舍不得移开好奇的眼睛，你无法阻止他们去直视你那内衣内裤，是黑色、白色，还是粉红色。就连睡觉，也有人在房前屋后转来转去。有的甚至要在窗玻璃上，把自己的鼻子压成蒜头状，隔着薄菲菲的窗帘，看忆秦娥在房里倒是睡觉么还是在弄啥。好几次在广场演出完，观众围着不走，要看忆秦娥卸了妆的模样。最后是几个警察，硬把她从人群里架出去的。那些动作，让她想到了她舅胡三元，当初被宁州法院押着游街示众的场面。她感到了浑身的不自在，就像自己也成了犯人一样。她甚至还觉得有些不吉利，就故意把那些架着她的胳膊，朝开筛了筛。可警察一旦放手，人流就有吞食自己的危险。她又不得不让人家再铁钳子一般，把自己死死夹起来。当时怎么就感觉那么不舒服。而现在，怎么又是那么回味无穷与向往了呢？主角的滋味真好受啊！在家哄娃娃，不被人关注的日子，开始真的很美、很舒坦、很宁静。但到了这阵儿，是真的有些不能承受了。报纸上没有了自己的消息；电视上没有了自己的图像；就连广播电台，那么好做她的节目，也在半年以来，没有了任何声响。他们又在跟踪楚嘉禾了。虽然没有当初跟她那么热烈，那么密集，那么狂轰滥炸。但对她，已然是冷若冰霜、无人问津了。一个人怎么能冷得这么快呢？就像老家的铁匠铺，烧得那么红火的铁器，只要朝冷水里一刺，立马就在一股青烟中，变成毫不抢眼的灰褐色的了。她感觉自己就像铁匠铺里那些被扔进了冷水缸的铁器。连糖一样黏糊着自己的刘红兵，都在想方设法地逃避着这个家，逃避着她，更何况其他人呢？她舅用一个很形象的比喻对她说："你都快成引娃女子了。"所谓"引娃女子"，是九岩沟的说法，是宁州县的说法；在省城，人家都叫保姆。九岩沟里，有好多人家养的闺女，仅十四五岁，就被人介绍到县城，当了"引娃女子"。一月管吃管喝外，给十五块工钱，也就是混一口饭吃而已。忆秦娥如果到不了剧团，最后恐怕也得走这条路。用她舅的话说，你到了剧团，现在还是成了"引娃女子"，何苦呢？

也就在这个时候，剧作家秦八娃再一次来省城了。

秦八娃这一次是带着他的剧作《狐仙劫》来的。

他已经好久没有看到忆秦娥的消息了。他也从小道消息里知道，忆秦娥是生了小孩儿。他为忆秦娥惋惜：这么好个角儿，可以说是秦腔几十年都难出的一个人物，怎么就被刘红兵这样的公子哥儿给下套夹住了呢？这都是一帮玩物丧志的东西，看着忆秦娥绝色、稀世，就把人家当了尤物，死死捏在手上不丢。可又不珍惜人家的前程，尤其是艺术生命。忆秦娥正值演戏的当口，就被孩子拖住了。尤其是武旦，那是要凭气力、功夫吃饭的。生孩子不仅耗散气力，而且在带孩子的过程中，也会把一个干净利落的女子，带成拖泥带水的家庭妇女。他知道这个消息后，第一时间就放弃了《狐仙劫》的写作。他觉得忆秦娥，已经不值得他耗费心血了。

可就在正月初三的晚上，省秦的单仰平团长突然一瘸一拐地来了。说是给他拜年哩，其实是催剧本来了。他知道，剧团团长最缺的就是好本子。他就把他对忆秦娥的失望说了出来。谁知单仰平比他还恼火，开口闭口都说忆秦娥就是个大瓜子（团长骂人呢）。说她枉长了一副人的模样，骨子里，是蠢得跟猪都挂了相了。他大骂了一通忆秦娥后，又说："不过她瓜、她蠢、她傻，咱不能也跟着她瓜、蠢、傻呀！咱得把她朝灵醒地教不是？秦腔闺阁旦，尤其是武旦，毕竟宝贝少。咱不能眼看着她，傻到拿一根绳，把自己彻底吊死的地步吧？我这次来，就是想向秦老师讨教，看有没有治她那傻病根的方子。"两人三合计两合计，就说到了新戏上。不定忆秦娥对新剧目有兴趣，又会重返舞台，继续她的"秦腔小皇后"生涯呢。两人一说热，秦八娃就又把剩下的几场戏，很快写了下去。并且写得很顺畅。

戏一写完，他先给老婆绘声绘色地念了一遍。老婆一边磨着豆腐，一边听，中间还抹了几次眼泪。秦八娃都偷偷看在了眼里。念完，老婆就夸奖他说："好戏。也好笑；也苦情；还曲里拐弯的，吸引人得很。"并且老婆也酸不叽叽地数落了他一通说："你一辈子，就爱写个女人戏。"他一笑说："男人戏，有啥好写好看的嘛。"老婆还用点石膏的木瓢，把他脊背美美磕了一下，说他是个老色鬼。

依秦八娃想，忆秦娥肯定已经不成样子了。在他们村，好好的女子，一拉娃，就成了懒散婆娘。可当他把忆秦娥家的门敲开时，几乎吓了一跳：忆秦娥不仅没有变懒散，而且比过去出脱得更白皙、更利落、更漂亮了。她穿着白色紧身练功服,除了脚上的红舞鞋,还有扎头的红丝带,浑身上下,都透着一股无法掩饰住的生命朝气。孩子是在床上睡着,而她正在一边墙上,把大顶拿得呼吸急促、大汗淋漓。

要不是知道她生了孩子,谁又能相信,这已是做了母亲的忆秦娥呢?

秦八娃几乎是感到一阵惊喜了。

忆秦娥见是秦八娃,自然也是喜出望外:"秦老师,你怎么来了?"

"看我们的名角儿来了呀!"

"还啥子名角儿不名角儿的。我离开舞台一年多,都成孩子他妈了。"

秦八娃看了看床上熟睡的孩子,说:"依你演戏的天分,要孩子真是早了点。"

忆秦娥亲昵地看着孩子说:"孩子很乖,一天特别爱睡觉。我倒没觉得有啥麻烦的。"

"这满头大汗的,还在练功呢。"

"活动活动,闲着也是闲着。"

"不敢再闲了呀,秦娥,再闲,只怕就把事业彻底丢了。"

忆秦娥笑着说:"丢了就丢了,反正孩子也得带。"

"孩子谁不能带?你得对秦腔负责哩。"

忆秦娥用手背把嘴一捂,笑着说:"我又不是团长、领导。也不是省戏曲剧院、易俗社的头儿,我还能负得了那么大的责任?"

"秦娥呀,秦腔出你这么个人才不容易。你不要自己把自己不当一回事。"

正在这时,忆秦娥她娘胡秀英买菜回来了。

忆秦娥就急忙介绍秦老师。

秦八娃说:"这不很好嘛,有你娘在这里照看娃,你赶快回去搞事业,多好。"

"就是的,连我去买菜,菜市场的人天天都说,你女子咋不见唱戏了呢？都盼着呢。"

忆秦娥最不喜欢她娘的，就这一点，走到哪儿都要卖派，说她是忆秦娥她娘。忆秦娥在这一带的确影响很大，胡秀英只要说出她是忆秦娥的娘来，连卖葱卖蒜的，都会少收一点零钱。有时还能搭几根葱、搭几头蒜呢。她娘也就在这一带招摇得搁不下了。但每次回来，她也都带着遗憾，说街坊邻居都问：你女子咋不唱戏了呢？真是可惜了！还都说生了娃，也得唱戏么。

就像是商量过的一样，就在秦八娃进门十几分钟后，单团长和封导也跟着来了。并且还提了酱猪蹄、烧鸡、西凤酒，说是要在这里给秦老师摆庆功宴呢。直到这时，忆秦娥才知道，秦老师把给她量身定做的戏写完了。并且秦老师自己很满意。最后酒喝多了，他还自吹自擂地说："我把我服了！好多年没动笔了，可一动笔，那就是行云流水，江河倾覆啊！戏肯定是写成了，就看你们省秦的二度创作了。我还有一句话：忆秦娥不上，本子我收回。我不是你们管的人。山人是一个乡镇文化站的破站长，靠老婆卖豆腐为生，不卖文。也没有给你们写本子的义务。尤其是……帮你们培养二三流角儿的义务。我就是……就是冲忆秦娥来的……"

忆秦娥甚至被秦老师的一番"酒后真言"，感动得几次掉下泪来。她满口答应：

停止休假，回团上班。

四十三

忆秦娥上班的事，在省秦又引起了一番骚动，更多的人猜测她是为了分房，才"闪电般"回来的。都说这"贼女子"，看着傻乎乎的，其实比庙堂的磬槌都灵光。有人就觉得团上对这号人制裁不狠，应该在分完房后，再同意她结束产假。

忆秦娥还是那副老神气，一天除了练功，跟谁也没有多余话，就好像是局外人一样。等团上把新戏《狐仙劫》的剧组一宣布，大家才知道：10 月份，在上海有个国家戏剧节，把忆秦娥弄回来，是为了排新戏呢。虽然大家心里不舒服，可想来想去，要去参加这样大的活动，不用忆秦娥，还真没了"能上杆的猴"。忆秦娥就又恢复了一个主角在团队里有意无意的中心地位。

为忆秦娥回来上主角的事，楚嘉禾跑到丁副团长家里号啕大哭了一场。她十分委屈地数落说："团上一有难场，就把我弄出来给人家垫背；一有好事，又把人家抬出来敬着供着。咱把命搭上，折腾了快一年，单跛子却把他'碎奶'又背出来，伺候着上了新戏。咱是有病呢，一天尽给人家填这黑窟窿。"丁副团长说，为新戏的事，他也争取过，可那个写剧本的秦八娃有话，说这个戏就是给忆秦娥搞的。如果让别人上，他就要把剧本收回。丁副团长的老婆一跳八尺高地喊叫："你们团领导把先人都亏尽了，怎么还让一个烂写剧本的把事拿了。那个秦八娃是干啥的？你光听听这名字，土气得比土狗还土。也是学贾平娃（凹）哩吧，人家叫个平娃，他还叫个八娃，咋不叫九娃哩？我就不信，离了什么八娃九娃打唱本，省秦还能封了戏箱，改说相声不成？"丁团长说，秦八娃是大剧作家，五六十年代就红火起来了，比贾平凹出名都早呢。请他写戏是很难的事。丁副团长的老婆一下把话茬又接过去说："请他干啥？哪里娃好耍耍，叫他到哪里跟娃耍去。还专给忆秦娥写戏，一听就是个老不正经的货色。要写，谁演啥角儿，就得团里管业务的说了算。你也是亏了祖先了，好不容易弄个团副，还是庙门前的旗杆——摆设货。我给你说，必须给嘉禾弄戏，这是我的干女儿。干女儿这么好的条件，不下功夫培养，不给压担子，就是你们领导的失职。尤其是你，还分管业务呢，管个棒槌业务。都让单跛子把权力霸着，人家说谁上主角，就让谁上，那你不是西瓜瓢子捏脑壳——成软撒（头）了嘛。"

其实丁团副的老婆，也是做给楚嘉禾看的。楚嘉禾演的《白蛇传》《游西湖》她都看了，的确跟忆秦娥差了一大截。可这个娃天天朝家里跑，今天拿个这，明天送个那的，就没空手来过。连她妈都三天两头地来聊，来谝，也是从不空手进门的。她不让团副老汉给楚嘉禾鼓劲，都有些说不过去了。一般的事，单仰平会由着她老汉去做。可在大事上，这个跛子，主意拿得可老成了，谁说啥都不管用的。比如在重新起用忆秦娥的问题上，团部意见分歧就不小。可单跛子有个观点，并且传得满院子都是："咱就是唱戏的单位，谁把戏唱得好，咱就促红谁。彩电厂就要造最好的彩电。冰箱厂就要造最好的冰箱。省秦就要排出最好的戏来。这个没得商量。并且一切都得为这个让路。要不然，国家拿税收养活我们一两百号人，是白米细面没法变粪了？"谁也拗不过单跛子。丁团副毕竟才上来，也不能不在面子上维护大局。尽管如此，他还是给楚嘉禾争取了个三号角色。虽然戏份不到忆秦娥的五分之一，但排名却比较靠前，在剧中还是忆秦娥的大姐呢。

《狐仙劫》开排那天，封导还专门把秦八娃请到现场，给演职人员讲了讲戏。当秦八娃走进排练场时，大家先是一阵哄堂大笑。连单团和封导，也不知笑啥。都知道秦八娃五六十年代写的那几个名戏，说那时他才二十几岁，但已驰名全国。却不想，人是这样的土不啦唧。剧团人说谁长得如何，是爱用"造型"这个词的。有人说，秦八娃的造型，就有些酷似动画片《大闹龙宫》里的那只乌龟。也有人说，像远古的恐龙。还有人说，像外星人。反正两只眼睛很圆、很小，但间距却是出奇的辽远，互不关联照应地独立安置着。给人一种十分滑稽的感觉。走路时，他四肢的摆动也不协调。手臂长得过膝，而两腿却短得出奇，是更进一步夸大了的虎背熊腰比例。大概与一百多双眼睛的直视有关，进门的前几步路，他竟然是走成了一顺撇。大家之所以哄笑，皆因此前传言，这家伙写《狐仙劫》，是专冲忆秦娥而来。闲话有多种版本，但每一个版本的最终指向，都是"老色鬼"一词。他一进门，大家发现，斯人竟然长得这般奇险诡谲、困难重重，自是都要哑然失笑了。

秦八娃除非不开口，一开口，立即就让满场全神贯注起来。秦八娃是这样开场白的：

"各位艺术家，我看过你们的舞台表演，但这样近距离，注视你们离开了舞台后的音容笑貌，还是第一次。你们跟我坐在一起，优势是十分明显的。你们的面貌，对这个时代是有巨大贡献的。用八个字可以形容，叫风华绝代、春光旖旎。而我的面貌，刚才一入场，就已得到了你们的充分估价。（掌声，笑声）你们给时代贴金了，而我是给时代献丑来了。（掌声再次响起）"

这个精彩的开场白，一下就攥住了所有的人。接着，他就讲起了戏。

"我这次写的《狐仙劫》，其实是一个流传了很久的民间故事。之所以今天要拿出来献丑，是觉得，这是一个该拿出来讲讲的故事。故事里的人，都是半仙之体的狐。他们盘踞在一个山高水长、四季鲜花盛开的地方，无拘无束、自由自在地耕织修行，活得很是快乐淡定。忽然有一天，一个很是富裕的狐狸，雍容华贵、珠光宝气地来到这里，不仅赤裸裸地夸赞黄金、美玉、财富的妙用，而且还嘲笑他们男耕女织、自给自足的落后愚昧。并且对修道，也是嗤之以鼻。说黄金、美玉就能买来神仙一般的美妙生活，还修什么鸟道？从此，这个狐狸世界就躁动不安，甚至分崩离析起来。这个有九位美丽女儿的狐狸大家庭里，最小的九妹，生性刚烈，终于担负起了拯救这个家庭的责任。谁知她费了九牛二虎之力，把被富商狐狸骗走、买走的几个姐姐奋力救回时，她们却再也过不了昔日耕织修行的'苦日子'，又一个个回到了富豪为她们建起的'欲望别墅'里。她们宁愿沦为玩物，孤独洒泪，也不愿再自食其力、安贫乐道。淳朴山寨，只剩下九妹还在修行、耕织、持守。但美丽的她，已经成为更多富豪狐狸死死盯住的猎物。终于，在面对数不胜数的贪婪魔掌的重重围猎中，九妹愤然跳崖身亡了。这是一个大悲剧，据说故事的发生地，就在我家居住的那个村子背后。九妹跳下去的狐仙崖，至今还叫这个名字。先是太婆给我讲，后来奶奶又给我讲，我娘也给我讲过无数遍。我是搞民间文艺搜集整理的。过去只觉得这是一个有趣的传奇故事，新意不多。可今天，我突然发现它有了一定的新意。也许再过十年、二十年、三十年，这个故事会更有意味一些，也未可知。总之，拜托大家了，相信各位艺术家，一定会把这个故事讲好、讲精彩的。再三再四地拜托了！谢谢大家！"

秦八娃讲完后半天都没人反应。是薛桂生先鼓起掌来，然后，整个剧组才跟着拍了一阵巴掌。丁副团长当时就反问了一句："这个戏，把富裕狐狸鞭挞得够呛，会不会有点不合时宜？"秦八娃立即回应道："那要看他是怎么富起来的。还要看他富起来后都在干什么。不能一概而论。中国的传统戏，始终都是批判巧取豪夺、为富不仁的。这也是个文人立场问题。难道我们今人还活得不如古人了？"

薛桂生又带头鼓了一次掌。丁副团长的脸，就刷地红到了脖根。

秦八娃跟剧组见面后，又跟忆秦娥长谈了一次。一是谈戏、谈人物；二是谈演员修养。秦八娃大概是太喜欢忆秦娥这个演员了，就不免给她设计了太多的提高修养课程。来时，他就在家里给忆秦娥带了几本书。到了西京，他又去书店买了一大摞。他还问忆秦娥，过去给她介绍的那些书都读了没？忆秦娥羞得立即用手背捂住了嘴。

"是没时间，还是读不进去？"

"一看就瞌睡了。"

"连《一千零一夜》这样的故事，也看不进去？"

忆秦娥还是笑。

"那《西游记》呢？"

"不认得的字太多。"

"不是有字典吗？"

"也查呢，可不认得的太多，查起来麻烦。"

"那好吧，咱变一个方式，你的记忆力不是特别好吗？咱改背诵，行不？"

"背啥？"

"把唐诗、宋词、元曲，各背一百首。你只要能背下《白蛇传》《游西湖》的戏词，就能背下这些东西。这个对你一点也不难。以你的记忆能力，两三天就能背下一首，几年下来，就是不得了的事。能

562

做到不？"

忆秦娥点点头说："过去也背过一些，只是没坚持下来。"

"得坚持呢。你要不按我说的办，以后就不再给你写戏了。"

忆秦娥又捂嘴笑。

秦八娃也笑了，说："你不敢光傻演戏，得用文化给脑子开窍哩。"

"秦老师，你也觉得我傻吗？我不傻呀，我要是傻，要是脑子不开窍，能演白娘子、李慧娘、杨排风吗？"

秦八娃忍不住大笑起来："哈哈哈，我早听人说，你不爱人说你傻，是吧？傻这个字，看怎么讲，绝大多数时候，我以为是当憨厚、当痴迷、当可爱讲的。"

"你明明说我脑子不开窍么。我真的显得那么傻吗？"

秦八娃笑得两个本来距离很远的眼睛，更是离散得相互毫无关系了。他甚至掏出手帕，擦起了眼泪。他是真的喜欢这个女子，喜欢这个秦腔名伶。已经几十年了，无论从广播上听戏、电视上看戏，还是直接看戏，他都再没见过这样好的演员坯子。首先是功夫过硬，面对难度再大的武戏，她都能洒脱不羁地轻巧以对。无论什么"兵器"、道具拿在手中，她都能举重若轻地把玩自如。那种速度感、力量感，还有稳如磐石的根基感、轻盈灵动的飞腾感，都让他觉得，这是当下最难得的武旦名伶。如果仅仅是翻得好、打得好、功夫好，那也就是一个好武旦而已。问题是，她还有一口响遏行云的金嗓子，唱得质朴浑厚，音似天籁。每每到情感激荡处，可谓字字切腹，句句钻心。有这两样，就已经是唱戏行当的宝中之宝、人上之人了，可她偏还有一副惊人的扮相。用"闭月羞花、沉鱼落雁"是太俗太俗了，可又有什么好词，能形容忆秦娥在舞台上的那种夺目光彩呢？关键的关键是，这一切，忆秦娥好像都浑然不觉。要放在有的演员，武功好，她就会在舞台上，拼命放大武功技巧，让你感到她是"杂技英豪"；唱功好，她会拼命"卖唱"，让你感到她的唱腔，是可以随着掌声变幻无穷的；扮相好，她会忸怩作态，拼命把那份美，放大到戏外戏的极限。而忆秦娥，就是那样天然去雕饰地唱着、念着、做着、打着，没有人为放大一样优长。所以他觉得，这就是世间最好的演员了。

这次写《狐仙劫》，秦八娃可以说是聚集了生命的全部能量，在写作过程中，几乎是与世隔绝的状态。为了避免老婆一会儿喊他搭手推磨；一会儿喊他舀豆浆、点石膏；一会儿又喊他抬石头压豆腐，他干脆跑到狐仙崖上的一户人家躲了起来。直到把戏写完，才回家受训、挨骂。这个戏，他已思考了很长时间。真正写，也就一个多月。在这一个多月里，他几乎天天跟一群狐狸对着话。主角自然是忆秦娥扮演的九妹了。他既在思考胡九妹的人物形象，也在思考如何雕琢忆秦娥的问题。与其说写的是胡九妹，不如说是在塑造忆秦娥。他把忆秦娥幻化成狐狸形象，也把狐狸幻化成忆秦娥的形象。让智慧、善良、勇敢、坚毅、牺牲、担当、信念等诸般美好，都集中到了这个美丽无比的狐仙身上。从而让主角的戏剧行动，不仅充满了鲜活生动的自由主义生命意趣、无拘无束的自然主义天真烂漫，而且也充满了大爱无疆、大义凛然的英雄主义绚烂光彩。在至纯至美的悲壮毁灭时，是山崩地裂、人间倾覆的天地决绝。那天晚上，在写到胡九妹纵身跳下狐仙崖时，秦八娃差点没产生幻觉，而让自己于泪雨倾盆、泪眼模糊中，跟着月光下的九妹幻影一同决绝而去。

他觉得他是把生命都搭进这个戏了。当然，他也担心忆秦娥的文化底子差，不能把这个全新的形象塑造好。白娘子、李慧娘、杨排风，毕竟都演得多了，而且还可以调出不同剧种的不同演出版本，反复参考。这种传统经典剧目，有时已演成一种无法更改的套路，随便创新，甚至是要付出远离观众的代价的。而《狐仙劫》还无套路可依，这就需要导演和演员去创造了。一个演员，要想成为一个剧种的代表人物，没有自己独创的戏，是站立不住的。就像梅兰芳，如果没有齐如山的文本支撑，也是成不了梅兰芳的。他觉得，忆秦娥是该有个由自己独创的角色了。他也自负地觉得，《狐仙劫》是够这个水平，够这个分量的。他在反复给忆秦娥和封导讲了他的千般思绪、万般构想后，才心中忐忑地离开西京城。

在离开的前一天晚上，他还去忆秦娥家里，跟她娘讲了呵护这个女儿的重要性。他听说她娘老闹着要回九岩沟，外孙子就没人照看了。他就对她娘说："你为秦腔生了这样一个宝贝女儿，从某种角度讲，算是一个伟大的母亲了。我们都该向你表示敬意呢。希望你能再帮帮女儿，让她飞得更高更远些。"忆秦娥她娘也是光傻笑，直说要回去给她爹做饭。说家里养了一群挣钱的羊，火得见天收几十块，她爹忙得两头不见天的，饭都吃不到嘴了。秦八娃就问刘红兵呢。她娘有些不满地说，她来这长时间，总共能见到三四面，整天都不落屋的。秦八娃还想找刘红兵谈谈，却被忆秦娥阻挡了。从忆秦娥的脸上，丝毫也看不出她对刘红兵的不满来。她总是那样略显轻松地微笑着。秦八娃也就不好再说什么了。

秦八娃走了，但心里却带着重重纠结：这样一个秦腔宝贝，怎么连家里人，还都不高度重视呢？要是他的女儿，很可能他就不让老婆再打豆腐，而是要举全家之力，一门心思地侍弄"大熊猫"了。

四十四

刘红兵也不知道，自己是从什么时候开始，慢慢淡化了对忆秦娥的稀罕。最明确的界线，好像是在忆秦娥肚子渐渐变大以后，身子挨都不能挨了。本来性生活就稀少，这一下，她更是让自我板结得成了一块寸草不生的旱地。他那饱满得苍翠欲滴的种子，时时找不到撒播的地方，自是要到外边胡乱耕种了。生孩子前后，他也买过十几本《家庭大全》《夫妻生活》之类的书，反复参阅研读，还咨询过医生，说生育一月后，只要伤口愈合好，即可性生活。可三个月、四个月过去了，忆秦娥还是没让他近身。他就越来越对这块曾经那么热恋的土地，有了深深的失望感。他一直在研究怎么让妻子温柔起来，服帖起来。可书上和生活中的朋友答案，都不符合自己的实际。咋蒸，咋煮，咋炒，忆秦娥都是那成年风干的老豇豆，油盐作料，一概不进。她娘没来时，他半夜里，还得起来忙活娘儿俩的吃喝拉撒。有时还得把哭闹的孩子接过来，在房里摇晃半天。她娘一来，刚好，家里也没法住，他就脚底抹油，溜了个利索。

忆秦娥那阵儿突然从舞台上退下来，他是极力反对的。不管别人对唱戏怎么看，他都是喜欢忆秦娥唱戏的。尤其是喜欢忆秦娥上了舞台后的光彩照人。她突然不喜欢唱戏了，要以产假的方式，躲避演戏、排戏，他就觉得是一种奇怪的想法。可忆秦娥一旦产生了什么想法，就是一个人闷想，从不跟人商量。想好了，这事就是铁板钉钉子，谁也改变不了的。当一个属于舞台的女人，突然龟缩在二十几平方米的小房里，紧紧搂抱着一个人事不知的孩子，并从公众视线完全消失后，那种美，就渐渐由千里风光变成了尺寸盆景。虽然忆秦娥并没有因怀孩子，而走样变形。甚至更加白皙、细嫩、温润。可在刘红兵的眼中，无论美的内涵与外延，都还是失去了它的丰富性与多样性。尤其是那种炫目感与自豪感。当她真的落下云头，不再飞升时，她的美，也就是一个普通美人的美了，而不见了天使一般的翅膀。她是一只蛰伏在巢穴里的折翼鸟了。尽管这只鸟，还是羽翼、喙冠皆美的。可这样的鸟，在化妆业蓬勃兴起的时代，已是随处可"依样画瓢"了。虽然大多数"瓢"，是不敢拉到明亮的灯光下细看的。好在，刘红兵去的地方，也都是些隐隐糊糊能把人脸照个大概的地方。有些"瓢"，甚至看上去不比忆秦娥差。他也就在不少的烦闷夜晚，有了马马虎虎的归宿感。

终于，忆秦娥又要上戏了，这让他精神为之一振。他是盼着忆秦娥重返舞台的。许多熟人也老问，你老婆咋不唱戏了？是不是你拖了后腿？你小子，可不敢只顾自己，把人家"秦腔小皇后"的前程断送了。他还真负不起这责任呢。加之，他也喜欢忆秦娥演出时，自己走在前场后台的那种感觉。因此，忆秦娥开始排练的第一天，他就乐呵呵地进了排练场。他给弟兄们挨个打着招呼，撂了烟。还到单团的办公室，拉了半天话。都是支持秦娥上戏的拍腔子表态。他透露出，忆秦娥在家，从来就没停止过练功："卧鱼"一卧小半天；朝天蹬一扳半小时；大顶也是一拿一顿饭的工夫。他给单团说："娥儿身上利索着呢，连洗碗做饭，也是带着功的。儿子啥也看不懂，可她偏要把碗先抛出去，一个跟斗起来，才把碗接住。依然是白娘子'盗仙草'的身手。"单团自是高兴得捂不住嘴地笑。他也就顺便问了问房子的事。单团给他悄悄透露说：

"不为忆秦娥，分房等不到现在。"

他心里就有底了。有些高兴，他甚至还砸了单团一拳。

忆秦娥她娘家里有事，待在这里也是心慌意乱的。可为了让忆秦娥能扑下身子排戏，她还是决定：先把外孙子带回九岩沟养着。等排完戏，参加完全国活动，她再把孩子送回来。

儿子走后，忆秦娥一排练回来，见着孩子的任何东西，都要哭半天。刘红兵哄都哄不住。有一天半夜，她甚至突然醒来，说孩子病了，要连夜去看，不然，说连戏都没法排下去了。任他怎么劝说都劝不住，只好在单位门房给单团留了请假条，两人连夜赶回去了。他们到家时，已是九岩沟人早晨下地的时间。孩子啥事没有。听她娘说，孩子自打回来，一共就哭了三次，都是吃奶的时间。只要奶瓶朝嘴里一搭，就吸溜得跟小猪崽吃食一样喜兴。忆秦娥心里还有一点难过，养了四五个月，对妈，怎么还就没一点感情呢？

再回到西京，忆秦娥就踏踏实实开始排戏了。

在忆秦娥排戏的过程中，房终于分了。刘红兵就开始忙着装修起来。别人都是简单吊个石膏顶，再包个木门框、铺个地板砖啥的，就住了进去。刘红兵却把房装得跟宫殿似的，真是要迎驾"小皇后"的样子了。好多人一看，都羡慕得直骂自家男人臭屎无用。忆秦娥一直忙着排戏，没顾上看，也没想着要看，就任由他去折腾了。他也是想给忆秦娥一个惊喜，一直也不让看。直到房子彻底装好后，一天，他见忆秦娥心情大好，才把她弄了上去。忆秦娥进门一看，竟然大喜过望地尖叫了一声喊："哦，我终于在西京有房喽！"喊完，就一个腾空起跳，四脚拉叉地重重跌落在席梦思上。刘红兵乘势热扑上去，死死搂住，是几近癫狂地在新房里，做了一次直到分手多年后，还让他回味无穷的爱。

忆秦娥说："要是一来，我就能分上房，不定就不会跟你了。"

刘红兵一边大动着一边回答："得亏你没房，要有房，不定这会儿就是别人霸占着我的这份财产呢。"

"你死去。"

"我快要死了。"

"哎，你还记得那个牛毛毡棚吗？"

"能不能不说牛毛毡棚的事？"

"我就要说。要是不烧，也挺好的。"

"你能不能集中精力，我的小皇后。"

"你有病呢，啥时都能想起这事。"

"这就是人生最大的事。快，集中精力，咱们在新房的第一次，得留下一份最美好的记忆。"

"真有病呢。"她就哧哧地笑起来。

说归说，那天忆秦娥，还真迎合了他那些稀奇古怪的要求，投入了最美好动人的激情，在新房的多个部位，任由刘红兵把生命的浪漫多姿与冲锋陷阵，一次次发挥到了极致。

《狐仙劫》终于排成了。

《狐仙劫》对社会公演那几日，再次激发了西京观众的激情，天天爆棚，一票难求。而且所有媒体，都投入了前所未有的精力，不惜版面地炒作着一部原创秦腔剧目的诞生。这些媒体，本来是只关注电影、电视剧明星的。但每每对忆秦娥的戏，又都倾注了不亚于炒作影视明星的热情。有人说原因很简单，忆秦娥的美，是能与影视明星抗衡的。因而，就时常有报纸，整版整版地只登一张忆秦娥毫无表情的冷艳照。他们说，忆秦娥让秦腔具有了时代的亮色。尤其是对忆秦娥这次"重出江湖"，甚至给了"浴火重生"的评价。刘红兵剪裁下不少报纸，见天晚上，都要一点点念给忆秦娥听。忆秦娥却是在憨痴地想着她的娃。她说："刘忆会想我吗？"在两人商量多次后，孩子的名字终于决定了，姓刘，名忆，是他俩名字的合成。

忆秦娥催着刘红兵，让他尽快把刘忆接回来。刘红兵说，等上海演出回来再接。其实，他是真的喜欢只有他跟忆秦娥两个人的日子。自从忆秦娥怀了刘忆，他那本来就有点麻绳系骆驼的地位，变得更是岌岌可危了。好不容易把孩子送走，又成了两人的世界，并且一切都在恢复着昔日的生活图景了。忆秦娥又回归了主演生涯，依然是火爆得一塌糊涂。尤其是忆秦娥的狐仙造型，这次封导专门请来了全国最厉害的化妆师，整出来的那个惊艳扮相，竟然在忆秦娥第一次出场时，观众就跳出戏来鼓了半天掌。那一阵，刘红兵的心里，就跟春风钻进去一般，荡漾得哪个毛细血管，都是痒酥酥的抓挠不得。这是自己的老婆，如此美丽的尤物，似幻似真的狐仙，是蜷缩在自己卧榻上，有时还是玉枕在自己胳膊上婀娜酣眠的。

那几天，编剧秦八娃也被单团请了来。他老坐在最后一排，不是颔首点头，就是摇头晃脑，抑或瘦手击节。他那两只长得距离实在有些遥远的眼睛，逗得刘红兵老想发笑。有几次，他还故意坐到秦八娃跟前，想听听他对戏的评价。依他想，秦八娃这样个乡镇文化站的土老鳖，戏让省秦搬上舞台，并且搞得这样绚丽夺目，他该是捧着后脑勺，要偷着乐的事了。谁知他还假得，说了一堆不合适。首先，他觉得太华丽，让戏没有很好地走心，而是过多地"飙"了表皮；二是导演给忆秦娥安的动作太多，太炫技，让演员忘记了角色塑造；三是表演程式丢得太多，让好多演员出来，都归不了行当。他说像演戏，又不像在演戏。刘红兵说，这不就对了，年轻人就是嫌唱戏老套，节奏慢，才不好好看戏的。这个戏，刚好出新出奇了。何况还是去上海打擂台，又不是去北山秦家村下乡哩。秦八娃就摇着他的乌龟脑袋说："戏还是得像戏呢。"

秦八娃的意见，好像封导还是有所接受。在去上海调演前，又进行了一次大的修改排练。也就在这次排练中，闹了一场不小的风波，让忆秦娥很受委屈，也让她感到唱戏这潭水，是太深太深了。

那是有一天中午，作曲、场记、剧务都吃饭去了。封导觉得忆秦娥的戏，还有一处不到位，就把她留下来细抠了细抠。谁知就在他抓着忆秦娥的胳膊，一点点纠正动作时，封导的老婆突然破门而入，并且劈头盖脸地一顿臭骂起来。连封导都愣在了那里：老婆可是好多年都没下过楼的呀！她不仅破口大骂，而且还脱下鞋，前后撵着，要抽"忆秦娥这个碎卖 × 的"脸呢。

很快，一院子人，就都闻讯朝排练场内外聚集了。

也不知是谁把封导老婆从楼上搀下来的，反正那天下着蒙蒙小雨，满世界都雾腾腾的。因此，这老婆被谁从住宅楼搀下来，又是怎么进的排练工棚，都已成谜了。

人家为她好，替她打抱不平，封导的老婆自是不会把搀她的人供出来了。

她骂忆秦娥这个"碎婊子"，也骂自己的男人"老不要脸"。封导一个劲地解释，说这是在排戏。

"排戏？排啥戏？排独角戏？其余人呢？都死完了？"他老婆喊。

"都吃饭去了。"

"都吃饭去了，你咋不吃？是不是两人勾扯着比吃饭香？"

"刚排到这儿，不再说说，害怕忘记了。"

"你编。封子，你给老娘编。别看老娘几十年不下楼，团上的啥事老娘不知道？你一天就爱给女演员说个戏。你看看你排的戏，哪一个不是女角戏？你咋不排包公戏，不排水浒戏，不排岳家将的戏呢？尽给忆秦娥这碎婊子排戏了。你知不知道这碎货，小小的就让一个老做饭的拾掇了？这么个破瓜，你还当香包子朝脖项上挂呢？"

一直含笑规劝着老婆的封导，突然变了脸地说："你胡说人家娃啥呢？看你有病，不跟你计较，还撒上泼了。回去！"说着，封导就去搀老婆。谁知老婆一屁股坐在地上，连哭带号叫的，把一院子人，就都招呼到工棚里来了。

刘红兵赶到时，单团都已经安排人把封导的老婆，四脚拉叉抬出去了。老婆一边在几个人身上扭动，一边还舞着一双破鞋，说是要朝忆秦娥这个碎婊子的脖子上挂呢。

刘红兵是给忆秦娥送饭来的。进了工棚，见所有人都在朝他脸上怪瞅着。

他一眼看见忆秦娥，坐在排练场最拐角的道具椅子上，气得浑身都在发抖。

封导正在道歉，说让她不要跟病人一般见识。说完，他就急忙出门去，招呼自己还在破口大骂的老婆了。

单团在继续安慰着忆秦娥。

刘红兵很快就听明了原委。在一刹那间，也有一种酸溜溜的东西袭过他的心头。但很快，他又觉得，自己老婆是绝不会跟封导有什么瓜葛的。他曾经吃过几个男人的醋，可吃完，还是没有发现这些男人跟忆秦娥有什么实质性的牵连。忆秦娥就是傻，就是一根筋。可忆秦娥对于情爱，好像还是一个白痴。他甚至觉得她是一个性冷淡者，是需要去看医生的。不过他不敢这样说出来而已。他看着妻子无助的可怜样子，突然伸出手去，把她拦腰抱了起来。他一边抱着朝前走，一边对单团说：

"请组织查一查，都是谁在搅浑水？是谁在唯恐天下不乱地搞破坏？我的老婆忆秦娥，比他谁都干净、正派。我老实告诉大家，在我跟忆秦娥结婚时，她还是一个处女。这有医院的诊断证明为凭。请不要再在我妻子身上打主意了，不要再给她泼脏水了！她就是一个给单位卖命的戏虫、戏痴。都别再伤害她了，她已经遍体鳞伤了！我敢说，她比这个世界上的任何女人都纯洁，都干净。我首先不配拥有这样好的女人……"

刘红兵从工棚一直喊到院子，并且喊得泪流满面了。

忆秦娥也哭得满脸不知是雨水还是泪水了。她狠劲朝刘红兵怀里钻了钻。

刘红兵就把她搂抱得更紧更紧了。

刘红兵穿行在一片黑压压看热闹的人群中。他突然低下头，嘴唇深情地吻在了忆秦娥抽搐得已经变形的脸颊上。

四十五

连楚嘉禾也没想到，花花公子刘红兵，竟然当众演了这么一出。那天，她也在看热闹之列。准确地说，封导老婆的那一出，就是她一手导演的。

一连串的事情，让她对封子这个人，有了越来越讨厌的看法。在封子心中，省秦最好的演员，就是忆秦娥。在忆秦娥怀孕休产假的那些日子，封子给她补戏时，从来没有投入过像对忆秦娥那样的热情。每每总是埋怨她，说她这不如忆秦娥、那不如忆秦娥的。听丁团说，封子在团班子会上都公开讲：楚嘉禾可以培养，但就是二三类演员。勉强站到台中间，也不是一根能撑持省秦的顶梁柱。他还说她没有"台缘"，对观众没有魅力。主要是功底差，也缺乏演戏的灵性。还说她动作"肉"，表演没有爆发力。不像人家忆秦娥，能在瞬间积聚起巨大能量，把爱恨情仇，"顷刻间压榨成让观众迅速泪奔的琼浆"。听听这蹩足而又肉麻的吹捧词。楚嘉禾觉得，忆秦娥都是有些厌倦了这行事业，准备撇撇脱脱去"造娃做妈"的人了，却又被封子和跛子鼓捣回来，还端直上了原创剧目。谁都知道这个戏是要去上海参加全国赛事的。听说还要评戏剧梅花奖呢。这可是演员的最高奖啊！才开评几届，全国也就几十号人入围。一旦评上，那就意味着是全国知名表演艺术家了。

是在丁团的努力下，《狐仙劫》才给她分了个贪财大姐的角色。那就是个"霉旦""女丑"。一共才三场戏，还不是"戏心子"。唱词只有二十四句，还是分三次唱完的。这样的"菜帮子"戏，大概连个配角奖也是拿不上的。而忆秦娥一共有二百零八句唱词。核心唱段，一次就六十句。作曲也是百般地讨好，几乎把秦腔的精华板式，全都给她用上了。让忆秦娥在首场演出时，一板唱，竟然就获得了二十一次掌声。还别说她一身好功夫，带来的叫好连天了。尤其是封子导演，见了忆秦娥，连那几根头发旋来转去都遮掩不住荒凉的脑袋顶盖，好像也能发出油润的光亮了。见天排练拖堂，对忆秦娥的重场戏是抠了再抠。几乎每一句台词、每一句唱、每一个动作，他都要抠出花来，绣出朵来。那天把他老婆弄下楼，也是她蓄谋了好久的事。她觉得，像封子这样的人，就应该给他一些严重教训。并且这是一箭双雕的事，既打击了封子，也搞臭了忆秦娥，何乐而不为呢。

这事她也跟她妈商量过。她妈把桌子一拍说：就这么干。

不过这事自始至终，她都没有出面。而是她妈到钟楼公用电话亭，一次次给封子老婆传递信息，一点点把他老婆心火点燃的。她妈在电话里说：这事全世界都知道了，只怕就你还蒙在鼓里呢。不是你老汉心花，而是那个碎婊子见老男人就想染呢。封子老婆多次问她是谁，她说她是心怀正义的革命群众，是戏迷，是路见不平者。那天，封子老婆终于暴怒得要下楼了。她妈就一狠心，掏了十块钱，雇了一个进城卖菜的农妇，趁下雨打着伞进去，把封子老婆从楼上挽了下来。人一挽下来，她妈就迅速交钱，让挽扶者消失在雨幕中了。这事，单仰平还找派出所查了一阵。派出所的乔所长让手下人折腾了好几天，也没折腾出啥眉目来。相反，倒是刘红兵那天的挺身而出，不仅让这事没发酵、发烂、发臭，还反让更多人羡慕起忆秦娥来了。都觉得忆秦娥是找了个好男人，在最需要的时候，一把拦腰抱起，算是把她的面子，撑得比舞台的口面都宽大了许多。

大部队终于开向上海了，这是一个比较让人担心的地方。到北京演出，都没有去上海这么让一团人诚惶诚恐。上海人听不听得懂秦腔？20世纪30年代，秦腔大师李正敏，倒是在上海百代公司灌过唱片的。并且一唱走红，被冠名为"秦腔正宗"。现在都即将进入90年代了。五十多年前出的几张老唱片，自是不会有啥影响力了。在东去的火车上，单仰平甚至在车厢过道里，还跋来跋去地坐立不安，生怕在"海上"把戏唱砸了。倒是长得像王八的那个编剧秦八娃，好像是胸有成竹地一直靠在下铺上看书。书还是线装的，得竖着朝下看。封子问他看的啥，秦八娃说什么《搜神记》。单跛子说："你倒是能静下来。这么多人闹哄着，还能看进书。"秦八娃说："我知道你担的啥心。放心吧，上海人能看懂外国戏，那就能看懂秦腔。这故事简单明了，通俗易懂。还有字幕。看不懂，那就是傻瓜了。"楚嘉禾暗中只觉得好笑，这么奇丑无比的一个土老帽儿，竟然也敢担了上海人的保。倒是刘红兵玩得轻松，在跟一帮哥们儿打牌喝酒。单仰平不许耍钱，他们就给脸上贴纸条。刘红兵的脸上，都快贴成招魂幡了。楚嘉禾看见忆秦娥自上车起，就睡在上铺没下来。吃饭也是刘红兵殷勤着递上去的。吃完还睡。她想学忆秦娥的样子，却是咋都学不来的。只睡一会儿，她脑子就转起很多事情来，不下来走动走动，跟人聊聊家常、谝谝闲传，就惶惶不能终日。看来瓜吃瓜喝瓜睡，也就只是忆秦娥这个怪物一人的基本形状了。

楚嘉禾内心，是真的盼望着《狐仙劫》彻底演砸在上海滩上。让这群好捧忆秦娥臭脚的老男人们，也都被彻底打趴下。省秦也好重新洗洗牌。

可第一场演出，就轰动了。演完后，观众竟然长时间不走。都在呼唤着忆秦娥的名字。就连秦八娃，也被忆秦娥从侧幕条拉着，跟乌龟出水一样，一划拉一划拉地上到台中间，给观众磕头虫一般地点了十几下头，掌声还是不见减弱。封子导演也是被忆秦娥拉上去的。他一个躬鞠得，让谢顶盖上的稀疏毛发，全都垮塌了下来。惹得楚嘉禾站在台上都笑咧了嘴。忆秦娥就跟发情的孔雀一样，又是去拉作曲，又是去拉舞美设计的。最后甚至连单跛子都要拉上去谢幕。单跛子倒是死拉都没上，直说："我是瘸子，咋能上台呢？我一瘸一拐的，上台了对戏有啥好处，对省秦有啥好处？"单跛子这趟来的任务就是拉大幕。观众谢幕时，大幕得一直来回动着。他的手，就一直紧拽在大幕绳子上。

这里面，最数刘红兵像个跳梁小丑。楚嘉禾一直在观察着他的丑态百出。打从戏一谢幕开始，他就从观众池子的最后边，一点点朝前挤着。他一边混在观众中鼓掌，一边还拼了老命地喊好。别人喊忆秦娥，他也喊忆秦娥。别人喊胡九妹，他也喊胡九妹。他胸前还挎着个照相机，不停地在抓着观众发狂的镜头。尤其是坐在靠前位置的领导、评委、专家，更是他极力抓拍的对象。在给上海市一个领导抢镜头时，楚嘉禾还看见，刘红兵差点让领导身边的人，掀趔趄在一个台阶上了。她还把站在身边的周玉枝推了一把，让她快看刘红兵这个小丑。周玉枝倒是淡定，说："咋，羡慕了？这才叫好老公呢。"

观众折腾了很长时间，大幕才最终合拢。听调演接待方讲，上海市的领导，要求上海文艺界，明晚都来观摩学习。说让看看秦腔艺术的浑厚、大气、精湛呢。

这一晚，省秦的一百多号人，都得意扬扬地四散在上海外滩附近的几条繁华街道上了。楚嘉禾本来是要出去逛逛的，演出的成功，让她没有了半点闲逛的心思。她倒是去电话亭，给她妈打了个电话。她在电话里塞塞窣窣地哭诉道："狗日忆秦娥，又走了狗屎运了，连上海人都喜欢上秦腔了……"

上海的媒体，也是不惜版面地宣传起秦腔来。忆秦娥的狐仙剧照，登得到处都是。刘红兵满街跑着买起了报纸。随团来的本省媒体，也很快把消息传回了西京。第二天中午，楚嘉禾她妈就打来电话说，西京也传开了，说秦腔、说狐狸精忆秦娥，是什么什么"轰动上海滩"了。

上海方面，还有北京来的专家，为《狐仙劫》召开了座谈会。楚嘉禾作为人物表里排列的三号人物，自然也去参会了。

会议一开始，就有一个白毛老汉，硬要忆秦娥坐到前排去。说忆秦娥朝前排一坐，戏曲就有希望了。要不然，尽是这些白发老人，说戏曲就真成夕阳晚唱了。忆秦娥还扭捏了几下，到底还是被大家叫到前排去了。楚嘉禾从专家们放光的眼睛里看到，他们对忆秦娥，不只是喜爱，简直是恩宠有加了。

长得像乌龟的秦八娃，在全国倒是有些名声，后来也被请到前排去了。

丁团、封子导演和作曲，倒是跟他们坐在一起。单跋子干脆一声不吭地坐在最后一排的角落里，一直低头记着大家的发言，好像生怕遗漏了一句紧要的话。

座谈会开得特别热闹，不停地有人要抢话筒说话。有几个老头，话说得有点长，就有另外的老头，不停地用茶杯盖，敲击茶杯边沿提醒着。主持人也一再讲，参会的专家多，每人必须控制在十分钟以内。可有的专家话匣子一打开，就成几十分钟地说。阻止的敲杯声，也就此起彼伏了。都是一哇声地夸奖忆秦娥：什么功夫惊世骇俗；什么唱腔醇厚优雅；什么表演质朴大气；什么扮相峭拔惊艳。反正什么好词都生造出来了。竟然先后有七八个老头，又提到了"色艺俱佳"这四个骚乎乎的字眼。她看见，忆秦娥一直羞涩地低着头。还是那个老习惯，老动作，要把手背抬起来，捂着那张被宁州老做饭的廖耀辉，强摁强亲过的×嘴。好像是谦虚、乖巧得不敢承受的样子。可心里，还不知是怎样一种灌了蜜似的滋润、得劲与狂乱呢。一百五六十号人，花十好几万元，浩浩荡荡来一趟上海，也就受活了忆秦娥一人。这碎婊子，太是走了破脑壳运了。

不过会议也出现了另一种声音。这个声音跟在西京初排时，丁团就提出过的一样，说这个戏鞭挞富裕狐狸，会不会与时宜不合。在第一个专家发出这样的声音后，楚嘉禾看见，一直闭着眼睛听会的丁团，是突然睁大眼睛，把发言人盯了一下，并且还十分迎合地点了点头。紧接着，丁团又把会场里的所有脸面，都认真扫视了一遍。在以后的发言中，也有赞同这个观点的，也有不赞同这个观点的，并且还激烈地争论了起来。丁团就悄声对封导说："引起争议了吧？麻烦了。"封导说："能引起争议，不是啥坏事。"丁团说："会影响评奖的。"封导就再没说话了。楚嘉禾听到这里，倒是有些舒一口长气的意思。

终于在快一点的时候，主持人要宣布会结束了，可秦八娃却站起来讲了很长一段话。核心意思是：文艺创作不是新闻报道，不能去岔了记者的行。咱们应该用手中的笔，对生活做出经得起时间和历史检验的评价。他说，为富不仁，为富不择手段，为富丧尽天良，在任何社会、任何时代都是要受到批判的。如果我们今天不能保持这个清醒和警觉，社会是会付出惨痛代价的……

坐在他后排的作曲，见几个持不同观点的专家，脸色已经很难看了，就悄悄拽了一下他的后衣襟。他的后衣襟，也是一片很滑稽的料当，竟然比前襟短了许多。大概是驼背撑得有些歪斜，衣边几乎是吊拉在裤带以上了。秦八娃此时已经是口若悬河、不能自已的激情澎湃状态，哪里能被身后的小动作所左右？拽得烦了，他甚至转过身，怒视了作曲一眼喝道："你干什么？"惹得满场还哄笑了一阵。他直说到口干舌燥，两嘴角白沫堆砌。有人又敲起了茶杯盖，说吃饭时间已过一个半小时。他才拱手抱拳地道谢落座。谁知椅子早被自己的腿脚踢移了位置，一屁股坐下去，竟然是"无底洞"了。会在再次的轻松愉快中，一哄而散。

几天后，评奖结果出来，果然没有逃出丁副团长所料，戏只是拿了个演出奖，而没有获得优秀创作奖。只有忆秦娥是大满贯：不仅表演一等奖了，而且在以后不久公布的梅花奖评选中，还满票进入了获奖名单最前列。

在那个座谈会上，就有专家公开讲：像忆秦娥这样的演员，就应该是梅花奖的样板。戏曲演员，如果都像忆秦娥这样功底扎实，扮相俊美，唱念做打俱佳，那就不愁拉开大幕没有观众了。

这些话，像刀子一样剜着楚嘉禾的心。碎婊子是什么都得到了，那自己的奋斗还有什么意义呢？再奋斗，也都只能在忆秦娥之下了。还唱这个戏，那不是自取其辱吗？她的心凉完了。

在上海演出结束后，团上还专门安排大家逛了一天。楚嘉禾却是连体统都扶不起来地蒙头大睡着。都以为她是病了。只有周玉枝知道她的病是害在什么地方。在没人的时候，周玉枝对她说："嘉禾，得认命呢。"

"你脑子进水了吧，认命。认啥命？"

她的这个傻同学周玉枝，倒好像是真的认命了。一天瓜吃瓜喝，啥心不操，还反倒活得哼出唱进的快活了。可她做不到。一想到做饭出身的忆秦娥，竟然混得比自己好，并且还不是好一点，是好得不得了了，她就浑身一阵乱颤，有一种活不下去的精神躁乱了。

四十六

从上海回来后，秦八娃就要回北山去了。走那天，忆秦娥说一定要请秦老师正经吃顿饭。她跟单团和封导说，没有秦老师这个戏，她也就没有获大奖的机会。而秦老师，什么奖也没有，她心里挺过意不去的。单团说，还是团上出面请，可忆秦娥执意要自己掏腰包。最后把地方定在了钟楼同盛祥泡馍馆。秦老师走进包间后，还说太奢侈了。他说吃饭，其实就街边小馆子，人来人往的好。他们想着，《狐仙劫》获了九个单项奖，连音乐配器、道具、服装都榜上有名，唯独编剧缺了项。而团里几乎所有人都明白，很多掌声，其实是鼓给剧本的。尤其是秦老师的唱词，写得生动典雅，浑然天成。喜剧词，诙谐幽默，令观众情不自禁地要相互拍腿捶背；悲剧词，九天银河，倾覆而下，满座泪光闪闪，唏嘘不已。狐事人情，家长里短，酒色财气，爱恨情仇，无不充满哲理意蕴。这都是评论会上，一些专家说的。可另一些专家，却提出了戏的"时宜"问题，戏最终还是与编剧奖失之交臂。大家的心情，好像都很沉重。忆秦娥端起一杯酒，毕恭毕敬地站到秦八娃面前时，嗫嚅着，只说了一句话："秦老师，感谢你！大家都觉得，最应该获奖的是你。"

秦八娃突然仰天大笑起来，说："秦娥，秦老师也是俗人一个，真给奖，我也不会矫情拒绝。你师娘还就爱我弄些奖牌牌回去，满屋里乱挂着，磨起豆腐来，屁股撅得老高地有劲。来了客人，也好显摆呢。不给这个奖，我也不少啥。你想想，一个黄土都快掩住脖子的人了，评职称，没文凭；升官发财，一个镇文化站的碎摊摊，是老鼠的尾巴，榨不出几钱油来。何况我已是站长了，莫非还想靠奖，弄个太上站长不成？"把大家都惹笑了。

秦老师接着说："说实话，我要是为获奖，就不写这样的戏了。我交个底，写这个戏，一切都是为了你忆秦娥。秦腔出这么个好角儿，太难得了，应该有属于自己的戏啊！包括写狐狸戏，也是为了充

578

分展示你的美。人和妖比起来，那自然是妖狐更美些了。并且还可以在化妆、服装上，做足文章。在写戏过程中，几乎每一句台词，每一个动作，我都想的是你忆秦娥在舞台上的表现力。怎么能充分释放出你的外在美与内在美，我就怎么写。很多观众与专家，觉得最精彩的那些笔墨，恰恰都是展示你艺术才华的极限的地方。我觉得，这些地方，都是我们相互感应出来的。我是编剧，你忆秦娥也是编剧之一。"

"秦老师可不敢这样说，我哪里还编得了剧。"忆秦娥急忙捂嘴笑着说。

"不，艺术是通灵的。文字只是表达方式，是工具。在北山，有很厉害的剪纸艺术家，甚至可以叫剪纸大师，他们一字不识，但他们的造型、构图、意象摄取能力，甚至可以跟毕加索媲美。你忆秦娥，天生就是舞台上的精灵。你朝舞台上一站，任何文字，都只能是你的工具。上海有记者问我，你为什么要创作《狐仙劫》这个戏呢？我的回答就是：为演员写戏，为世间最好的演员写戏，这是写戏人的福气。"

忆秦娥越发地被说得坐立不安了。单团、封导一个劲地让忆秦娥敬酒，秦八娃也就大盅大盅地开怀痛饮起来。秦八娃说：

"金杯银杯不如口碑呀！尤其是戏，更是这么个理了。十年、二十年、三十年后，《狐仙劫》还能不能演，这是关键。其余的，都是过眼烟云，不足道尔，不足道尔啊！无论怎样，戏没有禁演，只是一些人有看法而已。只要戏还能见观众，那就是对写戏人的最大奖赏了。我很知足，很知足！真的，我觉得我的劳动，已经很值得了……"

那天秦八娃老师喝得酩酊大醉。就在几个人朝回搀扶的时候，他还口占了一阕《忆秦娥》：

忆秦娥·狐仙劫

狐仙咽，
山崖断处留残月。

留残月，
欢歌洞穴，
又成陵阙。

死生慷慨秦音绝，
悲歌召唤声声烈。
声声烈，
秦娥堪忆，
动容真切。

吟完，他呼地一口把一肚子羊肉泡，全吐在单团的背上了。并且他死活要上钟楼顶上睡一觉，几个人都摁不住。还把单团给的三千块钱稿费都掏出来，说就买钟楼顶上一觉，看够不？幸好那天上钟楼的门关着，要不然，还不知要吵吵出啥乱子来。最后，他硬是在钟楼邮局门前的花坛石条上，睡了四个多小时，才慢慢醒了酒。酒醒后，看着身边的单团、封导和忆秦娥连呼："喝一辈子酒，丢一辈子丑！把丑都丢到钟楼下了，实在是丢丑了！"

秦八娃老师回去了。

《狐仙劫》又连着演了二十多天。也就在这二十多天里，上边突然要求团上进行改革，说是要实行"名角挑团制"。全国都已动起来了。还说这是剧团今后的发展方向。单团长为这事专门开了会，领回的精神是：为了稳妥起见，原有院团的建制予以保留。可以在大院大团，先探索成立演出队，但必须由名角儿挑头。总之，是要打破"大锅饭"了。还必须尽快行动起来。省秦如果分成两个演出队，不说艺术质量会彻底下滑，并且立马就拿不出一台现成演出剧目了。可上边的精神非常明确，要求必须贯彻落实。单团如果不动，别人还会说他舍不得放权呢。所以他就给忆秦娥做工作，想让她挑一个队先干起来。还说这也是上边领导的意思。在开会时，有领导的确指名道姓地讲："我看像忆秦娥这样的名角，就可以挑一个团先干起来嘛！"

单团刚给忆秦娥说了几句，忆秦娥就一口回绝了。

那天忆秦娥正在工棚练《狐仙劫》里的"断崖飞狐"。这是戏里设计的一个高难度动作。虽然演出二三十场了，可还稳定不下来。有几次，都差点从断崖上跌下去。秦八娃老师就给她讲《庄子》。说那里面有一个"佝偻承蜩"的故事，也叫"驼背翁捕蝉"。秦老师还笑着说，你忆秦娥就是那个驼背翁。把她还惹得笑了个不住，说："我啥时又成驼背老汉了。"秦老师就买了一本《庄子》送给她，说这本书对他一生影响都很大，要她没事翻一翻。还说里面大多都是十分精彩的故事，很容易看进去的。秦老师走后，她就一直在翻这本书，并且跟背台词一样，先把"佝偻承蜩"背了下来。背着背着，她似乎突然从驼背翁练捕蝉的专心致志中，体悟到了一种过去不曾明白的东西。驼背翁为让竹竿上的泥丸稳定下来，才苦练了五六个月，就让蝉误以为他是枯树桩，而纷纷来投了。而她为唱戏的各种技巧，已苦练十好几年了。应该说唱戏的哪个技巧都比捕蝉复杂，但哪个技巧她也没练到驼背翁捕蝉的境界和水平。"断崖飞狐"这个绝技，之所以做不稳定，她觉得正是没修炼到驼背翁那种专一程度。驼背翁算是个残疾人了，跟正常人无法相比。但他在捕蝉这一技巧上，却远远超过了常人。孔子就说这个老汉是："用志不分，乃凝于神。"根本还是完全排除了外界的干扰，才把活儿做绝的。一个驼背老汉，都能练就这般绝活，自己怎么就把一个"断崖飞狐"练不过硬呢？其实她也听到，大家都在吵吵分团、分队的事。也有人当她面说："秦娥，你恐怕得挑团了。"她就捂嘴笑着说："你儇我干啥呢。我就是个唱戏的，连娃都哄不了，还挑团呢。"她一句也懒得听，懒得打问。反正她相信，不管谁挑，都不会不要她唱戏的。所以最近，她就整天在工棚里"佝偻承蜩"着。

谁知单团来了这一招，她自然是差点没笑得喷出饭来。可单团是严肃的，认真的。并且还搬出了上边领导的"指名道姓"。忆秦娥就急忙拿起东西，浑身像是从水里刚捞起来一般，连声说着"不不不，绝对不可以"地跑出了练功棚。

她回到家里，见刘红兵一脸坏笑着。她问笑啥，刘红兵就说："以后是该喊你忆团长呢，还是叫忆队长呢？"

　　"你咋知道的？"

　　"我能不知道吗，这事在团上都快吵破天了。大概就你还蒙在鼓里。单团跟你谈了吗？"

　　"我才不当呢。"

　　"恐怕不由你了，上边领导点兵点将，都点到你头上了。"

　　"管他点谁，我反正不当。"

　　"你为啥不当呢？"

　　"我咋能当领导呢？"

　　"你咋不能当领导呢？"

　　"都开国际玩笑是吧，我能当了领导？"

　　"你咋当不了领导？"

　　"我就是当不了。也不喜欢。"

　　"当上你就喜欢了。"

　　"打死我都不当。"

　　"必须当。不当就是瓜子。人家都跳起来抢着当呢。你这是鼻涕流到嘴边了，顺便吸溜一下就进嘴的事，还有个不当的道理。"

　　"你说得好恶心的。"

　　"话丑理端么。"

　　忆秦娥突然把刘红兵怔怔地看了半天，说："莫非你跟单团都串通好了？"

　　刘红兵说："不是我串通的。而是单团先找我做工作的。"

　　"你咋回答的？"

　　"我开始也客气地推辞了几句，后来就答应了。"

　　忆秦娥顺手就把擦汗的毛巾团成一团砸了过去说："谁让你答应的，要当你去当。"

　　"我要是角儿，是秦腔小皇后，是梅花奖，不用你煽惑，一蹦就去了。当官是多牛的事，为啥不当呢？必须当。当了就是你说了算，再不受人摆布了。那时你想演就演，不想演了，就宣布全团休息了，懂不懂？"

"我不懂。"

"要不咋说你瓜呢。"

"我就不瓜，咋了。我就不当，咋了？"

"恐怕已经没有退路了。"

"我当不当，还由你了。哼，就不当。偏不当。"

"你知不知道，团上现在有多少人想出来伸头？"

"关我啥事？"

"关你啥事？如果是楚嘉禾挑了头呢？"

忆秦娥一下笑歪在了地上，说："楚嘉禾，跟我一样，还能当了领导？"

"如果你不当，这个团谁都可以当。你搞清楚，人家楚嘉禾也是主演过《白蛇传》《游西湖》的人。报纸也宣传过。电台、电视也上过。要说名角，也是能跨上边边的。再说，楚嘉禾她妈的活动能量，那可不是你忆秦娥能小瞧的。"

忆秦娥就不说话了。

刘红兵接着说："团上这几天都鼓捣疯了，听说跃跃欲试想挑头的，就七八个呢。都等着看你咋弄，你要弄了，青年队，就你挑头了，没人能跟你争的。要争的是另一个队的头儿。你要不弄了，那省秦可就热闹了。只怕连青年队，也是要争得打破头的。"

忆秦娥想了半天，还是直摆头："不弄不弄不弄，坚决不弄。他谁爱弄弄去。没人要我刚好，我好引娃。"

忆秦娥还正说演出停下来了，赶快把娃领回来呢。她想刘忆都快想疯了。

刘红兵看这匹"烈蹶骡子"咋都不上道，就说："你会后悔的，你信不？要是让楚嘉禾挑了头，你哭都没眼泪了。"

正在这时，单团和封导也推门进来了。

自他们搬迁到新居，他们还是第一次来。

583

单团一进门就夸奖说："把房收拾得这漂亮的。"

刘红兵说："一般一般，世界第三。"

忆秦娥就踢了"片儿嘴"一脚。

刘红兵像是早有预见似的，在外面买了牛肉、棒棒肉、鸡爪子、鸭脖子、花生米啥的。一铺开，就是一桌硬菜。单团、封导一坐下，他就张罗着喝了起来。

也就在这个临时凑起来的酒桌上，一切事情都定了下来。

忆秦娥是不出山都不行了，单团说这是硬任务，胳膊拗不过大腿的。

好在，单团为她考虑得周到，把封导也强拉进了青年队。并且明确讲，由封导给她把架子撑着，她就挂个名。能顾上了，顾一顾；顾不上了，她演好戏就行了。

单团还说："秦娥，你过去在宁州，不是也当过副团长吗？"

忆秦娥不好意思地说："那就是挂名，啥事都没干过。并且也就当了一个来月，就调省上了。"

"这也是挂名嘛。拉杂事，都让封导去干好了。"

话都说到这份上了，忆秦娥再不答应，也真没理由了。加上刘红兵更是大包大揽，动不动就"没麻达"，啥都是"碎碎个事"。好像一切都跟揭笼抓包子一样容易。

忆秦娥是牛犊子不喝水，被强人硬按头了。

四个人碰了酒，忆秦娥就算是同意出任省秦青年演出队队长了。

四十七

演出队宣告成立那天，省秦院子里彩旗招展，锣鼓喧天。上边来了不少领导，媒体也是争相报道。省秦一下分成了两个演出队，一个由忆秦娥挑头。另一个，是由一名演黑头的名角扛旗。有领导提出，何必叫演出队呢，就叫演出团好了。中老年队叫演出一团，青年队就叫二团。出去叫着也顺口。大家就急忙改口，把忆秦娥叫团长了。忆秦娥还不好意思地看了看单团的脸，省秦怎么能一下冒出这么多团长呢？没想到，单团并没有不高兴的意思，还反倒带头叫起她忆团长了。她也就少了内心的诸多不安。

一阵热闹过后，其实困难比想象的要多出十倍百倍来。首先是没一本浑全的戏。人员虽然有个大致划分：青年为一团，中老年为一团。可在实际操作中，有向灯，也有向火的，相互就扯拉得完全不是当初想象的那盘棋局了。比如楚嘉禾，就坚决不参加忆秦娥的青年二团。刚好一团也想要她，说是那边也要复排《游西湖》《白蛇传》。楚嘉禾一进入一团，就是按一类主演计分计酬的人物了，也算是进入一团的核心层。

虽然说一切都有封导把局面撑着，可面子上的事，大家还是要找团长。开始忆秦娥也觉得有点新鲜，集合开会时，办公室人老把她朝主席台上促。虽然也有点害羞，但促上去坐了几次，也觉得滋味还是蛮好受的。过去全团集合，她都是窝在一个看不见的拐角，压自己的腿，卧自己的"鱼"，劈自己的叉。领导讲啥，她也是这个耳朵进，那个耳朵出。有时干脆懒得听，就想自己的戏，背自己的词，默自己的唱。反正领导就那些话：排戏要遵守纪律；不能迟到早退；戏比天大；观众是上帝。听不听就那回事。现在该她说了，可她总是张不开嘴，老是要让封导说。有一天，封导硬是推她讲了一回话。她只说了几句，就找不到词了。她说："是事儿推到这儿了，我们先得把戏排好。把戏排好了，有戏了，我们才能出门演戏。排戏不敢马虎，这是我们的饭碗。反正我会带头的。大家看我咋干，都跟着干就是了。办公室要把伙食给大家弄好，要干事，就得吃好喝好。我讲完了。""好！"封导不仅带头喊了一声好，并且还领了掌。说她讲得好，话不多，但句句都在点子上。那次，她还真的有点释然，觉得当领导讲话，也就那么回事了。

可时间一长，她还是有一种焦头烂额的感觉。又要排戏，又要管事，累得王朝马汉的，还不落好。她就老想着单团过去跛来跛去的

585

样子。

他们建团的第一件事，就是补戏。封导跟她商量说，先把《杨排风》《白蛇传》《游西湖》《狐仙劫》补起来。然后又布置了《窦娥冤》《清风亭》《三滴血》《马前泼水》等几本大戏。两个团分开后，无论演员、乐队、舞美队，都扯拉得乱七八糟。四本现成戏，就补了两个多月。加上一些演员已有的折子戏，总共凑了七八台节目，就算是可以出门演出了。

也刚好到了秋天的演出旺季，封导安排打前站的，挂了忆秦娥的头牌出去，台口竟然定下不少。加上刘红兵动用自己的关系，还有他爸的人脉，又到处打招呼，演出场次就从 10 月一下定到了春节前。足有上百场戏呢。不过问题也是明显的：本戏太少，撑不住大台口。关中人包戏有个习惯，要么唱三天三夜，要么唱三天四晚上，还有唱五天六晚上的。见天中午、下午、晚上都得有戏。一天三场，三天就是九场戏。虽然折子戏专场也能作数，但只能在下午"加塞"演出。其余时间，都是要求要上"硬扎本戏"的。可二团凑来凑去，都凑不够九场戏。最后是拉扯了个"清唱晚会"，才总算是能接"三天三夜"的台口了。

忆秦娥的团长，要说当得累，也累，主要还是累在演出上。平常一应诸事，担子都压在封导肩上了。据说封导差点都没成。老婆在家闹得不行，不让他出门。尤其是不准他跟"妖狐"忆秦娥在一起。最后是单团出面做工作，说封导要去给她挣大钱了。并且给她雇了保姆，还买了些米面油，老婆才骂骂咧咧地放行了。单团对封导叮咛说："无论如何，都得帮忆秦娥一把。等捯饬顺了，有人能顶住事了，你再撤退不迟。"

这事最红火的是刘红兵。与其说忆秦娥当了团长，还不如说是他当了团长呢。见天都有人给他打小汇报，还有给他抛媚眼飞吻的。刘红兵本来就喜欢在团里钻来钻去。觉得这里的一切，都是那么有情有趣有意思。用他的话说，叫"特别好耍耍的地方"。这下，就更是有了理由乱钻乱窜起来。忆秦娥骂他，嫌他不该来得太多，尤其是不该参与团上的是非。他还有理八分地说:"我不替你盯着点,只怕让人家把你这个团长卖了,你还帮人家点票子哩。"

忆秦娥也的确是累得没办法,刘红兵要掺和,也就只好让他掺和了。有时还真能顶住事呢。比如到外面包场,他的外联能力强,几乎是无所不能的。连封导都表扬好几回了。尤其是剧团每到一地,都是他出面跟地方领导协调,几乎没有办不成的事。无论伙食、住宿、车辆、结账,都办得利利索索、顺顺当当、妥妥帖帖。当然,也有人撂杂话,说忆秦娥是在"开夫妻店"呢。这里面还发生了一件事,就是忆秦娥她舅胡三元,也在二团出门演出不久,投奔忆秦娥来了。

在忆秦娥挑团的时候,她舅胡三元就来过一次,说了想帮她的话。可忆秦娥没好应承,就怕人说闲话:还没咋哩,先把自己的舅弄进来了。可下乡演出不久,团上那个敲鼓的,竟几次撂挑子,弄得有一天,差点把戏都摆在台上了。过去团上有三个敲鼓的,这次分团,两个都去了一团。二团这个,就成十里谷地"一棵独苗"了。先是闹着,嫌绩效工资给得低,要拿跟忆秦娥一样的分值。后又嫌每天演出,一坐就是十几个小时,屁股痛。他前后要把裤子脱了,让封导看。还扬言要让忆团长看呢。说是起痱子,都抓成黄水疮了,咋都坐不下了。还为坐车没安排前排,住店没安排向阳的房子,跟办公室也吵了好几架。都让封导想办法。封导说有啥办法,唯一的办法,就是再弄一个敲鼓的来,他就蔫儿下了。刘红兵就撺掇忆秦娥,让把她舅弄来。她就打电话把舅叫来了。

她舅在宁州处于没戏敲的闲散日子。团长朱继儒退休了。从县文化局调来个新团长,说过去是兽医站的,能吹笛子,就进了文化部门。他不懂唱戏,也不喜欢戏,说一听秦腔就"撒(头)痛"。到宁州秦腔团,才一个月天气,就把一个老戏曲团体,改成"春蕾歌舞团"了。演员都唱了歌。乐队也都修起长发,玩起了电子琴、电吉他、电贝斯。节奏是靠摇沙锤。中间摆的是架子鼓。那玩意儿,胡三元自然是敲不了了。并且也不可能让他敲。他一个半边脸烧得黑乎乎的人,怎能坐到台中,摇头晃脑地当电声乐队的指挥呢?那是得一个风流潇洒的人物玩着，才能给舞台提神聚气的。并且好多团的架子鼓，还都是美女敲的。春蕾歌舞团的团长，一眼就看上了当初给忆秦娥配演青蛇的惠芳龄。娃年轻、漂亮、机灵、腿长，敲架子鼓就非她莫属了。这碎女子，也的确学得快。从武旦转行到敲鼓，只一个月，上台竟然就是满堂彩了。她不仅敲得神采飞扬，而且中间还突然把鼓槌向空中一抛，翻个跟斗起来，接住鼓槌，又连着往下敲。让观众都惊奇得站起来为她号叫、鼓掌了。胡三元就觉得，自己的时代是结束了。宁州剧团再没人找他商量戏的节奏了。连过去跟他那么好的胡彩香也说："你的好日子到头了。赶紧转行，哪怕学个劁猪骟牛都来得及。"气得他就想扇胡彩香一尻板子。新团长倒是征求过他的意见，问他做饭不。说如果同意做饭，也可以随团外出。宋光祖和廖耀辉那两个老做饭的，年龄太大，出去带不方便。团上是准备出去跑一年的。路线端直划了好几个省。胡三元当时都想抽新团长几个大嘴巴，让他去做饭，得是又"文革"了，想整人呢？但他忍了，到底没发作。自是也不会答应去做饭了。可胡彩香去了，是随团做饭去了。她不想待在家里，老跟张光荣吵架。也怕胡三元督乱她。是出去图清静呢。再说，歌舞团能赚钱，最近凡来宁州演出的，都是满把满把地把钱赚走了。他们自然相信，春蕾歌舞团也是会"斗大的元宝滚进来"的。大家都出门后，胡三元也没啥事，就拿着一月几十块钱生活费，整天还练着他的板鼓。他也知道，再练也没用了。可不练，又觉得活不下去。就还成天哐哐哐哐地敲着。敲得一个院子剩下的人，都觉得他是犯了精神病。

终于，外甥女忆秦娥当了团长了。开始他也想投靠，娃毕竟才当官，他也不想添麻烦。谁知不久，忆秦娥就打电话来让他去了。他是在甘肃天水的演出点上，把剧团赶上的。他一去，忆秦娥就给他讲了来龙去脉。他说："放心，弄别的事舅不行。敲鼓，不是舅吹，还没有舅服气的人。《杨排风》《白蛇传》，包括《游西湖》，这三本戏舅立马就能接手。《狐仙劫》给舅三天时间，也保准不会把戏敲烂在台上。"忆秦娥是知道舅的本事的。可这么急呼呼地招他来，也不是想让他立马上。就是搞一个备份，让现在这个敲鼓的，有所收敛而已。

这也是封导的意思。她就说:"舅,你来还是先坐在武场面,看看戏。帮着打打勾锣,敲敲梆子、木鱼啥的。一旦需要你上,我会给你说的。"她还一再给舅叮咛:"这是省秦,不是宁州县,千万不敢把那火药桶子脾气拿到这里来了。这里可没人吃你那一套。"她舅连连点头说:"放心,舅也是四十好几的人了,一辈子亏还吃得少了,还跟谁杠劲呢?不杠了,不会杠了。何况这是亲外甥女的摊摊,舅咋能不省事到这种程度,把自家人的摊子朝乱包地踢呢?"

说归说,胡三元还是胡三元。吃啥喝啥,他都没要求。住啥房子,也不讲究,可一开戏,见别人敲鼓不在路数上,他的气就不打一处来。他觉得二团现在这个司鼓问题很大:首先是把戏的节奏搞得跟温吞水一样,轻重缓急不分;再就是手上没功夫,"下底槌"肉而无骨、软弱无力;关键是还有一个致命的瞎瞎毛病:看客下菜,故意刁难演员呢。他是一忍再忍,一憋再憋,可脸还是越憋越紫越黑。他不仅不停地抿着那颗包不住的龅牙,而且还把怨恨之气,直接大声哀叹了出来。坐在高台上的司鼓,已经几次冲他吹胡子瞪眼了,可他还是忍不住要表示不满。有天晚上,差点都接上火了。但他看在外甥女的面子上,还是把气咽了。忍得他难受的,回到房里,竟然把一盆冷水,兜头泼了下去。并且还用空塑料脸盆,罩住额头,嘭嘭嘭地使劲拍打了几十下。直到头皮瘀青,渗出血来才作罢。他像一头暴怒的野猪一样,在房里奔来突去。又是拿头撞墙,又是挥拳砸砖的。直折腾到半夜,才独自在一本书上,用鼓槌敲打起《狐仙劫》来,天明方罢。胡三元到底没走向隐忍修行。而在一天晚上演《狐仙劫》时,终于总爆发了。

那天晚上天气也有些怪,不停地吹旋旋风,把舞台上的幕布,刮得铁墩子都压不住。有人还俏皮地说:"莫非今晚真把狐仙给惊动了。"敲鼓的就借机减戏,行话叫"夭戏"。他竟然把大段大段的戏,通过自己手中的指挥棒,给裁剪掉了。而这个戏,胡三元已经看过好几遍。剧本也是烂熟于心的。在私底下,他把戏的打击乐谱,都已基本背过了。按司鼓现在的"夭戏"法,观众肯定是看不懂了。并且他还在下狠手"夭"。胡三元就发话了，说："戏恐怕不敢这样'夭'。"

司鼓本来对他的到来，就窝着一肚子火。知道他是一个县剧团的敲鼓佬。仗着自己是忆秦娥的舅，黑着一副驴脸，就敢到省秦这潭深水里来"胡扑腾"了。狗屁是吃了豹子胆，还给他唉声叹气甩脸子呢。这阵儿，竟然又公开指责起他"夭戏"来了。"夭戏"也是一种技术。一般敲鼓的，还没这几下蹭打呢。他"夭"得怎么了？他问他：戏"夭"得怎么了？

胡三元说："'夭'得太狠，观众都看不懂了。"

"这么大的风，到底是让观众'吃炒面'呢，还是看戏？"

"这儿的观众，好多年都没看过戏了。这大的风，一个都没走，说明他们是想看。也能坚持。再说，人家是掏钱包场看戏，咱不能糊弄人家。"

"胡三元，你搞清楚，这鸡巴二团，虽然是你外甥女当了挂名团长，可摊子还是国家的。是国营性质你懂不懂？不是忆家的私人班子。把自家男人卷进来不说，还把烂杆舅也弄进来了。再过几天，恐怕还得把她舅娘、她姨、她姨夫、她大侄女都收揽来吧。"司鼓说完，乐队就爆发出一片怪异的笑声。

谁知胡三元不紧不慢地说："只要需要，也没啥不可以的。唱戏么，谁唱得好、敲得好、拉得好、吹得好就用谁，天经地义。这不是都改革吗？也只有这样改，才可能把戏唱好。像你这样敲戏的，就应该改去搬景、做饭、拉大幕。"

"我日你妈，胡三元。你能，你来！你来！你立马来！你狗日今晚不上来敲，都是我孙子。你来！来来来！"那司鼓说着，一下从敲鼓台上跳了下来。而这时，舞台上马上就要狐仙两军对垒，进行"大开打"了。一切动作、节奏，都全靠司鼓手中的"指挥棒"呢。

所有人都吓得鸦雀无声地盯着胡三元。也有人起身在拦挡那位司鼓，说无论如何，都得先顾住前场。只见胡三元嗖地站起来，跟救火一样，一步跨上高台，一手摸鼓槌，一手拉过前司鼓踢开的椅子，一屁股坐了上去。就在屁股挨上椅子边沿的一刹那间，他手中的鼓槌，已经发出了准确的指令。立即，武场面四个"下手"，也都各司其职，敲响了锣、钹、鼓、镲。舞台上已经发现乐队出了问题的演员，听到规律的响动，一下有了主心骨，迅速都踩上锣鼓点，把戏演回到了井然的秩序中。这惊心动魄的一幕，让乐队几十号人，也都毛发倒竖起来。大家想着，今晚要是把戏演得摆在了台上，可就算把人丢到外省了。

但自从"黑脸舅"登上那把交椅后，戏不仅没有"停摆""散黄""乱套""泡汤"，而且还朝着更加激情、严密、紧凑、浑全的方向走下去了。就在全剧落幕曲奏完，武场面再次用大鼓、大铙、吊镲、战鼓，将气氛推向高潮时，忆秦娥的黑脸舅，是扔了手中的小鼓槌，一下跳到大鼓前，操起一尺多长的鼓棒，把直径一米八的堂鼓，擂得台板都呼呼震动起来。连他的双脚，也是在跟敲击的节奏一同起跳着。终于，他在一个转身中，双槌狠狠落在了鼓的中央。一声吊镲的完美配合，司幕把大幕已拉得严丝合缝了。

大概停顿了有四五秒钟，乐队全体自发起立，长时间地给他鼓起掌来。胡三元突然用一只手捂住脸，悄然转身走了。就在他转身的一瞬间，有人看见他是泪水长流的。没人再说他是忆秦娥的"黑脸舅"了。都说，宁州真是卧虎藏龙的地方，竟然还有这好的司鼓。有人说："在秦腔界，老胡都应该是数一数二的人物。""看他敲鼓，简直就是一种艺术享受呢。"有人甚至还说："胡兄的鼓艺，是可以登台表演的。"

这天晚上，尽管是野场子演出，有人喊叫说，西北风把娃娃都能刮跑。可数千观众，还是定定地看完了演出。戏演完后，还要围到台前幕后，看演员卸妆，看舞美队下帐幕，看大家拆台装箱，并且久久不愿离去。

忆秦娥这晚，也是经受了很大的惊吓。就在下场口司鼓跳下鼓台，扔槌而去的时候，其实上场口这边，已经看得一清二楚了。连台上的演员，也全都乱了阵脚。那阵儿，忆秦娥正在上场门候场，她扮演的胡九妹，是要去夺回几个失去自由的姐姐呢。眼看司鼓缺位，整个指挥系统一下瘫痪了。封导都让司幕做了关大幕的准备。可就在那千钧一发的时刻，她舅跳上了鼓台。不仅迅速控制住了局面，而且把戏敲得一段比一段精彩。连她的演出，也是一种很久都没有过的与司鼓配合的水乳交融了。直到"她"跳下断崖，大地悲切呜咽声声、长空鼓乐警钟齐鸣时，她才感到，自己是经历了一场比戏中情势还要激烈得多的较量。终于，她舅为她赢得了胜利。连《狐仙劫》这样的新戏，都敲得如此精彩、老到，还有什么戏，是能难住她舅的呢？她觉得，自己挑团，这是过了很重要的一个关口。角儿都拿不住她，因为大戏都是自己背着。可司鼓，眼看就要把二团的脖子扭断了。

今晚终于大反转了。

她听说舅哭了，她也哭了。卸完妆，她去房里看舅。她舅脸上的泪痕还没擦干。

"舅，你敲得那么好，都夸你呢，咋还哭了？"

她舅说："娃，舅知道你的难处。这个头，可不好挑哇！不过舅不是为你哭，舅是为自己哭哩。"

"为自己哭？"

"舅这一辈子，就这点手艺。今天干不成了，明天干不成了。熬到四十好几了，家没个正经家。你胡老师对我好是好，可对她的那个蠢驴老汉，也死不丢手。说人家那钳工手艺，比我敲鼓强。你说现在人，都有点钱了，却不好好正经看戏，要去看那些穿得乱七八糟，有的连羞丑都遮不住的扭屁股舞。舅这手艺，咋就又过气得快混不住嘴了呢？要不是秦娥你收揽，舅只怕……只有饿死一条路了。"她舅说着，又淌起泪来。

她说："舅，就凭你这手艺，只要还有唱戏这一行在，你就缺不了一碗饭吃。你今天可是给我长了脸了。一团人都在说，你舅是个奇才呢！舅，你真的是个奇才！你是咋把这个戏敲下来的？"

她舅只要说到敲戏，立马焦煳的脸庞上就有了光彩。他说："舅就看了几场戏，翻了几回剧本，戏就化到肚子里了。这算啥，你信不，还别说把戏过了几遍，就是过一遍，真要救场，舅也敢上。不就是敲戏嘛，还能比造原子弹难了？"

忆秦娥扑哧笑了说："舅就爱吹。"

"不是舅吹，没个金刚钻，还敢揽今晚这瓷器活儿？"

她舅倒是以他高超的技术，在二团很快就立住了。那个撂挑子的司鼓，看没难住团上，自己反倒有丢饭碗的危险，蒙头睡了几天，就说屁股上的痒子好些了，要继续敲。封导也安排他上了戏。不过，好多演员和乐队都反映，胡三元比他敲得好十倍，那些重要戏，也就再轮不上他敲了。团上就给他起了个外号，叫"八钱"。意思是：好端端的一两银子，刁来熬去的，终是熬成八钱了。

她舅彻底站住脚了。可刘红兵在团上摇来晃去的，大家意见却越来越大。其实刘红兵也没啥别的毛病，就是爱在女娃窝里钻来钻去。给女娃们跑个腿，献个小殷勤啥的。他本身长得潇洒帅气，出手又大方阔绰，自是招女娃们喜欢了。加之忆秦娥一天几场戏，累得连妆都很少卸，演完一场，倒头便睡。直到第二场戏开锣，才又起来包头、穿衣。刘红兵就拿了照相机，不停地到处给女娃们拍照留影。有些女娃，是有几个小伙子都在暗中追求的，自是嫉恨着刘红兵"隔手抓馍"的"荒淫无道"了。其实他什么也没干，就是好这一调调：不跟漂亮女娃在一起疯癫、热闹，浑身就不自在。这让很多人心里自是不舒服了。有人端直把他叫了"二皇帝"。是"二团皇帝"的简称。

世上没有不透风的墙。忆秦娥在这方面再瓜、再麻木，还是有人以递条子、打小报告的方式，让她知道了一些藤藤蔓蔓。她一生气，就一脚把刘红兵踢回西京去了。

四十八

刘红兵回到西京，独自一人，更是如鱼得水，玩得几天都不落屋。那真叫个昏天黑地，醉生梦死。就在他玩得正得意的时候，有一天，他妈来电话说，他爸年龄到了，从副专员的位置上退下来了。他妈的意思是，让他今年无论如何给忆秦娥做做工作，让带着孙子，回北山陪他爸过个年。说他爸心情不好得很。刘红兵这几年在西京浪荡得，都忘了他爸已是要退休的人了。怎么还有这一说，不是级别高的干部都不退吗？

到即将过年的时候了，忆秦娥才带团演出回来。刘红兵提前一天，也从九岩沟接回了孩子。他就跟忆秦娥商量着，想回北山过年。开始忆秦娥坚决不答应。当他说出他爸已经退休，最近心情特别不好的话来，忆秦娥才同意回去的。

自结婚后，忆秦娥只回去过一次，那是过中秋节。她能感觉到，刘红兵他妈心中只有她的宝贝儿子。而他爸心中，只有官场、官话、官腔。整个中秋节，基本都在家里接待人，跟走马灯似的停不下。只有晚上很晚了，才跟她拉扯几句话。先问她为啥不演些鼓励发家致富的戏。又说现在通商贸、修公路、开矿山、搞城建，热火朝天的场面多了去了，为啥不演、不宣传？整天就演个白娘子、杨排风，还有女鬼怨啥的，跟时代有什么关系？她也回答不上来。反正从他的话里，压根儿就听不出对她事业的尊重。这让她很不舒服。只勉强待了两天，她就闹着回西京了。她本来是不打算再回北山去的，可刘红兵既然把话说到这份上，说他爸可能连年都过不好，她也就答应回去了。

回到家的那天，已经是腊月二十九了。他爸正在发脾气，也不知说谁，反正气得手都有些发抖。"人走茶凉，人走茶凉啊！连这样的老实人，都要起花子来了，拜年还绕着咱家走呢。你看看他，猫着熊腰，张着河马一样的大嘴，朝人家新贵院子钻的那贼式子。看来在位时，这些人表现出的贴心可靠、忠诚老实，都是假的，统统都他妈是假的。"刘红兵他妈见他们回来，急忙把他爸的话阻挡了。他爸虽然不骂了，可心思好像还在别处，就连逗孙子，也显得有点魂不守舍。逗着逗着，他爸又扯到了忆秦娥完全不知道的事上。"哎，你看看这些人，行署幼儿园，不也是在我手上拨钱翻建的么。他们的娃娃都舒舒服服地进去了，我孙子又不上它。那个园长叫什么梅来着？拜年都不来了。这快的，吃水把打井人就忘了。"

就在这时，忆秦娥身后的半空中，突然发出了同样的声音："吃水把打井人忘啦！"吓了忆秦娥一跳。她急忙扭头一看，是一只鹦鹉。

"天哪，它咋学得这神的？"忆秦娥有些震惊。她听说过鹦鹉能学人说话，可还从来没见过，把话学得这真这像的鹦鹉呢。

"这算啥，你爸还有一只鹦鹉，才厉害呢。还能唱歌。那阵儿放《渴望》，电视机一打开，它就先唱上'悠悠岁月，欲说当年好困惑'了。"

"那只鹦鹉呢？"忆秦娥急忙问。

他爸就一屁股瘫在沙发上，唉声叹气的，直冲他妈摆手说："还说啥，还说啥。你咋是哪壶不开提哪壶呢？"

大家就都不说话了。

事后，忆秦娥还在操心着那只鹦鹉。她是想尽快找到，好给儿子唱歌玩呢。他妈才悄悄告诉她和刘红兵说："跑了。你说怪不怪，就在你爸退休的那天下午，那只鹦鹉给跑了。两只都是别人送的，人家调养得可好了，名字也起得合你爸的心意：一只叫'两袖'，一只叫'清风'。在家都养好久了。你爸每天下班回来，鹦鹉老远就喊叫：'两袖清风回来啦！''两袖清风回来啦！'你爸听着可高兴了，直撩拨它们说：大声些，再大声些。可就在你爸退休的当天，那只叫'两袖'的家伙，竟然跑得无影无踪了。你说是不是出了奇事？把你爸气得呀，天天都在嘟哝，让我把'清风'也送人算了。说'两袖'都没了，还留着'清风'干什么呢？他嫌吵得烦。"

这个年，在家里过得一点都不愉快。先是他爸消沉得饭都吃不下，老喜欢弄一堆文件在那儿看，还要给上面批些字什么的。嘴里一个劲地嘟哝说：好多文件都看不上了。刘红兵就给他弄了些小说、故事报回来，让"岔心慌"。在刘红兵看来，那些故事可提神了。但他爸看几行就瞌睡了。有时也能勉强看那么一两篇，看完就骂：日他妈，这要是我的秘书写的，我把他狗爪子都能剁了。

后来又因孩子的事，闹得忆秦娥心里特别不舒服。

就在他们回去的当天晚上，他妈就一惊一乍地说："秦娥呀，你们发现没有，你们这个孩子有问题呀！"

"什么问题？"刘红兵问。

"智力不对呀！"他妈说。

"什么智力不对？"

忆秦娥就有些不高兴。当奶奶的，怎么能说孙子这话呢？

"孩子已经满一岁了，按说应该能说话了。就是说话晚，也不应该是这个神气呀！刚回来，我以为是坐车晕，反应迟钝了呢。这都过去好几个小时了，觉也睡够了，怎么还是这没精打采的神气呢？"他妈边说，还边挠着孙子的手心、脚心。孙子只是微微抽了抽，反应不大。他妈就说："你们要重视呢。得尽快检查，看到底是什么问题。"

"没啥问题，能有啥问题。前一阵我要外出演出，把孩子送到我妈家放了几个月。我妈忙，可能也没时间调教孩子说话。接回来又不适应，就有点蔫儿吧。"忆秦娥没好气地说。

"把孩子放在乡下养，可能会反应迟钝些。但也不至于反应这么迟钝呀？孩子好像是这儿有问题。"他妈说着，还指了指孩子的脑袋。

忆秦娥就越发地不高兴了。在九岩沟，还有两三岁才学着说话的，后来不也都种地养家，活得好好的吗？怎么她的孩子，就脑子出了问题呢？你儿子脑子都灵醒得跟啥一样，孙子的脑瓜怎么就能蠢了呢？他妈不仅自己一惊一乍的，而且还神秘兮兮地，让刘红兵他爸也来看。爷爷奶奶，就像看一个怪物一样，看着他们的孙子。见她不高兴，就又偷着不停地用各种方式，测试着孙子的智力反应。有一次，甚至在她蹲厕所的时候，把孙子的下身脱得光溜溜的，还翻出家里备用的医药钳子，冷冰冰地捣鼓起孙子的脚心、脚丫、大腿、鸡鸡来。是她及时出来，他们才停止了进一步实验的。她实在待不下去了。本来还说，初二要去看看秦八娃老师的，也没去，就急着抱孩子回西京了。

正月初六就要出门演出，并且定了三个多月的戏。想来想去，还是得把孩子送回九岩沟。只有把刘忆放到自己亲娘的怀里，她才是放心的。她坚信孩子是不会有啥问题的，只是跟妈妈在一起太少了，一副可怜委屈相而已。每每想到这里，她的泪水就濡湿了孩子的肩头。她觉得，她已经很对不起这个孩子了，可没办法，还得把孩子寄养在娘家。她把刘红兵他妈的担心，说给娘听了。娘一下气得火冒三丈地说："他奶是放狗屁呢，这灵光的孩子，咋能智力有问题呢？这不是咒我外孙子吗？我外孙说话、走路是有点迟，但啥藤藤牵啥蔓蔓么，老子不傻娘不瓜的，儿子还能痴聋瓜呆了？再说，说话走路迟，也有迟的好处。你姐说了，有个啥子'死坦'，四岁才开口说话呢，最后还成了不得了的大人物了。说是脑子世上第一好使呢。"娘为这事，还专门把她姐叫回来，问那个人叫啥子"死坦"，四岁才说话的？她姐说："爱因斯坦。啥子'死坦'。"把她惹得一阵好笑。

她是相信娘的话的。娘生了三个孩子，还在村里帮人接过生，见得多，也不会哄她的。不过她也要求娘，要腾出时间，好好教娃走路说话，不敢再惯着了。一家人都满口答应了。

忆秦娥回到西京，正月初六一早，就带团出门了。

四十九

这次下乡，忆秦娥没有让刘红兵去。一来，是不喜欢他在团上张扬。就好像他是团长似的，啥都爱拿主意，爱拍板。爱越过封导、业务科、办公室，直接"定秤"。团上已经有人叫他"大掌柜"了。二来是他爱朝"花枝招展""蜂飞蝶舞"的地方扎。爱帮女娃提行李；爱帮人家上车下车；爱钻到人家集体宿舍打牌；爱挤到人家一堆吃饭；尤其是爱帮人家整理衣服、鞋帽啥的。谁的服装腰带没系好、耳环有点偏，他都能一眼看出来。并且是要亲自动手，帮人家朝好里捯饬的。有好几个爱情地位不巩固的男生，已经给她这个团领导撇过凉腔了，说红兵哥是贾宝玉一枚。有的还偷偷纠正说，不是贾宝玉一枚，是猪悟能一头。气得她也骂过刘红兵，说你脑子进水了，一天尽朝女人窝里钻呢。谁知刘红兵这个二皮脸说："我是帮你密切联系群众哩。"

"联系群众，咋全联系的是女的？"

"男的也联系呀，可他们凑到一起就要喝酒、打牌、赌博，忆团座不是不让吗？"

"你不是整天也钻到女人堆里打牌吗？"

"可她们不带水，不赢钱，只给脸上贴纸条么。"

"所以你就见天给死皮脸上贴几十个白条子，演《诸葛亮吊孝》呢。丢人不？"

"哎，也是逗她们开心哩。开了心，不就更愿意给你打下手、跑龙套、当臣民了吗？"

忆秦娥咋都说不过他。这事好像也没办法朝细里说。不过，她倒也没发现什么大不了的事。自己的男人，忆秦娥自信还是没有到失控的程度。尤其是他对她唱戏、美貌、身体的那份稀罕，她觉得，他还不至于节外生发出什么荒唐的枝丫来。加之演出任务重，见天累得咽肠气断的，好像对这样风里来雾里去的事，也就有些麻木了。

最关键的是，这次回北山过年，他爸他妈当着她的面，把刘红兵骂了个狗血喷头。一股脑儿给他扣了"闲人""混混""街皮""二流子""橡皮脸"等十几顶帽子。说他年过三十的人了，要文凭没文凭，要地位没地位，到现在还是办事处一个没名堂的小科长。叫刘科长，带个长字也就是好听。说穿了，还不就是陪吃陪喝陪逛陪赌陪跳舞的二混子。看混到哪一天为止？他妈还说："这下你爸也退了，连鹦鹉都跑了，还别说跟前的人了。谁也指望不住了。混得好，混得歹，都全靠你自己了。你爸为你的事，这几天还在找人说话。看那点余威，还起不起作用。他是想让你在办事处，先弄个副处级，然后再找人脉，朝正经地方安插呢。你总不能在办事处混一辈子吧？过了而立之年，是得考虑自己往起站的时候了。秦娥也不要拖红兵的后腿，让他一天到晚都卷到剧团里，算咋回事？就包括秦娥你，唱戏是有名气，可也不能一辈子都唱了戏吧。有了孩子，红兵再弄个一官半职，你就得想办法退出来，把红兵招呼好。哪怕学学打字什么的也行嘛。将来能安排到跟红兵一块儿，我看当个打字员也挺好嘛。"忆秦娥就再懒得听了。她从来都没觉得这个婆婆的话中听过。好在，她从来也没想着要跟他们在一起过日子。不过，她也拿定了主意，以后是坚决不让刘红兵再随团外出了。至于他能不能拿上什么副处级，忆秦娥也不懂那是什么玩意儿，反正都是他自己的事了。绝不能让他爸妈认为，都是她拖了后腿，耽误了他们宝贝儿子的美好前程了。

刘红兵还跟忆秦娥闹了一场，说他就不爱什么副处正处的，嫌"太捆人"。还说那都是身外之物。他爸都副专员了，说下不也就一夜下来了。人下来了，连鸟都跑了，何苦要受那份罪呢？他说他就爱戏、爱玩、爱逛、爱人多、爱老婆。可忆秦娥还是坚决没让他去，说她担不起那个赖名誉。说心里话，她觉得刘红兵月月拿了办事处的工资，也该给人家干点事了。

下乡一去就是九十多天，演了一百七十多场戏。光忆秦娥就演了一百三十多场。中途，刘红兵到底没忍住，还去看过一次。可待了几天，她就逼他回去了。直演到"五一"前夕，大家实在撑不住了，她才带着二团回西京的。

他们的行踪，其实刘红兵一直都掌握着。就在他们回去的前一天晚上，刘红兵还给团上要好的朋友发过呼机，问大部队什么时候回来。那个朋友回答说是第二天下午五点左右到家。谁知，那天晚上的戏，因突然下大暴雨而取消了。大家就闹着要连夜回。谁不是归心似箭呢。封导和忆秦娥就商量着连夜返回了。

车到省秦院子的时候，是凌晨四点左右。忆秦娥虽然累得有些站立不稳，可回家的兴奋，还是让她在上新楼的楼梯时，加快了脚步。

她没有敲门，她想着要给刘红兵一个惊喜。她甚至想着刘红兵这个赖皮，要是进门就纠缠自己怎么办。尽管累成这样，恐怕还是得满足他一下。毕竟有成百天没在一起了。想着想着，她甚至还有了点久别新婚的冲动。可当她扭开锁，轻轻推开门时，立马被眼前的一幕惊呆了。

一个赤身裸体的女人，与一丝不挂的刘红兵，是像两条蛇一样扭结在一起睡着。大概是太困乏了，竟然连开门走进来了女主人的严峻事，都浑然不觉。

地板上铺的被子、单子，已被揉搓得像是生死搏斗过的战场。裤头、连体袜、乳罩、裙子，撒得满地都是。沙发也都被搏斗者攻击得离开了原来的位置。用过的避孕套，也是尸横遍野地奉拉在地铺的周边地带。

也许是一种条件反射，刘红兵突然睁开了眼睛惊叫道："啊，不……不是说明天下午……五点……才回来吗？……"

他大概做梦都没想到，情报会发生这么大的误差。

只听铁门"嘭"的一声响，忆秦娥已经转身走出家门了。

忆秦娥也听说过刘红兵是花花公子，可以她对男女之情的经验判断，一个人，对自己是那样的钟爱、稀罕、黏糊、娇宠，又怎么能跟另一个女人干这种勾当呢？从现场看，那种疯狂，让忆秦娥感到阵阵战栗，也感到阵阵恶心。就在这套新房里，她第一次走进去的时候，刘红兵就曾疯狂得如雷如电过。他们把家正式搬进去那天晚上，发现沙发床脚与地板，是有巨大摩擦声响的。刘红兵也是把被子和她一起，抱到了客厅中间，摆开了另一个同今晚一样的战场。但这样的战场，每每因她的疲乏、劳累、冷淡、不感兴趣，而使战火常常骤然熄灭，炮哑烟消。她不敢想十五岁遭廖耀辉猥亵的场面。可每临这事，她又条件反射般地要想到肥头大耳的廖耀辉。想到他那白花花的、刮净了猪毛一般的大肚皮，以及毫无血色、像涝池脏水浸泡过的肥屁股。真是恶心透了。这样的场面一旦出现，男女之间的那点欢情，立即就变得不洁、不美、不快，甚至是淫邪、放荡、丑恶起来。她难以想象，刘红兵为什么对这号事屡有兴致，乐此不疲。虽然对刘红兵这个人，一开始，她也并不满意。可阴差阳错、三来四回的，一旦结婚，她也就认命、认理、认情、认夫了。她想着这一辈子，也就是这么回事了，既然捆绑到一起，那就是夫妻命了。可没想到，在她真的接纳并常常有点思念这个丈夫时，却突然遭到一记重锤，自己一下被叩击得到了崩溃的边缘。

她从楼上走下去时，几次差点栽倒在过道里。但她还是强撑着走了下去。院子里还有好多人在走动。有些在乡下买了太多东西的人，还在卸车，还在把东西朝回搬运着。她不能不把自己藏身在黑暗中。她得等到无人时，才好从院子里朝出走。因为在车上，大家已经跟她开过很多关于久别胜新婚的玩笑了。说红兵哥一准把洗澡水烧好，就单等贵妃出浴了。她突然感到，自己像是被谁剥光了身子，虽然站在暗处，眼前却已是大白如昼下的大庭广众了。她看见一个女的，用衣服上的帽子捂着头，从楼上跑下来，又急匆匆跑了出去。她感到这就是家里那个女人，个头高挑，也很漂亮。紧接着，刘红兵就跑下来了。有人还跟他开玩笑说："红兵哥真是模范丈夫呀，这半夜的，都惊动起来了。忆团长不是啥都顾不得了，边解扣子边上楼了吗？"刘红兵支支吾吾地说："噢噢，知道知道。我是给你嫂子弄吃的去。""模范，一级模范丈夫！"刘红兵就出去了。

　　直到院子彻底安静下来，忆秦娥才从一蓬冬青中走出来。她手里还提着下乡的东西，也不知要到哪里去。

　　她恍恍惚惚地走出了大门。

　　没想到，刘红兵就在大门外的黑暗中站着。见忆秦娥出来，一把抱住她，并在黑暗中跪下了。他说："秦娥，我错了。我不是人……我是畜生。只求你原谅我这一次，我是真心爱你的……那女的，是推销化妆品的。真的没有啥，就为给你买化妆品……"忆秦娥立即挣脱掉他，继续朝前走去。他又追上来，再次跪在她面前。她仍甩掉了他，快速朝前跑去。他再一次扑上去，死死抱住了她的大腿说："你打我几下，好不？狠狠踢我几脚，好不？我不是人！我该死！"可忆秦娥已经没有任何想打他、踢他，甚至骂他的意思了，只想立即、干净、彻底地抖掉他。刘红兵终于当街又跪下了。

　　这是一个还有车辆来往的十字路口，离省秦很近。也有团里刚回来的人，在出出进进。忆秦娥实在觉得面子无处安放，并且还有被堵住的大卡车，在使劲按喇叭。她就不得不随他朝暗处挪了挪。一挪到暗处，刘红兵就再次跪下，已是声泪俱下了。可她依然在做着逃离的决然努力。刘红兵说："无论如何请你回家，我走，这是你的家。你不能在外面待着，不安全。我走。你只要回去，我立马走！"又折腾了几个回合，忆秦娥见已有团上人在朝这里靠拢。她才半推半就着，随刘红兵折腾了回去。

忆秦娥死都不想再进那个门了。刘红兵硬是抠开她抓着门框的手，把她拦腰抱了进去。当忆秦娥仍要朝出挣扎时，刘红兵已经选择自己离开了。他是一步跨出门，砰地反拉上，并紧紧拽着门把手不放的。他见里面再无开门动作，才慢慢下楼去了。

忆秦娥在房里傻愣了许久。终于，她扑通倒在地上，号啕大哭起来。

她突然觉得，自己是被什么东西彻底掏空了。她感到，自己是再次遭受了比廖耀辉损害名誉更沉重得多的打击。她已全线崩溃了。

她先后十几天没有出门。刘红兵也来敲过几回门，还试着用钥匙扭过几回门锁，她都没理。有一天，单团长也来敲。敲得久了，她就答了声话，说不方便，还是没开。她舅胡三元来，她倒是让进门了，却只能装作无事人一般。这事是咋都不能让她舅知道的，她舅一旦知道，为保护外甥女，可是什么事情都能做出来的。当初他就差点打死了廖耀辉，今天岂能饶了他刘红兵？她就闷在家里，用剪刀，把凡能剪的被子、床单、枕头、毛巾、浴巾，全都剪了。地也是用洗衣粉擦洗了无数遍的。像封导的洁癖老婆一样，她把所有别人可能接触过的地方、东西，都上了除垢剂、消毒液。凡是觉得洗不洁净的，干脆打了，扔了。尽管如此，可她还是觉得阵阵反胃。最后，她索性把新沙发和席梦思床，都当垃圾，让拾破烂的全搬走了。

本来这次回来，她是打算回九岩沟看儿子的。可这种心情，也没法回去。加之半月后，还有一个重要演出，也是定了九场戏。还是擂台赛：一边唱秦腔，一边演歌舞呢。他们本来不想去，但给的戏价特别高，是平常的两倍还要多。也就把合同签了。她这心情，本来是没法演出的。可毁约，团上损失又太大。也就只好按原定时间出发了。

这次封导没有来，说他老婆到底还是闹得不可开交了。团上的事情没人打理，单团就主动来协助她了。在车上，单团还悄悄问她："最近是不是跟刘红兵闹啥矛盾了？"她说："没有哇。"单团说："那把刘红兵急的，像是家里出了什么大不了的事呢。问他，他也不说。只让我帮他看看，看你在家不在家就行了。该不是两口子吵架了吧？""没有，我就是下乡演出累了，想睡觉。""你真是个瞌睡虫，还能一睡十几天不出门。"

忆秦娥只淡然地笑了笑。她不想让别人知道那些让她恶心的事。谁知道，也医不好那刀切斧砍的硬伤口。这是一种无法复原、无法替代、无法安慰、无法呼叫转移的伤痛。这种伤痛，只能由她一个人默默忍着，受着。知道的人越多，越只能传成奇谈、丑闻、笑柄。最后甚至传成比街头小报上的传奇故事，更荒唐、怪诞的喜剧、闹剧来。尤其是她忆秦娥，这种事，可能会迅速扩散成别人的下酒菜、兴奋剂、发酵粉。虽然单团长绝不是这样的人，但说出来，解决不了任何问题，说又何益呢？这十几年，她独自忍下、吞下的事情还少吗？她深深懂得，把自己的苦痛使劲憋住、忍住，甚至严严实实地包藏起来，那才是对自己最大的保护。也是对伤口最好的医治了。

五十

这次演出，是在关中的一个大集镇上。这里四通八达，一边是八百里秦川沃野，一边是百折千回的黄河古道。这里曾是三省的骡马古会场地，据说已有好几百年历史。一百多年前，就有"每逢古会，人以万计。骡马牲畜沿河岸列阵，绵延数十里不绝"的记载。这次物资交流大会，更是引起了好几级政府的高度重视。从宣传与提前做工作的情况看，预计客商与逛会者不下十万人。交流内容，已不只是鸡鸭兔狗、猪马牛羊、骡子叫驴。而延伸到了彩电、冰箱、自行车、缝纫机、布匹、成衣、种子、农具、卡车、拖拉机，甚至包括手机、呼机等方方面面。有人说，进了这个古会，就可以买到从生到死的一切用品。果然，在黄河滩边的一个拐角处，就摆放着厚厚的柏木棺板。还有打理得十分精细的坟头碑石。有操新型电钻的工匠，正在石头上嗞嗞嗞地表演着刻"音容宛在""千古流芳"等的刻字技术。

大会中心会场，是在黄河滩上的一个大回水湾里。据说每年汛期，还会有细流顺沟槽漫进这片滩涂。而现在，已经是干涸得驴蹄子一踢一蓬灰尘了。场上搭建了一个中心舞台，那是用土方夯起来的。说是舞台，其实就是一个宽宽的长堤，最后用红地毯浑全地包裹了起来。飘起来的氢气球，形成了几乎全覆盖的彩色舞台顶幕。两侧立起几十个宽大的柱子。柱子上都喷着"一切皆是商品""无商你家不富"的大标语。台前台后，台左台右，排列着千人锣鼓方阵。鼓手一色是黄衣黄裤黄鞋，却包了红头，披了红坎肩，拿了红绸子包的鼓槌。大铙钹上，也系了飞舞的红飘带。那飘带是顺着后脖子牵连过来的，铙钹在空中扇打得一开一合的，就像漫天飞起了千只红蝴蝶。就在《八面来风》的锣鼓欢腾中，广场的角角落落，鞭炮齐鸣，火铳嗵嗵。嘉宾们戴着胸花，都神采奕奕地鱼贯向台上走来。站在一排的是主要领导。二三四排是次要领导和一律报作"著名"的中、省、地、县各色人物。仅名单，主持人就念了二十好几分钟，并且还有不少漏报的。在主持中间，有人还不断地递条子，主持人也不停地道歉补充着"重要来宾"的姓名。好在台子大，口面宽。要不然，这二三百嘉宾的豪华阵仗，还真是无法安顿得下呢。

在广场的南面，搭建了一个不太大的舞台。台面上也铺着红地毯，台后的背景板上，彩绘着一个吹萨克斯管的外国大胡子老头。老头旁边，是几个外国美女，穿着超短裙，正对着观众跳踢腿舞。腿踢起来，刚好露出窄窄的一溜底裤。有些戴着石头眼镜的老头，还把有色眼镜摘下来，凑近了看。看完，不无怪异地议论道："这羞丑都遮不住了，还好意思跳？"有老汉就说："你个黄河滩上的土老鳖，懂个锤子。人家看歌舞团，就看的这西洋景呢。"台上已摆好了架子鼓以及各种电声乐器。最抢眼的，要数摆在舞台口的四个大音箱了。农村人看不懂，咋看都像是自己家里装粮食的老板柜。不过家里的板柜是平放着的。而这四口"柜"却是立着。包板柜的材料，也是没法比的，黑都是黑色，可人家的，却是黑得能放射出一道道彩光的。

在广场的北面搭着一个真正的戏台子。这就是省秦二团的舞台。主会场开始锣鼓喧天、讲话、剪彩的时候，这里已经化好妆，各就各位了。司鼓胡三元，已坐在了高椅子上。他抿着龅牙，偏着脑袋，一边在拿鼓槌轻轻敲击着自己的腿面热身，一边在等待着开锣的命令。舞台是他们自己雇人搭的，单团一直在忙前忙后。唯一让他感到不愉快的是，省秦的音响设备，已经太落后了。人家南方歌舞团用的是进口音箱。而他们还用的是高音喇叭。为了把声音送进观众耳朵，也是为了在打擂台中"抢声""抢戏""抢人"，他们在演出场地的不同位置，仅高分贝喇叭，就绑了十六个。可还是没有人家歌舞团的音箱吼天震地。早上各自调试音响时，人家一声"昏睡百年，国人渐已醒"，让整个地面都嘭嘭地跳动起来。唱歌人，像是从地心里冒出来一般。而他们的喇叭，只是嗡声大，杂音大，尖溜溜，割耳膜，却感觉不到脚下的抖动；更没有晴空霹雳的震撼。单团想着，这次回去，无论如何都得向财政上申请点钱，把两个演出团的音响设备，彻底更新一下了。

观众先是都拥到主会场前，看千人威风锣鼓，看百年不遇的古会阵仗。主会场开幕式一结束，两个台口，就同时发出了自己的声音。歌舞团是一阵架子鼓和电声乐队的琵琶音后，奏起了马克西姆的《野蜂飞舞》。而秦腔团，胡三元领着他的武乐队，敲响了《秦王破阵》的"大闹台"。单团生怕声音小，还一跛一跛地跑到台中间，把几个话筒朝武场面跟前拉了拉，说必须先声夺人。围在主会场前的观众，听到两个擂台响动了：一个在空中乱炸；一个在地心轰鸣。人群就立马兴奋得呼啦啦一阵分流，像龙卷风的风暴眼一样，朝南北两个台口倾泻而去。年轻人，多数拥向了歌舞演出。而中老年人，都扑向了秦腔台口。也有那两边扯拉着，胡奔乱突的，只是图了热闹，图了拥挤，图了能贴紧别人的前胸后背。有的还专拣那密不透风的地方钻。钻得越出不来气，越感到快活满足。一些哪里也挤不进去的小孩，就朝树上爬，朝枝丫上吊。戴红袖圈执勤的，生怕这些孩子掉下来，摔了自己，还砸了别人。他们就拿事前准备好的长竹竿，像采果子一样朝下戳。可越戳，孩子们越朝树顶上攀，也就奈何不得了。无论看歌舞还是看戏的，能挤到前边的，就席地而坐。也有那提前主意拿得正，用凳子占好了座位的。没凳子没位置的，就前后浪一样乱涌着。一会儿这儿卷起个漩涡，一会儿那儿又鼓起一个大包。台口两边，一边站着几个操着长竹竿维持秩序的人，他们不停地朝这些"漩涡""包块"上敲击、点穴。那神气，看上去比主角都更有吸引力。再远些的，啥也看不见，就只能看无尽的后脑勺了。有那气不打一处来的，就抓一疙瘩硬土，朝脖子伸得最长的脑袋掷去。打得那人回头四顾，一通乱骂，骂完还照样伸长了脖颈看。在人群的最外围，有站在自行车、架子车，甚至驴背上看演出的。还有人干脆把拖拉机也开了进来，搞得一家老小都能站上去。事后有数字统计，说那天古会，总人数在十一万左右。除了做生意的一两万人，其余的，就都拥挤在两个台口前，还有附近凡能占据的所有制高点上了。

忆秦娥虽然最近心情坏到了冰点，可自打来到这个演出点后，还是有所排解。她一下车，就被成群结队的戏迷一路拥到了住地。那些人一边走，还一边招呼着远处的人说：

"忆秦娥来了！"

"咱忆秦娥来了！"

"这就是电视和匣子（收音机）里的忆秦娥，真人给来了！"

"真的，你看那鼻梁子，绝对没麻达！"

甚至还有人说："古会成了，忆秦娥都来了么。不是有人说请不来，要改戏吗？"

又有人说："镇长都说了，秦腔非忆秦娥不请；歌舞非南方大城市的不要。"

"忆秦娥来了，这百年古会的戏台子，就算给镇住了。"

忆秦娥常常为戏迷的这种相识与烂熟而惊叹不已。自己从来没有唱过戏的地方，观众还是能远远地把她认出来。那种稀罕、那种爱怜、那种尊敬，常常能唤起她有些支撑不住苦累时的演出激情。尤其是这次演出，她真的是崩溃得不想来了。可当双脚踏上这块尘土飞扬的黄河滩涂时，还是平添了一份做人的自信。竟然有这么多人知道她、需要她、爱她。虽然她并不喜欢演出以外的任何抛头露面，可今天，她还是喜欢上了这条走了很久才能走到头的泥路。并且是越走人越多。还有几十个自发拍照的人。有的为了抢镜头，竟然是生生退进了路边的水凼、粪坑里。扑通扑通，下饺子一般，人跌下去了，照相机还在头顶响着连拍。惹得一路人哄堂大笑起来。反正她走到哪里，哪里就是数百人的包围圈。镇上不得不加派了好几个专门给她开路、护持的民警、民兵。

作为团长，虽然这次什么心都是单团在操着，可她还是担心擂台赛时，秦腔的台前少了观众。歌舞现在是太强势了，何况还是从广州请来的。当"闹台"一响，她发现，有不少人，还是围到戏台前，要看她的《白蛇传》时，她就有些激动。这场戏，她演得特别攒劲，也十分浑全。虽然没有歌舞的观众多，没有那边狂热，可演完后的评价，还是迅速在古会上传播开来。一批老戏迷逢人便说：

"忆秦娥是秦腔几十年不遇的硬扎武旦。"

"忆秦娥是名不虚传的'秦腔小皇后'。"

"这次古会，忆秦娥给咱秦人把脸长炸了。"

…………

第二天晚上演出《狐仙劫》。都知道这是忆秦娥获大奖的戏，观众一下竟飙升到了六七万人。这个数字，也是镇上根据观众的密度，拉皮尺计算出来的。为了安全起见，当晚还从地、县两级，抽调了好些警力。原想着，歌舞团那边也会人声鼎沸的。可没想到，《狐仙劫》开演后，那边很快就只剩下一些零星年轻人了。有人传出：这个歌舞团可能是草台班子。正经能唱歌的，就三四个人，是翻了烧饼地唱。跳舞的，来回也就那四男四女。跳到没啥跳了，就老邀请观众上去跟他们一起乱扭乱蹦。并且还脱得只剩下了"三点"。"包子"烂了底，最后差点没跟地方小混混，在台上打起群架来。

《狐仙劫》的观众倒是越聚越多，并且秩序还越来越好。但谁也没有想到，一场大事故，却在舞台下面一点点酝酿开来。

舞台是用木板搭建的。在看戏过程中，有人抽去了看上去不太重要的支撑舞台的斜掌子。拿去当了坐凳，或是垫了脚底。在武戏打斗的不停弹压中，这些薄弱环节，变得慢慢互不给力起来。终于，在《狐仙劫》的"解救"一场，演员上得最浑全的时候，发生了台板坍塌事故。

如果在正常情况下，也就是伤了台上的演员而已。可这次，台下竟然钻进去好多看不上戏的孩子。他们钻到台下，有的在追逐嬉戏，上演着自编自演的另一种戏；有的爬到掌子上，从台板缝里朝上瞧。当舞台塌下，有人大喊下边有娃娃时，已经混乱得鬼哭狼嚎了。

坍塌现场是在几十分钟后清理开的。当场压死三个孩子。重伤七个，轻伤十几个。谁也没想到的是，清理到最后时，竟然还清理出了单团长的尸体。

有人看见，单团是在舞台第一次垮塌时，从侧台跳下去的。在他跳下去的地方，有观众看见：一个腿脚不灵便的人，跳下舞台后，就冲进了还在垮塌的台板下。他抓出两个孩子后，台面发生了二次、三次崩塌。他就再没有出来。

忆秦娥虽然自己也在崩塌的台板里，卡了很长时间，可被人救出后，当得知塌死了几个孩子，并且还砸死了专程来为自己打理工作的单团长时，她就瘫软成了一摊泥。几个人都架不起来了。

这天，她小便失禁的毛病，再一次发生了。甚至把彩裤以外的几层服装，都全尿湿了。

在舞台彻底垮塌的一瞬间，有人看见，忆秦娥她舅胡三元，是连人带凳子都塌陷下去了。可他手中的鼓板、鼓槌，还在高高地举着。并且完成了最后一个"四击头"的圆满收槌。有人把胡三元从胡乱翘起的台板缝中拽出来后，他第一个想到的是外甥女。他的脖子、胳膊、腿上到处都是血。可他还是径直扑到忆秦娥跟前，帮着把外甥女朝出抬。

那时忆秦娥也是满脸血迹，已处于休克状态。只听许多人都在喊："快，快救忆秦娥！"

数千观众自发让出通道，忆秦娥被层层保护着，有时是从人群头顶形成传送带上被运送到附近应急救护车上的……

合同上写得清楚，舞台搭建由省秦演出二团负责技术指导。事后追究责任事故，忆秦娥是团长，自然在众多干部的处理中，少不了要领一个"免去团长职务"的处分。至此，忆秦娥当团长的日子，总共是一百九十四天。

很多年后，还有人戏谑说：忆秦娥的团长，比袁世凯八十三天的皇帝，多了一百一十一天。比李自成的四十二天皇上，多了一百五十二天。

忆秦娥再次走出了观众视线。

有人说她得了精神病。

有人说她去了尼姑庵。

反正有很长时间，在省秦的院子里，再没人见到过她。

下

部

一

在经历了那场舞台坍塌事故后，省秦腔团就一蹶不振了。本来分两个队，也叫两个团，就有些伤元气，好在二团有忆秦娥撑着，还一直在演出。一团自成立之日起，演出就稀稀拉拉，几乎出不了门。这下单仰平团长也殁了，就彻底停摆了。他的几个副手，一个年老多病，剩一年半载就该退休了，也不想管事，一直朝后缩着。还有一个是管后勤的，对业务一窍不通，从机关调来，就是为解决正科升副处级别的。但见说戏，就闹得笑话百出，创造了一个个"经典段子"，在业内一说起来，就要让人捧腹喷饭。能支应事的，也就丁副团长了。可从名分上，毕竟是个副的，又排名最后。上边领导只说让他多操点心，暗示来暗示去的，可就是不发那张"委任状"。让他觉得，领导是手中拿了个肉包子，老在他眼前绕来绕去的，就是让他够不着。弄得他也是既想管，也不想管的，干脆麻绳系骆驼，只周一早上集合点个名，点完，宣布"技练"，就任由"骆驼"四散了。

忆秦娥那晚被观众从人群中运出去后，很快就在应急救护车里苏醒了过来。她的所有伤，都是明伤，脖子上、脸上、腹部、背部、腿部都有划痕。腿上甚至被木茬划得见了白骨。但当她听说死了三个孩子，并且还死了单团长时，就一下从救护车的手术床上翻了下来。她说她要到舞台上去，她不相信这是真的。几个人拽着摁着她，还是没有用，她感情完全失控地返回了现场。三个死去的孩子，听说尸体已经运到镇上去了。而单团，还停放在舞台旁边的一块木板上。团上人用一床脏兮兮的道具被子，裹着他的遗体。脸上，也是用一块舞台上用的金黄锦缎"圣旨"覆盖着。血已经把黄色污染成黑色了。直到这时，她才相信，单团是真的死了。一团人都围在旁边抽泣。有些年轻人，甚至是跪在他面前的。都在说着单团的好。平常，大家都觉得自己的团长是个跛子，人前颠来颠去的，很是有些跌份、丢人。可单团一旦走了，还真有天塌地陷的感觉。都在说，这个团完了，灵魂走了。单团也爱批评人，但从不跟谁计较。批评完，骂完，你该弄啥弄啥。他有一句管理名言：软绳捆硬柴。剧团"硬柴"多，只有拿"软绳"才能捆住。他说不要在这种单位"上硬的"，弄得大家鸡飞狗跳，心情不畅，戏也就排不好、演不好了。这样，大家在省秦干事，也就都没有害怕感，更别说恐惧了。单团宽厚，即使谁骂了"单仰平这个死跛子"，他也不记仇。他说："跛子是事实。至于死，那要到真死了的时候，才是个死跛子。"没想到，他还真成死跛子了。单团是特别顾及全团脸面的人，凡遇重大场合，他都会朝人后溜，把别人朝前促。他说："我个跛子，咋能刺到人前去呢。上台面是你们的事，我给咱在台下、幕后支应着就行了。"没想到他人生的最后一次"支应"，还是在台下。大家都在回忆着、哭诉着单团的好。忆秦娥就更是不敢细想单团对自己的那些关爱、呵护了。她也背后骂过"死跛子"。甚至当面摔过单团的杯子。可他还是人前人后，把自己促着、抬着、捧着。这趟他要是不来帮她"支应"，又怎能平躺在这个风沙能埋人的黄河滩上，再起不来了呢？

大家自发地为单团点燃了上百根蜡烛。哭声，比河道里把小树都能连根拔起的风声，更冷凄、惨绝。

返回西京后，火化完单团，忆秦娥就回九岩沟去了。

她急切想见到自己的儿子刘忆。这个时候，沟里已经有人在说，忆秦娥的儿子，很可能是个傻子了。谁说，她娘胡秀英都骂："别嚼牙巴骨了，俗话说了：贵人语迟。我外孙要是傻子了，那他一家人就都是痴聋瓜呆。"可最后，连她爹易茂财都说，娃可能是有点麻达，你看这鼻水嘴，咋都擦不净么。

易茂财现在也没事干了。过去看的那群挣钱的羊，现在也挣不上钱了。忆秦娥一回来，她娘就叨叨说："你爹把羊养瞎了。开始才十几只，现在弄了上百只，还都是赊账买下的。正经挣钱，也就那一阵子。这个乡借去哄领导，那个乡借去应付检查的。可你爹贼，人家领导比你爹还贼。看过的羊，一律让在屁股上剪了记号。有的还在耳朵上盖了红印戳。把羊整得怪模怪样、血糊淋荡的，像是上过杀场一样，就再混不成了。"她爹果然是在家里唉声叹气的，只领孙子玩。羊在圈里咩咩地叫着，料也有些跟不上了。

忆秦娥就把一百多只羊吆到山上，把儿子背着、抱着、驮着，跟羊滚搭着，似乎是暂时忘了那惨凄的塌台一幕。

儿子是真的傻了吗？她已托朋友问过医生，说最起码要到孩子两岁时，才能进行比较可靠的检查。还得等。而这几个月的等待，是怎样一种折磨人的事呀！好在自己终于从团长的轭下，解放出来了。自己本来就不想当，单团硬让上，没想到，最后还把他也搭进去了。这么好个人，说走，眨眼的工夫就咽了气。让她不敢回想的是，单团那条好腿，最后也被砸断成几截了。他脑袋被压扁后，捧起来已成半边空瓢。而那时，自己就正站在舞台中间。单团在台底下是承受着一百多人的压力呀！他和那三个孩子，又何尝不是自己直接压死的呢？别说免了本来就不想当的二团长，就是把自己像她舅当年那样，五花大绑了游街示众，她觉得也是自己罪有应得的。单团的老婆身体不好。单团的女儿在给人家餐馆端盘子。单团一走，这一家人还有什么日子可过呢？自己的孩子，会不会是傻子，都让她这样日夜揪心，那三个孩子，连做傻子的资格都没有了，父母又该是怎样的钻心疼痛呢？她觉得自己就是这场灾难的罪魁祸首。她要没这点名气，没几万人挤来看戏，娃娃们就不会在台底下钻来钻去，又哪会有台塌人亡的恶性事件发生呢？

忆秦娥那些天，几乎天天晚上都要做噩梦，每每梦见自己被阎王招了去，严刑拷打，问这问那的。好几个晚上，她都被噩梦吓醒，浑身冷汗涔涔，被娘抱在怀里半天，还惊魂难定。娘老问她，都做啥梦了，这样吓人？她直摇头，不想讲出来。娘就悄悄去了一个尼姑庵，求了符咒、香炉灰回来，把符咒用刀扎在门头、床头，把香炉灰用蜂蜜水化了，硬逼她喝下去。结果，那天晚上，阎王小鬼不但没制伏，而且还比往常更加穷凶极恶地带人来了……

牛　　头：你是忆秦娥吗？

忆秦娥：小人便是。

马　　面：（对牛头一挥手）带走！

牛　　头：哎，你支谁带走呢？

马　　面：你呀！

牛　　头：你搞清楚没搞清楚我们的关系？我是主角！

马　　面：我们就是甲乙丙丁、牛头马面、龙套牙皂的平等
　　　　　关系。

牛　　头：阎王爷总是唤牛头、马面，可从来没唤过马面、牛
　　　　　头的。排名很重要，你懂不懂？我排名在前，那我
　　　　　就是主角，你就是配角。我说马面，拿人了！

马　　面：（极不情愿地狠狠把忆秦娥掀了一掌）走！

忆秦娥：你们要把我带到哪里去？

牛　　头：带到你该去的地方。

忆秦娥：求求你们，能让我跟我娘，还有我儿，再见上一面
　　　　　吗？

马　　面：少啰唆，你以为你还是什么角儿？什么秦腔鸟皇
　　　　　后？什么二团的弼马温团长？在阎王爷眼里，都
　　　　　是个屁。爷要唤你三更去，哪能磨蹭到五更。走！
　　　　　（又掀了忆秦娥一掌）
　　　　　　［忆秦娥一个趔趄，脚跟还未站稳，马面就把枷锁

钉在了她身上。

忆秦娥：（挣扎了一下）你们凭啥抓我？

[牛头、马面哈哈大笑起来，笑得天摇地动的。

牛　头：凭啥？阎王爷要抓谁，还需要凭啥？就凭阎王爷那
　　　　张谁也不认的脸。

马　面：（怪笑着）漂亮也不认，阎王不好色。

[牛头、马面笑得快背过气去了。又是一阵推搡，
就把她带走了。

[先是风声，就像那晚黄河滩上飞沙走石般的狂风。
突然又传来狐狸的哀鸣，比《狐仙劫》里狐狸家族
衰落败走时的集体哭号，显得更加凄惨悲凉。紧接
着又是鬼叫声，比《游西湖》里的鬼魂慧娘，叫得
更加幽怨凄切、肝肠寸断。

[一个转场，忆秦娥终于被牛头、马面带到了阴曹
地府。

[忆秦娥是穿着李慧娘的那身雪白服装被押进来的。
身后飘起来的斗篷，让她像小鸡似的被小鬼抓起
来，再狠狠掼到地上时，有了一点不至于脸抢地、
嘴啃泥的软着陆尊严。

[马面欲抢先向阎王爷禀报，被牛头瞪向了一边。

牛　头：禀爷，忆秦娥带到！

阎　王：什么忆秦娥？

马　面：就是那个唱戏的。

阎　王：不是让你们带好几个唱戏的来吗？

牛　头：这是那个唱秦腔的。

马　面：唱京戏、昆曲儿的，唱川剧、越剧、豫剧的，还有
　　　　唱黄梅戏、评戏、二人转的那几个，也都有小鬼儿
　　　　去下单子了。

阎　王：还有那几个唱电视剧、唱电影、唱小品、唱相声、

617

唱主持人的，都拿来了吗？

牛　头：禀爷，那不叫唱，叫演，叫说。

阎　王：管他是唱是演是说，只要是脸皮厚、好出名的，统统都给我拿来。

牛　头：按爷的吩咐，应该都带到了。

阎　王：好。这个唱秦腔的，你刚说叫什么来着？

马　面：忆秦娥。

阎　王：听听这名儿，就是想出大风头的恶俗之名。你知罪吗？

忆秦娥：小女子有什么罪？

阎　王：你还不知罪，就因为你爱出风头，把多少好慕虚名的凡俗无辜，招致虚空台前，看你搔首弄姿，大玩花拳绣腿，鼓噪爱恨情仇，引发血光之灾，你竟然还不知罪。那好吧，先带这帮死要面子活受罪的家伙去参观，待参观完后，再看他们如何反悔思过。

牛　头：是。爷！

马　面：走！

　　〔牛头、马面又一把将忆秦娥提溜了起来，押着开始参观地府。

　　〔一阵鬼哭狼嚎声，忆秦娥被推进一个怪石嶙峋的门洞，只听里面铁器哗哗作响。皮肉遭炮烙、烤炙的嗞嗞声，烟熏火燎，伴随着绝望的哀叫声，此起彼伏。

　　〔忆秦娥突然发现，被押解着一起参观的，全都是电视、报纸、杂志上见过的那些熟脸儿。

　　〔第一个参观现场。

　　〔凌空吊下四个字："虚名莫求"。

　　〔在一望无边的黑暗断崖上，坐着数不清的浑身大汗淋漓的赤膊者。他们都有一个相同的道具，在做着一个相同的动作，那就是把一个个金光闪闪雕刻成尖顶的铜盆扣上，又取下，取下，又扣上，不停歇地朝自己头上扣去取下。谁若停止一扣一取的动作，就会被身后峭崖上倒挂着的石杵，当场砸扁。

牛　头：（讲解）注意了，都看见那华美的金冠没？（指铜盆）每个冠，都有八十斤重。你们不是都喜欢图个虚名吗？图不上了，挂个虚衔，弄个策划、总监什么的，都要朝里挤。凡名不副实，虚头巴脑，爱戴高帽子者，到了阎王爷这里，都会让你戴个够。八十斤还嫌名头不够大的，一百八十斤的还伺候着呢。不戴，哼，那上边可有千斤杵，在等着砸饼、拌浆、搓四喜丸子呢。

　　　　〔马面笑得一颗假牙都跌了下来。

马　面：（豁着牙催促）看着走着，好看的还在后头呢。

　　　　〔第二个参观现场。

牛　头：看见了吗？都朝那儿瞧。

　　　　〔大家都朝牛头所指的方向看去。

　　　　〔在一个看不见尽头的笔陡笔陡的斜坡上，攀缘着一个队伍，前不见头，后不见尾。他们背上都背着要超出自己身体好多倍的东西，是红红绿绿、金光灿灿的。一边背，一边还有小鬼在上边加着码。

牛　头：知道那些红绿本本、瓶瓶罐罐、镶金嵌玉的牌牌，都是什么吗？

　　　　〔由于距离稍远，都无法看清。

马　面：装，都装。这不都是你们这些好图虚名者的荣誉凭证嘛。

牛　头：你们不是都好这一吊子吗？阎王爷就给你们多多的

荣誉：金杯、银杯、铜杯、钢杯、瓷杯、玻璃杯。
爱背你都尽管背。

马　面：（窃笑得扑哧扑哧的）可只能加，不能减。只能进，
不能退。总有背不动的时候，你的脚下，就有一群
饿得快要发疯的野猪，正等着你一脚踏空呢。（窃
笑得更加厉害）长着点儿眼，朝前走着。

　　　　　［进入第三个参观现场。

　　　　　［这是一个浩大的舞台，也是用木板搭建起来的。
舞台上站满了人。

　　　　　［台边的在朝台中挤，台下的在朝台上挤。

牛　头：看见没？你们不是都爱当"台柱子"，朝台中间挤
吗？阎王爷可是给你们这些人准备了个好地儿，即
使挤到了中间，也是要被扛下去的。都收紧你们装
满了臭大粪的腹部，朝下瞧瞧吧，那就是你们拼了
死命，挤到台中，当了角儿以后的去处。

马　面：平常晕车晕船晕飞机的注意了，这可是万米高空。
在你们瞧见他们的时候，你们的脚下也就都空空如
也啦！咳咳咳（笑声），瞧着！

　　　　　［只听凌空喤的吊镲响，所有参观者也都悬浮到了
半空中。

　　　　　［忆秦娥在七魂走了三魄时，看见脚下的万米高空
中，飘散着无数无以附着的肉体。他们在拼命寻找
着可以抓附的物件。可这里干净得连一根稻草也找
不见。

牛　头：他们就永远只能在这里飘荡了。上不着天，下不着
地，没有死生，没有轮回。多么美妙的去处呀！你
们天天在舞台上挤着，大概还不知道舞台是怎么
回事吧？朝那儿瞧好啦！舞台本来就是空的，那是

搭起来的。凡你们人为搭起来的东西，都是会垮掉
的。台子搭得高出好大一截，都是稀罕着它能让人
出人头地。挤上挤下，挤来挤去，挤到最后，都是
要跌下去的。

马　面：所以呀，阎王爷就给你们发明了这么个云里来雾里
去的好地界儿，取名叫"放飘"。让你们飘荡一辈
子去。（又自个儿笑得喷起饭来）
阎王爷可不管你是啥名人，说带走就一律带走，说
放飘就一律放飘啦！

牛　头：看见没，还有那么多可怜人儿，还在舞台边上挤着。
一条腿挤进去了，整个身子却还在舞台外悬着呢。
〔果然，那浩大的舞台边缘，还攀爬着无数的渴慕
登台的生命。已登上台的，拼命用肢体和能操起的
家伙，把攀爬者向下赶去。

牛　头：多可怜的人儿呀！到台上争个位置争个角儿，就那
么有趣吗？

马　面：那可不，过去被咱们"捉放曹"的还少吗？哪一个
又真看透了呢。

牛　头：那就让他们好好看看这台子吧！
〔牛头说着，只一个手势，便如玩魔术一般，那台
子朝空中抬升起来。底部全都暴露在了他们面前。

马　面：看看这是多么危险的一个地儿，你们竟然都要
削尖了脑袋朝上钻。
还都只想唱主角，不演配角。都唱了主角，谁给你
搭台呢？

牛　头：看吧，你们都好好看看，看看你们打破脑袋，拼着
小命儿挤上去抛头露面的地方吧！
〔忆秦娥看见舞台底部，怎么跟那个坍塌的舞台一
模一样。最让她害怕的是，每个支撑的棍棒下，都

垒着脑袋大的鹅卵石，像一个个巨蛋。蛋还摞着蛋。最要命的是，舞台下钻满了嬉戏的孩子，就是那群在黄河滩上看戏的孩子。她就拼命地喊："快让孩子们出去，快让孩子们出去……"可谁也不理她。眼看着，一个蛋，从蛋群中被别了出去。接着，又有蛋崩了碎了。偌大一个舞台，便在蛋飞蛋打中，轰然坍塌了……

　　"快，台底下有孩子，台底下有孩子……"

　　忆秦娥还在拼命地喊着，她娘就一把抱住她，把她朝醒里唤："娥，娥，娥，你又做噩梦了。娘在这里，娘在你身边。别怕，你在娘怀里……"

　　忆秦娥慢慢睁开了眼睛，吓得浑身还在抽搐。

　　"别怕，娥，娘在哩。"

　　"娘！"

　　忆秦娥看着木楼板，怔了好半天，突然说："娘，能不能让我到尼姑庵里去住一段时间。"

　　"瞎说什么呢，那里不是你去的地方。"

　　"娘，就让我去住几天吧，兴许心里能安生些。我真的快要崩溃了。"

二

　　忆秦娥终于如愿以偿，去了尼姑庵。

　　这个尼姑庵建于什么时候，谁也不知道。只传说，最早在这里住庵的，是一个土匪的小老婆。土匪是一个秀才，文绉绉的，能写诗，后来被衙门抓去枭了首。他的小老婆长得如花似玉，被剿匪的千总拿进衙里，有点怜香惜玉。可她却讨厌着千总的五短身材与骄横无礼。尤其是伸手就进了他自己脖领、后背、裤裆地胡乱抓挠。对她更是强人硬下手，审讯的公案桌，也敢扒了她的裤子要当炕上。她就将计就计地施了美人计。得以脱逃出衙后，她躲进深山老林，盖了茅草庵，庵旁埋了她土匪男人的那颗头颅。从此就在这颗头颅旁边吃斋念佛了。

也不知又过了多少代，这个尼姑庵，就发展成了一院房。据说香火最旺的时候，庵里住有十几个尼姑。直到"文革"，里面还卧着一个老尼。后来上山"破四旧"的红卫兵，把老尼捆成肉粽，从山崖上摔下去了。直到这几年，庵堂才有人修缮。几间破房里，又住进了两三个尼姑来。

忆秦娥是让她娘提前给住持打了招呼的。住持说庙小，两三个人，已经是入不敷出了。她娘说，女儿不长住，就做几天居士，静静心而已。并且背来了米面油，还上了布施。住持就给忆秦娥安排了房子。但说好，是不可长住的。她说，就连那两个尼僧，也是在此临时挂单。

尼姑庵离家也就十几里地，忆秦娥安顿了孩子，拿了简单的生活用品，就住庙去了。

这座庵堂建在几座山峰的夹会处，远看，真像是一朵莲花的花心。山峦的底部，是连成一体的秦岭山脉。而在接近峰巅处，却开出几瓣枝丫来，也就有了莲花岩的美名。这里的山势，都有着鬼斧神工般的突然开合分叉。大多都叫着鹿角岭、三头怪、五指峰、七子崖、九岩沟这样的古怪名字。忆秦娥在很小的时候，是来过这个地方的。那时，她就是个野孩子。放羊、打猪草、砍柴，无论跑到哪里，只要晚上回家，背篓、挎箩里有东西，大人也就不管不问了。因此，她跟小伙伴们，也跟她姐，是来过这里好多趟的。那时这里就几间倒塌的房子，里面钻着老鼠、四脚蛇、蟾蜍，还有野兔啥的。年龄大些的孩子，说这里过去是住过尼姑的。尼姑是什么，都说不清楚。还说到红卫兵。红卫兵是什么，也都不知道。反正就说他们是从县城来的，用大拇指粗的草绳，把老尼姑捆成一个肉疙瘩，然后用箩筐抬到后崖上，一群人像踢足球一样踢下去了。崖底她是没去过的，听说那里连蟒蛇都成了精，能吸走几十里外不听话的孩子。

忆秦娥走进庵堂的时候，住持的门是虚掩着的。她正在安神打坐。住持虽然没有看过忆秦娥的戏，可忆秦娥的名声，在这方圆几十里，是比乡长、县长都要大出许多的。一些香客来，降了香，上了布施，就会到她的房里坐坐，说说自己的祈求。当然，也不免要扯些闲话，忆秦娥就是这些闲话里扯得最多的人。说一个放羊娃给出息了，也算是行行出了状元。尽管如此，住持还是有些不想收留她：毕竟是唱戏的，肯定花哨，来了不免要扰害庵堂的清静。可她娘偏又舍得出米面，出贡油，上布施。住持也就答应了"暂住几日"的请求。没想到，忆秦娥来拜见她第一面，一下把她给怔住了，竟然是这等人才，长得画中人一样貌美、端方、清丽。应该说在她的见识中，是没有过这等脱俗人物的。她不由得欠起身子，双手合十，给忆秦娥道了声"阿弥陀佛！"

忆秦娥也道了声："法师万福！"这还是戏里学来的词。

住持一下就有些高兴，赐了座，跟她攀谈起来。

"唱戏是何等风光热闹，怎么要到这深山破庵来暂住呢？"

忆秦娥说："想清静清静。"

住持微笑着说："想清静，就能清静得了的吗？"

"希望大师能教我清静之法。"

"哦，清静之法？你进了庵堂，听见身后的山门，是有人关上了吗？"

"有人关上了。"

"那你就应该已经清静了。"

忆秦娥把住持看了好半天，才似乎懂了点这句禅语的意思。

忆秦娥接着又问："我应该学念什么经文，才能消除身上的罪孽呢？"

住持还是不紧不慢地说："一切佛门经文，皆是度己度人、消除孽障的无量大法。几天修行，泥牛入海，也只能拣紧要的，诵读几篇罢了。先是要诵《皈依法》，知道点佛门的规矩，最是当紧的。若要论消除罪孽，《地藏菩萨本愿经》就是最妙的了。这是佛教的根本和基础，消业效果最好。愿施主立地成佛，功德圆满。阿弥陀佛！"

忆秦娥就算正式进住莲花庵了。

她与另外两个尼姑住在西厢房里。房子中间是堂屋。四间小房的门，开在堂屋的四个角上。靠阳面的两间已经住人了。她就住在靠阴面的一间房里。房很小，只有一张很窄的床，还摆了一张供桌。从桌上点残了的香火看，这房间不久前也是住过人的。她想跟那两位尼姑说说话，可人家的门都虚掩着，里面毫无声息，她也就没打扰。她关上门，慢慢捧读起了住持送给她的《皈依法》。有好多字都不认得。不过她已习惯给包里迟早塞着米兰送的那本字典，凡有不认识的字，就拿出来查一查。这下有了更多的时间，她就一个字一个字地查着，诵读着。诵着读着，就又想到了塌台的那一幕。她努力想回到经文中。可那一幕，总是十分强烈地，要把她一次又一次带回到凄惨的回忆中。她最不能忘记的，是其中有一个可怜的母亲，男人刚在黑煤窑里塌死，大女儿又在舞台下被砸扁。她怀里抱着的一个女婴，还不满月。让她感动的是，剧团所有人，都为这个女人慷慨解囊了，有的几乎是倾其所有。她只恨那晚自己身上带的钱太少，最后，是把结婚时买的戒指、项链，全都摘下来，塞在了那个女人的手心。她至今还能感觉到，那个女人的手心，是在发烫、发汗、发颤着的。那种颤抖，是直接从心脏深处牵连抖动出来的。她不知道这个女人，在不到一年的时间里，连续丧失两位亲人，此时此刻，还能不能让那两条瘦弱的大腿撑持住。而自己，在连续遭遇刘红兵出轨、带团演出塌台死人，尤其是在不断有人提醒，自己的儿子可能是傻子时，几乎崩溃得快要扶不起体统了。

房里真静，小窗的外面，也静得只有轻微的山风，在打动着庵堂檐角的风铃。虽然在西京，她也是喜欢一个人在家里独处。可那种静，却缺了这里的清寒、清凉、清苦、清冷之气。她觉得她是需要有这么个地方，让自己真正静下来，努力不去想住持所说的山门以外的事情。但愿这道门，是真的能把一切痛苦、烦恼，都阻挡在庵堂之外。她从来没想过，自己此时会对佛门这样亲近。很小的时候，她就听说，佛门是能超度罪孽的。她觉得自己要赎的罪孽是太多太多了。那三个孩子，还有单团的死，都与她有直接关系。甚至自己就是压死他们的最后那根"稻草"。还有儿子刘忆，难道真的是傻子吗？自己到底是造了什么孽，要生出一个傻儿子来呢？但愿她的赎罪，能给死者的亲人带去福报；也能为自己的儿子，赎来常人的生命。她在一遍又一遍念着《地藏菩萨本愿经》。住持说，念这部经文时，是不能中断的，一中断，就会前功尽弃。当查完生字后，她就能行云流水般地念下去了。念着念着，她感到自己是真的有点跳出三界外了。

也就在这时，死刘红兵又来了。

刘红兵是在她住庵七八天后找来的。先有人通禀到住持那儿，住持盘问了半天，才把忆秦娥叫去。住持叫她去时，又让刘红兵到一边等着。她问忆秦娥："一个叫刘红兵的人，是不是你丈夫？"忆秦娥点了点头。住持说："你有家有室有孩子的，不该置气，独自一人来山上享清静。"

"这个家……迟早是要散的。"忆秦娥无奈地说。

"那孩子呢？"住持问。

"我来，就是为孩子赎罪的。"

"有啥过不去的，非得妻离子散？"

忆秦娥想了想说："缘分尽了。"

"不是一个缘分能了的事吧？那男人有愧于你？"

忆秦娥把头低下了。但她很快又抬起头来摇了摇。

住持微微一笑说："佛说，宽恕别人，就是善待自己。你还是见见他吧，他来了。"

"不，我不见。法师，您让他走吧！"

"这个人，我是没法赶他走的。你还是自己去了断吧。"

她就跟刘红兵见面了。

在尼姑庵的院子里见，他给她跪在院子里。在外面的麦田见，他又给她跪在麦田里。忆秦娥晴见，无论是在院子里，还是麦田里，住持和那两个尼姑，都是在前后窗子的玻璃后边看着稀奇的。她是不想把事闹大，闹难看。尤其是在佛门禁地，人家本来就不想让她来，再有个男人跟出跟进、要死要活的，实在令人难堪。无奈，她才把刘红兵带到自己小房里了。

狭小的空间，带来了一种紧促感。刘红兵还以为是昔日的夫妻关系，只要他讪皮搭脸地亲热一下，忆秦娥就能妥协退让。谁知今日完全不比从前，他刚把双手伸出去，忆秦娥扬手一打，他就一个大倒退。要不是身后的门框顶着，他都能仰坐下去。

"说，你来找我干啥？"

"我是给你赔罪来的，秦娥。我是畜生。我不是人。但我不能没有你。"

"还有更新鲜的话没有？没有就赶快滚！"

"你怎么这么不原谅人呢？"

"我什么都能原谅，就是不能原谅你那种无耻。我一生……已经受够了这种侮辱。你要是还有点人的脸面的话，就应该赶快离开我。"

"你就这样绝情？"

"不是我绝情，而是你……太让人恶心了。"

"那……那就是逢场作戏……"

"你别说了，千万别再解释，越解释越令人作呕。你走吧。"

"你要是抛弃我，我也只好来当和尚了。"刘红兵又开始要赖了。

"那是你的事，与我一毛钱关系都没有。"

"可我们……已有共同的孩子……"

"再别说孩子，再别说孩子了……你快走吧，你必须离开这里，我要清静，我要清静！"

忆秦娥到底还是把刘红兵推了出去。

刘红兵没有离开莲花庵，可也不能在庵里歇宿，他就在附近农家找了个地方，晚上睡觉，白天又到庵堂里死缠。看忆秦娥的确没有任何回心转意的意思，他才给庵里上了布施，无奈离开的。

面对这样的婚姻，忆秦娥也不知该怎么办。反正自打看见刘红兵在家里的那一幕后，她就再也没有了与他共同生活下去的勇气。尽管过去也听到不少风言风语，可她从自己被人侮辱了这些年的情况看，总是不愿相信任何的捕风捉影。但这次是实实在在捉奸在床了，就不由得她不去做更多的联想。她是真的想把脑子里关于这些事的记忆，都掏空淘尽，可越淘，越是蛛丝马迹泛滥成灾。她就拿头狠狠地撞着墙。再然后，又拿起《地藏菩萨本愿经》，轻叩木鱼，嘴里念念有词起来。

让她感到心安的是，住持在她住了半个月的时候，还没有赶她走的意思。并且还给她细细讲起《皈依法》《地藏菩萨本愿经》来。有一天，还给她拿来了《金刚经》。说这三本经文，最好都能背下来。其实前两部，她早已背下了。她记词背诵的能力，好像是与生俱来的。有时简直能达到过目成诵的地步。

忆秦娥感到自己的心，是慢慢静下来了。有一天，她甚至收拾起那张活摇活动的禅床了。本来是打算凑合睡几天的，没想到，这一睡，还给睡得不想离开了。她找了钉子、木楔，钻到床底，把卯榫都快要摇脱落的床架子，修理得结结实实了。她跟别人的打坐方式不一样，她永远喜欢"卧鱼""大劈叉"这些戏里的动作。这些动作既不影响敲木鱼，也不影响念经，并且还能让她更加忘我地沉浸在记诵中。关起门来，她就按她的方式参禅打坐了。

她的窗外有一窝燕子，参禅打坐之余，就是听它们呢喃，看它们飞来飞去。

它们也在看她。要不是窗玻璃隔着，她的笑容，是能把它们欢欢喜喜迎进来的。

三

省秦"兵荒马乱"了几个月后，上边要求尽快恢复工作秩序，保持正常的排练演出。说要不然，国家拨的百分之七十工资，都不好要了。一要，就有人质疑：剧团到处是麻将摊子，满院子全是"报听""炸弹""夹二饼"声，听不到一句唱，看不见一个人练功、排戏，还要财政拨款哩？改叫麻将馆好了。丁团长就急忙开会，布置了排练任务。

一有戏排，剧团也就算是动起来了。

这次排的是《马前泼水》。剧情是说一个叫朱买臣的书生，一贫如洗，科考无望。其妻崔氏耐不住苦寂清贫，硬逼着朱买臣写了休书，她改嫁了暴发户张三。朱买臣遂发愤苦读，终于及第，并任了会稽太守。他赴任时，已沦落为乞丐的崔氏，跪于马前，请求原谅收留。朱买臣即命人取来一盆水，哗地泼在地上，说若能将泼出去的水收回盆中，他们也可重修于好。崔氏知道覆水难收的道理和用意，羞愧难当，遂触柱而亡。

主演崔氏的，就是楚嘉禾。

这也是丁团长精心为她挑选的戏。丁团长说："你的功夫不如忆秦娥，就要学会避其锐气，不要演武旦，也不要演动作多的戏。《马前泼水》故事曲折，崔氏性格多变，跳荡很大，是个'戏包人'的戏。谁演一准能火。"

楚嘉禾有点不喜欢这个角色。说是前花旦、后正旦，其实那就是个"彩旦""媒旦""摇旦""丑旦"。戏倒是红火得一塌糊涂，可演完，对演员能有啥好处呢？人家忆秦娥演的杨排风、白娘子、李慧娘、胡九妹，都是一等一的美好形象：不是英雄，就是情痴，再就是正义的化身。以至于演到如今，把个烧火丫头的倒霉嘴脸，已经彻底弄得魅力四射、霞光万道了。她忆秦娥就真有那么美好，那么动人，那么皮毛光滑、阳光灼人吗？还不是好戏、好角色给她带来的无尽光环？真要演几个打着莲花落，在富贵人家门口唱曲要饭的彩旦、摇旦，试试看，看她还是不是个每人都恨不得想抱住啃几口的香饽饽。可丁团长一再做工作，说她至今，还没把一个戏演得大红大紫过。无论如何，得有一个这样的戏，让自己在秦腔界先立起来。她也就只好答应了。

在忆秦娥上海之行，一下把戏剧最高奖拿下后，楚嘉禾突然觉得，再干这行，是一点意思都没有了。你咋翻腾，都是翻腾不过忆秦娥的。可后来，又分团吃饭，她竟然应聘在一团做了主演。那一阵，她也的确下过不少功夫，可把队伍拉出去后，她每演一场《白蛇传》《游西湖》，都要受一场奚落、侮辱。有的观众，干脆跑到后台质问：为什么"偷梁换柱"？为什么"挂羊头卖狗肉"？省秦的白娘子和李慧娘，都知道明明是忆秦娥，怎么突然钻出个名不见经传的楚嘉禾来？并且还出现了几次给台上扔砖头、扣包场费的事情。因此，勉强应付了三四个台口，就草草收兵，悄悄回来"歇菜"了。

也是天无绝人之路，万事太红火了，都是要倒血霉的。果不其然，忆秦娥就倒了血霉。竟然还真给"垮台"了。不仅免了二团长，而且戏也是没心思唱了。最近还传出话来，说是出家做了尼姑。关键是还有一个传说，说忆秦娥的儿子，可能是个傻子。天老爷，如果属实，这会让忆秦娥的唱戏生涯，彻底砸锅倒灶的。一个人的心劲儿垮了、毁了，也就一切都兵败如山倒了。不过这一切，她还有些不相信，须进一步得到证实。只有证实了，她才可能有更大的激情和热情，去投入崔氏的角色创造。

一天晚上，她独自练戏回来，刚好在黑乎乎的院子里，碰见了蔫头耷脑的刘红兵。她就主动搭讪了一句："哎，红兵兄，咋好久都没见你了？秦娥呢？"只听刘红兵长长地哀叹了一声："唉，一言难尽！""有啥难缠事，还能难倒你刘红兵。""还真有事，把哥给难得快要寻绳上吊了。""哟，有这么严重吗？能给妹子说说吗？兴许还能帮哥排忧解难呢。""你？还是算了吧。""咋，还瞧不起妹子？""不是不是。我是说……唉！""看你那想说不说的样子，那就不说好了。"说完，她还故意与刘红兵身子挨得很近地走了过去，高高挺起的胸部，是比较精准地擦上了他二头肌的。以她对刘红兵的判断，这只贪色爱腥的花猫，受到这种刺激，是不可能不尾随而来的。果然，他就跟来了，说："那就给妹子说说。家里没人吗？"楚嘉禾说："还是到你家

630

说吧。"刘红兵突然有点躲闪:"不……还是去你家吧。"楚嘉禾嘴角撇过了一丝只有自己能感觉到的冷笑。她也没说让他来,也没说不让他来,只独自在前边走着,刘红兵就跟着走进了她的家。

楚嘉禾也是跟忆秦娥一批分上新房的,但却没有忆秦娥的楼层好,还是西晒。房装得像儿童乐园一样,是一色的粉红。还到处安着串儿灯,频闪得此起彼伏的。刘红兵一进门,就感到一种燥热。倒是有一个窗机空调,却装在卧室里。楚嘉禾把卧室门开着,可客厅里还是没有多少凉意。坐了一会儿,刘红兵就不停地把身子朝卧室门口挪,并且还一个劲地朝里窥探。那张红色射灯照耀着的床,还有床上没叠的肉色被单、粉红枕头,都让他的眼睛有些游移不定。

就眼前这个男人,在北山时,那是宁州剧团好多女孩子,都爱慕得不得了的人物。可那时,刘红兵就看上了演白娘子的忆秦娥。其他人,也就只好在一旁,时不时偷看几眼这个总爱穿着一身白西服、扎着白领带、蹬着白皮鞋、修着长头发的"高干"子弟,给眼睛过生日了。那时的刘红兵,就是一掷千金的主儿。她们的工资一月才二十八块半,可刘红兵每每掏出钱包,里面少说也都摞着成百张十元大钞。并且什么都能倒腾来,有人把他也叫"倒爷""官倒"的。楚嘉禾不是没有想过这个男人与自己的假如,但再想,也只能是假如。因为他的眼里,只有忆秦娥。为忆秦娥,他是可以忘却"高干"公子身份,日夜跟着剧团来回瞎转悠的。楚嘉禾也听说他爸退休了,可这个浪荡惯了的公子,好像并没有就此被霜杀雪埋。在忆秦娥带二团下乡那阵儿,团里就传出过刘红兵带女人回来过夜的事。她当然是希望看到忆秦娥的笑话了。可这个笑话还没彻底传开、闹大,忆秦娥竟然就自己把正红火的台子给演塌了,一下死出几个人来。那新闻大得,自然就把刘红兵那点毛毛雨给盖过了。都在传说,忆秦娥那晚塌台时,是吓得尿了裤子的。还有的说,大小便都失禁了。忆秦娥是以有病的事由,请假回老家的。丁团长有一次还当着她面说:"忆秦娥也该回来上班了,可怎么听说,她还进了尼姑庵,念起佛来了。"她就当着丁团长老婆的面,撇凉腔说:"看来丁团长也是离不开忆秦娥

631

的了。人家刚回去几天，就心啮啮地念叨上了。"丁团长的老婆立马骂开了："这些死男人都是贱货，都爱给忆秦娥献殷勤。封子献来献去的，让老婆骂了个狗血喷头。单跛子前赴后继，又去献，倒是献得好，把小命都搭进去了。他要是不献那个殷勤，在总部把大团长当得美美的，咋能到黄河滩上，一瘸一拐地，端直钻到台底下，去见了阎王爷呢。"丁团长也就再不说话了。楚嘉禾就希望忆秦娥一辈子都别回来，好好当她的尼姑去。如果真能那样，她在省秦也就有出头之日了。

她是急切想打听到忆秦娥的真实消息，要不然，她还真不想让刘红兵进自己的家门呢。稀罕是曾经稀罕过，可他毕竟已成对手的男人，他们是穿着连裆裤的。一想到这点，她就觉得这个男人，也是跟忆秦娥一样令人生厌了。她给刘红兵沏了茶，可刘红兵热得一个劲地要到水龙头前喝自来水，她就感到，刘红兵今天是可以被她当猴要的。

"秦娥还真的不回来了？"她也盘成"卧鱼"状在问。

"谁知道，就跟疯子一样。"

"哟，你当初不就是跟疯子一样追着人家吗？现在倒说人家是疯子了。"

"不是疯子，能去尼姑庵？"

"也就是去玩玩，图个新鲜罢了。莫非还能真去？"

"那可说不定。忆秦娥是你的同学，你还不了解，生就一头犟驴，啥事也不跟人交流商量的。真撒起邪来，九头牛也拉不回来。"

"她到底是为啥事要去尼姑庵呢？"

"谁知道。大概就为塌台死人的事吧。"

"你刘红兵，都没再装啥药？"楚嘉禾故意神秘兮兮地看着他问。

"我，我能给她装啥药？"

"你个花花心肠，是个能安分得了的人？该不是让秦娥抓住啥把柄了吧？"

"没有，真的没有。"

"再老奸巨猾的贼，都有失手的时候。只怕是玩栽了吧。"楚嘉禾说着，还给他抛了一个媚眼。

刘红兵从楚嘉禾多情的眼神中，似乎得到了某种暗示。他就站起来，试着朝卧室走："这里边多凉快，咱们到里边聊吧。"刘红兵说着，还把扎在裤子里的衬衫拉出来，把肚皮扇了扇。

"你倒想得美，那是本姑娘的卧室、闺房、绣楼，你都敢乱闯？要是秦娥知道，看不打折了你的腿，揭了你的皮。"

"她敢。"

"哟，谁不知道你刘红兵长了副贱酥酥的挨打相。还是规矩些吧，你不怕，我还怕呢。"

"这里只有天知地知，你知我知。"

"月亮可在窗户上看着呢。这月亮与你老婆那边的月亮，可是一个月亮。"

"看月亮晚上把啥事没见过，它能操心得过来？"说着，刘红兵就到卧室外抱她来了。

她把"卧鱼"一散架，坐在了地上。刘红兵第一下没抱起来，也坐下，一把搂住了她的脖项。楚嘉禾既没完全接受，也没彻底抖掉地只筛了一下说："哎哎哎，你可别把我当成你那些招之即来，挥之即去的小妹妹了噢。"

"其实我早就……喜欢上你了。"

"我可不是十七八岁的小姑娘了，这些江湖言子少给我上。"

"真的，你很有味道。"

"什么味道？"

"香艳之气。"说着，刘红兵的手，一下就插进她的胸部，几乎是还没等楚嘉禾反应过来，就已经把要害部位，满把揪在手上了。

楚嘉禾一把抓住他的胳膊说："松手，你要不松我可就喊人了。"

刘红兵对这里面的尺度，是有深切把握的。就这种只抓胳膊，而不采取更加强硬手段的反抗，那就意味着默许、认同。只是为了让一切，尤其是面子上，过渡得更加自然、合理些而已。他不仅没有松开已得手的那只手，而且把另一只，也快速伸进去，紧紧抓住了另一个要害。

要放在忆秦娥最红火的时候，楚嘉禾甚至都想过，干脆把这个男人，勾引到自己床上，从骨子里去羞辱忆秦娥一番得了。她甚至差点都迈出过这一步。可那时，刘红兵对她那副满不在乎的样子，有些让她觉得跌份。但现在，她又突然没有了这种意思。虽然刘红兵的风流倜傥，体格健硕，对她还是有一种异性吸引力的。尤其是在被抱住的一刹那间，甚至有一股电流涌遍全身。但她还是不准备把他急切想要的，再给这个已经失去光彩的男人了。她突然发现，也许刘红兵的光彩，并不来自他当官的父亲，而是来自忆秦娥。是忆秦娥因塌台事故死了人、黯然退了场，并且在这种情况下，他还有被忆秦娥抛弃的嫌疑，因而才变得无足轻重了的。要放在忆秦娥最红火的时候，那她今晚，是要把对忆秦娥的愤恨、辱没，全都发泄到这个男人身体上的。尽管如此，她也没有就此罢手。她还想看看，看看忆秦娥的男人刘红兵，到底有多丑陋，多下流。她还是那两个字：

"松手。"

但她脸上，却是一种满含娇羞的表情。

刘红兵立马就得寸进尺起来。他一下抱起楚嘉禾，就朝卧室的床上走去。楚嘉禾在反抗，但并没有反抗得从他身上挣脱下来。其实她是完全可以挣扎下来的。刘红兵终于把她撂到了席梦思上，非常习惯老练地，先剥去了自己的衣裤。就在他雄强有力地正要发起总攻时，楚嘉禾突然从床头柜边，抽出了一把寒光闪闪的藏刀，端对着他雄起的部位，就要行刑。

"刘红兵，你把我当成什么人了？你以为我也是你家忆秦娥，是吧？做饭的都可以上？什么脏老汉、跛子腿，都可以把她压到床上干？你打错了算盘。"

刘红兵气得嘴直噓噓："你……你什么意思？"

"你说我什么意思？你什么意思？"楚嘉禾故意乜斜了一眼他的下腹。嘴角还露出了一丝得意的嘲弄。

"你可以羞辱我，但不可以羞辱忆秦娥。她跟做饭的什么事也没发生。她跟我时，还是处女。"

楚嘉禾突然哑然失笑起来："笑话，忆秦娥跟你时能是处女？恐怕能跑火车了吧？她不仅让做饭的睡了，而且还让那几个给她排戏的老艺人睡了，你怕是还蒙在鼓里吧？你以为帮她的那些人，都图了啥？图艺术？笑话，还不是图她身上的那股腥臊味儿。单跛子都自投罗网，一命呜呼了。你说你们这些臭男人，还有一个不沾荤腥的吗？"

刘红兵终于忍无可忍地怒吼道："楚嘉禾，你不要血口喷人，忆秦娥是干净的，起码比你干净。你更不要糟蹋单团长，丧了口德，你是会遭报应的。"说着，他窸窸窣窣地穿起了裤子。

"别动，凭什么穿起来？你是怎么脱下来的？怎么又能随随便便穿起来呢？"

刘红兵还反倒有些释然地一松手，裤子又垮到了脚踝骨处："那你说该怎么办吧？"

"该怎么办，我应该把你这副德行拍下来，交给忆秦娥，让她看看她的丈夫、她的家庭有多美好。"

"那你拍吧。我已经没有资格做忆秦娥的丈夫了。如果说今晚以前，我还想拼命保留这种资格，挽留那份荣耀，现在，已经彻底不配了。我已经不配做忆秦娥的丈夫了。我此时，就是来嫖宿你楚嘉禾的嫖客，一个十足的大流氓。"说着，他还勇敢地朝楚嘉禾面前走了过来。

"你站住，你站住。再不站住，我可就真拿刀戳了。"

"你戳吧，这吊罪恶的肉，理该受到惩罚。因为它侮辱了忆秦娥，一个最不应该受到侮辱的人。"

这种直逼过来的气势，一下把楚嘉禾弄得无所适从了。她本来就是为了侮辱刘红兵，进而达到羞辱忆秦娥的目的的。可没想到，刘红兵竟然是这种阵势。不仅没有侮辱到忆秦娥，相反，还把自己弄得下不来台了。戳他一刀，实在不划算；不戳他，还真收不了场呢。她到底还是胡乱戳了一刀。可这一刀，戳在了空里。刘红兵扭过刀，直抵住她的咽喉威逼道：

"把裤子脱了！脱了！"

楚嘉禾乖乖地脱了裤子。

他呸地朝那里唾了一口，说："再侮辱忆秦娥，小心你的狗命！"

然后，刘红兵慢慢穿好自己的衣裤，又把藏刀嗖地扎在大立柜上，才扬长而去。

等刘红兵走了半天，楚嘉禾才缓过神来。她觉得自己是做了一场不小的赔本买卖。不过从刘红兵嘴里透露的信息看，忆秦娥可能是遭遇了人生的多重打击，包括婚变。也许忆秦娥这次是真要彻底退场了。

四

忆秦娥在尼姑庵一待就是好几个月。开始，她娘还给庵里送米面油。后来，发现忆秦娥是有不想走的意思，就停止了布施，想让住持赶她走。住持不但没有赶忆秦娥，而且还越来越喜欢上了这个暂住者。她起得早，睡得晚。上香、添油、庭扫、造膳，无不主动抢先。并且还比别人更加滚瓜烂熟地背过了《皈依法》《地藏菩萨本愿经》《金刚经》《心经》《楞严咒》《大悲咒》等。就连剃度出家好几年的尼僧，有时也是不能把这些常用经文，背得如豆入盘、似水流淌的。可忆秦娥却有一种少见的正觉。背诵起经文来，好像是有神在助力，几乎过目成诵，悟性超群。关键是她心静，专一。她能一打坐几小时，动也不动。在住持眼里，这才是真正有慧根的佛徒。

她给忆秦娥亲赐了法号：慧灵居士。

忆秦娥在反复诵念《地藏菩萨本愿经》中，为那三个孩子和单团长，还有她过去的师父苟存忠，超度着亡灵。在诵《金刚经》《心经》《楞严咒》《大悲咒》时，又在不断地想着为儿子刘忆，加持力量。让他彻底摆脱傻子的魔咒，成为一个正常人。她是一个从小过惯了苦日子的人。起早贪黑、洒扫造膳这样的苦累，对她不是难事。别人做，靠轮值。而她却是自觉自愿，法喜充盈的。

她娘和她爹易茂财，还有她姐，几乎是车轮战似的，来劝她离开尼姑庵。觉得这已是易家的家丑，要出尼姑了。她舅胡三元，也来劝她，骂她，甚至都想打她。说她是没出息的东西，这才经受了点啥事，就要出家了。直到这时，其实她也没有要出家的意思，就是想为孩子赎罪。不想让刘忆成为傻子。她总觉得，以她的虔敬，是能把孩子可能出现的绝望命运，扳回来的。

　　莲花庵每年农历七月半，都有一个法会。过去并没办得那么隆重。可近几年，庙堂越建越多，都在拉香客，拉布施，提升山门影响力。住持就不得不考虑要大操大办一回了。她请了各山门的法师、长老。还请了县剧团的戏。忆秦娥知道这事时，剧团打前站、搭台子的人都来了。她想离开庵堂，躲避几天，可住持拦住了她，说："跟县剧团都商量好了，还想让你唱一本《白蛇传》呢。"她从来没有对住持的要求，做过任何不同意的反应。但这次，她摇头说不了。可住持还是微笑坚持着，说这是比念经更重要的功德。给佛门唱戏，自古都是对自身福报无量的大好事。就在说这一番话时，她舅胡三元，还有胡彩香老师他们，都已提前上山了。县剧团早已知道忆秦娥在山上修行，也都是想来看看她的。

　　封潇潇是最后一个上山的。见了她的面，眼里突然泪水一转，问她："你咋了？"

　　她的泪水也夺眶而出："好着呢。"

　　"好着呢，怎么要出家？"

　　"我没有出家。就是来清静清静。"

　　"都说你出家了。"

　　"还没有。"

　　"准备出家？"

　　"没有哇。"她想尽量回答得轻松些。

　　"是不是那个刘红兵欺负你了？"

　　"没有，好着呢。你……好吗？"

　　"我能不好吗？"

从此，他们在一起待了好几天。可除了唱戏，也再没单独说过一句话。但忆秦娥心里，还是懂得了他的抱怨。在《白蛇传》的"游湖""缔婚""现形""断桥""合钵"等几折戏中，他们都演得心领神会、泪流满面的。但一到戏外，还是形同陌路，再无瓜葛了。他们各自都有家庭，都有孩子了。由戏生出的感情，似乎已永远留在戏中了。

让忆秦娥觉得寒心的是，宁州剧团已彻底后继无人了。十几个年轻人，都改唱了歌舞。昔日有名的"小花旦"惠芳龄，在给她配演青蛇时，竟然有意无意间，就扭起了霹雳舞、迪斯科。连胡彩香老师，都又回到了"台柱子"的位置，她唱了窦娥，还演了《打金枝》里的公主。可无论身上的功，还是化妆、表演，都已撑不起主角的台面了。她舅胡三元在那次塌台事故后，又回到了宁州。每晚演出完，都听他在骂："把摊子快葬尽了。这已不是唱戏了，这叫耍猴。这叫亏了唱戏的祖先了。"

唯独《白蛇传》，让莲花峰的尼姑庵，放出了前所未有的光彩。关键是把住持惊呆了。她知道忆秦娥是唱戏的，并且都说唱得好，名气很大。可唱得这样好，是她没有想到的。尤其是身上的功夫：从"盗草"到"水斗"，完成了一个又一个挑战身体极限的动作。真正称得上是"草上飞""水上漂"的身手。在她印象中，忆秦娥是一个很好静的人。没想到扮起来，竟然是这样动若脱兔的钢帮硬正。唱得也美妙动听，情由心生。扮相更是天仙仪态，超凡绝尘。住持年年也会到附近山上，去赶一些法会。也有请戏、请歌、请舞、请杂耍的。可像忆秦娥演的白娘子，却是大家做梦都没见过的。各路"高僧大德"，在看完戏后，也有给莲花庵挑刺的，说："啥都好，就是不该演《白蛇传》。'妖蛇'斗了一晚上'妖僧'。白蛇、青蛇动辄就'秃驴秃驴'地骂法海和尚，实在对佛门有点大不敬。"住持就微笑着说："戏里骂秃驴的多了，莫非宽大慈悲为怀的佛门，还计较这个？要计较这个，只怕是好多好戏都唱不成了。"一个和尚便说："你咋不让唱《思凡》呢？"住持说："剧团的戏里是没有，若有，我明儿个就加演《思凡》了。庙里的戏，是唱给香客听，不是唱给庙堂听的。连白娘子这样的好戏都有了忌讳，不能唱，那庙会戏唱啥？只唱给和尚歌功颂德的戏？干巴巴撸一晚上，一台子光秃秃的人，你来我往的，也不怕干瘪得慌。戏情就是唱男男女女的事。和尚不待见，也不能把香客的事都拿了。戏是招待香客的不是。"反正各路大德都有点不大法喜。莲花庵的风头，今年是出得有点太劲太爆了。一个小庵，竟然唱成了法会大主角。有人估计，这次香火布施，庵里只怕是把两三年的供奉都攒下了。

法会结束了，僧众、香客、贩夫走卒全撤了。剧团也走了。小庵又归于沉静了。俗话说：道士走后的纸，戏子走后的屎。她们整整打扫了两天一夜卫生，才把莲花庵里里外外，又收拾得跟以往一样一尘不染。

那两个很少跟人交流的尼姑，突然用异样的眼光看着忆秦娥。忆秦娥还以为是自己哪里收拾得不对，就问咋了。她们相互笑笑说："不咋。都说慧灵居士太厉害了。有这样的身手，就是住庙，也该去住大庙的。"

这天晚上，忆秦娥擦洗完庙门，正要用大木桶烧水洗澡，被住持叫走了。住持没有把她叫到自己的禅房，而是拉她走出耳门，去庵堂后边的莲花潭了。

这个潭，是被庵堂的后院墙围在里面的。潭是山涧清泉聚灌而成，仅丈余见方。天上的月亮，此时正沉浸在清澈的潭底。汩汩流进的山泉，也一次次揉皱着那汪青碧。忆秦娥是知道这个潭的，但从来没进来过。通向这里的耳门，平常是锁着的。据说住持倒是常来这里打坐。

住持把她领到潭边，说："慧灵，在这里洗吧，水洁净，冬暖夏凉。"

她有些茫然地看着住持。

"怎么，还怕羞，我背过身就是了。"住持说。

"我还是回去洗吧。"

住持说："这可是神水，一般人无福消受的。只有剃度的尼僧，才能在剃度那天享用一次。这是莲花庵的规矩。"

"师父……是要我剃度吗?"忆秦娥突然有些紧张起来。

"洗吧,慧灵。洗了师父再跟你慢慢说。"

忆秦娥有些不知如何是好。但面对住持的安排,她也不好不遵从。住持已背过身去,独自打坐诵经了。她就羞羞答答地脱了汗津津的衣服,坐进了潭水。水底的月亮一下就被她搅成了碎屑。潭不深,刚没齐腰部。水很滑,很温润。浇淋在身上,有一种被孩子亲吻的感觉。住持诵的是《地藏菩萨本愿经》。她在水里,也跟着念念有词。她觉得水是太洁净、太润泽了,没敢贪恋,只轻轻给身上浇了几遍,就要出潭。住持说:"慧灵,让我诵完《地藏经》再出来吧。"她就那样坐回水里,想着刘忆,想着那三个死去的孩子,还有单团,就分不清了泉与泪的界线。

《地藏经》终于诵完了。忆秦娥从潭里走了出来。住持站起来,给湿漉漉的她,包上了一件袈裟说:"慧灵,你就算是受戒入过佛门了。"

忆秦娥一怔。直到此时,她还都是没有想好要入佛门的。她就是要给自己赎罪,给孩子赎罪。她想要孩子成为正常人。刘忆满两岁时,就要进行最后检验,她是在为儿子争取时间。

"不,师父,我还没有想好……"

"不用想了,孩子。我今天之所以这样做,就是怕你有一天想好了,真要剃度,走入空门,那我也就有了罪孽了。"

"师父怎么说这样的话?"

"孩子,如果说几天前,老衲还有意,想让你进入佛门,那么在看了你的白娘子后,就彻底断了这个念想。"

"为什么,师父?"

"你是有大用的人才,不可滞留在小庵之中。"

"我不想唱戏了,我要给孩子赎罪。"

"也许把戏唱好,让更多的人得到喜悦,就是最好的赎罪了。慧灵,这个庵堂一直有个规矩,就是只收留真正无路可走的人。但凡有些路径,我们是不主张出家的。你知道当年被红卫兵踢下悬崖的那个老尼，一生也只收留了两个僧徒，是两个患了病的妓女。她们没有了出路，人见人贱，老尼就收下，直到病死在这个庵堂。想知道我的身世吗？我原来是一个小学老师，后来丈夫被枪毙了，实在羞辱难当，才选了这条路径的……"

让忆秦娥万万没有想到的是，十几年前，那次公判公捕大会上，被枪毙的那个流氓教干，就是住持的男人。那次她舅胡三元是"陪桩"的。当枪砰的一声响，那个流氓教干的头颅上方，血柱冲天而起时，她是吓得尿湿了裤子的。那时她还不到十三岁。而就在那个现场，住持也是去给自己男人收了尸的。如果说缘分，她们也许是有过一面之缘的。而在她舅胡三元两次来莲花庵时，住持已认出了这个黑脸龅牙的男人，就是十几年前陪过他男人法场，让公判大会几次失去严肃性的敲鼓佬。敲鼓佬告诉了她有关忆秦娥的一切，她才安排唱了这场庙会戏。而过去，她是从来不想让小庵有大动静的。尤其是不想招惹更多的人来搅扰，更别说唱大戏了。她的小庙，够吃够喝就行了。唯安生、清静为要为大。

忆秦娥问："你原谅他了吗？"

"谁？"

"就是……枪毙的那个。"

"他罪不当死。他的确花心，但也有好多证人……是被逼着说了假话，被逼着……要陷害他。有人想安排自己的人，去替代他的位置。"

忆秦娥不知该说什么好了。

住持停顿了许久，接着说："我为他超度过无数遍了，但愿来世，能不再那样可怜地活着。别人陷害他，他自己也留有把柄。身心不洁，纵欲乱性，那是一种病，一种很深很深的病。他不是不知道，但不能自拔。这就是人的可怜了。"

这天晚上，她们在潭边打坐了很久很久。住持坚持让她必须离开。并说那两个尼僧，也是要让她们走的。因为她们都有活路。

"修行是一辈子的事：吃饭、走路、说话、做事，都是修行。唱戏，更是一种大修行，是度己度人的修行。只要懂得这个道理，就没必要住庙剃度了。要不然，这世间的庙堂也是住不下的。"

住持这晚跟她说了大半夜。

忆秦娥终于离开莲花庵了。

儿子刘忆也满两周岁了。

忆秦娥是抱着儿子，念着《大悲咒》离开九岩沟的。

五

那天刘红兵从楚嘉禾家里出来后，既有一种释然感，也有一种怅然若失感。他对自己是越来越不满意了。这阵儿，几乎是全然憎恶了。怎么把人活成这样了？自己小小的，就出生在北山行署大院，那是很多孩子都羡慕的地方。即使在父母下放劳动的那些年，他们也没受过太大的苦。那是在一个小镇上，父母的工资，让他们活得仍很体面尊贵。他家有钱可以买活鸡、活鸭、活鱼、活鳖、活兔子，还能买点心、饼干、冰糖、水果糖。他坐在门前的石凳上，啃那掉着金黄皮屑的面包时，身边是会围上来好多孩子引颈观看，并频频蠕动喉结的。他父亲用废铁饼做了杠铃，用木架子做了单双杠。还在门口大树上，安了吊环、秋千、爬杆。每早父子俩练起来，一个镇子的人，都是要来像看戏一样围场子叫好的。下放回去，他没有参加高考。他不喜欢上学。家里就通过内部指标，让他参了军。那时参军也是不比上大学差的选择。因为到了部队，还可以保送上军校的。可他在部队混了几年，给首长开车，陪首长玩耍，也没进军校。不是不能进，而是压根儿懒得进。不喜欢上学的约束，见书就头痛。母亲思儿心切，非让他复员。他又复员回来，满街胡逛荡。后来觉得还是开小车风光，就又给行署领导开了伏尔加。再后来，开放了，办事处红火起来，他就又到了北山驻西京办事处。当然，那也是为了追忆秦娥方便。总之，好像一切都是逢山开道、遇水架桥的事。没有什么是过不去、办不成的。直到父亲从副专员位置上退下来，他都没感到什么危机。可最近，他觉得已是危机四伏了。办事处的好多事情，都有意瞒着他。他想通过一些环节，"官倒"点活钱，也没那么容易了。过去那些巴结着他的这长那长，也都在有意回避着他。他已成北山的局外人了。尤其是与忆秦娥的关系，让他窝囊得一想起来，就想拿大耳光扇自己的脸。

连楚嘉禾都把自己羞辱成这样了，这是他万万没有想到的事。在他眼中，楚嘉禾就是一个有几分姿色的女人而已。不演戏，也倒罢了，一上台，就被人小瞧。她跟忆秦娥简直是没法比的。在他跟忆秦娥的整个恋爱、婚姻过程，楚嘉禾是没少给他传递暧昧信号的。可他也清楚，楚嘉禾是一直在背后捣鼓忆秦娥坏话的人。她是一个把自己排进了忆秦娥竞争对手的人。其实在他和更多内行看来，论唱戏，她们就是凤凰与斑鸠的关系。加之那时，他的感情生活是饱满的、充沛的。就是需要填补，也还轮不上她楚嘉禾。西京啥都缺，就是不缺风姿绰约的好女子。也许是最近倒霉透了，什么都不顺心，什么都不随意，孤独的夜晚遇见她，竟然还用汗津津的大胸脯，把他剐蹭了一下，他就鬼迷心窍地跟着去了。以他的经验，这应该是瞌睡遇见枕头、手到擒来的事。没想到，还生出这样古怪的枝节来。他倒已不在乎自己的脸面，被揉搓成了龇嘴塌鼻吊眼梢的小丑。而是觉得，实在不该给忆秦娥抹黑。明明知道她是忆秦娥的敌人，还偏要去那寻花问柳，真是在用大耳刮子，扇打忆秦娥的脸了。在这个世界上，最不应该伤害的女人，他觉得就是忆秦娥了。

那天晚上，他走在护城河岸，一头栽下去的心思都有。即使不栽下去，他也想，要是有勇气骗了宫了，也不至于活得这样低贱。他是把自己悔恨透了。

他突然觉得失去了方向感，就整天待在办事处里喝酒，骂人。他是逮谁骂谁，专员也骂，专员也是给他父亲当过秘书，绑过鞋带，拉肚子还帮着收拾过脏屁股的人。偶尔打场牌，也是输光输尽。没了本钱，连牌桌也是没人让他上的。真是到了喝口凉水都塞牙的背时光景了。

但有一件事他记得很清楚，就是儿子刘忆的两周岁生日。

听忆秦娥她娘讲，忆秦娥会在这时走出尼姑庵。她要带儿子回西京进行全面检查，看到底是不是傻子。

他心里早就捏着一把汗了。如果儿子是傻子，大概自己是逃不了干系的。因为那段时间，忆秦娥不好降伏，他每每是借着酒胆，护佑色胆的。而忆秦娥怀上刘忆的日子，算来算去，也就是那阵酒喝得最多的时候。但愿儿子不是傻子。相信忆秦娥近半年的吃斋念佛，也该感动神灵，给他人生添点喜兴了。

在儿子两周岁生日的头一天晚上，他开车去了九岩沟。

忆秦娥也是那天晚上回家的。她跟他始终没有说话。第二天，她娘和她姐收拾了一桌菜，给刘忆过了生日，他就开车把她娘儿俩拉回了西京。

回到剧团房里，忆秦娥并没有说让他离开的话，但他自己离开了。他觉得此时的自己，已肮脏得再也不能跟忆秦娥在一起了。只是孩子的检查，他得奉陪到底。这是他作为父亲的责任。

第二天一早他就来了。他拉着娘儿俩，去了西京最好的医院，整整检查了一天。结果医生判定说：孩子语言有障碍，智力也有问题，并且是先天性的。医生看了看他们，还有点不相信地问："这是你们的孩子？"忆秦娥木着。他急忙说是的。医生说："你们都这么健康，妈妈这么美丽，爸爸这么帅气，怎么生了这么个孩子呢？是不是在备孕期间，喝过什么药，或者醉过酒？"刘红兵的脸，刷地一下就红到了脖根。忆秦娥也突然把他看了一眼，大概都同时在回想怀孕时节的那段生活。其实在最近一段时间，刘红兵已反复咨询过好多医生了，都说醉酒怀孕，固然容易引起孩子智障、畸形，但那也像买彩票，中彩的概率是有限的，不是百分百。他多么希望自己不要中这个彩啊，可老天就偏偏让他中上了。他看见忆秦娥在凳子上，已经有些坐不稳了。他就向她身后靠了靠，想尽量用自己也在颤抖的身子，把深深爱着的女人扛住。可她还是离开支撑的他，狠劲把刘忆抱了起来。在即将出门的时候，忆秦娥还在问医生："真就没有什么医治办法了吗？"医生说："不要给孩子过度用药，没有太大意义。最好还是物理疗法，用爱，一点点唤起孩子的部分语言和智力功能。也只能是部分。"医生说得很肯定。

出门后，他想着忆秦娥是要破口大骂他，或者是拿脚狠狠踢他的，但没有。忆秦娥就是那样紧紧抱着孩子，朝医院大门外走去。她也再没有上他开的车，像是失魂落魄的《鬼怨》中的李慧娘，高一脚低一脚地朝前乱走着。他慢慢开着车，紧跟着。直到忆秦娥再也走不动了，一屁股塌在道沿上，他才凑上去，蹲在一旁。他多么希望，她能像李慧娘、白娘子怒斥贾似道和法海和尚一样，当街怒斥、痛揍自己一顿啊！可她连这点希望都没给他，又要起身前行。他终于强行抢过孩子说："上车吧，离单位还远着呢。不能只相信一家医院。我们办事处有个人的爸，被两家医院断定是肝癌，结果到第三家医院复诊，说他爸只是肝囊肿。几年了，人还活得好好的。我们还得再找医院检查。我不相信这是真的。"也许他的这番话，给忆秦娥带来了希望，在他将她朝车门里促时，她竟然再没朝下跳。

随后，他们带着孩子又去了北京，去了上海，去了广州。当最后一家医院，还是做出了相同的判断时，忆秦娥终于在珠江边上，号啕大哭起来。

这一路，他们的交流，一共不到十句话。

忆秦娥在最后的绝望时刻，终于对着珠江骂了一句："喝死呢喝。报应，真是报应哪！"

从广州回来，他再去忆秦娥家，忆秦娥就没有开过门。

这样对他不理不睬的日子，又延续了很长时间。他空虚无聊的光阴，实在打发不过去，就又有了女人。可这次这个在舞厅认识的、走到亮处都不敢细看的女人，不是跟他玩玩就能算了的。在反复强调肚子里是怀上了他的孩子后，竟然掐住他的脖子，严正要求："得给老娘一个说法了。"

他就不能不去跟忆秦娥了断了。

如果在孩子没有判断出是真傻瓜以前，他觉得跟忆秦娥谈离婚，也许还能说出口。他甚至都想过，把自己的那些龌龊生活，包括跟楚嘉禾的事，和盘托出，以证明他是不配跟她在一起了。可现在，明明知道孩子是傻瓜，并且还可能是自己一手造成的，又怎能在这个时候离家而去呢？如果是忆秦娥提出来，还情有可原。可忆秦娥偏偏从不提说离婚的事。继续拖下去，又该如何是好呢？那女人的肚子，已是再拖不得的事了。明明没有那么大，她偏在人前穿个孕妇裙，腿脚叉开，腹部高耸，双手撑腰，行动迟重地扬言：

"是到去省秦找忆秦娥摊牌的时候了。"

这样的女人，是什么事都能干得出来的。他又怎能在这个时候，再给忆秦娥脸上抹黑，给她心上捅刀呢？想来想去，实在是被逼得走投无路了，他才觍着脸，又去死敲活敲的，把忆秦娥的门敲开了。

儿子还是那样傻坐在地上，腰上捅了一根红腰带。那是忆秦娥在训练他走路。他的到来，似乎也引起了儿子的注意。但回报他的，就是一嘴的鼾水，还有"噢噢噢"的，说不清是想表达什么意思的古怪声音。他有点想流泪，但极力克制着。

他尴尬地坐了一会儿，忆秦娥还是没有理他的意思。他就干咳了一声，硬着头皮说话了：

"我对不起你！"

忆秦娥没有回应。

只有刘忆还在"噢噢噢"着。

"我们这样僵着，也不是个办法。"

忆秦娥还是没有吭声。

"仔细想，是我把你害了。也不能再害下去了。我提这样个思路，你看行不行：咱们离婚吧。"

他看见忆秦娥扶着儿子的手，突然抖了一下，但很快又稳住了。

他说："我知道这个时候提说，不合适。可总这样拖着，也不是个事。你要有你的生活。也不能为了儿子，把一切都毁了。你还得上舞台。只有上了舞台，你才是忆秦娥，才是小皇后。我知道，你已经不能接受我了。连我自己，现在也很恶心自己，讨厌自己。我再勉强赖在你身边，只会增加你的痛苦。儿子我可以带走，有福利院能够接收。我们只需定期去看看就行了。生活费由我负担。你也别说我心狠。只有到了这一步，我才知道，世上的人都得面对现实。长期把生命泡在这里面，是没有意义的。另外，你看还需要什么补偿，我都会满足你。一切都是我的错，你提什么条件，我都会答应的。"

忆秦娥半天没有说话，也不知她心里在想啥。那双一直在抚摸着孩子身体的手，突然停了下来，她说：

"我只要孩子。"

声音很低，但很干脆。

他说："还是交给我吧。你要演戏，你还有你的生活。"

"我生活的全部就是孩子。这是我造的孽。"

刘红兵就再也找不到该继续朝下说的话了。

房子里的空气，凝结得都快要爆炸了。

只有刘忆，在有一下没一下地发着"噢噢噢"的叫声。

忆秦娥突然说："你走吧，我们已经了结了。"

刘红兵扑通一下，跪在忆秦娥面前，把头磕得嘭嘭直响地说："秦娥，我欠你的太多太多了！我不仅耽误了你的青春，损害了你的名声，而且还让你……背上了智障母亲的责任。我不是人，真的不是人！包括父母，我都没有觉得对不起他们。但我对不起你，这是一生的罪孽……"

"别说了。你走吧，你快走吧。"

他也不知是怎么站起来的，当昏昏沉沉从门中走出来后，就一脚踏空，从五楼滚到了四楼。再爬起来，那个熟悉的门，曾经也是自己的家门的门，就看不见了。

没想到事情这么轻易就了断了。这种了断，让他更有了一份深深的愧疚与罪恶感。他觉得自己的生活，已经不是狼狈不堪所能形容的了。他是把自己彻底整成一团糟糕、一坨臭大粪了。离开忆秦娥，他清楚地感到，是在离开人生最美好的东西。他感到那扇美好的门，在他身后是彻底关上了。而即将走向的那扇门，似乎就是地狱之门。可他还得硬着头皮，往里走着。

如果说世间还有清清楚楚、明明白白的地狱之行，那他此刻，就已经在路上了。

六

忆秦娥想到过离婚，她觉得自己跟刘红兵的缘分是尽了。她咋都不能接受，一个能把别的女人，勾引到家里胡成操的男人，仍留在这里，与自己继续拥颈而眠。甚至去重复一种相同的龌龊画面。尽管她也见过她舅与胡彩香的偷情，并没有结束胡彩香的婚姻。她舅甚至为这事还骂过胡彩香，嫌她不该不跟那个操管钳的男人掰了、离了。可再骂再怨，胡彩香再情愿跟他偷偷摸摸在一起，但还是维持着与自己男人张光荣的婚姻关系。她不是胡彩香。她是怎么都无法理解这种维系的。一想到，还得跟这个男人在一起吃饭、睡觉，甚至行房事，她的头皮就嗡的一下，端直麻到后脚跟了。如果没有亲眼看见那一幕，单听人说，她是不会相信的。因为她与廖耀辉的事，就纯粹是一种造谣诬陷，而让她深受其害，并且还有口难辩。可她亲眼看见了，也就不能不被铁板钉钉子的事实所胶着。

但无论怎样，她还没有提出离婚的事。她毕竟是公众人物，婚变，会让各种说法铺天盖地。她又不能公开离婚的真正原因，说刘红兵在她的新房，与别的女人怎么怎么了。那会引发更多无厘头的故事。再加上刘红兵的父亲刚一退下来，忆秦娥就与人家儿子离婚，岂不是自己钻到"势利小人"的帽子底下了？尽管她从来就没喜欢过公公、婆婆。跟他们在一起，总是让她感到压抑，感到一切都不真实，一切都像在表演。虽然他们也不满意自己的儿子，嫌他没个正形，不走正路，不会做人做事。可这个儿子反倒让她觉得，更像是一个双脚踩在地上的真人。尼姑庵那位住持，在她离开的前夜，说了很多话，可印象最深的，还是说那个给她带来了无尽耻辱的男人。尽管已被枪毙多年了，但她还在为他念经超度。从她的话语表情中，可看出同情、宽恕、原谅，已是从内心泛出的跟月色一样淡远的平常心境了。那一刻，她甚至立马想到了出轨的刘红兵。多少年后，她也能像老住持一样，微澜不惊地，去与别人说起这种曾经是撕心裂肺的剜腹之痛吗？如果会那样，眼下离婚的意义又是什么呢？

在刘红兵陪她给儿子检查智力的路上，虽然没有任何话语，可她还是像妻子一样若即若离地相随着。她甚至想，即使没有夫妻情分，他能为刘忆的治疗，尽一个父亲的责任，也是应该容留下的。但留下他，还需要给她时间。当回到那个家，客厅的那一幕就会惊悚狂跳而出。她还无法在只有夫妻才能厮守的夜晚，给他打开那扇容留的门。

万万没有想到的是，刘红兵竟然先提出离婚了，她还能再说什么呢？她无法说出：我不同意！她想，孩子有她就足够了。这样的父亲，不要也罢。

在他们离婚不久，她才知道，刘红兵把另一个女人的肚子，又搞大了，是不离不行了。她突然想起《地藏菩萨本愿经》里的一段话：

"我观是阎浮众生，举心动念，无非是罪。脱获善利，多退初心。若遇恶缘，念念增益。是等辈人，如履泥涂，负于重石，渐困渐重，足步深邃……"

刘红兵还有什么救呢？

刘红兵想了些办法，把离婚办得还算隐秘。可再隐秘，忆秦娥离婚的事还是传开了。基本套路，也正像她想到的那样：刘红兵的老子"毕了"，刘红兵失势了、没钱了、不好玩了，忆秦娥就把那家伙一脚端了。并且还有一个更肮脏的版本，说忆秦娥的傻儿子，可能不是刘红兵的种，刘红兵才愤然拎包走人的。

无论说什么，忆秦娥都懒得理会。她也算是经见得多了。你给谁解释去？她就只能把自己的全部心思，都用在刘忆的治疗上了。至今，她都不相信任何医院的判断。在她的内心深处，总有那么一线光亮：儿子是会出现奇迹的。她甚至在后悔，当时不该听了她娘和一些熟人的话，没在更早些开始治疗。都说"贵人语迟"。也许正是这句话，耽误了时机。她就像祥林嫂不停地喊"阿毛阿毛"一样，一天到晚，嘴里都嘟嘟着"刘忆刘忆"的。她越来越像个怨妇了。不过不是怨给别人听，而是怨给自己听，怨给傻不楞登的刘忆听。有人说：孩子不会说话，都怪你忆秦娥嗓子太好，在舞台上说得太多、唱得太绝，把娃的那一份天性给"遮蔽"了、"独吞"了。难道老天就是如此权衡世事的？若真是那样，她都情愿自己立即变哑，好让儿子开起口来。

她一边给孩子念经赎罪，一边在已经认识的智障儿童父母群里，相互打探着新的消息。这都是一路检查看病中认识攀谈上的。回家后，就在电话上建立起了热线联系。哪怕有一点希望，她都会抱着孩子飞奔而去。短短一年多天气，她先后去了包头，去了哈尔滨，去了邯郸，去了宁波，去了长沙，去了郑州、开封、洛阳、少林寺，还去了曲阜、邹城。都说有"治障大师"，能药到病除。可总是欢喜而去，悲凉而返。幻影一个个破灭，钱财如流水般飞逝。虽然刘红兵每月都把他的工资，准时汇到了刘忆的名下，可那依然是杯水车薪。很快，她就把亲朋好友的钱都借遍了。有人见了她，都在躲躲闪闪了。但她还不死心，还继续踏在创造奇迹的漫漫征程上。

有一天，秦八娃老师来了。是她舅胡三元陪着来的。

胡三元已经对他这个外甥女毫无办法了。他都当面骂过她：说儿子傻，你比儿子更傻。一提"傻"字，忆秦娥就气得暴跳如雷："你个老舅才是大傻子呢。滚，舅你滚！"她舅觉得这么好个唱戏的材料，不唱戏，只陪个傻儿子，是太可惜太可惜了。他就去搬秦八娃，他觉得秦八娃是唯一能把外甥女说通的人。此前，封导也来说过无数次了，可忆秦娥就是这样的一根筋，谁也无法改变。她在团上也请了长假。刚好丁团长在一心一意地培养楚嘉禾，算是一举两得的事，也就把她的假，十分宽大地放了个无限期。

秦八娃进门后，没有做任何批评。只是一个劲地表扬说：她一个没有多少文化的人，反倒做了这个时代最有文化的事。还说她内心柔软，根性善良，抱朴守正，大爱无疆，是这个时代的英雄了。她舅正纳闷着：怎么请来了个火上浇油的客。他外甥女，明明都已成穷困潦倒的寡妇了。才多大年龄，就脸不搽粉；发不打油；衣服除了洗得边子发毛的练功衣，就是缩了水，穿上不够尺寸的排练服；混得连跑龙套的都不如了，怎么还是时代英雄呢？就在外甥女听了秦老师的表扬，哭得呜呜呜的时候，秦八娃突然咳嗽一声，慢慢把话题转了：

"秦娥，照说我是无权来干涉你生活的，何况你也做得半点没错。自己身上落下的肉，又咋能眼睁睁地看着他，一天天由小傻子变成大傻子，由无尽的希望，变成彻底的失望呢？你已经努力了！在这个世界上，你不是唯一的傻子母亲。你同千万个傻子母亲一样，已经劳神尽力，甚至把心血都耗干了。普通母亲，也就是舐犊之情，人皆会之，人皆有之。而一个残疾智障孩子的母亲，不仅要忍受巨大的社会压力，甚至讥讽，嘲笑，而且还要费尽钱财，穿行在无望的生命深渊中。这是多了不起的奉献担当啊！我说你是英雄，面对一个傻儿子，可能我做不到。你舅也做不到。很多人都做不到。而一个以个人名利为大为先的舞台名伶，却做到了，你不是英雄吗？是的，这是你的孩子。但由此及彼，让我看到了你的心地。你所做的一切，都不是无用功。如果你还能回到舞台上，我相信，你会把戏唱得更好。我觉得你应该是那个真正把人、把人性、把人心读懂、参透了的演员。可能因为这个磨难，你会由演技派，成长为通人心、懂人性的大表演艺术家。秦娥，你真的把磨难受够了。你要继续把陪伴儿子作为生命的一切，我也不会拦着你。那是你的选择，并且是很可贵的选择。但你似乎还有更重要的事要做。你应该把你的爱，还有你所理解的爱，通过唱戏，传递给更多人。让更多的人有温度，有人性，有责任。从而让更多的傻孩子，获得更多的爱与帮助。这才是你更有意义的工作。我不劝你，真的不是来做说客的。你舅找了我几次，我没想好，都没来。你这么长时间没上舞台，我是知道的。包括你带团演出，塌台死人的事，我也知道。单团长的死，还有你到尼姑庵住庙，包括跟丈夫离婚，我统统都知道。我是理解你这千般心结的。唱戏人，整天都在生离死别上挠搅着，可那毕竟是戏。而你是真的在经历这一切呀！我见面了，又能安慰你些什么呢？讲些大道理，又管什么用呢？可想来想去，我还是得来。你师娘给你带了一千块钱的打豆腐钱，那也不够给孩子跑一趟外省治病的。我是觉得，你还得回到舞台上。回到舞台上，也并不意味着放弃了对儿子的爱，对儿子的治疗。也许会有更多的戏迷，来帮你承担这份心力，去为孩子寻找更广阔的救助之路。如果你愿意回归舞台，我会根据你的这段生命体验，写一个关于母爱的戏，让你的生命烛光，在舞台上去照亮更多的生命幽暗。戏不好写，我是越写越没把握了。可这个戏，我觉得还是能写成的。写不成，我秦八娃都死不瞑目。"

秦八娃讲到最后，她舅先流下眼泪了。

在说话中间，封导也来了。封导也听得流下了眼泪。

忆秦娥抱着孩子，更是哭得浑身抽动，不知所以。

很快，她舅就把忆秦娥她娘胡秀英又接了来。

忆秦娥终于又回团上班了。

七

忆秦娥一回来上班，省秦就热闹了。先是全团人在那天早上集合时，自发地给她鼓了一回掌。这个团太需要忆秦娥了。没有忆秦娥，几乎已"烧火断顿"，无法出门演出了。省上的戏曲剧院，还有市上的几个秦腔班社，逢演出季节，都在外面有台口。唯独省秦，一直在家趴着。并且天天起来，还在给楚嘉禾排着没有演出市场的戏，都窝了一股火呢。忆秦娥突然中止假期，回团上班，简直就是全团的大喜事了。

连丁团长，内心也是觉得有些喜悦的。在几天前，他就先把风声放给了楚嘉禾。他怕忆秦娥真的回来，楚嘉禾会抱怨他。说他提前都没给她露点口风。楚嘉禾还问了一句："她那傻儿子不治了？"他说："可能是没啥希望了。"楚嘉禾就不阴不阳地说："只怕是也都盼着人家回来吧。"他只是咧嘴笑笑，没有接话。从心里讲，他丁至柔是希望忆秦娥早点回来的。观众很怪，吃谁的药，那就是一吃到底。用行内的丑话说：角儿屙下的都是香的。要是不吃谁的了，你就是跪下叩三个响头，也没人朝你的台口拥。他已做了努力，想在自己手上培养出一个"当家花旦"来。可楚嘉禾已经连续排三本大戏了，一彩排，一宣传，也就撂下了。他几次设场子，请青龙观、白龙庙、黄龙寺、黑龙洞等十几个庙会的包戏大户，来吃酒，来看戏。吃酒都行，一个个一斤两斤不醉。一看戏，就都哑口无言，没醉也都装醉了。只说回去商量，从此却再没下话。弄得一团人，都对他怨声载道的。

丁至柔在剧团待了一辈子，虽然没唱过主角，可没吃过猪肉，不等于不懂得猪走路。他把啥都看得清清楚楚的：演员这个职业，永远都是不服别人比自己唱得好的。尤其是主角与主角之间，别人看得明明白白的差距，自己却是一无所知。即使有人告诉他，也是不以为然的。总觉得是不同人的不同看法而已。楚嘉禾的扮相不比忆秦娥差，嗓子也够用，可就是演戏没有爆发力，没有台缘，没有神韵，没有光彩，这个谁也拿她没办法。可她自己并不这样认为。老觉得是团上推力不够，宣传不够，并爱拿忆秦娥比。说那时忆秦娥几乎是天天上报纸，上电视的。可她的新戏，媒体就是不关注，不热炒。团上即使把记者请来吃了饭，发了小费，登出来的也就是"豆腐块"。常常还塞在"报屁股"上，谁也没办法。只排戏，没台口，一年演出任务完不成，他"团副"转正的事，也就没有了下文。

尽管如此，丁至柔也还是没出面去找过忆秦娥。他知道角儿的贱毛病，都爱求着哄着，贡着敬着。他才不去当那个贱酥酥的"保姆""香客"呢。他是主持工作的副团长，得有点带戏班子的威严。现在忆秦娥终于自己要求上班了，他也就不热不冷、不急不缓、不阴不阳地答应了一声"那好吧"。

忆秦娥那天早上刚一进功棚，不知是从哪里先响起的掌声，竟然狂风暴雨般地折腾了两三分钟。把忆秦娥还弄得有些不好意思，她急忙用手背捂住了傻笑的嘴。楚嘉禾的脸，红一阵白一阵的。不跟着拍不好。跟着拍，又十分地不情愿。她明显感到，全团人是在抽她的嘴掌，扇丁团的脸呢。丁团到底是老练，急忙低下头，跟业务科人叽叽咕咕商量起工作来了。而她，就只能任由一双双挖苦的眼睛，和狠劲扇动的巴掌，来羞辱她，动摇她的角儿地位了。在忆秦娥退出舞台的这段时间，她已实质坐上了"省秦一号"的"宝座"。虽然出门演出少，但连着三本大戏的排练，已然是把她立成了不好轻易撼动的台柱子。忆秦娥这一回来，她立马感到，就像孙悟空搬倒了老龙王的"定海神针"，整个省秦都天摇地动起来了。她服忆秦娥，但也的确不服忆秦娥。她服的是忆秦娥刻苦，能傻练，能瓜唱。不服忆秦娥的是：运气好，老有人帮忙。本来都去做饭了，结果还做成了"秦腔小皇后"。真是逮了只铁公鸡，还给把蛋下下了。

在忆秦娥给傻儿子看病的这段时间，她也去看望过忆秦娥的。那是姿态，大家都去看，何况她和忆秦娥还都是从宁州来的，不看说不过去。当然，更多的还是去窥探。看忆秦娥到底是不是被彻底击垮了。有一次，她还把刘红兵到她房里的事，半隐半讳地拉扯了几句，意思是说：刘红兵这号人，离了就离了，不值得留恋。可她看忆秦娥并不关心这事。当她说到刘红兵也就是个花花公子，是吃着自己碗里，还爱盯着别人锅里时，忆秦娥还一下把话题岔开了。说不要当她面再提刘红兵，她不想听。楚嘉禾这才把话打住的。以她的直觉，忆秦娥是要把唱戏彻底放下了。她心中只有傻儿子了。可没想到，她突然又折回来上班了。这可是一个要命的事情。她知道，凭唱戏，她是玩不过这个傻女人的。可你不玩，她偏要回来跟你玩，又有什么办法呢？

忆秦娥一回来，白龙庙、黄龙寺、黑龙洞的庙会戏，立马就找上门来了。并且是一天三场，一个庙会甚至定了二十一场。楚嘉禾的几本戏，倒也是搭进去能见观众的。可忆秦娥领衔主演的戏价，是她主演戏的三倍。不仅让她面子过不去，而且也让团上那些爱撂风凉话的，有了稀奇古怪的话料："这戏价，那咱能不能只演三分之一？""要么只唱不说；要么只说不唱；要么只唱不做；要么只做不说。反正总不能上全套吧。"还有更绝的，端直说："能不能让忆秦娥在楚嘉禾的整本戏前，加两段清唱，给咱把浑全戏价弄回来。"楚嘉禾听在耳边，感觉就像有人拿锥子扎她的心脏。关键是观众还真只吹红火炭，到了忆秦娥的戏，人多得能把台子拥倒。到了她的戏，不仅人稀稀拉拉，而且还有妇女在借舞台灯光做针线活；男人们在打扑克"挖坑"，都说是等忆秦娥的白娘子呢。

除了庙会戏，集市戏，红白喜事戏也慢慢多起来。一段时间，忙得剧团两头不见天。有人就又埋怨起忆秦娥来，说她一回来，咱又成关中老农了，基本上一年四季都在乡村田埂上走着。回西京，都快成鬼子进村扫荡，是有一下没一下的事了。小伙子们说，再不回西京守着，老婆都快成别人的"菜"了。忆秦娥就是贼傻，贼能背戏。一天唱到黑，又翻又打的，也不见喊累，见人还傻乐呵着。

忆秦娥的傻儿子是她娘领着。开始没跟来。后来出外的时间长了，她娘就抱着傻孙子跟上演出团了。忆秦娥一见傻儿子来，演出就更有劲了。加上地方上的戏迷，都前呼后拥着她。见了她的傻儿子，一是同情；二是送吃送喝、送东送西的；还有送偏方、送药材的。弄得每走一地，忆秦娥离开时，都跟土匪从村里抢了东西出来一样，是大包包小蛋蛋地扛着、背着。有时，她练功的灯笼裤脚里，都塞满了礼物。一团人就既是艳羡，又是觉得丧眼地，用狠话砸刮起她来。加上她娘也有些顾不住场面，人多人少的，都在数礼物，翻拾东西。有时还故意卖派："别看我这傻孙子，傻人还有傻福哩。你看看，连老银项圈都有人舍得送。你知道这上面雕的是啥吗？貔貅。辟邪的。"貔貅在戏里是常提到的一种怪兽。说这种动物有嘴无肛，能吞尽天下财物而不漏。它只进不出，神通特异，故有吸纳八方之财的招财进宝寓意。有人就暗中给忆秦娥她娘送了个外号，叫"老貔貅"。惹得楚嘉禾笑得咯咯咯地隐忍不住。她说："爱演让她尽管演去，人家有傻儿子、有'老貔貅'跟着招财进宝哩。我们演得累死累活的，图个啥？"

在演出进入淡季的时候，团上又突然说，要排创作剧目了。平常排戏，抢角色倒也罢了，一旦说排原创剧目，主创人员就有些争先恐后了。关键本子还是秦八娃写的。这家伙，是写一个成一个。省内省外都在找他写戏呢。楚嘉禾已经知道是给忆秦娥量身定做的，就故意对丁至柔撇凉腔说："替人家考虑得很周到呀，丁团，又要上创作戏了。"

丁至柔说："明年要全国调演，咱不参加，省秦在全国就没声音了。在全国没了声音，本省人也就瞧不起你，不要你的戏了。"

"说这些干啥，给谁排呢？"

"你和忆秦娥都有份。"

"我又是烂 B 组吧？"

"这戏是秦八娃专门给忆秦娥写的。但团上还是考虑要实行 AB 制。并且都要排出来，一人一场地轮着演。你师娘也是这意思，下命令，要我给你争戏、争名分哩。"丁至柔在说后边这句话时，是把声音压得很低的。

谁知楚嘉禾还是那么大声霸气地说："打住，打住。B 组我可不上。再不做给人垫背的事了。我已经被人羞辱够了。B 组那就是个毕组。毙组。毕业的毕。枪毙的毙。"

楚嘉禾也知道说这些不管用，但她总结：在剧团就得这样，你不厉害，领导就是些吃柿子的货，专拣软的捏。这也是她妈反复给她灌输的人生经验。

排戏终于开始了。

秦八娃的这个本子叫《同心结》。好俗气的名字，就跟他人一样，走路是鸭子踩水的八字步，脑袋长得活像一只老乌龟。

在忆秦娥不再上台的那些日子，楚嘉禾还曾与丁至柔去北山找过秦八娃。想请他给她定制一本戏，把角儿捧起来呢。谁知秦八娃完全一副不待见的样子，一边帮老婆磨豆腐，一边说："不写了，不写了，好久都没摸过笔了。没感觉，硬写也写不成。写出来也是一堆垃圾。"那天，丁团用团上的钱，给他买了好烟好酒。她还给拿了茶叶。给师娘买了化妆品啥的。谁知人家一概不收。秦八娃的老婆，好像还有些二杆子劲，不仅不收化妆品，而且还叨叨说："你儇我呢，磨豆腐的丑老婆子，还化的啥子妆哟。"秦八娃倒是问了几句忆秦娥的事，就

656

把他们打发走了。出来后，楚嘉禾还问："秦八娃的老婆，好像还不喜欢家里去女的？"丁团一笑说，好像有点。楚嘉禾就哭笑不得地哀叹："就秦八娃这只老鳖，只怕是撂到路边都没人搭理。还操的这份闲心，哼。"

这才过了多久，秦八娃就献殷勤，把戏都给忆秦娥送上门了。有感觉了？有什么感觉了？真是个老色鬼哟。这头老色鬼不仅送戏上门，而且还参加了第一天的开排会议。会上，他把自己的烂戏本，吹得中国不出外国不产的。并且当着剧组的面，还绘声绘色地朗读了一遍。读得他几次哽咽，几次抽泣，几次撂下本子，起身去厕所打理眼泪。可怜那两只长得相互不关联的小眼睛里，竟能涌流出那么多猫尿来。真是把老脸都快丢尽了。那天，忆秦娥和其他几个主创，也是哭得稀里哗啦的。可楚嘉禾怎么听，也就是个傻娘爱傻儿子的单薄戏。谁哭，她都觉得是在表演，是在做戏，是脑子里缺了几锨炭——发潮着呢。

楚嘉禾虽说给丁团表示过不上 B 组的话，可最终还是没舍得丢掉这个机会。用丁至柔夫人的话说："一旦忆秦娥出了问题呢？人可说不来，都是会有旦夕祸福的。尤其是像忆秦娥这样的人，红透顶了，红伤心了，就会有丢盹倒霉的时候。她那个傻儿子，不就是他们丢盹时生下的吗？"

忆秦娥没有丢盹。戏排得很顺利。一上演，就红火得炒破了西京城。观众都说是去流眼泪的，拿了票，先问都准备手帕了没有。

因为这个戏，丁至柔这个代理了好长时间的"团副"，终于转正了。

就这个戏，一下让省秦走遍了大半个中国。

八

丁至柔从来不敢想，他主政省秦时，竟然能得到秦八娃的本子。并且还是主动送上门来的。他领导了多年业务科，虽然自己唱戏一直不行，最多也就是上去唱个"四六句"啥的，但唱戏这行的渠渠道道，却是摸得滚瓜烂熟。他是深深懂得"一剧之本"的"致命性"的。就是再好的演员，本子不行，折腾来折腾去，也都是事倍功半、南辕北辙。用一句行话说：除了编剧自己，谁也救不了剧本的命。秦八娃的本子，往往会引起不同看法，或者争议。但观众喜欢，并且生命长久。《狐仙劫》就是一例。开始批评的声音很多，并且还很严厉。演着演着，好像与生活的本质越来越接近，那些不同的声音，也就自然消失了。早先他也反对过《狐仙劫》的。甚至觉得秦八娃就是个逆历史潮流而动的家伙。可这才几年天气，对金钱的拼命追逐，就已让《狐仙劫》的先见之明显示出来了。

这本《同心结》，也有一个与《狐仙劫》相同的开头。

丁至柔毕竟没上过几天学，十一二岁就去戏校学了戏。对于本子的好坏，还真是拿不住稀稠。他就邀请省市一些领导专家，帮他把脉。意见竟然是截然相反：一种说好得很，对当下的金钱社会，具有深刻的反思意义；另一种意见说，这就是个毫无新意、毫无价值的老传统本子。不过是秦八娃的编剧技巧高，修辞能力强，让一个精致的老坛子，又装出了一坛泛着浓香的陈酒而已。有人说，这个戏一定会让文化层次低的观众，哭得稀里哗啦的，就像当年看《卖花姑娘》。但都市知识阶层，会觉得戏曲的确老旧，的确需要更新改造了。还有的干脆说，知识层次低的观众，也未必喜欢看这些婆婆妈妈、哭哭啼啼的戏了。大家要娱乐，要轻快，要看笑破肚皮的喜剧，要了解住别墅女人的时尚生活了。《同心结》的主人公，放弃了个人事业，一心只养着个傻儿子，这已不符合时代精神了。但说归说，秦八娃这个老编剧的功力，大家还是认同的。加上是给忆秦娥排，现代戏花钱又不多，就都同意先立到舞台上看看。谁知一立上舞台，反映最强烈的竟然是知识阶层。包括许多大学老师都觉得，这是一本真正对时代有深刻认识的重头戏。内容涉及拜金与人性的扭曲缠绕，高贵与低贱的价值混淆，生命与人格的平等呼唤，传统与现代的多维思考。普通观众，也是在泪如泉涌中，连呼戏好。上座率竟然打破了《狐仙劫》的纪录。

忆秦娥一下又红火得了得，连自己的傻儿子也都成了明星。丁至柔开始极力想把楚嘉禾也促上去，他是真的不喜欢主演"耍独旦""吃独食"。他这个业务科长，在几十年的演员角色调配中，可是受惯了角儿们的牵制、刁难、指斥、埋汰。他从来都主张：一个戏的主角，是必须安排 AB 组的。最好有三两个备份，那就会把世事颠倒过来。而不用科长觍着脸，去伺候那些"大爷""二大爷""姑婆""姑奶奶"了。可楚嘉禾，就是理解不了这个人物，排练过程中怎么都不进戏。她觉得抱个傻儿子，哭来唱去的，贼没意思不说，观众也不会喜欢看的。加之又破坏演员形象，她就自己慢慢退出了。当戏红火起来后，楚嘉禾也来找过他和他老婆。可那时，忆秦娥演得正火爆，再下排练场，已没人愿意给她陪练了。楚嘉禾只落了个"幕后伴唱：本团演员"的名分。

《同心结》在广州参加全国调演，一炮打响。比赛也赢了个大满贯。连伴唱都有奖。一下把省秦又推到了艺术创作的巅峰位置。

紧接着，这个戏就被安排到全国巡演了。

出门遇见的第一件事，就是忆秦娥非要带着傻儿子不可。

丁至柔过去并没觉得忆秦娥有多难缠。除了那次非要生娃，死缠着单仰平请产假以外，其余都还是比较听话的。只是单仰平太护着这个"犊子"，啥都替她想着、扛着、捧着、抬着，甚至有事还帮她包着、捏着、揽着、顶着。他就十分看不惯了。他老有一个观点：这些角儿，不能给太多的好脸。给脸他们就容易上脸。上了脸，就容易让领导蹲尻子伤脸。能过得去就行了。可忆秦娥这回为了带着她的傻儿子，几乎给他拍桌子了。他咋都不同意，认为出去巡演，牵扯十几个省市，国家拿的钱有限，人员是一减再减，不能把你一家几口都带了去。

如果按忆秦娥的意思，的确是一家四口都卷进来了。快成"忆家军"了。

先是她舅胡三元。

自打忆秦娥当了二团那个"弼马温"团长后，他就把头削得尖尖的，钻了进来。这一钻进来，就磨盘压手——取不利了。一逢忆秦娥演戏，就得把他叫来。忆秦娥说别人敲，节奏很难受，配合老出岔，她已不会演了。这个胡三元敲戏，也的确有两下，技术绝对是一顶一的硬帮。论服气，都没啥说的。但也都不喜欢他的臭脾气。有人说他敲起戏来，严肃认真得就像是在发射卫星、制造原子弹。紧要处，鼓槌都敢敲你的脑瓜，磕你的门牙。惹了不少人，都想撵他走。可忆秦娥上戏离不了，也就都拿胡三元没办法了。据说这个人在宁州县剧团，也是个临时工。过去倒是正式过，后来犯科坐监，出来就再没进了单位的花名册。这人就是个"翻毛鸡"，用起来很不顺，不用又很可惜。反正他走到哪里，都是块吃了是骨头、吐了是肉的主儿。这次排《同心结》，好几个主创都不约而同地提出，还是得用胡三元敲鼓。秦八娃还讲了个"运斤成风"的故事，来说明忆秦娥与她那黑脸舅不可分割的搭档关系。丁至柔还问，什么叫"运斤成风"。秦八娃说："这是庄子讲的一个故事。说有一个人鼻子尖上沾了白灰，叫一个工匠来帮忙收拾。这个工匠拿着一把斧头，就在他鼻尖上呼呼呼呼地砍起来。不一会儿，白灰就被砍得干干净净了。并且鼻子还一点都没伤。那个站着让砍灰的人，面对风一样运行的斧头，也是面不改色。后来，一个国君听到这个故事，就把那个挥斧头的工匠叫来，让给他也砍砍鼻子上的灰。工匠说：我的搭档已经死了很久了，自他死后，我就再没帮人砍过鼻尖上的灰尘了。没有人可以砍了。"秦八娃把故事讲得很玄乎。至于胡三元与忆秦娥之间，到底算不算是那种缺了离了，这门技术就彻底失传了的搭档，还得两讲。不过既然是搞重点剧目，抽调几个人来，也是理所应当的。这样，胡三元就又卷进来了。

　　如果说"忆家军"的头号人物是忆秦娥，二号人物是胡三元，那么三号人物，就是她娘胡秀英了。

　　这个胡秀英，也是个很有意思的主儿。开始带着她的傻孙子跟团演出，还缩头缩脑、闪闪躲躲的。后来发现她女儿竟然是这样受欢迎，受待见。走到好多地方，就跟嫦娥下凡一样，是能稀罕了一村、一镇、一县的人，都要出来前呼后拥的。过去人们叫她女儿"小皇后"，她大概还有些不理解，唱戏的怎么叫了皇后？只有见了这样的场景，她才知道了"小皇后"的意思。既然女儿都是"皇后"了，那她自然也就该是"皇太后"了。开头，她抱着傻孙子，好像还有些不好意思出世。时间一长，混得熟了，她也就习惯了到人前招摇走动。什么都要打问，什么都要插嘴，什么她都要发表看法。当然，一切都是围绕着她女儿忆秦娥的，比如吃饭问题、喝水问题、住房的朝向问题、上"茅厕（厕所）"问题、演出补贴不公问题等等。据说忆秦娥也老批评她，让她少掺和团里的事。可"皇太后"地位的她，又哪里能管得住那张不干政就不舒服的嘴呢？慢慢地，团上就有人给她起了"忆办主任"的外号。有的干脆称"胡主任""胡秘书长""胡太后"了。别人一叫，她还听得咧嘴直笑，深感滋润受用。还有一种更难听的称谓，就是"老貔狓"了。都说忆秦娥她娘爱贪小便宜。团上走到哪里，都会有瓜子水果的招待，有时乘人不注意，就见她娘一伙都扫荡走了。说有一回，她是穿了忆秦娥的练功灯笼裤，扫荡的东西，都装在了"灯笼"里，结果沉得连路都走不动了，像是扎了镣铐。而她手中还抱着"噢噢"乱叫的傻孙子。那模样，很是有些慷慨赴死的悲壮感。反正笑话很多，都是把她当大观园里进来的刘姥姥看了。

"忆家军"的第四口人，自然是那个傻儿子了。丁至柔觉得，由她娘带着，就留在家里，忆秦娥外出演出也省心。可这个忆秦娥咋都要带着儿子巡演，说儿子不在身边，她整夜整夜睡不着觉，演出很难安心。她还说，在路上还要给儿子看病呢。经过的好几个省，都有这方面的名医。他都想说：别折腾了，这儿子还没折腾够？你还能折腾出花来朵来？可他知道，忆秦娥在这方面从来就没死过心，他也就不敢说出过于刺激的话来。反正就是劝她不要带，话没挑明，意思很明白：这么风光的一个演出团，省上还有领导带队，你领个傻子，多不雅观？但忆秦娥是要一根筋地坚持，并且完全没有商量余地："一切都由我自己负担。我只让团上帮我娘，把一路的车票买上就行了。钱由我掏。住就跟我在一起。吃饭钱，该掏的我照掏。为啥就不能带着

661

他们呢？哪条规定，说我不能带孩子带娘唱戏了？"话都说到这份上了，丁至柔也没办法，就松口让她带上了。

一路上，"忆办主任""忆老太后""老貔貅"胡秀英，自然是没少制造段子了。

最让丁至柔不舒服的，还不在这里，而在忆秦娥。

忆秦娥一路的风光，的确让全团人都没想到。所到之处，大家对这个剧种、这个剧目、这个演员，竟然是如此推崇备至。忆秦娥还不爱出席各种活动，除了演出，就圈在房里睡觉、"卧鱼""劈叉"、打坐，开发她那个傻儿子的智力，引逗傻儿子走路、喊妈、喊姥姥。实在不参加不行的活动，她也是得让人催促再三，才姗姗来迟。可一旦到来，又彩云遮月，让他有了颇多不快。没有人知道他是团长了。没有人关心他才是这个团的一号人物，是忆秦娥的顶头上司。但见安排宴席，忆秦娥必定是座上宾。吃了喝了，有时还给发很是像样的礼品。而他，常常被安排在下席末座陪吃。如果是两席、三席，他还根本连主桌都上不了。关键是忆秦娥这个傻蛋，也不懂得客气，把自己的领导介绍一下，往前推一推、让一让，或者敬敬酒、起身倒倒茶什么的。她就那样瓜坐、瓜吃、瓜喝、瓜笑着。笑得实在觉得嘴里的虎牙，都有些着风露凉了，才用手背捂着笑。她永远都不知道自己的领导，是被冷落得已牙黄脸长了。他几次都气得想起身走掉算了。遇见这样的下属，有时开销了她的心思都有。他觉得这样的瞎瞎风气，都是单跛子过去宠的、惯的、养的来。单跛子总是把角儿朝前推，自己就瘸到一旁窝下了。可他不行，他的腿是浑全的。既然是团长，就得有团长的尊严与体面。不能让这些不知天高地厚的人，视领导为空气、芥豆、粉尘末。办公室还有人给忆秦娥提醒过，说再遇见这样的场面，得顾及丁团的面子呢。她一是不爱去，硬性被叫了去，还是眼色活全无。一旦被人促上主席位置，她脑子就"潮湿"得缺了几锨能烘干的炭，"短路"得只剩下冒"笑泡"了。

忆秦娥还有一个重大问题是：一路的媒体都在采访，而她在接受采访中，从没提他丁至柔是怎么抓戏的。一说就是秦八娃为何写了这个戏；她又是怎么理解这个角色的。不仅屡屡提到她的傻儿子，而且连"老貔狓"都捎带上了。有一次，甚至把她那个黑脸舅也提到了，可就是不说他丁至柔抓精品力作的胆识和勇气。气得他几次把办公室弄回来的当地报纸，都撕成碎片了。办公室主任还找过忆秦娥。忆秦娥直拍脑壳说："哎哟，我想着丁团是领导，还需要我们表扬？"可后来她也把丁团表扬了、歌颂了，人家报纸登出来偏是没有，丁至柔就把问题还是看在她身上了。其实，忆秦娥本来就不喜欢接受采访，一是嘴笨，不会说；二是怕麻烦，弄得睡不成觉；三是电视采访，还得化妆，折腾死人了；四是不想把儿子的事说得太多。可人家偏就关心着戏和真实生活之间的关系，搞得她也毫无办法。团上开始还老做工作，说无论走到哪里演出，都得制造点响动。可一响动，又把丁团给得罪了，她就再懒得动弹了。丁至柔也更是生气，说她把人活大了，团上都指挥不动了。

在巡演中途的时候，团上人事科打来电话说：上边征求意见，要报一个政协委员。建议名单是忆秦娥。但也说了，团上要是觉得忆秦娥不合适，也可以报其他人选。丁至柔想了想说："还是报楚嘉禾吧，默默无闻的，连着排了三本大戏，给团上打下了坚实的演出剧目基础；没安排演出，她还从来不抱怨，不计较个人名利得失；常常给别人当B角儿，做陪衬，甘为人梯、绿叶。还是得多鼓励这样的好同志。至于忆秦娥，也不错，但这娃被抬得太高，捧得太红了，尾巴已经翘得谁都压不住了。这次出来巡演，还给组织反复讨价还价，光家里人就带了好几个，此风不可长啊！还是稳稳地朝前推吧，以后还有机会嘛。再说，也不能把荣誉都摞在一个人身上不是？这对人才成长也不利嘛。"

这事丁至柔悄悄给楚嘉禾放了风，楚嘉禾中途还专门请假跑回去一趟。后来，楚嘉禾就当了委员。世上没有不透风的墙。有人还替忆秦娥打抱不平，说委员天经地义应该是忆秦娥当。谁知她还是傻不楞登地捂着嘴笑："刚好，我不爱开会，一开就打瞌睡。过去在宁州县开政协会，坐在主席台上我都睡着了。人家都笑话我是瞌睡虫变的呢。"不管这话是真是假，忆秦娥还倒真是没在他面前提说过这事。要是放在别人，只怕是连他的办公桌，都要掀个底朝天了。

《同心结》在全国巡演，分三个阶段，先后持续了一年多。就在省秦最红火的时候，一种消极情绪，也在悄悄蔓延：累死累活赚不了几个钱。好地方倒是跑了不少，可越跑越穷，并且越看越窝火。尤其是在沿海城市的巡演，几乎让大家感到，自己就像是要饭卖唱的了。

见识多了，队伍就不好带了。

丁至柔感到，省秦真正的危机来了。

九

巡演一回来，剧团就瘫下了。一是的确太累，二是人心完全涣散了。这个涣散，不是来自纪律、规矩的破坏。而的的确确来自人心，来自对这个行业的绝望与无奈。

大家背着行囊，晒得满脸清瘦黧黑，走进院子时，第一眼看见的，是一辆停在排练场门口的黑色加长小轿车。许多人还不知道这种轿车的名字。团里的留守人员告诉大家，这是劳斯莱斯。

主人就是曾经跟忆秦娥争李慧娘 AB 角儿的龚丽丽。

自那次争角儿失利后，龚丽丽就跟男人皮亮一道，正经干起了灯光音响家电营销生意。他们从骡马市的小摊点开始，直干到一个大片区的总代理商。现在龚丽丽一直驻扎在深圳、广州、香港一带，很少回来。而今年突然高调回来了，并且开回了劳斯莱斯。还说在深圳、香港都有了房子。皮亮也早不在团上干舞美队的苦差事了。两人销声匿迹仅六七年时间，就大变活人，鸟枪换炮了。不，这不是鸟枪换炮，而是鸟枪换火箭炮，换原子弹了。这对一团人的精神意志，几乎是摧毁性的打击。那天回到院子时，忆秦娥怀里抱着傻儿子。而她娘穿的灯笼裤里，还扫荡了半裤腿从火车上收揽的大家没有吃完的瓜子、水果、鸭脖子。

回到房里，她娘问："是你们剧团买的车吗？"

忆秦娥说："只怕把团卖了，也买不起这样一辆车。说好几百万呢。"

"娘啊，谁这么牛的？"

"就团里的一个演员。我来时，还跟我争过李慧娘。"

"你看这事，要早知道，还不如让她演，你去给咱挣大钱去。"

忆秦娥说："那都是命。我不演戏，恐怕挣大钱的事也轮不到我。你女子就是个烧火丫头的薄命，也别嫌弃了。"

"看你说的，我啥时嫌弃你了。娘就是信嘴说说而已。看这一年多演出，把我娃红火的，连老娘和孙子都沾大光了。"说着，她娘就把裤腿里的东西朝出倒。

忆秦娥有些不高兴地说："娘，我说过多少次了，让你别这样捡拾别人不要的东西，你偏要捡，偏要扫荡。让人说着多丢人的。"

"丢什么人，都糟践着就好了？在九岩沟，糟蹋东西是要遭雷劈的。你看娘这不是出来的时间长了，要回去嘛。娘知道你把钱都耗在给娃看病上了，这次回去，不用你花一分钱，娘把看亲戚邻里的东西都攒够了。"

忆秦娥也再没话说了。全团人都笑着自己的娘是"老貔貅"，啥都能吞下，还没肛门。她听着也不舒服。可娘是苦日子过惯了的人，即使谁在地上撒下一粒米，她也是要捡回去的。不捡，一天都活得坐立不安的。有啥办法呢。

娘拿着自己攒下的大包包、小蛋蛋的东西回九岩沟去了。

在娘回去的这段日子，剧团的话题中心，再不是排戏、演戏的事了，而都在谈做生意。有的是真的开始开饭馆、摆小摊儿了。都觉得艺不养人，该到清醒的时候了。

忆秦娥也被说得有点六神无主。可她还没想到更好的路数，只能守在家里，经管着儿子刘忆，哪里也去不成，哪里也不想去。她一边练功，一边也背秦八娃老师说的那些诗词、元曲。主要也是为了开发儿子的智力。儿子但见她背诵起什么来，就偏起脑袋听。有时她背得带上了感情动作，儿子还乐呵呵地傻笑。她就背得更起劲了。练功是为了给儿子看，让儿子模仿；背诵是为了开发儿子的智能。再加上洗衣、做饭，见天日子都是满满当当的。她也就想不到窗外的烦心事了。

团上整单的演出越来越少，倒是有"穴头"组织的零星清唱会，老叫她去。可儿子没人带，也就出不了门。她正思谋着，请一个保姆，好把自己解放出来，出去挣点零花钱呢，她娘又风风火火地来了。

她娘这次可不是一个人来的。易家除了她爹易茂财留守外，其余的是倾巢而出了。她姐易来弟、姐夫高五福、弟弟易存根，全都是背着准备长期战斗下去的生活用具，直奔西京而来了。

娘说："九岩沟人全都出门打工了。家里除了老的小的，其余人，要是不出门挣钱，窝在沟里，就成笑话了。一沟的人都知道，你在省城混得好，有了大名望。那名望就是门子、门路。连团上争不过你的人，都发了横财，买了啥子劳死懒死（劳斯莱斯），你要是想发财，那还不发得扑哧扑哧的。"

原来她娘回去，连扇带簸地，把跟着女儿走了大半个中国，见了多少大官名流的事，说得天旋地转的。一村人也都听得一愣二愣。没门路的，就都想到西京来，跟着忆秦娥讨一口饭吃了。这事气得她爹易茂财，可没少骂她，说："你是屁嘴贱了，见人就胡掰掰。把人都勾扯去，是吃你女儿的肉呢，还是喝你女儿的血？古话都说了：艺不养人。指望秦娥唱戏，能把这一沟人都养活了？麻利让别人的念想都断了。挣钱是比吃屎还难的事，你把人都煽惑去，是啃你的脊梁骨呀，还是熬你的跟腱肉！秦娥拉扯个傻儿子容易吗？你还给她添乱？趁早把你那没收管的烂嘴，夹紧些。"她娘就再不敢煽惑说忆秦娥有多大的出息了。

外人、亲戚就算了，可自家人，要朝九岩沟外头奔，女儿忆秦娥毕竟是块跳板不是？加上女婿高五福，早有到西京谋事的打算：过去他是想投靠妹夫刘红兵的。后来发现，刘红兵是个贪玩的"大大爷"，啥事都应承得好，用时却靠不住，也就再没来找过。他一直在收药材、贩药材，累得贼死，赚钱却是极度的旱涝不均。有时让别的贩子一骗，往往血本无归。好在他手头还积攒了几个小钱，就想着到西京能有所发展。过去是来弟不想来，现在看人家都霍霍出门了，还有去了深圳、广州、珠海的。她留在沟里当个民办教师，一共教了七八个把逃学技巧当本事的娃娃，觉得可没面子，才答应跟高五福出门的。小儿子易存根，今年也快二十岁的人了。初中都没念完，就回九岩沟当了"沟油子"。他弄了谁一个二手破"木兰轻骑"，见天沟里沟外乱窜，说是在做生意挣钱。钱没挣下一分，倒是让家里贴赔进去两三千块了。前一阵，"木兰"也跌到沟底去了。好在人还浑全，只摔断了一只胳膊，这才接好不几天，娘就带着他到西京城来找活路了。

当着忆秦娥的面，娘气得还在叨易存根的鼻子说："若不把他带来，迟早都是要摔死在沟里的。他爹也管不下，一管，父子俩就撑了。我要不在，他俩还能打起来。这就是一匹养不熟的白眼狼，把他老子能活活怄死。"

面对这样的阵仗，忆秦娥也没任何办法，就让都先住下了。

这天晚上，娘又跟她拉了半晚上的话，娘说："九岩沟就那么尻子大一坨地儿，该寻的财路，让一沟的人，把地皮都溜过成千上万遍了。山药、火藤根这些人老几代都没挖绝的东西，现在连根都刨光了；竹笋挖得连老竹子都死了；好多树皮都当药材割干割尽了；连山鸡、地火鸟这些好看的东西，都下网套走了，只剩下害死人的麻雀了。真的是没来钱路了。你爹守着，那也是还有几间破房。总不能连老屋场、老坟山都不要了吧。"核心意思是，无论如何，让她都得帮衬着点姐姐、姐夫。尤其是弟弟存根。娘一说起这个儿子，气就不打一处来："为上学，你爹真的是拿绳子，把狗日的都朝学堂捆过好几趟。可捆去，自己磨断绳子，又从学校窗子上翻出来跑了。你说这样的人，能上进学？回家说要跑生意，要发家致富，要当万元户，还心野得，要给家里盖房、买拖拉机呢。不成器的货，骑个摩托，去偷人家的鸡，捆人家的狗，招惹得撵贼老汉还摔了个腿断胳膊折。害得家里光医药费给人家赔了一千多块，老汉还躺到咱家吃了几个月。他再留在九岩沟，还不得把你爹老命要了？秦娥，娘知道你也难，可再难，自家的弟弟还得费神劳心哩。不管咋，得给他找个营生不是。不指望他发财，但见能把自己的嘴顾住就行。这就是一匹野狼，来了你还得放厉害些，别给他好脸。这是个给脸不要脸的货，你还得想法帮娘把狗日的给我笼管住了。"

忆秦娥没有想到，一夜之间，家里就给她压下这样重的担子。说娘吧，见娘的确是有难处；不说吧，娘也真是把女儿当成能挑动山的人了。好在，姐姐和姐夫，都很快在外面租了房。她也找了过去认识的戏迷，给姐夫牵了些药材收购方面的线。姐夫他们就算是自己行动起来了。而弟弟这边，一时找不下合适的事，就让先在家里待着。有娘看管刘忆，忆秦娥也就能腾出时间，出去唱堂会，挣些外快了。

唱戏这行，在巨大的时尚文化冲击下，的确是日渐萎靡了。尤其是在城市，几乎很少能听到秦腔的声音了。忆秦娥他们即使唱堂会，也更多是奔波在乡村的路途上。有时一跑半夜，出一个场子，唱好几板唱，也就挣个两三百块钱。给忆秦娥还是高的。不过贴补家用，还算没有把日子弄得太捉襟见肘。

这时省秦已经有些撑不下去了。丁至柔见许多戏曲团体，都顺应时势，搞了歌舞团、音乐团，他也跟风，组建了一个"西北风"轻音乐团，还兼模特儿时装表演。有人劝忆秦娥改行唱民族通俗歌曲，走"西北风"的路子。说即使做模特儿，她的身材也是拿得出去的。忆秦娥在家还学唱了几天。对着镜子，也练起了扭屁股舞，走模特儿步。可有一天，被她舅胡三元撞见了，一下骂了个狗血喷头："你这是亏了唱戏的祖先！一个这样全国驰名的角儿，却要靠扭屁股、卖看相讨生活。你还不如死去。"这话戳得，连她娘都愣在那里半天，不知该咋骂她这个黑脸兄弟。她舅这些年，都没给外甥女发过这大的脾气，忆秦娥也就没敢再往下学了。加之轻音乐团用了能歌善舞的楚嘉禾。人家放得开，也敢朝露地穿，又会跳各种现代舞，模特儿步也是走得风生水起的。忆秦娥就一身武旦的唱戏"范儿"，扭起来、走起来，让人觉得哪里都不对劲，她也就只能留在戏曲队，还唱她"老得掉牙"的秦腔戏了。

十

胡三元的确是觉得绝望了。在宁州剧团晃荡了几十年，最后混得连个正式身份都没有。没身份也无所谓，只要有戏敲就行。可戏也敲不成了，改演歌舞了。敲鼓用了惠芳龄。一个唱小花旦的女子，人家不是坐着敲，而是走着敲，跳着敲，翻着跟头敲。他自然是敲不了了。好歹有外甥女照应，来省秦混一碗饭吃。谁知省秦现在也搞歌舞、搞流行音乐、走模特儿路、亮大腿去了。他个敲鼓佬，明显又成了多余人。

他有时真恨自己外甥女忆秦娥没出息。堂堂一个走遍大半个中国都吃香喝辣的角儿，扛着一两百号人的锅灶饭碗，混到最后，连自己也成了多余人。好像谁都比她强。她还要去吃别人的下眼食，让社会上的混混来教唱歌、教走路。真是把先人快亏尽了。他过去从来都没有产生过绝望的念头。即使坐监狱，也没想过要死的事。除非人家要枪毙他，没办法了，否则，他都是有强烈生存欲望的人。他无时无刻不在苦练着自己的鼓艺。那是一种珍爱，一种习惯，一种禀性。也是一种生命的指望、信念。离了鼓槌，他真不知道自己活着的意义了。

他越来越承认，自己是一个活得窝囊透顶的人。他姐胡秀英经常这样骂他，说他就是个不成器的东西。快活半辈子了，房没个房，单位没个单位，女人没个正经女人，娃没个娃的，就活了一对烂鼓槌。他在心里说，不是一对烂鼓槌，而是敲烂好几十对鼓槌了。

说起女人，胡彩香也真是把他心伤透了。要不是这个女人，他也许早找了女人。可就是这个女人耽误着，让他一辈子再没找别的女人。那些年，胡彩香的男人张光荣，一年就回来探一次亲。而他跟胡彩香天天在一起排戏、演出、下乡、开会。她认可他的技术。但见配合，就是呱呱叫的彩头。加上他两的房子也住得近，一来二去地，眉眼里就有了火，有了电。他最喜欢的，就是胡彩香那双大眼睛。没人的时候，见了他，还爱故意眨动长长的睫毛，像是要用那眼睫毛把他夹住一样的风骚。演出时，他们也会用一切机会眉目传情。比如她演《补锅》里边的兰英，明明是跟女婿拉风箱补锅，却要一边拉，一边朝他看，忘了跟她未来的补锅匠女婿"放电"。他那板鼓，也就敲得越发地有情致、有"电流"、有力道了。真正让他感动、并对别的女人再无兴趣的，就是胡彩香的有情有义。他犯事了，坐牢了，胡彩香没有因为这个，而与他划清界限。相反，只有胡彩香偷偷去北山监狱探过监，给他送过吃的喝的，送过钱。他出来后，胡彩香没有因为他身无分文，臭虫虱子满身爬而远离背叛他。依然是她，给了他人生最大的慰藉与温暖。她一点点亲吻着他那被烧焆了的半边脸说："你哪怕烧成黑熊瞎子了，我还心疼你！"就连那个孩子，他也坚信是他的。但胡彩香坚持说，那是张光荣的。他还问能不能验血，胡彩香说："你再别瞎搅和了，我们已成这样了，得给孩子一个脸面。"他就只能偷偷给孩子一些关心了。最关键的是，在他不在宁州团的时候，胡彩香精心照顾了他的外甥女忆秦娥。不仅给这个可怜的孩子争取了一个饭碗，并且一步步把她送上了主角的位置。这是一份大恩德，易家人一辈子都是不能忘记的。可就是这个女人，跟他再好，却偏不离婚。早年她还有些松动。自有了孩子，尤其是张光荣失去了在保密厂子做事的优越，调回来做自来水公司的管钳工后，她就再也不提离婚的事了。这个搅搅了他几十年的女人，也真是把他的心，伤得透透的了。他离开宁州，也是为了逃避两双眼睛：一双是胡彩香的，另一双就是她男人张光荣的。张光荣的眼睛里是藏着火，藏着燃烧弹，藏着火焰喷射器的。随时都有可能喷射出来，把他的另半边脸，也烧成黑锅底。

他在省秦，被安排住在一个废弃的小库房里，刚好是他外甥女才调来时住过的那间房。后来失火，把牛毛毡顶棚改成石棉瓦了。忆秦娥也曾说帮他在外面租间房。可他不想劳神，说只要能支个床，能安放下一个鼓架子就行。这里毕竟是剧团院子，氛围好，弄啥方便，水电也不用掏钱。忆秦娥时常会来看看他，给他买衣服，买吃的，关心得很是细致。他想着，一辈子只要能在这个小窝里住安宁了，迟早有戏敲，也就不枉活一生了。可没想到，这么快，没戏敲的日子就又来了。真是让他有些度日如年了。

他还是老习惯，一天到晚都要抡他的鼓槌，击打爆爆响的板鼓。害怕影响人了，就拿书敲，或垫上布敲。反正不敲，他是活不下去的。这一阵，还真有活不下去的感觉了。省秦满院子都在唱"西北风"，跳太空舞，走模特儿步。正经唱戏的，蔫儿得跟龟儿子一样，大气都不敢出了。这玩意儿老旧了，落伍了，恓惶了，破败了。好在离城市远些的乡村，还有一些红白喜事，保留着唱秦腔的习惯。他跟外甥女就像城市幽灵一样，每当黄昏时分，就被外地来的车，悄悄接出西京城，去唱秦腔、过戏瘾、讨生活去了。

他最讨厌的是他姐胡秀英，啥都不懂，偏把一家人都吆喝来，给忆秦娥添乱呢。忆秦娥已经够乱的了：离婚了，还带着个傻儿子。他多少次说，不要把心思都费在儿子身上，没必要把自己的一生都搭进去。他听说西京有好几家托管智障孩子的地方，劝她说，请人家养着，定期去看看就行了，自己还得顾自己的生活。可忆秦娥死不听，像是走火入魔了，偏要带着儿子四处求医治病。眼看钱都打了水漂，他也毫无办法。

自打跟刘红兵那个混账离婚后，也有不少人来缠他外甥女的，他都知道。可外甥女是个把门户看得很紧的人，谁也是轻易敲不开的。她的嘴更严实。就她跟刘红兵离婚那档子事，他都问过好多回了，也没问出个子丑寅卯来。她只说过不到一起了。可在他看来，大概远远不止是那么回事。他觉得，好像是刘红兵亏了他外甥女。这样轻松地掰了离了，是不是太便宜了那狗东西。可外甥女咋都不让他插手，他也就不好再去找刘红兵算账了。反正那就是个公子哥儿。自打开头，他就没看上过。可外甥女面情软，人家一死缠，也就蚂蟥缠住鹭鸶脚了。现在看来，大凡死缠烂打的主儿，也都是趔得最快、逃得最远的，是没几个好货色的。

671

忆秦娥眼下的日子是紧张了。可她又是个傻得除了在家寻绳上吊，再不会找任何门路的人。他就不得不出来帮着分担点了。他看有人做红白喜事的"事头儿"，越做越红火，就也买了手机，广泛联络了。并且有时是打了忆秦娥的旗号，还真接了不少演出的活儿呢。"红事"还好办，给老人过寿、给儿子娶媳妇唱戏，都喜兴、热闹，也觉得有面子。"穴头"们是争着抢着揽生意。可一遇"白事"，灵堂停着一具尸体，在灵堂外搭个台子，给人家唱《祭灵》《吊孝》《上坟》，好多"穴头"就都不干了。不是他们不想挣这钱，而是请不来演员。那种演唱，就像是丧事人家的孝子贤孙，唱着、做着，有时戏情还要求跪着，心里就不免犯硌硬。开始，忆秦娥是死都不唱"白事"戏的。尤其是不唱"热丧"戏。也就是给刚"倒头"者唱"祭灵"。要唱也是一周年、三周年这样的"白事"。毕竟尸体不在现场，心理好承受些。可"热丧"，接活儿的人少，给的钱又多，以胡三元两眼一抹黑的社交能耐和关系网，也只能在"热丧"上多挖抓几把了。揽下活儿，他就每每做外甥女的工作，让她去唱。他说，戏是演给活人看的。谁家死了人唱大戏，也都是为了答谢乡亲。再者，"热丧"能请戏，也都是七八十岁以上的老人。即便是跪下唱，敬奉着人家一点，也是在积阴德，不定对儿孙还有好处呢，忆秦娥就去唱了。他知道，这对忆秦娥的声名有很大的损害。整个秦腔界都在议论说：忆秦娥都去唱"跪坟头"戏了。说秦腔的脸面算是让她丢尽。其实忆秦娥从没跪过坟头，那就是在舞台上跪下唱过"祭灵"。并且她真正跪下的，还是一个九十七岁的老太太。她听说老人一生养了几个孩子，都是傻子。老人硬是把一个个瓜娃送走后，才撒手人寰的。忆秦娥一听到这里，那天连一分钱都没要，就端直跪在老太太灵前，唱了好几板祭灵戏。她哭得咋都站不起来，最后是村里几个妇女硬架起来送走的。即便是"热丧"，她也不能不唱啊！一家几张嘴在等着，靠她一月百分之七十工资，是咋都填塞不住的。

　　没活儿的时候，胡三元还是在练他的鼓艺。他总觉得，唱戏这行，不会就此算了的。照秦腔历史说，也是上千年的命脉了。一个活了上千年的东西，怎么会说亡就亡了呢？他不相信。但一日胜似一日的败落，让他也不得不服那些时髦艺术的血盆大口，已经把他们吞食得只剩下一点末梢神经在勉强抖动了。那段时间，他老听团里人说，到处都在议论什么"戏曲消亡论""戏曲夕阳论"。气得他直龇龅牙地骂："你妈才要消亡了呢！"都说这门艺术，只能保留进博物馆了。他在想，难道他和外甥女忆秦娥，也得被装进博物馆的玻璃橱窗里，见人进来参观，他就敲起来，外甥女就唱起来？只要有鼓敲，有戏唱，装进橱窗就装进橱窗好了。反正他们这一辈子，也就只会这点营生了。

这样的日子熬了好几年。突然一天，怎么西京城里就有了秦腔茶社。并且不是一家，几乎是在一夜之间，就开业了好几十家。听说兰州、宁夏、青海、新疆这些秦腔窝子，也都开了这种新玩意儿。说比唱流行歌都红火呢。难道是秦腔的春天来了？

胡三元这个敲鼓佬，一夜之间又突然红火起来。好多家茶社都要请他去敲鼓了。不知咋的，都知道他敲得好。说看他敲鼓，本身就是一种艺术享受呢。但见他半边脸黑着，龅牙是一抿一抿的。手下的鼓点，敲起来就跟两匹绸缎在闪动。有人买账了，他是敲得越发地来劲。那技艺，发挥得就连他自己，都常常是要佩服得给自己鼓几下掌的。

锣鼓一响，黄金万两。秦腔在茶社一旦开锣，挣钱糊口就跟拿簸箕揽钱一样容易了。茶社太多，需要的演员乐队也多。加上这几年秦腔撂荒着，人才也都流失严重，但见一个能唱会敲的，就都有了事做。外甥女忆秦娥，更是又有了昔日小皇后的风采。谁家要请她，都是要提前好几天打招呼的。

他一下又想到了胡彩香。那一口好嗓子，来了西京，还不唱得钵满盆满的，倒是去给歌舞团做什么饭？他就想方设法地联系上了胡彩香。很快，宁州剧团就来了一大帮唱茶社戏的。

胡彩香来了，讨厌的是，她那个死老汉张光荣也跟了来。来了就来了，还要忆秦娥帮着找工作。

张光荣是扛着那个一米多长的老管钳来的。

气得胡三元直扇自己的嘴：贱，嘴真是犯贱了！

十一

秦腔茶社的兴起，在很多年后，都是一些专家研究探讨的话题，眼看着"黄昏""没落"了的艺术，怎么突然以这种样式"复苏""勃兴"起来了呢？仅仅是更多的"乡巴佬进城"，"卷土重来"了"乡村文明的种子、基因"吗？恐怕是难以简单厘清这种文化现象的。因为走进茶社的，不仅有乡村进城的"暴发户""土老板""新移民"，也有老城根的"老城砖""老井盖""老茶壶"。而且还有大学教授、机关干部、各类职员。反正什么人都有。总之，这里是能够与歌厅、舞场、酒吧、咖啡屋、洗脚房，抢分一杯城市夜消费浓羹的地方了。那阵儿，地县专业剧团，甚至农村业余剧团，凡能唱的、能拉的、能敲的，都纷纷拥入这个城市了。他们游走在一条条大街小巷，循着锣鼓家伙与板胡奏出的秦声秦韵，走进一个个能够一显身手的地方，"撸"上几板"稠的"，也就是唱上几板"硬扎戏"，以求雇主"搭红""上货"。"上货"就是上钱。所谓"搭红"，是搭给演唱者的一条红绸子。那条红绸子代表着十元，或者一百元钱。雇主根据对演员表现的满意程度，承诺着"搭红"的件数。唱得好的，有一板戏可获得上百条红绸的。而不被喜欢的，也许一条都没人搭，就灰溜溜地退出去，另找场子，谋求新的发现与欣赏去了。这里很残酷，但这里也有一夜获得数万元"搭红"奖赏，从而成为茶社"秦腔明星"的。

除了唱戏，再不知生命为何物的忆秦娥，突然在这里获得了尊重，获得了价值。虽然没有演大本戏、折子戏那么过瘾，可每晚能一成几十板戏地唱着，被掌声、叫好声鼓励着，也算是一件很满足的事了。

但这种境况并不长。而且很快就变了味。仅唱得好、敲得好、拉得好的人，已越来越少有人关注了。而更多来搭红的，只会把"红"搭给那些"美人坯子"了。哪怕唱得荒腔走板，只要有些姿色，也是会彩旗飘飘，"红"绸飞舞的。忆秦娥她舅胡三元，就那么一副脸子，在秦腔茶社初兴的时候，凭着一手绝技，一晚上是要撸回几十条红绸子的。每每到关门结算时，茶社老板都要眼红胡三元老师的"人缘""财运"。可到后来，他敲一晚上戏，竟然连一条红绸子都"搭"不上了。只能靠"搭红"演员的"分红"，才不至于羞辱得他"一丝不挂"。

宁州剧团来的那帮人，男的混不下去，就都慢慢回去了。在他们刚来的时候，忆秦娥甚至还想到了封潇潇。她还问过胡彩香，怎么没把潇潇也叫来。胡彩香说，再别提封潇潇了，整天喝得醉醺醺的，路都走不稳，真正成"风萧萧"了，还能唱戏呢？忆秦娥听到封潇潇这般境况，心里总是不免要咯噔好几天。没来也好，来了也是混不下去的。而胡彩香还有几个"老观众"，在有一下没一下的，持续着被她自己谴称为"前列腺炎"似的"搭红"频率。胡彩香毕竟唱得好，加之年过四十了，却依然是徐娘半老，风韵犹存。要不然，张光荣也不会如此不放心地要紧跟了来，并且手里还操着那柄大管钳了。忆秦娥给张光荣找了个修下水道的差事。他白天干活，晚上即使再累，再瞌睡，也是要到胡彩香唱戏的茶社，坐在一个角落，或是打瞌睡，或是睁着一只眼，要紧盯着胡三元与那些不轨的半老男人了。

世间的事就有这么凑巧。有一晚，胡彩香正唱《断桥》时，下边进来一个人，开始谁也没有注意，直到后来，才发现是米兰。就是宁州剧团当年一直跟胡彩香抗衡的那位"当家花旦"。

米兰并不是故意要来看胡彩香唱戏的。她是跟丈夫从美国洛杉矶回来，见满街都是秦腔茶社，就突然想听听这种乡音。何况自己从十二岁开始学戏，直到二十多岁才离开舞台。她是找了比自己大二十多岁的丈夫，才离开宁州来西京的。丈夫因懂外语，又有海外关系，就被派到美国做外贸生意了。她是后来去陪伴，时间一长，就定居在美国了。现在回来已是华侨身份。这个城市没有让她依恋的任何东西。她的根在宁州，是唱戏，是秦腔。她想回宁州去一趟，可听说宁州剧团已基本垮了，人都四处流散着。她也怕人家说她回去是故意显摆，就打消了这个念头。但无论如何，她都是要听听秦腔戏的。她也好奇着，怎么西京城的许多街巷，都出现了叫秦腔茶社的招牌。里面传出的，也确真是慷慨激昂的板胡声，还有秦腔演唱声。她在一条古色古香的街道上游走着。突然，一家装修得十分雅致的窗户里，飘来了白娘子的唱腔，声音是那么熟悉，简直熟悉得跟昨天才听过一般。她就好奇地走了进去。

茶社的门脸很窄，只是一楼的一个过道。过道两边，都是成衣批发商店。在长长的过道尽头走上楼梯，就见二楼有一个宽阔的所在。一个小舞台，被搭建得红红绿绿的，背靠着南墙。台左侧坐着几个乐手。台上面正有人唱着白娘子。观众席是由十几张茶桌组成的，前排都已坐满了人，而后排桌子还有空位置。米兰刚一进来，还没来得及朝舞台上细看，就有倒茶的服务员过来，问喝什么茶，要什么小吃。她想既然来了，就得消费。她点了一杯红茶，要了一盘瓜子。也就在这个时候，她才突然意识到，那个唱白娘子的，好像是胡彩香。

> 西湖山水还依旧，
> 憔悴难对满眼秋。
> 霜染丹枫寒林瘦，
> 不堪回首忆旧游。
> …………

是胡彩香。尽管舞台灯光是那种不停旋转着的，赤橙黄绿青蓝紫的舞厅动感色彩，但胡彩香的身影，还是在斑驳的魅影中，一点点清晰起来。坐在司鼓位置的胡三元，虽然在灯光暗区，可那黑乎乎的半边脸，还是让她印证了胡彩香身份的真实。紧接着，她又发现了坐在右边侧台的几个演员，也都是宁州团的。她想起身离开，可胡彩香的声音，又让她无法不听下去。这个声音曾经让她那样纠结、苦恼，甚

676

至憎恨。可今天，一切都随着时间的流逝，而烟消云散了。她承认，胡彩香的确唱得比她好。不仅嗓音甜润，而且也有味道。是"秦腔正宗李正敏"的"敏腔"一派。那是在省艺校正规学习过的。真是见了鬼了，那时她怎么都唱不过胡彩香。暗中她也偷偷在宁州县的河湾里，背过人，下过很大的功夫。可唱出来，团上人还是说她嗓音"天质窄细，丰润不足"。那些年，她跟胡彩香是怎样地争戏、较劲啊！一幕幕突然回想起来，她嘴角抹过淡淡的一丝笑意。如果嗓子好，也许她当时就不会跟一个比自己大二十几岁的男人，离乡背井了。那时她就是想改变，想挣脱，想远离。终于，一切都如愿以偿。并且这个可以给自己当父亲的男人，对她一直很好。就像呵护孩子一样，呵护了自己十几年。现在，仍然把她亲切地称"米"。那个"米"字，几乎从来都不离口。即使拌嘴，也还是"米"，"我的米""亲爱的米"。她感到自己无奈的青春生命转身，也还算是华丽的。虽然梦中，她经常还在宁州的舞台上演戏：胡三元在敲鼓；胡彩香在后台砸东西，骂人。可一回到现实，她还是庆幸自己当时毅然决然离开了。离开时，背过人，她甚至有点痛不欲生。进了西京，一下远离了剧团里熟悉的一切，很长时间都有一种皮肉撕裂感。后来，她进了一个英语培训班。在英语的疯狂练习中，才慢慢忘记了唱戏，忘记了秦腔。再后来，她就出国了。

在胡彩香一板戏唱完的时候，米兰听见嗞嗞响的扩音器里，传出了一个报账的声音："一号桌刘总，搭红两条；三号桌朱总，搭红两条；七号桌乌总，搭红三条。"顿时掌声响起。她就悄声问身边的服务员，"搭红"是什么意思？服务员悄悄给她讲了，并且说一条"红"十块钱。她本想为胡彩香"搭红"一百条，可话到嘴边，又咽回去了。她突然觉得这样"搭红"，对胡彩香可能有伤害。她本想起身离开时，再把这个"红"搭上去的。可还没等她站起来，身边就走过一个人来。她仔细一看，是胡彩香的男人张光荣。

"米兰，是米兰吧？我都不敢认了。你还认得我吗？"

"光荣……哥！"

"还没忘记你这个哥呀！听说你到国外去了，都成外国人了？"

米兰笑笑说："也就是吃住在外国的中国人。"

"还惦记着秦腔？"

"唱了十几年，咋能忘了。"

米兰现在是站也不是，坐也不是，走也不是了。正在她想着该怎么应对这场面时，场子里突然骚动起来。她问张光荣怎么了，张光荣说："忆秦娥要来了。"虽然忆秦娥与易青娥的读音不大一样，可米兰第一感觉，她可能就是当初宁州那个可怜孩子易青娥。张光荣急忙介绍说："就是咱们宁州出来的易青娥，现在艺名叫忆秦娥了。可红了，都是秦腔皇后了。"张光荣故意把"小"字省略了。

米兰在美国，也听西京去的人讲过秦腔的事，毕竟是有着这份操心。她几乎不止一次地听人提到过忆秦娥的名字。她也想着，此忆秦娥，是不是彼易青娥？但来人大多说不清楚。只说是在报纸电视上，看过秦腔在全国调演怎么拿奖，怎么红火。具体细节，就一问三不知了。张光荣算是一下印证了她的猜测。

来的果然是易青娥，现在叫忆秦娥了。

十二

米兰先是一阵兴奋，这个苦孩子，竟然在西京活得有了谱了。

场子骚动了半天，所有眼睛都迎向了楼梯口。

只见一个追光灯，调试得如圆月一般，在楼梯口反反复复地摇来晃去。又过了好一阵儿，才见一个引路人，在前边做侧身偏头状，把一只胳膊伸得很长地开着道。紧接着，追光定位了。

一颗笑吟吟的头颅出现在了追光里。

只听喇叭里喊：

"秦腔小皇后忆秦娥忆老师到——！"

全场顿时就掌声四起了。

米兰一眼认出了这个孩子，已完全是大人模样了，并且出脱得如此端庄大方！

她的眼泪刷地一下下来了。

孩子其实是一副不事张扬，不枝不蔓的谦和、内敛相。除了茶社人为制造的"小皇后"出场效应外，几乎从她身上还看不到一点所谓的"大牌范儿"。

张光荣不停地问她："娃变了没？娃长变了没？厉害了吧？"

米兰只是颔了颔首。她在努力回想着孩子当初的模样。

张光荣接着说："前边胡彩香她们都是热场子、垫碗子的。秦娥一来，这就算'正菜'端上来了。秦娥一晚上要跑好几个场子，是争不到手的红火角儿。谁争到，谁家茶社这一晚准发财。"

米兰这阵儿倒是想坐下来，好好看看昔日那个可怜的烧火丫头，是怎么炼成在西京一出场，就要掌声四起的名角儿了。

五彩缤纷的灯光，终于在忆秦娥到来后，突然停止了让人眩晕的频闪。那只迎接她的追光灯，再次把她众星捧月一般，捧在台中央。米兰有些震惊，这孩子竟然出脱成这般靓丽的人物了。大形一看，简直有奥黛丽·赫本的翻版感。她个头高挑，面容素雅，眼睛深邃清纯。关键是那种落落大方的自然美中，还透射出一种包容与接纳来。这是米兰这次回来，很少看到的西京表情。看到的大多都是一种暴发户的颐指气使与满目鄙夷相。尤其让她眼前一热的是，这孩子朝那儿一站，面对不停歇的掌声，在一口洁白牙齿笑到露出了那颗虎牙时，还是那么习惯性地抬起手，用手背把嘴唇一挡。那种羞涩、质朴、单纯、谦逊的东方美，一下让她参与到了掌声的和鸣中。

"感谢大家的等待，感谢大家的掌声！今晚我还是先唱《鬼怨》吧，喜剧留在后边。谢谢大家！"然后她一个长揖，开始了"苦哇——"的幽幽鬼怨：

怨气腾腾三千丈，
屈死的冤魂怒满腔。

可怜我青春把命丧，
咬牙切齿恨平章。
…………
仰面我把苍天望，
为何人间苦断肠。
…………
一缕幽魂无依傍，
星月惨淡风露凉。
…………

一板二十六句的大唱段，让米兰醋畅淋漓地过足了秦腔瘾。她自始至终在抹着感动的眼泪，也回忆着这孩子，在宁州剧团学戏与烧火做饭的日子。不知是些什么样滋味的泪水，一直相互搅和着，在她眼里涌流出来，一次次擦拭，擦拭完，又牵连不断线地涌流出来。

她心中，甚至在一刹那间，还突然唤起了唱戏的欲望：能把戏唱得这样美妙、精到，该有多好哇！还有比这更快意、美好、满足的人生吗？可很快，她就从那种向往中退了出来。

她听见，报账人清晰地报出了搭红的条数：

一号桌刘总二十条；

二号桌殷总二十条；

三号桌朱总三十条；

四号桌牛总二十条；

五号桌左总四十条；

六号桌郭总二十条；

七号桌乌总一百条；

…………

张光荣悄悄对着她的耳朵说："这才刚开始。秦娥是钢嗓子，一晚上，能唱七八段戏呢。只要她出场，搭红咋都是千条往上。有时能好几千条呢。那就是好几万块呀！茶社只抽她百分之四十的'头子钱'，对秦娥是少抽了百分之十的。别人得一半对一半抽呢。不过秦娥拿了钱，也不是干的。她还得给乐队和'垫场子'的分。秦娥手大方，尤其是对宁州来的老乡，也几乎是一半对一半地开呢。要不然，大家早混不下去了。你往下看，好戏还在后头呢。"

果然，在后边的演唱中，"搭红"一步步升着级。其中几个老板还较起劲来：你搭二百条，我就搭三百；你搭三百，我就搭五百。米兰眼看着忆秦娥的八板戏，得到了五千多条红绸子。要按张光荣的说法，茶社抽走百分之四十，也还有三万多块钱的收入呢。

她问张光荣："每晚都这样吗？"

张光荣说："也不一定。有时老板来得少，也就没了这阵仗。今天算是好日子，让你给对着了。反正只要秦娥出场，场子一准就热起来了。"

收入高低且不说，但这种获取收入的方法，让米兰实在有点不好接受。她是懂得一个戏曲演员成长经历的。尤其是忆秦娥，可以说是受尽了磨难。她的整个少年时期，都是在极其恶劣的环境下成长的。她付出了常人无法想象的代价，能达到今天这样的艺术高度，堪称真正的表演艺术大家了。米兰觉得她的回报，一晚上就是十万、二十万，也是值得的。但这不是她应该来的地方，她应该到正经舞台上去唱，是有尊严地唱。观众应该是心怀虔敬地来欣赏，而不是嘴里叼着香烟，歪七扭八地坐在对面，用一种居高临下的狎玩姿态，去给这样一位尊贵的艺术家施舍。艺术家这种获取劳动报酬的方式，让她感到难堪，也感到难过。

她没有看到最后就站起来了。她对张光荣说："光荣哥，一会儿唱完了，我想请大家吃个夜宵。地点就放到我住的酒店吧。"

说完，她留下酒店地址，就快速离开了。

米兰身后传来了忆秦娥演唱的《五更鸟》声：

一更三点玉兔回了广寒宫，

忽听得蚊虫儿一声闹喧嗡。

蚊虫奴的哥，

蚊虫奴的兄，

你在窗外学虫叫，

奴在绣阁仔细听。

听得奴家好心痛，

鸳鸯枕上泪淋淋，

…………

　　这是眉户戏。随着节奏的加快，茶社里除了胡三元的鼓板声，还传来了敲击桌子、敲击茶碗、敲击杯盖的声音。

　　米兰的脸有些发烧，心也很烦乱，步子就迈得更快了。

十三

　　忆秦娥刚唱完戏，张光荣就凑上来神秘兮兮地说："你们猜我看见谁了？"

　　胡彩香说："你能看见个鬼。"

　　"还真是撞见鬼了。米兰来了，知道不？我十五六年都没见过了。人还没咋变，就是洋气了。说从美国刚回来，要请你们吃饭呢。"

　　宁州来的人就吵吵了起来。

　　忆秦娥自打调到西京，就有去看米兰的想法，可一打听，说去国外了。几次去找，都说没回来。后来又说在美国定居了。她知道，那时米兰跟胡彩香老师之间，就好像有深仇大恨似的，把她和她舅老夹在中间，来回不好做人。胡彩香老师跟她舅的关系，是宁州团无人不知无人不晓的。在常人看来，她必然是胡老师的人了。可米兰跟胡老师再闹，都从没把她当外人看。尤其是在她舅坐监狱那阵儿，为了她的事，米老师和胡老师甚至可以暂时团结起来，共同帮助她的。直到米老师离开那天，心上都是最记挂她的。凡能用的东西，都留给了她。也许那时她是团上最可怜的人，一身练功服能穿好几年，是一补再补。米兰老师就把她的好衣服，一多半都留给她了。直到调进省城，这些衣服穿出来，还都是不逊色的。她觉得米老师是个好人。在九岩沟莲花庵念经时，她是给米老师单独诵过经、上过香的。米老师竟然回来了，她自是特别兴奋，几乎有想跳起来的感觉。她直问人在哪里，就想立即见到。

胡彩香老师倒是有些冷淡地说："人家现在还巴望着见我们，只怕是你强人家要吃饭的吧？"

张光荣就急了，说："哪个狗日的强人家了？你把我想成叫花子了，再穷，还缺了一顿饭？"

忆秦娥坚持说见，大家也就都跟着，去米兰住的那家酒店了。

米兰早早就在大堂等着了。

他们进去，稀罕得又是搂又是抱的，就有好多双眼睛朝这里盯着。米兰嘘了一声，大家才安静下来，跟着她去了西餐厅。

忆秦娥这些年外出演出，倒是经常出入高级酒店。她舅胡三元也是见过一些大世面的。而胡彩香和张光荣他们，就连走路脚下也是一趔一滑地走不稳。张光荣就开了一句玩笑说："地咋这滑的，虮子走起来也能劈叉了。"胡彩香还瞪了他一眼。她舅胡三元就偷着抿嘴笑，还悄声嘟哝了一句："真正的乡巴佬进城。"

他们在一张长长的餐桌上坐了下来。餐厅灯光很暗。白色的长条桌上还燃着蜡烛。

直到这时，忆秦娥才静静地端详起米兰老师来。

张光荣说她变化不大。除了过去素面朝天，从不化妆，现在是化着精致的淡妆外，还真是变化不大呢。在宁州剧团时，米兰和胡彩香老师，是一对姊妹花。也是整个县城的两道风景。她们一上街，一街两旁的人，都是要驻足观望的。可现在，米老师与胡老师之间，已是天壤之别了。胡老师已经发福得有些像大妈了。脖子上的肉，在一折一折地相互挤对着。眼角的鱼尾纹、法令纹，也清晰可见。而米老师还保持着她离开宁州时的苗条身材。并且肌肉更加紧结，有力。脸上还看不见一丝皱纹，十分有弹性，棱角分明。她们现在都化着妆。而胡老师是接近舞台演出的戏妆，很浓。红、白、黑都很明显。尤其是桃色胭脂，搽得有点妖艳。那两道上扬的黑眉，又显得过于板正生硬。而米老师的妆，化得淡雅自然。只是把两道天然的眉毛，朝浓里勾了勾；再就是涂上口红突出了嘴唇的宽阔、生动与性感，依然藏不住当年那份天生丽质。两人坐在一起，让人无法相信，在十几年前，她们曾是一个舞台上，两朵几近平分着秋色的奇葩。

她舅和张光荣他们，还是比较关心着自助餐的内容。她舅甚至还帮着张光荣，教他学习拿刀叉的方法，以及取自助餐的步骤、多少，还有吃法。米兰老师把更多的注意力，放在了忆秦娥身上。她几乎是一直在用很欣赏的目光，细细打量着她。这种目光当初在宁州，忆秦娥也曾见过。但那里面更多的是同情，是怜惜。而今天，是欣赏，是赞叹。当然，也有颇多的惋惜。

米兰说："秦娥，你能成长到今天，我没想到。听说都是秦腔界'皇后'级人物了，真不容易。"

忆秦娥急忙用手背挡住嘴说："那是瞎说呢。就是成长了，也都是靠胡老师、米老师的提携呢。"

"会说话了，孩子！"米兰甚至突然也有些忘了她的年龄似的，伸出双手，使劲把她的脸揪了一把，还拍了几下。

"都好吗?"米兰又问起了胡彩香。

胡彩香说："有啥好不好的，就是混日子。你米兰算是把人活成了，嫁了个好老公，早早就离开宁州，还跑到国外去了。团上人都羡慕得跟啥一样。"

"我其实也挺苦的。为学外语，都快神经了，差点没跳楼。出去好多年，也是不习惯。那时老想着回来，想回宁州。在国外，其实啥都得靠自己，亲戚只是把你介绍出去，一切都得从零开始。啥都得学习，到现在我还在进修国际贸易。不学，你在那个社会就立不住。"

"你还在上学呀？"张光荣又冒了一句。

米兰点点头说："美国就是终身学习的社会，比我年龄大得多的人，也都在学习，在不断地更新知识结构和观念。要不然，你就会活得很恐慌。"

大家吃着喝着聊着，到了很晚的时候，米兰还邀请忆秦娥和胡彩香留下，说她们今晚可以聊一夜。

忆秦娥和胡彩香老师就留下了。

这天晚上，她们真的一夜没睡。米兰开了红酒，三人慢慢品着，几乎是从宁州剧团的建团开始，一直津津有味地说到了大天亮。

米兰住的房有一张很大的床，开始她们在沙发上说，后来就挪到床上了。米兰和胡彩香靠在床头，忆秦娥盘成"卧鱼"状，在另一边。她们说笑了，又说哭了；说哭了，又说笑了。也只有在更深夜静的时候，每个人说出的，才都是心底最真实的那些话。对于忆秦娥来讲，有些像档案解密。当时间过去，当事人都发生了根本变化后，那些秘密，似乎也是可以大胆解开的了。

胡彩香说："米兰，你老实说，当时团上黄正大主任，是不是要把你促上去，想把我彻底替代了？"

米兰看看忆秦娥说："秦娥在这里，我也就把话朝明的说了。黄主任是不喜欢她舅胡三元。说老跟他较劲、使绊子呢。你也老实交代，你到底跟她舅是什么关系？"米兰说完，自己先笑了。

两个舞台老姐妹，有点突然回归青春年少的感觉。

胡彩香说："不怕你笑话，我跟胡三元就是有一腿。胡三元对我好，尤其是在事业上对我帮助很大。那阵我当主演，几乎每个戏，都是他帮着抠出来的。他最懂戏的节奏，也会欣赏唱腔。加上那时张光荣一年只回来一次，我是女人，不是泥塑木雕，我抵挡不了胡三元的诱惑。"

米兰戳着胡彩香的胳肢窝说："你是喜欢他的龅牙么，还是喜欢他的黑脸？还是喜欢其他啥，到底是啥把你诱惑了？你说，你讲！"

"我都喜欢，咋？他就是个为敲鼓活着的人，很简单。爱我也很简单。我也不怕他外甥女笑话，狗日胡三元就是把我朝死里爱，爱得撞到南墙也不回头的货。"

"那你为啥还不跟张光荣离婚呢？"米兰又问。

"张光荣也是个好人，恨不得把命都给我了。原来是想离呢，可后来，张光荣下岗了，我不能再给他伤口撒盐。我欠他的太多，没有理由在那个时候把他蹬了。"

"他知道你跟胡三元的事吗？"米兰问。

"咋能不知道，不知道能老提着大管钳？那管钳就是提给他胡三元看的。"

"那以后咋办呢？"

胡彩香说："我给他胡三元说得清楚，这事没有以后了。好在秦娥现在把他也弄到省上来了，离得远一些，也许慢慢就过去了。再说，我们也都不是能疯张的年龄了。"

米兰问忆秦娥："你把你舅调到省上了？"

"也就是临时的。我舅自那年出事后，就再没正式工作了。"

米兰说："你舅的技术，那真叫一绝！其实人也挺好的，就是死认技术、本事，其余一概不认。所以那阵儿就吃不开，得罪了不少人。"

"哎，米兰，我问你，离开宁州，当时你就真那么情愿吗？"

米兰慢慢品下一口红酒说："说心里话，很难过。对那个男人，当时也不是太满意。我那时毕竟才二十四五岁，他都四十六七了。比我父亲还大了两个月呢。但我当时给大家瞒了年龄，说他就大了十几岁。你想想，心里会是什么滋味呢？那时，宁州县城追求我的有好几个，但我就是想离开。也必须离开，离开我最喜欢的事业。因为太伤心了。活得那么累，那么艰难，何苦呢？走了很长时间我还在想，唱戏到底是个什么职业？让人这样想朝台中间站？不站，好像就活不下去了一样。在美国很长时间，我还做梦在宁州演戏。梦见你胡彩香给我胖大海水里下了药，让我站到台中间，连一句都唱不出来。观众把臭鞋都扔到我脸上了。"

胡彩香一拳头砸过去说："哎，米兰，凭良心说，我胡彩香是那样的人吗？跟你争角色是事实，背后嚼过你的舌根子也是事实，可我能给你水里下毒吗？我有那么坏吗？你说，你说，你说！"胡彩香说着，还用手去胳肢她的腋下。

她们十一二岁就到剧团学戏，一直滚打在一起，相互间最严重的惩罚，就是集体胳肢那个最捣蛋的人，非让她笑死过去不行。

米兰是真的笑得泪流满面了，她说："彩香彩香，快饶了我，那就是梦，打死我都不相信，你会给我下毒的。你就是那种刀子嘴、豆腐心的人。饶了师妹，快饶了师妹吧。"

"日有所思，夜有所梦。没想到，你把师姐想得这坏的。我偏不饶你，看把你笑不死命长。"两人硬是玩得扭打在一起，完全成孩子的嬉戏打闹了。

忆秦娥不仅笑得满眼是泪，而且也感动得满眼是泪。师姐师妹当初的那点龃龉，在跳出了年龄充满童稚、童趣的一阵相互胳肢中，无影无踪了。

忆秦娥可惜着自己没有这样的童年。她十一岁进剧团，十二岁多一点，就被弄到伙房烧火去了。她喜欢看其他孩子的嬉戏打闹，喜欢看她们相互胳肢。可都不胳肢她，也不准她胳肢人。都说她身上有一股饭菜味儿，凑近了太难闻。

这天晚上，米兰也讲出了她心里的不快。她说，看了茶社的演出，觉得心里堵得慌。

胡彩香老师问为啥。

她说："我们从十一二岁起，就把生命献给了这行事业，难道结果就是以这样的方式来演出、来回报吗？我从小向往的主角，就是在舞台上，剧情呼之欲出的时候，锣鼓音乐一齐响动，然后才出场、亮相的演出。当然，那是样板戏的做派。可舞台上的任何严肃演出，一定是要让主角尊严出场、尊严表演、尊严谢幕的。观众面对真正的艺术，真正的艺术家，一定是要满怀谦卑、满怀恭敬，甚至是要高山仰止的。怎么能是这样居高临下的狎玩态度呢？秦娥，你付出了那么多人生代价，用十几年的奋斗，唱得这样撼人心魄、精彩绝伦，难道就是为了赢得这些人，一晚上那几千条施舍给你的红绸子吗？"

忆秦娥的嘴微张着，不知如何回答是好。

胡彩香说："米兰，你是站着说话不腰痛。你有钱了，日子过好了，可我们要讨生活，你知道不？得生活。秦娥还有一个有病的儿子，得看病。一大家子人都来西京了，也指靠她唱戏过活呢。"

米兰又问了问她儿子的情况，就没话了。

这时，天边已露出鱼肚白了。

酒店不远处的城墙上，突然传来了一声凄厉的秦腔板胡声。随后，又有了秦腔黑头的"吼破撒（头）"声：

> 呼唤一声绑帐外，
> 不由得豪杰笑开怀。
> 某单人独马把唐营踹，
> 只杀的儿郎痛悲哀。
> …………

"西京到处都在唱秦腔，难道都没有正式舞台演出了吗？"米兰问。

"有，但很少。"

"最近有没有，我想看一场舞台正式演出。就看秦娥你的。"

忆秦娥说："倒是有一场。是外国人来看，说是外事上选出访节目呢。"

"演的什么？"

"《打焦赞》《盗草》，还有《鬼怨》《杀生》。都是我的戏。"

"好，我一定要看。"

随后，米兰就专程看了忆秦娥的舞台演出。

那天是胡彩香陪着看的。事后胡彩香告诉忆秦娥说："你可是把米兰给征服了。她在看几折戏的整个过程，都激动得不行，手在抖，嘴唇也在抖，一个劲地说：'这孩子怎么这么优秀啊！天哪，秦娥的功夫怎么这么好！天哪！今天还有这么好的武旦吗？天哪！看看孩子的做功、唱功，天哪！看看孩子的扮相……彩香，看来我们当初帮着她从伙房里走出来、学唱戏是对的。我有时也以为，让她唱戏是害了她呢，也许学做饭更幸福些。可这孩子，天哪，她的付出……是值得的！我要给孩子献花！你快去给秦娥买一束鲜花来，要最名贵的。'"

戏看完后，米兰就不顾一切地走上舞台，毕恭毕敬地把鲜花捧给了忆秦娥。并且还当着很多人的面，给忆秦娥深深鞠了一躬。她说：

"秦娥，你就是到百老汇、到世界上最顶尖的舞台上演出，都是最棒的艺术家！"

在米兰离开西京的时候，她们送到机场，相互拥抱完后，米兰突然深情地说：

"我有一个梦想，希望能在美国看到秦腔。是忆秦娥唱主角的秦腔。"

十四

尽管米兰对茶社演出有看法，并且不主张忆秦娥再进那样的地方。可宁州来了这么多人，还得靠她在茶社撑台面。加之省秦演出也少，一年至多十几场戏。她就依然还在茶社唱着。忆秦娥也感到，这里的风气越来越坏。听说有的演员，唱完戏后就被老板领到酒店去了。在一些人眼里，唱茶园戏，甚至已成被老板包养的代名词了。也有人在她跟前出手阔绰，跃跃欲试，并百般暗示的。但她总是唱完就走，也不跟人多搭讪。待人不冷不热、不卑不亢。无论谁说要用车接送一下，她都会再三婉拒，绝不给人留下"被人接走了"的口舌。加之老板之间，对"搭红"的事，相互也都盯得紧，她反倒是有了一种安全感。当然，这种安全感，也是来自她"可远观而不可亵玩焉"的"香远益清，亭亭净植"。这是一个记者说的。

可突然有一天，来了一个更大的老板，把这一切就彻底打乱了。

这个老板说来并不陌生。

看官可曾记得，当年给忆秦娥排戏的老艺人古存孝身后那个小跟班？就是老给古导接大衣、披大衣的那位。想起来没？

那人叫"四团儿"，姓刘名四团。是古存孝的侄子。

古存孝把刘四团从老家带到宁州，又从宁州带到西京。后来古导在省秦失势，愤然离开时，也是带着这个影子一样的小跟班，从西京城消失的。十几年过去了，这个叫刘四团的人，突然给杀回来了。不过现在没人敢"四团儿""四团儿"地乱叫了，都叫刘总。还有叫刘老板、叫刘爷的，也有叫刘哥的。他住在喜来登大酒店。据说还是总统套房。刘总出门坐的是宾利、凯迪拉克、奔驰，还有一般人叫不上名字的怪车。有人说刘总有四五辆豪车。有人说有七八辆。反正不管哪一辆跑在西京的大街上，都是有人行注目礼的。刘总上下车，也都是有人先开门，并用手搭了遮棚，护了头，他才钻进钻出的。刘总也就三十七八岁的样子，穿着打扮，一概是电视剧《上海滩》里周润发的"范儿"。在老西京看来，虽然觉得这人哪里都不对劲，但他哪里又都是一丝不苟地在翻着"发哥"的版。西京城过了"五一"，好多女士早穿了裙子，男士也有换上短袖的。可刘总、刘哥、刘爷，还是西装革履。并且是要披着一袭黑色风衣的。哪怕在人多的地方，也是一定要先披出来的，再用双肩抖落给身后的跟班。

就这个刘哥，刘爷，昔日的刘四团，一回到西京，第一件事就是打听，那个唱秦腔的忆秦娥在干什么？

说起秦腔，没有人不知道忆秦娥的。忆秦娥唱茶社戏的事，自然也是有耳目，很快就回禀给刘哥、刘爷了。有人问他，是不是晚上就弄来？刘爷的好事还能让过夜了。刘四团一摆手说："不，咱也到茶社听戏去。"

这天晚上，在刘四团出发前，已有好几个弟兄先去打了前站。并且跟茶社老板商量好，场子全包，不许任何"闲杂人等"入内。给的价钱，自然也是让老板目瞪口呆了的。谁知刘四团来后，见场子里太冷清，又批评手下人不会办事，说听戏能这等冰锅凉灶？戏园子听戏，就是要场面红火热闹。敲桌子拍板凳都行，绝不能傻娃躺在凉炕上，一个人一凉到底。手下人就急忙打发茶社老板叫人。听便宜戏的人倒是不缺。很快，场子就又挤得满满当当了。手下人希望能把刘爷突出一下，朝前排主桌上放。可今晚的刘爷，有些一反常态，偏要十分低调地坐在中间靠后的位置。并且戴上了墨镜，说让把主桌空着。大家也就只能按他的旨意行事了。

戏还是先有"垫碗子"的。这些人刘四团都认得，但已经没有任何人能认得刘总、刘爷了。无论胡三元，还是胡彩香，还是其他宁州的演员、乐手，当初在那个小县城，几乎都是没怎么正眼瞅过他的。偶尔瞅一眼，也是在嘲笑他给古存孝披黄大衣、接黄大衣的动作，除此再无任何瓜葛。因为他从来就没属于过剧团，他就是古存孝的侄子、古存孝的私人跟班，吃的喝的，都是古存孝管。他没拿过剧团一分钱，因此，也从来没人觉得他是剧团人。让刘四团感到奇怪的是，竟然没有一个人认出他来。尽管他在今晚这个场面，无论坐在哪里，都是显眼突出的。并且也见他们不断地朝他这儿看，可看到的只是一个大老板的派头。也听人叽咕说：还真有点周润发的势呢。但这势，是咋都跟那个刘四团联系不起来的。

忆秦娥是在演出接近尾声的时候才出现的。

就在忆秦娥出现的一刹那间，刘四团几乎是有些失态地张开了嘴。而这张过去跟在古导背后，老是微张着的不知所以的嘴，近几年通过学习周润发的表情，是彻底改变了的。他常常把牙关紧咬起来，做一种深沉、坚毅、果敢、冷酷状。可今晚，在见了忆秦娥后，还是再次张开了十好几年前的那种嘴形。

他跟随古存孝到宁州，初次见忆秦娥——那时还叫易青娥时，也没觉得她有什么特别的地方，基本印象是：人黑瘦黑瘦的，脸只有巴掌大；平常没话，一说话老捂嘴，多少冒着点傻气；特别能吃苦，见天练功服都能拧出水来。仅此而已。他听他伯古存孝常常当人面夸易青娥说："别看一班四五十个学生，搞不好将来就只能出易青娥一个好演员。都吃不下苦么。唱戏这行，那就是在苦水里泡大的。没有一身好'活儿'，再演都是二三流演员。一流的人物，一唱地动山摇的

691

红角儿，那都是苦出来的。易青娥这娃要不是被人弄去烧火做饭，憋着一股子劲儿，恐怕也练不出这样一副好身手呢。"再后来，易青娥在四个老艺人的鼓捣中，就一点点"蛹化蝶""鱼化龙"了。几本大戏演下来，不知咋的，她眉眼也长开了。胸脯也挺高了。腰俏也细柳了。扁平的臀部也翘起来了。迟早健康得有些像女排里那些腾空而起的扣球手。尤其是她把头式再一变，就突然都说她像奥黛丽·赫本了。他就跟他伯悄悄暗示说："伯，侄儿也是二十好几的人了。娘说了，让我跟着你，连媳妇也是要让伯伯操心的。""没有合适的么。那你看上谁了？"伯问。他嘴里磨叽了半天，到底还是说出来了："你看易青娥能成不？"他伯古存孝把他看了半天说："娃呀，这岂是你能操的菜呀？""咋了吗？没你给她排戏，她不还是个烧火做饭的。你出面说，她还敢不答应？"他伯说："伯还真格没看出，你的心还不小哩。易青娥要是还烧火做饭着，提这亲，可能是巴不得的事。可易青娥现在是宁州的台柱子啊！在整个北山地区都撂得这么红，岂是你敢乱踅摸的人？人就是这，没活出息，咋作弄都行。一旦活出人样了，连胡子眉毛的修法，都是大有讲究的。何况择婿招人哩。你没看，团上的封潇潇，还有那一大群小伙子，都跟狼一样在日夜惦记着，易青娥给谁好脸了？这道菜，伯就是给你硬夹到碗里，吃了也是你克化不了。迟早要做祸的。你没看看，来提亲的，行署专员家的都有，你算是哪门皇亲国戚、公子贵胄？再别胡思乱想了，你的婚事伯在心着呢。有合适的，伯就给你张罗了。"自那时起，他的内心深处，就被易青娥折磨得够呛。再后来，他跟随他伯到了省秦。只说是远离了易青娥，能慢慢疗好这伤疤呢，谁知时间不长，他伯又撺掇着把易青娥调来了。这一调来，又让他产生出许多幻想来。可时间不长，他就发现北山地区副专员的儿子刘红兵，果然是糖一样，把忆秦娥给彻底黏糊上了。他几次都想在暗处，给刘红兵撂几个黑砖，可掂起砖头闪了闪，终是没那个胆量。再后来，他伯在省秦排戏失势，加之两个伯娘也闹得欢腾，实在待不下去了，就又带着他到甘肃陇南、天水、平凉、定西一带，做流浪艺人去了。从此他再没见过忆秦娥本人。但忆秦娥步步蹿红的消息，却是不断地传到他耳朵里。忆秦娥演的戏，也在甘肃的电视上常有播放。十几年过去了，他对忆秦娥的那份心结，仍然是解不开、驱不散。这次回西京，就完全是为了了这场心结而来的。

忆秦娥的出现，惊动了全场所有观众，也更惊艳了刘四团。没有想到，忆秦娥已经是这样充满了气场的大明星。其实她并没有张扬，进来时甚至还低着头。因为舞台上，胡彩香还正唱着《卖酒》。即使是这样低调的出场，还是如一道闪电一样，立即让全场沸腾起来。并且迅速淹没掉了胡彩香的演唱。

刘四团清楚地知道，忆秦娥是三十多岁的人了，但还是保持着他当初离开西京时的那股青春气息。只是更老练、沉稳、自信、怡然自得了而已。他在急切等待着忆秦娥登台演唱。他的心鼓，已经敲得比黑脸胡三元手下的鼓点，更急切、更有力，也更似珠落玉盘般地错杂乱弹了。

忆秦娥终于上场了。

忆秦娥开口唱的第一板戏，是《断桥》里的"西湖山水还依旧"。

因为长期跟着他伯古存孝的原因，刘四团对秦腔一直保持着天然的兴趣。尤其是对忆秦娥的那份暗恋，更是让他始终关注着秦腔演艺界的各种动态。无论跟古存孝，还是跟着他的煤老板，还是自己摇身一变成为煤老板，他都在爱流行歌、流行音乐之余，保持着对秦腔的关注。终于，他觉得自己是有资本，来西京会一会忆秦娥的时候了。他是带着向往，带着激情，带着团队来的。名义上是想在西京投资，要谈一些挖煤以外的生意。但一切的一切，还都是为忆秦娥才展开行动的。煤这东西，见一个日头，就能给他挖出上百万的银子来。做其他生意，也就是图新鲜，赶风潮，混心焦了。成了成，不成打了水漂，也就是图看那串浪花了。

无论怎么说，他到底不是秦腔的行家。忆秦娥唱得怎么样，他还是要竖起耳朵听别人的评价。其实不听也罢，光看着那张让他动心动情了十几年的漂亮脸蛋，就已足够足够了。让他感到震惊的是，在灯光下，这张脸，的确是比十几年前更加棱角分明，韵味十足了。他觉得这次行动，是真的决策正确、行动果断、意义重大了。他不免感到一阵兴奋。

忆秦娥第一板戏快唱完了。

跟班走到他跟前，问怎么赏。他们在别的地方，是也进茶社听过戏的。大西北秦腔茶社的规矩都一样。刘四团举起了一根指头。跟班还问了一句："是不是一万一万地加？"他说："按我说的办。"跟班回答："好嘞。"

就在忆秦娥唱到"手扶青妹向桥头"时，拖腔还未收住，掌声已爆响起来。只听报账的，激动得声音都有些颤抖地喊道：

"刘老板，搭红，一万条——！"

顿时，全场观众呼地站起来，都要看看这个刘老板是谁。一万条就是十万元哪！这在西京茶社里，还是没有听过的搭红数字。当确证这是事实时，茶社的顶棚都快让欢呼声掀翻了。

接着，忆秦娥开始了第二板唱，是《狐仙劫》里的"救姐"。当唱到快结束时，跟班又过来悄声问数字，刘四团给了两根指头。其实这时，观众听戏的兴趣已经不大了，都在看着刘老板的反应。当他轻轻伸出两根指头的时候，立即就引起了轰动，他听见身边人都在议论：

"天哪，要上二十万了。"

"今晚这戏好看了。"

"来了真神了。"

紧接着，报账的人，就比先前更激动十倍地报出：

"刘，刘老板，再，再搭红，两万条——！"

大家已经不知道该怎么表达这种惊奇、诡异、兴奋与冲动了。许多人干脆把巴掌已发不出的声响，全都转移到桌子、凳子与茶壶、茶碗上了。连茶社老板都激动地跑上去，抢过报账人的话筒喊叫：

"诸位诸位，诸位女士先生，哥们儿弟兄，还有姐们、妹们：今晚茶社是遇见贵人、遇见高人、遇见真人了！感谢刘老板屈尊枉驾，让我们蓬荜生辉、大开眼界了！我宣布：所有酒水一律免单！请各位陪着吉星高照的刘老板，玩个高兴，玩个痛快！"

就在这时，大家突然发现忆秦娥已经下场了。并且乐队上的几个人，都在惊慌失措地朝她下去的方向看着。好像有人还在阻拦。放在平常，有老板搭红，演员是要说一串感谢话的。如果搭得多，感谢话的分量也得加长加重。可今晚，忆秦娥在第一板戏唱完后，面对十万块钱的搭红，竟有点不知所措。她又一言未发地唱了第二板。当第二板戏唱完，搭红竟然又翻了倍时，有那观察细致的观众就发现，忆秦娥是脸色极其难看地下场了。这种情况过去也是有的。兴许是老板舍得掏钱，演员需要更充分的准备，下去喝喝水，擦擦汗，跟乐队商量一下，再唱什么最来劲。可今晚好像不是这样，忆秦娥下去后，是不停地有人在朝回拉。大家就觉得更有好戏看了。终于，忆秦娥还是被茶社老板再次请上台了，并且他还补了几句话："忆秦娥老师非常感谢刘老板，但觉得搭红是不是有点多。可我要代表秦腔观众说句心里话，咱忆老师的艺术水平，就是一晚上拿一百万，也是值当的。（掌声再起）这不是我说的，而是一个华侨说的。她说忆秦娥的秦腔艺术，在她心中，价值就是一晚上一百万的含金量。（掌声、欢呼声更甚）"

忆秦娥急忙拿过话筒说："经当不起，真的经当不起。以后千万别再说这样的话，要再说，我就真的不好意思来了。我就是个普普通通唱秦腔戏的演员。一晚上拿到我觉得适合的报酬，能养家糊口，就心满意足了。多的真的是经当不起，给了我也不能拿的。谢谢这位好心的老板！戏迷朋友们，下面，我给大家演唱《游西湖》里《鬼怨》那段唱：'屈死的冤魂怒满腔'。"

在忆秦娥演唱这板大唱段时，刘四团一直在思考着怎么搭红的问题。到底搭多少合适？其实茶社老板如果没有那句话，最后一板戏的红，他就是要搭到一百万的。今晚他豪车的后备厢里，提着几百万现金呢。他是想一步步把级升到一百万的。可没想到，茶社老板提前给他把气放了。放了就放了，看忆秦娥的样子，如果这板戏上到三十万，也许就不再唱了。她到底是什么心思，他还没有搞明白，很可能觉得这是一场儿戏吧。几十万几十万地上，还反倒没有几百块、几千块上得实在。在茶社这地方，趁锅里热，胡乱喊叫搭红，最后当了混世魔王、滚刀肉，而一拍屁股走人的，也大有人在。为了让她相信这是真的，不如一步到位，直接把一百万端出来。以他这几年的经验，把钱上到这个数，已经是没有不动心、不脱光、不举起双手、不伸出白旗、不缴械投降、不背叛出卖、不父子反目、不颠倒黑白、不里应外合、不陷害荼毒、不杀人灭口的了。今晚似乎也没有必要再把戏朝下唱了，加快节奏恐怕是必要的。

当忆秦娥把这板大悲剧唱到快完的时候，他起身，用肩膀接住了跟班及时披上的黑风衣。他朝一直给他空着的主桌走了过去。

就在他落座的时候，突然又给了跟班一个手势，那是一个挥手的动作，意思是让把什么东西拿上来。

另一个跟班就提着一个密码箱进来了。

所有人的眼睛，就都盯着这个密码箱上了。

在阵阵骚动中，忆秦娥唱完了戏的最后两句：

> 一缕幽魂无依傍，
> 星月惨淡风露凉。

当忆秦娥还深陷在悲剧的巨大痛苦中不能自拔时，报账的已经喊出：

"一百万！刘老板，拿出了现金，一百万！一百万哪！明天该是轰动西京的大新闻了……"

奇怪的是，观众被这惊天搭红，震得全都傻愣在了座位上。

茶社在那一瞬间，甚至静得掉下一根针来，都能听到当啷一声响。

这时，有一个人走到刘老板跟前，拍了一下他的肩膀说："四团儿，是不是刘四团？在宁州，跟着那个姓古的老艺人，前后接大衣、披大衣的那个小伙子。是不是？我是胡彩香的老汉，张光荣，记得不？"

刘四团隐隐糊糊记得，这就是扛着一米多长管钳，老要打胡三元的那个家伙。

到底还是有人把他认出来了。

十五

　　忆秦娥做梦都没想到，今晚会出这等怪事。其实最近已经有些老板，在用抬高搭红数额，挑战她的底线了。有的甚至把话说得很露骨，问她晚上能不能去酒店。还有人在私下打听，搭多少红可以把忆秦娥领走。虽然因她的矜持与防范，暂时还保持着安全的进退距离，可危机已是十分明显的了。她在艰难应对，也在考虑着如何抽身的问题。这里已经成为演员的染缸。正经唱戏，挣钱越来越困难。她不想把自己的声誉搭进去。其实已经有人把她进茶社唱戏，说得乌七八糟了。都说省市还有好多秦腔名流，是坚持着，绝对不进这些地方唱戏的。可宁州团的老乡，还巴望着她撑持台面。她一离开，也许他们立马就得卷包走人了。而回到宁州，靠唱戏是没有任何来钱路的。正在她犹豫不决的时候，这个刘老板就把她逼到绝境了。

　　说实话，忆秦娥是不喜欢别人搭红出格的，一旦出格，她就觉得浑身不自在。好几次，在场子吵得最热的时候，她就借故嗓子不好，让那种无序升温终止了。靠唱戏挣钱养家，天经地义。她不希望愣是唱出什么幺蛾子来。可今晚，这位都说打扮得像《上海滩》里许文强的刘老板，一上来，就把"红"飙到了十万元。一下让她失去了防守底线。她当时就想退场，可毕竟才唱了一板戏，有些不好脱身。但她没有像过去那样，哪怕观众只搭了十条、二十条红，几百块钱，也要鞠躬致谢。十万块呀，她没有一句答谢词，这让所有人都有些震惊。好在她还是接着唱了第二板戏。当第二板戏唱完，刘老板又把搭红提高到二十万元时，她再也坚持不下去了，终于在满场的混乱中退下台来。她舅胡三元已经看到了她满脸的不高兴。胡彩香老师也急忙上前把她挡住了。只听她喊叫："这是干什么？这是干什么？这还是唱戏吗？这还能往下唱吗？"大家都没见忆秦娥发过这么大的脾气。一些人还不大理解：有老板愿意"脑子进水"还不好？钱赚多了还咬手吗？要不是茶社几个人拦着，忆秦娥已经冲下楼去了。这时，一个劲在台上答谢着刘老板的茶社老板，三步并作两步地跑下来，差点没给忆秦娥跪下磕头了。他是一再挽留，要忆秦娥无论如何再上去唱一板："好歹得唱个三回圆满不是？"她没想到，这第三板戏，就把秦腔茶社的百万天价创下了。

忆秦娥是绝对不接受这一百三十万的。她要她舅和宁州团的所有人都别接受。她舅立即响应道："听娥儿的，别要了，这不是我们正当唱戏的价码。要惹事的。"说着，大家就开始收拾摊子，准备离开了。这时，张光荣突然跑过来说："哎哎，你们猜那个刘老板是谁？谅打死你们也都猜不出。他就是当年那个古老艺人的跟班，记得不？就是老给古老师接大衣、披大衣的那个跟屁虫。"大家一下都傻愣在那里了。

还没等张光荣继续把话说完，刘老板已经走到忆秦娥面前了。他摘下墨镜，把披在身上的黑风衣朝后一抖，跟班十分准确地接在了手中。大家仿佛又看到了昔日他给古存孝接大衣的那一幕。

"还记得我不，诸位？"刘老板刘四团开口了。

大家都没人回话。面对这样大的变化，就跟变戏法一样的天地翻转、阴阳倒错，谁也不知该说什么好了。

"忆秦娥，成大明星了。当初我伯古存孝给你排戏那阵儿，我可是也没少为你服务呀！还记得吗？"

话说到这里，忆秦娥倒是感到了几分亲切，她急忙问："我古老师呢？"

"走了，都走好几年了。"

"啊，走了？怎么……走的？"忆秦娥问。

"在带一个业余剧团出去演出时，拖拉机翻了。其他人跳下来了，我伯年龄大，反应慢，就连拖拉机一起，翻到沟里了。"

大家半天都没说话。忆秦娥忍不住，一声"古老师"就哇地哭了起来。这些年，她也没少托人打听过古老师，可就是打听不出来。没想到老师已不在人世了。

茶社老板催着叫结账，忆秦娥却坚决不让拿这份钱。在僵持不下的时候，刘四团说："忆秦娥，咋了，嫌我的钱不干净吗？"

"不是这个意思，四团哥。"忆秦娥还记着老叫法，又急忙改口说："看我，应该叫你刘老板了。"

"别别别，千万别叫刘老板，你就叫我四团哥，听着亲切。至于这钱，你们还是拿上吧，这对我，也就是一点毛毛雨啦。"刘四团说着，嘴角掠过了一丝轻快。

一个跟班就急忙插进话来："刘老板是开煤矿的，可大的老板了，见天随便都能赚这个数。"

刘四团还把跟班瞪了一眼说："就是个挖煤的，煤黑子，什么大老板小老板的。忆秦娥才叫大老板呢。全国都有了名声，那还不大老板吗？"

任刘四团和茶社老板怎么劝，忆秦娥都坚决不要分到她名下的"红利"。那是一百三十万的百分之六十。为了把真金白银弄到手，茶老板愿意让她拿百分之七十，甚至八十。可她到底还是严词拒绝，只收了五万元。并要她舅，当场全部分给宁州老乡了。她还对茶社老板说："你也只拿五万元好了，这已是不小的数目了。把剩下的，全退给刘老板吧。"刘四团坚决不要，可忆秦娥已经转身下楼去了。刘四团就急忙追下来，死活要用车送。这时，在刘四团的车前车后，已经围下了好些看热闹的人。忆秦娥硬是把脸翻了，都没上他的豪车。最后倒是答应，宁州老乡明天可以在一起吃顿饭。她也是想了解古老师离开西京以后的事。

第二天中午，刘四团在一个五星级大酒店摆下一桌。忆秦娥就把宁州团的人，全都带来了。满桌就听刘四团一个人在海吹神聊着。所有人都没想到，古老师的跟班刘四团，竟然还是这样一个"大谝"。过去，这可是三棍子都闷不出个响屁来的人啊。忆秦娥不断把话题朝古老师身上引着。可他说几句，就又拐到煤矿，拐到认识哪个哪个大领导，还有到泰国怎么跟人妖照相、到澳门怎么赌博上去了。再么就是，他的手机值多少钱，手表值多少钱，皮鞋值多少钱，皮带值多少钱。说得高兴了，他甚至把一只价值上万元的手枪打火机，先是嘭地朝张光荣开了一枪，然后又啪地扔过去，说是让他拿去耍去。张光荣死活不要，他就嗖地一下从窗口撇出去了。他说他送给谁东西，不喜欢谁不要，看不起人咋的？忆秦娥见实在聊不到一起，就说下午还有事，起身先走了。

忆秦娥想着已经给他面子了，戏钱拿了五万，饭也吃了，依她不卑不亢的态度，也该让他就此打住了。可没想到，这才仅仅是开头。更加猛烈的火力，更加生死不顾的强攻，还在后面呢。

忆秦娥自打见刘四团第一面，就觉得他这次是有想法而来的。那种神气、目光，都是掩饰不住的。让她难以想象的是，曾经那么猥琐、老实、蔫瘪，连正眼都不敢看别人一下的人，忽然一天，竟然有了这样张扬的姿势。有一种世间一切，他都可以摆平的超然自信了。挂在他嘴边的话，就是这世上没有办不成的事。连他的大跟班，也在不停地给她递话说："刘总可厉害了，好多领导都围着他转呢。你信不，哪怕离西京千儿八百里，他电话一打，晚上牌桌支起来时，保准不会'三缺一'。"任他说什么，忆秦娥也不感兴趣。她感兴趣的，还是古存孝老师离开西京这段时间，都是怎么过活的。可刘四团又总是没兴趣讲这些。他一开口，就是自己怎么过五关斩六将的事。要么就是与金钱、与物质有关的任性显摆。她藏着，她躲着，连茶社戏，也有好些天没去唱了，就是为了回避他。可刘四团还是想方设法地约着，堵着，要跟她见面。

一天，刘四团终于把她堵在家里了。

也许是这家伙放了眼线，怎么就那么准确地知道，她娘那天带着刘忆到她姐家玩去了。她刚洗完澡出来，还以为是娘回来了，也没从猫眼朝外看看，就把门打开了。谁知进来的是刘四团。她还穿着睡衣，并且是夏天的睡衣，很薄，也有些透。一下让刘四团和她自己都傻眼了。"怎么是你？"她就下意识地把紧要部位捂了捂，急忙进卧室换衣服去了。等她换衣服出来，小客厅里，就搬进冰箱、电视机、洗衣机、皮沙发等好些样东西来。

"你……你这是干什么？"

"我看你的那些东西都不能用了，就给你买了一套新的。"刘四团说。

"不要不要，真的不要。我那些都是结婚时才买的，还都挺好的。"

"正因为是结婚时买的，才更应该彻底换掉了。"刘四团说这话时，分明带着一副新主人的口气。他说："电视才24英寸，还是国产的。冰箱也是单开门的。我给你换的都是日本原装进口货，目前国内最好的品牌。洗衣机还是德国的，带自动甩干烘干功能。把一切事都省了。沙发是意大利真皮的……"

"你别说了，不要，我都不要。"忆秦娥似乎有一种旧戏重演感。十年前，刘红兵就是以这种方式，把她的生命空间一步步强行占领了的。她再也不能接受这种业不由主的强占方式了。

搬东西来的人，正在把旧电视、旧冰箱、旧沙发朝出抬。忆秦娥看制止不住，就突然把脸变了："都给我住手！这是我的家，一切得由我说了算。请把你们的东西都搬出去，必须搬出去！我不喜欢这样做。刘四团，刘老板，请尊重我。"

刘四团顿了一下，就挥手让人把东西又搬出去了。

有一天忆秦娥没在家的时候，刘四团是来过一次的。她娘在。他就把家里整个转着看了一遍，把该换的东西都记下了。本想搞个突然袭击，让她美美惊喜一番，没想到，忆秦娥竟然是这样一副神情，让他还挺难堪的。

他说："秦娥，莫非还瞧不起我？"

"不是这个意思。你看我这些东西都好好的，用着也顺手了，让人当垃圾拉走了，怪可惜的。"

"啥叫好好的？像你这样的明星，就应该去住大别墅。房里应该有游泳池，有健身房。附近还应该有高尔夫球场。"

忆秦娥一下笑得腰都快弯下去了，说："四团哥，你今天该没喝酒吧？咋说这些疯话呢？你在剧团混了这么多年，还不知道唱戏人值几斤几两？还住别墅呢。能住上这单元房，已经是烧了高香了。团里还有好多人连这房都住不上，还在筒子楼里闷着呢。"

"可你是忆秦娥呀，你是秦腔小皇后呀！"

"那都是人抬你捧你，你以为自己就真是小皇后了？"忆秦娥还在笑。

刘四团说："你别笑了。在我眼里，你不仅是小皇后，而且还是大皇后、太皇后呢。"

忆秦娥就笑得有些岔气了，说："我……我有那么老吗？"

"我是说你在我心中的唱戏地位。"

"快别瞎说了，这话要让别人听见，还以为我是疯了呢。唱秦腔的名角儿多得很，太皇太后级的还都活着，我算哪门子皇后哟？你再乱说，只怕有人要上门掌嘴呢。"

"看他谁敢。我说你是秦腔皇后，那就是皇后。你看需要怎么包装，怎么宣传，钱有的是。你这个哥呀，过去穷，是真穷，看人家吃冰棍都流口水哩。今天穷，也是真穷，穷得就只剩下钱了。"

"四团哥好幽默呀。"

"不是幽默，是真穷。如果有了你，我就一下富裕起来了。"

"可别乱说噢，我不喜欢谁开玩笑。"

"不开玩笑。我都进来这半天了，也没说让哥坐一下。"

"坐呀，请坐！"

刘四团就在沙发棱子上坐了下来："能赏一口水喝吗？"

"你看我，都忘了。"说着，她急忙给他泡起茶来。

"秦娥，要说你的变化，的确很大。变得洋气了，大牌了，更有女人味儿了。要说没变，三十多岁了，还跟在宁州演白娘子时一样迷人。并且是更加迷人了。我可就是那时被你迷倒的。直到今天，还犯迷魂着呢。"

忆秦娥又笑了，说："四团哥，没想到十几年不见，你还真变得不敢相认了。啥玩笑都敢开了。"

"不是开玩笑，我那时是真的被你迷住了。并且还跟我伯说过，想让他给你提亲呢。你猜我伯说啥？"

"古老师说啥了？"

"癞蛤蟆还想吃天鹅肉。"

忆秦娥笑得把嘴捂得更紧了。

刘四团说："我伯说，易青娥唱戏的前程，这才是开了蚊子撒（头）大一点头。将来成了名角儿，岂是你能有福消受得了的？真跟了你，你能制伏、降翻？趁早蜷了你那虮蚤腿，也免得时间长了，酸麻得自己都受不了。"

"古老师真逗。"

"我知道那时没我的戏。好在这一天……总算盼来了。"

"你说什么呀？"

"我总算把机会等来了。"

"刘四团，你要再乱说，我可就不让你坐了。"

"秦娥，真的，我是认真的。"

"你认真什么呀？"

"我这次来西京，其实没有其他任何业务。现在煤红火得跟啥一样，还没挖出来，人都排队等着哩。我来西京，就是为了了却一桩心愿的。"

"你别说了，你不要说了。要说，可以说说我古老师，其余的，一概不听。"

忆秦娥说得很坚决。

刘四团就转圜说："好吧，你想听啥？"

"说说古老师离开西京以后的事吧。"

刘四团说："其实也没啥，一切都怪我伯那脾气，走到哪里都不容人。像他那样的老艺人，唱戏其实就是混一碗饭吃，可他偏要说，他是在搞艺术。他的一切背运，都来自那个死不丢弃的'搞艺术'上。我跟他从西京离开后，由宝鸡到天水那一线，走了好多家剧团。有国营的，也有私人戏班子。落脚都不长。都怪他要搞什么艺术，非要把每一本戏，都排得他能看过眼了，才让见观众。好多演员没功，他一边排戏还一边带功，人家都觉得请他，是把'豆腐熬成了肉价钱'。一本戏排三四个月，有时还能耗大半年。演出了也不挣钱，就都觉得请他不划算。有的地方，干脆说他是'揉磨时间''混吃混喝'的。他受不得窝囊气，动不动就让我给他把黄大衣一披，要离开。一边走，他又一边等着人朝回请。结果人家是送瘟神一样地把他赶出来，就再没有回请的意思了。不怕你笑话，我们常常是可怜得吃了上顿没下顿，连饭都要过。后来遇见了一个爱秦腔的煤老板，也弄了个戏班，听说我伯能排戏，就把我们收揽下了。我还给他反复讲，说这是个有钱的主家，得伺候好了。他嘴上也说知道，可一到排戏，就忘乎所以了。不仅啥都要他说了算，而且还把煤老板喜欢的几个女子，骂得狗血喷头，说她们'唱戏是白丁，做人是妖精，功夫没半点，眉眼带钩针'。还说老板是瞎了眼睛。那几个碎妖怪，本来就不喜欢唱戏。人家喜欢的是唱歌跳舞。只因老板爱戏，才改了行的。这下见导演连老板都骂了，就挨个给老板吹风使坏。老板就把我伯撵了。我伯也就是这次离开后，去一个不到二十个人的业余班子教戏，出门演出时，从拖拉机上，一下摔到沟底去了……"

"当时你没在场？"忆秦娥问。

"我没有。自那次被煤老板赶走后，我就再没跟伯走了。那天我们大吵了一架，他让我滚，我就滚了。也实在混不下去了，就像要饭的。我毕竟是二十多岁的人了，也得有自己的生活了。我知道他又落脚一个戏班子后，就回到那个矿上，给老板回了话，把我伯没排完的戏，又接手朝下排。"

"你，还能排戏？"

"跟伯十几年了，啥套路都学了一点。矿上那帮学戏的，与其说是学戏，不如说是图哄老板高兴呢。老板咋高兴咋来，只要把钱能哄到手就行。就我那点戏底子，给那帮人排戏，已是绰绰有余了。最后哄得老板高兴，把他女子都嫁给我了……"也许最后一句话，是刘四团说得激动，一下给脱落嘴了。忆秦娥看见，他有点想掩饰的意思："不过，也不是一桩啥好婚姻。"

"咋了？"

"这女子是……是小儿麻痹。"

"哦，你是当了人家上门女婿，才发达的。"

"也算是吧。不过现在，这矿已全是我的了。她爸去年突然心脏病发作，正跟人结账，就死在老板台上了。"

"这是你的恩人，你可得把人家女子伺候好了，要不然，会遭报应的。"忆秦娥也不知怎么就说出了这句话。并且觉得这话在这个时候说出来，是那么自然、妥帖、及时且又有分量。

刘四团嘴里胡咕哝了一句："那是那是。"

今天的话，似乎谈到这个份上，就该收场了。可是不，就在刘四团站起来，即将走出房门的一刹那间，他又突然反身，扑通跪在地上说："秦娥，我爱你，我是一直爱着你的！如果这一生没有得到你，我就是身家有多少个亿，又有什么意思呢？只要你能跟我好，提什么条件我都答应，包括马上离婚。"

忆秦娥立即制止了他的絮叨，说："别说了刘老板。你有这个想法都是有罪的。我绝对不可能跟你好。"

"为什么？因为我有妻子？"

"就是你没有妻子，我也不会跟你的。"

"为什么？到底为什么？"

"不为什么。就为做任何事情，心里都要觉得能过去。"

"有什么事让你过不去的？"

"不知道。反正过不去就是过不去。我已是三十好几的人了，对人生，还是有点自己的理解。请你立即离开这里，也许我们还能做朋友，做亲人。因为我毕竟感恩你伯父，是他把我培养成今天这个样子的。他是我的恩人，是我的衣食父母。"

"你为什么就不能跟我结婚呢？"

"且不说我能不能跟你结婚。你跟这样的妻子离婚，心里能过得去吗？"

"事实是本来就没有爱呀。"

"就是交易，到了这个份上，也得讲点因果报应了。"

"你咋跟我伯是一样的死脑筋。我就不信，你把戏唱傻到这种程度了。瞎子见钱都眼睁开，何况你是正常人。好，就照你说的，那要是我不离婚，你愿意做我……情人吗？我可以在西京给你买最豪华的别墅、最昂贵的汽车。还可以让你一家人，都活得荣华富贵起来。我知道他们现在都在西京，都靠你养活。并且你还有一个傻儿子，那个傻儿子也需要钱看病……"

"请闭上你的嘴，不许说我儿子傻子长傻子短的。他是人，是有血有肉的人，是我的亲生骨肉……"忆秦娥已经气得双手颤抖，不知说什么好了，"你走，你马上走！"

刘四团露出了最后一点泼皮无赖相，说："婚不结，情人不做，那你开个价吧！跟我到国外旅游一个月，给你一千万，怎么样？一个月后刀割水洗，人财两清。你还做你的小皇后，唱你的白娘子、黑娘子；我还去守我的破煤窑、瘸腿妻。怎么样？数字不够还可以加……"

忆秦娥终于忍无可忍地咬着牙关说："刘四团，你这次回来，我感觉你变坏了。但没想到，能变得这么坏。你已经是个臭流氓、臭垃圾了。你就是有一百亿、一千亿，我忆秦娥就是沿街乞讨卖唱，也绝不稀罕。滚出去，你给我滚出去！请永远都别让我再看见你。你也永远都别提忆秦娥这三个字。让你提起，对我是一种侮辱。滚！"

忆秦娥狠狠把刘四团推出去，嘭地关上了门。

十六

楚嘉禾生了个龙凤胎。

在跟随轻音乐团出去演出一年多后，楚嘉禾回来时，很快就生小孩了。并且是龙凤胎。男人是在海南认识的一个老板，也是西京人，已经在那里闯出了一片天地。楚嘉禾他们在一个露天海滨浴场，驻扎着演出了半年多，跟老公认识不久就怀孕了。结婚，是在怀孕三个多月以后的事。

风靡了好些年的歌舞、模特儿表演，大概因来势太猛，炙手可热，而使举国跟风而起。那阵儿，几乎无处不歌，无处不舞，无处不见三点式，无处不见模特儿，无处不睹丽人行。自是鱼龙混杂，相互绞杀。终致一个行业呼啦啦起，也呼啦啦跌地衰落下来。省秦歌舞模特儿演出团成立时，已经是这个行业的抛物线顶点了。等他们乘上这趟疯狂的过山车出门时，它其实已哐哐当当地在下滑了。虽然一年多，他们也挣了些钱。可这钱，是越挣越艰难。首先是团队太难管理。许多歌手模特儿，都是在社会上临时招聘的。一到外面，各种诱惑，就如同瘟疫一样，很快就摧毁了队伍的免疫系统。一拨一拨的人马，都四散而去，不是投奔了新的阵营，就是投入了新人的怀抱。而后援部队又跟不上。他们走时，尽管家里还留了几个专门培养的模特儿，可后边来的没有前边跑得快。到最后，质量也下降得有点惨不忍睹。连尺寸不够、腿短上身长的也都递补了上去。演出团自然是缺乏了竞争力。最后是自己打败了自己，溃不成军，才从前线撤回来的。这一撤回来，也就跟戏曲队一样，卧在家里了。

　　出去见了大世面回来的人，还有些瞧不起在家里唱茶社戏的留守者。大家的穿戴、谈吐，也都很自然地分开了界线。一帮洋，一帮土。一帮说话时，偶尔还故意夹带着英语、韩语、日语，装着港澳腔。一帮永远是秦腔，还连普通话都说不标准，一说就撂下一个让人忍俊不禁的"包袱"。尤其是楚嘉禾，应该是这次出去收获最大的人了。她不仅收获了爱情、婚姻、双胞胎，而且还收获了巨大的财富。虽然演出收入，还不够她大幅度提升了档次后的化妆、服装费。可老公的房地产生意，老公的豪车、别墅，也都自然是自己的家业、家产了。她老公比她还小了两岁。第一次见她，就被她"逼人的大姐大气质"所折服。"逼人的大姐大气质"八个字，是老公亲口对她讲的。每每从大海中游泳归来，再在淡水中沐浴一番后，面对着硕大的穿衣镜，她对自己身上的每一寸领土，都仍然是自我欣赏不已、赞叹有加的。从幼儿园开始，一直到小学，她觉得自己的美貌都是没有输过人的。即使在宁州剧团的演员训练班里，大家对她美貌的评价，也是四个字："鳌头独占"。没想到后来杀出个忆秦娥，竟然就把她"天王盖地虎""宝塔镇河妖"了。到底是角色漂亮，剧中人漂亮，还是本人漂亮呢？她也反复研究过，得出的结论是：演员一旦与角色、人物结合在一起，那种美，就超越了自身，超越了本真，而带着一种魔力与神性了。忆秦娥就是这样被推到宁州、省秦"第一美人"交椅上的。她之所以跟忆秦娥争，也许与上幼儿园时，就被一街两旁的人，夸赞自己是"天下第一小美人"有关。这种声音听多了，自然是不习惯前边再有别人挡着。远了无所谓。端直挡在自己前行的路当中，并且什么都是人家的好，她心里不免就有了诸多的怨恨与挤对念头。

这下好了，一切都过去了。她忆秦娥无论哪个方面，都远远落在自己后边了。专员的儿子跟她离婚了，而自己刚刚才入主房地产大亨的东宫；忆秦娥生了个儿子还是傻子，而她生的是健健康康的双胞胎；忆秦娥为了生机，整天得四处奔波，给人家死人唱"跪坟头"戏，在茶社里摇尾乞怜，等着老板施舍"搭红"；而她每天打打高尔夫，到海滨冲冲浪，到温泉泡泡澡，到品牌店看看衣物、鞋帽、包包，再到美容店做做面膜、指甲，就已是安排得满满当当，累得要死要活了。本来生小孩，是要放到海南的，可她嫌那边热。当然，更是为了让省秦那些看不起她演戏的人，尤其是忆秦娥，都好好看看，楚嘉禾现在是什么运势：连生娃都是"双黄蛋"了。其实双胞胎是提前从B超里，就已看得一清二楚的事。可她没有声张，没有广播。她得给省秦进一步制造一些突如其来，制造一些羡慕不已。

为演戏，为上主角，她在这里看了太多的白眼，受了太多的侮辱。直到最后，都没有一个人说她比忆秦娥唱得好，演得好。几乎每个角色出来，背后都是一哇声地议论：连忆秦娥剪掉的脚指甲，楚嘉禾还都没学会呢。这下终于好了，唱戏这行彻底衰败了。她忆秦娥就是有上天入地的本事，也拽不回这"夕阳晚唱"了。

楚嘉禾也听说了西京茶社的不少故事，包括流传甚广的"煤老板一诺掷百万，忆秦娥怒斥乱搭红"的"秦腔茶社神话"。且不说她楚嘉禾对一百万这个数字无动于衷。单说唱茶社戏的下贱，就已是她十分不齿、不屑的腌臜事体了。更何况钱也并未成交。到底是刘四团的诺言，还是戏言，抑或是忆秦娥与刘四团的双簧表演，都已是永久的迷雾了。

总之，忆秦娥要彻彻底底走出她的视线了。她已不再是她的任何对头、对手了。

一个人，一旦活得失去了对头、对手，也就活得很是乏味、无聊、没劲了。当楚嘉禾每天让保姆用两个小童车，把双胞胎推到院子里转悠时，她和她妈也总是要跟在后面，不停地大声介绍着孩子喝哪个国家的奶粉，吃哪个国家的饼干，穿哪个国家的童装，还有诸多关于孩子先天聪明的话。她老想在院子里撞见忆秦娥，可又总是撞不上。后来她才听说，忆秦娥每天还在功场耗着呢。她就把两个童车，端直推到练功场去了。

忆秦娥果然还"提枪抖马"地在练着刀马旦的"下场"。大概是太投入，并没有发现他们的到来。她竟然在连续二十一个转身后，又一个"大跳"接"三跌叉"，然后"五龙绞柱"，"按头"起，"抛刀"，翻一个"骨碌毛"，又"二踢脚""接刀"，再"出刀""抢刀""砍刀""扫刀""切刀""背刀"，然后"亮相"。再然后，"圆场"由慢到快，由"蹉步"到"移步"；由"碎步"到"疾步"；由"鱼吻莲"到"水上漂"。手上还运转着"回刀""托刀""旋刀""埋头刀"的"刀花"技巧。她的整个上身，更是密切配合着"三回头""两探路""一昂首"的"抖马"动作。而后，才见她"挥刀跃马"，扬鞭而去。这是她十七八岁演《杨排风》时，大败辽邦韩昌的"乘胜追击"下场式。没想到，十几年后，不仅动作难度没有简化，而且还有增补提升。这让楚嘉禾立即想到了一种叫"屠龙"的技术。连龙都是子虚乌有的，你练下这般绝技又有何益呢？如果不是这些绝技已变得像梦幻泡影一般毫无用场，楚嘉禾是立马会嫉妒得七窍生烟、口眼歪斜、五官搬家的。可今天，这些"活儿"越漂亮，越绝版，就越显示出了拥有者的落寞、空寂与悲哀。因而，她也就十分释然、坦然地拼命鼓起掌来。

寂静空旷的功场，顿时显得不和谐起来。

"妹子呀，还练呢？练得这么'妖''骄''漂''俏'的，准备给谁看呢？"

累得有些上气不接下气的忆秦娥，弯腰撑着双膝说："没事，闲着也是闲着。"并且还跟楚嘉禾她妈打了声招呼："阿姨好！"

"秦娥好！"她妈说，"你看人家秦娥，始终都是这么勤奋刻苦的。"

楚嘉禾说："闲着打打牌，逛逛街，出去旅游旅游多好。何必还要守着这孽缘呢。十一二岁就把人祸害起，你还没被祸害够吗？还练呢。"

她妈还把她的胳膊肘轻轻撞了一下："说啥呢。"

忆秦娥咧着嘴，笑笑说："锻炼锻炼身体，总是可以的吧。"

"那进健身房呀，练腹肌，练翘臀，练人鱼线去。咱这戏曲练功，完全就是不科学的愚蠢练法，把好多演员都练成五短身材、大屁股了。娥呀，也怪哦，你说我的身材，是练功一直爱偷懒，没练成企鹅、鸵鸟、北极熊；你练得那么刻苦扎实，咋也没成大熊猫呢？"

忆秦娥只是笑，没搭腔。

她妈插话说："你看人家秦娥身上练得紧固的。看看你，得赶快练起来了。就是去健身房、游泳池，也得去啊！"

楚嘉禾说："冬天去海南那边再练。你没看西京这游泳池，脏得能往里跳嘛。哎，妹子，我这次回来，咋还一直没见你娃呢？"

忆秦娥的脸，似乎微微红了一下，但很快又平静下来了。她说："在家呢。"

"他姥姥领着？"

忆秦娥点了点头。

"现在能说一些话了吧？"

"能叫妈妈，叫姥姥，叫舅舅了。"

"爸呢，会叫不？"楚嘉禾问。

她妈又把她的胳膊肘撞了一下，急忙把话题扯到了一边："秦娥，我昨天还见你妈了，挺年轻的。"

"哪里年轻了。在农村做得很苦，来了也闲不下。"忆秦娥说。

她妈说："能劳动是福呀！你看我，在机关养懒了，来给嘉禾照看几天娃，都腰痛背酸的。晚上还失眠呢。"

还没等她妈把话岔完，楚嘉禾又问："儿子能走路了吗？"

忆秦娥还是很平静地回答："能走了，就是不太稳。"

"再没看医生？"楚嘉禾还问。

忆秦娥说："有合适的，还是会看的。"

楚嘉禾说："真可惜了，还是个儿子。不过也说不准，不定哪天遇见个神医，还能峰回路转呢。"

这时，童车里的一个孩子突然哭起来。一个哭，另一个也跟着哭。楚嘉禾和她妈就急忙弯腰哄起了孩子。忆秦娥见孩子哭，也稀罕得凑近去，想帮着哄呢。楚嘉禾却急忙让她妈和保姆，把孩子从练功场推出去了。

从功场出来，楚嘉禾有一种极大的满足感。她觉得把好多气，似乎都在刚才那一阵对话中，撒了出去。虽然有些话并没有说到位，但好像也已经够了。双胞胎朝那儿一摆，其实什么不说，意思也都到了。

事情有时也不完全按一个人心想的逻辑朝前发展。比如楚嘉禾老公的房地产生意，在她热恋那阵儿，还是看不见隐忧的。但很快，就遇见了"冰霜期"。一栋又一栋无人购买的楼盘，日渐成了"烂尾楼"，让那里的房地产行业，突然感到了"灭顶之灾"。还没等楚嘉禾离开寒冷的北方，去享受阳光、沙滩、海浪的温暖浪漫，她老公就从海南撤资，回西京另谋发展了。而那些"烂尾楼"，已经让他几近破产。

另一个让楚嘉禾没想到的是：在舶来的时尚歌舞、模特儿演出日渐萧索时，老掉牙的秦腔，竟然又有起死回生之势。不断有人来省秦要看整本戏的演出。"秦腔搭台，经济唱戏"的包场，也日渐多了起来。全国的戏曲调演活动，也在频繁增加。省秦那帮靠唱戏安身立命的人，又喜形于色、蠢蠢欲动了。

让楚嘉禾感到十分痛苦的是，就在这关键时刻，上边突然来搞了什么"团长竞聘上岗"。她的保护伞丁至柔，在第一轮演讲投票时，就被淘汰出局了。据说票数连三分之一都不到。有人分析，给丁至柔投票的，只有出门挣了钱的歌舞模特儿团的人。关键是好多人都已离开了。而"戏曲队"的人，还有团里的行政机关，都正憋着一股火，要"清算丁至柔分裂省秦的罪行"呢。都嫌他当了几年团长，犯了方向性错误，把省秦带向了灾难的深渊。他自己倒是"吃美了，逛美了，玩美了，拿美了"。秦腔却被他"害惨了，坑苦了，治残了，搞瘫了"。他的问题不是能不能继续当团长的问题，而是"撤销一切职务，以谢省秦"的问题，是"不'杀'不足以平民愤"的问题。

　　最终，那个女里女气的薛桂生，高票当选了。

　　这个活得跟"娘儿们"一样的薛桂生，一调来，就跟忆秦娥配演了许仙。以后又到上海学习、北京进修。他还从学演员转向了学导演。折腾得就没消停过。团里不景气了好几年，他却玩了个华丽转身，回来竞聘团长，说得五马长枪、头头是道；听得人一愣二愣、满耳生风。另外几个竞聘者，几乎完全不是他的对手。他们说来说去，还是丁至柔当初管理业务科那一套：不是要实行计分制，就是要打破铁饭碗、加大罚款力度，自然就很是不受人待见了。而那"娘儿们"，是文绉绉地说了美国说德国，说了德国说俄罗斯，说了俄罗斯又说元杂剧。总之，扯拉大，有气派。让人感到省秦是要"扶摇直上九万里"了。都说学跟不学不一样，这个团，也该有个文化层次高的人，来好好带一带了。关键是，这"娘儿们"打的是传统文化即将复兴的牌。把未来的秦腔"饼子"，画得跟"金饼"一样，说省秦从此将走向辉煌，走向世界了。经过如此背运的反复折腾，大家都希望有个黄土生金、时来运转的好日子。薛桂生算是大家瞌睡时给塞了个枕头。因此，在第三轮投票时，全团一百七八十号人，他就撸了一百三十四张票。

　　这个演讲时还翘着兰花指的臭"娘儿们"，就算是得了势了。

　　省秦又改朝换代了。

十七

忆秦娥在经历了刘四团的那番强攻后，就再没进过茶社唱戏了。她觉得那个地方，也的确不适合再唱了。刘四团搭红一百万的事，虽然她当场拒绝，但还是在社会上传得沸沸扬扬，毁誉参半。并且还有人，又把她当初被廖耀辉侮辱的事，也拔萝卜连泥地捎带上了。演员这行当，一旦名声让社会毁了，很多场合就无法再去了。什么侮辱你的方式都会出现。并且那时你才能真正感到，其实你是十分孤单、无助的。你红火时，是那种千呼万唤的场面，在你塌火时，别人是会用恶搞方式对待你的。就在这节骨眼上，又出了一件事，她更是坚定了不再去茶社唱戏的决心。

大概在刘四团那件事后的半个月，她舅胡三元在茶社里，用鼓槌敲掉了一个老板的两颗门牙，让派出所端直把他铐走了。

事情还是为了胡彩香老师。有个搞建筑的老板，从外县进城挣了几个钱，就整天泡在茶社里听戏。连底下的工长汇报工作，他也是在"叫声相公小哥哥"的戏里进行的。这个人卫生习惯很差，有些茶社，是不喜欢他去捧场的。他一根接一根地抽着黑棒烟，浓痰乱吐，鼻涕乱抹。还爱抖腿，一抖就是一晚上。好多人都不愿意跟他坐一桌。他搭红也是抠抠搜搜。一条也搭，两条也搭，十条八条也搭。最多没有超过二十条的。茶社红火时，都是见不得他来的。可一旦冷清下来，也有打电话请他的。那几天，就是茶社老板请他来的。他本来在别的茶社正听着戏呢。有些事真让人说不准，他过去也听过胡彩香的戏，没咋注意她。可这次来，演员少了，场子冷清了，半老徐娘胡彩香就格外引人注目了。在胡彩香唱完第一板戏时，他甚至禁不住大喊了一声："嫽扎咧！"大概是喊得有点过猛，一下咳嗽得肺都快要蹦出来了。等胡彩香唱过了两三板戏后，他竟然是一反常态地让手下"搭红二十五条"。他这一破纪录搭红，连茶社的老板都感到震惊了，就不停地朝上煽惑。他也就醉了酒似的，从三十条，到三十五条，到

713

三十八条，到四十条。再到四十二条，四十五条，四十八条。直冲到五十条。他的大方，他的自我突破，所造成的效果，甚至比那晚刘四团的事更加热闹，劲爆。戏结束了，在收摊子时，大家正高兴着今晚的红利多时，茶社老板却过来叫胡彩香，说那个廖老板要见胡老师呢。大家当时就一怔。张光荣说："见啥，不见。咱只管唱戏，不见任何人。"茶社老板说："还是见见的好。这是一个捧胡老师的主儿，不要轻易得罪。得罪的不是人，是钱哪！咱总不能跟钱过不去吧？"老板又是打躬又是作揖的，胡彩香就说去见见。张光荣要跟着，老板不让，说光天化日之下，谁还能把你老婆吃了。并且还故意给他支了个差，说厕所有些漏水，让他帮忙看看。张光荣就提着管钳去厕所了。谁知胡彩香过去说得并不好。那廖老板一心想把人领走，说他今晚"放血"凭啥，还说只要她去他家里唱，会放更多的"血"给她。一个跟班竟然还动手拉起她来。她舅胡三元看在眼里，气得二话没说，拿着鼓槌上去，对着廖老板龇出嘴唇的两颗四环素门牙，就是啪的一下，大乱子就惹下了。很快，警车呜呜地叫着来，就把人抓走了。

忆秦娥知道这事后，就急忙打电话找派出所的乔所长。

作为她戏迷的乔所长现在连茶社戏，也会以检查治安为名，时不时溜进去，听她唱几口的。有人说，依乔所长的能力，本该是上分局当局长了。可为看戏，误过事情，受过处分，也就长在所长位置上不得动弹了。忆秦娥知道乔所长是为啥受处分的。那是她演《狐仙劫》时，乔所长连着来看了五晚上戏，"漂亮、勇敢、智慧、敢于牺牲担当的"胡九妹，把他吸引得一场都放不下。演到第六晚上时，他甚至给派出所的十几号人都弄了票，要大家集体来观摩。说是一次很好的学习机会，让大家看看"狐狸的奉献牺牲精神与勇敢战斗精神"。结果这天晚上，派出所里抓的两个小偷，给翻墙跑了。虽说是无关紧要的"毛贼"，可毕竟是从派出所里跑的，性质比较严重。要不是他过去立过功，差点没把他的所长都撸了。分局局长批评他时，还隐隐约约点到了他"迷恋"秦腔名角儿的问题，让他注意"防腐拒变"。局长说有同志反映，他去看戏时，还老爱把皮鞋擦得贼亮，头发也吹得"波浪滔天"的。气得他当面就顶了局长说："我小小的就爱把皮鞋打得贼亮。啊！你看外国大片里那些警察，哪个是穿着烂皮鞋出去办案的，啊！头发是自然卷，不吹都来回翻着哩。啊！再说咱是去看戏。外国看戏还要穿西服扎领带哩。啊！那两个'毛贼'本来也是要放的。真要关了杀人犯，就是你局长让看戏，我也是不敢去看的。啊！"尽管受了处分，可乔所长当着忆秦娥的面，也从没提起过。局里有人戏谑他说，是"招了狐狸精的祸"呢。他只让人家"避避避，避远些"，可忆秦娥照迷，忆秦娥的戏照看。至于忆秦娥找他办事，那就更是没有不上杆子上心的了。

　　自她弟易存根来西京后，她就没少找过乔所长。她弟一来，就到处胡钻乱窜。说是熟悉门路，要自己找工作。其实就是贪玩遛街胡逛荡。他以为他姐忆秦娥都"小皇后"了，有多厉害，能上天揽月，下河捉鳖了。结果几次做事闪失，打出忆秦娥的旗号，不是说不知道，就是说你拿个唱戏的吓唬谁呢。气得忆秦娥骂也不是，打也不能。给她娘说，娘还说："你弟不打你的旗号可打谁的呀？"她也帮着找了几个工作，她弟不是嫌钱少，就是嫌老板太操蛋。还有一家，嫌不该把他叫"乡棒"了。反正都——跟人家"拜拜"了。最后，还是她找乔所长，才帮忙安排了个保安工作。大盖帽一戴，把酷似警服的保安服一穿，她弟倒是咧嘴笑了，只嫌腰上还缺把枪。这下她娘就骂开了："你狗日的是寻死呢，还要枪，咋不弄个土炮架在脑壳上，嘭一炮把你崩死，我也好安生。养下你这个不成器的、发瘟死的、挨炮死的东西。"

　　这不，刚把弟弟的事情安顿好，她舅又被铐走了。她给乔所长一再央求，说她舅就是她的再生父母。唱戏能有今天，全都是她舅一路拉扯过来的。她让乔所长无论如何都得帮忙。说她舅太可怜了，人好着呢，就是脾气太直，老惹祸。乔所长让她别哭，说等他把事情打问清楚了再说。

　　到了很晚的时候，胡彩香老师，还有光荣叔他们，都会聚到了忆

715

秦娥家里等消息。乔所长专门来了一趟，说那个廖老板，还是他们县上的人大代表，为这事不依不饶的，闹得麻烦不小。乔所长说："你舅是另一个派出所抓去的，人倒是都熟，但这种事不能硬来，是不是？啊？敲掉了人家两颗门牙，是构成了伤害罪的。啊！这种事，处理办法有两种：一是民事调解。只要能达成双方和解，赔些钱，也就了了。啊！还有一种，就是调解不成，交由法院判决。啊！像你舅这种情况，判个两到三年也是可能的。啊！"只见忆秦娥她娘"扑通"一声，就跪在乔所长面前了，乔所长拉都拉不起来。她一下就哭成了泪人似的喊叫："所长啊乔所长，你可要替我那个没用的兄弟做主啊！我兄弟可怜，从小就没了娘。我这个没用的姐，把他拉扯到十一二岁，就让考了县剧团。谁知人长得丑些，当不了演员，又弄到武场面敲了小锣。敲着敲着，敲得好，又让敲了大锣。大锣也敲得好，就让敲了鼓了。可我兄弟命硬，都让人家冤枉坐了一回监了。要再进去，就是'二进宫'了哇！快五十岁的人了，还连媳妇都没说下。再一折腾，这一辈子就完了。乔所长，你可要为我们做主呀！"乔所长、胡彩香和忆秦娥三个人一齐拉，才勉强把她娘拉起来。忆秦娥看见，她娘把眼泪鼻子，都抹了人家乔所长一裤腿。连亮铮铮的皮鞋，也是湿漉漉地闪着娘的鼻涕印子。乔所长连连说："一定一定。啊！"然后，他一边用卫生纸悄悄擦着鞋上、裤子上的鼻涕，一边商量起调解方案来。

胡彩香自告奋勇，说她去找廖老板。张光荣咋都不同意，说这不是羊落虎口的事吗？忆秦娥也不同意，说胡老师绝对不能去，她说她去。乔所长说还是请律师去说。最后就请了个律师。谁知律师也没谈下来。那个廖老板说，要么让他用打狗棍，把那个黑脸敲鼓佬的一嘴狗牙全敲下来，要么就让狗日的坐牢去。其他方案一概免谈。这事就没法往下进行了。最后乔所长甚至都出面了，让廖总不要把事做绝，总得给自己和他人都留条活路么。说还是考虑赔偿方案更切合实际些。谁知这个廖总端直开了个天价，说一颗门牙一百万，看他个烂敲鼓的，能赔得起吗？乔所长说："不要抬杠嘛，啊？纵是门牙，是廖总的门牙，也不值一百万一颗吧，啊？即便是值一百万，人情留一线，日后好相见嘛！啊？"廖总气得当时就想从床上跳起来："跟他相见？呀呸！"喊"呸"时，由于没有门牙，发出的竟是"肥"声。价钱到底没谈下来。以乔所长的意思，两颗门牙，连精神损失费，赔个四五万，已是很可以的数字了。可在廖总看来，赔四五十万都不够他的丢人钱。这事让关在派出所的胡三元知道了，说一分都不能给这个臭流氓赔，他就愿意为这事坐牢。谁要是赔了，把他放出来，他还会去把那家伙的槽牙也敲了。他说他绝对说到做到。忆秦娥她娘气得捶胸顿足地说："你舅一辈子就瞎在这个驴脾气上了，看来是要把牢底坐穿了。小小的就有人给他算命说：这娃一辈子都逃不脱牢狱之灾。你看这命相说得多准哪！"连当事人都是这态度，也就只好交由法院判决了。

她舅胡三元被判了一年。

判决那天，忆秦娥、她娘、她姐、她姐夫、她弟易存根，还有胡彩香、张光荣都去旁听了。由于是茶园子里出的事，一传十，十传百的，因而那天来的演员、乐手特别多。

她舅还是当年在宁州公判大会上的那副神气，头扬得高高的。甚至脸上还带着一丝微笑。但由于半边脸太黑，这丝微笑，不免就透出了几分滑稽感。他不停地抿着龅牙，大概是想让形象更美观一些。他自始至终没有否认自己的犯罪行为。用法律术语讲，叫"供认不讳"。他反复强调，说那两颗门牙是他敲掉的，并且是故意敲掉的。他说他就是要给这种人一个教训：在茶社看戏，得尊重唱戏人。都是养家糊口，没有谁比谁高低贵贱多少的。他说，有两句歌儿唱得好："朋友来了有美酒，豺狼来了有猎枪。"他的最后陈述，竟然赢得了满堂彩。张光荣甚至站起来连喊了三声"好！好！好！"还被法警架出去了。就在他喊好的一刹那间，忆秦娥看见，光荣叔与她舅，把过去积攒的仇恨，一下化解得一干二净了。

尽管法官一再敲法槌制止，可掌声和喊声还是爆响了很久很久。

在她舅被判决完押走后，胡彩香、张光荣，还有宁州来唱茶社戏

717

的，就都回去了。

忆秦娥也发誓再不进茶社唱戏了。

为这事，她跟她姐和姐夫还闹得很不愉快呢。

十八

忆秦娥的姐姐易来弟、姐夫高五福到西京城后，一直在找商机。高五福凭早先在宁州倒贩药材，挣了点家底。本来说到西京继续做这方面的生意，可经忆秦娥介绍的几个戏迷，也都是当着忆秦娥的面，说得天花乱坠，背过身，多是应付搪塞了事。看药材方面打不进去，又见秦腔茶社生意好，加之还有个"摇钱树"的妹子，他们就在二环路边找了个地方，悄悄装修起来，是准备借忆秦娥的名气，开个"春来茶社"呢。这事他们其实已经提前给忆秦娥暗示过的，但忆秦娥没听明白，还以为是说别人的事。她娘也直眨眼睛，让他们先捏严，说等弄成了再说不迟。因为她娘听忆秦娥老嘟哝，说茶社越来越去不成了。她娘想，只要能挣钱，又有啥去不成的呢？谁知就在忆秦娥决意不再进秦腔茶社的时候，他们把开业的日子都定下了。忆秦娥为这事很生气。说为秦腔茶社，都弄下这么大一圈子奇事怪事了，还往里钻。这里面已没有多少干净钱好挣了。可她姐说："只要你去茶社，准保天天爆棚。""问题是我已不能去了。"忆秦娥的态度依然很坚决。她娘本来是一直暗中撺掇来弟，要他们开秦腔茶社的。可自她弟胡三元被关了监狱后，她也觉得，这好像不是个太安宁的地方。但来弟他们小两口儿，已经把血本都搭进去了。秦娥如果不出面帮衬着点，她也觉得很不快活，就还开口替来弟他们帮腔说话。任一家人再说，再生气，忆秦娥还是不去。最后来弟都哭了，她娘也哭了，她才答应只开业那天去一次。她也果真是只去了一次，然后就再没踏进那个地方。由此，也就把来弟姐和姐夫高五福，全都得罪下了。

忆秦娥不进茶社了，外出"走穴"演出，也时有时无。她甚至

718

都有些茫然了，不知唱戏这行，还能不能将养一家人的生活。尽管如此，她每天还是要进功场练一趟功，那已经成为一种生活方式了。不练，浑身就不自在。连走路、说话、吃饭，也像是没有了精气神和味道。但练了图啥，她也不知道。只是一种完全没有目标方向的行动而已。尽管这样，进了功场，她还是要穿上战靴，扎上大靠，戴上翎子，提上各种刀枪剑戟，"冲锋陷阵"数小时不息。

有一天，她正练着《狐仙劫》里的一个绝技——"缩身穿墙"，突然，身后有人鼓掌喊好。她扭身一看，竟然是秦八娃老师，身边还站着他的"豆腐西施"。

她急忙过来打招呼说："秦老师好！师娘好！你们怎么舍得来西京了？"

秦老师着："你师娘一年卖豆腐，挣好几万呢。我现在都是靠傍你师娘这大款过日子哩。这不，你师娘还没来过西京。这次是我硬煽惑着，把生意都停下了。"

"也真该让师娘来好好逛逛了。这次我全陪。说，师娘都想看些啥地方？"

"你师娘啊，我说看钟楼，她说不看。我说看城墙，她说烂砖头块子垒的墙，有啥好看的。我说看碑林石头刻的字，她说不看。我说去看秦始皇兵马俑，她说不喜欢钻坟墓，看那不吉利。我说那就去看动物园，人家一拍屁股就来了。你就领着你师娘去把那猴子、老虎、河马好好看看，保准喜欢得嘴张得比河马嘴还大。"

师娘就狠狠拧了一把秦老师的胳膊肘，痛得秦老师直叫唤说："家暴。家暴。秦娥，你总算看见你秦老师在家过的啥日子了吧。"

忆秦娥抽出了好几天时间，陪着秦老师和师娘，看了动物园，也上了城墙。还上了钟楼、大雁塔。还逛了街道。她还给师娘和秦老师买了东西。本来说再留几天，去看看法门寺的，师娘是爱拜庙上香的人。可那天晚上师娘突然做了个梦，说家里豆腐摊子跟前，一夜之间冒出好多家"豆腐西施"来，一下把她家的摊子给挤对垮了。师娘是特别相信梦的人，因此闹腾急着要回去。她说生意这事，你再红火，一旦冷几天，搞不好就彻底冷清下来了。无奈，忆秦娥就把老师和师娘送走了。临走的时候，秦老师还感叹，说这次来，没看上一场好戏。忆秦娥不无颓丧地说："只怕以后都难以看上整本的好戏了。"谁知秦老师十分坚定地说：

"秦娥，你信不信我的话，唱戏的好日子又快来了。"

"为啥？"忆秦娥问。

秦老师说："新鲜刺激的东西，也该玩够了。世事就是这样，都经见一下也好，经见完了，刺激够了，回过头才会发现，自己这点玩意儿还是耐看的。"

"唱戏这行真的还能好起来？"

"你等着瞧吧。好好看养着你的那身唱戏功夫就是了。几个轮回过来，你可能还是最好的。"

在车站临别时，秦老师还说了这样几句话："秦娥，我这次来，一是为了让你师娘出来逛逛。二来也是为了看看你。啥我都听说了，包括茶社唱戏的那些事。你都做得好着呢。人其实不需要太多的东西。比如我，帮你师娘一天打两个豆腐，那日子就已经好得睡着都能笑醒了。人哪，就记住一点：做啥事都得把那个度把握好。一旦把度把握好了，它就是天翻了，地覆了，一茬一茬的人被卷得不见了，可你还在，你还是你呀！"说到最后，秦老师甚至还掏出一个纸片片来，说："秦娥，我听说你在茶社，拒绝了一个老板的一百万'搭红'，当时还真有点兴奋，就随手在一个纸烟盒子上，划拉了一首词，给你念念吧！"

秦八娃老师念道：

忆秦娥·茶社戏

> 茶社里，
> 挂红披彩人交替。
> 人交替，

品茶者几，
问谁听曲？

钓竿纷乱垂佳丽，
纵抛百万鱼鳞逆。
鱼鳞逆，
洞天别启，
废都有戏。

秦老师不知道，她实际是拒绝了一千万。至今回想起来，她也糊涂着，怎么当时会有那么大的勇气，把自己实在需要得不得了的一笔大钱，竟一口回绝了。事情过了很长时间，她心里还扑通扑通乱跳着。跳什么呢？她不知道。反正那是一笔大钱，够她忆秦娥花几辈子，也够易家人花几辈子了。当时她是多么缺钱哪！可这钱她不能要，她也说不清为什么不能要，可就是觉得不能要，不能要，不能要。就是不能要。这一点她很清楚。即使出门挨家卖唱讨赏，她也是不能花这种龌龊钱的。

秦老师把词念完又说："记住我的话，把戏看重些，其余都是闲淡事。再红火的事都是过眼烟云。啥都能没了，可戏没不了。一切还会好起来的，不信你等着瞧。"

难道秦老师还是能掐会算的人？果然，在他来西京不久，省秦的歌舞模特儿团就彻底解散了。连丁至柔，也栽在这个上面，把团长都丢了。

竞聘上岗的团长薛桂生，一上任就说是要排秦腔大戏。并且是要从重排《狐仙劫》开始。他说这个戏在十年前出来时，对它的无论审美价值还是思想价值，认识得都远远不够。今天已有重新认识的必要了。

秦腔《狐仙劫》就重新上马了。

721

十九

　　省秦腔团在近十几年时间里，已经历了两次大的折腾。第一次是"单仰平时代"的折腾：上级硬是要求"名角儿挑团"，把一个团分成两个演出队，让忆秦娥和另一个名角儿当了团长，也就是有名的"忆秦娥一百九十四天新政"，最终以"垮台"而"逊位"。省秦里边不缺会说怪话的高人。他们总是要把团里的大小事情，说得跟历史重大人物、事件一样玄乎。他们说"单仰平时代"结束后，又迎来了"丁至柔时代"。丁至柔依然把省秦分成了两个团。"单时代"的两个团还都在唱戏。而"丁时代"的两个团，一个走了"旁门左道"，一个成了"老马卧槽"。单位是一再上演着"三国演义"。分了合，合了分，只是缺个"久"字，时间都极短，但"三分天下"，甚至"四分天下"的势力，倒是形成了。"薛娘娘"之所以能高票当选，除了"嘴能掰掰"，也与他来团时间晚，来了又不停地出去学习，跟各方势力都没有太多"咬合"、角力有关。要不然，哪能轮上他主政呢？这个"渔翁"，实实在在是在"鹬蚌"互訇互钳的当口，侥幸"登基"的。

　　薛团"登基"后，第一件事就是抓集训。荒废的时间太长，好多人的腿，都被自谑为"铁撬杠"了。压不下去，踢不起来。"圆场"跑得就跟颠簸在坑洼不平的路上一样，教练不停地喊叫："小心，小心，小心把牙磕了。"惹得功场不时传出哄堂大笑声。戏曲队那些一两年没进过功场的人，都变得发福起来，被模特儿队的嘲笑为"肉厚渠深队"。"渠"是人体的沟槽部分。而歌舞模特儿队的，又都不会了戏曲的走路，上场便是"霹雳"的蹦跳，"猫步"的仄仄斜斜。也被戏曲队的嘲弄为"疯人院队"。唯有忆秦娥，仍是身轻如燕，弹跳如簧。她把腿随便荽起来，脚尖就在耳旁。"朝天蹬"连扳都不用手扳，一只脚就端直横到了头顶上。"走鞭""蹚马""搜门""下场"起来，更是虎虎生风，技艺不减当年。几乎每走一个动作，都有人要自发地为她鼓掌。也只有在这时，大家才突然感到，戏曲原来是这么有魅力、这么有难度的艺术。那些自豪着能走模特儿步、能跳各种流行舞的人，突然感到了自己脚下的轻飘。

忆秦娥又一次曝亮在全团人面前了。

那天楚嘉禾也来了。以她本来的心劲，是要彻底跟这个团拜拜的。可没想到，世事有那么奇妙，好日子还没享受几天，就在一夜之间，生活几乎彻底崩塌了。她老公把资金全都投在海南房地产上了，并且还有不少外债。撤回来，说是另谋发展，其实就是躲债来了。虽说剧团这点工资，已不够她一月的零星开销，可毕竟是固定收入。她妈就给她反复强调说："还别说女婿生意败了，就是不败，也不能丢了自己的饭碗。这是底线，这是最后的保障、最后的退路。省秦毕竟是国营剧团，就是垮了、撤了，也是要发生活费的。女婿的生意，毕竟是女婿的。他缠了一屁股债，咱也别卷得太深，看看行情再说。还是先回团上班，顾住自己为妙。"让楚嘉禾挠心的是，丁至柔也下台了。团上没个靠山，弄啥都不方便。她妈就说："事是死的，人是活的。枕头、靠山，都是可以重找的。就不信那个'薛娘娘'，还是包公、海瑞了不成。"楚嘉禾就来参加集训。她觉得，忆秦娥也倒不是故意要表演，可那身刀马旦的真功夫，已然是把全团都震翻了。她脑子突然嗡地响了一下，感到已经远去的那种日子，可能又要重返了。

薛桂生连着抓了三个月的集训后，开始排《狐仙劫》了。

这次导演，是薛桂生自己亲自担任。他觉得，无论从哪个方面讲，省秦都得振奋一把了。而要振奋剧团，那就出好戏。出"一拳头能砸出鼻血的好戏"。一个再乱的团，只要出了好戏，队伍也都显得好带起来了。

薛桂生接手的，的确是一个烂摊子。从丁至柔分团起，先后三年多，戏曲基本是瘫痪状态。当然，这也不能都怪了丁至柔。全国的大气候，让好多剧团都改行唱歌、跳舞、走"猫步"去了。这一收揽，自然是矛盾重重、百废待兴了。但矛盾再多，都得用业务这个牛鼻绳穿起来。而要抓住业务的牛鼻子，就得业务上过硬的人站出来说话。剧团这种单位，业务上没有几把刷子，是会被人当猴耍了，而还不能自知的。因为专业性太强，几乎小到一件服装、一个头帽都是有大讲究的。不专业，就无法开展工作。他首先想到了忆秦娥，想让忆秦娥做他的副团长。

自他调到这个团做演员起，就跟忆秦娥在配戏。配的第一个戏就是许仙。让他哭笑不得的是，忆秦娥的老公刘红兵，那时就跟防贼一样防着他。每晚演出，刘红兵都要在侧台，或者台下不同的角度，到处观察，看他跟忆秦娥的亲密程度。他的确是很喜欢忆秦娥这个演员，同台演出，特有感觉。但他却从来没有动过其他邪念。他老觉得忆秦娥是神圣不可侵犯的。并且这孩子——其实忆秦娥只比他小了八九岁，但他喜欢这样叫她——是不甚懂得男女风情的。除了演戏，还是演戏。演戏以外，她就基本像个傻子了。尽管她也不喜欢人称她傻子。尤其是她生了一个傻儿子后，就更没人敢当她面提"傻"这个字眼了。为跟忆秦娥演戏，他先后挨过刘红兵的"铁拳"，还挨过刘红兵的"铁蹄"，并且是正踢在交裆处的。那阵儿，他还挨过一次黑砖，但抢砖头的人没看清，他也就不能说一定是刘红兵了。可想来想去，除了刘红兵，那阵儿还有谁能抢他的黑砖呢？刘红兵能跟忆秦娥离婚，是他意料中的事。因为他咋看，这两人的搭配都是一种人生错位。究竟错在哪里，他也没想清。反正觉得就不是一路人。尽管刘红兵对忆秦娥的爱，那也是情真意切、要死要活的。总之，他对忆秦娥的感觉，就一句话：一位真正活在艺术中的表演艺术家。他走了不少省级剧团，像忆秦娥这样唱念做打俱佳的角儿，还是凤毛麟角的。

他是真的希望忆秦娥能出山帮他一把。其实什么也不需要她去做，把艺术标杆立在那里就行了。可找忆秦娥谈了几次，她都坚决不上。说就让她演戏，别让她当啥子副团长了，她"伺候不了人"。一演戏，啥也顾不上，还得别人来伺候她呢。加上她家里事也多，演戏以外还得照看儿子。当了是个大麻烦。薛桂生看她态度坚决，也就没再找说了。可想当副团长的，却是大有人在。他没想到，就连楚嘉禾也是跃跃欲试的。

薛桂生对楚嘉禾一直没有什么好感。她人长得好，身材也好，是

724

个好演员的坯子。但太懒，好临时抱佛脚。下苦功也是一阵一阵的。而且还爱争角色，爱生是非。总之，也算是省秦的一个人物吧。让他没想到的是，楚嘉禾这回不是来争角色的，而是争副团长来了。

楚嘉禾是晚上到他家来的。

他家其实就他一根光棍。他不是没找过老婆，在新疆就有，后来离了。人家就是嫌他"女里女气的"，不阳刚。他也不知怎么回事，打小在戏校里，就喜欢学旦角戏。人也长得俊俏些，学了小旦，竟然比那些女生做戏还耐看，教练就有意让他唱旦了。直到十六七岁变嗓子，一下成了"公鸭子"声，都说唱旦角没戏了，他才又改行唱了武生。功夫倒是蛮扎实，可身架毕竟太软溜，无论"靠板武生"，还是"短打武生"，他都有点撑不起来。无奈，才改唱文小生了的。他唱过好多戏，但最拿手的，还是《白蛇传》里的许仙。他那种瞻前顾后、窝窝囊囊的性格，就是把戏唱得文点、"娘娘"点，也是不失人物本色的。因此，到了西京，他也就一下在省秦的舞台上立住了。一个人没有家了，时间就特别多。加之他对自己的人生是有很多期许的，也就在演员以外又学了导演。几年下来，竟然把导演专业的研究生学历都拿下了。如果不是省秦招聘团长，他也许还不回来了。在外面排戏，挺自由自在的，并且还赚钱。但问题是，那毕竟是在给人家打工。遇见一个操蛋团长，什么也干不成，就只能挣几个外快而已。可那不是他的目的，薛桂生是对戏剧怀抱着许多梦想的人。唯有自己实际掌控着一个团，这些梦想才可能实现。他总算如愿以偿了。

当楚嘉禾把一块手表（那是价值好几万块钱的劳力士）摆放在他面前的茶几上时，他不由自主地翘起了兰花指，直问："干什么？这是干什么？"

楚嘉禾说："什么也不干，就是来看看薛团，表示祝贺。"

"这可不是祝贺。祝贺拿几颗糖来就行了。"

"这年月，拿几颗糖来祝贺人，不是儡人嘛。"

"我有几颗糖就行了。这么好的表，我戴不住。你知道我排戏好发脾气。一发脾气，就爱拍桌子。一拍桌子，表蒙子、表链子就都散架了。我只适合戴几十块钱的表，能看个时间就行。"

薛桂生还以为她是来争角色的。好角色也不敢给她，她拿不动。即使勉强让她挑起来，也是会让整本戏大打折扣的。谁知楚嘉禾这次来，是想帮他分担点担子的。不是戏的担子，而是团领导的担子。当她拐弯抹角把这事说出来时，几乎把薛桂生吓一跳。她是这样毛遂自荐的："薛团，你看我在轻音乐团这几年，开始只是演员队长，到了后期，丁团就让我当副团长了。整个业务，其实都是我一手摇着呢。对这里边的渠渠道道，我闭起眼睛都能跑几个来回。你要不嫌弃，我就给你当个帮手。业务这一摊子，交给我，你请放心好了。你就只管当你的龙头老大，排好你的戏。一切绝对万事大吉。别看我是女的，管起事来可厉害着呢。在海南演出那阵，团上都快垮了，我硬是抹下脸，连骂带整治，必要时，白道黑道一起上，最后才把个烂摊子撑下来的。"薛桂生听着头皮都有些发麻。在他的治团理想里，可不是要对艺术家们"连骂带整治"、甚至"白道黑道一起上"的。他觉得对艺术家最重要的管理手段，就是尊重二字。他甚至马上想到了楚嘉禾与忆秦娥的关系。如果让楚嘉禾掌了权，那忆秦娥这个"瓜蛋"，还有半点活路吗？而像忆秦娥这样的好演员，一旦被人用"黑道""整治"，那就是他薛桂生对秦腔的犯罪了。这种女人，是绝对不能让她掌握任何权力的。她没有掌握权力的胸襟、德行与基本素养。

任楚嘉禾怎么说，他还是把楚嘉禾连人带表，都拒之门外了。他最终选择了一个特别好学的年轻人，做了副手。楚嘉禾为这事，竟然几次见他，都是做"鬼怨、杀生"状，像是把她得罪得还比较深。

他一走马上任，其实得罪的何止一个楚嘉禾。自从他打出要重排《狐仙劫》的旗号起，就先跟封子导演"结下了梁子"。《狐仙劫》过去是封导排的，要重新打造，并且由他做总导演，封导这一关先是不好过的。

封导自那年忆秦娥带团演出"垮台"以后，头发一夜间就全白了。他说单团长是代他"受死"去了。要不是他老婆那趟死活不让他去，也许塌死的就是他，而不是单仰平了。从此，他就很少出门，也

726

很少再介入团上的业务了。一是他老伴看得紧，不许他出门，不许跟女演员说话，更不许给女演员排戏。一旦不能给女演员排戏，那戏也就基本排不成了。试想有几出戏是没有女角的呢？何况他对以男角为主的"公公戏"本身兴趣也不大。二是年龄也不饶人了，转眼他都是五十七八的人了。薛桂生上台后，也曾请他出山，想让他做业务团长，说把年轻人带一带。可他是一再推辞，拒不受命。理由是干不动了。老伴也死不让干。他说老伴身体越来越差，人都卧床不起了。还不准请保姆。男的用不成，女的不放心。一切还全都靠他打理陪护着。薛桂生还到封导家去拜访过一次，他老伴的确是瘫在床上了。但脑子却还十分清醒，一再强调，不要让封子去排戏。还特别叮咛他说："你当团长的，给女演员排戏，可一定得注意：少黏糊、少对眼、少动手、少加班。搞不好闲话就出来了。封子这一辈子，要不是我看得紧，早让人抹成'花脸猫'了。有时也不是人家要抹，自己的意志就不坚定么。你问问他封子，在美人窝里滚打这些年，他的意志坚定吗？就没出过问题吗？要不是我三令五申，搞不好早都犯严重错误了。就比如那个叫啥子忆秦娥的，名声就很不好嘛。封子还爱给人家排戏。要不是我管得紧，都差点为那个骚狐狸把命断送了。单仰平不就塌死了吗？你说我不管能行？你要当好团长，排好戏，关键的关键，就是建立起正常的同志关系来。尤其是女演员，甭叫娃、甭叫姐、甭叫妹子，就叫同志。忆秦娥同志！知道不？"封导一直在一旁无奈地苦笑着，最后对他说："我家里就这情况，能免老汉不上班应卯，就算是对我最大的照顾了。"薛桂生还说到重排《狐仙劫》的事了。封导说："既然是重排，不是复排，你就放心胆大地排去。我的态度是九个字：不反对；不介入；不干预。"他还说了要请封导必须关心，必须出任艺术指导的事。封导谦虚地摇着头说："就不挂那些虚名了吧。"既然封导给了"三不"政策，并且一再谦让，他也就放心胆大地独自尝试去了。

他对《狐仙劫》的解释绝对是全新的。首先他定位这是一部具有强烈批判现实意义的魔幻神话剧。他甚至在全剧中，让人物几次跳

727

出狐狸身份，来指斥人间当下丑行。不仅充满了现实感，也充满了离奇、荒诞的浪漫主义色彩。戏中不仅大胆运用了歌队、舞队。而且还把当下最流行的迪斯科、太空舞、霹雳舞，包括模特儿表演，也都悉数嵌入。舞美、灯光、服装设计，甚至包括音乐设计，都是从全国各地请来的头牌人物。全剧总投入，在没彩排以前，已过了三百万。这在省秦的历史上是开天辟地的。西京文艺界都在传说，省秦要打造一个"瓦尔特"出来了。他自己对此也是信心满满的。

谁知甫一彩排，批评之声铺天盖地。一下把他打击得，瘫坐在团座的那把木头办公椅上，半天起不来。

那天是年关前的腊月二十八，外面大雪纷飞。尽管如此，池子还是坐了个满满当当。有人开始还提议，是不是控制一下人。他说来了都让进。他是想，上千观众的口碑力量，有时不比登报宣传差多少。谁知戏看到一半，就有人议论：这是戏？是杂技？是歌舞晚会？还是时装展销会？

这天，他还专门派人把秦八娃从北山接了来。他看见，秦八娃开始还看得兴高采烈的，到了后来，脸色就越来越难看了。最后甚至把头勾下，都懒得往起抬了。

封导说是不关心，其实一直都在打听着戏的进展。彩排那天晚上，他是早早就拿着请柬进来了。戏演到一半，狐仙们开始跳霹雳舞时，可能音乐动静也有些大，有人说池子地板都快震飞起来了。就见封导突然朝椅子底下一出溜。几个人勉强把他拉起来，只听他嘴脸乌青地说："心脏，是心脏不大对付。一定请转告你们的薛大官人，无论如何，都要把我的名字抠下来。我不是这台戏的艺术指导。我指导不了这样高精尖的艺术作品。领教，领教了！"说完，他就捂着胸口让人搀走了。

演出完后，薛桂生去征求秦八娃老师的意见。秦老师坐在剧场休息室的沙发上，半天没说话。那两只本来就长得很不对称的小眼睛，这下更是失去了基本的关联度，像是在独自斜睨着两个完全不同的目标。他说："请秦老师好歹说几句吧，我们也好再修改修改。大年初六还要见观众呢。"

秦八娃长叹了一声，然后说："我看还是演原版的好。"

薛桂生脑子嗡地一下就要爆炸了。

休息室坐了一圈主创人员。包括主演忆秦娥在内，大家都十分惊讶地看着秦老师和他。

他想问一句为什么，但没有问出来。这个秦八娃，好不容易把你从北山拽来，就是想着，我薛桂生能重排你的作品，你一定是欢欣鼓舞、大力支持的呢。可没想到，你一开口，就放出这样的冷炮来。

秦八娃问忆秦娥："秦娥，你觉得这样演戏顺畅吗？还像是在演戏吗？你表演起来别扭不？"

忆秦娥只是脱了服装，解了头盔，抹了大头。脸上的妆还没顾上卸，就来听秦老师谈意见了。谁知秦老师端直问到她了，她急忙用手背把嘴一捂，咧嘴一笑，算是搪塞过去了。

秦八娃说："你忆秦娥是装滑头呢，还是真的不觉得这样呈现，没有什么不好呢？"

忆秦娥还是傻笑着。

秦八娃接着说："这么好的演员，这么好的扮相，这么精致的做工，这么奇妙的绝活儿，可惜都被灯光、布景给淹没掉了。一整晚上，我几乎都没看清忆秦娥的脸。山石布景运来动去；天地灯光变幻莫测；台前幕后烟雾缭绕；交响乐队震耳欲聋。这还是演戏吗？这还叫个戏吗？"

薛桂生的脸刷地就红完了。不过他心里在说：这个土老帽，一生住在北山的一个小镇上，的确是太落伍了。让他来看这样的戏，算是对牛弹琴了。

秦八娃的话瘾还给绊翻了："可能我是太老土了，看不懂你们的艺术创新。但我觉得任何艺术，都应该有自己不能改动的个性本色。一旦改动，就不是这门艺术了。戏曲的本色，说到底就是看演员的唱念做打。舞台一旦不能为演员提供这个服务，那就是本末倒置了。再好看的布景，再炫目的灯光，看上几眼，也都会不新鲜的。唯有演员

729

的表演，通过表演传递出的精神情感与思想，能带来无尽的美感与想象空间。太空舞、霹雳舞、模特儿步，固然好看。我不是不爱看，尽管心脏有时也有负担。但我从不反对年轻人去跳、去唱、去走。可硬要植入到戏里，就不伦不类了。戏曲是个有上千年历史的老人了，老人应该有老人的行为处事方式。老人应该沉稳、持重些。活了这么多年，经见了这么多世事，更应该有所坚守了。千岁老人，已不需要用搔首弄姿来吸引眼球了。学时尚，学青春年少的猎奇好动，不是戏曲老人的强项了。一味地效仿，反倒会死得更快。我们重排，是想拯救戏曲，我想不应该是为了加速它的灭亡吧。话可能说得难听了些，但这是我的真实感受。对不起各位艺术大家了，我毕竟是个山村野老，见识浅陋。要想把老戏唱好，我觉得你们荒废的时间长了，恐怕得先补补钙了。姑妄言之，姑妄听之，姑妄听之！"

秦八娃说完，大家都没说话，有点兜头浇了一盆冷水的感觉。不，是浇了一头冰碴。

在朝后台走的时候，薛桂生问了忆秦娥一句："你到底感觉怎么样？"

忆秦娥说："我咋觉得秦老师说的有道理，戏是不是太花哨了？啥都像，就是不像戏了。"

薛桂生这个年过得糟糕透了。他的心，比天地间席卷着的雪花还冰凉。头一炮，好像就没放响。他本来是想把戏曲包装得更好看些，没想到一彩排，就招致这么多的反对声。他只好把希望寄托在见观众以后了。

二十

忆秦娥在排练中，就觉得薛团是太注重对戏外部形式的"包装"效果了。可她始终没敢多嘴。薛团毕竟是有大学问的人了，见识又多，兴许人家是对的。自打秦老师说那番话后，她也在思考：戏曲到

730

底是个什么东西？初六见观众后，一部分人说好得不得了，但也有很多人在说，省秦把秦腔要彻底糟蹋了。戏仅仅只演了一礼拜，就草草收场了。主要是成本太高。每演一场，光租电脑灯和外请人员劳务费，就需开支三万多元。而门票收入平均不到三千块。演得越多，赔得越惨。是不得不停演了。她看到，薛团也是受到了很大的打击。有人在背后嘲笑他说："'娘娘'蔫儿了。连兰花指都翘不起来了。"忆秦娥有一天见了封导，封导也在说："这个薛桂生，在外面学了些乌七八糟的东西回来，只怕秦腔是要毁在他手里了。"封导还郑重地对她说："不管别人怎么胡搞，你恐怕还得朝传统的路子上靠。我也轻视过传统。你记得不，当年我跟古存孝一起排《白蛇传》那阵儿，就太想出新，嫌他是老古董，太保守，太陈旧。思路不同，最后把老古都气走了。也是经过了这些年的反反复复，我才慢慢觉得，唱戏，真是要从老艺人那里继承起呢。所谓创新，其实就是对传统掌握到一定程度后，出现的那么一丁点小突破而已。除此而外，就都是'搞怪''耍猴'了。"

忆秦娥也许是从《狐仙劫》的重排中，得到了很多启示。她突然把自己的重心，又再次转移到了向传统老艺人的模仿学习上。也直到这时，她才发现，活着的老艺人已经不多了。即使活着，也都在六七十岁往上了。有名望，而且身上有"活儿"的，甚至都上七八十岁了。前几年，她到北山，还去看望过给她教"枪花""棍花"的周存仁老师。北山戏校在戏曲最红火的时候，把周老师调去当教练。后来遇上戏曲不景气，戏校解散了，一月才给他发百分之五十工资。她还给周老师寄过钱，寄过自己亲手织的毛衣毛裤呢。这才转眼间，她就听说周老师已得肺癌去世了。把忆秦娥从烧火丫头，一步步送到舞台中心的四个老艺人，已经有三个不在了。仅剩下留在宁州的裘存义，也是病病歪歪的，既教不了戏，也出不了门了。忆秦娥就在大西北遍访能排戏的老艺人，开始了又一轮的艺术"补钙"。但也就在这时，她才慢慢发现，学艺的时间与劲头，已大不如前了。家事与身边的事，已经搅得她迟早都是焦头烂额的。

先是她舅的事。

她舅从监狱出来，人的精神头大减，头发突然也花白起来。她几次想把舅再推荐给薛团长，可想来想去，还是觉得不合适。她就通过戏迷，在郊县剧团给她舅找了个敲鼓的差事。让他先去，说回头再想办法。她千叮咛万嘱咐，要她舅别再耍脾气了。说遇事一定要忍。尤其是要看好鼓槌，激动时，千万别在人家头上嘴上乱点乱敲。事已至此，她舅也不好再说啥，就黑着脸，抿着龅牙，点了点头，袖着自己的那对上好鼓槌，到郊县剧团敲鼓去了。

她舅在一年服刑中，乔所长还领着她去看过好几次的。她还给人家监狱义务唱了戏。听管舅的警察说："你舅在里面就是爱乱敲。反正见啥都要敲几下，不是拿指头敲，就是拿筷子敲。床沿，门框，水管子，逮啥敲啥。连好多犯人的头上、背上、屁股上他都敲过。凡能敲的东西，他都敲遍了。凡能没收的，咱也都给他没收完了。可他拿起臭鞋底子，还用指头敲得哪哪响。叫他去给号子刷马桶，他在马桶上也敲。除了爱胡乱敲外，这人倒是没啥其他大毛病。"她知道，舅这一辈子，除了敲，也真是没有别的任何能力和念想了。她可怜着舅的越混越背。她娘更是一个劲地骂她舅，说："驴改不了傻叫。狗改不了吃屎。骡子改不了尥蹶子。你舅这辈子就算是毕实了心了。"也真是的，谁又能改变舅眼里揉不得沙子、脑子管不住双手的瞎瞎禀性呢？

她姐和姐夫，就为开茶社让她去促红场子的事，和她彻底闹翻后，有好长时间都不来往了。听说他们把茶社开败后，又改开风味小吃店了。结果小吃店也不兴旺，把一点本钱耗完，还欠了一屁股债。她姐就又来找她想办法了。好在那几年，她在茶社唱戏，还攒了点底子，就一次给姐拿了十好几万，才算把窟窿补上。最近，他们又折腾起了婚纱影楼。还是她帮着凑了点钱，才勉强开张的。她觉得她姐和姐夫也不容易，起早贪黑的，还连着塌火、亏本、"缴学费"。不过终是舍得下苦，拼着命，都想在西京打下一片天地来，也就总是有希望的。

弟弟更好折腾，好不容易在保安公司戴了"大盖帽"，却又嫌管束太大，想出来自己"单挑"。要不是娘拿锅铲美美撸了几铲子，让他别再五花六花糖麻花地给姐添乱，他可能都已从保安公司别跳出来了。

儿子刘忆的治疗，看来是彻底没戏了。孩子转眼也是十几岁的人了。让她和娘调教得倒是能自理一些生活了。娘就老唠叨，让她别再一门心思只顾唱戏。说戏唱到这份上，已是角儿中角儿，够得够够的了。得把婚姻问题解决一下了。娘说再过了四十，还真不好找了。娘一边唠叨，一边又骂起刘红兵来，问她知不知道刘红兵的下落。说是要能找到这货，她都想把狗日的眼珠子抠下来："瞎了狗眼的东西，把我女儿害成这样，不到三十岁就守了活寡。"说着她还呜呜地哭起来。

刘红兵自打跟她离婚后，她就再没见到过。但听人说，他还几次来看过她演戏。只是戴着口罩，勾着头，已不想让人认出他来了。他给儿子的生活费，也是按月打着的。有时会迟些，倒没缺欠过。就是在离婚后，她越来越多地听到了关于刘红兵的闲话。说她得亏跟他离了，要不离，搞不好还能染出一身病来呢。说刘红兵一天到晚，基本都在小姐窝里泡着。还有说得更难听的，说他一晚上能睡好几个。后来，他也打过几次电话，说想来看看她和孩子，她就恶心得坚决不让，并把电话都换了。

刘红兵是把她的心伤透了。

自她离婚后，来骚扰、来谈对象的，几乎见天都有。但她是把这扇门彻底关死了。她甚至对任何男人都有点不感兴趣。无论自己找上门来毛遂自荐的，还是通过他人保媒拉纤的，她几乎一概都笑而拒之。要说这里面的人，也都还是有头有脸的：什么省部级，什么厅局级，什么"相当于局级"，还有部队的将军、大校，集团公司的董事长、老总，也有大学的教授博导。反正不是丧偶，就是离异。有的尚未离异，正在办理。都说喜欢她的戏。其实更是喜欢着她那张酷似奥黛丽·赫本的漂亮脸蛋，还有她的名气。因为来者几乎都在说，他们不仅喜欢秦腔，也喜欢赫本的电影。有的甚至还能背诵《罗马假日》的大段台词呢。但大多数年龄相差较大，且有的真的是长得歪瓜裂枣：腰粗、腿壮、脸胀、脖子短的。她甚至常常有点悲哀地感叹：难道人一离婚，就这么跌份掉价了吗？她离婚那年才二十九岁呀！即便是年龄相差不大的，她也不愿意见面。刘红兵的确让她对任何婚姻都失去了信心。这一生，她受的闲话已太多太杂太乱。她是真不想再给自己，招惹任何因婚姻闪失而带来的是非麻烦了。可娘天天喊叫，天天催，说她眼看"奔四"的人了。"奔"，是朝四十在奔跑啊！这个"奔"字，真是让人一听，就要沁出一头冷汗来。年龄的确是不饶人了。

其实最近倒是有一个人，一直在对她进行着猛烈的进攻。她只是没感觉，也不想再蹚这趟浑水，才不断拒绝、回避着的。

这个人叫石怀玉。

他是一个书画家。一脸的大胡子。说话幽默得能让在座的人笑得满地打滚。关键是他自己还不笑，只看着别人笑傻了的表情，还一脸疑惑地表示着"这有什么好笑的？"。忆秦娥见惯了刘红兵他爸妈那两副不苟言笑的干部嘴脸，就始终不喜欢跟这样的人在一起。哪怕是吃饭、看电视、说过日子，待在一起，都觉得十分无趣、别扭、压抑。可自打见了石怀玉，就完全是另一番光景了。她特别喜欢听这个人说话。哪怕他一个劲地说都行，她光用手背捂住嘴笑就是了。笑得实在撑不住了，害怕人说她傻，她就一头打进厕所里去笑，去擦眼泪。擦完，出来还接着听，接着笑。她是有点喜欢跟这个人在一起了。

这个人是在看重排《狐仙劫》时出现的。那天晚上忆秦娥演完戏，正对着镜子卸妆，镜子里就突然闪出个大胡子来。那张毛脸还有些像张飞，把她吓了一跳。她猛回头，是想向他发出警告，让他趔远些。谁知大胡子冲她笑笑说："是不是吓着忆老师了？照说修炼了五百年的狐仙，是不会害怕一个山鬼的狰狞面目的。"她就觉得这个人并无恶意。并且看着他那从大胡子中间露出的大嘴洞，还有某种令人忍俊不禁的滑稽感。他身旁站着薛团长。薛团长急忙介绍说：

"这是石怀玉老师，大书画家。一直在秦岭深山中，修炼着他的绘画书法艺术呢。我们过去在新疆就认识。这次是专门请他出山来看《狐仙劫》的。他对你的表演评价很高，说一定要来看看你。"

"谢谢石老师鼓励！"忆秦娥一边卸妆，一边还欠起身来，给石怀玉点了点头。

石怀玉急忙说："不敢不敢，千万别叫石老师。看了你的戏，我敢说，就在这个西京城，能经当起你称老师的人不多。如果我都不敢了，那他们也就都得把马朝后抖了。"

薛团长笑着说："你石老师打出生起，就没谦虚过。"

"桂生，你这话可不对啊。我在未满月前，还是很谦虚的，无论谁在身边夸奖赞美，我都是双眼紧闭，以哭拒之，概不领受。知道那是阿谀奉承、名不副实的。"

大家就都笑了。

忆秦娥天生笑点低，一下笑得把手上的卸妆油，都抹到脖子上了。

也许是秦八娃老师和封导提了意见后，薛团把戏做了修改调整。这个石怀玉，对戏却是大加赞赏。他说这是一个美到极致的舞台艺术精品。尤其是忆秦娥的表演，可以说是给观众展现了一串闪亮的珍珠。而这些珍珠，哪一颗单独提出来，都是一幅精美绝伦的书画作品。

石怀玉最后说："看了忆老师的戏，我是得改行了。"

"你改行做什么呀？"薛团戏谑地问。

"做忆老师的门下走狗。"

"你也学唱戏？"

"在忆老师面前哪敢说唱戏。就是做一条能逗老师开心的宠物狗而已。"

从此后，这个石怀玉就把毛乎乎的脑袋，彻底塞进省秦来了。

他几乎是天天来。一来就朝练功场跑，他知道忆秦娥一准泡在那里。并且每次来，手里还拿着一枝玫瑰，很是郑重地捧在胸前。玫瑰戳着那脸大胡子，十分滑稽可乐。

很快，省秦院子里又炸锅了。都说一个毛脸张飞，把忆秦娥给缠住了。那架势，不比当年刘红兵来得轻省、委婉、舒缓。

忆秦娥的花边新闻，就又不胫而走了。

二十一

薛桂生主政省秦后，第一炮没咋打响，他知道全团都在笑话"薛娘娘"了。他在前边走，后边有人把兰花指甚至都快翘到他头顶上了。他也想改变少年时学旦角的那些动作习惯。可咋改，都已是手不随心，身不由己，索性也就随它去了。尤其是那些竞争团长、副团长的"政敌"，几乎快要到忽悠他倒台的时日了。虽然《狐仙劫》也有一些人喜爱着，但作为团长，又是重排导演，戏一推出，引起这么大争议，并且不是为剧本，而是为二度创作，他就不能不顶着巨大压力开始反思了。他突然觉得，也许忆秦娥是对的。这么多年，她以不变应万变，始终坚守着戏曲的基本程式与套路。这次受到普遍好评的，也恰恰是她死死持守的那一部分。当忆秦娥在纷纭的争议中，突然把心思又放到遍访老艺人上，一招一式，传承起那些"老掉牙"的"古董戏"时，他马上意识到：忆秦娥对秦腔的许多感知，可能是"春江水暖鸭先知"的。虽然从表面看，她永远是最迟钝、最蠢笨、最不懂应变的那个人。

他在暗暗支持着忆秦娥的"复古"行动。并且也在根据忆秦娥的感觉，微调着省秦的"发展战略"。省秦从本质上讲，经历了老戏被封杀十几年后，始终没有补上传统这一课。正是因为唱戏的各种功底都不扎实，这个团队，在一有风吹草动时就会摇头晃脑，猴不自抑地变来变去。他觉得，要抓住戏曲回暖的机遇，得从忆秦娥身上做起。

当然，他最近又发现自己犯了个很大的错误，不该把书画家石怀玉，引见给忆秦娥了。

他认识石怀玉还是在戏校学戏的时候。石怀玉整天背个画夹子，到戏校写生，画戏人。石怀玉人很聪明，说话风趣幽默，大家就都很喜欢他。石怀玉说他是在美院上过几天学的，后来主动退学了。他有一个理论，说你见八大山人、齐白石，谁是上过美院的？然后，他就满世界当自由画家去了。他只身到过撒哈拉大沙漠；到过俄罗斯最北端的切柳斯金角；还到过南非的好望角；南美大陆最南端的弗罗厄德角；再然后，他就一头钻进秦岭，好多年都没出来过。他这次出来，是准备办画展的。结果看了一场《狐仙劫》，就被忆秦娥迷住，连办画展的心思都没有了。他迟早要薛桂生这个团长"为民做主"：说他要是得不到忆秦娥，这一生可能就毕了。不仅在书画上一事无成，甚至可能连活下去的勇气都没有了。

薛桂生还真有点生气，生气石怀玉怎么是这么一个情种。也四十好几的人了，说起忆秦娥来，竟然还一把鼻涕一把泪的，连胡子眉毛都揉得跟丝瓜架一样乱糟。说只一个月下来，他就相思得瘦了七八斤，手表都成呼啦圈了。他说他没有想到，这个世界上，还有这等优秀的人物。这些年他算是白活了。他还威胁说：你薛桂生要是把这事办不成，我就从你省秦最高的那座楼上跳下去了。

他怎么想，都觉得这是一件很滑稽的事。忆秦娥就是再找一百次对象，在薛桂生看来，也是跟石怀玉呱嗒不上的。石怀玉绝对是个好画家，好书法家，好艺术家。他的作品也的确超凡脱俗。充满了自然山水与生命的灵动与率性，没有匠气，没有铜臭味。一看作品，不用看题款，就都知道是石怀玉的东西。在同时代书画作品里，可谓独领风骚。有人甚至断言，石怀玉的东西，是可以传世的。但他毕竟没在世俗的主流圈子里混过。还没有多少人知道他的名头。除了一脸毛胡子，带着书画家的同质性外，西京城里，还没有多少人提起这个名字。而忆秦娥是西京城不折不扣的大名人。把这样两个人弄在一起，总是让薛桂生觉得有点不伦不类。何况忆秦娥是需要找一个能持久相伴的人。在薛桂生看来，石怀玉就是个流浪汉，是个无根浮萍。把他们牵到一起，是不是会害了忆秦娥？他是能帮着忆秦娥打理生活的人吗？忆秦娥就是个戏痴，本来就把生活过得一塌糊涂，再招惹来个更不靠谱的，这日子都怎么朝下混呢？可石怀玉不这样看，他觉得忆秦娥一旦拥有他，会在艺术上更添翅膀，再经历一次华丽转身的。

因为他们从少年起，便有许多交往，因此，石怀玉一来，就敢跟他薛桂生狗皮袜子没反正。他要是不搭这个桥，石怀玉就压住胳肢他，甚至拿毛胡子扎他、乌阴他。他实在是被逼得没办法了，才说让演员们都不妨跟着石怀玉，学学写字画画，算是开了一门艺术修养课。其实是明修栈道，暗度陈仓。忆秦娥自然也就跟着石怀玉学上了。

忆秦娥早先是学过画的，后来七事八事，就耽误下来了。现在团上又安排学，她自是最积极的一个。她觉得戏曲演员是什么都应该会一点的。梅兰芳就跟齐白石学过绘画。她甚至还想着要学古琴的。刚好石怀玉也能弹，并且弹得还很专业。她就很愿接受这个有趣的老师了。让她不高兴的是，石怀玉每次来省秦都要拿着一枝玫瑰花。并且还要当着很多人面，恭恭敬敬地献给她。说是献给他心中最伟大的艺术家。她还说过他几次。可这个石怀玉，好像是在秦岭里待得久了，有些不食人间烟火似的，偏要把玫瑰高调捧着。并且一回比一回捧得抬头挺胸。她不让献，他就放在课桌前。其实大家心里，谁又不明白石怀玉的用意呢？都觉得这个人好玩，她也觉得这是人家的一种幽默方式吧，也就随他幽默去了。可事情发展到后来，就不大幽默了。当她感到，石怀玉是有意要跟她谈情说爱时，想由此打住，可已经有些打不住了。

她开始只觉得石怀玉有才情，画是画得极耐看。尤其是题款部分，不仅字好，而且句句别致风趣。读来让人忍不住要捧腹大笑。她第一次交的作业，是画的一只山羊，腿脚都七扭八裂着。这种情况下，羊是站不起来的。关键是画得还不像羊，有点像狗。大家就都在笑她，说忆秦娥的"狗"，是被谁打得站不起来了。谁知石怀玉拿起毛笔，在画边题款道："坐起来是土狗，卧下去是山羊，坐卧不安者绵羊也。"大家就鼓起掌来。一些人是学画的新鲜感一过，就不来了。还剩下几个，大概是看出了石怀玉教学的"着力点"，也都借故开了小差。最后来上课的，就只剩下忆秦娥了。石怀玉说："终于达到目的了。要再不淘汰完，我还真成幼儿园的阿姨了。"

大概也就是在这时，忆秦娥才听到一些风声，说她跟石怀玉搞对象了。这事几乎把她吓了一跳。怎么能把她跟石怀玉联系到一起呢？她只是觉得石怀玉风趣、幽默、好玩、有才气，仅此而已。若要搞对象，那简直是她想都没想过的事。怎么有人就能把她跟石怀玉往一起勾连呢？竟是出了奇事了。她不得不明确告诉石怀玉，让他别再来了。她也不想学了。她说最近在请老艺人排戏，没时间再学画画写字。然后，石怀玉再来，她就没搭理了。

那段时间，她也的确在请一个老艺人排《背娃进府》。这是清代秦腔男旦魏长生的拿手好戏，早已失传。现在只有一个汉调桄桄老艺人还能教。这戏需要高跷功，她就每天给腿上绑了六寸"木跷"，在功场来回走着、练着。

薛团长上任后，在集训方面，出台了一些制度，也曾吸引了一些人来练功、排戏。但也就是早晨集合完后，热闹一阵子。下午和晚上能坚持的，还是只有忆秦娥一个人。那阵儿，功场倒是多了几个家属的孩子，都想跟着忆秦娥学戏。家长们说，娃们学习成绩都不行，家里也没人辅导，即使将来勉强上了大学，回来还未必能进省秦这样的事业单位。都说不如子承父业，早早学戏算了。薛团也在多种场合放出话来：省秦该招一班新学员了。人才已严重青黄不接。既然薛团都有了话，让娃们早点入行，将来考试，也就能近水楼台先得月了。这些父母都教孩子，要以忆秦娥为榜样。说把戏唱到忆老师这份上，就算把人活成活大了。忆秦娥也许是天生喜欢孩子，就都应承下来，在自己练功、排戏之余，把娃们组织起来训练开了。功场一有了孩子，立马就生动起来。

那个石怀玉又像当初的刘红兵一样，任你怎么回避、甩脸，他还是不依不饶地要来骚扰。她甚至都跟薛团告了状。薛团也拿石怀玉没办法，人家说是冲孩子们来的，又不冲你忆秦娥来。石怀玉是背着画夹子在写生，你也不能不给一个画家，提供创作戏曲艺术素材的机会吧？关键是这个石怀玉，很快就跟孩子们打成一片了。孩子要个啥，他就能画个啥。他的线描功底、画漫画能力极强。每次来，都会给孩子们画出几张漫像来。有时仅几笔，就让入画的孩子憨态可掬、栩栩如生了。他一天不来，孩子们还要不停地打问，怎么不见大胡子叔叔来呢？我们想大胡子叔叔了。石怀玉把孩子们的心，给彻底俘虏了。孩子们的家长，自是也喜欢起他来。忆秦娥懒得搭理，却有的是人待见。石怀玉画得时间长了，过了饭口，竟然还有人回家，给他做好吃好喝的端来。忆秦娥在心里骂着：这又是一个没皮没脸、死缠烂打的货。嘴上说在给孩子们画画，贼眼睛却是老在踅摸着她的。每天他还是照样拿着玫瑰花，却假装是要献给最听话的孩子了。他除非不开口，只要一开口说话，表面是逗孩子和家长们乐哩，其实每句话的后面，都藏着对她的暗示、进攻、骚扰。你都难以想象，他怎么就有那么多妙语连珠的怪话，就有那么快速机智的反应。

她在心里骂着，却也在心里越来越亲近起这个人来。也许，与这样的快乐生命组合在一起，自身生命也会快乐起来呢。当偶尔有这种想法时，她又会迅速打消这种念头：不可能，忆秦娥是绝对不可能跟这个滑稽的大胡子搞到一起的。可以笑，可以乐，却是不可以在一起生活的。

可时间再一长，发生了一件大事，就让她跟石怀玉走得越来越近了。

二十二

在跟忆秦娥学戏的孩子中，有一个叫毛娃的男孩儿，跟她儿子刘忆一模一样大，连月份都不差。所以她对这个孩子，就特别亲近一些。

毛娃生于秦腔世家，到他爷爷奶奶这辈，都已经在秦腔班社里滚打到第三代了。20 世纪 50 年代初，他们从私人戏班被公私合营到国营剧团。擅长演大武生的爷爷，曾以"赵子龙"名动三秦。合营后，改行当了教练。奶奶也是"响遏陕甘"的"刀马旦"。曾演过《佘塘关》里的佘赛花，也就是杨家将里佘太君的青年时期。她曾是戏班里响当当的台柱子，一月拿三份包银的红角儿。进了省秦，也就慢慢销声匿迹了。到了毛娃他爸这辈，赶上了"文革"，但他依然被招进了剧团。毛娃她妈，也是从外县招来的学生。他爸演过《杜鹃山》里的"毒蛇胆"，要归行，算是秦腔花脸行。她妈演过《龙江颂》里的"盼水妈"，属老旦行。他们结婚很晚，生毛娃那年，他妈已是高龄产妇了。忆秦娥记得很清楚，在她生刘忆的时候，省秦是还出生过一个男孩儿的，说产妇差点把命都丢了。就是这个毛娃，六七岁时，他爸就逼着他压腿、劈叉、拿顶、下腰、扳朝天蹬。每每见孩子哭得眼泪汪汪的，可他爸还不依不饶，要用藤条抽他细得跟麻花一样的两条腿。一些人就在背后教毛娃，让骂他爸是"毒蛇胆"。可骂归骂，他爸依然还是要体罚孩子，还是要逼着孩子"冬练三九，夏练三伏"。毛娃一年四季，都穿着一身改装的练功服，腰上扎着宽宽的练功带，屁股瘦得，大人一把就能把两瓣全捏完。他见天拿着大顶，劈着双叉，蹲着马步，跑着圆场。迟早都见他清鼻掉多长，也闹不清到底是鼻涕还是眼泪，反正有一个绰号，就叫"鼻涕"。忆秦娥每每见他爸体罚毛娃，心里都特别难过。她还劝过毛娃他爸，说娃既然不愿意练功，又何必非要让他再入唱戏这一行呢？他爸说："我们这样的家庭，还能教出什么样的人物来。你有啥子能耐，让他去升官发财、去找一份光宗耀祖的好工作？你有这样的靠山？有这样的亲戚？有这样的朋友？还是有这样的同学？咱祖祖辈辈都唱了戏，认得的人，也都是唱戏圈子的，你还想干啥？如今没人脉，你能干啥？他能把戏唱好，也就算是给祖坟头插了高香了。可要唱好戏，不练童子功能成？你忆秦娥不就是功底好，才把戏唱到这份上的吗？我和他妈，就是让'文革'给耽误了，没练下功，一辈子就只能给人家穿个三四类角色，跑个大龙套啥的。既然让娃入这行，就得给他把底子打好，让他将来吃一碗硬扎饭。"忆秦娥就再不好说啥了。

毛娃从六七岁，练到十三四岁，一直都是极不情愿的样子。开始他是刮着光葫芦，后来硬是坚持着留起了盖耳长发。头发一长，脸就显得更窄了，有时简直窄得仅剩二指宽一溜了。尽管他不情愿，但还是把功练得极像那么回事。团上好多演出，有孩子戏时，都要让他上去客串。遇上武打场面，也会把他推出去，一连翻出三四十个"小翻"来，震得全场一愣二愣地掌声雷动。有时，要再在字幕上出现一下毛娃的名字，底下甚至还会轰动一下。说明毛娃，也已是有点声名的"碎（小）人物"了。

其实这孩子跟忆秦娥一起练功，已经是好几年的事了。不过毛娃除了哭，除了流泪、流鼻涕，从不跟人交流说话而已。他总是占着一个黑乎乎的拐角，静静地劈叉，静静地拿顶，静静地扎马步、下腰、扳朝天蹬。即使跑圆场，也是在她不占用的地方，来回掏空跑着。直到近些时日，这孩子的话，才突然多了起来。但并没有引起忆秦娥的注意。她只以为孩子是年龄大了，放得开了，可没想到，孩子是在朝绝路上走了。

最近，毛娃他爷突然出面，在给毛娃排《哪吒闹海》。

毛娃整天背着一个"乾坤圈"，乘着两个"风火轮"，在功场练着有些类似滑冰的"绝技"。但乘"风火轮"，明显是要比滑冰难度大多了。有时他还要滑上岩石，再从一个峭壁，凌空滑向另一个断崖。危险性是十分巨大的。连忆秦娥也看得有点目瞪口呆。可毛娃一有闪失，或因害怕停下来，他爸就在一旁，拿藤条抽他那瘦得看不见的屁股和麻花细腿。毛娃都十三四岁的人了，有时觉得脸面过不去，就跟他犟嘴，甚至当面骂他爸是"毒蛇胆"。"毒蛇胆"就"毒蛇胆"，反抗得越凶，他爸压迫得就越强。"绝活"还得练，危险还得一次次去闯。他爷倒是不打，但也很严厉，老爱说："唱戏就是苦差事，吃不得人下苦，就成不了人上人。你忆阿姨绝对是苦出来的。到了今天，也是快四十的人了，名气这么大，还整天泡在功场压腿、劈叉的。她不成事谁成事？她不出名谁出名？角儿就是这样练出来的。我的孙子啊，除非向你忆阿姨好好学，要不就到山西挖煤去。你在学校，也是老考'两根筷子抬个大鸡蛋'的主儿，没有第二条路好走了。"毛娃他爷说这番话时，把忆秦娥还弄得很是不好意思。毛娃本来就怨恨着学戏，她还成毛娃的"活样板"了，这不给毛娃心里添堵吗？自己学戏的确苦，但看着别的孩子也这样苦，她心里就很不是滋味。为啥偏偏要让娃学戏呢？

有一天，她正练"高跷"，突然摔倒了，毛娃急忙从拐角跑出来，帮她解"高跷"绳子。还帮她揉着崴了的脚脖子。毛娃问她："忆阿姨，你为啥还要这样猛练呢，不累吗？"

"累。可排戏需要，不练不行么。"

"人家也都不练，咋就行呢？"

"人家不排《背娃进府》，不需要练这些。"

"忆阿姨，你觉得唱戏有啥好处吗？"

这话还把忆秦娥给问住了，她想了想说："人总得有个吃饭的职业不是。阿姨当时只能选择这个职业，所以就学戏了。"

"听说你原来做过饭，当过烧火丫头？"

"当过。"忆秦娥知道，几乎所有人，都把她的过去放得很大。所以连孩子们，也是知道她烧火做饭这个出身的。

"做饭多好，为啥要苦苦挣巴着学戏呢？我看去挖煤都比唱戏好。为啥要学唱戏呢？狗日的唱戏。狗日的'毒蛇胆'。"

忆秦娥没想到，毛娃心中是这样痛恨着唱戏，痛恨着他爸的。回头想来，孩子为唱戏，的确是付出了全部童年。即使练到今天这个份上，他也没有看到任何出头之日。他说："忆阿姨，你都把戏唱得红火成这样，还苦巴巴地挣着、练着、熬着。那活着还有什么意思呢？活着就是为了练功、为了唱戏、为了出名吗？人家都在打牌、逛街、打游戏机、看电影、看电视，你整天就这样练'高跷'，练'卧鱼'，练'出手'，练'圆场'，活得有意思吗？"

毛娃那天的话，的确把她给问住了。她从来就没想过这些事，只是把练功、排戏当作生活方式，当成过日子的一种了。可孩子不能理解这一切，也不能接受这一切。她甚至被毛娃当成了很坏的"样板"，而让他爸爸、爷爷，拼着命地要把他朝不归路上推去。

终于，有一天早晨，毛娃吊死在了练功场的高空吊环上。

毛娃是这个练功场每天来得最早的人。因为团上集合后，他就得退到一边，不能再占功场的地毯、海绵垫子、跳板这些训练设备了。剧团还没有开始招收学员，他还不是省秦的一员。

而每天第二个来功场的，就是忆秦娥。当她推开功场门，看见一个人，长溜儿地吊在工棚的吊环上时，她的第一反应就是毛娃。可毛娃的个头没有这么高。但那瘦屁股、瘦腿，明明又是毛娃的。并且"乾坤圈"和"风火轮"，就扔在他的脚下。她立即断定是毛娃了。她大喊一声"毛娃"，就扑过去抱住毛娃的双脚，却怎么也够不着绳索紧勒着的长脖项。她就跑出工棚去，大喊救人。当来人一起把毛娃解下来时，孩子已浑身冰凉。他的舌头长长地吊了出来，惨如阴间小鬼。

毛娃大概已死一两个小时了。

毛娃他妈知道这事后，差点服毒自杀了。他爸嗵的一声倒在床上，几天都醒不过来。直到这时，大家才知道毛娃他家的困难：无论是当年的"赵子龙（爷爷）""佘赛花（奶奶）"，还是后来的"毒蛇胆（爸爸）""盼水妈（妈妈）"，日子都过得十分拮据恓惶。主要是"佘赛花""盼水妈"都是病号，把一点家底全掏空了。这下，又殁了家里的唯一希望，辛酸悲痛，自是难以言表了。

随后，团上不仅给了补贴，而且薛团长还发起了为老艺术家义演的倡议。忆秦娥唱了她的拿手好戏《鬼怨》《杀生》。石怀玉也就是在这个场面上的表现，让忆秦娥对他刮目相看了。

据说石怀玉的作品从不出售，也绝不送人。哪怕你是什么达官显贵、老总富豪，一律免送，也一律免谈。他平常主要是靠卖一些线描、漫像画糊口。他能做到把你看上一眼，就能画得特征凸显、神形毕肖，令观者无不击掌称快。可这次，他却拿出了一张八尺创作画《太白积雪》（这也是他最得意的作品，曾经反复拿出来给人展示"炫耀"过）。现场拍卖了十二万，并且悉数交给了毛娃他爷他爸。

大胡子石怀玉，也由此在省秦声名大振了。

二十三

忆秦娥过去对石怀玉的好感，是停留在大胡子"能说能谝"上。

她长这大，还没见过这么有趣的人，不仅充满了才气，字画好，还能弹一手漂亮的古琴，就觉得是个奇人了。让她没想到的是，死大胡子，竟然打起了她的坏主意，到处放风说："忆秦娥迟早是我的。不信你都等着瞧。"忆秦娥想：笑话，我怎么就是你的了，你也等着瞧。她就不再理这个疯疯癫癫的人了。可毛娃上吊这件事，让她对石怀玉完全改变了看法。她觉得，这是一个有巨大悲悯心的人。她是住过寺庙的，对一切怀有悲悯情怀的人，都是要多看一眼的。因为她的一生，每每遇见这样的情怀、这样的眼睛，而生出许多活下去的勇气的。

在毛娃上吊以前，石怀玉就给毛娃画过几张漫画像。后来她回忆起，石怀玉曾对她讲过，毛娃可能有心理疾病。她想着，石怀玉是在找机会跟她搭讪呢，就没好气地说："你别瞎说。人家孩子好好的，怎么就有心理疾病了？戏曲演员就这么苦，别少见多怪的。"石怀玉虽然再没跟她提说毛娃，可他自己还是把毛娃带出去逛过两次。毛娃回来还跟她说："大胡子叔叔人可好了，带我去打游戏、蹦迪了。说要给我减压哩。"可第二次回来，还让"毒蛇胆"美美抽了几藤条。说从今往后，再不允许跟社会上那些"不三不四的人"去鬼混。"毒蛇胆"还说，从面相上看，修那一脸毛胡子，就不是个正经人。忆秦娥也说："你爸说得对着哩，别再去打什么游戏、蹦什么迪了，那就不是乖孩子应该去的地方。听爸的话，别跟大胡子乱跑了。"从此后，毛娃也就再没跟石怀玉出去了。

不久，毛娃就出事了。

毛娃出事后，石怀玉那天的第一反应是：突然扑通一声跪在功场的吊环下，失声大哭起来。还直说他有责任，是他忽视了这事的严重性。他说第六感觉告诉他，这孩子是要出事的。可没想到，会出得这么快，这么无可挽回。谁也不能说石怀玉哭得不真诚。连忆秦娥也不得不认为，石怀玉的这番跪哭，不是冲她表演的，那是真的在忏悔，在悲悯。

随后，在义演时，石怀玉捐出了他最好的画作。并且自己还没登台亮相。他说："本人的嘴脸，是不值得让一千多观众去瞻仰的。"

过去一直在说石怀玉坏话的那些人，慢慢变得不再说了。而一提起石怀玉，还都翘起了大拇指。一些对字画感兴趣的人，也在努力接近着石怀玉。觉得这是一只值得感情投资的"绩优股"，或者至少是"潜力股"。石怀玉在省秦的书画班摊子，就又被学生们"哄抬"起来了。忆秦娥却没参加。有一天，石怀玉故意碰上她问："你学不学？你要不学，我就把摊子撤了。能开这个班，分文不取，就只一个目的：为秦腔培养一个梅兰芳。你不来，我是闲得做驴呻唤，是不是？"忆秦娥捂嘴一笑，就又加入学画行列了。

这个石怀玉，在感情上是绝对纸里藏不住火的主。他眼睛迟早热辣辣的，有人说是色眯眯的，就盯着她死瞅。她即使画得再烂，也见他在想着法儿地表扬。有时看着他在教画、教字，可一转眼，又扯拉到人生、事业、爱情上去了。有一回，他甚至控制不住情绪地仰天长叹起来："怀玉这一生，什么都经历了，就缺一场狂风暴雨般的爱情了。来吧，来得猛烈一些，让我品尽这生命的甘美乳酪后，就归隐山林，化作长风，永世冥寂！"惹得全场哄堂大笑起来。大家都回头看忆秦娥的反应。她的脸刷地红得跟猪肝一样，气得她就想飞起一脚，踢死这个不要脸的怪货色。

忆秦娥喜欢是有些喜欢石怀玉了，但还是努力跟他保持着距离。那段时间，她连着排出了几折失传的"古董戏"来。每次排练，都见石怀玉在一旁画着戏人。后来，团上下乡演出，她是想叮咛石怀玉一下，让他别去的。在省秦，很多人不进排练场。一旦到了乡下，成百号人，整天都会滚搭在一起的。出行，生活，演出，本来就容易传闲话。加上石怀玉又是个性情中人，啥都不管不顾的。并且这家伙还好卖派。只要是他心中向往的，即使没有的事，都是能艺术加工出来的。他只图了嘴快活，留给她的，就剩下很长时间都抖搂不利的麻烦了。可自己跟石怀玉到底是什么关系呢？凭什么要干预人家的行踪呢？想来想去，又不好提醒叮咛。最后石怀玉自然是去了。这一去，就让她跟石怀玉的故事，演绎得很快翻篇、升级了。

石怀玉追求她的手段，很是有些像刘红兵。但石怀玉又绝对不是刘红兵。刘红兵跟着省秦到了乡间，还是前后围着忆秦娥转。有时他会钻到女演员窝里当贾宝玉。但更多的，还是到处给她搜罗好吃的：到农民家里给她炖老母鸡；跑出去偷人家的鸽子，给她熬汤；再么跳到淤泥湖里，抓泥鳅、鲫鱼、螺蛳，说给她补身子呢。总之，是一切都想着她，迟早都在她的宿舍边环绕着。要么就是在舞台前后黏糊着。石怀玉来，她就怕又是这个德行，弄得她太难堪。可谁知，这家伙却一反常态，从不跟剧团过多地卷。他住在农民家里，只前后在观众中忙活着他的事：画速写，画人物，搞创作。说这是他大秦岭组画中，最重要的一部分。他说秦腔是大秦岭的魂魄。他还说秦岭与秦腔的关系，才是大秦岭艺术创作最深沉、最富有生命张力的关系。

他看上去很兴奋，一天到晚，都支个画架子在那里画着。有不少栩栩如生的看戏场面；也有单个乡村老汉、老婆的肖像作品。有几幅大画，当有一天，挂到后台的幕布上时，几乎把所有人都震惊了。

其中最大的一幅，是画忆秦娥进村时，村民们自发欢迎的场面。成百老乡，拉的拉手，接的接行李，像迎接久别归来的女儿一样，一直把忆秦娥往村里迎接。

这是许多地方都发生过的事情。只要忆秦娥一出现，大家就会自发地迎上来，四处奔走相告：

"忆秦娥来了！"

"咱秦娥来了！"

"就是忆秦娥，真的是来了！"

省秦人，对这种场面已司空见惯。可石怀玉的眼睛，一下就湿润了。大概也就在那一瞬间，他捕捉到了艺术创作灵感。他先后用了十几天时间，画了数十张底稿，终于在第七个演出点，把一幅六尺整张的画作，完整呈现在了后台。立即引起了一阵热烈的掌声。

忆秦娥当时正在化妆，听见掌声，扭头一看，几乎把她吓一跳。石怀玉怎么把那一幕幕真实的生活，提炼得这么好，这么生动。就像是拍照下来的一样。但那画面，又明显比照片更突出，更感人，更有冲击力。这大概就是绘画艺术的魅力所在了，她想。有人把画作的名字念了出来：

"咱秦娥来了！"

忆秦娥再也忍不住，眼泪哗哗的，就把粉妆给染花了。这是她每次下乡演出，都最喜欢听到的一句老乡的招呼声。

只听石怀玉在一旁介绍道：

"本来是想叫《农民领袖忆秦娥》的。因为关中这一带，把秦腔明星都是当领袖捧的。我听见也有人已把忆秦娥称作'农民领袖'了。可我觉得，这样称呼忆秦娥，有些别扭。让人老想起陈胜、吴广来。一个弱女子，要是当了领袖，也会立马变得不可爱起来的。所以我就还是用老百姓这句口语了。"

忆秦娥在心里说：得亏没叫"农民领袖忆秦娥"，要叫了，别人还以为我忆秦娥不好好唱戏，是想造反了咋的。

第二幅画叫《披红挂彩》。这也是根据真实生活创作的。

忆秦娥几乎每到一地演出，唱得最红火的时候，都会有这种场面出现。先是鞭炮突然响起。有的地方，还会放出几声火药冲子来。接着，地方头面人物，就会在鞭炮和冲子声中走上台，把一床床大红被面子，披在她身上、绑在她肩上、围在她脖子上。披的多少，说明观众的爱戴程度。有些就成了一个村落永久的唱戏佳话。这次下乡，很多地方都是连唱十几台大戏。忆秦娥一人身上，就背了九本戏的主角，让观众过足了"忆秦娥瘾"。有一个地方，还就真给她披了一百床被面子，把她几乎当下就压垮在舞台上了。石怀玉就是捕捉到了那一瞬间的观众欢呼，与她的快乐、激动、感奋情绪，而使整个画面，充满了几近岩浆迸发般的生命涌动感。

石怀玉扭过头对忆秦娥说："请把被面子给我分五十床，要不然，我这力就算白出了。"惹得大家又是一阵哄笑。有人说，忆秦娥已经把被面子分给大伙了。石怀玉说："收回来，立马给我收五十床回来。"忆秦娥心里暗暗好笑着，死毛胡子的嘴，就是能掰活。

第三幅画比较小，叫《抹红》。画的是忆秦娥坐在后台化妆凳子上，身边围着一群大妈、大嫂和孩子。都把娃娃的脸蛋凑上去，让忆秦娥给"抹红"呢。

这是大西北很多农村都有的讲究。说小孩子最怕唱戏的。一旦遇见唱戏，晚上就会做噩梦。因此，唱戏前，总会有很多人要把孩子抱到后台，让"戏子"给孩子脸上抹点红，以辟邪遮灾。好多演员不愿意给抹，一是嫌麻烦；二是不喜欢被人称"戏子"。而忆秦娥每遇这事，总是会停下手中的活儿，高高兴兴地，给孩子们一一抹好，抹漂亮。有时她还会把孩子的小脸蛋亲一下。她是真的爱着所有的孩子。尤其是那些残疾孩子，父母躲躲闪闪的，还不好意思抱进来。每每至此，她都会起身接过孩子，不仅要紧紧地抱一会儿，而且还会把孩子抹得最漂亮。因此，老百姓就更是把她传得神乎其神了。说忆秦娥多大牌的角儿，半点架子没有，那就是德行修炼到了："秦娥戏唱不红，老天都不会答应的！"石怀玉竟然把这一细节，紧紧抓住了。并且正抹着红的孩子，就是一个兔唇娃，画面十分感人。石怀玉在展示完后，甚至很是大方地告诉忆秦娥："这幅送给你了。其余的，我是要办画展用的。它们的最终归宿，应该是国家美术馆。连我最后也是没有支配权的。一千年后，这两幅画，也许还会拉到西京来巡展的。没办法，作品太伟大了，我把我自己都服得一塌糊涂了。这一幅《抹红》，就交由你收藏。不过有言在先：展览时，我打借条，你可一定要借我一用噢。可不敢卖了，买奔驰、宝马了。"

忆秦娥笑着收下了《抹红》。

这三幅画，她是真的打从心底里喜欢。这个死大胡子，自然也就跟他的画一样，在忆秦娥心中越来越升值了。

也就在这次下乡演出中，忆秦娥对孩子的那种爱怜，让她终于收养下一个孩子来。

其实，她从来都没有过要收养孩子的想法。她觉得自己的母爱，已被儿子刘忆占得满满当当了。可突然来到面前的这个孩子，又让她抑制不住内心的冲动。想要领回去，给她一个比自己更美好的童年。她觉得，她现在是有这个能力了。

这是在演出的最后一个点。那天，她在后台不停地听人说，给咱们帮灶做饭的一个女孩子，好可怜，才八九岁，就被她婆弄来帮忙烧火了。"烧火"二字，让她心里咯噔了一下。她是无论如何都要去看看这个孩子的。

　　果然，在乡村野场子搭起的临时灶台背后，蹴着一个正用吹火筒吹火的丫头。

　　她腮帮子鼓多大，脸蛋挣得绯红绯红的。她都在她身边站好久了，孩子还没意识到，还在使劲地吹。

　　多么像她当年在宁州的那一幕呀！每天早晨，她都是全团起得最早的一个，拿吹火筒把灶洞的火种，拼命朝兴旺地吹着。不过那时自己已经十二三岁了，而这个孩子，才八九岁。

　　她慢慢蹲下了身子。孩子终于发现了她，就急忙把吹火筒放下了。她拿起吹火筒，帮着孩子把火吹着了。

　　孩子咧嘴笑了。

　　她问："认得我吗？"

　　孩子捂着嘴说："唱戏的阿姨。"这动作多么像自己呀！

　　她又问："几岁了？"

　　孩子回答："九岁。"

　　"没上学吗？"

　　孩子摇摇头。

　　"为什么不上学呢？"

　　孩子羞得又捂住嘴笑。

　　"谁让你来烧火的？"

　　"婆。"

　　"你婆人呢？"

　　"在剥葱。"

　　正说着，忆秦娥就见一个头上苫着一块白手帕的老太太，拿着剥好的一竹笼葱走过来了。

　　老太太一下就认出她来了："这不是秦娥吗？你的戏唱得几多好

呀！你看看，几十里外的人都赶来了。都说'不看秦娥唱秦腔，枉来人世走一趟'呢。我这就算没白活一世了，不仅看了你的戏，还见了真人，真格是长得跟天仙似的。还安排我来给你们做饭了呢。"

"阿姨辛苦了！这孩子是你的外孙女吗？"

"是呀，你怎么知道的？"老太太问。

"这么小的孩子，怎么能让来烧火呢？"

"我来做饭了，她弟在上学，她在家没人管，不带来都不行了。"老太太说。

"孩子叫什么名字？"

"外号叫个'丑女儿'。"

只见那孩子急忙纠正说："我不叫'丑女儿'，我叫宋雨。"

她婆说："就是这个名字起瞎了，把雨水都送人了，你还能有啥好日子过。"

"孩子为什么没上学呢？"

"唉，不怕你笑话，她爸到南方打工，跟别人好上了。连家都不要了。她妈也生气跟人跑了。就剩下姐弟俩，都跟了我。这个书念不进，我老婆子也抓养不起两个上学的，就让她常跟着我叫个小口。我是这远近还算有点名气的厨师，红白喜事都有人请哩。娃就随我出门烧个火，混个嘴。在这农村，就算是吃了香的喝了辣的了。麻利把火再朝大的吹，要上笼蒸馍了。"

忆秦娥就离开了。

可连着几天，忆秦娥都惦记着这个叫'丑女儿'的孩子。其实孩子一点都不丑，甚至比她那时还漂亮许多呢。

没想到，这事同时还有一个人惦记着，那就是石怀玉。他竟然给宋雨画了一张画，恰是正吹火的那个画面。让每个人看了几乎都有些怦然心动。忆秦娥看着这幅画，甚至潸然泪下，最后竟然是跑着冲出了后台。

石怀玉来到了她的身后，问她："你喜欢这孩子？"

忆秦娥点点头："嗯，很喜欢。"

"想要吗？"

忆秦娥突然回过头问："你说什么？"

"想要吗？"

忆秦娥说："人家的孩子，怎么能给我呢？"

石怀玉说："我试试。"

当天晚上，石怀玉就告诉她："行了，老太太答应给了。孩子也愿意来。"

在这个点演出结束时，忆秦娥就把宋雨领走了。

孩子没出过门，也没坐过车，上车来就晕得一塌糊涂。是石怀玉一路把她抱回西京的。

二十四

楚嘉禾自打在海南过了几天舒心日子，回西京后，就一直觉得啥都不顺。尤其是这个"薛娘娘"，好像是一概不买她的账，只在忆秦娥的石榴裙下拜倒着。特别让她揪心的是，好不容易找了个有钱的女婿，还比她小了两岁，人也挺奶油的，鲜亮，又生了个双胞胎。却在一夜之间，把房地产生意彻底给做垮了。女婿回到西京，被债主逼得东躲西藏的，几个礼拜见不上一回面。见一回，还得捯饬成各种不引人注目的样子。有一次，是化装成女人摸回来的。睡到天不亮，又赶忙起身，在窗户上一探再探，然后才蹑手蹑脚溜下楼去。有好几回，要债的就住在家里不走。说生要见人，死要见尸。她妈无奈，就给她出主意说，干脆跟女婿把婚离了算了，也免得一辈子受牵连。说这样对孩子也好。女婿倒是通情达理，除了必须要一个孩子外，其余的都依她，然后就真把婚离了。离了婚，她一切就还得指靠省秦了。而在省秦，唱不了戏，当不了主角，那也就是混日子。可楚嘉禾又不想混，尤其是面对忆秦娥，还有一口咽不下的气在里面。因此，她就还得在排戏演戏上，使劲挖抓了。

自"薛娘娘"上台后，业务倒是抓得很紧，又是集训，又是排戏的，竟然能把《狐仙劫》，重新翻拾一遍。在《狐仙劫》里，她演的那个贪慕虚荣的大姐，真是滑稽透顶的一个角色：见了豪门老狐狸，心里挠搅的，恨不得连夜就嫁过去，结果嫁过去后，才是一个小妾身份，又于心不甘，就在里面挑来斗去的；也是受尽了捉弄与羞辱，才被九妹（忆秦娥扮）搭救回去；谁知再也受不得深山修炼的寂寞清苦，自己又偷偷跑回去，跪着求着，依然做了人家的贱妾；直到被逼疯、上吊。角色倒是一个有戏的角色，可这种形象，总归是个"丑旦"。咋都没有人家忆秦娥扮演的那些人物美好、光鲜、英武。弄得好像连她也成了女英模似的，人见人敬，人见人爱了。而自己扮演的角色，却常常成为人们戏谑的对象。她是十分不待见这种戏谑的。好在《狐仙劫》的重排，不仅没给薛娘娘这个新贵加分，而且还迎来了相当强烈的批评反对之声。就连那个眼睛七扭八裂在额颅角上的秦八娃，两个长得像"逗号"样的眉毛，戏看完也都气成"顿号"了。直说是胡闹。封子更是气得差点没心肌梗死。社会上也有人说："这个新团长，不是在发展秦腔事业，而是在刨秦腔的祖坟呢。应该把狗日的团长赶快撸了。"照说戏受了攻击，主演也是要被连带挨批的。可谁知这次却一反常态地鬼怪，说要不是忆秦娥拿深厚的传统功底撑着，省秦就算是"欺祖灭宗"了。

也就从这次开始，省秦突然狠抓起了传统继承。抓的力度，让楚嘉禾甚至都有些不可理解：一时，省秦院子里竟然走动着十好几个老艺人。都是忆秦娥和一些演员从大西北旮旯拐角请出来的。有的还带着"跟班"、家眷。一个艺术大院，很快就成到处是用麻绳系着石头眼镜、穿着老羊皮袄、叼着旱烟锅子的人的关中集镇了。隔壁邻舍一些文艺团体的人，甚至噗噗耻笑着说："你们省秦咋了，是准备搞民俗村，发展特色旅游吗？"楚嘉禾自是看不上这些老古董排的所谓"失传戏"了。且不说排着有用没用，先是那些老艺人吭吭咯咯、乱吐乱尿的卫生习惯，都让她无法忍受。还别说在一起滚搭着"搞艺术"了。哪能有半点艺术享受的成分呢？可没想到，几年下来，忆秦娥竟然又神不知鬼不觉地，给自己积攒下了大小十几本戏。但凡下乡演出，只要包戏的主家强求，她都能一个台口包抄了全部主角。几乎让所有人都显得有自己不多、无自己不少了。这个很有些怪癖的女人，总是在别人都不经意时，就能为下一次腾飞，插上一些稀奇古怪的翅膀。一旦有了机会，她还就真的能飞起来。并且飞得很高，飞得让人望尘莫及。真是一个表面似憨厚瓜傻，而内心却十分阴险狡诈的鸡贼女人了。

就这样一个女人，还总有男人飞蛾扑火，慷慨赴死。不说忠、孝、仁、义那几个老艺人了。还有什么秦八娃，听听这恶俗不堪的名字，不提也罢。还有封子、单跛子、薛娘娘这些"胡骚情"的"业余爱好者"，一提溜就是一长串。单说走了一个小白脸刘红兵，又来了一个大胡子石怀玉。哪一个不是上心上杆子地要爱她、宠她、帮着她呢。还一个个腻歪得，把她含在嘴里怕化了，顶在头上怕打了，抱在怀里怕捂死了。尤其是这个大胡子石怀玉，开始出现时，那就是全团的一个玩物。就像一个院落里，突然跑进个怪物来，谁都想拿棍戳几下。不过是看看刺激反应、找找乐子而已。那时楚嘉禾，倒是蛮希望忆秦娥倒进大胡子怀抱的。这种不靠谱的"倾倒"，只会给忆秦娥带来更多的笑柄、佐料、花边新闻而已。可时间一长，大胡子在省秦，竟然还成了幽默、有才、正义、善良的代名词。尤其是烂画，竟然一幅能卖到十二万的价码。这才让她觉得，"财神"要真跟忆秦娥结合到一块儿，也不是一件值得拍手称快的事了。果然，他们是越走越近了。几次下乡演出，石怀玉画下的那些肉麻作品，把忆秦娥是一点点俘虏了。忆秦娥也许是对傻儿子绝望至极了，趁下乡，竟然还要了别人一个女儿回来。据说那个女儿，也是大胡子帮她撺掇的。回来时，他俩竟然是你一把我一把的，把那碎女子搂着抱着，挠着亲着，像是真要走到一起过日子的样子了。

忆秦娥要真跟大胡子走到一起，又会是个什么境况呢？她还有点想象不来。不过她得琢磨这事。琢磨起忆秦娥的事来，她总是既有时间也有心思和兴致的。那天，她甚至把周玉枝也叫了来。两人在一起，探讨了半天忆秦娥可能到来的二婚之喜。

周玉枝是越来越不喜欢跟这个老同学在一起做任何事情了。尤其是不喜欢她说忆秦娥。在楚嘉禾折腾歌舞、模特儿那段时间里，周玉枝在家静静养着孩子。她也许是比较早地看透了唱戏这行的本质，就是"残酷"二字。不当主角，在外人看来，你就是在剧团里混饭吃的。可要当主角，又谈何容易呢？一本戏，也就那么一两个人物，可以称得上主角。其余的叫主角，也就是图好听而已。都主了角儿了，那还不成大烩菜了。要当主角，很多时候，是需要天时、地利、人和，一样不能差的。差了一样，你就可能与主角失之交臂了。只要在剧团唱戏，几乎没有人觉得，自己是比别人差多少的。都认为，只是没有机会，给了机会，"麻子脸上也是要放光彩的"。周玉枝开始也是这种感觉，觉得自己跟忆秦娥到底差了多少呢？本本折折，都是她忆秦娥唱了，自己永远就是配演或大龙套。尤其是都从宁州来，忆秦娥是响当当的主角，楚嘉禾也隔三岔五地能攀上主角宝座过过瘾。而自己，几乎没有改变过从属、配演的地位。宁州来的人，老对她说："你咋不朝前走呢？你周玉枝又比她谁差了多少？还是门子没投对，得想法朝前奔呢。"她开始心劲儿也很涌，可后来，看到忆秦娥那么苦苦奋斗，也是活得屈辱缠身、伤痕遍体的，就觉得何苦呢。楚嘉禾倒是一门心思在朝前奔呢，可奔着奔着，也多是"羞辱大于荣耀，得不偿失"。这十个字，算是她对这个老同学生命不息、冲锋不止的基本评价。因此，她也就慢慢变得现实起来了。

由于自己的客观条件不赖，周玉枝也被无聊的臭男人们，排列进了省秦"八大贵妃"之一。那几年，给她介绍的对象还真不少呢。就在别人都忙着争角色、排戏的时候，她却悄无声息地进入了挑拣对象时段。也不知怎么就有那么大的挑选余地。她竟然在一年多时间里，就遴选过了三十几个男人。有的竟然还选成了"回头客"。不过在阅人无数、阅世渐深后，她也逐渐对自己有了定位：找一个能好好陪自己过日子的人，是关键的关键。太有钱的靠不住；社会地位高的，即使眼下能看上自己，也无非是这点姿色在起作怪。一旦青春不再，又无文化底子支撑，悲剧就会自己找上门来。这样的悲剧，在省秦几乎年年都在上演。最终，她找了一个重点中学的老师，憨厚朴实，视教书为生命。就是年龄略比她大了些，但挺会心疼人。她也就尤其珍视这桩婚姻了。她在省秦分不上房，老公却分了一百四十平方米的四居室。她在省秦有时只拿百分之六七十的工资，数字都不好跟人讲。老公却在月薪七八千的基础上，还带着几个补习班，光额外收入一年就十好几万。家境也好：公公、婆婆都是退休小学教师。身体倍儿棒，不用她操半点心。关键是去年还生了一个儿子。生下来就七斤八两，健康得一岁时就能跑出十好几米远来。这才不到两岁，就已能背三十几首唐诗，还能背下《弟子规》了。周玉枝还要什么呢？还想要什么呢？她现在就是想少演戏，少下乡，甚至少化妆。每场演出，就给人家站站合唱队就行。并且最好不要当领唱。即便是感冒了，嗓子哑了，还照样能混在里面滥竽充数。演出费也不比她忆秦娥少多少，最多翻一倍，她拿五十，忆秦娥拿一百撑死。可忆秦娥又出的是什么力呢？比鸡起得早；比狗睡得晚；比牛挣得苦；比驴跑得欢。累死累活的，又何必呢？

不过说心里话，周玉枝还是很佩服忆秦娥的。无论别人怎么看，她都觉得，忆秦娥是个好人。没坏心眼，没害过人。当然也不太懂人情世故，生活中常常冒着傻气。就凭四十岁的人了，一天到晚还守着练功场这一点，今天大概已很少有演员能做到了。因此，忆秦娥演什么样的主角，得什么样的荣誉，受到什么样的热捧，她都是服气的。

相反，她的这个楚嘉禾同学，的确是有一百个心眼子都在眨动着，加上她妈那一百五十个，这二百五十个心眼子集合起来，就让她把生活过得够丰富多彩，也够乱麻一团了。她过去还爱到楚嘉禾那里去谝，毕竟从宁州团就来了她们三个人。忆秦娥早晚都在练功、排戏、给儿子治病，似乎就腾不出时间跟她们闲聊。即使聊，也就是傻坐着。单听你说，她只负责点头、捂嘴傻笑。最多也就是夸夸她儿子，说都能自己冲马桶了。这样来往多了，也是无趣。而楚嘉禾嘴又太多，太残豁。什么都敢说，什么也都是捕风捉影地乱说。她也就尽量回避着，免得惹是生非了。

这次也是楚嘉禾一叫再叫，她才来的。她以为来了有什么大不了的事呢。结果，来回车轱辘话，就是说那个猛追忆秦娥的大胡子。楚嘉禾问她："你看大胡子跟忆秦娥成得了？"她说："你这不是咸吃萝卜淡操心嘛。人家成得了成不了，关你屁事。"楚嘉禾说："你看玉枝姐说的，秦娥是咱妹子哩么，这大的事，咱还能不帮着操点心？我是怕又来一个刘红兵。看着追得紧，其实也就是玩玩而已。最后吃亏的还是咱傻妹子。""把你自己的心操好就行了。哎，你觉得秦娥傻吗？"楚嘉禾说："你这话问对了。忆秦娥的傻，就是表象。其实骨子里，比咱谁都灵光呢。""你说的灵光，指的是啥？"楚嘉禾说："指的啥？忆秦娥跟刘红兵结婚，她傻吗？她是看上了刘红兵老子的身份，还有随手就能拈来的财富。刘红兵老子一退，她立马就把刘红兵给蹬了。这又来个大胡子，听说开始她也不咋待见，结果看人家的画能挣钱了，又笑得跟菩萨似的，黏糊到一块儿去了。你看这两个货，能成吗？我咋总觉得怪怪的，一想起来就想笑。"

周玉枝一笑说："你看你操的这些心。闲心操多了不耐老，见天进美容院也不顶啥。"

楚嘉禾煮了一壶浓咖啡，周玉枝喝得一个劲地要加水加糖。她却品得有滋有味地说："哎，玉枝，你就准备彻底这样认卯算了？老一演戏，就当个合唱队员，朝乐池拐角一钻，全场灯光一暗，'咿咿啊啊'地喊几声，做了陪衬的陪衬，鬼都不知道你是谁了。你觉得长期这样行吗？"

"挺好的呀！"

"真心话吗？"

"这还有啥真心不真心的。我就喜欢这样的生活。每晚还不用化妆。跟团上每个人都挺好的，多好！"

"当了半辈子演员，总得朝台中间站一站吧。"

"绝对不站了，我是绝对不想站的。现在就非常好。我吃不了人家忆秦娥那份苦。没有付出那么多，站在舞台最拐角，是理所应当的。"

"忆秦娥仅仅是靠吃苦上去的吗？"

楚嘉禾突然撂出了一句很是突兀的话。

周玉枝反问了一句："忆秦娥，难道还不是靠自己刻苦努力上去的吗？"

"我的傻姐姐，你恐怕是把家庭日子也过傻了。没有单跛子，有她忆秦娥的昨天？没有'薛娘娘'，能有她忆秦娥的今天？"

楚嘉禾在说这两句话时，里面的含意是意味深长的。

周玉枝都想说：那你的昨天，跟丁至柔又是什么关系呢？但她终于忍住，没说出来。

楚嘉禾接着说："咱这个妹子还不能吗？在单跛子手上排了五六本好戏，花了国家好几百万。该拿的大奖也拿完了。到了'薛娘娘'手里，才几年天气，又偷偷排了大小十几本戏。这还有别人喝的汤吗？省秦是她谁的私人戏班子吗？忆秦娥傻吗？这些年，权势、财富、名誉、情色，哪一样落下她了。这能叫傻吗？要说傻，我的玉枝姐呀，咱俩才是中国不出、外国不产的一对大傻瓜呢。"

周玉枝从楚嘉禾的眼神、语气，甚至毛孔中都能感到，这个妹子，虽然生活中受到了如此多的挫折，打击，但还是没有就此打住的意思。并且她有一种预感，楚嘉禾是会把一切气恼，都撒在同乡忆秦娥身上的。因为她也再没别的能耐，再没有别的出气筒子了。

二十五

大胡子石怀玉到底跟忆秦娥结婚了。

这事在社会上传开以后，很多人都不相信。首先不知道大胡子是谁。即使书画界的，也都隐隐只听说过石怀玉这么个人，但从不见他参加任何活动，也不跟书画界任何人往来。更没有一个哪怕是"环球书画协会副主席"之类的名头。很多年以来他就在秦岭深山里泡着。打扮得像个游方僧，或者老道。完全是个体制外的"侠客"。忆秦娥

758

是何等有名的人物，怎么就跟了这么个不三不四的人呢？书画界名流大佬，给忆秦娥"放电""献媚""联袂""赠画"的还少吗？忆秦娥都是不曾有染的呀！

连忆秦娥自己也没想到，跟石怀玉才认识不到一年时间，就被他拉到终南山脚下一个翠竹掩映的农户家里，入了洞房。

也许是平日生活太沉闷了，需要一个快乐的人相伴吧。这个石怀玉就是如此地懂得快乐，竟然靠说话，一天就能让忆秦娥笑得窝在地上好几次，直喊肚皮痛，要他别再说了，再说她就活不了了。也许是石怀玉太另类了，跟她身边的所有人都不一样。他说什么、干什么都显得那么真实透明，从不藏着掖着。爱她也是单刀直入，不像别人，送一束花，都是要拐弯抹角、躲躲闪闪的。而石怀玉直到结婚后很长时间，都保持着每天送她一枝玫瑰的习惯。直到他们分道扬镳，各自含怨而去。这是后话。

单说当初要结合那阵，就连她娘也是不同意的。娘觉得自己这么个出息女儿，红火得连满街道卖菜的，都知道她是忆秦娥的娘，最后怎么就看上了这么个"毛脸贼"？他既没官身子，也没时下吃香的老总老板名头。还连个正经单位都没有。就会写写画画，终是个没用的玩意儿。刘红兵虽然不成器，可毕竟还是专员的公子，好歹有个名分。这个大胡子有啥？咱招女婿总不能是老母猪下崽，一窝不如一窝吧？她是怎么都容不下那个大胡子来叫娘的。并且一想起这事，她就硌硬得慌。既然娘住在这里，并且一直尽心尽力照看着刘忆，在这件事情上，忆秦娥也就不能不征得娘的同意。忆秦娥把这事跟石怀玉说了，石怀玉说："这算个啥事，咱娘有咱哩么，保准让她催着让你赶快把我朝回娶哩。""你就爱吹。""吹，今晚就会圣旨下。你等着接旨好了。"

果然，大胡子一个下午，就把她娘的思想工作拿下了。

那天晚上她回去，她娘还没把嘴合拢，笑得也是一个劲地捂。她就问娘笑啥。娘说，那个死大胡子咋那逗人的，他平常就这样说话吗？忆秦娥问，他咋说话了？娘说，他咋说话了，就没一句正经话，光逗娘笑了一下午，把娘的肚子都笑痛了。娘下午也丢人了，有好几回，都笑得溜到桌子底下，直喊叫让他快别再说了。忆秦娥就问，啥话这逗人笑的？娘说："啥话？诳话。屁话。鬼话。"把忆秦娥吓了一跳，以为是把事情搞砸了。谁知娘把话一转弯，说："不过，他确实会说、能说，娘还是蛮爱听的。你别说，家里有这么个人，整天说说笑笑的，恐怕是都要多活几十年哩。"忆秦娥一下给轻松了下来，就说："到底说啥了，看把你神神道道的。"娘说："我也记不得了，反正笑了一下午。他刚推门进来，我就没给好脸，连坐都没让他坐。只听他说：'哟，我还说今天来开叫，丈母娘会喜眉活眼地迎接新女婿呢。没想到，咱娘今天不高兴咧。咋的了，是娥惹你生气了吗？'我把刘忆正玩着的擀面杖抢过来一拍说，谁是你丈母娘了？他说：'你呀！好我的岳母大人，天大的喜事已经降临到易家门前了，你咋还蒙在鼓里？看这个娥，还有规矩没有，连娘都没请示到，就先斩后奏了。'我说，少说屁话，谁是你娘了？他说：'好我的娥呀娥，不是说都跟娘说好了吗？把我闪到这半空里，让我都咋出这门吗？那好，我先走了，等娥回来跟你说。明晚来叫娘也不迟。反正娘已是我的了，早叫晚叫都一样。'说着，他把刘忆的脸蛋还亲了一下，就要离开。我喊叫说站住！他就站住了。我说，你是干啥的？他说：'娥啥都没给你说吗？'我故意问他，你是哪个单位的？我的意思是你没个正经单位，还想来讨我的女儿。只听他说：'胡秀英责任有限公司的。'我第一遍还没听清，又问了一次，什么什么？哪个公司的？他一脸正经地说：'胡秀英责任有限公司的。'我就问他，胡秀英是个什么公司责任的？我还以为真有这么个公司呢。他说：'胡秀英是个家政公司。'我说，你们老板是谁？他说：'胡秀英哪！'我愣了一会儿问他，男的么女的？他说：'女的。'我又愣了一会儿问他，你在公司干什么？他说：'还没正式任命，但有可能是副总。'我说，吹牛哩吧，你还能当了副总？他说：'那就要看胡总的眼力了。'越说我越有些蒙，就问他，你们胡总多大了？他说：'六十二。'我问他，多大？他说：'六十又二。'我问他，几月的？他说：'二月二，龙抬头那天生的。'见了鬼了。我就说，你是蒙我哩吧，怎么还有这样一个胡总，跟我年龄连日子都不差。他说：'我公司的老总就是你呀！'我说，再别开玩笑了，我还能当老总，能当烧火做饭看娃的老总。他说：'可不是，居家过日子，你不就是咱家的老总是啥？我这一入股进来，你这责任有限公司就算是成立了。大家都有官衔了，你当董事长，你女儿当了总经理，还能不给我个副总干干？'我是第一次被这个死大胡子，惹得扑哧一下给笑了。然后，他就连珠炮似的，把我逗得就笑着搁不下。他又是给刘忆画画，又是给我画画的。把我的嘴，画得跟斗一样大，并且还是四四方方的。我说我的嘴有这难看吗，咋还是方的？像个斗。他说：'秦岭山里有句俗话说：嘴大吃四方哩。你想想看，你胡总的嘴还不是吃四方的嘴吗？不仅你吃了四方，从九岩沟吃到了西京城。而且把一个女儿，培养得吃遍了全中国，将来还要去吃世界哩。这还不是吃四方的嘴吗？还有你大女儿来弟、女婿高五福、你的宝贝儿子易存根，哪个不是托你老的洪福，成了吃四方的嘴？所以呀，你这个嘴，是易家的总嘴，知道不？必须画大、画方。要不画大画方，以后就没得吃了。'这时，我已经笑得第一次溜下去了。他还收不住，继续惹我笑说：'我的岳母胡总大人，今天小婿来，不光是等你任命我，我也是代表三秦父老，来给你发委任状哩。任命你为秦腔皇太后！为什么叫皇太后呢？你看噢，娥在十几年前，就被委任成秦腔小皇后了。这些年过去了，大家已经自然而然地把小字取了，那就是正经皇后了。你女儿配，你知道不？你女儿值，你知道不？这是老百姓封的，你知道不？老百姓拿嘴封的，你知道不？老百姓拿嘴封的，那才是真的，你知道不？她要是皇后，你还不就成皇太后了？皇太后在上，女婿石怀玉给你请安了。'说着，他跟唱戏一样，把半边身子一歪，还真给我磕了一个响头。把我笑得就第二次溜下去了。反正娘这半辈子都没笑过这么多，一下午差点笑毁了。我还问他，一个大大的男人，为啥不做点正经营生，光写字画画，能养家糊口吗？你猜他咋说：'我的皇太后大人，那你就是还没发现驸马爷的价值了。我这字画，只要卖，随便都能给你家牵回一群牛羊来。至于是不是正经营生，那你说皇帝是不是正经营生？'我说当然是了。他说：'那你知不知道岳飞伺候过的那个皇上？'我说岳家将的戏我看过，岳飞伺候的，可是个没啥名堂的皇上。他说：'那个皇上就会写字画画。皇上早让人忘了，可他写字画画的名气，到今天还大得没边没沿的。既然皇上这营生都让人忘了，只剩下书画名头了，咱何必再去当什么皇上呢。见天要起早上朝，开会训人，能把人囥烦死。还不能留胡子。你见哪个皇上留个大串脸胡呢，好像没有吧？我直接就当了书画家，想咋活就咋活，岂不快活、受活？何况俺婆姨就是皇后，丈母娘就是皇太后，咱不当不当，也就是个名誉皇上了，你还要女婿谋的是哪门正经营生呢？'娘我就第三回笑得溜下去了。后来他就一个劲惹我笑。我笑，刘忆也跟着笑。我发现他还会逗刘忆得很，刘忆好久也没笑过这么多了。笑到最后，刘忆都在房里翻起了跟头。秦娥，也许这个人还行。找个'死钉秤'的，一天三棍子闷不出个屁来，过着也是心烦。我只给他提了一个要求，看能不能把胡子剃了。你猜他咋说：'岳母太后大人，那你老还是把我推出午门，亲自斩首算了。我之所以不贪恋正经营生，就是喜欢着这脸胡子。我石怀玉，是留头留胡子。要是不让留胡子，那我也就不准备留这个狗头了。'你说我还说啥，只有狠狠拍他一巴掌，让他走了算了。再待下去，只怕是把我的下巴，嘻嘻嘻，都要笑脱落了。咯咯咯，好了好了，我再也笑不得了。你的事，我不管了。你也少让石怀玉来，再来，把娘笑死了，谁给娘偿命呢。咯咯咯。"

娘这一关就算过了。

石怀玉在终南山的那院小房，是从当地村民那儿租来的。那家村民，在城里买了欧式单元楼，这小院，便被石怀玉便宜租了来。外观几乎没变，甚至还加强了竹林茅舍的感觉。室内倒是拾掇得文艺、温馨起来。忆秦娥第一次被他忽悠来，就喜欢上这地方了。真正是山清水秀、鸟语花香的一处所在。坐在院子葡萄架下，学古琴，学画画，临王羲之，有一种说不出的清幽自在。要说忆秦娥真正对石怀玉有感觉，就是在这个院子里才产生的。她突然觉得，也许自己跟这样一个书画家，才是最合适的。石怀玉单纯、率真、幽默；处事大气、阳光、随和；且又能给她教字、教画、教琴；他还喜爱着秦腔戏；并且是从骨子里，尊重着唱戏这个职业的。自己如果真要再找一个男人，还有比石怀玉更合适的吗？关键是石怀玉让她快乐，让她活得轻松，这是最重要的。也就是这一次小院相会，她把主意就算拿定了。如果那天石怀玉在提出非分要求后，她没答应，而石怀玉再要强人硬下手，她也是会在脑子里，给石怀玉打个大大的问号的。可石怀玉没有，只是暗示了一下，她回答了一个"不"字，他就再没朝下进行。尽管环境那么适合发生点什么故事。她看见，石怀玉甚至把卧室粉红色的台灯都打开了。可她极不情愿让人觉得她轻薄。她是不能轻薄的。她也是轻薄不起的。十四五岁就被人侮辱。她是懂的，她不轻薄，别人都以为她是轻薄的。虽然那阵儿她也是面红耳热，心跳加速着的。好在石怀玉还算君子，为了减轻她的压抑、局促，甚至把门窗洞开，让山风呼呼地穿堂而过。小院，立即像透明体一样，对外亮出了全部内脏。他没有做出任何强迫的举动。她就把这事彻底决定下来了。

忆秦娥在省秦的房子，住着儿子，住着宋雨，住着娘，还住着她弟。自是无法做洞房了。而到终南山脚下住，又的确太远，会影响上班。车走得最快，也需要四五十分钟。石怀玉为这事，还专门买了一辆二手越野吉普。反正一切都为着结婚，一切都为着能搭建起一个爱巢来。

这个巢穴也的确温馨、温暖、温情。忆秦娥已经很久没有品尝到这种雨露滋润了。她没想到，平常在她跟前那么温顺的石怀玉，竟然是这样一个癫狂至极的野人、疯子。他是真的浑身长满了毛发，胸腔和腹部的，甚至比胡子还浓密。躺在那里，就像躺在一块不规则的黑地毯上。从头顶开始，只裸露了一方肉脸，还有一个大嘴洞，然后就端直铺排到脚背上了。尤其是两条腿，活似两根烧火棍。翻过身去，露出脊背上的毛发，那里更是长得凶险诡谲，不可思议。忆秦娥阵阵惊讶，也阵阵笑得腹内抽筋，怎么长成了这样的毛葫芦。石怀玉解释说，是在山里待得久了，许多时候，他都是跟野人一样，一丝不挂地在山林里穿行、狂奔。有时画出一幅好画来，他甚至能给胳膊上绑两个簸箕，从岩石上朝下试飞。有一次，还真摔断了一条腿呢。忆秦娥是被纠缠在毛乎乎的世界中了。从额头到脚心，几乎无处不刺激着，针扎着，酥麻着。她是幸福得老想用手背去捂住发笑的嘴。可狗日的石怀玉，嫌她的手太有劲，还碍事，早拿她的练功带，把她的双手反剪在背后，死捆起来了。她嘴里不停地喊："野人，疯子，野人……"但打心里，她是喜欢和满意着这个野人的施暴了。

可好景不长。先是上班连续迟到，都被薛团警告几回了。

娘说刘忆见天晚上也闹着要跟妈妈睡。有一晚，甚至还翻上阳台，说要看着妈妈演出回来。她娘说完后，她心里就特别难过。她跟石怀玉商量，看晚上能不能把刘忆接过去住。石怀玉倒是没反对。可这个刘忆，却是个"夜猫子"，人来疯。尤其是好长时间没跟妈妈睡了，晚上就兴奋得整夜整夜睡不着。给他安排的小房，死都不去。他老要躺在她和石怀玉中间。石怀玉即使伸手把她拉一下，他也是要狠劲地哭，狠劲地喊。并且还要用嘴咬石怀玉的手。咬是真咬。一咬，石怀玉就跟遭马蜂蜇了一般，忽地蹦起来，像一头黑熊瞎子一样，要在房里跳起来号叫。一晚上两晚上还行。见天晚上这样，石怀玉就躺在一边，做老牛的哼哼声了。

关键是她娘说，宋雨来家也不习惯。上学早上也送不走。说娃要回去，想婆了。忆秦娥就考虑，是不是还能再在终南山脚待下去了。她跟石怀玉说，她得回去住一段时间了。石怀玉死活不答应。他们就开始了第一轮的家庭矛盾。

二十六

让薛桂生有些生气的是，忆秦娥自从跟了石怀玉后，就变得迟到早退，不大专心于练功、排戏起来。过去，她一天到晚都是泡在功场的。现在，见天都听业务科的人，在满院子喊叫："忆秦娥来了没有?"有时他知道，是故意给他亮耳朵听的。他一批评，她就傻笑。也不反抗，也不强词夺理，但也不见改正错误。气得他还找石怀玉来谈了一次话。

这个死石怀玉，见了他，话就多得插不进嘴。他一脸的毛胡子，都是朝上翘着的。连那张胡子怎么包围都还是口面很大的嘴，也是高兴得就跟强电流烧焦的闸刀，咋合都合不上了。石怀玉一进办公室，不是朝他办公桌的对面坐，而是端直朝他的座椅旁边挤。像是在耳语，声音却又大得满楼道的人都能听见。说是大声说，却又像是要给他耳语似的。他开口第一句话就是：

"桂生，你知道什么叫幸福吗？你见到过幸福的模样吗？我他妈现在就幸福了！幸福的模样，就他妈是我这个样子！幸福是要浑身长毛的，你懂吗？"

看着石怀玉那副癫狂样子，他哭也不是，笑也不是，就说："去去去，坐那边说去。"

石怀玉还兴奋得给他捏起肩来，说："桂生，我的团座，我的幸福都是你给的，也必须跟你一同分享，懂不懂。要不跟你老哥分享，老弟就不够意思了，你懂不懂。的确幸福！我他妈幸福得就想冲大街上去喊，就想插两个翅膀朝天上飞。"

"别飞啦。你这个尿人，看把忆秦娥的业务耽误成啥了。"

"磨刀不误砍柴工。我的老哥，光说忆秦娥迟到早退，你没看看她的气色、面容，是不是年轻多了？女人哪，就要靠爱情来滋养，你懂不懂？没爱情的女人，就是干喳喳的，枯树桩一个，你懂吗？艺术呀，那就更需要爱情滋养。只有懂爱情的人，才可能在艺术上有大造就，你信不信？我是在给你培养秦腔大师呢。别在意一城一池的得失嘛！在人才上，要有战略思维。秦娥迟到早退是暂时的。她的艺术超越与腾飞，将是永恒的，我的团长老哥！"

"行了行了。我说怀玉，别贫嘴了。让秦娥住得那么远可不行。你恐怕得尽快想办法，让她住回来。你知道她肩上担着省秦多大的责任哪！二十几本戏，都背在她身上。无论哪儿包场，包括外事演出，没她当主角的戏都不要，你知道不？你说，你爱她啥？"

"多了。美貌，身材……"他突然把毛乎乎的嘴，对着他的耳朵吹气说，"还有的，老弟无法告诉你，真是妙不可言，妙不可言哪！你懂得什么叫销魂吗？我他妈现在就处于销魂状态。再就是戏唱得好，是他妈真好，真叫一个绝！"说着说着，石怀玉又兴奋得要蹦起来了。

"别蹦别蹦，你坐着好不？"

"幸福得坐尿不住么。"

"我说怀玉，我们的心思是一样的，都想把忆秦娥推上秦腔大师的宝座。这不仅是为她，更是为了这个事业；为省秦在秦腔界的那一席地位；还有在演出市场上那要命的竞争力。你自私得整天拖后腿，她功不练，戏不排，还能进步，还能成大师吗？"

"放心，放心，蜜月期一过，保证让她按时上下班。不过，我们这个蜜月期，可能会略微长一点。也许是半年，也许是一年。嘻嘻。老哥，你是不知道我们那炉烈火干柴，烧得有多旺啊！我他妈幸福得就想死！立马去死！就是立马死去，也是无悔一生。也是要含笑九泉的！哈哈哈，哈哈哈……"

看着石怀玉那癫狂样子，他也不好再说啥，也无法再说啥。薛桂生只后悔，不该把这个尻人领进省秦。尤其是不该让他认识了忆秦娥。还不知以后会生出什么幺蛾子来，反正眼下，是已经严重影响到事业发展了。自他上任搞新版《狐仙劫》引起争议后，他就一直在调整治团方略。秦八娃有几句话，对他触动十分深。秦八娃说："戏曲天生就是草根艺术。你的一切发展，都不能离开这个根性。所谓市场，其实就是戏曲的喂养方法。如果一味要挣脱民间喂养的生态链，很可能庙堂、时尚性，什么也抓不住了。民间性更是会根本丢失的。那你就只有走向博物馆一条路了。过去所谓带戏班子，今天叫管理剧团，都是看你的主意。看你想干啥。没有准确定位，东一榔头，西一棒槌，最后只能把自己搞成四不像。"因此，他在众多剧团的竞争空间中，找到了省秦的定位：那就是拼命向传统的深处勘探。把别人弃之若敝屉的东西，一点点打捞上来，重新擦洗，拨亮。并且，也很快见到了效果。省秦现在不仅国内市场红火，仅今年，港澳台演出，就定下二十多场，而且境外演出商，也频频来洽谈合同。欧洲，还签了一个七国巡演的单子。不过，很多节目，演出商都提了苛刻要求，需要修改加工。大概是过去被这些演出商骗得太惨了，几乎十谈九空。不到登上飞机，都有被人耍弄的可能。因此，漫长的修改加工排练，大家情绪就不高。尤其是主演忆秦娥，被石怀玉弄到终南山脚下住着，每每让薛桂生感到，推进工作困难重重。他耳旁常听到一股风凉话说：

"薛娘娘是把'他爷'养成器了，啥戏都朝一个人头上安。'忆爷'养大了，养肥了，也该是要踢'孙子'响尻子的时候了。"

薛桂生终于动怒了。

在业务科拿出一连两个多月的考勤表，忆秦娥几乎没有一天不迟到早退的时候，一办公室人都盯着他，看他怎么办。只见他把桌子一拍，站起来说：

"怎么办？生炒。干煸。上油锅烹。"

他真的要动用制度，杀鸡给猴看了。一次让扣除了忆秦娥几千块钱工资。并且还要写出深刻检查。如果拒不悔改，就彻底停职检查，"换刀换枪换人"。

在他做出这个决定的中午，有好几个女演员，还故意跑到他办公室门口，掀起门帘，塞进半个头来，夅起大拇指，摇了几摇。啥也不说，又抽出头走了。

他还听见楚嘉禾在外面跟谁撂了一句：

"娘娘这回总算拉了一橛硬的。"

这一招也果然奏效，忆秦娥当晚上就搬回来住了。

他还是从石怀玉嘴里知道这消息的。

那天一早，石怀玉就跑到他办公室，屁股朝椅子上一坐，就再没起来蹦跳过。

"咋了？茄子让霜打了？"他故意问。

"哎，你说你个薛桂生，凭什么要这样制裁忆秦娥呢？"

767

"咋了，罚了几千块钱心痛了？"

"不是钱的事。"

"那是什么事？"

"是脸面的事。有关大秦腔的颜面。"

"这么严重？"

"不是吗？忆秦娥是什么人，你能这样去制裁？传出去，对你薛桂生能有什么好处？轻者是滥施淫威，重者就是迫害人才。"

"我就迫害了，咋了。她是省秦的人，就得遵守省秦的规章制度。这里没有特殊职工。"

"难道……难道忆秦娥，就没有她的特殊性？"

"太特殊了，其他人怎么办？"

"像忆秦娥这样的台柱子，你有几个？秦腔界有几个？你不护着、捧着，让她多睡睡懒觉、养养精神，一旦累垮了怎么办？"

"你咋前后就操心着忆秦娥睡觉的事。难道她除了睡觉，就再没别的事要干了吗？"

这句话倒是把石怀玉顶得有些尴尬起来。

薛桂生接着说："还嫌我没有捧着、护着。还要怎么捧着护着？你都应该好好算算，一个剧团培养一个主角的成本，到底有多大。就这样涣散下去，团还办不办？戏还演不演？"

"你也得抓抓别人么，光把忆秦娥死抓住不放，那她还有她的生活么。"

"石怀玉，我看忆秦娥就是跟你后，才走下坡路的。你还想让她把这下坡路，走到啥时候呀？"

"反正得给她休息的时间。总不能搞成戏虫：吃戏、喝戏、拉戏，除了戏还是戏吧。"

薛桂生说气话："那就给别人把舞台让出来么。"

"该让就得让。反正得让她除了戏以外，还能享受一下阳光、空气、生活吧。"

"你能做得了忆秦娥的主吗？"

"我能。"

石怀玉话还没说完，忆秦娥已经一跨脚进门了。

"我的事我做主。薛团，对不起，我再也不会迟到早退了。前边的认罚，并且给你检讨。"说完，她扭身就走，连石怀玉理都没理。

直到这时，薛桂生才知道，他们可能是闹了矛盾了。

他问蔫驴一样一下耷拉在椅子背上的石怀玉："怎么了？"

"还怎么了，不都是你闹的。在南山脚下住得美美的，这一处罚，好，把人给你逼回来了。却把我的饼子给擀薄了。你个薛桂生，这叫棒打鸳鸯，知道不？"

"回来住了，就鸟兽散了？"

"我给你说，这鸳鸯鸟要是被你打散了，我可就吃到你家，住到你家了。我有这份幸福容易吗我？"

"你爱住哪儿住哪儿。"薛桂生才不怕他威胁呢。

事后，薛桂生了解到，忆秦娥跟石怀玉果然是不说话了。石怀玉到练功场去找忆秦娥，忆秦娥都让他滚出去了。这事还让薛桂生有些不安：忆秦娥已经是二婚了。第一次就闹得沸沸扬扬，如果再出现第二次闪失，对忆秦娥还真是麻烦不小的事呢。毕竟是大演员，关注的人太多了。何况关于忆秦娥的风言风语，从来就没中断过。为这事，他还找过忆秦娥，问她跟石怀玉到底咋了。尽管他从一开始，就觉得石怀玉这个人，好玩是好玩，有才情，有趣味，却未必是一块做丈夫的好料当。可忆秦娥这个人心很深，啥都问不出来。也不知她家里，到底是发生了喜剧还是悲剧，反正她依然还是那样遇事都捂嘴笑着。只说没有啥，就还练她的功，排她的戏了。

直到后来，他才知道，石怀玉跟她在终南山打架了。

二十七

终南山脚下的小院子，的确很有味道，尤其是生活气息逼人，但忆秦娥却是越来越不能忍受那种几乎与世隔绝的生活了。尤其是不能忍受与唱戏隔绝的生活。不练功，不排戏，不演出，她就觉得活着很是乏味。而石怀玉的生活习惯，就是晚上能整夜折腾，白天朝死里睡。等她早上好不容易爬起来，坐一小时车去上班，基本就十点多了。别人等不及，早骂骂咧咧地走了。她一人也排不起戏来。说练功，却是四肢乏力，再没了强度、力度。练也就是过过趟而已。她甚至感到，自己的胳膊腿，在一天天僵硬起来。柔性、韧性都随着活动的减少，而大不如前了。最关键的是，两个孩子的生活节奏，也让她给彻底打乱了。

先说宋雨。

这孩子被她从农村带回来后，就先跟娘发生了摩擦。娘说怎么要个女娃子。即使收养，也是该收养个男娃的。她说女娃子就是个赔钱货，养大了，总得让人家出嫁吧。出嫁你还得给人家置办陪嫁，不是赔钱货又是啥？忆秦娥就不高兴，说："我也是个女娃子，要你养活，要你陪嫁了吗？"一句话，把娘诘得还没话说了。想了半天，娘说："世上又有几个我女儿这样的人才呢。你舅都说了，你是五百年才出一个的唱戏天才。"忆秦娥就笑了，说："你们就觉得自家的人能行，谁又敢保证这个女孩子就不行呢？你不想养活我了，早早把我送去学唱戏，给人家当了烧火丫头。这孩子也是个烧火丫头，人家就为啥不行了呢？"娘说："那要看祖坟山埋的是不是正穴。要埋的不是正经地方，九岁在灶门洞烧火，九十岁还得给人家担水劈柴呢。看娃长得那副鸡骨头马撒（头）的样子，恐怕也成不了啥气候。"可这孩子在家住了几天，她娘又喜欢上了。说娃眼见生勤，腿快嘴甜的，是个好娃娃。并且刘忆也很喜欢她，两人还玩闹得热火朝天的。刘忆还多学了一个"唯唯（妹妹）"的称呼，乐呵呵地，一天喊到晚，还老撑着要抱"唯唯"。她娘就悄悄对着她的耳朵说："不定还给我孙子养了个媳妇呢。"忆秦娥就把脸一变说："娘，你怎么能这样想呢？"随后，忆秦娥就安排宋雨上学了。上学的事，都是派出所乔所长一手给办的。可宋雨上学成绩有点跟不上。并且说话地方口音很重，老被同学嘲笑，就渐渐厌起学来。直到有一天，忆秦娥突然发现，孩子在偷偷学她练功。并且把腿和腰，已经练得有些软度了。连"卧鱼"都能下去了。她就问："雨，你这是干啥呢？"宋雨也是拿手背挡住了嘴，半天不说话。她就说："玩一玩可以，但你还是要好好上学，知道不？学戏很苦。妈妈的苦，是没办法给你说的。妈妈要你，就是想让你好好念书。妈妈希望咱家，能有个把书念得很好的孩子，懂不懂？"宋雨没有说话，只用嘴啃着手背。但她也没有表示反对，还是去了学校。

忆秦娥把宋雨从农村要回来后，也曾觉得自己有点心血来潮。怎么就把人家这么大个活人，给生生要来了呢。当时她真的没想过别的，就为这孩子是个烧火丫头。烧火丫头这几个字，太要她的命，太撞击她的心灵了。在那一瞬间，她甚至突然产生了一个想法，要彻底改变这孩子的命运。因为在自己当年被弄去烧火时，是多么希望从天上降下一个神仙来，帮她一把，让她别去厨房做饭了呀！哪怕叫她回去放羊都行。可那时是叫天天不应，叫地地不灵。但现在，她有这个能力，来改变一个烧火丫头的命运了。可当把宋雨真的弄回西京后，她又觉得，自己当时是不是太冲动了一点。养一个人，是一件多么不容易的事呀！不仅仅是供吃供穿的问题。那无非是自己多出去走几趟穴，多挣点外快而已。单是让孩子上学这件事，就已经够让她操心劳神了。这孩子几乎是天生地念不进书。她还寻情钻眼，把宋雨送进了交大附小。可宋雨的学习成绩，很快就让学校把她弄去开了几次会，谈了几回话。说这孩子在课堂上就是个"白盯"。所谓"白盯"，就是看着上课是把老师死盯着的，结果一问三不知。问得急了，她就用手指头抠鼻子窟窿，用手背捂住嘴。咋批评咋问话她都不搭腔。老师甚至还疑惑说，这孩子智力是不是有问题？忆秦娥脸一红，很是不高兴地说："孩子智力健全。只是才从农村来，不适应。得有个过程。"可几个月过去了，宋雨还是让老师别扭着。让她也揪心着，难堪着。尤其是她跟石怀玉结婚以后，一下住得远了，宋雨的上学问题，就更是成了一桩事了。

刘忆虽然接到身边了，可石怀玉却有些不待见。他倒不是不待见孩子的痴傻、残疾。而是嫌孩子太闹腾，整夜整夜兴奋得不睡觉，影响了他的"好事"。他就老提议，还是把孩子送回姥姥那儿去。一回两回，她只是笑笑算了。说得多了，她心里自是不舒服起来。尤其是有一天，石怀玉竟然偷偷给刘忆吃了五颗安眠药，让孩子美美睡了一天一夜，这让她跟石怀玉彻底闹翻了。

那是一个星期天，团上倒也没排戏。他们起床时，已是快中午时分了。那天天气特别好，太阳金黄金黄的。要是放在市区，不开空调，都是没法在房里待的。可在这里，山风吹得凉飕飕的，舒服极了。尤其是在院子的葡萄架下，简直有一种洞天福地的神仙感觉。刘忆闹腾了半晚上，后半夜才睡下。她是觉得好些天没有正经练功，身上哪儿都僵着劲，就起来在院子里活动起来。一阵腿脚踢得累了，她一屁股坐在葡萄架下的石凳上，还是"卧鱼"的身姿。石怀玉突然从卧室的窗户里，光着毛身子探出头来一看，竟然激动得从窗户里，张飞一般跳将出来。他大喝一声，说创作灵感来了，要画画。他还老鹰抓鸡般地一把将她抱起来，放到秋千架上，一边推着她荡秋千，一边说："乖，能不能跟你商量个事？"说着就愣亲起她的脖根、耳朵、眼睛、鼻梁来。

"讨厌，毛乎乎的。什么事？"

"能不能让我创作一幅作品。"

"给你当模特儿？"

"是的，乖。"

"那我有个条件，我可以给你做模特儿，但你能不能让我只周六过来，平常就睡在家里？我要上班，要排戏。"

"你就爱跟我讲条件。先答应了我好不好？"

"那你必须先答应我。"

"好好，答应你。来来来，让我给乖乖收拾打扮起来。"石怀玉说着，就开始剥她的衣服。

"你干吗呢？"

"来来来，先卧在这儿，让我慢慢给你摆姿势。"说着，他又把她抱到了石凳上。他一边亲着她的高鼻梁，一边又脱起她的练功短裤来。

她一把将短裤拉住："你疯了，这是院子。"

"院子没人来，大门也关着。这个世界就你我二人。"

"胡说，还有孩子呢。"

"孩子睡着呢。"

"也该醒了。我还要给他做早点呢。"

"不急不急，我这阵儿创作欲望正强烈，咱们赶快动起来。"说着，他还要脱。

忆秦娥就一骨碌从石凳上爬起来说："你要画什么？"

"阳光。绿叶。藤萝。葡萄。荼蘼架。多少鲜活的生命包裹着你呀！我在秦岭很多年，都没有感受到如此强烈的审美愉悦与冲动了。乖，就让我好好创作一幅作品吧。"

"那你画吧。"

石怀玉又脱起她的衣裤来。

"你要干什么？"

"画裸体。这么美好的一切，只有你的裸体，才是可以与它们媲美的。也只有你的裸体，才能拎起这个画面的生命重心。"

"你是疯了吧，石怀玉。"

"谁疯了？作为画家，如果我不能把今天这种对生命的独特感知，真切记录下来，那就是我的失职。是对人类美术史的不负责任。"

"去去去，你想画裸体找人去。我是绝对不可能让你画的。"

石怀玉突然咚地跪在她面前说："娥，就让我画一次吧！今天的阳光、植物、生命，包括我的创作冲动，一切的一切，也许不会再出现了。这种稍纵即逝的灵感，如果丢失，会让我后悔一辈子的！相信你也会后悔的！"

忆秦娥看他说到这里，就又补了一句："别说得太玄乎，我可不是啥子青春少女了，有什么好画的。"

"你跟别的女人不一样。也许是因为一直在练功，你的身材、皮肤还跟二十几岁的姑娘一样，充满了活力与弹性。"

"别瞎说了，还有孩子呢。他醒了咋办？"

"他醒了我们就停下来，好不？"

忆秦娥是在半推半就中，被石怀玉剥得跟葱白一样，平放在了长条石凳上。他把姿势摆来摆去，摆了半天。最后，忆秦娥还是要求给身上盖点什么。石怀玉就拽了几枝葡萄叶子和葡萄下来，把她的敏感部位，做了些影影绰绰的掩饰。几年后，在石怀玉的画展上，这幅作品，几乎轰动了西京。当然，不仅是因为石怀玉画得好。详情后边会说。

单说那天，忆秦娥配合石怀玉，从中午画到下午，都不见儿子刘忆喊叫，她就觉得有点奇怪。在画画当中，她还去看过两次，刘忆一直都是睡得呼哧大鼾的。她还说孩子果然玩得累了，今天可是睡好了。可五六个小时过去后，她去看，刘忆还睡得人事不省。她就有些怀疑。她突然发现石怀玉放药的地方，有一个瓶子上的说明是新撕了的。结果在垃圾桶里，她发现了这张小纸片。上面有安眠药的说明字样。气得她一冲出去，就把石怀玉的画夹子给踢翻了。石怀玉知道是怎么回事，就只傻笑，不反抗。忆秦娥揪住他的毛耳朵逼问："你干什么了，说。"

"没……没干啥。"

"石怀玉，你好歹毒的心。说，给孩子吃什么了？"

"安……安眠药。我是被这个家伙……弄得整夜睡不着，才买的。是给我买的。"

"说，给他吃了多少粒。"

"五……五粒。"

"正常吃几粒？"

"一到……四粒。"

忆秦娥气得浑身发抖地："石怀玉，你这是投毒！是犯罪！是杀人！你要把我孩子弄出个三长两短来，我就跟你拼命了。"说着，她飞起一脚，踢在石怀玉的下巴上。接着，又是"打焦赞"一般地拳脚相加起来。在石怀玉被打得满地找牙的时候，她抱起孩子愤然离开了。

在离开那院孤零零独自存在的民居时，她甚至有种逃出鸟笼的感觉。

这个石怀玉，想来也真是个怪物。就在几天前，也是在葡萄架下，他突然拿出一本绣像《金瓶梅》来。他指着那幅潘金莲和西门庆在葡萄架下的春宫图，就要绑她的腿脚，加以操作实践。那天她就踢了他一个"二踢脚"，还旋了一个"扫堂腿"，喊他是大流氓。今天想着他是要创作，就很是不情愿地遂了他的心意。也是想补救这些天来刘忆的闹搅。谁知他竟然还给刘忆做了手脚，这就是怎么都不能原谅的事了。他是把底线突破了。在一刹那间，她甚至连杀他的心思都有。敢这样做，时间长了，难道他就不敢谋害刘忆吗？都走出院子很远了，她内心还在打着寒战。

忆秦娥回家后，她娘就看出他们两口子可能是吵架了。娘还说了她几句："这可是你情愿的。放着好好的城里不住，要住到南山去，连老娘都不要了。看来把男人也没维下。"忆秦娥啥也没说，就拿起宋雨的作业本翻了翻。宋雨低着头，用嘴啃着手背，不敢说话。她看见，几个作业本上几乎都是大红叉。有几个红叉，明显是老师气得有些失控，竟然把好几页纸都划成烂片片了。她说了宋雨几句，宋雨一只脚丫子踩着另一只脚丫子，只使劲在那儿搓着，就是不回话。她本来是想发脾气的。可又觉得，孩子怎么就那么像儿时的自己，既可怜，又憋屈。看着那样子，她直想落泪。她也就啥都没再说，只让她把鞋穿上，小心着凉。倒是刘忆眼尖，把宋雨的拖鞋，一只顶在头上，一只含在嘴里，是趴到地上给"唯唯"把鞋穿上了。

她娘把她叫到一旁说："这娃心思不在念书上。"

"那在什么上？"忆秦娥问。

"唱戏。你只要一走，她就把自己关在房里，又是拿大顶，又是下腰、踢腿的。一叫念书、做作业，她就闹着要回去找她婆。"

忆秦娥半天没有说话。

她娘说："不行就让学唱戏算了，不定还能又学出个小皇后来呢。"

"不行。必须让她好好念书。"忆秦娥给她娘回答得很干脆。

晚上，她一边搂着宋雨，一边搂着刘忆。她还给宋雨讲了很多道理，要她好好学习。说唱戏太累太苦。除了身体累，心会更累。可觉得孩子又听不懂，她就直说，她以后不许再偷着练功、学戏了。说把书念好了，她会把她婆接来看她的。要不然，她婆也会不高兴的。宋雨也不说啥，就钻到被窝里抽泣。刘忆是一直独霸着妈妈两个奶的。见"唯唯"哭了，就很是大方地让给了"唯唯"一个。忆秦娥将两个孩子紧紧搂着，觉得好像这才是她最踏实的生活。

忆秦娥正常上班后，石怀玉来找过很多次。她开始不想理，排出访节目也的确忙。可石怀玉找得不依不饶的。有一天，薛团长就找她去做了一次工作，说：

"秦娥，无论你跟石怀玉现在是什么情况，都得慎重考虑这事了。你毕竟离过一次婚。社会上对你的关注度又高。要是处理不好，对你的伤害是会很大的。我的意思是：能和好，还是尽量要和好。只要没有什么大不了的事，还是不再折腾为妙。你跟别人不一样，你折腾不起呀，秦娥！"

她也觉得薛团说得有道理。去香港、澳门、台湾演出一回来，她就又半推半就着，去了终南山脚下的民居。

谁知她这次去，只住了十几天，刘忆就出事了。

二十八

刘忆觉得，这个家自从有了那个毛脸大胡子，一切都好像不是原来那么回事了。大胡子开始也是爱自己的，一到家里，就拿满脸的大胡子亲他、扎他。早先他可不喜欢了。比妈妈、姥姥亲他的感觉差远了。并且那个大胡子嘴唇厚，牙黄，有时还有口臭。要再抽烟了，亲他，他直想吐。可这个大胡子好像爱讲笑话，把妈妈笑得老捂嘴、喷饭。姥姥开始也不待见。后来也被大胡子惹得笑岔过几回气，溜到沙发下，直让他帮她捶背、顺气，说她都快笑死了。还是他跟大胡子一起把姥姥拽起来的。至于讲了些什么笑话，他也听不懂。反正那丛比猪鬃还硬的大胡子，围起来的屁红色嘴里，话可多了。一家人坐在那里，就见那张嘴在白话。其余人，只管笑就是了。他那两片嘴，一张一合一张一合的，能鼓捣一天不闲。也不知哪里就有那么多屁话。真正是应了姥姥爱骂小舅的那句话：话比屎多。大概就是那张嘴能掰掰，姥姥先是轻狂着给人家擀臊子面了，碗底还埋了荷包蛋。这是给他才吃的东西，怎么就让大胡子咥了呢？咥得恶心的，鸡蛋花子还抹了他一胡子。后来他见妈妈也不对了，不光是喜欢笑，喜欢用眼睛看着大胡子，而且有一天，大胡子趁姥姥到灶房做饭时，他还在沙发上准备亲妈妈呢。要不是他眼尖手快，拿起拖把把大胡子撅起的屁股，美美捅了一下，还真让他把妈妈欺负了。妈妈的嘴，打小就是他一个人的。妈妈用嘴，把啥东西都嚼细了给他吃。他发烧了，妈妈还拿这张嘴给他喂水。他嫌药苦，也是妈妈先拿嘴抿了，说抿甜了，才给他喂进嘴里的。大胡子来以前，妈妈的嘴，可是没跟任何人亲过的。包括姥姥，她的亲娘，妈妈也是不亲的。可这个大胡子，竟然吃了豹子胆，就敢亲妈妈了。让他生气的是，他拿拖把捅大胡子的屁股，妈妈不仅没帮他的忙，而且还用手背捂着嘴笑。看来妈妈也是被这个大胡子的烂嘴，给迷糊住了。最让他伤心的是，妈妈还跟这个大胡子过起日子来了。姥姥说，那叫结婚。以后他要把大胡子喊爸爸了。姥姥还老教他这两个字。他才懒得学呢。虽然他会喊，其实"爸爸"这两个字最好喊出来了，可他偏不喊。姥姥一教他"爸爸"，他就"凹凹""唎唎""啦啦"地乱喊一气。他才不想把大胡子叫爸呢。没想到，事情会发生得这么严重，妈妈跟大胡子在一起过日子，就意味着他要靠边站了。人家到南山脚下过日子去了，把他竟然撂给了姥姥。姥姥也学妈妈，晚上让他摸着奶睡。可姥姥那是什么奶呀！蔫皮皮的，像两个倒空了米的袋子，摸着咋都睡不着。他就闹着要妈妈。姥姥说，妈妈跟人结婚了。结婚了，就得跟人家在一起过日子了。他想：那我呢？妈妈为啥不跟我结婚，要跟大胡子结？大胡子还有口臭。大胡子吃饭也比我脏。我是沾在嘴角、鼻子上的；他是沾在毛胡子上，越抹越擦越朝胡子里钻，比动物园里满地乱卧的猴屁股还脏。

"唯唯"宋雨，也不知是他们从哪里弄来的。人倒是乖，也听话，把他哥长哥短地叫着。他要坐，宋雨就会拿板凳。他要上床，宋雨也会帮着他把腿抬上去。好是好，可好像也在把他的饼子朝薄里擀呢。睡觉，妈妈能让睡在一个床上。宋雨睡不着，妈妈也让摸着她的奶睡，这算咋回事？这算咋回事？这到底算咋回事？难道妈妈的奶，也是可以分给她摸的吗？饭她可以吃；床她可以睡；电视她可以看；玩具她可以玩；甚至连他的电动汽车，也是可以让她坐的。可妈妈的奶，却是不许任何人动的。那就是他一个人的。好在宋雨听话，他说不让摸，宋雨就不摸了。有时半夜醒来，他发现宋雨是摸着妈妈奶睡的，他就会狠狠掐她一指甲，然后把手掰开去。除非有时他高兴，也是可以让"唯唯"摸一下的。但那只是一下，摸完必须把手拿开。要不拿开，他就会揍她的。"唯唯"也好玩，妈妈不在的日子，她比姥姥好玩多了。她爱学妈妈拿大顶、劈双叉、踢腿、下腰、卧鱼、扳朝天蹬。可好玩是好玩，却终是代替不了妈妈的。妈妈不在，他几乎整夜整夜睡不着觉。妈妈给门上安了一个猫眼，是为了让他能朝外看的。他就经常贴着脸看，把两个眉毛都蹭掉完了。妈妈就把猫眼拆了。他现在能看见妈妈回来的地方，就是阳台了。可妈妈自打跟大胡子去南山过日子后，这里就很少能看见妈妈的身影了。他不吃饭，也不睡觉了。一天到晚，就在阳台上搭把椅子，站上去等妈妈回来。后来，姥姥就让妈妈把他也接到南山脚下去了。

原来南山脚下这么好玩的。不仅地方大，而且还有院子，有秋千。出了院子，还能朝田埂上跑。地里种满了棉花。妈妈说，这就是为我们穿衣服种下的。反正那个好玩呀，真是能把人高兴死。可只高兴了一两天，他就高兴不起来了。事情全都要怪那个死大胡子。大胡子绝对不是一只好鸟，他是要把妈妈彻底从他手中夺去了。先说睡觉，这么个毛乎乎的家伙，有些像动物园里的野猪，竟然也是能躺在妈妈身边的。他并且听他给妈妈捣鼓说：孩子大了，应该让他分床睡。多么阴险歹毒的家伙呀，竟然是要独霸妈妈了。他才不上毛胡子的圈套呢。毛胡子给他收拾了一间房，还摆满了玩具、甜点、饮料，他偏不去睡。他就要睡在妈妈身边。毛胡子朝哪边躺，他就朝哪边翻。并且他还要掐毛胡子，咬毛胡子，拿屁股顶毛胡子，拿脚踢毛胡子。反正毛胡子不下床，他就想方设法地拾掇他。直到毛胡子气呼呼地起身离开。惹得妈妈老捂嘴笑着，还刮他的鼻子说："你个坏蛋。"

开始毛胡子还忍着让着他。到了后来，毛胡子脸就有些变了。背过妈妈，老威胁他说："今晚你要再不到你的床上睡，我就把你扔出去喂狼。这外面的狼可多了，专等着吃不听话的孩子呢。昨晚都来过了，我说你今晚就会听话的。说，今晚听不听话？"还没等大胡子说完，他就跑到妈妈怀里，直说"羊……羊……"，可惜他发不出"狼"的准确声音来。妈妈还说，这里哪有羊呢，等将来回九岩沟看姥爷时，就有羊了。晚上他还是睡在妈妈怀里。大胡子要上床，他还是拿脚踢。他才不怕什么狼不狼呢。只要在妈妈怀抱里，就是遇见啥，也是不怕的。到了第二天，妈妈上厕所时，大胡子又把他叫到一边吓他说："你信不信，今晚你要再睡在你妈床上，我半夜就拎起你的胯子，从后窗户扔出去了。我跟狼都商量好了，我一扔出去，它们抬着就跑。谁都撵不上的。包括你妈，要敢撵，它们也都说好了，是要一同吃掉的。看你再没妈了，可咋办呀！晚上还上你妈床不？说，还上不？"他又一溜烟跑了，并且端直跑进厕所，猴到了妈妈的背上。晚上，妈妈走到哪儿，他跟到哪儿。妈妈上床，他也上床。并且整夜整夜地不睡，说窗外有"羊"。死大胡子还是要朝床上赖。只要有妈妈在，他才不怕你什么大胡子不大胡子的。他就是不让他上床。大胡子从哪儿上，他就拿着枕头朝哪儿打。气得大胡子就猪一样哼哼着，瘫到地上的凉席上了。其实他心里，还真有点怕大胡子半夜把他扔出去了呢。因此，他就来个整夜不睡，等白天妈妈把他抱上车了再睡。回到姥姥家，也是睡。可一旦下午妈妈把他带回南山脚下，他就不再睡了。有一晚上，他故意装着睡着了，看大胡子能咋把他朝出扔呢。谁知大胡子倒是没扔他，却窸窸窣窣摸上床，把妈妈压住，还呼呼哧哧

779

地收拾妈妈呢。他气得一骨碌爬起来，就操起了床头柜边的一根防身铁棍。那是大胡子准备的，说这是乡间，搞不好会有毛贼来犯呢。没想到，毛贼竟然是死大胡子自己。他照毛胡子撅起的黑屁股，美美抡了三棍。要不是妈妈一把将铁棍抓住，第四棍都抡下去了。大胡子猪一样号叫着，把妈妈笑得都从床边溜下去了。他问妈妈咋了，妈妈笑得噎不上来气地说："没咋，你个乖儿子呀！"

从这天以后，大胡子对他就越来越不客气了。他也不知安眠药是什么东西，事后他才听说，大胡子是给他饮料里下了安眠药的。让他一睡就是十几个小时，人事不知。也就从那件事后，妈妈才彻底从南山脚下搬回来了。他记得，那天醒来时，妈妈还抱着他号啕大哭了一场，只说对不起他。他还不知是怎么回事呢。

从南山脚下回来后，好像一切又都正常了起来。妈妈天天去排戏。要是晚上去功场自练了，还能带着他，让他在海绵毯子上翻跟头。"唯唯"有时也去，跟他一起玩。有几回，他还看见大胡子来找妈妈，妈妈不理睬。他就拿起演戏的刀、枪，去撵大胡子，是前后要戳他腿、戳他脚、戳他的屁股。死毛胡子的屁股，可恶心人了。

再后来，妈妈就到啥子香港演出去了，说回来给他买新衣服，还买巧克力呢。他可喜欢吃巧克力了。要是姥姥不东藏西藏的，妈妈每次买一盒巧克力回来，他都能一顿吃完。

每次妈妈一走，大姨和大姨夫就来了，说的都是他们日子的艰难。好像还嫌妈妈管得少了。姥姥就说大姨：秦娥也不容易，养了个傻儿子，还养了个要来的女子。加上她，加上小舅，好几张嘴要吃要喝的。傻儿子就是说我。我最讨厌谁说我傻了，可姥姥偏要说，我就过去踢了她一脚。姥姥急忙改口说，我孙子不傻，是姥姥傻，姥姥傻。姥姥还说，要大家都体谅着秦娥一点，说这大一家子人，还不都靠秦娥支撑着。但凡能帮的，秦娥也都帮了。大姨说，他们好像在买房子，叫个啥子按揭房，月月都催得跟鬼吹火一样。姥姥经常会给他们摸些钱出来。说这钱也都是秦娥给她的零花钱，她又都转置着给他们了。姥姥每次把钱塞给大姨时，好像还生怕我看见了似的。那一阵儿，她又不把我当傻子了。小舅也不成器，姥姥说他干啥啥不成。他老回来问姥姥要钱，气得姥姥遇见啥，就拿起啥来打小舅。他看见，姥姥光拿炒菜的铁瓢，都把小舅的脑壳磕了好几回了。说小舅迟早都是要跟老舅爷一样，去坐牢的。可小舅还是混得好好的，并且越混还越出息了。摩托车都开上了，说在外边跑啥事情呢。还说钱都是自己挣的。姥姥就骂他："买你娘的屁，又买摩托呢。我还不知道，上万块钱的摩托，光你姐都给了四五千。还要电脑呢，让你姐给你买个驴脑子安上，败家的东西！"

"唯唯"倒是乖巧，可在妈妈不在的日子，老是逃学。姥姥还不敢多说，一说她就要回去找婆。妈妈从香港回来那天，听说"唯唯"逃了好多天学，光练戏，还打了"唯唯"一巴掌。"唯唯"哭得连新衣服都不试。巧克力也没吃。他差点把给她的那一盒都吃完了。还是姥姥硬从他手上抢去藏了的。

在妈妈不在的时候，大胡子还来过几回的。有两次，姥姥没叫进门，让大胡子站在门口，说了几句话，就把门又关上了。有一次，大胡子硬要朝进走，他就去厕所拿出拖把，照他脸上戳。要不是姥姥挡住，都戳到胡子上了。大胡子还给他买了巧克力，可他忍住几天没吃，只老是去看一眼，就呸的一声离开了。不过最后，他到底还是没忍住，一回吃了大半盒。巧克力的确好吃，尤其是酒心的。大胡子给他买的就是酒心巧克力。

妈妈刚一回来，大胡子就来了，基本是前后脚进门的。他去拿拖把赶呢，妈妈把他推到里边房去了。也不知他们在外面说了些啥，反正他从门缝里，听见妈妈又在笑。这一笑，他就觉得没好事。他可讨厌妈妈对这个死大胡子乱笑了。那天晚上，姥姥还给大胡子擀了面，面底下又是卧了荷包蛋。气得他眼睛一直朝大胡子瞪着。他也用眼睛瞪了姥姥，还瞪了妈妈。大胡子要走时，还故意到他跟前，做要抱他、亲他的样子，他呸地朝地上唾了一口。其实嘴里啥也没有，他就是想吐一下，气气死大胡子。

后来，妈妈就又到南山脚下去住了。

妈妈说去住几天就回来，没说带他去的话。他也不想去，不想见大胡子。心里也怯着，害怕死大胡子又给他下毒药呢。妈妈交代，要他好好听姥姥话，跟"唯唯"好好玩，她就拿了几大包东西走了。

他在阳台上，是看着妈妈钻进大胡子的臭车里走的。

这一走，就是好多天。他天天闹着姥姥要妈妈。姥姥老说，很快就回来了。可他每天站在阳台上朝远处看，就是不见妈妈回来。平常阳台的玻璃，都是扣死的。姥姥见他上阳台，更是要把窗扇检查一遍又一遍的。

这天晚上，姥姥在洗衣服。"唯唯"在练劈双叉。他就又到阳台上，朝远处看了。外面雾沉沉的，啥都看不清楚。加之树梢也有些挡眼，他就搭了椅子，站到更高的地方看。看着看着，远处好像是妈妈回来了。他就喊，他就兴奋得蹦跳起来。

他打开了一扇窗户的插销，把半个身子都探出窗外，直喊叫"妈妈，妈妈，妈妈……"，谁知窗框没抓紧，椅子一摇晃，他就从窗口倒出去了。

像是在飞，但他感到又有些不妙，想用双臂做翅膀，那翅膀却咋都扇不起来。他感觉头是朝下的。像姥姥有一次，把摆在阳台上的一个老冬瓜绊翻下去了一样。那个冬瓜，还是姥姥从老家带来的，说有五十多斤重。一沟的人都说，冬瓜快成精了呢。他们家住在六楼，那个冬瓜下去后，只听嘭的一声，就摔成一摊稀泥了。他下去看时，白色浆汁溅得到处都是。

他感觉自己就像那个冬瓜一样，跌下了六楼。

在空中没转几下，他就感到，头是撞在很硬的东西上了。他一下想到了那个冬瓜坠地时的惨相。大概不会是白色浆汁了。可能会是红的，红色比白色好看多了。妈妈就爱穿红色内衣，可好看了。妈妈嘴唇也是红的，可美、可甜了……

二十九

忆秦娥从港澳台演出回来，迫于各种压力，又跟石怀玉去了终南山脚下的民居小住。

当然，石怀玉的真诚，也再次打动了她。不过，她跟石怀玉也谈得很清楚，在剧团外出回来休整阶段，可以过去住。一旦开始排练，她就必须住回去。那阵儿，她说什么，石怀玉都答应。只要她能"凤还巢"。关于刘忆，石怀玉没有明确说不让带的话。但她心里已有了阴影，是不想再把儿子带过去惹麻烦的。其实这次矛盾升级，主要就在石怀玉给刘忆吃安眠药上。好在为这事，石怀玉已经给她道过无数次歉了。说他绝对是"爱屋及乌"，没有谋害孩子的意思。当时就是想让他多睡一会儿。这孩子太像夜间才圆睁两眼的"猫头鹰"，一点都不给他留空间。他说："你想想，咱新婚宴尔，烈火干柴的，却不给亲热的时间，无异于把人架到笼上清蒸，又到火上烘烤，塞到炉子里炼化呀！"不管他怎么狡辩，反正忆秦娥，对石怀玉已是防着一手了。刘忆毕竟只是三四岁孩子的智力，石怀玉真要做起什么手脚来，还真是防不胜防的事。关键刘忆不是他亲生的，又智障着。她觉得还是让孩子远离着他点好。

要说石怀玉对她也的确是好。闹翻这段日子，他几乎就没中断过联系与道歉。即使在港澳台演出，他也是一天几次信息、几个电话地打。告诉她内地是怎么宣传的：说忆秦娥在港澳台，是怎么为秦腔赢得空前影响力的。就连香港、澳门、台湾多家报纸给她做的采访，也被他搞到手了。看来石怀玉在省秦也是有内线的。不过这一切，毕竟还是让她感到了石怀玉的有心与温情。因此，在回来的第三天，她就又到南山脚下的民居来了。她已是离过一次婚的人了。用她娘的话说，女人离一次婚，就不值钱了，你还敢折腾第二次。她也觉得自己是折腾不起了。何况石怀玉是爱着自己的，她没有理由不去修护、维持这种关系。

石怀玉是个疯子，也是一个在性生活方面极其强烈的狂人。并且有很多癖好，是忆秦娥绝对不能接受的。比如他希望她跟他一道，保持一些"野人"的生活方式。他说城市太虚伪，太讲究掩饰、装扮：又是打粉底，又是抹口红，还要丰假乳、隆鼻梁、拉皮、削腮帮子、割什么双眼皮的。连说话，都要带着一种拿捏的腔调。他说他爱她，爱的就是这种朴实自然，素面朝天。他觉得在这个家里，是可以剥去一切生命伪装，来个一丝不挂的畅美、快意生活的。他说他在山里作画，就常常这样赤身裸体着。就连在院子里荡秋千，他也是要像"山鬼"一样，剥光剥尽，只给头上扎一个花环，腰上别几片树叶的。但忆秦娥一概不予配合。说她不是猿猴，更不是野人。并且也不准他一丝不挂，毛乎乎地在家里到处胡扑乱窜。猛一撞见，还以为是野猪、黑熊瞎子什么的钻进家来，直立行走了呢。她宁愿不荡秋千，也是不会剥光了身子，到院子里到处胡跑的。狂风暴雨天气，他又要忆秦娥跟他一道回归自然，到田野里去，裸奔呐喊屈原的《天问》；大声朗诵哈姆雷特的"活着还是死去"；还模仿李尔王，在电闪雷鸣中，要"把一切托付给不可知的力量"。他自己折腾了不算，还要忆秦娥也在风诉雨哭中，大唱《鬼怨》。说那种感觉，一定跟舞台上不一样。他还说，冤魂野鬼，是最有可能在这种天气出现的。虽然在这片田地，在暴风雨中，可能也遇不见任何人，但忆秦娥是死都不能这样去唱《鬼怨》的。他要裸、要奔、要喊，让他尽情裸、奔、喊去。谁也阻挡不了。但自己绝不配合。她只从窗户里看疯子一般，观望着他超常的生命宣泄，傻笑一番而已。

　　不仅如此，石怀玉还有许许多多稀奇古怪的想法，都让忆秦娥无法理解，也无法承受。忆秦娥很保守，很传统，很内敛。过夫妻生活，都希望把灯关了的。甚至把一些太越格的行径，都视为下流、不洁、兽性。而石怀玉动不动就要拉她出去"野合"。有时还不分白天黑夜。见太阳好了，他也兴奋；见月亮圆了，他也把持不住性情地要到田野里吟诗、喝酒、做爱。可她内心深处的意识，对性，却是总在它干净还是不干净中徘徊。跟刘红兵在一起，她就是尽量哄着、躲着、回避着。当然，那时排练演出也的确太累。但也与她十几岁时，被廖耀辉所侮辱的那片阴影有关联。这个石怀玉，是个比刘红兵还猛的角色。他浑身充满了一股野性，并且还好强制。他们之间就不免要天天置气、天天闹别扭、天天打嘴仗了。忆秦娥住了几天，想孩子，就闹着要回去一趟。可石怀玉死都不肯，说已经几个月不在一起了。他说过去在一起，也是孩子老从中作梗。现在好不容易有了机会，也该尽情补个蜜月了。有一天，忆秦娥甚至准备偷着跑一回，结果让石怀玉发现后，干脆用铁链锁把前后门都锁起来了。

石怀玉不是不爱她，而是爱得太乖张，太过分。总是有一个野性男人的强劲欲望、山夫粗暴、开怀放纵在其中。自跟石怀玉认识后，她跟他学会了古琴入门曲《凤求凰》《老翁操》。这次又学习了《梅花三弄》。书法、绘画也大有长进。她的特点是：苦练加猛练。就连秦八娃老师要她背诵的那些诗词曲赋，她也靠笨功夫，"生吞活剥"着强记下五六百首来。而在石怀玉看来，那都是蠢驴才干的活儿。艺术贵在体悟、悟妙、率性。贵在用他山之石攻玉。他说看着都在操古琴，却大多都是猪队友。既不懂高山性情，也不知田野风物，那你弹的什么《高山流水》，奏的什么《渔樵问答》呢？那就是作，朝死里作。在一个雷鸣电闪的夜晚，石怀玉突然从床上爬起来，竟然弹起了惊心动魄的《广陵散》。还把自己弹得泪流满面的。尽管她还瞌睡着，却还是为他的生命投入而惊异、动容了。

不能不承认，石怀玉是一个才华横溢的艺术家。他不仅能说会道，而且身手也的确不凡。几乎是琴棋书画无所不能，无所不通，无所不精。可要跟他在一起过日子，也确实有点太扯淡了。忆秦娥越来越感到了这一点。石怀玉光棍一条，常年四处浪荡，钻山穿林，无拘无束，无挂无碍。而她上有老下有小。身边还有姐姐、弟弟，甚至还有舅舅，全都得靠她帮衬、打点、支应。任情、闲适、洒脱、放荡不羁，可能都是艺术家最好的天性，但她不行。她放不下儿子；放不下收养的宋雨；也放不下因她而投奔进城的一大家子人；更放不下她唱戏的事业。如果说过去不爱唱戏，老想逃避着唱戏，那么现在，她是越来越爱了。在乡村被老百姓拥着、围着、抬着，在城市被戏迷捧着、宠着、炒着，在港澳台被记者包围着、鲜花簇拥着、被长达十几分钟的谢幕掌声震撼着，都让她对唱戏，有了无悔的心意。可自从跟了石怀玉，虽然他也爱着她的戏，却从不鼓励她好好上班，也不催促她练功练唱。他只说磨刀不误砍柴工。成天就鼓捣着玩一些没名堂的事。动不动就拽她进秦岭深山里，一钻就是好几天。他倒是画了不少画。而她，也就只扮演着一个让他创作激情迸发的模特儿了。她是真的不想再混下去了。在最后几天，他们甚至天天吵架。她是坚决要离开民居了。她也的确想儿子刘忆了。

石怀玉提出了最后一个要求：要画她演的白娘子。

她不同意。

石怀玉几乎都快跪下央求了。

这次来，她倒是把白娘子服装带着的。因为春节要去欧洲演出，她需要把白娘子的戏再好好练一练。结果来了，服装她还连一次都没穿上身过。化妆用品，她也是随身带着的。怕有时会有走穴演出，她得挣钱养家呢。"穴头"电话一来，说走便有车来接的。她也是为了脱身，就答应把白娘子扮起来。不过条件是：当完这趟模特儿，必须放她回去住。

石怀玉畅快答应了，她才把白娘子扮起来的。

千不该万不该，就不该扮了这趟白娘子，而耽误了回去的时间。最终酿成了让她痛不欲生的悲剧。

那天中午化完妆，石怀玉就把她弄到院子里摆造型。等一切摆置好，灯光打到位，又整整画了六七个小时，作品才初步完成。石怀玉左看右看，有些不满意。觉得把自己心中的那个白娘子，还没画出来。可这时已是晚上十点多钟了，他的腿坐麻了。忆秦娥也有些呵欠连天，筋疲力尽。石怀玉就说："明天再接着画。"但忆秦娥是提前跟他说好了的，今晚必须回省秦。她在摆造型时，甚至几次隐隐听见刘忆在院子里喊妈妈。她还出去看过几次，越看心里越慌乱。她是真的归心似箭了。谁知石怀玉放下画笔，又一把将她抱住，要朝床上压。

她奋力反抗着，可石怀玉毕竟比她力气大些，加之她也害怕把一脸的油妆，蹭到床单上了，就被他压到床上了。她说："妆都没卸，你要干啥呢。"

石怀玉一脸坏笑地说："我就要的是化了妆的白娘子。让我也当一回许仙，跟白娘子睡一回。"

忆秦娥一个"按头"，从床上挺起来，照石怀玉交裆就是一脚。她异常恼怒地说："石怀玉，你个臭流氓，难怪折腾一天，都画不好白娘子，你就不配画她。今辈子也休想画好白娘子。老实告诉你，我心中的白娘子是任何人都不能亵渎的。"

忆秦娥说着，伸手抓了一把卸妆油朝脸上一抹，就变成狰狞厉鬼了。她还对他龇了一下白牙喊道："滚远些！"

就在卸妆的时候，她弟弟易存根打电话来了，让她赶紧回去。说刘忆出事了。

她心里咯噔一下，问出什么事了。

她弟没多说，就让她赶紧回。

她听见手机里，娘在放声大哭着。是撕肝裂肺的号哭声。

她浑身一下就抽了起来。

连妆都没卸完，她就起身朝外跑去。身后的凳子都被她踢翻在地了。

三十

石怀玉见忆秦娥接电话的脸色不对，妆卸了半截，就朝门外跑，知道可能是发生了什么要紧事。忆秦娥那一脚，把他踢得实在够呛。放到平常，他绝对就窝下去起不来了。可今天，见她那么一副精神错乱的神情，他就硬撑着，出去把车发动了。路上，忆秦娥情绪有些失控。他问过几次，到底发生了什么事？她只流泪，只骂人。说要是刘忆有个三长两短，她就把他杀了。他这才知道是刘忆出事了。他一边开车一边想：刘忆是个傻子，平常都关在家里，有姥姥看着，能出啥事呢？大不了病了，或者烫了、摔了，还能严重到哪儿去呢？没想到，孩子竟然是从六楼的窗户上跌下来了。

他把车快开进城的时候，薛桂生给他打来个电话，要他只听，不说话。薛桂生在电话里说：

"秦娥的儿子刘忆，从六楼摔下来了，摔得很惨。我们已拉到医院抢救过了。人已不在了。你先别告诉秦娥，把人直接拉到西京医院再说。"

他觉得这回麻烦大了，忆秦娥肯定是要把他当罪魁祸首了。

也怪，忆秦娥这几天都特别地焦躁不安。有一晚上，半夜还突然醒来说，儿子在叫她呢。并且说就在院子里叫。她还披着衣服，打着手电，到院子里找了好半天。没想到，竟然出了这么大的事。要早知这样，他也就早把人送回去了。

忆秦娥只知出事了，还不知出了多大事。要是知道儿子已死，只怕是连车也坐不稳当，要从车窗里扑出去了。

自打他跟忆秦娥认识到现在，在忆秦娥心中，那个傻儿子，永远是处于第一位的。只要有空，她都要亲自给傻儿喂饭、洗脸、擦屁股。这个傻小子，也只要他妈干这些活儿。他妈不在，姥姥虽然也能替代，但他会搞出许多恶作剧来：要么故意把饭碗用嘴拱翻在地上；要么不擦屁股，还故意把屁股掰着，满房里跑着让人看。他有时还有点不理解这种感情，就一个傻子，忆秦娥怎么能爱成那样呢？忆秦娥她娘有一次说了一句话，倒是触动了他，她娘说："家里就是养个小猫小狗，侍弄上一阵，都会有感情的，何况是人。"为给刘忆看病，忆秦娥少说也花上百万了。她抱着孩子，竟然跑过十几个省市。别看刘忆傻，可爱他妈的那份感情，却是正常儿子都没有的。刘忆每天从门孔里、后阳台等他妈回来，一等就是几个小时。见他妈一回来，猛地扑上去，能把他妈的脸上、脖子上、手上亲好几遍。说是亲，又更像小羊羔、小牛犊、小猪崽们的那种亲昵围攻。他嘴里直喊叫"妈妈妈，妈妈妈，妈妈妈……"的，能一喊成百遍不停歇。说是喊，却又

788

更像是唱。每每在这种不停歇、不换气的喊、唱声中，就见忆秦娥也忘了家外的一切不顺、不适、不快，迅速变得激情澎湃、心花怒放起来。他妈累了，他能跪在地上给他妈脱鞋，亲他妈的脚丫子，给他妈捶腿。哪个家里有这样一个活物，人能不挂牵、不思念、不心疼呢？他真不敢想象，到了西京医院，忆秦娥知道儿子已经不在人世，该是怎样悲痛欲绝，精神崩溃呀！他觉得，自己很算得上是一个能说会道的人了，可这阵儿，却连一个准确的安慰词，都想不出来了。他只能集中精力开车，力争把忆秦娥安全送到医院就是了。

当他把车勉强开到西京医院地下车库时，薛桂生已经安排好些人把车围住了。薛桂生没有让忆秦娥下车，而是让她姐和她弟，还有周玉枝上车去把人看护着。他把石怀玉先叫下来商量事情。

薛桂生说："人其实在摔下六楼的时候，已经死了。可以说摔得没有人形了。娃的脑壳都成空瓢了，脑浆四溅，脸面全无，只是一摊血污而已。"

薛桂生问怎么办，因为他毕竟是忆秦娥的丈夫。关键是还让不让忆秦娥看遗体。

石怀玉想了想说："恐怕得让看一下。不看，忆秦娥是过不去这一关的。"

那边车上，已经在骚动了。忆秦娥是要朝车下扑，几个人死拦着。

薛桂生说："我已交代过他们，说孩子还在抢救。要一步步告诉她，让她有个心理准备过程。都知道忆秦娥对孩子心重，怕一下说出来，她受不了。先说在抢救。然后再说有生命危险。最后再正式告诉她。把过程拉长些。"

石怀玉平常都是很有主见的人，这阵儿，脑子也一片空白了。

薛桂生接着说："我们正请殡仪馆的化妆师在给孩子整形。大概还得一两个小时吧。等整好后，看能让忆秦娥看了，再说。"

石怀玉紧紧握了一下薛桂生的手说："你考虑得很周到，就这样吧。"

然后，大家就按照薛团长安排的步骤，轮番做着忆秦娥的工作。

忆秦娥咋说都要去抢救室。

薛团长说："抢救室不让人进，怕带进病菌，对抢救不利。"

直到团上办公室人说，形基本整好了，薛桂生才拉着石怀玉的手，悄声说："我们先去看一下。然后再定，让不让她看。"

石怀玉心里还有些麻阴阴的。虽然在秦岭山中，没少见过生老病死。他甚至还抬过进山游玩失足摔死的大学生遗体，并且一抬就是几十里山路。可这孩子的死，似乎自己有脱不了的干系，他就还是有些两腿打闪，脚底像踩着棉花包一样，步步虚飘着。

薛桂生尽管越忙，兰花指越翘得厉害，可胆子却贼大。他一脚就踏进太平间的铁门了。

石怀玉也只好毛发倒竖地跟了进去。

一眼望见，里面摆了好几具拿白单子盖着的尸体。

刘忆在靠门口的一个地方摆放着。

石怀玉斜眼睨了一下，就已是吓得三魂走了七魄。化妆师虽然已经根据照片，把刘忆的脸形基本归整缝合了起来。可这个涂了脂粉、画了口红的脸，还是一点都不像刘忆了。

怎么办？

薛桂生站在尸体旁边，就商量起事情来。

化妆师说："这已是最好的结果了。孩子是脸着地的，啥都没有了。现在的脸皮，还是从孩子屁股和腿上割下来的。要实在不行，也还有一个办法，就是把照片弄到原大，放到头部也能凑合。这里面灯光本来就昏暗，你们把他妈拉进来，隐隐约约看上一眼，就立即朝出拉，也能应付得过去。过去有出车祸，没了头的，也都这样干过。那就是对亲人的一种安慰而已。"

薛桂生要石怀玉拿主意。

他这阵儿哪里还有了主意，就说："还是团长定吧。"

薛桂生就决定上照片算了。他请化妆师尽量要弄得像一些。他说一会儿他安排人，以最快的速度把忆秦娥架进来，然后立马抬出去。

一切都收拾安排停当后，薛桂生亲自上车，告诉了忆秦娥最不幸的消息：孩子没有抢救过来！让她去再看一眼。

忆秦娥哇的一声，就哭得昏死了过去。

她姐和她弟掐着人中，在呼唤。周玉枝不停地摩挲着她的胸口。

当她慢慢缓过气来后，几个人把她运下了车。

这时，团上已有一群劳力在等着架人了。

忆秦娥是在完全没有知觉的情况下，被七八个小伙子架进太平间的。只勉强让她看了一眼，就有人故意挡住视线，把她抬出去了。

忆秦娥不停地喊："刘忆脸上还是好好的，不像是走了的样子。再救救他，求你们再救救他……"

薛桂生和石怀玉都松了一口气。说明照片还是起作用了。

任忆秦娥怎么反抗，还是被围上来的几十号人，硬抬进大轿车里，拉走了。

石怀玉帮着把刘忆拉到火葬场火化后，就不知道自己该往哪儿去了。

在忆秦娥还不知道刘忆死亡的消息，甚至对"抢救"怀抱希望的时候，他曾到车上，想安慰一下忆秦娥。谁知忆秦娥百般暴怒地狠狠踢了他一脚，让他滚远些。他算是在大庭广众场合受了侮辱。以他的脾气，要是别人这样待他，他是会暴跳如雷，奋起还击的。在山里，他也是跟猎户一起，打死过几头野猪的好身手。可面对忆秦娥、他最心爱的女人，却只能带着尴尬的表情、罪人的心理，憋屈地退到一旁，任由别人看"这个死大胡子"的笑话了。她弟易存根、她姐易来弟，还有那个姐夫高五福，本来就不咋待见他这个"野人"的。在他们眼中，忆秦娥大概是应该找个省长、市长，或者总裁、老板才般配的。最后却找了他这么个不靠谱的"死大胡子"。虽然也曾把他们逗得满地打滚，有时快乐得只差一口气就能毙了命，可这一切，终归是个"玩意儿"而已。无论写字、画画水平如何，在"台面上"，石怀玉连会员、理事都不是。还别说混个这长、那长的头衔了。据说有的协会，秘书长、副秘书长都是能一抓一大把的。可他连这样"一大把"的"兑水"角色也是"够不着"的。他能感到，他们打心里，是从来都没尊敬过他这个姐夫、妹夫的。到了这阵儿，出了人命，忆秦娥又把"总脓根子"看成是他，她的姐弟，自然也是要找出气的筒子了。尤其是她弟易存根，本来就二屄逛荡的，都闯几回祸了。听忆秦娥说，要不是她的忠实戏迷乔所长扛着，恐怕跟他大舅公胡三元一样，也都是"二进宫"的主了。把刘忆后事处理完后，他也试着去了家里一趟。结果被小舅子易存根堵在门口，咋都不让进屋。忆秦娥在里面听见了，也是激动得就要扑出来拼命。说他就是杀死她儿子的凶手。从易存根的眼神中，他已能看见两股即将喷射出来的火焰了。是她娘使眼色，让他赶紧走，他才悻悻然撤离的。

这天晚上，他独自一人上了古城墙。

躲过管理人员的眼睛，他把十三点七四公里的路程，来回走了两圈。

他是用一整夜时间，在整理自己的生命。他突然感到，自己是面临着一次重大抉择了。

三十一

石怀玉出生在甘肃嘉峪关。父母都是小学老师。父亲是带体育课的，还能打拳。曾经一拳头，把农家一个跑进学校操场的母猪给打死了。手劲厉害得了得。石怀玉从小就吃够了这两只铁拳的苦头。他们是一心想把石怀玉培养成大学生的。并且希望他学理科，觉得学文科没啥出息。结果他天生就"不成材"，"理不顺，文不通"的，在学校几年，就当了娃娃头，打群架了。并且在小学三年级时，他就煽动几个孩子扒火车，偷偷去了几百公里外的敦煌，弄得公安局都出动了，才把人找回来。父亲的铁拳镇压得越凶狠，他就反抗得越厉害。父母拿他也没办法，就问他到底想干啥。他说他想画画，也是到敦煌，看了壁画，有些冲动。母亲就说服父亲，让他考美术学校。说他既然爱，兴许还能学出点名堂来。家里花了一大堆钱，让他上了两年多美术补习班，还拜了当地的名师，把一点家底都掏空了。考完试，父亲让他估分，他给自己估了个二百五左右。看那表情，还有点低调保守的成分在里面。父母也就暗自窃喜，想着如果是这个分，上美院就不成问题了。谁知结果出来，总分一百三，数学还是零蛋。连他自己都蒙了：那么多填空题，难道一道都没蒙住？真他娘的是活见鬼了。他脑子里，忽地就想起了那条被父亲一拳砸死的猪。他知道自己这次，是绝对逃不脱那条猪的命运了。就吓得连夜翻墙出逃了。他是在乌鲁木齐遇见薛桂生的。那时薛桂生还是剧团的一个小生。唱戏之余，也爱画画。他就跟着剧团浪荡了一段时间。给人画像，也给剧团帮忙搬布景道具，装台、拆台。吃喝倒是不愁，但时间久了，也觉得无趣，就独自一人到西京闯天下来了。

西京在他心中是一个很大的城市。好多甘肃、新疆人，都到西京发展来了。尤其是学画画，西京绝对是一个重镇。谁知他来以后，怎么都融不进去。就先后在几家裱字裱画店，还有私人画院，给人家当下手打杂。倒是偷着学了不少东西。中途他还在西京美院谋了个临时差事，给人家整理了大半年字画仓库，又见识了不少历代艺术真迹。再在文宝斋给外国人写字画画。也就是混个肚儿圆而已。他觉得自己是不能再这样混下去了。出门这些年，他一直给父母写信检讨说，自己不混个样子出来，绝不回去见他们。结果是越混越没眉眼。他也就真无法回去见父老了。西京大了去了，能写字画画的人，得用火车皮拉。有一天，他去省戏曲剧院看戏，一个叫《大树西迁》的秦腔戏里，一句台词差点没把他笑翻了。那里面有一个大学教授说："在西京这地方，你千万别说自己是书画家。城墙根下的厕所里，一早蹲了十个人，九个都是书画家。还有一个拿得老成，死不吭声的，你猜干啥的？是著名书画家。"这虽是一句调侃话，但对他的震动很大，说明了在这个城市吃书画饭的艰难。他觉得自己是该找个地方，沉下来，扎实做点事情了。西京太浮华，找口饭吃容易；钻到热闹处，混个脸熟也不难；拜拜门子，弄个什么头衔，也不是没有可能；一些人，不是自己就给自己封了什么"全球书画协会主席""当代艺术大师"的名头吗？可真要成事，不能远离这种闹躁，不能静下心、沉下身子，也就终是只能做西京的"闲人"了。西京像他这样可以称作文化闲人的人，是太多太多了。每个人都有一大把头衔。但实际上，大多都没有任何东西，是可以让人为之眼前一亮的。更别说告慰平生，踏实而眠了。他觉得自己必须清醒，也必须改变。

他买了中国美术史上一些重要画作的印刷品，以及书法史上那些扛鼎之作的出版物，还有二三百本文史哲类的经典著作，就去秦岭深山中一个古庙里住了下来。这个古庙的大和尚，曾经在文宝斋与他有过一面之缘。在这里，他静静地读书、写字、画画，一沉寂就是三年。再然后，又离开古庙，朝秦岭更深处走去。他觉得，自己是应该有突破口了。他在努力规避着城市的虚浮、甜腻、做作、夸张，甚至所谓的创新。他想在人物、花鸟、山水上找到自己的心灵表达方式。开始，他是在农户家安歇。后来到了海拔一千七八百米的地方，没有人烟了，他就在一个叫"天井海"的地方，搭棚子居住下来。每天读着梭罗的《瓦尔登湖》，画着自己心中的秦岭风物，种着苞谷、大豆、马铃薯，对着山风吹起漫天飘舞的蒲公英。直到觉得是可以出山展示一番的时候，才像野人一样回到了西京。谁知西京的任何书画市场，都是讲究要有名头的。石怀玉既不是书协会员，也不是美协会员，更别说这方面的官衔了。关键是他还没个美术书法方面的学历文凭，就是个"野逛子""野蹦子""野八路"。画倒是有些人很看好，可也是曲高和寡。连要办画展，也是没有正经地方愿意承接的。让他觉得不虚此行，并幸福得快要死去的事情，就是遇见了忆秦娥。在看完《狐仙劫》的演出时，他兴奋得心脏都快要蹦出来了。好在他跟薛桂生是认得的。借了薛大官人的金面，才让他得以认识秦腔小皇后。并且他很快就把这个大艺术家、他打心眼里佩服得五体投地的艺术家，给彻底征服了。

在他看来，忆秦娥就是这个世界上最好的女人。她的美是由表及里的。开始他几乎不敢想象，自己是能跟忆秦娥走到一起的。可几番接触后，就觉得，这一生如果得不到忆秦娥，他就可以回到山里，拔一根青藤，吊死在太白山顶的老树上了。他甚至觉得，连自己十几年隐居深山的全部创作，在忆秦娥的艺术创造面前，也都显得没有了太大价值。忆秦娥是把秦岭山脉的所有苍凉、浑厚、朴拙、大气、壮美、毓秀，都集于一身了。他在连续看过忆秦娥十几本秦腔大戏后，甚至一下打消了搞书画展的念头。他觉得自己创作的"大秦岭生命"系列，还没有到那个火候。还远远没有攫住秦岭的精魂。他还得再沉潜下来，找到像忆秦娥那样大气磅礴、挥洒自如、精彩绝伦，甚至炉火纯青的表达方式。他在爱着忆秦娥，更在解剖着忆秦娥。甚至借助忆秦娥，在解剖着他心中的大秦岭。当然，他更在野性十足、雄心勃勃地占有着这个像秦岭一样混沌且神秘莫测的女人。他甚至想把忆秦娥诱骗进深山老林，从此与她终老不出。可忆秦娥除了唱戏是尊神以外，其余一切，都是俗世社会中的大俗人一个。她心里全装的是傻儿子，还有她娘、她姐、她弟、她舅，甚至还有因同是烧火丫头，而得到她深切怜悯的收养女宋雨。依他想，这样大的艺术家，一定是感情丰富、生活浪漫的主儿。谁知她封建保守得还不如山里的村姑。她大概也不知道她的身体有多美妙。连做爱，也是要黑灯瞎火的。有时他故意把灯一拉亮，她立马会抓过任意一件床上用品，把那些最神秘的地方，死死捂住，不让欣赏，不准偷看。她是把生命里所有美好、曼妙、自由、浪漫的东西，都浪费殆尽了。

他也感到，忆秦娥对他是越来越不满意了。要不是还有一张结婚证维系着，只怕早都脱缰而去了。这次孩子的死，要说他的确是有责任的。忆秦娥几天前就闹着要回城里，他咋都舍不得，硬是用各种办法把她多锁了几天。没想到，就锁出了这么大的事。要早知如此，哪怕自宫了，他也是不会给自己寻死的。

他想回山里去了。

他突然感到了在这个城市的孤独。

可这时走，是不是太不负责任了？忆秦娥正痛不欲生，自己怎能一走了之呢？

他在古城墙上整整徘徊了一夜后，第二天，又把薛桂生找到，问

795

他，自己该怎么办？

薛桂生说："还是回避一下的好。不要再刺激忆秦娥了。等她缓过劲来，再弥合夫妻感情不迟。"

他又找忆秦娥她娘也谈了谈。她娘也说："你还是先躲一躲的好。娥儿老觉得，是你把刘忆杀了。你再出现，搞不好她是会疯掉的。"

那天，他还遇见了妻弟易存根。易存根二话没说，就给了他几拳，打得他满脸是血。但他没有躲避。小舅子打他的左脸，他是真的把右脸也递给他了。最后，是丈母娘看不过眼，骂了小舅子几句，易存根才没再打的。

他从秦娥家的楼梯拐角下来后，回到那院民居，只拿了一幅画，就离开了。

那幅画，是他画的忆秦娥的那张裸体。他觉得这是他一生中，画的唯一一幅可以告慰生命的作品。

石怀玉又进秦岭深处，当他的"野人"去了。

三十二

忆秦娥被儿子的死，完全击垮了。她千悔万恨，悔自己不该上石怀玉的贼船，跟了这么个妖魔鬼怪，迟早把自己像犯人一样圈着。说他限制她的人身自由，可那分明又是一种爱。爱得好像一会儿不亲她一下，抱她一下，甚至像小孩子驮马架一样，把她驮起来乱跑一阵，就会死掉一样。刘忆对她的思念、期盼，她是能想见到的。可石怀玉这个淫棍，偏用铁链子，锁了所有能出去的门窗。他虽然没有亲自操刀，没有亲手把人推下楼去，但要是早放她回家，又哪里会有这等惨祸发生呢？石怀玉不是杀人凶手，又是什么呢？何况他早有歹心，"投毒"在先。她是越来越恨着这个男人了。他要胆敢再来，她还真就能跟他拼命了。这个野人，这个恶魔，这个臭不要脸的货，忆秦娥对他已是"怨气腾腾三千丈"了。

刘忆的死亡案，全盘都是乔所长带人处理的。经过详细勘察、论证、分析，结论明确：孩子是自己失足掉下去的。

在火化刘忆的时候，乔所长还来征求过她的意见，问要不要让刘忆的亲生父亲知道。不管咋说，这是人家的儿子。何况人家一直出着抚养费的。

前些年，刘红兵的确一直是按期把抚养费打到卡上了。可这一年多天气，账上打的钱，是有一下没一下的。有时甚至一月才打几十块钱进来。她似乎感到，刘红兵是把日子过烂包了。要不然，这不像他的做事风格。好在自己私下搭班子出去演出，也还能挣外快。一家人过日子倒是不愁。她也就懒得问，懒得要了。反正各凭良心吧。谁知乔所长和薛团长都是这个意思，说火化前，应该通知一声刘红兵。她就同意他们看着办了。

去通知刘红兵的是乔所长和团上保卫科的人。乔所长觉得还应该去一个家属，就把易存根也带了去。他们是七弯八拐，才在北山办事处旁边的一个小巷子里，找到了刘红兵。刘红兵已躺在床上，一条腿被截肢了。

乔所长跟他是熟悉的，问咋回事。他说开车去青海湖玩呢，喝了些酒，把车翻到沟里了。第二天早上才被人救起，腿就只能截了。连脊椎也是钛合金接起来的，下床已经很困难了。他说得很淡定，就像是说别人的事一样。

前妻弟易存根，他是熟悉的。并且那时易存根是很喜欢他这个姐夫的。他就问：

"你姐好吧？"

易存根点了点头。

"我对不起你姐。我算是把你姐给害苦了。啥都说不成了……"他摇了摇头，接着说："给娃的抚养费，现在也不能按时打。请给你姐说说，原谅我这个残废。但凡手头宽裕，我还是会给儿子打钱的。"说着，刘红兵眼角还溢出了亮闪闪的泪光。

当时乔所长想，到底给他说还是不说刘忆的事呢？想了想，还是给他说了。刘红兵就把被子拉起来，盖住了头。他像是尽量在忍着，但还是听见鼻子一吸溜一吸溜地在被窝里哭。

乔所长听办事处的人说，刘红兵现在很可怜。办事处不景气，朝不保夕。他父母也不太认他，嫌给家里丢了人。他自己也不想回到父母身边去。跟忆秦娥离婚后，刘红兵又先后找了两个女人，都是瞎混，连证都没办。一个嫌他穷，打了一阵架，不见了。还有一个在他出车祸后，见锯了腿，也吓跑了。刘红兵现在屙尿都成问题，是办事处雇了一个人看着。但他省吃俭用的，还是老要给儿子打钱，有时都是借的。现在把办事处人的钱都借遍了，也没人再借给他了。要借，也就是可怜他，给个十块八块的，都是不指望他还的。

刘红兵是不能起来，到殡仪馆送他的傻儿子了。可他还硬是坚持着，向给他收拾吃喝、屙尿的雇工，借了一百块钱。说让无论如何替他帮孩子烧点纸钱。他说，这是他造的孽，让火化时说一声：他的爸爸对不起他。然后，他就又把脸蒙住了。

他们把这事回来说给忆秦娥后，忆秦娥哇的一声，哭得又一次快昏死过去了。只听她还骂了刘红兵一句："咋不摔死，你咋不摔死算了呀！"

这事自然是把她舅胡三元也惊动回来了。

她舅回来几天，她才知道，她把舅介绍到郊县一个剧团去敲鼓，最近是又惹了一场事。到现在，人家还前后追着他要钱呢。他说他回西京奔丧，人家还跟了来。她舅没敢给她说。只劝她，要她别太难过，说哭多了，不仅伤身子，也伤嗓子。还说傻儿子走了，也许还是她的福分呢。忆秦娥就嫌她舅不该说这话。她娘也骂她舅，说一辈子不成器，让他不会放屁了滚远些。后几天，是她娘一个劲在客厅里唠叨她舅，她才知道，她舅是又惹祸了。

还是为敲鼓。

她舅嫌那个团没人把事当事干。上边天天喊叫，要把剧团转成企业，大家也就没心思干了，在那里混天气。戏排得粗糙得比业余的还业余。就这还敢拿出去演，拿出去哄人钱。她舅觉得演这样的戏，

798

是太丢唱戏人脸面了。别人的事他管不了，可武场面的事，他是鼓头，想睁一只眼闭一只眼都闭不住。开始他也是克制着，尽量哄着大家干。有时还给打下手的买一碗面吃，算是款待。可这一招无法长期使用。发给他的临时工钱，一月就两千块，刚够顾住自己的嘴。实在看不过眼了，他就忘了外甥女的叮咛，忍不住要发脾气。这年月，谁鸟谁呢？又不吃你的喝你的，何况你还是临时工。人家就是转了企也还是正式的。你胡三元算老几？开头还有人把他叫胡老师，毕竟年龄大些，何况还是忆秦娥的舅。后来发现，他就是一个"刺儿头"：爱管闲事，爱挑毛病，爱提意见，爱皮干。大家就都想治治他的"瞎瞎病"了。先是不喊胡老师，喊老胡、喊三元了。后来连老胡、三元都不喊了，端直喊"黑脸"，喊"煳锅底"，喊"黑脸熊"。再后来，干脆成"狗日的黑脸""驴日的黑脸熊"了。他心里很不是滋味。但他还是记着秦娥的话：要忍，再不敢爆那臭脾气了。找一碗饭吃不容易。可有一天，他到底没忍住，还是用鼓槌把打下手的门牙敲掉了。他真不是故意要敲的。那个打下手的，连着把几个铜器点子都没"喂"上，把主演晾在了台上。他是一边看着演员的动作，一边用小鼓槌狠狠示意下手呢。没想到，那阵儿，那个打下手的正在看手机短信，把身子朝前一探，也是为了躲避一束光亮。结果他的鼓槌，就刚好点在了他龇出的门牙上。那人当下就是一嘴血，把牙噗地朝出一吐，也不管台上还正在演出，就端直把那面直径足有两尺的大锣取下来，"咣当"一下闷在了他头上。文武场面一齐乱了起来。要不是大幕关得快，野场子的好多观众，都能看见侧台的"武斗"。这事还得亏了忆秦娥认识的那个团长帮忙。要不然，都可能把他弄进局子里了。最后调停来调停去，答应给人家赔三万块钱了事。她舅身上这些年，也就攒了一万多块钱，剩下一万多，人家就前后追着要。他也不敢给忆秦娥说，倒是偷偷向大外甥女来弟借过。可来弟说他们买房欠了一堆钱，生意也不敞亮，只给凑了三千，他也不好再要了。他知道，他姐胡秀英那个大炮筒子嘴，也要不成。要了就是一顿臭骂，钱还未必能给你凑上。外甥易存根连自己的嘴都顾不住，也就别打他的主意了。他本想着，不行了回宁州向胡彩香借去。胡彩香就是再骂，也会帮他解难的。可那个"账主子"等不及了，端直跑到秦娥家里来坐着不走。她姐就开始骂大街一样，把他骂了个狗血喷头。最后是睡在里间房的秦娥听见了，才把他叫进去问究竟。他也不好再隐瞒，就实话实说了。秦娥只哀叹了一句："舅啊舅，你叫我咋说你嘛！"然后，她就拿出一万多块钱，把缺了门牙的"账主子"打发走了。

她舅可怜得一直把头低得下下的，不敢看她。她看见，她舅的头发虽然修得短，但已经快白完了。他脸上的黑皮也在慢慢耷拉下来。她觉得，舅是快老了。一身的好敲鼓手艺，哪儿都认他的卯，但到哪儿也都因这手艺惹祸不尽。生活真是过得太一塌糊涂了。她都不知道该咋帮这个舅了。是她舅先说：

"秦娥，舅对不起你，看给你添了多少麻烦。舅再也不麻烦你了。舅今天就走了。你也别太伤心，人死不能复生，你也算对得起刘忆了。你还得顾活人哩，家里还有好几张嘴等着你呢。还得好好唱戏，咱就是这唱戏的命。好在你是把戏唱成了。好多人唱一辈子，还啥名堂都没有呢。你可要珍惜呀！"

说着，舅眼里的泪水都在转圈了。

舅可从来都是硬汉，她是很少看见舅要落泪的样子。她就问："你要到哪里去？"

"我想到宝鸡、天水那边闯荡去。听说那边业余戏班子多，要是能混口饭吃，也就行了。"舅说。

"你都是六十岁的人了，还跑那么远去干啥？"

"让舅去吧，只要有鼓敲，舅就算活安生了。"

舅说完，忆秦娥也没留住，就起身要走。她硬是给舅腰里塞了五千块钱，还叮咛着："舅，你可是再别惹事了。"

"再不惹了。再惹，舅就自己把手剁了。"

她娘还进来骂了一句："光剁手？你要再惹事，就死到外边算了。"骂完，娘也给她亲弟弟怀里塞了一千块，才泪汪汪地把人送走。

没了刘忆后，忆秦娥在床上躺了将近一个月天气。一想起来，心里还抽搐。也许这个孩子，比一个健康儿子，都更让她恋恋不舍。她为这个孩子付出得太多太多了。这孩子对她，也有着超越了一般母子感情的一种依赖、依存感。家里没了这个人，她觉得空落落的，是连心都被剜走了的感觉。就在她勉强好些的时候，她又记挂起一个人来，那就是刘红兵。她没想到刘红兵会混成那样，竟然把一条腿都锯了。让她感念的是，就在那种情况下，他还惦记着自己的儿子。还在尽力给刘忆的卡上打着钱。她是实实在在被打动了。

也只有在床上静静躺这一个月，她才把自己的人生好好捋了捋。咋想，觉得刘红兵这个人，对她还是不赖的。尤其是有一幕，让她一想起来热泪就夺眶而出。那是好些年前的事了：有人为了搞臭她，故意把封子导演多年下不了楼的病老婆，突然弄下楼来，到功场对着她破口大骂。那天，那老婆几乎是把人间最肮脏的污水，全都泼给她了。当时她真的是要崩溃了。可就在最无助的那一刻，相信同样也受到了伤害的刘红兵，不仅没有猜忌、妒恨、醋兴大发、落井下石，而且还挺身而出，当众一把拦腰抱起她，对着单仰平团长，也对着所有人大喊道：

"我的老婆忆秦娥，比他谁都干净、正派……请不要再在我老婆身上打主意了。不要给她泼脏水了！她就是一个给单位卖命的戏虫、戏痴。别再伤害她了！我敢说，她比这个世界上的任何女人都干净。我首先不配拥有这样好的女人……"

每每想到那一幕，她都会泪奔起来。直到今天仍然如此……

她觉得无论如何都得去看看刘红兵，这是她的前夫。人毕竟是落难了。

在她能下床的第一天，她就让弟弟把她领着，去了一趟刘红兵住的地方。

在他们还没走近那间昏暗的小房时，她就听见里面刘红兵在号叫。像是有人在打他。她弟跟她就加快了脚步。

她弟一下推开了门。果然，是有一个男人，在用鞋底抽打刘红兵的屁股。那屁股，已经瘦得不能叫屁股，而像是两张薅皮包着的骨头

801

了。那人一边抽打，还在一边骂："你是不是个畜生？你是不是个畜生？刚打整完，又拉一床，你死去吧你。"见有人来，那人才扔下鞋，把被子给刘红兵盖上了。她弟问："你为啥打人？"那人说："尻子没收管，一天打整四五回，还都是稀屎涝。"她弟说："人家单位雇你，就是伺候他的。你还能这样虐待人家。""你没问问单位给了多钱？一月才一千块，够吃么还是够喝？"存根说："那你可以不干哪！""不干，不干他欠我的钱咋还呢？他说他有一个傻儿子，每月需要钱。我开始伺候他的时候，他月月借。结果到现在也还不了。我咋走呢？"

忆秦娥眼泪哗地就流了下来。她静静坐到脏兮兮的床边，拉起了刘红兵已瘦干的手。

刘红兵的眼泪也浑浊地淌了下来。

他的头发都快有上尺长了。脸也是瘦成一小捧了。他嘴唇上结着痂，明显是缺水的样子。她就起身倒了些水，给刘红兵喂了几口。又从包里拿出化妆用的棉签，把他嘴唇蘸了蘸。她想跟他说点什么，可又觉得说什么都是没用的。

她问那个雇工："他欠你多少钱？"

"两千七。"

忆秦娥就从包里拿出两千七百块钱来，交给了他。临出门时，她又问那个雇工：

"你看还愿不愿意伺候他，要不愿意，你就跟人家单位说，让人家重找人。要愿意，就请你善待他。他是一个残疾人，一个可怜的病人。"

那雇工说："可怜，才不可怜呢。这家伙过去就是一花花公子，花钱跟流水一样。听说翻车时，车里还拉着两个小姐呢。他老子过去是一个当大官的，知道不？我让他问他老子要，他就是不要。都说他娘老子都不要这个祸害瘟了。你知不知道，这家伙过去有多会玩，把秦腔小皇后忆秦娥都玩了，你知道不？"

她弟易存根就想挥拳揍他，被忆秦娥挡住了。

忆秦娥说："你要愿意好好伺候他了，我可以一月给你加一千块钱。条件只有一个：就是要善待他。钱每月可以打到你卡上。"

那人愣了一会儿，她弟也愣了一下。

"给个话。"她催道。

"好吧，我再伺候着试试。"

她弟说："不是试试。你要再敢欺负他了，我就卸了你的腿。我可是干保安出身的。"

那人直点头说："一定，一定。"

出了巷子，易存根还在埋怨他姐说："刘红兵把你还没脏败够吗，一月还给他贴补一千块？"

"我现在相信佛经上一句话了，众生都很可怜。真的，很可怜！"她说。

在刘忆死后不久，薛桂生终于给省秦把一百名演员的招生指标要下来了。

忆秦娥是怎么都不同意让宋雨学戏的。可几乎所有人都在做她的工作，说宋雨不定将来还是个小忆秦娥呢。加之宋雨自己又特别愿意学。并且为这事，还跟她闹了好几天别扭。不仅逃学了，而且还要回去找她婆呢。

欧洲巡演马上要开始了。一去就是七个国家，三个多月。如果不答应宋雨，娘在家里，对这孩子是一点办法也没有的。

无奈，在出国的前几天，她终于答应，让宋雨进演训班学戏了。

三十三

宋雨终于如愿以偿了。她做梦都没想到，自己也是能学上戏的。

很小的时候，村里唱戏，她就喜欢挤到后台看戏子化妆，穿戏服。尤其是女角的戏服可好看了，头上插花戴朵，还贴得明光闪亮的。身上衣服也是描龙绣凤，绣喜鹊、牡丹的。那种好看，是她做梦都想穿戴一回的。可她哪里就能有这样的福分呢。爹跟娘不和，经常在屋里打死架。后来爹出门打工，就跟别的女人好了，说是不要娘了。娘从那时起，也突然收拾打扮起来，天天把脸画得就跟要唱戏一样。眉毛也纹得像两个死蚕在那儿卧着。再后来，她娘连她和弟弟都不要，就跟一个来村里收拴马桩、收老磨盘、收老门墩石的人跑了。她跟弟弟都跟了婆。在婆眼里，弟弟是得上学，要有出息、要继宋家香火的。而她，在婆眼里嘴里都是"赔钱货"。说养大了也是人家的。何况婆确实过得可怜，也养不起。婆是远近闻名的白案子厨师，就经常带她出门烧火，也是为了"混嘴"。

婆说："无论哪家过红白喜事，也都得折腾个七八上十天的。一月能有一家折腾着，咱婆孙俩的吃喝，也就都有了着落。何况还是吃香喝辣的。"

婆说："女娃子上学出来，还是给人当媳妇做饭。不如早些学着做，将来也就是个大厨了。"

婆说："人只要有生老病死，就没有不拉席待客的。结婚、满月、做寿、祭日、上学、升官、发财，好事多着呢。只要是太平盛世，像咱们这样的大村堡子，当厨师，就是比当村长老婆，都差不了多少的好红火差事。"

婆说："你知道万事啥最大？嘴。懂不懂？就是嘴。万事嘴为大。千里当官，都为的吃穿。吃总是放在第一位的。你没见现在村上、乡上，包括县上、市上来的干部，走到哪里，第一还不就是忙着吃？啥好吃，让弄啥。原来还吃猪哩，狗哩，牛哩，鸡哩，鸭哩，鱼哩，现在都让到山里去打，到坡上去逮了。凡天上飞的，洞里钻的，河里跑的，一伙都弄来吃了。他们逮来、捉来，还得咱煮、咱炒不是？就是尝盐味，厨师也是能把肚子尝饱的。只要他不让上浑的，翅膀、大腿都随咱剁哩。人哪，能吃饱喝足，那就是好日子了，你还想咋？"

婆说："你见七十二行里，谁脸最大，谁养得最胖？厨师。吃得来。"

宋雨就跟婆到处烧火做饭混吃的去了。婆对她也的确好，只要灶房没人，婆就把好肉挖一疙瘩，噗地撂进她嘴了。只让她低着头吃，装作弄火，别让人看见。只要出门有事做，她就没少吃过婆塞给她的炒肉、扣肉、鸡心、鸭肝、猪尾巴。有时她弟放学回来，也是要来帮忙烧火的。烧着烧着，婆就把他的肚子塞圆了，然后就让他麻利地回去做作业。

后来，就遇见忆秦娥妈妈来村里演戏了。都说忆秦娥妈妈厉害，是秦腔小皇后。有人争说，早成皇后了，还小呢。说那就是"咱秦腔的龙头老大"。那天，忆秦娥妈妈来村里时，她也是挤到人群中，钻来钻去跑了好半天。人没看见，却把一只鞋跑丢了。回到灶门口，还让婆在她头上磕了一"毛栗壳子"。把她眼泪都快痛出来了。婆说："不知你凑的啥热闹。戏子一来就要开饭，你还有闲心到处乱窜。"说完，把一疙瘩猪心，就塞进了她嘴里。还用半张油乎乎的皮纸包了一疙瘩，让她藏好，说晚上拿回去给弟吃的。忆秦娥妈妈演了几天戏，她只正经看过几段。那还是她跟婆到后台送洗脸水，站在侧台瞭了几眼。她多想多看几眼呀，可婆说："戏子演完戏就要吃饭，洗妆，我们还能看成戏？要能做饭看戏两不误，这好的事情，恐怕村长早安排人家亲戚来干了，还能轮到我们。你就安生烧你的火吧。戏就那样，故事婆都能给你讲。今天演的《白蛇传》。白娘子是个妖怪，可是个好妖怪，是一条白蛇精变的。蛇精变成了个大美女，就像忆秦娥那样的大美女。有一天游西湖，她看见一个叫许仙的读书人，一个美男子——比你爹长得都好看——她就喜欢上了……"婆的确讲得有鼻子有眼的，就像故事是她编的一样。后来她正式看忆秦娥妈妈演的《白蛇传》，真的跟婆讲的也差不多。婆还给她讲了《游西湖》《铡美案》《窦娥冤》这些戏。也都跟她后来看的戏情一模一样。婆说："这些故事，村里老辈子都会讲。好些戏，都是一成几十遍地看呢。"她问："看几十遍了为啥还要看呢？"婆说："这就是看戏的妙处了。村里老辈子人，都爱看重复戏。是看哪个角儿比哪个角儿演得好，唱得好，功夫硬扎些。真懂戏的，是不需要睁开眼睛看的。只眯着眼睛听，就知道谁是唱戏把式了。听着听着，谁把眼睛一睁开，那就是发现唱得不对劲了。眯缝着眼睛，吧嗒着旱烟，用头点着戏的板眼，那才叫真看戏，真听戏，真懂戏呢。"

灶房离舞台不远。婆在切菜、炒菜之余，果然有时是要竖起耳朵听一阵，并要把忆秦娥妈妈赞叹几句的。婆说："是大把式，忆秦娥才是唱秦腔的大把式！"

再后来，说忆秦娥妈妈就把她看上了。看上的原因，直到很久后她才知道，就因为她烧火。说妈妈在过去，也是给人家剧团烧火做饭的。有个大胡子，后来她也叫过爸爸的，来跟婆商量了好几次。他们到底咋说的，她不知道。她只知道，家里的破房子，大胡子爸爸是答应给了翻修钱的。他还给婆和弟弟都买了新衣裳。还给弟买了好看的书包。至于还给了些啥，她就不知道了。是婆告诉她说："你要到省城过好日子去了。咱宋家前世辈子烧了高香，你被秦腔皇后看上了，要收你做亲闺女呢。这下，你一辈子都有戏看了。"她说不去，舍不得婆。婆说："瓜娃哟，你这就算是掉进福窝了，哪有不去的道理。留着，将来就是跟个没出息的男人。好了，还能出门去打打工，挣点小钱。不好了，一辈子就是戳牛尻子，犁地、耙田的命，能有个啥出息？还是去吧。女娃子在农村，那就是芝麻扁豆，再泡，也没啥大发胀。要是到了城里，可就不一样了。你没看电视里演的，城里人求婚，都给女的下跪呢，可值老鼻子钱了。你看看忆秦娥，活得比县长都红火。县长来村里，也就十几个干部前后跟着溜。忆秦娥来，那可是一村人都蜂窝被戳了一样，把方圆几十里都能躁惊起来的。去吧，也算是婆给你这个没爹没娘的娃，找了条好活路。去了你就知道了。要是人家待你不好，你还回来找婆就是了。只要婆没死，就少不了你一碗饭的。"她抱着婆哭了大半晌。最后，她是被大胡子爸爸，抱上拉戏子的大轿车，进了西京城的。

到了忆秦娥妈妈家里，她才知道，忆妈妈还有一个儿子，是傻子。村里有好几个这样的人，但都没人好好管，到处乱跑着，也到处挨着打。有的还用铁链子在门口拴着呢。可妈妈的傻儿子，却是家里的宝贝蛋蛋。一见面，妈妈都是要抱住，把他亲好半天的。可让她羡慕了。她打小就没享受过这样的待遇。爹和娘一打架，就爱拿她出气。有几次，她爹甚至是用打她来气她娘的。并且骂着怪难听的话，

806

说娘生了个烂女娃子，还以为是给宋家生了龙种了。她甚至有几次是被她爹举起来，又狠狠摔到地上的。要不是婆护着，都能把她摔死了。后来娘生了弟弟，有一段时间他们好些了。可最后到底还是没好起来。爹娘就都找了别的人，不要他们姐弟俩，分头跑了。她被忆妈妈带回西京城里，开始能感觉到，妈妈她娘，让她叫姥姥的，也不咋待见她。说："要抱养人家的孩子，也该抱个男的。抱个女娃子，也不知算的是啥账。"有一回姥姥还说："也好，把这娃养大了，给我孙子做媳妇。"妈妈还把姥姥说了一顿："你再没啥说了！我抱养她，那她就是刘忆的亲妹妹。再不许说这样的胡话，再说我可就生气了。"姥姥说："不说了不说了，我也就是说着玩的。"妈妈说："说着玩以后也不许。我们要是有这样的想法，就是损了阴德，就不该抱人家的孩子回来养。"在妈妈不在的日子，大姨、大姨夫，还有小舅他们，都爱凑到家里来说事。大姨也这样说："秦娥抱养个女娃子回来，肯定是想养大了，给做儿媳妇的。"姥姥就急忙制止说："千万别再说这样的话，你妹妹知道是要骂人的。说损阴德呢。"她那时想，将来要真逼她给傻子做媳妇了，她就跑。跑回去找婆去。她才不给傻子当媳妇呢。

在这个家里待得久了，她发现，妈妈的负担的确重。有时做了事也不落好。她就听过大姨抱怨说："能抱养别人的孩子，都不舍得给我们多贴补一点。"姥姥就说："做事要凭良心。一大家子人，从九岩沟搬来，哪一件不是靠你妹妹帮衬着。都没算算账，这些年，你妹妹帮你们的钱，少说也在四五十万往上了吧。还不算我偷着给你们的。那也都是你妹妹给我的孝敬。你弟一天老惹乱子，都是靠你妹妹补黑窟窿着的。老娘在这里吃喝穿戴，还有给你爹每年款待的烟酒新衣裳，哪一样不要你妹子花钱。你知道你妹子的钱是咋挣来的吗？干工资，一月也就五六千块。演出补贴，一场才百儿八十的。其余的钱，都是靠走穴走出来的。你知道啥叫走穴？那就是团上不演戏了，私下组织的黑班底，没远没近地跑。一般都是下午三四点就上车走，晚上回来多是半夜三四点了。有时还有快天亮了才赶回来的。一回来，又要去应卯上班。夏天还好说，大冬天，晚上你妹妹回来，冻得手脚麻木，嘴里牙都直磕磕。有一次回来，刚进门就昏倒在地上了。挣几个钱容易吗？挣下了，也是一处烧火，八处冒烟。你当你妹是摇钱树了？那就是个生蛋的鸡。蛋是一颗一颗攒起来的。人活大了，事情也多。人情礼往的不算，光这亲戚，都快把你妹子给吃死了。不说别人，就你那个烂杆舅，有时还都得外甥女给贴补呢。都心疼着你妹妹点吧，可不容易了！就是乡下农民，也没有像你妹这样下苦的了。挨骂受气的事，我就不跟你们说了。你以为戏好唱，名好出吗？红火背后的窝黑事多了。你妹都是咬着牙往前挺着的。要放在你们，只怕早都挺不住，要寻绳上吊、扑河跳楼了。何况你们现在也是芝麻开花节节高了。不仅有了自己的挣钱摊摊，还连房都买了。那里面也没少你妹妹的贴补呀！虽说钱没结清，可在西京有了能在客厅支乒乓球案子的房子，那也是把九岩沟人吓得要吐舌头的。你们就满足吧！"

在大胡子爸爸跟妈妈结婚这件事上，一家人也是气得见面就唠叨。都嫌妈妈瞎了眼睛，怎么找了这么个野人。给家里帮不上一点忙，还勾扯得妈妈连家都不回了。到南山脚下安营扎寨，算是"当了土匪的压寨夫人"了。后来，刘忆哥哥坠楼摔死，大姨他们还在议论说：早点听劝，哪会有这样的窝黑事发生。

她自来到妈妈家起，就想学戏。一是喜欢妈妈挂在墙上的剧照，可好看了。她就想活得跟妈妈一样，也化这样漂亮的戏妆，穿这样美丽的戏服。看着妈妈在舞台上的好看样子，还有观众跟疯一样地喊叫鼓掌，她就偷偷扎起了妈妈的板带，学起了妈妈练功的动作。妈妈开始是坚决反对的。只叫她好好上学，说希望家里出个有知识有学问的人。可她咋都念不进书，就想学戏。有段时间，她越练，妈妈还越反对。直到刘忆哥死，妈妈好像也伤了元气，才不再有心思管她了。刚好那段时间，剧团又在招新学员，她就偷偷去了考场。结果一考，把所有老师都看傻了，说这娃是块唱戏的好料，不定将来还能培养出个小忆秦娥呢。她不敢把这事告诉妈妈。最后还是薛团长三番五次找妈妈，才把她收进演训班的。

妈妈在刘忆哥死后不久，就去欧洲演出了。一去就是三个多月。

她怕妈妈回来又变卦，因为当时妈妈就是勉强同意的。也不知咋的，妈妈就是不想让她唱戏。她甚至都想，妈妈是不是觉得自己不是亲生女儿，不想把这吃香喝辣的好手艺传给自己呢？

妈妈在欧洲的演出，几乎天天都有消息传回来。过几天，西京的报纸，就会登出妈妈在哪个国家演出的照片，还有外国观众的反映。一时秦腔都成西京逢人便说的热门话题了。妈妈把戏唱得火成那样，为啥就不让自己学戏呢？妈妈越是不让学，她就偏下死功夫学。在妈妈不在的几个月里，她甚至把浑身的劲儿都使尽了：白天练，晚上练，背过别人偷着练。她是想通过自己的努力，给妈妈一个惊喜。让她彻底改变主意，不再三心二意。反正她是把戏唱定了。既然妈妈这个烧火丫头能成秦腔皇后，那她也就一定能。

过去练功，也就是偷着学妈妈的样子练。一旦正规起来，的确是苦，是累，可她不怕。就连有几天练得尿出血来，她也没跟人说，还是坚持着。并且一切都要做得最好。她几乎每一样功，都是被教练排在前边表扬，要给别人示范的。

可天有不凑巧，就在妈妈快回来的前几天，她在练习大跳时，落地不稳，一下把脚踝骨给摔骨折了。妈妈一回来，就跑到红会医院，抱着她哭了半天，然后说："再别练了，还是回去上学吧。妈妈给你找最好的家教，力争尽快把功课补上。"

她不。

她坚决不。

妈妈说得厉害了，她就拉起被子，把头蒙住，死也不答应妈妈的要求。

要么唱戏，要么就放她回去找婆。

三十四

忆秦娥没有想到，宋雨性格会这么执拗。还有点像她小时候，不说话，但主意正得要死。是九头牛都拉不回来的死犟。动不动就要回去找她婆。有点像《西游记》里的猪八戒，一受挫折，就要回高老庄。弄得她还有些哭笑不得。

从欧洲演出回来很长时间，她都在应对媒体，做各种节目。无非是说秦腔怎么好，走出国门怎么受欢迎。但这次演出，给忆秦娥心中也造成了很大的阴影。那就是：欧洲观众看中国戏曲，更多的还是在欣赏"绝活"。她是凭着一身过人的武艺，穿越了七个国家的五十多个舞台，而让演出商赚得盆满钵满的。出去的三十八人演出团，却累得多数疾病缠身、遍体鳞伤。留下的，也只是"中国演员功夫好"的名声。作为演员，她第一次感到不满足，甚至感到窝火，她觉得自己不是一个表演艺术家，而是一个杂耍演员。在演出过程中，演出商甚至让把大段精彩的唱腔都砍掉了，只保留打斗场面，累得她几次晕倒在刚刚谢完幕的舞台上。那也是因为强撑，才没有在关上大幕前倒下的。几次都是靠打强心针才缓救过来。她不想宋雨当演员，与这次欧洲之行也有绝大关系。这次让她觉得演员，是真要拿身子骨当"钢铁长城"去拼命的。

过去忆秦娥是一个不太多嘴的人，团上怎么安排，她就怎么演。累死累活，遗尿吐血，也不想让人知道。但这次回来，她主动找了薛团长，说："以后出访演出的节目，必须有自己的主见，不能让演出商说了算。如果不能完整呈现戏曲唱念做打艺术特色的，最好不要接。演来演去，既给团上挣不上钱，也给演员捞不下欧元、英镑。说是走了七个国家的几十个城市，可除了在车上睡觉，就是在剧场前后台吃方便面，忙活化妆演出。给西方观众留下的印象，就是'中国演员功夫好'，演员舍得出力。那有武术、杂技就行了，又何必要中国戏曲去呢？这样的出国，以后团上就是签合同，也少安排我。要去，咱们就完完整整演大戏。哪怕演一折，也得把一个故事讲清楚了，让人家知道我们的喜怒哀乐、善恶是非跟他们是一样的。我想我们能看懂他们的《悲惨世界》《人鬼情未了》，他们就能看懂我们的《游西湖》《白蛇传》《狐仙劫》。"

其实薛团长也在思考这个问题。当团长几年来，已被艺坛"雾里看花，水中望月"的"变幻莫测"世事，搞得一头雾水了。他时常翘着兰花指，独自在办公室里，哼着那首"想看个真真切切明明白白"的流行歌，也终是理不出个带团的头绪来。一时要传统，一时要反传统；一时要简约，一时要繁复；一时影视手段照单全收；一时外国音乐剧元素全盘植入。像原子弹爆炸一样，借着媒体攻势，"轰"地上天一个"精品"，嘭地又上天一个"力作"，好像是真把戏曲艺术"提升到一个新阶段"了。可"各领风骚三五天"后，热闹的很快销声匿迹，时尚的又再次新鲜出炉。并且媒体又是钢花四溅的"地毯式轰炸"。到处赫然写着"全球震撼上演"。可只"震撼"三五场，观众面大概波及不到一二十里地，"全球震撼上演"的巨幅广告，又换成"人类巨献"了。创作剧目也是层出不穷，见天有"礼花弹升空"。以他对艺术创作的规律认知，一个团，三到五年搞一部原创剧目，都是很吃力的事。可现在好多团，基本都是一年上一个，甚至一年上好几个。故事编不圆，人物立不起。动辄花几百万，甚至上千万，并且还都在各种活动中得了奖。还都被吹捧为"真正的精品力作"。薛桂生的兰花指，就抖动得，自己把它压在桌面上，使劲朝平直里捋，都是咋也捋不平直地乱翻乱翘起来。他知道，几乎全团人背后都在拿他的兰花指开玩笑，打手势。有时他一讲话，就听某个角落"哄"的一声，爆炸出一片笑浪来。他知道，那又是谁拿他颤抖不已的兰花指在搞怪了。

他一上任，就为重排《狐仙劫》走了麦城。甚至一两年内，在艺术决策上都有点说不起话。好在几年间，忆秦娥带头，到处找秦腔老艺人，给她自己和团上，积累下了几十本快失传的老戏。不过闲话也很多，都说省秦都快成乡下业余戏班子了。但他咬着牙，硬是把这个积累完成了。现在看来，仅有这种"老戏老演"的"克隆""翻版"，也是不够的。好多戏的确粗糙、粗俗，甚至粗鄙。省秦掌握了这么多资源，如果对这行事业的发展，没有提升和推进，也算是白端了省级剧团的饭碗。他薛桂生可不想只当个混饭吃的团长。他一再在全团会上强调，要仅仅为钱，就目前这么个工资水平，他薛桂生早都改行了。可每当他下到关中农村集镇，看见一场演出，有时竟然能有数万观众拥到台前，刮风下雨都不离不弃时，他就想流泪。他就觉得秦腔这东西，是值得他一辈子去求索、玩味的。既然大家选他当了这个团长，他也想给这个团留点什么。到底能留点什么呢？遍访大西北秦腔老艺人，从他们嘴里抠出几十本戏，从他们身上挖出几十种绝活，固然是留下了点老本、根基。可仅有这些，还是无法让秦腔再现生机的。他老想着二百多年前，秦腔男旦魏长生的发迹史。说到底，还是要革新和创造。就包括梅兰芳的成功之路，也是与创新分不开的。如果仅仅只做了传统的"克隆"，即使功底、技巧再好，原汁原汤再浓，也还是要被时代"敬而远之"的。尤其是这次欧洲演出回来后，包括忆秦娥在内的所有艺术家，都提出了秦腔的存活方式与出路问题。他觉得，是应该对一些久演不衰的剧目，进行经典化修护的时候了。

他决定：再排《狐仙劫》，靠自己几十年对戏曲艺术的审美积累与认知，来完成这部作品的经典化提升。

他觉得，经过了二十多年的检验，这个剧目里充盈的追求生命自由、挣脱物质奴役、淬炼生命境界、保护天赋家园的多重思考，依然闪烁着耀眼的思想精神光芒。加之秦八娃特别会写戏，几乎场场精彩；人物个个鲜活；唱词句句珠圆玉润；每场演出，掌声都会成百次响起。并且他觉得，这是一个真正可以称为人类题材的好故事。面对越来越多的国际商业演出，重排这个剧目，意义也显得特别重大。

在薛桂生看来，一个剧团，哪怕存活一百年，如果能留下一部传之久远的作品，也就算是贡献巨大了。他常说，省秦如果能留下一本《游西湖》《白蛇传》《铡美案》《窦娥冤》这样的好戏，纳税人哪怕一年掏多少钱来养活，也就不算是"吃干饭"了。问题是我们创造出这样的"好货"了吗？我们创作的大多是"见光死"的垃圾。花钱无数，演出三五场就"刀枪入库"，这不是对纳税人的犯罪吗？虽然《狐仙劫》不是在自己手上首创、首演的，但他觉得自己有责任，为省秦留下一点创作的雪泥鸿爪。而不是去"猴子掰苞谷"式地，无尽推出那些排出来即"封箱""打包"，永远只能存活在各种先进材料与总结表彰大会上的"精品力作"。从秦腔历史看，任何创作，其实都是集体所为。是一代又一代人对一个故事、一场好戏、一段唱腔、一句道白、一个动作，甚至一个锣鼓点的反复敲打研磨，才集腋成裘、聚沙成塔的。就连关汉卿、汤显祖、孔尚任写的戏，也是故事流传经年后，被他们炼化成文。再由一代代艺人流血淌汗、增砖添瓦，才磨砺成了数百年闪亮不熄的舞台珍珠。没有人可以越过前人的肩膀，突然为自己树起一座高耸入云的纪念碑。一旦狂人太多，数典忘祖，也就必然制造出无尽的垃圾。还都当是创新、创造得"前无古人后无来者"了。也自然是要跳出些"泰斗""大师"来，把滑稽的高帽子，硬捆扎在自己的尖脑袋上，做小丑状而不自知了。世人都说戏班子难带，薛桂生倒没觉得是人的问题。他既不怕羞辱、谩骂、攻讦、诬陷，也不怕谁端直朝他大腿上坐。他怕的是"乱黄"，看着忙忙碌碌，今天过节、明天获奖、后天庆功的，把日子都荒荒完了，却留不下一点文脉、做业。长此以往，他这个男不男、女不女的"二一子"团长，也就白当，更让人白骂了。他必须把自己的思考付诸实践。他甚至顶住了各种干预压力，让《狐仙劫》第三次上马了。

这一次，薛团是拿出了玩命的精神。他不仅请秦八娃对剧本做了必要的修订，而且在表导演、作曲、舞美，甚至包括服装、道具、化妆上，都做了全面提升。他说，这次提升不是"烧钱"，不是"比阔"，不是"炫技"，而是要"精细""精到""精确""精粹"化。哪怕一招一式、一个眼神，都要在传统的框范中，找到现实感情的合理依据。不要为传统而传统，为技巧而技巧，为表演而表演。要让内心外化出程式，而不是用程式遮蔽内心。既要让观众欣赏到传统的绝妙，更要让观众看到活在当下的生命精神律动。总之，他有一套理论，在那里指导着他的艺术实践。他是团长，又是总导演，因此，在这场要为秦腔"留下一点文脉、做业"的"精粹化"艺术创作过程中，他与方方面面，几乎是进行了堪称"决绝"的较量。很多平常看来已经很艺术化了的布景、道具，都做了反复的回炉加工。连老狐仙的一根蒺藜拐杖，也是先后打磨了四五次，才被他"拍板定案"了的。有那平常好以嘲弄娱乐团领导为快事的，甚至把薛团的"拍板定案"动作，演化成了用兰花指在桌上蜻蜓点水的曼妙揉摸，自是要惹得人人喷饭了。

薛团的严格，甚至把以装台闻名于世的刁顺子，都惹得大为光火起来。好多布景道具，依然是请刁顺子团队承包制作的。以刁顺子的精细认真，还没有哪个院团是不满意的。就连北京"人艺"来演出《茶馆》，包括美国、英国、俄罗斯那些正规班底，来西京演世界名典，都是他刁顺子带人装的台。省戏曲剧院多大的门楼子，四个团的台子，都是他刁顺子常年包了。不信还伺候不了你一个小小的省秦。伺候不了你"薛兰花"了。哼！刁顺子本来是不想骂人的，加上薛团平常待他也不薄。可这次实在是忍无可忍了。气得他，也当众学起了指斥他的兰花指。说为一个狐仙打坐的蒲团，他刁顺子亲自修改了七次，还是被薛团翘着兰花指打了回来。这不是生生地折磨人嘛！他终于在一气之下，宣布他公司的全体职员，撤出《狐仙劫》剧组了。此处不留爷，自有留爷处。人家端直去给从美国百老汇来的《妈妈咪呀》剧组装台去了。据说身边还配了漂亮的女翻译跟出跟进呢。

好多人都说薛团这次是疯了。几乎没有不埋怨、不讥讽、不在背后说怪话的。有的当着面就开了火：说这就是唱戏，唱戏终归是假的。你要想制造"神舟十号"了，应该让国家给你重新任命职务。这个只相当于正处级的戏班子领班长，恐怕是完成不了如此高难度"发射"任务的。任你再说，再讥讽，他还是要按他的想法去操作，去实践。就连忆秦娥这样好说话的演员，这次排练，也前后跟他闹崩了几回。忆秦娥说，连她都不知戏该咋演了：唱腔嫌粗糙，道白嫌不走心，动作嫌卖弄技巧，那你要我干什么？忆秦娥从本质上是愿意炫点技、愿意表现些绝活的，因为她这方面的确过硬。在当今戏曲舞台上，都是凤毛麟角的。完全卖弄技巧，搞杂耍，她不甘心；可一旦大幅度减少技巧、绝活，她又觉得表演有些失色，甚至失重。而薛团要求的就是"精确"二字。什么是"精确"呢？有时为一个舞台动作呈现，他们可以试验一天。站着争执不行，就坐下来辩论。唱腔也是一样，连每句唱的换气口，他都要找几个老音乐家来现场研究。直到唱得气息通畅，字正腔圆，感情表达准确了才放过。他是要通过"精确化"，来克服秦腔那些严重脱离剧情，哪怕把脑袋唱得缺血缺氧，只要观众掌声不"给劲"，不"炸堂"，不"掀顶"，都死不停止拖腔、甩腔的坏毛病。

一部《狐仙劫》的重排，整整折腾了八个多月。要放在平常，三四本大戏都排出来了。而薛团还摇着头，翘着兰花指说："如果再有八个月，也许这个戏，会流传得更久远些。"

这次演出，果然各方一致好评如潮。薛团专门邀请了全国七八个大剧种的专家，来会诊把脉。大家共同的认知是：秦腔新时期真正的原创经典诞生了。

也就在这个时候，米兰又一次从美国回来了。

米兰现在是美国一个艺术基金会的小头目了。专门负责亚洲这一块艺术交流活动。她自上次看了忆秦娥的戏，心中就暗暗产生了一个想法：一定要把秦腔介绍到百老汇去演出。就像当年梅兰芳进百老汇一样。那毕竟是一个让世界认识中国艺术的大舞台。尤其是秦腔、她为之付出了十五年青春生命的艺术，就更希望能在那里展示了。

关键是忆秦娥有这个实力。她看过百老汇不少演出，觉得忆秦娥是一定能在那里打响的。

他们这次来，就是选节目的。看了《狐仙劫》，艺术总监和一个资深演出商，几乎当晚就定下了去百老汇的演出事宜。不过，米兰有一个要求：

一定要把她的师姐胡彩香带上。

在谈判过程中，薛桂生是咋都不同意加进这个县剧团演员的。他认为，现在的戏，经过很长时间磨合，换谁都是会影响"一棵菜"艺术的。

但米兰很坚决，说胡彩香唱得极好，必须随团去百老汇演出。

薛团看米兰这样坚持，也不能不有所妥协。

最后达成的协议是：让胡彩香唱一段伴唱。舞台调度做适当修改，争取让胡彩香亮一下相。让她一边唱，一边在一个遥远的山头上，向远处瞭望瞭望即可。

去百老汇的演出，就算敲定了。

三十五

忆秦娥陪着米兰老师回了一趟宁州。

这是米兰自三十多年前离开后，第一次回来。她是想祭拜一下祖坟，然后，也想看看一起学戏的师姐师弟。母亲去世早，那还是在她没有离开宁州的时候，山里发生泥石流，把家里连人带牲口，都卷得无影无踪了。好在父亲那天被抽到几十里外，去参加"农田大会战"，倒捡了一条命。却也是病病歪歪的。后来，她还把他接去美国，住了大半年。却因骨癌发现太晚，死在了异国他乡。宁州算是没有亲人了。她先去了米家的老坟山，已经荒凉得杂草丛生、蛇鼠乱窜了。唯有母亲的衣冠冢——母亲的遗体没有找到——倒是修葺得像模像样。坟前还有残存的祭物。后来一打听才知道，是胡彩香掏钱重修过的。胡彩香的父母，埋得也离此不远。因而，年年上祭，她都是会到米兰母亲的坟上，恭恭敬敬跪下点三炷香，烧些纸钱，再放一串鞭炮的。她嘴里还会念念有词："姨，米兰离得远，是她让我代她来看你的。我也就是你的亲闺女了。"米兰听到这里，眼泪怆然而涌。

胡彩香跟她是一个村子的人。小时一同出门打猪草，一同上小学，又一同考上县剧团，背粮去学艺。又是一同开始演李铁梅 AB 组。从能割头换颈的好朋友，直闹成反目成仇的陌路人。说心里话，那时盼她突然得急症死、坐手扶拖拉机翻到沟里的心思都有。她一死，就没人跟她争主角了。何况胡彩香的确比自己唱得好。她们两人的条件是：她个头比胡彩香高些，苗条些，上台鲜亮些。嗓子仅仅是"够用"而已。这是当时团上好多老师对她的评价。而胡彩香是个子比她矮，腰比她粗，屁股比她大一些，嗓子却是出奇地好，出奇地能"背动戏"。只要一开口唱，没有人不说这是块唱戏的好料当的。胡彩香那阵，靠忆秦娥她舅胡三元，还有一些老师的支持，总能上主角。而她，却只有黄正大主任和他老婆支持着。黄主任越支持，团上反对人越多。这种拉锯战，反倒把她拉得筋疲力尽了。直到后来忆秦娥（那时还叫易青娥）站到了台中间，才把她和胡彩香慢慢挤到舞台边沿去的。那时她跟胡彩香表面上都支持忆秦娥，其实心里也是五味杂陈的。反正只要把对方从主角的位置上挤下来，促谁上去都行。何况忆秦娥那时的确行。她对胡彩香，是直到离开宁州，嫁人去了远方，才慢慢有了释然感的。回想起来，不就是为了唱戏，为了争主角，为了朝台中间站，为了人人都给自己翘大拇指吗？竟然就把好端端的姐妹，弄成了那么大的仇敌。有时几乎是有我没你、有你没我的你死我活的斗争了。今天想来，她既想哑然失笑，又有点笑不出来。尤其是面对被胡彩香修葺一新的母亲的衣冠冢。

她也买了香表纸马，去到胡彩香父母的坟头上，泪流满面，长跪不起了。

忆秦娥把这一切看在眼里，心里也有说不出的感动。她不知道米兰老师这会儿在想什么。但从哭泣中，从长跪不起中，分明感受到了米老师内心深处，那份复杂情感的剧烈翻腾。

回到县城后，天刚刚黑下来，她问米老师，是不是先在宾馆住下来。米老师说："不，今晚去胡彩香家住。我们得让她好好破费一下。还得商量她去美国的事呢。"

她们就直奔胡彩香老师家了。

胡彩香老师住的是拆迁户的补偿房，在县城很边缘的地方。晚上到处都黑灯瞎火的。忆秦娥只知道地址，地方却很难找。剧团原来那块城中心的院子，已被开发商买去重建了高档住宅楼。剧团人几乎很少有能买起，再"凤还巢"的。她们勉强找到胡老师的房子，家里有个孩子，却死活不开门。问来问去，才知道是胡彩香的孙女。她说奶奶在县城卖凉皮，要到晚上十一二点才回来。她们就又到城里四处找。好在县城小，晚上热闹的地方就那么几处，很容易就把胡老师找到了。她是真的在卖凉皮。并且老公张光荣在帮着清洗碗筷、收拾桌凳。别说米兰开始有些认不出胡老师来，忆秦娥也是有点半天不敢相认的。几年前，胡老师跟她在西京唱茶社戏时，那是刻意打扮了的。而现在，她已完全是个卖凉皮的老大妈了，与那一溜小吃摊上的任何一位大妈，都没有别样的韵致了。她两鬓飞满雪丝，头上竟然还戴着一顶医护人员用的那种白帽子。算年龄，胡老师也就六十出头的样子，却已完全与"演员""主角""台柱子"这些名词，没有任何关系了。她在吆喝着，并且吆喝声比别人的都大。声音倒是纯正、甜美、有腔、有调，有范儿。旁边还有人在轻声说："到底是唱戏的，连卖凉皮，都吆喝得跟人不一样。"她的摊子前，顾客明显也比别人多些。忆秦娥要朝前走，却被米兰老师拽了衣襟，说："这样会不会让彩香难堪？"忆秦娥也不懂她们姐妹之间的关系，也就没朝前走了。她们在离胡老师较远的一个摊子前，坐了下来。这里灯光比较昏暗，不太容易看清人的脸面。她们要了一碗鸡蛋醪糟，慢慢喝着，品着，就听胡老师那边突然唱起秦腔来。是有人煽惑，让胡老师来一段，胡老师就唱起来了。

她唱的是《艳娘传》里的一段戏：

（白）我把你个没良心的人哪！
（唱）奴为你担惊又受怕，
　　　奴为你不顾理和法。
　　　奴为你伤风又败化，
　　　奴为你美玉玷污瑕。
　　　奴为你黑黑白白明明昼昼夜夜心头挂，
　　　你怎忍狠心撇奴家。

一段唱完，围上来吃凉皮的，又闹哄着让她再唱第二段。
胡老师就又唱了一段：

（白）咦，我把你个薄幸的人儿呀！

（唱）走的奴心乱脚步儿忙，

　　　　声声不住恨白郎。

　　　　临行时对奴咋样讲，

　　　　却怎么今日丧天良。

　　　　可怜奴千山万水高高低低遭魔障，

　　　　小小脚儿怎承当。

　　　　京城物博人又广，

　　　　该向何处找行藏。

　　忆秦娥听着这些唱，也不知心里是啥滋味，她甚至还突然想到了她舅胡三元。米兰老师听着听着竟然又哭了。她们姐妹间的感情，还真不是她能完全理解得了的。

　　张光荣倒是一直乐呵呵地，在忙他的涮洗打扫。夫妻的日子，的确还过得有些其乐融融。

　　直到摊子上客人越来越少了，米兰才跟她一起走到胡彩香跟前。

　　她们俩突然到来，几乎把胡老师吓了一跳。她的第一反应是：急忙解下连胸白围裙，又一把抓掉戴在头上的白帽子。她很是有些难为情地说："咋是你们，回来也不提前告诉一声。你看这乱的，也是……也是没事，晚上出来练练摊儿……玩呢。做梦都想不到，米兰你还能回宁州。"

　　张光荣也过来给她们打招呼说："米兰回来可是稀客呀！秦娥也成稀客了！你们回家里坐，这里我先招呼着，也快收摊儿了。"

　　米兰老师说没事，就在摊子上坐着聊挺好。胡老师到底还是坚持先带她们回家了。

　　胡老师家是七十多平方米的房子，两室一厅。所谓厅，也就是能放一个长沙发，再放几个小凳子而已。沙发上、凳子上，还有地上，几乎到处都摆的是做凉皮、面筋、绿豆芽，摊辣椒面的东西。从她们进门，胡老师就收拾，半天才收拾出沙发来，让她俩坐下。她自己是弄了一只矮板凳圪蹴着。在昏黄的灯光下，忆秦娥突然发现，胡老师又老了一大截。真正成省秦人爱糟蹋的那种"过气"女演员形象了：肉厚，渠深，腿壮，脸胀。胡老师还有些不好意思地一直搓着有些发僵的脸面说："看你们都保养得好的，我都成老太婆了。"米老师说："再别瞎说了，你这一退休，自己的日子才刚刚开始呢，怎么就成老太婆了，那是你的心理年龄。你一想着才十七八，脸上马上就开了花了。""还开花呢，开红苕花、喇叭花哟。干喳喳的，一摸，都锯齿一样拉手。哪像你，命好，嫁了个好男人，保养得几十年不变地细皮嫩肉、油光水滑。再嫁一回，只怕还都要演一折《王老虎抢亲》呢。""你个死彩香，还是那张不饶人的嘴。要放到四十几年前，才学戏那阵儿，我都能拿鞋掌把你的碎嘴抽烂。"两人前仰后合地笑了半天。米老师说："彩香，赶快收拾床，好让老姊妹躺一躺。跑了一天，困乏得就想当卧槽马了。"胡老师说："还是到宾馆去睡吧，家里脏得，干净人是卧不下的。"米兰偏要坚持在家里睡。胡老师就从箱底翻出一套东西，把床上整个换了一遍，三人才躺下。

她们躺下好久，才听光荣叔从凉皮摊子上，驮着东西吭哧吭哧回来。胡老师又起身帮忙捡拾。最后胡老师吩咐，让他到隔壁杨师家去搭个脚。说他在客厅沙发上睡不方便，厕所是跟客厅通着的。光荣叔就连声答应着走了。

她们谝着谝着，又谝到了她舅胡三元。还是胡老师自己把话挑起来的，她说："不怕秦娥不高兴，那时我得亏没听你那个死舅煽惑。要是跟他跑了，可能连西北风都没得喝的了。你舅就是个野人，没良心的货，这些年，在外面跑得连个人影都没有了。我要不是死跟了张光荣，恐怕连一个窝都安不下。张光荣是没啥本事，就会给人家修下水管道。他每天都在人家厕所里、臭水沟里爬着，可见天能给我挣一两百块钱回来，日子靠得住。他白天累得跟啥一样，晚上还帮我出摊子，生怕我遭了别的男人勾引。你说我都成老太婆了，他还死不放心，还把我当了潘金莲，你说是不是个怪货色。我倒想再勾引一个哟，可眼里放不出电了，那秋波，还真正成秋天的菠菜了。"胡老师一下把几个人都惹笑了。米老师说："你那一对水汪汪的骚眼，我看现在，也是会给他张光荣戴绿帽子的。"胡老师踹了米老师屁股一脚，说："这话你可不敢当老张面说，说了他几天就吃不下饭了。你说老张这个死鬼，真是没见过啥的，好像我还是七仙女，是刘晓庆，是林青霞了，一城的老男人都把我惦记着。你说我这样子，还有人惦记吗？可我高兴。说明死鬼在意我。晚上他一跟就是半夜，也没半句怨言。早上四五点还要起来帮我蒸皮子，拌调和，烫豆芽。要是跟了你舅胡三元，你再看看，还给你出摊子、蒸皮子、拌调料、烫豆芽呢？一天到晚就是拿一对鼓槌，敲死样地乱敲。你让他帮忙刷碗，他会拿筷子敲；你让他帮忙蒸皮子，他会拿铲子敲；你让他扫地，他能拿扫帚敲；你让他摆桌子，他能拿指头敲。百做百不成的货，几时不敲死，他都住不了手的。听说在外面，把人家好几个打下手的牙又敲掉了。我要是跟了他，这牙还能保得住？不定早被敲成河马嘴了。"她和米老师都被那个形象的河马嘴比喻，逗得扑哧扑哧打着滚地笑起来。胡老师还说："那就是个敲死鬼。上辈子让人把爪子捆死了，这辈子放开，就是专门来活动那对死爪子的。"胡老师对她舅的控诉，不仅让米兰老师笑岔了气，就连忆秦娥也是笑得把嘴捂了又捂、把腹捧了又捧的。到了最后，胡老师还是关心着她舅的去处，问现在死到哪里去了。她说，可能在宝鸡、天水一带，业余剧团里敲戏着。胡老师就说："那双贱爪子，几时不敲得抽风，不敲成半身不遂，不敲死，他都是不会回来的。"忆秦娥还是笑。她能从胡老师的骂声中，感到她对她舅那份说不清道不明的感情。

　　谝完她舅，又谝起现在的宁州剧团来。胡老师说现在是惠芳龄当团长。米兰记不得惠芳龄是谁了，胡老师说："就是当年给秦娥配演青蛇的那个娃。后来又是打架子鼓，又是唱歌的。折腾了一阵，最后还是回头唱戏了。说是唱戏，也没个正经戏唱了。县上有啥活动，给人家弄几个表演唱而已。旅游节唱《宁州好风光》；楼盘开市，唱《风水这边独好》；保险公司投保，唱《省下一口，还你一斗》，都是改上几句唱词，老舞蹈换身'马夹'，就又满台胡扑着'欢庆'起来。反正是'打酱油'凑兴，挣几个小钱而已。连一台正经折子戏，都演得缺胳膊少腿的。还转成啥子，叫个啥幌子……又是集团，又是股份，又是公司的，名字长得把马嘴都能绊成驴嘴。"

忆秦娥一直想问的还是封潇潇。几十年过去了，这个结，依然死死堵在她的心头。这是她的初恋，不知那个朦朦胧胧的初恋情人，近况如何？直到把十几个人都谝过去了，胡老师才说到了封潇潇。胡老师说：

"封潇潇要说活得窝囊，我看也是活得最幸福的一个人了。整天都喝个烂酒，没有一天不是醉醺醺的。他经常睡在街道旁的排水沟里，连满街拉三轮车的都知道，这是剧团的封老师。他们遇见了，都会用三轮车把他送回去。潇潇的老婆也没办法，整天就那一句话：迟早都是要喝死的。"

胡老师说到这里，还故意把忆秦娥的脸看了一下说："都说封潇潇是爱你，才把自己爱成这样了，你承认不？"

胡老师一下把忆秦娥的脸给说红了。

胡老师接着说："潇潇过去是多么乖的一个人，文武不挡的北山第一小生。没想到，自你走后，就成了酒疯子。说现在已是酒精依赖症了。这歹症候是一种瞎瞎病，并且是死都看不好的。他儿子用绳子捆住他，自己把绳子割断，还是跑出去喝了。谁拿他有啥办法？说家里还弄出去治过几回，能管几天，回来还是喝。一早眼睛睁开，就得吹半瓶子。基本也唱不成戏，是一个废人了。"

忆秦娥这一晚，翻来覆去地睡不着。她也不知咋的，怎么就害得几个男人都成了这样。难道真有民间所说的那么玄乎，自己是克夫的命了？初恋情人封潇潇成废人了；刘红兵也成废人了；石怀玉又"逃进深山"当了"白毛女"，这是团上那些嚼舌根人说的怪话。他们的婚姻，至今也没了断。几十年的家庭生活，怎么就过得这样一团糟呢？

第二天，米兰要去看望黄正大夫妇。她说无论怎样，人家过去对自己好过。

昨晚听胡老师讲，黄正大从剧团走后，又调了好几个单位。人都不待见，还是好整人。说他当领导群众受不了，当群众领导受不了。退休后，还不安生，整天写告状信呢。自己写了不算，还组织人联名写。把几个单位的领导，都告得下海的下海，辞职的辞职，都说是遇见"活鬼"了。现在大概都八十好几了吧，仍闲不下，说又自告奋勇，当了他们那个小区业主委员会的头儿了。见天把一些老头老太太，弄得楼上楼下地开会。他一讲就是半天，跟物业办朝死里斗哩。说物管方面的头儿都换好几茬了，并且是换得一茬不如一茬。他们也就斗得更加上心、来劲了。动不动连警察都招了去。米兰听着光笑，说黄主任还有那么大的劲头。胡老师说："嘿，死老汉劲气大得很呢。大前年把老婆死了，人家端直找了个五十几岁的乡下保姆。保着保着，就保到床上，成老婆了。你都没见，现在活得满脸红皮团圆、油光水滑的，日子可滋润了。"

米兰无论如何，都要去看一下黄正大。她让胡彩香陪，胡老师坚决不去，说她在县城但凡碰见老黄，都趔得远远的。从没跟他招过嘴。最后，米兰做忆秦娥的工作，让她陪着去。忆秦娥也是碍于米老师的情面，才答应去了。谁知在小区门口，就碰见了黄正大。他正在组织人，给物业办拉白布印的大黑字标语：

"必须把贪赃枉法侵占业主的物管费吐出来！"

几个老婆子把一片白布没有绷展拓，他就后退到远处，高高低低地来回指挥着。

突然见米兰站到面前，他还有点认不出来了。是米兰做了自我介绍，他才一拍脑袋，连声"噢噢噢"了几下。甚至感动得还有点想落泪了。

忆秦娥站在很远的地方，不想靠近。她对这个黄正大，是毫无半点好感的。谁知黄正大听说她来了，还偏要大声闹嚷着，说大名演忆秦娥看他来了。几乎小区所有人都拥了出来，都想看看忆秦娥。弄得她是想离开都来不及了。关键是黄正大还大声霸气地卖派说：

"这就是我当年保护过的易青娥，你们知道不？也就是现在鼎鼎大名的忆秦娥！中南海里都唱过戏的人，知道不？当初是她舅走后门把她弄进来的。后来她舅出事了，她舅那个人不行，差点都让枪毙了，也是我一手保了的。知道不？为保这娃，我可是冒了很大的风险哪！先把她安排到厨房里烧了几年火，那就是最大的保护措施，知道不？其实是在暗中让人给她教戏呢。最后终于把娃促红成秦腔皇后了，都知道不？秦娥，算你有情有义，成了这大的名，还能来看我黄正大，我黄正大这辈子也就算知足了。可惜你姨不在了，你姨要在，今天一准会给米兰和你包鸡蛋饺子吃呢。你姨的鸡蛋饺子，包得可香可浑实了。米兰知道的。"

　　忆秦娥还能说什么呢，黄正大到底是患了健忘症，还是要故意颠倒黑白呢？这才过去多久，并且当事人都在，他就敢这样张口说瞎话了。她本来想客气地对他微笑一下，毕竟是一个耄耋老人了。但她终于没有笑出来。她只在心里想：那时，黄正大怎么就能那样跟她和她舅过不去呢？到底为啥来着？

　　离开黄正大后，她本来是要去看老艺人裘存义，还有大师傅宋光祖的。他们都是她当烧火丫头时，像长辈一样帮过自己的人。四个给她排戏的老艺人，也就仅剩裘老师还活在人世了。她说看完胡老师，就去看裘老师呢。谁知在她和米兰从黄正大那里出来后，就得知：裘老师昨晚已经去世了。裘老师活了八十四岁。

　　她们的行程就不能不有所改变了。她说她无论如何，都要参加完了裘老师的葬礼再走。

　　也就在那天葬礼上，她不仅见到了封潇潇，而且还见到了让她受难一生的仇人廖耀辉。

　　廖耀辉是被宋光祖师傅用一个木轮车，拉到火葬场去送裘伙管的，他大概怎么都没想到，会在这里遇见忆秦娥。宋师告诉她，廖耀辉已经偏瘫在床好几年了，但他无论如何都要来送送老伙计裘存义。廖师说老裘是个好人，一生几次帮他圆了大场，转了大圈。要不是老裘，他廖耀辉恐怕早都在这个单位做不成饭了。廖耀辉并不是剧团的正式炊事员，却在这里做了五十多年饭。他家里没有后人，得了半身不遂，偏瘫在床后，团里就让宋光祖照顾他的起居了。剧团也穷，大伙工资才发百分之六七十。一月给廖耀辉发些基本生活费，已是做到仁至义尽了。医药费有些报不了，大家就凑点份子，把他老命延续着。宋师对她说：

"廖耀辉到现在还在嘟哝，说这辈子最对不起的就是娥儿了。是他把娃的名誉损害了。让他得啥病，都是老天的惩罚和报应。他还说，光祖有机会见娥儿了，一定给娥儿赔个不是。说下辈子，他宁愿变一条狗，给娥儿看大门都行。他迟早都在说，他是丧了德行了。现在话也说不清了，可怜得很。"

忆秦娥远远地看着坐在木轮车上浑身颤抖，并且涎水四流的廖耀辉，看了很久很久。一刹那间，她好像突然原谅了一切：

这终是一个可怜的生命而已。

在快离开宁州时，她甚至给了宋光祖师傅几千块钱，说："给廖耀辉买个轮椅吧，这样你经管着也方便些。"还没等宋师明白是咋回事，忆秦娥已经泪眼汪汪地转身离开了。

她不是哭廖耀辉的可怜，而是哭人的可怜。包括自己，都是太可怜的生命！

忆秦娥在裘存义的葬礼上，还看见了封潇潇。他不是站着，而是躺在灵堂旁边的一个壕沟里，醉得身边围着几条狗，在吃着他胡乱吐出的污秽物。她怎么都止不住泪水的涌流：

人啊人，无论你当初怎么鲜亮、风光、荣耀，难道最终都是要这样可可怜怜地退场吗？

米兰老师直到最后，才给胡老师吐露，让她到美国百老汇参演秦腔的事。说就几句伴唱，相信她一定会唱得精彩绝伦的。

米老师说，她从十几岁时，就嫉妒着胡彩香那一嗓子好唱。这些年了，她一想起她的唱，心里就不免一阵抽动。

临走时她说，她九岁开始学秦腔，今年已是六十多岁的人了，也不知多少次，在美国做梦，都还是在宁州的秦腔舞台上唱戏。

她说她的生命内核，终还是一个唱秦腔的戏子。

离开宁州时，她紧紧抱着胡老师说，她在美国等着迎接自己的师姐。并说：

"你一定要来！从某种程度上讲，我是为秦娥，也是为你才淘了这大的神，费了这大的力。你一定得跟秦娥一起来。秦娥，一定要把你胡老师拽来，一定！"

忆秦娥直点头说："一定。"

三十六

秦腔要进美国百老汇演出，这在西京，自然是一件很轰动的事情了。

队伍还没出发，媒体先炒作起来。几乎见天都能看见忆秦娥的剧照和消息。即使是采访女二号楚嘉禾，报纸登出来，也成《忆秦娥和她的狐仙姐妹备战百老汇》了。气得楚嘉禾连报纸都撕了。秦腔好像就是忆秦娥，忆秦娥就是秦腔；省秦也是忆秦娥，忆秦娥也是省秦；《狐仙劫》是忆秦娥，忆秦娥也是《狐仙劫》了。反正一切的一切，都成忆秦娥一个人的荣誉、一个人的游戏了。问题是薛桂生这个团长，一见报道，还高兴得兰花指直翘："让办公室剪下来，快剪下来，朝报栏里贴。"各种专访、采访里，他薛桂生也就是被提提名字而已。实质上，全都在围绕忆秦娥做文章。有一天，楚嘉禾和另外两个主演，还在练功场给他提过意见："哎，薛团，咱省秦是不是要改叫忆秦娥团了？如果访美演出，忆秦娥一个人能把《狐仙劫》演了，那就让她一人去好了。何必要拉着五六十人去垫背呢？""薛兰花"还笑笑地说："只要宣传了秦腔，那就是咱们这一行的胜利嘛！人家天天说影视明星的绯闻，你们又觉得人家报纸无聊。人家这下有聊了，见天说秦腔了，你们又嫌人家不该只宣传了个别人。一定要看到，无论说谁，从本质上讲，都是在提升秦腔的影响力呢。媒体就得找新闻人物、新闻点。要不然，那就没话说，也没人看了。"

到了美国更奇葩。

整个接待，主演忆秦娥是跟所有人都不一样的。在曼哈顿的肯尼迪机场一下飞机，就有人给忆秦娥献花。然后是专车把忆秦娥接走了。进了宾馆，忆秦娥住的是套房，其余人全都是两人一间。带团的是上边领导，有省上的，还有京城的。连"薛兰花"也是以演员名义来的。说起来可丢人了：他还在戏里扮了个小角色，是一只被捣了巢穴的老母狐狸，"携众狐狸过场"。不到一分钟的戏，只见他愤怒地翘着兰花指，领着一群失去家园的小狐狸，"满腔悲愤地集体过场"而去。乐队一个哈屄，第一次彩排，就被"薛兰花"逗得把唢呐吹炸音了。还有一个，笑得端直把手上的大锣都跌到了地上。连团长都跌份成这样，可忆秦娥却风光得像是"元首"。

在演出后台，那更是等级森严。忆秦娥一人一个化妆室，门口还站着"保安"。别人想进去，他会不停地"NO，NO，NO"地摆手。据化妆师说，里面可阔气了，不仅摆着鲜花，而且还有单独卫生间呢。其余人是在一个大化妆室里。演员多，明显很是挤巴。薛桂生还请米兰出面协调，看能不能让几个次主演，也到忆秦娥那间化妆室去化妆。只见剧场管事人，又是耸肩又是摊手的，表示坚决不同意。说剧场没有这规矩。主演化妆室就是主演化妆室。主演化妆时需要安静，需要休息，需要温习台词，是不能打扰的。并且还特别补充了一句："她的劳动需要获得所有人尊重。"连媒体也是只能把"长枪短炮"支在门口，静静等待着主演化妆完妆出来时，才可以拍几张照片的。并且这时还不能跟主演进行任何交流。要采访，也得在演出结束后才能进行。

这次来美国，楚嘉禾对米兰这个人，有了不小的看法。过去在宁州，她当学生那阵儿，就知道米兰跟胡彩香为争主角，闹得水火不容的。这阵儿，不知哪根筋给抽起来了，却突然把胡彩香稀罕得，还专门让占了演出团一个名额，为几句伴唱来了纽约。胡彩香过去她就不待见。听说这家伙跟忆秦娥她舅有一腿呢。连她那儿子，也都说是跟胡三元的私生子。大家在一起，老比照她儿子与胡三元的鼻子、眼睛、嘴巴，甚至耳垂。都说这娃除了脸没被烧黑外，其余跟胡三元简直就是一个模子刻出来的。就这么个烂货，却给忆秦娥教了一口好唱。硬是把忆秦娥从黑黢黢的灶门洞，一路送到了西京的舞台上，几乎完全成秦腔界的一个诡异神话了。

胡彩香这次来，跟着演出团一路也没少丢人。飞机一起飞，就吓得她直喊："娘啊，心就跟老鹰抓到半天空了一样。老鹰爪子要是一松，老娘这一辈子就算交代了。死张光荣在家可咋办呀！"在飞机上，闹的笑话更多。要咖啡，她却嫌咖啡苦；要饮料，给人家说不清楚，人家拿的酒来，喝得她端直溜到椅子底下了。整个人形，就不是这个团队能带出来的：上身长，下身短，还腰粗、脸大的。她完全是一旅游大妈形象，却混在赴纽约的"中国秦腔演出团"里。提溜了两个人造革拉锁包，一个拉链还拉不上。说都是给米兰拿的土特产。可笑的是，一块黑乎乎的腊肉，还刺出一截带把肘子来。她用别针别都没别住。包大得双手提着不方便，她就用毛巾从中一绑，把两个大拉锁包前后搭落在肉乎乎的肩膀上。结果，过海关时，先让把"带把肘子"没收了。气得她还直骂："死'城管（其实是海关）'，在哪里都爱收没东西。"除了忆秦娥，几乎没人愿意跟她走在一起，都嫌丢不起人。关键是她还不知别人的感受。嘴多得要死。只要一讲话，就惹得一阵哄堂大笑。随团外事方面的负责人，都批评好几回了，说出门不要扎堆，不要大声喧哗。可这么个进了大观园的刘姥姥，又怎能忍住不违反纪律呢。

到了纽约，米兰似乎只把胡彩香和忆秦娥当回事。同样是从宁州来的楚嘉禾和周玉枝，却享受不上那两位老乡的待遇。虽然米兰也私下宴请过她们二人一次，但对胡彩香和忆秦娥，明显是高看了好几眼，并感情深厚得别人无法相比的。周玉枝倒是不在乎，说："人家米兰跟胡彩香老师是师姐师妹关系。忆秦娥又是人家两人帮过的，自然走得近些。那时我们是学生，跟人家就没任何关系。来了美国，人家能单独请我们一次，已是很不错了。你还计较人家，没掏钱让咱上帝国大厦。戏太过了噢。"

忆秦娥还是老样子，一来就睡觉，哪儿也不去。除了保证演出，几乎连华尔街都没去看一下。她们倒是落了个清闲自在。不让逛，还是都出去逛了。摸着华尔街金牛那光溜溜的牛蛋，把相也照了。帝国大厦也上了。连"9·11"被炸掉的两座大楼原址也去看了。楚嘉禾跟几个人甚至还偷偷去华盛顿逛了一趟呢。

演出也的确成功。还是真的很成功。那次去欧洲演出三个月回来，媒体吹说是"轰动欧洲"，大家都想发笑。其实就是去耍"绝活"去了。可这次在百老汇，是真正的大戏演出：故事剧情完整；有文有武；并且文戏与唱腔分量还很重。两场演出，第一场上座率在百分之八十左右。第二场竟然爆棚了。华人观众能占到五分之一，其余还都是老外。并且在演出完后，五次谢幕，时间长达十六七分钟。第二天，美国很多媒体都报道了中国最古老剧种秦腔，在百老汇的演出盛况。忆秦娥的剧照，甚至都有媒体是用整版推出的。

尽管大家对胡彩香有一百个瞧不上，可在百老汇的演出，胡彩香那几句伴唱，还真是震撼了全场。按照米兰的要求，是一定要胡彩香出场演唱的。"薛兰花"是照米兰的意思，安排胡彩香出现在了剧情的高潮处：

〔面对狐仙老巢的崩毁，一白发苍苍的老狐仙，拄一藜杖，颤巍巍地从废墟中走来。

〔她站在陡峭山头上，唱出了这样四句苍凉备至而又精神昂奋的苦音慢板：

　　山高水长的摩崖，

　　千秋万代的狐家。

　　百折不回的摧打，

　　生生不息的勃发。

〔在老狐仙杖策远迈的路上，聚集起越来越多蓬勃的新生命。

楚嘉禾虽然那么不待见胡彩香，可还是被胡彩香这四句苦音慢板，唱得心震颤，后悔不迭。要是当初有眼光，早早把胡彩香缠住，给自己也教出这一口好唱来，哪里还有她忆秦娥的米汤馍呢？世间真是万事都只能在无从更变的时候，才看出症候来。等看出时，一切也都晚了。不过要能早看出来，都成了神仙，恐怕这个世界也就只能都兴风作妖了。这个该天杀的胡彩香，出了一路的丑，没想到，最后在百老汇，却因几句唱，而红火得也上了报纸，成了演出的"大亮点"。

米兰在演出结束后，竟然上台来，抱着胡彩香号啕大哭起来，她说："你没变，就是这个声音，四十年前就唱得这样让人心碎。"

楚嘉禾想，四十年前的心碎，恐怕跟今天的心碎，完全是两个概念了。只有争主角的人，才懂得这种心碎的残破程度：那是要滴血，要搅肉成泥的。

回国后，忆秦娥的戏迷竟然拥到机场，拉起横幅，打起锣鼓，把忆秦娥抬着弄上一辆大轿车接走。

楚嘉禾回到西京才知道，对忆秦娥的宣传早已铺天盖地了。连胡彩香那几句唱，都有人提说。而她一个堂堂女二号，竟然翻遍报纸和各种网络，只字未见。她妈本来就是一个碎嘴，这下更是火上浇油地说：

"你团真是古怪，这明明是秦腔出访，省秦出访，怎么宣传报道出来，都成忆秦娥一人的事了呢？既然她一个人能成，那就让她去美国唱独角戏好了，怎么还要拉一堆人去呢？你们都是泥塑木偶吗？这扣碗肉的底子，也垫得太窝囊了点吧。嗨，你还没见忆秦娥那个土老帽娘，才张得搁不下呢。现在死了傻孙子，没事了，也瞎收拾瞎打扮起来了。在忆秦娥去美国的时候，她把两道掉光了的眉毛，也文成了两个死百脚虫的样子。嘴本来就薄气，这下还画得红赤赤地翻了出来，活像白骨精她妈了。她整天穿条大花裤子，还是萝卜形的。上身还绑了块印度女人才绑的那种说衣服不像衣服、说披肩不像披肩的大花布。先头她还是拿个花扇子，在南城门外人群背后，战战兢兢地扇着，舞着。有时腿脚笨得，都能把自己别倒。现在可不一样了，都敢举一把花不棱登的'太平伞'，走到人前，又是吹哨子、又是整队伍的，都在领秧歌舞了。开口忆秦娥长，闭口忆秦娥短的，生怕没人知道她是忆秦娥她娘似的。还有一件事，可是把我快笑死了。就在你们去美国演出，说是轰动了百老汇的第二天，我到城墙根下闲转呢，见忆秦娥她娘，张得把《天鹅湖》里的'四小天鹅'都跳上了。说是跳的芭蕾，却放的是《好汉歌》，'大河向东流，天上的星星参北斗……说走咱就走，你有我有全都有……'，只见她领着舞，一跛一跛地出来，还起了一个'大跳'呢。嗵地落下来，差点没把城墙砸个窟窿。哈哈哈，哈哈哈，你说好笑不好笑，真正是棒槌进城，三年都成了精了。"

楚嘉禾听着她妈对忆秦娥她娘的糟践，心里也觉得有几分好笑，却又有点笑不出来。她妈接着叨叨说：

"别看忆秦娥闷闷的，那都是表面现象，会来事得很着呢。你没算算，这些年，几乎把一家人都弄到西京城了。听说她姐现在也玩起文化了。说开了个啥子文化公司，又是给单位办庆典，又是给人操持婚礼，还又是承揽演出的。说最近还拍起《都市碎戏》来了。连她姐、她姐夫，还有那个老白骨精，都出镜做演员了呢。还说戏好卖得很，一年拍成了几十集，在灞河把房子都买下了。她弟那个不着调的东西，你说迟早都会跟她舅一样，要蹲大牢的。结果人家现在还开了网络公司，雇下一帮人，专做秦腔传播的点击生意，听说把歌舞团的一枝花都掐了。你看你，都混的啥名堂：戏没唱成个戏，家没成操个家。活得还别说忆秦娥，连人家周玉枝都不如。人家两口子把日子过得：生了儿子，前些年还弄了指标，又生了女子。算是儿女双全了。说在曲江把复式楼都买下了。你再看看你，看看你，都把日子过成啥样子了？不是我说你，一辈子弄啥都下不了狠心，连找个男人，都看不住。呼啦一下，把婚离了，结果人家这两年又在海南翻起身来，都是身家几个亿的大老板了，与你有什么关系？你说你……"

"别说了，好不好。这些事哪一样不是拜你所赐？弄成了今天这个样子，你以为我想这样吗？我一回来你就嘟哝，都嘟哝我一辈子了，还想嘟哝。求求你，别再管我的事了，好不好？我有我的活法，好不好？你整天给我爸出主意呢，倒是把爸从副行长弄成了正行长，不就是个正科级嘛。现在也退休了。一退休，在县上连鬼都没人理了，正科级又能咋？唱戏这行，跟其他行业都不一样，别说你弄不懂，我也弄不懂。咋红火，咋窝黑，都是说不清道不明的事。你就别再给我瞎掰扯了，我求你了。"

楚嘉禾哭了。她妈气得也拎着包走了。出门时她还嘟哝了一句："爱听不爱听，我都把话撂在这儿：你就是个受气包。不是你不能唱，而是你缺心眼。一个人想成事，没有一些过人的心眼还能成？你就干等着在家怄气伤肝吧，活该！"

她妈走后，她号啕大哭了一场，气得把家里能砸的东西，基本都砸完了。她不仅是生唱戏的气。最让她窝火的，就是自己的那个男人，躲债、跑路、背运了好几年后，突然在海南又咸鱼翻身了。这次翻起身来，让过去的烂尾工程、闲置土地，一下赚了几个亿。并且最近赫然上市，市值更是高达几十个亿了。当她知道这件事后，立即领着儿子去了一趟海南。千说万说，可你是在人家最艰难的时候，与人家刀割水洗的。是撇清了所有可能产生的债权纠纷离去的。现在回来，哭得一把鼻涕一把泪的，人家虽然给了"前妻"礼遇，但覆水难收，"替补队员"都给人家把儿子生下了。那个"替补"，是在他最困难的时候，帮过他的一个大学生。年龄还比她小了十三岁。人长得猛一看，酷似甄嬛。她是诚惶诚恐而去，失魂落魄而归。儿子人家还是想认，并且希望让他养，以便得到更好的教育。她倒是死都没有丢手这根最后的生命稻草。

其实这些年，给她保媒拉纤的也不少。自己亲自上门纠缠的也络绎不绝。有时把门槛都能踢断了。但都没有她认为遂心合意的。她觉得，自己唱戏没唱过忆秦娥，把男人总得找得胜过她一筹吧。忆秦娥的两任丈夫，都算是丢人现眼，这让她心里不免有些得意。可要找个像样的男人，尤其是与她年龄相配的半老男人，真是比找条温顺乖巧的狗都难。好男人都有下家。来督乱她的，也就是瞎督乱。给你表忠心，说是要离婚娶你，可千万别信那鬼话。那都是心急火燎时的托词。一旦得逞，他有一万个理由跟你"劈腿"。还都美其名曰，是为了保护你的名誉呢。尤其是从海南回来以后，她觉得自己的男人是更难找了。与其找个让人发笑的，不如落个"单身耍俏"的。自己虽然是这把年龄了，毕竟保养得好，姿色还是充满了回头率的。在她的戏迷里，也有几个算得上是"高大上"的人物。她只是懒得理而已，但凡给点好脸，都会屁颠屁颠地就来了。

她这几天在想一件事，还是忆秦娥的事。

忆秦娥从美国演出回来，一些戏迷突然吵吵着，要给忆秦娥搞个什么"演出月"。说让忆秦娥把她几十年演过的戏，全部演一遍。然后，这些戏迷还在网上联名，准备以多家单位联合的名义，给忆秦娥授予什么"秦腔金皇后"的牌子呢。这事已经把风声闹得很大了。楚嘉禾虽然也知道，人家就是再给秦腔授两个、三个金皇后、银皇后、铜皇后，也未必能轮到自己。可这事，总是让她心里像吃了死苍蝇一样难受。难道就任凭忆秦娥这样把名声坐大，直到遮云遮月，让别人都活得暗无天日吗？也就在她心里挠搅得无法抑制、排解的时候，她的一个处长戏迷，打电话来问候她。她知道这家伙的心思，就笑着让他来家里了。

那天晚上，他们谈了很久。她是一肚子苦水，不知该怎么诉说。而那个处长却是心急火燎的，别有一番缱绻惆怅。她穿着一身很漂亮的睡衣，坐在沙发上。处长的眼睛，就一直在那时开时合的丰硕胸部上扫射着。她说到了忆秦娥可能得到的更大荣誉，认为这样一个生活极其糜烂的女人，是不配享有秦腔金皇后美誉的。处长听到"生活糜烂"这个词，很是有些兴奋，就问咋个糜烂法。楚嘉禾就把忆秦娥十四五岁被一个做饭的强奸，然后把一个叫封潇潇的玩成了酒鬼残废，还有四个老艺人对她的"海淫海盗"，直说到单跛子、封子及现在活着的薛兰花，包括派出所的乔所长，说乔所长新近也死了老婆，是乳腺癌，不定都是被忆秦娥气死的呢。等等等等。当然，更少不了对刘红兵与石怀玉"始乱终弃"的不平。她几乎是一口气说了二十多个与忆秦娥有染的男人。那处长终于忍不住，一把抱住她说：

"不说了，不说了，说得我都想变成坏男人了。"

"你以为你是啥好东西。"

"知道就好，知道就好。放心吧，我就是笔杆子，绝对会利用网络还有其他手段，把这个忆秦娥彻底搞臭的。"

说着，处长顺势就把她压到了床上。

她也很自然地配合起来。

"你真有这本事？"

"这样说吧，弄这事，是咱的拿手好戏。咱都帮领导弄过好几回了。我头儿就是这样上去的。"

"吹牛。"

"你等着瞧么。"

"你这晚了不回去，老婆都不问你干啥去了？"

"单位加班写材料。"

"哎，你准备咋样写呢？"

"搞得咋臭咋写。想把谁搞臭还不容易。"

"那你说咋样才能把忆秦娥搞得比屎还臭？"

"你能不能让我把事办完再问？"

"一定要写上这就是个烂货。从十四五岁就烂起。"

"你是好货。你是好货。你是好货。你是好货。你是好货……"

"去你的。去你的。去你的……哎，要快哦，不然她还真把金皇后的帽子给戴上了。"

"你真讨厌，别再说忆秦娥了好不？你到底是让我想你么，还是想她。"

"敢，你个臭流氓。"

三十七

谁也没想到，秦腔戏迷会有如此大的推动力，竟然在忆秦娥百老汇演出归来后，真把"忆秦娥演出月"给操作起来了。后来因剧目多，一个人连着演，怕背不下来，又改成演出季，干脆搞成"忆秦娥从艺四十年演出季"了。

天哪，怎么就唱了四十年戏了？她扳指头一算，十一岁进宁州县剧团，转眼还真从艺四十年，已是年过半百的人了。这年岁，几乎把忆秦娥自己都吓出一身冷汗来。也许是除了生刘忆那阵儿外，几乎一日都没有停止过练功的原因，无论身材，还是相貌，看上去顶多也就四十出头的样子。说心里话，她有点不喜欢这个"从艺四十年"的名头，太暴露一个旦角演员的年龄了。可不仅戏迷们这样炒作着，薛团也觉得这样办挺好。说她有资格、有实力办。并且要办好，办红火。就这样，由省秦牵头，八方参与，研究着、策划着，硬是把事越闹越大了。尤其是铁杆戏迷热心参加的活动，三煽四惑的，活动冠名，又升温成"秦腔金皇后忆秦娥从艺四十年演出季"了。

薛团有些拿不住，觉得"秦腔金皇后"这几个字，有点刺激人。搞不好给忆秦娥带来的会是负面影响。但赞助商呼声很高，绝不退让，他就有点没了主意。他问忆秦娥，忆秦娥还是那副傻样儿，五十岁的人了，遇事仍是拿手背捂着嘴傻笑。好像一切都随别人推着磨子转，不太懂得这里面潜藏的祸患与危险。薛团还跟她说："很多秦腔老艺术家都在。省戏曲剧院，还有市上那些大牌演员怎么想？你成'金皇后'了，那她们还不要挂'太皇太后'的名号了？"忆秦娥也不让挂，可戏迷们让她别管，说这不是她操心的事，让她只管把戏演好就行了。她算了一下，连折子戏专场，她可以演到四十多场不重样的戏。听说过去的老艺人，谁都是可以背几十本大戏的。有的肚子里，记着上百本戏呢。而现在的名演员，能演出四五本戏，都已是行内高手了。忆秦娥也真想把她这几十本戏集中展示一下。她觉得，是时候展示了。也许再过几年，想展示都没这个气力了。

就在组织者为用不用"秦腔金皇后"这个名号吵得不可开交的时候，秦八娃突然被薛桂生请来了。

薛桂生请秦八娃来，本来是为给学员班写戏的。遇上了忆秦娥这事，也刚好求教一番。

秦八娃是个很古怪的人。到美国演出，薛桂生团长是咋都想让他去一趟的。戏去了，大编剧不去，总是有些说不过去。对方在策划时，编剧、导演都是专门邀请了的。可惜这边要安排的各路神仙太多，谁也得罪不起。连他也是扮了老妖狐，才编进演员队的。想来想去，他给秦八娃安排了一个打狐仙旗的旗手角色，跟在狐狸将军背后，过两次场就行。可秦八娃坚决不去。说自己的脸面，不适宜暴露给美利坚的观众："有伤国体。"薛桂生笑着说："不会暴露脸面的。旗子很长很宽，能有你家双人床单那么大小。你用竹竿举着。将军战死时，有狐狸也给了你一刀。你只要慢慢软下去，还把旗子死撑着就行。几乎不用化妆就能上场。还是个英雄狐狸呢。"秦八娃说："饶了我吧，还是把旗子让给更想去美国的人打。现在是卖豆腐的旺季，我一走，老婆一天要少挣一两百块钱呢。老婆一少挣钱，气都不打一处来。见天会骂我是让狐狸精给迷住了。到了美国，耳朵根子也是会发烧的。再说了，本老汉睡觉越来越择床。换一个床，几天晚上都睡不着。还有一个大毛病，都说不出口。老汉见天晚上睡觉，得老婆抓着背睡，要不然，痒得就睡不着么。去了美国，谁给我抓背呢？还是不去的为妙。"后来这旗子，是安排了上边一个快退休的领导来打的。打回来，那人就办退休手续了。

秦八娃一来，薛桂生就把忆秦娥的事说了。秦八娃认为集中展演是好事，忆秦娥身上能背这么多戏，那是真正能担得起名角旗号的。可"秦腔金皇后"的名头是绝对不能用的。用了，就把忆秦娥给彻底撂治了。这应该是后人，或者民间的自由评价。而不能弄成有组织的"吹牛不上税"。

为这事，薛桂生和秦八娃一道去找了忆秦娥。秦八娃把话说得很严重。忆秦娥还是傻乎乎地笑着，好像还不太理解这个严重性。她觉得，反正也不是她弄的，挂啥名头，都是为了让她好好唱戏。戏迷她也说不过。她就只在家里准备戏，谁也不见。只要能促红她，能搭台让她把学了一辈子的戏，完完整整展示一遍，还没有别的附加条件，那就是天大的好事了，她以为。

她准备戏的方式还很独特，就是做平板支撑，一做一小时。边做，边温习一本戏的道白唱腔。她娘说，娥儿见天就在卧室关着门，把身板平撑在地上。连她弟也是只能支四五分钟，两个胳膊哗哗战着就塌下去了。可她，一支就是一小时，身子骨平平展展，脖子以下一动不动的。只是嘴里念念有词。

薛桂生暗中对忆秦娥的评价就是"牛犟"二字。这是关中的土话，死犟活犟的意思。你说她不是傻子，可多数时候，她是比傻子还傻的傻子。但见你说她傻，她更是要跟你朝死里杠劲。两人见敲打不灵醒，也就没再敲打了。薛桂生又带着秦八娃，去见了几个铁杆戏迷，再次阐明了他们的观点。可这帮戏迷，摊血本包租三个月的剧场，还给了剧团一定的演出费，就自是要做主了。他们本意就是要把忆秦娥朝高的捧、朝绝的捧，捧成秦腔的"珠穆朗玛峰"。他们甚至从骨子里，就是想跟别的秦腔名家"斗法"呢。说来说去，谁也说服不了谁，有人就先从网上，把"秦腔金皇后"的名头，给提前捅出去了。果然，在"演出季"开始不久，一种负面声音就迅速发酵，跟帖几乎是铺天盖地而来了。

这是一次对忆秦娥私生活的全面攻击，光有名有姓的男人，就给她罗列了二三十个。当然，除了廖耀辉、封潇潇、刘红兵、石怀玉外，多数是朱某、裴某、周某、苟某、古某、封某、单某、薛某、秦某、乔某了。虽是以"某"代替真人名字，但在圈内却是众所皆知的。由忆秦娥的私生活，说到她"走穴""唱茶社戏"的艺德问题。更有甚者，说忆秦娥是用纳税人的钱，尤其是省秦一百多号人的"血泪""尸骨"，"包养""滋生"出来的秦腔"蛀虫""戏霸""怪胎"。俗话说：一将功成万骨枯。忆秦娥是"一唱成霸万鬼哭"啊！

看似是很多人写的，但忆秦娥的班底做了仔细分析比照，发现其实最恶毒的文章，都出自同一手笔。不过是故意断章取义，分裂成"多弹头导弹"，署上一些莫须有的名字，诸如"老干部""老党员""老艺术家""秦腔资深观众""忍无可忍者""路见不平者""心存正义者""良知未泯者""拯救秦腔于水火者"而已。可谓是万箭齐发，大有要彻底把忆秦娥从秦腔界射杀、碎尸、淬粉，使其寂灭之势。更有恶劣者，竟然还雇了人骑着摩托送信件。长达二十几页的信用数十条罪状"无情指斥与揭露"了忆秦娥的私生活与艺德之丑陋，将忆秦娥说成是"拿人民血汗钱包养起来的秦腔小丑"。并且传递散发到许多有影响的人物手中。信件号召大家觉醒起来，共同揭露这个秦腔的"败类""娼妓""渣滓"。总之，凡能想到的丑恶词汇，全都罗列、排比殆尽了。有的还送到了很多表扬、关心、支持过忆秦娥的领导手中。看来忆秦娥不灭，是"人民不答应"，"天理难苟容"了。

忆秦娥知道这事时，还正在卧室的一块瑜伽垫子上平板支撑着。她嘴里默诵的是当晚要演出的《三请樊梨花》台词。但凡见观众的戏，哪怕再熟，她都是要在脑子里扎扎实实过一遍的。她弟嗵地推开门，大喊一声：

"姐，你还演他妈的×呢演。你看看，狗日的，都把你糟蹋成啥了。我把他祖宗十八代都×了！×他妈，我要是把这个狗日的找出来，看不把他碎尸万段了！"

尽管弟弟那么愤怒，可她还是没有塌下平板支撑的身子，只问："咋了，把你气成这样？"

"还咋了？姐，你完了，你被人毁完了。"

忆秦娥还是没有松下身子，问："到底咋了吗？"

她弟说："说你是秦腔界的妓女、败类、渣滓。"

忆秦娥的身子噗地就塌下去了。

"咋说的，我看看。"

"你就别看了，好不？赶紧想办法消除影响，要不然你就完了。"

"到底咋了吗？"

"给给，你看你看。"她弟易存根把手机递给了她。

忆秦娥看着看着，双手颤抖了起来。终于，她狠狠把手机扔向了墙上的镜子，哇的一声大哭起来。这时，她娘也进房来了。母子俩见忆秦娥伤心痛苦成这样，就急忙一把将她架住，放到床上去了。

三十八

这些信息、信件，其实薛桂生也看到了。并且团上不断有好心人来向他报告，要他赶快想办法。跟帖的不少，啥话都有。而且绝大多数对忆秦娥不利，对省秦伤害也很大。

薛桂生给乔所长打电话，乔所长说也看到了。说他正在通过他的渠道处理这事。乔所长还叮咛说，要安抚好忆秦娥，怕她受不了。

既没手机，也没微博、微信的秦八娃，还是薛桂生找到宾馆，亲自给他念了一些短信、跟帖、文章后，他才感到了麻烦的巨大性。他说："我想着挂'秦腔金皇后'的名头会惹事，但没想到会惹这大的事。我不懂互联网，但这个东西太厉害了。已经没有任何是非可论了，几乎是一边倒地挞伐，认为自封'金皇后'是无耻行径。这本来不是忆秦娥的意思，就因为她太简单，缺乏分析判断能力，而让爱她的戏迷把她害了。也许连炮制这些'炸弹'的人，都没想到，效果会这么剧烈。薛团长，不是我说你，你是有责任的。那个名头你是可以制止的。哪怕不要企业家的赞助，不办这个演出季，也是不该把忆秦娥架到火山口上去烤的。"

"那你说咋办？"薛桂生问。

秦八娃说："立即把这个演出名头先扯下来。要演，要挂牌子，也就是'忆秦娥从艺四十年演出季'。其余什么都不要说了。"

"弄成这样，忆秦娥还能演吗？"

"她必须演，并且还得演好。要不然，她可能就此毁于一旦了。"

薛团长低着头说："我实在对不起忆秦娥。为这个团，她把命都搭上了……我也是想办好事，结果办砸成这样。让我怎么去面对她呢？"

薛团长不仅兰花指乱颤乱抖起来，而且眼里还旋转起泪花来。

秦八娃说："走，我跟你一起去见忆秦娥。她只有硬撑着。别的，再没啥路子可走了。"

薛桂生和秦八娃到忆秦娥家里时，忆秦娥躺在床上，两眼正直勾勾地淌着泪。

她娘开门时，悄声对他们说："娥到现在一句话都没说，就一个劲地流泪。哦，倒是埋怨了我一句，说那时为啥要逼她去唱戏，为啥不让她在家放羊。"

他们进到房里时，忆秦娥一直闭着眼睛，眼角的泪水还在往外溢着。呼吸，是好久才狠狠抽动一下的。

她弟见薛团长来，怒火又冲天冒将起来，说："你们要是不把害我姐的坏人查出来，我就点火把你团长办公室烧了。不信咱走着瞧。"

薛团长没有说话，只是像犯了罪的人一样，自我低头罚站在那里。

忆秦娥她娘倒是说了一句制止了儿子："悄着。团长来了，那就肯定是要替你姐做主了。别再在这里火上浇油。"说完，还把易存根叫出房去，把门掩上了。

秦八娃坐在床边的凳子上，不紧不慢地说："秦娥，我知道这时劝啥也没用。还别说你是个女的，是公众人物，是秦腔明星。就是我这个乡下打豆腐、写唱本的糟老头儿，被人这样铺天盖地地辱骂着、诽谤着，也是受不了的，搞不好也会发疯上吊的，何况你。可话又说回来，人家不拿你开刀，不拿你出气，不拿你娱乐，拿谁玩能有这个效果呢？你首先得想开，你获得了那么大的声名，也是应该有些驳杂的。何况这次从艺四十年演出策划，也的确有漏洞、有空子可让人去钻。当然，这都不怪你。大家说你傻，你还不喜欢听。其实你就是傻。正因为傻，你才成就了这大的事业；也因为傻，你才把自己的生活搞得一塌糊涂，有时甚至是狼狈不堪。可你对秦腔事业的贡献，是谁也抹杀不了。你所达到的艺术高度，也是人人心里再明白清楚不过的事。但不是任何一个优秀的人，都会被所有人承认的。有人不仅不愿承认，而且还会正话邪说，黑白颠倒。问题出在，这些戏迷非把你怎么能行都要喊出来，把你的了不得都要张扬出去，祸根不就种下了吗？为啥我老要叫你看《老子》、看《庄子》？就是觉得一个成了事的人，不看这个是不行的。先人太伟大了，把什么事情都参透了。我们只需要明白他们的话，就能规避好多苦难。其实也没啥，说你是娼妇，你就是娼妇了？连我这样丑陋的男人，都以'秦某'的名义给你排上了，天底下又会有多少人相信呢？我承认，我是爱你忆秦娥的，但不是他们所说的那种爱。你是我的精神恋人，秦腔恋人，艺术恋人。而在生活中，我把你敬重得连坐得近一点，也觉得是对你有些猥亵、玷污、大不敬的。说你是秦腔界的败类、小丑，你就真是败类、小丑了？有哪个败类为秦腔赢得了这么多国际国内的真认可？有哪个败类，到了五十岁的年纪，还成天扎着大靠，在功场一练就是一整天？有哪个败类，拒绝一切社交活动，连圈在家里也是要把身板支撑在地上，记词记戏默唱腔的？有哪个败类为秦腔抢救了这么多失传的'老古董'？四十多台戏的主角呀，已经够辉煌了！可你还有计划，还想赶退休前，排够五十本戏。还在找本子，还在访老艺人，还在拼命朝前奔着。如果秦腔界多有几个你这样的'败类'，恐怕早就不需要喊振兴的口号了。秦娥，你是因为太优秀，而遭人嫉恨、围猎、恶搞的。你太优秀，就遮了别人的云彩，挡了别人的光亮。性恶之人，恨你不死的心思都有，何况是口诛笔伐。这还是给你留着一条命的弄法呢。何必去想，又何必去与还搞不明白的敌人计较呢？如果你因此而痛苦、战栗，甚至消沉、退却，那岂不是正中人家的下怀了？听我一句劝，天地自有公道。黑的说不白，白的说不黑。即使把白的说黑了，你对秦腔的贡献也已写进观众心底了。相信乔所长他们会为你查源头、鸣不平的。我知道你很痛苦，很难过，但你别无选择。你还得好好唱戏。只有好好唱，唱得比过去更好，更精彩，才有可能让这场危机化解过去。要不然，会有更多不理性的声音，把你放到'绞肉机'里，彻底绞杀掉的。记住：能享受多大的赞美，就要能经受多大的诋毁。同样，能经受住多大的诋毁，你也就能享受多大的赞美。你要风里能来得，雨里能去得，眼里能揉沙子，心上能插刀子，才能把事干大、干成器了。哭一哭就得了，晚上还得登台唱戏。秦娥，这就是我来找你要说的话，听不听都在你了。"

忆秦娥突然拉过被子，捂住头，号啕大哭起来。

薛桂生悄悄给秦八娃竖了个大拇指。

两人又坐了一会儿，薛桂生轻轻问忆秦娥："秦娥，你看今晚这戏……要实在撑不住了，也可以停一晚上。团上可以对外出一个说明，说电路突然出现故障，需要检修。"

　　忆秦娥没有回话。

　　但秦八娃说："我不主张这样做，秦娥今晚必须唱。哪怕明晚后晚'故障'了都行，今晚剧场实在不宜'检修'。"

　　忆秦娥还是没有回话，但她也没有表示反对。

　　下午五点化妆时，连不化妆的，都提前来看忆秦娥今晚到底演不演了。薛桂生更是早早就到舞台上，以检查舞台装置的名义，在前后台转了一个多小时了。有人看见他的兰花指，今天一直都是蔫儿着的，偶尔翘起来，也不大像兰花了，倒像是没有修剪的龙爪槐。

　　可五点刚过几分，忆秦娥就来化妆室了。她眼睛明显是虚肿着。大多数人都远远地看着她，只是传递出一种同情和支持的感情罢了。唯有楚嘉禾，端直走到忆秦娥跟前，还异常愤怒地说："太黑了，真是太黑了。怎么能这样有的说上，没有的捏上呢。网络真是太可怕了，鬼在哪里，人还捏不住呢。"周玉枝给忆秦娥递了一条热毛巾说："是鬼都能捏住。阳间捏不住，到了阴间也是能捏住的。"楚嘉禾就再没话了。

　　这天晚上，甚至连平常不帮忆秦娥的人，都在她换服装、抢场、赶场时，帮助起她来，让她还感到了一种少有的集体温暖。

　　戏迷仍是百般捧场、鼓掌。可就在戏快结束时，一个舞台灯光暗转当口，不知谁给舞台正中扔上一只破鞋来。当灯光升亮，樊梨花（忆秦娥扮）扎着大靠出场后，那只破鞋就成了观众议论的焦点。在观众池子的后区，甚至有人鼓起倒掌来。是樊梨花的"马童"，一串漂亮的跟头翻过后，一脚将破鞋踢到后台，剧场秩序才慢慢舒缓平稳下来。

　　这天晚上，乔所长也在下面看戏。他就怕出点什么事。可在舞台灯光转暗的当口，不知是谁撂上去一只破鞋，他到底还是无法把这"黑案"侦破。只能就这样让它给忆秦娥内心刻下更深的伤痕了。网上无尽的帖子，有关部门删了不少。但微信圈子的转发，谁也无法止住。那些像雪片一样，一封封飞向诸多"名人"的"黑信"，查来查去，也在周转环节，失去了有价值的追查线索。忆秦娥这次被黑，是真的黑得有些无法擦白了。

但忆秦娥在坚持着，她在努力坚持把戏朝完地演。

可"演出季"刚进行到一半时候，她还是栽倒在舞台上了。

那一晚演的恰恰是《游西湖》。她吹完火，杀死了贾似道，就感觉自己也是要死在舞台上了。

一刹那间，她甚至突然想到了师父苟存忠。苟老师也是为演《鬼怨》《杀生》，活活累死在北山舞台上的。

她强撑着，眼角睄着大幕是合上了，才扑通一声栽倒在地。

三十九

忆秦娥是两天后，才在医院醒过来的。

醒过来以前，她一直在做着一个噩梦，梦见自己让人用铁链子拴着手脚，拉到了一个似曾相识的地方。她猛然想起，就是那次演出塌台，死了几个孩子后，那场噩梦中的地方。

依然还是牛头、马面把她拉着。

牛头说："都弄来治过一回了，毛病还改不了。"

她问咋了。

"咋了，你还问咋了？我说你们人间哪，真是没治了。自己蠢，还说人家驴蠢。蠢驴。自己好吹大话，还赖我们牛界吹了什么牛。看看你们都把自己吹成啥样子了。就那么好出名，还给自己弄个'秦腔皇后'什么的。'皇后'了还不算，前边还要加个'金'字儿。咋不叫个'镭皇后''浓缩铀皇后'呢？据说那玩意儿更贵更稀罕。不就是唱个戏么，是想出名想疯了。"牛头说。

"不是我弄的。"忆秦娥辩解道。

"不是你弄的，那是谁弄的？"

牛头还没说完，马面就插进嘴来："你们那一套真叫绝。明明是自己在搞阴谋诡计，还赖人家猫，叫什么猫腻。明明是自己合伙干坏事，却赖人家狼和狈，说什么狼狈为奸。明明是自己目光短浅，偏说人家耗子鼠目寸光。尤其是对狗更不公平，骂你们那些龌龊的同类，都赖是狗日的东西。你看看你们啥时主动承担过，哪怕是一丁点属于自己的责任？"

忆秦娥看牛头、马面说话唠叨，还粗俗不堪，就没再搭理它们。

牛头说："忆秦娥，你说金皇后的事不是你弄的，就算是别人弄的，你阻止了吗？"

多嘴的马面又接话说："阻止？只怕心里还是美滋滋、乐呵呵的吧。"

"那不就是你自己想弄的了？"牛头接着说："阎王爷还是抱着治病救人的态度，让再给你治一回。要是这次再治不断根，阎王爷就要收网拿人了。阎王最近给我们发了几次大脾气，说怎么把好图虚名的'大师'病还越治越严重了。再制不住，恐怕是得让下几个油锅、煮几个饺子、炸几个肉丸子瞧瞧了。你也可以先看看别人都是咋医治的。朝这儿瞅，这就是那些到处号称'大师'的人物，其实就是自己给自己脸上，多贴了几十层厚皮而已。这些皮，经过反复磨砂、粘贴、增厚，已经成为脸面的一个有机整体了。治的办法其实也很简单，一层层剥下来就成。"

忆秦娥只听到阵阵撕心裂肺的号叫声。果然，就有看不到边的各种"大师"，被捆在成千上万个拴马桩上。每人跟前都立着两个小鬼，戴着血糊糊的皮手套，握着手术刀——还有拿犀牛刀片端直上的。正给"大师"们脸上揭皮呢。只听一个小鬼嘟哝："这家伙脸皮真厚，竟然给自己蒙了七八十层，要不是用阳间的什么纳米技术，脸皮该有几尺厚了。他光'大师'头衔就好几个。其中一个，还叫什么'一笔虎'大师。就是一笔能写下一个虎字，尾巴拉得老长，说挂在家里还能镇宅辟邪呢。还有这个大师，说看相算命特准，连好多官员明星都跟他勾肩搭背，称兄道弟了。哪一行都让这些'大师'搅得乱鼓咚咚了。谁能跟这些家伙照张相，好像都光芒四射，有了本钱、学问、技艺了。看剥了这些胡乱给自己贴上去的虚皮，赤条条扔回去，还有人磕头叫大师、烧钱养大师、有病乱投医没有。"

过了"'大师'矫治术分院"后，又到了"挂名矫治术分院"门口。里边也是哭天喊地，抽打得一片啪啪肉响。忆秦娥被押到门口，朝里探了探，马面还说："这个与她无干，不参观也罢。"

牛头却说："也不一定，让她看看没有坏处。不定哪天没能耐、唱不了戏了，也好起挂名这一口来呢。不如早受教育，早打预防针，也免得将来传染上。"

原来这里的拴马桩上，全绑着各种与自己劳动无关，却要在别人的成果上挂上各种名头的人。并且还要把自己的名字，挂在真正劳作者前边。而让那些流尽血汗的真正劳动者，彻底淹没在人名的汪洋大海之中。治疗的方法也很简单，就是自己抽打自己的嘴巴，一边打，一边喊：

"我不要脸，我不要脸，我不要脸……"

直抽打到满脸是血时，有小鬼用铜瓢浇一瓢污泥浊水，混淆了血迹，再让自抽自打自喊。说要一直医治到阎王认为大病基本告愈，才放还阳间，以观后效。若有脸厚再犯者，捉来就不是自己抽打自己了，而是用黑熊瞎子来执掌刑罚，多有脸面不再全乎者。

忆秦娥是被押解到"虚名矫治术分院"下边的一个"刮脸科研所"接受治疗的。

患者也是一望无际地看不到边。她先是被绑上了一个狗头蛇身的拴马桩。就见所长被四个小鬼用轿子抬了来。所长要过牛头斜挎在背上的册页翻了翻，又看了看忆秦娥说：

"来过的。"

"来过的。"牛头说，"算是二进宫了。"

"为啥屡教不改？"所长问忆秦娥。

忆秦娥说："我……我不是故意的。"

所长哼了一声说："到了这里，谁会说自己是故意的？一辈子就好出个名。过去为出名，把台子都弄垮塌了，死了那么多人，还不吸取教训。还要弄什么'金皇后'的标签，朝自己脸上生粘硬贴呢。先看看，她脸上不实的虚皮到底有多少层。"

随着所长的吩咐，就有两个小鬼上来验她的脸皮。验完，一个小鬼报告说："脸皮倒是不厚，基本都是自己原来的。"

另一个小鬼报告说："应该说她的虚名，还基本上是靠自己血汗换来的。当然，也有一些虚皮，一搓就能掉，不用纳米刮刀也行。"

所长就有些不高兴地问牛头、马面："那你们拿这货来干啥？还嫌这儿不热闹、不拥挤，是不是？我们是五加二、白加黑、一天二十四小时地工作都把这些患者治不完，你俩是闲得蛋痛？还抓她来凑什么热闹？"

牛头急忙说："有耳目反映，说她自封'秦腔金皇后'，胡吹冒撂，招摇撞骗。是阎王爷批了条子让抓的。"

所长对小鬼说："再验。"

两个小鬼就又仔细验了一番说："脸皮倒真是自己的。这点光泽也都是靠自己下苦挣出来的。但表皮上的确也涂了些金粉末。"

所长就发脾气道："刚才为啥不报告？"

一小鬼："禀所长爷，刚才你只是让小的们验脸皮，没说让验脸皮上涂抹的东西。"

所长立即发布命令道："刮了，把胡乱涂抹上去的金粉全给我刮了。凡间太爱搞这一套，动不动就乱给自己脸上贴金。你们下手可以重一点，狠一点。凡不属于自己的东西，一律都给我刮干刮净，丝毫不留。你两个的毛病我是知道的，爱给漂亮女犯行刑时打折扣。还偷我的麻药给她们乱上呢。我正式警告你们：小心饭碗。让她接受点痛苦对她有好处。再犯，就不是弄来刮金了，而是得抽背梁筋了。"说完，所长气汹汹地处理下一个患者去了。

两个小鬼就拿起刮刀，在她脸上嗤嗤地刮了起来。痛得她大汗淋漓，直呼救命。

忆秦娥就醒来了。

忆秦娥睁开眼睛，发现身边围了一堆人，有她娘、她姐、她弟、宋雨，还有薛团长、乔所长。好像自己是从死人堆里爬出来一样。娘和姐先是哭得不行。而薛团和乔所长，却是一副如释重负的样子。娘说："娥呀，你可把娘快吓死了呀！你知道你都昏迷多长时间了？医生把病危通知书都下了，说你是劳累过度，随时都有猝死的危险呀！"

宋雨一直在一旁偷偷抹着眼泪。忆秦娥觉得这孩子是越来越像自己了。任何时候，她都表现得很冷静。但她心里的担惊、害怕、难过，甚至恐惧，忆秦娥却是能实实在在感受到的。她把宋雨朝自己跟前拉了拉，宋雨就顺势倒在她怀里，哭得眼泪端直浸透了她的病号服。

她最担心的还是演出季，一半戏还没演呢。但没有任何人敢在这时提说此事。最后，是她自己提出来，说没办法给观众交代的。她弟大声吼道："命都快没了，还管演出季不演出季的。不演了，从此不演戏了，保命要紧，好我的傻姐了！"

大家都不说话了。

"你先好好养几天病再说吧。演出那边，我们已经出了通知。演员有病停演，这是很正常的事。等养好了再说。"薛团长说。

她弟又是一顿乱喊道："不演，坚决不演了。团上要是查不清是谁诬陷、攻击我姐，我就朝法院告。这事不弄个水落石出，忆秦娥就终生跟秦腔拜拜了。"

乔所长说："都冷静一下，这事还查着呢，啊。就是第一个进网吧上传攻击文章的人，伪装得分辨不清楚，还在技术分析着。啊！"

"网上弄不清，那发了这么多攻击信件，几乎给文艺团体的知名人士、新闻媒体、上级领导机关都发遍了，能查不出来？还用无名手机号到处乱发乱骂，手段那么卑鄙、恶劣，你们也查不出来吗？"她弟还在发飙。

乔所长仍耐心地解释说："送信人戴口罩、墨镜，还有棒球帽，像是掏钱雇下的。也正在查。"

"能查出来吗？"

"反正弄这事的人，心理都很阴暗，手段也很恶劣，并且特别狡猾。但要相信，再狡猾的狐狸，都是会露出尾巴的。再说，能把忆秦娥恨成这样，其实也是可以判断出来的。"

"你判断出来了吗？"忆秦娥的弟弟还在发威。

乔所长还是那句话："冷静，冷静些好。啊！"

"我冷静不了！我姐是人，不是木头、钢铁！我都受不了，她能受得了吗？……"易存根喊着，自己先哭了起来。

其实很多艺术家，都把攻击忆秦娥的信件、手机短信，全转交给了薛桂生。要他一定重视。说这看似是在侮辱忆秦娥，其实是在摧毁省秦。把你行业的领军人物抹黑、搞臭、弄倒，你这个团队还有什么颜面、什么高度、什么存在价值呢？封子导演与几个老艺术家，甚至逐字逐句地给薛桂生分析"黑信"，并一针见血地指出这是一场有策划、有预谋、有组织的行动。他们用红笔勾出了这样一段话：

"忆秦娥身上的一切荣誉，都是靠出卖色相获得的。她让省秦一个又一个掌权者，拜倒在了她的石榴裙下，从而拿公款进贡、贿赂、包养出了这么一个艺术怪胎、人间'奇葩'……"

信件明显是经过精心润色，并分解成多篇控诉状，然后以"地毯式轰炸"的方式，抛向高层、抛向社会，企图达到彻底毁灭忆秦娥的目的的。所有看过信的人，都认为省秦找不到这样的写手。看着藏满了杀机，又与时代语言粘贴得严丝合缝。给忆秦娥列举了十大罪状，几乎每一桩，都说得言之凿凿，有理有据。单看信，忆秦娥几乎到了"十恶不赦""不杀不足以平民愤"的地步。并且还说，"这仅仅是忆秦娥丑陋人生的冰山一角"。薛桂生跟乔所长都商量好多回了，并且到市局也立了案。可搞了这么一大圈坏事的人，是深谙此中之道，才弄得滴水不漏、大雪无痕的。

大家其实一直不愿忆秦娥知道得太多，想让她在尽量封闭的状态里生活着。可在医院躺了几天，戏迷是成群结队地来看她，过道里都摆满了鲜花。连从不看戏的医生都惊讶说，这个唱秦腔的演员还这么厉害的！

忆秦娥就躺不住了，想接着把演出季搞完。

薛团长正高兴着，准备安排继续演出呢。她弟终于忍不住，把他能收罗到的所有"黑信"，全搜了来，要他姐好好看看，看她还唱不唱这个烂戏。

忆秦娥一页一页地翻着，心里就跟刀子搅着一样，泪是从心底涌出来的血珠。

几乎每件事都是黑白颠倒的。首先是她跟廖耀辉的关系：明明是廖耀辉强奸未遂，却偏说她为了骗人家廖耀辉的冰糖吃，而自己摸上了人家的床榻；忠、孝、仁、义四个老艺人，都是她唱戏的恩师，像待亲孙女一样爱怜着她，却被说成她为演戏，跟四个老头都干尽了"投怀送抱"的苟且勾当；与封潇潇的确是有点恋爱的意思，却说她长期睡在人家家里，骗尽了感情后，攀上高官之子，将人家一脚踹开，从而让一个前途光明的文艺人才，堕落成对社会毫无用处的街头酒鬼；单仰平团长，是一手把她从受尽歧视的"外县演员"，提携成省秦的台柱子，最后为救人，以残疾之身，塌死在台下，却落了个与她"长期勾搭成奸"，"身残心更残"的"淫棍团长"恶名；封导的爱人，在她来省秦之前，就已是病人不能下楼，却硬说成是因为她想上戏，而死缠住封子，与其"长期媾和"，以致气得他夫人一病不起，终成废人；薛桂生团长的确没有夫人，原因不得而知，但这些信件里，却说两人因暗中姘居多年，薛桂生才色胆包天，用纳税人的钱，两次重排《狐仙劫》，以达到把情妇忆秦娥包装成"秦腔金皇后"的丑恶目的。忆秦娥不仅在团上大搞权色交易、艺色交易，而且在社会上，以唱茶社戏为名，大肆敛财，与多个老板有"床笫之染"。尤其是向一个叫刘四团的煤老板，以上床一次一百万的成交额，先后收取数千万"卖淫费"。更为可憎的是，其因道德败坏，品行低下，而先后抛弃两任丈夫：第一任是因其高官父亲退休，再无油水可榨，置丈夫身体有病于不顾，毅然决然抛弃；第二任，完全是玩弄性欲，只是觉得从山里来的"野人"荒蛮有力而已，玩腻后，最终也因其无权无势无钱，而被再次赶进深山，做了当代的男"白毛女"，至今生死下落不明。忆秦娥惯用的伎俩就是：只要利益需要，什么"烂桃臭杏"，都可塞进嘴中，"嚼之如甘饴"。就连丑陋如武大郎的民间编剧秦八娃，为了请人家给她写戏，也是几次请来西京，与其在酒店"蝇营狗苟"，彻夜"陪吃陪喝陪睡"。信写到最后，甚至连着发问起来：我们真的需要这样的艺术家吗？需要这样的金皇后、银皇后吗？她已经堕落为"社会渣滓""反面教材"，却还占据着舞台中央，让成批的优秀演员，成为她可怜的殉葬品。醒来吧，各位受蒙蔽而还支持着忆秦娥这个娼妇的领导、同人、戏迷们！该是让阳光把丑陋与罪恶晒化的时候了！让我们共同努力，还艺术一个晴朗的天空吧！

忆秦娥眼前越来越模糊了。

她突然狠狠骂了她舅一声："胡三元，你为啥不早些死了呢？把我弄来唱戏，唱你妈的×，唱！"

忆秦娥愤然把扎在自己身上的吊瓶抓下来，狠狠摔碎在了地上。

她弟听到响声进来，一把抱住姐姐。忆秦娥已经哭得气都抽不上来了。

她弟急忙喊来医生，给她打了一针镇静剂，才慢慢平复下来。

忆秦娥又一次醒来的时候，病房里坐的是薛团长和秦八娃。

她的脚头，偎依着宋雨。

忆秦娥什么话也不想说。她知道因为她，所有跟自己有工作和生活关系的人都染上了麻烦。她脑子里几次闪到楚嘉禾。但楚嘉禾在自己受损害后，还提着水果来看望过自己。并且还到处都说得义愤填膺的。听说她还找周玉枝说：咱们姐妹得团结起来，要好好保护秦娥呢。周玉枝给忆秦娥说起这事时，她还特别受感动。在她心中，楚嘉禾也还没坏到那种程度。加上这样的文章，就是打死，谅她楚嘉禾也是写不出来的。薛团长让宋雨出去，他们三人又分析了一阵，想到底可能是谁干的事。秦八娃摇摇头说：

"不要分析了，没有用。你忆秦娥只要优秀，只要处在这门艺术的高端，你就是众矢之的。除非你自己躺下，再不出场，再不演戏了。当大家都叹息着'可惜了可惜了'时，你忆秦娥就能安生了。你们把这事看得过于严重了。我可能是乡巴佬，反倒把它看得一文不值。这倒是个什么事情？不就是让臭虫咬了一口，起了几个红疙瘩而已。它就真的能把忆秦娥搞臭吗？就真的能把忆秦娥打倒吗？打不倒的。永远记住，能打倒自己的，只有自己。谁也打不倒你的。把你气成这样，也许人家正在偷着笑呢。秦娥，什么都是有代价的，优秀的代价尤其大。这是人性之恶。坏人在这个世界上是铲除不尽的。若能铲除净了，我就帮你姨彻底打豆腐去了。你也就不需要再唱《游西湖》《白蛇传》《狐仙劫》了。你尽力了！你为秦腔做了这么多事情，应该有一份任由评说的放达了。秦娥，你不喜欢人说你傻，其实你就是傻乎乎的。我倒是希望你能保持着这股傻劲儿。什么也别在乎，就唱你的戏。单纯，是应对复杂的最后一剂良剂。"

"戏已把我唱得……可以说是肝肠寸断，苦不堪言了。"忆秦娥说。

"离了唱戏，你会更加苦不堪言，甚至变得一钱不值的。"秦八娃的话，说得很狠。

"把我都说成娼妓了，我还能朝舞台中间站吗？"

"任何丑恶，在你单纯、阳光、敢于直面面前，都是会显得苍白无力的。"

"他们为什么要这样？为什么要这样？我害过一个人吗？我甚至是见了蚂蚁都要绕着走开、不愿踩死的人。别人为什么要这样待我？"

"谁让你要当主角呢。主角就是自己把自己架到火上去烤的那个人。因为你主控着舞台上的一切，因此，你就需要有比别人更多的牺牲、奉献与包容。有时甚至需要有宽恕一切的生命境界。唯有如此，你的舞台，才可能是可以无限延伸放大的。"

秦八娃把这段话说得很慢，但很坚毅。

忆秦娥到底还是坚持着，把剩下的戏唱完了。

四十

薛桂生自做团长开始，就有一个梦想：在自己手中，省秦培养出一批新生力量来。他跑断腿，磨破嘴，总算招下了一批学员。经过几年培训，是到了该用一个好戏，把新人推出来的时候了。

忆秦娥这一代，算是把省秦撑得红破了天。可她毕竟已年过半百。这个团要生存下去，就得有后续力量。

剧团这行业，是红一阵的黑一阵，热一阵的冷一阵。由于文化生活方式的丰富多元，传统行当，总体是显得越来越不景气了。社会本来就对搞吹拉弹唱的抱有偏见，加之成业又苦又难，尤其是能干到"主演""主奏"份上的，几乎是凤毛麟角。有时成百人的一班学员，最后能叫"成器"者，也就那么三两个人。甚或有整批"报废"者。景象的确十分惨。即使挣扎上去，也是声名大于实际受益。且大多数配演、乐人、舞台装置部门，待遇都极低。好多剧种已招不下人了。

都知道薛桂生上任表态时，翘着兰花指，说了三个让他特别熬煎的字：

钱。戏。人。

钱不用多解释，看门老汉都知道剧团缺钱。戏就是好戏。一锤子能砸出鼻血的戏。真正叫好叫座，还能长久演下去的好戏。人，自是人才了。尤其是后备人才。在薛桂生看来，剧团培养一两个"顶门"人才，是比皇上培养"太子"都难的事。

兰花指，刚好是三个指头翘着的。所以薛桂生走到哪里哭穷、喊冤，就都知道省秦是有"三个指头"的"难肠"的。翘得最高的是小拇指。而那个小拇指，恰恰就是后备人才问题。为了不让这个饱经风霜的名团"烧火断顿"，他有意让逐年退休空出来的编制名额空着，不再进人。预留出"金饭碗"，好让这种看得见摸得着的就业吸引力，把新学员牢牢吸引住。事实证明，剧团自己招学生，跟班培养戏曲人才的方式，虽说传统、老旧了点，但却最是行之有效的。它可以很好地保持住一个大团的艺术风格，并得到更具根性的生长发挥。

转眼到了第五年，到他招的学员，该推出毕业大戏的时候了。他的兰花指，就翘得比任何时候都更密集、慌乱、无序了。未来的省秦主角，能不能从这成百个孩子里浮出水面呢？如果花了五年工夫，浪费银子无数，最终悉数报废，那他只有找刀，把自己的兰花指剁了算了。免得留下笑柄，让省秦人几十年后，还学着他的"三个指头"，翘来翘去地说事。这一伙鬼，模仿人的特点，那可都是天下一等一的好角色。好在他跟所有人，几乎都看见了希望。

这个希望就是宋雨。

忆秦娥给宋雨排出的第一个折子戏，就是《打焦赞》。同时还排了一个唱功戏《鬼怨》。《打焦赞》是她当初在宁州的破蒙戏，仅半小时，可忆秦娥整整给宋雨排了一年半。《鬼怨》只二十几分钟，光唱腔，她就教了一年多。戏又排了一年多。连宋雨都有些烦了，可忆秦娥还说动作感情都不到位。她说："妈妈当初之所以能出道，就是因为没人急着要我出道，所以才暗暗在灶门洞前苦练了好几年。那种苦练，也不知什么时候会有人看到，就是每天都必须打发掉日子而已。唱戏，看的就是那点无人能及的窍道，无论唱念做打，都是这样。尤其是技巧，绝活，没有到万无一失的程度，绝对不能朝出拿。只有练到手随心动，物随意转，才可能在舞台上，展露出那么一丁点角儿的光彩。练到家了，演出就是一种享受。练不到位，演出就是一种遭罪，甚至丢人现眼呢。"直到有一天，忆秦娥觉得是可以与乐队结合了，宋雨的一文一武两个折子戏，才慢慢被人完整地看见。但几乎是一下就把所有看过的人都震住了。训练班的头儿，很快就汇报给了薛桂生，要他赶快去瞧瞧。薛桂生把戏一看，那个激动啊，兰花指发抖得是用另一只手压都压不住，他直在心里说："成了，成了，这帮娃可能成了！只要成一个，那也就是成了。"

也就从这时开始，有人就把宋雨叫"小忆秦娥"了。

秦八娃是薛桂生提着礼物专程去北山接来的。

秦八娃最近很忙。他忙前忙后，忙了好多年才忙下来的"秦家村古镇"维修工程，终于动工了。虽然没人让他负责工程，但他得盯着点。他还害怕这伙急功近利之徒，把好事给搞砸了。他老婆也死活不让他出门，说八娃一走，她整夜都睡不着。她就是要听着八娃老抽不上来气的鼾声，看着看着憋死了，可猛一下，又给抽上来了，才能消停安歇的。她还说：

"你们老日弄他写戏，挣几个钱，还不够他抽烟、喝酒、吃药的。那是写戏？那是熬人油、点人蜡呢。你们知道不，八娃弄一个戏，挣得两只眼睛跟鳖眼一样，见了我都发瓷呢。是一成半年都缓不过劲来。连打豆腐，他说的都是戏里的事。这个老色鬼，还就爱写个旦角戏。整天哼哼唧唧的，好像他还成里面让人家爱得要死要活的相公了。你知道不，为给你们弄戏，好几回把豆腐点老了，让人家老主顾都骂咱是卖砖头的呢。倒是写的啥子破戏哟，穷得还不如帮我打豆腐来钱快。"

薛桂生是千恳求万作揖的，还给他老婆打包票说，这回保准稿酬高，才算把秦八娃拽上了车。

请进省城，薛桂生先陪他看了宋雨的《打焦赞》《鬼怨》。戏一看完，秦八娃就说，他血压有些不对，直喊脑壳炸得痛。弄到医院挂上吊瓶，他才给薛桂生表态说："成了，省秦又要出人了！我就是死，也再帮你写一回戏。我是看上这娃的材料了。照说我这年纪，只能改改戏，是真的写不动了。激动不得，熬夜不得，苦思不得，冥想不得了。有时为捻弄一句好词，把脚指头抠烂都抠不出来。老婆老骂我，说我上辈子是吃了戏子的屎了，这辈子就这样心甘情愿地给人家当狗呢。再写一回，搞不好就把老伴写成寡妇了。要是写成寡妇了，你薛桂生可得负全责哟。"

薛桂生急忙翘着兰花指说："我负全责，我负全责。"

秦八娃说："你负得了这个责任吗？"

秦八娃被薛桂生安排到了宾馆里，专门让办公室最漂亮的女主任亲自打理伙食。也是严防死守，怕他悄悄逃了。一切的一切，终是为了逼出个好本子来。在薛桂生心中，再没有比秦八娃更合适的编剧了。他是想借助这个大功率"火箭发射器"，把娃们一次成功发射出去。只要秦八娃在，薛桂生的兰花指，就自由自在地弹跳得了得。成了，他天天对办公室的美女主任说："只要把这老家伙伺候好，火箭发射就成了！"办公室主任说："薛团这是给秦老师上美人计呀！"他神秘地眨眨眼说："放心，老家伙乖着呢。"

不过最近，薛桂生的烦心事倒是不少。对忆秦娥的那么大的肆意攻击、侮辱，竟然并没有把这个行业搞臭搞衰。相反，倒是有越来越多的演员，都以无法预测的能耐，给自己跑来资金，要排新戏，想把自己也推上主角的宝座了。薛桂生还不好阻挡这种积极性。一旦阻挡，就有人说他心中只有"忆爷"了。说他就是"忆爷"的私家团长。其余人都是路人、外人。顶多也就是个"干亲"。气得他还有气无处发去。

就连多年都不上台，在单仰平团长手上，为跟忆秦娥争李慧娘而愤然离团，出去开灯光音响公司的龚丽丽，最近也突然来找他，说想办个人专场了。

开始他还没听懂，说你们把灯光音响公司办得红火得连大西北都总代理了，还办什么砖厂呢？砖瓦厂那是农民企业家干的活儿，你们办哪吃得消？是不是听到什么信息，能挣大钱了？一下把龚丽丽惹得好笑地说："不是办砖厂。是办秦腔个人专场演唱会。"薛桂生才翘起兰花指"哦"了一声。龚丽丽说，她都六十岁了，从艺也四十年了。把秦腔爱了一辈子，也恨了一辈子。她想再过过戏瘾，就跟秦腔彻底拜拜了。还说只要省秦挂个名头就行。配演、乐队、合唱队，包括一应排练费用，全都由她个人包圆。据说，两口子这些年赚了几千万；房子、别墅也是好多套；孩子送去了澳大利亚；她和丈夫皮亮跟候鸟一样，冬天住在三亚，夏天住在冰岛、瑞典、芬兰、丹麦。可就是这"唱戏瘾"不过，一口气早晚都没咽下。她曾是这个舞台上的李铁梅、柯湘、江水英哪！岂能就这样，挣一堆钱，吃吃喝喝，玩玩乐乐就把生命了了。团上也是考虑到龚丽丽过去的贡献，就答应给她把个人专场办了。谁知一石激起千层浪：办了龚丽丽的专场，王丽丽、朱丽丽、刘丽丽也怦然心动，都觉得站到舞台中间的感觉真好，也就都来缠着要办专场了。弄得薛桂生左右为难。实在嫌耽误团上的人力、时间，他就推三阻四的，搞得一些人背地里又说"薛娘娘"，是省秦历史上最难说话的"二一子"团长了。

其实就办办个人专场，团上还好应对，毕竟简单些。可有些硬是要排原创大戏，还要参加这赛评那奖的，就委实让薛桂生作难了。这里面闹得最凶的，就是楚嘉禾了。

这家伙能耐真大，最近跟一个私营企业老板搞到了一起。老板爱戏如命，就希望把自己一生奋斗的故事，写成秦腔戏，让剧团到处演出宣传去。说省戏曲剧院就排了好多现代戏，到处演，观众还爱看。他说他相信他的故事，不比那些戏里的差，并且还更感人。还说钱不是问题。打心里讲，薛桂生是不喜欢搞这种戏的。且不说是为一个挣了几个钱的老板立传，不合乎他的价值取向；单说那故事能不能成戏，内行一看，都是心明如镜的。可楚嘉禾怎么都不相信蛇是冷的，热情高涨得了得。加之又"不差钱"，看来不让她试一试，就有"打压人才"的危险了。他就不得不勉强点头同意了。

楚嘉禾立马找了跟她关系好的编剧，商量本子咋写。这个编剧为她跟忆秦娥斗法，也是没少出主意、下暗力的。结果剧本写出来后，楚嘉禾傻眼了。他们商量好的，戏虽然以男角为主，但着力点，却是要放在他老婆身上的。是这个老婆支持着男主人公把事业干大的。可编剧咋糅，老婆的戏还是卷不进去。即使安排了几大段核心唱段，一段都是四五十句的唱词，还是觉得戏不在她身上。剧本又反复改来改去好多稿，楚嘉禾倒是满意了，老板却不高兴起来。他是想着要宣传他的光辉业绩，顺便把老婆捎带上就行了。可没想到，戏是把个老婆从头说到尾、唱到尾。他就像个白痴一样，当了老婆的傀儡。戏演出来，只听旁边观众说："这就是个瓜老板么，啥都听老婆的，自己能弄啥。"气得那老板坐在椅子上，戏演完半天，还起不来。最后，是楚嘉禾硬缠着他要合影，才问戏咋样，他把大腿一拍，站起来说："还说球哩说。我就是个瓜屄、闷种、头顶粪桶的吃软饭的傻货么。

还办厂哩，能办他妈的厂。"说完，扬长而去了。

楚嘉禾连妆都没来得及卸，就跟着编剧一路去回话，反复表态，说还可以改，立马改。老板一句话再没说，嗖地上了路虎，一脚油蹬得，连车旁的垃圾箱，都被撞了几个翻身。

事后，薛桂生对人说：

"艺术这个东西，规律性是很强的。仅仅不差钱是不够的。关键你得相信：蛇是冷的。谁说他再能，靠焐，是把蛇焐不热的。"

四十一

忆秦娥从艺四十年演出季，算是高高提起，轻轻放下了。她回避了所有采访宣传，就只当平常演出而已。四十多场戏，让观众，尤其是"忆迷"，过足了瘾。自己内心，却是始终处于一种恐惧与隐痛中。

在活动持续降温的同时，有关方面的调查，却一直在升温。查到最后，把注意力几乎全部集中到了省秦内部。见天都有警察进进出出。他们挨个找人谈话，要每个知情者都提供情况。只要平常跟忆秦娥有过摩擦的人，对相关的事，几乎都要问个"底儿掉"，弄得气氛十分紧张。也搞得很多无辜者怨言四起。是忆秦娥主动找领导、找乔所长，要求赶快停止调查，省秦的惶恐与人人自危，才慢慢平息下来。她弟为这事还跟她大吵一架，怨她就是一个软蛋、窝囊废。说坏人不查出来，以后还会变本加厉。可她依然坚持，不让再查下去了。

她觉得，这件事与自己一生所受的侮辱相比，又算得了什么呢？反正知道秦腔的人，就知道忆秦娥。知道忆秦娥的人，就知道她十几岁就被一个做饭的糟践了。还说她"裤带很松"，谁都可以解开。你跟谁论理去？对手到底是谁？敌人隐藏在哪里？谁有这么大的能耐，几乎让人人皆知：忆秦娥就是个"破鞋"；忆秦娥是谁都可以拉上床的"贱货"。其实这些侮辱她的文章里面提到的男人，还远远没有真正想接触她的男人多。如果她的口风不紧，甚至可以给她罗列出成百上千号人来。多少爱她戏的男人，通过短信、微信、电话，甚至邮件，向她表示过暧昧的情怀与好感哪，但她都悄然删除，从未接纳。如果是"破鞋""娼妓"，她可能都跟成百上千个向自己献殷勤、示好、设套、围猎、追逐的男人上过床了。有的男人下的功夫之大，真的让人无法想象：他可以直接送你一个价值数十万的钻戒，甚或一套房子、一辆宝马……她觉得自己的嘴，是严实得可以用铁壁合围、固若金汤这些词了。

她懂得，演员，就是大众情人而已。不过你得牢牢守好自己的底线。

为了不惹闲话，为了省却更多麻烦，为了躲避无尽的尴尬、无奈、困窘，她从来都是演出完就回家，既不去任何公众场合凑热闹；也不参加各种名目的宴请；更不赴约去谈天说地。并且她平常总是穿着一身练功服，连淡妆都是懒得化的。平板支撑之所以能撑一小时，现在甚至能撑到一小时四十分钟，就是因为她能静下来，像乌龟一样一动不动地缩伏静卧。即使在家里，她也不太说话，娘说三四句，她能回一句。手机大多时候也是关机状态。她已饱受了人生最致命的侮辱，甚至对性，都有一种天然的憎恶感，连夫妻生活都一定是要在黑暗中进行的。第一任丈夫刘红兵，是她说啥就是啥。石怀玉这个"野人"，倒是把她折腾得有所开放。可自打儿子从楼上摔下后，她就越来越觉得，可能正是自己如野生动物一般的"放浪形骸""荒淫无度"，而让儿子遭受了报应。她到现在都还恨着石怀玉。觉得自己就是杀害儿子的凶手。而石怀玉是走狗、帮凶、递刀人。总之，她对自己是越来越不满意了。她甚至还暗暗觉得，那些侮辱她的东西，与这个世界上真正对自己有觊觎、有想法、有行动的男人行为比起来，真是不值一提了。正像"黑材料"里所指出的："这些罪状，仅仅是忆秦娥丑陋人生的冰山一角。"她从来都没觉得，那些觊觎自己的男人是什么好东西，包括一些很有身份地位的人。但她也没觉得那是些什么坏东西。在她眼中，那些人，也都是佛祖说的"可怜的不觉者"而已。反正她每每就是傻笑一下，装作不懂、不解，回避不理也就是了。在她肚子里烂掉的东西，可真是太多太多了。这些事，如果都让恨自己的人知道了，再添盐加醋地炮制出来，还不知要毁掉多少人的生活与前程呢。自己为什么又要去毁坏这些可能是一念之差而陷害自己，也可能就是可怜得不能自拔的不开悟者呢？潘金莲就只染了个西门庆、觊觎了个武松，就成淫妇荡妇了。自己一生，竟然搅扰得那么多男人不得安宁，论起来，该是要比潘金莲坏十倍、百倍、千倍的女人了。即使凌迟处死，大概也是死有余辜的。

有一天，乔所长突然把她叫去，有些神秘地告诉她说："所有线索，最后可能都指向了一个人。啊？"

"谁？"她问。

乔所长说："楚嘉禾。啊！你的老乡。她背后还有人，有写手，有推手。啊！这些文章、短信，大概出自两三个人的手笔，但都与楚嘉禾有关。啊！她没文化，不能写，但她有调动这些写手的手段。啊！最后发酵成这样，可能是他们希望的。当然，也可能是他们没有想到的。啊！整个社会上，这种很是'有趣''有色''有味'的名人'丑闻'，传播得一发不可收拾了。啊！"

忆秦娥问："敢肯定是楚嘉禾吗？"

乔所长说："还得进一步侦查，获取强有力的证据。啊！但网已收小。你的这个老同乡、几十年的主角争夺者，也是整个剧团人所提供的怀疑对象。啊！这件事可能要坐实。啊！"

忆秦娥半天没有说话。过了许久，她十分镇静地说："算了，乔所长，不要查了。"

"为什么？"乔所长有些不解。

"不为什么。"

"你已经让这次事件搞得面目全非了，为什么不查？啊？为什么不惩治这样的恶人？啊？"

"不为什么，我已经厌倦了。对于我来讲，澄清也是没澄清。有人想说几句忆秦娥，就自然会带出自己的许多联想来。我十四五岁时的伤痕，是清清楚楚、明明白白的。结果说来说去，还是被说得不仅远离了事实真相，而且污秽了我做女人的一生。越解释越模糊，越反馈越令我憎恶，还是不说的好。一切都让它就这样过去吧！我没有伤害过任何人。任何害我的人，我也不想知道。我也不愿意看到，他们经受比我心灵的伤还惨痛的惩罚。我需要安静。只要从此安静下来，再无人冤冤相报、兴风作浪，我也就能心静如止水了。谢谢所长！也谢谢派出所的同志了！改天你们有空，我去给你们唱一次堂会。谢谢了！"

乔所长还想说什么，忆秦娥已经起身离开了。

也是出奇地凑巧，忆秦娥从派出所回来，竟然在大门口就遇见了楚嘉禾。自恶攻她的事件发生后，楚嘉禾在她面前，是表现得格外殷勤了。过去，逢年过节，她从来都不给她发短信的。但今年除夕，楚嘉禾还专门发来一条祝她"新年大吉""万事如意"的贺词，还有什么"身正不怕影子斜""云开雾散见太阳"之类的话。她当时心里还一热，觉得到底是老乡，遇事才见人心呢。没想到，竟是一蹚浑水，让她越踩越迷糊起来。

她有种身心疲惫感。也有种百无聊赖感。自己还能干什么呢？只有唱戏。好好唱戏。唯有把生命全都投入到练功、排戏、唱戏中，才感到自己是没有伤痛地存在着。要不然，她就会联想到很多很多，儿子、家人、刘红兵、石怀玉……几乎没有一件不让她不淘神挠心的事。尤其是石怀玉，还连婚都没离，就钻进深山，音信全无了。她忆秦娥到底算咋回事？就这样乱七八糟地活着人。不排戏、不练功、不一成一个多小时地在门背后平板支撑着，她还真不知日子该怎样打发了。

好在她心中，还有好几本大戏要排。她暗下的决心越来越坚定：那就是到六十岁时，演够五十本戏。忠、孝、仁、义那四个老艺人都说过：往日，一个名角，背不动一百本往上的戏，那就算不得大名角。戏越少，被人超越、替代、顶包的可能性就越大。他们强调说，名角是靠走州过县唱出来的，而不是喊出来的。她怀疑，她这一生，已经没有能力和精力排够一百本戏了。但五十本，还是有希望实现的。演的戏越多，她越感到了拿捏戏的自如。真应了那句话，叫"从量变到质变"了。也唯有不断地排戏、演戏，她才觉得是在有意义地活着；是填补了生命空虚、空洞，忘却了哀怨、伤痛地活着。

除了自己排练演出，她还有给养女宋雨教戏的任务。直到如今，她也没有觉得让宋雨学戏是件好事。一切的一切，还都是怕孩子受伤害。成了主角，是众矢之的；成不了主角，也会活得进退两难；有时甚至还会觉得痛不欲生、脸面全无。总之，唱戏，就是一个让人爱恨不得的古怪职业。可没想到，她给孩子只排了两个折子戏，竟然就引起了这大的响动。听说全班毕业大戏，都要根据宋雨的条件"量身定制"了。至于上什么戏，薛团长对外还都保密着。有人说是《杨排风》；有人说是《白蛇传》；有人说可能是《游西湖》。可把秦八娃老师请来干什么呢？难道还要对这几本戏进行大修改？要不然，杀鸡何用宰牛刀呢？

忆秦娥在精神逐渐恢复以后，就想见秦八娃老师。她还有一个梦想：在有生之年，再演一部秦老师写的原创剧目。如果能再演一部，也就是三部了。一生能演秦先生的三部原创作品，也算是没白当一回演员了。她觉得，演原创剧目，更过瘾一些。尤其是演秦先生的戏，几乎每一部都是巨大的挑战。需要你使出浑身解数，去理解人物，去创造角色。她也知道，全国很多知名演员，都在找秦先生写戏。可秦老师说，他只熟悉秦腔，写不了其他剧种的戏。他说不了解剧种特性，没有那儿"抓地"的生活，写出来也是干巴巴的。因此，他一生只为秦腔写戏。写得很少，但"出出精彩""个个成器"。秦老师也是七十多岁的人了，这几年一直在为她打理戏。他答应过，是要再给她写一部原创剧目的。还说那也将是他的"压卷""封山"之作。

秦老师最近一直在西京。她因为遇见这么些龃龉事，并且把先生也牵连其中，也就没心思、更不好意思去叨扰了。当乔所长说出楚嘉禾这个名字时，她反倒有了一种释然感。她从来不自大，但也从来没把楚嘉禾当回事。那就是个功底很差，但又特别想上台面、出风头、当主角的演员。即使老天爷帮她搭了镶金嵌玉的舞台，让她站上去，也就只能唱那么几出发不出任何光彩的"凉桄戏"来。她致命的弱点，还不全在功夫差，更差在缺乏内在情感上。她的戏，迟早都只走了表皮，与内心发生不了任何关联。任导演再说，同行再提醒，包括自己，也是给她说过多少次的，可都无法改变她演戏"不过心"的"顽疾"。"顽疾"二字是封子导演说她的。还不能说她理解能力不够。她的嘴，甚至比任何演员都能说，角色也分析得头头是道。可一表演起来，就是"温吞水"，就是"凉桃"，就是"傻皮"。谁也拿她没办法。这大概就是演员这个职业的残酷了。内心不来电，无生命爆发力，骂死、打死、气死也是枉然。也许到了今天，忆秦娥才突然有点不管不顾起来。哪怕别人说她是"戏妖""戏霸""戏魔"，是薛团长"他姨""他婆""他奶"，甚至"他祖奶"，她也要唱戏。不知谁还给她起了个"忆爷"的外号，叫得到处都是。她明明是女的，怎么就被称作"爷"了呢？又不是自己叫的，爱叫让他尽管叫去。反正她就是要占领着省秦的舞台中心，成为省秦无可替代的"金台柱子"。唯有这样，她才可能真正从社会的谣言、诋毁，甚至妖魔化中，找回忆秦娥来。

可让她万万没有想到的是：秦老师的确在写戏，并且是原创戏，剧名叫《梨花雨》。还是以女角为主的戏。写的是旧艺人的命运。但主角却不是她。

《梨花雨》的主角，是她的养女宋雨。

她当时就傻愣在那儿了。她甚至失态地问："为什么不是我？"

秦老师还反问了一句："把你女儿宋雨推出来不好吗？"

"她才十六七岁，能担得起这样的主角吗？"

"秦娥，我记得你出道的时候，也才十六七岁啊！在十八九岁的时候，你已经是北山地区的大明星了。这个戏的创作还需要一段时间，等二度修改完成时，宋雨也该是年满十八岁的人了。"

忆秦娥双手微微有点颤抖地说："你……你不是答应……再为我写一部吗？"

秦八娃两只眼睛分离得很开很开地说："我没有觉得这部戏不是为你写的。"

"明明是……"忆秦娥激动得都有些说不出话来了。

"秦娥，宋雨是你收养的孩子。她排的两个折子戏，也都是你手把手教的。团里所有人，几乎都自然而然地把这孩子叫'小忆秦娥'了。为她写戏，把她推上秦腔舞台的中心，难道还不是在为你写吗？"

忆秦娥说不出话来了。

她的悲凉感，从心底慢慢抬升起来，手脚都有些冰凉的。

这时，薛桂生也突然来看秦八娃了。他见忆秦娥是这般魂不附体的神态，就有些不明就里地看了看秦八娃。

秦八娃继续说："秦娥，培养这帮孩子，是秦腔事业的需要。推举宋雨，我觉得既是省秦的需要，也更是你的需要。你的艺术生命，走到今天，唯有依托徒弟的演进，才可能继续延展下去。否则，等到你六十岁的时候，这帮孩子已二三十岁了，再站不到舞台中间，一切也就晚了。我已是七十七岁的人了，真的感到写戏有些力不从心了。但看了你女儿宋雨的折子戏，觉得这一生，若不为这个孩子写个戏，我的生命可能都是不完整的。这里面有对秦腔的感情，有对一个好苗子的感情，更有对你忆秦娥的感情啊！我觉得，我是在为你赓续生命哪！"

无论怎么说，省秦上一个原创新戏，主角已不是忆秦娥了，这让她还是感到了生命突然的致命一击。

她对薛桂生从来都是尊敬有加的。可今天，她突然感到，这家伙简直就是天底下最大的阴谋家了。他翘起的兰花指，也是那么恶心、做作。秦八娃也是从来没有如此丑陋过的，尽管那眼睛过去就是"南北调"。有人说，那是一对还没有进化过来的古生物眼睛：一只仰望着天空，一只扫描着大地。他的眉毛昔日就是两只相背而去的"小蝌蚪"，但今天看上去，就更像个老戏舞台上，总在暗中摇着鹅毛扇的"大丑"了。在她生命最艰难的时候，他们竟然合谋着，把自己朝秦腔舞台的边缘上推。并且推得如此决绝，如此心狠手辣。

她绝望了。

尽管宋雨是自己的养女，其实宋雨已成为自己从来没有另眼相待的亲闺女。她也希望孩子既然唱了戏，就得唱好，就得唱成台柱子，唱成秦腔响当当的名角。可不是现在。不是今天就站出来跟自己抢主角，抢名头，抢位置。自己才刚过五十岁，还有好多戏要唱呀！舞台中心她是会让出来的，尤其是让给自己的女儿，但不是今天。今天就让她退场、谢幕、下台……真是太残酷太残酷太残酷了。她觉得这是比那些毁灭她的谣言、"黑材料"，更让她深受伤害的事。

她慢慢站起来，甚至还摇晃了一下身子。

薛桂生用兰花指扶了她一把。她怔了怔，一把推开"薛兰花"，愤然走出了秦八娃写戏的房间。

她听见，薛桂生和秦八娃在身后还叫了几声，但她没有回头。

走了很久很久，也不知是怎么就走到了这个城市最有名的大学校园里。看着满园的樱花，她的泪水，就一直伴随着樱花雨，纷纷飘落起来。

也就在这个当口，又发生了一件大事：石怀玉突然回到西京，办起了规模宏大的个人书画展。

石怀玉也来邀请过她，但她没有见。也没有任何兴趣，去参观他的什么破画展。加之她是至今还都不能原谅，石怀玉那晚不让她回家而造成刘忆坠楼的悲剧。要见他，就是谈离婚。可现在，又觉得不是时机。她不想把本来就一团糟的生活，弄得更加稀里哗啦的破败不堪。

谁知开展的第一天，有人就给她传来话，说石怀玉画展的第一幅作品，就是一个女人的裸体。并且咋看，这个女人都像你忆秦娥。忆秦娥听说后，肺都快气炸了。她顺手袖了一瓶平常练字练画的墨汁，就去了画展现场。一看，狗日的石怀玉，果然是把画她的那张裸体画，公然悬挂在了最显眼的位置。并且围观者多得让她几乎不能近身。

她是戴着棒球帽和墨镜进展室的，没有人认出她来。但几乎所有人都在说，这画的是忆秦娥。说忆秦娥曾经是这个画家的老婆。在勉强能挤到画作跟前时，她终于忍无可忍、恼羞成怒地掏出墨汁，哗，哗，哗，哗，连打叉带挥洒地将一瓶墨汁全泼了出去。一幅丈二画

864

作，很快就成了一坨一坨的墨疙瘩。

也就在这天晚上传来消息，说画家石怀玉自杀了。他是用一把利剑，把自己刎颈在那幅丈二画作之下的。

四十二

忆秦娥知道这消息时，还汗津津地平板支撑在卧室里。她依然在愤恨着野人石怀玉，竟然把那么一幅见不得人的东西，公然展览在了美术馆里。据说开馆时，是有上千人看过这幅画的，并且已在微信圈广为传播。虽然画作名字，也并没有提名叫响地写着忆秦娥。并且她能看出，与当初画的那幅，也是做了不少修改的：整个身子，过去是卧在葡萄架下。而现在，是深深浅浅地半掩半藏在烂漫的山花丛中了。脸部，也改得有点似是而非。可她这张脸，毕竟是有太多的人熟悉。加之他们又曾是那样一种关系，人们就端直说这是画的忆秦娥了。

她一边平板支撑着，一边还在想着那幅让她怒不可遏的画。如果不是画的她，那的确是一幅很吸引眼球的作品。能看得出来，作者对所要画的主体，是饱含着无限爱怜与深情的。整个画展的名称，叫《大秦岭之魂》。而这幅以她为模特儿的大画，竟然就叫《秦魂》。她还听人在议论说："画名似乎没起好，一个裸体女人，与秦魂有什么关系呢？"但有人立即回应道："人是万物之灵。忆秦娥是秦腔精灵中的精灵。作者肯定是有他用意的。能明显看出来，这幅画，是这组大秦岭画卷中，最精致、最抢眼的一幅。"

当初画出来时，最让她震撼的是：就能那么像她，真是太神奇了！但那种一丝不挂的裸露，又让她感到羞耻。虽然在紧要处，是遮挡了枝叶与葡萄的。现在这幅，葡萄和枝叶都不见了，却蓬勃着漫天山花，让本不该暴露的地方，也若隐若现起来。过去人是静卧在葡萄架下的。而眼前的画，人是侧卧在金黄色的阳光里。那是种生命的健康肌理，从脸部、脖颈到手臂、臀部，甚至夹着蒲公英的脚丫子，都有一种能看进皮肤深层的透明。它与大自然中的花冠、花茎、草叶、清泉，形成了完全无法分割的整体。忆秦娥毕竟是学过画的。如果是欣赏另外一幅与自己无关的画作，她是会爱不释手，甚至对画家要肃然起敬的。可这个几乎全裸着的女人，画的竟是她，就让她绝对不能饶恕宽容了。无论如何，这幅把她再一次在大庭广众场合，剥得一干二净的丑陋之作，是不能存在这个世界上的。并且要消失得越快越好。终于，她仅用了几秒钟时间，就把自始至终围满了拍照人群的巨幅画作，彻底毁于一旦了。所有人都懵了。当有人清醒过来，抢下她手中的大瓶墨汁，甚至愤怒地抓住她，掀掉伪装着的棒球帽、口罩、墨镜，才发现是忆秦娥时，都惊诧得连同美术馆的空气一道，迅速凝固起来。

忆秦娥感到这幅画作对她的人生羞辱，是空前的，是灭顶的。如果石怀玉在场，她是会跟他拼命的。可她没有见到石怀玉，也就无从释放这种切齿痛恨了。她知道，自己的这一举动，一定会引来轩然大波，但已顾不了许多。剩下的，就是找狗日的石怀玉，与他算总伙食账了。可让她万万没有想到的是，还没等到她与石怀玉刀枪对决，他就自刎在美术馆了。当她在平板支撑中，看到朋友微信圈发的这个消息时，噗的一下，身子就软塌了。这是真的？这会是真的吗？消息很快就得到了证实：石怀玉果然是自杀了。并且就自杀在她毁坏的那幅巨型画作下。被人发现时，已血流成河。美术馆工作人员送去抢救，其实人早咽气了。

天哪，天底下还会出现这样的事情，忆秦娥完全被这吓傻了。

当她在她弟和薛桂生的陪同下，赶到医院时，石怀玉都在太平间摆着了。

忆秦娥已经吓傻得不知如何是好了。她弟一直把她紧紧搀扶着。

美术馆来了不少人，薛桂生在与他们交谈着石怀玉自杀的原因和过程。只听美术馆人讲，石怀玉这次展出的大秦岭组画，引起了很大反响。连许多专业画家，都为这些作品给人带来了无与伦比的审美冲击而震惊。尤其是他捕捉大秦岭魂魄的独特视角，以及创新技法，具有很高的认识价值。而他自己最满意的作品，就是这幅《秦魂》。有业内人士以为，这幅作品，是代表了这个时代美术创作的某种高度的。还有人说，可惜了，石怀玉兴许是可以写进美术史的人物。据说在开展仪式上，石怀玉自己反复介绍说，《秦魂》是他人生最得意的作品。自第一次在终南山麓画下初稿后，他又带进深山，进行了无数次修改。他觉得这是他个人最伟大的作品。他还表示，此一生，不可能再画出这样的杰作了。他在用"伟大"与"杰作"这些词汇时，几乎毫无谦虚掩饰的意思和表情。也许正是有这种满意与自信，他在面对"伟大杰作"被全然损毁时，竟然号啕大哭起来。直到晚上闭馆时，工作人员才发现，石怀玉已经在《秦魂》下，刎颈自裁了。

在他血淋淋的尸体旁，留着一封遗书。美术馆人先交给薛桂生看了一遍，然后薛桂生又交给了忆秦娥。遗书很简单，到底是写给谁的，主体也不清楚，就半页纸。

　　我已活够了，就是再活下去，也没有什么意义了。我该完成的作品也已完成，我会带着它，到另一个世界去展览、悬挂的。

　　展出的作品共三百一十八幅。今天已有人定购十一幅，总金额五十五万元。请将这些钱帮我分别交给相关人：一、给秦岭云台道观十五万。我长期吃住在那里，道长从不嫌弃，为我提供衣食住行。十五万，恐怕是连十几年的吃饭钱都不够的。烦请转告道长，我对不起他，本来我是答应要用我的画，为他修个像样的大殿的，可画价现在如此低廉，也只能等来世了。二、请给云台道观山脚下的云台小学十万元。那是有七个孩子的一所小学。校长不弃，一直让我给孩子们代美术课。我是答应要帮他们维修一下校舍，并要给每个孩子买一套画画用具的。还答应要搭建一个在野外写生的遮阳棚。三、剩余的钱，请转交给我老了的父母。我是这个世界上最不孝顺的儿子，一跑就是几十年，算个真正的野人。不孝儿子，是应该给他们回馈一点养育费的。可惜钱太少，不足以报恩于万一。

我这一生最对不起的是我最爱的妻子忆秦娥。我的爱，都在那幅画中了。秦岭是我的生命腹地，自打见了忆秦娥，听了忆秦娥的秦腔后，我才似乎突然抓住了秦岭的精魂。觉得她就是这个巍峨山脉的魂中之魂了。我以为画出这个精魂的阳光透明状态，就是画出了世界最美的东西。可在她眼中，却是丑陋不堪的。也因此损害了她的名誉，我向我的至爱深深道歉！如果能原谅我，请在我的画作中，挑出她最喜爱的，要多少，她可以挑多少。我的生命都是可以给她的，何况字画。其余的，全部交由美术馆收藏。当然，决定权仍在忆秦娥，因为她至今还是我的合法妻子。

我该走了。

似乎也没有什么事再可以做了。

也没有什么画再想画了。

如果可能，如果忆秦娥能原谅我，请在火化我时，不要播放哀乐，就播一段她唱的《鬼怨》，以送我魂归秦岭吧……

再一次向我的爱妻深深致歉！是我害死了她的儿子，是我损坏了她的名誉，我当堕入地狱，万劫不复……

忆秦娥终于号啕大哭起来。她长喊一声：

"怀玉——！"

她一下扑在石怀玉的遗体上，深情吻别起了那颗白布单覆盖着的毛乎乎的头颅。

几个人连拖带拽地把她拉出了太平间。

石怀玉的死，的确给忆秦娥的震动很大。没有想到，这么坚强、刚烈，甚至冥顽的一个人，在她心中，他甚至完全是一个没有驯化好的野人，有时粗暴得能像老虎、狮子、豹子、狼一样只剩下一身的兽性，却有着这样一颗脆弱的心灵。竟然因一幅画被损毁，而毅然决然地结束了生命。她无法想象，在生命的最后几小时，他是怎样撕裂、疼痛、绝望，以至无法忍受、无从排解，而挥剑抹过了脖颈的大动脉。那血，竟然能让数丈外的地方，都飞溅着冲决的痕迹。在自己的人生中，也是有过几次欲死念头的。但终于没有那种勇气，还是隐忍苟活了下来。可这个石怀玉，就为一幅《秦魂》，竟然决绝得山崩地裂、玉石俱焚了。忍受着来自方方面面的诸多谴责与压力，倒并没有让她感到委屈、难过。她就是不能理解：石怀玉为什么这样轻而易举地就自杀了。是因为画？是因为她？还是因为有其他再无法活下去的理由？她有点不能承受这种生命之重。

她娘的观点是："肯定是混不下去了，跛子拜年——就地一歪。还把原因赖到你身上。那就是一个野人、逛山、玩意儿。过日子根本靠不住的。还给你画个光屁股像挂到画馆里，让千人盯万人看的。那是能盯能看的东西吗？哪个男人愿意让别人看自己老婆的这些东西？我夏天晚上嫌热，在老家院子里脱了上身，胸前还搭着一块毛巾，都让你爹把我臭骂一顿，生怕过路人看见了不该看的地方呢。他是你男人，却把你画得光屁股露肚子的，还挂到大庭广众让人看、让人照，这还算是你男人吗？谁家男人不是恨不得别人家的女人露光露净、一丝不挂，而要把自家的女人捂得严丝合缝、不走光不露风的？只有那些不是自己男人的野男人，才能干出这等下贱的事体来。想起来我就来气。还死都不会死。你过不下去了，割一根藤条，吊死到山里边不完结了？还硬要跑到城里来死。真是死得稀奇了。你忆秦娥算是八字硬，遇上祸害瘟了。"她让娘少嘟囔些，娘还是要嘟囔。并且还要连着她孙子刘忆的死，一块儿嘟囔。

这事让她怎么都排解不了，刚好遇见秦八娃老师和薛桂生来看她，她就问："石怀玉的死，到底算咋回事？"秦八娃长吁了一口气说：

"你有责任。"

她没有说话。损毁了那幅画，她的确有责任。但那就至于让他不活了吗？

秦八娃说："石怀玉我不了解。但从石怀玉的举动看，这是一个视艺术为生命的人。他只为艺术而活着。碰见你，他也觉得是碰见了一件他一生最珍爱的艺术品。你毁了那幅画，在他看来，既是毁画的问题，更是毁人、毁心的问题。他能把这幅画叫《秦魂》，你就能看到作品在他心中的分量，更能看到你在他心中的分量，以及大秦岭之魂——秦腔人的分量。据说有人开价几百万，他说唯有这件作品是不卖的。多少钱都不卖。还说死也不卖的。而你却毁了这幅作品。他是从毁画中，看到了你对他的生命态度，他绝望了。他可能觉得那时他已一无所有，百无聊赖，也百无牵挂了。从他的死，可以看出，这个人活得十分单纯。跳出正常人的思维看，石怀玉就是一个与世隔绝的幼稚生灵。尽管他长着一身野人的毛发，却稚嫩得像个人间婴孩。他有点像动物界的大雁和天鹅，配偶死了，自己就会死守一旁，郁郁而亡。你想想，画死了，那画中人是你呀！你毁画的举动，本身也给他传递了你们感情死亡的信息，还有什么能比这个让他更绝望呢？他就只能拿起那把锋利的宝剑了……"

忆秦娥哭得用双手砸起了床头。

薛桂生说："也不能全怪你。石怀玉我知道，就这么个古怪性格。你不要想得太多，还得自己保重节哀。"

忆秦娥从来不相信什么"八字硬""克夫"这类鬼话，可今天，她似乎有点怀疑自己八字硬了。爱自己的男人，几乎最后都是要死要活的：封潇潇成酒鬼了；刘红兵成瘫子了；石怀玉自杀了。除了封潇潇，只用心爱她，而几乎很少用语言交流外，刘红兵和石怀玉，都曾说过这样的话：

"你忆秦娥就是上天派下来的妖孽！一个专门谋害男人的活妖怪。让我们受尽情感的折磨，却又欲罢不能地要给你当牛做马。"

刘红兵说："我爱你，纯粹是脑子进水了，但还想再进些水。"

石怀玉说："我爱你，是脑子被门缝夹了，可还想朝死里夹。"

他们都被她折磨得够呛：踢、踹、捶、捏、掐、抓、揪、骂，体罚手段无所不用其极。但他们还是都把她爱得死去活来。他们自己只要有一斗，哪怕借，也是要给她挑来一石的。

在失去石怀玉后，她甚至突然想到了刘红兵：这个男人实在是因为自己把自己折腾干了。但见还有那么一星半点的好处，他都是愿意和盘给她托来的。此时，她特别念记起，在他已无能为力的时候，还借钱给儿子刘忆打生活费的事。

他现在实在是灯干油净了。

她突然觉得，已经失去了石怀玉，再不能因刘红兵而让自己留下亏欠与遗憾了。在火化了石怀玉后，她又一次去探望了刘红兵。

刘红兵眼泪汪汪地面对着她，不停地拿头撞墙。那种悔恨，真是无以言表了。这让她突然想起了在莲花寺记下的一句经文：

如是一切诸孽障，悉皆消灭尽无余。

离开时，她郑重告诉伺候刘红兵的那个男人说：

"我每月再给你加点钱，请你务必把他伺候好。你得让他有尊严地活着。"

四十三

秦八娃终于把新创作剧本完成了。

他以自己丰富的民间文学涵养，捋出了诸多传统秦腔艺人的故事，并从中再抽丝剥茧出最精彩的几段，胶合成了一个高潮迭起的好戏。

戏是以古装的形式，用数百年积累下来的戏曲程式、绝活，表现一群秦腔艺人，由几岁到几十岁的苦难生命历程。用秦八娃的话说，他在写天地间的那股耿耿正气；在写一群生命看似渺小，却活得仁厚刚健、大义凛然的"惊天地、泣鬼神"的"历史潜流"。在讨论剧本时，秦八娃数度哽咽。听他朗读的人，也一再让他停下来，说让大家都缓口气。

忆秦娥一边听剧本，一边在想象着戏在舞台立体呈现后的样子，几乎激动得不能自已。她一再找薛桂生，也找秦八娃，要求担任主角。可薛桂生就那么犟，说："这是为培养学生写的戏，主角已定，并且就是你的养女宋雨。还有什么不好呢。"但她是太爱这个角色了，并且实在不愿从舞台中心，突然退居一旁。哪怕是自己的养女，她也有些接受不了。

几十年了，她由嫌戏份重，希望大家都分担一点，以免自己太苦太累，还落尽抱怨。今天突然觉得，排哪怕任何新戏，只要自己不是主角，都再也无法接受。尤其是原创剧目、重点戏，过去哪一部不是围绕忆秦娥来打造呢？今天出了这么好的本子，主角竟然与自己无缘了。这是怎样一种失重与坠落呀！薛桂生翘着兰花指，一再讲，这次请她出任艺术总监。她想：自己一个站在台中间的顶梁柱，突然做什么艺术总监呢？谁不知道那是一种挂名？多有安顿、安慰、蹭名之嫌。自己怎么就惨到这个份上了呢？

她还在争取。

在薛桂生那里争取不到，她又去找秦八娃。这是她舞台艺术生涯的主要支持者。她反复诉说着自己更适合主演这个戏的理由。可秦八娃，竟然跟薛桂生的说法完全一致：

"秦娥，你把主角唱到这个份上，应该有一种胸怀、气度了。让年轻人尽快上来，恰恰是在延伸你的生命。尤其这孩子还是你的女儿呀！你希望自己是秦腔的绝唱吗？"

忆秦娥倒考虑不了那么多，她只觉得，让自己下得太早了。她坚持说：

"我是支持培养年轻人的，可这个角色分量太重，只怕宋雨一时完成不了。我可以在前边带一带，先给她画个样样。一旦觉得她行，立即把她推到前台就是了。"

秦八娃说："你成名时，也就十七八岁，而他们现在正是这个年龄哪！应该让他们试一试了。"

"我倒不是反对他们试。我是怕他们把这好的本子，给排糟蹋了。秦老师，我真的太爱这个戏了，那里面有我的影子啊！"

忆秦娥不无激动地争辩着。

秦八娃定了定神，语气很是平缓地说："我理解，这个戏的主角，的确有你的影子。不过秦娥，有你在，有你帮着娃们，我相信这个戏就糟蹋不了。"

忆秦娥还能说什么呢？

秦八娃接着说："我搞了一辈子民间文艺，眼看这些东西都快完结了。若能多出几个像你这样的年轻人，这一行才会大有希望。我懂得你内心的苦处，尤其到了这个年龄，对舞台更是恋恋不舍。可这不是让你退出，我以为是让你前进。你还能继续演你的戏、排你的戏。需要我改，我还给你改戏。但如果宋雨真能成为名副其实的小忆秦娥，那你岂不是能更加久远、深广地活在这个舞台上吗？你都没好好想想这个道理？"

忆秦娥没有说过薛桂生。也没有说服秦八娃。她只能听任安排，做艺术总监进剧组了。

大型秦腔传统剧《梨花雨》开排了。

忆秦娥被薛桂生导演邀请坐到排练场，从对词开始，就一句一句为青年演员抠着戏。虽然忆秦娥在抠戏的过程，一直为好本子可惜着：孩子们大多只排过一两个折子戏，很多都学的是套路。而原创剧目，需要的是经验、理解和创造。他们欠缺太多。就连学得最好的宋雨，也是很难把一句道白、一句唱腔，说到、唱到她心窝里去的。可她想起了当初那四个老艺人，给她抠戏时的无私、真诚。她还是一字一句地给娃们耐心教着、引导着。她发现她的脾气有点坏了。有时甚至想拿起教练们常用的藤条，对着那些不用心、不专注、不长进的学员，狠狠抽上几藤条了。

宋雨的确一直很用心。她想着，孩子被她领回家，转眼也都九年了。娘说，这孩子心很深，一天到晚几乎没一句话。她理解，那是自卑。尽管她在一切方面，都努力想让宋雨忘掉养女的身份，可孩子还是整日沉默寡言着。宋雨最大的特点，就是能下暗力，那是一种钉子钉铁的顽强毅力。就说平板支撑吧，她是为了防止赘肉，保持身形紧结。像宋雨那个年龄段，是完全没有必要那么猛做的。可孩子还是偷偷在与她"较劲"：她能做一小时四十分钟；宋雨竟能支撑一小时四十五分钟。那种韧性与耐力，让她都暗中感到十分吃惊了。

这次担任《梨花雨》女一号，孩子几乎是玩了命了。也像她一样，除了排练，回到家，关上自己的小房，就在里面一练半晚上。好像还生怕她知道似的。也许孩子是知道了她也想演这个戏，所以心里就有了些什么顾忌。因此在家练戏时，还总是躲着自己的。其实她从内心讲，并不想跟孩子争角色，更没有吃孩子醋的意思。她甚至还担心孩子一次冲不上去，反倒让人小看了她的实力和潜能。即便是让她在前边引引路、蹚蹚水，最终她还是愿意把戏教给宋雨的。可这孩子心深似海。自担任主角后，就更加自我封闭起来，跟她几乎没有了任何家庭交流。她感到，自己与孩子之间的感情，已是隔着好些层了。

她是真的太爱这个女儿了。她在心中，是从来都没有把孩子当外人的。她娘倒是老有些奇奇怪怪的念头：早先给刘忆打过主意；后来，娘又偷偷给她儿子易存根踅摸过。面对越长越貌美如花的宋雨，她弟易存根自是有些贼眉鼠眼、心猿意马。忆秦娥知道这事后，不仅狠狠把她弟臭骂一通，而且对她娘也毫不客气，说他们根本就不尊重她，也不尊重宋雨。还说这是"缺德"，是"乱伦"。她娘辩嘴说："女子不是收养的嘛。"气得忆秦娥拍桌子喊道："她就是我的亲闺女，收养的也是亲的。谁要再在这个问题上胡思乱想、胡成乱道，那就请离开这个家！"既然话说到这份上了，易存根也就好长时间都没敢再胡瞅胡盯，就到别的地方踅摸去了。她娘也是死了这份让她咋都有些想不通的心思。搁在九岩沟，收养一个可怜人家的女娃子，长大了，那不就是人家的"一碗菜"嘛。想咋吃咋吃哩，还能养成精了不成。

忆秦娥任心里再有疙瘩，还是天天蹲在排练场，诚心实意地做起艺术总监来。凡看到宋雨路数不对的地方，都会当场点拨，面授机宜。她几乎把自己演半辈子戏，所积攒下的那点"心经"，毫不保留地传授给女儿了。宋雨进步也很快，虽然还远没达到她内心对这个角色的体验程度。包括外部表现力，也多显得浮皮潦草。但在几次联排后，不仅薛桂生、秦八娃感到满意，而且团里许多老艺术家，也都心怀惊喜地给宋雨竖起了大拇指。忆秦娥还真感到了一点衣钵被传承的生命快乐呢。

她老在想，当初忠、孝、仁、义四个老艺人，给她传道授业的要妙到底是什么？除了戏、技、艺外，他们都爱讲的一句话就是：唱戏做人。人做不好，戏也会唱扯。即使没唱扯，观众也是要把你扯烂的。她觉得这句话让她受用了一辈子。她也学他们的神情，原原本本地传给了宋雨。在说这番话时，她甚至觉得自己像苟存忠、古存孝他们，也有些老气横秋了。

她娘也许是连着几次想法都没得逞，心里就有点不顺，看宋雨也是越来越觉得她怪异了。这娃排完戏回来，跟谁都不搭理，就把自己反拴在小房里，一拴就是好半天地悄无声息。她娘不免好奇，总要耳贴门缝，探听个究竟。有好几次，都听到宋雨在里面打手机。打着打着，甚至她还哭了起来，好像是说与这个家里无关的事。并且娃哭得很伤心、很激动。她就把这事给忆秦娥说了。忆秦娥说：孩子十七八的人了，跟同学或者其他什么人打打电话，也正常。要她别大惊小怪的。可后来，当《梨花雨》正式彩排公演后，忆秦娥才知道，她娘的怀疑，并不是没有道理的。

《梨花雨》整整排了十个月。在没有见观众前，内部请专家看了三次，提出了不少修改意见。都说戏基本趋于成熟。可一些老同志对薛桂生建议：

戏一锤子砸不出鼻血来，就不要见观众。这是给娃们排"破蒙戏"哩，不能一揭"盖头"，里面捂了个"塌鼻子""豁豁嘴"。让社会当头一棒，把娃们乱砸一通，几年、甚至一辈子都别想翻起来。这就是唱戏这行的残酷。

谁知薛桂生比他们更能沉住气，当他们都说能行的时候，薛桂生还让多"捂"了一个月。等方方面面都觉得戏是能"砸出鼻血"了。

该是"发射"的时候了。薛桂生才从策划宣传到观众组织，以及"演出月"名称，系统制定出一套方案来。

终于，在又一个新春佳节的正月初六，省秦要"点火发射卫星"了。

四十四

忆秦娥那几天，有点失眠。甚至还请人开了安眠药，让自己晚上能勉强睡那么几个小时。一醒来，她就想着宋雨的首演。几乎比自己演出还让她上心。孩子毕竟是第一次上大戏，让她担惊受怕的事太多了。自己初上台时，可是没少出漏洞笑话：不是没把头包好，将满头金簪银花，披散得台上台下到处都是；就是中途要上厕所，却没有任何时间，竟然尿在彩裤里。反正能想到的，她都为女儿想到了，几乎是一点一滴地在帮宋雨准备着。

正式演出那天，剧场的第一次铃声响起时，她甚至都紧张得双腿突突打战。但她还是在不停地拍着宋雨的肩膀，让她别慌张。说这时一定要保持镇定。演员既要做到心中有人，又要目中无人。只有这样，才能把演出水平，自自然然地发挥到极致。这是个半文半武的戏，对演员的体力也是很大的挑战。她甚至在演出前，还给宋雨喝了温热的增强体能饮料。总之，凡过去忠、孝、仁、义四个老艺人，还有她舅、胡彩香和米兰老师能为她想到的，她都想到了。连他们没想到的，根据自己多年的经验，也都想到了。她是要把闺女体体面面、漂漂亮亮地打扮"出嫁"了。

演出的轰动效应，是省秦，甚至包括西京秦腔界所有人都没料到的，全喊叫"炸了锅了"。"炸锅"有两种炸法：一种是瞎得炸了锅了；一种是好得炸了锅了。《梨花雨》自然是好得"炸了锅了"。秦腔现在的演出，除了像忆秦娥这样的名角出场，一个戏，一般也就只能演那么两三场。而《梨花雨》的"演出月"，竟然到了场场爆满、一票难求的地步。媒体的报道是"美得时尚""美得惊艳""美得令人窒息"。有多家媒体，已经在称宋雨为"小忆秦娥"了。

可每当谢幕时，观众一浪一浪朝台前拥去，并大声呼唤着"小忆秦娥"时，站在最后一排的"老"忆秦娥，内心的失落感，又是难以言表的。尽管这个小忆秦娥就是她的女儿。

忆秦娥不断听到观众各种评价：

"省秦又有台柱子了。这娃绝对没麻达！"

"这个宋雨不比忆秦娥差。现年轻么。现在讲颜值哩。"

"忆秦娥已是年过半百的人了，那化妆出来就是没有娃们好看么。你看这戏多好看的，再看都不厌烦么。"

有的干脆说："有了这帮娃们，忆秦娥恐怕就该慢慢退出历史舞台了。"

"如果秦腔都是这样鲜活好看的脸面，那还愁没有观众？我看比美国大片都过瘾哩，这都看的是真人么。"

就连装台名人刁顺子都说："有新把式了，看来忆秦娥这个老把式得退阵了。过去说，阵阵离不了穆桂英。我看这个宋雨，只怕是要成省秦阵阵离不了的新穆桂英了。"

尤其让薛桂生，更让忆秦娥没想到的是，春节后，已经定好的十几个台口，有好几个都要换《梨花雨》。到底是冲好戏来的？还是冲"小忆秦娥"来的？还是冲"青春""颜值"来的呢？

忆秦娥傻眼了，她第一次感到了生存危机。更感到了一种几乎无法向人言说的羞辱感。

又一天，团里开《梨花雨》座谈会。她坐在秦八娃旁边，一直看着秦八娃用铅笔，在一个纸烟盒上写着什么。无意间，她瞅到了"忆秦娥"的字样，就拿过来要看。秦八娃说："胡划拉了几句，还没改呢，别看。"但她硬是拉过来看了。

忆秦娥·看小忆秦娥出道

西风薄，

夜摇碧树红花凋。

红花凋，

枝头又俏，

艳艳桃夭。

去年花旦鳌头鳌，

斗移星转添新骄。

添新骄，

春来似早，

一地寂寥。

里面有些字，已涂改得看不清了，但忆秦娥还是大致蒙出了一些意思。

秦八娃老师曾经为自己写过两首同样的词。而今天这首，已经不是在为她写了。似乎也不是为宋雨写的。而是为他自己的一种感觉和心情在写。那句"春来似早，一地寂寥"，其实完全不是今天座谈会的氛围。座谈会上，好多人已经把好词给宋雨用尽了。用得几乎都有些忽略她的存在了。好个"一地寂寥"，岂不是在说自己此时此刻的心境吗？

但她还是在为自己的孩子高兴着，甚至几次都喜极而泣。

也就在这时，她娘说过多次的"宋雨的秘密"，彻底暴露出来了。

《梨花雨》公演几场后，忆秦娥就发现，宋雨每晚演出完，回来都很晚。宋雨的解释是，同学们想在一起高兴高兴。这种兴奋，她是能理解的。只要他们别玩得太晚就行。因为晚上休息不好，会影响嗓子。忆秦娥一辈子保证唱好戏的经验，总结起来就两个字：睡觉。只要有演出，她都要雷打不动地睡觉。可宋雨一连好多晚上，越回来越晚，她就有些疑心，害怕女演员一出名，被社会上不三不四的人盯上。这些人，什么手段都能使出来。演员一旦没有定力，什么事情也都会发生的。何况宋雨还不到十八岁。年龄太小，她必须紧盯着。可还没等她发现问题，她娘已把事情的原原本本，搞得清清楚楚、明明白白了。

自打正月初六第一场演出起，宋雨的婆，还有她弟，还有她的亲生父母，就来剧场看戏了。戏演多少场，他们就看多少场。每晚看完戏，都要把宋雨叫回家去，大团圆地哭一场。

一对已完全分离的夫妻，在各自的折腾中，又都先后解散了"二次混搭"。最终因宋雨这张"感情牌"，而在西京重合复婚。现在，房子也买下了；夫妻店式的羊肉泡馍馆也开张了；儿子也从乡下接来西京读高中了。只等有合适机会，哪怕请律师，打官司，也是要把亲闺女正式朝回领了。

当娘把这一切告诉忆秦娥时，宋雨的婆，还有她妈、她爸，很快就提着厚礼，还有存折，到她家来，要跟她谈判了。

他们要认这个孩子。

当然，他们也承认忆秦娥是孩子的母亲。

宋雨的婆，是摇晃着已年近九旬的患帕金森综合征的头颅在说："求求秦娥了，你是我们宋家的大恩人！但宋家既然有了团圆的这一天，还求你高抬贵手，让娃认了自己的亲生父母吧！"

说着，老太太竟然颤颤巍巍地要给忆秦娥下跪了。

忆秦娥被彻底击溃在沙发上了……

[这是一个春寒料峭的夜晚。

[西京城的灯火已经暗淡下来。夜已经很深很深了。

[忆秦娥独自徘徊在古城墙上。

[低回的伴唱声隐隐传来：

　　　夜沉沉，风啸啸，

　　　漫天杨花作雪飘。

　　　一城躁动终单调，

　　　唯留春风当剪刀。

忆秦娥（唱苦音"二六板"）：

谁将星月用云罩？

谁让今夜风呼号？

谁弄倩影城欲倒？

谁舞痛楚败良宵？

［转苦音"二倒板"，接"慢板"：

五十年风雨如注一棵草；

五十年冷暖见惯无矜骄；

五十年生离死别知多少；

五十年真情常被一旦抛。

［转苦音"二六板"：

十一岁泪眼婆娑离山坳；

十二岁学戏皮肉遭藤条；

十三岁强逼烧火去帮灶；

十四岁魔掌险些使花凋；

十五岁柴房苦练待破晓；

十六岁一折焦赞打出梢；

十七岁白蛇仙子一角挑；

十八岁唱红北山领风骚。

［转苦音"双锤带板"：

烧火丫头突显耀，

更易风传近魔妖。

调进西京愈玄奥，

西湖一游成风标。

誉满古都似珍宝，

毁满三秦多腥臊。

谨小慎微遭撕咬，

百般龟缩仍惊涛。

［转四分之一"散板"。唱"二六板"中的"二八
板""清板""撂板"：

880

几多次不想再上主角套，
为罢演结婚早孕朝后逃。
谁知道越逃角色越缠绕，
四十年本本折折难拣挑。
主角是聚光灯下一奇妙；
主角是满台平庸一阶高；
主角是一语定下乾坤貌；
主角是手起刀落万鬼销；
主角是生命长河一孤岛；
主角是舞台生涯一浮漂；
主角是一路斜坡走陡峭；
主角是一生甘苦难号啕；
占尽了风头听尽了好，
捧够了鲜花也触尽礁。

[转快"二六板"：
一生追求奇绝巧，
日循舞台绕三遭。
不懂世外咋喧闹，
只愁戏里缺妙招。
唱戏让我从羊肠小道走出山坳、走进堂庙，
北方称奇、南方夸妙，漂洋过海、妖娆花
俏，万人倾倒、一路笑傲；
唱戏也让我失去心爱的羊羔、苦水浸泡、泪
水洗淘、血肉自残、备受煎熬、成也撕咬、
败也掷矛、功也刮削、过也吐槽、身心疲惫
似枯蒿。

[转欢音"二六板"花彩腔：
千般折磨抿嘴笑，
唯有登台气自豪。

谁知后浪冲天啸，

百丈峰头打航标。

［转苦音"双锤带板"。再转"黄板"散唱：

呕心沥血备花轿，

嫁出去的闺女竟是已暗中修好的旧窠巢。

因爱收留一孤小，

是烧火丫头的命运让我寒霜惜冰雹。

既然命运已改道，

忆秦娥为何不能为人间真情架一桥？

［伴唱声再起：

夜沉沉，风啸啸，

残月破晓挂城梢。

凄厉一声板胡哮，

谁拉秦腔似哭号。

［忆秦娥伫立在箭楼上，静静听着那声十分凄绝的板
胡苦音。

［似乎是从老城根下，传来了一个秦腔黑头的吼叫
声，酷似老腔：

人聚了，戏开了，

几多把式唱来了。

人去了，戏散了，

悲欢离合都齐了。

上场了，下场了，

大幕开了又关了……

［忆秦娥眼含泪水，慢慢向城外走去。

［暗转。

四十五

忆秦娥突然那么想回她的九岩沟了，她就坐班车回去了。

她已经很久没回来过了。家里除了老爹，全都进城了。本来她也是想把老爹接进城去的。可爹说要守老房子、守老屋场、守老坟山。

娘说："你爹主要是舍不得他那一摊子皮影戏呢。"

还没到易家老屋场，忆秦娥就听到了锣鼓闹台声。敲得很专业，很讲究。甚至让她有些疑惑，哪里会有这样讲究的锣鼓敲家呢？

有老汉、老婆子、娃娃们，在陆陆续续朝易家老屋场赶着。

突然，有人认出了忆秦娥，一条沟里就迅速沸腾了。连各家各户的狗，也都跟着主人跑出来，不明真相地，乱叫乱咬起来。

家家户户出来的人再多，也都是老汉、老婆子、娃娃，几乎没有看见一个精壮劳力与姑娘媳妇。忆秦娥就问她认识的七叔：

"七叔，村里的小伙子，还有姑娘媳妇呢？"

七叔说："都出去打工了。但凡能动的，都不在家了。就剩下三八六一九九部队了。"

忆秦娥问："啥叫个三八六一九九部队呢？"

七叔说："这你还不知道？三八就是妇女。六一就是儿童。九九就是重阳老人。现在是连三八部队也开进城里了。六一部队能剩一些。基本都是病病歪歪、要死不活的九九部队了。"

忆秦娥说："不是听说，九岩沟这一片要封山育林，让都搬到山脚下集镇上去吗？"

七叔说："都正纠结着哩。住到别人的地盘上，人生地不熟的不说，房子都在半空里鸟窝一样垒着，连种一棵菜的地方都没有。钱也没处挖抓去。咱这山上，好歹住了人老几十辈子，随便扒拉几下，也是不愁吃不愁穿的日子。镇上鸡不让养、羊不让放、猪不让喂、牛不让拦。咱老坟山也没人看。下去住一阵，就都跑回来完尿了。还是咱九岩沟活得舒心倘佯么。"

终于，忆秦娥在几十个老汉、老婆子、娃娃的簇拥中，回到了易家老屋场。

老屋场靠房子的地方，竖起了一道皮影幕帘，俗称"亮子"。第一个映入眼帘的，竟然是她舅胡三元。她有好久都没有得到舅的消息了，没想到，他已回九岩沟老家了。

他是跟她爹一道，支起了这个皮影摊子。

她突然发现，舅老了。老得满头白发，几乎没有一根青丝了。唯有那半边被火药烧黑的脸，显得更加幽暗黧黑。在正规剧团，武场面一般最少都由五六个人组成。除司鼓外，有敲大锣的，有敲小锣的，还有敲吊镲、木鱼、打铙钹、擂大鼓的。反正基本是各执一件家伙，很少交叉混打的。而在这里，七八样乐器，全都是她舅一人操作着。除板鼓、战鼓、大鼓外，他把其他几样乐器，都用一根有好多枝丫的根雕挂起来。木鱼、梆子，是绑在两条腿上的。关键是还有很多发明：竟然把锄头、镰刀、簸箕、箩筛都当了"响器"。戏里的"战斗"一打响，那就是冷兵器与"飞沙走石"的搏杀声了。并且他还兼吹着唢呐、管子。把他一人忙活得，观众都不好好在"亮子"前边看戏，而要跑到后台看他了。

他爹是在"亮子"后边，操作着即将上演的《白蛇传》。

还有一个瞎子老人，是在一边弹奏月琴，一边清着嗓子，要开唱了。

忆秦娥的出现，让整个易家老屋场立即轰动起来。

她舅是因为敲打得太投入，没有发现她。

倒是在"亮子"前后，忙着给几个唱皮影的老把式们端茶倒水的人，一见忆秦娥，几乎是嗖的一声，扭头就朝老屋场外面跑去了。

这个突然撒开腿逃跑的人，戴了顶灰不溜秋的棒球帽。他浑身上下的打扮，与这个乡村也有些不搭调，忆秦娥还没弄明白是怎么回事。后来才听她舅说：那就是开煤窑发了大财的刘四团。后来煤窑出了事。加上煤业不景气，政府也在下手整顿乱象。刘四团欠下一屁股烂账，就跟他一起到处"跑路""躲猫猫"来了。舅还说："这小子想法大，还准备打你的牌，在九岩沟搞旅游开发呢。可惜镴子儿没有，心急得跟猫抓似的。"

不知啥时，她舅也喜欢像古存孝老艺人一样，在演出时，披一件黄大衣了。刘四团就像当初给他伯父古存孝披大衣一样，但见演出，也是要伺候他披上、筛下好几次的。

忆秦娥已无法追上这个昔日曾经那么纸醉金迷的刘四团。也只好由他去了。

她爹果然是老了，老得把两颗门牙都丢了。她问爹：

"门牙怎么没了？"

气得他爹直抱怨说："问你舅去，问你那个死舅去。"

原来爹的两颗牙，也是让舅在排练时，拿鼓槌无意间敲掉了。舅是嫌他把小锣"喂"慢了半拍。气得爹当时还跟她舅打了一架。但一想到皮影摊子得用人，尤其是像她舅这样的好把式、大把式。不用，找谁去？爹最后只好忍了。

爹说："你这个死舅，又能拿他咋的？把他告到派出所，抓到局子里去？可他毕竟是我的妻弟、你的亲舅呀！一辈子可怜的，连个老婆都没娶下。都坏在这'瞎瞎起手'上了，他是敲了一路的鼓，也敲了一路的牙，还坐了一路的牢。老了老了，回到九岩沟，我还能再把他送到法院去？现在好了，就让他一个人敲。咱这摊摊，也养不起那么多下手。要敲，除非把他自己那一嘴狗牙，全敲掉算了。"

这天，他们唱的是《白蛇传》。

当满九岩沟的人，知道忆秦娥回来了，并且还要"亮几嗓子"时，很快，莲花岩、三叉怪、五指峰、七子崖的人全都来了。

皮影戏本来是要把演员藏在"亮子"背后唱的。但这一晚，忆秦娥是站在"亮子"旁边唱的。并且村上还点了多年没用的汽灯。一下把个易家老屋场照得明光光、亮晃晃的。连那些已经视力模糊的老人都说：

"亮，今晚咱九岩沟真亮堂！"

西湖山水还依旧，

憔悴难对满眼秋。

霜染丹枫寒林瘦，

不堪回首忆旧游。

…………

忆秦娥唱得声情并茂，眼含热泪，她舅敲得精神抖擞，气血贲张。她随便一个眼神、一个手势、一个移步、一个呼吸、一个换气、一个拖腔，甚至一个装饰音，她舅都能心领神会地给以充满生命活性与艺术张力的回应。那是高手与高手的心灵相通，是卯头与榫口的紧致楔入，是门框与门扇的严丝合缝，是老茶壶找见了老壶盖的美妙难言。好唱家一旦与好敲家对了脾气，合了卯窍，那唱戏简直就是一种极高级的享受了。这种享受，他们舅甥之间过去是有过好多次的，但哪一次都没有今天这般合拍、入辙、筋道、率性。两个从九岩沟走出去的老戏骨，算是在家乡完成了一场堪称美妙绝伦的精神生命对接式表演。忆秦娥唱完，已是浑身震颤，泪眼婆娑，她先向父老乡亲弯下了九十度的腰，然后又深深给老舅鞠了一躬。老舅当下就捂住黑脸，哭得泣不成声了。

老舅说："他妈戏弄好了，真是能享受死人的。老舅现在死了都值了！"

忆秦娥就极其享受地留在老家，跟老舅、老爹一起唱了三夜皮影戏。

白天，她还到坡上放了三天羊。他爹这些年，是一直给女儿留着三只羊的。羊养老了再换新的，反正一直都保持着三只。

就在忆秦娥回来的第四天，派出所的乔所长开车找她来了。

乔所长说，把你娘吓得跟啥一样，一家人分析来分析去，说你可能是回了九岩沟。乔所长就开车找来了。

乔所长刚办了退休手续，现在是无官一身轻。加之夫人去世，孩子也有了孩子，倒促他成了一个深度的戏迷。他自称是忆秦娥的"钢粉"了。

忆秦娥本来是想回来住上一年半载的。在唱完三夜戏、放完三天羊后，她又去了一趟莲花庵。想在那里住上一段时间。谁知莲花庵的老住持，已经得乳腺癌去世了。她面对老住持的坐化塔，哭得长跪不起。

她是她舅搀起来的。

舅说："你还是得回去唱戏呢。我听广播里说了，小忆秦娥都出来了。是咱的娃，好事情嘛！各是各的路数，你还有你的观众、你的戏迷么。你的那些戏，小忆秦娥还得好多年才能学像呢。到了这个年岁，名角都得唱戏、教戏两不误了。胡彩香要是没给你教几出戏，早都没她了。就因为给你教了戏，凉皮都卖不安生，现如今，又被市艺校高价聘去教唱了。连狗日张光荣都跟着吃了软饭，屁颠屁颠地去给艺校看大门了。你麻利回去吧，我这些年在山里洼里、沟里岔里到处乱钻，知道秦腔有多大的需求、多大的台口。只怕你人老几辈子，都是把戏唱不完的。"

第二天一早，她就听她舅在老屋场敲起了板鼓。那种急急火火的声音，催得连上学的娃们，都是一路小跑。

她再也在家里待不住了。

忆秦娥又一次离开了九岩沟。

突然，她想唱点什么，或者喊点什么。一刹那间，她猛然想到了秦八娃先生说的一句话：

"你哪天要是能自己吟出一阕'忆秦娥'来，就算是把戏唱得有点意思了。"

她就突然脱口而出地，随意吟了一阕《忆秦娥·主角》：

易招弟，
十一从舅去学戏。
去学戏，
洞房夜夜，

887

喜剧悲剧。

转眼半百主角易，
秦娥成忆舞台寂。
舞台寂，
方寸行止，
正大天地。

　　她身后，是她舅敲板鼓"急急风"的声音：
　　仓才，仓才，仓才，仓才，仓才仓才仓才仓才，仓才才才才才才
才才……
　　板鼓越敲越急。那节奏，让她像上场"跑圆场"一般，要行走如
飞了。

2015 年 10 月至 2017 年 2 月一稿于西安

2017 年 3 月至 4 月二稿于西安

2017 年 5 月至 6 月三稿于西安

2017 年 7 月四稿于西安

2017 年 8 月五稿于西安

后　记

　　我写了半辈子舞台剧，其实最早也写小说，写着写着，与戏染上，就钻进去拔不出来。后来还是一个叫《西京故事》的舞台剧创作，因到手的素材动用太少，弃之可惜，也是觉得当下城乡二元结构中的许多事情没大说清楚，就又捡起小说，用长篇那种可包罗万象的尊贵篇幅，完成了《西京故事》的另一种创作样式。写完《西京故事》，得到不少鼓励，我就又兴致盎然地写了十分熟悉的舞台"背面"生活《装台》。出版后，鼓励、抬爱之声更是不绝于耳，我就有些手痒，像当初写戏一样，想"本本折折"地接着写下去。但也有了压力，不知该写什么。几次遇见批评家李敬泽先生，他建议说："从《装台》看，你对舞台生活的熟悉程度，别人是没法比的。这是一座富矿，你应该再好好挖一挖。写个角儿吧，一定很有意思。"其实在好多年前，我就有过一个"角儿"的开头。不过不叫"角儿"，叫《花旦》。都写好几万字了，却还拉里拉杂，茫然不见头绪。想来实在是距离太近，有点"不识庐山真面目"：提起来一大嘟噜，却总也拎不出主干枝蔓，也厘不清果实腐殖。写得兴味索然，也就撂下了。终于，我走出了"庐山"，并且越走越远，也就突然觉得是可以拎出一点关于"角儿"的头绪了。

　　我在文艺团体工作了近三十年，与各类"角儿"打了半辈子交道，有时一想起他们的行止，就会突然兴趣盎然。甚至有一种生命激扬与亢奋感。有一天，一个朋友突然给我发来一段微信视频，是一个京剧名角，在演出《智取威虎山》中的一段准备工作："杨子荣"在镜前补妆，几位服装师正为他换行头。而此时，雄壮的"打虎上山"音乐已经奏响。圆号那浑厚有力的鼓吹，全然绷紧了前台后场的情势。可给角儿换装、抢装的工作尚未完成。当虎皮背心、腰带、围脖、帽子、胸麦全都装备到位后，只见角儿极其从容地呷一口水，润了润嗓子，音响师就恰到好处地将话筒递到了他嘴边。"杨子荣"一边整装，一边抬头挺胸地唱起了响遏行云的内导板："穿林海，跨雪原，气冲霄汉——"那是一个十分精美漂亮的甩腔。唱完后，舞台上的锣鼓点已如"急急风"般地催动起来。只见角儿猛然离座，大步流星地向前台走去。直到此时，其实打扮角儿的工作还在继续：服装师边走边帮他穿大衣；道具师趁空隙给他手中塞上了马鞭；当他走到上场口时，一切才算收拾捯饬停当。而此时侧幕条旁，还有舞台监督正在迎候。音乐在战马嘶鸣中，进入到了最激越的节奏。只见舞台监督双手十分亲切地朝他肩头按了一下，既像镇定、爱抚，也像出场指令，更像一种深情相送。"杨子荣"便催马扬鞭，英气勃发地走向了灯光曝亮的舞台。立即，观众掌声便如潮水般涌了上来。整个视频仅两分钟，但却把舞台"一棵菜"艺术的严谨配合，展示得淋漓尽致。这是一连串如行云流水般的协同动作。一个团队，几乎像打扮女儿出嫁般地把主角体贴入微、天衣无缝地送上了前台。那种默契与亲和，以及主角自顾不暇，却又从容淡定、拿捏自如的做派与水准感，看后让人顿生敬畏与震撼。而这样的幕后工作，我经历了几十年。因此，在写《主角》时，几乎常常是一泻千里般地涌流起来。并且时常会眼含热泪，情难自抑。

　　角儿，也就是主角。其实是那种在文艺团体吃苦最多的人。当然，荣誉也会相伴而生。荣誉这东西常遭嫉恨怨怼。因而，主角又总为做人而苦恼不迭。拿捏得住的，可能越做越大，愈唱愈火；拿捏不住的，也会越演越背，愈唱愈塌火。能成为舞台主角者，无非是三种人：一是确有盖世艺术天分，"锥处囊中"，锋利无比，其锐自出者；二是能吃得人下苦，练就"惊天艺"，方为"人上人"者；三是寻情钻眼、拐弯抹角而"登高一呼"、偶露峥嵘者。若三样全占，为之天时、地利、人和。既有天赋材质，又有后天构筑化育，再有强者生拉硬拽、众手环托帮衬者，不成材岂能由人？可主角是何等稀有、短缺的资源，是甚等闪亮、耀眼的利诱，岂容一人独占、独享、独霸乎？因而，围绕主角的塑造、争夺、捧杀，便成为永无休止的舞台以外的故事。

成就一个角儿真的很难很难。现在的影视艺术，倒是推出了不少不会演戏，却因颜值与绯闻而大红大紫、大行其道者。可舞台艺术，尤其是中国戏曲，要成为一个角儿，一个响当当、人见人服的角儿，真是太难太难的事体。一拨百十号人的演员培训班，五到七年下来，能炼成角儿者，当属凤毛麟角。有的甚至"全盘皆废"，最多出几个能演主角的二三类演员而已。这么难产的艺术，却因传媒与网络时代无孔不入的挤对，而呈现出更加萎缩、边缘的存活态势。因而，出角儿也就难乎其难了。尽管如此，中华大地上数百个剧种，还是有不少响当当的角儿，在拔节抽穗、艰难出道。因而，戏曲的角儿不会消亡，他将仍是一个值得长久关注的特殊行当。更何况，角儿，主角，岂是舞台艺术独有的生命映像？哪里没有角儿，哪里没有主角、配角呢？

我在陕西省戏曲研究院担任过二十五年专业编剧，还交叉任职过十几年团长、院长。这是一个大院，有自己的创作研究机构，还有四个剧种各不相同的演出团。六七百号各类吹、拉、弹、唱、编、导、画、研人才，几乎都把腮帮子鼓多大，在这里日夜吹响着"振兴秦腔"的号角。我任院长的十年，刚好陪伴着一百多位戏曲孩子，走过了他们从儿童到少年、再到青年的成长历程。孩子们从平均年龄十一二岁，长到二十一二岁，我就像看着一枝枝柳梢在春风中日渐鹅黄、嫩绿、含苞、抽芽、发散，直到婀娜多姿，杨柳依依，几乎是没漏掉任何一个成长细节。不能不交代的背景是：孩子们一脚踏入这个剧院时，21世纪才刚开启三四个年头。外面的世界，几乎是被"全民言商"的生态混沌裹挟着。任院墙再高，也难抵挡"急雨射仓壁，漫窍若注壶"的逼渗。可孩子们硬是在相对封闭的环境中，每日穿着色调单一的练功服；走着与时代渐行渐远的"手眼身法步"；演唱着日益孤立无援的古老腔调；完成了五年堪称艰苦卓绝的演艺学业。他们的毕业作品是《杨门女将》。当平均年龄只有十六七岁的一群孩子，以他们扎实的功底、靓丽的群像，演绎出一台走遍大江南北，甚至欧洲、北美、亚洲、港澳台地区都饱受赞誉的大戏时，我不能不常常用"少年英雄群体"来褒扬他们的奉献牺牲精神。说他们是"少年英雄"，其实一点都未拔高。在最离不开父母时，他们撕裂了父爱、母爱；在最需要关心、呵护时，他们忍受着钻心的痛疼与长夜寂寞，让几近濒临失传的绝技，点点走心上身。尤其让人感动的是：在官贪、商奸、民风普遍失范时，他们却以瘦弱之躯，杜鹃啼血般地演绎着公道、正义、仁厚、诚信这些社会通识，修复起《铡美案》《窦娥冤》《清风亭》《周仁回府》这些古老血管，让其汩汩流淌在现实已不大相认的土地上。以他们的年岁，本不该牺牲青春，去承担他们不该承担、也承担不起的这份责任。但他们却以单薄的肩膀、稚嫩的咽喉，担当、呼唤起生命伦理、世道人心、恒常价值来。他们不是英雄谁是英雄？

在我读过的书里，常记忆犹新的，有斯托夫人《汤姆叔叔的小屋》里的那个白人女孩儿伊娃。她就担当了她本担负不起的解放黑奴的责任。斯托夫人并没有把她写成一个解放者。而是用天使一般润物无声的善良、无邪、爱心，让她身边所有人，都感知到了被温暖与融化的无以匹敌的人性力量。

长期以来，我就有书写戏曲艺人成长的萌动与情愫。尤其是不想放过他们的童年与少年时代。因为他们在这个时代就已开始了一种叫担当的传播活动。尽管这种担当于他们并非是一种自觉。可客观效果，已然是了。终于，《主角》要开启这种生活了。我是想尽量贴着十分熟悉的地皮，把那些内心深处的感知与记忆，能够皮毛粘连、血水两掺地和盘托出。因为那些生活曾经那样打动过我，我就固执地相信，也是会打动别人的。

《主角》的主角叫忆秦娥。一九七六年她出场时，还不到十一岁。姐妹俩，她排行老二。父母亲更希望她们能招引来一个弟弟，因此，姐姐取名叫来弟，她叫招弟。招弟对上学兴趣不大，上完学还得回来放羊，倒不如早早回家放羊算了，她想。论条件，县剧团招收演员，是应该让她姐去的，她觉得她姐比她漂亮、灵醒。可家里觉得姐姐毕竟大些，还有用场，就硬是把她送了去。她舅胡三元是剧团的敲鼓佬，觉得外甥女唤招弟太土气，就给她改了第一次名字，叫易青娥。这个名字，也是因为省城剧团的大名演叫李青娥，才照葫芦画的瓢。后来，易青娥还果然出了名，又被剧作家秦八娃改成忆秦娥了。也许是这个名字耳熟能详，又有点意思，忆秦娥竟然从此就爆得大名，一步步走向了"塔尖"，终成一代"秦腔皇后"。

如果仅仅写她的奋斗、成功，那就是一部励志剧了，不免俗套。在我看来，唱戏永远不是一件单打独斗的事。不仅演出需要配合，而且剧情以外的剧情，总是比剧情本身，要丰富出许多倍来。戏剧在古今中外都被喻为时代的镜子。而这面镜子也永远只能照见其中的某些部分，不是全部。仅仅伴随着戏剧而涌流的生活，就已包罗万象，丰富得不能再丰富，更何况其他。在写作《主角》的过程中，我现在任职的单位陕西省行政学院，恰好邀请著名作家王蒙先生来讲文化自信。当得知《主角》正在孕育时，他只一个劲地鼓舞："要抡圆了写。抡得越圆越好！"这话在他读我《装台》后，也曾几次提到：说"刁顺子抡圆了"。我就在反复揣摩先生"抡圆了"的意思。后来，因其他事，我跟先生通电话，先生说他正在看《人民文学》上的《主角》节选版，"看得时哭时笑的"，并说他还几次站起来，研究模仿了主角忆秦娥总爱用后脚尖踢前脚跟的动作，觉得很有趣。至于"抡圆了"没，我没好打问。总之，《主角》当时的写作，是有一点野心的：就是力图想把演戏与围绕着演戏而生长出来的世俗生活，以及所牵动的社会神经，来一个混沌的裹挟与牵引。我无法企及它的海阔天空，只是想尽量不遗漏方方面面。这里是一种戏剧人生的进程，因为戏剧天赋的镜子功能，也就不可或缺那点敲击时代地心的声音了。

戏剧让观众看到的永远是前台，而我努力想让读者看幕后。就像当初写《装台》，观众看到的永远是舞台上的辉煌敞亮，而从来不关心、也不知道装台人的卑微与苦焦。其实他们在台下，有时上演着与台上一样具有悲欢离合全要素的戏剧。同样，主角看似美好、光鲜、耀眼。在幕后，常常也是上演着与台上的《牡丹亭》《西厢记》《红楼梦》一样荣辱无常、好了瞎了、生死未卜的百味人生。台上台下，红火塌火，兴旺寂灭，既要有当主角的神闲气定，也要有沦为配角，甚至装台、拉幕、捡场子的处变不惊。我们是自己命运的主宰，但我们永远也无法主宰自己的全部命运。我想，这就是文学、戏剧要探索的那个吊诡、无常吧。

我的主角忆秦娥，其实开头并没有做主角的自觉与意愿。甚至屡屡准备回去放羊，或者给剧团做饭、跑龙套。对做主角，她是有一种天然怯场与反感的。但时势就那样把一个能吃苦的孩子，一步步推到了主角的宝座上。她时或觉得新鲜刺激，时或懵懂茫然；时或深感受用，时或身心疲惫；时或斗志昂扬，时或退避三舍；时或呼风唤雨，时或草木皆兵；时或欧美环球，时或乡野草台；时或扶摇直上，时或风筝坠落、头脸抢地。其命运与社会相勾连，也与大千世界之人性根底相环扣。你不想让生命风车转动，狂风会推着风车自转；你不想被社会声名所累，声名却自己找上门来，不由分说地将你五花大绑、吆五喝六地押解而去。她吃了别人吃不下的苦头，也享了别人享不到的名分；她获得了唱戏的顶尖赞誉，也受到了唱戏的无尽毁谤。进不得，退不能，守不住，罢不成。总之，一个主角，就意味着非常态，无消停，难苟活，不安生。但唱戏总得有人当主角，社会也得有主角来占中、压台、撑场子。要当主角，你就须得学会隐忍、受难、牺牲、奉献。我的忆秦娥就这样光光鲜鲜、苦苦巴巴、香气四溢，也臭气熏天地活了半个世纪。

中国戏曲，虽然历史留下的是文本，但当下，却是角儿的艺术。好戏是演出来的。看戏看戏，戏是用来看的。要看戏，自然是看角儿了。但一个好角儿的修炼、得道，甚至"成仙"，在我看来，并不比蒲松龄笔下那些成功转型的狐狸来得容易。有真本事、真功底、真"活儿"的角儿，太是凤毛麟角了。而中国戏曲的巨大魅力，就来自这苦苦修道者。唱戏需要聪明，但太过聪明，脑瓜灵光得眉头一皱，就能计上心来者，又大多不适合唱戏。尤其不适合做角儿。要做也是小角儿、杂角儿。大角儿是需要一份憨痴与笨拙的。我的忆秦娥要不是笨拙，大概也就难以得秦腔之道，成角儿之仙了。戏曲行的萎缩、衰退，有时代挤压的原因，更有从业者已无"大匠"生命形态有关。都跟了社会的风气，虚头巴脑，投机钻营，制造轰动，讨巧卖乖。一颦一蹙、一嗔一笑，都想利益最大化，哪里还有唱戏的"仙家"可言呢。一个行业的衰败，有时并不全在外部环境的销蚀、风化。其自身血管斑块的重重累积，导致血脉流速衰减，甚至壅塞、梗阻、坏死，也当是不可不内省的原因。

戏剧不是宗教，但戏剧有比宗教更广阔而丰沛的生命物象概括能力。宗教因了过度的萃取与提纯，而显得有点高高在上。戏剧却贴着大地行走：生老病死，宠辱荣枯，饥饱冷暖，悲欢离合。凡人情物事，不仅见性见情、见血见泪，也见精神之首，时时昂向天穹，直插云端。契科夫说，少了戏剧我们会没法生活。俄罗斯人更是把剧院看做天堂，说那里是解决人的信仰、信念，以及有关善良、悲悯、同情、爱心问题的地方。我的主角忆秦娥，在九死一生的时候，也曾有过皈依佛门的念头。恰恰是佛门住持告诉她：唱戏更是度人度己的大功德。正是这份对"大功德"的向往，而使她避过独善其身的逍遥，重返舞台，继续起唱戏这种度己化人的担当。在中华文化的躯体中，戏曲曾经是主动脉血管之一。许多公理、道义、人伦、价值，都是经由这根血管，输送进千百万生命之神经末梢的。无论儒家、道家、释家，都或隐或显、或多或少地融入了戏曲的精神血脉，既形塑着戏曲人物的人格，也安妥着他们以及观众因现实的逼仄苦焦而躁动不安、无所依傍的灵魂。在广大农村地区，多少年、多少代人，可能都没有文化教育机会，但并不影响他们知道"前朝后代"，懂得"礼义廉耻"。这都拜戏曲所赐。戏曲故事总是企图想把历史演进、朝代兴替、人情物理、为人处世要一网打尽。因而，唱戏是愉人，唱戏更是布道、是修行。我的忆秦娥也许因文化原因，只知其然，不知其所以然地唱了大半辈子戏。但其生命在大起大落的开合浮沉中，却能始终如一地秉持戏之魂魄，并呈现出一种"戏如其人"的生命瑰丽与精进。唱戏是在效仿同类，是在跟观众的灵魂对话；唱戏也是在形塑自己，在跟自己的魔鬼与天使短兵相接、灵肉撕搏。

我十分推崇的小说家陀思妥耶夫斯基说过："长篇小说的主要思想是描绘一个绝对美好的人物，世界上再也没有比这件事更难的了。"写忆秦娥时，我也常常想到陀氏《白痴》里的年轻公爵梅诗金。陀氏说："良心本身就包括了悲剧的因素。"梅诗金最大的特点，就是能理解和宽恕他人，以至让很多人以为他真是白痴。我的忆秦娥，倒不是要装出一副白痴相来，有时她也是真的憨痴，有时却不能不憨痴。她没有过多的时间精明，也精明不起，更精明不得。太精明，也就没有忆秦娥了。因而，陷害、攻讦、阻挠，反倒成为一种动力，而把一个逆来顺受者推向了高峰。我十分景仰从逆境中成长起来的人，周遭给的破坏越多，用心越苦，挤压越强，甚至有恨其不亡者，才可能成长得更有生命密度与质量。

写到这里，得赶快声明：小说纯属虚构，请勿对号入座。在小说前，我也十分落套地写下了这句话。无论忆秦娥与小说中的其他人物呈现出的是什么形象，都是虚构的，这点不容置疑。我还是要说鲁迅的那句话，他小说中的人物形象，往往嘴在浙江，脸在北京，衣服在山西，是一个拼凑起来的角色。不过我的忆秦娥因为是秦人，嘴就拼不到浙江去，脸也拉扯不上北京的皮。都是我几十年所熟知的各类主角的混合体而已。很多时候，自己的影子也是要混在里面摇来晃去的。从现在的生物技术发展看，这种人在未来，制造出来也似乎不是没有可能的。我写她，是时钟的敲击，是现实的逼催，是情感的抓挠，也是理想主义的任性作祟。我更希望从成百上千年的秦腔历史中，看到一种血脉延续的可能。很多人能做主角，但续写不了历史。秦腔，看似粗粝、倔强，甚至有些许的暴戾。可这种来自民间的气血贲张的汩汩流动声，却是任何庙堂文化都不能替代的最深沉的生命呐喊。有时吼一句秦腔，会让你热泪纵流。有时你甚至会觉得，秦腔竟然偏执地将中华文化生生不息的进取精神发挥到了极致。我的主角忆秦娥，始终在以她的血肉之躯，体验并承继着这门艺术可能接近本真的衣钵。因而，她是苦难的，也是幸运的。是柔弱的，也是雄强的。

我拉拉杂杂写了她四十年。围绕着她的四十年，又起了无数个炉灶，吃喝拉撒着上百号人物。他们成了，败了；好了，瞎了；红了，黑了；也是眼见他起高台，又眼看他台塌了。四十年的经历，是需要一个长度的。原本雄心勃勃，准备写它三卷，弄成一厚摞，摆在架上也耐看的。结果不停地被人提醒，说写长了鬼看，我就边撒网边提纲了。其实也能做成"压缩饼干"。但我却又病态地喜欢着从每早的露珠说起，直说到月黑风高，树影婆娑。在最后一遍修订《主角》时，得一机会去南美文化交流，因为有几场座谈，要做功课，我就用两个多月时间，把拉美文学与戏剧梳理了一遍，不仅复读了聂鲁达、帕斯、博尔赫斯、马尔克斯、库塞尼等早已熟悉的诗人、作家、戏剧家，还带着略萨的《绿房子》和萨瓦托的《英雄与坟墓》上了路。除惊叹于拉美作家密切关注社会问题，以反映社会为己任的现实与现代感外，也惊诧着他们表达自己心中这个世界样貌的构图与技法。但拉美文学再奇妙，毕竟是拉美的。只有踏上那块土地，了解了他们的人文、历史、地理，才懂得那种思维的必然。在智利、阿根廷、巴西，几乎遍地都是涂鸦，一个叫瓦尔帕莱索的城市，甚至就叫"涂鸦之城"，"乱写乱画""乱贴乱拼"得无一墙洁净。那种骨子里的随意、浪漫、率性，是与人文环境密切相关的。拉美的土地，必然生长出拉美的故事，而中国的土地，也应该生长出适合中国人阅读欣赏的文学来。从这个意义上讲，《红楼梦》的创作技巧永远值得中国作家研究借鉴。松松软软、汤汤水水、黏黏糊糊，丁头拐脑，似乎才更像我理解的小说风貌。当然，这些原汤、材质，一定得像戏剧一样地拱斗勾连、严密紧结起来。一场墙上挂枪，三场务必弄响，弄不响，我也是会把枪从窗口撇出去的。从出版家的角度讲，都是希望长篇短些再短些。尤其害怕多卷本，不好卖。说这年月，也没人有耐心看。可我又该锯掉哪条胳膊，砍掉哪条腿呢？抑或是剜去臀尖组织，削去半个嘴脸？我已然把三卷压成了两卷。再压，就算"自残"了。那段时间，我刚好犯了肩周炎，痛得就想把左蹄髈浑浑砍掉了事。如果这只蹄髈能替代小说的删节，我还就真豁出去了。我请青年评论家杨辉和西北大学文学院的院长段建军帮忙砍，他们大概是碍于情面，看来看去，都说不好下手。编辑家穆涛甚至说：老兄别弄得太残忍，让我们当了刽子手，你却扮成善良的窦娥她娘，一边收尸，一边哭天喊地。

回顾创作《主角》近两年的日子，还真是有点感慨万千。要不是突然有了寒暑假，我还的确拿不下这大的活儿呢。我总是那么幸运，幸运得像上帝的宠儿，在最需要时间的时候，时间就大把大把地塞给了我。突然调到一个新单位，履职的第一天就放暑假了。我还诚惶诚恐地问办公室主任，这样一休几十天，不违规吗？他说学校放寒暑假，是天经地义的事。我就噗嗤一笑，偷着乐呵地钻进了一个全然封闭的处所，泡方便面、冲油茶、啃锅盔地开始了《主角》的"长征"。

有时甚至写得有一种"沦陷"感。几十年的积累，突然在这个节点上，一下被搅动、激活起来，也就"抡圆"得一发不可收拾了。我不善应酬，工作之余，不懂任何眼色与关系的打理。只一头钻进书房，像捂着眼睛的瞎驴一样，推着磨碾乱转。一年多时间，唯一停下来的，是在大年初二到初四的三天。我不得不在这里啰嗦几句：那几天，几乎所有手机，都被一个打工者的横祸所刷屏。这个可怜人，新年也携着家人去了动物园。他给妻、儿都买了看老虎的门票，自己却为省那一百五十元，而翻越四米高墙，生生葬身虎口。他若手头真的宽裕，又何必如此贱作卑琐呢？让人感到悲哀的是，他的死，不仅没有引起同情，相反还招来了一连串"死了活该"的逃票谴责。不少人倒是同情起了被枪杀的食人虎。纷纷对"虎哥"凭吊痛悼有加。我突然中止了写作，不知写作还有什么意义？那几天，我不断想到古老戏曲里那些有关老虎的情节。从来恶虎伤人，都是有英雄要舍身喊打的。怎么现在都站到"虎哥"一边去了？难道这真是一种生命平等、生态平衡的世纪觉悟？直到正月初五，我才又慢慢回到书桌前，努力给自己写下去寻找一点意义支撑：不正是因为人间需要悲悯、同情与爱，忆秦娥才把戏唱得欲罢不能吗？忆秦娥的苦难，忆秦娥的宽恕，忆秦娥的坚持，不正在于无数个乡村的土台子前，总有黑压压簇拥向她的人群吗？在中国古典戏曲里，英雄制止恶虎伤人，从来都是关乎"正义""天理"的桥段。因此，数百年来戏曲的大幕总是能拉开。而拉开的大幕前，即使"燕山雪花大如席"，也都不缺顶风冒雪的看戏人。文学与艺术恐怕得坚定地站在被老虎吃掉的那个可怜人一边。最是不能帮着追究逃票者的责任了。我相信我的主角忆秦娥，如果由武旦改扮武生，是更愿意为这个弱者演一折《武松打虎》的。

　　这部小说在写作一开始，就得到了很多鼓舞我斗志的关爱。作者最担心的是作品发表问题。而《主角》一开笔，就被几家有影响的出版机构所念叨。他们不仅远程关心进度，而且几次来西安，当面抚摸近况。尤其让我感动的是，施战军先生在得知我《主角》开笔后，就捎话让先给《人民文学》。并派编辑杨海蒂女士，紧盯住我的创作进度。杨海蒂说，是因了《装台》，而使他们对《主角》有了信心与期待。我说可能太长，她说长了选发。这种鼓励、鞭策与信任，当然是十分巨大的了。小说出来，我把邮件发去仅三天，他们就敲定了十余万字的节选方案。我十几岁就是《人民文学》的读者，知道它的分量。这对一个创作者来讲，的确是莫大的鼓舞。

后来,《当代》主编孔令燕女士,又十分抬爱地决定将小说前半部分,刊登在了《当代长篇小说选刊》上。紧接着,《长篇小说选刊》主编付秀莹女士又打来电话,很是提携地将拙作的后半部分也刊发了出来,这让一个写作者,委实有了一份老农秋收般的光荣与喜悦,一时间,好像玉米也成了,大豆也成了,地畔子上还随手拧回一个大南瓜来。

最终,我将稿子给了作家出版社,是他们恩宠过《装台》,也感谢着他们对《主角》的"高看一眼"。社长吴义勤和总编辑黄宾堂先生,从头激励到尾,并敢"隔着布袋买猫"。这种信任,让我的创作始终处于巨大压力之中。让我感到兴奋的是,《装台》的责编李亚梓女士,再次担任《主角》责编。她仅用五天时间,就读完了全稿。一天晚上,我正挂着计步器走路,她打来电话说:刚刚读完,兴奋得不能不跟你通话。那些鼓舞人心的话语我就不说了,反正她的语气和用词都让我立马有点飘飘然起来,返回的路上,开车差点压了一只不知这怂人是如何兴奋至此的流浪狗。

小说写得长,后记话也多,打住,不说了。

2017 年 12 月 6 日于西安

图书在版编目（CIP）数据

主角 / 陈彦著 . -- 北京：作家出版社，2021.6
（2025.3 重印）
ISBN 978－7－5212－1403－1

Ⅰ.①主… Ⅱ.①陈… Ⅲ.①长篇小说－中国－当代 Ⅳ.①I247.5

中国版本图书馆 CIP 数据核字（2021）第 067382 号

主　角

作　　者：陈　彦
责任编辑：李亚梓
装帧设计：王汉军
作者像摄影：王　强
出版发行：作家出版社有限公司
社　　址：北京农展馆南里 10 号　　邮　　编：100125
电话传真：86－10－65067186（发行中心及邮购部）
　　　　　86－10－65004079（总编室）
E－mail: zuojia@zuojia.net.cn
http://www.zuojiachubanshe.com
印　　刷：三河市紫恒印装有限公司
成品尺寸：152×230
字　　数：784 千
印　　张：57
版　　次：2021 年 6 月第 1 版
印　　次：2025 年 3 月第 7 次印刷
ISBN 978－7－5212－1403－1
定　　价：118.00 元（精）